国家出版基金项目
NATIONAL PUBLICATION FOUNDATION

中外文学交流史

钱林森　周宁　主编

中国－日本卷

王晓平　著

山东教育出版社
·济南·

目 录

总序

一

中外文学关系的研究，是中国比较文学学术传统最丰厚的领域，前辈学者开拓性的建树，大多集中在这一领域的研究，如范存忠、钱锺书、方重等之于中英文学关系，吴宓之于中美，梁宗岱之于中法，陈铨之于中德，季羡林之于中印，戈宝权之于中俄文学关系的研究，等等。20世纪中国比较文学研究前后两个高峰，世纪前半叶的高峰，主要成就就在中外文学关系研究上。20世纪后半叶，比较文学在新时期复兴，30多年来推进我国比较文学学科发展的支撑领域，同时也是本学科取得最多实绩的研究领域，依旧在中外文学关系研究。中外文学关系研究所获得的丰硕成果，被学术史家视为真正“体现了‘我们自己的比较文学’的特色和成就”[1]，成为我国比较文学复兴发展的一个重要标志[2]。

学术传统是众多学者不断努力、众多成果不断积累而成的。在中外文学关系研究领域，从20世纪80年代中期开始，先后已有三套丛书标志其阶段性进展。首先是乐黛云教授主编的比较文学丛书中的《中日古代文学交流史稿》（严绍璗著）、《近代中日文学交流史稿》（王晓平著）、《中印文学关系源流》（郁龙余编）。乐黛云教授和这套丛书的相关作者，既是继承者，又是开拓者。他们继承老一辈学者的研究，同时又开创了新的论题与研究方法。

其次是20世纪90年代初，北京大学和南京大学联合推出《中国文学在国外》丛书（10卷集，乐黛云、钱林森主编，花城出版社），扩大了研究论题的覆盖面，在理论与方法上也有所创新。再其后就是经过20年积累、在新世纪初期密集出现的三套大型比较文学丛书：《外国作家与中国文化》（10卷集，钱林森主编，宁夏人民出版社）、《跨文化沟通个案研究》丛书（乐黛云主编，北京出版社）、国别文学文化关系丛书《人文日本新书》（王晓平主编，宁夏人民出版社），这些成果细化深化了该研究领域，在研究范式的探究和方法论革新方面，也取得较大进展。

从某种意义上说，中外文学关系研究带动了整个中国比较文学研究。从“20世纪中国文学

1. 王向远：《中国比较文学研究二十年·前言》，南昌：江西教育出版社，2003年版。

2. 王向远教授在其28章的大著《中国比较文学研究二十年》中，从第2章到第10章论述国别文学关系研究，如果加上第17、18“中外文艺思潮与中国文学关系”、“中外文学关系史的总体研究”两章，整整占11章，可谓是“半壁江山”。

的世界性因素”的讨论，到中外文学关系探究中的“文学发生学”理论的建构；从中外文学关系的哲学审视和跨文化对话中激活中外文化文学精魂的尝试，到比较文学形象学与后殖民主义文化批判……所有这一切探索成果的出现，不仅推动了中国比较文学学科深入发展，反过来对中外文学关系问题的研究，也有了问题视野与理论方法的启示。

二

在丰厚的研究基础上，如何进一步推进中外文学交流研究，成为学术史上的一项重要使命。2005 年 7 月初，南京大学比较文学与比较文化研究所与山东教育出版社在南京新纪元大酒店，举行《中外文学交流史》丛书首届编委会暨学术研讨会，正式启动大型丛书《中外文学交流史》的编写工作，以创设一套涵盖中国与欧洲、亚洲、美洲等世界主要国家及地区的文学交流史。

中外文学交流史研究既是一项研究，又是关于此项研究的反思，这是学科自觉的标志。学者应该对自己的研究有清醒的问题意识，明确“研究什么”、“如何研究”和“为何研究”。

20 世纪末以来，国际比较文学研究一直面临着范式转型的问题，不同研究范型的出现与转换的意义在于其背后问题脉络的转变。产生自西方民族国家体系确立时代的比较文学学科，本身就是民族国家意识形态的产物。影响研究的真正命题是确定文学“宗主”，特定文学传统如何影响他人，他人如何从“外国文学”中汲取营养并借鉴经验与技巧；平行研究兴盛于“冷战”时代，试图超越文学关系的外在的、历史的关联，集中探讨不同文学传统的内在的、美学的、共同的意义与价值。“继之而起的新模式没有一个公认的名称，但是和所谓的后殖民批评有着明显的关系，甚至可以把后殖民批评称为比较研究的第三种模式。这种模式从后结构理论吸取了‘话语’、‘权力’等概念，致力于清算伴随着资本主义扩张的帝国主义和殖民主义，尤其是其文化方面的问题。这种批评的所谓‘后’字既有‘反对’的意思，也有‘在……之后’的意思。”“后殖民批评的假设前提是正式的帝国 / 殖民主义时代已然成为历史。在第二次世界大战之后这一点已经成为普遍的共识，当时不同政治阵营能够加之于对方的最严厉的谴责莫过于‘帝国主义’了。这种共识是后殖民批评能够立于不败之地的先决条件。”[1]

1. 陈燕谷：《比较文学与“新帝国文明”》，载《中国社会科学院院报》，2004 年 2 月 24 日。

伴随着后殖民主义文化批评在 1970 年代后期的兴起，西方比较文学界对社会文本的关注似乎开始压倒既往的文学文本。翻译、妇女、生态、少数族裔、性别、电影、新媒体、身份政治、亚文化、“新帝国治下的比较研究”[2] 等问题几乎彻底更新了比较文学的格局。比如知名文化翻译学者苏珊·巴斯奈特在 1993 年出版的专著《比较文学批评导论》（*Comparative Literature：A Critical Introduction*）中就明确指出：“后殖民”用最恰当的术语来表达，就是近年来出现的新跨文化批评，而“除此之外，比较文学已无其他名称可以替代”。[3]

2. 陈燕谷指出：“现在我们也许有理由提出比较研究的第四种模式，也就是‘新帝国治下的比较研究’。……当‘帝国’去而复返……自然意味着后殖民批评不再具有不证自明的有效性。今天这种情况正在发生，比较研究必须在新帝国条件下重新界定自己的任务和方向。”陈燕谷：《比较文学与“新帝国文明”》。

3.Susan Bassnett, *Comparative Literature: A Critical Introduction*, Oxford and Cambridge: Blackwell, 1993, p.10.

本世纪初，比较文学的学科理论建设工作似乎依然徘徊在突围西方中心主义的方向和路径上。2000 年，蜚声北美、亚洲理论界的明星级学者 G.C. 斯皮瓦克将其在加州大学厄湾分校的“韦勒克文学讲座”系列讲稿结集出版，取了个惊世骇俗的名字《一门学科的死亡》（*Death of A Discipline*），这门学科就是比较文学。其实斯皮瓦克并无意宣布比较文学的终结，而是在指出当前的欧美比较文学的困境，即文学越界交流过程中的不均衡局面，以及该学科依然留存着欧美文化的主导意识并分享了对人文主义主体无从判定的恐惧等问题后，希望促成比较文学的转型，开创一种容纳文化研究的新的比较文学范型，迎接全球化语境的文化挑战。[4]

4.Gayatri C. Spivak, *Death of A Discipline*, New York: Columbia University Press, 2003.

然而，我们也要清楚地看到，后殖民主义文化批判试图颠覆比较文学研究的价值体系，却没有超越比较文学的理论前提。因为比较研究尽管关注不同民族、不同国家文学之间的关系，但其理论前提却是，不同民族、国家的文学是以语言为疆界的相互独立、自成系统的主体。而且，比较文学研究总是以本国本民族文学为立场，假设比较研究视野内文学之间的关系是一种自我与他者的关系，只不过影响研究表示顺从与和解，后殖民主义文化批判强调反写与对抗。对于“他性”的肯定，依然没有着落。

坦率地说，中外文学关系研究仍属于传统范型，面临着新问题与新观念的挑战。我们在第三种甚至第四种模式的时代留守在类似于巴斯奈特所谓的“史前恐龙”[5] 的第一种模式的研究领域，是需要勇气与毅力的。伴随着国际学术共同体间的密切互动与交流，北美比较文学的越界意识也在 20 世纪末期旅行到了中国。虽然目前国内比较文学也整合了文化批评的理论方法，跨越了既往单一的文学学科疆界，开掘了许多富于活力和前景的学术领域，但这些年来比较文学领域并不景气：一方面是研究的疆界在扩大也在不断消解，另一方面是不断出现危机警示与

5.Susan Bassnett, *Comparative Literature: A Critical Introduction*, p.5.

研究者的出走。在这个大背景下，从事我们这套丛书写作的作者大多是一些忠诚的留守者，大家之所以继续这个领域的研究，不是因为盲目保守，而是因为“有所不为”。首先，在前辈学人累积的深厚学术传统上，埋头静心、勤勤恳恳地在“我们自己的比较文学”领地里精心耕作，在喧嚣热闹的当下，这本身就是一种别具意味的学术姿态。同时，在硕果纷呈的比较文学研究领域，中外文学关系问题始终是一个基础但又重要的问题，不断引起关注，不断催生深入研究，又不断呈现最新成果，正如目前已推出的这套丛书所展示的，其研究写作不仅在扎实的根基上，对中外文学交流史的论题领域有所拓展，在理论与方法探索上也通过积极吸收、整合其他领域的成果而有所推进。最后，在中国作为新崛起的世界经济大国的关键历史节点上重新思考中外文学关系问题，直接关涉到中外文学关系研究的学科自觉。这事实上是一个如何在世界文学图景中重新测绘“中国文学”的问题，也即当代中国文学如何在世界中重新创造自己的身份和位置。通过中外文学关系研究，我们可以重新提炼和塑造中国文学、文化的精神感召力、使命感和认同感，在当代世界的共同关注点上，以文学为价值载体去发现不同文化之间交往的可能和协商空间，进而参与全球新的世界观的形成。

三

中外文学关系研究，就学科本质属性而言，属实证范畴，从比较文学研究传统内部分类和研究范式来看，归于“影响研究”，所以重“事实”和“材料”的梳理。对中外文学关系史、交流史的整体开发，就是要在占有充分、完整材料的基础上，对双向“交流”、“关系”“史”的演变、沿革、发展作总体描述，从而揭示出可资今人借鉴、发展民族文学的历史经验和历史规律，因此它要求拥有可信的第一手思想素材，要求资料的整一性和真实性。

中外文学关系研究的开发、深化和创新，离不开研究理论方法的提升与原理范式的探讨。某种新的研究理念和理论思路，有助于重新理解与发掘新的文学关系史料，而新的阐释角度和策略又能重构与凸显中外文学交流的历史图景，从而将中外文学关系的研究向新的深度开掘。早在新时期我国比较文学举步之时和复兴之初，我国前辈学者季羡林、钱锺书等就卓有识见地强调“清理”中外文学关系的重要性和必要性，把它提到中国比较文学特色建设和拥有比较文学研究“话语权”的高度。[1]30 年来，我国学者在这方面不断努力，在研究的观念与方法上进行了深入的探讨。钱林森教授主持的《外国作家与中国文化》丛书，曾经就中外文学关系研究中的哲学观照和跨文化文学对话的观念与方法进行过有益的尝试与实践。其具体思路主要体现在如下五个方面：

1）依托于人类文明交流互补基点上的中外文化和文学关系课题，从根本上来说，是中外哲学观、价值观交流互补的问题，是某一种形式的精神交流的课题。从这个意义上看，研究中外文化、文学相互影响，说到底，就是研究中外思想、哲学精神相互渗透、影响的问题，必须作哲学层面的审视。2）考察两者接受和影响关系时，必须从原创性材料出发，不但要考察外国作家、外国文学对中国文化精神的追寻，努力捕捉他们提取中国文化（思想）滋养，在其创造中到底呈现怎样的文学景观，还要审察作为这种文学景观“新构体”的外乡作品，又怎样反转过来向中国文学施于新的文化反馈。3）今日中外文学关系史建构，不是往昔文学史的分支研究，而是多元文化共存、东西哲学互渗时代的跨文化比较文学研究重构。比较不是理由，比较中达到对话并且通过对话获得互识、互证、互补的成果，才是中外文学关系研究学理层面的应有之义。4）中外文学和文化关系研究课题，应以对话为方法论基点，应当遵循“平等对话”的原则。对研究者来说，对话不止是具体操作的方法论，也是研究者一种坚定的立场和世界观，一种学术信仰，其研究实践既是研究者与研究对象跨时空跨文化的对话，也是研究者与潜在的读者共时性的对话，通过多层面、多向度的个案考察与双向互动的观照、对话，激活文化精魂，进一步提升和丰富影响研究的层次。5）对话作为方法论基点来考量的意义在于，它对以往“影响研究”、“平行研究”两种模式的超越。这对所有致力于中外文学关系的研究者来说，都是一种富有创意的、富有挑战性的学术探索。

从学术史角度看，同一课题的探讨经常表现为研究不断深化、理路不断明晰的过程。中外文学关系史研究在中国比较文学界已有多年的历史，具有丰厚的学术基础。《中外文学交流史》丛书是在以往研究基础上的又一次推进，具有更高标准的理论追求。钱林森主编在 2005 年编委会上将丛书的学术宗旨具体表述为：

丛书立足于世界文学与世界文化的宏观视野，展现中外文学与文化的双向多层次交流的历程，在跨文化对话、全球一体化与文化多元化发展的背景中，把握中外文学

1. 20 世纪 80 年代初，钱锺书先生就提出：“要发展我们自己的比较文学研究，重要的任务之一就是清理一下中国文学与外国文学的相互关系。”季羡林在《资料工作是影响研究的基础》一文中强调：“我们一定先做点扎扎实实的工作，从研究直接影响入手，努力细致地去收集材料，在西方各国之间，在东方各国之间，特别是在东方与西方之间，从民间文学一直到文人学士的个人著作中去搜寻直接影响的证据，爬罗剔抉，刮垢磨光，一定要有根有据，决不能捕风捉影。然后在这个基础上归纳出有规律性的东西。”他明确反对“那些一无基础，二无材料，完全靠着自己的‘天才’、‘灵感’，率而下笔，大言不惭，说句难听的话，就是自欺欺人的所谓平行发展的研究”。参见王向远：《中国比较文学研究二十年》，第 9 页，南昌：江西教育出版社，2003 年版。

相互碰撞与交融的精神实质：1）外国作家如何接受中国文学，中国文学如何对外国作家产生冲击与影响？具体涉及到外国作家对中国文学的收纳与评说，外国作家眼中的中国形象及其误读、误释，中国文学在外国的流布与影响，外国作家笔下的中国题材与异国情调等等。2）与此相对的是，中国作家如何接受外国文学，对中国作家接纳外来影响时的重整和创造，进行双向的考察和审视。3）在不同文化语境中，展示出中外文学家就相关的思想命题所进行的同步思考及其所作的不同观照，可以结合中外作品参照考析，互识、互证、互补，从而在深层次上探讨出中外文学的各自特质。4）从外国作家作品在中国文化语境（尤其是20世纪）中的传播与接受着眼，试图勾勒出中国读者（包括评论家）眼中的外国形象，探析中国读者借鉴外国文学时，在多大程度上、何种层面上受制于本土文化的制约，以及外国文学在中国文化范式中的改塑和重整。5）论从史出，关注问题意识。在丰富的史料基础上提炼出展示文学交流实质与规律的重要问题，以问题剪裁史料，构建各国别语种文学交流史的阐释框架。6）丛书撰写应力求反映出国际比较文学界近半个世纪相关研究成果和我国比较文学20多年来发展的新成果。

四

在已有成果基础上从事中外文学关系史研究，要求我们要有所反思与开辟。这是该丛书从规划到研究，再到写作，整个过程中贯穿的思路。中外文学关系研究，涉及基本概念、史料与研究范型三方面的问题。

首先是基本概念。

中外文学关系，顾名思义，研究的是“关系”，其问题的重心在中国文学的世界性与现代性问题。在此前提下进行细分，所谓中外文学关系的历史叙述，应该在三个层次上展开：1）中国与不同国家、地区、语种文学在历史中的交流，其中包括作家作品与思潮理论的译介、作家阅读与创作的“想象图书馆”、个人与团体的交游互访等具体活动等。2）中外文学相互影响相互创造的双向过程，诸如中国文学接受外国文学并从与外国文学的交流中获得自我构建与自我确认基础，中国文学以民族文学与文学的民族个性贡献并参与不同国家、地区、语种文学创造等。3) 存在于中外文学不同国家、地区、语种文学之间的世界文学格局，提出“跨文学空间”的概念，并将世界文学建立在这样一种关系概念上，而不是任何一种国家、地区、语种文学的普世性霸权上。

中外文学关系研究“中外文学”的关系，另一个必须厘清的概念是“中外文学”：1) 中外文学关系不仅是研究“之间”的关系，更重要的是研究不同国家、地区、语种文学各自的文学史，比如研究法国文学对中国现代文学的影响，真正的问题在中国现代文学，反之亦然。2) 中外文学关系在“中”与“外”二元对立框架内强调双向交流的同时，也不能回避中国立场。首先，中外文学研究表面上看是双向的、中立的，实际上却有不可否认的中国立场甚至可以说是中国中心。因此“中外文学”提出问题的角度与落脚点都应是中国文学。3) 中国立场的中外文学关系研究的理论指归在于中国文学的世界性与现代性问题。它包括两个层次的意义：中国在历史上是如何启发、创造外国文学的；外国文学是如何构筑中国文学的世界性与现代性的。

中外文学关系基本概念涉及的最后一个问题是“史”。中外文学关系史属于文学史的范畴，它关系到某种时间、经验与意义的整体性。纯粹编年性地记录曾经发生过的文学交流事件，像文学旅行线路图或文学流水账单之类，还不能够成为文学交流史。中外文学交流史“史”的最基本的要求在于：1) 文学交流史必须有一种时间向度的研究观念，以该观念为尺度，或者说是编码原则，确定文学交流史的起点、主要问题、基本规律与某种预设性的方向与价值。2) 可能成为中外文学关系史的研究观念的，是中国文学的世界性与现代性问题。中国文学是何时、如何参与、如何接受或影响世界文学的，世界性因素是何时并如何塑造中国文学的。3) 中外文学交流史表现为中国文学在中外文学交流中实现世界性与现代性的过程。中国文学的世界化分两个阶段，汉字文化圈内东亚化与近代以来真正的世界化，中国文学的世界化是与中国文学的“现代化”同时出现的。

其次是史料问题。

史料是研究的基础。研究的成败，从某种意义上说，取决于史料的丰富与准确程度。史料是多年研究积累的成果，丰富是量上的要求；史料需要辨伪甄别，尽量收集第一手资料，这是对史料的质上的要求。史料自然越丰富越好，但史料的发现往往是没有止境的，所以史料的丰富与完备是相对的，关键看它是否可以支撑起论述。因此，研究中处理史料的方式，不仅是收集，还有在特定研究观念下剪裁史料、分析史料。

没有史料不行，仅有史料又不够。中外文学关系史研究在国内，已有多年的历史，但大多数研究只停留在史料的收集与叙述上，丛书要在研究上上一个层次，就不能只满足于史料的收集、整理、叙述。中外文学关系的研究与写作应该分为三个层次：第一个层次，掌握资料来源并尽量收集第一手的资料，对资料进行整理、分析、阐释，从中发现一些最基本的“可研究的”问题。第二个层次是编年史式资料复述，其中没有逻辑的起点与终点，发现的最早的资料就是起点，该起点是临时的，随着新资料的发现不断向前推，重点也是临时的，写到哪里就在哪里结束。第三个层次是使文学交流史具有一种“思想的结构”。在史料研究基础上形成不同专题的文学交流史的“观念”，并以此为线索框架设计文学交流史的“叙事”。

最后，中外文学交流研究的第三大问题是研究范型。学术创新的途径，不外乎新史料的发现、新观念与新的研究范型的提出。

研究范型是从基本概念的确立与史料的把握中来的。问题从何处来，研究往何处去。研究模式包括基本概念的确立、史料的收集与阐发、研究方法的选择等内容。任何一项研究，都应该首先清醒地意识到研究模式，说到底，就是应该明确“研究什么”和“如何研究”。研究的基本概念划定了我们研究的范围，而从史料问题开始，我们已经在思考“如何研究”了。

中外文学交流作为一个走向成熟的研究领域，必须自觉到撰写原则或述史立场：首先应该明确“研究什么”。有狭义的文学交流与广义的中外文学交流。狭义的文学交流，仅研究文学与文学的交流，也就是说文学范围内作家作品、思潮流派的交流，更多属于形式研究范畴，诸如英美意象派与中国古典诗词、《雷雨》与《俄狄浦斯王》；广义的文学交流史，则包括文学涉及的广泛的社会文化内容，文本是文学的，但内容与问题远超出文学之外，比如“启蒙作家的中国文化观”。本书的研究范围，无疑属于广义的中外文学交流。所谓中外文化交流表现在文学活动中的种种经验、事实与问题，都在研究之列。

但是，我们不能始终在积极意义上讨论影响研究，或者说在积极意义上使用影响概念，似乎影响与交流总是值得肯定的。实际上，对文学活动中中外文化交流的研究，现有两种范型：一种是肯定影响的积极意义的研究范型，它以启蒙主义与现代民族文学观念作为文学交流史叙事的价值原则，该视野内出现的问题，主要是一种文学传统内作家作品与社团思潮如何译介、传播到另一种文学传统，关注的是不同语种文学可交流性侧面，乐观地期待亲和理解、平等互惠的积极方面，甚至在潜意识中，将民族主义自豪感的确认寄寓在文学世界主义想象中，看中国文学如何影响世界。我们以往的中外文学关系研究，大多是在这个范型内进行的。另一种范型关注影响的负面意义，解构影响中的“霸权”因素。这种范型以后现代主义或后殖民主义观念为价值原则，关注不同文学传统的不可交流性、误读与霸权侧面。怀疑双向与平等交流的乐观假设，比如特定文学传统之间一方对另一方影响越大，反向影响就越小，文学交流往往是动摇文学传统的霸权化过程；揭示不同语种文学接触交流中的“背叛性”因素与反双向性的等级结构，并试图解构其产生的社会文化机制。

中外文学关系研究的开发、深化和创新，离不开研究理论方法的提升与原理范式的研讨。某种新的研究理念和理论思路，有助于重新理解与发掘新的文学关系史料，而新的阐释角度和策略又能重构与凸显中外文学交流的历史图景，从而将中外文学关系的“清理”和研究向新的深度开掘。以往的中外文学交流研究，关注更多的是第一种范型内的问题，对第二种范型内的问题似乎注意不够。丛书希望能够兼顾两种范型内的问题。“平等对话”是一种道德化的学术理想，我们不能为此掩盖历史问题，掩盖中外文学交流上的种种“不平等”现象，应分析其霸权与压制、他者化与自我他者化、自觉与“反写”（Write Back）的潜在结构。

同时，这也让我们警觉到我们的研究范型中可能潜在着的一个矛盾：怎能一边认同所谓“中国立场”或“中国中心”，一边又提倡“世界文学”或“跨文学空间”？二者之间是否存在着某种对立？实际上在中国文学的世界性与现代性问题前提下叙述中外文学交流，中国文学本身就处于某种劣势，针对西方国家所谓影响的“逆差”是明显的。比如说，关于中国文学对西方文学的影响，我们可以以一个专题写成一本书，而西方文学对中国现代文学的影响，则是覆盖性的，几乎可写成整部文学史。我们强调“中国立场”本身就是一种“反写”。另外，文学史述实际上根本不存在一个超越国别民族文学的普世立场。启蒙神话中的“世界文学”或“总体文学”，包含着西方中心主义的霸权。或许提倡“跨文学空间”更合理。我们在“交流”或“关系”这一“公共空间”内讨论问题，假设世界文学是一个多元发展、相互作用的系统进程，形成于跨文化跨语种的“文学之际”的“公共领域”或“公共空间”中。不仅西方文学塑造中国现代文学，中国文学也在某种程度上参与构建塑造西方现代文学。尽管不同国家、民族、地区的文学交流存在着“不平等”的现实，但任何国家、民族、地区的文学都以自身独特的立场参与塑造世界文学，而世界文学不可能成为任何一个国家、民族或语种文学扩张的结果。

我们一直在试图反思、辨析、确立中外文学交流研究的基本概念、方法与理论范型，并在学术史上为本套丛书定位。所谓研究领域的拓展、史料的丰富、问题域的明确、问题研究的深入、中外文学交流整体框架的建构，都将是本套丛书的学术价值所在。我们希望本套丛书的完成，能够推进中国比较文学界中外文学关系研究领域走向成熟。这不仅是个人研究的自我超越问题，也是整个比较文学研究界的自我超越问题。

五

钱林森教授将中外文学交流研究的问题细化为五大类，前文已述。这五大类问题构成中外文学交流史的基本问题域，每一卷的写作，都离不开这五大类基本问题。反思这套丛书的研究与写作，可以使我们对中外文学交流史的研究范型有一个基本的把握。在丛书写作的过程中，钱林森教授不断主持有关中外文学关系史的笔谈，反思中外文学关系研究的基本问题与理论范式，大部分参与丛书写作的学者都从不同角度发表了具有建设性的思考，引起了国内学术界的关注。

其中，王宁教授从国家文化战略的高度理解中外文学关系史研究，认为：“探讨中国文化和文学在国外的接受和传播，应该是新世纪中国比较文学学者研究的一个重要课题，通过这一课题的研究，不仅可以从根本上打破中外文学关系研究领域内长期存在的西方中心主义思维定势，使得中国学者的民族自尊心和自豪感大大地提升，而且也有助于中国文化走出去战略的实施。在这方面，比较文学学者应该先行一步。”王宁先生高蹈，叶隽先生务实，追问作为科学范式的文学关系研究的普遍有效性问题，他从三个方面质疑比较文学学科的合法性：一是比较文学的整体学术史意识，二是比较文学的思想史高度，三是比较文学作为一门具体学科的“文史根基”与方寸。葛桂录教授曾对史料问题做过三方面的深入论述：一是文献史料，二是问题域，三是阐释立场。“从比较文学学科的传统研究范式来看，中外文学关系研究属于‘影响研究’

范畴，非常关注‘事实材料’的获取与阐释。就其学科领域的本质属性来说，它又属于史学范畴。而文献史料的搜集、鉴辨、理解与运用，是一切历史研究的基础性工作。力求广泛而全面地占有史料，尽可能将史料放在它形成和演变的整个历史进程中动态地考察，分辨其主次源流，辨明其价值与真伪，是中外文学关系研究永远的起点和基础。”缺少史料固然不行，仅有史料又十分不够。中外文学关系研究“问题意识”必不可少，问题是研究的先导与指南。葛桂录教授进一步论述：“能否在原典文献史料研究基础上，形成由一个个问题构成的有研究价值的不同专题，则成为考量文学关系研究者成熟与否的试金石。在文学关系研究的‘问题域’中进而思考中外文学交往史的整体‘史述’框架，展现文学交流的历史经验与历史规律，揭示出可资后人借鉴、发展本民族文学的重要路径，又构成中外文学关系研究的基本目标。”

文献史料、问题域、阐释立场是中外文学关系研究的三大要素。文献史料的丰富、问题域的确证、研究领域的拓展、观念思考的深入，最终都要受研究者阐释立场的制约。中外文学关系研究，理论上讲当然应该是双向的、互动的。但如要追寻这种双向交流的精神实质，不可避免地要带有某种主体评价与判断。对中国学者来说，就是展现着中国问题意识的中国文化立场。“中外文学”提出问题的出发点与归宿都指向中国文学。这样看来，中外文学关系研究的理论关注点，在于回答中国文学的世界性与现代性问题。也就是，中国文学（文化）在漫长的东西方交流史上是如何滋养、启迪外国文学的；外国文学是如何激活、构建中国文学的世界性与现代性的。这是我们思考中外文学交流史的重要前提，尤其是要考虑处于中外文学交流进程中的中国文学是如何显示其世界性，构建其现代性的。

六

乐黛云先生在致该丛书编委会的信中，提出该丛书作为中外文学关系研究的“第三波”的高标：“如果说《中国文学在国外》丛书是第一波，《外国作家与中国文化》是第二波，那么，《中外文学交流史》则应是第三波。作为第三波，我想它的特点首先应体现在‘交流’二字上。它不单是以中国文学为核心，研究其在国外的影响，也不只是以外国作家为核心讨论其对中国文化的接受，而是要着眼于‘双向阐发’，这不仅要求新的视角，也要求新的方法；特别是总的说来，中国文学对其他文学的影响多集中于古代文学，而外国文学对中国文学的影响却集中于现代文学。如何将二者连缀成‘史’实在是一大难点，也是‘交流史’能否成功的关键。”

本套丛书承载着中国比较文学百年学术史的重要使命，它的宏愿不仅在描述中国与世界主要国家的文学关系，还在以汉语文学为立场，建构一个“文学想象的世界体系”。中外文学交流史的研究要点在“文学交流”，因此研究的核心问题是“双向阐发”，带着这个问题进入研究，中外文学关系就不是一个简单的译介、传播的问题，中外文学相互认知、相互影响与创造才是问题的关键。严绍璗先生在致主编钱林森的信中，进一步表达了他对本丛书的学术期望，文学交流史研究应该“从一般的‘表象事实’的描述深入到‘文学事实’内具的各种‘本相’的探讨和表达”：

> *我期待本书各卷能够是以事实真相为基础，既充分展现中华文化向世界的传播，又能够实事求是地表述世界各个民族文化对中华文化和中华文明丰富多彩性的积极的影响，把“中外文学关系”正确地表述为中国和世界文化互动的历史性探讨。“文学关系”的研究，习惯上经常把它界定在“传播学”和“接受学”的层面上考量，三十年来比较文学的研究，特别是中国比较文学研究，事实上已经突破了这样一些层面而推进到了“发生学”、“形象学”、“符号学”、“阐释学”和“叙事学”等等的层面中。在这些层面中推进的研究，或许能够更加接近文学关系的事实真相并呈现文学关系的内具生命力的场面。我期待着新撰的《中外文学交流史》各卷，能够从一般的“表象事实”的描述深入到“文学事实”内具的各种“本相”的探讨和表达。*

2005年南京会议之后，丛书的编写工作正式启动，国内著名学者吕同六、李明滨、赵振江、郁龙余、郅溥浩、王晓平等先生慷慨加盟，连同其他各位中青年学者，共同分担《中外文学交流史》丛书的写作。吕同六先生曾主持中意文学交流卷，却在丛书启动不久仙逝，为本丛书留下巨大的遗憾。在丛书编写过程中，有人去了有人来，张西平、刘顺利、梁丽芳、马佳、齐宏伟、杜心源、叶隽先生先后加入本套丛书，并贡献出他们出色的成果。

在整个研究写作过程中，国内外许多同行都给予我们实际的支持与指导，我们受用良多。南京会议之后，编委会又先后在济南、北京、厦门、南京召开过四次编委会，就丛书编写的具体问题进行讨论，得到山东教育出版社的一贯支持。丛书最初计划五年的写作时间，当时觉得已足够宽裕，不料最终竟然用了九年才完成，学术研究之漫长艰辛，由此可见一斑。丛书完成了，各卷与作者如下：

(1) 《中国 - 阿拉伯卷》（郅溥浩、丁淑红、宗笑飞 著）

(2) 《中国 - 北欧卷》（叶隽 著）

(3) 《中国 - 朝韩卷》（刘顺利 著）

(4) 《中国 - 德国卷》（卫茂平、陈虹嫣等 著）

(5) 《中国 - 东南亚卷》（郭惠芬 著）

(6) 《中国 - 俄苏卷》（李明滨、查晓燕 著）

(7) 《中国 - 法国卷》（钱林森 著）

(8) 《中国 - 加拿大卷》（梁丽芳、马佳 主编）

(9) 《中国 - 美国卷》（周宁、朱徽、贺昌盛、周云龙 著）

(10) 《中国 - 葡萄牙卷》（姚风 著）

(11) 《中国 - 日本卷》（王晓平 著）

(12) 《中国 - 希腊、希伯来卷》（齐宏伟、杜心源、杨巧 著）

(13) 《中国 - 西班牙语国家卷》（赵振江、滕威 著）

(14) 《中国 - 意大利卷》（张西平、马西尼 主编）

(15) 《中国 - 印度卷》（郁龙余、刘朝华 著）

(16) 《中国 - 英国卷》（葛桂录 著）

(17) 《中国 - 中东欧卷》（丁超、宋炳辉 著）

本套丛书的意义，就在于调动本学科研究者的共同智慧，对已有成果进行咀嚼和消化，对已有的研究范式、方法、理论和已有的探索、尝试进行重估和反思，进行过滤、选择，去伪存真，以期对中外文学关系本身，进行深入研究和全方位的开发，创造出新的局面。

钱林森、周宁

前言

“文学交流是一门学问。研究文学的翻译、介绍、借鉴、影响，是促进国际间文学交流所应当完成的任务，这是不容置疑的，然而它的意义并不止于此。它有助于提高外国文学介绍和翻译的质量，有助于各种不同文化背景下产生的文学的深刻理解和汇通，有助于校我之短长而自淬砺，有助于在更广阔、更高远的背景下对文学的发展作宏观的观察。这样的任务，不是一朝一夕可以完成的。”

以上是笔者在 1987 年出版的《近代中日文学交流史》序言中写下的一段话。那时凭着对文化交流的热忱，开始了对日本文学的探究。30 年对中日文学交流史的学习，越来越使我感到，像中日这样有着如此悠久的交流历史、如此丰富的交流成果、如此众多往返于两国文学之间的文化使者的国家，在世界上并不多见。中日文化交流史对中日两国学者来说，都是一笔宝贵的学术财富。

正如日本学者加藤周一所说：“在将近两千年的日中交流关系当中，中国的影响在古代是压倒性的，那以后就一直强劲地波及日本。进入近代以后，虽然从日本到中国的影响有一些回流，但是中国对日本压倒性的文化影响，从文字，从建筑，从法律，从城市规划，在一切方面，都进入到非常深的层次。而这又是不带军事占领的。这样的例子恐怕是再没有的。”他还举出罗马帝国来与中华帝国对照，指出古代罗马在征服了整个欧洲的时候，就实行了军事占领，甚至连英国也是。由于罗马帝国统治了英国，当然文化上的强大影响也就进来了。就从语言上看，拉丁语进入了英语。然而，中国对于日本，并没有军事占领的企图。[1] 如何看待这样一部文化、文学交流的历史，可以说是关系对东亚文化发展模式和特点认识的问题，我们应该抛弃狭隘民族主义的立场，而从世界文化、文学发展的角度，对中日文化、文学的贡献和价值，做出自己的解读和阐释。

中日两国文学交流历史之悠久，文化差异之微妙，由于近代帝国主义、军国主义对中国侵略造成的文学和政治的纷繁纠葛，由于地缘政治和文化类型不同而造成的误解和摩擦，都是不宜回避的问题。对于中国学者来说，如何认识中日文学近两千年的文化文学史，是和如何看待

1. 王晓平著：《日本中国学述闻》，第 410 页，北京：中华书局，2008 年版。

日本人、日本文化、日本文学这些问题分不开的，而这恰也是如何与日本为邻，能否与日本文化、文学合理互动需要不断解决的，反之亦然。同时，以与汉字因缘深远的日本文学为镜鉴，也会使中国文化、中国文学的精髓和特性更为鲜明。

从我国汉魏时代就已经开始的中日文化交流，是两国人民共同参与和推动的。从那时直到19世纪末，都可以算是古典型的中日文化交流阶段。在这一漫长的历史阶段中，一切交流活动都是以汉字、汉诗文为中心展开的，汉文学是交流的中心和主流。西土（中国）文学东渐是最强大的潮流。同时，汉诗文也是中国人认识日本文学的主要方面。

30多年以来，我们对文化交流、文学交流的必要性和复杂性有了更加深刻的认识。尽管不全面、不平衡、不对等是文化交流的常见状态，但事实证明，相向而行的交流活动，有对双方文化有所理解的人员的积极推动，才会使交流走向深层。因而，本书在写作过程中，从主观上希望尽可能展现这种交流本身所具有的复杂多样性，关注交流者的情感经历，关注中国人在交流中所起到过的作用。

中国学术具有整体性，按照西方学术方法对文化进行文史哲分科研究，开创了中国学术的新纪元，但分割的研究往往不能完整呈现文化的全貌和全部价值。现代通行的文学概念是在西方传来的文学观念和前苏联文学理念的影响下形成的。中日文学交流作为两国文化交流的一部分，在这样的框架下很难得到完整的反映。因而，本书在描述古典型文学交流的时候，也注意到围绕策文、愿文、蒙学书等方面的交流，肯定其在两国文学发展中的地位和作用。文学交流研究当从两国文学实际出发，而不是从某种抽象的概念出发，才会活力无限。

汉代伟大的历史学家司马迁将“通古今之变，成一家之言”作为自己的目标，他的这句话用到中外文化交流史的研究上来，那就是要通中外之变，成一家之言。中外文化和文学史的研究，理当在“通”字上做文章，在不同文化之间寻求打通、沟通、变通、融通的规律。在考察古典型中日文学交流阶段历史的过程中，我们对两国的学术传统也有了新的认识。中国汉代的义疏之学、宋代的义理之学和清代的考据之学，不仅都曾经给予日本学术一定程度的影响，而且其中至今存在可以转化成为现代学术所用的部分。清代的朴学，在理解和分析古代中日的汉字文献时，仍有值得继承的丰富内容。对古代写本的研究，不妨集两国学术之所长，以“跨文化新朴学”的姿态，不断展开新的求索。当然，笔者所做的仅仅是开始，许多现象和问题还有待于深入思考。

21 世纪国际化网络时代的文化与文学交流，更加趋向于多元化、即时化与公众化，将对人们的生活产生更为重大的影响。从来没有任何时代像今天这样，人们能够轻松地穿梭于不同文化、文学之间。与此同时，数千年人们辛勤创造的文化和文学，也就更轻易地被快餐化，以更多样的方式被遮蔽、被恶搞，以更快的速度被遗忘、被丢弃，这里面就包括中日两国以往交流的众多细节。尽管本书的描述还很粗略，但已足以让我们对古代那些行走于两国之间的贤人志士充满敬意。东亚是诞生了玄奘、鉴真、空海这样伟大的文化使者的地区，这里的人们应该有智慧跨越地理、文化差异的障碍，找到和平共存、文化繁荣的道路，也为世界文学做出更大的贡献。

日本学者上垣外宪一在《日本文化交流小史》一书的后记中写道："近代日本过于轻率地抛弃了通过漫长的历史日积月累的、在和平时期逐渐成熟起来的中国文化。今天，难道我们不是有必要重新回味一下，日本人在历史上曾几何时那么狂热而又执著，甚至带着一种贪婪似的，不惜冒着生命危险去追求的东亚传统文化的意义吗？让我们在内心深处重新追忆那一幕幕文化交流场景的时机不是已经来到我们面前了吗？"[1] 这些话反映了当下一些具有国际视野的日本学者的文化自省意识。认真回顾一下前近代中日文化与文学交流的历史，对于我们来说，除了对于近邻那一与我们父辈及我们自身的物质生活与精神生活都关系深切的国度的文化增进理解之外，也于我们对自身传统文化体系的认知不无裨益。邻国的政治走向与文化走向，永远不会与我们的生存状态毫无关联。今天的中国学者有必要将日本研究推向一个崭新的高度，也有信心有能力在复杂的国际环境与文化交往中不断增强自身的吸纳力、操控力与影响力。

1. [日] 上垣外宪一著、王宣琦译：《日本文化交流小史》，第 181 页，武昌：武汉大学出版社，2007 年版。

希望读者在翻开中日文学交流史的时候，对于如何认识中国文学在世界文学海洋中的沉浮，如何寻求具有普世意义的文学理论体系，如何迎接更多的外来文学之友，眼界能更宽些，心胸能更大些，点子能更多些。一国文学不论多么丰富，多么优秀，当她孤立存在的时候，都不可能发挥她的全部魅力。当她和异种文化、文学接触碰撞之后，就会赢得更多的欣赏者，赢得再生的机缘，赢得四射的光辉。

本书之成，得益于丰富的中日史料和前贤研究成果。本书引用的日本文献，原为汉文撰写的，均经笔者校点；原为日文的，除个别注明译者的以外，均为笔者译文。引用原文所在写本或刻本时有误字，确为讹误者，径改，如有必要则以括号出注。引文中笔者认为需加简注的词语，以括号加“按”的形式注出。为便于读者查阅，注释尽可能详密，对日本资料，书名保留原文。中日学者对文学交流史的个案研究积累了丰硕的成果，但展现原貌与体现特色的著述尚不多见，在对各种个案研究细心领会的基础上，本书希望采用彼详我略、彼缺我补、彼薄我厚、彼点我面的方法，对围绕书籍与人员的各种交流层面加以描述。因而，对某一问题抱有兴趣的读者，如能多读些相关论著，将会加深对本书的理解，作者期待着读者的指正与批评。

第一章　　汉字文化圈内部文学的横流与纵变

航海书来道遂东，

虚辞助语惜难通。

——黄遵宪《日本杂事诗》

日本江户时代古学派学者荻生徂徕（1666—1728）在《译文筌蹄题言·三》谈到“盖书皆文字，文学即华人之语言也”[1]。堀景山（1688—1757）更明确地提出，“学问之基本，乃习得汉字、汉文，需要通达文字，即精通中华文字的意义。写诗撰文，可成博学，但要在读懂中华之书后才能所资凭。”[2]他们都说出了当时学问的基本道理，而这也正是研读中日文学交流史的基本道理。

1.［日］荻生徂徕著：《譯文筌蹄》，第4页，东京：须原屋书店，1908年版。

2.［日］植谷元、水田纪夫、日野龙夫校注：《仁齊日れ　たはれ草　不盡言　無可有鄉》，第137页，东京：岩波书店，2000年版。

文学交流不能离开语言和文字。对于中日文学来说，共同使用的汉字对文学交流产生的影响十分深远，这使得我们至今还能很轻松地阅读对方1500年前的作品，而围绕两国文化、文学的某些误解也因为汉字的隐蔽而延长了破解的时间。有关文学的翻译、阐释，抛开了对训读等特有现象的理解也将浮于表层。因而，在我们梳理两国文学因缘之前，不妨首先了解一些有关文字因缘的事情。

第一节　汉字——中日文学的共有形体

东汉光武帝中元二年（57）赐予倭奴国王的“汉委奴国王”印，同近年在昆明石寨山遗址出土的滇王印形体相同。不论倭奴国王是否已经让他派遣的使者携带国书前往，当时的日本人中应该有人具备了有关汉字的知识。从今天出土的日本古代大刀、古镜和陶器来看，最晚在4世纪后半期便开始有人在自己制造的器物中留下汉字[3]。尽管汉字起初可能是为大陆和朝鲜半岛来的所谓“归化人”所掌握的，但其在传播知识过程中的作用也会不断为土著居民所接受。从那时候起，汉字就逐渐成为日本人生活的一部分，也成为日本文化的一部分。当我们探讨中日文学交流史的时候，也不能不从日本的汉字说起。

3.［日］白川静著：《漢字百話》，第194—195页，东京：中央公论社，2002年版。

一、　人名、地名中的日本怪字

在我们阅读日本文学作品或者新闻报道的时候，不时会碰到一些怪字，查《新华字典》找不到。比如日本著名哲学家、文学家和辻哲郎（1889—1960），这个“辻”（tsuji）字就不多见。

还有的时候，我们会发现同样一个字，日语原文和翻译过来的汉文不是一个字，比如日本前首相小渊惠三（1937—2000），日文中写的是“小渕”（kobuti）。日本字不是都来自中国吗？怎么会有我们字典中没有的字呢？

清末著名学者俞樾编选《东瀛诗选》，已经注意到这个问题，在该书《例言》的最后一项，就谈道：“东国（日本，笔者注）字体有涉诡异者，如島必作嶋，鸠必作鳩，犹于形声无误也；至如榊字、椙字、辻字、畠字，求之字书，皆无可考。”[1] 不过，俞樾接触的只是日本人写的汉诗，见于诸集中诗题者率皆人名、地名，不可更易，也就悉如其旧，也是名从主人的惯例。但是，如果要诵读这些诗篇的话，就有了读音和意义的问题。

1.（清）俞樾选编：《東瀛詩選》，第 6 页，东京：汲古书院，1981 年版。

上面举出的这些字，除了所谓“移位字”（如島与嶋、鸠与鳩）之外，其余的分为两类：一类是中国没有而日本人自造的字，日本人称之为“国字”，也叫作“和制汉字”、“和字”、“倭字”、“皇朝造字”；一类是中国原来的俗字，今称异体字，几百年前中国都不用了，所以很多人倒以为是外国字了。那么，同是怪字，哪些是日本“国字”，哪些不是，要说清楚，就不能不给日本“国字”掏掏根儿。

江户时代大学者新井白石所著《同文通考》[2] 早给“国字”下了个定义，那就是一定要是只有日本有的，不仅是日本人仿照汉字的原理自己造的，而且必须是中国没有的。[3] 就是那些虽然是中国字，但在日本意思完全不一样的，也不能算日本的“国字”，就是虽然原本是日本人不知道有某个中国字，自己造出来，后来才发现在中国有这样一个字，意思可能还不一样，那就不把它算作日本“国字”了。这样一定义，我们对日本“国字”就好把握了。“国字”以训读为主，少数也有音读的。

2.［日］新井白石著：《同文通考》，东京：勉诚社，1979 年版。

3.［日］笹原宏之著：《国字の位相と展開》，第 47—48 页，东京：三省堂，2007 年版。

为什么会有日本“国字”的问世？文字是记录语言的，而语言又是反映人类现实世界和精神世界万事万物的工具。说到根儿，日本存在中国没有的自然现象、社会现象和精神现象。日本人感到中国传来的汉字不够用了，或者用起来不那么方便，就自己造起字了。奈良时代成书的《万叶集》，是用中国字记录日本和歌的，其中有一位歌人名叫柿本人麻吕。麻读作“ma”，吕读作“ro”，合起来读作“maro”，写成两个字是“麻吕”，两个字和在一起写就是“麿”。这就成为日本独有的字了。这使我们想到中国的“魔”字。“魔”本非周秦旧字，佛经给我们带来了“魔”的概念，为了翻译佛经，先贤先用“磨”代用，后来换“石”为“鬼”，就造出了“魔”字。奈良时代的书写习惯，是自上而下竖着写，合写的“麿”要比分写的“麻吕”，写得快，还好看。这很像中国字中的“不用”为“甭”，只是“麿”并不两字合读罢了。

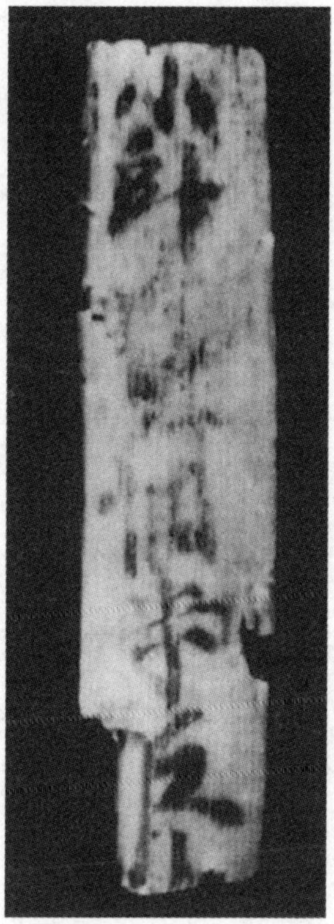

奈良时代的木简

丰子恺译本《源氏物语》第四十二回（帖）篇题为“匂皇子”，郑民钦译本译作“匂兵部卿亲王”[1]，其中的“匂”字被列在日本“国字一览表”中，读作“nioi”，是香味的意思。然而这个字在平安时代本来是“韵”字的省笔字。江户时代儒者松井罗州《它山石初编》就指出“匂”是“韻”字的省文。他举出平安时代藤原敦光《对庭花诗》“当户浓匂含霜媚，入帘落蕊带风斜”为例，说里面的“浓匂”就是“浓韻”。松井罗州所言不差[2]。其实，在中国早有这个字，读作“盖”。《龙龛手镜》（高丽本）勹部：“匂，盖，葛。”意思是“匂”这个字，读作“盖”，是葛的意思。所以，“国字一览表”里是否还应该给它留一个位置，就值得讨论了。

1. [日] 紫式部著、郑民钦译：《源氏物语》，第 594 页，北京：燕山出版社，2006 年版。

2. [日] 日本随笔大成编辑部编：《日本随筆大成》第二期，第 15 页，东京：吉川弘文館，1994 年版。

一般翻译日本文学作品的时候，遇到日本“怪字”，意译或者音译都可以避开，不让它们出现在译文中让读者头痛，不过一碰到日本人名、地名中的“怪字”，可就挠头了，总不能给人改名换姓吧。至今在日本人的姓名中，还有一些属于日本“国字”。前面提到的“辻”，是十字路口的意思。日本地名中的“国字”不仅常见，而且还有一地专用的。日本关东北部有个枥木县，枥（tochi）是日本“国字”，本来是一种山地自生的落叶乔木，栗子似的褐色种子可以食用。爱知县西部多见用“杁”字的地名，“杁”读作“iri”，这就是一个地名专用字[3]。在日本，像这样的地名用字不只一个，本地人当然用来不犯愁，对于外地人

3. [日] 笹原宏之著：《国字の位相と展開》，第 419 页，东京：三省堂，2007 年版。

来说，可就难名其妙了。

二、 日本风物中的“国字”

新字的产生首先是为了书写实用和方便。有些中国字写起来很繁复，日本人就“借”一个或造一个简单的去代替，作用相当于今天所说的简体字。山麓的“麓”，笔画太多，日本就出来一个“梺”字，保留了“麓”字的上部，以“林”加“下”字会山脚下之意。

明治维新前后，日本学者翻译西方书籍，碰到许多新事物、新概念，于是便仿造汉字的造字法则造了一批新字。这些字一度传入中国，为中国人所接受。例如，重量单位“噸”（今作“吨”），长度单位千米写作“粁”，厘米写作“糎”，毫米写作“粍”，它们都是将西方文字的音译和汉字的表意功能结合起来的产物。这些字都通过翻译传入中国，只是今天已不再使用。为了表示生物体由腺细胞组成的能分泌某种化学物质的组织，日本学者创造了一个“腺”字，这个字不仅在我们的自然科学中长期使用，而且被收入了《新华字典》。它的结构容易意会，让我们感觉不到它原来是“舶来品”。像这样日本“国字”被中国汉字吸收的例子还可以举出一些。

日本素称海洋之国，森林之国，独有的水产和林木数量很多，它们是日本人的骄傲，所以在“国字”的家族中，表示鱼类的“鱼”字旁的字和表示林木的“木”字旁的字就格外多。在茨城县，我曾看到两家以汉字为广告的店铺。一家是刺身店，门前转动的圆形霓虹灯上写满了鱼字旁的字，其中如鱈、鰯、鯱等字见所未见，主人以这种鱼字大博览的方式向客人夸耀日本渔产之丰、自家鱼虾之鲜。另外一家是木材店，店前竖立着一块高大的广告牌，上面全写的是木字旁的字，数目实在可观，其中当有不少属于日本的“国字”。那些日产的鱼字旁和木字旁的字，随着中日贸易和文化交流的深入，今天有些为中国人所熟悉，甚至进入到中国部分百姓的日常生活。例如鱈（tara）、鱇（kou）等字就随着日本料理店进入中国都市而开始成为熟面孔。

除了自然风物的不同之外，日本民族还有属于自己的有关神、鬼、狐、鸟、兽、草、木、虫、鱼的想象。从最早的叙事文学《古事记》、抒情文学《万叶集》等作品中，它们就不断现身。周作人翻译的《平家物语》卷四十五篇名为“怪鸟”[1]，原文是“鵺”，读作奴江（nue），

1. 周作人译：《平家物语》，第 248 页，北京：中国对外翻译出版公司，2001 年版。

是一种怪物，并非鸟类，叫声像是“奴江”，故以奴江为名。书里说是源赖政从紫辰殿上射落的怪物，据说长着一张猴脸，狸的身子，蛇的尾巴，虎的手足，叫声像画眉。其实《广韵》中已经有这个字，说是怪鸟。周作人推测是一种昼伏夜飞的鸟。由于中国已经有了这个字，“鵼”不能算是日本“国字”了，这个字也写作“鵺”，突出其夜间活动的特性。

三、怪字不一定都是日本“国字”

我们今天看不惯的日本字，不一定都是日本“国字”，有些反而是六朝唐初俗字的写法。中国的“葛”字，日本写作“葛”，中国的“笑”字，日本写作“咲”，上面说过的“渊”字，日本写作“渕”，其实“葛”、“咲”、“渕”都是唐代的俗字。这只要看一看敦煌写本和日本奈良平安时代的写本就明白了。

江户初期水户藩第二代藩主德川光圀（1628—1700），翻译成中文时写成“德川光国”。“圀”字看起来很陌生，其实是个“中国产”。唐张鷟《朝野佥载》卷一还记载了一个与这个字相关的传说。天授年间，武则天好改新字，又多忌讳。有幽州（治所在今北京市西南）人寻如意上封云：“‘國’字中‘或’，或乱天象，请囗中‘武’以镇之。”女皇大喜，发下制书立即执行。过了一个多月，又有上封者云：“‘武’退在囗中，与囚字无异，不祥之甚。”则天愕然，赶紧追加制书，又把囗中的“武”改为“八方”，即为“圀”[1]。这则传说虽然头头是道，却少根据，“圀”字的出现是在证圣年间，而不是在天授年间。总之，“圀”是唐代的异体字。今天“圀”字在日本也很少使用，学江户时代历史的却不能不认识它，因为德川光圀对江户时代的文化是很有贡献的。

1. 赵守俨校点：《隋唐嘉话 朝野佥载》，第19页，北京：中华书局，1979年版。

像“圀”这样的一些字原来都当做日本“国字”，实际上在中国早有，只不过表示的意思和日本不尽相同，不能列入日本“国字”之列。在平安时代的愿文里，经常出现一个“啒”字，在物语当中也能见到这个字。日本学者根据《康熙字典》等字书，把它解释成“忧”，结果很难讲通。因为这个字的后面，通常跟着表示若干僧侣之类的意思。根据笔者考证，这个字当作“邀请”讲，在愿文中都是写请若干僧侣来做法事。本来这个字在六朝和唐代都写作“屈”，这种用法在敦煌文献中也很常见。蒋礼鸿等专家都有过考证[2]。日本人从六朝愿文和俗文学中

2. 蒋礼鸿著：《敦煌变文字义通释》，第190页，上海：上海古籍出版社，1981年版。

懂得了它的意义，为了和表示“屈服”之意的“屈”字相区别，或许是想到“请”需要开口说话，就给它加上了一个“口”[1]。结果这个字有了自己的含义，而与《康熙字典》等字书中的“崛，忧也”不再是一回事了。然而，从字形来说，日本有，中国也有，就不能算是日本“国字”。

1. 王晓平著：《啒字考》，《汉学研究》，第十一集，第368—379页，北京：学苑出版社，2008年版。

像这样给中国字加偏旁构成新字的情况，还有一些。日语中有一个“喰”字，表示“吃”的意思。这恐怕是因为日语常用表示“吃”的意思的词有两个，一个读作“taberu”，用汉字“食”来表记，另一个读作“kuu”，如果也要用汉字表记的话，就必须有所区别，于是便在旁边再加上一个“口”。两种说法都很常用，于是“食”、“喰”各司其职，写出来读起来都不至于混淆。日本的“国字一览表”还把这个字列了进去。其实，这也是一个错误。因为中国也有这个字。《龙龛手镜》（高丽本）食部：“喰、湌、飧：音孙，以饮浇飰（饭）也。上一又俗仓安反。”[2]是说“喰”字读作“孙”，俗又读作“餐”，是用汤水泡饭的意思。一般也用作吃、进食的意思。《敦煌变文集·父母恩重经讲经文》：“甘辛美味，妻子长喰。”[3]中国的“喰”和日本的“喰”都表示“吃”的意思，读音不同。把“喰”列入日本“国字”，是因为像这样中国中古时期的俗字过去没有收入广泛流传的字书当中。

2. ［辽］释行均编：《龙龛手镜》（高丽本），第500页，北京：中华书局，2006年版。

3. 王重民、王庆菽、向达、周一良、启功、曾毅公编：《敦煌变文集》下集，第676页，北京：人民文学出版社，1984年版。

下面试从日本“国字一览表”中，再摘出两个来。

“柾”字，日语读作“masa”或“masaki”，一种常绿灌木，译作正木，多种植在庭院里面。“柾”在中国，原来是“柩”的俗字。《龙龛手镜》（高丽本）木部：“柾，俗；柩，正。渠救反，尸柩。《礼记》云：‘在床曰尸，在棺曰柩。’柩言久也。”[4]

4. ［辽］释行均编：《龙龛手镜》（高丽本），第383页，北京：中华书局，2006年版。

“畠”，日语读作“hata”或者“hatake”，是旱田的意思。与水田相对，干旱的土地水分少，颜色发白，所以就以“白”字加“田”字会意。一般都认为是日本造字，不过笔者发现，平安时代的字书《倭名类聚抄》高松宫旧藏本第一卷“畠”字条引《续搜神记》云：“江南之畠种豆”，以下并注明：“畠，一云陆田，和名波太介，或以白田二字作一字者，讹也。《日本纪》云：‘陆田种子波多介豆毛乃也。’今案：《延喜内膳式》营瓜一段种子四合五夕也。”[5]这一段话里的“夕”字疑为“勺”字之讹。可见《倭名类聚抄》的作者认为“畠”字在《续搜神记》中已经出现，并非白、田各为一字，江南旧有此用法。《续搜神记》今不存全书，谨将此条录于此，存疑以待方家详考。

5. ［日］虎尾俊哉编：《国立歴史民俗博物舘貴重典籍叢書 文学篇》第二十二卷（辞書），第46页，京都：临川书店，1999年版。

四、 日本“国字”该怎么念？

日本“国字”，多是会意字，两部分合在一起表示一个事物，或上下结构，或左右结构，或内外结构。但在我们看来，可能会误以为偏旁表示基本意义，还有一部分就表示读音。汉字中形声字多，我们也容易把日本“国字”当形声字来看待。按照念字念半边的习惯，这些日本“国字”也就会约定俗成地找到较为可行的读法。

虽然少数日本“国字”已经能在《新华字典》上查到，然而，对这些越来越多地闯入我们精神生活的不速之客，我国官方还没有一个说法。比如对日本“国字”进行一番调研，规定一下哪些字我们可以使用，应该怎么读，哪些字我们不必引进，可以用什么方法处理等等，这样做的必要性一天天在增强。

在没有这样一个规范之前，读者就面临着一个如何读音的问题。一般译者似乎还没有意识到这一点。不少译本既无注音，更无注释，全凭读者跳着读或者蒙着念。不过也有的翻译家早就想到了，他们一方面在译文中尽量避免过多引进新字，一方面又通过注释等方式介绍必要的知识。周作人在《平家物语》等译著中碰到这种情况，往往加上很详尽的注释，用拉丁文注明该字在原文中的读音。这样的注释本身知识量大，读来也颇有趣味。这完全是一种研究型翻译的做法。陈寅恪先生曾说：“依照近日训诂学之标准，凡解释一字即是作一部文化史。”出处从这种意义上说，解释一个日语汉字，即是做一部中日文化交流史。译者在介绍日本文学经典的同时，也向读者展示了中日两国的文化因缘。

诚然，由于译本面对的对象不同，做法也可以各不相同。不过，起码可以给它们用拉丁文或者别的方式标注一下在原文中的读音，如能简明地说明它的特有含义，就可以更多保留原作的异国情调，读来也会更有味道吧。

五、 日本“国字”的汉字思维

中国字讲究音形义统一，而日本汉字从一开始便与中国读法不同，可以说是“同文异读”。日本人仿造中国字自制汉字，就无法顾及见字知音这一方面，所以大多数“国字”，正是吸收了汉字望文知义、见形想物、四方结构这些要素。那善于潜水的鸟，就是“入”加“鸟”，写作“鳰”（nio）。同理，表示进入的意思，就是“入”加“辶”，写作“込”（komu）；水滴就是“雨”加表示下落之意的“下”，写作“雫”（shizuku）；生活在田野、池塘、河边的鸟就是“田”加“鸟”，写作“鴫”（shigi）。日本把木匠叫作“は工”，于是“木”字加“工”字，写作“杢”（moku），就表示木匠的意思了。日本“国字”已经是亚洲汉字大家族中富有特色的一员，至今还活力十足。

日本“国字”既是中国字的扩衍和增展，又是日本文化的符号。因为当人们感到需要造一个新字来表示某一事物的时候，就赋予这种事物一种特别的意义了。红叶日语读作“momiji”，《万叶集》里多写作“黄葉”，后来造出一个“木”旁加“花”字的“椛”字来，专门用作红叶之意。这反映出日本人对红叶的偏爱。“椛”还是“桦”的异体字。日本人爱以花来比喻他们认为最精彩的事物，他们把一种日本特有的酒写作“糀”（kouji），把一种日本刀写作“錵”（nie），这些无不是一种审美情趣的流露。“榊”是一种常绿小乔木，枝叶常用于献于神前，所以就以“神”加“木”为字。[1] 日本人的神道观念也渗透到“国字”当中。

1.［日］笹原宏之著：《国字の位相と展開》，第 73 页，东京：三省堂，2007 年版。

一百多年前的中国人读日本文章，跳过那些弯弯曲曲的假名，意思能猜个八九不离十，所以中日两国的文人见面还可以笔谈。今天不懂日文的中国人拿到日本文章，可就摸不着头脑了。同样，没有学中文的日本人，也看不懂中文报纸了。光凭自己认识的字，去猜对方国家的文字就会出笑话。据说有位要回国的日本商人，坐在开往北京机场的汽车上，为了表示对接待方的感谢之情，用日本汉字给中国公司派出送行的司机写了一张纸条：“大变有难，我上机嫌。”里面的“大变”，意为“非常、很”的意思，“有难”是感谢之意。而“上机嫌”则是“心情愉快、非常高兴、爽”。本来他的意思是说：“十分感谢，我们非常高兴。”却把司机吓坏了，以为他碰到了什么事变灾难，不愿意上飞机了。[2]

2.［日］志田唯史著：《中国漢字と日本漢字》，第 233—234 页，东京：“KK ベストセラウズ”，1995 年版。

汉字从一千五百年前传入日本，一直到今天，在日本社会生活中的地位依然是无以取代的。日本热爱汉字的人们为了推进汉字教育付出了极大的努力。每年的 12 月 12 日，是日本的“汉字日”。从 1995 年开始日本汉字能力检定协会都要举办“一年一字”的活动，向社会公开征集最能表现当年世相的一个汉字，并于“汉字日”这一天，在京都清水寺由住持当众书写票数最多的一个字。这已成为日本年末一道风景线。从 1995 年以来，人们分别选择了震、食、倒、毒、末、金、战、归、虎、灾、爱、命、伪、变这些字，来记录当年的大事，寄托对来年的期望。亲历者不难从这些字中回味起当时的情景和心境。2008 年的“一年一字”是“变”字，寄寓着在金融危机的当口举国思变的情绪。日本电视中经常播放有关汉字的知识竞赛和五花八门、妙趣横生的汉字游戏，就连社区办的小报，也不时刊登有关四字熟语（近乎中国的成语）等填字、猜字游戏。我们这些汉字的故乡人，不仅感到分外亲切，而且从中备受启发。

大体说来，我们对域外的汉字还比较陌生，还没有一部像《大汉和词典》一样包括中日汉字的大词典，更不用说将朝鲜半岛等其他汉字文化圈的汉字都收纳进来的《亚洲汉字大词典》以供研究了。笔者以为，这件事情早晚会有人去做的。

第二节 从笔写到印刷——中日文学的无声传播

日本史书记载，在 4 世纪的应神天皇时代百济人就将《论语》、《千字文》传入日本，根据近代出土文物考察，中国文化典籍的东传很可能比这更早。相传天智天皇时代，日本便有学校设立，置学头这样的官职。这不仅说明了日本当时已具有了某种程度的学校教育，而且也间接证明，其时已有相当数量的从中国传来的典籍。从当时中国典籍的形式考虑，这些典籍便是写本，或称抄本。进一步说，这些海外传来的典籍也已经开始了被转写、被讲读的历史。

一、 中日文学交流发轫于写本时代

6 世纪继体天皇时代，就有“五经博士”，一人教授五经的学官进入了朝中。6 至 7 世纪进入飞鸟时代，谶纬说传入，形成了所谓阴阳道。当时的知识分子对三国六朝的学问思想，已经相当了解，那些读过经书，接触过经学的知识分子就成为“大化改新”的主力。他们读到的经书，当然只能是写本。

根据文献记载和实物考证，我国的雕板印刷术是在唐代出现的，到五代时期已比较流行。

但是，那时雕印的东西一般是以佛经、阴阳杂记、相宅、占梦、历书、字书之类为主要内容，人们并不是那么看重，因此影响既有限，流传下来的也不多。

中日文献都有遣隋使、遣唐使携带汉文图书回国的记载。《善邻国宝记》（卷上）引《经籍后传记》（原文双行夹注，改为括号内单行注）：

以小治田朝（今按推古天皇）十二年，岁次甲子正月朔，始用历日。是时国家书籍未多，爰遣小野臣因高于隋国，买求书籍，兼聘隋天子。[1]

1.［日］田中健夫著：《善隣国宝記 新訂続善隣国宝記》，第 34 页，东京：集英社，1995 年版。

《经籍后传记》原书已散佚，佚文除《善邻国宝记》外，还见于《政事要略》等各书。上引所言是指文献所载日本派往中国的第一次求书使团。《日本书纪》卷第二十五白雉五年七月载，第二次遣唐使吉士长丹等因为从唐带回很多书籍和宝物，得到天皇赏赐：

是月，褒美西海使等，奉对唐国天子，多得文书宝物，授小山上大使吉士长丹，以少花下，赐封二百户，赐姓为吴氏；授小乙上副使吉士驹，以小山上。[2]

2.［日］坂本太郎等校注：《日本書紀》，第 323 页，东京：岩波书店，第二十二卷，2000 年版。

日本向中国派遣使节的隋唐时期，正是写本风行的时期，他们所接触的正是以手抄为主的典籍文化。

印刷术起于民间，唐代统治者还不屑一顾，他们热衷的是组织规模可观的抄书活动。从初唐至中唐，根据新旧《唐书》的《艺文志》和《经籍志》的记载，其间约有五次最大规模的抄书活动。[3]

3. 奚椿年著：《中国书源流》，第 126—130 页，南京：江苏古籍出版社，2002 年版。

大规模抄书，主要作用便是抢救、整理和保存了一批重要典籍。这三者实为一事，但时间不同，组织者的着眼点似不尽相同。

最早的一次，是武德五年（622），秘书监令狐德芬“奏称购募遗书，重加钱帛，增置楷书令缮写”。这样做，显然有利于弥补由于隋末唐初战乱造成的经籍毁损的损失。第二次在贞观(627—649 年)中，似是首次的延续和补充。第五次是文宗时(827—840 年)，则是由于安史之乱，“乾元旧籍，亡散殆尽”，故“郑覃侍讲禁中，以经籍道丧，屡以为言，诏令秘阁搜访遗文，日令缮写”。以上三次抄书，均因战乱之后，抢救经籍乃当务之急，抄一种救活一种，故赶抄不怠。

天下安定之时，抄书整理，则是文化盛事。第三次，始于乾封元年。第四次，则在开元七年（719），抄书多达五万卷。这样的抄书活动，不仅拾遗补缺，而且改善了藏本的质量。历次抄书，均由皇帝命人组织。

奈良正仓院

在这种风气下，民间也以抄书为事。值得注意的是，不少书籍，都流传到日本，可以推想，各种抄本，原本就是在当时的书铺不难见到的。《白氏文集》写本传入日本，唐代诗人已经了解。[1]日本汉学最兴旺的时期，是奈良平安前期，正是我国文化繁荣的唐代。日本当时的学制学风沿袭唐朝，这种倾向一直延续到室町时代，长达一千余年。

1. 朱金城笺注：《白居易集笺校》，第 3972—3973 页，上海：上海古籍出版社，2003 年版。

这些官方和民间的抄书活动，其对于遣唐使和遣唐僧的影响，首先就是让他们能够方便地成为书铺的主顾。在第一次抄书的第二年，到唐的学问僧惠齐、惠光、医惠日、福因等回到日本。而在第二次抄书期间，630 年日本派遣了犬上三田耜（锹）、药师惠等第一批遣唐使，到第五次抄书的文宗时期，日本已经向唐派遣了十七次遣唐使，第十七次是 838 年出发的。

遣唐使带回国的书，既有获赠来的，也有自购来的。他们在唐的求学购书活动，史书有载。《旧唐书 · 倭国传》说遣唐使“所得锡赉，尽市文籍，泛海而还”[2]。《新唐书 · 日本国传》也说开元年间来唐的遣唐使“悉赏物贸书以归”。[3]他们不重赏物重文籍的举动，似乎感动了当时的中国人，才会在两部史书上皆留此一笔。稍微注意一下，两唐书对其中一个代表人物的教养评价稍有区别。对长安三年（703 年）来唐的粟原真人，《旧唐书》说他“好读经史，解属文，容止温雅”，《新唐书》则说其“好学，能属文，进止有容”。后者未明确其读书内容为经史，说法更为可信，但对日人以赏物换文籍的记载，两《唐书》则无甚区别，无须置疑。不用说，他们换去的文籍，主要就是抄本。

2.《旧唐书》，卷一百九十九上《列传》第一百四十九上，第 5339 页，北京：中华书局，1975 年版。

3.《新唐书 · 日本国传》，第 1585 页，北京：中华书局，1975 年版。

唐代官方抄写的书藏于官府，开元年间，宫中藏书已达到七万余卷；而民间抄写的书则宜于广泛流通。在这期间，遣唐使、学问僧以及唐与渤海派往日本的使臣，都往往携书到日本。不用说，大量的就是那些出于民间书手之手的抄本。

诚如岛田翰在《旧抄本考 · 小引》中所指出的那样：“盖王朝之盛，远通使隋唐，博征遗经，广采普搜,舶载以归,守而不失,真本永传。是以夏殷三代之鼎钟,六朝隋唐遗卷,往往而有存者。”[1]

1.［日］岛田翰著：《汉籍善本考》，北京：北京图书馆出版社，2003 年版。

幸存的那些隋唐抄本，不过是那个时代日本使节和留学者活跃的猎书活动的些微历史遗物。

学练书法和抄书常常是一回事。由于唐是抄本时代，日本人接触的就是手写的汉字，其中不乏艺术珍品，而不是印出来的汉字。学习中国文化必须从写字始，欣赏汉字和练写汉字才显得那么要紧。这一点对于理解汉字的艺术性是十分必要的。中国那些抄本，不少出自书法高手。

日本奈良、平安时代流传下来的写本，不少也堪称书法精品。平安时代书法家空海（774—835），在他的《遍昭金刚性灵集》卷四里有几篇向嵯峨天皇献纳欧阳询等人的真迹和自己抄写的中国诗文集的表文，如其中的《书刘希夷集献纳表》就提到他在唐之日，看到贞元（唐德宗年号）英杰六言诗，“文是秀逸之文，书则褚临王之遗体也”，便“临池之次，写得奉上”。[2]

2.［日］空海著，渡边照宏、宫坂宥胜校注：《三教指歸 性靈集》，第 230 页，日本古典文学大系，东京：岩波书店，1975 年版。

试想如果空海等人看到的全是印本，那么就不一定有这样丰富的书法艺术交流了。

初唐《游仙窟》这样在当时受到欢迎的书，能被带到日本，原因恐怕是书有了名气，就有书手多抄多卖；就是后来，像白居易的好诗一出，便有日本人买来带回去，那也得归功于那些将白居易的诗“缮写摹勒，衒卖于市”的抄书人。白居易在编定《白氏文集》时提到：“集有五本……其日本、新罗诸国及西京人家传抄者，不在此记。”这说明，日本传抄的情况，甚至又通过往来于两国的使节返传回唐朝。

古人常常把抄读作为一种学习和记忆的重要手段。孙德谦《古书读法略例》专列《书用抄读例》，说读书贵乎抄书，极言抄读之为益宏多。其中谈到抄与读的关系，说：“自一经手抄，当时意既专注，可使过目不忘，较之泛泛浏览者，迥乎不同。”又说：“盖人当抄书时，心神凝聚，字字不轻放过，而加以思索。入之既深，此书烂熟于胸中，其于书之义理，必能融会而贯通。此抄书之大有裨于读书也。”[3] 此诚善读书真读书者言。我们以此来反观那些日本保留的抄本，

3. 孙德谦撰：《古书读法略例》，第 197—206 页，北京：中国书店，1984 年版。

大概很多都是属于自抄自用的。

遣隋使、遣唐使历经千辛万苦带回国的抄本，由于历世既久，官滕私褚，丧脱殆尽，但仍不乏幸存者。其出于兵火风霜之余，免于蠹鱼腐朽之厄，幸而密于天禄石渠之阁，仅存于名山古刹之间，如《汉书·食货志》、《扬雄传》等，皆为唐人写本。另外，日人转写的本子，如《左传集解》、《群书治要》及《集注文选》，它们的原本也是当年使臣带回去的，抄本皆装订成卷子，体样古朴，原原本本，实存六朝之旧容。

二、　写经所里的文学写本

遣唐使在唐代帝王组织的抄书活动和都市的书铺中，发现的绝不仅是一些抄好的书，而且是一种文化。

唐代佛教兴盛，佛寺颇多，奉佛者众，佛经需求量大，所以代和尚或佛教徒抄写的佛经，在书铺所抄写的书中，就占了一大部分。写经之风也远刮至日本，风势不减反盛。那些赴唐的僧侣呕心沥血抄写尚未传到日本的经书自要以完整无误为目标，而那些经书传到日本以后，还有广大其用的任务。于是，从奈良朝起，国家或贵族成为发愿者，设立起写经所，全国来的写经生会聚于奈良，专司书写经典。佛教信徒或为镇护国家，或为消灾除病，或为死者祈祷冥福，往往指定经典由写经生写好奉献于寺庙供其转读。

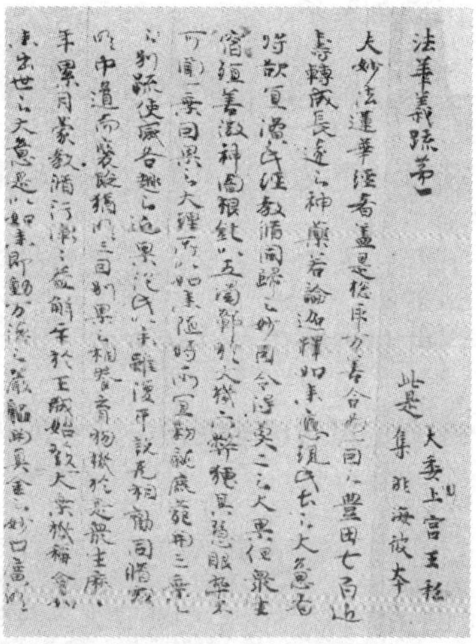

日本古写本《法华经义疏》

写经所以写佛经为主，由于学习汉译佛典必须具备汉文化的基本知识，所以也把书写儒家典籍纳入工作范围。奈良正仓院与写经所现存的文书中，就不只有佛经（所谓内典），还有一般典籍（所谓外典），其中最大的书名目录，署有天平二十年（748）6月1日的《写经疏目录》，著录佛典126部之外，还著录了外典43部。其中包括了与《诗经》研究密切相关的《白虎通》和《经典释文》[1]。前者是东汉章帝建初四年诸儒会白虎观讲议五经同异所留下的记录；后者为南朝入唐的陆德明所作“书音”之书，为《诗经》“南学”的名著。正仓院至今还保存着相传为奈良时代书写的《毛诗正义》的断简，神田喜一郎推断《毛诗正义》已经传入日本[2]，是可信的。

自平安时代以来，训读的方法逐渐确立下来，而且各

1.［日］神田喜一郎著：《飛鳥奈良時代の中國學》，载《神田喜一郎全集》第8卷，第5—16页，东京：同朋舍出版，1987年版。

2.［日］神田喜一郎著：《萬葉集の骨骼と奈良漢籍》，载《神田喜一郎全集》第8卷，第39—47页，东京：同朋舍出版，1987年版。

道博士皆形成了由一定的家族世袭的传统，连经书的训读方式也成为各家秘传。当时的人们学会经书的读法，即所谓“素读”，只进行训读而加以讲解，已非易事，要想进一步明辞章通义理，恐怕就只有极少数的佼佼者能够做到了。

就是对于所谓明经生或者对儒学有兴趣的人来说，也很难再进行深入的思想探讨。也就是说，平安时代的明经博士，学习的就是古注经书的训读法，教授的是有限的学生和门人。另一个方面来说，由于其难，他们不得不专注于训读，所以对文字就特别留心。一字一句解决音义的问题，要咬文嚼字，客观上有助于减少误读误写。世袭不利于广泛传播，却又在一定程度上维持着学风的延续性和严谨性。那些古代写本能够留传至今，与这样的学风和传承体系，不能说没有关系。

直到这时，明经博士和明经生们读到的经书，恐怕都是写本。唐代印本的《毛诗》以及单疏本《正义》最早也是平安后期的人们才能见到。这个时候，往来的禅僧还带来了新注的四书五经，宋学朱子学也被介绍过来。相传后醍醐天皇在发动所谓“建武中兴”之前，曾经和侍从一起热心地讲读新传来的“四书五经”。这时他要解决的皇统二分问题、对武家的政策问题，或许是想从这些新说中能有所得[1]。

1. ［日］竹内照夫著：《四書五経——中国思想の形成と展開》，第233页，东京：平凡社，1983年版。

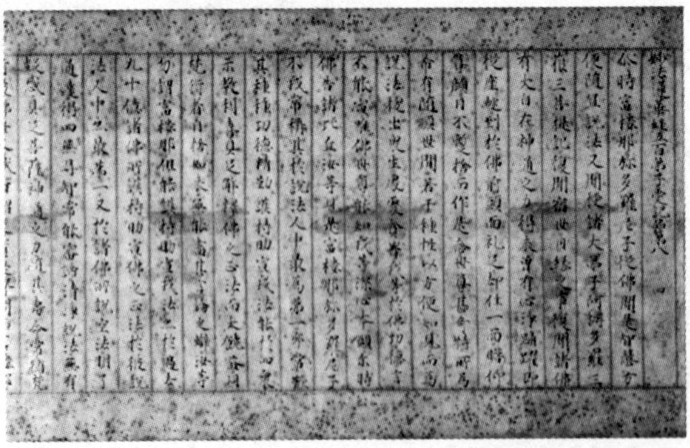

传光明皇后书《法华经》

用心而不是敷衍的抄写，一定程度上有助于理解和记忆，天长日久，还会成为乐趣。这种乐趣不仅属于中国学人，也属于东亚古代许多学人。

日本平安时代著名的汉学者、日本历史上唯一的文人重臣菅原道真在其《书斋记》中说：“又学问之道，抄出为宗。抄出之用，稿草为本。余非正平之才，未免停滞之笔。故此间在在短札者，总是抄出之稿草也。”而那些闯进自己书斋的人，对这些抄本，“有智者，见之卷以怀之；

无智者，取之破以弃之。”[1] 菅原道真抄写的，很多便是从唐传到日本的典籍。

1.〔日〕川口久雄校注：《菅家文草 菅家後集》，第535—536页，东京：岩波书店，1966年版。

在平安时代，学人书写的对象从佛经扩展到各种汉文典籍，如《白氏文集》、《游仙窟》这样的文学作品也不断被传抄。《江都督纳言愿文集》所载《奉为故博阴殿室家被供养自笔法花经愿文》写女施主面对死去的丈夫书写的《白氏文集》，对死者倍增怀念，自己睡梦之中，还在披阅丈夫的写本，虽然身为妇人，对汉字并不精通，却仍决心继承亡夫遗志，接写文集："仍就彼鱼网，施我鸟迹。妇人之习，虽不堪汉字，恋慕之心，犹休愸忧。"[2]

2.〔日〕大江匡房著：《六地藏寺善本叢刊 江都督納言願文集》，第269—270页，东京：汲古书院，1984年版。

这篇愿文叙述了一位未亡人续写《白氏文集》的佳话，从侧面反映了写本传递的情感内涵。一个倾注心血的写本，从选纸、书写到装订，都依个人选择，注入着个人的爱好和意念。从这种意义上讲，一人抄写，那写本就是一人的作品；多人抄写，那写本便是共同的作品。写本比印本，更容易留下个人的印记，而不少写本，都在末尾郑重写明何年何月何日书写完毕，说明抄写者把抄写作为值得永远纪念的活动，是一个情感投入过程的阶段性终结。

即便印刷技术相当普及的时候，日本学人也不得不经常抄写中国新传来的典籍，因为并不是任何典籍都可能立即获得印刷的机会，要读要传，很多常常还必须靠抄写。江户时代著名儒官赖山阳写过一篇《书写本李东阳乐府后》，说自己五年前得到钱牧斋《列朝诗集》，就叫一个门人誊写。自己创作《日本乐府》，正是以其中所载李东阳乐府为样板的。后来又得到尤悔庵的《明史乐府》抄写下来，回头看原来李东阳那个写本，字如蝇头，病老眼难读，遂请人再阔行大字书写，写好后，就把原本给了书写者，"谢其劳也。因略正其误字。注本事于题下，勾之乙之。"[3] 赖山阳记述的便是一次师生共同完成的抄书活动。

3.〔日〕赖山阳著：《賴山陽全書 文集》，第647页，东京：国书刊行会，1983年版。

三、 学制学风与写本传存

在日本保存至今的古抄本中，《周易》、《诗经》、《论语》、《孝经》等经书数目较多，这应该说与历代学制和学风相关。

日本文献记载，早期日本遣唐使及留学生，来华学习的内容是相当广泛的，其中就包括接受经学。《扶桑略记》卷六说吉备真备"留学之间，历十九年。凡所传学，三史五经、名刑算术、阴阳历道、天文漏刻、汉音书道、秘术杂占，一十三道。夫所受业，涉穷众艺"[4]。可谓博览。

4.〔日〕经济杂志社编：《日本逸史 扶桑略記》，第558页，东京：经济杂志社，1901年版。

唐朝对于来自日本的留学生，也注意对他们进行儒家经籍的教育。《旧唐书 · 倭国传》说开元初日本遣使来朝，“因请儒士授经，诏四门助教赵玄默就鸿臚寺教之”[1]。《唐会要》卷百《日本国》中记载“开元初，又遣使来朝，因请士授经，诏四门助教赵元（玄）默就鸿胪教之”。当这些留学生回国之后，便成为传播经学的骨干，使学人在国内就能受到读书诵经的教育。据《今昔物语集》卷十一《弘法大师渡宋传真言教归来语第九》，空海十五岁上京，跟着大学寮明经道一个叫味酒净成的教官学读《毛诗》、《左传》、《尚书》等[2]。尽管这篇故事中多有传说成分，但关于大学寮明经道和其中的经书教育，却是有据可查的。

1.《旧唐书》，第 5343 页，北京：中华书局，1975 年版。

2.［日］池上洵校注：《今昔物語集》五，第 30—35 页，东京：岩波书店，1999 年版。

日本“大化改新”的结果，促生了《大宝律令》，律令制支撑的中央集权国家建立的同时，模仿唐制，中央设置了大学寮，地方设置“国学”（当时将各地划分为若干国，这里的国相当于今天所说的地方，国学即地方大学）。大学里对五位以上的贵族、上级官人的子孙、中下级官人、特定的归化人子弟进行教育，国学则供郡司等地方豪族子弟学习。奈良时代前期并设明经道（儒学科）、算道（数学科）等，还有书博士（习字）和音博士（语言学）等。而占据核心地位的就是研习经书的明经道，其中有主任教授“博士”一名和“明经生”数名。

奈良时代明经科使用的教科书和注释书，有《周易》（郑玄注或王弼注）、《尚书》（孔安国或郑玄注）、《周礼》、《仪礼》、《礼记》、《毛诗》（郑玄注）、《春秋左氏传》（服虔或杜预注）、《孝经》（孔安国、郑玄注）、《论语》（郑玄或何晏注）这九种书。《孝经》和《论语》二书乃是必修，此外也使用《文选》和《尔雅》。选择这些书籍展开教育，大致是模仿唐学制，只是减去了《春秋公羊传》和《春秋谷梁传》，增加了《文选》和《尔雅》，亦有学者推测可能参考了新罗学制。延历十七年（798）《春秋》二传也正式列入教科书，还将唐玄宗所定《御注孝经》也加了进来。不过，纵观整个奈良时代，最受重视的仍当数《周易》、《尚书》、《礼记》、《毛诗》、《春秋左氏传》、《孝经》、《论语》这七部书。每年 2 月和 8 月举行祭奠孔子的“释奠”活动，通常便是依次讲述这七部书。所以，这些书保存至今的为多，也就不足为怪了。

模仿唐制的学制在混沌的社会变动中不能不不断作调整，但遵从唐代学术的风气却改变很慢。正如日本学者阿部隆一指出的：“尽管宋学的影响自镰仓以来渐次浸润，但那只是部分的转变，与中世纪汉学不振相应，主流依然是唐的学风，宋后新学风靡学风一变则是江户时代以后之事。”[3]

3.［日］阿部隆一著：《日本所藏漢籍の特点》，载《國宝 重要文化財大全 漢籍》，东京：每日新闻社，1988 年版。

王朝时代以来朝廷博士家，世代把传授敷衍中国标准正统的注释，把纯粹传承唐时传来的本子视为家学的重要任务，直到 17 世纪的庆长年间，还一直在使用他们相延已久的家本。

和日本这种世袭为学、关门授经、一根独传的学风不同，中国自唐至清，学风几变，每一变则多将旧风之书遗弃不顾，虽经朝廷整理抢救活动，散佚失传之书仍不可胜计。

唐代是东西文化交汇环流的时代。那些来自东亚各国各地区的使节学者和留学僧，从长安等地购书而归，带回去的自然就是唐抄本。这些抄本在日本被辗转抄写，广为传播，成为汉字文化异国再创造的资源。特别是日本，历史上少经战乱，又保持着修典藏书的传统。有各种古抄本幸存于古寺深宅，自古传至今日，物以稀为贵，一件件尊为国宝，或列入国家“重要文化财”，或作为藏书家珍藏的秘宝。

学者碰到一种新的著述，如果只能借用而不能拥有，有时就不能不靠抄写，等于为自己出书。今藏东京大学综合图书馆的宋人严粲所著《诗缉》，为天保二年（1831）海保元备（1798—1866，渔村）据昌平坂学问所藏抄本的重抄本。当时像吕祖谦《读诗记》、朱熹《诗集传》等书在日本都算稀有的传本。根据这个抄本卷末渔村的跋文，知是按昌平坂学问所藏抄本重抄的，卷七版印有“味经堂”三字，表明原抄本是据明赵府味经堂刊本抄写的。据跋文，海保渔村从这一年 10 月 6 日抄起，直到 12 月 11 日才抄完。味经堂本在日本有天保十五年姬路藩仁寿馆覆刻本，这个抄本在其前 13 年。内阁文库中今藏仁寿馆本的弘化（1844—1848）中印本，却没有原抄本，因而东京大学的这个抄本就是印本之前珍贵的抄本。

从古籍保存和整理的角度讲，抄本是一份格外值得珍视的遗产。

古代藏书家目录，凡为名人缮抄者，必特加标著，如常熟瞿氏铁琴铜剑楼与聊城海源阁、丰顺丁氏持静斋，后人为编三家书目，特于宋本元本而外，别立抄本一目。由此可知抄本之位置。《南齐书·沈驎士传》说沈驎士守操终老，笃学不倦，遭火，烧书数千卷，“驎士年过八十，耳目犹聪明，手以反故（反故，将旧纸翻转使用）抄写，灯下细书，复成二三千卷，满数十箧。”[1]此为藏书而抄书之例。刻本和复印，就可以淘汰写本，但是从过程来讲，印刷和复印的体验绝对代替不了书写和抄录的体验，书写和抄录的精神收获只能从书写和抄录的磨炼中获得。何况即使从文献价值来说，写本也有值得充分肯定的地方呢。得鱼忘筌固然是人之常情，但从文化传递的角度来讲，写本曾是不可跨越的阶段。

1.《南齐书》卷五十四、《列传》第三十五，第 943 页，北京：中华书局，1972 年版。

第三节 训读、朗咏——中日文学的有声鉴赏

在拥有不同语言的民族之间，一个民族的文本要被其他民族所阅读，就必须经过翻译，唯有翻译才能使它获得在不同语境中传播的机会，这是文本传播的一般规律。然而，在汉籍外播的漫长历史上，似乎很多典籍并没有译成其他文字，却在数百年间受到阅读。其中的奥秘，便在各国的写本以及各自创造的“训读”之中。

敦煌文献中有不少被翻译成藏文和其它少数民族文字的汉籍。《北史》载后魏孝文皇帝以夷语译《孝经》之旨，教于国人，谓之“国语孝经”。800年后，元人亦有“国字孝经”。《元史·百官志》云：“蒙古翰林院，秩从二品。掌译写一切文字，及颁降玺书，并用蒙古新字，仍各以其国字副之。”[1] 这里所说的“各以其国字副之”，就可以看成一种“训读”的形式。

1.[明]宋濂等撰：《元史》，第2190页，北京：中华书局，1976年版。

简单来说，训读就是一种依附于原文的翻译。和今天常见的抛开原文炉灶的翻译不同，这是在特殊环境下产生的充分利用原有文字效果、通过两种文字共同作用实现交流目的的翻译形式。

有一本研究汉籍外译的书说：“朝鲜、越南、日本是中国的近邻，有的还一度是中国的属国。它们都在较长时期内使用汉文，无需翻译。”[2] 这种说法包含着误解，好像这些地区的人，是和汉民族一样，学习了汉文，就和我们一样阅读汉籍，就像是今天学了英文，就能看英文书一样。这是用今天语言文字学习的情况，去设想古代这些地区的汉语学习。诚然，这些地区的人，不仅阅读汉籍，而且撰写了汗牛充栋的汉文作品，然而，汉语对于当时那些阅读者和写作者的作用和意义，不仅不同于今天母语非英语的英语作家，而且不同于古代用拉丁语写作的欧洲作家。朝、越、日三国情况各别，但历史上除少数之外，多数写作者在日常生活中并不使用汉语。他们阅读汉籍，一般也并不能按照汉语去朗读汉籍。这样一来，从根本上说，阅读也不能离开翻译。不同的仅仅是，这种翻译是在以使用同一种文字（或与同一种文字渊源很深的文字）的前提下的翻译。

2.马祖毅、任荣珍著：《汉籍外译史》，第66页，武汉：湖北教育出版社，2003年版。

日本学者芳贺彻曾说：“在外国文学，特别是西方文学的翻译方面，在亚洲，日本具有最长的历史，具有特别丰厚的积累。”“不仅是在亚洲，看一看欧洲、美洲大陆、俄国、非洲，

恐怕日本也是一个翻译文学的大国。”[1] 这种说法，尽管也有值得推敲的地方（例如，中国翻译西方文学的历史，就并不短于日本），但日本具有翻译文学的悠久历史，是翻译文学的大国，却是毋庸置疑的。而追溯日本文学翻译的历史，也应该从训读开始。

1.［日］芳贺彻编：《翻訳と日本文化》，第1页，东京：精兴社，2000年版。

一、　翻译从阅读开始

有学者说：“阅读已经是翻译了，把作品译成外语就是二次翻译了。”还有学者举例说，当幼儿询问母亲某个单词的意思的时候，要求母亲用好懂的词句翻译未知的单词。在这个意义上说，一国语言内部的翻译，和异国语言之间的翻译在本质上就没有什么不同。对于今天的中国人来说，不借助翻译注释就能读懂古典诗歌的人已经不多。他们通过白话译文去理解古代的诗词歌赋，和日本人通过日语现代译本去理解它们，应该说没有根本的区别。不同的仅仅是想象的差异和理解深度的差异。而且，这两方面的译本又都面临着共同的遭遇，那就是译品不少，而探讨它们的论著却很少。

汉语进入日本，从一开始就必须进行翻译。由大陆移民、遣唐使及其随员，特别是名为“译司”的“通事”、鸿胪馆官员等人进行的翻译活动的具体情况，今天已无由考索，但从《古事记》“或一句之中，交用音训；或一事之内，全以训录”[2] 的说法来看，保留汉字而交错使用音读和训读的办法已经产生。“训”就是用日语去解读。汉语与日语分属不同的语言系统，词汇不同，语法结构不同，因而“训”就不仅是标明读音和意义，而且还要添加敬语、助词、助动词，相应改变原来字句的语法。

2.［日］仓野宪司校注：《古事記》，第48页，东京：岩波书店，1982年版。

回溯日本的中国诗歌翻译史，不能不从训读开始。古代日本的学人，并不是学会了汉语的发音才去读《诗经》等中国古典诗歌的，而是借助于自己发明的“训读”按照日语的读法去理解诗意。那些抄本中留下的假名，就记录了日本人理解诗意的特殊方法和心路历程。

汉字、本民族的标记符号（可以是自成体系的文字，也可能是借助汉字完成的各种符号）和本民族语言，可以说是训读的三要素。

利用训读方式来诵读诗书，并不是日本人的发明。最迟7世纪，它便已见端倪。《北史·高昌传》说高昌国“文字亦同华夏，兼用胡书。有《毛诗》、《论语》、《孝经》，置学官弟子，以相教授。虽习读之，而皆为胡语。”[1] 用汉字而兼用胡书、胡语读之，正具备了训读的三要素。

1.（唐）李延寿撰：《北史 · 高昌传》，第 3215 页，北京：中华书局，1974 年版。

朝鲜半岛训读诗书的产生不迟于 7 世纪后半叶到 8 世纪初。《三国史记》载当时的学者薛聪“性明锐，生知道，待以方言读九经，训导后生，至今学者宗之”[2]。《三国遗事 · 元晓不羁》也说，元晓“生而睿敏，博通经史，新罗十贤之一，以方言通会华夷方俗物名，训解六经文学，至今海东业明经者，传授不绝”[3]。这些记载，都直接涉及到训读与经学的关系，而他们采用的方法，也不过是汉民族旧有读书方法在民族语言方面的延伸。因为在中国，早已有了句读、科段、注记、注破音、加声点等一系列读书方法，在敦煌文献中，完全可以找到与日文训读类似的做法。

2.［韩］金富軾撰、金思烨译：《完訳三国史記》，第 795 页，东京：明石书店，1997 年版。

3.［韩］一然著，金思烨译：《三国遺事》，第 347 页，东京：明石书店，1997 年版。

据说，日本训读的方法在 7 世纪推古天皇时已经相当完备，在文献上注上训点的方法，采用朱、白点则创始于延历十九年（唐贞元十九年，公元 800 年）。在平安时代中期训读完全定型。给中国典籍加训点，实际上就是“原文照录，添盐加醋”，也就是在中国典籍的字里行间，加上点、数字，或者上、下等字样，来表示按照日语读法各词语的顺序，这就是“盐”，再给各词标注上日语的读音，这就是“醋”；而在中国人看来，一个日本人读加上训点的中国典籍的过程，也就是“看中国字，念日本话”的过程。可不要小看这些“盐”和“醋”的作用，就是靠着它们，日本人不仅学会了读上至四书五经，下至三言二拍等无数中国典籍，而且无意中替中国保存了众多典籍古本的原貌。具体一点来说，他们通过所谓训点阅读中国典籍，训点的方法实际上应该包括句读、圈发、训读和校勘符号四种。前两者是中国读书法的蹈袭，后两者则是在蹈袭中含有更多的创造。

句读或称点读，在我国始于汉代。古书向无圈点，故读者需自行用点，但各种符号则诞生很早，西安半坡仰韶文化遗址出土器物中可以见到的符号有 30 种。到汉代，一些符号开始用来读书。武威汉简使用的主要标点符号有 10 种。[4]

4.［日］工藤一郎著：《中国图书文献史考》，第 329—331 页，东京：明治书院，2006 年版。

《说文》黑部点字云：“小黑也”。虽不一定是专门讲读书之法，但是把点解为小黑，也是说读古书，是用小黑来点断。《说文》第五：“、，有所绝止，、而识之也。”是说书之所以用点，正是说应绝止之处。许慎生于汉代，而“、”为点书，其字早出，所以点句之发，汉以前已有之。[5]《礼记 · 学记篇》：“古之教者，一年视离经辨志。”郑注：“离经，断句绝也。”孔疏：“一年视离经辨志者，谓学者初入学一年，乡遂大夫，于年终之时，考其业。离经，谓离析经理，使章句断绝也。”这里所说的正是古代教学者将能断绝章句看成一种读解能力的标志，

5. 孙德谦著：《古书读法略例》，第 207—208 页，北京：中国书店，1984 年版。

绝句就是点句。

日藏《诗经》写本完整地保存了当时《诗经》的点读方法，有些符号和中国典籍所言了无区别。即凡句绝则点于字之旁，读分则微点于字之间。如宫内厅书陵部所藏《群书治要 · 诗》，字右旁下之点，即意为断句，而字下中间的小点就表明从意义上此字当有所停顿。[1] 松平文库本《千载佳句》所用句读符号有三种，点句点点于字左下侧，读点点于字中下侧，还有返点，则点于字左下侧。[2] 由于日语和汉语语序不同，阅读汉文时按照日语标明阅读先后，返点正承担着这样的任务。

1.［日］尾崎康、小林芳规解题：《群書治要》（一），第143—219页，东京：汲古书院，1989年版。

2.［日］松平黎明会编：《松平文庫影印叢书》第18卷《漢詩文集编》，第576页，东京：新典社，1997年版。

有些符号则不太一样。比如“√”，罗振玉首先注意到在汉简中用它来标注容易分断不清的人名。在《流沙坠简》、《云梦睡虎地秦墓汉简》中多见，主要用于断开词语或段落。在唐代“√”多用于颠倒符号，即将词序写错的标注出来，提醒读者读它的时候要倒着去读。这样的用法通过中国典籍传到日本，成为使用频率最高的符号之一。汉语动词在前，宾语在后；日语目的语（相当于宾语）在前，动词在后，所以在将汉语当作日语来读时，必须颠倒两种语言成分的先后，“√”有时就承担了这样的任务。这虽然和中国典籍中用作分割或纠正误写的用法有些不同，但其发展轨迹却是相当自然的。况且在有些地方，也仍保留着注明抄写颠倒的用法。

在合成词之间标明音合及训合的“|”，在字的各角标明“セリ”、“ナリ”、“タリ”的“┐”，标明“セル”、“ナル”、“タル”的“└”，也都是多见于训读写本的符号。重文号也可以说是古代写本和训读留给今日日语的礼物。在敦煌写本中多见的重文号“こ”，在日本今存写本中亦常有见，类似的符号还有“々”等，在假名中则用“ゝ”或“ゞ”来表示重文。有意思的是，在中国随着印本的盛行重文号愈来愈少见，而在日文中却至今还在使用。

圈发，是以圈标注声调的方法。唐代以来，我国曾有在字四旁加点或圈以表示四声的做法，名之曰“点发”或“圈发”。说见唐人张守节《史记正义 · 发字例》和清人钱大昕《十驾斋养新录》卷五“四声圈发”。

由于钱大昕除其中所举四十一字例外，全文引用了张守节的说法，这里谨将《十驾斋养新录》中的“四声圈点”录于下：

张守节《史记正义 · 发字例》云：“古书字少，假借盖多。字或数音，观义点发，皆依平、上、去、入。若发平声，每从寅起。寅、申、巳、亥当四维之位。平起寅，

则上在巳，去在申，入在亥也。又一字三、四音者，同声异唤，一处共发，恐难辩别。故略举四十二字，如字初音者皆为正字，不须点发。”盖自齐、梁人分别四声，而读经史者因有点发之例。观守节所言，知唐初已盛行之矣。宋以来改点为圈，如相台岳氏刊五经，于一字异音皆加圈识之。[1]

1.(清)钱大昕著，孙显军、陈文和点校：《嘉定钱大昕全集》第七，第144页，《十驾斋养新录附余录》，南京：江苏古籍出版社，1997年版。

这里所谓“观义点发”，一般指对于多音字，就其字义，观于书之若何用法。敦煌写卷中可见以朱点字之四角以表示四声的注音形式。潘重规先生在《巴黎藏毛诗诂训传第廿九第卅卷题记》一文中就指出：“以朱点发四声之制颇早。通例，平声以朱点字之左下角，上声以朱点字之左上角，去声以朱点字之右上角，入声以朱点字之右下角。”[2]他具体举出了《巴黎藏毛诗诂训传第二十九》中《閟宫》、《那》、《殷武》等篇朱点发四声的例子。

2. 香港《东方文化》第7卷第1期，1969年7月，第159页。

小林芳规教授在天平十六年（744）书写的石山寺藏《瑜伽师地论》等8世纪中叶至后期日本僧侣书写的经典十余种当中发现了用汉字标注日语读音的万叶假名，还发现了被称为“节博士”、“合符”等的训读符号。这些符号与8世纪前半叶朝鲜半岛用新罗语读汉文的记号完全一致。另外，东大寺所藏《大方广佛华严经》（神护景云2年，公元768年）用角笔书写的汉字送假名上有“利”这一万叶假名的略写，有可能成为平安朝初期形成的片假名的原型。

训释是日本人借鉴了中国人句读的方法而发明的不照汉语本身的发音去阅读汉文文本的一种特殊方法。这种方法有一个演进过程，各个时期以及各博士家使用的方法不尽相同。从日本传承写本和印本的训读中，不难了解各家对文意的理解。例如，《大雅 · 旱麓》序：“申以百福干禄”，其中的“干”字，足利甲本和静嘉堂本皆训作“モトム”，而足利乙本和龙谷本则训作“カン”（龙谷本“ン”字脱）。前者是“干”字的训读，是追求、谋取的意思，后者则是音读，表示其读如“KAN”。两者虽然训读方法有异，却均依“干”字为解。而这个字很可能是“千”字之误。马瑞辰曰：“‘干禄’与‘百福’对言，‘干禄’疑‘千禄’形近之讹。此诗‘干禄岂弟’及《假乐》诗‘干禄百福’，‘干’皆当作‘千百’之‘千’。传讹已久，遂以干字释之耳。”[3]马氏所言极是。

3.(清)马瑞辰著：《毛诗传笺通释》（下），第828--829页，北京：中华书局，1989年版。

由于日本人阅读中国典籍对每一个字都需要根据其在句中的语法地位明确其读法、词尾变化和意义，因而“四声点发”的方法也就应需转化为所谓“ォコト”点，即把点点在字周围不同位置即表示不同的假名。虽然各家所点表示的假名不同，但大都沿袭着这种点法。如菅家用于经书训读的一种，点在字左下角者，即读“テ”；点在左侧中间者，即读“カ”；点在左上角者，即读作“ニ”；点在上部中间者读作“ム”；点在右上角者读作“ヲ”；点在右侧中间偏上的即读“ユト”；右侧中间偏下的即为“ト”；点在右侧下角的即读为“八”；点在字下部中间者即读“ス”。[1]

1.〔日〕和田维四郎著：《訪書餘録》本文篇，第12页，京都：临川书店，1988年版。

由于训读保留了当时汉字的音义，也就成为认识各个时代语言变迁的宝贵资料。今天的日本语言文学研究者，首先是从古代日语学的范畴对其训点给予了充分评价。训读也给我们带来如闻其声的效果，由此去品味揣摩当时日本人读中国诗文的甘苦。

校勘符号，即校书时所使用的删节、增补、纠谬等符号。标注异文是校勘必做的工作。松平文库《千载佳句》在字右旁注明异文某字，而在其下添一“亻“字”，即表明“一本作某”。“亻”乃日语“一”字发音“イチ”之省。

日本对按照古本抄写的写本，多用新传来的宋本或其它传授系统的本子作校勘，写本本身也常需对误书之字作校对，这时除一般需用约定俗成的符号来表示增删改正之意外，还根据典籍常用专门用语的具体需要创造了特定的符号。如日木《诗经》写本中常用“亻”来表示“毛传”之“传”字，用半个竹字头“ケ”来表示“郑笺”之“笺”字，在佛教音义写本中用“训”字的半边“川”，来表示“训读”的“训”字，用“音”字上部“立”字缺笔“亠”表示“音读”之“音”字。“传”、“笺”、“训”、“音”这些字校注中使用频率很高，简化后的“亻”、“ケ”、“川”、“亠”正适应了读解需要。中国古人校书，自然也使用过各种符号，中日之间校书符号的关联是一个十分有趣的问题。日本完好保存的《诗经》写本正是窥探其间通变的鲜活材料。

上面提到的训读写本中，多处见到以汉字半字“亻”、“ケ”、“川”、“亠”等作为汉字来使用的情况，这使我们联想到平假名的创制。近来相关研究见于陆锡兴《从敦煌曲谱看日本民族文字的形成》[2]，说“已经发现谱字与片假名有十三字字形相同。由此可以认为，平假名的字形主要取自唐人半字。”该文又说：“平假名不同于片假名，它不取汉字的楷体，而取草体”，强调“从性质上来说，平假名与片假名是相同的，都是属于汉字半字”。也有认为平假名来源于乐谱的。

2.陆锡兴著：《从敦煌曲谱看日本民族文字的形成》，兰州：甘肃文化出版社，1999年版。

从训读使用半字的情况看，假名的创制很可能和训读有关，因为阅读汉籍标注音义需要书写多次重复的某些字，相同音义的标注必求简化，而且写在行间，使用半字代替全字，就可以省时省力省空间，还可以与正文区分开来。但是，平假名看来又不全部是半字，一方面可能今天看来不是半字的，原本是半字；另一方面可能除了训读这一个来源以外，还受到乐谱等的影响。总之，创造产生于需要。阅读时标注训读，很可能是假名创制的触媒，或者反过来说，早期平假名创制也许正是训读这一初级翻译行为的副产品。

二、 训读之得失

关于训读是否算作翻译，有两种说法。早年吉川幸次郎在谈到汉语的翻译时说：“关于汉语的翻译，我们有不可思议的历史。过去的汉学，全都是把中国书翻译了再读的。”“汉学者读书，实际上就是译。”[1] 后来，石塚晴通认为，训读有与翻译相似的因素，却是在保留汉文结构、原来标记的情况下，向它靠拢而以自己的语言去理解的，在这一点上又与翻译有所不同。他把汉文训读说成是一种特殊而巧妙的语言活动。[2] 另一种说法，则是直接就把训读视为简便的翻译方法，竹内照夫把它称为“速成直译法”，又说其为“翻译预备阶段”[3]。这两种说法各有道理。

1. ［日］吉川幸次郎著：《支那語の翻訳》，《吉川幸次郎全集》第十七卷，第 513 页，东京：筑摩书房，1986 年版。

2. ［日］石塚晴通著：《中国周辺諸民族における漢文の訓読》，第 1--7 页，训点语训点资料，第 90 辑。

3. ［日］竹内照夫著：《四書五経--中国思想の形成と展開》，第 239 页，东京：平凡社，1983 年版。

应该说，训读还不能算是现代意义上的翻译活动，因为现代翻译理论与传统翻译理论不同，更加强调翻译的本质是艺术创造，而不是逐字的机械性翻译（literalness）。本雅明在《翻译者的任务》中曾提出翻译的任务是展现原文的可译性，强调以创造性的译文来体现原文的重要，以译文和原文的互动体现翻译艺术。[4] 在这样的翻译过程中，译者为了返回原文，首先离开原文到另一种语言旅行。从这样的观点来看待训读，那它显然是不太够格的。所以，早就有人指出这种方法的缺陷，说它不能将原作进行周到正确的翻译，只不过让人大致把握原文的大意，有时反而不利于更为准确地理解原文。

4.Benjamin, W. The task of the translator, Illuminations, trans Harry Zohn. New York: Schocken Books, 1969a; P69--82.

从江户时代起，就有学者指出训读的局限，日本学学者本居宣长警告说，应该懂得，日语和汉语，语句多颠倒。荻生徂徕也指出，古代前贤施以和训的时候，加上的是那个时代的词语，而现在时代变了，日语词汇和以往已不相同[5]。太宰春台在《倭读要领》中更明确指出了训读的四大问题，即倭音诵则字音混同；倭训诵则字义混同；颠倒读则句法、字法皆失；助语词皆

5. ［日］中村春作，市来津由彦、田尻祐一郎、前田勉编：《訓読論-----東アジア漢文世界と日本語》，第 221---260 页，东京：勉诚出版，2010 年版。

遗漏。[1]

1.［日］太宰春台著：《倭読要領》，见《漢語文典叢書》（三），第438页，东京：汲古书院，1979年。

然而，也应该看到，训读形成了一整套的处理方法，来对付原文的各种句式，掌握了这些方法，即便没有多种文化混同的出发点，没有对原文的创造性理解，也可以自己完成训读的过程。不仅如此，汉文训读是汉字文化圈的特殊文化现象，不能离开汉字来谈论，更不能忽略汉字的表义功能和使用汉字诸国文化巨大差异的大背景。汉字训读以共同使用汉字为前提，离开这个前提，就不会有训读方法的出现。

在训读诞生的时代，日本人通过训读吸收的不仅是原文的内容，而且包括了原文的文字和语言形式，大量的汉民族语汇也通过训读进入本民族生活，这也是现代翻译所不具备的结果。或者可以说，在那个阶段，训读正是最适用、最便捷、最利于沟通汉文化和其他文化、沟通汉民族的精神现象和其他民族的精神现象的手段。因而，尽管训读诞生伊始，可能不过是周边民族性急地想直接消化中国文化的无奈之举，但在其发展过程中逐渐凝聚起他们的智慧而日臻完善，称其为一种文化创造也是当之无愧的。

可以说，日本人对汉籍的爱好，在很大程度上是由汉字、由训读培养起来的，喜欢汉诗汉文是和喜欢汉字、训读分不开的。这样一种习惯的力量，至今还起着作用。吉川幸次郎曾直率地指出训读的弊害："富有讽刺意味的是，（用训读）这样翻译着来读书，我们反而与中国隔绝了。"[2]然而，同样富有讽刺意味的是，在他著的《诗经国风》里，仍然采用了以训读为基础的翻译方法，只是不再将各种助词和符号加在字的四周，而是在照录诗句后再重新补上日语读法的译文。[3]这实际上仍然没有摆脱最大限度保留汉字的训读原则。

2.［日］吉川幸次郎著：《支那語の翻訳》，收入《吉川幸次郎全集》第十七卷，第513页，东京：筑摩书房，1985年版。

3.［日］吉川幸次郎著：《詩経国風》，东京：岩波书店，1964年版。

虽然训读并非出自日本人首创，但是，日本却是中国以外将训读坚持至今的唯一国度。日本学者在研究汉文、汉诗时仍不弃这一沟通之利器。由于它对于熟悉汉字的人来说比较方便，日本学者对其普及民族文化的作用和效果，仍持相当肯定的态度。这样的训读思维和方法，甚至还曾被明治时代前夕的日本人移用到对西方文献的翻译当中，直到今天在某些场合仍不失为辅助阅读的一种手段。收入日本出版的各种中国古典文学全集、丛书的校注书籍，几乎毫无例外地采用原文训读而后再附以现代注释和译文的体例，保留在民间的汉诗吟诵方法，也无不依照训读去吟唱，这些都说明，训读仍不失为日本人理解中国文化的一种利器。

日本人古代采用的学习方法，称为"素读吟味"，也简称为"素读"，就是对原典不加以解释，而只作训读。依靠这样的方法，只要最初有人教会了训读法的要领，那么自己就可以阅读其它已经作好训点的书籍，进入自学的阶段；少年时从师学会“素读”，其成果可以成为终生受益的教养。当初学习素读，并不懂得文章内容，只不过是模仿先生的读法，对其中内容的理解是随个人成长而加深的。看起来这和古代中国的经书教育做法相似。

但是，最初接触训读的日本儿童，其困难比中国儿童要大得多，因为他们完全不能借助对日常使用语言的语音方面的联想来帮助理解。日本人为许多来自中国的典籍加上了各种符号，等于让原文和译文永远携手并肩，这种世界上独特的文献流通方式，对于保存中国典籍之旧貌，却有意想不到的功绩。假如他们将原文抛弃，只传播译文，那么很可能中国失传的，日本也自然失传了，也就少了很多拾遗补阙的可能性。

汉语和日语毕竟是两个语言系统，语言差异甚大，体现着两个民族不同的思维方式。古代的日本学人创造了各种符号，标注在汉字周围，使阅读者一看，就知道该怎样颠倒词汇的顺序，需增加哪些助词，乃至汉字的读音和意义是什么。所标注的符号，以及所表示的读法，一般也称为“训点”。各家确定的方法有同有异，时代不同，亦有变化。

现代西方翻译理论，是在不同语言文字的国家民族之间进行的翻译实践中产生的。对于我们研究古代和现代的翻译，当然具有值得借鉴的内容。然而，世界上各民族之间的语言文字交往又是千差万别的，既有语言相同或相近而文字不同的民族（如印度和孟加拉的某些民族），又有语言不同而文字相同或相近的（如中国和日本）。这些民族之间的翻译活动，就肯定带有某些特殊性。这些情况下的翻译，由于共有语言或文字的纽带作用，既给双方的理解带来某些便利，也可能由此掩盖某些细微的差异。加强对这种“同文异言”或者“同言异文”状况下的翻译研究，就可能丰富和完善现代翻译理论。

三、 从训读、国字解到现代翻译

适用于训读的对象，不是那些对汉文学毫无所知的人，而是那些有过汉文训读经验的人。对于前者来说，训读对他们似乎没有什么意义，他们对汉诗文的态度，和欧美人差别并不很大；然而对于后者来说，他们对汉诗文的欣赏要求更高。也就是说，他们不仅要从意义上领会汉诗文的佳妙，而且要从原本具有的汉字和汉文的形式美中得到艺术享受。如果没有了这些，甚至就觉得不是汉诗文了。

训读虽然能够在一定程度上帮助阅读，有助于快速把握文句的大意，但毕竟不能满足读书较少的读者的阅读需求。因为单靠训点，常常只能了解词与词的大致关系，而不能把握完整的意思。就像是一个外语听力极差的人，只听得懂断断续续的单词，而不能将它们连成通常的语句一样。于是，在训读的基础上，便产生了所谓“国字解”，[1]即在训读之后，再用假名把意思串讲一遍。

1. 参阅早稻田大学出版部编辑：《漢籍國字解全書》，东京：早稻田大学出版社，1925年发行。

训读和国字解，都是速成翻译。伴随着“言文一致”运动的推进，欧美诗人将别国诗歌翻译成本国现代口语的做法，也成为日本学者诗人的典范。采用这种新的方法，介绍欧美诗歌，就形成了所谓“新体诗”。明治时代许多欧美古今名诗人的作品，都被翻译成自由体的现代日语诗，并由此开始了日本和歌等传统诗歌和现代自由诗并驾齐驱的“一国两诗”时代。崇拜欧美的风潮铺天盖地而来，古老的中国诗歌渐遭冷落。然而，后来新诗之风也刮到了汉学者的圈子里，或是圈子外的学者想把新诗之风吹进汉学圈的。于是，用对待欧美诗歌的翻译态度来对待中国古代诗歌，把《诗经》等翻译成现代日语口语的尝试也就偶有所见了。这已经是明治维新以后多年的事情了。

从江户时代开始，学者对训读的缺陷便多有议论，现代主张抛弃训读直接用现代口语翻译诗歌的诗人们，不免将训读看作推进口语翻译的障碍，具有一定汉文化修养的人怀着对汉字的眷恋，则不断在为训读做着辩护。其中松浦友久有关训读形成独特的日语“文言非定型诗”的作用的肯定，白川静对训读保留汉文对艺术鉴赏影响的评价，都特别值得注意。白川静说：

> *翻译就不能不是个性化的，一定会主张不会是谁读都相同的公约数式的翻译。训读就不一样了。例如，“国破山河在”，谁读都是“国破れて山河在り”，也用不着特意去麻烦大学问家。但是，最出色的翻译，恐怕又只有一个。会有几种译法，谁都会说是不完善的，这样说来，要说谁读都一样的，就是汉文训读法了。这仍然不能不说是最出色的译法了。不过，从这种训读法里面感觉到什么，那就转为理解的问题了。*[2]

2. ［日］白川静著：《漢字百話》，第230页，东京：中央公论社，2002年版。

他又说：

> *就我国文字来说，鸥外、漱石的读法，也因读者的年龄、状况而不同，作品和读*

者是互动的。读坪内逍遥翻译的莎士比亚的戏剧的人，今天已经没有了，而平田秃木翻译的小说等，就很容易看到。全都是在互动。然而训读法的对象中国古典却不是像希腊语、拉丁语那样的动的世界。训读文具备不动的文体。只要用那种训读法去读，《史记》、杜甫、李白，谁读都一样，也就是由于这种训读法被国语化了，与读日本古典没有特别的不一样。外国文献、作品以这样安定的形式，也就是作品与译文在固定的关系上来理解的，恐怕找不到另外的例子吧。由于这种方法，日本的先人们将中国古典完全移植到国语领域，能够为己所有。[1]

1.［日］白川静著：《漢字百話》，第230页，东京：中央公论社，2002年版。

白川静把训读作为文学再生的方法，由这样以“不动”的视角来看待佐藤春夫等人对中国古典诗歌所做的“国语式的移植和再生”，那么他们的译诗，与其说是原诗本身，不如说是译者受到原诗触发而写出来的东西。译诗与原诗别有一番诗趣，但却不能取代用训读来读的趣味。自《怀风藻》以来，中国诗歌就用这种方法来鉴赏以及这样作诗，一直支撑着对汉字的感觉的，实际上恐怕正是这种优雅的训读传统。

四、　训读和中国古典诗歌研究

古代的训读由于保留了原文以及附在原文周围的各种读解符号，有益于当时诗歌的传播和教育，这些写本传于今世，就变为古代语言文字和其他文化信息的宝贵资料。一首诗，古代日本人是怎样理解的，这对于研究当时的日本文化固然重要，而日本人的理解很多来自中国，写本在一定程度上将那时的文化信息固定了下来，这对于中国诗歌的研究，也会有所启示。

清代和民国时期的中国学者，虽然热心从日本寻找中国散佚典籍，但是对于那些附在正文周围的假名和各种符号，一律采取无视的态度，理由是那些是日本人的事，与中国人无关。《尚书》单疏，我国久佚，日本图书寮藏宋刊本，大阪每日新闻社据以影印，我国张元济又据影印本影印，其撰《日本影印宋本〈尚书正义〉跋》说：“卷首有日本人校注、标抹、句读，均为彼邦读者所用，于吾国无取，故悉去之。”[2] 日本传录正宗寺旧抄卷子本《春秋正义》，东方文化学院曾印行，是书中土亦久亡佚，吴兴刘承干尝刻所得残本，张元济撰《日本影印正宗寺抄卷子本〈春秋正义〉跋》仍说：“卷一序旁，注彼国假名，于我无用，故从芟削。”[3] 历来翻刻或影印的日本典籍

2. 张人凤编：《张元济古籍书目序跋汇编》下册，第924—925页，北京：商务印书馆，2003年版。

3. 张人凤编：《张元济古籍书目序跋汇编》下册，第874页。

多将标注芟削，所以我们看到的这些本子，实际上已非原貌，而其学术价值也就打了折扣。

一方面，张元济等人的做法依然是从纯国学的立场来看待域外汉籍，虽然从保存资料的角度把视野扩展到了域外，但从观念上还没有达到一国之精神遗产可以为他国所再创造再发现的高度；另一方面也是因为对于那些校注、标抹、句读等，还没有认真研究，就轻易断定其于吾国无取。其实，那些训点本身是一门从属于日本古代语言文字学的学问，不是一下子就能摸透的，囿于当时的条件，张元济等前辈学者还不能深入到这一步来。

日本今存写本，并非全部都有训点，即便有训点，也未必对于中国文史研究都有直接参考意义，然而，却不能说所有的训点，都是“于我无用”的。这首先是因为，在奈良时代和平安时代的学人和中世纪的学僧，很多是抱着尽可能保存原貌的心态面对汉籍抄写的，讹误在所难免，而有意改动的情况不多。也就是说，很多说解和认识源头在中国，是直接或者间接向中国人学习的产物。透过转抄中复杂的现象，沙里淘金，仍然可能拣回我们之所需。

周一良《说宛》一文，曾根据敦煌唐人卷子和其他唐人及日本古写本，来审视日本传存的唐人小说《游仙窟》和日僧圆仁《入唐求法巡礼行记》中用作动词的“宛”字，指出其实这个“宛”字是由唐人俗写“充”字演化而来的。[1]蔡鸿生《从小说发现历史——〈读莺莺传〉的眼界和思路》一文，把陈寅恪先生考释“写真”词义时所运用的方法称为“训诂史学”[2]。周一良的文章虽不长，却可以称得上这种“训诂史学”用于日语研究的一个范例。这是因为，在日语中用汉字标记的词汇占有压倒的地位，而追溯其来源，探寻其语义变迁的轨迹，既是深化日语研究的重要课题，又是提升翻译质量的理论需要。

1. 周一良撰：《说宛》，见《周一良学术文化随笔》，第36—42页，北京：中国青年出版社，1998年版。

2. 蔡鸿生：《从小说发现历史——〈读莺莺传〉的眼界和思路》，见《中华文史论丛》62辑，第242—256页，上海：上海古籍出版社，2000年版。

五、　从朗咏到诗吟

用一定的节拍和曲调去唱训读（用日语读）的中国古诗就叫“诗吟”，日本人用汉字写的汉诗，也在诗吟的范围里面。原来，诗吟就是唱诗。

“诗吟”说来也是“古已有之”。据说，它有几个源头，比如佛教的偈颂，古代日本的琵琶歌，诵读和歌的“歌披讲”等等，都被学者列为诗吟的母体。而最和它相近的，要算是平安时代中期到中世纪宫廷里的“朗咏”了。简单说来，朗咏就是唱诗。今天的诗吟，每一首诗是用大体相近的旋律来唱的，而那时的朗咏却是每诗用各调，或许近乎中国的词，却没有词那样完备而多样多变的曲牌。可以说是一种介乎诗和词之间的吟诵形式。开始可能出现在舞乐表演之中，作为舞乐表演间隙穿插的一个节目，由演员出来唱一首短诗，甚至只是诗中的妙句。这些配乐演唱的诗，从舞乐中独立出来，就成为朗咏。源雅信（920—993）被奉为朗咏的开山鼻祖。他所作的《极乐尊》、《第一第二》、《罗绮重衣》、《八月九月》、《春过夏阑》、《傅氏岩风》、《德是北辰》七曲，是日本最古的朗咏曲。从此以后，朗咏渐渐演进为合唱曲。三条天皇的时候，由四条大纳言藤原公任（966—1041）搜集汉诗文 584 句、和歌 216 句，编为《和汉朗咏集》一书[1]。在源雅信去世百年之后，藤原基俊（1056—1142）又编《新选朗咏集》[2]，收进汉诗文 540 句，和歌 203 句。

1.［日］川口久雄译注：《和漢朗詠集》，东京：讲谈社，2002 年版。

2.［日］柳泽良一校注：《新撰朗詠集全注释》，东京：新典社，2011 年版。

现代诗吟

现代日本诗吟，则起源于江户末期。其中数广濑淡窗（1782—1856）影响最大。淡窗也被称为“现代吟咏之祖”。淡窗晚年开设学塾桂林庄（后改名咸宜园），号称弟子三千。师生同起居，共炊饭。《桂林庄杂咏》“休道他乡多苦辛，同袍有友自相亲；柴扉晓出霜如雪，君汲川流我拾薪。”[3]淡窗经常让弟子高声吟诗，以自制的丝竹乐器击节伴奏。弟子结业归乡之后，又把这种吟诗方法传到各地，形成了最早的“淡窗流”诗吟一派。在同一时期，还有龟井南溟开创的“龟井流”、肥后（今熊本县）的“时习馆流”、赖山阳开创的“山阳流”等，江户官方学府汤岛昌平黉，也曾教授过吟诗。幕府末年，剑舞时兴起来，诗吟又发展为一边舞剑一边吟诵的形式。到了近代，随着收音机的普及，诗吟开始传遍各地。在军国主义嚣张的岁月里，诗吟也曾被作为“张扬国威”的盛事，直到战后，诗吟才健康发展起来。

3.［日］山岸德平校注：《五山文学集 江户漢詩集》，第 316 页，东京：岩波书店，1978 年版。

诗吟中融汇了各种日本文化元素。吟咏讲究正确运用呼吸，发音清晰，掌握抑扬顿挫，适当使用颤音和高音。和歌唱有独唱、齐唱、合唱一样，诗吟也有独吟、齐吟和合吟。诗吟与日本舞的结合，就产生了所谓“诗舞道”。诗舞最常使用的道具是扇、剑、棍和巾[1]。表演者运用这些道具，如同我国戏剧中的“虚拟”手法，表现诗歌的内容。张继的《枫桥夜泊》是最为诗吟者钟爱的诗篇之一。表演者手中的长巾，一手攥一头时自上而下，那长巾就是徐徐落下的明月，一脚踩住一头，一手握住另一头，前后移动，那长巾就是摇动的船桨。诗吟会的演员，全是自娱自乐，虽然有时看来不像舞蹈，更像体操，但无不是乐在其中的神态。诗吟一般不需伴奏，不论何时何地，兴至即可放声一吟。表演时则可配上笛子、尺八等演奏，或者以琵琶曲为间奏。

1.［日］榊原归逸著：《詩吟道大鑑》，东京：金园社，1981 年版。

加藤周一说：“现代的、同时代的人们最本质的工作，最根本的工作，看来是开拓走向古典的道路，而决不是相反。”[2]在欧美文化无孔不入的现代日本，诗吟能够大旗不倒，原因还是在于适应现代人的需要去吸收传统文化的元素。特别是一些中老年市民，更把诗吟当作了一种健身的手段。爱好音乐、喜欢活动、对诗歌文化抱有兴趣的人们，结成团体，吟诗会就成为社交的场所。

2.［日］加藤周一著、叶渭渠等译：《日本文化论》，第 69 页，北京：光明日报出版社，2000 年版。

在今天，不仅有全国朗咏文化协会、全日本剑舞道联盟、全日本诗舞道联盟等全国性组织，也有东京吟词联盟、东京都吟咏总联盟等地域性组织。不仅有《吟咏月刊》等定期出版物，而且有出版汉诗和诗吟的专业出版社——吟涛社。

第二章　“汉人”与遣唐使群体的汉文学播种

山川异域，风月同天。

寄诸佛子，共结来缘。

——［日］长屋王，载于《全唐诗》

公元604年，即日本推古天皇十二年颁布的《宪法十七条》[1]，不仅有儒、道、佛家思想的印记，而且还可以读出法家思想的语句。在这一成为后来“大化改新”精神先驱的重要文献中，频频出现源于中国经典的提法。源出《论语》的有第一条“以和为贵”，第三条“四时顺行”，第十六条“使民以时”；源出《诗经》的有第八条“公事靡盬”，源出《礼记》的有“国非二君，民无二主”；源出《孝经》的有“上和下睦”，此外，还有源出《尚书》、《孟子》、《左传》、《管子》、《墨子》、《荀子》、《韩非子》、《史记》、《文选》以及佛经的语句。在使用这些语句的时候，撰写者也力图有所变化，每条力求精炼，其中最长75字，最短24字，以四字句为多，四字句多达144句，在全文180句中约占八成。从《宪法十七条》可以推测，日本已经有了相当多的中国典籍。最早掌握这些典籍的人士当中有很多是来自中国大陆的“归化人”。

1.［日］坂本太郎、家永三郎、井上光贞、大野晋校注：《日本書紀》（下），第181页，东京：岩波书店，2000年版。

来自大陆和朝鲜半岛的“归化人”，是中国物质文明的携带者。他们为日本列岛带去了新的种植、纺织技术和生活文化。在众多的“归化人”中，那些多少识文断字的人，作为汉字的使用者，开始将汉字的恩惠带到日本列岛的日常生活中，由此开始了汉字文化在大海彼岸的传播史。经过长期的积累，终于迎来了遣隋使、遣唐使时代，日本人迈出了亲历汉字之国的脚步。

来到日本列岛的大陆知识人将儒家尊经重教的传统也带了过去，使得他们的后人也成为掌握汉语、汉文化或者某种技能的人。当遣隋使、遣唐使时代到来的时候，所谓“汉人”、“新汉人”等大陆移民的后裔，就成为其中的骨干力量。《日本书纪》载，推古十六年（608），“是时，遣于唐国学生倭汉直福因、奈罗译语惠明、高向汉人玄理、新汉人大圀、学问僧新汉人日文、南渊汉人请安、志贺汉人慧隐、新汉人广济等，并八人也。”[2]这次随使节来华的学生中，汉人、新汉人占有这样高的比例，一方面说明了这些汉人、新汉人具有的知识力，同时也显示了当时日本统治者的开放姿态。

2.［日］坂本太郎、家永三郎、井上光贞、大野晋校注：《日本書紀》（下），第193页，东京：岩波书店，2000年版。

值得一提的是，那些抵达日本的中国僧侣与学者，也是推动遣隋使、遣唐使事业的重要力量。他们对大陆文化的推举和介绍，促使最高统治者下决心排除干扰向大陆派遣使者并把这项措施坚持下去。《日本书纪》推古天皇三十一年（623）记载，这一年的七月，大唐学问僧惠斋、惠光，以及医生惠日、福因等，一起随新罗大使奈末智洗衣尔等抵达日本，惠日等共同向天皇上

奏，认为“留于唐国学者，皆学以成业。应唤。且其大唐国者，法式备定之珍国也，常须达”，[1]

1. [日] 坂本太郎、家永三郎、井上光贞、大野晋校注：《日本書紀》（下），第205—207页，东京：岩波书店，2000年版。

主张召唤留学大唐的日本学者回国服务，并要有人经常去那里看一看。奏文的背后，可能就是这些大陆学者对大陆情况热忱的具体介绍，他们的学识、风采和说服，对促使日本最高统治者下决心排除困难向大陆学习，无疑是重要因素。

日本和歌山县和歌山公园内的徐福像

2004年春，西北大学历史博物馆从民间征集到唐日本留学生井真成客死长安的墓志盖和墓志铭。尽管该墓志盖上仅有12字，墓志铭上只有171字，但言简意赅，字里行间透露出不少有关古代中日文化交流的新信息，这为我们深入研究这些问题提供了许多难得的宝贵资料。由于该墓志是迄今为止在我国发现的唯一的、且年代较早的唐日本人墓志，因此，问世之后就立即引起了中日学术界同仁极大的关注。

《赠尚衣奉御井公墓志文并序》讲述了一位安葬在中国大地的日本人的经历：

公姓井，字真成。国号日本，才称天纵。故能衔命远邦，驰聘上国。蹈礼乐，袭衣冠；束带立朝，难与俦矣。岂图强学不倦，问道未终；壑遇移舟，隙逢奔驷。以开元廿二年正月□日，乃终於官弟，春秋卅六。皇上哀伤，追崇有典；诏赠尚衣奉御，葬令官给。即以其年二月四日，窆於万年县　水东原，礼也。呜呼！素车晓引，丹行哀；嗟远人兮颓暮日，指穷郊兮悲夜台。其辞曰：“寿乃天常，哀兹远方；形既埋于异土，魂庶归于故乡。”[2]

2. 张云方：《唐代日本留学生墓志文初释》，人民网东京2005年7月29日电。

据《大唐六典》，“尚衣”为衙门的名称，“奉御”是尚衣衙门（称尚衣局）的长官[3]。唐代，

3. [日] 广池千九郎训点，内田智雄增订：《大唐六典》，第230页，千叶县：广池学园事业部，1973年版。

尚衣局设奉御两名，官阶为从五品。据唐史学者研究“尚衣奉御”大体出自皇帝的外戚、功臣

或名臣之子、前朝皇帝之子嗣，以及具有专门技术或技能者。

对于一个不能重返故园的外国人，碑文表示的同情和理解是令人感动的。

新发现的井真成墓志拓片

这一碑文的发现，再一次证实了一个构成古典中日文化关系史上的基本事实，那就是当时的唐人，根据儒家“远人不服，修文德以来之”的思想，敞开胸怀，接纳来自异邦的不同文化。“远人不服，修文德以来之”的核心是和平主义和文化为尊思想。尽管带有强烈的理想主义色彩，但在漫长的不同文化的碰撞和冲突中，也经常成为增进了解、缓解冲突和推进和解的理由。同时，对于包括日本在内的远方求学者，以礼相待，唐人本着“有教无类”的教育理念，给了各种优待，甚至委以重任。遣隋使、遣唐使事业的完成，不仅是日本方面追求先进文化的国家行为的重大成功，也是隋唐中国人推进中国文化走出国门努力的结晶。可以说是那一时代中日两国的人们，共同掀开了文化交流的崭新一页，也就掀开了两国文学交流的崭新一页。因为如果没有中国人的友好接纳和种种激励措施，遣隋使、遣唐使是不可能取得圆满成果的。

从日本孝德帝白雉四年（653），日本开始向大陆派遣使船。每次除了大使、副使、录事、译语（通事、通辩）之外，还有留学生、学问僧同行，加上水手、伙夫，约有三四百人，船只三四艘。从那时起，每朝派遣一至二回，这种制度一直延续到仁明帝承和五年（838）。到了宇多天皇宽平六年（894），再次议论起派遣事宜的时候，由于菅原道真上表请求停止派遣，得到赞同，遣唐使的制度才中止下来。

唐代中日文人之间汉诗往来作品，多达 129 首。[1]

1. 张步云著：《唐代中日往来诗辑注》，西安：陕西人民出版社，1984 年版。

吉备真备入唐绘卷

在遣唐使时代，涌入日本的中国文化和文物汹涌如潮，被后人看做文化交流的单向流动时期；然而，往来于中日两国之间的遣唐使群体，也在尽力推进反向的潮流。日本宝龟七年（772）扬州龙兴寺的灵祐受赠传圣德太子著《法华义疏》和《胜鬘经义疏》是日本反传大唐最著名的例证。[2] 另外，日本来唐僧淡海三船所撰记述鉴真和尚事迹的《唐大和上东征传》及其所依据的思托著《大和尚传》，还有日人石上宅嗣所著《三藏赞颂》，也是这股反传涓涓细流中的浪花。淡海三船《起信论注》和《北山赋》也被带到大唐，唐僧祐觉和诗人丘丹对此另外作“赞诗”，并通过唐使带回了日本，这些诗歌都可以补《全唐诗》之缺[3]。

2. ［日］上垣外宪一著，王宣琦译：《日本文化交流小史》，第 25—27 页，武汉：武汉大学出版社，2007 年版。

3. ［日］後藤昭雄著，高兵兵译：《日本古代汉文学与中国文学》，第 17—31 页，北京：中华书局，2006 年版。

第一节 唐人与遣唐使群体的赠答

这些诗的作者大多是学者。自古以来中国文人重视交友之道，有“以文会友”的传统，通过互相交换诗作，传达对对方的关切和友善，也进而通过对方的诗，了解对方的性情和才干，理解对方的情愫。因此，这些诗能够看出相互的关系和了解程度。

在《全唐诗》中，有一些赠诗诗题中并没有出现被赠送者的姓名。如诗人刘长卿的《同崔华载赠日本聘使》：

怜君异域朝周远，积水连天何处通。

遥指来从初日外，始知更有扶桑东。[1]

1.《全唐诗》上，第354页，上海：上海古籍出版社，1995年版。

诗人从日本聘使那里知道了日本遥远的地理位置和远道而来的艰辛。晚唐诗人徐凝《送日本使还》："绝国将无外，扶桑更有东"，林宽《送人归日东》："沧溟西畔望，一望一心摧"，都是从使者的国土起笔。这些诗很可能是在众人为日本使者送行的场合写出来的，诗人对日本使者群体予以了特别关注。

读一读唐诗，可以管窥日本遣唐留学生、留学僧在唐的部分学习生活情况。当时有很多学习勤奋的留学生和留学僧。他们学业优秀，因此受到重用。唐玄宗时候，日本的阿倍仲麻吕，中国名也叫做朝衡、晁衡，到了长安以后，在中国生活前后长达53年。仲麻吕和大唐诗人李白、王维、储光羲等有名诗人都有过交往。储光羲的《洛中贻朝校书衡，朝即日本人也》歌唱了与仲麻吕的友情：

万国朝天中，东隅道最长；

吾（一作朝）生美无度，高驾仕春坊。

出入蓬山里，消遥伊水旁；

伯鸾游太学，中夜一相望。

落日悬高殿，秋风入洞房；

屡言相去远，不觉生朝光。[2]

2.《全唐诗》上，第322页，上海：上海古籍出版社，1995年版。

诗一开始，就赞美了朝衡的才貌，描写了他的工作和生活情况。接着，就写自己和朝衡的友情。伯鸾是汉代有名的学者。储光羲说，朝衡就像是汉代伯鸾一样卓越的人物，在大学学习的时候，就和自己亲密交往，朝夕相处。记得两人曾对面交谈，直到夜深。夕阳斜照高高的殿堂，秋风吹入幽深的房内，朝衡多次和自己谈到，故乡是那么遥远，两人在交谈中忘记了时间，甚至不知道什么时候屋内已经融在晨光之中。这首诗就在晨光熹微的暖意中结束了，但朝衡对故乡的思念却深深打动了我们。

强调日本的遥远，描绘海上奇景，看来是这些赠答诗的共同特点。那么，为什么要强调这个远呢？为什么赠答诗里非要描绘大海呢？总的来说，可以举出三个理由：

一、 有朋自远方来

首先，《论语》第一篇《学而》开头就是："子曰：学而时习之，不亦说乎？有朋自远方来，不亦乐乎？"有朋友不远万里，来到身边，是多么令人高兴的事啊，何况这个朋友，还能理解自己的学问，相互切磋琢磨，温故知新，那就更是喜不自胜的事情了吧。道路越是遥远，需要克服的艰险越大，那么这种友情就越加珍贵。

其次就是体贴友人的思乡之情。朋友们来自远方，付出了极大的努力，终于适应了这里的生活，但内心深处对故乡的思念，独处异国他乡的寂寞，也是得到周围朋友们的理解的。王维有诗"劝君更进一杯酒，西出阳关无故人"，实际上就是很好地表现了对远去朋友的体贴。这里也是体贴，是对来自远方的日本友人的体贴。唐代诗人对怀乡之情十分敏感，对故人、对过去的友情也十分看重，特别是在送别诗当中就更是这样。他们总是倾心描绘大海——也就是日本友人的归去之路，以此来表达对友人的"一路平安"的祝愿。第三还应该举出的是，这些诗也在进行描绘大海的尝试。这些中国诗人，都没有大海航行的体验，唐以前的诗人也很少咏唱这种体验。

中国诗人们一定从日本留学生、留学僧那里多少获得些大海的新知，因而丰富了自己的想象吧。试读方干的《送僧归日本》：

四极虽云共二仪，晦明前后即难知；

西方尚在星辰下，东域已过寅卯时。

大海浪中分国界，扶桑树底是天涯；

满帆若有归风便，到岸犹须隔岁期。[1]

1.《全唐诗》下，第1647页，上海：上海古籍出版社，1995年版。

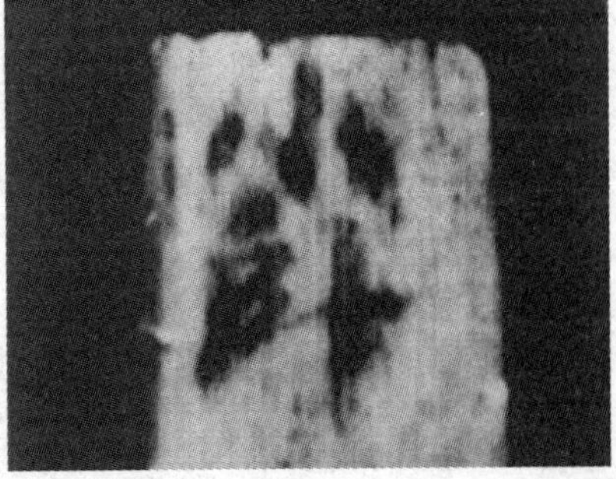

遣唐使船想象图

这首诗里面，写到日本与中国的时差、季风与航海的关系及当时航海的艰难。远渡沧溟的险难，恐怕是一般在大陆上生活惯了的人们无从想象的吧。他们会自然地问起那些日本来的僧侣，是怎样历经风涛蹈海而至的，由此想象他们还将怎样乘风破浪，蹈海而归。唐代诗人们总是在探寻着新的作诗材料，海上的冒险就是一个新鲜材料，至少是他们平时很少写到的。赠答诗的作者们面对即将远行东去的友人，在讴歌友情、抚慰旅人之际，也就试着将自己对大海神奇瑰丽的想象写进诗中。结果，赠答诗里的日本人就自然与大海联系在一起，而那海也就带有了几分神秘莫测的斑斓。

唐诗里面还有一些为日本僧侣写的诗，作者有些是有名的诗人。这些诗人主要赞许的是日本僧人的学识和人品。司空图《赠日东鉴禅师》、杨夔《送日本僧游天台》、项斯《日本病僧》等，都对日本僧人表示了深深的关切，希望用诗篇来慰藉他们身在异国的孤寂，对他们的乡土之思表达理解和同情。

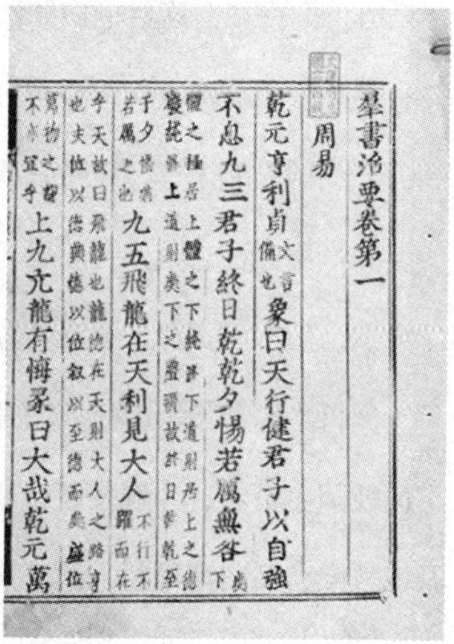

群书治要，唐魏徵等奉勅撰。1616年刊日古活字版50卷（原缺卷4、13、20）47册

被白居易称为“诗豪”的刘禹锡，也写下了《赠日本僧智藏》：

浮杯万里过沧溟，遍礼名山适性灵（一作旧扃）；

深夜降龙潭水黑，新秋放鹤野田青。

身无彼我那怀土，心会真如不读经；

为问中华学道者，几人雄猛得宁馨。[1]

1.《全唐诗》上，第898页，上海：上海古籍出版社，1995年版。

智藏乘坐着浮杯一样的海船在海上万里远航，来到中国，拜谒名山，走遍古刹，“深夜降龙潭水黑，新秋放鹤野田青”以象征性的画面描绘了智藏在中国的生活。周处曾跳入池水杀死蛟龙，如来则在禅室中将毒龙降服收入钵中，刘禹锡将这两个典故合在一起，赞美了智藏的学问。秋初，为积功德，智藏在野田放鹤。在中国的诗里，鹤是高洁的象征，这里也赞颂了智藏心灵的高洁。佛家以四海为家，智藏在中国，就像在自己的故乡一样。诗的最后，刘禹锡问道："试问中国学道的人们，有几个能达到智藏这样的境界呢？"这里的"雄猛"，不是指肉体威力勇猛，而是精神的强劲。诗人用它来充分表达自己的钦佩。智藏的事情，史书没有任何记载，看来他和刘禹锡是很投合的，很可能是一位很有造诣的高僧。

二、 无名诗人的赠别诗与赠送给无名僧人的赠别诗

与日本遣唐僧唱和的，并不一定是有名的诗人，这些唱和与那些名家相比，别有一种意义。《全唐诗》中载有唐僧栖白赠圆仁的诗《送圆仁三藏归本国》：

家山临晚日，海路信归桡；

树灭浑无岸，风生只有潮。

岁穷程未尽，天末国仍遥；

已入闽王梦，香花境外邀。[1]

1.《全唐诗》下，第 2018 页，上海：上海古籍出版社，1995 年版。

《日本高僧传》记载，天平胜宝四年（752），藤原清河为遣唐大使，至长安，见玄宗。玄宗曰："闻彼国有贤君，今观使者，趋揖有异"，乃号日本为礼仪君子国，命晁衡导清河等，视库车及三教殿；又图清河貌，纳于藩藏中。及归，赐诗：

日下非殊俗，天中嘉会朝；

念余怀义远，矜尔畏途遥。

涨海宽秋月，归帆夕飙；

因惊彼君子，王化远昭昭。[2]

2.《全唐诗》下，第 2194 页，上海：上海古籍出版社，1995 年版。

日本《龙论钞》所引《延历僧录 · 淡海居士传》保留了有关入唐僧淡海三船的佚文[3]。淡海三传是鉴真和尚的弟子，鉴真曾为其赋诗：

3.［日］後藤昭雄著，高兵兵译：《日本古代汉文学与中国文学》，第 17—31 页，北京：中华书局，2006 年。

摩腾游汉阙，僧会入吴宫；

岂若真和尚，含章渡海东。

禅林戒网密，慧苑觉花丰；

欲识玄津路，缁门得妙工。

原写本讹误颇多，这里引用的是笔者参考後藤昭雄录文的释录，考释过程略。

淡海三船也作自庆诗以回应：

我是无明客，长患有漏津；

今朝蒙善诱，怀抱绝埃尘。

道中将萌夏，空华更落春；

自归三宝德，谁畏六魔瞋。

淡海三船到大唐后，唐灵越龙兴寺僧祐读到他所著《大乘起信论注》，爱不释手，因回使有赞诗：

真人传《起论》，俗士著词林；

片言复析玉，一句重千金。

翰墨舒霞锦，义花得意深；

幸因星使便，聊申眷仰心。[1]

1. ［日］後藤昭雄著，高兵兵译：《日本古代汉文学与中国文学》，第 33 页，北京：中华书局，2006 年版。

《起论》，即淡海三船为《大乘起信论》做的注。淡海三船又作《北山赋》。至长安，大理评事丘丹读到以后，再三叹仰，说：“曹子建之久事风云，失色不奇，日本亦有曹植耶？”自还使，便书兼诗：

儒林称祭酒，文籍号先生；

不谓辽东士，还成俗下名。

十年当甘物，四海本同声；

绝域不相识，因答达此情。[2]

2. ［日］後藤昭雄著，高兵兵译：《日本古代汉文学与中国文学》，第 24 页，北京：中华书局，2006 年版。

在获得中国诗人赠诗的日本人当中，有些人虽有称谓，但是从现存中日两国文献很难确认他们究竟是何人。沈颂有《送金文学还日东》诗一首：

君家东海东，君去因秋风。

漫漫指乡路，悠悠如梦中。

烟雾积孤岛，波涛连太空。

冒险当不惧，皇恩措尔躬。[1]

1.《全唐诗》上，第 479 页，上海：上海古籍出版社，1995 年版。

金文学是何许人，典籍无考，或以为就是 712 年作为遣唐使同阿倍仲麻吕一起来华的吉备真备，或以为是随遣唐使船到日本的新罗人。另外，贾岛有《送褚山人归日本》，无可有《送朴山人归日本》，山人指隐居在山中的士人，也指仙家、道士之流，褚山人和朴山人可能是在华学习过道教的人，而褚、朴都不是日本的姓。这和西北大学发现的遣唐使墓志中出现的井真人一样，很可能是他们在中国使用的汉名。

在唐代，日本人使用汉名并不罕见。阿倍仲麻吕改名朝衡，亦作晁衡，晁同朝。《旧唐书》卷 199 上《东夷传》载阿倍仲麻吕“其偏（副）使朝臣仲满，慕中华之风，因留不去，改姓名为朝衡”。[2] 这种改名，中国人视为“慕中华之风”的表现，而日本人却认为这是他不忘故国的表现。加藤良白《柳桥诗话》说：“盖单用朝臣之朝而已，身在海外，其心未尝不在朝廷。宋爲越吟，谁敢不哀哉！”[3] 另一个例子是遣唐副使藤原马养，在中国使用的名字是宇合。《尊卑分脉》说他“归自唐，改名宇合，宇合、马养音训相通”[4]。也就是说，马养和宇合，读音是相通的，改的只是汉字，但是，这样一改，在中国人中间，不仅避免了歧义，更加符合中国人称谓的习惯，而且赋予了天下一家的崭新含义，让人感到亲近。藤原马养身为遣唐副使，改名容易改姓难，而一般随遣唐使来华的人员，就可能有更大的空间。他们可以选择更容易为周围人们或者某一圈子的人接受的称谓，而这种称谓归根结底是临时性的，当他们有机会回国，回到另一个圈子的时候，就可能采用原来的姓名了。所以，这种改名换姓，不排除有“慕中华之风”的因素，也是出于尊重居住地的命名习俗，减少交往中的麻烦，更容易融入当地生活的考虑。

2.《旧唐书》，第 5341 页，北京：中华书局，1975 年版。

3.［日］池田四郎次郎编：《日本詩話叢書》第 6 卷，第 447 页，东京：龙吟社，1997 年版。

4.［日］黑板胜美、国史大系编修会编：《尊卑分脉》第 1 册，东京：吉川弘文館，1966 年版。

这样说来，沈颂、贾岛、无可的诗，其实也从日本人改名的一个方面，反映了当时在华日本人适应异国生活的一个侧面。

为日本僧或留学生所作的赠别诗，不论是个人送别的场合，还是朋友相聚饯别的场合，都不仅是东道主与远行者一次情感的交流，而且也是一次对不同文化的接触和体验。双方交换着对对方生活状态的想象，并用彼此能够理解的语言和表达方式将对对方的关切表达出来，这对于彼此来说都是弥足珍贵的。当然，其中也有应景之作。邀集朋友来为即将远行的日本友人送行，本身便是一次文人间的社交活动，是文学交流的舞台。可惜的是，日本遣唐使团队的成员所作的答诗保留至今的很少。

三、 日本文学中的遣唐群体的文化心态

日本遣唐使从中国带回大量书籍的佳话，载于史籍，见于吟咏，然而，他们是以怎样的心情度过了他们的异国生涯，却似乎是史书少载，诗咏罕唱。要追寻他们的心路历程，我们就不能不求助于中日两国的文学作品。

从日本奈良平安时代的故事笔记中找出的几则记述，可以管窥湮没在历史长河中的遣唐使和留学僧们的心影。

远航的路途，在唐诗中有极为浪漫而华丽的描绘，而在日本古代作品中却很少那样富于诗意的描写。《宇津保物语 · 俊荫》卷记叙俊荫 16 岁的时候，朝廷建立了向唐派船的制度，开始选拔才能出众的人，担任大使、副使，俊荫也被选中了。父母伤心，难以言喻。一辈子只有这一个孩子，身姿秀逸，才干超群。从早到晚，看也看不够。这回就要登上远去的船只，再难相见。父母和俊荫都很难过，三个人相拥而泣，额头相摩，血泪涟涟。就这样出门上了船。[1]

1.［日］河野多麻校注：《宇津保物語》，第 36 页，东京：岩波书店，1959 年版。

12 世纪成书的《今昔物语集》卷第十一记述，玄奘法师听说道昭是奉天皇之命来学唯识法门的，立即将他传入，亲自迎接，让他在自己身边学习，"如瓶水之泻"，把学问毫无保留地传授给他，由此却遭到了众弟子的抱怨。有人抱怨说："日本人再有才能，终究是小国的人，比不得中国人。"玄奘法师回答说："你快到日本僧人住的房间里看看！"三位弟子跑去窥探，道昭正在那里读经，口吐白光。那些弟子见了，无不叹服[2]。《续日本纪》还记述了道昭归国前与玄奘告别的情形。玄奘以所持舍利、经论咸授道昭，对他说："我看你能弘扬佛法，现在把这些都交给你。"

2.［日］池上洵一校注：《今昔物語集》三，第 19 页，东京：岩波书店，1999 年版。

遣唐使由于多种原因不能回国，长期居留中国，阿倍仲麻吕就是有名的一个。加藤良白《柳桥诗话》对其终不还归的原因分析说："聘唐之使者，凡葬于鱼腹者，十八九，仲满曾为伤弓之鸟，踌躇迟疑，日复一日，将欲归耶，即惩前日濒死之厄矣。将欲不归耶。上负圣朝，下负慈母，不唯是又置宗祐于何地乎？于是仲满之心，不一日九回者几希。未几，彼土乃有禄山之乱，

天下鼎沸，天子蒙尘，而仲麻吕死于兵燹之中，不可知也；或与王维辈，俱被囚辱而没于是时，亦不可知也。史无明文，可谓仲麻吕志不幸矣。”[1] 加藤良白不赞成欧阳修和宋祁将阿倍仲麻吕留在唐朝不归看成是受到唐朝礼遇，或者是“惓惓中国而不忍去”，也不赞成日本学者对阿倍仲麻吕的责难，认为他们不该把欧阳修等人的说法当真。这正是历史上中日两国学者对于同一历史人物所持的不同看法。

1.［日］池田四郎次郎编：《日本詩話叢書》第 6 卷，第 120 页，东京：龙吟社，1997 年版。

遣唐使团队中未能回到日本的，便有人娶妻生子，这种“国际婚姻”不免带来悲欢离合的传奇。《宇治拾遗物语》卷下的鱼养故事说，从前遣唐使里有人在唐时娶妻生子，那孩子还年幼，父亲却要回国。临行时和妻子许诺说：“再有遣唐使来，我让他们给你捎信。”但他一去便杳无音信。母亲就给那孩子脖子上挂上写着“遣唐使某的儿子”的牌子，跟他说：“如果前世有缘，就会父子重逢。”于是将孩子放进海里。在大海的那一边，孩子的父亲一日骑马来到难波（在今大阪南部），忽然见到海面上漂来一个白色的东西，像鸟儿一样浮在水面。原来是一条大鱼驮着那个可爱的孩儿。父子相认，传为佳话。[2]

2.［日］三木纪人、浅见和彦、中村义雄、小内一明校注：《宇治拾遺物語 古本說話集》，第 354—355 页，东京：岩波书店，1990 年版。

这个大海相助、灵童不死的父子重逢故事，使人想起《西游记》里三藏法师婴儿时代的“江流儿”传说。鱼养的传说，很可能与一位活跃于 8 世纪末到 9 世纪初的书法家朝野宿祢鱼养有些关系。传说他的父亲就是遣唐使吉备真备，还说奈良的十轮院就是鱼养创设的，那里现在还有“鱼养冢”。鱼养得鱼神之助只身漂流过海找到父亲的故事，正是遣唐使将当时先进的唐文化传到日本的象征，在鱼养身上，寄寓了那时日本人对大陆文化憧憬的心理。

然而，在憧憬的背后，还有另一面，那就是某些日本学者所说的“小国大国意识”。具体一点说，这种意识里包括着“小国人”害怕在“大国人”面前被小视的过分的“文化自卫”心理，以及“小国不让大邦”的抗争挑战情绪。在道昭传说中，道昭是以他口吐的白光，在向小看他的唐人显示他的佛性，证实他的超凡脱俗。

遣唐使中止以后，日本贵族社会趋向于内敛，这种对唐的复杂心态在有关遣唐使的传说中表现得更加明显。平安时代中后期问世的《江谈抄》，里面描述遣唐使吉备真备到唐后，被安排在鬼魂出没的房间里，被迫接受解读《文选》这样艰深的考试，由于受到先来的遣唐使鬼魂的帮助，才最后折服高傲的唐人，使得他们再不敢小看小国日本人。[3] 在鱼养乘鱼渡海的故事里，鱼养因为是日本人的孩子，所以他一定要回到他父亲的国度，在战胜万里鲸波的幻想魔力当中，

3.［日］後藤昭雄、池上洵一、山根对助校注：《江談抄 中外抄 富家語》，第 496—497 页，东京：岩波书店，1997 年版。

不正可以看出当时日本人的国际意识和民族意识吗？

《宇治拾遗物语》还写了一位遣唐使大刀杀虎的故事，一个大雪天当他回家发现自己的孩子不见了，便提着大刀顺着足迹追了过去，在山里看到老虎正在咬吃自己的孩子，就冲上前去把老虎砍死了。唐人看到他把已经死去的孩子夹在腋下回来，都赞叹说：“到底是日本人，好厉害，可不能跟这个国家作对。”在这个故事里，遣唐使不是谦逊有礼的学士，不是僧徒墨客，而变成了身挎大刀的杀虎壮士，向唐人展示民族气概的精神偶像。[1]

1. [日] 三木纪人、浅见和彦、中村义雄、小内一明校注：《宇治拾遺物語 古本説話集》，第313–314页，东京：岩波书店，1990年版。

遣唐使虽说是留“唐”，但也与今天我们的留“洋”扯得上些联系。遣唐使的留“唐”心态，并不像遣唐使那样早已成为历史遗迹，它在文化发生碰撞与交流的地方还会反复出现。

第二节 晋唐愿文与日本奈良时代的佛教文学

日本平安时代的汉文学总集《本朝文粹》、《本朝续文粹》都有“愿文”一类，作品颇多，空海《性灵集》、菅原道真《菅家文草》里收进了他们所作的很多愿文。这些愿文，多出于当时享有盛名的汉文学家之手，不乏佳作。

按说日本当时的其它汉文文体大都仿照中国，文体分类也当有所依据，然而在我国《文选》、《文苑英华》、《唐文粹》等总集中均未见愿文一类。日本人的著述，很早就有将愿文视为日本独有文体的。例如《异制庭训往来》一书就说：“诏、诰、教、令、表、奏、笺、记、书、誓、符、檄之品，吊祭悲哀之作，篇、辞、引、序、碑、碣、志、状等，是作家良匠。量其材，制其形也。已上汉朝作文之体者。本朝作文之体者，别有编旨、院宣、御牒、朝状、申状、讽诵、愿文等”[2]，明确将愿文视为“本朝（即日本）作文之体”，而其中愿文的影响，远远超过文中列举的其它几种日本文体。

2. [日] 塙保己一编：《群書類從》第9辑，第486页，东京：平文社，1992年版。

晋唐时代以愿文名篇者，与日本所见愿文在内容与形式上不尽相同。中国的愿文与日本愿文有怎样的关系？它们在各自文学史上占有什么样的地位？

3. 黄征、吴伟编校：《敦煌愿文集》，长沙：岳麓书社，1995年版。

黄征、吴伟编校的《敦煌愿文集》[3]，使我们找到了解决问题的突破口。长期被湮埋的中日围绕佛教文学的一段重要的文化、文学交流史，有了逐渐揭开面纱的可能。

池田温在 1994 年敦煌学国际学术讨论会上发表的《吐鲁番、敦煌功德录和有关文书—日本古代愿文的源流》中指出：

> *古代日本 8—12 世纪佛教属隆盛期，皇室贵族以下热情奉佛，佛事法会颇受重视，因兹一流文人竞作愿文，对比唐宋其现存者颇多。其文章风格基本踏袭唐前期体势，时混中唐元白文风。吐鲁番、敦煌虽在西陲，继续蒙受中原佛教文化波及。其石窟幸存中原千年湮灭之文物资料。关于佛教功德论、愿文之类，现在能对照吐敦与日本，其互相发明可资深入考察者不少。*[1]

池田温指出，日本佛教文化有自己的特色。比如特别重视专修念佛欣求净土，或后代由十王信仰增加到十三佛，年忌法事更添七年、十三年、三十三年三次对应十三佛。但是他的结论是：日本古代愿文之研究，应该参照吐敦文献，以阐明其源流。

日本现存愿文资料十分丰富，从 7 世纪直到现在，包括金石文和古文书在内的各种资料，很多皆可用于对照研究。中国愿文和日本愿文的比较研究是一个大题目。既可以展开文献学去研究，也可以从比较文学、比较文化以及文化交流史的角度来考察。对于认识愿文的分类、定义等问题，日本文献中对愿文的处理也不乏参考价值。

从 8 世纪到 12 世纪长达近四百年的时间，是愿文在日本兴起并盛行的时期。在各个时期，其接受的中国文学的影响也很不一样。大体说来，奈良时期的愿文主要接受的是初唐或者唐以前愿文与其它文学作品的影响；到了平安时代，《白氏文集》等中唐文学传入日本以后，愿文才更增加了抒情色彩，进一步文学化，发展成为具有日本特色的哀伤文学。从目前的研究状况来说，对平安时代愿文有所关注，而对中国愿文传入日本初期的研究，还几乎无人论及。本文拟从奈良时代的愿文资料入手，探讨一下日本早期佛教文学和六朝与唐代愿文的关系。

一、 我国散逸而保存在日本的初唐愿文

济度众生的誓愿在大乘菩萨道里具有重要的意义。《大智度论》卷七说：“庄严佛世界事大，独行功德不能成，故要须愿力。譬如牛力虽能挽车，要必御者，能又所至。净世界愿亦复如是。

1. 参照池田温：《吐鲁番敦煌功德录和有关文书——日本古代愿文的源流》，译文载《敦煌学国际研讨会文集——纪念敦煌研究院成立五十周年》之《宗教文史卷》上，第 134—143 页，兰州：甘肃民族出版社，2000 年版。

福德如牛，愿如御者”，将愿力比作驾御福德的御者。誓愿有种种形态。

天台大师智顗（538—597）特别重视四弘誓愿，所谓“众生无边誓愿度，烦恼无边誓愿断，法门无尽誓愿知，无上菩提誓愿证”[1]，便最早出自他的著述。他曾这样说明誓愿的意义：

1.［日］青木隆著：《天台智顗における誓願思想》，载日本佛教学会编《仏教における誓願》，第205—220页，京都：平乐寺书店，1995年版。

发愿者誓也。如许人物，若不分券，物则不定。施众生善，若不要心，或恐退悔，加之以誓。又无誓愿，如牛无御，不知所趣。愿来持行，将至所在。亦名陀罗尼，持善遮恶。如杯得水，勘可盛物。[2]

2.［日］日本佛教学会编：《仏教における誓願》，第206页，京都：平乐寺书店，1995年版。

智顗直接引用了《大智度论》的愿力如御者的比喻，以说明誓愿有把握行为方向之效；又视发愿为立契签约，可免退悔；还说誓愿有持善遮恶的约束作用。

这第三个作用，实也出于《大智度论》。该书卷五在解释何谓陀罗尼时说：“陀罗尼秦言能持，或言能遮。能持者，集种种善法，能持令不散不失。譬如完器盛水，水不漏散。能遮者，恶不善根心生，能遮令不生。若欲作恶罪，持令不作。”[3]持善遮恶就是强调誓愿具有自我精神制御控制作用。智顗将誓愿的意义归结在一起，清楚地说明了大乘菩萨道何以如此看重发愿的原因。

3.［日］青木隆著：《天台智顗における誓願思想》，载日本佛教学会编《仏教における誓願》，第206页，京都：平乐寺书店，1995年版。

在佛教获得大批信徒的过程中，为这些信仰者而撰写的愿文也层出不穷。只是由于现存六朝至唐代的愿文数量有限，不足以窥见当时愿文风行一时的全貌。于是至今仍然保存在日本的那些愿文资料便显得弥足珍贵。

日本奈良市东大寺正仓院收藏的《圣武天皇宸翰杂集》（简称《杂集》），是45代天皇圣武天皇抄录的诗文集[4]。天平胜宝八年（756）五月二日圣武天皇崩殁之后，其妻光明皇太后为追福而奉献先帝遗爱诸品于东大寺卢舍那大佛，收纳于东大寺的木造校仓，《杂集》就在其中。《杂集》末存圣武天皇亲笔题记：“天平三年九月八日写了”。天平三年即公元731年，唐开元十九年。时圣武年三十一岁。

4.［日］中田勇次郎编：《書道藝術》第十一号，第36—67页，东京：中央公论社，1982年版。

《杂集》中所收诗文百数篇皆与佛教有关，而大半是我国散逸的佛教文学文献。其中收录王居士、隋大业主、真观法师、释灵实、周赵王、释僧亮的诗文，分别可补《诗纪》、《全唐文》、《全宋文》、《全后周文》、《全隋文》等之缺。《杂集》作为日本国宝，历来深藏正仓院，一般学者难于窥其全貌，因此对它的研究也开展较迟。下面的引用，皆赖于影印本。

愿文研究最值得注意的是其中的《镜中释灵实集》（以下简称《镜中集》）。关于《镜中集》，内藤湖南曾指出，《日本国见在书目》尝著录释灵实撰《帝王年代历》十卷（杂史家）、《释灵实集》十卷（别家集），而两唐书均未著录。《全唐诗》、《全唐文》也没有收他的诗文。近来丸山裕美子又指出，《日本国见在书目》总集家还有《镜中集中集》十（卷）（森立之云："中集"二字恐衍），可知《灵实集》和《镜中集》曾两名并存。又据正仓院文书记载，从740年到768年经生们曾两次以上抄写《镜中集》。《镜中集》所收皆作于越州。根据集中《为桓都督祭禹庙文》，可以推断释灵实为唐开元时人。此书很可能是8世纪初由日本遣唐使等途经越州者携回日本的。

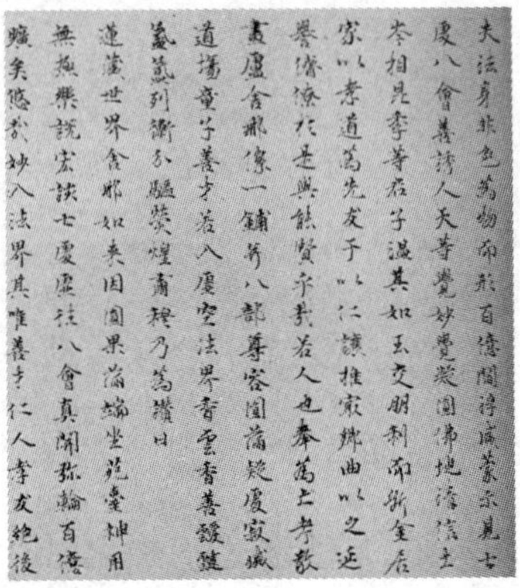

正仓院藏圣武天皇宸翰杂集

《镜中集》收有赞13首、祭文2首、诸种杂文15首。在这15首杂文中，明确以"愿文"为题者有《为人妻妊娠愿文》和《七月十五日愿文》。先看《为人妻妊娠愿文》：

> *弟子某顿首稽首：大权十力悲心，有鉴于丹诚；种觉三明慈念，无遗于赤子。妻某氏怀生有托，今见妊娠。虑不安宁，情深惶灼。谨舍前件，贴营功德；庶福善，保佑妊娠。所冀庭玉可期，弄璋无滞。然后光辉灼灼，远映韦氏之珠；逸态昂昂，宛若庞家之骏。一味甘雨，普洽群萌；三界慈云，傍荫含育。并得莲台之乐，同游欢喜之园。*[1]

1.［日］中田勇次郎编：《書道藝術》第十一号，第54页，东京：中央公论社，1982年版。

这篇愿文是某人之妻妊娠之后，为祈愿母子平安而向寺舍财之后，请释灵实撰写的。

在《敦煌愿文集》中也可以找到与妇女生产相关的愿文。例如第56页的《难月文》，第74页的《难月》，大致都是妊娠期间患病祈愿母子康宁的，如《难月》有"惟愿灵童易育，门副克昌，母子平安，灾殃永殄”的祝愿。《镜中集》这一篇《为人妻妊娠愿文》作于妊娠之后“虑不安宁，情深惶灼”，实际上也是不良反应的表现，属于疾患无疑，从内容来看，大体可以与《敦煌愿文集》中的《难月文》归为一类。

《镜中释灵实集》中的《七月十五日愿文》，全文如下：

窃以大须弥之相好，迥拔四山；得满月之奇姿，光辉巨夜。不倾不动，嶷尔排毗岚之风；无灭无生，焕矣烛轮回之境。如来功德，可思议哉！伏乞遍知证明檀越，有千龄掩骼，已閟于藤城；或七祖埋魂，永沉于蒿里。听风枝而结恸，望松色以增哀。若不广树津梁，无由济于泉壤。今属三空行毕，八种施辰。率乡党之众缘，办盂兰之一供。众香之饭，气结于凝云；千里之羹，芳兼于芍药。先兹奉佛，次以施僧，庄严万古沉沦，并及久悬腾逝。并愿乘斯景福，离黑暗之泥黎；藉此鸿因，超亿劫之生死。然后漾宝舟于法海，控八解之波涛；洒甘露于慈云，润三千之枝叶。次霑见在，长飨元吉。凡厥行藏，同登极果。[1]

1. [日] 中田勇次郎编：《書道藝術》第十一号，第 55 页，东京：中央公论社，1982 年版。

这篇愿文作于七月十五日，属于岁时常例行事愿文。敦煌愿文中，岁时常例诸行事愿文，有正月燃灯文、二月八日文、佛印沙佛文、驱傩文等。佛教每年七月十五日，以百种供物供养三宝，诵经施食，是救父母之苦的法会，名为盂兰盆会。这篇愿文当是为盂兰盆会上诵读而撰写的。

《为人妻妊娠愿文》和《七月十五日愿文》对于我们了解唐代佛教特别是愿文的本来面貌很有价值，对于敦煌愿文的整理，也有参考作用。从这些愿文推想，可能正是通过它们或与之类似的愿文，奈良时代的皇室贵族才知道了愿文的存在，熟悉了愿文这一佛教文学的体裁。

在研究六朝与唐代愿文对日本奈良文学的影响方面，除了《镜中释灵实集》以外，《杂集》中《周赵王集》中的《无常临殡序》也特别值得注意。周赵王，《北周书》卷十三、《北史》卷第五十八皆有传。名招，字豆卢突，文帝之子，自幼聪颖，博览群书，好属文，学庾信体，词多轻艳。武成之初，封为赵国公。建德三年，进爵为王。赵王每与庾信、王褒唱和，然而他的作品，仅见《北周诗纪》从《文苑英华》中采录的《从军行》一首，文则全部散佚不存。《杂集》中所保留下来的《道会寺碑文》、《平常贵胜唱礼文》等，内藤湖南赞之曰“曰义旨，曰辞章，诚皆堂堂之文”，对他写的几篇序也评价极高。[2]

2. [日] 内藤湖南著：《聖武天皇宸翰雜集》，见《内藤湖南全集》第七卷，第 127—132 页，东京：筑摩书房，1997 年 5 月版。

对于愿文研究，特别值得一提的是他写的《无常临殡序》。这篇序，虽然不以愿文名，但内容和结构完全与《敦煌愿文集》中所收《亡文》、《临圹文》相近。即开头便述无常之理，引出死之不免，而后抒发生者的哀痛，最后祈愿死者往生净土。下面便是《无常临殡序》的全文：

> 夫无常之法，念念迁流；有为之道，心心起灭。虽复单越定寿千年，非相大期八万；而同居火宅之内，俱弊死生所逼。况复阎浮世界，命脆悬（疑脱一字）；娑婆国土，身危惊电。所以逝川觉其迅疾，过隙叹其奔驰；镜像喻其非真，乾城方其无实。今者檀越过去亡人，遘疾不瘳，奄然万古。光颜若在，便怀丘墓之悲；盛德未衰，仍为泉壤之。奈何罢去，更一面而无期；呜呼哀哉，岂再逢之可望。赗赠已，卜晗便毕；盖棺定谥，正是今时。非但子弟崩号，亲知悲恋；亦可（有）乡党嗟悼，宾游痛惜。
>
> 但有生皆死，自古同然。夫有盛必衰，何人得勉（免）？交且天地安静，气序调和；须枕告徂，高卧启尽。棺椁以礼，亲邻毕集；善始令终，差无遗恨。必愿奔识解剑，示以天人之衢；阎罗报笔，题以功德之薄。必当升净神境，沐浴八解之池；游步宝阶，逍遥千花之殿。然后道心具足，无生之忍现前；惠命延长，一相之理明白。又当覆阴大小，令万寿无量；福利子孙，千秋永豫。唯愿藉佛神力，因僧胜善，愿亡者曰：衰生障业，一念消除；积世瑕殃，俱时清净。出恩爱之缘缚，断烦恼之得绳。怀无始之有转，到涅槃之彼岸。[1]

1.［日］中田勇次郎编：《書道藝術》第十一号，第59页，东京：中央公论社，1982年版。

除了以上全篇引用的三篇直接以愿文名或者与愿文有直接关系的文章外，《杂集》中收录的其它文章，如《镜中释灵实集》中的《为人母祥文》、《为人妻祥设斋文》等，也都是研究当时愿文及其相关文体的重要资料。

除了《敦煌愿文集》之外，我国集中保留较多愿文作品的只有明代梅鼎祚《释文纪》等少数文集。以《释文纪》为例，集中收录的愿文有《西方誓文》、《为诸寺檀越愿疏》、《南齐皇太子礼佛愿疏》、《礼佛唱导发愿文》、《发愿文》、《北齐三部一切经愿文》、《周经藏愿文》、《天台建功德愿文》、《天台设斋愿文》、《宝台经藏愿文》、《辽阳山寺愿文》、《发愿疏文》等（《钦定四库全书》集部，《释文纪》卷五六）。这些资料，再加上《敦煌愿文集》和日本保存的《杂集》中的愿文资料，我们可以断言，愿文曾经不仅是一种重要的佛教文学体裁，而且在7世纪以后中日文学交流史上也起过重要作用。

二、 日本奈良时代金石与文书中的愿文

日本古文书学上，将奉献给神、佛的文书，分为九类，即告文、愿文、都状、表白、讽诵文、献物帐（寄进状、施入状、奉纳状亦属于此类）、奉加帐、安置状、奉请状（勘计状属于此类）。第一类告文和第二类愿文的区别在于前者是奉献给神的，而后者是奉献给佛的，共通点是都以“祈愿”为中心内容。第三类都状只以“延长寿命”为内容，在内容的多样性上，不及告文和愿文。从现存文献来看，愿文是日本上代（主要指奈良时代及其前后）最广泛使用的文体之一。

从现存金石资料来看，这种祈愿文章至少可以追溯到 7 世纪。公元 654 年（日本白雉五年，唐永徽五年）的释迦造像铭曰：“弟子王延孙，奉为现在父母，敬造金铜释迦像一躯。愿父母乘此功德，现身安稳；生生世世，不经三涂，远离八难。速生净土，见佛闻法。”[1] 祈愿父母现身安稳、世世幸福。法隆寺释迦三尊造像铭：“蒙此愿力，转病延寿，安住世间；若是定业以背世者，往登净土，早生妙果。”[2] 这些都是早期的愿文，篇幅都很短。

1. ［日］竹内理三编：《寧樂遺文》下卷，第 963 页，东京：东京堂出版，1997 年版。

2. ［日］竹内理三编：《寧樂遺文》下卷，第 962 页，东京：东京堂出版，1997 年版。

公元 695 年（日本齐明五年）造像的西琳寺阿弥陀像铭文，是一篇愿文：

盖闻法身无相，非以色求。本姓（性）寂寥，非以生灭。得但四生，殊巢六道，各因所以。法藏比丘四十八愿，三辈往生，是以书直大阿斯高君子支弥高首，修行佛法，草创西林寺。复以梅檀高首、土师长兄、高连羊古首、韩会古首，敢奉塔寺。宝元五年（齐明五年）已未正月，二种智识，敬造弥陀佛像并二菩萨，愿（疑脱一以字）此功德，现世亲族，福延万世；七世父母，随意住□，含灵之类，同斯福力。[3]

3. ［日］竹内理三编：《寧樂遺文》下卷，第 963 页，东京：东京堂出版，1997 年版。

公元 749 年（天平胜宝元年）铭刻的“圣武天皇诏书铜版”里，有这样的内容：

依此发愿，太上天皇沙弥胜满，诸佛拥护，法药薰质，万病消除；寿命延长。一切所愿皆使满足，令法久住，拨济群生；天下大地，人民快乐。法界有情，共成佛道。[4]

4. ［日］竹内理三编：《寧樂遺文》下卷，第 971 页，东京：东京堂出版，1997 年版。

铭文中出现的沙弥胜满，即圣武天皇的法号，文中祈愿不仅是个人的“万病消除、寿命延长”，更有“人民快乐”，进而“共成佛道”。在现存奈良朝的愿文来看，圣武天皇是一个尤其值得瞩目的人物。

关于日本奈良时代的愿文文献，池田温曾经提到：“古代日本诸种愿文之流传下来者不少，

其最著名者有天平胜宝八年（756 年）六月皇太后奉为太上天皇舍国家珍宝等入东大寺愿文（亦称东大寺献物账）。它是今日世界瑰宝，正仓院收藏之基础账簿，作于六月二十一日，正值太上天皇（圣武）崩逝五月二日七七忌。同日又有奉卢舍那佛 60 种乐愿文。”[1] 池田温举出的是 756 年六月二十一日东大寺愿文，而在此之前，实际上已经有了另外的愿文。

1.［日］池田温著:《吐鲁番敦煌功德录和有关文书——日本古代愿文的源流》，载《敦煌学国际研讨会文集——纪念敦煌研究院成立五十周年》，宗教文史卷上，甘肃民族出版社，2000 年 6 月，第 134—162 页。

日本根津美术馆所藏《大般若波罗蜜多经二六七》上有长屋王撰写的一篇文章，根据它的内容，可以看成是愿文：

神龟五年岁次戊辰五月十五日，佛弟子长王至诚发愿，奉写《大般若经》一部六百卷。其经乃行行列华文，勾勾（句句）含深义。读朗诵者蠲耶（邪）去恶，披阅者纳福臻荣。以此善业，奉资登仙二尊神灵，各随本願，往生上天，顶礼弥勒，游戏净域；面奉弥陀，并听闻正法，俱悟无生忍；又以此善根，仰资现御禹天皇，并开辟以来代代帝皇，三宝覆护，百灵影卫。现在者争荣于五岳，保寿于千龄；登仙者生净国，升天上闻法悟道，修善成觉。三界含识，六趣禀灵，无愿不遂，有心必获明矣。因果达焉罪福。六度因满，四智果圆。[2]

2.［日］竹内理三编：《寧樂遺文》中卷，第 611 页，东京：东京堂出版，1997 年版。

这篇愿文是长屋王写经祈愿的文章。文章一开头就言明写经日期是神龟五年，即公元728 年。长屋王先后担任过大纳言、右大臣，神龟元年（724）始任正二位左大臣，位极人臣。他是一位在转变汉诗诗风方面起过突出作用的重臣。

他的这篇愿文一方面祈求长生，一方面又祈愿往生净土。从愿文分类说来，应该和敦煌愿文中为数众多的“题记愿文”同属一类。《敦煌愿文集》中收录的这一类愿文，表明了写经者形形色色的愿意，其文或长或短，简短者如《摩诃衍经昌乐公主题记愿文》：“大魏大统八年十一年十五日，佛弟子瓜洲刺史邓彦妻昌乐公主元，敬写《摩诃衍经》一百卷。上愿皇帝陛下国祚再隆，八方顺轨。又愿弟子现在夫妻、男女家眷四大康健，殃灾永灭；将来之世，普及含生，同成正觉。”[3] 不难看出，虽然长短有差，但长屋王的愿文的基本结构和写法与昌乐公主的这一篇是一致的。

3. 黄征、吴伟编校：《敦煌愿文集》，第 829 页，长沙：岳麓书社，1995 年版。

《大日本古文书》收录的《圣武天皇施入敕愿文》[4]，在列出了圣武天皇寺院所施棉花布匹稻谷田地的数目之后，便很快进入祈愿的内容：

4.［日］东京大学史料编纂所编：《聖武天皇施入勅願文》，载《大日本古文書》（编年第三），第 241 页，东京：东京大学出版会，1968 年复刻。

以前捧上件物，以《花严经》为本，一切大乘小乘经律论抄疏章等，必为转读讲

说，悉令尽竟，远限日月，穷未来际，敬纳彼寺，永为学分。依此发愿。太上天皇沙弥胜满，诸佛拥护，法药熏质，万病消除，寿命延长，一切所愿，皆使满足，令法久住，拔济群生，天下太平，兆民快乐，法界有情，共成佛道。

复誓：其后代有不道之主，邪贼之臣，若犯若破障而不行者，是人必得破辱十方三世诸佛菩萨一切贤圣之罪，终当堕大地狱无数劫中，永无出离。十方一切诸天、梵王帝释、四天大王、天龙八部、金刚密迹、护法护塔、大善神王及普天率土，有大威力，天神地祇、七庙尊灵，并佐命立功大臣将军灵，共起大祸，永灭子孙。若不犯触，敬勤行者，世世累福，绍隆子孙，共出尘城（域），早登觉岸。

天平感宝元年闰五月廿日

上面引用的这篇愿文，原来收于《平田寺文书》。《大日本文书》在后面还收入了镰仓时代的《中村文书》所载大体相同的这篇愿文的抄本。

正仓院还收藏有圣武天皇向东大寺封五千户的愿文，文字则相当简洁，祈愿文字只有"伏愿以此无尽之财宝，因施无相之如来，普度无边之有情，欲证无余之极果"。原载于《八幡宇佐宫御托宣集》的一篇《圣武天皇施入敕愿文》署"天平胜宝元年（749）六月廿三日"，除物品内容不同以外，文字小有不同，如上文作"若犯若破障而不行者"，此文作"若犯用、若破障、不令勤行佛事者"，恐怕这并非原文有异，而只是传抄流传中出现的不同。

如果这些材料可信的话，就说明在749年的五、六两月，圣武天皇不止一次向不同的寺院布施，但为此所用愿文，却非每次必得新作。这和《敦煌愿文集》反映的情况正相一致，愿文范本正是为了适应大量类似情况必用愿文的需要而产生的，一般情况下僧人临机"对号入座"，稍加改动，即可成文，只有在特别的情况下，才另起炉灶。

池田温提到的圣武天皇崩逝五月二日七七忌的愿文，跟七七忌在日本的盛行有关。七七忌即中阴四十九日。人死亡后，每七日营斋，修佛事以追荐，是谓斋七，其第七追荐日称为七七忌。《北史·胡国珍传》："诏自始薨至七七，皆为设千僧斋"。据池田温称，七七斋于日本初见庆云四年（707）六月壬午文武天皇设七七斋于大官大寺、药师寺、元兴寺、弘福寺等四大寺（《续日本纪》卷3）。天平七年（735）十月诏：亲王死去，每七日设斋度百人为限（同前，卷12）。其后大同元年（806）六月辛亥制，世俗间每至七日好事修福，既无纪极，为弊不少，宜三七日若（或者）七七日一度施舍（《日本后纪》卷14）。也就是说，鉴于每逢七便设斋的弊害，从大同元年开始提倡第廿一日或者四十九日设斋一次。后来平安时代的追荐愿文以四十九日愿文为多，正是出于这样的背景。

三、 最澄《愿文》

平安时代愿文成为一种相当常见的文体。僧侣撰写最有名的愿文，当是入唐僧传教大师最澄撰写的《愿文》。最澄（767—822）是日本天台宗的开创者。804年7月他同空海等人从九州出发，9月抵达明州（今浙江宁波）。遂登天台山，向湛然弟子辈的道邃、行满等禅师学习天台宗教义，受菩萨戒。805年5月回日本。最澄归国时，台州司马吴顗、台州录事参军孟孔、台州临海令毛涣、乡贡进士崔謩、广文馆进士全济时、天台沙门行满、天台归真弟子许兰、天台僧幻梦、前国子监明经林晕皆赋诗送别，吴顗作序。回国后，最澄开设了日本最早的密宗道场能福护国密寺。他曾缮写佛经230部460卷。

最澄的这篇《愿文》虽然前面有较多铺陈佛理的文字，但其基本结构仍然不离通常的三段式，而其中表达的内容，较之奈良时代的那些愿文，显出一定的个性化特点：

> *悠悠三界，纯苦无安也；扰扰四生，唯患不乐也，牟尼之日久隐，慈尊月未照，近于三灾之危（厄），没于五浊之深，加以风命难保，露体易消。草堂虽无乐，然老少散曝于白骨；土室虽闇迮，而贵贱争宿于魂魄。*
>
> *瞻彼省己，此理必定。仙丸未服，游魂难留，命通未得，死辰何定？生时不作善，死日成狱薪，难得易移，其人身矣；难发易忘，斯善心焉。*
>
> *是以法皇牟尼，假大海之针，妙高之线，喻况人身难得；古贤禹王，惜一寸之阴，半寸之暇，叹劝一生空过。无因得果，无有是处；无善免苦，无有是处。伏寻思己行迹，无戒窃受四事之劳，愚痴亦成四生之怨，是故《未曾有因缘经》云："施者生天，受者入狱。"提韦女人四事之供，表末利夫人福贪著利养五众之果，显石女担輂罪。明哉！善恶因果。谁有惭人，不信此典，然则知苦因而不畏苦果。释尊遮阐提，得人身，徒不作善业。圣教啧空手。*

于是愚中极愚，狂中极狂，尘秃有情，底下最澄。上违于诸佛，中背于皇法，下阙于孝礼。谨随迷狂之心，发三二之愿，以无所得而为方便，为无上第一义，发金刚不坏不退心愿……

伏愿解脱之味独不饮，安乐之果独不证。法界众生，同登妙觉；法界众生，同服妙味。若依此愿力，至六根相似位，若得五神通时，必不取，自度不证正位，不著一切，愿必所引导今生无作无缘四弘誓愿，周旋于法界，遍入于六根，净佛国土，成就众生，尽未来际，恒作佛事。[1]

1. ［日］比睿山专修院附属睿山学院编：《伝教大師全集》卷一，第1—3页，东京：世界圣典刊行协会，1975年版。

这篇《愿文》作于最澄入唐之前，当时他已经对天台宗有所了解。按照一般愿文的写法，最澄从铺陈无常观开头，展开自己修行的弘愿，进入自身的反省。他自称"愚中极愚，狂中极狂，尘秃有情，底下最澄"，在此基础上立下五大誓愿，最后归结于净佛国土，成就众生云云。这篇《愿文》被视为最澄著述中最富宗教馨香的作品。[2]另外，最澄还撰有《天台菩萨戒御发愿文》，亦收于《传教大师全集》。[3]

2. ［日］福永光司编：《最澄 空海》，第10页，东京：中央公论社，1983年版。

3. ［日］比睿山专修院附属睿山学院编：《伝教大師全集》卷一，第521页，东京：世界圣典刊行协会，1975年版。

四、《万叶集》中的愿文投影

上述材料看出，奈良时代不仅有六朝及唐代愿文传入，而且有日本人自己撰写的愿文流传。上面引用的日本人的愿文，既用汉文书写，又往往在题名中明确说明就是愿文，因而很容易看出它们和中国愿文的关系。另外还有一些作品，本身并不是愿文，在创作中却可能受到过愿文的影响，特别是当时的和歌，粗看起来似乎与愿文毫不相干，然而如果细观它们的结构，体味它们的观念与情感，就不难发现愿文在作者创作过程中起到的无形的作用。

最为明显的是《万叶集》卷五里山上忆良撰写《日本挽歌》前面的汉文汉诗序言。在汉文部分，首先述说疾病死亡即使维摩佛祖亦不能免，故无人能够逃脱"黑暗之搜来"；接着便抒发生者的悲伤及对死者的怀念，而在汉诗部分则表达了对死者往生净土的祈愿。[4]这恰恰是敦煌愿文中的《亡文》和《临圹文》最普遍的内容和结构。同时，也是前面引述的《杂集》中《周赵王集》那篇《无常临殡序》的核心内容，在结构上也十分相近，不同的只是山上忆良在祈愿部分采用了七言诗的形式。

4. ［日］鶴久、森山隆编：《萬葉集》，第155—156页，东京：櫻楓社，1988年版。

山上忆良的《敬和为熊凝述其志歌》的汉文序中引用的熊凝临终时说的一番话，简直就像熊凝自作的愿文。[1]《恋男子名古日歌》的长歌，内容与整体结构也与敦煌愿文中的《亡文》、《临圹文》颇多相似之处。[2]《日本挽歌》前面的汉文汉诗开头部分离开具体死者的情况，而远从维摩染疾、释迦圆寂说起，这正是《无常临殡序》的写法，也是敦煌愿文中《亡文》、《临圹文》的常套：“盖闻四生起灭，方梦皆空；三界漂流，喻环不息。所以维摩大士，在于方丈，有怀染疾之患；释迦能仁，作于双林，无免泥洹之苦。故知二圣至极，不能拂力负之寻至；三千世界，谁能逃黑暗之搜来。二鼠竞走，而度目之鸟旦飞；四蛇争侵，而过隙之驹夕走。”[3]同愿文一样，这一部分佛教文学的特点比较鲜明。

1.［日］鹤久、森山隆编：《萬葉集》，第174页。

2.［日］鹤久、森山隆编：《萬葉集》，第182页。

3.［日］鹤久、森山隆编：《萬葉集》，第155页，东京：樱枫社，1988年版。

愿文的第二部分，即把中心从一般原理拉回到死者身上，倾述生者悲哀和对死者怀念的部分，则往往从世俗的诗词文学中吸收语言和典故，因而佛教色彩不那么明显。山上忆良的这一篇也是这样：“嗟呼痛哉！红颜共三从长逝，素质与四德永灭。何图偕老违于要期，独飞生于半路。兰室屏风徒张，断肠直哀弥痛；枕头明镜空悬，染筠之泪逾落。泉门一掩，无由再见。呜呼哀哉！”[4]

4.［日］鹤久、森山隆编：《萬葉集》，第155页，东京：樱枫社，1988年版。

值得注意的是，山上忆良这一部分文字相当精炼。他毕竟不是在作愿文，而只是借用愿文的思考与结构，撰文咏歌抚慰正处于丧妻之痛中的友人。作为文学家，他不拘泥于愿文的形式，而是创造性地改变了它的散文整体性，在最后表达欣求净土观念的时候，大胆地采用了七言诗的形式：“爱河波浪已先灭，苦海烦恼亦无结。从来厌离此秽土，本愿托生彼净刹。”[5]

5.［日］鹤久、森山隆编：《萬葉集》，第156页，东京：樱枫社，1988年版。

还应该注意到，这样的诗句和偈颂的共同点也是很容易看出来的。山上忆良曾作为遣唐少录到唐，又是《万叶集》中佛教思想最为浓厚的歌人之一，他接触过作为佛教文学的愿文是毫不为怪的。上述他写的汉文序言，可以看作“准愿文”或者“变体愿文”，而他将愿文的写法运用到和歌的创作中，应该说是一个很精彩的创造。

万叶歌人中接触过愿文的当不只山上忆良一人。安积皇子死后，大伴家持二月三日作和歌三首，三月二十四日又作和歌三首，两次作歌间隔恰恰是四十九天（卷三，475—480）。在七七忌上倾听诵读愿文之后咏唱和歌的可能性显然存在。出自古歌集的《天皇崩之后八年九月九日，奉为御斋会之夜，梦里习赐御歌一首》的题名，证明了斋会与和歌的某种联系。《万叶集》中那些数量不小的挽歌与佛教丧葬仪式的关联，很可能由于愿文研究的介入而获得新的视点。

这里只简要介绍了奈良时代传入日本的六朝唐代愿文，对金石文中与写经题记中的愿文，以及功德愿文做了考察。特别是对《万叶集》中的愿文影响作了初步推测。奈良时代的愿文保存下来的不算多，但已经可以看出当时的贵族文学家对这一文体具有的特殊兴趣。平安时代愿文获得迅速发展，在汉文学中占据重要位置，显然跟长屋王、圣武天皇、山上忆良等人早先的种种尝试与创造分不开。

第三节 遣唐使群体与以《怀风藻》为代表的早期日本汉诗

诗是日本汉文学中最主要的样式。日本的汉诗，自形成至今已有一千三百年以上的历史，卓然成家的汉诗人们，依旧受到人们的尊敬；中国诗坛上怒放过的各种体式不同、风调各异的奇葩，在日本汉诗中几乎都可以找到色泽馨香接近的植株。最值得注意的是，在整个日本古代文学史上，汉诗由于自身表现的某种悠远的历史感、贴近自然和社会现实的精神，由于它与儒道佛思想传统的深刻联系，也由于它对于语言感染力、音乐美、形式美的刻意追求，使它在思想与艺术上具有独特的价值。平安朝诗人钦慕白居易的词华，也景仰他的“德耀”，窃其华藻，慕其文章。近代日本学人游戏笔墨式的制作，仍得力于汉诗表现各种复杂生活和多样情感的传统与潜力，就是铃木虎雄的感怀诗一类[1]也是如此。日本人为了掌握汉诗的特点，如平仄、对仗及倒序、造典等，师徒相授，笔翰相传，分宗立门，结社会友，显示出自身对异质文学可贵的学习与适应创造能力。

1. 铃木虎雄《癸巳岁晚书怀》：“无能短见慭操觚，标谤文明紫乱朱。限字暴于始皇暴，制言愚驾厉王愚。不知书契垂千载，何止寒暄便匹夫。根本不同休妄断，蟹行记号但音符。”这是针对有人将战败原因说成是汉字所致，提出废止汉字的情况而作的。猪口笃志著：《日本漢詩》，第734页，东京：明治书院，1987年版。

即使日本汉诗与其它文体有鲜明的区别，我们也不能忽略它与中国古典诗歌在艺术趣味上的差异。这不仅指日本汉字侵入了汉诗，搅散了中国古典诗歌的语言单纯性，使它无形中成为了两种民族语言的混合体，而且也是指日本民族情感通过和歌这种重简洁喜淡雅含蓄的诗体对汉诗发生的影响而言。日本汉诗在其新旧嬗递的演化过程中，遥遥追随着中国各个时代诗风的流转，同时也与国内各种文学思潮的沉浮及和歌俳谐的发展相协调。

一、“怀风”与六朝初唐之风

中国是诗歌的国度，中国古代文学向日本的传递，不论是时间的久远，还是辐射面的深广，诗歌都远远超过其他文体。最清楚地证实这一点的，大概莫过于日本汉诗发展的历史了。

公元751年（日本孝谦天皇天平胜宝三年，唐玄宗天宝十年）编纂的第一部汉诗集《怀风藻》，不仅是日本第一部汉诗集，而且也是日本第一部书面文学集。

据《怀风藻》序文的说法，日本从7世纪中叶天智天皇即位，便开始重视文学对于“调风化俗”的作用，采取了一系列发展文化教育事业的措施，“建庠序，定五礼，兴百废”，出现了“四海殷昌”的景象，开始招延文人学士，经常举行诗酒之宴。天皇赋诗，群臣献颂，雕章琢句，竞骋文华。《怀风藻》序还说，这时的作品“非唯百篇”，但却因为“时经乱离，悉以煨烬”，[1]荡然无存。近江朝以后，诗人辈出，开始出现个人的汉诗集。《尊卑分脉》记载藤原宇合（去世于天平九年，即公元737）“天平之际，犹为翰墨之宗，有集二卷”[2]，其书已佚，现仅存汉诗六首及利用《艺文类聚》、《初学记》写作的《枣赋》（见于《经国集》）一篇，可以推想，藤原宇合佚名的诗文集可能包含若干篇汉诗及辞赋。又据《怀风藻》中的《石上乙麻吕传》，石上乙麻吕“虽勗志典籍，亦颇爱篇翰”，尝有朝譴，“飘寓南荒，临渊吟泽，写心文藻，遂有《衔悲藻》两卷，令传于世”。[3]看来石上乙麻吕在任中纳言时曾被贬谪流放到南部边远地区，以汉诗抒发幽愤悲凉之情，因而以“衔悲”为其诗集之名。传文作者在叙述石上乙麻吕的遭遇时，有意借用屈原行吟泽畔的形象，似将其创作看成屈原《离骚》一类的作品。石上乙麻吕现存的四首诗，都是叹悲写愁之作。

1.［日］小島宪之校注：《懐風藻 文華秀麗集 本朝文粹》，第58--62页，东京：岩波书店，1964年版。

2.［日］黑板胜美、国史大系编修会编：《尊卑分脉》第1册，东京：吉川弘文館，1966年版。

3.［日］小島宪之校注：《懐風藻 文華秀麗集 本朝文粹》，第177页，东京：岩波书店，1964年版

《怀风藻》正是在这些私人诗集的基础上编纂而成的，编纂者不详。据序中说，书名取“不忘先哲遗风之意”，故以“怀风”名之。初唐王勃《夏日宴宋五官宅观画幛》序中有“佩引琅玕，讵动怀风之韵”，从《怀风藻》后期作品受王勃诗影响的情况来看，《怀风藻》其名或源于此。陆机《文赋》说“故作《文赋》以述先王之盛藻”，李善注引孔安国《尚书》传曰：“藻，水草之有文者，故以喻文焉。”[4]。看来诗集编纂者对华丽辞藻是十分重视的。

4.（梁）萧统编，（唐）李善注：《文选》上，第239页，北京：中华书局，1977年版。

《怀风藻》收集了从7世纪后半叶至8世纪后半叶近江奈良朝的120首汉诗，作者包括以大友皇子、大津皇子、文武天皇为首的皇族、官员、文人、僧侣等64人。诗篇大致按时代顺

序排列。《怀风藻》成书的时代，正值唐朝诗坛群星灿烂。公元751年，40岁的杜甫，已经写出《望岳》、《赠李白》等艺术性很高的佳篇，时正滞留长安；51岁的李白已在以梁园为中心的南北漫游中度过了七个年头，《梁园吟》、《梦游天姥吟留别》等闪耀着浪漫主义光辉的诗篇正作于这一时期……总之，诗人们已经超越了齐梁旧声，迈进了诗歌发展崭新的黄金时代。

然而当我们转过头来重新聆听《怀风藻》诗人的歌讴时，却像又回到了50到100年之前。诗人们追慕齐梁诗风，竭诚地模仿。他们羡慕南朝君臣们登临山水、相互唱和的悠闲风雅的生活，仿制梁陈宫体。这些贵族诗作，多还只是韵文的试笔，一般还谈不上个人生活情感的坦露。但是，这对于当时尚无本国书面抒情文学可以承袭的贵族诗人来说，却是文海舟渡，艺峰阶梯，具有引导探索、启迪才思的意义。

以围绕在左大臣长屋王（？—729）周围的文人们写作的诗歌为界，《怀风藻》可以划为前后两期。前期作品有近50首，从诗题看，最多的是侍宴诗、应诏诗，这是些以宫廷为中心的歌功颂德之作。[1]诗人们用“天德十尧舜，皇恩霑万民”（纪麻吕：《春日》），“不期逐思诏，从驾上林春”（高市麻吕：《从驾·应诏》）这样的诗句，来赞美皇恩帝道，感戴仁君恩泽。他们不大灵活地编缀着上下相对的句式和秦汉的典故，比较突出地表现了儒家的政治理想和君王游猎宴饮的享乐生活。诗中写景则一再重复孔子“智者乐山，仁者乐水”的思想，语多雷同，形象模糊。

1.［日］辰巳正明编：《懐風藻——漢字文化圏の中の日本古代漢詩》，第42—114页，东京：笠间书院，2000年版。

从六朝到初唐，咏物诗一度风行朝野。《怀风藻》有咏物诗多首。犬上王的《望雪》、释智藏的《玩花莺》、大皇子《述志》等，都是六朝诗常用的题目。中臣大岛的《咏孤松》是其中较有代表性的一首：

陇上孤松翠，凌云心本明。

余根坚厚地，贞质指高天。

弱枝异萁（萱）草，茂叶同桂荣。

孙楚高贞节，隐居悦笠轻。[2]

2.［日］小島宪之校注：《懐風藻 文華秀麗集 本朝文粹》，第84—85页，东京：岩波书店，1964年版。

看来作者读过梁范云《咏寒松》，袭用了其中“凌云知劲节，负雪见贞心”的诗意。

宋洪迈《容斋随笔》曾说：“南朝人作诗，多先赋韵。”所谓赋韵作诗，当然不是一个人独作，而是几个人或许多人一起作。东晋以来，限韵作诗便很盛行。从《怀风藻》可以看出，在长屋王佐保诗宴上，诗人们以“前、烟、流、时”等字赋诗，看来在当时的宫廷限韵作诗也已成风。在句法上，梁陈宫体好用同字，反复成趣。《怀风藻》的作者们也极力凑成此趣，以为佳句：

素梅开素 ，娇莺弄娇声。

葛野王：《春日玩莺梅》[1]

1.［日］辰巳正明著：《懷風藻全注釈》，第 95 页，东京：笠间书院，2012 年版。

日边瞻日本，云里望云端。

释弁正：《在唐忆本乡》[2]

2.［日］辰巳正明著：《懷風藻全注釈》，第 159 页。

宫廷文人们也很注意归纳和总结六朝人用字的规律，将其格式化。如六朝诗人好以“随”、“逐”对举，表现两种运动的先后、主从关系。如“姮娥随月落，织女逐星移”（梁庚肩吾《七夕》），“轮随列宿转，路逐彩云浮”（江总《七夕》），“彩逐斜月来，香随远风入”（沈约：《为邻人有怀不至》）。《怀风藻》诗人们模拟这种句式的，如：

凤盖随风转，鹊影逐波浮。

藤原史：《七夕》[3]

3.［日］辰巳正明著：《懷風藻全注釈》，第 180 页。

腰逐楚王细，体随汉帝飞。

荆助仁：《咏美人》[4]

4.［日］辰巳正明著：《懷風藻全注釈》，第 183 页。

前者描写七夕织女与牛郎相会，织女被描写成雍容华贵的女子，后者借用“楚王好细腰，宫中多饿人”和汉武帝、赵飞燕的典故，吟咏美人的体态轻盈。

初唐王勃的作品何时传入日本，尚无明确记载，但正仓院录有《王勃集》诗序（残卷），同书中还录有《骆宾王集》一卷（佚书）的名字，可见奈良时代已有四杰作品流传。这些作品较之梁陈之作，意境阔大深沉，格律精工严密，在形式上又有新颖的创作，发展了七言古诗，完成五言律诗，开始试作七言绝句，因而确使“翰苑豁如，辞林增峻”。四杰的诗歌，特别是王勃、骆宾王的诗作传入日本宫廷诗坛，也引起了值得注目的变化。

在将初唐四杰吹送的新风引入奈良宫廷的过程中，长屋王及其后的藤原武智麻吕，是两个关键人物。长屋王是在“壬申之乱”中立下功劳的高市皇子的长子，先后任大纳言、右大臣，神龟元年（724）成为正二位左大臣，位极人臣。天平元年（729）被控图谋颠覆国家而死。他对于奈良朝诗风的转变也发生过一定的作用。在他主持的佐保邸（作宝楼）诗苑的集会上，官员们、文人以及新罗使节饮酒赋诗，留下约20首作品，诗中引用了王勃、骆宾王的诗句。

山田三方写的《秋日于长王宅宴新罗客》记叙了当时宴请新罗使者时文人们济济一堂的豪华热烈场面：“珍馐错味，分绮色于霞帷；羽爵腾飞，混宾主于浮蚁”，“歌台落尘，郢曲与巴音杂响；笑林开靨，珠辉共霞影相依”。[1]这里套用了王勃《滕王阁序》中的“落霞与孤鹜齐飞，秋水共长天一色”。诗前加序也是这个时期奈良诗坛的新现象。这和万叶歌人大伴家持、山上忆良在九州创立的筑紫歌坛，大体是同时的事情。筑紫歌坛出现的序——长歌——反歌的形式和奈良诗坛出现的诗前序，存在相同的影响源，这便是初唐诗坛出现的大量诗前序，特别是王勃写的华艳的诗序。

1.［日］辰巳正明著：《懐風藻全注釈》，第245页。

长屋王死后，藤原武智麻吕居大臣之尊，先任大纳言，后又为右大臣。与长屋王情形相同，在习宜别邸每年九月的雅集上，文人才子驰骋才华。武智麻吕没有作品留下，其时作品也不能尽相确指，但仅他弟弟藤原总前、藤原宇合、藤原万里等人的诗，在《怀风藻》中便有15首之多，初唐诗风的影响更为明显。藤原万里《暮春于弟园池置酒》序的全文如下：

仆圣代之狂生耳，直以风月为情，鱼鸟为玩。贪名狥（徇）利，未适冲襟；对酒当歌，是谐私愿。乘良节之已暮，寻昆弟之芳筵。一曲一杯，尽欢情于此地；或吟或咏，纵逸气于高天。千岁之间，嵇康我友，一醉之饮，伯伦吾师。不虑轩冕之荣身，徒知泉石之乐性。于是弦歌迭奏，兰惠同欣。宇宙荒茫，烟霞荡而满目；园池照灼，桃李笑而成蹊。既而日落庭清，樽倾人醉，陶然不知老之将至也。夫登高能赋，即是大夫之才；体物缘情，岂非今日之事。宜裁四韵，各述所怀云尔。[2]

2.［日］小島宪之校注：《懐風藻 文華秀麗集 本朝文粹》，第158页，东京：岩波书店，1964年版。

这篇序和王勃的一些诗序结构完全相同，而且诗句也有因袭的。序中的“弦歌迭奏，兰惠同欣”，便出自王勃《饯九陇柳明府序》“同声相应，共驻弦歌，同气相求，自欣兰惠”。在王勃的诗序中，屡言“下官狂走不调”，“下官才不旷俗，宠不动时”，这是他仕途坎坷时心情的写照。这种狂放不羁的个性，受到那些身居显位的奈良贵族的赞赏。我们看到，贵族们的汉诗仍处在套用语句的试作阶段，只不过套用的对象，不局限于六朝诗中那些冶艳轻佻或歌功颂德的诗句，而是加进了四杰熔铸的新的诗歌语言罢了。对王维、骆宾王的诗的重视，直到平安朝时代都没有改变。相传菅原道真七岁时就能背诵骆宾王的《古意篇》、《帝京篇》中的长句，可以设想这是王、骆的诗受到尊崇的背景下才会发生的事情。

日本诗人们也开始在诗中糅进优美的神话传说，使作品呈现出一种日神汉仙、同处一境的气象。居住在吉野川一带的美稻（一作味稻）和柘枝（即山桑，桑的一种）化成的仙女——柘枝媛相爱以及漆姬升天[1]的传说，是日本民族古老的神话。诗人们在游览吉野[2]时，把吉野川描绘成如同汉武帝曾经祭神开宴作《秋风辞》的汾水，曹植与洛神相会的洛水之洲一样，内心充满怀古幽情：

1. 漆姬，相传是大和宇太郡漆部里漆部造麻吕之妻，漆姬是中国式的说法。《日本灵异记》上卷《女人好风声之行食仙草以现身飞天缘第十三》记录漆姬食仙草升天的传说。［日］远藤嘉基、春日和男校注：《日本靈異記》，第105—106页，东京：岩波书店，1978年版。

2. 吉野，指今奈良县吉野町的宫泷附近一带，吉野川穿峡环山而过，奈良时代这里有吉野离宫，因此处山川幽静，犹如仙境，天皇多次行幸，朝官常来游览而十分有名。

昔者闻同后，今之见吉宾，

藤原史：《游吉野》二首之二[3]

3. ［日］辰巳正明著：《懐風藻全注釈》，第177页，东京：笠间书院，2012年版。

拓歌泛寒渚，霞景飘秋风。

高向诸足：《从驾吉野宫》[4]

4. ［日］辰巳正明著：《懐風藻全注釈》，第441页。

在这些游幸之作中，古代神话虽然不过是点缀润饰之辞，但却是文人们用汉诗表现日本人情感的开始。

二、 同文异调的双边唱和

在重诗的唐朝，诗歌可说成了活跃的交际工具。在《怀风藻》中我们看到相似的现象，在当时东亚国际交往中汉诗也发挥过作用。

《怀风藻》有10首新罗使节归国时在长屋王私邸举行的两次宴会上的作品。据推断，一次是养老七年（723）八月韩奈麻金贞宿归国，一次是神龟三年（717）七月萨飡金造近归国，两次长屋王均在作宝楼设宴招待，通宵宴饮。在宴会上，“雕俎焕而繁陈，罗荐纷而交映”，琴书左右，言笑纵横，使节们和长屋王所器重的风雅之士，平等交谈，共叙友情，调忌寸古麻吕《初秋于长王宅宴新罗客》表达了友人交往的喜悦，

一面金兰席，三秋风月时；

琴樽叶幽赏，文华叙离思。

人含大王德，地若小山基。

江海波潮静，披雾岂难期。[1]

1.［日］小島宪之校注：《懷風藻 文華秀麗集 本朝文粹》，第 126 页，东京：岩波书店，1964 年版。

大王，原指楚襄王，小山暗指淮南王刘安，这里皆喻长屋王。因为是与新罗使节的告别宴会，故有恋恋不舍之情。“新知未几日，送别何依依”（刀利宣命：《秋日于长王宅宴新罗客》）。清谈赋诗是宴会中不可缺少的重要内容。“鉴流开笔海，攀桂登谈从”（背奈王行文：《秋日于长王宅宴新罗客》），因而也是文人们显耀自己文学才华的舞台。这些诗不论是用典、还是用语，都较前期的作品趋向成熟。

西使言归日，南登饯送秋。

人随蜀星远，骖带断云浮。

一去殊乡国，万里绝风牛。

未尽新知趣，还作飞乖愁。

吉田宜：《秋日于长王宴新罗客》[2]

2.［日］小島宪之校注：《懷風藻 文華秀麗集 本朝文粹》，第 141 页，东京：岩波书店，1964 年版。

职贡梯航使，从此及三韩；

歧路分衿易，琴樽促膝难。

山中猿吟断，叶里蝉音寒。

赠别无言语，愁情几万端。

藤原总前：《秋日于长屋宅宴新罗客》[3]

3.［日］小島宪之校注：《懷風藻 文華秀麗集 本朝文粹》，第 146 页，东京：岩波书店，1964 年版。

随着古代中国的思想制度和文化在朝日两国影响的加深，以及这两个国家中汉文学的先后兴起，汉诗文使两国的学者、文人找到了能够共同接受的艺术形式，这些作品无疑也就成为亚洲各国共同珍视的遗产。美国学者亚瑟 · E · 昆斯特说：“汉语和梵文（分别）在东亚传统和南亚传统中的权威地位，给予亚洲国际交流的历史以一种统一和紧凑的性质。汉语在其远东影响范围内所曾占有过的那种至高无上的统治地位，是远非拉丁文和希腊文在西方的地位所能比拟的。”他又说：“汉语像文艺复兴时期的拉丁文那样，是受过教育的人进行交流的工具。”[4]

4. 见《亚洲文学》一文，载《比较文学译文集》，张隆溪选编，胡家峦译，第 167—168 页，北京：北京大学出版社，1982 年版。

历史上日本、朝鲜、越南等国的作者们用汉语创作的文学作品汗牛充栋，这些作品受到各自的历史条件、民族文学传统的影响，因而形成了各自的特点，创造了历史悠久的汉文学。正因为有了汉语作为共同的工具，这些国家也才能够敏感地觉察中国文学的新变化，并迅速地吸收到自己的文学中来。

三、 遣唐使群体的声音

在《怀风藻》中收入了五篇僧传，其中有三篇是遣唐僧传。他们的共同特点是，具有不凡的才干，在唐时受到特殊礼遇，而又具有超凡脱俗的气质和生活态度。

其中释智藏的传记最富有传奇色彩。释智藏，俗姓禾田氏，在近江朝时代遣学唐朝。当时吴越之间，有一很有学问的尼姑，智藏跟她学习。学了六七年，学业颖秀。同伴的僧人颇有忌害之心。智藏觉察到这一点，计全躯之方，于是披发佯狂，奔荡道路，密写三藏要义，盛以木筒，著漆密封，负担游行。同伴轻蔑，以为鬼狂，遂不为害。

智藏回国以后，同伴登陆，曝晒经书。智藏开襟对风，说："我亦曝晾经书。"众人都嗤笑他，以为他在说胡话。

然而，在回国试业之时，智藏升座敷演，辞义峻远，音词雅丽。论虽蜂起，应对如流，这下周围的人才莫不惊骇，都服气了。《怀风藻》收入了他的两首诗。

智藏为躲避别人的戕害而披发佯狂的举动，是效仿"箕子被发而佯狂"（《楚辞·惜誓》）的先例，而他在别人曝晒经书的时候，却开襟临风，说自己也来曝晾一下肚子里面的经书，这也有人做出过榜样。《世说新语》里说，郝隆七月七日见邻人皆曝晒衣服，便仰卧出腹，说是"晒书"。

另外一位赴唐的僧人是释辨正。他俗姓秦氏，性滑稽，善谈论。少年出家，颇洪玄学。大宝年中，遣学唐朝。时遇李隆基龙潜之日，因为他围棋下得好，屡次受到赏遇。释辨正有两个儿子，一个叫朝庆，和释辨正一起死在唐朝，而另一个儿子朝元回到了日本，仕至大夫。天平年中，拜入唐判官，到唐朝后见到天子，天子以其父故，特优诏厚赏赐，后再回到日本。释辨正的两首诗，都折射出他的思乡之情：

五言　与朝主人一首

钟鼓沸城闉，戎蕃预国亲；

神明今汉主，柔远静胡尘。

琴歌马上怨，杨柳曲中春；

唯有关山月，偏迎北塞人。

五言　在唐忆本乡

日边瞻日本，云里望云端，

远游劳远国，长恨苦长安。[1]

1.［日］小島宪之校注：《懐風藻 文華秀麗集 本朝文粹》，第 97 页，东京：岩波书店，1964 年版。

释道慈，俗姓额田氏。他少小出家，聪敏好学，英材明悟，为众所推。太宝元年，遣学唐朝，历访明哲，留连讲肆，妙通三藏玄宗，广谈五明微旨。当时唐朝选拔国中义学高僧百人，请入宫中，令讲《仁王般若经》。释道慈因为学业颖秀而预入选中。唐皇怜其远学，特加优赏。他在唐游学十六年，后回到日本，受到天皇嘉奖，拜僧纲律师。由于他性格骨鲠，为时不容，解任归，游山野，时出京师，造大安寺。《怀风藻》有《在唐奉本国皇太子》：

三宝持圣德，百灵扶仙寿；

寿共日月长，德与天地久。[2]

2.［日］小島宪之校注：《懐風藻 文華秀麗集 本朝文粹》，第 165 页，东京：岩波书店，1964 年版。

这些遣唐使群体的诗歌中，送别和怀乡是两个特别突出的主题。流传至今的遣唐使群体的和歌，也可以看到这样的倾向。

遣唐使群体不仅出现在汉诗集《怀风藻》中，也相对集中地出现在和歌集《万叶集》里面。《万叶集》中收入的有关遣唐使的和歌多首，其中最引人注目的是那些为遣唐使送行的和歌，祈祷神灵保佑西渡人员平安归来是这些和歌最响亮的旋律。例如，卷五 894 载山上忆良《好去好来歌并短歌》：

传言起神代，古昔大和国。

皇神威严在，语言有灵泽。

相传语相继，今世皆然诺。

呈诸人面前，所见尽识得。

人众虽满盈，独得朝廷宠。

治国名家子，入选敕旨奉。

受命唐土去，所遣乃远境。

远洋与海岸，坐镇有神灵。

幸临大船头，引领航海行。

天地众神　，国土精灵等。

飞翔在天空，俯视护卫更。

事毕归来日，大神仍引舟。

神手船头加，径如墨绳走。

直从值嘉岬，三津岸边投。

一路无绕行，诸船直泊留。

无灾亦无恙，早归谨乞求。

反歌

清扫净，大伴三津松原：

我伫立等待，

早早回还。

难波津，闻君船泊停；

我即披衣解纽；

奔走出迎。

天平五年三月一日，良宅对面，献三日。山上忆良谨上大唐大使卿记室。[1]

1. 赵乐甡译：《万叶集》，第 212—214 页，南京：译林出版社，2002 年版。

歌题名曰《好去好来歌》，好去，好来，本是唐人俗语。张相《诗词曲语辞汇释》：“好去，居者安慰行者之辞。”并引杜甫《送张十二参军赴蜀州》：“好去张公子，通家别恨添”以及刘禹锡、白居易等人的诗歌为例。这些用例皆晚于山上忆良这首和歌，实际上这种用法由来已久。

山上忆良这首和歌，从日本自古以来的“言灵”信仰起笔，希望借助语言（即祝词）的魔力，祈求神灵护佑远行者一路平安。中心部分是表达送行者的祈愿，可以说是在用和歌写愿文。

卷 19 的 4245《天平五年赠入唐使歌并短歌》（作主未详）或是作于同时的和歌，其反歌曰：“汪洋、海岸，浪勿越船头；直至君舟归来，三津停泊后。”[2] 亦是以和歌写愿文之意。日本自古

2.［日］佚名著，赵乐甡译：《万叶集》，第 804 页，南京：译林出版社，2002 年版。

以来的“言灵”信仰，即相信语言具有灵异，认为日本是“言灵之国”，而祝词的神异正是神

力的展现。上述和歌即是向神祈愿，愿文思惟与古老祝词都融汇在这些和歌中了。日本学者以往探讨《万叶集》中的佛教影响，往往只看重《悲世间无常歌》那样有佛教语汇赫然在目的作品，而不大留意上述这些潜在的佛教观念、佛教文体与传统思维融汇的现象。还曾有中国学者分析说："这首歌可以说是专为远行人做祈祷的。不去激发战狂风斗恶浪的气概，而侧重上苍佑护的虔诚，这恐怕也是日本文学的重要特点之一。"[1] 如果明确了这些和歌与愿文之间的关系，读一读隋唐时期的愿文，便不会仅把这视为"日本文学的特点"了吧。

1. 李芒著：《投石集》，第 17 页，福州：海峡文艺出版社，1987 年版。

第四节 佛教文学家空海

空海（774—835）是日本平安时代的僧侣，也是汉诗人和书法家，日本真言宗的开山祖。他20岁出家，32岁那年即公元804年随遣唐使的船到达长安，在那里师从惠果和尚学习正统密教，获得第八位阿阇梨遍照金刚称号。806 年回到日本，在各地传播真言密教。后得嵯峨天皇赐予高野山，据说这就是高野山金刚峰寺开山。现在，在这海拔千米群山环抱的高山上，在东西五公里南北两公里的山上盆地，以伽蓝与奥院为中心，除了总本山以外，林立着 117 座寺院，成为神秘的灵场、密教文化的宝库和旅游观光的胜地。

一、 空海的中国文学体验

空海是日本平安朝真言宗的首创者，称弘法大师。贞元二十年（804），他以学问僧的身份赴唐求法，在长安青龙寺受法于高僧慧果。他曾赋诗赞扬中日人士往来的情谊：

《在唐观昶和尚小山》

看竹看花本国春，人声鸟　汉家新。

见君庭际小山色，还识君情不染尘。[2]

2. [日] 市河宽斋编：《日本詩紀》，第 94 页，东京：吉川弘文館，2000 年版。

作者观竹赏花，对中国山河的深厚感情和对祖国的怀念，都在对长安春景的吟诵中表达得含蓄感人。当他学成回国时，又写了《留别青龙寺义操阿闍梨》：

同法同门喜遇深，游空白雾忽归岑。

一生一别难相见，非梦思中数数寻。[1]

1.［日］市河宽斋编：《日本詩紀》，第 94 页，东京：吉川弘文館，2000 年版。

诗中突出地表现了中日同门僧侣之间毫无隔阂的亲密感情。中国诗人马聪、前试卫尉寺丞朱千乘、越府乡直进士朱少端、和尚沙门昙靖、沙门鸿渐、申甫郑壬等都有诗赠别，朱千乘作序。空海《性灵集》序言中说：“兼摭唐人赠答，稍警举策，杂此帙中，编成十卷。”[2] 今传本《性灵集》不见这些唐人赠答，或许就是已经散佚的卷八至卷十。

2.［日］渡边照宏、宫坂宥胜校注：《三教指歸 性靈集》，第 155 页，东京：岩波书店，1976 年版。

在长安两年间，空海“历城中访名德”（《御请来目录》），与文人墨客广为交游，“籍甚满邦，缁素仰止。诗赋往来，动剩箧笥。遂使绝域写忧，殊方通心。词翰俱美，诚兴东方君子之风”（《性灵集》序）[3]。

3.［日］渡边照宏、宫坂宥胜校注：《三教指歸 性靈集》，第 153 页，东京：岩波书店，1976 年版。

从《弘法大师全集》收录的《高野大师御广传》中保留的唐朝诗人给空海的赠诗，多少可以推测出他们与空海交往的情况。[4] 这些诗多不见于《全唐诗》。在朱千乘所作赠别诗的前面，有一篇序文：

4.［日］《弘法大師全集》首卷，东京：同朋舍，1978 年版。

沧溟无限，极不可究。海外缁侣，朝宗我唐，即日本三藏空海上人也。能梵书，工八体，缮俱舍，精三乘。去秋而来，今春而往。反掌云水，扶桑梦中。他方异人，故国罗汉。盖乎凡圣不可以测识，亦不可以智知。勾践相遇，对江问程。那堪此情？离思增远。愿珍重珍重。

序文后署“元和元年春沽洗之月”，即 806 年 3 月。

古貌宛休公，谈真说苦空。

应传六祖后，建化岛夷中。

去岁朝秦阙，今春赴海东。

威仪易旧体，文字冠儒宗。

留学幽微旨，玄关护法崇。

凌波无际碍，振锡路何穷。

水宿鸣金磬，云行侍玉童。

承恩见明主，偏沐僧家风。

朱千乘：《送日本国三藏空海上人朝宗我唐兼直方物而□□□□从海东诗叙》[1]

1. 以下可参阅王勇撰《空海に贈られた唐人の送别诗》，载《アジア遊学》第27号，第83—93页，东京：勉诚出版，2001年版。

禅客祖州来，中华谒帝回。

腾空犹振锡，过海素浮杯。

佛法逢人授，天书到国开。

归程数万里，后会信悠哉。

朱少端：《送空海上人朝谒后归日本国》

异国桑门客，乘坏（杯）望斗星。

来朝唐天子，归译竺乾经。

万里洪涛白，三春孤岛青。

到宫方奏对，图像到王庭。

昙清：《奉送日本国使空海上人桔秀才朝献后却还在》

禅居一海隔，乡路祖州东。

到国宣周礼，朝天得僧风。

山冥鱼梵远，日正蜃楼空。

人至非徐福，何由寄信通。

鸿渐：《奉送日本国使空海上人桔秀才朝献后却还在》

承化来中国，朝天是外臣。

异方谁作侣，孤屿自为邻。

雁塔归殊城，鲸波涉巨津。

他年续僧史，更载一贤人。

郑壬：《奉送日本国使空海上人桔秀才朝献后却还在》

空海还有一首《在唐日示剑南惟山离合诗》收于《弘法大师全集》第三辑中的《拾遗杂集》：

磴危人难行，石险兽无升；

烛暗迷前后，蜀人不得过。[1]

1.［日］空海著：《弘法大師全集》第三辑，第 614 页，东京：密教文化研究所，1965 年版。

这首诗虽然没有收进《性灵集》，但空海弟子真济撰写的《性灵集》序中提到过它，并且说：

和尚昔在唐日，作离合诗赠土僧惟上。前御史大夫泉州别驾马总，一时大才也，览则惊怪，因送诗云：

何乃万里来，可非衒其才？

增学助玄机，土人如子稀。[2]

2.［日］真济撰：《遍照發揮性靈集序》、《弘法大師空海全集》第六卷，第 729 页，东京：筑摩书房，1984 年版。又见渡边照宏、宫坂宥胜校注：《三教指歸 性靈集》，第 153 页，东京：岩波书店，1976 年版。

在中国诗歌上，离合诗虽早已出现，但是在空海抵达长安前一年，唐贞元十九年（803），以所谓新台阁诗人权德舆为首的文人唱和集团，掀起的一阵小小的离合诗以及其他游戏诗体的创作热潮，才将它推上令人瞩目的地位。空海与这个离合诗唱和集团的一位重要人物杨於陵有过直接交往。上述两首唱和诗，不仅是至今保存的唯一的中日两国诗人的唱和诗，而且表明空海“感应着当时最时髦的文学风气，表现出与时代同步的创新能力”[3]。

3. 蔡毅著：《日本汉诗论稿》，第 10 页，北京：中华书局，2007 年版。

回国时，空海带了大量佛经、佛具和文学书籍。由他带回的唐诗集，有《贞元英杰六言诗》、《刘希夷集》、《宝林寺诗》、《王昌龄集》、《杂诗集》、《朱书诗》、《朱千乘诗》、《王智章诗》等，他写的数篇奉献表，是平安前期文化资料传入日本的珍贵记录之一。

二、　空海的理论研究和创作实践

空海多才多艺，善草书，且有独创性，与嵯峨天皇、桔逸势合称“三笔”。他酷爱汉诗，《性灵集》文字典雅流丽。真济在序文中，概括了该集的主要内容和特点：

或卧烟霞而独啸，任意赋咏；或对天问以献纳，随手成章，至如《慕仙诗》，“高山风易起，深海水难量”，又《游神泉》，“高台神构非人力，池镜泓澄含日辉”。比兴争宣，气质冲扬，风雅劝戒，焕乎可观。[4]

4.［日］渡边照宏、宫坂宥胜校注：《三教指歸 性靈集》第 153—155 页，东京：岩波书店，1976 年版。

空海的作品，包括诗、碑、表、启、书、愿文等。《游山慕仙诗》、《入山关》、《山中有何乐》等，都是写自己求道体验的心情的。

空海为日本人学习汉诗而撰写的《文镜秘府论》，根据崔融《新唐诗格》、王昌龄《诗格》、元兢《髓脑》、皎然《诗议》等书，将唐人诗论摘要编撰，“唐人卮言，尽在其中”。作者希望通过这本书，能使读者“不寻千里，蛇珠自得；不烦旁搜，雕龙可期”。[1]后又据此书简编为《文笔眼心抄》。《文镜秘府论》一书旁征博引，堪称研究汉、魏到隋唐这一历史时期文学作品的修辞指南，今天仍可据以研究古代声韵，参证古籍文句，纠正传本讹误，是空海对中日文化交流所作的重要贡献[2]。

1. 日] 遍照金刚撰，卢盛江校考：《文镜秘府论汇孝汇考》一，第 24 页，北京：中华书局，2006 年版。

2. [日] 遍照金刚撰，卢盛江校考：《文镜秘府论汇校汇考》，第 1—58 页，北京：中华书局，2006 年版。

汉赋中《子虚》、《上林》始皆采用主客问答的形式，虽出于《离骚》，但其有意识地虚构人物，展开辩论，则又兼采《庄子》手法。后来杨雄《长杨赋》的“子墨客卿”、“翰林主人”，张衡《二京赋》的“凭虚公子”、“安处先生”都是模仿这种形式。平安朝空海则模仿这种形式，写出了被称为日本最早的思想小说的《三教指归》。[3]

3. [日] 渡边照宏、宫坂宥胜校注：《三教指歸 性靈集》，第 85—148 页，东京：岩波书店，1976 年版。

《三教指归》原名《聋瞽指归》，是空海在 24 岁时最后修定完成的。它从评定三教，即儒、道、佛的优劣出发而论及佛理，表达了青年时代的空海苦闷而毅然出家为僧的心情。书中人物有兔角公、他的外甥游荡儿蛭牙公子、儒教龟毛先生、道教虚亡隐士、佛教假名乞儿等五人，作品由他们展开了一场戏剧式的对话。写兔角公请来龟毛先生，对不务正业的蛭牙公子加以规劝，龟毛先生讲起儒教忠孝、立身、入世的道理，由于他的教诲，蛭牙决心改邪归正。接着，原来在场故作痴愚的虚亡隐士开了口，讲述老庄道家的超凡脱俗之道，特别称道长生久存、升天得道的神术，以此说明道胜于儒，这一部分的说法多以葛洪《抱朴子》为依据。在介绍了假名乞儿的风貌、行状之后，集中写他对于儒教的世俗名利、道教的神仙脱俗的否定。假名乞儿标榜三世因果，认为普济众生才是真忠孝，大倡《无常赋》、《受报词》、《生死海赋》，陈说五戒、十善、六道轮回之理，赞颂佛德。于是，众皆叹服。作品最后以表现三教要旨的“十韵诗”作结。

在这部作品中，多引用《游仙窟》等中国小说，辞采华艳，感情充沛，逸气溢于字里行间。因为作品出现了虚构的人物，全篇主要展开思想辩论，因而被日本文学史家看成是日本最早的思想小说。

三、　中国佛教文学的全面摄取者

高野山金刚峰寺里的屏风画描绘的长安春阳门、曲江池、乐游原的风光以及灞桥折柳、明州归舟的情景，重现了当年空海越海求学的旅程。

据说，空海在明州港登舟之前，对着苍茫大海遥望东瀛，盘算着归国后在何处建寺传教。他稍加思索，便果决地将手中的三钴抛向云端，只见三钴如离弦之箭，凌空之梭，一直飞向东方。后来当他在高野山监督建寺工程时，发现他寺前一棵青松的树枝上，正挂着他的那个三钴。于是，那棵青松便被称为三钴松。

金堂旁还有一棵挺拔参天的古松，名曰登天松。据说平安时代末期的如法上人进行了木食草衣的修行，终于得悟，由此松登天而去。那松下还有一块草坪，名曰木勺子草坪，原来与如法上人一起升天的还有一位小如法，他手中拿着的木勺子跌落下来，那木勺子落下的地方，人们名之为木勺子草坪。白日升天之说，无疑来自道家。佛道合流，孕育出种种奇谈。不过，离这不远，就是神社，有四社明神在，它提醒人们，外来的一切文化都必须“归化”到日本的固有文化中来。

自然传说有根也有源。在空海到唐之前写的《聋瞽指归》的序言中，有一段提到初唐张文成的小说，除了说它“曾无雅词”以外，对其流传情况颇为惊叹：“面卷舒纸，柳下兴叹；临文味句，桑门营动”云云，似乎连日本的僧侣们也在争读《游仙窟》。他还接着说：“本朝日雄人述《睡觉记》，胜辩巧发，诡言云敷。遥闻彼名，尸居之士，拍掌大笑”，说有一个叫日雄人的日本人也写了一部《睡觉记》，里面尽是些怪话。[1]那《睡觉记》早已失传，内容自然不得而知；不过从书名来看，莫不是《搜神记》中的《焦湖庙巫》或者沈既济《枕中记》之类？

1.（宋）李昉等编：《太平广记》，第 606 页，北京：中华书局，1981 年版。

据说当年玄奘将要前往西域，在灵岩寺看到一棵松树。玄奘站在院子里，用手抚摸着它的枝条说：“我要西去求佛教，你可向西长，我要是回来，你马上就回转东向，让我的弟子们知道。”等他去后，那松树果然年年西指，约长数丈。那一年突然东回，门人弟子都说：“教主回来了！”便一齐往西边迎接，玄奘果然回来了。那棵松树也就被人称为摩顶松。这个传说见于《独异志》和《唐新语》[2]。在玄奘与空海的传说中，那故乡的松树，都是那么有情有义：那是故乡人对游子的挂牵，那也是游子对故乡的思念。

2.［日］渡边照宏、宫坂宥胜校注：《三教指歸 性靈集》，第 542 页，东京：岩波书店，1976 年版。

据日本中世玄圆菩萨所撰《日本神仙记》的佚文，说弘法大师者，当初是印度舍卫国波斯匿王的女儿胜鬘夫人，后又转生为大唐衡山的惠思禅师，再后来还转生为日本的圣德太子，这些都是与《胜鬘经》有关系的人物。这个传说比起中国小说中常见的转生之说似乎还要彻底，佛教的世界主义体现得相当充分。事实上，空海的作品涉及的中、印、日文化知识也实在广泛，研究起来还必须熟谙佛道儒神四家。《文镜秘府论》的研究最近大有进展，而其他空海的作品研究，可以读到的渡边照宏和宫坂宥胜校注的《三教指归性灵集》，川口久雄的《平安朝日本汉文学史研究》和《平安朝汉文学的开花——诗人空海与道真》，渡边秀夫《平安朝文学与汉文世界》等，恰恰在空海文学与中国佛教文学的关系方面，考察都尚欠深入。敦煌文学的发现，给这项研究打开了一扇新窗。

福州开元寺空海坐像

《性灵集》里收了空海的《九想诗》十首[1]，九想亦作九相。诗咏佛教九相之说。据说梦窗国师（1275—1351）曾自作九相图挂在壁上常对观之，东京国立博物馆至今收藏着江户时代流传下来的《九相诗绘卷》。不过，人们探讨它们与中国文化关系的时候，往往只能指出苏东坡的《九相诗》。那已是空海去世以后很久的作品了。研究空海的人似乎还没有注意到敦煌文献中的那些《九想诗》。

1.［日］渡边照宏、宫坂宥胜校注：《三教指歸 性靈集》，第 460 页，东京：岩波书店，1976 年版。

同样，空海以答人所问的形式写的《山中有何乐》[2]，在构思与观念上颇近乎敦煌文学中的《山僧诗》，这好像也还没有人谈到过。至今显然还没有空海到过敦煌的记载，这只能又一次证明，敦煌文学文献，决不仅代表边缘文化，它与唐代的文化中心保持着紧密的联系。

2.［日］渡边照宏、宫坂宥胜校注：《三教指歸 性靈集》，第 174 页，东京：岩波书店，1976 年版。

四、　空海传说的中国文学因素

空海是日本真言宗的鼻祖，从中国留学回来以后就在高野山传播佛教。现在高野山不光是日本的佛教圣地，而且是世界文化遗产。

空海的传说，人们世代相传，很多都与中国有密切关系。《今昔物语集》卷十一《弘法大师渡宋传真言教归来语第九》里说，空海的母亲阿刀氏梦见圣人来入胎中，于是就怀孕生了空海[1]，那圣人就是佛祖释迦牟尼。佛经里就有类似的传说，说释迦牟尼的母亲摩耶夫人梦见白象来入胎中，于是就怀孕生了释迦牟尼。从这个故事看出，在古代日本人的心目中，空海的地位是很高很高的，甚至和释迦牟尼一样受到尊崇。

1. [日] 池上洵一校注：《今昔物語集》三，第 30 页，东京：岩波书店，1999 年版。

古代传说还说，空海五六岁的时候，就用泥土做佛像，用草木做佛堂，还梦见诸佛坐在八叶莲花当中和自己说话。古人对自己尊敬的圣人，总说他们从小玩的想的都和一般孩子不同。中国人说孔子从小就玩祭祀的游戏，也是这一类吧。《今昔物语集》中还说，空海从小就学习了中国的《左传》、《毛诗》等典籍[2]。这恐怕就是实有其事了。如果不是小时候功底扎实，恐怕他的文章就写不了那么好。

2. 池上洵一校注：《今昔物語集》三，第 31 页，东京：岩波书店，1999 年版。

更有意思的是说空海到了中国，才华出众，让中国人都惊叹不已。据说长安宫殿里有三面墙，墙上有“书圣”王羲之的笔迹，脱落损坏的地方不少，谁也不敢去修补。王羲之的字，可算是中国书法的顶峰了，起码要写得和他一样好，才敢修补呢。知道空海来了，中国皇帝就说：“就让日本和尚去吧。”于是空海就拿起笔来，五个地方五行同时写，那怎么写的？两手一手一枝笔，两脚一脚一枝笔，嘴里再衔一枝笔，一下子就把破损的地方写好了，这叫中国皇帝赞叹不绝，管他叫“五笔和尚”，还赐给他菩提子念珠。[3]

3. [日] 池上洵一校注：《今昔物語集》三，第 34 页，东京：岩波书店，1999 年版。

还有一个传说，说空海正在长安城里漫步，看见一个童儿身着破衣，蓬头乱发，来问空海，说：“你是日本来的五笔和尚吗？”空海说：“是啊。”那童儿说：“你往河水上写字吧！”空海就在河水上写了一首赞美清水的诗，结果那字笔画一点不留都漂走了。童儿见了，含笑道：“你看着，我也会写。”童儿在水面上写了一个“龙”字，可是没有点上那最后的一点，写的字就稳稳漂浮在水面上，却不流走。后来那童儿把最后一点点上去了，即时响声大作，光芒四射，那“龙”字变成了龙王，一飞升天，不见了。原来那童儿就是文殊菩萨，那身上穿的破衣烂衫，其实就是璎珞珠宝。[1]

1.［日］池上洵一校注：《今昔物語集》三，第 34 页，东京：岩波书店，1999 年版。

《今昔物语集》里还记述了一个空海回到日本后的故事。据说他到了京城，朝廷让他给皇城南面各门书写匾额。应天门的匾额写好了，挂上去了，说来也怪，谁知那字上面的点却掉了下来。众人好不惊怪，只见空海把笔一抛，就把那缺的点给补上了。[2]

2.［日］池上洵一校注：《今昔物語集》三，第 35 页，东京：岩波书店，1999 年版。

空海的传说还有很多，而这些传说，都是古代中日文化交流的见证。这几个故事都与书法相关。空海是平安时代最有名的三位书法家之一。他的真迹，有《风信帖》、《灌顶记》、《真言七祖像赞》、《三十帖策子》，今天都被指定为日本国宝。空海杰出的书法成就，是上述传说的事实依据。平安时代最流行王羲之的书法，故事里修补王羲之真迹的故事，也是有来历的。

中国的汉字，是最富于艺术性的文字。很早以来，人们就为如何把字写得更美而绞尽脑汁。空海的真迹里面，还有一件，原件今已不存。那就是他写的“十如是”。这件作品里面的字，是用刷毛写的，那个“作”字，左边的人字边画了一个人，右边的“乍”字像是一条蛇。“相”字的木字边，画的是一棵松树。[3]“十如是”的字使用的写法，叫“飞白”。

3.［日］神田喜一郎著：《弘法大师の飛白書「十如是」》，载神田喜一郎《墨林閑話》，第 11—16 页，东京：岩波书店，1977 年版。

相传东汉灵帝时修饰鸿都门，匠人用刷白粉的帚写字，蔡邕见了，归来作“飞白书”。这种书法，笔画丝丝露白，像枯笔所写。这就是“飞白”的来历。关于这段来历，也很早就传到了日本。平安时代有个叫源为宪的文士编了一本名言词典《世俗谚文》，1007 年成书，现观智院藏有它的写本。其中就有“飞白”一条：

《书断》云：案飞白者，后汉左中郎将蔡邕所作也。王隐、王愔并云：飞白变揩（“揩”字为“楷”字之误）制。本是宫殿题暑（署），势既住文（“住文”为“径丈”之误），字宜轻微不满，名为飞白。

王僧虎：飞白八分之轻者。虽有此说，不言起由。

案：汉灵帝喜（熹）平年，诏蔡邕作《圣皇篇》成鸿都门上，时方修饰鸿都门，伯喈（偕）待诏门下，见役人以亚帝（“亚帝”当为“垩箒”之误）成字，心有悦焉。归而为飞白之书。

汉未（末）魏初，并以题暑（署）官阁。其体有二（创）法，于八分穷微于小篆，自非蔡公误妙，岂能诣此耶？张芝草书得易简流速之极，蔡邕飞白得花艳飘荡之极，字之逸越不复过此二途尔。王羲之、献之亦造其极。[4]

4.［日］源为宪撰：《世俗諺文》，第 109—110 页，东京：古典保存会，1931 年影印版。

上面这些话，都是从中国典籍中摘录的。两相对照，就可以发现抄本中的误字。一部分来自唐张怀瓘《书断》：

飞白者，后汉左中郎将蔡邕所作也。王隐、王愔并云：飞白变楷制也。本是宫殿题署，势既径丈，字宜轻微不满，名为飞白。[1]

1. 孟兆臣校释：《书品》，第 98—99 页，哈尔滨：北方文艺出版社，2005 年版。

下一段话出唐李绰《尚书故实》：

飞白书始于蔡邕，在鸿门见匠人施垩箒，遂创意焉。

“飞白”从书法上讲，并不值得提倡，不过它把写字和游戏结合起来，倒增加了写字的趣味性。像上述传说中空海的手足嘴并用写字，以及抛笔成书，很像在表演杂技。今天仍然有人在练习类似的写字表演。看来，平安时代的人们对于书法，还是颇感神秘的，对于新奇的写法还抱着好奇心。

空海的这些传说，不仅跟他传播书法的贡献有关，还离不开中国笔记小说的影响。口头流传的传说，是先于笔写的文字发挥影响的。所以，可能日本人还没有学会读中国书籍、书写汉字以前，他们已经听到过不少关于中国神仙和奇人的传说了。不过，那些传说故事，在流传过程中也会有些变化。

后面一个关于“龙”字的故事，令人想起中国“画龙点睛”的故事。唐张彦远《历代名画记·张僧繇》说：“武帝崇饰佛寺，多命僧繇画之……金陵安乐寺四白龙不点眼睛，每云：‘点睛即飞去。’人以为妄诞，固请之。须臾，雷电破壁，两龙乘云腾上天，二龙未点睛者见在。”[2]

2.（唐）张彦远著：《历代名画记》，杭州：浙江人民美术出版社，2011 年版。

这本来是一个神奇绘画的故事，赞美杰出的画家为无生命的纸笔赋予活力和生命。文殊写“龙”字的故事，将它移植过来，转而歌颂书法的奇妙。

空海本人，除了诗写得好以外，也对中国的故事小说有兴趣。在他写的《聋瞽指归》序言中，就对当时中日小说发表过评论，说张文成作的“散劳书”“词贯琼玉，笔翔鸾凤，但恨滥纵淫事，曾无雅词。面卷舒纸。柳下兴叹；临文味句，桑门营动”[3]。他这里说的“散劳书”，很可能就是指传入日本的《游仙窟》。空海夸赞《游仙窟》的辞藻华美，批评它的鄙俗，这是日本最早的中国小说批评之一，也是迄今最早的对初唐小说《游仙窟》的评价。从空海的作品来看，他读过不少六朝笔记小说。

3.［日］渡边照宏、宫坂宥胜校注：《三教指歸 性靈集》，第 542 页，东京：岩波书店，1976 年版。

在空海去世以后，平安时代后期的大江匡房等人还写过《本朝神仙传》这样的书，从那些关于日本神仙的故事中明显可以看出中国志怪小说的影响，而且那本书里还专门讲了空海的神奇故事。所以，在空海身上，有这么多故事，也就算不得奇怪了。随着中日文化交流的发展，空海的故事不断加入新内容。江户时代的假名草子《可笑记》有一则说空海路过近江国磨针岭，见一老翁正在磨斧。老翁告诉空海，自己要磨斧成针，并自称是山神，说罢便闪光飞去。老翁实为磨针大明神[1]。此实出于宋祝穆《方舆胜览·眉州·磨针溪》：“在象耳山上，世传李太白读书山中，未成弃去，过是溪，逢老媪方磨铁杵。问之，曰：‘欲作针。’太白感其意，还，卒业。”

1.［日］如儡子原著，渡边宁邦译：《可笑記》，第160—161页，东京：教育社，1979年版。

明治时期，文学家幸田露伴（1867—1947）曾撰《文学上的弘法大师》一文，赞叹空海在当时当地显现出十二分的高大，成就了伟大的事业，给后人巨大的恩惠。幸田露伴说：“对于我们这些造就了物质上微细便利与幸福的人来说，不能不对他感恩戴德，而且对像他那样给我国文明巨大恩德的伟人，也不能不奉上感谢赞叹之词。我们历史上有像他那样在精神上、思想上、美术上，特别是在文学上做过如此巨大贡献的前人，这正是我们与大师以来的千万后人一起深感怡悦感激的地方。”[2]空海受到后世热爱日本文化传统的人们的尊崇，他的那些融进了中国文化元素的传说也将世代流传。

2.［日］幸田文编：《露伴全集》第十五卷，第331页，东京：岩波书店，1978年版。

第五节　圆仁《入唐求法巡礼行记》的文学评价

圆仁（794—864），日本天台宗的名僧，称为慈觉大师。唐代文宗时，圆仁受命入唐请益，随日本第十八次遣唐使藤原常嗣西渡入唐。游唐十年之久，宣宗大中（847—859）初年回国。著有《入唐求法巡礼行记》四卷，以日记体裁缕述在华求法经历，并旁及诸多方面，是古代域外学人所记唐代社会生活的重要史料。

《全唐诗》中尚保存唐僧栖白的赠别诗《送圆仁三藏归本国》：

家山临晚日，海路信归桡。

树灭浑无岸，风生只有潮。

岁穷程未尽，天末国仍遥。

已入闽王梦，香花境外邀。[1]

1.《全唐诗》下，第 2018 页，上海：上海古籍出版社，1995 年版。

不过，此诗既未收入《入唐求法巡礼行记》，其书中也没有留下圆仁当时的唱和之作。

冈田正之《日本汉文学史》认为圆仁文笔不逊于菅原道真、三善清行等，称扬其尺牍颇有欧苏手简之风，又推许圆仁日记记事实为五大游记冠冕，称道他擅长和歌，所作曾收入《续古今和歌集》、《新古今和歌集》与《新拾遗和歌集》。[2]

2.〔日〕冈田正之著：《日本漢文学史》增订版，第 163—164 页，东京：吉川弘文館，1996 年版。

不过我国学者梁容若却认为，圆仁究心内典，不事辞华，留唐十年，客长安六载，未见其接近文士，究心风雅。《入唐新求圣教目录》中所记圆仁买归国图书中，虽有唐人诗文集多种，然圆仁之作品，中日均无所传，以视晁衡、空海，实难同日而语。[3]

3. 梁容若著：《圆仁与其〈入唐求法巡礼行记〉》，载扬正光主编《从徐福到黄遵宪》，第 52—78 页，北京：时事出版社，1985 年版。

那么，到底应该怎样评价圆仁的文学价值呢？

梁容若认为：《入唐求法巡礼行记》“为文拖沓漫衍，重以讹夺，使人难于卒读。其书虽传，而久未刊；入宋秘阁而一无反响，未必不以此也”。不过，梁容若也谈到，其中亦有可观者，特举出卷三记五台风景一节：

中台者，四台中心也。遍台水涌地上，软草长者一寸余，茸茸稠密，覆地而生，踏之即伏，举脚还起。步步水湿，其冷如冰，处处小洼，皆水满中矣。遍台沙石间错，石塔无数，细软之草，间莓苔而蔓生。虽地水湿，而无淤泥；缘莓苔软草，布根稠密，故遂不令游人污其鞋脚。

奇花异色，满山而开，从谷至顶，四周皆花，犹如铺锦；香气芬馥，熏人衣裳。人云今此五月犹寒，花开未盛，六七月间，花开更繁云云。看其花色，人间未有者也。[4]

4.〔日〕深谷宪一译：《入唐求法巡礼行記》，第 387—388 页，东京：中央公论社，1990 年版。

描述景物，生趣盎然，层次分明，如在目前。

其记五台山中平等供养僧侣缘起，说五台山中设斋，不论男女、大小，也不论僧俗，都要平等供养而且不论尊卑，人皆生文殊之想。而后记叙了文殊化身孕妇求斋的故事。

于乞丐中，有一孕女，怀妊在座，备受自分饭食讫，更索胎中孩子之分。施主骂之，不与。

其孕女再三云：“我胎中儿，虽未产生，而亦是人数，何不与饭食？”

施主曰：“尔愚痴也，肚里儿虽是一数，而不出来，索得饭食时，与谁吃乎？”

女人对曰：“我肚里儿不得饭，即我亦不合得吃。”

便起出食堂。才出堂门，变作文殊师利，放光照耀，满堂赫奕。皓玉之貌，骑金毛狮子。万(菩萨)围处，腾空而去。一会之众，数千之人，一时走出，茫然不觉倒地，举声忏谢，悲泣雨泪，一时称唱“大圣文殊师利”，迄于声竭喉涸，终不蒙回顾，彷佛而不见矣。大会之众，飡饭不味。

各自发愿：自今已后，送供设斋，不论僧俗男女大小，尊卑贫富，皆须平等供养。[1]

1.［日］深谷宪一译：《入唐求法巡礼行記》，第414—415页，东京：中央公论社，1990年版。

这一段叙事，似唐人志怪文笔，于粗陈梗概中插入诙谐之趣，可见圆仁并非不能将文字写得更为传神生动。《入唐求法巡礼行记》本为日记体，写作主要为了备忘，记事之详略，多取决于其写作之时间与情绪，兴之所至，兴尽搁笔，不待修饰。另一方面，或许中国人认为是琐事，不值一提的，外来者却很感兴趣，不惜笔墨，此书值得以跨文化的角度重读，其原因恰在于此。

从文学交流史的视野上研究，《入唐求法巡礼行记》保存了一些值得珍视的唐代文化信息，尽管这些信息可能经过不同文化的折射，其真实性仍旧不容怀疑。例如，开成五年（840）2月17日圆仁致函崔押衙一封：

披展改岁，德音希闻，勤积增深，春景已暄。伏惟押衙尊体康裕，即此圆仁蒙恩，隔以云程，不获觐谒，瞻嘱(嘱，疑当为瞩)日深，钦咏何喻？圆仁留住山院，多幸过年，厚蒙众僧仁德，殊慰旅情。斯乃押衙慈造矣！庇荫广远，岂以微身能酬答乎？深铭心骨，但增感愧。先蒙芳旨，开春从涟水专使赐船送达淮南者，近闻台山灵迹，不任追慕。

圆仁本意专寻释教，幸闻圣境，何得不赴？缘有此愿，先向台岳，既违诚约，言事不谐，深愧高情。还恐所遣使人，空致劬劳，莫赐怪责。求法已后，却归赤山，从清海镇转向本国。伏望参张大使，具陈事情，圆仁却回。略计明年秋月，若有彼方人船往来，请垂高命，特令寻看，僧等归乡，专凭鸿救，不任勤仰之至。谨留空状，代申不宣。谨状。[2]

2.［日］深谷宪一译：《入唐求法巡礼行記》，第276页，东京：中央公论社，1990年版。

此信函写法、体例及用语多与敦煌所藏《朋友书仪》相近，也与日本光明皇后所抄写的《杜家立成杂书要略》中的诸种书仪相近。它反映的实是唐代文人间书信交往的一般规范。其文中出现的“披展改岁，德音希闻”、“勤积增深，春景已暄”、“隔以云程，不获觐谒”，以及敬语、自谦语的用法，结尾的套语等，都与日本奈良时代平安时代的书信有共通之处。[1]这无疑也是当时来华留学生和留学僧用心学习的内容，写出言辞得体、行款无误的书信是他们教养的展示，也是他们进入中国士人交往圈不能不掌握的技能。

1. 王晓平著：《〈杜家立成杂书要略〉笺注稿》，载《域外汉籍研究集刊》第二辑，第291—330页，北京：中华书局，2006年版。

我国学者指出，我国现存较早僧人行记，如东晋法显的《法显传》（旧或称《佛游天竺记》或《佛国记》）等，均以巡行地域（空间）为记载，但在每一地域（空间）的记叙中，实亦包蕴着时间的因素。这种形式的行记，直影响到唐代玄奘《大唐西域记》、慧超《往五天竺国传》等，而及至晚唐五代时期逐日记载巡礼所见所闻，已是当时的一种风尚。因而，《入唐求法巡礼行记》这样较为成熟的日记作品，也并非无源之水，无本之木。[2]

2. 董志翘著：《敦煌文献中之〈往五台山巡礼记〉——兼谈日僧圆仁的〈入唐求法巡记行记〉及日记的起源》，载《新世纪敦煌学论集》，第666—683页，成都：巴蜀书社，2003年版。

与圆仁同船入唐的圆载，于877年携佛教、儒学典籍数千卷回日本，在途中船遇风浪，葬身大海。他在中国40年，曾与不少中国诗人有过交往。《全唐诗》中收有颜萱的《送圆载上人》。皮日休也有《送圆载上人归日本国》二首、陆龟蒙有《和袭美（皮日休的字）重送圆载上人归日本国》与《闻圆载上人挟儒书洎释典归日本国更作一绝以送》。圆载在华日久，或多有与诗人唱和的作品，可惜由于大海无情，或许它们皆淹没于海涛之中。晚唐诗人韦庄也写有《送日本国僧敬龙归》，敬龙何人不详，其名也可能是同金文学等人一样，是在华期间使用的汉名。

如果说围绕来华的日本遣唐使群体的文学记录，主要保存在中国方面的话，那么赴日唐人的文学记录，便主要靠日本的文学家的创作了。其中最重要的当然是关于鉴真的传记和悼念之作。淡海三船所撰《唐大和上东征传》详细记叙了鉴真历经艰险百折不回东渡的历程。其中有这样的描写：

> *去岸渐远，风急波峻，水黑如墨，沸浪一透，如上高山，怒涛再至，似入深谷，人皆荒醉，但叫观音。*
>
> *舟人告曰：“舟今欲没，有何所惜？”即牵栈香笼欲抛。空中有声言：“莫抛！莫抛！”即止。*
>
> *中夜时，舟人曰：“莫怖！有四神王，著甲抱杖，一在舟头，一在檣舳边。”众人闻之，心里稍安。*
>
> *三日过蛇海，其蛇长者一丈余，小者五尺余。色皆斑斑，满泛海上。*[3]

3. ［日］竹内理三编：《寧樂遺文》下卷，第900页，东京：东京堂出版，1997年版。

鉴真圆寂之后，弟子思托、式部卿石上宅嗣、释法进、图书寮兼但马首藤原刷雄以及来日使臣高鹤林均作诗悼念，其诗现收入《宁乐遗文》。

唐招提寺匾额

兹录金紫光禄大夫、中纳言行式部卿石上宅嗣五言《同伤大和上》：

上德从迁化，余灯欲断风。
招提禅草歇，戒院觉支空。
生死悲含恨，如真欢岂穷。
惟观常乐者，无处不遗踪。[1]

1.［日］竹内理三编：《寧樂遺文》下卷，第 908 页，东京：东京堂出版，1997 年版。

淡海三船所撰《唐大和上东征传》，曾被委托 779 年 5 月离开日本回国的唐人孙兴进带到中国，783 年梁肃撰写《过海和尚碑铭》便参照了这一传记。后来入唐求法的日本僧人圆仁于 836 年在扬州龙兴寺便亲眼看到了《过海和尚碑铭》。[2]

2.［日］藏中进著：《唐土に迎えられた〈唐大和上東征伝〉》，载《アジア遊学》第 4 辑，第 18—23 页，东京：勉诚出版，1999 年版。

李肇撰写《唐国史补》，“虑史氏或阙，则补之”，开始注意到有关鉴真的史料，卷上对鉴真的事迹做了极为简略的记述：

佛法自西土，故海东未之有也。天宝末扬州僧鉴真，始往倭国，大演释教。经黑海蛇山，其徒号过海和尚。[3]

3.（唐）李肇撰、（唐）赵璘撰：《唐国史补 因话录》，上海：上海古籍出版社，1979 年版。

李肇的叙述有些含混，容易让人误解日本佛教的历史是自鉴真东渡才开始的。其中关于途中奇遇的描述，和《过海和尚碑铭》相似的地方明显，很可能要追溯到《唐大和上东征传》。如关于蛇海的描写，《过海和尚碑铭》写道：

和尚过海遇恶风，初到蛇海，长数丈，行一日，即尽。次至黑海，黑色如墨。

日本遣唐使、以及随遣唐使抵达中土的留学生、留学僧来往于中日之间，他们将中国典籍带到日本的同时，也必然希望将日本的典籍介绍到唐土来。像《唐大和上东征传》这样被唐人看到的日本人撰述可能还会有一些，其中就可能是文学作品。关于这一类的记载也见于平安时代的著述。如《江谈抄》卷五载："《一物集》，渡唐书也。唐人见《兔裘赋》云：'此赋此国往代人之作，则可入《文选》也。尤神妙事也。'"[1]

1.［日］後藤昭雄、池上洵一、山根对助校注：《江談抄 中外抄 富家語》，第 541 页，东京：岩波书店，1997 年版。

另外还有小野篁的诗受到白居易的赏识，都良香的作品传入中国等记述。这可能并不止于一种向唐人炫示的愿望，也会有人付诸行动。遗憾的是遗留至今的有关材料很少，使我们无法完整地描述当时交流的盛况。

遣唐使中止之后，前往中国的日本僧侣成为两国间的文化桥梁。平安时代后期天台宗僧成寻（1011—1081）所撰《参天台五台山记》是他入宋的旅行日记，详细记叙他的旅途见闻，随时抄录了公文、信函以及诗义等大量相关文献。书中收录《全宋诗》未收佚诗 36 首，作者 23 人（其中见于《全宋诗》者 7 人，无名氏 2 人）。这些作品，一类是成寻在与中国僧人交往时抄录的有关诗作，另一类则是成寻在巡礼途中抄录的馆驿题壁和名胜题咏。它们"印证了市河宽斋编撰《全唐诗逸》时瞩目日人自撰汉籍、从中搜集'佚文'的别存慧心，别具只眼，再次说明浩如烟海的日本汉籍，也确有可能成为中国典籍辑佚的寻宝之地"[2]。

2. 蔡毅著：《从日本汉籍看〈全宋诗〉补遗——以〈参天台五台山记〉为例》，载蔡毅著：《日本汉诗论稿》，第 173—177 页，北京：中华书局，2007 年版。

尽管成寻《参天台五台山记》所录佚诗作者多名不见经传，作品也并非佳作，然而它们却说明了中日文学交流中一个十分普遍的现象。在两国文学交流中，既有长期影响两国文学的经典存在，也有日常交往中的文学往来。这后者恰是中日文学的特性所决定的，也是中国文学和西方文学交流时所没有的特殊现象。在中日古代，诗文并不仅是书本中僵死的文字，它们还是山村水郭路标碑石、门框墙壁、扇面屏风、挂轴匾额中的可观艺术，还是口占吟哦的可听乐音。哪里有两国好诗文之士在，哪里就会变成文学交流的场所。一个能读汉文的日本人，只要他是空海、成寻那样的有心人，一踏上中国的土地，也就很容易地进入中国文学的"气场"。诗文是古代公共外交的工具，也是不同文化接触和相向而行的桥梁。保留在中日典籍中的交流史料，应该视为两国共有的文化遗产。对于未来的人们来说，哪是首创者，哪是追随者，哪是发信者，哪是受信者之类的问题固然重要，不过还有更为重要的，那就是我们还需要共同探讨，哪些是我们可以共同欣赏和拥有的，哪些属于昨天，哪些属于未来。

第三章　唐代文学与日本汉文学的第一个黄金时代

西望怀恩日，东归感义辰；

平生一宝剑，留赠结交人。

——阿倍仲麻吕《衔命使本国》

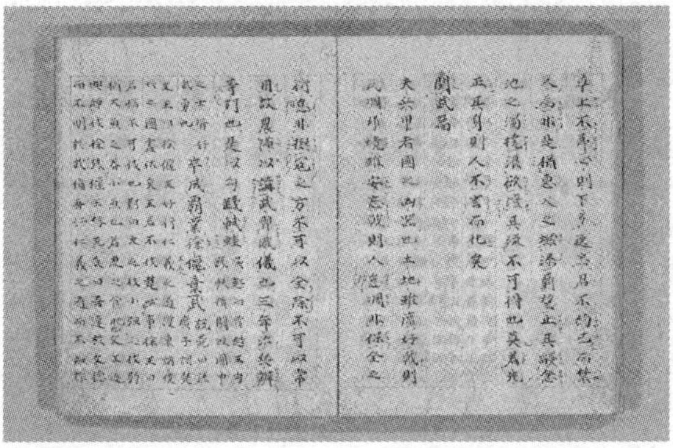

日本藏《帝范》写本

唐代文学的繁荣，离不开初唐时期开始的文化建设的成就。唐太宗在凭武力夺取天下之后，意识到文化文士的重要，他宣称：“虽以武定天下，终当以文德绥海内；文武之道，各随其时。”（《旧唐书·音乐志》）他颁布了《置文馆学士教》，设文学馆于长安，招引杜如晦、房玄龄等十八人兼任“文馆学士”，请他们“引礼度而成典则，畅文辞而咏风雅”。[1] 贞观末年，他作《帝范》专门讲做皇帝的规范，以赐太子李治（当时为太子，即以后的唐高宗），其中最后一篇题为《崇文篇》，阐发了文武之道各随其时的思想。

1. 吴云、冀宇校注：《唐太宗全集校注》，第204页，天津：天津古籍出版社，2004年版。

唐太宗的崇文思想，由于正适应于奈良时代和平安初期的需要而成为日本那一时期很有影响的观念。他的话不断在平安初期的文章中被引用。《崇文篇》中说：“弘风导俗，莫尚于文；敷教训人，莫善于学。”[2]《怀风藻序》就说：“调风化俗，莫尚于文；润德光身，孰先于学。”[3]《日本后纪》弘仁三年五月二十一日条的诏敕中也说：“经国治家，莫善于文；立身扬名，莫尚于学。”将“文”与“学”提到至高无上的地位。尽管事实上他们并不能完全照搬唐朝奖励文教的一切措施，至少在舆论上为“文”与“学”的发展扫清了障碍。历代天皇在提倡文教中身体力行，也是汉文学大行其道的重要原因。从奈良时代到平安时代中期，日本汉文学攀上了第一个高峰。

2. 吴云、冀宇校注：《唐太宗全集校注》，第617页，天津：天津古籍出版社，2004年版。

3. [日] 辰巳正明著：《懷風藻全注釈》，第30页，东京：笠间书店，2012年版。

第一节　奈良平安时代对策文与唐代试策文学

历来研究奈良时代文学的学者关注的主要是《怀风藻》、《万叶集》、《古事记》和各地的《风土记》，而极少对对策文加以探讨。近现代出版的各种文学史著作和比较文学研究著述，也很少涉及对策文的思想意义和文学价值。这不仅是因为奈良时代的对策文数量很少，而且更因为通行的文学观念将传统的试策文排斥在文学范畴之外。因而，在探讨中日文学关系的时候，也就忽略了这样一个对当时文学和文化发展很有意义的题目。

一、 现存的奈良时代的对策文及其研究

日本奈良时代，秀才试方略策，进士试务策，《令义解》中曾引用唐人魏征《时务策》，都是模仿唐制。《令义解》还引《考课令》说："凡秀才，试方略（谓方，大也；略，要也，大事之要略也）策二条。""凡进士，试时务策（谓时务者，治国之要略也。假如既庶又富，其术如何之类也）二条。"[1] 对策文就是在式部省举办的选拔秀才、进士的考试中，应试者回答考官提出的有关政事、经义等问题而撰写的文章。

1.［日］《新訂增補国史大系 令義解》，东京：吉川弘文館，1979 年版。

现存的奈良时代对策文只见于《经国集》中。《经国集》是平安时代初期的天长四年（公元 827 年）淳和天皇之命编纂的所谓敕撰汉诗文集，全 20 卷，现存仅 6 卷。其中第 20 卷收录奈良时代的策文，由于这一卷一开始便有类名"策下"，推测第 19 卷可能便是"策上"，收录的或许有更早、更多的策文，可惜这一卷早已散佚，自古相传的文献也未见有关记载。根据《经国集序》说，该书收录从庆云四年到天长四载，即从公元 707 年到 827 年的汉诗文，其中对策是 38 首，而现存《经国集》二十卷仅 26 首，可以推测卷十九原来当有 12 首策文，今已失传。它们很可能都是奈良时代所作。这里只能就第 20 卷所收录的策文加以分析。[2]

2.［日］国民图书株式会社编辑兼发行《日本文學大系》第二十四卷，第 354—392 页，1928 年版。

《经国集》卷二十载奈良时代的对策文，没有按照年代顺序排列，下面按照原来顺序，将基本情况列表如下。我国《文选》和《文苑英华》中所收策文均无题名，而《经国集》等日本总集中所收策文有题名者居多。题名为原书所有者，在"题名"一项下列出，原书无题名者，笔者根据内容，拟一题名，列在"拟题名"一项之下。各项顺序为时间题记、问文作者、策文作者、题名、拟题名：

天平宝字元年（757）佚名 纪真象 对策 治御新罗

天平宝字元年（757）佚名 纪真象 对策 书契疑奥

延历二十年（801）二月二十五日监试 菅原清公 栗原年足 对策二首·天地始终

延历二十年（801）二月二十五日监试 菅原清公 栗原年足 对策二首·宗庙

延历二十年（801）二月二十六日监试 菅原清公 道守宫继 对策二首·调和五行

延历二十年（801）二月二十六日监试 菅原清公 道守宫继 对策二首·治平民富

无题记 佚名 大日奉首名 无题名 文道武略

无题记 佚名 大日奉首名 无题名 信义立身

庆云四年（707）九月八日佚名 百倭麻吕 无题名 鉴识才俊

庆云四年（707）九月八日佚名 百倭麻吕 无题名 精勤清俭

无题记 佚名 刀宣令 无题名 设官分职

无题记 佚名 刀宣令 无题名 宽猛之要

无题记 佚名 主金兰 无题名 孝忠先后

无题记 佚名 主金兰 无题名 文质之义

无题记 佚名 下毛虫麻吕 无题名 惩治不义

无题记 佚名 下毛虫麻吕 无题名 周孔儒释异同

无题记 佚名 葛诸会 无题名 学习之理

无题记 佚名 葛诸会 无题名 刑辟之旨

无题记 佚名 白广成 无题名 礼乐之用

无题记 佚名 白广成 无题名 李孔精粗

天平三年（731）五月八日 佚名 船沙弥麻吕 无题名 赏罚之理

天平三年（731）五月八日 佚名 船沙弥麻吕 无题名 郊祀时令

天平三年（731）五月九日 佚名 藏伎美麻吕 无题名 郊祀时令

天平三年（731）五月九日 佚名 藏伎美麻吕 无题名 赏罚之理

天平五年（733）七月二十九日 佚名 神虫麻吕 无题名 礼法两济

天平五年（733）七月二十九日 佚名 神虫麻吕 无题名 劳逸之术

尽管有关考试情况的文献十分有限，但通过上表就可以大体了解当时文章生教育乃至思想文化领域关注的焦点。以儒家教育为中心和主体，同时也关注其与佛教、老庄、五行的关系和异同，是策题内容的基本特点。日本古代文献对对策文的评价标准有明确的记述，那就是所谓“文理兼备”。《考课令》说：“文理俱高者，为上上；文高理平、理高文平，为上中；文理俱平，为上下，文理粗通，为中上；文劣理滞，皆为不第。”《令集解》引《古纪》对文理具体解释说：“问文理，答：文（理），文句也。理，谓义理也。”

我国学者高文汉谈到策文时说：“对于日本人来说，撰写对策比其他作品的难度更大些。它不仅需要渊博的汉学知识，而且要具备思维敏捷、长于思辨的素质。面对朝廷有关宇宙社稷、时务方略等策问，奈良时期的文人基本上已经能从容应对了。”[1] 可以说，在奈良时代文学中，对策文开日本汉文论述文之先河，是汉文中与秀才、进士选拔考试相关的文体。

1. 高文汉著：《中日古代文学比较研究》，第 110 页，济南：山东教育出版社，1999 年版。

现代日本学者对现存对策文只有零星研究。不仅各种文学史几乎不曾涉及，就是几种著名的汉文学史也都少有提及。只有小岛宪之在他的《上代日本文学与中国文学——以出典论为中心的比较文学考察》中设专节加以论述，指出这些对策文多引中国经书和类书成篇，并推测其写作受到从中国传入的《籯金》、《屑玉》、《兔园册府》的影响，而《籯金》和《兔园册府》这两部佚书残卷均见于敦煌佚书。[2]

2. ［日］小島宪之著：《上代日本文學と中国文學——出典論を中心とする比較文學的考察》，第 1421—1442 页，塙书房，1988 年版。

另外，柿村重松认为，在上述对策文中，只有纪真象的两首（《治御新罗》和《书契疑奥》）属于方略策之外，其余都是时务策。小岛宪之也认为，其中时务策占了大半，《治平国富》一首就是典型的时务策，文中多引经史佳句。内野熊一郎在《日本古代经书学研究》中认为，这些对策文可以说是把《学令》中所说的学习经书的成果在其中实际展现了出来。

在我国，从事日本文学、中日比较文学的学者对此罕有专论，仅高文汉《中日古代文学比较研究》略有述评。对策文研究很少，实际上与近代以来完全以西方文学观念看待中日古代文学文体的思维定势有关。随着这种定势逐渐被打破，中国对唐代试策文学研究的进一步深入，奈良时代对策文在文学史中重新定位的问题，以及围绕试策和试策文学的比较研究，将会逐渐趋向深化。

二、 初唐文化策略在奈良对策文的印记

奈良时代的文学，除去民族诗歌总集《万叶集》之外，几乎所有的作品都可以归入汉文学

的范畴，就是《万叶集》也有汉诗文插入其中。说奈良时代是汉文学的时代，也大体可以说通。这不仅是因为除《万叶集》以外的主要文学作品都采用了中国古典文学的样式，就连民族诗歌总集——《万叶集》主要是通过万叶假名，即汉字表音（少数是表义）功能来记录的。那么，当时那些能够用汉字写作的文士是怎样培养出来的，就是文学史上不可回避的问题，这就不能不把其时的教育考试制度，以及这种制度和文学创作的联系，作一番考察。

波户冈旭在《上代汉诗文与中国文学》中指出："当时称为'唐风化'的实际状态，远远超出了单纯追随与模仿中国文化的范畴，即对于当时知识分子来说，所谓中国文化不是对中国这一异国性的憧憬，而是意识到作为我国应当迅速具体实现的文化本身来接受的，发展与中国等质的文明这样的唐风化政策，用今天的话来说，可以说是以建立文化国家为目标的国际化政策。"[1]意识到自身落后的奈良时代的改革者并不满足于再现秦汉盛世，而是希望与新兴的唐朝同步并进，因而，直接引进唐人制度，就是一种超越发展阶段的选择。

1.［日］波户冈旭著：《上代漢詩文と中国文学》，第2页，东京：笠间书院，1989年版。

这种选择之所以成为可能，也是因为初唐的统治者也正在把统一南北文化、致力思想文化建设摆到了重要位置。这一意图和主导思想，集中表现在唐太宗的《帝范》和则天武后的《臣规》两部著述上。这两部著述很快传到日本，并在日本的思想文化方面形成重大影响，对策文中反映的文韬武略观念，正是这种历史机遇中两国文化共同性碰撞出火花的标志。

奈良时代那些"建庠序，征茂才，定五礼，兴百度"[2]之类史无前例的措施，都是对人唐文化的追随和模仿，而策试和对策文不过是其中的一环。

2.［日］辰巳正明：《懐風藻全注釈》，第30页，东京：笠间书院，2012年版。

贞观末年，唐太宗作《帝范》，共12篇，专门讲做皇帝的规范，以赐太子李治。《册府元龟》："（贞观）二十二年正月，帝撰《帝范》十二篇，赐皇太子。顾谓王公曰：'饬躬阐政之道，备（备，宽文本作'皆'）在其中。一旦不讳，更无所言矣。'"可见，《帝范》是唐太宗作为治国纲领提出来的。

《帝范》中的《求贤篇》、《审官篇》，实为一组。前者谈求贤与治国的关系，后者谈如何因才授予官职，一是广揽人才的问题，一是使用管理人才的问题。两者都与人才制度有关。唐太宗把这两个问题看得十分重大，认为"斯二者，治乱之源也。立国制人，资股肱以合德；宣风导俗，俟贤明而寄心"。[3]把人才问题提高到有关政局稳定和社会风气高度来认识，同时对选才和用才的关系，也精辟概括为"必须明职审贤，择才分禄。得其人则风行化洽，失其用

3. 吴云、冀宇校注：《唐太宗全集》，第601—602页，天津：天津古籍出版社，2004年版。

则亏教伤民”[1]。

1. 吴云：冀宇校注：《唐太宗全集》，第 604 页，天津：天津古籍出版社，2004 年版。

奈良时代的下面一篇对策文作于日本庆云四年（707）九月八日。庆云四年，即公元 707 年，唐景龙一年。其主导思想和《帝范》中的《求贤篇》极为一致，策文作者是百倭麻吕：

问：数步之内，空流兰蕙之芳；十室之中，独伏骐（骥）之枥。而羽毛难辨，遂昧楚鸡；玉石易迷，浪珍燕砆。况复颛师恺悌，被轻于鲁公；马氏方圆，见重于魏主。帝难之旨，其斯谓欤？鉴识之方，宜陈指要。

对：窃以赤帝文明，知人其病；素王天纵，取士其失。然则珍砆不可辨矣，蓬性不可量矣；凤鸡别也，草情岂堪识也。但无求不得，负鼎朝殷；扣角入齐，择必所汰。四凶剪虞，二叔除周。况今道泰隆，雄德盛导焉。岁星可谈，占风雨而仰款；竖亥雨步，尽入提封之垠。遂使少微一星，应多士之位；大云五彩，覆周行之列。巍巍荡荡，合其时欤？不驱黒去，不召贤来。谨对。[2]

2.［日］国民图书株式会社编辑兼发行《日本文學大系》第二十四卷，第 370—371 页，1928 年版。

在儒教看来，君臣相得才会建立稳固的统治基础，贤明的君主对臣下也有严厉的要求。百倭麻吕得到的策题的另一篇，就是要求就臣下如何做到精勤清俭提出见解：

问：伏阁之臣，精勤彻夜；还珠之宰，清俭日新。瞻彼二途，兼之非易。如不得已，何者为先？

对：臣闻莅百寮而顺二柄，宰九州而班六条。捐金投玉，虞舜之清俭矣；栉风沐雨，夏禹之精勤矣。加以杨震作守，陈神知于枉道；冯豹为郎，侍天渔于阁前。飞誉目前，扬美身后。但清者禀根自天，勤者劳株由己。又饮水留犊之辈，经疎史少；驾星去虎之徒，古满今多。臣器非宋宝，宇是燕石，岂堪决前后之源，唯窃折梗概之枝。谨对。[3]

3.［日］国民图书株式会社编辑兼发行《日本文學大系》第二十四卷，第 371—372 页，1928 年版。

贤者入朝，接着就是授官的问题。唐太宗在《帝范 · 审官篇》中说：“夫设官分职，所以阐化宣风，故明主之任人，如巧匠之制木。直者以为辕，曲者以为轮，长者以为栋梁，短者以为栱桷，无曲直长短，各有所施。”[4] 主张因才授官，各得其所。奈良时代刀宣令接受的策题中有一首专讲“设官分职”问题，连问文中“设官分职”这一关键词，都出自《审官》：

4. 吴云：冀宇编辑校注：《唐太宗集》，第 218 页，西安：陕西人民出版社，1986 年版。

问：设官分职，须得其人，而行殊轻重，能有长短，委任成责，非当覆馈。授受之略，可得闻乎？

对：窃以天垂七政，辨星纪于三百；地陈八座，条议式于三千。所以动异东西，

调四时于玉烛；治兼刑德，齐万机于金镜者也。

夫百官分职，虞后致肃肃之美；十乱当朝，周王有济济之盛。士会还乡，众盗去于晋郊；大叔为政，群奸聚于郑蒲。轻重短长，略可言焉。

伏惟皇朝，化平（于）日域，德及天涯。执禹麾而招能，坐尧衢而访贤。逃周避汉之臣，雁行于丹墀；游颍隐箕之夫，鳞次于绛阙。无为轶于观象，有道笼于垂衣。是知钓濆同载，木运祚于七百；捐度成佐，金精灭于二世。得其人，兴画一之歌；非其任，有尸素之讥。

案此而论，粗当分别。但东游天纵，犹迷两儿之对；西蜀含章，莫辨一夫之问。至于授洪务，维帝难之。况乎末学浅志，岂能备述。谨对。[1]

1.［日］国民图书株式会社编辑兼发行《日本文學大系》第二十四卷，第372—373页，1928年版。

在经历战争之后，文武关系问题是社会转型时期关系全局的极为迫切的问题。从武力征伐转向治国富民，一方面需要确立和提升“文”在社会生活中的地位，一方面也不能削弱“武”的实力。《帝范》中还有《崇文篇》和《阅武篇》，唐太宗谈到文武的关系时明确指出，战争期间贵干戈而贱庠序，和平时期则轻甲胄而重诗书，然而“文武二途，舍一不可；与时优劣，各有其宜，武士、儒人，焉可废也？”[2]奈良时代的上层统治者出于在安定的社会环境中建立文化强国的意图，需要通过“文”的力量去改变落后的社会习俗。

2.吴云、冀宇编辑校注：《唐太宗集》，第233页，西安：陕西人民出版社，1986年版。

“阅武”和“崇文”的思想，也反映到奈良时代策问当中。大日奉首名接受的问题就是：“摸阳而立文道，写阴而树武略，所以揖让之君，干戈之帝，是依世革，实用斯绪。康时庇俗，庶听指要。”[3]要求他回答和平时代和战争时代的君王如何根据“世革”，即社会变化而决定文韬武略，而大日奉首名的回答也正是：贤君“以文为道，以武为功”，“文之与武，理同喉舌，故能括囊文华，包综武干”，两者的关系应该是“武不废文，文不偃武”。这些正是《阅武篇》和《崇文篇》的主要精神。

3.［日］国民图书株式会社编：《日本文學大系》第二十四卷，第367页，东京：国民图书株氏会社，1928年版。

从上述策题中可以看出，对中国文化的全方位学习堪称奈良时代的时代精神。和铜四年（711）三月五日一名叫葛诸会的考生被要求就“学习”展开论述：“仁智信直，必须学习。以屏其晖（弊），乃显精嘽（晖）。学为何物，其理既然。迟尔吐实，以正指南。”[4]

4.［日］国民图书株氏会社编：《日本文學大系》第二十四卷，第379页，东京：国民图书株氏会社，1928年版。

从那些问文中可以看出，文章生，即未来的国家官员学习的内容，除了儒家的仁义礼智信等伦理观念、宽猛刑辟等治国之道之外，还要求他们认清这些儒家思想与同时涌入日本思想界的老庄思想、佛教观念的异同，如在《天地始终》[1]要求说明儒家和释家的宇宙起源说的优劣异同。下毛虫麻吕被要求就周孔与释老之精粗做出阐释等，都反映了那一时代学习和接受中国思想文化的广泛性和多样性。

1. [日] 国民图书株式会社编辑兼发行《日本文學大系》第二十四卷，第 358—359 页。

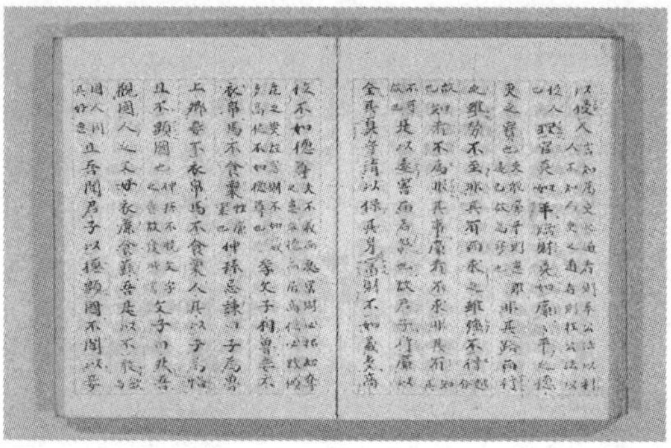

日本藏卜部兼右《臣轨》写本

除了思想领域的问题之外，对于文字史、文质之辨这样的文化和文学问题，也开始在文章生的学习中占有一席之地。下面是天平宝字元年（757）十一月十日纪真象两篇对策中的一篇，柿村重松把它归于方略策：

问：上古淳朴，唯有结绳；中叶浇醨，始造书契。是知三五六经，由文垂教，未审七十二君，何字刻石？字（此“字”字疑为衍文）贯穿坟典，该博古今。既辨三豕之疑，亦探七氏之奥。憖陈精辨，俟袪兹惑。

对：臣闻珠联璧合，镜圆盖以垂文；翠岳玄流，洒方舆以错理。黼藻法之而润色，含章因之以成工。文之时义，其大矣哉！上古道存，不宰德光而孚，觳饮鹑栖，恬然大化；迫于声绩可纪，孝慈著闻，始制书契，遂改绳政。龟浮龙出，虙羲创之于前；类物写迹，仓颉广之于后。指事写形之制，始辟其规；转注假借之流，爰挥其法。皇坟所以大照，帝典由其聿修。若其望绵载以肝衡，傃玄风而绎恩。万八千岁，盘古之际难详；七十二君，皇极之猷可验。刻石纪号，禅云亭以腾英；展采观风，登嵩岳而传迹。仲父博物，其言匪妄；司迁良史，其书有实。然则施于王猷，用起六羽之后；微于滥觞，理存九翼之前。矧夫威禽呈象，河图负书；文字之兴，殆均造化。

但经典散亡，群言繁乱。万下（“下”字疑为误“古”字之讹）之下，难以意推。臣学非稽古，业谢专门。以闾阎之小才，叨明时之贡荐。高问难报，茫然阙对扬之敏；

下春易斜，逡巡无厝言之地。谨对。[1]

1. [日] 国民图书株式会社编辑兼发行《日本文學大系》第二十四卷，第 357—358 页，1928 年版。

奈良时代以这样的文化问题作问文的还不多，到平安时代，精神文化问题更加得到重视。譬如神仙、魂魄、方伎、感应之类的问题和有关治国修身之类的策题同时出现，这表明在继承奈良时代学术的实用倾向的同时，也对精神文化的深层次问题增强了兴趣。

三、　奈良时代对策文的体式

关于对策文的体式，陈飞参考白居易《策林》将对策文分为策头、策项、策尾的做法，将问文的结构（环节和要素）也分为问头、问项、问尾。问头发动策问并将话题引向疑问，是（除了策题之外）策问文的起首。问项包括问题的提炼、设计、提出和疑问点的确定等，是策问之成其为策问的核心与关键所在。问尾是在收束问题的同时敦促应试者回答问题亦即对策。陈飞根据各部分的组成情况，将问文分为简式、扩展式和繁复式。[2] 白居易对策文的“三分法”是总结了六朝到唐代许多策对写法提出的，陈飞对问文的分类，也有助于说明问文的表述状态。它们都可以借以分析奈良时代对策文的体式。

2. 陈飞著：《唐代试策的表达体式——策问部分考察》，《文学遗产》，2008 年第一期，第 49—55 页。

和中国的对策文完全相同的是，奈良时代的对策文每篇问文，前均有一“问”字领起，而策文前则有一“对”字开头，以“谨对”收尾。下面的《天地始终》，问文作者是菅原清公，文前署“名大学少允从六位下兼越前大目菅原朝臣清公”，策文作者是栗原连足，署“文章生正八位上中臣栗原连足上”，可知考生名字之后，要加一“上”字以表敬。此文之后的《宗庙禘祫》末注“延历二十年二月二十五日监试”，据此推断，此文当为公元 801 年监试的考卷。下面，对《天地始终》问文和策文各按以上“三分法”分段，以概览全文结构：

问：

[问头]：混元肇判，方圆自形；或阳或阴，日高日厚。缛七耀而左旋，较万灵而右辟。斯则千品之源，三才之本者也。

[问项]：然而递成递坏，释氏之教斯存；有始有终，儒家之风不落。今欲法之释教，彼始自空；寻之儒风，其终焉在？虽默语别道，辞有颇异，而圣哲同致，何可错？

[问尾]：子才为世出，识作物表；优劣异同，伫闻芳话。

对：

[策头]：窃以阳清上动，悬二纪五纬而左旋；阴浊下凝，错丘陵江海以右辟。考形测数，可寓游心之端；推变研神，何得施虑之表。自皇雄画卦，取象于天；高密膺图，求步于地。虽陈数度，莫辨区条。故四术纷纶，异端之论蜂起；三家舛杂，臆断之辞抑扬。言多米盐，事为楚越；累代因袭，指掌未详。岂不以古今措刊错之烦，夷夏致传译之谬矣？

[策项]：夫以周星陨夕，汉梦发霄，象译之编爰传，龙缄之教遂辟。于是辨虚空之不极，说世界之无穷。接比十万，积累三千。（疑有脱文，或三千当下属而前有脱文）日月，等渤海之轮回；百亿阎浮，同尘沙之数量。是知章玄死骤，岂尽其边；隶首忽微，何知其算？至若天地终始，国界坏成，始以复终，终以复始；乍空乍住，俱坏俱成。灭则极丁十年，增则留于八万。何则？仕劫云谢，灾难已多。烈火炎炎，洪波淼淼。聚为山岳，散为江河。事隐于玄名，理绝于深賾（"賾"，疑为"赜"字之讹）。然则区区庸陋，不能达其渊源；蠢蠢凡愚，不能详其旨趣。但混家之法，略而可言。天圆而宽，地方而小。形如鸟卵，运似车轮；载水而浮，乘气而立。日月之度，星辰之行。回地而晦明，丽天而旋运。考之实状，不失其宜；施之治方，尤得其理。又其上天下地，有始无终；不易之义攸诠，长存之说斯著。

[策尾]：是则经典所纬，既有前闻；耳目所安，互无后异。管局之见，独滞儒宗。岂曰谈天，还同测海。谨对。[1]

1.［日］国民图书株式会社编辑兼发行《日本文學大系》第二十四卷，第359—360页，1928年版。

这一篇是奈良末期的作品，不论是问文还是策文，结构都算比较复杂的了，可以看做是简式向扩展式过渡的作品。从整体来看，奈良时代的对策简式居多。仅从问文来说，不仅比《文选》中所收的王元长、任子升的策题要简单得多，而且有的比《文苑英华》所收初唐问文还要简单，可以说是"超简式"，有的连问尾部分也省略了。对主金兰提出的两篇问文都很短小，分别只有二十四字和二十六字。

问：孝以事亲，忠以奉国。既非贤圣，孰能兼此。必不获已，何后何先？[2]

2.［日］国民图书株式会社编辑兼发行《日本文學大系》第二十四卷，第374页，1928年版。

问：雕华绚藻，便贻批末之愆；破玺焚符，终涉守株之讥。彬彬之义，勿隐指南。[3]

3.［日］国民图书株式会社编辑兼发行《日本文學大系》第二十四卷，第376页，1928年版。

它们的特点就是问头、问项、问尾的区分并不明显，问项极为醒目。这样简短的问文在现存的中国试策文中很难找到。《文苑英华》所载白居易《策林》中多有短篇，但比这些“超简式”的问文还要长些。然而，它们对问题的设计却还是相当明确，可以看出对问题难度有所追求。

从提问方式来看，可以分为两难选择式、顺序判断式、优劣比较式、追根溯源式、辨同析异式等。两难选择式，问的是在选择任何一方面都会出现不可避免的负面影响的情况下如何行事。上面两篇，前者定忠孝先后，后者辨文质之义，可谓分别属于顺序判断式和两难选择式。

辨同析异式如：“周孔名教，兴邦化俗之规；释老格言，致福消殃之术，为当内外相乖，为复精粗一揆。定其同不，核此真诡。”[1]要求考生下毛虫麻吕回答儒道佛三家是否相同，又如：“李耳嘉道（遁），以示虚玄之理；宣尼危难，而修仁义之教。或以为精，或以为粗。元理云为，仰听所以。”[2]要求考生白广成回答对老子思想和孔子思想的看法。这些都是所谓宏观题目，考生在有限的时间内作出深刻的论述实际上是难以做到的。

1.［日］国民图书株式会社编辑兼发行《日本文學大系》第二十四卷，第378页，1928年版。

2.［日］国民图书株式会社编辑兼发行《日本文學大系》第二十四卷，第382页，1928年版。

像这样的题目恰好反映了中国思想文化进入日本学术界初期的整体倾向。随着研究深入，平安时代就再也看不到这样抽象的题目了。所以，对策文既是衡量那一时代文学水平的标尺，也是当时学术思想的缩影。

四、 奈良对策文与唐代对策研究

傅璇琮先生曾经谈到：“对于古代文体的研究，过去一般是不大重视与所谓官方文书有关的文体的。譬如策文，包括朝廷颁布的策问与举子应试的对策，可以说是主要用于科举考试的文体，现在的研究者就不大列于文学概念的范围，这与当时的文学情况就不很切合。”[3]

3. 陈飞著：《唐代试策考述》，第4页，北京：中华书局，2002年版。

陈飞指出，试策，是唐代明经各科考试中应用得最为持久、普遍、地位最为巩固、意义最为关键的重要试项，因而，策也是明经各科考试中至关重要的文体。他认为，策作为一种文体，也是唐代明经各科留给唐代文学的唯一作品。[4]

4. 陈飞著：《唐代试策考述》，第116页。

关于唐代科举与文学的关系，陈飞指出，唐代科举制度作为主要力量和关键因素，直接参与造就了唐代的“文人型态”和“文学型态”。从科举制度的规模、成熟程度和影响深度来说，奈良时代不可与唐代同日而语，然而，奈良时代的学校制度和考试制度，从一开始便力图对唐代的文德政治加以复制，从而建立起来的考试制度，也必然对儒家文学的形成和发展，对文人人格的培养和完善产生作用。

奈良的试策制度是唐代制度的缩小和变身，但它对于“文人型态”和“文学型态”的影响却是不能否认的。经过几十年文章生试策，培养了一批对儒家经典比较熟悉、对汉文写作比较擅长的新型文人，如果没有他们，就没有平安时代初期汉文学的繁荣，甚至也不会有接受过汉文学滋养的假名文学的繁荣。平安时代保留的对策文更多，也更加成熟，其中不少受到白居易所撰策文的影响。平安时代的文章生们在学习期间，将奈良时代的策文和中国传来的《籯金》《兔园册府》等一并置于座右，完全是可以想象的。

平安时代以后，日本明经、文章诸道趋于衰微，试策制度瓦解，对策文也逐渐销声匿迹。然而，作为一种思想训练和写作训练的方法，它却并没有被抱有“文人志向”的学人遗忘。江户时代幕府同样期望将“文德政治”作为武士政治的补充，在以力治国的同时，也借“文”以饰世。各藩的儒官和在各地藩校任职的儒士，都需要熟读经书，幸运的儒官还多少有些对政治、社会问题陈述意见的权利。

虽然对策不再是选拔人才的途径，却有可能成为培养读书、思考、写作能力的方法。几百年后的江户时代，古学派创始人伊藤仁斋《古文先生文集》卷五载《私拟策问》多篇。根据伊藤东涯注：“自宽文辛丑，至元禄丁丑，凡三十余年，设问策诸生，其间学问早晚之异同，亦可概见矣。”[1]

1.［日］吉川幸次郎、清水茂校注：《伊藤仁齋 伊藤東涯》，第 281 页，东京：岩波书店，1971 年版。

从公元 1661 年到 1697 年的三十余年中，伊藤仁斋都对学生进行了对策文的训练。如宽文七稔丁未孟夏初五，即公元 1667 年农历四月初五写的一篇《拟策问》中就佛教政策提出问题，其中说：

> *盖佛法流传我国，殆千有余岁矣。涂民耳目，移民心志。仰之超神明，敬之过父母。上倚之以为法，下守之以成俗。若遽去之，则如出栏之豚，不可追纵；如解绦之鹰，不可寻求。伦常未修，奸伏先发；教法未立，偷盗并起。如决河之堤，汪汪乎莫之能防；如败军之将，滔滔乎莫之能令。而泛滥崩坏，何所底止。此又所当深虑也。冀诸君第其可去不可去，及既去之后，有害与否，以著之于篇。*[2]

2.［日］吉川幸次郎、清水茂校注：《伊藤仁齋 伊藤東涯》，第 281—284 页，东京：岩波书店，1971 年版。

这篇《拟策问》正是伊藤仁斋以策问的形式促使学生思考现实的文化难题，并学会正确表述自己的主张。

其实，与唐代试策文学有极深关系的还不只是日本的对策文，在科举制度历史比日本更长的朝鲜和越南，试策文学有更为丰富的内容，如朝鲜《东文选》一百八卷收入李齐贤等人的策题共十八篇[1]，可见有关试策文学的研究，不仅是唐代文学研究的课题，也是亚洲汉字文化圈文化和文学交流的课题。

1.（朝）徐居正等编：《東文選》第四，东京：日本学习院东洋文化研究所刊行，第135—144页，1970年版。

五、 奈良策文与敦煌类书研究

小岛宪之特别注意到在策文中提到的有关对策的类书：

立身之道，既显之《屑玉》；对策之理，又表之《赢金》。（大日奉首名）

学谢《赢金》，徒迷同不（否）之义；词暝屑玉，宁述真讹之旨意。（下毛野虫麻吕）

《赢金》，即《籯金》，是唐代私撰通俗备考类书。刘师培认为成书于则天武后改国号为周时（公元690年，相当于日本持统朝）。下毛野虫麻吕升为从五位是为养老四年，即公元720年以前，所以他的这篇策文当作于养老年间，由此推断，最迟是第八次遣唐使回日本时（养老二年，公元718年）《籯金》传入日本。

小岛宪之还特别提到敦煌本《兔园册府》也有可能和《籯金》、《屑玉》一起传到日本，为奈良时代的学人所利用。当时的学人除了学习经书知识以外，敦煌本残卷类书也成为了对策文写作的参考。这从对策文中提到《籯金》等可以得到证实。[2]

2.［日］小岛宪之著：《上代日本文學と中国文學——出典論を中心とする比較文學的考察》，东京：塙书房，第1439—1440页，1988年版。

小岛宪之的看法完全是正确的，但是他就此止步，没有从奈良对策文的作品中找出具体的例证。根据笔者的研究，在那些奈良对策文中，就可以发现具体模仿敦煌残卷中的类书的实例，特别是《兔园册府》一书，更可能对奈良学人产生过直接的影响。

《兔园册府》一书，后世亡佚，赖敦煌石室遗书P.2573等四写本得以保存，敦煌本《杂抄》也提及有“《兔园册府》，杜嗣先撰之”，而此书早已传入日本，《日本国见在书目录》“总集类”著录“《兔园策》九卷”，不著撰人。《兔园策》，或即《兔园册府》。由于此书是当时用作教导童蒙以备科考的书，从问到答，均模仿正式考试，对应试者来说，可谓样题和标准答案皆备。奈良时代的考试既然模仿唐代，从出题到对答案的要求都有很多相似的地方，那么应试的学子对其欢迎的程度就可想而知。如何入题，如何展开，最后策尾如何收结，都有样板可以遵循。其中大量范文，是考生临阵磨枪的有力工具。由于有策头、策项、策尾的固定路数，仿照某些段落，做些变换，然后背熟，考场上插入文中，就可聊以成篇。特别是策尾那些自谦之辞，用处更多。试看上引刀宣令关于“设官分职”的策文中的“问尾”部分：

但东游天纵，犹迷两儿之对；西蜀含章，莫辨一夫之问。至于授洪务，维帝难之。况乎末学浅志，岂能备述。谨对。[1]

1.［日］国民图书株式会社编辑兼发行《日本文學大系》第二十四卷，第 372 页，1928 年版。

这里用了孔子未能圆满回答两小儿关于日之远近问话的典故以及扬雄被有关天文的问题难住的典故，表明面对帝王都感到为难的题目，未必能回答周全。据笔者考证，这一段话实际上是《兔园册府》首篇《辨天地》策文“策尾”部分的改头换面：

夫以东游天纵，终迷对日之言；西蜀含章，竞诎盖天之论。前贤往哲，犹且为疑，末学庸能，良难备述。谨对。[2]

2. 郑阿财、朱凤玉著：《敦煌蒙书研究》，第 268 页，兰州：甘肃教育出版社，2002 年版。

可见，虽然刀宣令把原文中的“对日”改成了“两儿”、“盖天”改成了“一夫”，但仍然用的是孔子和扬雄的典故，词句虽略有改变，而内容不变，后四句自谦之辞亦然。

在敦煌出土的写本中，有以《籯金》相称的写本八个，另外还有因书名不详而被称为“无名类书”或“古类书”的写本。那些无名类书中，是否就有《屑玉》的佚文，是今后探讨的课题。在奈良时代的策对文中，不难找到套用这些类书的语句。

另外，《文选》卷三六收入《王元长永明九年策秀才文五首》、《永明十一年策秀才文五首》、《任彦升天监三年策秀才文三首》，这些也都是奈良考官出题的重要范文[3]。它们对年轻学子们的影响，当然不仅表现在他们应试的答卷上，有些观念甚至可能会在一定程度上影响他们的人格和人生。

3.［日］福田俊昭著：《敦煌類書研究》，第 148—158 页，东京：大东文化大学东洋研究所刊，2003 年版。

第二节 平安时代日本文坛对“汉风”的讴歌

日本从 8 世纪末进入了平安时代（794—1192），这一时代在日本文学史上称“讴歌汉风”

时代。以朝廷为中心，以平安官员为骨干的大唐风格的文学，成了这个时代的文学主潮。

平安朝汉风浩荡，其势猛烈。在朱雀天皇天庆（938—947）年间大江维时应皇太子（即后来的村上天皇）诏编撰的《日观集》（佚书，20卷）序文中，曾说：

夫贵远贱近，是俗人之常情，开聪掩明，非贤哲之雅操……我朝遥寻汉家之谣咏，不事日域之文章。

这段话概括了当时贵族文坛盛行中国文学的状况。平安前期的弘仁、天长时期，平安贵族仿作的文体更加扩大，杂言诗和唐代中叶发展起来的新的文学样式——词，都有了仿作传世。

平安时代贵族文人所读的写作参考书，除《文选》外，又增加了《修文殿御览》、《艺文类聚》、《初学记》等类书中收录的诗文，以及新传到日本的唐人选唐诗《河岳英灵集》、《搜玉小集》等。

嵯峨天皇雅好文学，经常飨宴群臣，命其赋诗。弘仁十四年（823）二月二十八日，嵯峨天皇举行盛大花宴，以“春日山庄”为题，文人们各显才华，竞相命笔。年仅十七岁的有智子内亲王挥笔写下一首七言律诗，天皇大为赞赏，当即授予她三品官位，封领地一百户。这个时期编撰的汉诗集《凌云集》（《凌云新集》）、《文华秀丽集》、《经国集》，较之奈良时代的《怀风藻》，内容丰富得多，艺术表现力也有所增强。

嵯峨天皇接受了曹丕《典论·论文》中提出的文章是“经国之大业，不朽之盛事”的思想，把文学当成歌功颂德、愉悦帝王的工具。小野岑守奉其敕命编撰的《凌云集》（序文中称《凌云新集》），多是天皇宴饮游乐时充当颂扬皇威帝德的仪礼而制作的，其中咏唱风花雪月，表现宫中宴游的作品占有很大比重。在诗歌形式上，出现了杂言诗，唐代俗话开始被写入诗中。

《凌云集》之后，汉诗之风方兴未艾，“文章间出”，“未盈四祀，卷盈百余”，《玉台新咏》绮艳的宫体诗，适应了贵族们追求耳目之娱的需要。他们在《春闺怨》、《长门怨》、《婕妤怨》之类的诗题下，以华艳绮靡的词藻，描摹着女人们的空帏之愁，失宠之恨。另一方面由于朝廷举行《史记》、《汉书》的讲筵，中国历史知识得以传播，使文人们写出了以汉高祖、张良、季札、司马迁等为题材的咏史诗，而最澄、空海等僧侣诗人的出现，佛教思想的流行，又使唐代以释入诗的风气传流到平安诗坛。如同《初学记》专设“道释”一部一样，收录这一时期诗作的敕撰汉诗集《文华秀丽集》，也专设了梵门一类。

天长四年(827)，良岑安世接受淳和天皇的敕命，和滋野贞主一起，集奈良朝汉诗文之大成，编撰了《经国集》，分别收录了178位作者的赋、诗、序、对策等。作者和诗作的数目，超过《文华秀丽集》六倍。其中收录的嵯峨天皇模仿中唐诗人张志和而写的《渔歌子》5首，反映了平安诗人对于这种新兴音乐文学的高度敏感，而创作长篇大赋所表现的驾驭汉文学语言的能力令人刮目相待。

值得注意的是，作诗的习作转为习作和歌的训练，这时已见端倪。例如，平城天皇《咏殿前梅花》：“发艳将桃乱，传芳与桂欺”[1]，欺字自是唐诗的用法，有不分高下之意。《古今和歌集》遍昭所作和歌“如何朝露与玉欺”，便是将这种用法由汉诗植入和歌的尝试。对于中国文学的仰慕，促进文人学士在寻求和歌新表现手法的时候，把目光集中到中国诗歌上来。

1.［日］市河宽斋编：《日本詩紀》，第1页，东京：弘川弘文館，2000年版。

在嵯峨天皇、淳和天皇倡导下，宫廷文人，以小野岑守、小野篁、菅原清公、滋野贞主、良岑安世、空海、有智子内亲王等为首，人才济济，竞骋文华。随着学制的确立，文章道的隆盛，当时在皇室、摄关家频繁举行讲诗作文之会。根据《学令》的规定，接受教育的学生，必须“闲（娴）于文藻”。学者的命运，系于一字一句之中，文辞巧拙，左右着官位的升迁。相传紫式部的父亲藤原为时在长德二年（996）在朝廷任命诸国国司的典礼上，想得到越前国司的官职却未能如愿，便在奏章中写下“苦学寒夜，红泪沾襟；除目后朝，苍天在眼”的句子，一条天皇读后受到感动，将已内定的此职改授为时。天皇及摄关家对汉诗文的这种尊崇，煽扬起贵族文坛上的雕琢之风。

9世纪后半叶，遣唐使废止，平安贵族对外采取了封闭的策略，日本汉文学开始衰退，国语文学逐渐占据了主导地位。平安后期，正历（990—995）、宽弘（996—1011）汉文学再次勃兴，涌现出大江匡衡、大江以言、纪齐名、庆滋保胤等著名诗人。关于以上作者的艺术风格，《古今著闻录》卷第四118《大内记善滋保胤评匡衡、齐名、以言等事》中有这样的记载：

大内记善滋保胤参渴六条宫下问之时，言及时辈文章。亲王命云：“匡衡如何？”答曰：“敢死之士数百骑．被介冑，策骅骝，似过淡津之滨，其锋森然，少敢当者。”又命曰：“齐名如何？”答曰：“瑞雪之朝，瑶台之上，似弹筝柱。”又命曰：“足下如何？”答曰：“旧上达部驾毛车，时时似有隐声。”[2]

2.［日］永积安明、岛田勇雄校注：《古今著聞集》，第126—127页，东京：岩波书店，1966年版。

善滋保胤，即庆滋保胤，分别评论几个作品艺术风格，采用的是比喻的形式。认为这些人或以不可阻挡的充沛气势见长，或以令人神往的清朗韵味取胜，或以勇武俊逸的壮美意境夺人，或以深沉含蓄的疑重格调名世。这种评论，不仅说明了当时作家风格的丰富多彩，还可看出他们对中国文学批评的模仿。

平安贵族为了运用繁难的异国文字、生疏的异国语言写出华丽典雅的文章，必须尽可能多地掌握典故、佳句，以求做到下笔自如，得心应手。平安初期天长八年（731），滋野贞主编撰了大型类书《秘府略》一千卷，不久又出现了很多将其缩编节选的书。宽宏四年（1007），十九岁的贵族青年、后来的宇治关白藤原赖通撰《世俗谚文》[1]，以及藤原孝范撰《明文钞》，都是辑录世俗话题中举用的中日谚语、故事，说明其出典和本义的写作教学参考书，可供口诵默记。

1.［日］古典保存会编：《世俗諺文》，东京：古典保存会，1934年版。

随着平安朝文学的发展，这类写作参考书也逐渐地由中国书籍扩展到日本人写作的诗文。藤原举直撰《七言诗秀句集》、藤原明衡撰《本朝秀句》，都以日本人的作品为选录对象。最重要的选本，则是藤原明衡仿效宋真宗大中祥符四年（1011，日本一条天皇宽弘八年）姚铉编纂的《唐文粹》而编辑的《本朝文粹》。

《本朝文粹》辑录从嵯峨天皇至后一条天皇17代200余年的诗文近430篇[2]。它虽以文粹为名，编辑方针却异于《唐文粹》。《唐文粹》选录唐代诗文，以古雅为标准，反对雕琢，不取律赋、近代诗和四六文，于韩、柳等家古文，倍加推崇。编者生当宋初，欲借此力矫晚唐、五代诗文之弊，其主张与宋代“古文运动”的先驱者相呼应。而《本朝文粹》却以华美为宗，其编纂的体裁、部类，专学《文选》。说它是日本的《文选》倒是恰当的。这本书采录既博，亦便于阅览，对于后世的《平家物语》、《太平记》及谣曲的创作，都有过不小的影响。

2.［日］大曾根章介、金原理、後藤昭雄校注：《本朝文粹》，东京：岩波书店，1996年版。

《本朝文粹》收入的字训诗、离合诗、回文诗，以及罗泰所作颇近乎白行简《天地阴阳交欢大乐赋》的《铁槌传》并序，都是文士以文为戏的消遣文墨。物名诗、药名诗也见于私家文集。它们证实了汉风的无处不在。在中国文学中它们或许算是“大俗”，而在当时的日本文士中，既使算不得“大雅”，也是喜欢追新逐异的饱学之士的妙手偶得。

文人的称谓、署名、笔名往往是所处时代的文化名片，代表一种总的文化倾向。平安时代的文士都有一个中国范儿的名字。他们往往将两字的姓抽出一字，使名字看起来更像汉唐雅士。如高阶积善称高积善，高丘五常称高五常，高岳相如称高相如，这样高阶、高丘、高岳三姓合一，在文场上成了一家人。他们还仿照中国文人官爵名（包括赠官位名、前任官职名）来相称，如菅赠大相同（菅原道真）等。这时也出现了自取名号的情况。島田忠臣的诗文集《田氏家集》，田氏即島田氏之省称，集中又自称田达音，达音即忠臣又一名号。平安时代的汉风吹进了文士的日常生活，不仅形成了他们新的价值观，也培养了新的生活习惯。

以《本朝文粹》为范例，以后又出现了《本朝续文粹》、《本朝无题诗》、《朝野群载》等收录文辞的书籍。而在藤原宗忠《作文大体》、《王泽不揭钞》等作文指导书中，《本朝文粹》收录的篇章被当作各类文章的范本。

一、 平安时代的诗词之作

奈良朝汉诗人学习的是六朝诗和初唐诗，平安朝初期的诗人作诗则多利用类书，对于盛唐、中唐诗作出了敏感的反应，并努力摄取以扩大诗的内容，增强诗的表现能力。

日本停止派遣遣唐使之后，官方的诗文交往暂时中止了，但是汉诗仍然作为当时国际交流的重要桥梁。当时唐朝东北方少数民族靺鞨人大祚荣建立的渤海国，仍不断向日本派遣使者。汉诗是日本官员与渤海使者共同喜爱的抒情工具。

渤海自唐武后建国直到唐明宗的229年间，始终与唐是君臣关系，接受唐的封号，奉唐为正朔。渤海国使者进入日本，接待的官员多精通汉学，擅长诗赋，菅原道真便曾以礼部侍郎的身份负责过接待渤海国使节的工作。使节归国，也免不了赋诗相赠。相传渤海使者至日本，大江朝纲作《于鸿胪馆饯北客诗序》，序文中有“前途程远，驰思于雁山之暮云；后会期遥，霑缨于鸿胪之晓泪”，渤海使者听了，不禁流泪叩胸[1]。渤海先后出使日本的裴颋与其子裴璆，和菅原道真及其儿子菅原淳茂两家相交，诗谊深厚。裴颋与道真同年，裴璆与菅原淳茂也是同年，裴氏两代出使日本，先后由菅原道长及菅原淳茂接待。菅原淳茂载《初逢渤海裴大使有感吟》中写道：

思古感今友道亲，鸿胪馆里□余尘。

裴文籍后闻君久，菅礼部孤见我新。

年齿再推同甲子，风情三赏旧佳辰。

1. 其事见《江谈抄》六。《本朝文粹》九有大江朝纲《于鸿胪馆饯北客诗序》。《和汉朗咏集》下收有这两句话。《古今著闻录》有说话《渤海人感大江朝纲秀句流泪事》。

两家交态人皆贺，自愧才名甚不伦。[1]

1. 菅原淳茂自注：“往年贤父裴公以文籍少监奉使入朝，予先君时为礼部侍郎，迎接殷勤，非唯先父之会友，兼有同年之好，记裴公重朝自说我家里有千里驹，盖谓君焉。今予与使公春秋偶合，宾馆相逢，又三般礼同在仲夏，故云。”原诗载市河宽斋编《日本詩紀》第212页，东京：岩川弘文館，2000年版。

在《文华秀丽集》、《渤海国志长编》等书中留下了一些赞颂友情的诗篇：

一面相逢如旧识，交情自与古人齐。

阪上今继《和渤海大使见寄之作》[2]

2. ［日］国民图书株式会社编：《日本文學大系》第二十四卷，第167页，东京：国民图书株式会社，1928年版。

两乡何异照，四海是同家。

岛田忠臣《夏夜对渤海客同赋月华临净夜诗》[3]

3. ［日］松平黎明会编：《漢詩文集编》，第123—125页，东京：新典社，1993年版。

交情不谢北溟深，别恨还如在陆沉。

菅原道真《酬裴大使留别之什次韵》[4]

4. ［日］菅原道真著，川口久雄校注：《菅家文草　菅家後集》，第196页，东京：岩波书店，1976年版。

思倾别酒俱和泪，未死应无一日忘。

大江朝纲《奉酬裴大使重返本韵和临别口号之作》[5]

5. ［日］市河宽斋编，後藤昭雄解说：《日本詩紀》，第217页，东京：吉川弘文館，2000年版。

这些诗篇在艺术上，显然较奈良朝的作品有了很大的提高，句法更加灵活，语言更加流畅，形象也更加鲜明。标志汉诗不再只是中国诗句的拼凑，开始成为诗人较为自如地抒发情感的工具了。

从诗歌形式上看，平安朝初期七言诗开始取代五言诗的地位，占据了优势，其中也可以看到杂言体，如源明《九日玩菊花筒应制》：

玩芳菊，几芬芬，延寿时浮王弘酒，空嗟盈把夕阳曛。[6]

6. ［日］市河宽斋编、後藤昭雄解说：《日本詩紀》，第52页，东京：吉川弘文館，2000年版。

值得注意的是，平安初期，时当我国中唐，便出现了日本最早的词作者。当较早以民间词的形式从事创作的张志和、刘禹锡、白居易等刚写出数量不多的词作之后不久，他们的作品便唤起了平安诗人仿作的激情。

《经国集》卷十四载有嵯峨天皇御制《渔歌》5首，及有智子内亲王和滋野贞主的奉和之作7首[7]，这实际上是日本填词的开端。嵯峨天皇所填的词摹拟张志和五首著名《渔歌子》。张作五首联章，每首结句第五字嵌“不”字，嵯峨天皇御制每首结句则都用“带”字。张志和原作，带有早期作家词的特点。当时，作家们开始尝试写词，受到民间词的影响，作品清新明

7. ［日］国民图书株式会社编：《日本文學大系》第二十四卷，第347—349页，东京：国民图书株式会社，1928年版。

朗，活泼跳脱。而嵯峨天皇的仿作，也有一种高雅冲淡的意趣。张志和《渔歌子》，据颜真卿《浪迹先生玄真子（张志和道号）张志和碑》，当作于大历九年（774）秋八月。嵯峨天皇写作的时间是在他行幸贺茂神社的弘仁十四年（823）二月至同年四月十四日让位于御弟淳和天皇的这两个月中，距张志和作《渔歌子》的唐大历九年，仅仅过了不到 49 年，其时，温庭筠才 10 岁左右。

平安词的摹拟之作，都是小令，且有淡雅明快的特点。中唐时代的词之所以能够这样迅速地被平安朝文人们接受，并且怀着很大的热情进行学习，很可能与唐代早期词的朴素明畅、新鲜活泼的艺术特色有关。词的含蓄精炼的表达方式，长短相间的音节和句型，比诗更接近于和歌，也更接近于日本人的艺术趣味。早期词在民间词的影响下，语言大都明朗通俗，不难读懂。它们得到平安诗人的喜爱不是偶然的。

二、　平安时代的辞赋拟作

汉赋以铺张为能事，内容冠冕堂皇，体制宏伟。平安诗人从写诗到作赋，标志着其文字表现能力的飞跃。他们要在掌握了较多的知识，并能够自如地运用排比对仗而又参差错落、长短相间的句法之后，才有可能仿作。

《经国集》中所载嵯峨天皇《重阳节菊花赋》，可说是较有代表性的作品。

白藏气季，玄月天高，霜零漂漂，商风骚骚。观物理于盛衰兮，知造化之异时。林何树而不摇落，原何草而不具腓？岂若芳菊神奇，在枯独滋？蔓延靃（霍）靡，缘岸被坻，花实星罗，茎叶云布，香飘朝风，色照夕露。于是日当重阳，高宴华堂，正开玳蓆（席），傍引贤良。阳随桓景而访古，就陶潜以命觞。摛赏心于翰墨，听丝竹之清商。于时众芳凋，寒菊咲（笑），殊蕣郁，独照曜，或素或黄，满庭芳馥。淑媛望兮移步，妖姬欢兮属目，攘溺（弱）腕而采（嫩），擢纤手以摘花。珠（朱）颜俄而益艳，云髻忽焉重钗。期采摘于盈把兮，爰逍遥乎日斜。亦有锺生称其五美，屈子飡其落英。玩神仙之灵药，忘尘俗之世情。感雁序于薄晚兮，伤落叶乎秋声。时属长年之多叹，还欣斯花之延龄。[1]

1.［日］国民图书株式会社编：《日本文學大系》第二十四卷，第 240—241 页，东京：国民图书株式会社，1928 年版。

作者以三国曹魏时钟会（士季）的《菊花赋》为基础，又广采《艺文类聚》等类书菊部之中的句子。以一篇原作为主，兼采他篇或类书中的语句编织成篇，这是奈良朝以来文人作赋通用的方法。《经国集》中的赋，便多以这种方法写成。如《哀秋赋》便是以潘岳的《秋兴赋》为基础，又多取夏侯湛《秋可哀》诗而写成的。

在平安朝的辞赋中，前中书王兼明所作的《菟裘赋》无论从思想性还是从艺术性来说，都是较成熟的作品，原作载《本朝文粹·赋·幽隐》中。菟裘，古邑名，春秋鲁地，在今山东泰安东南楼德镇。鲁隐公被谮害营菟裘而隐，后世因称士大夫告老退隐的处所为菟裘。兼明晚年辞官之后，隐居于京都龟山之下，他无端遭到当时执政关白藤原兼通的陷害，痛感“君昏臣谀，无处于诉”，想到古时中国春秋时代鲁隐公欲营菟裘以避害，《春秋》赞成其志，以为贤君，因而也希望后来的君子能够了解自己的情怀，于是“拟贾生《鸟赋》，作《菟裘赋》以自广。”[1]

1.［日］大曾根章介、金原理、後藤昭雄校注：《本朝文粹》，第129页，东京：岩波书店，1996年版。

作者沉痛地悲叹，在君王圣明之时，尚还出现伯夷得仁而饥，盗跖以寿而终的不平事，可知“天之与差，其后未知”，更不用说处于政治黑暗的年月了：

况今赵高指鹿之日，梁冀跋扈之时，虎而冠兮，匪（非）常理之可谓；枭也镜兮，宁彝伦之所资。夫剑戟者嫌于柔，不嫌刚而催折；梁栋者取于直，不取挠而倾危。往哲举措，无有磷缁。不歠其醨，虽孤（辜）渔父之诲；不容何病？可祖颜子之词。[2]

2.［日］大曾根章介、金原理、後藤昭雄校注：《本朝文粹》卷一，第129页，东京：岩波书店，1996年版。

面对催折草木的肃杀阴风，遮天蔽日的昏暗浮云，作者不禁发出忧愤的指斥和沉闷的叹息：

扶桑岂无影乎？浮云掩而乍昏；丛兰岂不芳乎？秋风吹而先败。彼尼父之一望也，叹龟山之蔽鲁；灵均之五顾也，绕沅湘而伤楚。欲问明训于先贤，以鉴幽致于万古。唐风虽移，犹依俙（稀）于旧；汉德纵厌，安谄谀于新？殊恨王风之不竟，直道之已湮；闻淫蛙而长叹，悲屈蠖之不伸。俟河清之日，浮云几春！[3]

3.［日］大曾根章介、金原理、後藤昭雄校注：《本朝文粹》，第129页，东京：岩波书店，1996年版。

文章的最后，归结到老庄哲学，“丧马之老，委倚伏于秋草梦蝶之翁，任是非于春丛”，表示要“入龟绪（即龟山）之岩隈，归菟裘而去来”，意在归隐，其情调是消极的。

从全篇来看，作者不满于权要的昏庸无道，善恶不明，内心充满了忧时伤世、忧谗畏讥的愤慨不平之情。孔子、屈原这些先贤的明训和历史的经验更增添了他对现实的绝望。兼明将甚嚣尘上的谗言比作喧闹的蛙声，悲叹自己受压抑、受迫害的命运，全文激情起伏，作者愤世嫉俗的满腔忧愤，不愿与昏庸的执政者同流合污的志向，和屈原的《离骚》、贾谊的《吊屈原赋》

颇有相通之处。《江谈抄》（六）甚至说它“入《文选》云云，尤神妙欤？”给它很高的评价。《菟裘赋》在平安朝文人所写的辞赋中，确是不可多得的作品。

三、 菅原道真的文臣之路

菅原道真（845—903）是日本惟一以才学而登相位的作家。他站在平安时代汉文学的顶峰，走在当时追随中唐文学特别是元白体的风潮的前列，汉诗汉文达到了很高的水平。他身任右大臣，按照中国方式，人称菅丞相。和当时的许多优秀贵族文人一样，他既沉浸于六朝唯美的氛围之中，又积极追随着最先传入日本的大唐的“当代文学”。醍醐天皇接到他献上的自家祖父三代的诗文集，曾当即赋诗，说菅原胜过了白居易，以后可以把《白氏文集》甩在一边了[1]。这既是对菅原家族文才的极赞，又流露出一种中华之美已尽为我有的满足。后来日本很快从对唐开放趋向内敛绝不是偶然的。

1.［日］市河宽斋编：《日本詩紀》，第 16 页，东京：吉川弘文館，2000 年版。

菅原道真又是一个站在历史转折点上的人物，他曾上书天皇，以唐内乱为由，建议中止遣唐使的派遣。遣唐使历史的结束，使最新的中国文化信息失去了最重要的通道，贵族文人对中国文化的兴趣专集于古典，对后来中日文化交流与日本人的中国观的影响是十分深远的。

菅原道真艺术的高峰，应该是出现在他被突然贬谪到大宰府之后。那些反映边地民众疾苦的作品，明显可以看出白居易讽喻诗的影响，而又具有浓郁的抒情韵味，堪称卓越的“流人文学”。在他死于左迁之地之后，京城宫廷和清凉殿遭到雷劈，瘟疫流行，怪异丛生，人们传说道真左迁冤死是左大臣藤原时平谗言迫害的结果，天行反常则都是由于道真冤魂作祟。为了抚慰镇服亡灵，人们开始在现京都北野地区把道真当作天神来祭祀。

在日本人的观念中，冤魂是十分可怕的家伙，所以菅原道真起初被描绘成一副吓人的模样。同时，在平安时代就有人称道真为“文道之祖，诗境之主”，又有人称他为“文道大祖，风月本主”，盛赞他“道德光九野，灵验载八埏”，就是说日本人走到哪儿求他都灵验。道真后来作为文艺之神、书法之神、学问之神的信仰普及开来以后，他的形象就变得温和而慈祥了。道真从贵族政治家、文学家到成为庶民信仰对象的过程，显现出所谓“神佛习合”的色彩，即本土的神道信仰和佛教信仰的折衷融合。

今天，大阪等地有天神节，从江户时代以来年年举行祭祀活动，天满宫几乎遍布日本全境。艺人到这里合掌默祷，愿天神保佑自己演技提高；歌人到这里合掌默祷，愿天神保佑自己歌艺大进；喜爱书法的人到这里合掌默祷，愿得天神助自己作品获奖。当然，最让人想起天神的时候，或许是年年各类学校招生之际，不知多少考生和家长在闭目合掌，祈求天神赐恩。今天，许多人在天神面前静静默祝，表达心愿的意义远远大于信仰的意义，因为那愿望的实现毕竟有赖于自身不懈努力。

人对于神（或者神化的人），总是既怕又敬而又盼他有求必应。平安时代大文学家、政治家菅原道真死后，被尊为天神，他的形象由凶到善的变化就耐人寻味。

四、 风靡文苑四百年的文学宝鉴——《白氏文集》

虽然白居易的《长庆集》由何人最先带到日本是一个难以确考的问题，但是，就连白居易本人都知道，他的诗文已经传到了日本。白居易的好诗一出，便有日本人买来带回去，那也许要归功于那些将白居易的诗“缮写摹勒，衒卖于市”的抄书人。白居易在编定《白氏文集》时提到：“集有五本……其日本、暹罗诸国及西京人家传写者，不在此记。”[1] 这说明，日本传抄的情况，甚至又通过往来于两国的使节返传回唐朝。

1.［日］近藤瓶城编：《改定史籍集覧》第廿册（新加通記一三），第60页，京都：临川书店，1997年版。

据《文德实录》三《仁明天皇记》，唐敬宗开成三年，日本承和五年（838），仁明朝太宰少贰藤原岳守，在查阅船载唐商货物时，就曾发现有“元白诗集”。大约是在清和天皇贞观十三年（871），日本正史首次记载了《白氏文集》的东传。

在平安时代，学人书写的对象从佛经扩展到各种汉文典籍，如《白氏文集》、《游仙窟》这样的文学作品也不断被传抄。《江都督纳言愿文集》所载《奉为故博阴殿室家被供养自笔法花经愿文》写女施主面对死去的丈夫书写的《白氏文集》，对死者倍增怀念，睡梦之中还在披阅丈夫的写本，虽然身为妇人，对汉字并不精通，仍决心继承亡夫遗志，接写文集：“仍就彼鱼网，施我鸟迹。妇人之习，虽不堪汉字，恋慕之心，犹休愁忧。”[2]

2.［日］大江匡房著：《六地藏寺善本叢刊 江都督納言願文集》，东京：汲古书院，第269—270页，1984年版。

从公元9世纪，一直到12世纪，日本朝野都在推崇白居易，咀嚼、鉴赏和消化《白氏文集》。仿效白居易诗文，以创造新的文学，并且力图超越它。这样的时期长达400余年。借用范文澜《中国通史》描述中国人接受佛教情形的说法，也可以说，《白氏文集》这顿饭，日本文士吃了四百年。

白居易的诗传入日本之后，首先就受到皇族的亲睐，历代天皇提倡读白诗，大开风气，读白之风吹遍宫廷。《江谈抄》第四载弘仁天皇《行幸河阳馆》中的诗句："闭阁唯闻朝暮鼓，登楼遥望往来船"，而后记述了一段有关《白氏文集》的轶事：

故《贤相传》云：《白氏文集》一本诗渡来，在御所，尤被秘藏，人敢无见。此句在彼集。睿览之后，即行幸此观，有此御制也。召小野篁令见。即奏曰："以遥为空，弥可美者。"天皇大惊，敕曰："此句乐天句也。试汝也。本空字也。今汝诗情与乐天同也者。"文场故事尤在此事。仍书之。[1]

1.［日］後藤昭雄、池上洵一、山根对助校注：《江談抄 中外抄 富家語》，第 508 页，东京：岩波书店，1997 年版。

《白氏文集》进入日本宫廷，被奉为最高经典，享受着同四书五经同样的地位。作为侍读为天皇讲解《文集》，被视为文士的最高荣耀。大江家几代曾为天皇作《文集》侍读，先是延喜朝，千古、维时父子同为《文集》之侍读，继有天历朝维时、齐光父子共为《文集》之侍读，后天禄朝，齐光、定基父子共为《文集》之侍读，当大江匡衡继而独为《文集》之侍读时，不禁感慨："夫江家之为江家，白乐天之恩也。"遂赋诗：

研朱仰凤点《文集》，汗竹割鸡居武城；

若用父功应赏子，老荣欲拟昔桓荣。[2]

2.［日］市河宽斋编：《日本詩紀》，第 298 页，东京：吉川弘文館，2000 年版。

为什么白诗受到史无前例的追捧，当时的人们有自己的说法。庆滋保胤《池亭记》说："唐白居易为异代之师，以长诗句、归佛法也。"[3] 这可能是最简单明了的说法。白诗的平易，富有情味，都是魅力所在，其中的佛教意识，也正与平安时代的精神合拍。特别是在遣唐使废止之后，很难适时获得更多关于中国当代文学的新信息，那么内容广泛、形式多样的《白氏文集》便成为继《文选》、《艺文类聚》等全集、类书之后，充当文学百科全书的职能，获得朝廷上下的认同。天皇把"白诗"奉为最高典范，而称赞某人超越白诗，那就是用了超级赞词。

3.［日］大曾根章介、金原野、後藤昭雄校注：《本朝文粹》，第 335 页，东京：岩波书店，1996 年版。

平安时代诗人关于追随白诗的自白不胜枚举。尽管当时的文士并不能像白居易那样借助诗歌讽喻君王，但他在新乐府中表现的对民生疾苦的关怀，毕竟给宫廷中的贵族文士以精神上的冲击。纪纳言、菅原道真等人都有模仿新乐府的诗作，白诗让他们在从驾宴游之外发现了一个可以寄托情怀的世界。菅原道真在被贬官之后，带到流谪之地的是他抄写的《白氏洛中集》十卷，在那里他写出的《咏乐天北窗三友诗》、《不出门》、《叙意一百韵》等，都可以看出白诗明显的影响[1]。

1.［日］川口久雄校注：《菅家文草 菅家後集》，第35—37页，东京：岩波书店，1978年版。

下面所引直接模仿新乐府的作品，仅是这一类诗的一部分。首先看藤原忠通（1097—1164）的一组。藤原忠通，关白忠实之子，为人谨厚，喜怒不形。好诗歌，最善书，历仕鸟羽、崇德、近卫、后白河朝，官至关白太政大臣，所著有《法性寺入道集》一卷。

读新乐府赋五弦弹

郑之夺雅最应要，借讽五弦呈意端；

霜鹤夜声笼里警，风松秋韵树间寒。

珊瑚新曲闻无厌，疏越旧调歌不弹；

有士在斯来自远，窃忧赵璧齿方阑。

骊山高

朱楼高构望难穷，三四重间云自通；

紫殿窗深泉石旧，翠华迹断洞门空。

山蝉声送秋风底，宫树叶零暮雨中；

妆楼寂寞客来少，他作道场足护持。

缭绫

缭绫奇绝何相似，瀑布泉飞月下清；

送样不知寒女费，踏泥无惜美人情。

裁前塞北秋云色，着曳昭阳春雨声；

伏奉去年中使　，越途为是告经营。

卖炭翁

借问老翁何所营，伐薪烧炭送余生；

尘埃满面岭风晓，烧火妨望山月程。

直乏泣归冰沍路，衣单不耐雪寒情；

白衫宫使牵车去，半疋红纱莫以轻。[1]

1.［日］市河宽斋编：《日本詩紀》，第443—444页，东京：吉川弘文館，2000年版。

白居易的《卖炭翁》写出了主人公身心感受的矛盾和痛苦，心忧炭贱，身忍饥寒，这富有象征意义的心理，是人生无奈的真实写照。藤原忠通还有一首《和李部大卿见卖炭翁愚作所赠之佳什》，是李部大卿读到上述《卖炭翁》诗之后，提笔赋诗相赠，藤原忠通见诗后又作诗相和的一首：

山翁潦倒在茅庵，度世心谋寤寐谙；

生计如何炎热日，家资期得迈阴岚。

耻垂苍营身上，恐为白衫驱市南；

炭是千余绫一丈，宫儿称勅谁相贪。[2]

2.［日］市河宽斋编：《日本詩紀》，第444页，东京：吉川弘文館，2000年版。

在平安朝汉诗人的作品中，模仿《卖炭翁》的作品不乏其数，辅仁亲王有《见卖炭妇》：

卖炭妇人今闻取，家乡遥在大原山；

衣单路险伴岚出，日暮天寒向月还。

白雪高声穷巷里，秋风增价破村间；

土宜自本重丁壮，最怜此时见首斑。[3]

3.［日］市河宽斋编：《日本詩紀》，第30页，东京：吉川弘文館，2000年版。

辅仁亲王为后三条天皇第三皇子，能诗歌，声名殆亚兼明、具平两中书王，世称“三宫”。他的这首诗，写来自大原（今京都以西地名）地方的卖炭妇人，白发斑斑，挑炭沿街叫卖，令人同情。诗中的“闻取（听到）”、“伴岚（顶风冒雨）”等是所谓“和习”，即不符合中国诗歌表达习惯的日本味道。

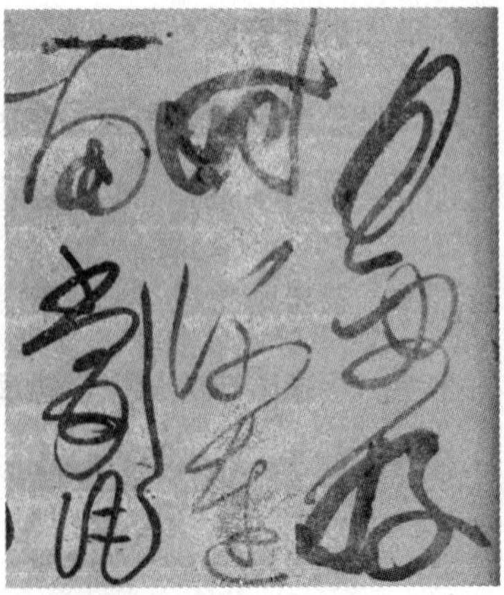

醍醐天皇手书白居易诗歌

白诗的影响很快突破汉诗，渗透到相邻的艺术门类——和歌当中。用白诗的诗句为题来作和歌也成为一种风潮。其中也有以新乐府的诗句为题的。《朝野群载》卷一载大江通（一本作道）国长治元年（1104）所撰《晚夏同咏白氏文集乐府廿句一首付小序》：

> *兵部员外大卿，好文之暇，命予曰：择《白氏文集·新乐府》之句（之句，一本作府之句），将为和歌之题。予于是避席而起，逡巡而揖曰："和歌者，我朝之风俗也；乐府者，皇唐之歌曲也。前贤虽有好诗歌之者，未有此游，美哉斯事。请书绅矣。"便披五十首之篇章，方得二十句之题目。大卿论雌雄于倭语，则受之素戋乌之云肤，寻雅颂于唐诗，亦同白乐天之风骨。方今林钟中旬，华客（容）数辈，排曲洛之直庐，叠词浪于艳流，通国适捧庐江之檄，未习文林之篇。其词曰：*
>
> *四海清 舟中老 不记年 熏衣裳 一人有庆 波沉西日 故乡迢递 秋风拂砧 寒草疎 宫树红 以人为镜 池似镜 山险人路绝 残莺一声 花簇雪愿天寒 到晓月徘徊 居逆旅中 举动有殊姿 深可钓*
>
> *长治元年六月廿日于高阳院泉殿讲之。*[1]

这是一次由兵部员外大卿召集的集体和歌创作活动，参加者根据大江通国从新乐府中选取的语句来做和歌。这种以汉诗诗句为题的和歌被称为句题和歌，在当时写的句题和歌中，句题多取自《白氏文集》。贵族文士通过对白诗的消化吸收，也大大扩展了和歌的表现范围。

在当时宫廷所谓教养世界中，想要借助白居易的诗文来炫耀自己的文学教养，也不是轻而易举的事情。我们完全可以想象《源氏物语》的作者，在考虑将《白氏文集》的作品世界融汇到自己文章脉络中，使其发出奏鸣的时候，也认认真真地思考了自己的物语故事，如何与白乐天诗文

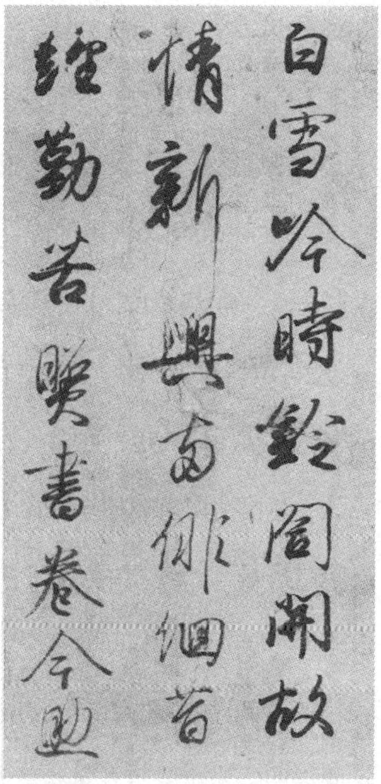

平安时代藤原行成书白居易诗

1 ［日］近藤瓶城编：《改定史籍集览》第十八册《新加通記第二 朝野群載》，第18页，京都：临川书店，1984年版。

产生共鸣。[1]

1.［日］中西进著，马兴国、孙浩译：《源氏物语与白乐天》，第3页，北京：中央编译出版社，2001年版。

大江匡房著《江谈抄》卷四124条，录藤原季仲的两句诗："游子三年尘土面，长安万里月花西。"藤原实兼来问大江匡房其中的"游子"是什么意思，"面"是指什么，大江匡房就告诉他，这或许是模仿白居易的诗。《白氏文集》卷九《出关路》："山川函谷路，尘土游子颜。"这里只是用"面"替换了白诗中的同义的"颜"。又《白氏文集》卷五十六《和刘郎中学士题集贤阁》："万卷图书天禄上，一条风景月花华西。"天禄，阁名；月花，门名，是说天禄阁在月华门的西边，而非桂月之西。[2]

2.［日］後藤昭雄、池上洵一、山根对助校注：《江談抄 中外抄 富家語》，第522页，东京：岩波书店，1997年版。

大江匡房所著《江谈抄》卷四第18条以"古老相传"引起白居易与小野篁的因缘，说在日本很早就听说"唐有白乐天巧文"，而白乐天也听说日本有小野篁能诗，等待着小野篁能够到唐来相见，他的《望海楼》诗就是为小野篁而作的。当小野篁被选拔为遣唐副使的时候，却因为与大使发生争执而没有前往。会昌五年（845）冬天，白居易去世，《白氏文集》传入日本，其中竟有与小野篁所作相同的诗句。大江匡房还煞有介事地列举出那些诗句来。即：

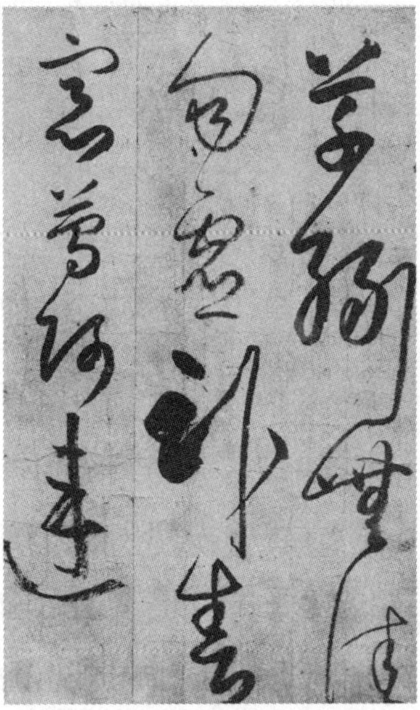

传小野道风手书白居易诗

野草芳菲红锦地，游丝缭乱碧罗天。

野蕨人拳手，江芦锥脱囊。

元和小臣白乐天，观舞闻歌知乐意。[3]

3.［日］後藤昭雄、池上洵一、山根对助校注：《江談抄 中外抄 富家語》，第510页，东京：岩波书店，1997年版。

皇族和贵族对白诗学习模仿之风，也吹进了后宫。后宫女子也以对白诗的熟悉精通程度来判断其教养和能力。

清少纳言《枕草子》第173段"文"："文是，《文集》。《文选》。文章博士所作的申文。"[4]《枕草子》第261段"香炉峰的雪"：

4.［日］清少纳言著，周作人译：《枕草子》，第301页，北京：中国对外翻译公司，2001年版。

雪在落下，积得很高，这时与平常不同，仍旧将格子放下了，火炉里上了火，女官们都说着闲话。在中宫的御前侍候着，中宫说道：

“少纳言呀，香炉峰的雪怎么样呵？”我就叫人把格子架上，〔站了起来〕将御帘高高卷起，中宫看见笑了。大家都说道：

“这事谁都知道，也都记得歌里吟咏着的事，但是一时总想不起来。充当这中宫的女官，也要算你是最适宜了。”[1]

1.〔日〕清少纳言著，周作人译：《枕草子》，第395—396页，中国对外翻译公司，2001年版。

根据丸山清子统计，《源氏物语》中引用中国文学典籍者凡185处，涉及著作20余种；其中涉及白居易诗47篇，引用106处。[2]

2.〔日〕丸山清子著，申非译：《源氏物语与白氏文集》，北京：国际文化出版公司，1986年版。

《源氏物语》第一回《桐壶》写桐壶更衣因为受到桐壶帝的格外宠爱而遭到后宫其他妃嫔的迫害：“这消息渐渐传遍全国，民间怨声载道，认为此乃十分可忧之事，将来难免闯出杨贵妃那样的滔天大祸来。更衣处此境遇，痛苦不堪，全赖主上深恩加被，战战兢兢地在宫中度日。”[3]

3.〔日〕紫式部著，丰子恺译：《源氏物语》，第1页，北京：人民文学出版社，1980年版。

《源氏物语》是以《李夫人》收篇的，而《长恨歌》不仅在其开篇便予以引用，并且贯穿在此后的十八帖中。这种引用方法，尽管说明两部作品有类似之处，同时也令人考虑到作者的特殊用意，表明了《源氏物语》的主题。[4] 长久地回响着玄宗（在《长恨歌》中是“汉皇”）与杨贵妃长绵不尽的恨的同时，作者凭这一“长恨”把握了围绕源氏的宿命。所以，日本学者中西进把《源氏物语》看作作者紫式部的“长恨歌”。

4.〔日〕中西进著，马兴国、孙浩译：《源氏物语与白乐天》，第5页，北京：中央编译出版社，2001年版。

日本丽日的杨贵妃墓

平安时代数百年举朝上下齐学白诗，当时写诗作文无不追随白诗的人们对白居易充满敬意。《本朝续文粹》卷十二所载敦光朝臣所作《白居易祭文》，写于保延四年（1138），已是南宋绍兴8年。

维保延四年，岁次戊子，二月丁巳朔，十日丙寅，兵部大辅正五位下行兼参河守

藤原朝臣显长，谨以清酌庶羞之奠，敬祭于大唐赠右仆射白乐天之灵。惟公天地淳粹，岳渎精神。德辉之照世也，台彩早入孕；词华之轶人也，风骚更比高。诚是一代之诗伯，万叶之文匠也。夫合志则殊方之客自亲，慕义则异代之交无隔。幽玄之境，遥虽闭踪；后素之功，新以图像。纵游大原之故乡，纵往灵山之净土，魂而有灵，享斯薄奠。

嗟乎！昔在平生，辞人才子，窃其华藻；今临祭奠，末学顽质，慕其文章。彼一时也，此一时也。伏乞鉴此露胆之佳趣，授以风骨之英材。尚飨。[1]

1.［日］国民图书株式会社编：《日本文學大系》第 24 卷、第 757—758 页。国民图书株式会社，1928 年版。

与白居易一起受到尊崇的，还有白居易的好友元稹。正像日本流传的白居易去过日本的传说一样，在文士中也流传过元稹来到日本诗人的梦境为其修改诗句、纠正错误的故事。从高阶积善这首《梦中谒白太保、元相公》中可以看到诗人是多么想得到元白二人的指教：

二公身化早为尘，家集相传属后人。

清句已看同是玉，高情不识又何神。

自注：《白太保传》云：太保者是文曲星神，而相公未见其所传矣。

风闻在昔红颜日，鹤望如今白首辰。

容宛然俱入梦，汉土月下水烟滨。[2]

2.［日］市河宽斋编：《日本詩紀》、第 314 页、东京：吉川弘文館、2000 年版。

作者在“风闻在昔红颜日”后自注：“余少年时，先人对余常以元白之故事。”

平安时代中后期，《白氏文集》几成日本贵族的文化全书。诚如江户时代学者广濑淡窗《淡窗诗话》所指出的：“王朝之时，有好白乐天诗者，一代之诗，尽学白乐天、李、杜、王、孟诸家之诗，束之高阁，无读之者”。淡窗虽将这种现象归结为当时书籍甚少，但也尖锐指出，“我邦之人，读书无多，故无见识，一心模拟他人”[3]乃是病因所在。遣唐使废止之后。各种最新的大陆文化信息不能及时传来，作为文化中心的皇族贵族只能将《白氏文集》作为文化资源的核心，天皇提倡，贵族跟风，文士赶潮，《白氏文集》既凝聚了文士的文学梦想，也代表了其时的批评标准。与此同时，与朝廷的文化取向相适应，《白氏文集》中的佛教因素与俗白风格也被放大。《白氏文集》助推了汉风的强劲，而它的单一流行，也使模仿增大了合理性。在奈良时代，《文选》是最受重视的《文学选集》，《白氏文集》则是平安时代最集中的模仿对象。从这一点说，《白氏文集》的单一流行，也延续了日本格外重视文学选集的传统。

3.［日］中村幸彦校注：《近世文學論集》，第 400 页，东京：岩波书店，1978 年版。

第三节　日本佛教故事中的中国“志怪”踪迹

“翻案”一词，在汉语中意为推翻前人的定说成案而别立新说新案，而日语的含意，据《广辞苑》讲，是指“换言、改写前人所作之趣意，特指借用本国古典、外国小说戏曲等的梗概内容，而在人情、风俗、地名、人名等方面加上己意的改作”。我们这里所说的翻案，就是专指将中国叙事文学改写成发生在日本的故事，是一种对中国作品独特的改编方式。为了叙述方便，我们不妨将“翻案”一词从日语中转写过来，直接用来概括上面谈到的这种异国文学的传递方式。

翻案与民族文学内部的改编改写主要的区别，在于舍弃原作的时代背景，使外来题材本土化；而后者则往往是在借重原作的背景之下翻新。从奈良平安时代起，中国故事的翻案便出现在各种叙事作品中，到了镰仓时代，翻案文学已自成一体，而它的广泛应用，还是在江户时代明清小说广为传播之后。

翻案是一种摹仿。日本翻案者大多能直接读懂汉文原作，他们努力贴近中国作者的创作个性，对某一模式（如志怪模式、才子佳人小说模式、历史演义模式）作近似的改造，尽量使作品适合本国读者大众的趣味。这种翻案，由于完全不受翻译忠实性要求的限制，因而更多地体现了日本小说家“创造性叛逆”的成果。作者不仅可以依样葫芦，而且可以反其道以行，“以鲁男子之不可仿柳下惠之可”，即所谓“反仿”，还可以移花接木，与日本的民间传说及文学形象融汇，使翻案作品收到“入乡随俗”、落地生根的效果。

各国民族文学的长期发展，形成了独自的审美传统。作家在阅读异国异民族的佳作时，有时会涌起双重情感：即在入其佳境之余，也会感到它与本国本民族的风俗人情、审美习惯、艺术传统不尽相符，甚至有格格不入之处。这种既欣羡、又遗憾的情绪，正孕育着创作的冲动并为他们提供了形式。这正是“翻案”这种文学引进方式出现的必然性所在。翻案的实质是将外来的题材和形式进行初浅的民族化。如果把翻译比做“移植”的话，那么“翻案”便可比做“嫁接”，对于引进的新品种来说，移植固然能更多地保持它的各种性状，但嫁接既保持了接穗——外来的文学题材、语言和表现方法的特点，又能利用砧木——传统民族形式和审美传统易于传播的优势，增强适应性，迅速开花结果。最突出的例证是，江户时代后期读本这种小说样式的产生，固然与中国白话小说的流传和训译有关，但直接吸取中国白话小说的题材、写法来写作，还是从“翻案”开始才逐渐发展为作家独立创作的。

翻案者一般有着较明确的普及化意识。当然，翻案并不一定通俗化，像建部绫足用古雅的文言翻案《水浒传》而成书的《本朝水浒传》[1]便只有很少的人可以读懂，但它毕竟有了作者以外的读者。同时，翻案又常伴有商业的目的。江户中后期翻案小说盛行，重要原因之一是本国作品不能满足人们读书的胃口，当时书商已付结稿酬，数目虽微薄，对于编书写书仍不失其刺激作用。像曲亭马琴，才气不足，便以学识来弥补，翻案便成了他挥洒的捷径。

1.［日］高田卫、田中善信、木越治校注：《本朝水滸伝 紀行 三野日記 折々草》，第1—137页，东京：岩波书店，1998年版。

在日本小说史上，到底有多少作品属“翻案”文学，还难以作精确的统计，但可以毫不夸张地说，对于许多新流行的小说样式，这些翻案小说几乎都起过某种首开风气、推波助澜的作用。从百字上下的异闻轶事，到宏篇巨制的章回小说，或译中有编，编中夹译；或脱胎换骨，借布裁衣；或摘字句而造文；或旨在作风格情趣的摹仿，求神似而谋篇。日本作者由中国小说模式激发出的新思潮和信仰，往往通过“翻案”这一形式，来对抗或辅裨流行的艺术理论和实践，而此两者有时又很难截然分开。

如从译述的角度讲，翻案居于翻译研究的课题，它为我们提供了一种翻译的方法，反映了翻案者作为译者对中国文学的态度；如从改编、摹仿的角度讲，它又属于影响研究的范畴，显示出翻案者作为创作者的文学观、对中国文学的态度及其时代的文学时尚。总之，对日本文学中翻案作品的考察是探究中国文学在日本命运的重要内容。

一、 早期史书中的“翻案”之作

在奈良时代的各种典籍中，中国小说的“翻案”是以汉文的形式出现的。贵族文人们用汉字写的叙事散文和具有小说雏形的作品，是日本人进行小说创作的最初尝试。它们成为女性假名文学的基础之一，这和汉文散文成为《土佐日记》这样的假名散文的基础的情况十分相近。《风土记》中的浦岛子传说、《万叶集》中的《游松浦河序》、《日本书纪》中的雄略天皇葛城山狩猎故事，都完全有理由作为中国作品的翻案来看待。

我们不妨将《古事记》与《日本书纪》两书记叙雄略天皇葛城山狩猎的同一个故事作个简单的比较，看一看早期“翻案”在史书中的运用。《古事记》中的叙述是简洁无华的：

又一时，天皇登幸葛城之山上，尔大猪出，即天皇以鸣镝射其猪之时，其猪怒而宇多岐依来（宇多岐三字以音）故天皇畏其宇多岐，登坐榛上，尔歌曰：

“宇多岐”以汉字记音，其意不详，故译作“狂嗥”。下面的和歌，亦为汉字记音，意译如下：

我王游猎嗔猪[1]嗥

1. 嗔猪，一种野猪。

嗥声惊心我上逃

峰上榛木梢[2]

2. ［日］仓野宪司、武田祐吉校注：《古事記 祝詞》，第314页，东京：岩波书店，1982年版。

这段记载并不回避天皇畏惧野兽而逃上树去的狼狈相，而《日本书纪》却敷演成一篇赞颂天皇威猛好勇、虚心讷谏的故事，将畏猪上树的“不体面”行动安在了侍从身上：

五年春二月，天皇校猎于葛城山。灵鸟忽来，其大如雀，尾长曳地，而且鸣曰：“努力！努力！”俄而见逐嗔猪，从草中暴出逐人。猎徒缘树大惧。天皇诏舍人曰：“猛兽逢人则止，宜逆射而且刺。”舍人性懦弱，缘树失色，五情无主，嗔猪直来，欲噬天皇，天皇用弓刺止，举脚踏杀。于是田（田猎）罢，欲斩舍人。舍人临刑，而作歌曰：

下引和歌以汉字记音，姑意译如下：

我王游猎嗔猪嗥

嗥声惊心我上逃

峰上棒木梢

皇后闻悲，兴感止之。诏曰：“皇后不与（协助）天皇，而顾舍人！”对曰：“国人皆谓陛下，安野而好兽，无乃不可乎？今陛下以嗔猪故而斩舍人，陛下譬无异于豺狼也！”天皇乃与皇后上车归，呼万岁，曰：“乐哉！人皆猎禽兽，朕猎得善言而归。”[3]

3. ［日］坂本太郎、家永三郎、井上光贞、大野晋校注：《日本書紀》上，第469页，东京：岩波书店，2000年版。

以上叙事文字照录全文，和歌为笔者所译。这段故事中的天皇，彻底改变了原始传说的肉体凡胎的形象，而被神圣化、超人化、英雄化。他不仅张弓而射，轻而易举地“踏杀”了猛扑过来的嗔猪，而且胸襟博大，虚心听取了皇后的谏言，宽厚地饶恕了懦弱的舍人。

田猎纳谏的故事，实出于《艺文类聚》卷六十六所引《庄子》逸文（又见《因学纪闻》十及《太平御览》四百五十七），有趣的是，有些字句都未大改动：

梁君出猎，见白雁群，下彀弓欲射之。道有行者。梁君谓行者止，行者不止，白雁群骇。梁君怒，欲射行者，其御公孙龙止之。

梁君怒曰：“龙不与其君，而顾他人。”

对曰：“昔宋景公时大旱，卜之，必以人祠乃雨。景公下堂顿首曰：‘吾所以求雨，为民也，今必使吾以人祠乃雨，将自当之。’言未卒而大雨。何也？为有德于天而惠于民也。君以白雁故而欲射杀人，主君譬人无异于豺狼也。”

梁君乃与龙上车归，呼万岁，曰：“乐哉！人猎皆得禽兽，吾猎得善言而归。”[1]

1.（唐）欧阳询撰：《艺文类聚》下，第1172页，上海：上海古籍出版社，1999年版。

《书纪》的编者将这段表现民本主义思想的逸文改头换面，将梁君换成天皇，公孙龙换成皇后，他人换成舍人，白雁换成嗔猪，再随手将闻猪惊逃上树的举动抛给侍从，两相剪接，天皇便成了仁爱贤明、有德有勇的圣君。古代传说的原面目基本不复存在。

从文学上讲，这种以中国故事为原型，取其主题、情节和人物关系，换上日本背景和人事重新编织成篇的做法，已具有“翻案”小说的特征。

二、《日本灵异记》的“仿志怪”

这一时期，以翻案为主要手段谋篇成书的，当数《日本灵异记》。

佛教自6世纪中叶传入日本，至奈良朝进入登峰造极时代，日本全国各地的寺院，有确证可查的近四百座之多，寺院占有大量财产，富豪惊人。时至奈良末期，宗教的弊害也越来越令人不能容忍。平安迁都时期，曾到中国受显密二教的传教、弘法二师出而倡导佛教界的革新，特别是弘法大师空海，以救济庶民相号召，因而获得很高的声望。

在这种佛教改革之风的影响下，奈良右京药师寺沙门景戒，大约于嵯峨天皇弘仁末年（822—823），编撰了一部佛教说话集《日本国现报善恶灵异记》，简称《日本灵异记》，把注意力从印度、中国的佛教故事，更多地转向日本的民间说话，搜求奇谈异闻，以劝世人“退邪入正，诸恶莫作，诸善奉行”，将因果报应之理，转述于日本僧侣说话之中，广为传播，为佛教改革的风潮推波助澜。这部书的出现是佛教逐步日本化的标志。

《日本灵异记》全书分上、中、下三卷，共收116篇说话。各卷均有序文，说话之后附有“赞”。

这种形式可能是效仿唐朝孟献忠所作《金刚般若经集验记》。该书三卷，每卷六篇，卷首有总序，六篇之首各有序，“赞”附于六篇之后，正是这种格局。在《日本灵异记》序言中，景戒明确地说：

昔，汉地造《冥报记》，大唐国作《般若验记》，何唯慎乎他国传录，弗信恐乎自土奇事？粤起自嘱之，不得忍寝，居心思之，不能默然。故聊注侧闻，号曰《日本国现报善恶灵异记》。[1]

1.［日］远藤嘉基、春日和男校注：《日本靈異記》，第54页，东京：岩波书店，1978年版。

这里提到的《冥报记》是唐代唐临所撰，成书于永徽年间，收集了从南北朝到初唐的因果报应故事。《般若验记》全名为《金刚般若经集验记》，书中引用了《金刚般若波罗密经》的灵验谭及《冥报记》、《冥报拾遗》等书的材料。景戒不满于“自古奇事”不得传录，为之不能安睡，无法缄默，因而自嘱编录异事趣闻，以促人“谅怪”、“悸惕”，从文学交流的角度来看，这一段文字颇值得玩味。

首先，景戒提及中国的佛教故事集，言外不仅有对中国影响的确认，而且有对中国影响的忧虑。他感到仅有中国的《冥报记》、《般若验记》的流传是不行的，需要有日本自己的同一类书。作者在书名中特别标明“日本国”，意在与中国同类著述并驾齐驱，并强调作品的日本属性。他对影响的确认和忧虑，转化成了推动创作的情感。前者使他心目中常有中国同类主题的图景，在编辑的形式、体例和故事的构思上，有意无意地效仿它们，后者使他竭力摆脱单纯摹仿的思维方式，更多地吸收日本典籍或传说以另辟蹊径，突出作品的民族特色。

其次，景戒提及中国的佛教故事集，不仅为了肯定它们在“呈善恶之状”、“示因果之报”方面的价值，更是为了强调日本同类故事具有的独特作用。通过与异民族文学的接触比照加深对本国文学价值和特质的认识，进而激发起创作冲动，这样的事例是不难见到的。

景戒在读到《冥报记》、《般若验记》一类书籍中的志怪之作时，平时耳闻目睹的日本同类故事不断闪现在脑海之中，“本国奇事”尚未显露于世的光彩顿时清晰起来，“不能忍寝”、“不能默然”。中国志怪小说集的编撰往往是摘编文籍中的“古今怪异之事”及记录传闻，这两条渠道景戒同样具备。他“聊注侧闻”，“从所闻选口传，倘善恶，录灵奇”[2]（下卷卷末后记，原文，“倘”有眷顾庇护之意，这里指抑恶扬善），从书面与口头两方面吸取素材，它的影响力自然要在中国志怪之上。

2.［日］远藤嘉基、春日和男校注：《日本靈異記》，第450页，东京：岩波书店，1978年版。

不论中日，许多民间故事都是志怪的种子。《搜神记》便吸收了不少民间故事传说。与此相似的是，景戒也是一方面假托已有文献，将它们的内容巧妙地加以改编，如将《古事记》、《日本书纪》等书中的记述编进故事，另一方面也载录了一些民间传说，正如日本学者曾经指出的那样，这是该书值得大书特书的功绩，虽然它们的主旨在于阐述因果报应的道理，但展示了当时庶民的生活画面，从社会史、民俗史上说都是珍贵的资料。

《日本灵异记》不少篇章和六朝及唐代志怪内容相近[1]。上卷第七《赎龟命放生得现报龟所助缘》讲的是禅师弘济因救龟而得现报，在被海盗投入海中之时由龟负载得以保全性命，实为唐李冗所著《独异志》中严泰事的翻案。同类的记述还有《搜神记》卷二十的孔瑜靠救龟而得封侯，《续异记》中刘沼因放龟而“俄迁秣陵令”等。上卷第三十《非理夺他物为恶行受报示奇缘》写膳臣广国在地狱中见其妻被铁针贯体，其父被笞以铁杖，中卷第五《依汉神祟杀牛而祭又修放生善以现得善恶报缘》写一富人杀牛祭祀而被打入地狱，又因放生而得解救，死而复生。这些故事的主要情节，显然不出中国志怪小说中地狱再生母题的窠臼。

1.［日］河野贵美子著：《日本靈異記と中国の伝承》，第368—390页，东京：勉诚社，1996年版。

上卷第二《狐为妻令生子缘》则是一篇著名的狐妻故事。一青年出门求偶，路遇一女，便娶其为妻。妻素畏犬，一日正走进舂米房，一犬死死咬住她狂吠。惊慌的妻子终于现出狐狸的原形，跳上篱笆。对着远去的狐妻，男子依依不舍地吟和歌作别。狐狸所生之子，“姓负狐直也”，力气很大，“走疾如鸟飞矣”[2]。狐直，就是狐狸赐予的意思。

2.［日］远藤嘉基、春日和男校注：《日本靈異記》，第66—69页，东京：岩波书店，1978年版。

据日本学者田中祝夫说，这个故事很可能就是美浓地方狐赐始祖的传说。在日本广泛流传的，有龟女、鹤女、蛇女、狐女、螺女的故事。按照关敬吾《日本昔话集》的分类，这当属于异类妻一类中的狐妻型。在世界不少国家都有这种兽婚故事，而且常常讲到人与兽结婚所生的孩子，力大无穷。

在我国六朝志怪中，已经有狐化美女的故事。这些故事中的狐狸，大致都具有这样三个特点：一、能化为美貌的女子；二、畏犬；三、善蛊惑，有行走轻盈如飞、夜过千里之类的巧技。这第一个特点，当然是人们对于毛色美丽、行为狡黠的狐狸的一种想象，而第二、三个特点，显然是狐狸生活习性的反映。但这些故事中的狐狸，都是加害于人的妖孽，到了唐代沈既济的《任氏传》，狐狸的形象发生了变化，变成了一个勇敢机智、忠于爱情的善良女性。鲁迅在《中国小说史略》中说：“既济又有《任氏传》一篇，言妖狐幻化，终于守志殉人，‘虽今之妇人，有不如者’，亦讽世之作也。”[3]《任氏传》中的狐女任氏，一方面具有上述狐狸的特性，一方

3. 鲁迅著：《中国小说史略 外一种：汉文学史纲要》，第68页，北京：商务印书馆，2011年版。

面又有着人的思想感情，她自愿和贫苦无依的青年郑六结合，帮助其成家立业，却不甘受豪门子弟韦崟的凌辱压迫，是一个具有反抗精神和反封建礼教、反门阀制度的进步倾向的女性。

《狐女妻令生子缘》中的狐狸化为美女、畏犬、其子行走轻捷，都与六朝志怪中的妖狐形象相吻合。全文叙事简洁，粗陈梗概，在写法和语言上很像六朝志怪，但对狐女形象的刻画并没有停留在志怪的水平上，而与《任氏传》更为接近。它描写的是一个追求幸福爱情的女性，而不是害人的妖畜。《任氏传》中的任氏曾对郑六说："凡某之流，为人恶忌者，非他，为其伤人耳。某则不然。若公未见恶，愿终已以奉巾栉。"任氏同广大妇女一样，怀着追求美好爱情的热望，对爱情的表白是坦率而又带有野性的。《任氏传》这样描写郑六与任氏的相遇：

郑子乘驴而南，入升平之北门。偶值三妇人行于道中，中有白衣者，容色姝丽。郑子见之惊悦。策其驴，忽先之，忽后之，将挑而未敢。白衣时时盼睐，意有所爱。

郑子戏之曰："美艳若此，而徒行，何也？"

白衣笑曰："有乘不解相假，不徒行何为？"

郑子曰："劣乘不足以代佳人之步，今辄以相奉。其得步从，足矣。"

相视大笑，同行者更相眩诱，稍已狎昵。[1]

1. 张友鹤选注：《唐宋传奇集》，第66—68页，北京：人民文学出版社，1964年版。

《狐为妻令生子缘》写男子与狐女相遇：

昔钦明天皇御世，三乃国大乃郡人，应为妻，觅好娘，乘路而行。时旷野中遇于姝女。其女媚，壮驯之，壮睇之，言："何行？稚娘！"

娘答："将觅能缘而行女也。"

壮亦语言，"成我妻耶？"

女听答言。即将于家，交通相住。[2]

2. [日] 远藤嘉基、春日和男校注：《日本靈異記》，第66页，东京：岩波书店，1978年版。

彼此间几句交谈，女子便爽快地同意了男子成婚的要求。当狐女被犬逼害后，男子满怀眷念之情，咏和歌来表达极度的悲痛。和歌大意是：仿佛此世所存在的所有思恋，全都落在了自己的身上，多么令人哀痛！可爱的人刚一出现，却又不知远行去往何方，这样的思恋，叫人难以忍受。通过男子的怀念，赞扬了两人美满的结合和真挚的爱情，衬托出狐女的美好形象。显然，作者对狐女是喜爱的。

因为这篇故事产生的基础是流传在日本民间的狐赐始祖的传说，因而，故事中的狐女，与《任氏传》中的任氏，又有所不同。沈既济笔下的任氏是繁华京城长安的女子，与郑六相逢于长安陌中，有遐迩驰名的乐游园，稠人熙攘的西市衣肆，列烛置膳，举酒数觞的宴饮寻欢来作为人物活动的背景，任氏带有市井女子的特点。而《狐为妻令生子缘》男女主人公相逢于三野的乡村旷野，婚后，狐女同其他农家妇女一样，辛勤劳作。在舂稻打年糕时为犬所害，这在细节上显示了符合日本风习的变化。而《任氏传》中，任氏为保卫自己的人身权利和人格尊严而义正辞严怒斥韦崟的情节，任氏代韦崟设计诱骗别的女性供其玩弄的情节，都没有被作者吸收。

三、 汉文小说的志怪趣味

谈到《任氏传》，不可不提到作于平安时代的《狐媚记》。这是一篇汉文“仿志怪”，原文载《本朝续文粹》卷十一[1]，作者为“江大府卿”（即大江匡房）。

1.［日］亦收入塙保已一编：《群書類従》第九辑，第319—320页，东京：平文社，1992年版。

康和三年，洛阳大有狐媚之妖（一作好），其异非一。初于朱雀门前储羞馔礼，以马通为饭，以牛骨为菜；次设于式部省后及王公卿士门前，世谓之狐大飧。

图书助源隆康，参贺茂斋院，车在门外。入夜，少年云客两三，推驾其车，兼有偶女，乘月行，行经鸭川，到七条川原。右兵卫尉中原家季相逢于途中，见其车中，红衣皎然，入夜有色，独怪之。牛童不堪其苦，平伏道间。云客给一张红扇，倏忽而去车前。轼上有狐脚迹。牛童归家，明日见之，扇是玺栗骨也。其后受病，数月而死。其主大恐，欲焚其车。梦有神人来曰：“请莫焚之，将以有报。”明年除书（官）任图书助。

主上依造御愿寺，不满四十五夜。有避方忌之行幸。忽有何人骑马扈从，举左右袖，自掩其面。其后有乘总（重缨）小舍人藏人。大学助藤原重隆，怪而问之。不答仔细，驰入于朱雀门，瞥尔不见。

增珍律师，说法宗匠也。有一老妪，来曰：“无赖妇人，欲修法会，忝垂光临。”律师许诺。临其日夕，妪重来屈。律师赴请，到于六条朱雀大路。人家堂庄严如常。虽设僧供，无役送人。帘中拍手，偶出酒杯。律师怪之，敢不就馔。先登讲座。打钟一声，灯色忽青。所储之馔，亦是粪秽之类也。事事违例，心神迷惑，半死遁去。后日寻之，扫地无宅。有人买七条京极宅，其后，坏此屋，到鸟部野为葬敛之具。其所

渡与之直，本是金银丝绢也；后日见之，皆是弊鞋旧履，瓦砾骨角也。

磋（嗟）呼！狐媚变异多载史籍。殷之妲已为九尾狐，任氏为人妻，到于马嵬，为犬被获。惑（或）破郑生业，或读古冢书，或为紫衣公，到县许其女尸。事在倜傥，未必信伏。今于我朝正见其妖。虽及季叶，怪异如古，伟哉！[1]

1.［日］国民图书株式会社编：《日本文學大系》第二十四卷，第748—750页，东京：国民图书株式会社，1928年版。

《狐媚记》所记不过是狐媚变人狡黠恶作剧之趣事，篇末明确提到的只有《任氏传》一篇，但列举了志怪中一些有关狐妖之情事，这为我们寻找翻案的原据提供了线索。“或破郑生业”，似指任氏言，不过郑生无破业事，这里看来是为明狐媚之害而有意复述原作。“或读古冢书”，《搜神记》、《广异记》、《宣室志》一类书中多言“胡”教授诸生，劝学进业的描写。狐多智多谋，以人事推想，自然引出读学求术之说。

钱钟书先生《管锥编》说：“按古来以狐为兽中黠而淫之尤，传虚成实，已如铁案。然兽之好讲学而爱读书者，似亦推狐，小说中屡道不一道。”[2]下面提到“或为紫衣公，到县许其女尸”，志怪小说中狐多有名阿紫者，道士《名山记》释之：“狐者，先古之淫妇也，其名曰紫。紫化而为狐，故其怪多自称阿紫也。”看来大江匡房对志怪小说相当熟悉，对其中有关狐媚的记述尤其印象深刻，所以才能对狐媚形象有概括的认识。

2. 钱钟书著：《管锥编》第二册，第822页，北京：中华书局，1979年版。

在《本朝文粹》中，也有两篇汉文“仿志怪”，一篇是卷九的《白箸翁》，为纪纳言所作，另一篇是卷十二的《道场法师传》，为都良香所作。从文笔看，它们似乎受到唐代柳宗元传记文的影响，从题材看，却不妨看成对志怪的模仿。

贞观之末，有一老父，不知何人，亦不得姓名，常游市中，以卖白箸为业，时人号曰白箸翁。人皆相厌，不买其箸。翁自知之，不以为忧。寒暑之服，皂色不变。枯木其形，浮云其迹，鬓发如雪，冠履不全。人如问年，常自言七十。

时市楼下，有卖卜者，年可八十。密语人曰：“吾尝为儿童之时，见此翁于路中。衣服容貌，与今无异。”闻者怪之，疑其百余岁人。然持性宽仁，未曾见喜怒之色。放诞慎谨，随时不定。人或劝酒，不言多少，以醉饱为期。或涉日不食，亦无饥色。满市之人，不得量知其涯　。后顿病终市门之侧，市人哀其久时相见，移尸令埋于东河之东。

后及二十余年，有一老僧，谓人云：“去年夏中头陀南山，忽见昔翁居石室之中，

终日焚香，诵《法华经》。近相谒曰：‘居士无恙？’翁笑不答，去亦相寻，遂失在所。”余转听此言，犹疑虚诞，然而梅生不死，松子犹生。古既有之，难可全责。亦恐消没不传于世，故记所闻，贻于来叶云尔。[1]

1.［日］大曾根章介、金原理、後藤昭雄校注：《本朝文粹》卷一，第 272 页，东京：岩波书店，1996 年版。

志怪小说中多有谈神仙之道者，服食炼气，老而不死。《白箸翁》写的是一伙长生得道的老者，放浪形骸，饥饱无常，颜状不改，这一形象很像《续仙传》里的卖药翁：

卖药翁，莫知其姓名，人或诘之，称祇此是真姓名。

有童稚见之，逮于暮齿，复见，其颜状不改。常提一大葫芦卖药。人告疾求药，得钱不得钱，皆与之无阻，药皆称有效。或无疾戏而求药者，得药，寻必失之。由是人不敢妄求，敬如神明。常醉于城市间。得钱亦与贫人。

或戏问之：“有大还丹卖否？”

曰：“有！一粒一千贯钱。”人皆笑之以为狂。

多于城市笑骂人曰：“有钱不买药吃，尽作土馒头去。”人莫晓其意，益笑之。

后于长安卖药，方买药者多，斗掷葫芦已空。内只有一丸出，极大光明，安于掌中。谓人曰：“百余年人间卖药，过却亿兆之人，无一人肯把钱买药吃，深可哀哉！今之自吃却。”药才入口，足下五色云生，风起飘飘，飞腾而去。[2]

2.（宋）李昉等编：《太平广记》卷第三十七，第 236 页，北京：中华书局，1981 年版。

《狐媚记》和《白箸翁》结构上有一个共同的特点，那就是结尾都引用中国志怪小说中的同类故事，这不光是为了证实记事不诬，而且意在标榜作者写作的价值。篇中多杂入日语习惯和语汇，如前一篇“敢不就馔”，实为“不敢就餐”，“所渡”当为“所与”，不过不懂日语者也还可明其大意。《狐媚记》以志怪笔调记宫中传闻，《白箸翁》以《卖药翁》为蓝本述街市奇人，模仿方式不尽相同，前者可视为整体的模拟，后者可视为单篇的仿写。

我们还应注意到大江匡房说：“狐媚变异，多载史籍”，纪纳言将“梅生不死，松子犹生”，也当作“古既有之”，而自己的记述，也是为了“贻于本叶（即来世）”。[3] 这些话恰恰透露了当时平安朝贵族的小说观，他们和沈既济同时代的人们一样视志怪为“史之余”、“史官之末事”，志怪长期隶属于史部，这种分类法，便反映了这种观念。志怪与史书的血缘关系，以及它本身在内容和形式上明显的历史特征很容易使日本的仿作者原样承接了同样的认识。

3.［日］大曾根章介、金原理、後藤昭雄校注：《本朝文粹》卷一，第 272 页，东京：岩波书店，1996 年版。

这一点在都良香《道场法师传》中是同样明显的。

法师者，尾张国阿育郡人也。不得姓名。

相传云：敏达天皇之世，尾张国有一农夫，夏月溉田，于时天曀雷雨，父避雨树下，支臿而立。俄而雷坠父前，状如小儿。

父举臿将击，雷语父云：“汝莫害我，我必报汝。”

父问雷云：“汝何以报恩？”

雷答云：“我令汝生异儿，以此报汝。今所望为我造一楠舟，其中盛水，泛以竹叶，忽与我。”

父如雷言，以舟与之。雷得舟作便，须臾登天。居数月，父妻有身。及期生男，其体可惊。灵蛇缠绕儿颈，凡二匝，首尾相至，并垂于后。父甚异之。童子年十有余，甚有旅（膂）力，能举方八尺石，投之数丈。及其投石作力，足迹入地三四许寸。

童子师事元兴寺僧。时寺钟堂有鬼，每夜杀撞钟者。童子见众僧，请能止鬼杀。众僧甚悦。其夜童子升堂撞钟。未及数下，鬼来形见。童子便捽鬼头。鬼与童子争力相接，鬼引欲外出，童子引欲内入。天晓，鬼甚欲脱去，童子急握鬼发。鬼发剥落，皮肉兼在，鬼即逃去。

明日见地有血。寻迹求之，至寺边陌上而止。验之，寺家昔日所埋恶奴之处也，即知恶奴之为鬼。由是鬼害遂绝。

鬼发见在元兴寺宝藏，累代相传。童子复为僧，号道场法师。[1]

1.［日］大曾根章介、金原理、後藤昭雄校注：《本朝文粹》卷十二，第337页，东京：岩波书店，1996年版。

这个故事也见于《日本灵异记》上卷第三《得雷之喜令生子强力在缘》（意为“得雷欢心生子强健有力的故事”）。这原是流传在尾张地方的一个民间故事。自古以来，雷便被看作水神，常随降雨来到人间。篇中有三个主要情节，即伏雷：农夫举杖欲击，雷化作小儿，答应让农夫得子，以回报不害之恩；胎异：农夫果然得子，生子有灵蛇绕颈，勇力过人；擒鬼：其子在元兴寺捉鬼，鬼原本是寺中恶奴。在佛典和志怪小说中，这是三个并不鲜见的主题。

伏雷故事如《搜神记》中的杨道和事：

扶风杨道和，夏末于田内，值天雷雨，止桑树下，霹雳下击之，道和以锄格之，折其左肱，遂落地不得去。唇如丹，目如镜，毛角如牛长三尺余，状如六畜，头似弥猴。[2]

2.李剑国辑校：《新辑搜神记 新辑搜神后记》，第286页，北京：中华书局，2007年版。

由于雷神显灵而出生的婴儿，颈绕灵蛇，仍然与水有着密切的联系，而蛇又是力量的象征。

在佛典中，诞生奇灵的婴儿也往往孔武有力。如《杂宝藏经》中的千子出世故事：

王作是念："此云盖下必有神物。"遣人往看，于黄云下见有一篮，即便接取，开而看之，见千叶莲华，叶叶有一小儿。取之养育，以渐长大，各有大力。[1]

1.［日］高楠顺次郎编：《大正新修 大藏經》第四卷本缘部下，第453页，东京：大藏出版株氏会社，1988年版。

这个故事，在《法苑珠林》卷二十八胎孕部也曾摘录。[2]

2.（唐）释道世撰，周叔迦、苏晋仁校注：《法苑株林校注》二，第857页，北京：中华书局，2003年版。

比较文学的研究者把没有关联的两部以上的作品在风格、结构、情调及观点等方面的相似称为类同，而把一部作品产生出另一部艺术构思或艺术技巧相仿或相近的作品的那种微妙过程，称为影响。然而当我们面对古代中日两部或多部作品的时候，有时却很难将类同（或偶同、偶合）与影响划分得泾渭分明，可能既有类同，又有影响，在影响之下，利用类同；或发现类同而接受影响，孰先孰后，确难立断。上面的例证正是这样，贸然分出哪些是日本古代流传的民间故事，哪些是由佛典、志怪中得到的启示而加以摹仿来的，便难免武断。在摹仿中也完全可能渗透了民族的或作者个人的创造。

例如在《道场法师传》中恶奴为鬼的情节，尽管中国也有斗鬼、不怕鬼的故事，但这里包含着日本人独自的意念，即认为鬼是与"怨灵"（即怨魂）相联系、常为复仇而出现的，这与中国人以为"鬼者，归也，故古者谓死人为归人"（见《尸子》）的想法不尽相同。所以日本的鬼更令人生惧，而中国的鬼则有善有恶。然而，有一点似乎可以肯定，中国的志怪传奇在日本的流传，启发了当时的贵族文人，促使他们主要采用一种变体汉文记录下当时的怪异传说，而这种记录的构思和表达，也参照借用了史传志怪的模式。把它们称作"仿志怪"，是顺理成章的。

《日本灵异记》和散见于各种汉文、变体汉文中的"仿志怪"，对后世文学影响深远。特别是《日本灵异记》，作为佛教说话集的开山之作，实际上是从《日本感应录》、《本朝法华验记》、《三宝绘词》，经《今昔物语集》到院政镰仓期佛教说话集的基石。其中不少故事广为流传，深深沉积到日本民族的审美情趣之中。

第四节 日本中古文学中的庄子影响

一千多年以来，中国的儒、道、佛各种思想都曾不同程度地影响过一些日本著名的文学家。从整个日本文学史来看，老庄思想的影响虽然比不上儒、佛两家，但也产生过一些以精通庄子闻名的汉学家和终生景仰庄子为人和文风的文学家，庄子的思想及其散文的独特风格，影响着他们的人生态度、创作思想的形成和艺术风格的追求。

在中世五山僧侣中，有入元僧雪村友梅这样以在参禅余暇披览《庄子》为乐，不欢人誉，不畏人毁，以“只缘与世疏，方寸淡如水”相标榜的学者[1]；在江户时代的俳风革新中，庄子更得到连歌师、俳人西山宗因等的推崇，蕉风俳谐的创立者松尾芭蕉，将庄子看作中国俳谐文学的大师，写下了“蝶よ蝶よ唐土の俳諧問はん（唐俳谐，何如吾欲问小蝶）”这样的俳句[2]，他们在作品中表达了以生为梦、以蝶为友的思想，而且直接摄取《庄子》的意象、语言和修辞方法来写作俳句。这些享有盛名的文学家，对于庄子的散文怀着倾慕的心情，对于陶渊明、苏轼等受《庄子》影响较深的作家的作品，也有浓厚的兴趣。

1. ［日］山岸德平校注：《五山文学集 江户漢詩集》，第 73 页，东京：岩波书店，1978 年版。

2. ［日］今荣藏校注：《芭蕉句集》，第 63 页，东京：新潮社，1982 年版。此句后又修改为“唐土の俳諧問はん”。

当然，由于民族、时代、文学传统的不同，他们接受庄子的影响，又各自有着不同的方面和内容，对于庄子，他们有着自己的理解。

一、 平安朝以前文学中的庄子影响

《庄子》何时传至日本，今天尚难确考。从推古天皇时小野妹子(6世纪—7世纪，生卒年不详)遣隋以来，大批经、史、子、集各类书籍便在日本流传开来。

奈良时代贵族社会中，儒、道、佛、阴阳等各种思想的影响日渐深入。编撰于奈良末期（一说是平安初期）的日本最早的和歌总集《万叶集》，便可以看到上述各种思想的表现。奈良贵族羡慕六朝士人的风流倜傥，通过《文选》等广为流传的中国书籍，对于老庄思想及魏晋清谈家们崇尚虚无、消极避世的道家思想有了一定的了解。

3. ［日］鹤久、森山隆编：《萬葉集》卷五 800，第 73 页，东京：樱枫社，1988 年版。

山上忆良作《令反或(惑)情歌一首并序》[3]，说有人“知敬父母忘于侍养，不顾妻子轻于脱屣，

自称畏俗先生”，说他们“意气虽扬青云之上，身体犹在尘俗之中”，需要“指示三纲，更开五教，遗之以歌，令反其惑”，宣扬儒家的三纲五教，抨击蔑视礼法、否定现实的观点，这正向我们暗示出在儒家思想泛滥之时，也有一些人效仿魏晋清谈之士，以老庄的“自然”对抗日益深入朝野的儒教思想。那些自称为畏俗先生的人，正是以阮籍在《大人先生传》中塑造的超世独往、与道为一的大人先生为楷模的。

《万叶集》卷十六 3851 还有一首作者不详的和歌，直接引《庄子》入歌，表达了顺应自然、清静无为的意愿：

心をし 無何有の郷に 置きてあらば 藐孤射の山を 見まく近けむ

无何有之乡，心神置其方；

藐姑射之山，或可近端详。[1]

1.［日］小島宪之、木下正俊、东野治之校注：《万葉集》4，第 124 页，东京：小学館，2004 年版。

无何有之乡是庄了虚构的虚空无物的神话世界。在《应帝王》中，借无名人士之口说：“予方将与造物者为人，厌则又乘夫莽眇之鸟，以出六极之外，而游无何有之乡，以处圹埌之野。”以莽眇之鸟游处的形象，描绘了心神遨游缥缈世界的情状。和歌作者慨叹，心神到达了无何有的虚无境界，则或许会靠近而目睹神人所居的藐姑射山了吧。他将心虚静、气平和以求庄子神化的无己境界的幻想，以精炼含蓄的和歌表达出来，吐露了力图解脱心灵苦痛、向往绝对自由的意愿。庄子虚构的广漠缥缈的无何有之乡和神人所居的奇异的藐姑射之山，具有象征的意义，使人引发出丰富的联想。

后来，日本贵族便称颂上皇所居为“藐姑射之山”或“姑射山”。如《千五百番歌合》中说“远至四方海浪外，亦传藐姑射之山万代声”，《古今著闻集》说“清凉殿御游，悉奏治世之声；姑射山御贺，频配万岁之调”[2]，这里的藐姑射山和姑射山，都是源于《庄子》而特指上皇御所。[3]

2.［日］永积安明、島田勇雄校注：《古今著聞集》，见《管弦起源之事并赞佛敬神之庭礼义宴》，第 230 页，东京：岩波书店，1966 年版。

3.《源氏物语》第十五回，《蓬生》提到末摘花随意翻阅、聊供消遣的插图本中，有一本叫做《藐姑射老妪》，此书早已不传。从书名上看，可能是与藐姑射仙山有关的故事。其写作时间可能在平安朝初期。

奈良朝的皇族、贵族文人向往南朝士族文人在优裕的物质条件下和佳丽的江南山水环境中过的清谈玄理和登临山水的悠闲生活，老庄任诞思想正是这种不受任何拘束的纵欲享乐生活的支持力量。《万叶集》卷三（338—350）有《大宰帅大伴卿赞酒歌十三首》，是大伴旅人写于公元 730 年的作品。这十三首和歌中屡屡提到竹林七贤，提到醉哭生涯。大伴氏是世代行武的名门，在大伴旅人任大宰帅时网罗文人，纵酒赋诗。下面是其中一首：

若欲得欢愉，今世即佳期。

来世吾何为，无论虫与鸡。

现代复原的平城京朱雀门

原文是“この世にし　楽しくあらば　来む世には　蟲に鳥にも　我はなりなむ”[1]，“鳥”一般都译作鸟，或鸣禽。也有人认为，《庄子·大宗师》中子祀临死前说“……浸假而化予之左臂以为鸡，予因以求时夜……”，又说子来有病，“喘喘然将死”，子犁往问之，倚其户与之语曰：“伟哉造化！又将奚以汝为？将奚以汝适？以汝为鼠肝乎？以汝为虫臂乎？”[2]来世化为鸡、化为虫的说法，正源于此。日语文语中的“鳥（とり）”既指鸟，又专指鸡，因而，笔者以为这里译作鸡也是讲得通的。《大宗师》连写几个病与死的寓言故事，主要说明做人要安时处顺，善死善生，任随造物者的摆布。大伴旅人以老庄思想作为自己及时行乐的根据，正反映了奈良贵族社会贪求享乐的风气。

1.［日］鹤久、森山隆编：《萬葉集》卷三 348，第 103 页，东京：樱枫社，1988 年版。

2. 郭庆藩辑：《庄子集释》第一册，第 260—261 页，北京：中华书局，1982 年版。

由于奈良时代日本文学发展进程及中日文学交流规模的限制，这个阶段对《庄子》的研究还比较少，我们能够读到的作品中提到庄子的也不多。到了平安初期，日本中央政府统治力量进一步加强，朝野陶醉于“平安乐土万年春”的颂贺之中，上层贵族恣意享乐，追慕风雅，舞文弄墨。盛唐文学发展的盛况也传到宫廷文坛，中国文学的影响更加广泛深入，对于中国思想文化的研究也获得了进展。这个时期，有春澄善绳，以治老庄玄学闻名，后来又出现了滋野安城等老庄学者，庄子的思想逐渐引起了人们的注意。

二、　汉诗文中的庄子影响

平安朝时代，律令制遭到破坏，藤原氏一族渐渐垄断高官显职，在表面上一派太平盛世的纱幕下，皇室贵族与藤原族企图独揽朝政的斗争，藤原族内部争夺权力的斗争，在位天皇与离位上皇、法皇之间的斗争，都日益激烈起来。在这充满矛盾和不安的气氛中，有些贵族便希图从老庄超然物外的思想中寻求苟安生活的恬静心境。著名汉学家菅原道真对老庄思想的态度，便是随其在宫廷斗争中的沉浮而变化的。

菅原道真（845—903）精通儒家经典和史传文章，是宇多天皇的宠臣，也曾是摄关家的喉舌。在他的一生中，目睹了藤原氏猎取大权的种种阴谋与权要间激烈的倾轧。在他四十二岁时，藤原时平元服不久，他便被朝廷贬谪到讃岐。这时，菅原道真便对老庄表现出兴趣，随身携带的书籍中，便有“百一方资治病术，五千文贵立言虚”[1]。

贬谪期间他写的五言组诗《舟行五事》最集中地表达了全身远祸的思想。第一首咏矶上孤松，因随分任天，而“虽遇阳侯怒，基坚不近攻；虽遭班尔匠，材陋不为容”[2]；相反，赤木黄杨却因豪家爱用、贪吏相逢而遭刀割斧伤，感叹“文章诚可畏，矶上欲追从”[3]，其构思显然受到《庄子》中《山木篇》的启发。第四首从渔人贪图盐利而触礁沉海的事情中，作者引发出“有人前因祸，无物后无愁。冒进者如此，虚心者自由。始终虽不一，请我学庄周”的结论，告诫自己要吸取教训，以免贪利丧身。

由讃岐回到京城后，《庄子》便成为菅原道真常翻的书了。他自称“玄谈之外，无物形言”，并写下了《北溟章》、《小知章》、《尧让章》，[4]“以释《逍遥》一篇”。三章各章前有“述”，后为五首诗，“其措词用韵，皆据成文”。《北溟章》认为，“鲲为鹏鸟，自北徂南，蜩与学鸠咲（笑）其宏大，自得之场虽异，逍遥之道惟同。”《小知章》强调“物安天性，理任自然，羡欲累绝，逍遥道成”。《尧让章》意在阐发“圣人贤者，性命虽殊，黄屋青山，逍遥尚一”。述和诗都表明，菅原道真对于《逍遥游》是进行过一番认真钻研的，三章虽然是以诗释文，并没有直接联系自己的遭遇，但字里行间实际上寄托了深沉的感慨。

1.［日］菅原道真：《客舍書籍》，见《菅家文草 菅家後集》，第 259 页，东京：岩波书店，1978 年版。

2.［日］菅原道真：《菅家文草 菅家後集》，第 286 页，东京：岩波书店，1978 年版。

3.［日］菅原道真：《菅家文草 菅家後集》，第 287 页，东京：岩波书店，1978 年版。

4.［日］川口久雄校注：《菅家文草 菅家後集》，第 333—335 页，东京：岩波书店，1978 年版。

菅原道真坐像（现代）

在这期间，菅原道真历任宰相和丞相，直到五十七岁以妄图废掉醍醐天皇而拥立自己女婿齐世亲王的罪名全家被流放。在流放途中，看到社会的动荡和混乱，诗人发出无可奈何的叹息，在模仿白居易《东南行一百韵》而写作的《叙意一百韵》中，他写自己在“瘦同失雌鹤，饥类吓雏鸢”的情况下，从《庄子》中寻找慰藉：

遇境虚生白，游谈时入玄。

老君垂迹话，庄叟处身偏。

性莫乖常道，宗当任自然。

殷勤《齐物论》，洽恰《寓言篇》。[1]

1. ［日］川口久雄校注：《菅家文草 菅家後集》，第493页，东京：岩波书店，1978年版。

表示决心采取顺应自然、不谴是非的态度。可以看出，菅原道真只把庄子看作知足逍遥的榜样，却无视庄子愤世嫉俗，辛辣讽刺统治集团黑暗和虚伪的一面。在菅原道真的作品中，多是悲苦的哀叹，少有激愤的笑骂，在接触到现实的弊病之后，便竭力表明退避三舍的立场。

老庄崇尚自然，反对人为束缚的思想，嵇康在政治高压之下刚肠嫉恶而又恬静寡欲的两面性格，白居易那些叹息人生短促不如及时行乐、知足保和、消极无为的诗篇，都很容易引起怀着惧祸心理的贵族文人的共鸣。《古今著闻集》摘录的藤原笃茂写的秀句：“昨日山中之木，材取诸已，今日庭前之花，词惭于人”[2]便反映了他们唯以全身远祸、吟诗作赋为意的普遍情绪。

2. ［日］永积安明、岛田勇雄校注：《古今著聞集》，东京：岩波書店，1966年版，見《莊子諭弟子事並藤原篤茂長句事》，第725頁。

汉学家庆滋保胤写的《池亭记》[3]中，说他以晋朝七贤为异代之友，是因为他们“身在朝，志在隐”，可以说道出了这些贵族文人的志趣。

3. ［日］小島憲之校注：《懷風藻 文華秀麗集 本朝文粹》，东京：岩波书店，1964年版，《本朝文粹》，第417—428页。

《池亭记》是平安朝散文中写得较好的一篇，它揭露了“贵贱群聚之处”富贵权势之家横行邻里，而贫弱穷困者倍受欺凌的情况：

又近势家容微身者，屋虽破不得葺，垣虽坏不得筑，有乐不能大开口而咲（笑），有哀不能高扬声而哭，进退有惧，心神不安，譬犹鸟雀之近鹰鹯矣。[4]

4. ［日］小島憲之校注：《懷風藻 文華秀麗集 本朝文粹》，东京：岩波书店，1964年版，《本朝文粹》，第417—428页。

权豪人家为了扩大第宅，甚至“灭一家愚民”，即诛灭相邻的穷苦人全家。若遇大水，流溢堤绝，百姓不堪其苦，而“防河之官，昨日称其功，今日任其破。洛阳城（指平安京）人，殆可为鱼欤！”上述这些描写，展示了古代日本城市官员邀功渎职、弱势群体生死不保的图画。作者面对黑暗的现实，却无心抗争，文中接着便宣扬了老庄知天命，求达观的隐逸思想：

予行年渐垂五旬，适有小宅。蜗安其舍，虱乐其缝。 住小枝，不望邓林之大；

蛙在曲井，不知沧海之宽。家主职虽在柱下，心如住山中。官爵者任运命，天之工均矣；天寿者付乾坤，丘之祷久焉。不乐人之为风鹏，不乐人之为雾豹，不要屈膝折腰，而求媚于王侯将相；又不要避言避色，而刊纵于深山幽谷。在朝身暂随王事，在家心永归佛那。[1]

1.［日］大曾根章介、金原理、後藤昭雄校注：《本朝文粹》，第 336 页，东京：岩波书店，1996 年版。

在平安朝汉诗文作者模仿张志和、白居易学习民间词的表现形式创作的小令中，我们也可以看到老庄隐居遗世思想的流露。有智子内亲王有《渔歌子》二首，是日本最早的词作之一：

白头不觉何人老，明时不仕钓江滨。饭香稻，苞紫鳞，不欲荣华送吾真。

春水洋洋沧浪清，渔翁从此独濯缨。何乡里，何姓名，潭里闲歌送太平。[2]

2.［日］國民圖書株式會社：《日本文學大系》第二十四卷，第 348—349 页，东京：國民圖書株式會社，1928 年版。

纪纳言《越调 · 山家秋歌》中这种思想更为浓厚，其中描写自己的处世态度是“一身漂泊厌浮名，试避喧喧毁誉声”，“忘老至，计身安，乘闲空把一鱼竿”，“卜居山水息心机，不屑人间驳是非”。兼明《效江南曲体 · 忆龟山》写到：“忆龟山，龟山日月闲，冲山清景栈关远，要路红尘毁誉斑，岂不忆龟山？”[3] 词的作者或是公主，或是亲王，或是受到宠幸的贵族文人，其生活不可谓不优裕，地位不可谓不显赫，但内心却是空虚苦涩，无所寄托的。他们时时为朝中的毁誉烦恼，为命运的沉浮揪心，虽然他们和贫困的庄子处境不同，但厌恶无止无休的斗争，却有相似之处。

3.［日］大曾根章介、金原理、後藤昭雄校注：《本朝文粹》，东京：岩波书店，紀納言：《越調山家秋歌》，第 133 页；兼明：《效江南曲體 • 憶龜山》，第 135 页，1996 年版。

平安朝社会矛盾的日益尖锐，藤原氏集团内部斗争的激烈和严酷，是庄子思想产生较大影响的重要外因。兼明在《菟裘赋》中就曾感叹，当时正是“赵高指鹿之日，梁冀跋扈之时”，“虎而冠兮，匪常理之可谓；枭也镜兮，宁彝伦之所资”[4]，这种现实，使庄子那种否定一切、泯是非得丧的思想在那些脱离人民、高居宫廷的贵族文人中很容易找到市场。他们采取“丧马之老，委倚伏于秋草；梦蝶之翁，任是非于春丛”的避世态度，以追求内心的调和、精神的胜利而自我麻醉。这使得他们在揭露了社会一些黑暗现象之后，只能发出孤寂无力的悲叹。

4.［日］小岛宪之校注：《懐風藻 文華秀麗集 本朝文粹》，《本朝文粹》，第 334—339 页，东京：岩波书店，1964 年版。

在平安后期的和歌中，蝴蝶多作为隐喻人生如梦、真幻不定的象征意象出现。《堀河百首》载大江匡房所作一首：“百年は花にやどりて過してき此世は蝶の夢にざ有ける”[5]（百年花间度春秋，此世却在蝶梦中），百年花间的想象，暗喻人生百年，又为庄生梦中的蝴蝶赋予了久远的喻意。

5.［日］小泉弘、山田昭全、小島孝之、木下资一校注：《宝物集 閑居友 比良山古人靈託》，第 57—58 页，东京：岩波书店，1993 年版。

三、“说话文学”中的庄子故事

平安朝的“说话文学”，是随着佛教的流布而兴盛起来的。中国魏晋时期，清谈玄学之风大盛，当时佛教思想传播不久，僧侣为了使佛教教义在思想界获得地位，不得不通过玄学清谈来和缙绅士族接近，玄学逐渐和佛教交融起来。后来，佛教势力越来越大，玄学思想便成了它的附庸。在中日思想文化交流过程中，佛教也是庄子文学成就传播的一条渠道。僧侣讲唱宣传教义，为了促起听众的兴趣，不得不采用尽可能丰富的、人们喜闻乐见的题材，而庄子的许多哲学思想和政治观点，正是通过虚构的寓言故事中的人物问答的方式来表现的，这些作为论证根据的故事、人物形象常常描写得极为生动。因而，日本中古佛教说话也把《庄子》作为题材来源之一。

《今昔物语集》是大约成书于12世纪后的类聚性的佛教说话集，其中根据《庄子》改编的有五篇，即《孔子逍遥值荣启期闻语》、《庄子请口口（有佚文）粟语》、《庄子行人家煞（杀）雁备肴语》、《庄子见畜类所行走逃语》、《孔子为教盗跖行其家怖返语》，都载于第十卷，属《震旦物语》[1]。这五篇的主要思想是要全身远祸，安贫乐道，苟安活命，告诫人们逐利忘形，必有后患。

1.［日］小峰和明校注：《今昔物語集》二，第315—327页，东京：岩波书店，1999年版。

值得注意的是，为了便于日本人接受，改编者对原作进行了某些改动。如《庄子请口口粟语》出自《外物》中的庄子贷粟于监河侯一章，改编者将监河侯改为“庄子之邻人”，鲋鱼自称是“东海之波臣”，改编后自称“河伯神之使”，“欲行于高丽”。《庄子见畜类所行走逊（逃）语》前半部分，出自《山木》庄周游于雕陵之樊一章，但将原作中逐利忘形的异鹊、螳螂、蝉这些日本人不甚熟知的动物，改为海边常见的鹭、虾、鱼虫，后半部分出自《秋水》庄子与惠子游于濠梁之上一章，则将与庄子辩论的惠子，改为庄子“心贤悟广”的妻子。对各篇对话，又多有压缩。这些改动，都是为了便于讲唱者叙述，利于听众接受。然而，对于原作中一些寥寥几笔便勾描出人物神态的生动描写，改编者却多有保留。

《孔子逍遥值荣启期闻语第十》是据《渔父》改写的。现译录于下，可与原作对照：

今日言之，乃古昔之事也。唐土孔子逍遥乎林中岗丘之处。孔子鼓琴，弟子十余人侍坐读书。

于时，有乘舟之翁，头戴帽子，系船苇间，登陆倚仗而听琴曲之终。众人皆思：“此异人哉！”

此翁招孔子之弟子，一弟子见招而近之。

翁曰：“彼鼓琴者，何人也？国之王欤？”

答曰：“非也。”

“国之大臣欤？”

“亦非也。”

“国之有司欤？”

“亦非也。”

问曰：“然则何人也？”

答曰：“唯国之贤人，为政匡恶之贤者也。”

翁嘲笑而去，曰：“好个愚夫！”

弟子心疑焉，以闻报孔子，孔子闻曰：“其贤人乎？速唤来！”弟了疾走呼之，翁方将杖拿而引其船，顾见孔子。

孔子曰：“何为者哉？”

翁曰：“何亦不为也，唯登舟以适其心者也。君亦何人？”

“吾乃为匡正世上官厅、止恶行善而奔走者也。”

翁云：“此适不足道者。世亦有厌影者，晴者欲离影时，无影离之事，阴者乃有心咎，宜乎离影却不为之。且夫犬死于水顺流而下，欲取之者，将溺水而死，空为此等无益之事也。唯当于适宜之所，送此一生，是今世之望也。不为此事而心耽溺于尘世，碌碌之事，渺茫无常，徒然无益也。我身有三乐：生而为人，一乐也；人有男女，生而为男，二乐也；我今岁年高九十有五，此三乐也。”

言毕不待孔子答而归，登舟引之而去。孔子视其身后，再拜，闻水波舟棹之声，又拜，不闻拿音，方登车而返。人皆传言之也。[1]

在这篇说话的后半部分，突然将文中老翁改称荣启期，插入荣启期谈三乐的内容。这是从《列子》卷第一的《天瑞篇》剪接来的[2]。

荣启期这一人物，还见于《淮南子·主术训》。《列子》中的这一章，《文选》李善注也曾摘引，改编者移入庄周故事，更突出了知足安分的思想。《孔子逍遥值荣启期语》和《渔父》

1.［日］小峰和明校注：《今昔物語集》二，第315—320页，东京：岩波书店，1999年版。

2.《列子·天瑞篇》原文如下：孔子游于太山，见荣启期行乎 之野，鹿裘带索，鼓琴而歌。孔子问曰：“先生所以乐，何也？”对曰：“吾乐甚多：天生万物，惟人为贵，而吾得为人，是一乐也；男女之别，男贵女卑，故以男为贵，吾既得为男矣，是二乐也；人生有不见日月、不免襁褓者，吾既行年九十矣，是三乐也。贫者士之常也，死者人之终也，处常得终，当何忧哉？”孔子曰，“善乎！能自宽者也。”见杨伯峻撰：《列子集释》，第22—23页，北京：中华书局，1979年版。《孔子逍遥值荣启期闻语》引此而字句有删节。

一样，都是以一位有道者作为中心人物，借以批判孔子不在其位而谋其政，表明了不屑于与统治者为伍的态度。

《渔父》编在“杂篇”，是庄子后学所作。作者倡导效法天然，崇尚真诚，而谈到天子诸侯大夫庶人的职分，又采用的是儒家的标准，并且强调“事亲则慈孝，事君则忠贞”，表明作者的思想是道儒混杂的。《孔子逍遥值荣启期语》将这些儒家说教全部删除了。相反，却强化了对孔子所热衷的匡正天下的宏愿的否定。老翁对孔子的嘲笑和讥刺更加辛辣。他宣称，孔子要改变政治的腐败，止恶行善，就像去挽救一条溺死的狗，只会落得淹死自己的下场。

改编者认为，官场的昏暗，善恶的颠倒，都是不可改变的，唯一的办法是远离尘俗，知足逍遥，无为自适。这也就引导听众走进改编者设置好的避世之门，让老庄思想为宣传佛家教义服务。在写法上，改编者保留了虚构人物对话展开议论的方法。原作中用畏影恶迹者不知处阴以休影、处静以息迹，来比喻孔子之举的愚蠢，形象而生动，改编者略作改动，吸收到说话中来。改编后，内容压缩了，语言简洁了，篇幅缩小了，但仍是一篇结构完整、主题明确的故事。

庄子是日本佛教的天然盟友，《今昔物语集》中这些根据《庄子》改写的说话，因其思想上与佛教教义的某些联系和说理的形象性，一直受到人们的重视。13 世纪初成书、平康赖（生卒年不详）所撰《宝物集》用庄子梦蝶的故事来应证诸行无常的佛理，并引述了大江匡房、壬生忠峰、大江匡衡、藤原资隆、中纳言实家等吟咏梦蝶的和歌[1]。在中世初期编选的佛教说话集《宇治拾遗物语》中，又对其中三篇进行了再加工。《孔子逍遥值荣启期语》篇名改为《帽子叟与孔子问答事》，将老翁改称“帽子叟”（因头戴帽子而得名）[2]；隐去了庄子思想家的真名，送他一个亲切的昵称，赋予他高贵而平凡的隐逸者的外貌特征；《庄子请口口粟语》改为《后之千金事》[3]，取“日后贷子千金”的意思；《孔子为教盗跖行其家怖返语》改为《盗跖与孔子问答事》[4]。在语言上，又作了进一步的润色，增加了口语的成分。这些说话，当时广泛流传。

《孔子为教盗跖行其家怖返语》描写孔子受到盗跖训斥后仓皇奔逃的神态十分生动，《盗跖与孔子问答事》在结尾又添了一句“世人将此叫‘孔子跌倒了’”。《譬喻尽》便收录了“只缘遇盗跖，孔子跌倒了”的谚语。《源氏物语》第二十四回《蝴蝶》[5]出现的谚语“爬上恋爱山，孔子也跌倒”也是由上面的描写演化来的。这个例子正说明了庄子说话对日本文学语言的贡献。

在日本中古时代，庄子能够对文学产生这样多方面的影响，既有社会原因，也有思想原因。

1.［日］小泉弘、山田昭全、小島孝之、木下资一校注：《宝物集 閑居友 比良山古人靈託》，第 57 页，东京：岩波书店，1993 年版。

2.［日］三木纪人、浅见和彦、中村义雄、小内一明校注：《宇治拾遺物語 古本說話集》，第 166—168 页，东京：岩波书店，1990 年版。

3.［日］三木纪人、浅见和彦、中村义雄、小内一明校注：《宇治拾遺物語 古本說話集》，第 392—393 页，东京：岩波书店，1990 年版。

4.［日］三木纪人、浅见和彦、中村义雄、小内一明校注：《宇治拾遺物語 古本說話集》，第 393—396 页，东京：岩波书店，1990 年版。

5.［日］紫式部著，丰子恺译：《源氏物语》（中），第 510 页，北京：人民文学出版社，1983 年版。

但是，庄子散文纵横的气势，妙趣横生的寓言，巧妙的论辩方法，灵活新奇的文字，无疑也是使平安朝文学家们钦服和模仿的重要因素。然而，由于日本文学家的艺术加工，活跃在日本中古文学作品中的庄子，与战国时代的那个庄子相比，形神皆有所变。因而，熟悉他们，并进行一番比较研究，对于丰富我们对中日文学交流某些规律的认识，或许会有新的收获。

第五节 《今昔物语集》与中国佛教文学

《今昔物语集》是日本古代短篇小说的渊薮。在它成书时，既参照了当时国内已有的佛教故事集《日本灵异记》、《三宝绘词》、《法华验记》等，又曾经从《法苑珠林》、《经律异相》、《冥报记》等中国佛教类书中选取素材。从第一至第五卷的天竺部分[1]，第六至第十卷的震旦部分[2]，来源主要是中国佛典、僧侣著述及“张皇鬼神、称道灵异”的志怪小说。这两部分除第八卷散失外，今尚存故事三百六十余篇。编者将这样多的翻译作品汇集在一起，以统一的体例和标准按国别编纂起来，仅从这一点来说，在文学交流史上也是值得重视的。

然而，《今昔物语集》天竺、震旦部分的研究价值绝不止于此。从它对原作的截取、扩展和敷衍看，不难体味到当时他们为本民族接受者着想的用心。

一、 《今昔物语集》与汉译佛典

《今昔物语集》天竺部分所载印度故事，并不是直接根据梵文翻译编写的，实际上它们都是源于中国人翻译的佛经和僧侣著述。简言之，是经过中国化的理解和消化的作品，对于原作来说，是一种间接接受。

中国僧侣履艰历险的西行和规模可观的佛经翻译，直接担负了“引梵入秦”的使命。佛教传入日本以后，经典语录用汉文，以中国数千年文化为背景的、具有极为复杂内容的汉语汉字，对日本人理解佛经及其文学因素，不能不产生直接的影响。

1. ［日］今野达校注：《今昔物語集》一，第 3—474 页，东京：岩波书店，1999 年版。
2. ［日］小峰和明校注：《今昔物語集》二，第 3—381 页，东京：岩波书店，1999 年版。

众所周知，佛典的偈颂曾经促进中国诗歌的通俗化和议论化。日本僧侣用汉音读偈颂，这在《今昔物语集》中可以找到例证。卷一《仙道王诣佛所出家语第廿三》（按：题目原文）引用的偈颂是：

汝当求出离，于佛教勤精。

能降生死军，如象推草舍。

于此法律中，常修不放逸。

能竭烦恼海，当尽苦边际。[1]

1.〔日〕今野达校注：《今昔物語集》一，第 66 页，东京：岩波书店，1999 年版。

如卷三《户至长者语第（廿二）》引用的偈颂：

我今节庆际，纵酒大欢乐。

踰过毗沙门，亦胜天帝释。[2]

2.〔日〕今野达校注：《今昔物語集》一，第 257 页，东京：岩波书店，1999 年版。

卷六《鸠摩罗焰奉盗佛传震旦语第五》出现的“无常文”是“处世界如虚空，如莲华不着水，心清净超于彼，稽首礼无上尊”，据宫坂宥介绍，在日本中世以后，这首偈似乎还受到相当多人的喜爱。一代学匠、东大寺的凝然大德（？—1321）留下了像《音曲秘要抄》这样讲述佛教音乐乐理的名作，而且还有亲笔点谱的墨迹，其中便包括这首偈。这种用汉音读谒诵方式的流行与平安中期出现的吟诵汉诗文或和歌的“朗咏”形式不会毫无关系。

在佛经和中国僧侣记述西行经历的著述中，记载了南亚次大陆大量的神话和寓言，转述了历史上由于民族迁徙而得到的希腊、阿拉伯民族的某些传说，而且也保留了各民族民间文化诙谐幽默的风格和重叠反复的叙事手法。日本人又通过中国人译出的《生经》、《六度集经》、《百喻经》等佛典，以及僧侣们编纂的《经律异相》、《法苑珠林》等佛教类书，接触到这些新鲜的文学题材。由于汉译佛典的完备，正在吸收中国文化的日本缩短了与遥远的欧亚内陆的心理距离，佛教文学的影响得以迅速渗透到正在发展的书面文学的各种体裁中，不论是和歌、汉诗，还是物语、日记，没有一种文学样式不受到佛教思想和形式的光照。

汉译佛典不仅是将梵文变成了汉字，而且也是中国人以自己的民族心理与文学传统来消化和融汇异民族文化的成果。僧侣们将从梵文中得到的信息，经过在头脑中原有文化背景积存的信息反复比照，才能完成语言的转换。译名的选择，无不伴随着与本国民族事物的联想；观念的吸收，又无不参照着固有传统的观念。中国的译经者反复锤炼磨砺着译笔，一方面力图逼近佛经的本义，苦心孤诣地唤起属于印度人原有的心象，一方面又不得不抛弃那些终究与传统学说和当时现存制度不相适应的部分，调整着焦距，以求得一个有重合、可共感的影像。

由于我们无由找到足够的原文资料加以对比，研究印度佛教因素中国化的详情存在着较多困难。相反，关于中国佛教文学怎样完成日本化的过程，现存的资料却相当丰富。《今昔物语集》无疑是一个最值得珍视的府库。

《今昔物语集》中的印度、震旦物语，证实了汉译佛典在传递希腊、阿拉伯、印度文学信息方面的功用。它使得这些来自西方的神话传说不只在中国停下脚步，新的主题靠它而在东瀛落脚生根。

埃及拉姆普西尼托司王盗贼的故事（原载古希腊历史学家希罗多德《历史（希腊波斯战争史）》）[1]，是一个屡被称引而又仍值得咀嚼的例证。载于《说一切有部毗奈耶破僧事》第十二的同一主题的故事，是从盗贼出世、其父远游写起，详尽地叙述了随织师学徒，以及织师考察他做贼才干的经过，而到了公元516年编成的《经律异相》中的《舅甥共盗甥黠慧后得王女为妻十二》中，便删除了这些部分，直接从舅甥凿地窟盗取官物入笔。这一方面可能是出于突出足以阐释思想部分而舍弃情节枝蔓的考虑，另一方面似乎也在回避“诲盗”之嫌。

《经律异相》以及《法苑珠林》的这个故事都暗暗注入了道德伦理的内容。开头写舅甥商议：“吾织作勤苦不懈，知诸藏好丑多少，宁可共取用解贫乎？”这为盗窃官物找到了根据：他们是因为看到世道不公、官物不义才铤而走险的。又说盗贼在邻国取得王位是因为“前见国王，召谢答对，引经说义”得到国王赏识的结果。

《今昔物语集》第十卷《震旦盗人入国王仓盗财杀父语第卅二》[2]将它作为中国故事固然是个错误，但原作已在某种程度中国化却是确实的。日本的译述者不仅更多地设计了对话，突出了故事性，删掉了表现纯中国式心理的语言，而且按照日本古代部落的风俗来解释故事中的情节，最后归结到国王的贤德。

《今昔物语集》对于汉译佛典中那些丰富多彩的神话故事并不兼收并蓄、全盘照译，毋宁说是按照全书系统的考虑做过一番精心选择、截取和简化工作的。从全书来看，印度、震旦故事数量、篇幅、容量都大大小于日本故事，这当然不能从缺乏印度、震旦方面的资料来解释。编者对日本故事似乎务求其全，而对印度中国故事则是择其精者、明其概略。像《贤愚经》卷

1.［希］希罗多德著、王以铸译：《历史》，第162—165页，北京：商务印书馆，1997年版。

2.［日］小峰和明校注：《今昔物語集》二，第355页，东京：岩波书店，1999年版。

第十一檀腻品第四十六那样结构奇特、描摹诙谐、颇有民间传说特色的故事，《今昔物语集》中不见译介。同书卷十《须达起精舍品第四十一》，洋洋洒洒，写须达为儿求妻，到世尊所又叙他买祇陀园，兴立精舍，最后才写到劳度差与六帅斗圣，而在《今昔物语集》第一卷《须达长者造祇园精舍语第三十一》中却只以外道嫉妒舍利弗一句交待斗法的起因，文字颇为简约，原作中最活泼精彩的斗法场面，不过数行述其过程而已。[1]

1.［日］今野达校注：《今昔物語集》一，第 84—87 页，东京：岩波书店，1999 年版。

为了使印度佛经故事适应新的风土人情，《今昔物语集》的编译者力图削弱原作各类事物的生疏感，在佛教简易化普及化的过程中，新的地方色彩取代了旧的地方色彩。卷三《佛说耶轮多罗宿业给语第十三》源出佛本生故事。说悉达太子捉到大龟，在妻子汲水的当儿，太子忍不住独个儿吃了，等妻子回来询问，太子谎称锅里的大龟逃掉了。这篇故事见于《佛本生经》、《法苑珠林》等书，被煮食的动物是鼍，而在巴利文《阇陀本生经》和梵文的《摩呵婆罗多》中，则是蜥蜴。[2] 在古代印度食用蜥蜴可能不足为怪，但在中国和日本却难以引起食欲，在海水环抱的日本，龟是许多故事的主角。《佛本行集经》里虬欲食猴心被识破的故事，到《今昔物语集》卷五的《龟为猿被谋语第廿五》谋取猴心者变成了龟，而这个故事传入民间，至今仍在口耳相传的，又成了龙王派海蛰去谋取猴肝。[3]

2.［日］渡边照宏《翻訳文学としての〈今昔物語〉》，《日本古典文学大系月報》第 22 期。

3. 常任侠著：《东方艺术丛谈》，第 336—345 页，上海：上海文艺出版社，1984 年版。

汉译佛典中的譬喻故事经过《今昔物语集》的译编和汇集，在日本获得了新的生命。例如，《一角仙人被负女儿从山来王城语》，故事见于《大智度论》、《法苑珠林》等，实源出《罗摩衍那》，主要情节是一角仙人禁不起美女诱惑被背回王城。这一富有喜剧色彩的故事先被编成谣曲《一角仙》，后来又被改编成歌舞伎《鸣神》。还有一些出自佛经的故事，如《月兔》、《雁与龟》、《五色鹿》等，融进了日本的风土人情，广泛地渗透到民间，可谓家喻户晓，有的还被当作地地道道的日本童话介绍到国外。这些故事，不仅证实了日本民族吸收外来文化的能力，而且显示了可贵的创造性。

二、《今昔物语集》与《大唐西域记》

《今昔物语集》从玄奘《大唐西域记》中选取素材的故事将近二十篇之多（有些是参照其它佛经编写的）。《大唐西域记》记述了丰富的神话传说，文笔朴质严谨，叙事完整，不少篇章颇具小说意味。《今昔物语集》据此译写的作品不乏佳作。

卷四《拘拏罗太子扶（抉）眼依法力得眼语第四》，据《大唐西域记》卷三呾叉始罗国南山窣堵波一节译写，描写拘浪拏受继母陷害自抉双眼，沦为乞人，父子相见，遂明真相。卷五《僧迦罗五百商人共至罗刹国语第一》据《大唐西域记》卷十一僧迦罗国传说译写，叙述五百商人被罗刹女诱入铁城，僧迦罗只身逃出，后罗刹女又群至王宫，残害生灵，僧迦罗即位，救出商人。这些故事不仅情节较为曲折，而且叙事也较生动，富有情味，可以当作短篇小说来读。

中国古代史传散文在刻画历史人物时，作者往往遥体人情，悬想事势，忖度揣摩，补阙申隐。玄奘在《大唐西域记》中也采用了这样的方法，而且有些场面的描写还颇得史传散文技法之益。卷三的释种龙女故事，写释种得到龙女爱慕，又得龙王所赠宝剑，以下释种以剑夺位的情景，便与《史记》中的荆轲刺秦不无相似之处。

> *龙工以宝剑置箧中，妙好白毡而覆其上，谓释种曰："幸持此氈以献国王，王必亲受远人之贡，可于此时害王也。因据其国，不亦善乎？"释种受龙指诲，便往行献，乌仗那王躬举其袂，释种执其袂而刺之。侍臣、卫兵渲乱阶陛。释种麾剑告曰："我所仗剑，神龙见授，以诛后伏，以斩不臣"，咸惧神武，推尊大位。*[1]

1.（唐）玄奘、辩机原著，季羡林等校注：《大唐西域记校注》上，第 290—291 页，北京：中华书局，2007 年版。

释种献剑以接近乌仗那王，行刺得手，因而雄据王位，较之荆轲自然幸运得多。这一段文字，描摹人物的语言动作，渲染气氛，简要流畅，用字造语不难窥见史传散文的潜在影响。《今昔物语集》卷三《释种成龙王智（婿）语第十一》相应的部分，便很好地表达了原文的神韵。

《大唐西域记》卷三记叙呾叉始罗国无忧王太子的继母对太子的谗害，惴度君工心理，明赞太子，暗设陷阱。玄奘为继母拟言，使人想起《左传》、《国语》中关于骊姬迫害申生手腕的描写。《今昔物语集》中的同一故事，改为继母露骨地进谗，被国王识破，读来便感到不如玄奘写得委曲有致。

在《大唐西域记》中我们不难找到玄奘投合传统思想政治观念和欣赏习惯的痕迹。玄奘翻译的标准是"既须求真，又须喻俗"，看来他写作《大唐西域记》也考虑到"求真"与"喻俗"这两个方面，而要"喻俗"，便不能与固有的思想、语言、情感保持更紧密的联系。稍一留意不难发现，玄奘一写到某个君王，便免不了补上一句举贤才、明法度之类的话。卷三乌仗那国一节，写释种即位后便"沿弊立政，表贤恤患"，卷十一写僧迦罗即位后便"沿革前弊"，"表式贤良"。

儒家历来将革除弊政、任用贤才看作政治贤明的标志，玄奘是按照儒家理想的统治者的标准装扮印度神话中的人物。这两个故事在《今昔物语集》中分别译写成卷三《释种成龙王智（婿）语第一》和卷五《僧迦罗五百商人共至罗刹国语第一》，它们都不涉及君王政治上的作为。

《大唐西域记》卷一迦毕试国一段记叙龙王变成老婆罗门叩王象而谏的说辞，绵里藏针，直陈利害，颇有战国策士的风范，单说他提出的警告：“王今举国兴兵，与一龙争，胜则王无服远之威，败则王有非敌之耻”，依据的正是孔子“远人不服，则修文德以来之”的思想，这显然不是印度神话所固有的观念。《今昔物语集》卷五《新龙优本龙第七》把这一段全删去了。不论译写者是否认识到这是玄奘设身处地，依傍性格身份，假之喉舌的拟言、代言，即便从物语的接受对象来说，这种删节也是毫不足怪的。日本没有以德服远的思想土壤及战国策士纵横捭阖的历史影响，上面的描写恐怕很难引起读者的共鸣。

《大唐西域记》中的宝渚传说，玄奘将儒家思想与印度神话弥合的痕迹也很明显。狮父人母所生的儿子，听到国王招募擒执狮子除国患者的消息，便和母亲发生了一场争论：

> *其子闻王之令，乃谓母曰，“饥寒已甚，宜可应募，或有所得，以相抚育。”母曰：“言不可若是！彼虽畜也，犹谓父焉，岂以艰辛，而兴逆害。”子曰：“人畜异类，礼义安在？既以违阻，此心何冀？”乃袖小刀，出应招募。*[1]

1.（唐）玄奘、辩机原著，季羡林等校注：《大唐西域记校注》下，第868—870页，北京：中华书局，2007年版。

应募杀狮，既为除害，又为养母，却又难逃杀父之罪。儿子以“人畜异类”为理由，力图挣脱礼义观念的羁绊，这才使他的行为不致违背儒家的孝道。玄奘又进一步描写狮父在儿子的刀“刃于腹中”之时，“尚怀慈爱，犹无忿毒，乃至刳腹，含苦而死”，对儿子“断父之命”终究不予原谅。

据此译写的《今昔物语集》卷五《国王狩鹿入山娘（女儿）被取师（狮）子语第二》与原作有几处明显的不同，最重要的便是删去了母子关于礼义的争论。自汉代以来，中国统治者一再宣扬“以孝治天下”，玄奘讲述的印度神话故事也不能与此相背，当时的日本人则并不理解这场争论的背景和价值。但是，原作中狮父临死对儿子表现的慈爱，显然被看成了人间父爱的写照，被译写者进一步渲染。在中了儿子的毒箭之后，狮父仍然毫无怨恨地淌泪舐子。[2]

2.〔日〕今野达校注：《今昔物語集》一，第384—398页，东京：岩波书店，1999年版。

耐人寻味的是，这种对狮父的同情和美化，在后来的《太平记》中的《直冬与吉野殿合体事》后面的《狮子国事》里又大大地加强。狮父看到准备用毒箭来射杀自己的儿子时，流泪卧地说道：

“……皇后深居王宫，今生终难相见，至少看了你一眼，纵然丧命，不足为悲。我见条条道路，立有告示，以我命可得一国之赏。然一箭可丧我命者，天下非你无人。我虽惜命，然为子也。你为一国之主，荣华延及子孙，我命不可惜。快引弓放箭将我射死，受取报国之赏！”

目流黄泪，张口而卧，言道“射此！”[1]

1.［日］长谷川端校注翻译：《太平記》四，第44页，东京：小学馆，1999年版。

《今昔物语集》中的本朝部分，也有些故事与《大唐西域记》中所记载的传说类似。如卷二十《天狗现佛坐木末语第三》写光大臣慧眼识破树上金佛乃天狗所化的故事，与《大唐西域记》卷第五“钵逻耶伽国”的“天祠及传说”中所叙食人鬼依于天祠堂前大树的传说有相近的故事线[2]。在我国《广异记》等书中也有类似故事。

2. 李鹏飞著：《汉魏六朝隋唐小说在日本的传播与接受论考——以〈今昔物语集〉为核心进行考察》，载《中国古代小说研究》第四辑，第217—218页，北京：人民文学出版社，2010年版。

中国的玄奘和日本的《今昔物语集》、《太平记》的作者都是以自己在不同民族环境中形成的价值标准和审美趣味作为把握异域神话的前提。在宝渚传说中看到了忠孝的冲突，这显然是一种民族化的理解。《太平记》里把这个故事简单地归结为“不孝虽忠而有罪”，作者无疑把狮父当作父爱的化身。

《今昔物语集》吸收、改造了许多有关鬼、神、仙、灵及幻术等传奇故事，和我国的志怪小说有密切关系。我国志怪小说含有不少佛教因素，因此许多故事被吸收到佛教类书中，用以宣扬释家教义，这都给《今昔物语集》以一定影响。如《今昔物语集》卷二八《以外术被盗食瓜语第四十》[3]的故事，颇与《法苑珠林》卷七中的徐光幻术故事类似。更早可以上溯到《搜神记》卷一中的徐光事。但《今昔物语集》的译写笔法，与志怪小说的简洁、精炼不同。它叙事速度缓慢，略背景，详情态描摩，讲述得生动活现，声口毕肖，体现了日本物语文学的特点。

3.［日］森正人校注：《今昔物語集》五，第276—278页，东京：岩波书店，1996年版。

此外，《今昔物语集》中，还选取了志怪小说中著名的眉间尺故事、蚕马传说等较有积极意义而又讲述生动的篇什，当做佛教故事加以译写，这里就从略了。

总之，《今昔物语集》对中国佛典和佛教类书中的许多故事加以编译展衍，以致融入一些民族化因素，成为日本文学宝库中独具特色的作品。

从平安时代末期到室町镰仓时代的日本文学史，经历了一个说话文学时代。在我国文学史上，近代的说书唐宋时称为说话，话本也叫说话，而在日本文学史上，说话则是神话、传说、民间故事的总称。从汇辑各类故事的角度来说，日本文学史上的说话近乎我国六朝志怪、志人小说的综合。与《今昔物语集》、《宇治拾遗物语》等以“物语”命名为说话集涌现的同时，《江谈抄》、《打闻集》、《古本说话集》、《富家语》等说话集相继问世。镰仓时代也有《古事谈》、《续古事谈》、《撰集抄》、《十训抄》、《古今著闻集》等说话集流传。在这些书中，中国故事、典故、诗句有些被人物引用，如《古今著闻集》孝行恩爱第十《随身公助不逃父挨打不逃之事》引用了《孔子家语》中的曾子同类故事；也有的中国故事独立成篇，如传说中的故事16篇；更多的则是涉及到日本文化中的中国文化元素，如《江谈抄》中多处谈到《文选》、《白氏文集》、《王勃集》、《元稹集》以及杨贵妃传说在日本被阅读与摄取的情况[1]，是研究唐宋文学在日传播与影响的基础资料之一。

1.［日］後藤昭雄、池上洵一、山根对助校注：《江談抄 中外抄 富家語》，东京：岩波书店，1997年版。

第四章　日本歌学的奠基与汉唐诗学

一场歌泣不分明，子夜愁闻百感生。

《万叶》遗书今尚在，行行秋蚓读难成。

——姚鹏图　《扶桑百八吟》

如果说，中国文学曾作为模仿对象被汉诗文作者们直接运用，其作用主要在于丰富知识、提高素养，那么，在和歌创作中，中国文学在一定程度上经咀嚼、消化之后被间接地运用。歌人们引用汉唐文人的语句，借用中国文学的题材和表现手法，目的在于补充和阐发自己的思想，创造崭新的日本新文学，这正是借他江之水，浇本土之花。因而，这种借鉴往往带有某种改造和加工。

第一节　“万叶歌风”与汉唐诗的东传

“和歌”的兴盛，无疑是根植于日本民族丰腴的生活和情感的土壤之中的，它是日本民族文学发展到新阶段的开始的标志。在这样一个发展过程中，中国文学的东传，起了催生促长的作用。在以《万叶集》为代表的“万叶歌风”时代，唐诗的繁荣与它在日本列岛的传播，成为“和歌”发展的极有价值的滋养。

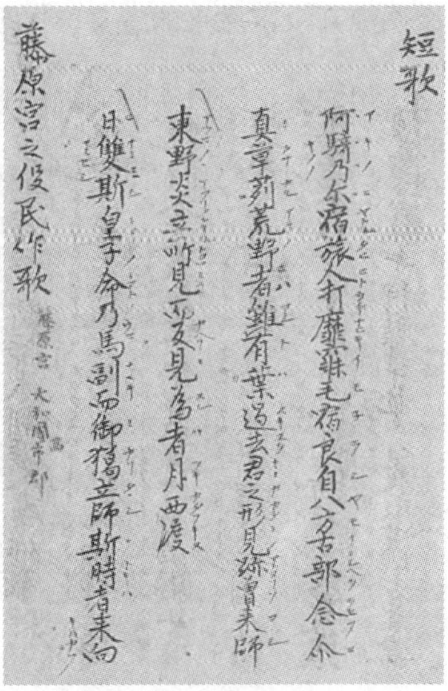

近卫文库藏《万叶集》写本

一、　“万叶假名”之兴

在中国，从《诗经》开始，诗歌作为重要的文学体裁，往往会影响其他文学体裁的发展。到了唐代，更呈现出一派百花争艳的景象。两国人员、典籍的交流，使日本贵族为唐诗花红柳绿的胜景而惊叹，由倾慕而竭力模仿，以致形成一种普遍创作和歌的风气。他们在唐诗的启发下，培植出一些前所未有的和歌新品种，如相当于我国应制诗的应诏歌，相当于我国公宴诗的游宴歌，相当于送别诗的题咏歌，相当于酬唱诗的赠答歌，相当于和韵诗的和（按：唱和之意）歌。

源源不断地涌入日本的唐诗和唐之前的古诗，激起了日本贵族写作和歌的冲动，也推动了“万叶假名”的广泛使用。万叶假名的创造，本身是应大量记录和歌的需要而实现的，在它产生之后，又促进了和歌的发展。日本民族发展本民族文学碰到的第一个问题，便是没有本民族文字。他们借用汉字表现自己的语言，经历了一个由音、义全盘借用到只借用其音或训的过程。用前种方法写出来的文字和汉文意义十分相近。

例如推古天皇十五年（608）写的《法隆寺乐师佛造像记》中有“池边大宫治天下天皇大御身劳赐时岁次丙午，召于大王天皇，与太子而誓愿赐，我大御病太平欲坐故，将造寺药师像作仕奉诏”，[1]这在中国人看来，像是似通非通的古文，在日本人看来，简直无异于外语的记录。的确，用他国文字记录本国语言，在读与写方面都会感到障碍重重，这对于创作和传播和歌更加不便。因而，《古事记》记录歌谣时便开始用“万叶假名”来书写，这种“万叶假名”便是企图离开汉字原来的意义，主要借用它的读音来标明日语声音的文字。这种文字接近于表音文字，用它来记录口头吟诵的和歌，可以读之如闻其声，这对于歌人来说，可能是出于不得已，对于后世的人们却有了了解古代诗歌艺术的可能。

1.［日］冈田正之著：《日本漢文學史》增订版，第 25 页，东京：吉川弘文館，1996 年版。

《万叶集品物图绘》

二、 咏物诗与咏物歌

唐代大量咏物诗给短歌带来了新的气象。这种诗体，同讲节奏、重简洁含蓄的和歌有不少共通之处，很符合歌人们的口味。《万叶集》中便收有不少咏物歌，这在以前是见不到的。初唐李峤的“咏物诗”120 首在日本相当有名。以平安初期嵯峨天皇御笔流传的写本残简今日犹存。

稍后的宇多天皇时代的藤原佐世编的《日本国见在书录》亦著录了此书[1]。日本歌人们的诗情受到唐代咏物诗的触发，歌咏的对象一下子扩展开来，从日月风雨、露霜雪雷，到山河水田、花鸟黄叶，从虾蝉蟋蟀、柳梅榛松，到荷叶棠棣、云雾烟霞，真是无所不包。在这些事物中，注入了作者的生活情趣。歌人们又将中国得来的四季意识同日本的杂歌、相闻结合起来，创造了春杂、春相闻、夏杂、夏相闻、秋杂、秋相闻、冬杂、冬相闻，这样，自然界的一切都逐渐进入了和歌形象的领域。

1.［日］宫内厅书陵部所藏室生寺本：《日本國見在書目録》，第 87 页，东京：名著刊行会，1996 年版。

三、　长歌与辞赋的因缘

长歌宜于叙事，短歌长于抒情，万叶时代是长歌彬彬之盛的时代。关于长歌与辞赋之间的关系，日本学者多有论及。其中中西进还从大局上将柿本人麻吕、山上忆良、山部赤人、笠朝臣金村、田边福麻吕连属于辞赋系谱，列举出长歌和辞赋的某些类似点，提出了万叶长歌以中国辞赋为规范的说法。万叶歌人是以与中国作者写作辞赋相似的立场来创作长歌的。他们不仅从《文选》等书中了解了辞赋的特点，而且曾经不同程度受到辞赋的影响。我们不仅可以从题目的形式、叙事的特点，对话体长歌的出现，以及诗人的扈从性、辞藻的华丽、对听觉效果的追求、通俗性、娱乐性等方面来说明长歌与辞赋的类似处，而且可以从长歌中摘取不少采自辞赋的词语作为例证。大伴家持等人写的长歌直接以赋为题，如卷十三 3991《游览布势水海赋一首并短歌》等，可以说是更为直接的证明。

万叶歌人大伴家持

然而，万叶长歌并不是中国辞赋的日本翻版，它是在日本原有歌谣的基础上，综合地借鉴了汉魏六朝辞赋和乐府古诗的写作方法逐渐发展起来的。

和歌的滥觞是集体歌唱的民众歌谣。在日本古代社会，早就流传村落祭祀的神事歌谣及随于祭礼的“歌垣”中的集体对歌等。随着中央集权的国家体制的建立和都城文化的发展，歌谣离开了农耕社会的祭祀和风俗，逐步形成了五言短句和七言长句多次（一般为奇数次）反复的和歌形式。带有叙事性质的长歌比起长于抒情的短歌形态更为古老。这些长歌同世界许多民族的古老歌谣一样，好用对句，善作譬喻。当时的知识分子，对大陆进步文化十分敏感，在长歌的表现上大胆地融入辞赋古诗的手法，使长歌的面貌为之一新。

小島宪之具体地指出了高桥虫麻吕吟咏筑波秋景的《登筑波山歌一首并短歌》（卷九1757）采用的辞赋句法[1]：

1. ［日］小島宪之著：《上代日本文學と中国文學——出典論を中心とする比较文學的考察》中，第1107—1119页，东京：塙书房，1988年版。

草まくら旅の憂を慰もる事もありやと筑波嶺に登りて見れば尾花ちる師付の田井に雁がねも寒く来鳴もぬ新治の鳥羽の淡海も秋風に白波立ちぬ筑波嶺のよけくを見れば長きけに思ひ積 み來し憂は息みぬ[2]

2. ［日］佐佐木信纲著：《新訓万葉集》上卷，第384页，东京：岩波书店，1964年版。

慰羁旅之忧闷，

登筑波之山岭；

芒散师付之田，

望雁来以寒鸣；

新治鸟羽之湖，

白波兴于秋风；

望筑波之娇美，

息长积之忧情。

反歌

筑波嶺の 裾廻の田居に

秋田刈る妹がり遣らむ

黄葉手折らな[3]

3. ［日］佐佐木信纲著：《新訓万葉集》上卷，第385页，东京：岩波书店，1964年版。

反歌

田畴环山麓，

阿妹刈秋谷；

我欲折红叶，

奉赠阿妹处。

和歌中“芒散师付之田，望雁来以寒鸣；新治鸟羽之湖，白波兴于秋风”便是辞赋的排比句法。这首长歌在意境、结构上与王粲《登楼赋》有相通之处。

《登楼赋》开头便说：“登兹楼以四望兮，聊暇日以销忧，览斯宇之所处兮，实显敞而寡仇。”[1]登临销忧，是两作立意上的共同点。然而，同是秋色宜人，游子思归，意境又明显不同。这是王粲在荆州依刘表时登当阳（今属湖北省）城楼所作，充满游子久客他乡、怀才不遇的悲凉情绪，抒写了亲历乱离的深切感受。作者目睹楼外美丽的风光，心中却挂念着动乱的现实，“风萧瑟而并兴兮，天惨惨而无色”的画面，便寄托着他思乡、苦闷、郁抑的情怀。而《登筑波山歌一首并短歌》则显得淡雅清新。这是高桥虫麻吕从遥远的都城来到东国地方的常陆，登上茨城县西南著名的筑波山所作。长歌撷取了雁、秋风、红叶这些美丽的形象，构成了令人心旷神怡的图画，作者的羁旅之忧在画前如被山风湖水荡尽。长歌后的反歌，转入对想象中的山脚下的秋收女子的吟咏，由旅愁的叙述突然转向恋歌之趣。突出季节感，多吟恋情是和歌的传统。两作比较，和社会现实的距离有远近之分，政治色彩有浓淡之别。长歌并没有吸收辞赋悱恻哀怨的特色和讽谏的功能，这篇登临之作，即是很好的说明。

1. 吴云主编：《建安七子集校注》，第220页，天津：天津古籍出版社，1991年版。

四、 筑紫歌坛的唐诗风

在万叶和歌发展的鼎盛期，出现了以引入为求新的筑紫大宰府文坛。

所谓筑紫大宰府，是日本古代统治壹岐、对马二岛和其余九个地区的大镇守府，是与朝鲜及中国大陆外交交通的要冲。在大宰帅长官大伴旅人和筑前国守山上忆良的周围，聚集着一批具有汉文学素养的官员，他们负责应接大陆来的宾客，表现出较深的中国文学的造诣和渊博的知识。和当时以山部赤人、笠朝臣金村为代表的旧宫廷歌坛相比，在内容和形式方面都进行着创新的尝试。他们借用中国题材来写和歌，创造了序——长歌——反歌复合的形式[1]。

1. [日] 辰巳正明著：《万葉集と中国文学》，第 293—484 页，东京：笠间书院，1992 年版。

牵牛织女七夕相会，是中国的优美传说，也是文学作品中反复歌咏、千载传唱的素材。这个美丽的神话，最早在唐初便随七夕乞巧的风俗传入日本，并受到日本人民的喜爱，先后产生了一系列诸如《天稚彦物语》、《七夕百首》等不同体裁的以“七夕”为题材的文学作品。在古代日本，原来便有着关于“天棚机姬神”的神话。“天棚机姬神”在《万叶集》中，亦作“棚机津女”，或略作“棚机”。棚，当时具有一种崇敬的意义，所谓“天棚机姬神”，就是在“棚”中执掌织布之事的女神。《倭姬命世记》中记载：“令天棚机姬神裔八千千姬命，每年夏四月秋九月，织神服以供神明，故曰神衣。”[2] 日本古代民族对“天棚机姬神”的崇拜和中国关于织女星的传说各有着自己的源头。但是，当中国的传说传入日本之后，两个各具特色的形象便融汇为一，形成了带有浓郁日本民族特点的牵牛织女的悲剧故事。

2. [日] 和田嘉寿男著：《倭姬命世記注釈》，大阪：和泉书院，2010 年。

日本不同体裁、不同作品中的七夕故事内容不尽相同，但都保留着人神恋爱、天河阻隔、七夕相会的情节。织女被称作棚机津女、天媛、织娥等，牵牛被称作彦星等。天媛和彦星的称谓，源于《尔雅·释训》中“美女为媛，美士为彦”的旧解。

《万叶集》中的长短七夕歌多达百十余首。其中包括卷八的山上忆良的《七夕歌》12 首，卷十的《七夕》98 首和其它散见各卷的长短歌。著名的歌人柿本人麻吕、大伴家持等，都有吟咏“七夕”的作品[3]。他们以丰富的想像、优美的笔触、精巧的形式，在日本文学的画廊中留下了自己的牵牛织女的形象。在他们笔下，牵牛织女悲剧命运的形成，可以追溯到遥远的神代，是由“天印”所定。天河两岸，即所谓“天之河原”，广袤无垠，有着广阔的原野、起伏的衰草、寒鸣的大雁，如同人世。天河，称作“天安”河，亦称“天之安河”，这里有数目众多的激濑、停泊船只的渡口，也有通畅的航道、喷香的秋荻。

3. [日] 小島憲之著：《上代日本文學と中国文學——出典論を中心とする比較文學的考察》中，第 1128—1153 页，东京：塙书房，1988 年版。

福冈市山上忆良歌碑

在中国诗人的笔下，鹊桥飞架的想像，带有强烈的浪漫主义色彩。“倩语雕陵鹊，填河来可飞”（庚肩吾：《七夕》）“牛女相期七夕秋，相逢俱喜鹊横流”（曹松：《七夕》），“天外凤凰何寂寞，世间乌鹊漫辛勤”（唐彦谦：《七夕》），这是中国诗人对吉祥之鸟喜鹊的瑰丽想像，而在万叶歌人的笔下，牛郎织女相会，不是消极地等喜鹊搭桥，而是牛郎经过一年的准备，驾舟冲破激流险滩，搏击风涛，横渡银河，与织女欢聚，同衾共枕。牛郎迎击风浪的决心和织女对河相待的意志，是歌人们理想的寄托和礼赞的中心，这一切，都带有鲜明的海上生活的色彩，体现了日本民族追求幸福百折不挠的意志。

筑紫歌坛创造的汉诗文序——长歌——反歌连作的复合形式，可以说是日本的汉文学和本土文学的奇妙的嫁接。从实质上说，是中国古代诗歌理论影响在和歌创作上的反映。长歌是作品的主体部分，反歌则概括全诗的思想，起着强调其教化意义的作用，相当于中国史传文中的“赞”和辞赋中的“乱”，其名盖源于《荀子·赋》中的“与愚以疑，愿闻反辞”[1]一语。

1. 北京大学《荀子》注释组：《荀子新注》，第435页，北京：中华书局，1979年版。

不论是序还是反歌，都在于突出写作目的、概括思想精髓，是中国诗歌注重言志、注重明晰的传统影响的反映。为诗作序，其源盖出于《诗序》。《毛诗》每篇之首，以序说明美刺之意。《诗大序》言：“诗者，志之所之也，在心为志，发言为诗。”“诗言志”的理论对历代诗人都发生过指导作用。诗不但要言志，而且必须明确“志”的内涵，突出美刺的意义。而日本诗歌往往只突现感情的巅峰，表达心灵微妙的感动，至于产生这种感情的环境和原委，往往并不特别加以说明。

受到中国诗歌理论和作品影响的筑紫歌人们，感到有必要对此加以补充，便在长歌中植入汉语序文，以短歌作为反歌。这种形式，开创于筑紫歌坛，而后又为以后的歌人大伴家持所继承，如卷十八4122大伴家持在越前国所作的一首云歌，便仍采用的是这样一种汉语序文——长歌——反歌的复合形式。

五、 赋比兴之和歌化

万叶歌人惊人的艺术消化力，同样表现在对中国惯用的表现手法多方面的吸取和灵活运用上。他们将赋、比、兴日本化，又对中国诗中的意象加以移植，对其修辞技巧也力图尽量引入和歌之中。

在日本古代民谣中，优美动人的比喻，作为抒情之助的景物描写及直接倾述的写法都是屡见不鲜的。这些方法并不是从中国借来的，而是日本民谣旧有的表现手法，但是，万叶歌人们在收集、整理、编撰和歌集的时候，根据和歌容量小的特点，在“古今相闻往来歌类”的总目下，分出“正述心绪”、“譬喻歌”、“寄物陈思歌”三类，却是受到赋比兴理论的启发作出的分类。日本学者认为这是赋比兴的日本化。

朱熹说：“赋者，敷陈其事而直言之者也。[1]”《万叶集》中共收“正述心绪”256首（其中恐有别类混入），不少是从柿本人麻吕歌集中采录的。这类和歌不含譬词和序词，直接抒发情感。如卷十一 2618：

1.（宋）朱熹集注：《诗集传》，第3页，上海：上海古籍出版社，1980年版。

月夜良み　妹に逢はむと　直道から

我は來つれど　夜ぞ更けにける

缘此月夜好，欲与妹相见。

虽说抄小路，来时已夜阑。

这首和歌写的是，趁着皎洁的月夜，我要和阿妹相会，虽然我是从直路赶来的，但是夜已经深了。这是直言其事的写法。

朱熹说：“比者，以彼物比此物也。”[2]“譬喻歌”是表面上不说出自己的本意而只叙述譬喻的事物的一种暗喻歌，其内容均是恋歌。如卷十一 2831 的“寄船喻思”：

2.（宋）朱熹集注：《诗集传》，第4页，上海：上海古籍出版社，1980年版。

みさご居る　渚に居る舟の　夕潮を

待っらむよりは　吾こそまされ

雎鸠在河洲，小舟盼晚潮；

我盼时辰到，比舟更心焦。

这首短歌的大意是，我是那样焦灼地等待着你，胜似那靠在雎鸠落脚的洲边的小舟等待着黄昏的晚潮。“我”等待着的状况是通过那待潮开航的船只的比喻来表现的。“我”对恋人的等待是言外之意，作者并不直接说出，而让读者从待潮之舟身上去联想，和歌中出现的只是用作譬喻的船只的形象。

朱熹说：“兴者，先言他物以引起所咏之词也。”[3]“寄物陈思”是与“正述心绪”相对而

3.（宋）朱熹集注：《诗集传》，第1页，上海：上海古籍出版社，1980年版。

得名的，是一种介乎正述心绪与譬喻歌之间的表现手法。作者抓住身边丰富多彩的事物，感物触怀，写出了寄衣、寄弓、寄鱼、寄水、寄果、寄草、寄标、寄瀑等短歌。这些歌，物与情同时出现，物实际上是以序词，或者序歌的形式出现为多。如卷十 1995：

六月の 地さへ裂けて 照る日にも

我が袖乾めや 君に逢はずして

六月烈日照，大地竟如割。

吾袖岂会干，未曾会情哥。

这首歌的大意是，在将六月的土地都晒裂的烈日照射下，我（被泪水沾濡的）衣袖会干吗？不，不会。因为我没有见到你。炎炎烈日会使大地龟裂，却不能使泪袖变干，极言泪之多，思之苦。作者正是借烈日引起情思的。

“譬喻歌”、“寄物陈思歌”中出现用于譬喻和寄托作者感情的事物十分丰富。这也说明，追求含蓄，回避直述，是当时和歌坛上的风气。事实上，在诗中追求物与人、容与心的统一，是中日两国诗歌的共性。

“气之动物，物之感人”。诗人在生活中捕捉形象，表达自己的情感。生活和文学的发展，使许多形象具有了特殊的含意。诗人“悲落叶于劲秋，喜柔条于芳春”，落叶柔条便给人以无穷的联想。在中国诗歌的发展中积累起来的这种丰富的意象，是构成诗的意境的重要因素，由中国诗歌中借入《万叶集》的意象，傲雪而开的梅花（如卷五的《梅花歌》），兆瑞迎春的飞雪（如《葛井渚会应新年诏作歌》），飘浮不定的浮藻（如卷二《柿本朝臣人麻吕从石见国别妻上来时歌二首并短歌》），却是歌人们受到中国诗赋的启发，根据自己亲身感受精心描绘出来的。

自庄骚以来，日月淹忽、人寿几何的感叹，在诗坛上不绝于响。以露表现时光易逝、人生短促，在中国文学作品中可以找到数目可观的例证。例如：“人生如朝露，何必自苦如此？”（《汉书·苏武传》）；“薤上露，何易晞，露晞明朝更复落，人死一去何时归”（汉代民歌《薤露》，亦作《薤露歌》《薤露行》），“对酒当歌，人生几何。譬如朝露，去日苦多”（曹操：《短歌行》），“人生如尘露，天道邈悠悠”（阮籍：《咏怀诗》八二首《其三二》），“壮年以时逝，朝露待太阳”（阮籍：《咏怀诗》其三）。随着佛教的传入，这种吟咏又被赋予新的含意，露成为表达人生无常哲理的特殊意象。

《万叶集》中，露的意象本来只是作为沾濡裙裳之物来加以表现的，在柿本人麻吕的作品中才发生了变化。这种变化，当然不是露的本身有什么不同，而是柿本人麻吕从自然界的露中悟出了其内在的意趣。这种发现使旧的和歌素材、自然现象具有了新的意义。这种意义，是随着《文选》等中国书籍影响的加深，接受了佛教广泛传播以来思想、美术、音乐等多方面的刺激之后产生的。

在柿本人麻吕为哀悼吉备津采女而写的长歌(卷二 217)中，朝露、夕露成为贯穿全篇的形象。长歌中的描写，不仅是中国诗文中露的形象的再现，而且也包含着柿本人麻吕对人生、对自然的感受和体验。较之中国诗文的表现，减少了哲理意味而加强了形象性：

秋山のしたへる妹なよ竹のとをよる子らはいかまに
思ひ居れか栲縄の長き命を露こそは朝に置きて夕は
消ゆと言へ霧こそは夕に立ちて朝は失すといへ梓弓
音聞く吾もほの見し事悔しきをしきたへの手枕まきて
剣大刀身に副へ寐けむ若草のその夫の子はぶしみか
思ひて寝らむ悔しみか思ひ恋ふらむ時ならず過ぎにし子らが
朝露のごと夕霧のごと[1]

红艳秋日山，篁篁绿修竹。
秋山修竹女，如何不思慕。
有言长寿考，恰如露与雾。
朝置夕露消，夕起朝雾无。
吾亦闻其声，相见在仿佛。
况其夫婿子，枕手同寐寤。
安得不悲苦，何时不思服。
早逝如朝露，亡女似夕雾。

以后，万叶歌人们不仅将露作为短促人生的象征，来表达对死者的痛惜，而且常以此为衬托，写出情意缠绵的短歌，给人印象最深的，已不是人生几何的愁思，而是对爱情的至死

1.〔日〕佐佐木信纲著：《新訓万葉集》上卷，第 98 页，东京：岩波书店，1964 年版。

不渝了。

中国文字的特质，是孤立与单音。因其孤立，宜于讲对偶，宜于讲声律。字句的对偶，在曹植、王粲、陆机诸人的诗赋里已很常见。六朝雕琢之风极盛，文学趋于技巧和形式之美。柿本人麻吕、山上忆良、大伴家持诸人，在修辞技巧方面受到六朝以来风气的影响，也将其吸收到和歌之中。如卷二 196 柿本人麻吕作《明日香皇女殡宫时歌》，描绘明日香皇女柔美的姿容：

我が王の　立たせば

玉藻のもころ　臥せば

川藻のごとく　なびかひし

宜しき君の　朝宮を

忘れたまふや　夕宮を

背きたまふや[1]

1.［日］佐佐木信纲著：《新訓万葉集》上卷，第 50—51 页，东京：岩波书店，1964 年版。

婷婷而立如玉藻，频靡似与川藻同；

君王圣善恋皇女，忘朝宫兮背夕宫。

忘，同“亡”，背，意为离开。“忘”的用法，如曹植《王仲宣诔》：“游鱼失浪，归鸟忘栖”，潘安仁《哀永逝文》：“鸟俯翼兮忘林，鱼仰沐兮失濑”，两例皆是“忘”与“失”相对为意。“背”字的上述用法，如颜延年《宋文元皇后哀策文一首》：“南背国门，北首山园。”南朝宋代谢庄《黄门侍郎刘琨之诔》：“过建春兮背阙庭，历承明兮去城辇。”前一例“背”与“首”相对，后一例，“背”与“过”相对。《广雅》：“首，向也。”两例的背字，皆作离开讲。柿本人麻吕在这里“忘”“背”两个动词用得十分形象生动，把君王一心钟情于明日香皇女的心理和情态，变成了活生生的动态的图画，这不能不说是钻研和学习中国诗歌的收获。

卷八 1520 的山上忆良所作的七夕长歌，吸收了中国诗歌的对仗句法：

思ふそら　安けなくに

嘆くそら　安けなくに

青波に　望みは絶えぬ

白雲に　涙は尽きぬ

かくのみや　気衝きをらむ

かくのみや 恋ひつつあらむ

さ丹塗の 小船もかも

玉まさの ま櫂もがも 朝なぎに いかき渡り

夕潮に い漕ぎ渡り ひさかたの 天の川原に

天飛ぶや 領巾片敷き ま玉手の 玉手さし交へ

あまた 宿も寐てしかも 秋にあらずとも [1]

1. [日] 佐佐木信纲著:《新訓万葉集》上卷、第 241—242 页，东京：岩波书店，1964 年版。

相思心不安，叹息心不安。

青浪望不绝，白云泣不断。

如斯常叹息，如斯常思恋。

桂舟亦我欲，玉楫亦我愿。

朝来风息时，扬楫渡银汉。

夕来潮满时，驾舟渡银汉。

即令非秋日，常寝天河原。

领中敷衣袖，玉臂相交挽。

除最后几句外，几乎都有趋对倾向。由于日语一词字母多寡不一，和歌长句和短句的字母数又是固定的，要想做到对仗有困难，作者不得不求助于重复。

在诗赋中用典，捃摭经史，据事类义，援古证今，可以收到言简意深，促人联想之功。将此用于和歌的，如大伴旅人写的《赞酒歌十三首》。大伴旅人尊崇老庄思想，在这组和歌中几处引用庄子和魏晋名士的典故。如卷三 343:

なかなかに 人とあらずは 酒壺になりにてしかも 酒に染み なむ [2]

2. [日] 佐佐木信纲著:《新訓万葉集》上卷，第 130 页，东京：岩波书店，1964 年版。

我欲一应离人境，

化作酒壶酒中浸。

《尚友录》载，三国时吴人郑泉博学而性嗜酒，临终遗言：“葬我陶家之侧，庶百岁之后，化而为土，幸见取为酒壶，实获我心。”和歌中用的正是郑泉的典故。

《万叶集》中有关遣唐使的作品有卷二十 4240《春日祭神之日，藤原太后赐入唐大使藤原朝臣清河御作歌》，大使藤原朝臣清河歌（4241，4243，4144）、4245、4246 天平五年赠入唐使歌并短歌（作主未详）、4247 阿倍朝臣老人遣唐时奉母悲别歌、1790 天平五年（733）癸酉遣唐使舶发难波入海之时，亲母赠子歌并短歌等。这些和歌和唐诗中的饯行诗当属同类，表达的是亲子之情与友朋之情，而最后归结于祈求神灵护佑远行者一路平安。

下录赵乐甡所译数首，以见其誓愿特色。

1790 天平五年（733）癸酉遣唐使舶发难波入海之时，亲母赠子歌并短歌

鹿取胡枝子，一胎衣子生。

吾亦生一男，独子与鹿同。

离家羁旅宿，如今万里行。

多取细竹节，串竹念珠成。

木绵作币帛，再把斋瓮呈。

为我心上儿，求福祭神明。

反歌

1791 旅人野宿，

如降寒霜，

愿祈高空鹤，

将儿羽下藏。[1]

1. 赵乐甡译：《万叶集》，第 389 页，南京：译林出版社，2002 年版。

闰三月，于卫门督大伴古慈悲宿祢家，饯之入唐副使同胡麻吕宿祢等歌二首

4262 衔命入唐国，

成功归来后；

向健儿，献美酒。

上一首，多治比真人鹰主寿副使大伴胡麻吕宿祢也。

4263 发不加栉，

屋不扫尘，

念君在羁旅，

斋祝求神心。

上件歌传诵大伴宿祢村上同清继等是也。作者未详。

敕从四位上高丽朝臣福信遣于难波，赐酒肴入唐使藤原朝臣清河等御歌并短歌

4264 大和国，

久安邦。

水上似平地，

舟楫如在床。

大神镇福佑，

四船舳舻航。

平安早归来，

复命上奏章。

期日应祝酒，

举杯共琼浆。

反歌

4265 四舟楫，应早回；

朕着白裳裾，

斋祝等尔归。

上，发遣敕使并赐酒乐宴之日月未得详审也。[1]

1. 赵乐甡译：《万叶集》，第 809—810 页，南京：译林出版社，2002 年版。

第二节 《万叶集》中的亲情与孝道

佛教出家与不拜君亲，原来与儒家忠孝伦理道德相抵触，在它传入中土之初，这曾成为“教在戎方（西方），化非华俗”的理由，受到儒家的排斥。另一方面，与儒家“孝”的观念相近的佛教经典《孝子报恩经》《佛说父母恩难报经》等也早早便汉译过来；后来中国人又参照这

些经典独自撰述了《佛说父母恩重经》，重点从佛教的孝恩转到了儒家世俗的孝道实践上。据《大周刊定众经目录》（成书于则天武后天册万岁元年，即695年）卷十五，可以推测其成书于初唐时代。

敦煌千佛洞发现的上万卷写经中，《佛说父母恩重经》多达五十余件。甚至道教也出现了类似的著述。唐代以来，儒家佛家都在说孝道，不同仅在于各有侧重。恰好那时日本正在积极吸收大陆文化，这种文化态势，自然影响到日本对中国文化的选择弃取。

《佛说父母恩重经》不久就传到日本，天平十九年（747）正仓院文书中，可以看到它与《金刚般若经》等置于一处。与此相关，以孝为主题的佛赞、渗透孝道思想的愿文等也通过《圣武天皇宸翰杂集》等，给当时和歌的主题与精神以影响。

一、　不见孝道字眼的孝道

一个尚未引起学界充分注意的问题是愿文中孝道观念对和歌的影响。从奈良时代流传至今的碑铭、写经末尾以及其他古文书中日本人撰写的愿文来看，当时类似敦煌愿文或者中国其它典籍中的愿文作品传入日本，并且作为日本愿文的范本。这些愿文中，为亡故的父母祈冥福的“亡文”（包括“亡考文”、“亡妣文”等），以及子女为父母修善供养的愿文，都以宣扬孝道为任。愿文在《万叶集》中投影的探讨虽然刚刚开始，却有望赖此对《万叶集》与佛教文学关系的研究找到新的突破口。

然而，也应该看到，在《万叶集》中根本寻不到宣扬孝道的字眼。是佛教文学中的什么东西，给万叶歌人以启迪？变文、讲经文、佛教歌谣、愿文这些佛教文学体裁，为了宣扬孝道，感动读者或者听众，常常在说教中插入许多父子或母子亲情的描写，对亲情加以讴歌礼赞，而这正与《诗经》以来的中国亲情文学一脉相承。《万叶集》歌人在自己的作品中展现的，与其说是孝道的说教，不如说是从晋唐文学中接受的亲情文学的赞颂。

在东亚文学中，歌唱父子或者母子亲情的诗歌与散文，不少具有独特的感人力量，它们是东亚文学中生命力仍然强健的文学宝藏。它们是东亚传统社会与家庭结构及其伦理观念孕育出来的花朵。其表达的真挚情感，不仅感动着现代人，而且也将感动未来的父母与子女。

《万叶集》中，山上忆良可以说是一位最喜欢讴歌家人之爱、讴歌亲情的作家。《罢宴歌》、《思子等歌一首并序》、《敬和为熊凝述其志歌六首并序》、《老身重病经年辛苦及思儿等歌一首并短歌》、《恋男子名古日歌一首短歌》等，就是这样的作品。

这里就想以这些作品为中心，从佛赞、佛教歌谣、愿文等多种文体中探寻它们构思的源流。仅仅从这些作品中吸取了某些语汇，是不可能写出上述佳作的，山上忆良必定是阅读了大量佛教文学而后烂熟于心，才会超越单纯的模仿而写出内心的真实感受。遗憾的是，史料没有给我们提供他阅读过的全部书目，因而我们便只能依据他的作品，去做一次没有向导的探路旅行。

日本奈良市东大寺正仓院收藏的《圣武天皇宸翰杂集》（简称《杂集》）是圣武天皇抄录的诗文集。据《杂集》末尾存圣武天皇亲笔题记“天平三年九月八日写了”，可以知道它是天平三年（731 年，唐开元十九年）九月八日抄完的。[1]《杂集》中所收百数篇诗文多属佛教诗赋与佛教应用文，是佛教文学的重要文献，而其中有些在中国已经散佚。关于《杂集》与《万叶集》特别是与山上忆良作品的关系，佐藤美知子在《万叶集与中国文学受容的世界》一书中已经谈到[2]，芳贺纪雄《万叶集中的中国文学受容》也涉及到《杂集》与《万叶集》的关联[3]，这里仅谈谈孝道思想在山上忆良《敬和为熊凝述其志歌六首并序》（简称熊凝歌）中的投影。

1.［日］内藤湖南著：《聖武天皇宸翰雜集》，载《内藤湖南全集》第 14 卷，第 24—27 页，东京：筑摩书房，1997 年版。

2.［日］佐藤美知子著：《万葉集と中国文学受容的世界》，东京：塙书房，2002 年版。

3.［日］芳贺纪雄著：《萬葉集における中国文学の受容》，第 259—261 页，东京：塙书房，2003 年版。

熊凝歌的主题是什么，辰巳正明的《万叶集与中国文学》指出，忆良以熊凝之死为契机而作的这些和歌，是由麻田阳春的熊凝歌二首及其推举熊凝孝悌的报告书所触发而咏唱的。[4]熊凝歌里“述志”的意图，在于表明熊凝临死对父母的“孝”。这些都是很有见地的。熊凝在临终不为自己离开人世而悲痛，而是想到由于自己的去世父母遭受到不能承受的沉重打击，这种对父母的深情，就是孝。

4.［日］辰巳正明著，《萬葉集と中国文学》，第 434—449 页，东京：笠间书院，1987 年版。

首先应当指出的是，这里所表现的“孝”的观念，不仅仅是儒家的道德内容，而且也是山上忆良熟悉的佛教文学的思想。为了追溯忆良文学的源流，也有必要对他可能接触过的佛教文献加以关注，而前面提到的圣武天皇《杂集》正是不可忽略的。

《杂集》中的《镜中释灵实集》，是唐代越州（在今浙江越州）僧人灵实的诗文集。根据集中所收《为桓都督祭禹庙文》，释灵实当为唐开元时人，《镜中释灵实集》很可能是那时的遣唐使或者留学僧携回日本的。其中的《迦毗罗王赞一首并序》是为越州参军姚孝先而作的。姚孝先“奉上以忠，事亲惟孝”，从离家远任以来，一直未能照顾父母，对双亲弥加思念（“自参卿远任，久睽色养之勤；循陔肆瞻，弥积庭闱之恋”），特意为他们画迦毗罗王一铺以祈愿。僧灵实为之作赞曰：

> *若有人兮孝思，相林鸟兮反哺；*
>
> *望西崦以增伫，循南陔以延慕。*
>
> *奉法将之保持，冀善权之扶护；*
>
> *销九横其无忧，掷三灾其迴度。*[1]

1.〔日〕中田勇次郎编：《書道藝術》，第50—51页，东京：中央公论社，1982年版。

这里歌颂的是姚孝先对父母的孝思，赞美他在远离双亲之后，仍然对他们念念不忘。

《杂集》中为亡故考妣祈冥福的“斋文”、“祥文”中更是充满了对父母养育之恩的礼赞，对子女思念双亲情怀的感念。如《为人父母忌斋文》中说：“造成者实荷于天地，鞠育者莫先于父母。”《为人父忌设斋文》中说：“原夫志切天经，莫达于严父；情深地义，实荷于劬劳。”《为人母远忌设斋文》中说：“恭惟发肤之分，至造无垠；劬劳之恩，昊天罔极。”《为人母祥文》中说：“追惟罔极，愈切于循陔；远慕慈颜，情深于陟屺。”

它们的共同特点，就是都借用《诗经》中歌颂亲情的诗篇或者诗句，来表达子女对父母的挂牵以及无法报答养育之恩的拳拳之心。例如：“鞠育者莫先于父母”（《小雅·蓼莪》：“父兮生我，母兮鞠我；拊我畜我，长我育我。”）；“实荷于劬劳”、“劬劳之恩”（《小雅·蓼莪》：“哀哀父母，生我劬劳”，“欲报之德，昊天罔极”）；“追惟罔极，愈切于循陔”（《南陔》，古时笙诗篇名，《诗小序》：“南陔，孝子相戒以养也”，《文选》束广微（晳）《补亡诗》：“循彼南陔，言采其兰”）；“远慕慈颜，情深于陟屺”（《陟岵》：“陟彼岵兮，瞻望父兮”）。

《诗经》中的《陟岵》、《蓼莪》、《凯风》等篇或写行役途中登高遥望故乡思念双亲，或者慨叹“王事靡盬”不能赡养父母，或者表达对母亲勤苦养育的感激之情，它们倾诉的亲情是朴实的，真挚的，是最普遍而又是最自然的，与儒家后来鼓吹的“忠孝一致”的孝道并不完全是一回事。

佛教文学将它们吸收过来，《万叶集》中山上忆良在上述作品中表达的，也更接近于这种朴实真挚的情感，这种情感不是从抽象的概念和儒家的说教出发的，而是来源于生活中真实感受。或者说，即便他是从熊凝事迹中看出了“孝道”的意义才写出了《熊凝歌》，而展现在作品中的也只是子女临终时对年迈双亲的无尽惦念。熊凝不为自己的死去而伤心，最忧伤的是父母的"在生之苦"、"待我过日，自有伤心之恨；望我违时，必致丧明之泣。哀哉我父，痛哉我母。不患一身向死之途，唯悲二亲在生之苦"[1]——是再也不能通过自己努力使父母安享晚年的遗恨。

1.［日］伊藤博著：《萬葉集釋注》三，第 173 页，东京：集英社，2001 年版。

二、 儒家之孝与佛家之孝的合流

孝道的体现者就是孝子。在《杂集》中也可以看到对孝子灵异的宣扬，如《为人父母忌斋文》中就以颂赞的笔调举出了邢渠、老莱、董黯、曾参等孝子的名字。

文中说邢渠赡养老父，使父亲的白发又重新变黑；老莱侍奉他的双亲，脱下黑白素色的衣衫而穿上花衣，让他们高兴；董黯感到心痛，知道父母想念自己就赶快回家；曾参在母亲咬手指的时候就赶紧跑了回去。孝子让本为盲人的父母见到光明，让失明的父母重见光明。

这完全是志怪小说称道灵异的手法。这些故事也强调了父母与子女的息息相通。我们在看到其中道德自我矛盾的一面的同时，也不应该忘记这些故事中还渗透着民间对善待父母的人的极度敬佩乃至于崇拜的感情。在民间，孝是朴实的，也是崇高的，对孝的重视甚至超过了对忠的重视。

我们从山上忆良的《熊凝歌》的汉文序中，也读到上述斋文中出现过的"丧明"一词。丧明，目失明，《礼记·檀弓》上："子夏丧其子而丧其明。"[2]故后世称子死为丧明之痛。由此推断两者在语言上的联系，不如进一步辨析那一时代两国孝子故事的异同。

2. 阮元校刻：《十三经注疏》上，第 1282 页，北京：中华书局，1983 年版。

辰巳正明在他对熊凝歌中的孝道的论述中，引用了国史大系《令义解》中和铜七年（714）十一月关于笃道的记载，其中便涉及到果安、麻吕、信纱这三个孝子的事迹，不仅充分展示了孝道思想的影响，而且也明显看出儒家"仁""仁政"思想的影响[3]。

3.［日］辰巳正明著：《万葉集と中国文学》，第 456 页，东京：笠间书院，1992 年版。

三位孝子中，第一位名叫果安，他孝顺父母，对兄弟也很好，如果有人生病或者缺粮，就带上自己的粮食，前去各处探望照顾。所以他所在的登美箭田二乡的百姓都感激他的恩义，敬爱他如同父母。这显然是一位官吏，他的行为有儒家"仁政"思想的影子，也就是说他不仅孝顺自己的父母，而且能推己及人，"推恩"于别人的父母。

第二位名叫麻吕，他"立性孝顺，与人无怨"。他的父亲听了继母的谗言，不让他进家门，他却没有一点怨言，仍旧十分孝顺。在中国，有母亲去世遭继母虐待的舜、闵损、王祥等少年顾念全家、宽宥继母、善待父母的故事，这里的麻吕也是一个这样的典型。虐待儿童问题，自古以来就存在着，但以《孝子传》为代表的作品对它的处理方式，并不侧重于追究父辈的责任，而是侧重于维护家庭的稳定，将这视为幸福的支柱。麻吕的故事，和中国的舜等故事一样，体现的正是这样的立场。

第三位信纱氏，是果安的妻子。她以侍奉公婆孝顺而闻名。她在丈夫死了之后，多年一直没有改嫁，对自己的孩子以及妾生的孩子一共八个，都一样抚养，侍奉公婆，妇道的各种礼节都很周到，受到同乡的赞扬[1]。在这个故事中，既有孝道观念，又有所谓“贞节”观念。

1.［日］辰巳正明著：《万葉集と中国文学》，第456页，东京：笠间书院，1992年版。

在日本奈良平安时代“访妻制”还残留的背景下，女子的恪守贞操会妨碍男性的享乐，要推行寡妇守节之类的制度显然是“强人所难”。在下层社会，或许会有果安妻子这样善良的妇女，但她的故事在当时很难说有普遍性。这里说她既孝顺公婆，又善待妾所生的孩子，还能礼节周到，确是一个按照儒家妇道观念理想化的人物。

三个“笃道”者中，有官吏，有少年，还有妇女，显然是精心选择的典型。他们和《孝子传》、《烈女传》里记述的孝子孝妇在精神上有相通的地方，是不可否认的。

较之于中国文学中那些带有怪异色彩的孝子故事来看，这些故事更接近于事实上的真实，而中国那些故事则更突出孝的情感力量。仅此不能断定中日两国在孝道伦理上的差异，却有理由说，日本奈良时代的孝子故事是以实际思想行为来打动接受对象的，而中国的孝子故事更注重用那些看似超越常人的高尚举动的感天地、泣鬼神惊人效果来打动接受对象。山上忆良的熊凝歌，仅写熊凝临终时担忧自己的死给父母带来的痛苦，由此体现出对父母的真情，从中也可以看出与果安、麻吕、信纱故事相同的倾向。

佛教文学由于面对的是广大的民众，往往把孝道当作与整个佛教教义一致的观念，甚至说它是佛教宗旨的核心，这和儒家的忠孝观便有不同。例如敦煌变文中的《故圆鉴大师二十四孝押座文》说：

如来演说五千卷，孔氏谭论十八章。

莫越言言宣孝顺，无非句句述温良。

孝心号曰真菩萨，孝行名为大道场。

孝行昏衢为日月，孝心苦海作梯航。[1]

1. 王重民、王庆菽、向达、启动、曾毅公编：《敦煌变文集》下卷，第 837—838 页，北京：人民文学出版社，1957 年版。

其中又说：

佛道孝为成佛本，事须行孝向耶娘。

见生称意免轮回，孝养能消一切灾。

能向老亲行孝足，便同终日把经开。[2]

2. 王重民、王庆菽、向达、周一良、启功、曾毅公编：《敦煌变文集》下卷，第 838 页，北京：人民文学出版社，1957 年版。

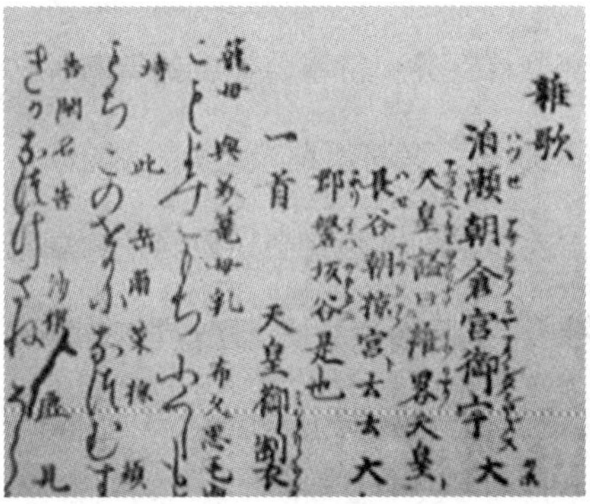

《万叶集》写本卷一

把孝推到至高无上的地位。北京李盛铎旧藏本《父母恩重经》经文中不仅列举了丁兰等孝子故事，而且说："人之孝顺，百行为本。"日本《续日本纪》天平宝字元年（757 年）四月里说："古者治民安国，必以孝理；百行之本，莫先于兹。"[3] 联系佛教文学中对孝道的推崇，我们似乎更加理解了山上忆良为何写下那么多歌唱亲情的和歌了。关于山上忆良和歌与佛教文学的关系，村山出《忆良——"世间苦"文学里的"子等"》，将《思子等歌》与《佛说孝子经》、《佛说父母恩重经》中的一节加以对照，考察了忆良作品中儒与佛的位置。增尾伸一郎《万叶集与中国思想》对嘉摩三部作与佛道二教特别是道教的《父母恩重经》的关联作了考察。这些都为进一步探讨提供了基础。不过，作为文学作品，不能忽视当时他可能读到的变文、讲经文、佛教歌辞在主题与表现手法上的启示作用。这样的研究，还仅仅是开始。

3. ［日］直木孝次郎校注：《続日本紀》2，第 244 页，东京：平凡社，1988 年版。

三、 忆念之恩

父子及母子之间的深情在分别时表现得最为强烈，那种相互挂念和担忧的情感在《诗经·陟岵》中是以儿子在行役途中想象父母正为自己担心祝福的方式来表现的。体察父母对自己的深情，正是因为自己对父母牵挂不已。《杂集》中多次出现的“远慕慈颜，情深于陟圯”概括的正是这种情感。

在佛教文学中，这种情感也特别受到标举。《佛说父母恩重难报经》有十恩之目，其第八“远行忆念恩颂”曰：“死别诚难忍，生离实亦伤。子出关山外，母忆在他乡。日夜心相随，流泪数千行。如猿泣爱子，寸寸断肝肠。”敦煌本《父母恩重经讲经文》也描写儿子远行、母心相随的深情：“儿向他州虽吉健，母于家内每忧惶。心随千里陷容貌，意随三年哭断肠。”[1] 伯3919《佛说父母恩重经》在陈述了父母想象儿子在外受到的种种不幸后咏道：“父母心随，永怀忧念。或因啼泣，雨（两）眼俱盲；或为悲哀，气结成病；或缘忆子，衰变死亡。作鬼报魂，不曾割舍。”王梵志诗也有“儿行母亦征，项腿连脑急”（项楚：《王梵志诗校注》）的诗句咏唱这种魂绕梦牵的思念。

1. 周绍良、张涌泉、黄征辑校：《敦煌变文讲经文因缘辑校》，第623页，南京：江苏古籍出版社，1998年版。

佛教歌辞中有十恩德（报慈母十恩经），其中的第九远行忆念恩：“此事实难宣。既为父母宿因缘。肠肚悉钩牵。防秋去。往征边。阿娘魂魄于先。儿身未出到门前。母意过山关。”（任二北：《敦煌歌辞总汇》）这些歌辞都与《佛说父母恩重经》一脉相承。在初唐时代，可能是大量流传的。

山上忆良《熊凝歌》中的长歌，抒发的正是自己离家远行染疾时对父母的极端思念，短歌也是写遥想父母盼望自己归来情景的陟屺之思。写对父母的思念，就是写对父母恩情的感念，这和汉文序中对自己死后父母“在生之苦”的忧虑统一在一起，如同与《父母恩重经讲经文》所咏唱的父母忆念之恩相回应，把子女对父母的报恩之心作为人生终点的美好情感加以赞颂。

值得注意的是，佛教的《父母恩重经》以及宣扬孝道的歌谣或者孝子故事中，最重视的不是父亲而是母亲，描写思念母亲的远远要多于父亲。北村茂树氏认为，这是以中国存在的地母神崇拜、母子神崇拜为前提的，佛教方面在向中国社会渗透佛教的时候，一面吸取自古以来的传统思想，一面创造中国佛教，就让这种崇拜在重视母亲的孝道思想或孝子故事中再生与发展起来了。[2]

2. ［日］北村茂树著：《敦煌出土父母恩重经讲经文的孝的思想及其展开》，载川口久雄《古典の变容と新生》，第905—918页，东京：明治书院，1984年版。

不过，不论是在《诗经》还是佛教歌谣中，描写双亲对子女的思念并没有轻重之分，所谓“父心切切，母意惶惶”，对远行子女的挂牵原无男女之分。从文学描写的角度来讲，对母亲的重视特别表现在对年幼的子女的照顾上，这与古代的地母神崇拜、母子神崇拜实际并没有什么关系。

同样，山上忆良描写的爱子之情也是超越性别差异的，完全出自身为人父的实际感受。《老身重病经年辛苦及思儿等歌并短歌》写重病的老人深忧爱子，同《熊凝歌》写爱子临终忧念双亲，恰好写了亲子情缘的两个方面，把它们放在一起来读，可以看出山上忆良是把亲爱子、子孝亲看作人的崇高情感，由此将两代人紧紧维系起来，这实际上超越了儒佛对孝道的说教，让孝回归到最基本最普遍的人的情感上来。

《诗经》中咏唱游子对父母思念与挂牵，很多出现在描写征战与劳役的诗篇中。两周时代连年征战，是家族离散天各一方的根由，因此感叹“王事靡盬，忧我父母”几成套语。“王事靡盬，不遑将父”，“王事靡盬，不惶将母”（《小雅·四牡》），“王事靡盬，忧我父母”（《小雅·北山》），“王事靡盬，忧我父母”（《小雅·杕杜》）。还有的抒发由于无有止息的王事夺取了种植的时机使得父母衣食无着的忧伤：“王事靡盬，不能艺稷黍，父母何怙？”“王事靡盬，不能艺黍稷，父母何食？”（《唐风·鸨羽》）后来的变文和愿文往往吸收《诗经》以来对父母忧思的咏唱，为报恩的说教服务。

四、《罢宴歌》与食瓜念子

在《万叶集》中曾经留下《在大唐时忆本乡作歌》的山上忆良，有过远渡沧波寓居异国的经历，对家庭温暖特别是父子之爱表现出特别的渴望。在他的和歌中更加突出的是日常绵长的相互思念，虽然不是像《诗经》与变文、愿文那样以强有力的诘问和抗议撼动人心，但也是以自然流露的挂牵给人以情感的冲击。

再看山上忆良的《罢宴歌》（卷三 337），请看赵乐甡译文：

憶良らは 今は罷らむ 子泣くらむ

それその母も 吾を待つらむぞ

忆良，席间今告退；

惟恐孩儿哭，伊母

负儿盼我归[1]

1. 赵乐甡译：《万叶集》，第 95 页，南京：译林出版社，2002 年版。

奈良的贵族效仿唐朝宫廷，不时举行各种宴会，饮酒畅叙，有时还要赋诗助兴。在这样的宴会进行过程中，山上忆良却站起来，对众人说：“忆良现在要告辞了，我惦念家里的孩子，他的母亲正盼望我回去呢。”加藤周一在他的《日本文学史序说》中说：“不仅以后的日本男子，再也没有作过这样的和歌，而且德川时代以后，还有羞于宴会中途退场的习惯。这首和歌之所以独发清音，原因正在于此（《万叶集》时代还没有那样的习惯）”[1]。

1.［日］加藤周一著：《日本文学史序説》上，第82頁，东京：筑摩书房，1980年版。

不错，仅此一首，便显示出忆良的独特性。但是，问题并不在于当时忆良是否真的站起来准备告辞，仅以这样的画面来表现在杂沓的人流中却思念妻儿的情绪又有何不可呢？这正是中国诗歌传统的“拟象写意”的做法，山上忆良的《贫穷问答歌》已经采用了这样的做法。重要的是，他要表现的恰是一个做父亲的对年幼的子女时时刻刻的挂牵。

在表现手法上，这首和歌正与《陟岵》相似。《陟岵》中的抒情主人公想象父母兄弟必然在家里为自己叹息，这也就写出了自己对他们的思念。忆良写孩子和他的母亲盼望自己归来，也就写出了自己急于和他们相见的心情。这首和歌抓住在宴会上自己突然想起了孩子的瞬间咏唱爱子之情，又可以看出和歌专截取情感生活的断面抒写片刻情绪的独特之处。

山上忆良的《思子等歌一首并序》，请看李芒译文：

瓜食めば 子どもおもほゆ

栗食めば まして偲はゆ

いづくより 來たりしものぞ

まなかひに もとなかかりて

安眠しなさぬ[2]

2.［日］佐佐木信纲编：《新訓万葉集》上卷，第212页，东京：岩波书店，1964年版。

食瓜思爱子，食栗更情牵。

宿缘何所至，形骸入眼帘。

憧憧频闪动，令人难安眠。[3]

3.李芒译：《万叶集选》，第161页，北京：人民文学出版社，1998年版。

在王室贵族来说，瓜和栗或许并不是什么罕见的食品，但对于一般庶民来说，却是不常有的美食。这和王梵志的“父母生男女，没娑可怜许。逢着好饮食，纸裹将来与。心恒忆不忘，入家觅男女”写的正是同样的情感。曾有日本学者认为，为什么山上专写吃瓜吃栗，可能与中国的“讨口彩”有关系，瓜有多子之喻，栗子谐“立子”之声。这种解释固然可备一说，但总让人感到有些牵强。

从山上忆良的上述作品来论述孝道的影响，还不如说，是中国文学中那些对爱子亲情的描写对他的影响更深。

五、 丧子之痛

卷五 504《恋男子名古日歌一首并短歌》是为追悼夭折的男孩古日而作的和歌，中心是写对幼子的爱[1]。这在《释灵实》中也可以找到一些类似的写法。如《为人为息赛恩斋文 · 并为母庆造经成了》：“十方灵觉，原夫天性至重，骨血情深。经著膝下之言，书称掌中之爱。况芝兰玉树，二宝八龙。斯号兴宗，实隆堂构”[2]等。

以“掌珠”喻爱子、以痛失掌珠喻丧子也多见于敦煌愿文，如“每泣蟾光之影，犹掌失珠”（《敦煌愿文集》，第 63 页），“庭摧玉树，掌碎明珠”（《敦煌愿文集》，第 139 页），“母泣断而无追，痛失掌中之宝”（《敦煌愿文集》，第 162 页），“碎掌内之明珠”（《敦煌愿文集》，第 139 页）等等，不胜枚举。

山上忆良在《恋男子名古日歌一首并短歌》中以白玉喻亡儿古日，又以痛失掌中之宝作结，同时一开头便以世人钟爱宝物，而自己唯重娇儿来进一步反衬爱子情深，《思子等歌》的短歌言金银珠玉之贵不及爱子之宝，都正是因为掌珠之喻为愿文常套，人所熟知，强调自己的爱子之情远胜他人。

《恋男子名古日歌一首并短歌》的结构，与《敦煌愿文》中“亡文”里的“亡男”、“亡孩子”等颇为接近。“亡男”及“亡孩子”是在孩子死后的周忌或者临殡法会上诵读的愿文。一般是在陈述完人生无常亡故不免的常理之后，立即进入对于夭折孩儿的赞美性的描写，而后以父母的角度，回顾孩子生前可爱的音容笑貌，这一部分集中渲染所谓“天伦之乐”。在写出父母对孩子寄托莫大期望之后，马上以树凋花落、船覆玉碎等比喻引出孩子的突然亡故以及由此给父母的沉痛打击。愿文接着便铺陈父母的丧子之痛，以下自然引入对孩儿往生净土的祈愿。

山上忆良的这篇对亡故男子古日的祈愿和歌，在结构上完全与这种“亡文”一致。这里不妨以“亡文范本”中“愿文号头”的一篇为例，加以对照。在引用时候，只是省略了开头的阐述亡故难免的常套句。下面根据一般愿文的顺序分别列出《愿文》号头的常套句，而后摘录山

1.〔日〕伊藤博著：《萬葉集釋注》三，第 253—254 页，东京：集英社，2001 年版。

2.〔日〕中田勇次郎编：《書道藝術》，第 55 页，东京：中央公论社，1982 年版。

上忆良这首和歌的相应部分的译文。

（一）以金玉之喻写得子之喜

惟孩子凤鹤俊骨，天降异灵。

世人愿所贵，金银七种宝。

问我何所为，我爱吾儿好。

儿生如白玉，古日取名早[1]。

1. 杨烈译：《万叶集》，第199页，长沙：湖南文艺出版社，1984年版，下同。

〔杨烈译文〕

（二）写孩提之姿寓舐犊之情

弄影巡床，多般笑话。解行而三步五步，解父母之愁容；学语而一言两白，别尊卑之颜色。

明星晓在天，儿不离床边。

或立抑或坐，游戏与并肩。

晚星晚在空，携手一同眠。

不离父母侧，抱寝令人怜。

〔杨烈译文〕

（三）写成人之望不果

花落玉碎之悲将为（谓）成人长大，侍奉父母；何期逝水无情，去留有恨。朝风忽起，吹落庭梅；玉碎荆山，珠沉逝水。

爱之听其语，望之成圣贤。

不论吉与凶，倚之如大船。

忽然暴风来，覆舟如拉朽。

我不知为何，两袖悬两肘。

〔杨烈译文〕

（四）写丧子之痛失珠之苦

父念切切，垂血泪以无休；母忆（意）隍惶，但哀号而难止。东西室内，不闻唤父之声；南北阶前，空是（见）聚□□（尘）之处（21）。

手持真明镜，向神明叩首。

天地各神祇，伏额祈长寿。

立此我彷徨，祈求不离口。

诚无须臾欢，渐渐容貌丑。

朝朝默无言，此命能保否。

立时如跳跃，顿足而叫吼。

伏仰捶胸叹，吾儿本在手。

吾儿飞去乎，世路何处有。[1]

1. 杨烈译：《万叶集》，第 199—200 页，长沙：湖南文艺出版社，1984 年版。

〔杨烈译文〕

上面引用的“亡文范本”的结构，在同类为早夭儿童撰写的愿文中具有很强的代表性。“亡男文”大都采用这样的结构，它的优长是用精炼生动的文字充分表达痛失爱子的双亲痛不欲生的心情。这种结构显然是在多次同种场合下使用不断积累和选择的结果。这种选择作用，使得许多“亡男文”即使语句各异，在结构上也基本相同。

例如下面这篇“愿文号头”的开头部分，也是以宝玉之喻写起，而后回顾亡儿和父母在一起时天真可爱的姿容：

曾闻荆山有玉，大海明珠；骨秀神清，红颜绀（音 gan，天青色，深青透红之色。）白。似笑似语，解父母之愁容；或坐或行，遣傍人之爱美。掌擎来（未）足，怜爱偏深；弄抱怀中，喜爱之无尽。[2]

2. 黄征、吴伟编校：《敦煌愿文集》，第 203 页，长沙：岳麓书社，1995 年版。

另一篇《孩子叹》在写成人之望不果、花落玉碎之悲的部分，也采用了与上述《愿文号头》完全相似的转折手法：

岂谓庭摧玉树，掌碎明珠。霜彫（凋）上苑之兰，风落小山之桂。遂使父心切切，母意惶惶。看戏（嬉）处以增悲，睹摇车而掩注（泣），冥冥去识，知诣何方？寂寂幽魂，趣生何路？[3]

3. 黄征、吴伟编校：《敦煌愿文集》，第 239 页，长沙：岳麓书社，1995 年版。

“父心切切”“母意惶惶”正出自《父母恩重经讲经文》。这类“亡男文”不仅结构相近，而且有一些常套句。作为佛教应用文，愿文使用频率很高，这种常套句正适应了快作常用的特点。

山上忆良的《恋男子名古日歌一首并短歌》里，也可以看到与这些惯用表现手法和常套句相近的语句。例如以珠玉、掌中珠喻爱子，以痛失掌中珠、玉碎喻丧子之痛。南朝梁江淹《伤爱子赋》有“曾悯怜之惨凄，痛掌珠之爱子”，而愿文中这种比喻俯拾可见。《恋男子名古日歌一首并短歌》的长歌一开头便以白玉喻古日，最后又以痛失掌中宝为结，与“亡男”愿文同构。再如《恋男名古日歌一首并短歌》以船遇暴风喻寄托着父母期望的爱子突然故去，不论在喻意上还是在文中的转折作用上，都与“亡男”愿文类似。

从《敦煌愿文集》来看，这类在法会上使用的愿文，由于具有普遍性而内容写法都十分相近，山上忆良在唐时接触到同类愿文是完全可能的。也就是说，即使他没有看到过我们引用过的这些《亡男》之类的愿文，也有可能读到过相近的愿文。

然而，《恋男子名古日歌一首并短歌》与这些佛教应用文最大的区别，是不言佛理而专以亲子之情感人。如果我们的推测合理的话，那么他从那些愿文中汲取的，就是那些表现亲情的部分。

不妨将这些作品称之为亲情诗。它们虽然不能离开奈良时代传入日本的儒道佛文献中的孝道思想来解读，但是在里面既没有《孝子传》故事中矛盾的道德观，也没有强迫子辈无条件服从父辈的说教，今天读来仍不乏认识意义。

至于上文提到的唐代佛教文学，除了《杂集》为圣武天皇所重，山上忆良极有可能读过以外，变文讲经文与愿文具体有哪些传到日本并成为他药笼中物，仍有待于进一步考证，然而，他曾作为遣唐少录到过长安，从他的这些亲情诗来看，读到过其中某些作品或者类似的作品，却是可以肯定的。

漫长的中国封建社会，汉族精神生活的根本伦理就是孝和忠。孝不仅是家庭生活的准则，而且通过与忠的结合，曾经成为国家政治生活的准则。儒家通过《孝经》等著述，将远古的祖先崇拜加以延伸和发展，又通过汉代以来所谓“以孝治天下”的具体政治实践，使“孝”的观念广泛深入民间。唐代儒道佛中的孝，都离不开这样的前期背景。《万叶集》中对孝的接受，是在没有这种前期背景的情况下展开的，这就决定了它的接受，更加倾向于文学题材和表现形式的拓展，而不是思想的深化。

第三节　《古今和歌集序》和魏晋南北朝文学批评

日本平安时代前期的汉诗文创作，是日本汉文学发展的第一个高峰。随着与唐朝文化交流的高涨，宫廷文坛上贵族文人竞习汉文，争制汉诗蔚然成风，而本民族的抒情艺术——和歌创作的园地反而花疏叶稀。直到遣唐使废止之后，宫廷或贵族的私邸盛行“歌合”，即和歌赛会，第一部敕撰和歌集《古今和歌集》问世，和歌创作才重新获得举世瞩目的社会地位。

《古今和歌集》简称《古今集》，它是公元905年根据醍醐天皇的敕命，任命纪友则、纪贯之，大河内躬恒、壬生忠岑四人为撰者编集上奏的，大体编选了自《万叶集》问世至《古今集》之前约150年间127位和歌作者写作的1100和歌[1]。

1.〔日〕小泽正夫校注：《古今和歌集》，东京：小学館，1974年版。

这部书所创设的春、夏、秋、冬、贺、离别等完整的部类，它所提倡的清冽丰润、纤细巧致的抒情风格，它的两篇序文（汉文序和日文序）对于和歌本质、历史、歌体的论述以及对所谓“六歌仙”的评价，给后世留下了深远的影响，其直接的结果便是短歌在宫廷文坛上与汉诗并驾齐驱，在和歌史上，以此为先导，《新古今集》、《新续古今集》等敕撰集又步其后尘，也陆续编成行世。

《古今集》卷首有纪贯之用假名写的序文，即日文序，书末还附有纪淑望（？—919）用汉文写的内容大体相同的序文，即汉文序。这两篇序文，都不像一般的书序那样，只讲明撰书的情由、时间和过程，而是原始察终，阐述了和歌的作用和价值，回顾了和歌发展的历史，表明了作者对于和歌艺术特征的一系列看法。

《古今和歌集》的日文序尤其具有重要意义，是日本文学评论史上最早的文献之一，内容包括和歌论与撰集论两部分，前一部分又包括本质论、目的论、起源论、展开论、分类论、变迁批判论六部分；后一部分涉及到《万叶集》撰集、六歌仙评价、《古今集》撰集、撰集后的抱负等内容。

纪贯之认为和歌“以人心为种子，万事皆可歌。人生世上，诸事百端，和歌乃将心之所思，即目之所见、耳之所闻咏出者也，莺啼蛙鸣，一切生物，皆可入咏”[2]，序中还举例分类说明了和歌中的风、雅、颂、赋、比、兴各体，采用摘句举篇的批评方法，阐述了和歌的不同艺术风格，并用比喻的方法，对六歌仙的特色作了分析。

2.〔日〕小泽正夫校注：《古今和歌集》，第49页，东京：小学館，1974年版。

日文序在汉文序的基础上把理论有所推进。这些论述，对于提高和歌的地位，扩大和歌创作的影响，无疑起着直接的推动作用。从序中表述的观点和序的写法来看，作者显然从我国魏晋南北朝文学批评著述中得到过启发。

在魏晋南北朝时代，我国的文学批评由单篇评述发展为整部的著作，由一般的文学批评发展为系统的理论建树，《典论 · 论文》、《文赋》、《文心雕龙》、《诗品》等专著正体现了这一时期文学批评和文学理论的发展成就。这些著作不仅影响了自那时以来的中国的文论及创作，而且在遣唐使时代先后传入日本。

在平安时代汉诗文繁盛的时风众势下，诗文理论也必然受到重视。平安时代编撰的敕撰汉诗集之一《经国集》便是采取《典论 · 论文》中把文章看成“经国之大业，不朽之盛事”的观点而命名的。遍昭金刚为帮助日本人学习汉诗文而编写的《文镜秘府论》全文抄录了陆机的《文赋》[1]。这都说明，魏晋南北朝的文学批评著作在传入日本后曾经影响了日本文人的思想和写作。在他们热衷于仿作汉诗文、研习汉诗论的同时，中国的文论和诗论也刺激着创造日本气派、日本风格的新文学的热情和冲动。《古今集序》便是这一借鉴与创新过程的历史证明之一。

1. 陆机《文赋》，载《文选》第十七卷，曹丕《典论 · 论文》载《文选》第五十二卷。《文选》在当时的日本是一部具有很大影响的书。

《古今集序》的作者直接或间接地吸取了曹丕、陆机、刘勰、锺嵘的某些观点，在序文的写法上还模仿了《诗品序》。它在多方面吸收了魏晋南北朝文学批评的成就。

一、　“诗不朽说”

魏晋时代文学理论研究的重大成果，便是揭示文学的意义和价值，使文学成为一门独立的艺术。《古今集》编撰的目的，是为了“继既绝之风”、“兴久废之道”[2]，即发扬被割断了的和歌创作的传统，恢复被废弃了的正确的创作方法，因而序作者自然地吸取了文学价值的观点，为唤起世人对和歌的注意而大声疾呼。

2.［日］大曾根章介、金原理、後藤昭雄校注：《本朝文粹》，第 320 页，东京：岩波书店，1996 年版。

《典论 · 论文》对文学的价值作了这样的阐述：

> *盖文章经国之大业，不朽之盛事。年寿有时而尽，荣乐止乎其身，二者必至之常期，未若文章之无穷。是以古之作者，寄身于翰墨，见意于篇籍；不假良史之辞，不托飞驰之势，而声名自传于后。*[3]

3.（梁）萧统编、（唐）李善注：《文选》下册，第 720—721 页，北京：中华书局，1977 年版。

曹丕认为文章本身对于经世治国具有不朽的价值，勉励人们把文学创作当作终生事业，不托“飞驰之势”而靠篇籍之意独立获得声名。在《古今集》汉文序中，作者认为，和歌不应当只作为谈情说爱的工具和乞食谋生的手段，而“半为妇人之右（佑），难进大夫之前”，纪淑望对于和歌在宫廷文坛上的被淡忘、遭冷落不禁愤愤然感叹道：

> *俗人争事荣利，不用咏和哥（歌），悲哉！悲哉！虽贵兼相将，富余金钱，而骨未腐于土中，名先灭世上。适为后世被知者，唯和哥（歌）之人而已。何者？语近人耳，义惯神明也。*[1]

1. 假名序参见小泽正夫校注、翻译：《古今和歌集》，第 49—62 页，东京：小学館，1974 年版。

“哥”为“歌”之古字，晋唐写本“歌”均作“哥”，纪淑望实依唐例。作者鄙薄那些不咏和歌的人不过是些可悲的俗人，认为只有和歌作者才能名垂后世，而争事荣利者，尽管居相将之位而又家财有余，却只能落得个骨未腐而名先灭的下场。他还特别指出，和歌因为使用的是人们听惯用熟了的民族语言，即语近人耳，又与民族传统的思想感情一脉相通，即义贯神明，因而便具有比高官厚禄更为崇高的价值。日文序删去了上面一段话，但也不满于和歌“埋于好色之家，如木之埋于地下，不为人知”的状况。在序文结尾充满自信地说：

> *虽时移事去，悲乐相续，然此歌文字长存。如青柳之无绝，似松叶之不凋，若葛藟之长传，鸟迹之文，久留人世。知吟咏之情、得和歌之心者，视之如瞻太空之月，岂不追昔而抚今哉*[2]*！*

2.［日］小泽正夫校注、翻译：《古今和歌集》，第 62 页，东京：小学館，1974 年版。

品味这两段文字，我们可以发现汉文序和日文序在论述的强调之点上不尽相同，但是，对于和歌独立不朽的价值，却是一致作了充分的肯定。日文序对于《古今集》巨大作用的坚信，在当时情况下，也就是对和歌艺术力量的赞美，其作用便是使和歌走出闺阁，重新回到朝宫大夫手中。《古今集序》对和歌的提倡，借助了《典论 · 论文》对于文学价值的崇高评价，这是首先值得我们注意的。

二、 和歌通情说

《古今集序》采用了从和歌历史发展的角度来总结和歌艺术规律的系统研究方法，而用历史观点来看待文学的发展，正是我国南北朝文学中批评的一大进步。

齐梁时代刘勰写的《文心雕龙》是一部总结性的文学批评巨著。刘勰认为魏晋以来曹丕、陆机、挚虞、李充等人的文学批评论著都是“各照隅隙，鲜观衢路”，“未能振叶以寻根，观澜而溯源”，因而自己有责任来纠正这个根本性的缺点。他所写的 20 篇文体论，每篇分论一种或两三种文体，对主要文体都做到“原始以表末，释名以章义，选文以定篇，敷理以举统”[1]。

1. 刘勰著，范文澜注：《文心雕龙注》下，第 727 页，北京：人民文学出版社，1978 年版。

继《文心雕龙》之后出现的《诗品》，其序文对于五言诗的产生和发展也有概括的论述。锺嵘着重叙述各代诗人的阵营，序文如同一篇五言诗小史。

这种论诗的历史观念，直接影响了《古今集序》的两位作者，使他们能够注意梳理和歌发展的脉络，对古今和歌进行对比研究，写出了最初的用历史的观点来总结和歌发展的文章。

《古今集序》看来很像一篇和歌史纲。如同刘勰回顾诗歌的历史，一直追溯到神话传说中的葛天氏时代一样，《古今集序》也将和歌的起源，推移到遥远的神世。汉文序说：

> *然而神世七代，时质人淳，情欲无分，和歌未作，逮于素戋呜尊到出云国，始有三十一字之咏，今反歌之作也。其后虽天神之孙，海童之女，莫不以和歌通情者也。爰及人代，此风大兴*[2]。

2. [日] 大曾根章介、金原理、後藤昭雄校注，《本朝文粹》，第 320 页，东京：岩波书店，1996 年版。

纪淑望认为，和歌起源于五尊特别天神及神世七代之后，而纪贯之则认为，在神世七代以前已有和歌出现，只是没有流传下来罢了：

> *此和歌自天地初分之时便有吟咏。然则世上相传者，天上则始于下照媛，人间则起自素戋呜尊*[3]。

3. [日] 小泽正夫校注、翻译：《古今和歌集》，第 49 页，东京：小学舘，1974 年版。

纪贯之将和歌起源的时间推移到乾坤初分的五尊特别天神时代。这两种不同的说法，可能是两位作者根据历史传说作出的不同推断。但他们都认为，和歌出现于神代，有着悠久的历史。

《古今集序》将和歌的风格同各个时代的时尚风气联系起来，特别论述了从万叶时代到《古今集》编撰之前各个阶段歌坛风气的变化，着重评价了万叶时代的柿本人麻吕和山部赤人，而后的六歌仙即遍昭、在原业平、文屋康秀、喜撰、小野小町、大伴黑主的歌风，从历史的角度，否定了那种“未为耳目之玩，徒为教戒之端”的上古歌风以及六歌仙时代某些歌人“以艳为基，不知和歌之趣”的歌风。

对于歌体的发展过程，汉文序认识到，“譬犹拂云之树，生自寸苗之烟；浮天之波，起于一滴之露”[1]。日文序则借用了白居易座右铭中的两句话：“千里始于足下，高山起于微尘”，又言“至阴云叆叇，如草木繁生”，强调研究歌体的发展要追溯其初。这和刘勰一再强调的要“原始察终”、“原始要终”、“沿波讨源”出于同样的认识。

1.［日］大曾根章介、金原理、後藤昭雄校注：《本朝文粹》，第320页，东京：岩波书店，1996年版。又见［日］小島宪之、新井荣藏校注：《古今和歌集》，东京：岩波书店，1989年版。

三、 摘句举篇的批评方式

南北朝时期的文学批评论著，在对作家和作品风格进行评价的时候，常常采用摘句举篇的方法，即摘取和称道最能体现作家风格的警句来比较作家捕捉和描摹形象的能力，品评诗人手笔的高下。《诗品序》便摘引了“思君如流水”，“高台多悲风”等名句，称为胜语，论谢灵运、谢朓、曹操的诗也都很注意奇警秀拔的诗句。

《古今集》日文序在对柿本人麻吕的作品进行评价的时候，概括了他两首有名的和歌创造的意境：

> *当其时，有正三位柿本人麻吕大人者，乃和歌之圣也。此可谓君王臣下，契合一心。秋夕龙田河漂流之黄叶，天皇之目，视为锦缎；春朝吉野山绽开之樱花，人麻吕之心，惟有游云*[2]。

2.［日］小泽正夫校注、翻译：《古今和歌集》，第56页，东京：小学舘，1974年版。

人麻吕，即柿本人麻吕。秋夕句指卷五秋歌283：“龙田河，红叶飘流乱，涉水渡河绝锦缎”[3]将秋日晚霞辉映之下浮荡着红叶的龙田河水直接看成涉河即可截断的锦缎，后面的春朝句指人麻吕将吉野山的樱花直接当作云朵来描绘。这种将现实和想象叠合的写法，正是《古今集》编者所欣赏的。

3.［日］小泽正夫校注、翻译：《古今和歌集》，第150页，1974年版。

在纪贯之看来，柿本人麻吕那种对于四季变迁微妙感触的捕捉，那种委婉表现曲折的心理活动的意趣，那种将面前的景物与脑海中浮现的映象融为一体的技巧，正是深谙和歌之趣的反映。纪贯之用摘引和称道名句的方法，给读者留下了广阔的联想天地，这恰是钟嵘品评五言诗的方法。

四、　诗论的文采观

在序文的语言风格上，《古今集序》受到南北朝文学批评注重藻饰特点的影响，即使纪贯之用假名撰写序文时，也力图模仿汉语，精心结构对偶或联排的句子，甚至因过分地对此追求而造成语义不清或繁复的弊端，这一现象，可以说与他学习和效仿的对象——南朝文学批评论著的影响有关。

日本平安时代由于唐代古文运动的影响，已经出现了摆脱骈俪文风的散体化的文章。例如菅原道真写的《书斋记》、《左相扑司标所记》等散文，语言朴质流畅，潇洒自如。《左相扑司标所记》这样描写“标屋”做工的精细：

> *山西有家，寝殿、细阁、曲屋各一宇，葺以桧皮，几案帘帷，逐便辨设。寝前松下，道士老僧，相对围棋，樵客耽见，斧柯已烂。山南有牧野，放马数十匹，踊跃奔逸，无人羁绊。更有小水，潜过牧中，水势微弱，不绝如綖，众马群饮，余流欲涸。*[1]

1.〔日〕川口久雄校注：《菅家文章 菅家後集》，第536—537页，东京：岩波书店，1978年版。

菅原道真用自由的散体化的文字，将手工艺匠人精心扎制的“标屋”中的人与物描绘得历历如绘。然而，纪贯之所写的序文则多雕章琢句，不遗余力地拼凑排偶。文中列举了二十三种和歌抒情言志的情况，竭力铺陈，几可谓下笔不能自休。即便谈到书中建立的春、夏、秋、冬、祝、恋、离别、羁旅、哀伤、杂歌等部类这样需要明晰地加以说明的问题，纪贯之也不忘留意藻饰的精丽和句式的齐整：

> *其中，有始子插梅鬓边，耳闻莺啼，攀折红叶，至于赏观瑞雪；又有鹤龄龟寿之贺，思侣怀人之想，求安祛邪之祝；见秋萩夏草，思慕爱妻；登离合之山，奉币祈神，或非春、夏、秋、冬之属，更有吟咏种种，皆选录之。*[2]

2.〔日〕小泽正夫校注、翻译：《古今和歌集》，第60页，东京：小学館，1974年版。

《古今集序》和上面所说的《左相扑司标所记》在语言风格上的差异是一目了然的。就是纪贯之自己用假名写的《土佐日记》，其语言风格也近于菅原道真的杂记文。之所以产生这样的现象，很可能在于他们学习和模仿的对象不同。写杂记，则以中唐以来出现的散体文为模仿的目标；作序文，则以《诗品序》为典范。《诗品》诞生于会意尚巧、遣言贵妍的南朝，为文苦加修饰精炼之功，这影响到《古今集序》，便为我们留下了两篇苦心孤诣雕琢过的文字。

在我国古代文学中，魏晋南北朝文学批评和文学理论的成就，不仅是空前的，而且后来也难与之媲美，一直成为人们仰慕、研习的对象。《古今集》两篇序文正是借用了这些成就，来推动自己的和歌理论的创立。试看日文序对于和歌功能的论述：

夫和歌者，以人心为种籽，发言而为千枝万叶。世间人事，百端繁复，心有所思，托之于耳闻目睹而形之于言。闻花中鸣莺，水内蛙鼓，万类生物，何不可歌！[1]

1.［日］小泽正夫校注、翻译：《古今和歌集》，第 49 页，东京：小学館、1974 年版。

《诗品序》说："气之动物，物之感人，故摇荡性情，形诸舞咏。"《古今集序》的作者在论述和歌性质的时候，或许自然想起了这些权威的提法。

但是，《古今集序》的观点却并不是《诗品序》的翻版，而是准确地针对和歌这种比绝句的容量还要小的抒情形式的特点而生发的。和歌特别适合于将内心情感、情绪通过眼、耳、鼻、舌、身等感官某种具体的感受表现出来。一声莺啼，一片蛙鼓，体现着人们对季节变化敏锐的感触，充满着生趣盎然的情味，寄托着抒情者内心情感的微妙变化，发而为言，即可成篇。这正是《古今集》编撰者刻意追求的艺术效果。

汉文序也说：

若夫春莺之啭花中，秋蝉之吟树上，虽无曲折，各发歌谣，物皆有之，自然之理也。[2]

2.［日］大曾根章介、金原理、後藤昭雄校注：《本朝文粹》，第 320 页，东京：岩波书店、1996 年版。

可见，两篇序文都是把和歌作为借描摹自然以吐露心绪的抒情形式来看待的。《古今集》中也多为"爱花羡鸟，怜霞悲露"之作，这和我国诗人传统地将诗歌作为"顺美匡恶"的工具，一些进步诗人强调始终密切注视国计民生，在创作中努力实践亲风雅、求寄兴的主张有着很大的不同。因而，可以说，《古今集序》虽然接受了"感物咏志"的见解，但其归结点却和中国诗论大不相同。[3]

3. 日本学者铃木修次认为，纪贯之可能了解《诗大序》和《诗品序》关于感物咏志的观点，他又确实说明了日本文学的本质。见铃木修次所著《中国文学和日本文学》第五章第五节，第 77—88 页，东京：东京书籍株式会社、1987 年版。

日本传统的文学理论是在不断接受中国古代文学批评和文学思想的巨大影响的同时，完成自己独特的发展过程的。即便来自中国的观点、概念、术语，在新的土壤中也在发生微妙的变化。从某种意义上说，在世界文学发展历史上，两个国家的文学理论有着这样密切的联系而又表现出这样显著的差异，大概是不多见的。在这个领域中，有许多需要探讨的问题，而《古今和歌集序》作为这种密切联系的最早的成果，的确值得我们注意。

第四节　《诗大序》与《毛诗正义序》与日本和歌理论

在日本流传至今最古的文章，即《宋书·蛮夷传》所载倭王武（即雄略天皇）致刘宋顺帝的表中，已经出现引用《诗经》的诗句，可以说，《诗经》是最早传入日本的典籍之一，它在日本被阅读的历史超过一千四百年。以《诗大序》和《毛诗正义序》为首的有关《诗经》的诗歌理论文献给早期汉诗理论的影响，进一步扩展到草创初期的和歌理论，即所谓“歌论”当中。

一、《诗境记》中的《诗大序》

《诗大序》与《毛诗正义序》在平安时代诗论中的投影既深且浓。大江匡房撰写的《诗境记》，可以看到那个时代的贵族文人对中国诗歌的历史与理论了解的深度与广度。

《诗境记》文中描绘的“诗境”是“以翰墨为场，以感伤为俗，花月输租税，烟霞代封禄，桃李施不言之化，兰菊饱惟馨之德，不闻风尘之变，不看露雾之侵”[1]，很有一点远离俗世的艺术桃花源的味道。而谈到诗歌起源与《诗经》的内容，则基本化用了《诗大序》的语句：

1. 後藤昭雄著：《大江匡房的〈诗境记〉——日本人11世纪撰写的中国诗歌史略》，载後藤昭雄著，高兵兵译：《日本古代汉文学与中国文学》，第160—177页，北京：中华书局，2006年版。

心动于中，言形于外，咏歌不足，故嗟叹；嗟叹不足，故不知手之舞、足之蹈。起于四始，创于六义、《周南》、《邵（召）南》者，风之始也。言者无罪，闻者足□以戒，《诗》三百篇，大概圣贤发愤之所作也。[2]

2.［日］後藤昭雄著，高兵兵译：《日本古代汉文学与中国文学》，第160页，北京：中华书局，2006年版。

这里关于诗的定义、起源、作用的说明，基本套用了《诗大序》的说法，而关于诗三百篇为圣贤发愤之所作的看法，则是援用《史记》卷一百三十《太史公自序》中的句子。太史公将这作为“发愤著书”之说的一个论据提出《诗经》的例证。《诗大序》的说法，直接影响了大江匡房对诗歌性质和作用的看法。

这篇《诗境记》，现载《朝野群载》三《文笔》，可以说是平安时代为数不多理论色彩较重的文章，是研究日本汉诗理论最早的文献之一。

二、 从“诗经”到“歌经”

《毛诗正义序》中说：“夫《诗》者，论功颂德之歌，止僻防邪之训，虽无为而自发，乃有益于生灵。”[1] 这是将诗与德紧密相连的诗歌性质论。日本平安时代的诗论中广泛接受了这种诗德论。

1.（清）阮元校刻：《十三经注疏》，第 261 页，北京：中华书局，1980 年版。

《江吏部集》中载《冬日于州庙赋诗》的序文一开始便是：“夫诗者，群德之祖，万福之宗也。动天地，感鬼神，莫先于诗焉。”[2] 可见《诗大序》和《毛诗正义序》在平安时代贵族文人中享有诗学权威教科书的显赫地位，它们对诗歌作用、价值的论述已成为不可动摇的理论，为贵族文人所信从。

2.［日］塙保己一编：《群書類従》第九輯，第 215 页，东京：平文社，1992 年版。

日本歌论从诞生伊始，就对汉诗论采用了基本照搬、略加变通的方法。这种倾向在藤原滨成撰写的《歌经标式》中就很明显。藤原滨成（724—790），平安时代歌人，据《续日本纪》载，他“略涉群书，颇习术数”。《歌经标式》是他在宝龟三年（772 年）奉敕撰写的，此书又因撰者而名为《滨成式》，与《喜撰作式》、《孙姬式》、《石见女式》合称为“和歌四式”，其中以《滨成式》[3] 为冠冕。

3.［日］竹内理三编：《寧樂遺文》下卷，第 930—936 页，东京：东京堂，1997 年版。

“歌经”之说，显然源自将“诗”也作为一经而列入“五经”之中的思考，是将和歌地位提升到如同儒家经典一样的位置，这本身就表明作者要为和歌编出一部中国《诗经》那样长留后世，供子孙学习领会的全集，而要达到这样的目的，无疑需要涌现大批符合作者心目中的规范的优秀之作以供选择，这恐怕是《歌经标式》写作的初衷。

《歌经标式》是日本最早的歌学论著，平安时代后期的各种文献已多有引用。本书一般称《歌经标式》，但序文中则说“名曰《歌式》”，意为和歌法式，这或许是借用了中国“诗式”（如《唐书 · 艺文志》“僧皎然诗式”）的说法。

据小岛宪之《日本上代文学与中国文学——以出典论为中心的比较文学考察》考证，《日本国见在书目录》载录“《诗经》十八卷、《诗品》三卷、《诗评》六卷”，这里所说的《诗经》可能是一部有关诗论诗学的佚书，而“歌经”的说法，也可能是如上所述《诗经》在和歌方面的转用[4]。

4.［日］小岛宪之著：《上代日本文學と中国文學——出典論を中心とする比較文學的考察》，第 1372 页，东京：塙书房，1988 年版。

原文中提出的每一种歌病都以“失”、“得”举出反正两面的例歌。在运用中国诗歌理论方面，《歌经标式》并不能算是成功之作，但作为日本歌论的先驱，却有不可抹煞的开山之功，《喜撰作式》以后的歌学书，或多或少都受到它的影响。受到沈约以来论述声韵及诗文作法与理论文章的启发，《歌经标式》提出的“歌病说”，《喜撰作式》提出的“四病说”，《孙姬式》提出的“八病说”，《新撰髓脑》、《新撰和歌髓脑》等对此都有发展。《歌经标式》的和歌十体说之后，壬生忠峰、源道济、藤原定家也都各自提出和歌十体说。藤原清辅《奥义抄》、藤原范兼《和歌童蒙抄》、显昭《古今集注》等，对此书都曾多有引用。

《歌经标式》有真本和各种抄本。由于真本烦杂，抄本往往只留下重要部分。下面是《歌经标式》的前言，引自《宁乐遗文》[1]：

1.［日］竹内理三编：《寧樂遺文》下卷，第930—936页，东京：东京堂，1997年版。

臣滨成言：原夫歌者所以感鬼神之幽情，慰天人之恋心者也；韵者所以异于风俗之言语，长于游乐之精神者也。

2. 原文作“归”，当为“妇”字之讹。

故有龙女归海，天孙赠于恋妇[2]歌；味耜升天，会者作称威之咏。并尽雅妙[3]，音韵之始也。近代歌人，虽长歌句，未知音韵；含他悦怿，犹无知病。准之上古，既无春花之仪[4]；传之来叶，不见秋实之味。

3. 原文“妙”字后有“之”字，疑为衍文。

4.“仪”字，《宁乐遗文》旁注“美”。

尢六体，何能感慰天人之际者乎？故建新例，则抄韵曲，合为一卷，名曰《歌式》。盖亦咏之者无罪，闻之者足以戒矣。

伏惟圣朝瑞应[5]八天，奉乐无穷，荣比四轮[6]，御赏难极。臣含恩遇，奉侍圣朝，欲以撮壤导消之情，而有加于赏乐焉。若蒙收采，幸传当代者，可久可大之功，并天地之真观；日用日新之明，将金镜之高悬。臣滨成诚惶诚恐，顿首谨言。

5. 原文作“瑞历”，疑“历”为“应”字之讹。6.“轮”，《宁乐遗文》旁注“谕”。

宝龟三年五月七日，参议兼刑部省卿守从四位上勋等臣藤原朝臣滨成

谨上

序文开宗明义，阐述和歌的性质与功用。所谓“歌”、“韵”，皆指和歌。这里移用了六朝以来我国诗论的描述。“韵”，本指韵文。晋陆机《文赋》：“收百世之阙文，採千载之遗韵”，韵泛指诗歌。和歌节律与中国诗歌押韵相距甚远，这里仍借指和歌，着眼于两者抒情文学的特点和具有音乐性的共性，而遮蔽了两者声韵的具体差异，带有明显的套用痕迹。序文中提到的“六体”，本出自《古今和歌集序》中借用“六义”（风、赋、比、兴、雅、颂）概念指称和歌六体的作法，这里也用以指称和歌。后来的歌论家也用“六体”来指称和歌的六种形式（长歌、短歌、旋头歌、混本歌、折句、沓冠）。追根溯源，这些说法都与郑玄提出的“六义皆体”之说相关。《周礼·春官·大师》称风、赋、比、兴、雅、颂为“六诗”，《诗大序》又称此为“六义”，郑玄又提出六义皆体，这样六诗、六义、六体便时被混用，这种简洁的归类正便于日本歌论者的移用。

风间书店出版的佐佐木信纲编《日本歌学大系》第一卷在《歌经标式》原文之后，尚收录了如下跋文：

夫和歌者，所以通达心灵，摇荡怀志者也。故在心为志，发言为歌。昔自一桥之下，男女定阴阳之义；八岛之上，山川分流岐之义（事见《日本纪》也）神明（所）[1]感，犹寄词于歌咏；精诚所应，莫不资其呕吟。素盏乌[2]。尊之咏，出编简而不朽；衣通比咩之歌，被管弦而犹存（事见《日本纪》）。和歌之时，厥义优矣。

1. 原文无“所”字，下文有“精诚所应”，此疑脱“所”字。

2. “乌”，亦作“呜”。

虽正明屡移，质文更变，而清浊之音是一，宫商之调斯在。功成作乐，非歌不宜；理定制礼，非歌不感。照烛三才，辉丽万有，与星辰而若琼，随橐籥而俱降。达于幽微之旨，小大之际。动天地，感鬼神，莫近于和歌。然上古人淳俗质，缀辞疏浅，专以意为宗，以不能以文为本，况一篇之内，遂令繁艳之词，五句之中，重犯八种之病者乎？虽古屋之晨陪紫闱，人凡之夜降明曜，而清词丽句，其病未能免。自从国家践祚，海内倾注，君德彰而颂声兴，王泽裕而和歌盛。

此式者奉光仁天皇敕藤原朝臣滨成所撰也，滨成者，左京大夫藤原麻吕之子，内大臣藤原继之曾孙也。[3]

3. ［日］佐佐木信纲编：《日本歌学大系》第1卷，东京：风间书房，1963年版。

跋文中“在心为志，发言为歌”，“动天地，感鬼神，莫近于和歌”的表述，无不是《诗大序》诗歌功用阐释的改装。不过，不论是上引序文还是跋文，在这种换其词、用其句的操作中，都表现出了鲜明的和歌——汉诗对峙意识，突出强调了和歌的恋歌主体特征及其独特的渊源，将和歌诞生归结为《古事记》中记载的神话，将本土性视为和歌的生命力所在。

三、纪贯之《新撰和歌序》与菅原道真《新撰万叶集序》

纪贯之（？一945），平安时代歌人，日记文学作者，曾参与《古今和歌集》的编撰并撰写假名序，又是《大井行幸和歌序》与《新撰和歌序》的作者，他用假名写的《土佐日记》是日本最早的日记文学作品[1]。

1.〔日〕品川和子译注：《土佐日記》，东京：讲谈社，1992年版。

《新撰和歌》一书，因为是歌集，又名《新撰和歌集》，同时又根据编撰者称作《贯之髓脑》或《新撰贯之髓脑》，是延长年间（923—931）纪贯之秉承醍醐天皇之命以《古今集》的作品为中心编选的从弘仁（实际上有更早的作品）到延长年间（810—931）作者的和歌集，共收和歌360首。歌集取象四时为四轴，包括春与秋、夏与冬、庆贺与哀伤、离别与羁旅、恋与杂等部分。序文分三部分，（1）拜受敕命；（2）撰集态度；（3）撰集完成，其中谈到选歌的标准为“花实相兼”，并把可“动天地，感神祇，厚人伦，成孝敬，上以风化下，下以讽刺上”的作品作为和歌的最高境界。全文如下：

新撰和歌序

昔延喜御字，属世之无为，因人之有庆，令撰集《万叶集》外，古今和歌一千篇，更降敕命，抽其胜矣。传敕者执金吾藤纳言，奉诏者草莽臣纪贯之。贯之未及抽撰，分忧赴任，政务余景，渐以撰定。

抑夫上代之篇，义渐幽而文犹质；下流之作，文偏巧而义渐疎。故抽始自弘仁，至于延长，词人之作，花实相兼而已。今所撰，玄又玄也。非唯春霞秋月，润艳流于言泉；花色鸟声，鲜浮藻于词露，皆是以动天地，感神祇，厚人伦，成孝敬，上以风化下，下以讽刺上。虽诚假文于绮靡之下，然复取义于教诫之中者也。

爰以春篇配秋篇，以夏什敌冬什，各各相斗，两两双书焉。庆贺哀伤，离别羁旅，恋歌杂歌之流，各又对偶。总三百六十首，分为四轴，盖取三百六十日关于四时耳。

贯之秩罢归日，将上献之。桥山晚松，愁云之影已结；湘滨秋竹，悲风之声急幽。传勅纳言，亦已薨逝，空贮妙辞于箱中，独屑落泪于襟上。若贯之逝去，歌亦散逸，恨使绝艳之草，复混鄙野之篇，故聊记本源，以传来代云尔。[2]

2.〔日〕大曾根章介、金原理、後藤昭雄校注：《本朝文粹》，第321页，东京：岩波书店，1996年版。

序文称所选吟哦春秋变换、花鸟声色的和歌，也皆有“动天地，感神祇，厚人伦，成孝敬，上以风化下，下以风刺上”的功效，看似绮靡的和歌，也都有“取义于教诫之中”的深意。在这篇序文中，出自《诗大序》的诗能“厚人伦，成孝敬”之类的“套语”，不只是标鉴与配饰，还是超重砝码，唯有加上它们，所选的那些没有混杂“野鄙之篇”的“绝艳之草”，即优雅的和歌，才显出真正的分量，这等于为以四季风物、男女情事为核心的和歌，从单纯的个人抒情形式，提升到了关乎经世教化的国家核心价值的最高层面。

《本朝续文粹》载对策文《详和歌》[1]，策向者是和歌博士纪贯之，对策者是和歌得业生花园赤恒。纪贯之在提问之前，开宗明义，概括了和歌的性质：“夫和歌者，志之所之也。心动于中，言行于外，是以春花开朝，争浓艳而赏玩；秋月朗夕，望清光而咏吟。诚是日域之风雅，人伦之师友者也”，这无疑也是借《诗大序》的套路来阐述和歌的特殊功能。

1.［日］国民图书株式会社编：《日本文學大系》第二十四卷，第523—525页，东京：国民图书株式会社，1928年版。

纪贯之的两篇序确立了和歌集序的基本内容与形式，在引入《诗大序》阐述和歌性质、特点与作用方面发挥了指导作用。

文章大家菅原道真也积极参予了和歌基础理论的创建，他的《新撰万叶集序》对《诗大序》的字句模仿减少了，但精神仍相当接近。

《新撰万叶集》现存原撰本与增订本两类，据原撰本序，撰集年代为宽平五年（894）九月。该书又称《菅家万叶集》，相传序文为菅原道真所撰，文中说“先生非啻赏和歌之佳丽，兼亦缀一绝之诗，插数首之左”，一说“先生”当为“先王”之误。增订本成书于延喜十三年八月，据《和歌现在书目录》、《八云御抄》等，增订者当为源相公，即参议源当时（文德天皇之孙）。

新撰万叶集序 卷上

夫《万叶》者，古歌之流也。非未尝称警（策之名）焉，况复不屑郑卫之音乎？见说古者飞文染翰（之士，兴咏吟啸之）客，青春之时，玄冬之节，随见而兴（既作，触聆而感自生。）凡厥所草稿不知几千。渐寻笔墨之迹，文句错（乱），非诗非赋，字对杂糅，难入难悟。所谓仰弥高，钻（弥坚）者乎？然而有意者进，无智者退而已。于是奉（纶综缉）之外，更有人口，尽以撰集，成数十卷。然（装）其要（妙韬椟待）价，唯愧非凡眼之所可及。当今宽平圣主，万机余暇，举宫而方有事合歌；后进之词人，近习之才子，各献四时之歌，初成九重之宴，又有余兴，加恋思二咏。倩见歌体，虽诚见古知今，而以今比古，新作花也，旧制实也。以花比实，今人情彩剪锦，多述

可怜之句；古人心绪织素，少缀不整之艳。仍左右上下两轴，总二百有首，（号曰新撰万叶）集。先生非啻赏和歌之佳丽，兼亦缀一绝之（诗，插数首之）左，庶几使家家好事，常有梁尘之动，处处游（客镇作行）云之遏。于时宽平五载秋九月廿（五日，偷书前世之美）而解后世之颐云尔。[1]

1.［日］小岛宪之、新井荣藏校注：《古今和歌集》，附录第 1 页，东京：岩波书店，1989 年版。

《新撰万叶集》尝试将汉诗与和歌穿插排列，显然是为了使复兴《万叶》古风的主张，更为抢眼。菅原道真认为："今人情彩剪锦，多述可怜之句；古人心绪织素，少缀不整之艳"，即时人之作词彩华美，美辞艳句逗人喜爱，而古人，即万叶歌人情感朴素真实，很少追求表面的华艳。万叶歌人"不屑郑卫之音"，所作近乎《诗经》的正风。菅原道真将和歌回归万叶传统，与汉诗回归《诗经》传统视同一律，认为和歌、汉诗都应以抒发真情实感为首要追求，从这种认知的深层，依然可以看出《诗大序》的潜在影响。

四、 佛教和歌理论

《诗大序》提出的诗歌理念还深入到平安时代的佛教和歌之中。《本朝文粹》所载藤原有国（943—1011）所撰《赞法华经廿八品和歌序》，拆解"和歌"之名，认为"和"之名，源出"《国风》之始"，"歌"之名，源出"吟咏之至"。序文虽将和歌的发生归结于情感冲动，洗去了过浓的政教色彩，但全文表述形式，仍是《诗大序》的格套。全文如下：

和歌者，志之所之也。用之乡人焉，用之邦国矣。情动于中，言形于外。游谯欢娱之辞，乐且康；哀伤贬谪之咏，愁且悲；行旅饯别之句，惜而怨；莺花凫藻之思，忲以憍。上自神代，下讫人俗。国风之始也，故以和为首；吟咏之至也，故以歌为名。和歌之美也，其来远矣。

自尔以降，或应诏以撰录古今，或起意以编次新旧。兴自《万叶集》，至于诸家集，卷轴已多，源流实繁。

行基菩萨，婆罗门僧正者；当朝之化人，异俗之权者也。思灵山而成咏，契真如而遗词。花山僧正[2]，元庆（877—885）之人师也；素性法师[3]，延喜（901—923）之游徒也。所咏歌什，多在人口。虽有风云之兴，未以法花为题。

2. 花山僧正（816—890）：即遍昭，俗名良峰宗贞，系桓武天皇之孙。平安初期的歌人。

3. 素性法师：生卒年不详，俗名良岑玄利、为僧正遍昭之子。

爰自从仙院松桂，风咽月吊；左相府恋恩之思，犹沥肝胆。偏归妙法，口读手书。左右金吾两纳言，亲卫大丞两相公，皆仙院之旧臣，为相府之骨肉。顾相语曰：“时属凉阴，人罢宴乐。春花秋月，空有弃置之愁；诗阁琴台，几含寂寞之恨。愿采法花之品，将播词林之题。只探真实，不爱浮花。”群卿唯然，各成随喜。

我等幸逢尧舜之主，适列二八之臣。鸭河东流，一清之色浪静；龟山西峙，万岁之声风传。请使此歌咏兼知圣代之弘一乘矣。中有参议弹正大弼藤原有国者。霜鬓已冷，忏五十九非于蘧伯玉之词；思风犹踈，赞二十八品于释迦文之教。谬奉严旨，叙其大概而已。[1]

1.［日］大曾根章介、金原理、後藤昭雄校注：《本朝文粹》，第 323 页，东京：岩波书店，1996 年版。

《诗大序》在上引序文中发挥了近乎模板的作用。序文从和歌功用及内容与歌风的必然联系说起，继而描述了平安时代中后期以前和歌的发展轨迹，而后从奈良时代的行基和尚与六歌仙中的僧侣歌人谈到佛教和歌中尚未出现专咏《法华经》的歌集。平安时代佛教兴盛，各种法事活动也往往伴随各献和歌的惯例。这些和歌也常结集成书，书前多有一篇名家撰写的汉文序。不论这些序文是否不厌其烦地套用《诗大序》的语汇，但在其有关张扬和歌功用的议论中，无不以《诗大序》中有关诗歌价值功用的论说为前提与依据。

五、　《新古今和歌集序》

到了镰仓时代（1192—1335）前期，第八部敕撰集《新古今和歌集》（1205 年序）编纂成书，它与《万叶集》、《古今和歌集》并称三大和歌集，都给后代和歌以极其巨大的影响。《新古今和歌集》对连歌、能乐、俳谐及近代和歌、新诗也都影响很大。它比《古今和歌集》只晚三百年，但修辞却已成熟，还开始多用象征手法。其特点是推崇余情，追求幽玄之趣，揭櫫妖艳美。

藤原亲经（1151—1210），镰仓时代汉诗人。1168 年为秀才，后为东宫学士、文章博士，经参议，至从二位权中纳言。1202 年献《朔旦冬至贺表》《尊卑分脉》。1205 年作《新古今和歌集真名序》。

《新古今和歌集》，20 卷，是第八部敕撰和歌集，后鸟羽院敕命撰集，由源通具、藤原有家、藤原定家等撰，有日文、汉文两篇序文。本书对二条良基、心敬、宗祇等“有心”连歌影响很深，在能乐、茶道、香道等中世艺术、美学观念方面也可看到其广泛的影响。作品风格多样，古典倾向、观念倾向、故事倾向较显著。近代与谢野晶子、北原白秋、吉井勇等歌人，都很喜爱新古今歌风。

藤原亲经撰写的《新古今和歌集序》开头便说：

夫和歌者，群德之祖，百福之宗也。玄象天成，五际六情之义未著；素鹅地静，三十一字之咏甫兴。尔来源流实繁，长短虽异，或抒下情而达闻，或宣上德而致化，或属游宴而书怀，或采艳色而寄言，诚是理世抚民之鸿徽，赏心乐事之龟鉴者也。

是以圣代明诗，集而录之，各穷精微，何以漏脱；然犹昆岭之玉，采之有余；邓林之材，伐之无尽。物既如此，歌亦宜然。仍昭参议右卫门督源朝臣通具，大藏卿藤家朝臣有家、左近卫权中将藤原朝臣定家、前上总介藤原朝臣家隆、左近卫权少将藤原雅经等，不择贵贱高下，令摭锦句玉章，神明之词，佛陀之作，为表希夷，杂而同隶。始于曩昔，迄于当时，彼此总编，各俾呈进。每至玄圃花芳之朝、璅砌风凉之夕，斟难波津之遗流，寻浅香山之芳躅。或吟或咏，拔犀象之牙角；无党无偏，采翡翠之羽毛。裁成而得二千首，类聚而为二十卷，名曰《新古今和歌集》矣。时令节物之篇，属四序而星罗，众作杂咏之化，并群品而云布。综缉之致，盖云备矣。[1]

1.［日］佐佐木信纲校订：《新訂新古今和歌集》，第19页，东京：岩波书店，1990年版。

藤原亲经在论述和歌起源及功用的时候，借用了《毛诗正义序》的见解。当然，诚如伊藤正文在《日中文学比较文学研究》中所指出的一样，《古今和歌集》汉文序在逻辑上是粗疏的，同时，它与《诗大序》、《毛诗正义序》相比，虽然缺乏逻辑性，却是富于情调的，《新古今和歌集序》与《毛诗正义序》的不同点，也在这里[2]。

2.［日］伊藤正文著：《日中文学比較研究（上）》，载神户大学《文化學年報》第一号，第45—92页，1982年3月。

第十七部敕撰和歌集《风雅和歌集》（1346年编成），诞生于日本南北朝（1334—1392）初期，它的汉文序把“风雅”作为选择的尺度，称“适合风雅者，鸠集而成编”。这部和歌集成书于《新古今和歌集》问世约150年以后，也有日文序和汉文序各一篇。书名中冠之以“风雅”，是表明推崇六义之意，在汉文序中更围绕风雅来阐明和歌之用：

夫和歌者，气象充塞乾坤，意象范围宇宙。浑沌未判，其理自存；人物既生，其制遂著。风云草木之赴于机感也，万汇入雅兴之端；思虑哀乐之发于意趣也，一心为讽喻之本、吟咏性情，美刺政教。[3]

3.［日］岩佐美代子著：《風雅和歌集全注釈》上卷，第1页，东京：笠间书店。

这篇序言将“风雅”二字，藏于“风云草木之起于机感也，万汇入雅兴之端”一句中。可见《诗大序》、《毛诗正义序》里提到的许多概念都一直为和歌论者所袭用。不过，这些概念的含义又有了很大变化。今天我们看到相当多的汉字或相近的语句，实际上却有了不同的内涵，这是必须强调的。

与近代以来日本文学界将本土文艺性急地纳入西方文学体系框架（视物语同小说、视能乐同戏剧、视俳句同诗歌等）颇为类似，奈良平安朝文学者是借用中国的文史观念与经史子集分类模式来整合本土文化资源的。在和歌理论从无到有的建构过程中，他们首先将和歌视为中国诗歌——汉诗的同族同属，而后又仿照中国诗歌批评模式来确立和歌的定位方式和评价标准。在中国诗话传入之前，和歌集的序跋是最重要的和歌批评文体。《诗大序》不仅为和歌批评者提供了术语与概念，而且也为他们提供了批评形式本身，这不难从《本朝文粹》、《本朝续文粹》以及其他平安时代文献中载录的诗序中找到证据。

第五章　　汉唐风尚东移的鼓角与史录

天后土神关帝祠，几番船主赛长崎；

门联匾额多相似，疑入苏州桂海涯。

——太田南亩《崎阳绝句》

日本人生活史的最早记载，也是历史上第一次将日本文化的存在告诉世界的，是中国史书《魏志·倭人传》，在这本书中描述了日本筑紫一带倭人的形象：“男子皆露紒（音 ji，束发，结发），以木棉招头，其衣横幅，但结束相连，略无缝；妇人披发屈，作衣如单被，穿其中央，贯头衣之。”[1] 这也是关于日本人服饰的最早描述。由此可以想象，当时筑紫倭人，穿的只是把整幅布各处用线连起来的衣服，或在一块布中间开一个洞，从那个洞把头伸进去的一种衣服。筑紫是较早接触中国文化的地区，其余各地的情况就更可想而知了。

1.（晋）陈寿撰、（宋）裴松之注：《三国志》，第 510 页，北京：中华书局，2009 年版。

然而，时间不过几百年，日本人的形象就大为改观了。到了应神天皇时代（270—310），由于乐浪、带方二郡的秦汉遗民移居日本，日本的养蚕、丝绸业等很快发展起来，至少贵族社会逐渐穿上了丝绸服装。《日本书纪》载雄略天皇的遗诏，将朝野衣冠的缺陷也列入自己未尽的事业，可见当时日本皇族和贵族已经走过了仅为遮身蔽体而穿衣的时代，开始追求起衣饰的质地和品位了。其遗诏说：“但朝野衣冠，未得鲜丽，教化政刑，犹未尽善。兴言念此，唯以留恨”[2]，甚至将衣服鲜丽和政刑教化相提并论，这暗示着一场深入到衣食住行的全面改革方兴未艾。

2.［日］坂本太郎、家永三郎、井上光贞、大野晋校注：《日本書紀》上，第 44 页，东京：岩波书店，2000 年版。

《日本书纪》的这一段话是参照《隋书·高祖传》里面的遗诏撰写的，而把《隋书》中的“四海百姓，衣食不丰”，特地删改为“朝廷衣冠，未得鲜丽”[3]，是以塑造一个汉人们所说的“衣冠之邦”的国家形象的梦想为背景的。当时的天皇把引进养蚕和纺织的先进技术的举措，转变为传说，保留在史书中。

3.［日］木宫泰彦著、胡锡年译：《日中文化交流史》，第 38 页，北京：商务印书馆，1980 年版。

衣冠之变，只是日本社会变化的一个缩影。最晚在推古朝（593—628），试图参酌中国的礼仪政治，制定宫廷衣冠，整顿纷乱的氏族政治，一系列有关风尚的需要就已浮出水面。圣德太子制定冠位，颁布宪法，从建国理念、管理体制到日常生活，无不远慕秦汉，近追六朝，而后一直紧跟隋唐的步伐，将与大陆文化同步而行作为指导思想。

汉唐文化之风，通过来自大陆的“归化人”，通过到过中国的遣隋使和遣唐使群体，也通过大陆传来的书籍抄本，远远吹到日本列岛。皇族和贵族是政治变革的中心，也是生活方式变革的中心。在这个过程中，文学扮演了极为要紧的角色。在中国文化中，“文”是与社会政治和生活方式密不可分的，引进礼仪，就有诗文相伴。“文”的本身也是皇族和贵族追求的境界。于是，吟诗作赋在君臣之间，也有了某种政治意义。天皇赐宴，君臣唱和，成为儒家理想政治的一种象征。在今天看来，当时的诗文是朝野汉唐风尚的见证，也是新生活到来的号角。

第一节 孔门射礼东瀛弓

在日本古代的弓术当中，《礼记·射义》的思想孕育了“文射”的仪礼，现代的弓道也将《礼记·射义》和江户时代的射法名著《射法训》一同列为经典。这当然不只是中日体育交流的问题。那么，除了思想的接纳和变异融合之外，在日本文学史上，还留没留下什么痕迹呢？

一、《射义》和射礼思想

强弓精箭，是以渔猎为生的古代日本人最具杀伤力的兵器。《魏志·倭人传》载：“兵用矛、盾、木弓。木弓短下长上，竹箭或铁镞，或骨镞。”[1] 弓鸣箭落，鸟兽丧魂；矢坠兵接，仇敌落魄，弓箭本是与猎场军阵、血雨腥风相联系的利器。杀伤的利器遭遇《礼记·射义》之后，绝不仅仅意味着宫廷中增加了一项张弓搭箭、竞射饮酒的游戏，而且标志着日本上层社会接受了这些仪礼背后的君臣之义、长幼之序。

1.（晋）陈寿撰、（宋）裴松之注：《三国志》，第 510 页，北京：中华书局，2009 年版。

《礼记·射义》说：“古者诸侯之射也，必先行燕礼；卿大夫、士之射也，必先行乡饮酒之礼。故燕礼者，所以明君臣之义也；乡饮酒之礼者，所以明长幼之序也。”[2] 这是讲诸侯、卿大夫射礼的设立，无不是为了让儒家理想的君臣、长幼秩序扎根于人心。接下来又讲心志与射技的关系：“故射者，进退周还必中礼。内志正，外体直，然后持弓矢审固；持弓矢审固，然后可以言中，此可以观德行矣。”[3] 将射击与射手的德行挂钩牵线，要求射击过程中的行为一一符合礼的准则，这是《射义》为射手规定的行为规范。

2.（清）阮元校刻：《十三经注疏》下册，第 168 页，北京：中华书局，1983 年版。

3.（清）阮元校刻：《十三经注疏》，第 1686 页，北京：中华书局，1983 年版。

据说 5 世纪清宁天皇的时候，中国的射礼思想便已经充分浸润于日本统治阶级的上层。《日本书纪》中有“马的射”、“骋射”的记载，从《续日本纪》也可以读到奈良时代骑射的记载。宫廷中举行的竞射、奏乐、赐物、罚酒，以及后来增添的祭神仪式，表面上不过是君臣同乐，检阅弓术，实质上是希图收获君君臣臣、父父子子的政治秩序和道德规范的“可视化”（或称“视觉化”）。所以，日本出现不以杀伐为目的的“文射”，在体育史上意义不小，也不妨看作社会变革的一个缩影。

日本古代弓术，有所谓文射、武射之分。所谓文射，也叫礼射。《礼记·射义》中对射礼的性质、目的、做法的规定，就是文射的指导思想。其中说：“射者，所以观盛德也。”又说：“射者，仁之道也。射求正诸己，己正而后发，发而不中，则不怨胜己者，反求诸己而已矣。”[1]告诉射手调整好心态，由身心两方面锻炼来提高技艺，而不是怨恨超过自己的强手。这样，对手不再是仇敌，而是推动自己长进的“另一只手”。这样来比箭，谁能说不是对狩猎场上和战场上的弓矢之争的超越呢？

1.（清）阮元校刻：《十三经注疏》，第1689页。

《射义》里面还引用《论语·八佾》：“君子无所争。必也射乎！揖让而升，下而饮，其争也君子。”[2]，说君子没有什么可争的事情，如果有所争，一定是比箭吧。当射箭的时候，相互作揖后登高；射击完毕，走下堂来，然后作揖饮酒。《论语》描述的这种竞争是很有礼貌的。这些话，就像是一个编剧提纲，日本奈良和平安朝宫廷里年年都要演出由天皇导演的“竞射”活剧，演出内容在变化，而射礼的精神内涵却不离这个提纲。

2. 杨伯峻译注：《论语译注》，第25页，北京：中华书局，1980年版。

7世纪后半期的天智朝，朝廷把大射（诗礼）作为每年必定举行的重大活动，进行各种“仪礼之射”。[3]从淳和天皇时起，骑射便盛行起来，堀河天皇时，骑马飞奔而射的“流镝马”便与射箭分别举行，而在堀河天皇前三代的后冷泉天皇的时候，悬挂斗笠为箭靶的“笠悬”成为一种流行的射击比赛形式。平安中期以来，国家射箭比赛，是所谓“赌赛”，或称“竞射”，往往在正月十八日举行，如果正月这一天是忌日的话，就改在三月十四日，这都是相当隆重的赛事。胜者可以获得奖赏，而负者则要罚酒。赛后要演奏雅乐，表演舞蹈助兴。根据日本史书记载，射手分左右两方，左方胜则演奏“罗陵王”，右方胜则演奏“纳苏利”，不分胜负则两曲皆奏。堀河天皇酷爱雅乐，无论谁胜皆两曲奏舞，遂成惯例。

3.［日］坂本太郎、家永三郎、井上光贞、大野晋校注：《日本書紀》下，第375页，东京：岩波书店，2000年版。

二、　文射与武射

《古今著闻集》卷九348则描述的神射手故事，正是“射者，仁之道也”的注脚。故事说每天都有鱼鹰来宫中的池塘里叼鲤鱼吃。这位射手接到命令，要他射走鱼鹰，救出鲤鱼而又要不伤鱼鹰，不杀鲤鱼。这位射手好生了得，一箭向那正抓起鲤鱼腾空飞起的鱼鹰射去，鱼落鹰飞，转眼间，鲤鱼浮出水面，而鱼鹰已盘旋而去。[1] 这位射手，可以说遵循了“射者，仁之道”这一《射义》的宗旨，所以他的高超射技，就格外受到赞许。鱼鹰不死、鲤鱼不伤的皇命中，当然还体现了佛教不杀生的戒律。

1.［日］永积安明、岛田勇雄校注：《古今著聞集》，第281页，东京：岩波书店，1966年版。

平安时代中期，并没有出现君贤臣忠、父慈子孝的和美图画，奈良朝律令制推行者幻想中的汉唐盛世，也没能完整地搬演到日本来，政权反而为藤原氏所控制。所以，宫廷中彬彬有礼的射礼年年还在演，而性质则在悄然变化。《本朝文粹》卷一载村上天皇（926—967）《观射寄左亲卫将军》，写了一场“竞射”，已经感受不到庄严肃穆甚至虔诚的氛围，我们看到的是一场轻松的体育比赛：

暮春十四日，竞射用意成；

左近一射手，戴雪不屑晴。

趋自违例路，拘幕几经营；

醉酣振寒立，见者感老兵。

又有异体者，名号为最明；

野鎚谁得辨，蝦蟆尤耐惊。

未知射场所，立定簷溜程；

所射沙与土，矢取危虑生。

退还先申障，即知有愧情；

念矢含咳发，厌术冯（凭）真行。

罚酌令醉冷，空矢恶持平；

纳尊欲堕水，唯笑劣音声。[2]

2.［日］大曾根章介、金原理、後藤昭雄校注：《本朝文粹》，第132页，东京：岩波书店，1996年版。

暮春时节，三月十四日这一天，左右近卫府举行“赌射”，村上天皇亲临现场，赏物赐酒，赋诗赠臣。诗中着重写了两个射手，一个出自左近卫府，满头白发如雪，另一个面目怪异。村上天皇拿他的臣下开玩笑，说那白发射手满头霜雪，自然怕融化，因而对天晴日出不满。他虽然举动和别人不同，但在分开射手的屏幔里做了不少准备，酒醒之后，站立在严寒中劲射，令人感动。诗中又说那个叫最明的怪面射手，长得像是传说中个儿大、无目、无鼻、无手足的深山妖怪“野鎚”，但他站立得像屋檐下滴落的雨柱一样笔直，似乎射艺不精，箭射出来，连那些捡拾落箭的人都在担心害怕，自已也连说不顺，可见心头惭愧。

村上天皇（957—966 在位）是平安中期歌坛的庇护者，本人还擅长琵琶、古琴，曾下令编撰《后撰集》，算得上是一位有文学才华的天皇，但这首诗写得却并不高明，有些半是日语的表达方式让人看来费劲。像“用意成”，就是“准备好了”的意思，“簷溜程”就是像“屋檐滴水似的”，这都是拿日语来掺和汉诗，让今天的中国读者头痛。不过，他的这首诗让我们看到了射礼在院政时期的变质。在他的这首诗里，竞射已仅是一场游戏了，那射礼中体现的君君臣臣、父父子子的温馨氛围已经不再。村上天皇之后，就连射礼的空壳也越来越难见到了。

在这一时期，在弓矢技术的层面，中国的合成弓制作技术也传到日本，竹木合成的强弓，增大了力度，扩大了射程。武家对弓矢的重视，更偏向于实战和军事训练。跨入中世纪，温良恭俭让的“文射”被武勇的“武射”所取代，仁义之弓让位于戎马之弓。镰仓幕府以弓马修炼助武士道义，将流镝马、悬笠而射、追犬射物等骑射活动，用于备战练兵，而围猎也使弓矢大显神威。在枪炮传入之前，弓矢是武士手中最值得骄傲的玩意儿。由此，日本的弓术，形成了“日置流”等武射倾向很强的流派。

三、 射礼与弓道

江户时代，战火平息，马放南山，武射系统又开始慢慢吸收文射的路数，文武两面融合的弓术，成为武士必备的武艺。骑射、步射，再加上在京都三十三间堂、江户三十三间堂、东大寺等地举行的“堂射”，将弓术进一步推向民间。弓术与中国文化依然没有绝缘，例如，弓术将书法的“真、行、草”的说法借用过来，代称不同类型的射法。

明治维新以来，弓术在民间虽不失为一种体育和娱乐，而武射却日渐堕落为侵略的工具。全国性的弓道团体，发展为强大的中央集权式的、军人警察为主导而又拥有巨额资金的团体，在第二次世界大战后，被勒令解散。今天的全日本弓道联盟，则建立于 20 世纪 50 年代。现代弓道是在古代弓术中的文射与武射的基础上发展起来的，而文射和武射已不能截然分开。

日本融入礼仪的文射与作为战争手段的武射，两者几度消长，彼此融合，相互为用，终于走到了现代弓道的阶段。其间你方唱罢我登场的演进，给身在邻国的我们留下了太多值得思考的东西。不管怎么变，弓术始终在社会生活中占有一席之地，而在后世中国的儒家，实际上不大把射礼真当一回事儿的时候，日本还有那么多人在拉弓射箭，这就是两国一个很大的不同。

根据孔子的教育理念，射是六艺之一。统治阶级的射击活动，具有很强的文化仪礼性质，而作为学校教育课程的弓矢之教，更能让生徒站起身来，切实感受一下古代的射礼。20 世纪 50 年代以来，现代弓道在日本各地高中和大学的持续升温，在某种意义上可以说和孔子的教育思想有点儿隔代之缘。

日本各大学的弓道俱乐部，聚集了众多弓道爱好者，成为弓道高手的摇篮。日本大学的学生社团历来十分活跃。各类文体活动爱好者，先则聚为“同好会”，活动开展起来，经验多了，人数多了，就转称“俱乐部”。这些俱乐部，聘请学校教授为顾问，也可以从校外聘请教练。弓道部、剑道部、空手道部等往往是最受男女学生欢迎、参加人数最多的俱乐部。由教授组成的学生工作委员会为各俱乐部主要提供指导，学生会则担当调配场所、组织文化祭表演活动等职责。学生参加各俱乐部都要缴纳数目不多的会费，由民主选举出来的领导成员掌管财务，组织训练。学校每年要对俱乐部活动贡献卓著的学生予以表彰和奖励。怪不得许多优秀的弓道选手，不少就出自各高中各大学的弓道部。弓道不是风靡一时，而能久聚人气，不靠临时猛热，而能常温不冷，在很大程度上要归功于那些学校里的弓道部。

在这些弓道部中，不仅要学习张弓射箭的技术，也要学习相关礼仪，因为各类比赛，都要按照统一规定的礼仪行事。《射义》说“射求诸己，己正而后发，发而不中，则不怨胜己者，反求诸己而已矣”，[1]这些话强调射手保持平和的心态，培养良好的心理素质，摆正与对手的关系，无疑至今仍不过时。射击之前，射手都要相互鞠躬施礼，也算是古风犹存。

1.（清）阮元校刻：《十三经注疏》，第 1689 页，北京：中华书局，1983 年版。

日本现代弓道是一种体育活动

全日本弓道联盟正不遗余力地要把日本弓道推向世界，他们中有人说，他们复兴了在中国已被遗忘的射礼思想。看来，围绕射击，中日之间还会有很多赛事，也还会有很多话要你说我听，很多事要我做你看。今日世界赛场上，隔海相望的这两个国度，就像是两位并立而射的邻近射手，随时在关注着对方的射程，也在琢磨着对方的射艺。“挽弓当挽强，用箭当用长”，杜甫这两句诗是讲善射就要有强弓好箭，而射术还包含着一个观念的问题。《射义》不光讲了射技，也讲了观念，古代和今天的日本人读它看重的也恰好是后者，这是我们今天读它的时候也不能忽略的。

第二节 泰山府君与日本的都状文

日本有关阴阳道的小说电影，已经热了多年了。演绎平安时代阴阳师安倍晴明呼魂唤魄故事的影片，让现代青年陡生奇想。作家梦枕貘的《阴阳师 · 凤凰卷 · 泰山府君祭》不仅译成了中文，[1] 而且只要点击一下这几个词，在中国的网站就可以观赏到同名影片。现代读者观赏那些鬼怪魔法的奇事，往往淡忘了那些故事的背景，就是日中两国古代围绕泰山府君祭展开的文化与文学交流的历史。

1. ［日］梦枕貘著、施小伟译：《阴阳师 · 凤凰卷》，海口：南海出版公司，2005 年版。

一、 泰山府君祭

平安时代的佛教故事总集《今昔物语集》卷十九《代师入太山府君祭都状僧语第二十四》收录了安倍晴明举行泰山府君祭的最早故事。由于阴阳师安倍晴明在为祭祀泰山府君而撰写的祭文——都状上写下了愿为病笃的先生替死的弟子的名字，不但救了先生的性命，而且弟子也安然无恙。[2] 这个故事宣扬了泰山府君主宰众生生死的权威，更鼓吹了阴阳师安倍晴明通天通神的法力。在日本，还有樱町向泰山府君祈祷，因而为只能乍开乍落的樱花大大延长了盛开时间的故事，谣曲中还有名曰《泰山府君》的剧目，剧中泰山府君亲自登场，怜花惜人，富于同

2. 小峰和明校注：《今昔物語集》四，第 179—181 页，东京：岩波书店，1994 年版。

情心。[1]

1.［日］佐成谦太郎著：《謡曲大観》第三卷，第1733—1742页，东京：明治书院，1931年版。

其实，上面这些故事，跟中国所谓的“借寿”传说，出自同一根苗。《后汉书 · 方术传》中的《许曼传》，说许曼的祖父许峻自云少尝笃病，三年不愈，遂诣泰山请命[2]。清人范寅《越谚》卷中的《东岳借寿》、俞樾《茶香室丛钞》中的《减算延母寿》等都是同类故事。清人丁立诚《武林杂事诗》还有一首《上清宫借寿》诗，“急病垂危命考终，联名借寿上清宫；东方主生东岳帝，神鉴众诚乃有济”云云，意思是说，只要孝子对泰山府君诚意相求，就有了为病弱的双亲祛病延命的希望。不过，泰山府君也不能为祈愿的孝子提供“无偿服务”，而是要求他们不光奉献供品，还要乐意减掉自己的相应寿数，府君只能把这些减下来的寿数添加到他们亲人身上，而不能随心所欲地制造长寿者。

2.（宋）范晔撰、（唐）李贤等注：《后汉书》，第2731页，北京：中华书局，2003年版。

日本现代学者泽田瑞穗写过一篇《借寿考》，由中国这些故事，看出中国人在超现实的信仰当中，也掺进现实利害打算的独特而强劲的想法。[3]

3.［日］泽田瑞穗著：《中国の民間信仰》，第318—330页，东京：工作舍，1982年版。

中国的民间信仰，通过典籍传入日本，就构成了皇室贵族精神支柱的一部分，而且更加放大了现世利益的一面。皇室举行泰山府君祭，祈求天下太平；贵族举行泰山府君祭，还常常祈祷泰山府君给予升官晋爵的好运。他们共同的希望则是无灾无祸，安康长寿。特别是在家族中出现久病不愈者的时候，这种祭祀就如同随存随取的储蓄，恨不能有求即应。

平安时代藤原实行不安于久处下位，渴望升迁，遂向泰山府君献上数目可观的银钱、白绢、鞍马、勇奴，《本朝续文粹》卷十一载其都状《敦光朝臣大纳言实行卿泰山府君都状》一首，其文末大赞泰山府君“冠五岳之首，视三公之秩，知寿命之修短，掌禄位之通塞”，虔敬祈求这位“东方之长”、“天帝之孙”能够为自己“益寿延年，转祸为福”[4]，也就是转变命运，登上相位。这些祭祀者期待的是立竿见影的功效，其现实功利性毫不隐讳。

4.［日］国民图书株式会社编：《日本文學大系》第二十四卷，第751—754页，东京：国民图书株式会社，1928年版。

翻阅一下平安、镰仓、室町时代贵族学者们的日记，就会发现不少关于朝廷和贵族举行泰山府君祭的记载。[5]

5.［日］村山修一著：《日本陰陽道史総説》，第111—273页，东京：塙书房，2000年版。

例如室町时代寻尊大僧的日记《寻尊大僧正记》中，便有如下记述：

> *昨日大（泰）山府（君）祭，并于北野宫千句云云。（卷四）*
>
> *节分，泰山府君祭，致其沙汰旨，从三位友幸申入之，珍重郑重。（卷十）*
>
> *仍今夜泰山府君，令致沙汰，抚物申出之。（卷十五）*

于高仓殿，泰山府（君）祭在之，隐（阴）阳师方下行百贯文云云。（卷三十三）

泰山府（君），抚物。（卷百五十八）[1]

1.［日］增补史料大成刊行会编：《增補史料大成》，京都：临川书店，1978年版。

从以上记述来看，由于相信泰山府君有着掌握生死魂魄与荣辱盛衰大权的法力，因而从天皇到贵族，都对他相当恭敬。而且日本祭祀还有一些不同于中国的做法。上面的记述几次出现“抚物”的说法。所谓“抚物”，就是替身，是用于驱邪消灾和祈祷等场合的偶人或衣物，人们相信这些东西贴身近体，可以借之以转移灾厄祸害，祭祀的时候将它们投入河中流走，或者把它们赏给祈祷的地方用后丢掉。

《台记》、《玉叶》等日记中，也都有关于泰山府君祭的记载，这些记载反映了皇室和贵族祭祀泰山府君的情况。根据室町时代日记的记述，当举行泰山府君祭的时候，观者如堵，有主祭者一人，副祭者两人，树素绢之旗十二面，旗前皆悬挂灯笼，均以五色纸为之，祭坛上供有各种宝物，包括铠甲、弓矢、沙金以及琵琶等乐器。纸制的金币、银币以及素绢各类，皆供于十二神座前，奏上都状后，再献上纸制的鞍马和勇奴（壮年奴婢）。这些有很多与中国同类祭祀相近。

这种祭祀皆由阴阳师操持，与阴阳道的其他祭祀（天曹地府祭、属星祭等）并行，因而，泰山府君祭的兴衰，就不能不与阴阳道的消长相呼应。其大兴于平安时代，而大衰于江户时代，正好成为阴阳道由盛而衰的标志。

泰山府君像

应劭《风俗通》卷二曰：“古封泰山，禅梁甫，俗说岱宗上有金箧玉策，能知人年寿修短。”曹魏诗人应璩《百一诗三首》其二："年命在桑榆，东岳与我期。长短有常会，迟速不得辞。"[1] 泰山为鬼府，泰山府君即为冥司之主，这种观念，汉魏间已盛行，而后一直延续下来。流传到日本的《搜神记》、《冥报记》之类的志怪小说，也时见病衰之人冥冥中谒见府君之谈。在日本的泰山府君祭背后，就有着两国思想和文学交流的丰富内容。而日本人撰写的包括都状在内的汉文作品，正向我们传达了这种交流的各类信息。

1.［日］兴膳宏监修、横山弘、斋藤希史编：《嘉靖本古詩紀》（一），第 239 页，东京：汲古书院，2005 年版。

二、 天曹地府祭

日本人的泰山信仰，并没有因为阴阳道的走衰而消亡。虽然到了室町末期，宫廷阴阳道日益僵化，而阴阳道世俗化倾向逐渐彰显，泰山府君祭也就少见于文献记载，但它所体现的对泰山灵异的尊崇，实际上却转移到了江户时代天皇即位仪式中的天曹地府祭当中了。每一位新的天皇即位，都要举行一次祭祀天曹地府的仪式，也就是所谓"一代一度"的天曹地府祭。日本的阴阳师世袭相传，为土御门氏一族所延续。阴阳道兴，则土御门兴；江户时代阴阳道不振，赖土御门家惨淡维系，在天曹地府祭中，他们给泰山府君信仰找到了新的落脚处。

以前平安时代天皇举行的即位仪式，要祭祀昊天上帝。《续日本纪》桓武天皇延历六年（787年）十一月甲寅条载桓武天皇祭天的祭文，言"敢昭告于昊天上帝，臣恭膺命，嗣守鸿业，幸赖穹藏降祚，覆焘腾征，四海晏然，万姓康乐"云云[2]，报告自己受命于天，致谢上帝，祈求保佑。但是，到了江户时代，本来应当祭祀昊天上帝的登基祭祀，却与泰山府君祭合在了一起，因为阴阳道把这种祭祀看成中国帝王泰山封禅的延伸。

2.［日］直木孝次郎等译注：《続日本紀》4，东京：平凡社，1990 年版。

天皇即位之后立即举行的天曹地府祭的主题，就是祭祀天帝，感谢上天授命，这在都状中说得清清楚楚。《土御门文书》延宝八年（1680 年）十月廿二日《御即位天曹地府祭灵元天皇御都状》开头说：

维日本国大王，依即位考奕世之文。本朝受命之日，告于天社之神：厥广远者，千有余载，自舜禹之有天下以降，无不封禅于泰山梁父。虽和汉异道，禅代不同，至于应天顺人，其揆一也。[3]

3.［日］泷川政次郎：《一代一度の天曹地府祭》（一），载村山修一主编：《陰陽道叢書 3 近世》，第 25 页，东京：名著出版，1992 年版。

这篇都状的起草者土御门泰福，将天皇即位的天曹地府祭与泰山封禅等量齐观。中国古代帝王祭天地的大典，多在泰山上筑土为坛，报天之功，称“封”；在泰山下梁父山上辟场祭地，报地之德，称“禅”。《史记·封禅书》：“自古受命帝王，曷尝不封禅。”[1]又引管仲的话说“古者封泰山禅梁父者七十二家”。[2]

1.（汉）司马迁撰、（宋）裴骃集解、（唐）司马贞索隐、（唐）张守节正义：《史记》，第1355页，北京：中华书局，1975年版。

2.（汉）司马迁撰、（宋）裴骃集解、（唐）司马贞索隐、（唐）张守节正义：《史记》，第1361页。

可见，日本皇族的天曹地府祭，实是效仿中国帝王，举行的是没有泰山的封禅。虽然古代中国帝王封禅一般是在泰山举行，但也有在其他山上举行的，这样说来，阴阳道的异地祭拜，也不算冒名顶替。土御门泰福接着强调，日本和中国信仰不同（所谓“异道”），传承方式（所谓“禅代”）不同，但是文化中都有“顺天应人”的精神。不论是泰山府君，还是昊天上帝，都是为演出君权神授思想而登场的角色，所以他们是谁出场，还是同时出场，也就不那么要紧了，何况泰山府君“尊居日观，符握天孙”，权威比古远的昊天上帝也相差不远呢。

这当然不是土御门泰福个人的观念，其他的阴阳师也持同样的看法。宝历十三年（1763年）十二月廿日《御即位天曹地府祭后樱町天皇御都状》中说：

维日本国大王，依即位，追累代之佳模，谨启阴阳曹府、南斗北斗、六合群神等，凡受命之日，告于泰山之神，献享于天社之廷。厥广远者，千有余岁。虽和汉异方，而至天人合一之道，则其揆一也。[3]

3.［日］泷川政次郎：《一代一度の天曹地府祭》（一），载村山修一主编《陰陽道叢書3 近世》，东京：名著出版，1992年版。

这里也坚持认为，日本和中国地域不同，但是天人合一的道理是相通的，所以在天皇受命之时，都要“告于泰山之神”。

这“一代一度”的天皇即位天曹地府祭，最后的落幕是在明治时代前夕，延续了千余年的泰山府君祭随之也画上了句号。在《土御门文书》收录的26篇都状中，有半数是江户时代历代天皇即位举行天曹地府祭时所撰。对于自恃为舜禹再生的天皇来说，天曹地府祭是“益算延年，转祸为福”必不可少的，登基伊始，即要借此发愿，方能安心君临天下；同时，这也是必须遵循的惯例，因为“先王受命之日，必启宗庙之神”（《中御门院即位天曹地府祭都状》）。

三、 愿文与都状

根据日本文献的记载，举办泰山府君祭和天曹地府祭的时候，不仅要斋戒沐浴，以玉帛牺牲，粢盛庶品，备以燎，而且还要诵读由土御门氏一族的阴阳师起草的祭文。这种特殊场合的祭文，有一个特别的名称，谓之“都状”。

本来向神佛发愿的文章，都可以以愿文相称，都状具有祈祷祝愿的意义，也可以归入愿文一类。但中国泰山的愿文碑刻，却并不见“都状”一词。日本典籍中泰山府君祭的愿文，都明确以都状相称。除上引《今昔物语集》《本朝续文粹》外，《玉叶》嘉应三年（1171）二月十八日说“泰山府君都状加署名如恒”。《古今著闻录》载藤原赖长（1120—1156）在河原举行泰山府君祭的时候，亲自前往祭庭，在都状中表述心志云云。《土御门文书》中那些与泰山府君祭合祭的天曹地府祭的祭文，也无不以都状相称[1]，可见从平安时代到江户时代的千余年来，都状这一名称一直与泰山府君联系在一起。

关于都状的含义，有各种说法，尚无定论。笔者以为，“都”有总括、汇聚等义，阅读祭祀泰山府君的祭文可以看出，实际上祭祀的对象往往是群神，而不是府君一人。《云笈七签》卷七十九《五岳真形图序》就说“东岳泰山君，领群神五千九百人，主治死生，鬼之主帅也”。祭文也就不必一一向他们申述意愿，所以每篇都状之前，必定将所有的神灵呼叫一番，诸如“阴阳曹府，南斗北斗，六合群神”，或者“五道大神”、“四方上下之神”云云。总而祭之，一揽子处理，故曰“都状”。这与日本的神社一社祀一神不尽相同。

另外，中国的各种佛道愿文传入日本以后，皇族和贵族修缮神祠、供养塔寺、杂修善、追善等场合，无不要请精通汉文的学者撰写愿文，其中为死者追善、祈愿往生净土的一类愿文，获得了一枝独秀的发展，成为嗟死叹生的哀伤文学，在平安时代的宫廷和贵族生活中，影响甚大。祭祀泰山府君的祭文，与那些愿文不仅祭祀对象不同，而且更加渴求现世的实际利益，而不是表达为死者求取冥福之类的意愿。阴阳道为了突出这些特点，以与通行的追善愿文相区别，就造出了自己的名称——都状。道教中有“都功”、“都讲”等词，或许对“都状”一语的产生也不无影响。

都状和泰山那些刻在石碑上的愿文，具有大致相同的体例。日本的泰山府君祭虽属于阴阳道的祭祀，但都状中却毫不拒绝将儒家的安邦治国思想、道家的长生不老思想纳入其中。《土御门文书》宽延元年（1748 年）十二月五日《御即位天曹地府祭桃园天皇御都状》中说：

> *伏乞风雨时遵，百谷八握穗，而四海丰饶矣。其亿兆之民，洽浴仁风者，自所业也。曾闻有必世而仁之语，则长寿壮健，累年积日而后，以渐成者也。又闻仁者寿，是以谨而祈大王“遐仁”（宸笔）宝祚长久，玉体安稳，常盘坚盘，而昼夜无恙。持*

1.［日］村山修一著：《日本陰陽道史總说》，第 414—424 页，东京：塙书房，2000 年版。

椿年鹤龄，思无不协，愿无不成，如意圆满。[1]

1. [日] 泷川政次郎：《一代一度の天曹地府祭》（一），载村山修一主编《陰陽道叢書 3 近世》，第 27 页，东京：名著出版，1992 年版。

在这篇都状中，充满了中国人耳熟能详的字眼，但也融进了日本人对时空的独特观念。"常盘"亦作"常磐"，本义为永久不变的磐石，转义为永久不变，以及永恒的状态。"坚盘"则是坚不可摧的磐石。所谓"常盘坚盘"就是永恒、坚固，永远不为任何力量所摧毁，如同时空凝固。都状虽然是用汉文所写，也时而从日语假名文学中吸取语汇，"常盘"（tokiwa）、"坚盘"（kakiwa）就是一例。

在都状中，祈求天下太平，万民和乐，这不过是老生常谈，更被看重的，则是天皇所谓的"玉体安稳，圣寿长久"。《樱町天皇御都状》中说："然身不健固，政自有缓，何得惠于万民？寿不长久，积累日浅，何得明德于无穷？"天曹地府祭虽是国家行为，但祈祷天皇本人万事如意，无日不爽，却是重要内容。上引桃园天皇都状中的"思无不协，愿无不成，如意圆满"，是为天皇个人而发，《中御门院御即位天曹地府都状》中也有"虑者无不成，幸者无不来，消灾者以火如烧毛，以汤如消雪"之类的词句[2]。后一句意思是说，消除灾祸，就像火焰烧掉毛发，热水浇融冰雪。说来说去，就是要泰山府君保佑天皇事事称心如意。

2. [日] 泷川政次郎：《一代一度の天曹地府祭》（一），载村山修一主编《陰陽道叢書 3 近世》，第 12 页，东京：名著出版，1992 年版。

下面所录明历二年（1656 年）二月十一日光格天皇《后西院御即位天曹地府御都状》，大体可以看出一篇完整都状的结构。原载《土御门文书》，下引为笔者标点。与泷川政次郎《一代一度之天曹地府祭》[3]所引断句不甚相同。（注：括号里的内容为笔者所加注释）

3. [日] 泷川政次郎：《一代一度の天曹地府祭》（一），载村山修一主编《陰陽道叢書 3 近世》，第 11 页，东京：名著出版，1992 年版。

谨上　天曹地府都状

南浮州大日本国大王"良仁"（宸笔）廿岁谨启

本命丁丑

行年丙申

献上　冥道诸神一十二座

金币

争币

素绢

鞍马

勇奴

春正月依即天皇位，寻历代鸿基，谨启天地水三官、阴阳曹府、泰山府君、南斗北斗、六道冥官、八百万神等，斋戒沐浴，而设一七日祭场，备十二座清供酒果奠，所奉谢诸神者，远践神武佳躅，绵绵秉大业，绳绳保宝器。辟四门，达四聪，敷五教，亲五品。是舜禹之位，四海率黎，诸基绪矣。登高台，视人烟之盛，悦民灶之赈；深夜脱御衣，悲巢居之苦寒。惟咸（疑为感字之讹）仁德醍醐之先圣王，敬神鬼，治社稷，抚育百官，积善之余庆也。愿此彼类是。伏惟天曹地府之神德，至妙不测，而仰之弥高，钻之弥坚。若至增减寿夭，兴废祸福，劝善惩恶，仍（乃）怪梦之惊款（款，疑歎之讹），邪气怨灵之祟，厌味咒咀之徵，年灾、月厄、日破（破，即凶，不吉利），元辰算尽（找不到好日子。元辰，即良辰），魁冈不据（魁冈，指北斗星之斗魁、天冈二星。阴阳家谓每年十月，北斗魁星之气在戌，是为魁冈，不利修造），和光同尘之结缘者，谁扫谁除乎？于兹采苹蘩于沼于沚，捧青白币，凝丹诚赤心，偏（遍）于群神，早垂领纳，尚飨所献。玉体安稳，宫中繁荣，延年益算。（下略）[1]

1.［日］泷川政次郎：《一代一度の天曹地府祭》，载村山修一主编《陰陽道叢書3 近世》，第11页，东京：名著出版，1992年版。

在这篇都状中，不仅多引用中国儒家经典的语句，而且插入了源自中国典故的日本典故。所谓“登高台，视人烟之盛，悦民灶之赈；深夜脱御衣，悲巢居之苦寒”，就用了两个日本奈良平安时代的典故。

前句指所谓“国见”，即视察国土的仪式，天皇或地方长官登高察看所统治地域的地势，观察民众生活的状况，是统治其地其民的象征性行为。古老的《万叶集》首卷第二首就是舒明天皇登上香具山所作的和歌，赞叹“登上高山顶，放眼国中览；平原炊烟绕，海洋鸥鸟欢”[2]。

2.赵乐甡译：《万叶集》，第2页，南京：译林出版社，2009年版。

人丁兴旺，炊烟缭绕，意味着民众安居，衣食无忧。后句指见于《古事谈》和《续古事谈》中的醍醐天皇和一条天皇的故事[3]。他们在夜寒之时，脱去暖衣，人问其故，均以“百姓寒冷，

3.［日］川端善明、荒木浩校注：《古事談 続古事談》，第48页、第603页，东京：岩波书店，2005年版。

不忍独暖”相答。这两句，都表现的是天皇体恤民情的思想。虽是出自日本典籍，其骨子里却是来自中国儒家思想。

后面的故事，原型本是《孝子传》中朱百年夜宿友人家，掀去暖被，思念严寒中的母亲，不禁落泪的故事。从平安时代起，唐太宗的《帝范》便成为日本帝王学的教科书，其中明言帝王“非慈厚无以怀民”，上述都状里面引用的这两个典故，正可看出阴阳道在其发展过程中，对儒道佛杂取糅合、广为己用、按需穿插的姿态。

都状大都用骈词俪句写成，对于当时的日本人来说，诵读时恐怕除了起草者阴阳师以外，很难一听即懂。阴阳师的预设听众形式上只有诸神，那些难懂的文辞是为他们准备的，在场的人们并不一定要深究其义。汉字、汉文的难解，反而具有威慑麻醉功用，成为阴阳道宣扬自身神秘性的幌子。

阴阳师们世代相传，一定要将“天曹地府祭”中的“曹”字写成“㬪”字，并编出各种看似玄妙的理由来说明何以比平常所见的“曹”字少了一笔。有意思的是佐伯有义《大日本神史》竟把“㬪”字误看作“胄”字，也就把“天曹地府祭”写成了“天胄地府祭”，祭祀对象之一的天之官署，也就变成了天之甲胄。岂不知原来“㬪”字是唐代流行的俗字，这只要看一看日本保存至今的各种唐写本或唐写本的重抄本，就会发现，那时“曹”就大多写作“㬪”。后来在宋代的印本中，俗字为正字所替代，“㬪”字便不多见了。日本的阴阳师们一直遵循着他们先师的写法，不肯“脱俗”，倒为自己自神其说又找到一个说头。

第三节　平安京春游的汉风唐俗

一夜春风到京洛，梅花红过樱花开。京都盆地的寺院和古典庭院一时忙碌起来，为来自各国和国内各地的游客，准备好各种旅游大餐。不管是富于地域特色的骑射表演、佛教乐舞，还是三月三的曲水之宴，无不力图再现平安时代的繁华，展现日本文化多彩的风韵。

7世纪末至8世纪末，日本在现在的奈良和京都盆地建立藤原京（694—710）、平城京（710—794）和平安京（794—1192）的时候，正是日本遣唐使频繁往来的时候。大唐风俗文化，也远渡鲸波，为这些地方送来一片新气象。即使遣唐使中止以后，吸收中华文化的势头并没有骤然锐减，在相当长的时期内，那时遗留下来的风习一直保持不变。就是在今天那些充满日本情味的风俗表演中，也隐隐显露出某些汉唐元素。

在古寺晨钟暮鼓的千年回响之中，不仅平安京的风采难以寻觅，就连古老的京都也在悄悄地换着新装。然而，平安时代流传下来的丰富典籍，特别是当时诗人写下的诗篇，依然让我们能够想象当时的汉风唐俗。

那是一个追求儒家君臣之契理想的时代，也是一个汉诗兴盛的时代，吉日良辰，设宴备酒，君臣同游，总有诗赋唱和。诗中有史，诗即是史，我们不妨透过这些充满颂扬之辞的诗句，去追溯一下那些习俗的源流。

一、 踏青与踏歌

春风送暖，开窗敞户，唐诗中多有踏青的描写。《田氏家集》中也载录平安时代诗人岛田忠雄的一首《寒食踏青行》诗："寒食踏青细草头，岁来今日放春游；平明出郭昏应去，小树花前软脚留。"[1]

1.［日］松平黎明会编：《漢詩文集編》，第 59 页，东京：新典社，1977 年版。

所谓踏歌，又称踏苏摩遮，是一种源自天竺的乐舞，大约隋唐之际传入内地。每值仲春的行像节与寒食节，官署、民间竞唱苏摩遮，跳起浑脱舞，倍增节日欢乐。这是一种群舞歌娱游戏，以足踏地为节奏，手拉手而歌唱。《旧唐书 · 睿宗纪》："上元日夜，上皇御安福门观灯，出内人连袂踏歌。纵百寮观之，一夜方罢。"[2]

2.（后晋）刘昫等撰：宋绍兴刊本《旧唐书》上，第 65 页，台北：商务印书馆，2010 年版。

从日本史书记载来看，日本宫廷中的踏歌最先是由于从中国移居日本的"汉人"表演的。日本人奏踏歌的最早记录是《续日本纪》所载圣武天皇天平二年（730）正月十六日，天皇行幸后宫"百官主典以上陪从踏歌，且奏且行，引入宫里，以赐酒食"[3]。平安时代以后，每年正月十六宫廷均有踏歌表演。《续日本纪》有 742 年、749 年、751 年、752 年、759 年等举行踏歌的记述，伴随踏歌，往往有饮宴赐禄。

3.［日］直木孝次郎等译注：《続日本紀》 1，第 311 页，东京：平凡社，1987 年版。

那么，踏歌到底是什么样子呢？日本平安时代菅原道真编纂的史书《类聚国史》载延历十四年（795）正月乙酉，宴侍臣，奏踏歌云：

山城显乐旧来传，帝宅新成最可怜；

郊野道平千里望，山河擅美四周连。

冲襟乃春（眷）八方中，不日暖开亿载宫；

壮丽裁规传不朽，平安作号验无穷。

新年正月北辰来，满宇韶光几处开；

丽质佳人伴春色，分行连袂舞皇垓。

卑高咏泽洽欢情，中外含和满颂声；

今日新京太平乐，年年长奉我皇庭。[1]

1.［日］丸山二郎、黑板昌夫、坂本太郎编：《新訂增補國史大系》五、六《類聚國史》，东京：吉川弘文館，2002 年版。

上面这首踏歌，是在迁都平安京第二年演唱的，其中颂扬新都的壮丽，祝颂皇庭太平。不过从歌词中，还看不出演唱的形式有什么特点。平安时代的诗人小野岑守（778—830）《奉和观佳人踏歌御制》描绘了宫中踏歌的景象：

春女春妆言不及，无量无数满华庭；

心娇胆小羞踏步，声里微微寿千龄。

洛津回雪当韬影，巫岭朝云应敛行；

河阳旧县先亡色，金谷新园无复荣。

泣眼看看不曾厌，徒然夺魂亦损明；

还知人间仙路近，重见桃李目前生。[2]

2.［日］市河宽斋编、後藤昭雄解说：《日本詩紀》，第 60 页，东京：吉川弘文館，2000 年版。

史载小野岑守仕平城嵯峨朝，官参议刑部卿，弘仁中奉敕撰《凌云集》、《朝野群载》。这首诗描绘的是女子群舞的画面，女子身著春装，踏步而歌，姿态优美，舞步迷人，胜过了河阳金谷之乐。原来日本有男踏歌和女踏歌，一般前者在正月十四，后者在正月十六，圆融天皇永观元年（983 年）最后废止了男踏歌，就只有女踏歌延续下来了。

《朝野群载》中所载《蹈歌章曲》和《女踏歌章曲七首》，上面诗歌的内容更为清晰了。先看《蹈歌章曲》，蹈歌，疑为踏歌：

万春乐，万春乐（万春乐），我皇延祚亿万龄（万春乐）。元正庆序年光丽（万春乐），延历休期帝化昌（万春乐）。百辟陪筵华幄内（天人感呼），千般作乐紫宸场（万春乐）。我皇延祚亿千龄（万春乐），人霑湛露归依德（万春乐）。日暖春天仰载阳（万春乐）。愿以佳辰掌乐事（天人感呼），千千亿岁奉明王（万春乐）。[3]

3.［日］近藤瓶城编：《改定史籍集覽》第十八册，第 384 页，京都：临川书店，1984 年版。

在每一句歌词后，均有“万春乐”，只有第五句与倒数第二句后世“天人感呼”。可能歌词为领唱，“万春乐”则是众人呼应的合唱。再看《女踏歌章曲七首》[4]，原文句末皆为三个重

4.［日］近滕瓶城编：《改定史籍集覧》第十八册，第 384 页，京都：临川书店，1984 年版。

文号，录文时改为重复的三字，原文连写不分，现根据内容和形式分开：

明明圣主亿千龄（万春乐。千，一本作万，下皆同）。无事无为唯赏豫（唯赏豫），凝旒端拱任群贤（任群贤）；网疏刑措还千古（天人感呼），治定功成太平年（千春乐）。

明明圣主亿千龄（千春乐）。深仁潜及三泉下（三泉下），鸿德遐荒六合中（六合中）；悦以使（一本作纪）民民悦服（天人感呼）。（笔者按：这一首可能脱最后一句，七言诗后有"千春乐"）

明明圣主亿千龄（千春乐）。上月韶光早先春（早先春），阶前细草绿初新（绿初新）；南山雪尽春峰远（天人感呼），北阙烟生瑞云淳（千春乐）。

明明圣主亿千龄（千春乐）。君王晓奏旒苏帐（旒苏帐）；春日芳菲遣兴催（遣兴催），晓光偏着青樱（一本作楼）柳（天人感呼），寒色金舞玉砌梅（玉砌梅）。

原文注："自此以后为破"：

明明圣主亿千龄（千春乐）。宫女春眼常嬾起（常嬾起），被催中使绘妆成（绘妆成）。云鬟尚恨无新样（天人感呼），雾殿（一本作縠）还嫌色不轻（圣主亿千龄）。

明明圣主亿千龄（千春乐）。春歌清响传金屋（传金屋），双蹈佳声绕玉堂（绕玉堂）；借问曲中何亿有（天人感呼），仙龄延祚与天长（圣主亿千龄）。

早年爱光华（千春乐），春游不知厌。暮景落朱颜，犹恨韶光短，徘徊未（一本作不）欲还（圣主亿千龄）。

原注："以此为急"。[1]

1.［日］近藤瓶城编：《改定史籍集览》第十八册，第384—385页，京都：临川书店，1984年版。

复原古代踏歌的表演

原注对音乐也做了说明，从这些踏歌想象当时表演的情景。舞者应节而歌，歌唱有领有合，和者重复半句或者是“千春乐”、“万春乐”、“天人感呼”、“圣主亿千龄”等固定歌词。小野岑守诗歌中的“声里微微寿千龄”一句，正是描写这种祝愿天皇延祚千载的合唱祝词。显然，宫廷里的踏歌，也就不仅是一种唱唱跳跳的“纯娱乐”，而是变成了礼赞讴歌皇权永恒的带有强烈政治色彩的活动了。

二、 秋千与秋千诗

秋千是我国古代的一种传统游戏。《荆楚岁时记》：“春时悬长绳于高木，士女衣彩服坐于其上而推引之，名曰打秋千。”唐《初学记》引《古人艺术图》云：“秋千，北方山戎之戏，以习轻趫也。”[1] 相传春秋时齐桓公从北方山戎引入。一说汉武帝时宫中祝寿之辞，本为千秋，

1.（唐）徐坚等著：《初学记》第一册，第 67 页，北京：中华书局，1980 年版。

取千秋万寿之义，后倒读为秋千。打秋千是唐代妇女们喜爱的活动之一。民间习俗，清明寒食时节为之，据说目的是为了预防寒食日冷餐伤身。王仁裕《开元天宝遗事》载唐宫中每岁“至寒食节，竞竖秋千，令宫嫔辈戏笑，以为宴乐。帝（玄宗）呼为‘半仙之戏’。”“万里秋千习俗同”（杜甫《清明》），“秋千竞出垂杨里”（王维《寒食城东即事》），唐诗中不乏对秋千的咏唱。

秋千游戏远自奈良时代便已流行，平安时代就更为普遍了。《倭名类聚抄》：“鞦韆，《古今艺术图》云鞦韆，秋迁，二音由佐波利（ユサハリ），以彩绳悬空中以为戏也。”[2]《经国集》

2.［日］虎尾俊哉：《國立歷史民俗博物館藏貴重典籍叢書》文学篇第二十二卷《辞书》，第 115 页，京都：临川书店，1999 年版。

卷第十一载嵯峨天皇《杂言秋千篇一首》：

幽闺人，粧梳早。正是寒食节，共怜秋千好。长绳高悬（一作系）芳枝，窈窕翩翩仙客姿。玉手争来互相推，纤腰结束如鸟飞。初疑巫岭行云度，渐似洛川回雪皎。春风吹休体自轻，飘飖（一作摇）空里无厌情。佳丽以（一无此字）秋千为造作，古来唯惜春光过清明。踏云双履透树差（一作著），曳地长裾扫花却。数举不知香气尽，频低（一作拉）宁顾金钗落。婵娟娇态今欲休，攀绳未下好风流。教人把著忽飞去，空使伴俦暂淹留。西日斜，未还家，此节犹传禁火口，遂无灯，月为灯，秋千树下心

3.［日］国民图书株氏会社编：《日本文學大系》第二十四卷，第 300—301 页，东京：国民图书株氏会社，1928 年版。

难歇，欲去踟蹰竟（一作意）不能。[3]

滋野贞主有《杂言奉和秋千篇一首》：

寒食节，周旧制，禁火余风犹未废。丽景虽多雄胜壤，光华未若帝乡霁。相将容豫自何怜，昨日烟林采摘人。借问游踪攸向（一作何）处？秋千好树一园春。自凌旦，欲暮时，后辈趁来满路晖。或步或车尘影合，半休半戏语声微。初惟浅暗榆槐柳，酷气深浓桃李梨。耸干高横来似落，长绳到著去如飞。常人熟得新者畏，往岁遄停今年迟。弱腕经营不识罢，轻躬怜爱無意归。花与饰，饰与花，一香发，双色奢，鬟鬓迎枝蝉翼薄。剑钿碍叶燕阴斜，非唯玮态秋千工，妇容妇德亦功。明日更期斗百草，君王花树芳菲中。[1]

1.［日］国民图书株氏会社编：《日本文學大系》第二十四卷，第 301—302 页，东京：国民图书株氏会社，1928 年版。

史载滋野贞主“幼有识量，涯岸甚高”[2]，大同初奉文章生试，对策及第，天长中为东宫学士，奉敕撰《经国集》，选集古今文书，以类相从，凡一千卷。名曰《秘府略》，官至参议宫内卿。诗中写秋千之戏，却从周代寒食风俗写起，正可看出当时追慕汉唐古风的文化心理。

2.［日］市河宽斋编：《日本詩紀》，第 70 页，东京：吉川弘文館，2000 年版。

三、　斗百草

斗草斗花，在唐代是妇女儿童的游戏。“闲来斗百草，度日不成妆。”（崔颢《少妇》）“弄尘或斗草，尽日乐嘻嘻。”（白居易《观儿戏》），“牛儿小，牛女少，抛牛沙上斗百草。”（贯休《春野》）。《开元天宝遗事》卷下“斗花”条云：“长安士女，春时斗花，戴插以奇花，多者为胜，皆用千金市名花植于庭苑中，以备春时之斗也。”[3]“裙幄”条云：“长安士女游春野步，遇名花则设席藉草，以红裙递相插挂，以为宴幄，其奢逸如此也。”[4]唐玄宗嗜花成癖，上行下效，故长安城内有春时斗花之俗。

3. 上海古籍出版社编：《唐五代笔记小说大观》下，第 1737—1738 页，上海：上海古籍出版社，2010 年版。

4. 上海古籍出版社编：《唐五代笔记小说大观》下，第 1738 页，上海：上海古籍出版社，2010 年版。

斗百草，又叫斗百花，是以草以花为比赛对象，或互相斗对百草与百花之名，或斗花草之多少，或比花色数的多寡。斗草之戏起于先秦，六朝时，斗草的游戏融合进岁时风俗之中。唐徐坚等《初学记》“五月五日第七”引《荆楚岁时记》云：“四人并蹋百草，今人又有斗百草之戏。”[5]届时，竞采百草，以蠲除毒气。唐代斗百草在民间原是妇女和儿童所玩游戏。

5.（唐）徐坚等著：《初学记》第一册，第 74 页，北京：中华书局，1980 年版。

日本平安时代中期成书的日汉对照辞书《倭名类聚抄》“杂艺类”收入“斗草”一词：“斗草，《荆楚岁时记》云：‘五月五日之节，有斗百草之戏矣。’”[6]诗人滋野贞主写有《观斗百草简朋执》：

6.［日］虎尾俊哉：《国立歷史民俗博物館藏貴重典籍叢書》文学篇第二十二卷《辞書》，第 117 页，京都：临川书店，1999 年版。

三阳中月风光暖，美少繁华春意奢；

晓镜照颜妆黛毕，相将戏逐觅红华。

红华绿树烟霞处，弱体行瘦（疲）园迳遐；

芍药花，蘼芜叶，随攀进落受轻纱。

蔷薇绿刺障罗表（衣），柳陌青丝遮画眉；

环座各相猜，它妓亦寻来。

试倾双袖口，先出一枝梅。

千叶不同样，百花是异香；

楼中皆艳灼，院里悉芬芳。

散口蓄虑竞风流，巧笑便娟矜数筹；

斗罢不求勋绩显，华筵但使前人羞。[1]

1.［日］市河宽斋编、後藤昭雄解说：《日本詩紀》，第70页，东京：吉川弘文館，2000年版。

巨势识人也有《和野桂更观斗百草简朋执之作》：

闻道春色遍园中，闺里春情不可穷；

结伴共言斗百草，竞来先就一枝丛。

寻花万口攀桃李，摘叶千回绕蔷薇；

或取倒葩或尖萼，人人相隐不相知。

彼心猜我我猜彼，窃遣小儿行密窥；

团栾七八者，重楼粉窗下；

百香怀里熏，数样掌中把。

拥裙集绮筵，比首杂华钿；

相催犹未出，相让不肯先。

斗百草，斗千花，矜有嗤无意愈奢。

初出红茎敌紫叶，后将一蕊争两葩；

证有一判筹初负，奇名未尽日又斜。

胜人不听后朝报，晓赠罗衣耻向家。[2]

2.［日］市河宽斋编、後藤昭雄解说：《日本詩紀》，第76页，东京：吉川弘文館，2000年版。

平安时代的“斗草”到底是怎样进行的，后代学者有各种推想：也许是双方各持同样一种珍草，以各自所持数目分出输赢；也许是比较各自所持草的品种是否珍贵分出高下；还可能是给某几种草赋予某种含义，玩像今天的“锤子、剪子、布”那样的游戏。不过，平安时代的文献中，不乏“斗草”的描写，《百炼抄》永久五年（1117）五月二十九日条记载内宫既有斗鸡，又有斗草。《后拾遗和歌集》卷20里有和歌写牵牛花草与芄兰（萝藦）草相斗，结果芄兰取胜。

《今昔物语集》卷28第35《右近府马场上公卿斗草作戏》更详尽地描绘了一场斗草会上的纠纷。说后一条天皇在位的时候，每年殿上公卿和藏人们都要举行全体官员都参加的斗草会，参加者分为两班。在准备期间，双方官员都各自想方设法到处搜集世间珍草。上自京城，下至村乡，不问宫殿、府衙，还是各地各寺，处处有人寻草。比赛时，双方各选富于机智、能言善辩者出场。计算胜负次数的那些筹码器具全都镶金嵌银，豪奢至极。胜负决定之后，还要演奏庆贺。这个故事，写两班官员因为寻草斗草，大伤和气。[1]宫廷中的斗草如此隆重，其实也是搬演唐玄宗嗜爱斗草之故事。从书中描写来看，斗草的日期是双方商定的，已经不再限于端午一天了。斗草中添加的各种规矩和仪式，已经让民间原本轻松愉快的游戏，转化成贵族武士间斗智斗勇的活动了，同时丢掉了原来两三人随处可行的朴素趣味，增添了团队争荣的热情和喜庆。

1.［日］森正人校注：《今昔物語集》五，第262—265页，东京：岩波书店，1996年版。

根据《倭名类聚抄》，“斗草”在当时当读作“くさあわせ”[2]。写汉字的话，就写成“草合”，或者“种合”。本来“斗草”是一种游戏，重在欣赏，而不在争斗。这里的“斗”，也不纯是“斗争”之意，不如说更多含有后世写作“逗”的那个意思。所以将“斗草”写作“草合”，也还算精彩。平安时代不光有“草合”、“花合”，还有“贝合”、“扇合”，它们都是比赛时分为两组，各组拿出一个同类的东西，分出高下，定个胜负。给它们一个总称，也叫“种合”。这种活动还延续到技能的校短量长上，就有了分两组赛绘画的“绘合”，赛汉诗的“诗合”，赛和歌的“歌合”等游戏。《源氏物语》中就写到“绘合”，丰子恺译本译成“赛画”[3]，《今昔物语集》中的“斗草”，有的译本照搬原书汉字“种合”，反而让人不知是做什么了。周作人将《枕草子》里提到的“种合”，翻译成“百物比赛”，补充上扩展性的注释，不失为一种较好的处理。

2.［日］虎尾俊哉（代表）著：《国立歴史民俗博物館藏貴重典籍叢書》文学篇第二十二卷《辞书》，第117页，京都：临川书店，1999年版。

3.［日］紫式部著、丰子恺译：《源氏物语》上，第366页，北京：人民文学出版社，1980年版。

人分两组，以分高下的游戏方式，从平安时代以来便在日本生根开花。在今天，仍然可以在不少地方看到它的变种。最为人熟知的，恐怕是从1951年开始每年除夕NHK电视台的红白歌大赛（所谓“红白歌合战”）了。男女歌手分别被称为红组和白组，一组歌唱一曲，评出优劣，最后计其各得总分。这一大赛，犹如中国的“春晚”，吸引着全国老少的视线，是新年伊始的第一话题。

四、 傀儡

傀儡最初写作魁垒，是因为那时的木人个大丑陋。最早的傀儡戏出现在汉朝。据说冒顿军把汉高祖围在平城，汉军曾在阏氏所围的一面城墙上用木偶扮演作美女演出歌舞。北齐一艺人用傀儡扮演郭秃，演出滑稽戏。从王梵志诗反映的情况来看，隋唐民间仍有傀儡郭秃戏在演出。这种情况也通过典籍传入日本。日本国立民俗博物馆藏写本《倭名类聚抄》“杂艺”收入“傀儡”一词：“傀儡，《唐韵》云：傀儡，贿、二音，久久豆（kukutsu），乐人之所弄也。《颜氏家训》云：俗名傀儡为郭秃。”[1] 文中“二音，久久豆”，是说这是一个复合词，两个字合在一起，日语读作“kukutsu”。

1.［日］虎尾俊哉（代表）著：《國立歷史民俗博物館藏貴重典籍叢書》文学篇第二十二卷〈辞书〉，第119页，京都：临川书店，1999年版。

此外，木老人可能也是唐代傀儡戏的拿手好戏。天宝年间诗人梁锽《咏木老人诗》，一作《傀儡吟》，一作《咏窟磊子人》：“刻木牵丝作老翁，鸡皮鹤发与真同。须臾弄罢寂无事，还似人生一梦中。”[2] 是咏木老人的逼真与精彩，顾况《越中席上看弄老人》[3] 诗中的弄老人以及卢纶《焦篱店醉题》诗中[4] 的传奇人物郃（一作郤）翁，都是以老人为主人公的戏。

2.《全唐诗》上，第480页，上海：上海古籍出版社，1995年版。

3.《全唐诗》上，第664页，上海：上海古籍出版社，1995年版。

4.《全唐诗》上，第708页，上海：上海古籍出版社，1995年版。

唐代的傀儡戏，因有歌舞和伴奏，故杜佑《通典》把傀儡戏视为歌舞戏。《封氏闻见录》记载唐大历年间有人刻木为尉吃鄂公、突厥斗将等戏，机关动作，不异于生。平安时代的汉诗中也有一些咏唱傀儡子的诗篇，让我们有理由相信，唐代的傀儡子也在平安京流传开来。

藤原敦光（1063—1144），天性廉直，轻财重才，所作文笔诗句，满柜二十合，时称文章之美，不耻先祖，官至大学头式部大辅。作《傀儡子》诗云：

穹庐蓄妓各容身，山作屏风苔作茵；

栖类胡中无定地，歌传梁上有遗尘。

旅亭月冷夕寻客，古社岚寒朝赛神；

贞女峡边难接迹，望夫石下欲占邻。

秋篱花悴萤知夜，青冢草疎马待春；（浓州傀儡子所居谓之青冢）

闲停短榼谈笑好，一时轻勿讶交亲。[1]

1.［日］市河宽斋编：《日本詩紀》，第 345 页，东京：吉川弘文館，2000 年版。

藤原基俊生卒年（1060—1142）有文才，官左卫门佐，所著有《新朗咏集》，其诗《傀儡子》，见《无题诗》。

秋月出关赴远城，傀儡群至妨行行；

契结旅店霜涅夕，歌居驿亭月落里。

翠黛红妆为己任，郢歌楚舞感人情；

曲终悯然谢游子，口向斯口契一生。[2]

2.［日］市河宽斋编：《日本詩紀》，第 393 页，东京：吉川弘文館，2000 年版。

大江匡房（1041—1111）颖悟绝伦，四岁始读书，八岁通史汉，仕后三条、白河、堀河三朝，历官太宰权帅兼大藏卿，叙正三位，至权中纳言。有《傀儡子孙氏》：

旅泊逢君泪不穷，贯珠歌曲正玲珑；

翠蛾眉细罗衣外，红玉肤肥锦袖中。

云遏响通晴汉月，尘飞韵引画梁风；

才名如此运如此，缘底多年随转蓬。[3]

3.［日］市河宽斋编：《日本詩紀》，第 410 页，东京：吉川弘文館，2000 年版。

文章博士、式部大辅藤原茂明（1093 前后—？）也曾赋《傀儡子》，描绘艺人漂泊四方的演艺生涯与傀儡艳丽的姿容，诗中有句："樱桃春雨应贪艳，兰蕙秋风欲比粧；绿（缘）野草深成邑里，镜山月冷十（卜）家乡。"[4] 以上几首诗都写到音乐歌舞，平安时代的傀儡戏，与唐代的傀儡戏有很多相近的因素，是可以想见的。

4.［日］市河宽斋编：《日本詩紀》，第 356 页，东京：吉川弘文館，2000 年版。

第四节　三月三的流觞曲水

王羲之的一篇旷世美文，一件书法极品，曾经是一桩跨国风俗诞生的重要因素之一。晋永和九年（353）三月三日在会稽兰亭举行的诗宴，是通过他书写的《兰亭集序》，感染后世的文士们的。在王羲之的书法风靡日本贵族社会的同时，那茂林修竹间的诗吟之声，那群贤毕至、少长咸集的高雅氛围，也演化成了君臣同乐、歌诗并荣的梦想。

今天，在日本打造“旅游大国”的构想中，从南部的鹿儿岛，到关西的京都，再到东北地区的岩手县，一些观光胜地和寺院每年举办的“曲水之宴”，则不仅是古代一个盛大文化节日的再现，而且注入了相当多的现代娱乐文化的要素。

一、 从文人雅会到“诗歌文化节”

说来上巳节源于先秦，至隋代便已成为季节性的聚会节日。吴自牧《梦粱录》卷二“三月”：“三月三日上巳之辰，曲水流觞故事，起于晋时。唐朝赐宴曲江，倾都禊饮踏青，亦是此意。”[1]

1.（宋）吴自牧撰：《梦粱录》，长塘鲍氏，清嘉庆道光（1796—1850）刻本。

上巳节是唐代最隆重的节日之一，几百年间，皇帝赐宴，相沿既久，特别是开元、天宝年间，皇帝、妃嫔在紫云楼上，大臣在彩舟上饮酒赋诗，百官择胜地近赏为乐。这一天，人们虽不再往水滨洗去俗垢，但“祓禊”一词仍沿用不改，而聚会饮酒也依旧以“祓禊觞”相称。

那时，不仅奈良平安时代的遣唐使和留学僧不难体验上巳长安的风情，就是那些没有来过中国也一心追随汉唐文化的君臣，也不难通过习字临帖和学诗时吟诵的诗篇，想象大海彼岸的盛况，在“天朗气清，惠风和畅”描述的导引下，游目骋怀，仿佛也触摸到了当地当时“极视听之娱”的氛围。当时，王羲之的书法被奉为书法典范，而载有颜延年《应诏曲水谯诗》的《文选》，在皇族贵族中享有经典的地位。

圣武天皇天平三年（731）抄写、今称为《圣武天皇宸翰杂集》的写本，里面有中国早已失传的《镜中释灵实集》，为唐开元年间今绍兴一带的僧人释灵实所作。其中有一篇《为人社斋文》，便是以回顾会稽山阴兰亭诗酒盛集作为开头的：“闻夫竹林清宴，已流兴于昔辰；兰亭盛集，犹传芳于此日。斯乃高尚其志，栖托烟霞；山水其心，兀陶觞咏。”[2]《为人社斋文》

2.［日］中田勇次郎编：《書道藝術》第十一卷，第54—55页，东京：中央公论社，1982年版。

本来是为人结社而撰写的斋文，似乎和兰亭诗宴毫无关联，释灵实却先从兰亭之会写起。这说明，王羲之笔下的兰亭诗会已被赋予文化符号的意义。它象征着远离尘俗、钟情山水的情怀，也代表了文士以诗会友、诗酒相乐而共结同心的意愿。这些诗文，传给奈良平安时代皇族贵族的信息，恰和当时通过营造“以和为贵”的氛围以追赶先进的大唐文化的风气精神合拍。

《日本书纪》显宗天皇元年（485）载“三月上巳，幸后苑，曲水宴”[3]，这个记载很可能

3.［日］坂本太郎、家永三郎、井上光贞、大野晋校注：《日本書紀》上，第521页，东京：岩波书店，2000年版。

把日本曲水宴的历史过于提前了。古人所谓曲水之宴，是和羽觞赛诗的风俗联系在一起的。显

宗天皇元年为公元 485 年，即齐永明三年，日本宫廷至少还不会有那么多能够对酒赋诗的文士。因而《日本书纪》关于这一年曲水宴的记述，或许并不包括这样的内容，说的只不过是一场君臣之宴，而在叙述中冠以了曲水之名。或者在《日本书纪》编撰者的脑海里，实际上是把曲水之宴和唐代的曲江之会搅和在了一起，更何况他们在记述日本早期历史的时候，把年头提前也不是仅有此例。

不过，至少在奈良时代，曲水宴已经不是什么新鲜事。《续日本纪》神龟五年（728）载，三月己亥（三日），天皇出御鸟池之堤，招宴五位以上官人，应身份赐禄，且招文人，举行曲水宴，令作诗，各人赐粗丝十匹，麻布十端。内亲王以下，百官使部以上者，依身份赐禄[1]。

1.［日］直木孝次郎等译注：《続日本紀》1，第 292 页，东京：平凡社，1987 年版。

又载，天平元年（729）和二年天皇都曾于三月三招宴群臣，令作曲水之诗，根据所作情况和身份赐粗丝和麻布。[2]

2.［日］直木孝次郎等译注：《続日本紀》1，第 301 页、第 312 页，东京：平凡社，1987 年版。

根据《类聚国史》卷十三《岁时四》记载，平城天皇大同三年（808）曲水宴即中断，此后直到宇多帝宽平二年（890）都一直不曾举行。宽平二年三月三日，天皇在宫中的雅院举行曲水宴，召集菅原道真（845—903）、岛田忠臣等"殿上藏人堪文之者"饮酒赋诗。岛田忠臣时任掌管医药事物的典药头，自称过的是"药圃君臣三两亩，书斋道德五千言"的日子，应邀赴宴，写了一首《三月三日侍于雅院，赐侍臣曲水之饮，应制》，赞美再开曲水之宴的善举："大皇岁久废良辰，圣主初圣元已新。"[3]

3.［日］金原理著：《詩歌の表現 平安朝韻文攷》，第 90 页，福岡：九州大学出版会，2000 年版。

从日本的古代绘画中，也可以推想平安时代后期曲水之会的情景。在古画中，羽觞是置于四角板上的。有名的《源氏物语绘卷》便描画了那时的情景。只不过那些参加者们，在短册上写的不再是用汉字书写的汉诗，而是用假名作的和歌了。对于日本人来说，严守中国古典诗歌规范的"汉诗"毕竟是阳春白雪，而使用本民族语言的短小和歌，才是下里巴人。和歌后来取代汉诗成为曲水之宴的主角，也就不足为奇了。

二、 汉诗勃兴与诗酒之会

日本奈良、平安时代的曲水宴，在政治上，是主张革新的宫廷，希望君臣之宴营造儒家君臣相得的理想关系以强化律令制，在文化上也有促进汉诗文发展的意义。今存日本最早的汉诗集《怀风藻》中，便收入了神龟年间（724—729）宫廷中举办曲水宴时，那些最早的一批汉诗人写下的诗作。山田三方的《三月三日曲水宴》：“锦岩飞瀑激，春岫晔桃开；不惮流水急，唯恨盏迟来。”[1] 如果诗中描绘的流水酒盏不仅是诗人想象的话，那就说明在这场宴会上进行了羽觞斗诗的游戏，即投杯于水的上游，听其随波而下，止于某处，则其人取而饮之，诗人必须在羽觞漂流到自己身边以前做出诗来。这对于一心要做出不逊于六朝、初唐诗人绝妙好诗的贵族诗人来说，应该说是一场富于刺激性和挑战性的游戏，也是当众展示才华的绝好时机。当然，那些诗篇更深的意味，还是要歌唱太平盛世，所以篇末往往免不了还要把当时的日本和中国尧舜理想时代相提并论。

以上诗歌的作者，都是掌管最高学府大学寮的官员，代表了那时汉诗创作的高水平。虽然这些诗，还像是写仿临帖，跟着中国诗歌的舞步学踢踏，或者留下韵脚而换一换其他的字就成篇，但也可看出在竭力表现景胜情浓、酒酣诗美的氛围。

进入平安时代以后，能赋诗撰文的学者逐步增多，而且还出现了像菅原道真那样以文才而高居相位的诗人。当时各种节庆活动，都不免要应制赋诗，而上巳宴饮，就更是不可无诗。诗人们在表现曲水之宴的诗篇中，思路和用字也开始能放开些了。收入《菅家文草·菅家后集》中的《三月三日，侍于雅院，赐侍臣曲水之饮，应制》[2]，便能在借羽觞赋诗歌功颂德的同时，还微微吐露了诗人被外放太宰府的牢骚。他还有一首《三月三日，侍朱雀院柏梁殿，惜残春，各分一字，应太上皇制》，序言明确说明这一天“宴于池上”，“盖思古之曲水也”，“构柏梁以拨兰亭”。[3] 这此诗宴，诗人们“各分一字”赋诗，想必写下不少新作，甚至可能像兰亭诗会那样编为诗集，只不过没能全都保留下来而已。

菅原道真的上巳诗，无不吟诵流觞曲水。诗人源师忠、源重资、藤原实范等在咏唱水成“巴”字、浮杯泛流的佳趣时，也都不忘追溯周公洛邑、兰亭雅集。上巳也成了他们竞相宣示诗酒风流的文人情调的一天。三月三日这一天，不仅有天皇或太上皇举办的曲水之宴，也有其他重臣出面举办的。在曲水宴所赋的诗，大致都有一个共同的题目，如“羽觞泛流来”、“酌羽觞”等等。平安诗人的曲水诗保留在《本朝文粹》等诗文总集和《田氏家集》等诗人的别集中，菅原道真《三月三日同赋花时天似醉应制》序：“曲水虽遥，遗尘虽绝，书‘巴’字（指蜿蜒的流水）而知地势，思魏文以玩风流”[4]，建安时代的文士和王羲之等诗人，其诗吟虽然渐渐远去，

1.［日］辰巳正明著：《懐風藻全注釈》，第256页，东京：笠间书院，2012年版。

2.［日］川口久雄校注：《菅家文草 菅家後集》，第357页，东京：岩波书店，1978年版。

3.［日］川口久雄校注：《菅家文草 菅家後集》，第461页，东京：岩波书店，1978年版。

4.［日］川口久雄校注：《菅家文草 菅家後集》，第375页，东京：岩波书店，1978年版。

数百年后，他们仍然是日本诗人们追慕的风流人物。

再现古风的现代旅游流觞曲水表演

奈良、平安时代，是日本汉文学朝气蓬勃的兴旺时期，那时三月三日宫廷中举行的诗酒之宴，无疑是一次汉诗的盛宴。从某种意义上说，发源于中国的流觞曲水，已经变成了汉诗人的节日。说三月三日是那时未命名的诗歌节，也并不夸张。那些曲水诗，正是汉诗在日本从黎明走向清晨的缩影。在曲水宴年年相继的时候，汉诗从字摹句拟的蹒跚学步期，走向了文顺字畅的健步行走期，那些诗宴上吟诵出来的作品，也就成为这一历史脚步的见证和象征。

我国有关日本曲水宴的记载，见于宋人马端临（1254—1323）所撰《文献通考》卷之一百四十八的《乐考·夷部乐》，其中提到“日本自唐以来，屡遣贡使，三月三日，有桃花由水宴；八月十五日，放生会呈百戏。其乐有中国、高丽二部，歌词虽甚雕刻而肤浅”[1]。或许在此之前，中国已有文人获知日本曲水宴诗乐之会的信息，虽可能不过是只言片语，却也颇为在意，见诸笔端，才令马端临在《乐考》中落下一笔。

1. ［日］近藤瓶城编：《改定史籍集覧》第廿册新加通记類一三，第 75 页，京都：临川书店，1997 年版。

三、 从君臣唱和到观光盛宴中的“和歌秀”

由于明治维新以后，日本不再使用旧历，所以今天各地作为旅游节目打造复原的曲水宴，都是在西历 3 月或者稍后举行，其中以太宰府市和京都等历史名城的活动最为热闹。

古代太宰府举办的曲水宴，载于史册。近 40 年以来，太宰府 3 月的第一个星期天都要举行曲水宴，游行的行列从神社的社务所出发，走过太鼓桥，身着鲜丽古装的人们穿越闹市，到达御本殿。参拜之后，抵达文书馆，中午以后，便在曲水庭开宴。与古代的君臣相乐不同的是，周围设立观众席，多达 1500 个之多，这使得每一项仪程都带有了鲜明的娱乐表演性质。古筝悠扬的乐曲声中，修祓仪式结束，宴会的参加者们在曲水庭蜿蜒的流水边就座，当然少不了将他们对观众们做一番介绍。他们手持细长的短册，面对流水，将自作的和歌书在上边。流水曲觞之后，还要有“白拍子舞”和“红梅舞”之类的古代歌舞和和歌朗咏的表演。太宰府这一天的活动，早已变成当地一个独具特色的旅游品牌。

奈良平安时代的曲水宴，曾经唤起后人无尽的遐想。不仅是宫廷皇族憧憬这样的雅事，后来的“大名”（武士头领）也有的乐于搬演这种盛举。江户时代鹿儿岛第 21 代藩主岛津吉贵曾于 1736 年参考王羲之《兰亭集序》中的描写，营造了一个“茂林修竹，又有清流激湍，映带左右，引以为流觞曲水”的庭院——仙岩院。据说造园时培植竹林所需要的竹株，乃是自中国途经琉球运送到日本的。1959 年，仙岩院遗址发掘出来，完好地保存着当时的风貌，是今天日本规模最大的“曲水之庭”。每年 4 月上旬举行的曲水宴，也成为该地区必不可少的群众性文化活动。

在这些活动中，主办者都竭力显示日本文化的特色。岩手县毛越寺的活动，在庭院那被称为“遣水”的流水里，放杯漂流，而身着平安时代贵族男女衣冠的参宴者，在主持者宣布完歌题之后，便要在“催马乐”等古乐的伴奏声中，演示临流赋诗的风采。承载着酒杯的“羽觞”在清流中缓缓漂下，坐在岸边的歌人们则将和歌写于短册上，最后，还有讲师对那些和歌吟诵讲评。与地处温暖的九州地区的太宰府不同，岩手县的春天姗姗来迟，毛越寺的曲水宴，多在 5 月的第四个星期天举行。由于毛越寺是天台宗别格本山，被指定为国家的特别史迹、特别名胜，这里的曲水宴，也就格外引起游客的兴趣。

京都上贺茂神社的曲水宴，有长达千年的记录，今天是京都游客体验曲水宴的名寺，而依照《源氏物语》的描写建造的城南宫举办的曲水宴，则强调“修祓”的形式，这一天人们除了要用神社的清水洗手漱口之外，和歌赛之前，参加者还要在清流中洗浴，以祓除不祥。

尽管在这些再现的表演中，有着不少“中国元素”，但是由于活动中凸显的日本习俗（和歌、和服、和乐、和舞）等等，与古代中国文化疏远的现代年轻人，有很多并不了解哪些来自中国。这一天终究成为向现代人集中展现日本古代服饰、音乐、舞蹈的文化节日，而由于古代诗歌（和歌）占据中心地位，便使节目有了更丰富的内涵。这至少说明，诞生于各代的和歌，在今天日本人的生活中并没有丧失其应有的生命力。反过来说，古老和歌频频在各种文化活动中出场，其影响又自在诗歌外了。

唐代诗人孟浩然《上巳洛中寄王九回》诗中有“浮杯上巳筵”的诗句，王维《奉和圣制与太子诸王三月三日龙池春禊应制》诗：“故事修春禊，新宫展豫游。”现代中国人只能通过这些诗歌的描绘遥想古代诗国的繁华，这不能不让热爱古典诗歌的人们感到些许寂寞。实际上，在我们这个东方诗国，也能够为古典诗歌跻身现代生活做更多切实有益的事情，让吟诵、书写古诗的表演，多在各种文化活动中登场，就有可能做到吧。

第五节　马毬诗话

让我们假设一下，一千多年以前，假如在某地能举行一场国际性的马毬比赛的话，那么活跃在赛场上的可能就有波斯人、吐蕃人、突厥人、汉人、穆斯林，还有日本人。因为今天在丝绸之路的印度、巴基斯坦、土耳其、埃及、伊朗以及日本等国，都曾经有马毬运动的历史。

有些日本学者把奈良正仓院称为丝绸之路东端的终点站。如果从由丝绸之路经由中国和朝鲜半岛传播的西域文化，在日本落地生根的意义上说，这无疑是一个恰当的比喻。7 至 9 世纪传入日本的马毬运动，可以说是一个缩影。马毬，是西域各民族给日本的众多文化赠品之一。

一、　唐人“打球热”

马毬，古代称为“击鞠”或者“击毬”，也简单称为“打毬”，也写成“打球”。中国语法的动宾结构，在日语中就反其先后而言之，所以也就成了“毬打”。这是指骑马或者徒步分两组以毬杖击，以快速将毬击入自己一方的球门为取胜的竞技体育活动。源顺（911—983 年）所撰《倭名类聚抄》第 2 卷载：“毬杖，辨色立成云骨挝（竹花反，打也），打毬典杖也。”[1] 20 卷本《和名类聚抄》杂艺类第四载：“打毬，《唐韵》云毬（音求，打毬。‘内典’或谓之拍毬。

1.［日］虎尾俊哉著：《国立歴史民俗博物館藏貴重典籍叢書 文学篇》第二十二卷（辞书），第 118 页，京都：临川书店，1999 年版。

师说云万利字知），毛丸打者也。刘向《别录》云：打毬，昔黄帝所造，本因兵势而为之。”[1]那时候，日本人对于打毬运动由西至东流传的历史，已经有了相当的了解。

在中国，这种骑在马上用球杖击球而得名的运动，大约是唐初从西藏直接传入，而盛行于军中乃至民间[2]。《唐语林》卷5《补遗》载：“开元天宝中，上（玄宗）教御观打球为事”，又说“然马或奔逸，时致伤弊”，“然打球乃军中常戏”[3]。唐玄宗亲自参加马球之戏，与李白有过交往的阎宽写的《温汤御球赋》描写当时比赛的场面是“珠球忽掷，月杖争击，并驱分镳，交臂叠迹。或目留而形往，或出群而受敌”“有骋趫材，专工接来，未拂地而还起，乍从空而倒回。”将赛场盛况，写得传神入化。

藩镇守将、豪侠少年，自不待言，唐代皇帝嫔妃、宫女妓妾、达官贵人、文人学士，也有不少喜欢这种活动的。唐诗中，不少诗篇描绘了打球在宫中和民间的爱好者。沈佺期、阎宽、蔡孚、杨巨源、张祐、张建封、韩愈等诗人都有吟咏打毬的诗篇。“寒食宫人步打球”（王建《宫词一百首》）[4]；“自教宫娥学打球”（后蜀花蕊夫人《宫词》）；敦煌文献中《唐宫词》写宫人看马球：“先换音声看打球，独教秀部在春楼。”都可以看出打球不仅为男子们所钟爱。敦煌文献反映了当时敦煌地区开展马毬活动的情景。《杖前飞·马毬》生动描绘了比赛进攻射门的激烈场面：“前回断当不赢输，此度若输没须。脱绯紫，著锦衣。银蹬金鞍耀日辉。场里尘飞马后去，空中毬势杖前飞。毬似星，杖如月，骤马随风直冲穴。”“人衣湿，马汗流，传声相问且须休。或为马乏人力尽，还须连夜结残筹。”[5]

打球所用的球，因外涂以色彩或加以雕饰，诗中便多以“珠球”、“画球”、“七宝珠”、“彩球”等相呼。诗文中常常出现的“月杖”、“画杖”，则是指球杖，球杖长数尺，“其端如偃月”。张建封《酬韩校书愈打球歌》写球飞如“星从月下流中场”。

二、　打球与神事

打球大约是在8世纪传入日本的，有关记事屡见于日本文献。《万叶集》卷六《杂歌》的一首和歌的题记当中，提到“神龟四年（727）正月，数王子及诸臣子等集于春日野，而作打球之乐。”[6]这当是马毬从唐传入日本不久的事情，那时诸位王子和臣子，是以先会为快的心情，

1.［日］源顺著、林罗山序那波道圆校订：《和名類聚抄》，第2册第4卷第4页，那波道圆刊，1617年版。

2. 段小强、陈康撰：《从敦煌本〈杖前飞〉谈唐代马球运动》，载《敦煌研究》，2002年第6期，第76—63页；路志峻、林春、李金梅撰：《汉唐间丝绸之路上的马毬运动考辨》，载《敦煌研究》，2007年第3期，第50—54页。

3.《新唐书》，第4145页，北京：中华书局，1975年版。

4.《全唐诗》，第762页，上海：上海古籍出版社，1995年版。

5. 徐俊著：《敦煌诗集残卷辑考》，第474页，北京：中华书局，2000年版。

6.［日］鶴久、森山隆编：《萬葉集》，第191页，东京：樱枫社，1988年版。

来享受这项新鲜集体活动的乐趣的。

《类聚国史》卷七十二“踏歌”说：“弘仁十三年（822）正月戊申，御丰乐殿，宴五位以上及蕃客，奏踏歌，渤海国使王文矩等打球。”在踏歌的伴奏之下举行的打球，不仅有蕃客观看，还有来自大海彼岸的异国使节参与，这时候的打球，可以说是一项国际交往的盛事了。《续日本后纪》卷三：“承和元年（834）五月戊午，令四卫府驰尽种之马及打球之态。”《百炼抄》卷四：“宽和二年（986）六月六日，法皇仁和寺览竞马打球。”上述这些打球，有皇室参加，由朝廷出面组织，想来都是十分隆重的。

把马毬和提高军力、振奋民气相联系，恐怕是它在日本时兴的原因，这看来和唐初颇有共同点，而那时的日本还很快把包括打球在内的马艺，和神事及朝政挂起钩来，这便是日本的创造了。《古今著闻集》卷第十有“马艺”一项，专讲赛马的故事。其中开宗明义就说：“神事之庭，以赛马为先，朝廷的仪式，以白马会为始。不仅如此，天皇还要亲临武德殿，举行各种马艺。”[1] 所谓“白马会”，就是每年的正月初七，天皇在紫辰殿观览马寮的白马之后大宴群

1.［日］永积安明、島田勇雄校注：《古今著聞集》，第 285 页，东京：岩波书店，1966 年版。

臣的活动，一年之中的政治活动，就从这里开始。

平安时代马毬活动再现

经过一两百年赶超大陆文化的奋斗，平安时代的朝野，文化上的自信大增，常常利用各种外交活动来向邻国炫耀自己的实力。弘仁十三年（822）正月，渤海国派王文矩为使，赴日聘好。十八日，嵯峨天皇在丰乐殿宴请渤海国使王文矩和五位官爵以上大臣。其间除了演奏踏歌外，还举行了打毬比赛。渤海使王文矩等也参加了比赛。嵯峨天皇并以绵 200 屯，打赌输赢。于时嵯峨天皇诗兴大发，作诗《早春观打毬——使渤海客奏此乐》：

芳春烟景早朝晴，使客乘时出前庭；

回杖飞空疑初月，奔毬转地似流星。

左拟右承当门竟，分行群踏虬雷声；

大呼伐鼓催筹急，观者犹嫌都易成。[1]

1.［日］国民图书株式会社编：《日本文學大系》第二十四卷，第295页，东京：国民图书株式会社，1928年版。

毬杖如月，毬奔似星，赛者奋勇，观者心焦。场面和情绪，诗中都写到了。嵯峨天皇把渤海使节邀来看马毬，当然不是光让他来看一看热闹，还有显示日本人才济济的朝野风貌的意思，以文化大国的攻势，显露政治大国的本意。

而当时证明一人之才华乃至一国之文化的最佳标志，那就是吟诗了。东宫学士滋野贞主不负主望，当场作《奉和观打毬》：

蕃臣入觐逢初暖，初暖芳时戏打毬；

绣户争开鵁鶄馆，纱窗不闭凤皇（凰）楼。

如钩月度蓂阶侧，似点星晴彩骑头；

武事从斯弱见输，输家妒死数千筹。[2]

2.［日］国民图书株式会社编：《日本文學大系》第二十四卷，第295页，东京：国民图书株式会社，1928年版。

从这首诗不难看出，观众中还有不少女子。锦户开，凤楼空，几成空巷之势。

嵯峨天皇《早春观打毬》诗题后有自注："使渤海客奏此乐。"舞曲打毬乐，相传为中国古代黄帝所作。仁明天皇（833—850年在位）时传入日本，而后加以改编。平安时代五月节会在武德殿进行骑射，由四十位身着马服的舞蹈者打毬。打毬乐在毬场演奏，也用于赛马和相扑。舞者身着武官服，头戴"卷缨"与"老悬"，右手持毬杖。

嵯峨天皇和滋野贞主的诗篇都写到观看赛场的热闹场面，其中嵯峨天皇诗中还有"大呼伐鼓"之句。在唐代，为了助兴，打球时也常常有人击鼓。敦煌文献《儿郎伟》："毬场必见喜鼓声。"这或许是说进毬之时有喜鼓表示祝贺。

三、　打球与艺术

唐代的马毬场不仅用于马毬比赛，而且时常将马毬与各种娱乐活动放在一起。《张淮深变文》描写在球场中举行庆祝活动"金银器皿，锦绣琼珍，罗列毬场，万人称贺"[3]。不过，关于马毬的音乐舞蹈，我们还很少找到文献依据，因而不妨看一看日本的马毬乐舞。

3.王重民、王庆菽、向达、周一良、启功、曾毅公编：《敦煌变文集》上集，第123页，北京：人民文学出版社，1984年版。

《源氏物语·萤》这样描写源氏在花散里练习骑射的场面：马场很宽广，一直通到紫姬所居的南院。那里的青年侍女也都出来观赏骑射。竞赛之时，乐队奏《打球乐》及《纳苏利》。决胜负时，打钟击鼓。直到天黑，一切都看不见了，方始赛毕。近侍们各按等级领受奖品，到夜色很深的时候，各人方始散去。[1] 这里提到的《打球乐》是从大陆传来的唐乐，而《纳苏利》则是高丽乐。

1.［日］紫式部著、丰子恺译：《源氏物语》中，第 524 页，北京：人民文学出版社，1982 年版。

打毬乐，亦写作打球乐，为雅乐曲名，唐乐，新乐，太食调曲。打毬乐为四人舞。表演者身穿裲裆、别袴、别袍，头戴抹额冠。这些服饰，也主要是从大陆传去的。所谓“裲裆”，近似于今天所说的背心。《倭名类聚抄》已收载这个词。[2] 日语读作“宇知加介（**ウチカケ**，utikake）”。裲裆，即两当，其一当胸，其一当背之谓。

2.［日］虎尾俊哉著：《国立歴史民俗博物舘藏貴重典籍叢書》文学编第二十二卷（辞書），第 175 页，京都：临川书店，1999 年版。

今天，日本还有“三大打球”之说，即除了宫内厅之外，还有青森县八户市和山形县山形市两处，保留着各自相异的竞赛方式。它被指定为当地的“民俗文化财”，每年定期举行向市民公开的表演活动，让民众共享古人的马上之乐。不在马上，而由人在地面上击球射门的称为“徒打毬”，只有山形县和青森县八户市有这样的运动。这项活动在这两个县的高中生中，还开展得十分活跃。另一方面，在大海的这一边，我国洛阳等地的旅游景点也不乏唐宋马毬的再现。

不过，平安朝诗人滋野贞主诗中描写的“绣户争开”、“纱窗不闭”争看比赛的盛况，唐代诗人沈佺期《幸梨园亭观打毬应制》中描写的“宛转萦香骑，飘飘拂画毬”的比赛场景，如今每年最多也只能看到一次。而东亚诗人们吟唱马毬的汉诗，只要诗集在手，那就随时可以心驰马场、神腾鞍上了。古代东亚的诗人们不仅将他们在政坛的跌宕、情场的苦乐化作了歌吟，而且将他们在球场的心动、市井的言笑，留在了纸上。正如日本学者松浦友久所说，汉字是一种兼有表意和表音功能的“表语”文字，可以超越时间（历史）和空间（地域），所以千年以后的我们，仍然能够通过诗句想象昔日马场上的欢声笑语。这些汉诗，当年曾使互相不通语言的渤海人和日本人，因为“言语虽殊藻思同”而心领神会。在不同文化的交往中，汉诗与绘画、书法相伴，题于画上，就成为相互馈赠的礼品；汉诗与雕塑相伴，刻于碑石，就成为风雨难摧的永久纪念；汉诗与鼓乐相伴，发为朗咏，就成为不同语言的翻唱；汉诗与体育相伴，就让今天的我们仿佛也能听到传自丝绸之路各站赛场上的“大呼伐鼓”之声。

第六节 蹴鞠文话

中国古代的“足球”——鞠，一脚踢过了东海，在奈良、平安京的宫廷中滚动。从那时起，日本人对外来文化不断打磨与装饰的功夫，也下到了脚下的圆球上。对于那些热心于保存蹴鞠的日本人来说，他们对蹴鞠的热衷和迷恋，恐怕还在今天一般中国人之上。

一、 蹴鞠东渐之旅

“斗鸡金宫里，蹴鞠瑶台边。举动摇白日，指挥回青天。”（李白：《古风·百四十年》）李白的这首诗里，写到了女子参与蹴鞠。蹴鞠在我国出现甚早，唐代演变为蹴球，已经十分普遍。

《唐语林》卷五“补遗”介绍说：“开元天宝中，上数御观，打球为事，能者左萦右拂，盘旋宛转。”白居易《洛桥寒日作》：“蹴球尘不起，泼火雨新晴。”天宝十年中进士的王邕，与有律赋《内蹋球赋》，称此戏“旷古未作，于今始陈”，形容其技艺高超，则云“球不离足，足不离球”，“疑履地兮不履其地，疑腾虚兮还践其实。”形容观众轰动则云“当是时也，华庭纵赏，万人瞻仰”。关于唐代鞠的样子，颜师古注霍去病芽域踢鞠云：“鞠以皮为之，实以毛，蹴蹋而戏也。”当时的鞠，显然是皮革缝制而以毛填充而成的。但是到了晚唐，人们就开始以充气的鞠来踢了。归氏子弟诗曰：“八片尖斜砌作球，火灰捋了水中揉。一包闲气如常在，惹踢招拳卒未休。”（《诗话总龟》前三十九）此诗以人名作笑料，以有皮有气而又“惹踢招拳”不休的球，来嘲笑诗人皮日休，却也使我们了解了当时球的制作过程。

不过，由于中唐以后，日本通过遣唐使和留学生来华的交流趋于中断，传入日本的鞠，大体是在填毛皮制的“毛毬”的基础上加以发展的。唐代的踢法花样翻新，而传入日本后，就多了一些日本式的规矩，把原本刘向所说的“兵势”“讲武知有才”的军训活动，变成了皇族和贵族间一种优雅的游戏。

《古今著闻集》是一部13世纪中叶编撰的故事集。其中卷十一蹴鞠十七则，记述了十则有关蹴鞠的故事，是最集中地反映日本上代和中古时期蹴鞠流行情况的资料。其第一则首先就试图明确蹴鞠传入日本的年代：“蹴鞠之逸游者，前庭之壮观也。文武天皇大宝元年始作此游戏哉。白沙之上，绿树之景，二六对阵，殿翼相当，感兴难尽者也。”[1] 而《古事类苑 · 游戏部》“蹴鞠九十九个”条，则说日本“蹴鞠”的起源，始于皇极天皇甲辰年甲日自大唐传来，皇子和职官在兴福寺作蹴鞠之会。文武天皇大宝元年，为公元 701 年，皇极天皇甲辰年为公元 644 年，两者相差 57 年。此外，《承元御鞠记》中说“忽起於延喜（901—923），盛于天历（947—957）”。究竟哪一种说法更可靠，史家尚无定论。根据日本文献推测，蹴鞠之技是由遣隋使及其随行人员带回日本的，而技艺的提升与普及，则有一个较长的过程。大体在 7 世纪大化革新之前，有关活动场所、方法和竞赛规则就已经初步确定，这从史籍中关于中臣镰足和大兄皇子会面的故事中，可以看得很清楚。即使考虑到日本古代史书往往将文化事件发生年代提前的情况，时至 8 世纪末，皇室中也已有了像样的蹴鞠赛事。

1. ［日］永积安明、島田勇雄校注：《古今著聞集》，第 323 页，东京：岩波书店，1966 年版。

现代再现蹴鞠的观光表演

二、 宫廷中的赛场

中臣镰足和中大兄是日本文化改新时期的关键人物，两人因蹴鞠而结缘，成就了一段佳话。根据《家传》（公元 760 年成书）的记述，中臣镰足自幼胸怀大志，“每读太公《六韬》，未尝不反复诵之”，当时天皇驾崩，皇后即位，王室衰微，中臣镰足一心想寻找赖以实现功名的哲主贤君。他先与轻皇子接近，发现其器量不足与谋大事，“更欲择君，历见王宗，唯中大兄雄略英彻，可与拨乱，而无由参谒。倘过于蹴鞠之庭。中大兄皮鞋随球放落。大臣取捧，中大兄敬受之。自兹相善，俱为鱼水。”[2]《日本书纪》卷二十四也记载，皇极三年（644 年）正月，中臣镰足得以结交中大兄皇子，就是由于“偶預中大兄于法兴寺槻树之下打毬之侣，而候皮鞋

2. ［日］竹内理三编：《寧樂遺文》下卷，第 875 页，东京：东京堂出版，1997 年版。

随鞠脱落，取置掌中，前跪恭奉。中大兄对跪敬执。自兹相善。俱述所怀，既无所匿”[1]。是说中臣镰足偶然得知中大兄要在蹴鞠之庭踢球之后，有意等候，抓住他将皮鞋同球一起踢飞的时机，拾球奉上，两人得以相见，一拍即合。后来中大兄皇子即位为天智天皇，中臣镰足任内大臣，合力发动了大化改新。中臣镰足和中大兄皇子在“蹴鞠之庭”的相遇，被当作精彩的一幕描绘在大化改新的历史画卷上。

1.［日］坂本太郎、家永三郎、井上光贞、大野晋校注：《日本書紀》下，第255页，东京：岩波书店，2000年版。

在日本古代的辞书中，还保存着我国散佚的有关蹴鞠的记述。平安时代承平年间（931—938）成书的字典《倭名类聚抄·杂艺》类收“鞠”字，释引《考声切韵》：“鞠，音菊，字亦作毱”，用万叶假名注明日语读音为“万利”（マリ），释义曰：“以韦囊盛糠而蹴之”。《考声切韵》一书，今无考。这说明，鞠除了填毛充气的以外，还曾有以糠代毛的一种。《倭名类聚抄》又收“蹴鞠”一词，引傅玄《弹碁赋》云：“汉武帝好之也。”谓“世间云末利右由”，即日语读音为マリユユ（mariyuyu），又云：“蹴，千陆反，字亦作蹵，《公羊传》注云‘蹴鞠，以足迸蹈也。’”[2]这里提到的傅玄《弹碁赋》，是一篇逸文。《隋书》云“晋司隶校尉《傅玄集》十五卷”，《唐书》作五十卷，今亡传本。

2.［日］虎尾俊哉著：《国立歴史民俗博物舘藏貴重典籍叢書》文学编第二十二卷（辞書）、第114页，京都：临川书店，1999年版。

《口传集》云：“蹴鞠者，起自苍波万里之异域，遍于赤县九陌之皇城。”蹴鞠传到日本之后，首先在宫廷中风靡起来，以后推广到各地官府，而且逐渐形成了一套办法。日本平安时代的文献《古事谈》等书中，多有皇家、公家举行蹴鞠比赛的记载。《小右记》载宽和元年（985）正月30日“于御前终日蹴鞠”，记述的就是一次宫中蹴鞠活动。

前面提到的中臣镰足与中大兄皇子的故事里出现的“鞠庭”，也叫做“悬庭”、“鞠坪（壶）”，或省称“鞠壶”，就是蹴鞠的场所。正式的“鞠庭”，要离开附近建筑两间以上的距离，“白沙之上，绿树之景”，四方植树，一般东北角植樱树，东南角植柳树，西南角植枫树，西北角植松树，简单行事者，也要有三两棵树。“鞠壶”的面积大致是七间屋子那么大，约14平方米。当然也有临时择地而戏的情况。毬则以鹿皮制成，中间填以毛，通常皇族贵族们蹴鞠还要穿上皮革制作的鞋子。踢球则相互传递，不使落地，以不落地而踢的次数较其高下，也要看踢球者姿态是否优美，毬起落的轨迹。一般蹴鞠，不计人数，而正式的“鞠会”，就是八人制，八人分为两组，每组四人，这就是“二六对阵，殿翼相当”的意思。踢球者被称为“鞠人”，而那些“名脚”，则称为“鞠足”。刑部卿藤原赖通就曾被当时的关白九条兼实赞为蹴鞠的“无双达者”。“达者”乃是高手的意思。

“鞠足”在球友中享受着荣誉，赢得“球迷”虔敬。在《古今著闻集》卷第十一《侍从大纳言成通之鞠非凡夫之业事》，就讲述了一个朝廷重臣级“鞠足”大纳言成通的故事。成通既可以说是一位“超级球星”，也称得上“超级球迷”。他曾连续两千天一天不落地前往“悬庭”踢球，病卧时也要把鞠顶在脚上，下雨时不能户外踢球，他就到太极殿去踢。在踢球满两千天的时候，还设酒宴召集众人观看比赛。球技之高，无人可及。据说他曾在清水寺观音堂舞台的高栏上，一边踢球，一边过栏，一会儿从东踢到西，一会儿从西踢到东，令观看者惊恐失色。[1]

1.［日］永积安明、島田勇雄校注：《古今著聞集》，第324—326页，东京：岩波书店，1966年版。

这简直是把蹴鞠作为杂技来表演了。

后鸟羽天皇（1184—1198年在位）蹴鞠技艺高超，无人可比，在他退位以后，承元二年（1208）四月七日，按察使泰通、前陆奥守宗长、右中将雅经曾经联名上表，请求赐予他“蹴鞠长者”的称号。《承元御鞠记》中收录了这篇表文，文中说：

夫蹴鞠者，万春之初兴，千年之永戏也。暖日迟迟之晚，倚龙鳞之柳而定前后；和风漫漫之时，萌鸡冠木而争雌雄。访之异域，则起于黄帝，盛于汉皇；寻之本朝，忽起于延喜，盛于天历。诚是圣代始之、明时好之者也。

我君忝催此游，已长其艺；臣等谬传家尘，久侍鞠场。伏拜日新，可谓天生。若不上稚（疑为“雅”字之讹）称于当时，恐犹忘胜事于后代；宜奉号此道之长者，以令著其艺之独胜。

汉世宗之好围棋也，仙客降号（疑为“兮”字之讹）娱戏焉；唐太宗之工隶书也，群臣贺兮拜舞矣。称美之余，不避至尊；以昔思今，彼犹琐焉。不堪欣跃，拜表以闻。[2]

2.［日］永积安明、島田勇雄校注：《古今著聞集》，第602页，东京：岩波书店，1966年版。

泰通等大臣要求朝廷给退位的天皇一个“御鞠长者”的封号，确是一个极有日本特色的事情，这放在中国古代，是不好想象的。而在当时泰通等大臣看来，这恰恰不过是重温汉唐之故事。汉皇唐主本来便是极为看重亲身引领文化潮流的。

三、 从皇族贵族踢到武士中间

日本古代的文学家，把时人对蹴鞠的喜爱记录在自己的作品中。《源氏物语》中写头中将在失意之后，想急忙借蹴鞠一展身手。清少纳言的《枕草子》“游戏”一则，说：“游戏是虽然样子不太好看，蹴鞠是很好玩的。小弓、掩韵（取汉诗中句子，掩盖其叶韵的一字，令人猜测，以得早猜中者为胜）、围棋。”[1]或者是因为蹴鞠要拿脚去踢的缘故，清少纳言说不太好看，但她还是把它看成好玩的活动。

1.［日］清少纳言著、周作人译：《枕草子》，第 303 页，北京：中国对外翻译出版公司，2001 年版。

在平安时代的故事集中，有关于蹴鞠的优美传说。《古今著闻集》中的《侍从大纳言成通之鞠非凡夫之业的故事》，说在成通庆祝两千日蹴鞠的酒宴上，三个人们从未见过的精灵现身了。他们长着人的脸，猴子的手足，相貌就像三四岁的孩子，自称是“蹴鞠精灵”，感谢人们对蹴鞠的酷爱，告诉人们在蹴鞠的时候要呼唤他们的名字。在他们的额头上，就分别写有这些名字：春杨花、夏安林、秋园。最重要的是，他们告诉人们，在蹴鞠受到喜爱的时代，就会国家繁荣、能人出世、有福有寿、无灾无病，甚至还会有一个幸福的来世。当人们问他们蹴鞠何以会使来世幸福时，他们回答说：“人们多欲多求，便是罪孽，而站在蹴鞠之庭，便没有了杂念，自然就是后世安乐的机缘，功德得进。所以，人们就应当喜欢蹴鞠。”[2]

2.［日］永积安明、島田勇雄校注：《古今著聞集》，第 324—326 页，东京：岩波书店，1966 年版。

在这个故事中，蹴鞠也被涂上了当时流行的净土教的色彩。三个“蹴鞠精灵”的名字，分别有春、夏、秋三字，又是花、林、园的组合，不仅反映着日本文化特别注重季节感、融合于自然的特点，而且意味着蹴鞠是除了冬天都可以进行的活动，那精灵像猴子的长相，或许意味着希望踢起球来像猴一样灵活、矫捷和轻盈。一般每年首次蹴鞠的仪式要在正月申日举行，也显然与“蹴鞠精灵”颜面如猴的传说相关。

古代日本的蹴鞠，更与神道教结合，产生出相应的仪式。那时的人们相信，向神祈愿，神会保佑自己获得高超的技艺。成通为了使自己的球技更加高超，曾经多次前往熊野本社参拜。他一反常规，以背对神参拜之后，竟然掌握了后踢的绝技，而且是自西 100 度，自东 100 度，来回两次，共 200 次鞠不落地。和宫廷、官府提倡的许多活动一样，蹴鞠也被赋予了神道的仪式。每年正月的申日，或者是初四，都要举行一种称为“蹴鞠始”（亦称为“蹴鞠初”）的典礼，祝愿并祈求神保佑人们一年中蹴鞠长进。白峯神宫地主社，从平安时代就开始祭祀被尊为蹴鞠之神的“精明大神”，被视为振兴蹴鞠的重要据点。

蹴鞠真正形成体系，是在镰仓时代，后鸟羽时代已经相当完备。王朝衰微，武家腾跃，蹴鞠随之走出宫廷和公家，成为将军、执政和镰仓武士热衷的活动。难波流、飞鸟井流、冷泉流、绫小路等诸家流派先后形成，难波流和飞鸟井流两派相互竞争，各有靠山。镰仓幕府二代将军源赖集加入的是飞鸟井流，而五代将军源赖嗣则加入的是难波流。后来难波流日渐衰退，而以雅经为宗师的飞鸟井流，从室町时代一直到整个江户时代成为主流，作为将军家的“御师范”而格外兴旺。就这样，直到明治维新以前，蹴鞠一直是幕府和朝廷重视的活动，薪火相传，不绝如缕。

千余年蹴鞠活动的情况，见于各种文献。《古事谈》（1212—1215）记载堀川天皇之时，源氏殿上人数辈，于禁里有蹴鞠之事。[1]《太平记》卷第十三《第八宫征夷将军事》载：“天子常行幸，歌舞、蹴鞠之间隙，召弓马之达者。”[2]1439 年至 1464 年间成书的一条兼良所撰《尺素往来》载：“近日于禁中，可有蹴鞠御会候，随而悬之庭被庄严候。”[3]是说近日禁中会有蹴鞠会，因此悬庭被整修一新。在谣曲、和歌、俳句、川柳、滑稽本等文学样式中，都有对蹴鞠的描写。

蹴鞠能够在日本绵延千年而不坠，当然与皇族、贵族以及后来幕府也都来出脚张拳有关。《古今著闻集》中记述的“鞠会”，多有天皇、太上皇和朝中重臣的出席，常把它纳入重大的宫廷仪式当中。治承三年（1179）后白河天皇行幸七条殿，次日便举办鞠会；顺德天皇即位时，行幸高阳院殿，逗留期间，举行鞠会，后鸟羽上皇、关白以及太政大臣、刑部长官等高官权臣倾巢出动，各自身着鞠装登场。四条天皇即位举行的鞠会，左大臣、右大臣双双临场。镰仓室町时代的幕府，也看到它有利于武士健身和调节人际关系的好处，加以提倡。

蹴鞠虽然来自中国，但古代的皇族和中世纪的武士，都竭力为它涂上日本神佛道的光亮，附丽上日本文化的包装，而后把它当作纯粹的日本文化来加以发扬。先是上层人士把它当作优雅身份的外在表现；在它普及到民间之后，下层人士又有人把它当作日本一种“国粹”来发扬，蹴鞠也就超越了单纯游戏的价值。

明治维新以后，文化上的“脱亚入欧”风潮一度使得蹴鞠无人问津。明治三十六年（1903）天皇下诏赐金，重新提倡，有志者结成蹴鞠保存会，专门研究鞠的制法、蹴鞠的装束、鞠庭的设置和蹴鞠的技巧，以振兴此项运动。2003 年，时值该会创立 100 周年，在京都白峯神宫举行了隆重的蹴鞠大会。至今，每年的 4 月 5 日与 7 月 7 日，都要举行奉纳仪式。在京都下鸭神社，每年正月也要举行“蹴鞠始”。身着华丽古装的“鞠人”，向游客表演优雅的蹴鞠，而每次表

1.［日］川端善明、荒木浩校注：《古事談 続古事談》，第 109 页，东京：岩波书店，2005 年版。

2.［日］长谷川端校注、译：《太平記》2，第 83 页，东京：小学館，1998 年版。

3.［日］塙保己一编：《群書類従》第九辑，第 511 页，东京：平文社，1992 年版。

演之前，向人们介绍蹴鞠在日本兴盛的历史，则是必不可少的内容，而且还少不了神社人员的一番手舞足蹈，有时还有巫女出场。白峯神宫还建起了“蹴鞠碑”，向人们展示着今人为之自豪的蹴鞠文化史。有关蹴鞠的历史学术研究，也有《中世蹴鞠史研究》这样的著述问世。可以说，日本人借蹴鞠这个题目，已经做足了文章。

今天，人们评价蹴鞠是一种不计胜负、不受时间限制、对场所要求不高的运动。每一个参加者，都将把毬送往对方为意，堪称和平与和谐的运动。从当时毬的重量和大小来看，所需要的腿部力量和运动量要比今天踢毽要大得多。虽然我们今天已经有了足球和踢毽这样的运动，但是蹴鞠仍然有它适宜的人群和场合。更不用说，在它的发源地，人们有理由看到它昔日的风采。因为那在我们脚上飞来飞去的鞠，不仅仅是一个皮制的圆球，而是凝聚了我们先人的智慧和心血，它向我们的同伴传递着力量，也传递着善意和友情，同时回应着持续不衰的期待。

环绕岛国、隔离大陆的海洋，冲洗和更新着日本人打磨和装饰外来文化的技巧。小小的鞠，也经历着化世俗为宗教、化即时为通时、化粗犷为纤细、化随机为蹈矩等多种切换。在东海两边，只要人们有需要，蹴鞠的故事就不会完结。

第六章　戎马间歇中的异邦幻象

采药秦人旧有祠，春风几见术苗肥；

老禅曾到中华国，御笔题诗赐远归。

——道彝，《题御制赐和》，载绝海中津《蕉坚稿》

日本中世文学有着浓烈的佛教色彩，在战乱中仍能担负起中日之间文学桥梁的既有往返于岛国与大陆之间的禅僧，也有虽然没有机会接触最新的中国文学，却可以在汉唐记忆和往昔传来的典籍中寻找灵感的五山僧侣。那时文学中的异国情调，主要是靠这些记忆创造出来的。五山汉诗中不乏追随李杜、苏黄的吟哦，谣曲中也有《白乐天》、《鹤龟》、《唐船》等与汉唐故事相关的世界，狂言中的《唐药》、《茶子味梅》、《唐人相扑》等，也都用唐人联想给观众带去笑声和乐趣。

描写中国故事的小说有《七草草子》、《二十四孝》、《杨贵妃物语》、《布袋荣花》等。《李娃物语》是将唐白行简《李娃传》翻案成日本故事，可以看出《太平记》文笔的影响，也有不少原作直接插入的直译体文字。[1]

1.［日］市古贞次著：《中世小説の研究》，第319—322页，东京：东京大学出版会，1991年版。

元人郭居敬《二十四孝诗选》成书不久就传到日本，在一部分禅僧中间流传，从天文(1532—1555)到元龟(1570—1573)天正(1573—1592)之交的室町后期，开始流传到市井中间。上述《二十四孝》由24个短篇构成，每篇讲述一个人物的孝道故事，先有一首五言诗，而后叙述其至孝事迹。故事大致原本丁元人郭居敬《二十四孝诗选》（《全相二十四孝诗选》，有元刊本）。《二丨四孝》现存川濑一马旧藏室町中期的写本，松井文库现存天正十四年（1586）清家本。中国孝子故事，散见于《今昔物语集》、《言泉集》、《注好选集》、《慈元抄》、《童子教》等书中，《宝物集》中已有孟宗、伯瑜、郭巨、王祥、丁兰的故事，多出于《蒙求》和《孝子传》。进入中世纪以来，随着儒家道德的普及，小说中的孝子故事更为常见。《唐丝草纸》、《小夜姬》、《壶坂物语》、《养老之缘起》等，讲述的都是孝行故事。《二十四孝》在普及孝道方面，发挥了重要作用。在日本孝顺故事中，值得注意的是有不少是非本土故事，如《蛤草子》、《法妙童子》等。[2]

2.［日］市古贞次著：《中世小説の研究》，第320页，东京：东京大学出版会，1991年版。

《杨贵妃物语》以日译的《长恨歌》以及《太平记》中的杨贵妃故事为主干，而大为扩展了杨贵妃死后的部分，加以详尽地描绘。小说吸收了杨贵妃未死而抵达日本热田的传说，将《长恨歌》中描写的杨贵妃死后到达的仙境蓬莱，切换成了日本的热田，杨贵妃也就变成了热田大明神；并且虚构出白居易也出场，靠着他与司马顿父子的智谋武勇战胜安禄山的故事。关于蓬莱仙境的神话，在日本奈良时代以来便与日本自古以来的“常世”观念联系起来，中世纪以来就产生了将富士山、熊野、热田等地与蓬莱等同起来的说法，其中《海道记》、《曾我物语》、

《梅花无尽藏》曲舞《东国下》、《宗牧东国纪行》等作品中，都把热田当做蓬莱看待。[1]《曾我物语》卷二玄宗故事就直截了当说："杨贵妃渡海过来，就是热田的明神。蓬莱宫就在这里。"这些传说，正是《杨贵妃物语》出现的背景。

1.［日］市古贞次著：《中世小説の研究》，第 322 页，东京：东京大学出版会，1991 年版。

第一节　禅林汉文学与宋明文化

自南宋中叶以来，中日之间商船频繁往来，鲸波相望。日本入宋僧从南宋传去禅宗，在动荡的日本佛教界引起巨大反响。禅宗是中国化的宗教，日本从奈良平安朝以来便深受中国思想文化的影响，此时，它又适应了平安文化衰颓之际人们追求新事物的欲望，特别是它与武士主张绝对认识、视死生如一的精神一拍即合，因而，很快在上流武士中间广泛流传，进而又给日本人的生活方式和武家文化的形成以颇为重大的影响。入日宋僧和日本的入宋僧用汉语宣传禅学的宗旨，以用汉语作的偈来表达见解，因而大大丰富了日语的词汇，而唐宋诗歌的艺术成就在僧人中深入人心的结果，又推动僧侣汉诗写作空前兴盛起来，终于形成了日本汉文学史上大放异彩的五山文学。

一、　五山禅僧的文学之旅

所谓五山，是临济宗的五大寺院（亦是五类）的总称。中国的五山十刹是在南宋宁宗（1195—1224）时仿效印度的五精舍、十塔而设置的。仿效中国制度确立的日本五山十刹，虽因时代而有所变迁，但这些寺院皆由朝廷和幕府来经营。由于僧侣中人才的拔擢登庸，才识卓异的僧人逐渐从各地集中到京都的五山及五山之上的南禅寺来。陆续去往日本的元、明两朝的高僧，也颇受日本朝廷和幕府的礼遇，主持名刹，宣扬禅风，传播中国文化。因而，五山僧侣逐渐取代了朝内公卿对汉文学和学术的统治地位，五山也就成为传播中国儒学、文学、书法和绘画艺术的重要基地，在促进日本文化发展方面，作出了积极的贡献。

五山文学大体是指从五山确立以后到室町幕府灭亡时五山僧侣的作品，其前期以诗文为主，后期则在研究和注释方面的成绩较为显着。[1] 五山文学在日本文学史和中日文学交流史上都占有一定的地位。特别是前期的诗歌创作，对于中国文学来说，它是唐宋歌吟在域外的回响；对日本文学来说，它是公卿汉文学寂寥之时的新声。

1.［日］入矢义高校注：《五山文学集》，第 319—335 页，东京：岩波书店，1999 年版。

京都五山天龙寺

我国元代，日本前来的商船舳舻相衔，风涛相望，特别是元末六七十年间，幕府保护之下的官方商船及冒险商人的私船不顾风涛险恶，凌波扬帆，往返于两国之间。1329 年，日本文侍者曾恳请杭州府径山的僧人竺仙梵仙（1292—1348）东渡赴日，说："此船一去，明年即便又来，但随意耳。昔兀庵（普宁）亦回，西涧（士昙）回复往。"[2] 可见，此时中日两国征服大海的成就带来的往来之便，远胜于鉴真时代。清拙正澄（1274–1339）、明极楚俊（1262–1336）、竺仙梵仙等元朝高僧，相继受到日本执政的邀请，欣然赴日，得到王侯的优待。当时，日本不少公卿武士从楚俊、梵仙等学禅，而楚俊和梵仙都擅长于诗文，在传播中国文学方面曾经发挥了积极的作用。

2.［日］木宫泰彦著、胡锡年译：《日中文化交流史》，第 417 页，北京：商务印书馆，1980 年版。

与此同时，三三两两搭乘商船来到中国的僧人数目更多，仅姓名可考者便多达 220 余人。他们久居中国，不但深究佛理，而且研讨儒学、文学、书法、绘画、建筑等，回国时又带回中国典籍及其它文化产品。回国后，不少人受到朝廷厚待，历住京都、镰仓的五山等大寺院，处于社会指导者的地位，他们的诗文广泛流传。那些不喜接近权贵豪门的返日僧，或隐居深山，托钵云游，或开创寺院，教育弟子，把中国文化的影响扩展到穷乡僻壤。[3]

3.［日］蔭木英雄著：《五山詩史の研究》，第 3—11 页，东京：笠间书院，1977 年版。

禅学自南朝梁武帝（502—549）时由印度僧菩提达磨传于中国后，世代相传，逐渐成为中国化的佛教。为了准确地阐述和表达这种中国化的禅学，必须掌握汉语这一工具，而对日本僧人来说，要想自如地以纯粹的汉文来表达禅学的思想和见解，绝非易事；非潜心研修，便不能写出堪与唐宋诗人媲美的作品，而一旦有人得到类似的赞誉，便会当作无上的荣耀。其时，来到日本的元朝雕工，雕刻出版了《唐柳先生文集》、《昌黎先生文集》等中国诗文作品，为僧人们学习诗文提供了方便。在当时出版困难的条件下，五山以及各地禅院翻刻的禅门语录及文学作品，不仅数目可观，而且刻工精细，和宋版、元版的原书几乎难分高下。《诗人玉屑》、《寒山子诗集》、《碧岩录》、《诗学大成》、《北磵诗文集》、《杜工部集》、《东坡先生诗》等书籍赖此而广泛流传，成为僧侣们争相传诵的习作教科书。[1]

1.［日］足利衍述著：《鎌倉室町時代之儒教》，第 321—344 页，东京：有明书店，1970 年版。

宋元禅林本来便有着雕章琢句的风气。1329 年赴日的元僧竺仙梵仙曾说："无羹之时，未免咽滞，而少滋味。以道之饭，得文之羹，百家技能，为菜为馔，斯为妙也。"竺仙梵仙的话，代表了宋元禅林通行的看法。入日元僧把宋元禅林的舞文弄墨之风吹入日本禅林，激发了僧人们习汉语、赋汉诗的热情。入元僧在元期间留意于体验禅林生活、领略风物以润色诗文，回国后，住在京都、镰仓的五山等巨刹中接待游僧时，除和元朝禅林一样，授以法语、偈颂、顶相赞等外，善于吟咏的僧侣也每应要求而在画上题诗，有的在道友相会时赋诗，连写在长简上，装裱成诗轴。习诗风气之盛，以至于提倡诗文为羹的竺仙梵仙也感叹"多见日本僧以文为本，学道次之"。[2]

2.［日］木宫泰彦著、胡锡年译：《日中文化交流史》，第 491 页，北京：商务印书馆，1980 年版。

那么，在这个时代，日本汉文学在公卿儒者那里是一种什么局面呢？大学寮衰微之后，被称为师行家的菅原、大江、清原、中原四家，分别掌握着纪传（即文章）、明经两道而世袭其学，不得敕许，便不得将自家学问外传。公卿儒者的汉诗文写作只不过处于维持传统的状态。尽管公卿们也经常举行诗会、文会，并且产生了将"歌合"（和歌赛会）与诗会合并的"诗歌合"（赛汉诗和歌），出现了和（歌）汉（诗）兼作集，但是他们的作品离不开圣恩君泽、佳游欢会、春水秋花、月下捣衣之类沿袭已久的老题目，题材、内容和艺术水平都处于停滞不前的状态。而五山僧人们，特别是那些入元、入明僧，由于他们曾到中国漫游山川，遍访禅林，拜师学艺，提高了自己的艺术修养，直接呼吸到唐宋之后诗歌发展的新鲜空气，因而作品便呈现出一种新的气象。

五山诗风，大体学中唐、晚唐。宋代周弼编选唐 167 位诗人的七言绝句、七言律诗、五言律诗这三体的《唐贤三体诗家法》，在五山僧侣中广泛流传，奉为作诗教材。义堂周信（1324—1388）曾作《三体诗法抄》。同样，《古文真宝》也是很受欢迎的书。笑云清三（生卒年不详）、桂林德昌（1428—?）均作有《古文真宝抄》。《联珠诗格》、《诗人玉屑》拥有大量的研习者。

这些书籍，直接影响五山的僧人诗歌写作。

五山僧人，特别是入元僧，大大扩展了日本汉诗的表现范围，写出了大量歌咏中华壮丽山川和悠久历史、反映漫游生活及与中国僧人友情的新作，在艺术上受到中晚唐及宋诗的熏染，有些作品放入宋元诗集中，也使人一时难辨和汉。[1] 他们回国以后，熟练地运用律诗和绝句，来描摹富士雪月、岚山樱花、鞆津史迹。五山诗人的成就不仅使当时的公卿儒者望尘莫及，而且在整个日本汉文学史上也闪耀着光彩。当然，五山诗人们毕竟是远离民众的诗人，作诗被作为炫耀学识、标榜风雅、自我慰藉的工具，这都不能不大大限制其作品的思想价值和艺术价值。

1. ［日］荫木英雄著：《五山诗史の研究》，东京：笠间书院，1977 年版。

让我们姑且欣赏一下入元僧笔下的中国山水诗。

虽然元朝京城是大都（北京），但杭州（南宋的临安）仍不失为汉民族的一个文化中心。由于历史文化的原因而形成的倾慕汉民族文化的心理，使入元日僧将江南的禅刹当作游历的中心，反映江南风光，特别是杭州一带秀丽山水的诗篇，不仅数目多，而且具有鲜明的特色。且看别源圆旨（1293—1364）的《送僧之江南》：

闻兄昨日江南来，珣弟今朝江南去。

故人又是江南多，况我尝在江南住。

江南一别已三年，相忆江南在寐寤。

丨里湖边苏公堤，翠柳青烟杂细雨。

高峰南北法王家，朱楼白塔出云雾。

雪屋银山钱塘潮，百万人家回首顾。

南音北语惊叹奇，吴越帆飞西兴渡。

我欲重游是何年，送人只得空追慕。[2]

2. ［日］别源圆旨著：《南遊・東帰集》，见《日本汉詩紀行篇》第一辑第一卷，东京：（有）凱希メディアサーゼス，2011 年版。

别源圆旨，福井县人。入元达 11 年之久，回日本后历住弘祥寺、寿胜寺、善应寺、吉祥寺等，有《南游集》、《东归集》。元僧清拙正澄评其诗“概得大唐音调，语意活脱，如珠走盘”。这一首《送僧之江南》，在写法上模仿苏轼在公元 1071 年被任命为杭州通判赴杭途中游镇江金山寺时所作的《游金山寺》。苏轼将江景和江水的描写同自己的遭遇及复杂情感联系起来，运用了很多江字：江水、江入海、江南江北、江月、江心、江山、江神、江水，回环复迭，表达了对长江的深情。别源圆旨在诗中连用六个“江南”，极写自己对江南的追忆、眷念、喜爱和重游江南的愿望。

如果不是亲耳听到江南繁华市镇的南音北语，亲眼看到长江之上的吴越帆飞，恐怕他不会对江南产生这样深沉的感情。别源圆旨还有一首《江上晚望》写得十分清丽明快：

孤舟短棹去飘然，人语萧萧落日边。

江北江南杨柳岸，风翻酒旆影连天。[1]

1. ［日］入矢义高校注：《五山文学集》，第 279 页，东京：岩波书店，1999 年版。

这首诗可能写于他游历江南的旅途中。作者站在江堤之上，眺望江上的孤舟，在静寂的落日余辉之中，聆听舟中的人语。酒旆、杨柳、暮影、晚风，一幅秀丽的江南春晚图展现于眼前，赏心悦目，令人神往。"孤舟"一句，显然出自唐李群玉的七绝《黄陵庙》："轻舟短棹唱歌去，水远山长愁杀人。"而整个诗篇的意境又使我们自然地想起王之涣、杜牧、柳永等描绘江南的绝句和词。

元朝杭州路（即宋临安府）的天日山，是禅门的中心。所以入元僧中就有不少在天目山挂锡的。在他们留下的诗文中，有不少便描写了这一带的寺院生活和风物人情。天童寺内"苍云深拥万松行，一径斜投古佛场"（天岸慧广：七律《游天童寺》）的深幽；国清寺里"流水鸣双涧，断云兴五峰"（天岸慧广：五律《清国寺》）的寂清，天台山上"合涧桥边送别时，秋风分袂各东西"（此山妙在：七绝《友人归乡》的萧瑟），以及十里西湖莲花"亭亭抽水清于碧，片片泛波轻似舟"（性海灵见：七绝《莲》）的明媚，都可使我们感受到诗人的钦慕之情，想见当时入元僧行吟古寺、漫步湖畔的情境。

入元僧巡历的足迹，南至婺州（浙江金华）的双林，温州的江心，福州的雪峰，北至湖州的道场，平江（苏州）的万寿、虎丘，建康的庄山等。一路上，他们参谒寺院，凭吊古迹，游览名胜，往往欣然命笔，抒写幽情，即时写出咏史、咏怀、咏物之作。僧人题咏，效中华名士之风，诗笔纯熟，常出口成章。1326 年入元的不闻契闻（1302–13699），一日在钱塘江游览时被捕押往武昌，他在馆壁上题诗一首：

孤筇远入异乡云，满耳语音浑不分，

唯有檐头深夜雨，萧萧犹似旧时闻。

其时恰好高昌王子也谪居这里，读诗后大为感动，遂请求官府予以赦免。

怀古之作，如中岩圆月（1299—1375）的《金陵怀古》：

人物频迁地未磨，六朝咸破有山河；

金华旧址商渔宅，玉树残声樵牧歌；

列壑云连常带雨，大江风定尚生波；

当年佳丽今何在，远客苍茫感慨多。[1]

1. ［日］山岸德平校注：《五山文學集 江户漢詩集》，第88—89页，东京：岩波书店，1978年版。

中岩圆月，相模（神奈川县）仓人，12岁随道慧大德读《孝经》、《论语》，入元后游历各地。其为文倾向同虎关师练（1278—1346），都学韩柳体；诗则多学宋人，追慕黄庭坚、陆游、陈师道。金陵的所见所思，六朝兴废给了他极深刻的印象。当他回到祖国，看到战乱后的备后地方的鞆津时，由镰仓幕府的灭亡想到杜牧等历代诗人吟咏金陵的诗句，不禁提笔写出绝句一首，题作《鞆津》：

楸梧风冷海城秋，燹火烟消灰未收。

游妓不知亡国事，声声奏曲泛兰舟。[2]

2. ［日］山岸德平校注：《五山文學集 江户漢詩集》，第90页，东京：岩波书店，1978年版。

正因为入元僧们了解了产生唐宋诗的文化风土，加深了对中国诗歌艺术的理解，所以他们的诗便摆脱了日本腔调，接近于唐宋诗的风格。试读曾入元十年的愚中周及(1322—1409)写的《三月二日夜听雨》：

佩玉珊珊鸣竹外，谁家公子入山来。

今宵赚我一双耳，明日桃花千树开。[3]

3. ［日］山岸德平校注：《五山文學集 江户漢詩集》，第99页，东京：岩波书店，1978年版。

作者将窗外竹林中的夜雨声，比作入山公子的佩玉珊珊而鸣，期待、推想、喜悦，波澜横生，诗趣盎然，颇有晚唐诗风味。

镰仓五山建长寺

在我国明代，大量的中国书籍，或由于商船携带，或由于使者购求，以各种途径输入日本，宋学的研究日益兴起。宋学的新浪潮冲击了消极固陋的师行家之学。昔日的文章道，只需读“三史”即可，当时则还要读《资治通鉴》、《宋朝通鉴》等等，朝廷开讲习，亦以濂洛之义为宗，教授程朱新义。五山僧人们不满于师行家们的孤陋寡闻，死守家传之业，也致力于程朱唯心主义理学的传播和研究。当时许多僧人如歧阳方秀（1363—1424）、义堂周信（1427—1505）、桂庵玄树等，都是活跃的程朱学者，五山成为儒学的中心。

与此同时，不少程朱学者开始染指注疏之学，其中大部分注疏即成为“抄物”。所谓“抄物”，是五山僧讲义记录的总称。编成抄物的不仅有佛学著作，而且有中国历史和文学著作，如惟肖得岩的《东坡诗抄》、江西龙派的《天马玉沫》（东坡集抄）、万里集九的《帐中香》（黄山谷诗抄）、雪岭永瑾的《杜诗抄》、桃源瑞仙的《史记抄》、大岳周崇的《前汉书抄》，都是有代表性的“抄物”。

二、　绝海中津与义堂周信

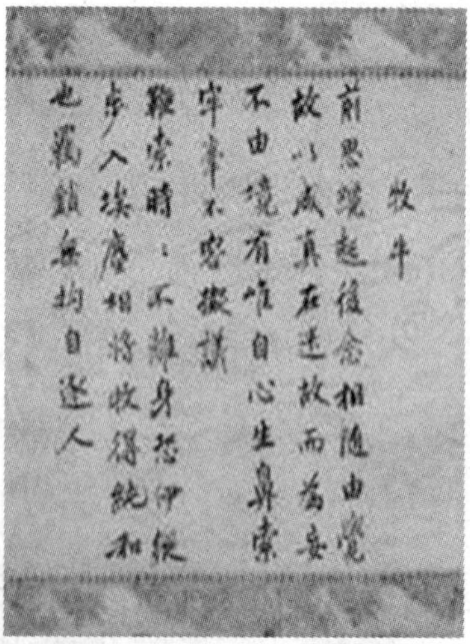

绝海中津诗写本

在明朝约 300 年间，入明的日本禅僧或作为求法僧，或作为带着日本方面使命的使僧，游历山川，学作诗文，其中不乏博学多才者。据了庵桂悟在《了庵和尚壬中入明记》中说：“……至中书舍人，予呈一诗，舍人曰：外域朝贡大明者，凡五百余国，唯日本人独读书云云”，可见日本僧人重视诗文并以此自豪的情况。绝海中津便是一个日本僧人引以为骄傲的人物。

绝海中津（1335—1405），土佐（高知县）人，梦窗国师的法嗣，自幼巧于翰墨。曾住建仁寺十二年，也曾住圆觉寺、建长寺。正平二十三年（1368）入明。绝海中津善作骈文，尤长于诗。其诗文集曰《蕉坚稿》[1]，由明成祖宠信的僧录司左善世道衍作序，文中说：

1.［日］蔭木英雄著：《蕉堅藁全注》，大阪：清文堂，1998 年版。

日本绝海禅师之于诗，亦善鸣者也。自壮岁挟囊乘艘，泛沧溟来中国，客于杭之千岁 ，依全室翁（按中天竺的季潭）以求道，暇则讲乎诗文。故禅师得诗之体裁，清婉醲雅，出于性情之正。虽晋唐休、彻之辈，亦弗能过之也。[1]

1.［日］薩木英雄著：《蕉堅藁全注》，第 3 页，大阪：清文堂，1998 年版。

杭州中天竺的如兰在《蕉坚稿》的跋文中也极力赞赏说：

虽吾中州之士老于文学者不是过也，且无日东语言气习，而深得全室之所传也。[2]

2.［日］蔭木英雄著：《蕉堅藁全注》，第 257 页，大阪：清文堂，1998 年版。

绝海中津的诗确摆脱了日本语言的气息，纯熟自然。在明期间他以诗和竹庵谓、浦庵复等交往，曾受到明太祖召见，在英武楼晋谒。当太祖问到熊野古祠时，绝海中津赋诗作答，题作《应制赋三山》：

熊野峰前徐福祠，满山药草雨余肥；

只今海上波涛稳，万里好风须早归。[3]

3.［日］入矢义高校注：《五山文学集》，第 140 页，东京：岩波书店，1990 年版。

三山，指日本。秦始皇时代的方士、齐人徐福，奉秦始皇之命率童男童女三千渡海赴三仙山寻求长生不死之药。日本人传说他们到达纪州的熊野海岸（即今天的和歌山县新宫），未归国而死于熊野，熊野因建古祠。绝海中津以徐福墓前长生不老的药草丰茂肥鲜而无人采集以相答，结尾以催促徐福亡魂早日归国的口吻，巧妙地赞扬了明代的平和安乐及日本与明朝的友好交通。绝海中津借答发挥，言巧意美，博得太祖欢心，也和韵赐诗：

熊野峰前血食祠，松根琥珀也应肥；

当年徐福求仙药，直到如今更不归。[4]

4.［日］入矢义高校注：《五山文学集》，第 141 页。

义堂周信与绝海中津齐名，土佐（高知县）人，自号空华道人，梦窗国师的法嗣，曾住圆觉寺、善福寺，后为建仁寺住持，又移南禅寺。自幼长于翰墨，著书很多。有《空华集》20 卷，《空华日工集》4 卷，曾集宋元两代禅僧的偈、颂编为《贞和类聚祖苑联芳集》。斋藤拙堂曾说：“室町之时，无文章，然观僧义堂之《空华集》，颇可诵。”据《空华日工集》应安八年三月十八日条载，当时有日本僧人偶尔携带义堂周信的诗稿到中国，嘉兴天宁寺的楚石梵崎看到后，赞道：

不意日本有此郎耶？明人皆云，疑是中华人，假托其人之所作也。

绝海中津和义堂周信在日本汉文学史上享有盛名。江户时代汉学家江村北海在《日本诗史》中曾说：

5.［日］池田四郎次郎编：《日本詩話叢書》第一卷，第 200 页，东京：龙吟社，1997 年版。

五山作者，其名今可征者，不下百人，而绝海、义堂，其选也。[5]

又说：

绝海、义堂，世多并称，以为敌手。余尝读《蕉坚稿》，又读《空华集》，审二禅壁垒。论学殖，则义堂似胜绝海；如诗才，则义堂非绝海敌也。绝海诗，非但古昔、中世无敌手也，虽近时诸名家，恐弃甲宵遁！何则？古昔，朝绅咏言，非无佳句警联，然疵病杂陈，全篇佳者甚稀，偶有佳作，亦唯我邦之诗耳，较之于华人之诗殊隔迳蹊……如绝海，则不然也。[1]

1.［日］池田四郎次郎编：《日本詩話叢書》第一卷，第200—201页，东京：龙吟社，1997年版。

绝海中津与义堂周信像

江村北海的论述，不仅阐明了绝海中津与义堂周信在日本汉文学史上的地位，而且说明了这样一个事实，那就是从元至明，日本禅林深受中国禅林的影响，入明僧侣以及有些没有到过中国的僧人，都逐步理解了中国的风尚，甚至产生中国僧人也为之惊叹的佳篇。

三、 明代文人与入明日僧的交往

汝霖良佐（生卒年不详）是春屋妙葩的法嗣，他与绝海中津一同入明，在苏州承天寺掌管笺翰，在钟山和五山长老一同点校《大藏经》。良佐善著文，翰林学士宋景濂曾赏识他的文稿，为他书写跋文，《跋日本僧汝霖文稿后》今收入《宋学士全集》：

右日本沙门汝霖所为文一卷，予读之至再。见其出史入经，旁及诸子百家，固已嘉其博赡；至于遣辞，又能舒徐而弗迫，丰腴而近雅，益叹其贤。

颇询其所以致是者，盖来游中夏者久，凡遇文章钜公，悉趋事之，故得其指教，深知规矩准绳，而能使文字从职无难也。汝霖今泛鲸波东还，以文鸣其国中，盖无疑矣。

呜呼！汝霖，禅家之流也。荡空诸相，视五蕴四大犹为土苴，况身外之文乎！苟

执此而不迁，或将与道相违矣。虽然，汝霖遍参名山，精于禅观，其于此义，未尝不知之。特以如幻三昧游戏于翰墨间尔；游戏翰墨非难，而空其心为难，所谓心空则一切皆空。视诸世谛文字，虽有粗迹而本无粗迹，虽有假名而实无假名，惟一惟二，惟二惟一，初何碍于道哉！观汝霖之文者，又当于此求之。

汝霖，名良佐，远州高园人，姓藤氏，尝掌书记于苏之承天寺，继同五山诸大老入钟山，点校毗庐大藏经，其同袍皆畏而爱之云。[1]

1.（明）宋濂著：《宋学士全集》，《丛书集成》2110，上海：商务印书馆，1935–1937年版。

宋景濂对汝霖的才华十分赞赏，文中也谈到自己对禅僧习文的看法，当是对汝霖的激励。汝霖归国后住在播磨法云寺。足利义满在城西创建宝幢寺时，请春屋妙葩为开山，汝霖良佐为住持。

四、 一休宗纯《狂云集》中的中国诗人像

五山文学的后期出现了一休宗纯、希世灵彦（1404–1489）、景徐周麟、桃源瑞仙等著名学者和诗人，他们人都精通儒学，知识渊博，致力于振兴五山文运。在他们之中，一休宗纯是位个性较强的狂派诗人。

五山十刹的制度，使一些富有才能的僧侣集中到中央，受到幕府的重视，还有不少人参与了政治、外交活动。五山文学正是由他们的共同努力繁荣起来的。但是，正如义堂周信在其《空华日工集》中所慨叹的那样，“虽添置十刹，以崇僧室，而恐滥进之徒得意，有道之士退避也。”

也就是说，才能不足称的人侥幸而获选，窃居其位，而有道之僧却退隐不入。随着室町幕府的衰亡，五山十刹组织偏重名誉、利益的弊害日益加深，高僧、博学的人才越来越少，五山十刹终陷入徒有虚名的境况。

一休宗纯（1393—1481），京都人。当时已经进入五山后半期，一些僧人不明了祖师的意旨，不识鸟之雌雄者亦以圣贤自居，傲慢狂放，一入大寺，便欲自为其主。一休对此十分愤慨，写诗讽刺这些人的妄自尊大：

惯钓鲸鲵笑一场，泥沙碾步太忙忙；

可怜井底称尊大，天下衲僧皆子阳。[2]

2.［日］山岸德平校注：《五山文學集 江户漢詩集》，第150页，东京：岩波书店，1978年版。

诗题为《蛙》。子阳是汉时公孙述的字。《后汉书·马援传》载，马援曾评论在蜀称帝的公孙述，说："子阳乃井底之蛙耳。"一休将目空一切的僧人比作井底之蛙，讽刺这一类人的可笑。一休宗纯内心充满对这类人的蔑视，不屑与之为伍，自号狂云，不拘礼法，放荡不羁。每日赋诗咏和歌，吹箫佩木剑，如疯狂人，一生放浪漫游，巡行市镇村落，常无定处。他的作品也自由奔放。

一休写过一些咏唱中国诗人的诗，其实也是借以表明自己的人生态度和艺术主张。他咏屈原："楚人《离骚》述愁肠，深吟湘南秋水长。逆耳忠言千岁洁，春兰风露几清香"，赞美屈原的高洁。他敬重陶渊明的赤诚，有《爱红菊渊明像》："赤心片片约秋风，西晋风流议未空；应是渊明皮下血，东篱衰色晚花红。"[1] 杜甫坚定地信守儒家传统，同时又兼容佛、道两教，在创作中也受到佛教的滋养，一休有《杜甫像》："天宝寒儒三十年，常呼虞舜仰苍天；浣花溪水吟苍天，白发江山夜雨前"[2]，赞其以忠爱仁义之道立身，"仰叫虞舜一生泪，泪痕溅洒裹乾坤"（《看杜诗》二首其一），"诗客名高天宝事，寒儒忠义也英雄"（《看杜诗》二首其二）同样是赞美杜甫的忠义，另外一休还作有《杜甫骑驴图》、《看杜夔州以后诗有感》等写杜甫晚年吟髭撚尽、寄情诗篇的生活。一休作《赞山谷》："诗客风流常寂寞，寒儒吟兴独清高；春风桃李十年烛，夜雨江湖一盏醪。"赞美的也是黄庭坚的自甘寂寞，诗酒人生。这些诗篇，吟诵的是中国诗人，其实都有一休自己的影子。

作为一位禅僧，一休经常表示自己与中国诗人的禅心共鸣。他对白居易，不仅敬佩他的诗篇传世，而且敬仰他

一休宗纯画像

1.［日］柳田圣山著：《狂雲集 夢閨のうた》，第 58 页，东京：讲谈社，1983 年版。

2.［日］柳田圣山著：《狂雲集 夢閨のうた》，第 59 页。

的诚心奉佛："留得词华百亿春，千言万句与居新；古今独证之无老，世许出头天外人。"杜牧是《狂云集》中出现最多的诗人。杜牧的喜酒色、耽诗文、爱禅，最得一休尊崇。一休作有《赞杜牧》五首，另有《赞杜牧》："杜书记独朗天然，参得正传临济禅。欲隐弥彰狂语笑，多杯醉后紫云前。"

苏轼对华严和禅宗都很熟悉。历仕内外，屡次贬官，所到之处，多与僧侣交游。苏轼之诗在日本的广泛流传，禅僧起过决定性的作用，五山版的《东坡诗集》，在1370—1395年间刊行，笑云清三将为东坡诗作注解的《脞说》（瑞溪周凤撰）、《翰苑遗芳》（大岳周崇撰）、《蕉雨余滴》（一韩智翃撰）、《天下白》（万里集九撰）这四本书之说汇集而加上自己的见解编写的《四河入海》卷帙庞大，苏轼诗集的传播也扩大了禅宗的影响。一休有两首《东坡像》，都写苏轼对佛教的精通和造诣，其一："竺土释迦文殊师，即今苏轼更看谁；黄龙禅味舌头上，万象森罗文与诗。"[1] 其二："画图今日尚惊群，赤壁玉堂如片云；海内先生广长舌，挥

1.［日］柳田圣山著：《狂雲集 夢閨のうた》，第72页。

毫八万四千文。"[2] 四万八千文，指苏轼的偈颂。

2.［日］柳田圣山著：《狂雲集 夢閨のうた》，第73页。

一休有《〈诗〉曰》："淫风家国丧亡愁，君看睢鸠在彼洲；随例宫娥主恩夕，玉杯夜夜几春秋。"[3] 可以看出他不相信儒家诗教的真实性和威力。他对于自己这种寄情酒色诗文的生活，

3.［日］柳田圣山著：《狂雲集 夢閨のうた》，第127页，东京：讲谈社，1983年版。

既无意改变，又深知其与佛教宗旨不合。《末后涅槃堂忏悔》二首，就是对自己生活态度的自嘲：

风音气象颂兼诗，乘兴邪慢吟撚髭；

恶魔内外托百笔，猛火狱中无出期。[4]

4.［日］柳田圣山著：《狂雲集 夢閨のうた》，第54页，东京：讲谈社，1983年版

艳简艳诗三十年，虚名天泽正传禅；

吟身半夜与灯瘦，雪月风流白发前。[5]

5.［日］柳田圣山著：《狂雲集 夢閨のうた》，第55页，东京：讲谈社，1983年版。

相传一休曾创作谣曲，并与世阿弥（1363–1443）、金春禅竹（1405–1470）等能剧作者有交往，还与茶道的宗师珠光，连歌的宗师宗祇、宗长、蜷川智蕴等有关系，对中世艺道的成熟贡献杰作。一休死后受到近世人们的喜爱，有关他的故事传说广泛流传，直到今天，仍是活跃在各种文学艺术作品中给人们带来欢笑的足智多谋的可爱形象。

第二节 日本上梁文

敦煌民间建筑风俗中，在上梁之前，有唱上梁文的风俗仪式；文人写的上梁文，则从南北朝时代便已出现，后唐李琪、宋及以后欧阳修、王安石、苏轼、张耒、陈师道、程俱、孙觌、朱熹、刘克庄、文天祥、元好问、张养浩、虞集、苏伯衡、吴宽、释澹归等人，都留下过上梁文。后世这些文人上梁文远绍敦煌上梁文文体，有些则多少注入个人的情感。

上梁文的文体还通过国际间的文化交流，演化为亚汉文学中的文体。不过，关于这一方面的研究却尚未引起注意。那么，域外上梁文到底是什么样子？上梁文从汉民族走向域外其他民族，是否发生了变化？它们和敦煌上梁文有什么关系？就是一个与敦煌文学相关的比较文学的题日了。

一、 上梁的文学

古代东亚建筑，不论是中国北方的砖木结构，还是日本与韩国、朝鲜的木结构，上梁，既是技术性最强的极为重要的工作，更意味着建筑进入实质阶段。村落中有建房上梁，全村皆来帮忙，热闹如同节日。安居与乐业，自古是东亚各民族幸福感的基础。主家自然是苦也不觉其苦，累也不知其累，设宴备餐，款待帮忙的乡亲，竭力营造欢天喜地的气氛；亲友间早早通报，至期后生小子，登高爬梯，不甘其后；老妪少妇，呼男唤女，端茶送水。上梁，既是家族的盛事，也是乡邻互助的庆典。

在这种场合产生的上梁文，向神灵祈祷安宁，祝愿安康幸福，是原初的宗旨，而敦煌上梁文却加进表彰人事、称功道好的内容，使这种诉诸神灵的文体有了世俗的实际效果。这无疑冲淡了原本庄严的神圣性，而给上梁文带来现实感和亲近感。

敦煌上梁文是上梁文的民间原生态，当上梁文这一文体进入文人创作时，便逐渐转化为文人的案头文学。文人上梁文，不论中外，都不再面对身边的建筑者，而仰面向神、俯首颂德，也就不能让人感受那浓浓的乡土气息了。

明徐师曾《文体明辨》云："按上梁文者，工师上梁之致语也。世俗营造宫室，必择吉上梁，亲宾裹面，杂他物称庆，而因以犒匠人。于是匠人之长，以面抛梁而诵此文以祝之。其文首尾皆用俪语，而中陈六诗，诗各三句，以按四方上下，盖俗体也。"[1] 观其"首尾皆用俪语，而中陈六诗"，知明代上梁文仍采用的是北宋上梁文之结构。日本和韩国的上梁风俗，和宋代大体相同，而上梁文也和陈师道等上梁文具有相似的特点，即前后均有疏文，疏文主要采用四六言骈体，前疏文和后疏文之间，夹杂着抛梁时唱的东南西北上下六首绝句式的诗歌韵文。前后疏文部分除了四六句骈体之外，也有穿插三言、七言等杂言的，这是作者在相对固定的结构中试图通过变化以展现文才的尝试。

1.[明]徐师曾撰：《文体明辨　目录》，山东：齐鲁书社，1997年版。

古代日本修造神社庙宇，多有上梁文载其经纬。修造佛寺，上梁之时，常有上梁文志庆。神社是日本最常见、最年深、最神圣的公共建筑。近代以前，每个村落往往不只一座神社，而神社之建造修葺，更是地方之大事。现存的上梁文，不少就与神社有关系。

二、 中岩圆月《上梁文》

江户时代的文人学士，至今留下上梁文的有玄昌文之、蓝泽新城等人，而最早的，则当数镰仓时代的文僧中岩圆月了。

中岩圆月，字圆月，号中百子，称中止叟，著有《一沤余滴》、《中正子》十篇、《藤荫琐细集》、《文明轩杂谈》、《蒲室集注》、《日本纪》等。其集为《东海一沤集》，今尚存。他被日本近代学者足利衍述称为"精通程朱学的泰斗"。在《镰仓室町时代之儒教》一书中，足利衍述评价他的文学贡献说："世以义堂之文、绝海之诗为五山文学之双璧。以吾观之，中岩文与义堂相伯仲，诗与绝海相比肩，而至其骨力，则有二子不可企及者，至赋则自我国有文学以来之大宗。"[2]

2.［日］足利衍述著：《鎌倉室町時代之儒教》，第268页，东京：有明书店，1970年版。

圆月姓平氏，自幼聪慧，8岁时入仓藤福寺。1325年26岁时赴元，历游江南，谒见名儒。又到武昌，参古林清茂，拜见济川、竺田及日本入元僧懿山德见等；至百丈山师事大慧派东阳和尚。东阳和尚爱中岩之才，令其为记室。时元文宗即位，建百丈山法堂及其上层的天下师表阁，令中岩作上梁文。这篇上梁文今载《东海一沤集》。

《百丈法堂上梁文》（原注：上有师表阁）

异则貉，无则禽，一部清规，三代礼乐；往者兴，来者继，百丈法席，四海龙象。要看真正举杨，更须斩新作略。上方主人，炳若之德，丹青犹嫌久而有渝；温然之姿，玉璧全类廉而不刿。躬工人绩，内谋外成。来董精蓝之明年，屡营干桢以爱日。撒（撤？）去此堂弊驯，致其栋隆，层以飞阁流丹，冠于雄峰绝胜。结绮、临春逊壮丽，太形、王屋输巍峨。地属洪都访风（疑脱一“俗”字），恰同滕王之作；梯升云汉望世界，岂待张骞之槎。手摘星辰，肩过日月。天下师表，十八世而中兴；上方灵踪，五百载之余烈。当作师子吼于师子座上；宜脱野狐身于野狐窟中。

爰举修梁，辄唱短颂：

儿郎伟抛梁东，迦叶峰高插太空。雨霁烟消风景好，乌轮发彩著圆穹。

儿郎伟抛梁南，仙都簇锦水挼蓝。浑无俗驾到灵境，八面车轮锁翠岚。

儿郎伟抛梁西，雄岭冲云天宇低。晓起那伽乘月立，断肠霜狖一声啼。

儿郎伟抛梁北，天柱高兮地势极。倬彼昭回如可承，山河在掌生颜色。

儿郎伟抛梁上，唐朝古刹人咸仰。梵音依约白云中，鬼护神呵来盻蠁。

儿郎伟抛梁下，风俗由来自尔雅。山冷桑麻长稍迟，水清花竹秀而野。

上梁之后，伏愿宗猷与时偕行，纲要不坠；帝德致远能化，基业长存。五体相和，六民同利。[1]

1.［日］上村观光编：《校訂五山文学全集》第二辑《詩文部》，第956—957页，东京：裳华房书店，1906年版。

文中“鬼护神呵来盻蠁”中的“盻蠁”，当为“肸蠁”之讹。“肸蠁”亦做“肹蠁”，有散布、弥漫的意思，也有灵感通微的意思。这里既说诵经之声通达鬼神，也有因此而得鬼神呵护感应有灵的祈愿。

元文宗即位有两次，这里可能指第一次即位，即1328年。中岩圆月于1333年回到日本。他该博渊深，遂称禅林巨擘。

1339年，在他40岁的时候，还撰写过一篇上梁文，也收在《东海一沤集》中，篇题《吉祥寺新建方丈上梁文》。吉祥寺是他归国后在上野国利根郡青龙山上创建的寺院。寺名吉祥，或与中岩幼时小名吉祥有关，但1347年吉祥寺方丈火灾后建庵，则名为止止庵，而《中正子·方圆篇》有“庄周言吉祥止止”之语。1352年，他53岁，在正月六日所作的诗中，还有诗句“春风五十三回起，止止当归最吉祥。”可知寺名庵名均与他对庄子思想的倾倒有关。文中提到的直庵，则指高僧大友贞宗。这篇上梁文就是为自己在吉祥寺内修建的丈室（寺主的房间）撰写的，因而对自己的个性和心愿有所涉及，一开始还提到修建丈室的来历，说明丈室之作，实由大友贞宗开其端。

《吉祥寺新建方丈上梁文》（原注：外门牌额曰不二境）

直庵之盟，不以既往，故渝焉，将结构于此胜境；丈室之作，其所由来者远矣，实权舆彼上人。方开不二门，当观第一义。中岩老子，形躯鹤瘦，踪迹鸥轻，胆大如垂天云，点胸不怕讲古劘今，敢以乃翁自比。性急似下滩水，开口弗慎思前商后，动与时俗相违。嬉笑怒骂，佛事炽然，坎止流行，天命自若，游大方也，乘兴而作，尝咀梅洲流英于西江之下；望故乡兮，随缘而归，欲栽木瓜真种于东海之上。龟毛兔角，横拈倒用，示方便于一期；木札竹头，并蓄俱收，成经营于不日。

修梁爰举，短词聊歌：

儿郎伟抛梁东，阳升旭景丽穹窿。日光霞散赤城晓，并崩峰峦映碧瞳。（原注：日光、赤城，二山名）

儿郎伟抛梁南，河横玉带碧挼蓝。利根名远流千古，浩浩翻澜难对谈。（原注：河名利根，以其出利根县也。）

儿郎伟抛梁西，山田数亩不平齐。方圆屈曲随溪转，百衲袈裟叠畛畦。

儿郎伟抛梁北，山连奥羽入幽墨。雾敛千峰带雪寒，削成群玉柱天极。（原注：奥州、羽州）。

儿郎伟抛梁上，梦拖金矢受神贶。青龙白虎烦撝呵，佛日高悬增景仰。（原注：金矢，予梦感太白星，如金矢射此地。）

儿郎伟抛梁下，山深民物自来野。秋禾已熟纳公租，更不送供到阑若。

上梁之后，伏愿护法檀度，福等河沙，日月销铄，而信根愈固。开基住持，化遍尘刹，天龙卫援，而行业勤修，齐整梵仪，扫荡妖祲。[1]

1. 〔日〕上村观光编：《校訂五山文学全集》第二辑《詩文部》，第957—958页，东京：裳华房书店，1906年版。

以上两篇上梁文均有“儿郎伟”，可以看出与敦煌上梁文的源流关系。不过，后唐李琪《长芦崇福禅寺僧堂上梁文》的形制乃先有四六骈文冒头，结句云：“聊陈六句，助举双梁”，然后是“东，衮衮长江一苇通。再续千灯融佛日，依然五叶振宗风。南，……”最后以“伏愿上梁以后…”等祝语结尾。中岩圆月的上梁文大体与之相近，很可能更多地模仿了后唐及宋代文人之作，其间的具体影响关系还值得进一步探讨。

中岩的前辈竺仙曾说：“如中岩者，学通内外，乃至诸子百家、天文地理、阴阳之说，一以贯之，发而为文，则郁郁乎其盛也。”（《天柱集》）这两篇上梁文也不难看出中岩的思想倾向。中岩身为建仁寺四十二代住持，在撰写后一篇上梁文时却正用心研读《庄子》，文中“中岩老子，形躯鹤瘦，踪迹鸥轻，胆大如垂天云”云云，是中岩的自画像，后句出《逍遥游》，显然有以鲲鹏自况之意。他曾作《道物论》《鲲鹏论》，论述庄子思想，又作诗《利根山行春》：“山深风俗淳朴，民乐无怀之时，溪梅别有风霜，野质村姿更奇。”这些都和上梁文中流露的佛道一体的观念和鄙夷时俗而独立特行的姿态相一致。

日本的上梁文是中日文学交流史上值得注意的材料。中岩圆月《吉祥寺新建方丈上梁文》似乎并不拘泥于上梁文的公众功能，在固定化的文体结构中，也试图写进个人的人生感受。文中不仅写到了自己赴元的经历和思乡的情感，而且写进了自己的冥想。他所作《五宗符命》曾说：“凡人之寝，则气荡魄飞，视听各离，惟其神也游乎幽漠，而所遇者，若见若闻，皆非情伪所为也。其斯为神遇也，故书以记诸。”在这篇上梁文中他写到自己的梦幻所见：“梦拖金矢受神贶”，自注：“予梦感太白星，如金矢射此地。”《日本诗史》说：“中世称丛林杰出者，往往航海西游，自宋季至明末，相寻不绝，参学之暇，从事艺苑，师承各异，体裁亦歧，其诗今存者数百千首。”[1]如果没有中岩圆月在中国的文化体验，也就不会有这屈指可数的日本上梁文之作了。

1. 池田四郎次郎编：《日本詩話叢書》第一卷，200 页，东京：风文书馆，1997 年版。

三、《义经庙上梁文》

许多古老的神社庙宇的修造经过，今人难以确知，如果找到相关的《上梁文》，那么其中的故事，便展现在面前。奈良县宇陀市榛原区的御井神社，何时初建，已不可考，但《大和志》所载《上梁文》说：“建长八年重修，天正二年再修，高井自明共予祭祀。又村西有神殿，称曰十二社，勒文中四年营造。”对于这些文字，地方史和地域文化史的研究者自然如获至宝，旅游业者则更加兴趣浓厚。

上梁文不仅可以作为建筑史的宝贵资料来读，而且其中有些涉及的内容也颇为广泛。诸如周边地区地名变迁、财力升降、地域名人佚事，乃至地震、火灾等灾害造成损失的程度等等，都有所描述。

平安时代末期武将源义经（1159—1189）在日本史上是个赫赫有名的人物，在源家与平家的征战中四面楚歌之时自杀身亡的英雄末路，曾经是文学家三番五次重写的题材。《平泉志》附录的一篇《义经庙上梁文》，就讲了一个修建义经庙的故事：

陆奥州高馆者，源氏义经故城也。义经薨后，遂作墟荒。天和年中，当州太守、仙台羽林纲村公家臣、河东田兵卫定恒来，治郡之次，登此山，访遗尘，寒烟蔓草，四顾荒凉。故老相传云："五十年前，此地有灵祠。"定恒慨然而叹曰："义经者，大将军赖朝公令弟，其军功威名，市竖街童，无不知焉。岂有不封尺寸地，剪一茎草，而安厥神灵乎？"即平泉众徒共仪（议），而白公太守命之，草创一宇，以铁瓦葺之，人咸号之曰"义经堂"。其功其德，虽专归太守，原口滥觞实出自郡吏定恒之善心。善心岂可不获善报乎？可嘉可尚，仍赋一偈，允《上梁文》。偈曰：

以平等心为墓趾（址），灵广新成轮奂美。俎豆来藻川涟潴，口口高馆城苍翠。口蒿悽怆如见之，勿疑台灵垂光责。盖代功名昨梦回，从前汗马总儿戏。假令四海斗英雄，争似早出离生死。血流漂卤（杵）古战场，纯白莲华棒（捧）双址（趾）。我有一卷了义经，天龙八部常侧耳。幸是猛烈大丈夫，降伏魔军超佛地。[1]

1. ［日］高平真藤编：《平泉志》，静冈县：願成就险、1933年版。

文中有几处脱误。根据署名，可以知道这篇上梁文的作者是松岛瑞岩寺的住持通玄和尚。文中叙述天和年间（1681—1684）武官定恒见义经故城荒芜，发起修庙纪念一事，渗透着日本传统的"镇魂"观念。自古以来，日本人便流传所谓"镇魂"之说，也就是必须把要从肉体中游离出来的魂魄、以及从肉体里已经游离出来的魂魄镇服到肉体中，否则便会惹出祸害来。为义经修祠建庙就是"镇魂术"之一。文中的封地剪茎"安厥神灵"之说，正源于此。

这篇上梁文后又以一偈，取代了传统上梁文中"儿郎伟"。诗偈中没有过多赞颂义经的丰功伟绩，反而吐露出人生无常、汗马儿戏的哀伤。从义经的人生故事中得出的结论是：即使时代让尔等相争不休，也不如早些脱离生死战场。这是江户时代的一位僧侣的历史观和英雄观。

如果说《上梁文》有根的话，那自然是在中国，在敦煌等地。然而，当它航山梯海、离根而去的时候，就把根扎在了另外一块文化土壤上。原本节庆般的热闹和欢快不见了，中国文人的歌功颂德、夸饰宏丽之癖也不见了，多了些对魂灵去向的戒惧，对神道的敬畏，对无常命运的叹惋，对皈依佛门的劝导。现代日本乡村上梁，虽然没有了诵读《上梁文》的仪式，有些地方却还保留着用活畜的鲜血涂抹梁柱、敬神祈愿，以及夜晚燃烛守夜的古老习俗，依然能够让人观察到原始宗教的影子。

第三节　军记物语中的史汉英雄

日本中世的军记物语（也称战记物语）是战乱不绝的武士时代的产物，是代表中世文学的重要体裁。它的滥觞可以上溯到平安时代的《将门记》等汉文体小说和《今昔物语集》中的战争故事。到中世，《保元物语》、《平治物语》[1]、《平家物语》、《太平记》、《源平盛衰记》等，便成了为叙述战争时期史实而创作的佳作。

1.［日］永积安明、岛田勇雄校注：《保元物語 平治物語》，东京：岩波书店，1961 年版。

在这些军记物语中，时常引用《史记》、《汉书》等中国史书以及历史演义、变文中的英雄故事。据增田欣统计，仅《太平记》中，取材于《史记》中的故事便达六十二则之多[2]。从军记物语中派生出来的英雄传记物语如《曾我物语》、《义经记》等，也津津乐道诸如程婴杵臼、吴越相争、李广将军等《史记》中脍炙人口的英雄故事。

2.［日］增田欣著：《〈太平记〉の比較文学的研究》，东京：角川书店，1976 年版。

《史记》、《汉书》中那些叱咤风云的忠臣义士，虽然在《今昔物语集》等作品中都曾留下英武的身影[3]，然而他们终究是出现在单篇中国历史故事中；而在中世军记物语里，他们的业绩被郑重其事地插入日本武士征战生活的描写中，担负着为主人公形象或映对、或比照、或反衬的功用，成为物语中的一部分，而那些崛起于先秦两汉动荡岁月中的中国豪杰，往往也被描写成具有武士精神和悲剧命运的将士楷模，其忠勇的性格被涂以重彩、照以强光。

3.《今昔物语集》卷十取材于《史记》、《汉书》的篇目有《高祖罚（伐）项羽始代帝王语》、《李广射箭立似母岩语》、《汉武帝苏武遣胡塞语》等。

中国英杰的故事经过物语化、民俗化、说唱化的处理，其情节发展、人物关系和叙事手法已经既不同于中国史传中的记载，又不同于中国的历史演义。如果略去这些故事在日本的具体演化过程，直接将它们与中国史传来比较，我们也许可以窥见日本的历史文学与中国的历史演义的某些异同点。

一、　两种素材的铆合叠复

军记物语中插入的《史记》、《汉书》故事，不仅数量较多，而且篇幅较长，情节也较复杂，它们对于作品中描写的历史事件的发展，并不一定具有直接的重要推动作用。作者为什么要不时撇开日本史实，以这样多的笔墨来描绘异国的历史人物呢？在作品整体结构中，它们究竟占据着怎样的位置呢？

首先，在军记物语作者衡量素材价值的天平上，中国史传和日本史料如果不是平分秋色的话，也具有相当的分量。试以《太平记》为例，作者在序言中谈到自己写作的指导思想，中国的史实便是作为重要论据来引用的：

蒙窃采古今之变化，察安危之来由，覆无外，天德也，明君体之保国家；载无弃，地道也，良臣则之守社稷。若夫其德缺，则虽有位不持，所谓夏桀走南巢，殷纣败牧野；其道违，则虽有威不保，曾听赵高死咸阳，禄山亡凤翔，是以前圣慎得垂法于将来，后昆顾而不取诫于既往乎？[1]

1.［日］长谷川端校注翻訳：《太平記》第一册，第 19 页，东京：小学舘，1994 年版。

“采古今之变化，察安危之来由”，使我们想起司马迁“究天人之际，通古今之变，成一家之言”的写作《史记》的主旨。

《太平记》作者以“成汤放桀于南巢”（《尚书 · 仲虺之语》及《史记 · 殷本纪》）中的纣王被擒于牧野的史实，印证“其德缺，则虽有位不持”、“其德违，则虽有威不保”的论点，希望人们记取赵高、安禄山的历史教训，积德行道。作者之所以不举日本的例证而专以中国史实为证，或许是认为这些故事已经广为人知而又具有说服力，甚至运用起来比日本史实更得心应手。在写作中，他不仅搜集了大量日本的历史资料，包括直接参加战争的公家、武家的记录、有关人物传记，广为吸取了僧侣的演唱材料，而且参考了日本历代编写和流行的有关中国历史的书籍。

第二，日本中世物语文学中的一些作品，具有“类聚”的特点。作者往往不以同类材料的重复叠加为累。从这些作品中，我们不难感受到作者对中国史传中的故事是怀着怎样珍惜的心情，把它们和日本同类故事叠复在一起的。在今天看来，这种叠复似乎是累赘庞杂的，但对当时怀着中世式的求知欲的人们来说，它们都是作品总体中的有机构成。

《南北太平记图会》

《太平记》在记叙上杉重能、昌山直宗嫉妒师直、师泰炙手可热的权势因而引起两家不和的故事时，插入了廉颇、蔺相如故事，以廉、蔺以国事为重不计个人恩怨的高风亮节，作为高、上杉两家争权夺利的对照，在叙述廉蔺故事之前，又有声有色地讲起和氏璧的来历，这对高、上杉故事来说，看似节外生枝、圈子兜得太远。

借用杨晓捷在《〈源平盛衰记〉中国故事说话研究》[1]中的说法，这里可以体会到“旺盛的求知欲与草率的理解奇怪混合的、中世式的感觉”。中国史传故事有些是物语中的人物为阐明自己的主张引述的，如《太平记》中北昌亲房引用汉楚相争的故事来平息众议[2]、藤原有范举殷周故事来说服直义[3]，都是不厌其详，也有些是作者评述所记述的史实引用的，如同书中作者借汉楚立义帝的事来评论日本南朝的失策[4]。插入这些故事之后，总要用“和汉虽异，风情相似”、“和汉虽异，君臣合体”、“说来话长，取譬述愚”这样的三言两语，便将中日两国不同时代的故事榫卯起来，而不考虑主体的间隔性。

1. 杨晓捷：《〈源平盛衰记〉中国故事说话研究》，《国語国文》第 56 卷第 10 号，1986 年 10 月。

2. 分别为《太平记》卷二十六《慧源禅苍南方合体事附汉楚合战事》、卷二十八《高仓殿京都退去事附殷纣王事》、卷三十四《可立大将事附汉楚立义帝事》。

3. 分别为《太平记》卷二十六《慧源禅苍南方合体事附汉楚合战事》、卷二十八《高仓殿京都退去事附殷纣王事》、卷三十四《可立大将事附汉楚立义帝事》。

4. 分别为《太平记》卷二十六《慧源禅苍南方合体事附汉楚合战事》、卷二十八《高仓殿京都退去事附殷纣王事》、卷三十四《可立大将事附汉楚立义帝事》。

第三，军记物语的作者从几百年来流传于日本的《史记》《汉书》英雄故事中，找到了足以宣扬武士忠勇献身精神的材料。军记物语中出现的史汉故事，最著名的是吴越争霸、楚汉相争、苏武李陵、程婴杵臼、燕丹秦王等故事，其中有的故事经过反复改编，大同而小异。如吴越争霸事，《平治物语》下卷中有《吴越交战》，《源平盛衰记》卷十七有《勾践夫差》，《太平记》卷四有《吴越军事》等。

这些故事的共同特点，便是刻画了在激烈的两军对战中，动荡岁月中涌现的英雄豪杰，他们都是在危乱中崛起的叱咤风云的人物。作者显然认为，接受者会像喜爱源平两家的忠勇豪侠之士一样，爱听这些中国忠臣义士的悲壮经历。

军记物语中不止一次提到的纪信舍身救汉王的故事，见于《项羽本纪》，汉王被项羽围于荥阳，眼看难以脱身，纪信"请为王诳楚为王"，得以脱走，纪信被项羽烧杀。[1]日本中世的武士，推崇的是绝对忠诚、尚武、重名声、重廉耻、重俭素的精神。《太平记》的作者似乎看到了纪信精神与把自己命运完全从属于主人命运的武士精神的吻接点。

1.（汉）司马迁撰，（宋）裴骃集解，（唐）司马贞索隐，（唐）张守节正义：《史记》第一册，第326页，北京：中华书局，1959年版。

在卷二，这一故事被加以铺叙，作者说："和汉虽异，君臣合体，诚千载一遇之忠贞，顷刻变化之智谋也。"[2]在记叙吉野城大战时，又一次提到纪信，提到《项羽本纪》，而且义光救主的情节，颇象是纪信事的"翻案"。作品写元弘三年正月十六日，二阶堂出羽入道道蕴率六万余骑兵逼近吉野城，在敌兵重围之中，藏土堂大院大幕高张，举行了最后的酒宴。武将们在大塔宫亲王面前，"矢竖不拔，血流不拭，高声唱起'振戈铤剑戟兮如电光，飞磐石岩峦兮同春雨；虽曰如斯兮近天帝，为修罗之战兮皆可破'"，管弦高奏，翩然起舞。写到这里，作者议论说：

2.［日］长谷川端校注，《太平記》（一），第119–120页，东京：小学館，1994年版。

汉楚鸿门会时，楚项伯与项庄拔剑起舞，樊哙立于庭，披帷幕睨视项王，其势盖见同此也。[3]

3.［日］长谷川端校注：《太平記》（一），第331页，东京：小学館，1994年版。

《史记》中对鸿门宴的描写，通过紧张斗争的场面把人物推向矛盾冲突的尖端，表现了项伯、项庄、樊哙等豪勇之士鲜明的性格特征。《太平记》作者以随意提及的语调，唤起读者对鸿门宴的联想，似乎相信这种联想会加深读者对吉野酒宴的理解，丰富对当时情景的想象。以下，又写了一个纪信似的人物村上彦四郎义光，他见局势严重，继续抵抗只能全军覆没，无一幸免，便请求大塔宫脱下金甲，"请犯君之讳诳敌，代御命而进"：

大塔宫曰："怎可如此行事？纵死，无论如何，亦当死于一处！"义光厉声叱道："岂有此等疵事？汉高祖围于荥阳之时，纪信请求扮作高祖诳楚，高祖岂不许哉！……谋天下大事者无小慈，速脱衣！"[4]

4.［日］长谷川端校注：《太平記》（一），第332页，东京：小学館，1994年版。

义光登楼当着攻入城中的敌人，抛下穿在身上的大塔宫的铠甲衣装，剖腹自杀，吸引了敌军的注意，大塔宫亲王得以突出重围。纪信被描述为义光的异国典范，义光还以他的先例说服了亲王，这实际上是作者有意强调作品嵌入纪信故事的价值。当然，义光大智大勇的献身方式，又完全是日本武士式的。

二、 人物关系的顺势迁移

在古代日本，以历史为题材的作品可以分为两类。

一类有些近似我国的史传散文，在记叙历史事件时，富于抒情性、叙事性、形象性，讲究文采，可称为“文学的历史”，如历史物语《荣花物语》、《大镜》等，属于此类。另一类有些近似我国的历史演义和讲史，依傍史籍而又不完全照录，或融入有关民间传说，或在史籍的基础上，增加些饶有趣味的情节，使主题更为鲜明，人物性格更为突出，可称为“历史的文学”。军记物语《平家物语》、《太平记》等属于这一类。它们在吸收中国史汉故事时，也显示出“历史的文学”的特征。作者借书中人物引述的每一个中国故事，是否完全是史实的写照，颇值得怀疑，毋宁说是作者遥体人情、揣摩事理的创作。

流传到日本的中国历史故事，从平安时代起便被鉴赏者以自己的生活体验和审美习惯加以不断扩充、合并和调配，而后畅行无阻地出现在各种诗文注释、通俗历史故事读物中，其中与史实、原作背离之处颇多。

《太平记》古本插图

这种现象在《今昔物语集》中便已出现。例如第十卷《汉武帝苏武遣胡塞语第三十》中竟然把那个投降匈奴迫害苏武的卫律的名字，加在后来救出苏武的汉朝使者身上。[1] 至于嵌入军记物语中的史汉故事，谬误更多，有时简直“善恶颠倒”。

大约成书于镰仓中期的《唐物语》第二十《程婴杵臼欺敌将主君幼子平安养育成人的故事》，还是按照《史记》的记述，以忠臣程婴、杵臼为一方，奸臣屠岸贾为一方，展开了救孤与灭族的冲突[2]，而在《太平记》中，已变成了赵盾、智伯之争[3]，再到《曾我物语》中，两位义士拼死保护的孝明王（《史记》中的赵朔）的太子，竟然名叫屠岸贾，忠臣与奸臣的冲突也变成了两个国家的冲突，说是大国君王孝明王战败自杀后，敌国大王为灭亡这个国家而戕害遗孤[4]。

那么，我们应该怎样看待这种现象呢？

我国史传散文中的佳作叙人各具风姿面目，正如斋藤正谦在《拙堂文话》中说：“读一部《史记》，如直接当时人，亲睹其事，亲闻其语，使人乍喜乍愕，乍惧乍泣，不能自止，是子长叙事入神处。”[5] 正因为如此，许多历史人物的事迹在人民群众中深入人心，人物关系在人们的头脑中相当稳定。特别是长期形成的“忠臣救国、奸臣卖国”的历史观念和爱憎情感，使历史文学的创作对史籍保持较近的距离。

但是，它们进入异域之后，情况便不同了。军记物语中对双方将士的态度，凡表现忠勇的，一概加以激赏；凡见利忘义、临难苟免的，一概予以贬斥。物语作者对中国历史故事的处理，主要考虑的是新接受者的文化背景、审美情趣和知意系统，也完全有可能更多地摆脱原作，向新审美者的需求靠拢，而不必顾忌熟悉中国历史的人们的记忆与态度。

同时，军记物语中对中国历史故事注目的是故事，而不很注意人物姓名。这和近代我国翻译西方小说而改用中国姓氏反映着相似的吸取观。[6] 从这一点来讲，军记物语中人名的张冠李戴便不足为奇了。

对照史汉的记述不难发现军记物语中的那些故事情节发生了某些移位现象。所谓移位就是将彼处构思迁移此处。

《平家物语》中的咸阳宫故事，将毛宝放龟、乌龟报恩的情节移至燕丹子身上，并说是神佛圣贤垂悯孝心的结果。这显然是作者以佛教兴盛时代的观念去解释佛教尚未传入的中国先秦时代的人事。《平家物语》中的苏武故事说苏武率军进入匈奴地区（本为出使），不幸被俘，所率兵卒有六百三十余人被砍去一足，大多死去，其中唯有苏武幸存，成为独脚的人。这很可

1.［日］小峰和明校注：《今昔物語集》(二)，第350页，东京：岩波书店，1999年版。

2.［日］小林保治著：《唐物語》，第279—293页，东京：讲谈社，2003年版。

3.［日］长谷川端校注：《太平記》（二），第483—441页，东京：小学館，1998年版。

4.［日］市古贞次等校注：《曾我物語》(日本古典文学大系本)，第70—76页，东京：岩波书店。

5.［日］池田四郎次郎編，《日本藝林叢書》第二卷，第71页，东京：六合館，1928年版。

6.《电术奇谈》附记中说，“原书人名、地名，皆系和文皆西音，经译者一律改过，凡人名皆改为中国习见之人名字眼，地名皆用中国地名、俾读者可省脑力，以免艰于记忆之苦、好在小说重关目，不重名词也！”［日］菊池幽芳著，方庆周译述，我佛山人衍义，知新主人评点《電術奇谈》，第1页，横滨：新小说社，1905年版。

能是从和氏璧故事中的刖足情节引发出来的。

从《今昔物语集》到《平家物语》，再到《源平盛衰记》都有苏武故事。这些故事给我们的印象是，当时的日本人对于汉朝和匈奴只有朦胧的空间观念。《源平盛衰记》说汉至胡有五万里远，往返需九年。[1] 岛国的人们似乎难以想象跋涉浩瀚草原的艰辛，认为唯有刖足才可能使苏武始终不能脱身归汉，和氏璧刖足情节的移来正突出了苏武的忠贞。

1.《源平盛衰記》卷八汉朝苏武事，校注日本文学大系 15，国民图书会社刊，1926 年版。

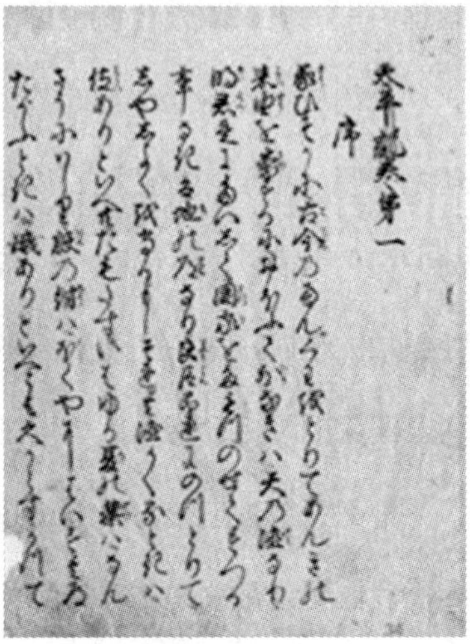

古活字本《太平记》

当然，这些与史汉不同的地方，并不完全都是出于军记物语作者驰骋想象的虚构，有些可能是依据某些日本流传的材料编写的。《源平盛衰记》便参照了通俗史书《唐镜》等书。那些人名窜乱、人物关系颠倒以及情节迁移的地方，从历史的科学性或可靠性来看，是有乖史实的，甚至可能违背历史文学的创作原则，但是，它们一旦和作品内容结合起来，便显示出必要性了。

试仍以《平家物语》中的苏武故事为例。《汉书》中有关常惠“教使者谓单于，言天子射上林中，得雁，足有系帛书，言武等在某泽中”的巧妙计谋，这里改成了苏武自作书系于雁足，信又神奇地到了汉王手里。《平家物语》是在第二卷叙述了康赖流板传书的故事后插入这则鸿雁传书的掌故的。康赖被流放到鬼界岛，由于怀乡心切，做了一千块板塔，刻以和歌，漂放到海里。云天绵渺，无以逾越，只有和歌寄意，海浪传情。他的思乡之情感动神明，竟有一块漂渡京城。作者接着讲起苏武手书由鸿雁传于汉王的事，借以抒情：

汉朝的苏武附书于雁翅以寄故乡，本朝的康赖则托海浪传达和歌于故里；在彼为一纸感怀，

在此则两首和歌；在彼为古之盛世，在此则末世衰微；胡国与鬼界岛境界相隔，时代亦殊。然而风情却颇相似，这是很可珍重的。[1]

1. 周启明、申非译：《平家物语》，第98—99页，北京：人民文学出版社，1984年版。

作者自己从康赖、苏武遭遇的平行对比中，领略到了一种异时异地而意味相似的美好情感，感到隽永可喜，耐人寻味，而读者也并不需要追究苏武故事每一情节的可靠性，反而从中品味到浓烈的乡思。军记物语的作者对《史记》、《汉书》故事的改动，不尽是随意的，但也绝非是无心的。他们往往正是出于对异国同趣美感的欣赏，来寻求两国素材的切近，使中国故事变为物语中的一部分。

三、 物语叙事的说唱特色

《史记》、《汉书》中的故事，不少是中国历史演义、变文等文学形式的素材。东汉时赵晔的《吴越春秋》、袁康的《越绝书》、变文中的《伍子胥变文》、《王陵变》等，都取材于史书而又敷演出离奇曲折的情节。日本中世军记物语中的史汉故事有些与中国历史演义和变文的传入有关，而又加入了作者的创作，两者往往纠合在一起。从整体来看，这些故事说唱的特色更为鲜明。

日本古代学者重野曾说：“实录类则尽书实有之事，物语类则书人见有趣之状。”军记物语的作者为了引起接受者的兴趣，时而不露声色地增添一点通常令人乐闻的情节。

《源平盛衰记》中的苏武李陵故事，写李陵率军深入匈奴地区，攻破九十九城，当他又攻入一城时，敌兵溃逃，城中只有一胡国美人，美人悲泣说：“以背上天之命，姬妾或身归黄泉，或不知去向，生离死别，愿汉使救我！”李陵不知是计，与美女沉湎于游乐，结果被围遭生擒。又写胡人以美女引诱苏武，遭到苏武严辞拒绝。[2]这些情节都是由李陵的降服和苏武的不屈生发出来的。

2. ［日］国民图书株式会社编：《日本文學大系》第十五卷，东京：国民图书株式会社，1925年版。

军记物语对于忠勇豪侠，舍生忘死的武士热情赞赏，而对他们遭受的种种灾难总是寄予同情。英雄献身的场面总是被渲染得悲壮凄婉，富有悲剧色彩。这一特点同样体现在对中国史传素材的艺术加工上。

《史记·赵世家》记载杵臼、程婴为救孤儿赵武，“乃二人谋取他人婴儿负之，衣以文葆”，赵朔之子得救了，“他人婴儿”却没有逃脱屠岸贾的屠刀。根据儒家“己所不欲，勿施于人”的伦理信条，为救一个孩子却把另一个无辜的孩子送入虎口，对于善良的观众来说不免是一种遗憾。《曾我物语》写成程婴决定交出自己十一岁的儿子，与他含泪诀别，儿子为不能尽孝而悲痛，程婴便用生于弓矢之家必须为主君献身相勉励，淋漓尽致地渲染父子之情，通过忠孝冲突而突出程婴的绝对忠诚。

然而《曾我物语》表现的武士道德观念，和纪君祥《赵氏孤儿》所表现的忠奸分明的观念有很大区别。《赵氏孤儿》中的程婴、杵臼拼死救孤，是出于对“忠孝的在市曹中斩首，奸佞的在帅府内安身”的现实的不满，是因为他们把清除“蠹国的奸臣”的希望寄托于赵氏后人，而不只是因为赵朔是他们的主君。

军记物语对史汉英雄命运的悲剧化处理，也表现在《太平记》中对伍子胥与范增结局的设置上。《史记》记载伍子胥谏吴王与西施无关，伍子胥临死时曾对吴王使者说：“必取吾眼置吴东门，以观越兵入也。”从伍子胥自杀至夫差自刭，前后为十二年。赵晔《吴越春秋》便有了伍子胥死后显灵的情节。

《太平记》卷第四《吴越战事》中则这样描写伍子胥的犯颜死谏：

伍子胥乃持新磨青龙剑，拔剑握在手中，进于吴王前曰：“臣磨此剑，以退邪拂乱也。细寻倾国之基，皆出于西施也。士不可有过身之敌，愿取西施首级，以解社稷之危！”切齿而立。

人云忠言逆耳，勿犯时君。吴王大忿，欲诛伍子胥。于时伍子胥未曾悲哀。曰：“争诛死节，是臣下之则也。我与其死于越兵之手，宁可死于君王之手，此乃恨中之悦也。然则君王忿臣之死谏，赐臣以死，是天已弃君也。君为越王所灭，伏罪刑戮，不过三年。愿穿臣二目，悬于吴之东门，而后斩首；双目未枯之前，观君为凶贼所亡，赴就死地，一笑为快。”

吴王弥忿，即诛伍子胥，穿其双目，悬于吴东门之上。[1]

1.［日］长谷川端校注翻译：《太平記》（一），第 222 页，东京：小学館，1994 年版。

这里将十二年改成三年，并将伍子胥的激愤之言当作实事来描写。伍子胥双目三年未枯，见被俘的吴王“其眸忽明，见之一笑，神色宛然”。这些情节都体现了《太平记》作者在序言中表述的“察安危之来由”的主导思想。

《史记》叙事的特点，往往寥寥数字便神采飞扬地描绘出人物举止的细节和饶有风趣的生活插曲。鸿门宴上危急关头闯入军门的樊哙，“侧其盾以撞”，便使卫士扑地，“披帷西向立，瞋目视项王，头发上指，目眦尽裂”。司马迁用夸张的手法，使樊哙的果决勇猛、膂力过人跃然纸上。《太平记》中又将这种夸张描写扩展开来，写樊哙侧其盾便撞折七八根关木，铁盾所到之处，交戟卫士五百人卧地不起。在项王面前，他头发上指，穿透头盔，如狮子狂怒，目光如炬，似注血于百砺之镜。细绎文意，不少是对原作描写的铺陈，而语言已经诗赋化，读起来像一篇豪士颂，字里行间流露出作者对樊哙豪爽剽悍、英勇粗豪个性的极度赞美。

《源平盛衰记》中的苏武故事从情节到语言也都富有诗意。苏武在匈奴十九年，见秋雁南飞，不禁仰天叹道：“春日北来雁，秋日南飞鸟，将过我乡，雁若有心，为我传语”，便果有两只雁落在面前。苏武所写书信，很像平安时代流行的“朗咏”：

> *昔为帝阙之近臣，今同一足之诸鸟。悲泪空成野外之露，争归古（按：故也）乡再仕汉王。*

这种以汉语写成而用日语读法来吟诵的语句，可以看作作者追求异国情调的表观。

第四节 谣曲中的唐土西人

日本的能（亦译作能乐、能剧）和狂言，从产生到成熟，都受到中国文史的滋养。能的脚本谣曲，更与中国文学艺术关联紧密。谣曲是能的辞章、台本。谣曲中多将中国称为震旦或者唐土。从演出艺术的角度讲，谣曲与中国文学的关联可以从演唐土旧事、树唐土人杰、赏唐土风物、仿唐土舞乐这四个方面加以说明。

一、事、人、物、乐

首先是演唐土旧事。

谣曲中以中国文学作品与史书为基础编写的剧目不少，有名的如：

《咸阳宫》、《项羽》、《张良》（《史记》）

《昭君》（《后汉书》）

《杨贵妃》（《长恨歌》）

《邯郸》（《枕中记》）

《西王母》、《东方朔》、《菊慈童》（《穆天子传》）

《皇帝》、《钟馗》（唐野史）

《合浦》（《蒙求》）[1]

1.［日］观世左近著：《觀世流百番集》，京都：桧书店，1957 年版。

不过，它们并不都是直接根据中国原作改编创作的，而是根据平安时代以来日本文学作品中亦有的相关故事改写的。在谣曲和中国诗文小说及史书之间，已经存在着经过前辈文学者重新塑造的形象，使得谣曲的作者不必直接阅读中国的原著便能够取得喜欢的日本化的素材。所以，谣曲中的中国形象，是平安时代以来流行的日本化中国故事形象的延伸，而不是日本化中国故事的开端。具体来说，谣曲素材的来源是：

《咸阳宫》（《平家物语》）

《项羽》、《邯郸》、《菊慈童》（《太平记》）

《合浦》（《十训抄》）

谣曲中的诗句出自《和汉朗咏集》的最多，其次便是《白氏文集》，另外出自《新撰朗咏集》、《三体诗歌》、《诗经》、《文选》、《菅家后草》、《本朝文粹》等的亦复不少。

这些已经可以说明谣曲与中国文学的密切联系。有关谣曲是否是在元曲影响下产生的争论本身就是一个有关中日两国文学交流的问题，我们不应该忽略的，还有一个关乎对谣曲性质认识的问题。

从根本上说，谣曲是一种宗教剧。它的核心是佛教的世界观。日本佛教来自汉译佛典对佛经教义的理解，因而，天竺、震旦、本朝（日本）属于一个信仰共同体。引述天竺和震旦故事来表现佛教的因果报应、世事无常的观念都是一样自然，由于此前几百年中日文化交流的结果，许多中国故事已经为很多人熟悉，用能剧来表现这些故事，很容易引起观众的联想。同时，不论来自何处的故事，也不论这个故事在中国获得的是何种阐释，一旦被纳入谣曲的框架，就转变为世事无常的咏叹。《杨贵妃》一剧，出自《长恨歌》，从下面的唱词就不难看出，它已将爱情的内容虚化，而将分离的痛苦合理化，人在痛苦面前只有无奈地接受这一条路可走。

纵然如斯兮不可遁，闻说"会者定离"兮相会即离分。

昔日情话尽兮日月迁，金钗为证兮复奉还，敕使告辞兮返长安。

此生与君兮两分开，蓬岛鸟飞兮各相乖。尘世情缘兮今不再，执手相别兮蓬莱台，唯留嗟叹兮独自哀。[1]

1.［日］观世左近著：《觀世流百番集》，第996页，京都：桧书店，1957年版。

会者定离，佛教中认为世之常会者，必有离散之时。《遗教经》说："世皆无常，会必有离。"《涅槃经》二说："夫盛必有衰，合会有别离。"这也是谣曲反复出现的旋律。

其次是树唐土人杰。

在谣曲中，这样的旋律在各种故事中演奏，几乎跟来自本土还是中国无关。但是，在表现本土故事的时候，谣曲也常常引用中国的人杰来加以印证，以增强本土故事的说服力和感染力。这些中国故事由于早有各种文学作品的传播，观众对其熟悉程度甚至不亚于本土故事，所以这种印证就显得顺理成章。像《平家物语》、《源平盛衰记》等军记物语中也都常常以中国史传中的英雄豪杰故事为例，来衬托日本的武士形象，谣曲实际上延续了这种手法。例如在《花月》中以《战国策·西周策》出现的射柳叶百发百中的养由基（谣曲中作"养由"）来夸耀花月的弓箭：

异国养由百步射倒垂的柳叶，百发百中，无一脱箭，花月要想射落落花或黄莺，比养由毫不逊色，实在有趣。彼为柳，此为樱；彼为雁，此为莺；彼为养由，此为花月。名遂不同，弓术不差。[2]

2.［日］观世左近著：《觀世流百番集》，第191页，京都：桧书店，1957年版。

谣曲也常出现有关中国帝王的故事，以譬喻日本治乱之理。如《小锻冶》中引述"汉王三尺剑治秦乱，炀帝利剑夺周室之光，其后玄宗皇帝之钟馗大臣，剑德魂魄侍奉君王，至于魍魉鬼神，亦惧怕剑刃之光"[3]云云。

3.［日］观世左近著：《觀世流百番集》，第1118–1119页，京都：桧书店，1957年版。

这些故事，由于经过了辗转多次再创作，情节往往和中国史传及文学作品中所载不尽相同，甚至张冠李戴。《今昔物语集》卷第十将后羿射日的故事移植到养由身上，而养由这个名字则是楚国神弓手养由基脱掉了"基"字。《花月》关于养由的故事，沿袭了这一姓名，又把百步穿杨的故事拿来。司马迁在《史记·留候世家》中谈到张良，说自己想象中的张良，是一位魁梧奇伟的人物，等看他的画像，却“状貌如妇人好女”。而在日本谣曲中，却摇身一变成了性情暴烈、举止勇猛的樊哙式的人物[1]，与《史记》的描述判若两人。

1.［日］幸田文编：《露伴隨筆》第一册，第 336 页，东京：岩波书店，1983 年版。

还有些属于谣曲作者虚构的中国先例。如《二人静》中提到唐土有一个叫做“祚国”的人为花而舍身，“祚国”不知所出，或许就是一个虚构的唐土人物。《海士》中说日本的淡海公的御妹被立为唐土高宗之后，也是子虚乌有之辞。

苏武是谣曲中的熟面孔，为这个故事增添的细节也十分丰富。《千手》说苏武在胡国被囚禁在岩洞之中，靠着卫律的计谋而回归故里，将《汉书》中参与迫害苏武的人说成了苏武的参谋。[2]《砧》中说苏武被迫滞留胡国，寒夜中梦见留在故乡的妻子和孩子，听到妻子高楼上捣衣的砧声。[3]其构思实出于中国乐府诗中的《捣衣曲》，像这样的剧目，都是将汉诗的意境扩展而成。

2.［日］观世左近著：《觀世流百番集》，第 868—879 页，京都：桧书店，1957 年版。

3.［日］观世左近著：《觀世流百番集》，第 915 页，京都：桧书店，1957 年版。

谣曲中引用中国人杰，在多数场合其实重点并非这些人物的伟业与奇能，而是他们身上哀伤的情感。霸王别姬的故事，要比霸王的武功更能唤起观众的共鸣，所以“虞氏之泪”就变成了生离死别的代称。《蚁通》说：“数行虞氏泪，寸步难行，骓不行兮，虞将奈何！”[4]《通盛》说：“项羽为高祖所逼，数行虞氏泪，此将奈何！”[5]以至于一写到流泪，便想到“数行虞氏泪”。

4.［日］观世左近著：《觀世流百番集》，第 939 页，京都：桧书店，1957 年版。

5.［日］观世左近著：《觀世流百番集》，第 140 页，京都：桧书店，1957 年版。

能的面具邯郸男

以唐土为背景而创造的故事，并不一定需要中国史传和文学作品作为依据。唐土在这些故事中仅仅是异国他乡的符号。《天鼓》演绎的是一个孝道故事，演其母梦中天降一鼓而生子，而后天上果然降下一鼓，其声奇妙。为了不让这天降奇物落于皇帝之手，天鼓抱鼓隐居深山。[6]这个故事显然有干将莫邪故事的影子。《猩猩》演孝子高风遇见一位住在海中的名叫猩猩的奇人，饮多少酒也面不改色。这个故事的构思则和中国的仙人传说有关。[7]《天鼓》和《猩猩》等，虽然不能确指其中国底本，但可以说它们是中国志怪小说的宗教歌舞化。

6.［日］观世左近著：《觀世流百番集》，第 835—847 页，京都：桧书店，1957 年版。

7.［日］观世左近著：《觀世流百番集》，第 1267—1270 页，京都：桧书店，1957 年版。

再次是赏唐土之风物。所谓风物，就是通过器物、技艺等获得的一种文化体验和文化感受。它既是指对异国器物的欣赏喜爱，也是对这些器物所形成的“文化场”的欣羡。《玄象》描写太政大臣藤原师长是个演奏琵琶的高手，“欲窥大国”，一心要到唐土去，为“入唐”而魂绕梦牵。即便是日本的自然物，由于中国诗文的联想，在谣曲中也会表现出一种特有的文化意蕴。《高砂》中写松，说：“此松胜于万木，十八公哟，其覆千秋之绿，不见古今之色，预始皇之御爵之木也。不论是在异国，还是本朝，万民皆赏玩也。”[1]这里不仅称松为“十八公”，说松荣获秦始皇的爵位（《泰山记》：“岱宗小天门，有秦时五大夫松在。”），也为人们平时司空见惯的松树赋予了风雅之趣。

1.［日］观世左近著：《觀世流百番集》，第 13 页，京都：桧书店，1957 年版。

最后是借唐土之舞乐。

能剧或称能乐，这是因为它离不开音乐。使用的乐器是一管笛子和打击乐器，不用弦乐。一切都是通过头戴假面的演员的唱词和舞蹈来表现。伴随着砰砰拍击的鼓声，沉闷短促的吼声，观众欣赏着演员布莱希特式的、长如流水的回忆和虚拟化的表演，舞台上不时还传来被称为“地谣”的伴唱。演员都是男性，即使是扮演女角，他们也不像京剧的旦角那样使用假嗓，所以观众看到婀娜娇媚的天女，一张口也是粗声闷嗓。

从能的形成开始，便与中国音乐结缘。平安时代末期在社寺中进行的模仿秀、滑稽的问答表演、杂艺，就同民间的田乐以及主要从中国传入的外来舞乐结合起来了。室町时代初期，在大和、近江、丹波、摄津等地，出现了从属于社寺的表演团队。它起初被称为猿乐、猿乐能，有一种说法认为这是奈良时代从中国传来的杂艺、散乐的讹称。到奈良时代末期，有了所谓“散乐户”，杂艺得到国家保护，而散乐户却被废止，散乐分散到了民间，到寺社去寻找活动场所。能的表演中有不少中国音乐元素，从唐传来的佛教音乐的变奏回响在舞台上空。

在能的表演中，不仅使用从中国传来的笛子等乐器，而且经常提到的乐曲，也颇有中国情调。《神歌》最后高唱“千秋万岁喜之舞，一舞乐也。万岁乐！万岁乐！”《高砂》的最终高唱“《千秋乐》抚民，《万岁乐》延命”[2]。当然，谣曲中提到音乐，还总是和日本所谓“神乐”相联系。《蚁通》高唱：“和光同尘，结缘之始；八相成道，利物之终。神代、七代，率真如实，人民敦厚，情欲未分。自天地开辟，舞歌之道，在于率真。”[3]混合和汉，是谣曲音乐的特色。

2.［日］观世左近著：《觀世流百番集》，第 17 页，京都：桧书店，1957 年版。

3.［日］观世左近著：《觀世流百番集》，第 945--946 页，京都：桧书店，1957 年版。

二、 神佛化的《羽衣》

谣曲《羽衣》是一出脍炙人口的名剧，诸书皆称为世阿弥所作。世阿弥既是出色的能剧演员，又是谣曲作者，他使能剧成为综合艺术，为至今仍在上演的能乐奠定了基础。

谣曲多改编于旧有故事，而少作者的独构，这一点也与中国古典戏剧相似。《羽衣》本于《本朝神社考》五所载《骏河国风土记》佚文：

> 案《风土记》：*古老传言，昔有神女，自天降来，曝羽衣于松枝，渔人拾得而见之。其轻软不可言也。所谓六铢衣乎？织女机中物乎？神女乞之，渔人不与。神女欲上天，而无羽衣。于是遂与渔人为夫妇。盖不得已也。女取羽衣，乘云而去，其渔人亦登仙云。*[1]

1．［日］秋本吉郎校注：《風土記》、第 447 页，东京：岩波书店，1976 年版。

这个故事有许多与敦煌本《搜神记》中的田昆仑故事相近[2]的地方。里面所说的六铢衣，本来是佛教中忉利天所穿之衣。自天而降的是神女，穿的是织女所织的羽衣。在《常陆风土记》中也有一位叫做珠卖美万命的神女，“为织御服”从天而降，还说她织的布自成衣裳，不需裁缝，显示其非凡精妙。又说当她织布的时候，不能让人看见，故需关闭门户，暗中纺织，所以叫做“乌织”。

2．王重民、王庆菽、向达、周一良、启动、曾毅公编：《敦煌变文集》上集，第 882-885 页，北京：人民为学出版社，1984 年版。

学者多认为，这样的传说都与中国大陆传来的纺织技术在日本的普及有关。伴随新技术的推广，与它相关的七夕传说才会获得更广泛深入传播的机会。这样的技术，开始可能是从中国大陆或者朝鲜半岛传过来的，那轻盈美妙的织物令人倾倒。世世代代的人们将当时人们惊奇的心情凝固成优美的故事。

根据岩手县远野市绫织町的地名传说，说天女的羽衣被捕鱼者偷走，不得升天，她便请求当地的一位老大爷，将织布机借给她两年，她用借来的织布机织绫，两年后为了答谢老人家对她的照料，赠送他后半生的幸福快乐，还把“绫织町”这个地名赠送给了当地。[3]

3.［日］加藤瑞子、佐佐木德夫编：《日本の民話》东北（一）、第 169—172 页，东京：ぎょうせじ，1978 年版。

不过，谣曲《羽衣》却没有全部照搬古老的传说。它舍弃了渔夫与女神结为夫妇的重要环节，民间文学表达的心愿也就在佛教色彩浓郁的歌舞中消解了。

下面的《羽衣》，出自《观世流百番集》[4]。主角是天人，配角是渔夫白龙，另外还有两个渔夫。开场时渔夫白龙和随行的渔夫们走在三保的松林中。这是一个春天的早晨，远方的大海上，遥

4．［日］观世左近著：《觀世流百番集》，第 35—42 页，京都：桧书店，1957 年版。

遥可见钓鱼的船只。当然，舞台上并没有变幻的布景和各种实物道具，一切要通过演员的唱词去想象。

白龙看到松树上挂着一件美丽的衣服，便要把它拿下来。衣裳的主人上场，要求还她的衣裳，白龙知道她是天人之后，不还衣裳。天人仰天长叹。看见天人可怜的样子，白龙决定把衣裳还给她。天人穿上衣裳，跳起了月宫舞。

能《羽衣》剧照

天人起舞，所舞即后世相传为“骏河舞”的舞蹈。天人是为月宫中人，由于她的舞蹈，地上人间犹如变成了极乐世界。天人舞“序舞”。天人舞“破之舞”。天人给地上种种恩惠之后，从三保松原舞上爱鹰山，再舞上富士山的高峰，而后消失在云霞之中。

在这个剧中，中心表现的是天人从渔夫那里得到返还的羽衣之后欣喜地舞蹈。其中也提到骏河舞的起源。所谓“骏河舞”，是古代东国地方的民间歌舞，表现天女来到骏河有渡滨游玩的情景。天人来自月宫，这个剧便着重表现的是极乐世界清幽的少女乐舞。在表演中穿插着所谓“彩色之传”、“和合之舞”、“盘涉之舞”等各种舞蹈。

这个剧虽然基本的构思来自羽衣传说，但是传说的结局乃至主题都荡然无存。作者将日本列岛的起源神话拉来重新演绎。根据《古事记》的记述，日本的起源，乃是众天神诏示伊邪那歧命和伊邪那美命二神修固飘浮的国土后，二神站在天浮桥上把矛头探入海中，咕噜咕噜搅动海水，提起矛时，从矛头滴下来的海水，就聚集成岛。

该剧与古代羽衣传说思想上的关联，主要表现在对人间多疑不信的否定，将天人当作不懂欺诈、恪守信义的精神象征。在古老的《风土记》的天人传说中，天女对拿走她的衣裳的人说："凡天人之志，以信为本，何多疑心，不许衣裳？"[1] 谣曲《羽衣》中天人重获羽衣便翩然起舞，还要把优美的舞蹈永传人间。而渔夫白龙看到她失去羽衣伤心的样子，心生怜悯，不忍将羽衣继续留在身边，只是想对月宫舞乐一睹为快，这也是适合能剧演出的改动。能剧表演多截取人们熟悉的场景，情节人物单纯，因此无法表现曲折多变的故事。

1.［日］秋本吉郎校注：《風土記》，第 469 页，东京：岩波书店，1976 年版。

三、 邂逅天女的渔夫

加藤周一曾经说："当尖锐的短笛声把我们从社会性的习惯中解脱出来的瞬间，世阿弥的能乐便拉开了帷幕。这种能乐舞台剧的主题并不描写人与人之间发生的社会性的纠葛，而是刻画一个人与超自然世界的相对关系的形而上学的戏剧。"[2] 谣曲《羽衣》抽掉了民间传说有关民众幸福观和家庭观的内涵，表现的是名为渔夫实为风流之士的幻想。

2.［日］加藤周一著，叶渭渠等译：《日本文化论》，第 122 页，北京：光明日报出版社，2000 年版。

与注重人物性格的西方戏剧相比，能剧和诗歌关系密切。《羽衣》中的渔夫们出场便口诵名诗，"万里好山云乍敛，一楼明月雨初晴"出自中国诗人文惠的诗句"千里好山云乍起，一楼明月雨初晴"，文绉绉的像是学士。后面天女吟诵起"君之代，天来羽衣不常有，摸亦无消损，犹如大岩久"本是《拾遗和歌集》中的一首贺歌。大意是天上降下的羽衣是珍稀的，怎么抚摸也不会变薄；愿您的时代像它，像大岩石一样久远。

能的女子面具

《羽衣》中提到的霓裳羽衣舞，本来便与月宫传说有关。月宫桂树之说，也来自中国。不过这里也提到日本流传的"月宫天子"之说。据《谣曲拾叶抄》[3] 说，月宫中有三十天子，十五个是青衣天子，十五个是白衣天子。月亮里常有十五天子。从初一起，便有一个白衣天子

3.［日］本居丰颖等校：《国文注釈全書》第 3 编，东京：皇学书院，1926 年版。

进月宫，一个青衣天子出月宫，只有十五这一天，十五个白衣天子全在月宫，所以最明亮；从十六到三十，则每天有一个白衣天子离去，一个青衣天子进来，所以月亮就一天天暗淡。《羽衣》中听说的“白衣天人，黑衣天人，各十五名，每月夜夜，轮班值勤”便源于此。

《羽衣》取材于神话传说，却并没有仅仅停留在天女歌舞的表演上。它将日本国土所在的人间，和神所在的天上当作无隔无离的世界来赞颂。说开辟日本国土的伊奘诺、伊奘冉二神出世，为天命名；又说天子就是天神子孙，日本就是日月光明之国。这些神话体现的民族主义思想，也自然渗透到这个神话故事中。

《羽衣》像许多能剧一样，有着浓郁的佛教色彩。天女散花，神乐天奏，天来妙香，乃至极乐世界的种种美好事物都一齐显现。但是，这里表现的佛教，不是一般的佛教，而是日本独特的与神道结合的佛教，是为保佑日本“御愿圆满，国土成就”而存在的佛教。剧中歌颂的是春日三保崎、秋夜清见泻、冬日富士雪这些最有日本特色的四季风情，是被称为“日本须弥山”的富士山的美景，最后天女还登上富士山峰才飘然而去。神道思想支撑着日本人的“爱国心”和“忠诚心”，此不自今日始。从《古事记》编纂以来，关于伊奘诺、伊奘冉二神下界开辟天地开创日本神国的神话便成为日本人的乡愁。

四、 泰山府君的护花故事

根据《滑稽杂谈》一书的说法，有一种名为“泰山府君”的樱花，这种花八瓣，色白，是上等的花，而且开放的时间很长，相传是樱町的中纳言钟爱种植的品种[1]。这种说法，可能出自《异本平家物语》（长门本）。那里面说，平安时代末期中纳言藤原成范，特别喜欢樱花，他在住所附近，从大门到东西大街，都栽种上樱花。一到春天，远远近近的人都把这条街叫做“樱町”。他还对樱花迷恋有加，常常守护在花阴之下，有人就叫他“樱本中纳言”，天皇把他叫做“樱待中纳言”。“樱待”就是等待樱花开放的意思，在日语里，“樱待”与“樱町”发音是一样的，可以理解为一语双关。

1.［日］《滑稽雑談》，第287页，东京：るまた书房，1918年版。

镰仓后期的军事小说《源平盛衰记》里才真正把泰山府君变成了护花神。那里讲中纳言如痴如迷地酷爱樱花。不过虽然他爱花如命，可惜那樱树只开七天花，每到春天他便为花命短暂而伤心。于是他便祭祀泰山府君，祈求他让花开得长久。他咏和歌曰：“万能的神灵／如果您真能显灵／就请给樱花／也延长一下花龄／让她长开不凋零。”[1] 这一招果然灵验，结果那花就开了三十七天之久。

1.［日］国民图书株式会社编：《日本文學大系》第十五卷，第 347 页，东京：国民图书株式会社，1925 年版。

这还不算，日本古代最卓越的戏剧家世阿弥还编出了谣曲《泰山府君》，能剧舞台上也站起来一位泰山府君。

世阿弥中年以后，拟法名取的艺名叫做世阿弥陀佛，简称世阿弥。他在日本戏剧史上的地位，很像中国的关汉卿。他集演员、剧作家和戏剧理论家于一身，博采众长，将能剧发展成为一门综合艺术。

世阿弥自己也把《泰山府君》当作代表作。这个戏的剧情很简单：樱町为痛惜樱花早落，祭祷泰山府君。正在这时，一位天女从天而降，折取一枝樱花而去。泰山府君出现在樱町面前，谴责天女偷花，赞赏樱町风雅，并将樱花的“寿命”延长为三十七天。与《源平盛衰记》的故事相比，世阿弥增加了天女这个人物，仍是突出惜花之意。

据剧本上描述，那泰山府君“面小”，戴着“唐冠”，红头，系着腰带，拿着“唐团扇”（日本人一般把中国的东西都冠以“唐”字，中国人用团扇，日本人则用折扇），总之从扮相装束上很突出这位司命大神的“异国情调”。那泰山府君一上场就自报家门：“吾乃五道冥官（裁断五道轮回众生的长官）泰山府君是也。我掌管人的寿夭，守护阴阳两界，却从没听说为花益寿延年而求神拜佛的。”为樱町之举所感动，泰山府君口念神通广大无处不灵，责令鬼神让路，风雨不侵，雨水不打，四方护卫，让只开七天的樱花开它个三十七天。[2]

2.［日］佐成谦太郎著：《謡曲大觀》第三卷，第 1733—1742 页，东京：明治书院，1931 年版。

樱花是日本的国花，是日本民族共同意识的象征。历史上许多文学家，不断借助樱花的形象来强化这种共同意识。在日本的诗歌——和歌当中，舍命惜花是最重要的情调之一。一位歌人因为在咏唱落花如雪的一首和歌中没有表达出痛惜之情便受到责难。赏花惜花是和歌咏唱不尽的主题，也是戏剧音乐变奏不尽的主题。那为延长樱花花期而向泰山府君祈祷的樱町，自然是爱花惜花的极致。同时，艺术家们更多地是用对花儿凋谢的惋惜伤感来表达对花的钟爱，似乎觉得这比直接赞颂花儿盛开更为风雅。那对花惜春的樱町，也是触物伤情的审美意识的体现者。他的这种情感能够感动泰山府君赐予樱花更长的寿命，这一情节本身就是对日本审美意识的礼赞。泰山府君虽然算是外来的神仙，他在日本文学艺术中的形象，却完全是日本审美意识的产物。

作为日本精神象征之一的樱花意象的形成，是一个长期的过程。文学艺术通过讴歌护花惜花来强化民族的共同意识。有人说日本人爱樱花是因为它象征了日本人的集体意识，也有人说它短促而美丽的生命最像日本人的性格。其实到底为什么也无须统一标准答案，最重要的是它发挥着增强民族共同意识的作用。每年一月中旬到五月中旬，从最南端的琉球群岛，到最北端的北海道，关于樱花开放的消息要持续五个来月。在这个期间，只要是日本人，不管他在世界的哪个角落，恐怕都会不时想起：现在哪儿的樱花又该开了？是关东，还是关西？

当年世阿弥把观众的感动称为“花”，他整个艺术生涯都在为舞台上花开而努力。他选择泰山府君的故事，自然相信观众也能理解它，会满台生花吧。岁月沧桑，尽管今天的日本人可能很少有人知道泰山府君是何许人物，但知道泰山的人却还很不少。一位饭店老板曾问笔者：“你知道‘听起来是泰山鸣动，原来是一只耗子’这句谚语吗？”原来这句谚语也写成“大山鸣动，耗子一只”，意思是说闹出天大动静，原来不过是小事情。本来出自拉丁语的“山带产气，生出一只滑稽的二十天耗了（耗子的一种）”，英语里也有“山生耗子”之说。到了日本，意思不同了，而且还和“泰山”联系起来，可见泰山仍在和日本文化保持着某种关系。

泰山延命之说，由来已久。《后汉书》卷八十二下方术列传《许曼》传载，许曼的祖父许峻，“自云曼少尝笃病，三年不愈，乃谒泰山请命”。并且在路上遇见了道士张巨君，授以方术[1]。

1.（南朝）范晔撰、（晋）司马彪撰：《后汉书》，第929页，长沙：岳麓书社，2008年版。

注：“太山主人生死，故诣请命也。”看来许峻是因到泰山请命而得延命了。将泰山主人生死的信仰，再延伸到樱花身上，却是日本文学家独特的风雅情怀的写照。同时，他们虽然不能直接到泰山去请命，但也曾遥隔大海，通过宗教仪式和“都状”这种宗教文体，向泰山请命。那时的请命文章，至今还保留着。

五、 变喜剧为悲剧的谣曲《松山镜》

能，有时也译成能剧，但它并不完全等同于西方意义上的戏剧。它是日本镰仓后期形成的以歌舞为主的表演形式。所谓“能”，本来是能力、才能的意思，由此派生出专指“艺能”（演艺的才能），再派生为演艺之一的歌舞剧的称谓。能还与和它形影相随的狂言，合称为“能乐”。

能的表演，包括舞蹈和伴奏，伴奏以笛子、鼓等来进行，所以能是一种综合艺术。

从演出来看，一出能就是一场假面歌舞；从谣曲来看，一出能就是一组穿插在对话中的组诗。它虽在规模上有长短大小之分，但在重辞章这一性质上与元曲颇多相近之点。谣曲《松山镜》[1]很像是围绕"镜"这一题目的组诗。它将和歌、汉诗、物语、各种故事典故组织在一起，从《古事记》关于古镜的神话，到平安时代后期成书的《唐物语》中改编的原出中国《神异经》中的破镜重圆故事，再到落语《松山镜》，全都编织在两个人物的对白歌唱之中。在"镜"的诗题下，又联想到"影"，再由"影"联想到佛教的无常观，于是《古今和歌集》中的充满无常感的和歌、《唐物语》中改编的汉武帝李夫人故事、俱生神主宰的地狱惨境，这些高雅的典故，也出自愚人村的父女之口。女儿连镜子都不认识，却有如此高深的学问，这无论如何都不是能用现代戏剧塑造人物形象的理论去品评高低的。

1.［日］横道万里雄、表章校注：《謡曲集》下，第42—49页，东京：岩波书店，1963年版。

谣曲《松山镜》与落语《松山镜》[2]不仅题材相同，而且在人物设计上也有明显的共同点，那就是不识镜者皆是孝子。由于五代将军德川纲吉下令各地都要立牌奖励忠孝，表现孝道的作品诸如《大倭二十四孝》、《释氏二十四孝》、《孝子传》、《鉴草》、《孝子物语》、《假名本朝孝子传》等相继问世，孝子成为通俗文学中常见的形象。但是，在我们看过落语和谣曲《松山镜》之后，我们就会感到里面的孝子和我国《孝子传》那样的书中被拔高美化乃至赋予神力的孝子不甚相同，他们是孝子，更是普通人，甚至是可笑的普通人。

2.［日］武藤祯夫著：《落語三百題》上，第34—36页，东京：东京堂出版，1969年版。

然而，正如柳田国男所指出的，很多民间故事，原来仅仅包含着一点可笑的地方，引起听众的兴趣就逐渐夸大这一点，再从贪心财迷汉倒霉啦，蠢人照猫画虎之类的故事分离出来，发展为现在的笑话。笑话或者吹牛故事是变化的结果，它也就再不会回复到真格的故事上去了。不过，只有《松山镜》是孝女的立身故事，后来再经过润色，今天就连童话也算不上了。为什么它的主人公要掺和上不识镜的蠢事，叙事者的动机不甚了了，而当地人竟也把它当成从前发生过的事一样口耳相传。柳田国男说它是相当奇异的民间故事变成传说的一个例子，也是书面文学波及后代口承文艺的一个反射作用的好样板。[3]

3.［日］柳田国男：《定本柳田国男集》，第26卷，第358—359页，东京：筑摩书房，1971年版。

中国笑话中的不识镜故事，充满了喜剧色彩。但是，正如美国学者厄尔·迈纳所说："能剧是不可能成为喜剧的。"他还说："歌舞伎具有表达人类痛苦的艺术美，而能剧则将痛苦变成了文雅。"[4]谣曲《松山镜》将一个嘲笑愚人的故事改编成一场看似饱读诗书的母女互对歌

4.［美］厄尔·迈纳著，王宇根、宋伟杰等译：《比较诗学》，第102页，中央编译出版社，2004年版。

诗的歌舞，轻松逗笑的故事已经毫无踪迹，剩下的只有不识镜的细节。

谣曲《松山镜》[1]情节变动最大，佛教色彩也最浓。男主角是一个已经再婚的父亲，另一个角色则是他前妻留下的女儿。在前妻忌日的时候，父亲去看女儿是不是已经为母亲雕刻木像祈祷她早升天国。而女儿则告诉父亲，自己想念母亲的时候，便能从镜子中看到母亲。女儿指着镜子谴责父亲："难道您与她隔了心，连心爱的人都看不见了？""你看她正满面泪水，满面怨恨！"这个戏，不再具有原来笑话的喜剧色彩。家庭情感冲突草草完结，俱生神便出场，一番表现地狱恐怖的歌舞之后，全剧结束。俱生神看起来似乎与原来人物毫不相干，但是因为它是主宰人的生死的，剧本便通过它，将人引导到对生死灵魂的思考上来。

1.［日］田中允校注：《謡曲集》，日本古典全集第七十九回配本，东京：朝日新闻社，1957 年版。

剧中那雕刻木像尽其孝心的内容，自然是出自《孝子传》里的"丁兰刻木"[2]。更有意思的是，那父亲的台词里一再引用中国文学典故。先是讲汉武帝思念死去的李夫人，听了道士的话点燃"返魂香"见到李夫人的阴魂，接着又讲陈氏与丈夫离别时分镜，后来丈夫所持半面镜化为喜鹊飞来，遂使破镜重圆。在唱词中时而有白居易的诗句"往事渺茫都似梦，旧游零落半归泉"，时而又吟诵起平安时代汉诗人的佳句。它们穿插在日本神话中的镜子传说前后，当时剧本作者似乎一点也不感到有什么不和谐。

2. 王重民、王庆菽、向达、周一良、启动、曾毅公编：《敦煌变文集》上集，第 886 页，北京：人民为学出版社，1984 年版，

在日本古代神话中，镜子是一件神器，只有神才掌握。我们不妨把谣曲《松山镜》也看作一面镜子。

在这面镜子里映照出近代以前中日两国的文学关系。其中融入日本的中国文学和产生于本土的所谓"纯日本文学"正是这样奇妙地混合在一起。那时的作者和读者，以及剧场的观众，并不是带着如同今天常见的"外国文学"和"本国文学"意识来看待两国文学的。所以在那时的作品中，常常顺手拈出汉唐旧话，来验证与说明本国新事。正因为如此，今天研究日本古典文学的人，不能不具有一定中国古典文学的修养。

然而，这又只是镜子的半面。镜子还有半面，那就是日本文学的异质性。在那些细节上似曾相识的表述后面，就是大相径庭的别一种价值判断。江户时代的剧作家给中国的这则笑话注入了太多的东西。谣曲《松山镜》中的父女在经过一番情感冲突之后，以一首古歌"风吹岸边棣棠树，水中影子也飘零"将主旨归结到"万事皆空"的哲理上。在剧中还特别提到《古事记》中神镜的作用。镜是神器之一，是神的威力的象征。日本人在接受了佛的观念的时候，已经逐

步将它与民族固有的神的观念融合在一起，尊佛即尊神，这内外融合的观念深刻影响着古代人们的精神生活。

日本自古以来便将对待死者与所谓“镇魂”联系起来。《松山镜》的后半部分，倶生神登场，正是由父女对死者的态度，引出一幅地狱的可怕场景，用地狱的威慑作用进行劝善。说来《松山镜》与敦煌笑话最大的不同，就是里面渗透着强烈的神佛融合的观念，让人相信在镜中幻影般的虚无人生中，谁也逃不脱倶生神的审判——《松山镜》无疑将佛经中的那些寓言的宗教内容日本化了。

《松山镜》并不是谣曲中赫赫有名的作品，但它折射出江户时代文艺中的神佛思想。在我们研究日本古代文学的时候，细部的“同”比较容易看出来，而发现整体的“异”则是更需要眼力。如果只见其“同”而忽略其“异”，那就容易误将“他者”视为“自我”，或者以“自我”去测度“他者”，错照了日本文学这面镜子。

我们来观看谣曲《松山镜》的演出。原本见于田中允校注的《谣曲集》。全剧有五个角色。所谓“前仕手”即前场主角是母亲之灵，“后仕手”即后场主角是倶生神。女儿和父亲（即所谓“胁”，配角，越后松山人），最后还有一个担任“狂言”的松山人。最先上场的是父亲：

大唐有个姓陈的贤惠女子，世上无双。夫君远行，无限思念。把镜子分成两半，犹如初三月亮半边白。黑夜等待，天亮怀怨。文样不现，夫君不来。忧愁岁月长，秋深荻花开。传闻似风来，让人费疑猜：夫为他国君，复有新人爱。河水东流去，岂能待复回？独对半面镜，垂泪对影哀。半月山覆倾，泣涕诚无奈。不知从何时：

飞来一只鹊，敛翼陈氏边。

翻飞上复下，相观异万般。

变为镜半面，明镜得重圆。

如满月出山，皎皎照碧天。

此镜为贤女，美名天下传。[1]

1. ［日］田中允校注：《謡曲集》，日本古典全集第七十九回配本，东京：朝日新闻社，1957年版。

狂言和能中均有《松山镜》，它们的不同艺术趣味正可以看个清楚。从语言上说，日语从古语到近世语发生巨大变化的时候，正是从镰仓时代到室町时代。能采用的是室町时代的古语，而狂言则用室町时代的现代语。所以一个舞台上演出的能与狂言，观众就有点像是看了昆曲，接着看话剧。

从内容上看，能是宗教文学，狂言是讽刺文学。大藏虎明 1660 年完成的狂言著述《童子草》说过的一句话很有名，他说："能以虚为实，狂言以实为虚。"[1] 也就是说，表演鬼神梦幻的能，要演得栩栩如生，而非鬼非神的狂言则要演得催人遐想。《松山镜》的狂言和能，可以说符合这样的原则。

1.［日］安田章生著：《日本の芸術論》，第 202 页，东京：创元社，1981 年版

最早对《松山镜》民间故事和笑话展开研究的是柳田国男。他揭示了民间故事和笑话之间的关系，曾经在他为辞书撰写的辞条中强调那些江湖上讲故事的人在其中发挥的作用。[2] 柳田国男在世的时候，如果看到《启颜录》中的那个故事，会更丰富他对《松山镜》故事的认识。狂言和谣曲中的《松山镜》虽然都沿袭了孝女的形象，但对故事的改动却大不一样。这同一题材的演出，倒正可以看出在同样舞台上两种表演截然不同的艺术风格。

2.［日］柳田国男著：《定本柳田国男集》第 26 卷、第 358—359 页，东京：筑摩书房，1971 年版。

很早以来，日本的不识镜故事就变成了孝子故事。柳田国男说其中为什么要说孝子不识镜，动机不明了。这倒恰可看出民间故事在口耳相传中自然形成的特点。民间故事既不回避对过去形式的套用和模仿，同时也常常比文人写作更少束缚，构思更为大胆。它既不顾忌有对孝子揶揄讽刺之嫌，同样也无须对孝子表示特殊的敬意，更不考虑它的原型——即在"原产地"有没有什么禁忌，一句话，它不必披上当时流行的"劝善惩恶"文学观的外衣。它只是对孝子采取"平视"的态度。孝子也是生活在人群之中，不识镜无损他的孝行，但是有了孝心才会对亡父亡母朝朝暮暮地思念。

我们从各国不识镜的故事中看到了自我与他者错位带来的窘境，但是归根结底，在这些故事中镜子是外部传来的新鲜事物的象征。对于本来对它未知的人们来说，"镜子"不仅带来的是一种新物件，一种新知识，而且意味着一种新的思维。人们总是以旧有的经验来看待它，结果就不免搞出笑料。在我国乡村，以往也流传过许多这样的笑话，如说某地（传说公认的所谓"愚人村"）的老汉不识电灯，口衔烟斗伸过去对火，半天烟不着，一气之下抡起烟斗敲碎灯泡。或许这样的笑话登不上大雅之堂，但它也是记录一个阶段文明进步的花絮。

一粒小小的种子，换了水土，会开出什么样的花朵，往往会超出人们的想象。

第七章　日本前近代小说的勃兴与中国文化的关联

航海书来道遂东，

虚辞助语惜难通。

——黄遵宪《日本杂事诗》

日本平安时代与江户时代是大规模吸收中国文化的时期，也是日本文学与文化发展的两大高峰，而恰是在这两个时代，中国小说赢得了在日本广泛传播并渗透到作家创作世界中的最有利的机遇。值得注意的是，这两个时期也是日本汉文学的辉煌时期，简言之，中国小说是作为儒道佛统一的中国文化的一部分而深入到某些日本作家的精神生活与创作活动之中的，而日本汉文学的发展，则推动了中国小说的传播与实际影响力的发挥。

中国的文言小说至隋唐时代已形成独特的体系，在大海彼岸的日本，最早的作品或作品选集《古事记》、《怀风藻》、《万叶集》已显示出贵族学者有关中国六朝志怪、志人小说与唐人小说的丰富知识。平安时代佛教鼎盛，禅僧不仅直接取材于六朝志怪以充实佛教说话文学的内容，而且创造了将中国志怪小说改编为发生于日本历史上或当代的故事的摄取方式，这种后来被称为“翻案”的形式，常常将原作的文人体验转化为日本庶民（渔民、僧侣、商贩等）的离奇经历。

著名文学家都良香（834—879）在朝廷最高官吏考试中，以中国志怪小说中的死生观念与地理博物类志怪中的禁忌迷信为策问的内容，足以窥见当时许多学者的教养中小说占有的地位（这种地位是与对“史传”的重视密不可分的）。[1] 至于以《长恨歌传》为代表的唐人小说与《源氏物语》等宫廷女性物语文学的关系，更是中日小说交流史上值得大书特书的一章。

1. 王晓平著：《亚洲汉文学》，第194—203页，天津：天津人民出版社，2009年版。

明人瞿佑《剪灯新话》以幽明人鬼情写元末明初的乱世人间，传入日本后，书中的《金凤钗记》《牡丹灯记》即被吸收到《奇异杂谈集》对日本人鬼故事的描绘中。[2] 文僧浅井了意（？—1691）的《伽婢子》以翻案为主要创作方式，对《剪灯新话》进行了几乎全面的改写。在《伽婢子》中，兰本出自《剪灯新话》的达16篇，出自《剪灯余话》的2篇，出自《五朝小说》的45篇，出自朝鲜刊《金鳌新话》的2篇，其余三篇则是源出有关高僧与动物的民间故事。[3] 浅井了意还有《狗张子》之作，沿袭了谈鬼说怪的作风。《伽婢子》的书名，也与《剪灯新话》中《牡丹灯记》出现的“盟器（即明器，死者的陪葬物）婢子”有关。《伽婢子》被视为日本近世翻案文学的白眉，近世怪异小说的源流。该书语汇多有出自1648年刊行的《剪灯新话》训译本《剪灯新话句解》者。[4] 从《剪灯新话句解》到《奇异杂谈集》《伽婢子》的翻案，可以清晰勾勒出《剪灯新话》通过翻译、翻案逐渐被日本化的过程，它们共同揭开了翻案文学鼎盛的序幕。

2.［日］吉田幸一著：《近世怪異小說》，第178—280页，东京：古典文库·近世文艺资料，1955年版。

3.［日］松田修、渡边守邦、花田富二夫校注：《伽婢子》，第494页，东京：岩波书店，2001年版。

4.［日］松田修、渡边守邦、花田富二夫校注：《伽婢子》，第401—489页，东京：岩波书店，2001年版。

江户时代儒学大兴，儒学者鄙视小说戏剧的观念，颇类似于中国的士大夫。然而由商船载入的中国白话小说却在町人社会中找到了读者，以《三国志演义》为开端，中国历代历史演义小说以通俗译本的形式广为流传，“三言二拍”、《西游记》《水浒传》等长篇小说的传播，成为“读本”这一新型小说形成的决定性因素。这与中国白话小说在朝鲜、越南等国的流布相互呼应，形成前近代亚洲文化与文学交流中特别引人瞩目的跨文化的共同利用、各有所取的现象。

先是奈良平安时代的贵族官员与宫廷女性，再是五山时代的僧侣，最后是江户时代的町人，构成了日本变动的中国小说读者层，中国小说的训读、翻译与改编者，也正是从这些熟悉汉文的人们中产生。从日本人对中国小说的反应来看，应该说起码具有以下五个特点：

一是渴求的姿态。遣唐使时代日本人不重财物重书籍的精神在中国早已传为佳话，在来华人员大量购进的书籍中便包括当时的流行小说。江户时代的商船对于中国流行的“四大奇书”等白话小说不惜重金 广为搜求。有些中国小说在中国已失传，而在日本却完好地保存下来，这说明了日本人对包括小说在内的中国书籍的珍爱。中国小说的传播影响不仅反映在它们被翻译、翻刻与改编的历史记录方面，而且也体现在世代读者对它们保持的长久记忆与反刍频度中。

二是快捷的应对。《万叶集》已载有歌人山上忆良引用《游仙窟》语句的文章，忆良作为遣唐使随员入唐当在则天武后朝，《游仙窟》是当时的流行小说。据平安时代的《江谈抄》引录的资料来看，宋代成书的《太平广记》很可能不久便传入日本并引起学者的关注。[1] 日本学士重视最新的小说资料，由此可见一斑。

1. ［日］後藤昭雄、池上洵一、山根対助校注：《江談抄 中外抄 富家語》，第 543 页，东京：岩波书店，1997 年版。

三是群体的选择。一方面阅读的中国小说呈现出多样性，无数传说故事被阅读与仿制，清少纳言《枕草子》中的杂纂部分，采用了相传为李义山撰写的《杂纂》中的以类相从的形式，连宋人桂荣所撰载述了刑法折狱重要案例的《棠荫比事》，在江户时代也出现了《樱荫比事》之类的相似之作。另一方面对某些作品又显现出特殊的偏爱。奈良时代对《游仙窟》，江户时代对《水浒传》，对其引用、借用、模仿都似乎一时成为时髦之举。杨贵妃的故事历代都有流传，平安时代的说话文学、室町时代的谣曲、江户时代的读本，直到近现代的小说电影，都有杨贵妃故事的改写之作，时至今日，日本还流传世界三大美女（杨贵妃、小野小町、埃及艳后）的说法。

四是多向的媒介。除翻印、翻刻以外，长期以来形成了面向不同层次文化修养的读者的不同译介方式。江户时代传入的中国白话小说，有中国文言文阅读能力的人，可以阅读保留原文而附以不同符号或日语注释的训读本；对中国历史文化有一定了解的人可以阅读中国小说的翻译本；而不具备上述条件的人，也可以读到学者们改写的以日本为背景的“通俗本”，还有将中国小说中的诗词换成日本和歌以适合日本人口味的“歌物语”。

五是重复的利用。即对一部受町人欢迎的中国小说，不是一位作家以一部作品一次性利用便了事，而是反复以不同方式加以模仿。江户时代与《水浒传》有关的书，便有建部绫足的《本朝水浒传》、仇鼎山人的《日本水浒传》、伊圆椿园的《女水浒传》、振鹭亭的《伊吕波醉故传》、山东京传的《忠臣水浒传》、友鸣吉兵卫的《俊杰神稻水浒传》等，或借用其结构，或仿用其情节，有的仅借用其书名以吸引读者。短篇《卖油郎独占花魁女》也被多次改编为适合于日本町人趣味的都市故事。

有关中日小说的交流与比较研究，业已取得丰硕的成果。对中国小说在江户时代的流传的研究，中日两国学者成果颇丰，举其要者：

麻生矶次的《江户文学与支那文学》[1]

1.［日］麻生矶次：《江戸文学と支那文学——近世文学の支那的原拠と読本の研究》，东京：三省堂，1946年版。

石崎又造的《近世日本的支那俗语文学史》[2]

2.［日］石崎又造：《近世日本に於る支那俗語文学史》，京都：清水弘文堂书店，1967年版。

德田武的《日本近世小说与中国小说》[3]

3.［日］德田武：《日本近世小説と中国小説》，东京：青裳堂书店，1987年版。

矶部彰的《西游记接受史研究》[4]

4.［日］矶部彰：《『西遊记』受容史の研究》，东京：多贺出版株式会社，1995年版。

高岛俊男的《水浒传与日本人》[5]

5.［日］高岛俊男：《水滸伝と日本人》，东京：大修館书店，1991年版。

杂喉润的《三国志与日本人》[6]

6.［日］杂喉润：《三国志と日本人》，东京：讲谈社，2002年版。

崔香兰的《马琴读本与中国古代小说》[7]

7.［日］崔香兰：《馬琴読本と中国古代小説》，广岛市：溪水社，2005年版。

这些专著集中考证了读本这一小说形式是怎样从中国白话小说中有所吸取而获得发展，并具体论述了江户作家在情节、结构、语言各方面对中国白话小说的创造性借用。在其中已包括了渊源学、媒介学方法的探讨，它们从接受者的角度具体指明了江户时代日本小说从中国小说中吸取了哪些东西。这些成果同样也是中日文学交流史的重要收获。

本章与这些著述不同的是，不着眼于从日本作品中发掘它们在情节、语言、构思诸方面的中国来源，而是从作者撰写的序、跋、评论与书信中探讨一下各自的小说观念，以及这些观念与中国白话小说的流传有何种关系，并从发送者的角度考察一下中国小说观念在传入日本后发生了何种变化与影响。

以序跋来阐明作者的思想观点和艺术主张，特别为小说的劝惩功能与文化效益作辩护，原本也是中国小说家自我评价惯用的手法，日本读本作者吸收以后，由于加入了阅读中国白话小说后品评探讨的内容，这也成为中日文学交流史的珍贵资料。

第一节　从“唐话”研究起步的日本前近代小说学

中国白话小说与小说理论的流传与研究，是江户时代学习与运用“唐话”即当时的中国现代语的深化。当时把以明清白话小说为教材来传授、研习“唐话”的人称为“小说家”，把这种学问称为“稗官之学”，冈岛冠山、冈白驹、陶山南涛、朝枝玖珂、松室松峡有“稗官五大家”之称。[1] 这些学者都是从如何读懂明清白话小说入手来熟悉小说语言，并希望以此运用到与经济活动有关的交往之中。

明清白话小说首先担负着现代汉语教科书的作用，待到它拥有更多读者的条件时，才成为仿作的文学范本。在这个时期，虽然现代小说学还没有形成，但已有了前近代小说学的滥觞，而它的一个重要内容，便是如何在继承传统物语观的基础上，有选择地吸取明清小说理论。

一、　对明清小说的语言学、考据学与美学研究

江户时代初期，德川幕府断然实行所谓“锁国”战略，在对外关系方面，只准许与中国（历来以“唐”或“唐山”相称，时当明清之交）及荷兰两国在长崎一港通商贸易。从宽永十三年（1636）起约 215 年间，从华中、华南的乍浦、泉州、福州等港起航的商船之赴日，成为中国书籍进入日本的最主要的途径。

宽政五年（1793）末，南京船（指从南京、苏州一带装货的船只）装载的货物中，便包括船主王开泰带来的 76 种书籍，其中有“《红楼梦》九部十八套”的记录。[2] 享和三年（1803），

1.［日］中村幸彦著：《近世比較文学考》。見《中村幸彦著作集》第七卷，第 25 页，东京：中央公论社，1989 年版。

2.［日］参阅伊藤漱平《日本〈红楼梦〉の流行——幕末から现代までの書の素描》，载古田敬一编《中国文学比較文学的研究》，第 449—598 页，东京：汲古书院，1985 年版。

即嘉庆八年的舶载书目中，还可以看到“《绣像红楼梦全传》二部各四套”的字样，特别是下面还有“右見用として唐方へ”数字，“唐方”就是“唐通事”，即在中国商船入港时担任口译的人员，这表明该书是提供给口译者阅读使用的。这些人主要运用中国南方方言进行交际，从小学习“唐话”，经过稽古（见习）通事、小通事直到成年成为大通事的教育与实践过程，专门从事口译工作。由于口语教材与当代语言材料的缺乏，便常以传入的《三国演义》《水浒传》等小说作为阅读材料与例句来源。

同年舶载书目中，另外还有“《绣像红楼梦》二部二套”的记载，也有“見用として林甚八郎に相渡す”的说明，即交给林甚八郎阅读使用的意思，林甚八郎有可能便是一位通事，是他特意委托商人从中国购进《红楼梦》作为自用读本的。由于有了《红楼梦》，林甚八郎学习的就不仅是南方话，也有了北方话。

日本学者历来研究的学问，主要是中国的经史诗文，当代语言属于一个崭新的领域，这很快引起某些学者开拓的兴趣。伊藤东涯曾为编纂《名物六帖》，了解俗语而去读小说。垣内全庵在为冈岛冠山《唐话纂要》作的跋中说：

> *唐话者，华之俗语也。彼土人虽燕居晤语，必有熟字成语，而四声五音，清浊轻重，相应于其间不敢乱。言语易简，文字调停，焕然可观。盖俗一变，则可以至于雅，雅一变则可以至于道，惟在学者之变通如何焉耳。*[1]

1. 转引自［日］中村幸彦著：《中村幸彦著述集》第七集，第 203 页，东京：岩波书店，1989 年版。

垣内全庵相信口头语言可以转变为书面语言，变为学者们研究的对象，因而自觉地把俗语白话纳入视野。

当时的“唐话”学习中，新的语汇主要靠学习者自己去琢磨，由于小说描写提供了前因后果与背景材料，较之他书有更多可分析因素，领会起来也就更为方便。垣内全庵所说的“学者之变通”，正是指在对句法词义理解的基础上灵活运用，举一反三，替换运用。

陶山南涛在《忠义水浒传解序》中说：“言有雅俗……俱是中华之言，脉络贯通，无有间，唯其所异者，皮膜外之肥瘠妍媸耳。苟能通乎其俗，于雅何有？”[2] 表达了与垣内一致的思想。

2.［日］中村幸彦著:《中村幸彦著作集》第七卷，第 204 页，东京：中央公论社，1982 年版。

垣内、陶山等人都是将实用性的汉语学习通过汉语研究引向小说研究的先驱者。

日本人读中国古籍，早有训点一法，称为“和训”，即不改变原文，而以假名与各种符号注明词义，说明按照日文习惯应该以怎样的语序来理解。这种方法的优点是充分利用汉字原本具有的音形义，不至于因翻译而使原文在形态方面受到损耗，读起来方便；然而，这毕竟也是一种翻译，阅读者往往误以为读了原文，而实质上误差就在其中，它还阻碍学习者在汉语的读、听方面下功夫。宋濂（1310—1381）《萝山集》第四载《赋日东曲十首》，其十曰：

中土图书尽购刊，一时文物故班班；

只因读者多颠倒，莫使遗文在不删。[1]

1.［日］《古事類苑》文学部五，第 342—343 页，东京：吉川弘文館，1983 年版。

诗后有小注："其国但购得诸书，悉官刊之，字与此间同，但读之者语言绝异，又必侏儷，顺文读下，复逆读而上始为句，所以文义虽通，而为其文终不能精畅也。"这是明代开国文臣之首宋濂临终之年（诗人自记作诗年代为"辛酉冬十月"）的作品，或许是他留给后人的最后一首诗。

值得注意的是他对训读的了解。他称道日本人多购取中土图书，却对日本人颠倒阅读的作法即"训点"不以为然。他对"顺文读下，复逆读而上始为句"的弊害看得很清楚：这种割裂支解原文的阅读方式，只可达到粗通文义的目的，却不能使人真正理解汉文的气脉文风。作为一位并不熟知日语与日本文化的中国学者，宋濂这种看法或许含有对原文的过于拘执偏爱，对日文的隔膜偏见；但就日本人来说，若为"和训"所拘，对于掌握作为外语的汉语，无疑会成为一种障碍。

荻生徂徕较早认识到了这一点，在《徂徕先生答问书》中，他举例说，同乡友人相聚交谈，也有人言东而理解为西的情况，在相隔遥远无朋友相助的时候，自学的办法莫如披览不曾训点过的书籍，一词一语地搞通，果真如此了，那么加点的书也就不成问题了。应该改掉那种目光上上下下、忙忙碌碌的读书习惯。[2]

2.［日］中村幸彦校注：《近世文学論集》，第 173 页，东京：岩波书店，1978 年版。

萱园经手的《诗文国字牍》对所谓"和训"的弊害说得更清楚："日本者，日本也；中华者，中华也，言语固不相同，则难以口吻牵合，故和训回点之读，看似能通，实有牵强附会者。世上之人，不知此情，读书作文，专喜和训，虽通识博学之人，窥其解古人之语，皆如隔靴搔痒，更何况彼自称著述者流，悉唯有令所谓'和气'（按：即日本气息），颠倒错乱，如愚老者，谓之何哉！"这直接提出了学者之急务首先是"就华人之言语，直解华人之语言"。

无论是就作为外国语的中文学习来说，还是对汉学研究来说，徂徕的看法都是很有价值的。他自己也曾热心地学习"唐话"。不言而喻，要真正掌握汉语，达到足以自如运用的程度，绝不是单纯的词汇与语法问题，实际上意味着一种思维方式的转换、两种文化背景在意识中的交融。从这个角度看，徂徕对当代“唐话”的提倡，应该看作江户时代汉学超轶前代的一个标志，徂徕不愧是一位具有开拓精神的学者。

当时在日本学者中有汉语会话能力者，实不多见，能直接接触到中国人或通事者也如凤毛麟角，通过小说来研读便成为先驱者们无可替代的自学方式。那么，他们是怎样将阅读小说与学习“唐话”结合起来的呢？

古学派创始人伊藤东涯的门人陶山南涛（字冕？——1766），在一篇序文中曾予以描绘：“往年，余友尝有松峡秦虞臣、玖珂冕德济者，夙服华学，染通声音，且好读野吏小说，其平生之柬帖应酬辄于是，坐谈谐噱，辄于是，非敢衒奇淫僻者，要之习惯薰陶也。时冕弱冠，兄事二子，乃亦诱掖冕，从事于斯，始觉有资于读书。”[1] 这些稗史小说爱好者，在言谈举止等日常生活习惯中，经常进行尽兴适意的非正式的研讨，相互启发感染，以从中学会的语言用于柬帖应酬及相互交谈。

1.［日］中村幸彦著，《中村幸彦著述集》第七卷，第 200 页，东京：中央公论社，1989 年版。

芥川彦章在为《忠义水浒传解》写的序言中，也谈到：“（南涛）谓余曰，冕（南涛）少年与吾子、师友田文瑟先生，相与切劘崎阳之学，学就研精《水浒》、《西游》诸稗官，平日说话，不假邦语。”[2] 说相互间曾以明清小说中学到的“唐话”而不以日语交谈，这是明清白话进入少数汉学者口语领域最早的记录。大阪书林“为初读舶来小说者”编辑的中国俗语辞书《小说字汇》，征引白话小说为主的中国各类文学作品已达 160 种，很可证实小说语言学的实绩。

2.［日］中村幸彦著，《中村幸彦著述集》第七卷，第 202 页，东京：中央公论社，1989 年版。

随着小说语言学研究的推进，小说考据学研究也初见萌芽。最早的专书当是都贺庭钟（1718—1794）的《传奇踏影篇》，他搜集了有关中国小说戏曲的资料，追根溯源，略加评述，其中据袁栋之说（源于《书隐丛说》）有关《西游记》本事者达 20 条之多。令人瞩目的是有关《水浒传》的条目，有些出自《钱氏私志》、《香祖笔记》、《癸辛杂识》，也有些可能是都贺庭钟自己的看法，如：

> *《左传》定公十年，武叔既定，使郈马正侯犯杀公若，弗能，其圉人曰：“吾以剑过朝，公若必曰：‘谁之剑也？’吾称子以告，必观之，吾伪固，而授之末，则可杀也。”《水浒传》林冲入白虎堂节，从此文转出来者。*[3]

3.［日］中村幸彦著，《中村幸彦著述集》，第七卷，第 211 页，东京：中央公论社，1989 年版。

《左传》定公十年这一段故事，记述的是武叔稳住大局之后，便阴谋杀害曾经阻拦叔孙成子将他立为继承人的公若藐，先派郈地的马正侯犯杀死公若，没有能办到，侯犯的管马人为其策划：带剑经过大堂，诱使公若靠前观看，趁公若细看那剑的当口，假装不懂礼节而把剑尖递给他，趁机杀了公若[1]。这一经过与《水浒传》高俅陷害林冲的情节虽有不同，但共同之处在于都是围绕一剑展开的行刺阴谋（或为被诬陷的行刺阴谋）。

1.《春秋左传集解》第五册，第 1678 页，上海：上海人民出版社，1977 年版。

在我国小说与史传的交互关系中，既有史传频用小说笔法的一面，又有小说出乎史传的一面，揭示两者因缘，当然应属小说研究的范畴。《水浒传》故事在流传与成书过程中，从脍炙人口的《左传》所述史实与传说中有所吸取也是可能的。都贺庭钟等早期明清小说研究者，似乎也只能从自己熟悉的史传文学着手来探讨小说的素材来源。

此外，散见于翻刻、翻译、翻案之著的序跋介述文字中，也有一些考据或评析文字。《通俗西游记》由岳亭丘山等人译校刊出后，《西游记》便逐渐为文人、町人注目。值得注意的是，岳亭丘山撰写附于五编卷首的《附言》，谈到了淮水无支祁与孙悟空的关系：“予祖父曾在岐阳作事，曾闻华人言，唐土黄淮合流之处，有淮水之神，号无支祁，形若猿，高额长鼻青身白首，目光如电火……此《西域记》之孙悟空乃以斯无支祁为本携入三藏之《西域记》（按：指《大唐西域记》）而作之者也；且本邦（按：指日本）之童话桃太郎取鬼岛之宝，亦出于此《西游记》。”[2] 胡适、鲁迅等后来都曾提及无支祁传说与《西游记》的关系，岳亭丘山言及此事在距今近 200 年前始开日本研究《西游记》的端绪。

2. 参见［日］矶部彰著：《西游记と通俗西游記》，载《近世文学と漢文学》，和漢比較文学叢書第七卷，第 106 页，东京：汲古书院，1988 年版。

东洋大学东洋文化研究所收藏的有森岛中良（1756—1810）手迹的《警世通言》一本，同样是早期小说考据学的珍贵资料。森岛除对俗语的意义及用法、文字异同等留下意见外，也作过考证小说本事的工作。

如引《坚瓠集》以探讨《王安石三难苏学士》的本事；引宋孙升《孙公谈圃》卷中，考证《拗相公饮恨半山堂》中安石之子王秀入地狱受尽折磨这一情节的本事；转引《挥尘新谭》（似从《坚瓠广集》卷之五“还银得子转引”），考证《吕太郎还金完骨肉》的本事；引《桐下听然》，考证《唐解元一笑姻缘》的本事等等。[3]

3.［日］德田武：《日本近世小説と中国小説》（上），日本書志学大系 51，第 371—386 页，东京：青裳堂书店，1987 年版。

从现有的资料来看，这些考证成果在中日两国学者中都属较早的，尽管它们只是森岛中良读书心得的一部分，尚未整理刊行，但却是他以一位小说研究者的姿态面对作品的例证。

大致说来，这一阶段的考据学研究还相当零散，多属随想札记，然而，都贺庭钟、森岛中良等小说学先驱者的业绩却是不可磨灭的。

对明清白话小说翻刻、翻译、翻案的著述的日渐增多，使对小说的评论阐释应运而生。前川来太作撰写的《近古奇谈唐土吉野题辞》（1783年刊），为我们提供了其间的消息。[1] 正像平安时代的那篇《诗境记》，以桃花源的奇遇佳境来描叙日本贵族诗人寻访到的汉诗新境界一样，本篇也是以在桃花源的西照庵巧遇奇人遂得教示的构思，来描绘自己目睹的小说新境界。它借草庵碰到的那位“二十多岁的汉子”，把当时翻案小说的来源数说了一遍，因而早已引起江户小说史研究者的兴趣。前川以学者的敏锐察觉到这些翻案小说与当时町人社会流行的其他戏作的区别，并一一指出它们的原本：

1. 内题《今古口實唐土之吉（一作芳）野》，五卷五册，有天明二年序。

> *如今客官所说诸册子，都是向稗官家之书译将出来的。把那一两个说了：《英草纸》之《纪任重断滞狱》的话，是《古今小说》中那《闹阴司司马貌断狱》的也，《英草纸》之《黑川源太主得道》的话，是《今古奇观》中那《蒙叟鼓盆成大道》的也；《繁野话》之《江口游女恨薄情》的话，是《今古奇观》中那《杜十娘怒沉百宝箱》的也；《垣根草》之《山村氏受用个忍字》的话，是《今古奇观》中那《报私怨狠仆告主》的也；《雨月物语》之《梦应鲤鱼》的话，是向《醒世恒言》中译的来的。*[2]

2.［日］中村幸彦著，《中村幸彦著作集》第七卷，第84页，东京：中央公论社，1989年版。

“那汉子”接着用钦慕的口吻，赞扬这些稗官小史的作者颇不简单：“既然恁般将稗官小史编的，是个非常[3]之才，决不是等闲的人，因此上那《水浒传》是强似腐史，这个作者是三世生哑，就是这等书中撰录来的，所以其文妙，其趣奇，断不可企及。”前川听着这番议论，“那声音隐隐约约地，连汉子并草庵和桃花源忽然晦灭了，不知几时来得”，原来这一切不过是西照庵里的南柯一梦，而那汉子交给他的书却在“肱枕的肱”[4]，即在自己枕靠的手臂之中。不用说这本身就是中国小说神仙授物、魂游得宝的手法。

3. 原文作尝，疑当作常。

4.［日］中村幸彦著，《中村幸彦著作集》第七卷，第85页，东京：中央公论社，1989年版。

前川把自己这本描绘“近世的奇事”的“消闲话柄”，命名为“唐土吉（一作芳）野”，也是“仿了那桃源上避秦之踪”，因为“我芳野山樱花深处，是个神仙的窟，那里桃源即是唐土芳野山，这里芳野山即是东邦桃源了”。显然，前川是把自己对稗官小说的看法装在了一篇仿中国白话小说的序文框架中了。

中国白话小说叙事用白话，而序跋评点却多用文言，这说明作者心目中序跋评点与小说本文的阅读对象的主体不尽相同，前者主要写给饱学之士的，这些人轻视稗史小说的观念是根深蒂固的，需要向他们申辩自己也是出于孔圣之门，有治国安邦之志；后者主要是面对粗通文字的庶人妇孺，要让他们爱读爱买，也就是说一方面对学者作交待，一方面对看官作交待。

前川这篇题辞似想全用白话写成，文中提到《桃花源记》、《游仙窟》，又有狐狸蛊惑、仙人授书、梦醒宝存等古今中国小说的情节，文字难称通畅，只能算是中国白话小说爱好者的一篇游戏文字，但我们不难看到一种新观念的萌芽。

前川不仅从事实上承认了白话文研究的价值，而且亲自尝试，公然称赞稗官小史的作者是“非常之才”，又对日本模仿中国小说的现状作过一番调查。谈到日本研究中国白话小说的滥觞，不应漏掉前川来太作这位无名作者的大名。

清田儋叟（1719—1785）是另一位被隐没的小说批评家。[1] 他在以孔雀道人之名，为《照世杯》卷首写的读俗文三条中，也强调语言学习与读通小说的关系：

1.［日］参阅中村幸彦著：《隠れたる批評家——清田儋叟の批評的業績》，载吉川幸次郎、小川环树编《中国文学报》第 4 册，1956 年 4 月。

第一条认为俗文译读，不能拘泥于字训；

第二条讲要搞清语意，还要很好理解作品“全旨”即整体意趣，抓住字面以外的“深意”，并举出《水浒传》为例来说明；

第三条讲读俗文之书，还要了解历史。他和其他儒者一样，推崇经史，把小说看作历史的补充。

他写过一篇《题水浒传图》：

《水浒传》者，通俗之书，且专说诈伪机谋，不可以为训。顾其立意奥妙，亡论其三十六人名在史乘者，其他亦非漫然撰出者。盖世有某事某人，而后以斯事斯人充之。其人也虚，其事实者有焉；其人也实，其事虚者有焉。通一部论之，晁盖之为太祖，宋江之为太宗，吴用之为赵普，关胜之为魏胜，张横、张顺之为张贵、张顺，一丈青之为扬妙真，以至石秀之柴暗摸吕文德、李逵之怕全系陈靖宝，可以类推其他。[2]

2. 见『孔雀楼文集』卷五。中村幸彦著：《中村幸彦著述集》，第七卷，第 232 页，东京：中央公论社，1989 年版。

儋叟以为《水浒传》“搜集赵宋君臣事迹无遗”，就《宋史》等逐一指点《水浒传》素材的依据。都贺庭钟《传奇踏影篇》也说宋江是太宗，吴学究是赵普，我国亦有类似的说法。不过，儋叟和庭钟、中良那种学究式的考据毕竟有所不同，他可能从我国明代小说戏曲评点家叶昼有关“世上先有《水浒传》一部，然后施耐庵、罗贯中借笔墨拈出”的说法受到过启发，而又与史实牵合推想出来的。

从清田儋叟的小说批评中，可以明显看出金圣叹的影响。儋叟认为《水浒传》以七十回本为佳，把它看成笔诛之书，在指斥宋江奸佞这一点上，较之圣叹有过之而无不及。他曾对圣叹之评批以“甚妙、甚正”、“神妙”，以示赞同，对浔阳楼的反诗、还道村玄女显灵，都看作宋江、吴用的密谋诡计，并说：“玄女庙一段，当探其机谋所在，勿为文面瞒过。此军机正史亦往往有之，不唯野史，凡读史者当具一只眼，不然则读之亦何益！”

和金圣叹一样，他也侧重从人物性格描写上去发掘作品。在《中世二传奇》[1]的序文中，他引入李渔《闲情偶寄》中提出的“趣”、“本意”等概念，并以金圣叹“草蛇灰线法”来评价作品的结构。金圣叹把景阳冈连用许多“哨棒”一词，紫石街连用若干“帘子”一词等一类写法，称为“草蛇灰线法”，所谓“骤看之，有如无物，及至细看，其中便有一条线索，拽之通体俱动”，正是注重发挥语言物象的暗示与连缀系带作用，形成一种流转连贯、钩连活络的结构暗架。儋叟还借用神龙露头不露尾的俗谚，来说明精心安排、藏而不露的叙事结构的必要性。

1.『中世二传奇』安永二年（1773年）刊行，内收琵琶君故事与卢但翁故事两篇，前者是将唐李朝威《柳毅传》与《太平广记》（四〇五）的王清故事改写为发生在日本的故事，后者是对《太平广记》（三七八）李主簿妻之事的翻案之作。

不过，儋叟对金圣叹也有所不满，屡言圣叹“唧哝”，据他在《水浒传批评解》的解释，唧哝就是义绉绉地讲些老生常谈。森岛中良也曾注意到这个白话词语，他在读《警世通言》的札记中写有：

> *良按，唧哝，《西厢》注多言也。*[2]

2.［日］德田武：《日本近世小説と中国小説》（上），第376页，东京：青裳堂书店，1987年版。

《西厢记》第二本四折（空观原刻本）有“则说道夫人时，下有人唧哝”之语，注文有“旧辞解唧哝为多言不中，未识确否”，中良似据此。儋叟所言圣叹“唧哝”，也可能取的这个意思。在他看来，圣叹说了些满可不说的话。

在《清君锦先生水浒传批评解》中，清田儋叟还欲言圣叹所未发，试图指出《水浒传》叙事的缺陷：

> *《水浒》一书曲尽人情，但其记战斗悉如儿戏。其他通俗书亦然。凡战斗文章唯正文可观，通俗文不足观云。*[3]

3.［日］中村幸彦著：《中村幸彦著作集》第七卷，第235页，东京：中央公论社，1989年版。

这里所说的通俗文，是指“正文”（正式描写叙事的文字）以外的诗词与套语，里面包括许多程式化的、重复夸张的成分，是叙事文体中的诗歌因素，儋叟把它们看成缺乏真实感的赘文。

江户时代汉学者对中国小说理论的研究业绩，不仅表现在他们对明清小说的批评方面，而且特别体现在他们对日本小说的新视角与新观念上。

清田儋叟从金圣叹的评点中得到的新观念，见于《孔雀楼笔记》中六条有关《源氏物语》的评论。这些评论是否恰当姑且不论，但堪称荻原广道《源氏物语评释》[1]的先声。他认为，《源氏物语》虽不可与《水浒传》相提并论，但在日本的“寓言之书”中是首屈一指的。《源氏物语》好在设意巧妙，这表现在《夕颜》一回中对源氏中将的描写“意义甚深”，同为写他初任中将“已伏河原院妖怪一段”，这种分析显然已用中国白话小说的“伏线”手法来解剖《源氏物语》的结构。

1.［日］荻原广道著：《源氏物語評釋》，对《源氏物语》一书加以评释，全书 14 卷，1854 年及 1861 年刊行。

已故长泽规矩也（1962—1980）所藏白话抄本（内外无题，今从中村幸彦以《白话文集》称）是日本人试用中国白话写的短篇小说集，其中最后一篇《周道传奇》，署名快活痴道人撰。在作品最后部分，有这样一段话：

> *卓吾先生评：荒淫沉湎，残害如芥，亡国丧身，古今一揆。如国家制度，比汉唐于斯为盛。诸侯方伯，其大者方千里，小者不下万户，升平日久，耳不闻金鼓之声，目不见干戈之动，尸位素餐，呆憨蠢胖，坐享洪福者不为不多，比得汉唐，盛则盛，其弊怯懦为风，效尤务奢，于其治体不一留意。其终也，不辰霖者盖鲜矣。*[2]

2.［日］中村幸彦著：《中村幸彦著述集》，第七卷，《周道傳奇》影印，东京：中央公论社，1989 年版。

《周道传奇》是一篇把日本姬路城主（木神）原式部大辅托名于一个叫辰霖的人，将他的逸事，放到中国五代某朝的背景中编写的白话小说。上面一段引用了托名于李贽之语的评点，这可能是作者自己加上去用以说明劝惩之意的。无论是从观点还是从作法本身来看，都可以看成作者效仿中国小说评点的一种批评冲动的产物，是和曲亭马琴后来在《南总里见八犬传》里采用的“自评”、“赘言”之类同样性质的文字，是日本当时的汉学者尝试援用中国小说理论解释（这里是自释）日本小说的一个例证。

山东京传在谈到“魁儡院本”即净琉璃《忠臣藏》时也曾谈到，“虽是戏曲，忠孝义贞，示宜鉴之理，是以大行于世，而田客村童亦脍炙其事，庶几乎导善除恶之一助矣”（《忠臣水浒传·自序》）[3]。以劝善惩恶的戏曲小说观来解释《忠臣藏》受到田客村童欢迎的原因及功效，也是引入李渔等人对戏曲价值的看法，试图说明日本通俗文艺“大行于世”现象的一个尝试。

3. 李树果译：《日本读本小说名著选》上编，第 172 页，天津：天津人民出版社，2005 年。

二、 戏墨戏作价值观融进的新内容

在江户时代，各种小说形式都被称为“戏作”。士人的教育从幼年开始便把诵读经书（即所谓“素读”，光念不讲）和习作诗文作为主要内容，至于《源氏物语》、《枕草子》那些由妇女之手完成的物语随笔，以及井原西鹤、山东京传等人的通俗小说，则从来也不被看作学问。读小说剧本，写小说剧本，都是羞于出口的。

相传山本北山爱读净琉璃的唱词，只得躲在厕所里去看。这种情况与中国宋元明清时代很相像。明代谢肇淛在《五杂俎》中说：“宋钱思公坐则读经史，卧则读小说，上厕则阅小词。”那时文人对小说、戏曲的态度，由此可见一斑。斋藤拙堂《拙堂文话》亦流露出对小说家的蔑视：

主张袁、徐，势必至金圣叹、李笠翁。

钱虞山论中郎文弊云：“雅故灭裂，风华扫地”，为此故也。

袁、徐犹可矣，如金、李辈，小说家耳！或尊为泰山北斗，可悯笑也。使西人（按：指中国人）闻之必曰：“东方（按：指日本）无人！”[1]

1.［日］《日本藝林叢書》第2卷，《拙堂文話評》第1卷，第9页，东京：六和館，1928年版。

江户初期，思想文化界受朱子学影响，轻视通俗文学的观念在儒士文人中很有势力。连主张诗写人情的古学派的创立者伊藤仁斋，也对赋骚小说持鄙视态度。在《童子问》（下）中，他说：

文以诏奏论说为要，记序志传次之，尺牍之类不足为文，赋骚及一切闲戏无益文字皆不可作。甚有害于道。[2]

2.［日］清水茂校注：《童子問》，第233—234页，东京：岩波书店，1980年版。

小说是被划在“闲戏无益”文字的圈子里，不得染指的。继伊藤仁斋之后，处于儒学界中心位置上的荻生徂徕及他创立的古文辞学派重视诗文的写作，强调文学的社会意义，但他们追随的是明后七子“文必西汉，诗必盛唐”的复古主义主张，不以写作小说为事。直到元禄（1688—1704）、享保（1716—1736）年间，人文主义思潮和“百科事汇”思潮先后兴起，才震响起要求思想解放和发展町人文学的呼声。

当时，来往于中日之间的航船，载去了大量包括白话小说、画谱、法帖、乐谱乃至投壶游戏之类的明清文籍。中国文人的趣味通过这些文籍感染着日本的知识分子，也有助于改变他们关于小说功能的看法。“三言”、“二拍”等大量白话小说受到欢迎的情形，坚定了他们从事不同于原来流行的画本的、文学性更强的通俗文学读物写作的信心。这一切，构成了萌发重劝惩、重通俗的小说观的土壤，冯梦龙一派的小说理论，才被顺当地移植了去。

我们不妨来看看几位汉学者是怎样与明清小说接近的。

先说高僧元政（1623—1668）。大约 17 世纪初，《水浒传》等中国白话小说已远渡沧波传到日本。在天海僧正（1536—1643）的藏书中，已有《京本增补校正全像忠义水浒志传评林》（简称《水浒传评林》或《志传评林》）。根据德川将军书库"红叶山书库"的目录《御文库目录》，在宽永十六年（1639 年）入库的书中有《水浒全传》，正保三年（1646 年）入库的书中有《英雄谱》（《水浒传》与《三国演义》两书合刻本）等。但是，当时能够读到这些书的人是很少的，大概只是那些与中国商船有关的或者是买得起"进口"新书的人。这一点可以从高僧元政给朋友的一封信中看出来：

> *昨日偶闻唐本之来，支藜入市，先阅书目，有《水浒传》。问之，曰："或人已买去。"问其人，曰："不知。"余追慕无由。尝见袁石公"水浒传诗"："后来读《水浒》，文字益奇变。"余以此知《水浒传》也。且闻马氏之子多蓄异书；若有此书，暂时借之。*[1]

1.［日］高岛俊男著：《水滸伝と日本人——江户から昭和まで》，第 26 页，东京：大修館书店，1991 年版。

元政接着便感慨：中国新刊书价格昂贵，"一字一金"，自己乞食为生，掏不出钱去买；既然如此，为什么自己还那样喜欢这些书呢？一定前世是"书鱼"吧。

对元政这样的人来说，买《水浒传》算得上高消费了。他从袁宏道的诗中读到对《水浒传》的赞誉，对袁的信服与对《水浒传》的向往，使他只能设法借书以一睹为快。遗憾的是从文献上我们无从知道他生前是否读到过这本书。对元政来讲，袁宏道（1568—1610）无疑堪称中国当时的大诗人兼文学批评家。袁宏道继承李贽之说，大声疾呼要重视、认识通俗文学的价值，在五律《听朱生说〈水浒传〉》里作了大胆的颂扬：

> *少年工谐谑，颇溺《滑稽传》。*
> *后来读《水浒》，文字益奇变。*
> *六经非至文，马迁失组练。*
> *一雨快西风，听君酣舌战。*[2]

2. 钱伯城笺校：《袁宏道集笺校》上，第 418 页，上海：上海古籍出版社，2008 年版。

袁宏道把《水浒传》的成就推到了"六经"与《史记》之上，在《水浒传》面前六经黯淡无光，《史记》也显出了缺陷，这种言论对于言必称经道史的汉学界不啻石破天惊之语，这自然会留给元政这位袁中郎的崇信者以深刻的印象。我们注意到有关中国白话小说的评论，几乎是在这些作品传入日本的同时，也在某些汉学者心中激起了波澜。

铃木虎雄博士所藏有一部《英雄谱》（今存京都大学），似是中国商人带去并阅读的书，在书后有这样一段文字：

> *己未夏六月十九日，日本人山形八右卫门，乞望予《水浒传》及《三国志》二部中。文理不审之处，以明详之由。虽萍水之交，芝兰一般意也，故不辞，以所知语二部文理，实可愧可愧。*[1]

1. 转引自高岛俊男著《水滸伝と日本人》，第27页，东京：大修館书店，1991年版。

己未（康熙十八年，1679年）夏六月十九日，一位叫做山形八右卫门的日本人，向陌生的中国商人请教关于《水浒传》、《三国志》中读不通的地方，中国商人认为这是"芝兰"之交，就其所知，为其讲解。从这位商人半通不通的文字来看，最多只能算是粗通文墨，而向他求教的山形八右卫门，也绝不会是什么大人物，甚至可能身份很低。这不是告诉我们17世纪初以来的半个世纪中，读者层已由显贵名族转入到平民百姓了吗？

一般说来，作为外国读者很可能提出一些本国人不曾注意、不以为然或不懂其所以然的问题，而日本人读书那种对细节问题刨根问底的态度，更可能使那位商人感到自己的答案很难让对方满意，难怪他会自呼惭愧。山形八右卫门可说是那个时代对中国白话小说怀着浓厚兴趣的无名读者的代表。

就是町人中也并不难找到中国白话小说的读者，并且他们开始阅读根据这些作品翻刻（即所谓"和刻本"）、训点、翻译、翻案的书籍的时候，从事中国白话小说翻译介绍的人，也仍然会遭到学界中人的讥刺与责难。抨击者往往打着捍卫世道风俗与诗道人心的旗帜，对鼓吹小说的言论大加攻伐。

阳明学派的熊坂台洲(1739—1809)便是这样一位固守正统诗文价值观的批评家。他对演剧小说的偏见至深，溢于言表。他把演剧小说的盛行，归咎于袁宏道一类人对儒学的批判，这与元政对袁宏道的追随可谓态度大相径庭。在天明八年（1788）问世的《律诗天眼》（一卷）中，他这样说：

> *袁中郎诗云："多少穷乌纱，皆被子曰误"，凡如此类，其败风俗之大者，岂不可恶乎？近时童谣亦有"子曰儒学身"之句，益见其效矣。于是，都下又有一二恶客，*

多制小说、演义、词曲，以为射利之具，以说不根之事，以载可愧之行。淫言秽语，至于父子之间，不可披览。

今夫小说，俚语以记其事，图画以见其态焉，则都鄙儿童所朝耽夕玩所谓少而习焉。习与性成者，遂至于不畏父兄之言，不承师长之教矣。然小说犹可，至于演义、词曲，则亡论每一本出，一国之人皆若狂，即至于山村水市，穷闾隘巷，亦每有开一剧场者，其后必致有士女淫奔之行。

由是观之，声音之移人，奚翅小说！其使风俗之日走浮薄，速于置邮而传命。吾将请尚方斩马剑，而断此辈以惩其余矣。亦唯贤士大夫在朝廷日论治道，而措天下于泰山之安；如吾侪小人，则得长在陇亩，时时晒腹中书于尧日，且击壤而歌太平，是为可喜耳。谁谓风俗之美恶，不关诗道之盛衰乎？[1]

1.［日］关仪一郎编：《日本儒林叢書》第十二卷，《律詩天眼》第9页，东京：凤出版，1978年版。

熊坂台洲加在演剧小说作者头上的罪名，一是“射利”，二是所谓“不根”，三是淫言秽语，诱人淫奔。从他对演剧小说流行情况的描绘中，我们也可以看到，尽管当时汉诗文已在町人中有较广泛的流传，呈现出“海内文章落布衣”的局面，但远不能满足他们热切的文化需要。当时社会上充满好色之声的草纸画本、对中国小说拙劣的模仿翻案，这些“愚作俗作”的兴盛，都不过是书贾与浅薄文人迎合这种需要的产物。风俗的“浮薄”恰标志着儒学价值观的疲软无力。

熊坂台洲作为深受程朱理学熏染的汉学者，直接感受到儒学思想文化体系遭受的冲击，从维护经史文学观的立场，视撰述以取得“润笔”（稿酬）为“射利”，视虚言语怪为“不根”，视追情逐爱为“淫奔”，面对资本主义发展初期新的文化现象充满了惶惑与愤激。

对于一片混乱的“戏作”书林，痛心疾首的当然不只是熊坂台洲一人。四五十年后，津坂东阳（1756—1825）著《夜航余话》更是诅咒“演剧、院本之作者，当堕无间地狱”：

我为诸生时，诗人竞咏物，先辈谓轻薄，况如香奁体，不敢染指。近年《竹枝词》行，不惮狭斜淫佚之状，至赞轻薄为风流，玷污诗道，令人厌恶，宜斥为风雅之罪人。

《冷斋夜话》曰，黄鲁直名重天下，诗词一出，人争传之。法云秀禅师，铁面严冷，能以理抑人，尝谓鲁直曰：“诗多作无害，艳歌小词可罢之。”鲁直曰：“空中语耳，非杀非偷，终不至坐此堕恶道。”师曰：“若以邪言荡人淫心，使彼逾礼越禁，为罪恶之由，吾恐非止堕恶道而已。”

鲁直领之，自是不复作词曲。

香奁、竹枝可憎，实为罪恶之由，况演剧、院本之作者，当堕无间地狱。[1]

1．［日］池田四郎次郎编：《日本詩話叢書》，第3卷，第82—83页，东京：凤文书舘，1997年版。

《律诗天眼》和《夜航余话》分别着眼于格律普及与中日诗歌比较研究方面，但著者却横刺一枪，为演剧院本小说作者定罪，而且是罪大恶极，似无特赦之许。我们了解了这些情况，便不会奇怪，那些读本作者为什么在序跋中一而再再而三地絮叨自己作品如何如何有裨风教，如何如何有益于知史明理了。

早期戏剧小说的作者都不署本名。都贺庭钟的3部读本，上田秋成的《雨月物语》，伊丹椿园的7部作品，书上都找不到作者本名。清田儋叟汉语名为清绚，他的《艺苑谈》、《孔雀楼笔记》、《艺苑谱》、《唐土行程记》、《孔雀楼文集》，甚至为小说《中世二传奇》写的序，都用了“清绚”这个汉名，这里包括笔记、散文、杂著等。但他训解的《照世杯》却署名“孔雀道人”，让人猜不出是何人。

《海外奇谈》[2]本来是日本汉学者用汉语编写的“忠臣藏”故事，偏要署一个清人“鸿濛陈人”

2．［日］馬场让得阅：《支那小說譯解》，东京：东海义塾，1900版。

的雅号。这表明这些小说的作者与研究者虽爱小说，但身为儒生仍抱着小说不能与经史诗文同日而语的态度。

高知平山《圣叹外书水浒传》自序说，学经史疲倦了，就看诗书画帖，那也看腻了就读小说，小说中最喜欢金圣叹批的《水浒传》，反复读，用华音读，用日音读，再一边喝酒一边大声读，心里就痛快。[3]高知平山对明清小说的喜爱可谓深切，不过他读小说仍不过是看累经史之后的

3．［日］高岛俊男著：《水浒伝と日本人—江户から昭和まで》，第80页，东京：大修館书店，1991年版。

消遣。

曲亭马琴一生写了那么多读本，但他仍然视作稗史小说为卑微之事。在《南总里见八犬传》第七辑序中，说自己写那些稗史小说是为了用“润笔”费去买“有用之书”，而不敢堂堂正正地宣称所著“有用”。

同时，他还说：“余不贵虚文，所好乃经籍、史传、旧记、实录已矣，而每岁所著，莫非稗史小说。所以然者，何也？书贾揣利以求于余，余欲著之书，书贾不愿刻，既已著无益恁地书也。三十有八年于兹，润笔以购有用之书，则用之无用，不可得而分别也。”[4]忙忙碌碌写了38年不愿意写的“虚文”，骨子里仍把小说称为“虚文”，即“不根”之语。在那个时代，要摆脱贱视戏曲小说的观念是很困难的。

4．［日］曲亭马琴著，李树果译：《南总里见八犬传》二，第113页，天津：天津人民出版社，1992年版。

三、《水浒传》的学者粉丝

在江户时代的汉学者中，虽然没有人能像袁宏道那样公然表示《水浒传》有经史不能代替的成就，但也有毫不掩饰对它嗜爱之情的人。当然，《水浒传》是外国名著，它的成就已有定评，赞美它不像颂扬当时当地的物语草纸那样担心冒犯什么权威，但对小说的热衷，毕竟是对轻视小说戏曲观念的挑战。

生于享保十九年（1734）的皆川淇园，有《书金圣叹水浒传》一文称：

> *余幼时嗜金圣叹《水浒传》，爱其评语奇拔，已长而尚读之未倦。后为一友人借其书，其人亦好之不肯归。余因别购一本，出与君锦读之，君锦之嗜乃亦太甚，则亦为持去。既而君锦职事剧缠，五稔间乍北乍东。凡百皆废然，然其行囊中，二帙独块然云。及其归京，君锦乃亦自购得。此部笺刻精好，大胜余本，岂以其嗜好之甚，遂致此尤物邪！*[1]

在淇园周围，形成了一个小小的读书会，一本《水浒传》借给友人，友人嗜爱竟不予归还；再购一本，借给君锦（清田儋叟），君锦嗜之太甚，又持去数年，在五年间奔波动荡的生活中，行囊中始终不弃此书。淇园甚至说，君锦能有机会自购到一本精好的《水浒传》，也是因为他“嗜好之甚”。

淇园读小说已不是一般地为了消除读经的疲劳，因为他特别提到金圣叹《水浒传》，是“爱其评语奇拔”，以欣赏、钦慕与研究的态度来阅读它。他还有一篇《书通俗平妖传首》，怀想自己与弟弟以及清田儋叟共同研讨明清小说的情景：

> *余与弟章。幼时尝闻家大人说《水浒传》第一回魔君出幽将生世之事，而心愿续闻其后事，而家大人无暇及之。余兄弟因请其书枕籍以读之。经一年后粗得通晓其大略。及十八九岁得一百回《水浒》读之，友人清君锦亦酷好之，每会互举其文奇者，以为谈资。后又遂与君锦共读他演奇小说，如《西游》、《金瓶》、《封神》、《女仙》、《禅真》等诸书，无不遍读，而皆谓其制构有所穷而不耐久观也。最后得《平妖传》读之，其奇百出，可以与《水浒传》雁行矣。与君锦、弟章玩读不已。此距今四十余年前事也。*[2]

1. 见《淇园文集》卷七。亦见中村幸彦《水浒传与近世文学》所引。中村幸彦著：《中村幸彦著述集》，第 8 卷，第 218 页，东京：中央公论社，1982 年版。

2. 《淇园文集》卷六。

淇园与君锦每次相会“互举其文奇者，以为谈资”，两人可能在“奇文共欣赏，疑义相与析”的过程中，交换阅读金圣叹评点的心得与见解。

另一位中国小说爱好者三宅啸山，写过一首《答秋斋》：

平安城里一高叟，闲窗但[1]*对书中友。*

1. ［日］中村幸彦《近世比较文学考》引作“伹”，疑为“但”之误。《中村幸彦著作集》第七卷，第209页，东京：中央公论社，1982年版。

岂择经史与诗文，虽遭佳节不舍手。

波澜粗及稗官家，《三国》《水浒》似醇酒。

今日再投《女仙传》，体裁典雅[2]*真不朽。*

2. ［日］中村幸彦《近世比较文学考》引作“胆”，疑当作“雅”。

与夺潜慕《春秋》意，变化更得锦绣口。

廿年存位建文号，一身正名唐氏妇。

慷慨激烈覆乾坤，令人刮目顿挥肘。

3. ［日］中村幸彦《近世比较文学考》引作“敦”，疑当作“孰”。

可谓野史妙方穷，君见四奇孰[3]*先后。*[4]

4 ［日］中村幸彦：《中村幸彦著作集》第七卷，209页，东京：中央公论社，1982年版。

据三宅啸山墓志，他“旁通稗官小说之语译，而版行者数种”。版行之书包括宝历九年（1759）刊行的《通俗醉菩提全传》和宽政元年（1789）刊行的《通俗女仙传》。为啸山提供原著《女仙外史》的是名叫秋斋的人，《答秋斋》便是写给他的。诗中的“四奇”，即指“四大奇书”。

皆川淇园对《平妖传》的盛赞，三宅啸山对《女仙传》的褒扬，都证实“四大奇书”已有相当广泛的流传，熟知其书已不足为奇。淇园、啸山这些乐于从事中国稗史小说译编研究的人，需要发现与推出新的“舶来之书”以满足读者的渴求，而他们鉴别这类书的标准，正是从“四大奇书”等的阅读批评经验中获得的。淇园说《平妖传》“可以与《水浒传》雁行矣”，啸山说“可谓野史妙方穷，君见四奇孰先后”，在看来言过其实的赞语中，吐露的是一种推出新“奇书”的期待。

总之，中国白话进入江户时代的日本社会，尽管较快地成为町人文化生活中的活跃因素，但它与汉诗文传到日本后即成为贵族社会的宠儿的命运却大不相同。它从来也没有享受过什么“经国之大业”的殊荣，也没能被推上“风雅”的宝座，而是一开始就被推进混混沌沌的“戏作”潮流之中。既无官府保护，又无名流青睐。町人好尚的移转、书贾的利欲算计、译撰者的收入生计，这些带有早期资本主义文化特有的因素，制约着流播的动向，也使得它们可以不理会那些固守经学与传统汉诗文旧域的博学之士的指责，取得可观的流播规模。

这种流播的结果，反过来又促使一些汉学者观念发生变化，以新的眼光来看待明清小说和日本的“戏作”、“戏墨”。本来随着市民阶层的兴起而发展但又带有封建文化深深烙印的明清小说，到了日本以后，其流传过程的町人文化特色更为醒目，特别是那些“翻案”之作，更是洋溢着江户街市的嘈杂与纷乱。

第二节 读本作者对明清小说的翻案

在江户时代的读本中，有不少属于明清白话小说的翻案之作。[1] 在汉语中，翻案一词大体有两种意义，一是推翻前人的论断，另立新说，二是推翻已定的成案。《辞源》便列举了这两种，《辞海》只提到后一种，又加上“后亦指推翻原来的处分、鉴定、结论、评价等”。日本文学史上的翻案却不是针对论断、结论、成案这些观念性强的事物。

翻案在日本文学史上是一种特殊的改编形式，用以指对中国小说的改编与再创作，这在江户时代便有先例。这种引入外国文学直接进行本国化的方式，在我国“五四”时代曾出现过，如根据西方戏剧编演《少奶奶的扇子》等，当代也有用京剧、黄梅戏演出莎士比亚戏剧的尝试。不过与日本文学家相比，无论是以外国素材为题材创作，还是以外国原作为母胎写作，中国文学家都较少采用。

翻案与民族文学内部的改编、改写的主要区别，在于前者舍弃原作的时代背景而使外来题材“归化”，而后者则往往是在借重原作的背景之下翻新。江户时代的翻案者努力贴近中国作者的创作个性，对某一模式（如志怪模式、历史演义模式、才子佳人模式等）作近似的改造，尽量使作品适合本国读者大众的口味。

读本这一小说样式的产生，固然与中国白话小说的流传和训译有关，但直接吸取中国白话小说的题材、创作方法来写作，还是从翻案开始，由此才使读本逐渐发展为作家的独立创作。

翻案既不同于创作，又不同于翻译，但往往翻案之作中既有创作，又有翻译。翻案者首先考虑的并不是保留原作的韵味，而是把它变成眼前读者能读、爱读的故事，因而他必须充分考

1. 读本的中译本有李树果译：《日本读本小说名著选》，天津：天津人民出版社，2005 年版；李树果译：《南总里见八犬传》，天津：天津人民出版社，1992 年版；王新禧译：《雨月物语 春雨物语》，北京：新世界出版社，2010 年版等多种。

虑本国现时读者群的趣味。我们不难从原作和翻案中发现许许多多明明暗暗的联系，从这些联系中显露的微妙的差异，有时可以发掘出原作者与翻案者在艺术心理上的遥远的距离。

一、 从“日本三言”再到“古今三谈”

明代后期著名通俗文学家冯梦龙编辑出版的短篇小说集“三言”，在日本曾广为流传。18 世纪中叶，由冈白驹、泽田一斋两人训点、翻译的《小说精言》、《小说奇言》、《小说粹言》相继出版，被称为“日本三言”。三本书共训点、翻译了从冯梦龙“三言”中选出的 14 篇作品。[1]

1.［日］尾形仂解说：《岡白駒、沢田一斋施訓小説三言》，东京：ゆまに书房，1976 年版。

此外，“三言”中不少作品，又陆续由都贺庭钟、上田秋成（1734—1809）、村田春海（1746—1811）等读本作者改写成发生在日本历史上的故事，其中以都贺庭钟改编的篇目最多，问世较早，影响也较大。

都贺庭钟江户晚期著名的文学家，是读本这一文学样式的开创者之一。他以近路行者、千里浪子的名义，先后出版了《古今奇谈英草纸》[2]、《古今奇谈繁野话》[3]和《古今奇谈莠句册》（分别简称《英草纸》、《繁野话》、《莠句册》）。三部书书名前都冠以“古今奇谈”三字，显然是模仿“三言”的，因为“古今小说”一度是“三言”的总称。我们可以把都贺庭钟这三本书称作“古今三谈”。

2.［日］中村幸彦、高田卫、中村博保校注、翻译：《英草紙 西山物語 雨月物語 春雨物語》，第 73—321 页，东京：小学馆，1979 年版。

3.［日］德田武、横山邦治校注：《繁野話　曲亭伝奇花釵児　催马楽奇談　马辺山调缕》，第 3—126 页，东京：岩波书店，1998 年版。

从冈白驹、泽田一斋的“日本三言”，再到都贺庭钟的“古今三谈”，最重要的变化就是作者具有明确的问题意识与参与意识。正如在该书序言中所表白的那样，都贺庭钟要在类型化的人物描写的、滑稽的世俗小说与风流高雅、少数人才能欣赏的贵族时代的故事小说（即物语）之外，另辟蹊径，创造一种雅俗共赏的读物。或许都贺庭钟当初并没有打算写作三部书来与冯梦龙的“三言”相对应，后两部是受到读者欢迎、书商怂恿而补续上去的，但无论如何，“古今三谈”最终采用了与“三言”相同的系列小说的形式，这很可能是都贺庭钟补续时有意采取的。

《英草纸》共收 9 篇作品，其中 8 篇皆与“三言”有关。它们巧妙地将“三言”故事与日本的历史、文学结合起来，在日本的习俗、观念、情味的积淀中，大胆地导入异质的成分加以融汇，使之以新奇的面目出现在弥漫着沉滞气息的小说界。这 8 篇作品按照对“三言”作品的吸取方式可分为三类：

第一类，主题框架均未大变，翻译部分占有较大比重，其人物多由都贺庭钟自拟其名，不见经传，即使是从日本历史、文学名著中拈出的人名，也是不大引人注目的。《马场求马沉妻成樋口之婿》、《黑川源太主入山得道》两篇可划入此类。

第二类，在改换人物的同时，较多地叙述日本史实，对原作有补充，详略安排也多有调整，直接翻译的部分比第一类少。这一类有四篇：《丰原兼秋听音知国之盛衰》、《纪任重至阴司断滞狱》、《白水翁卖卜示奇言》、《高武藏守出婢为媒》。

第三类，舍弃原作的情节和主题，只仿其结构手法，重新编排故事。属这一类的有《后醍醐三折藤房之谏》与《三妓女异趣各成名》。

在以后出版的《繁野话》、《莠句册》[1]中，仍有据“三言”翻案的作品，其对原作的处理也可大体分为以上三类。通过都贺庭钟对原作的改编，我们不仅可以看到他个人的思想观点、艺术追求，或许也可以触摸到日本某些民族心理的脉搏。

1.［日］日本名著全集刊行会编：日本名著全集第一期江户文艺之部第十卷《怪談名作集》，第752—839页，东京：日本名著全集刊行会，1927年版。

《三妓女异趣各成名》中的鄙路故事，据笔者初考，它的构思或受到《众名姬春风吊柳七》的启发，但大异其趣。《众名姬春风吊柳七》写到妓女周月仙与黄秀才情密，每夜月仙渡河与黄秀才相聚，刘二员外买通舟人，将月仙摇到僻静处强奸，并进一步逼迫，使月仙不能与黄秀才相处。在这一连串的事件中，月仙是一个软弱的受害者。《三妓女异趣各成名》中的小妹鄙路，所遇之事与周月仙完全相同。平四郎与鄙路恩情日深，择宅而居，与鄙路隔河相望，鄙路每夜乘船前去相会。有一出名的武士三上太郎，欲赎鄙路为婢，见鄙路不从，便买通舟人勘平，让其强奸鄙路。以上的描写与《众名姬春风吊柳七》中的有关情节当不是偶然的巧合。

但是，都贺庭钟笔下的鄙路与周月仙的性格、作为、结局却大相径庭。在勘平将船摇至柳荫下时，鄙路虚与周旋，使勘平企图落空，后来三上太郎将平四郎杀害，鄙路机智地在河中捉住勘平，审出情人遇害的经过，最终杀掉了勘平和三上太郎，替情人报了仇。周月仙的故事只是为鄙路的活动提供了舞台场景，鄙路演出的却是日本人喜爱的强者复仇故事。

《繁野话》中根据《陈从善梅岭失浑家》翻案的《白菊家悬猿岸射怪兽》中也有同样的处理。原作中的陈巡检靠神将擒获了加害他们夫妇的申公，便回家“尽老百年”去了；而《白菊家悬猿岸射怪兽》却写三须宁廉（原型即陈从善）深入深山，在山洞里杀死怪兽，砍下它的头颅带回家中，其妻白菊将它挂在馆后日日射之，以解三年洞中受辱之恨。[1]在这里我们又可以看到日本文学作品中赞美依靠自己的力量拼死复仇精神的传统。在都贺庭钟的笔下，对强者的倾倒远胜于对弱者的怜悯。

1.［日］德田武、横山邦治校注：《繁野話　曲亭伝奇花釵児　催爲楽奇談　鳥辺山调綫》，第46—69页，东京：岩波书店，1998年版。

都贺庭钟对《庄子休鼓盆成大道》一篇的改动也值得注意。钱钟书先生在《管锥编》中曾谈到，“《警世通言》搧坟劈棺一篇，西方传译，仿作纷纭”[2]，所说正是指的这一篇。他又说：“男尊女卑之世，丈夫专口诛笔伐之权，故苛责女而恕论男；发言盈庭，著书满家，皆一面之词。”[3]将西方各仿作与都贺庭钟的翻案之作《黑川源太主入山得道》相比，在“苛责女而恕论男”这一方面，都贺氏可谓诸家之冠。

2. 钱钟书著：《管锥编》第三册，第1033页，北京：中华书局，1979年版。

3. 钱钟书著：《管锥编》第三册，第1034页，北京：中华书局，1979年版。

他不仅全盘袭用了对庄子妻假正经的描写，而且有所发展。在描写深谷钟情道龙的心理过程方面费了不少笔墨，写出了深谷对道龙由好感、爱慕到热恋的层次：看到道龙为自己操劳，心生喜爱，希望二三年后与之结为夫妇；道龙又来，接受了黑川的遗著《养生新论》等，深谷便要与之以兄妹相称；而当她决心要嫁与道龙，求道龙仆人传信招道龙相会时，已是焦躁难熬，度日如年了。作者还故设波折，由道龙仆人口中说出，道龙已有意中人，娶妻在即，从而突出了深谷的情急思嫁。

德川幕府以世袭身份制度与家族制度为其统治的支柱，以朱子学为官方哲学，尊奉儒教道德，严厉规定男女之大防，自由恋爱更被断为不正当的私通，妻子通奸可判死刑。在这种情况下，都贺庭钟笔下的改嫁寡妇受到刻薄的讽刺，也就不足为奇了。

诚然，“翻案”是一种稚拙的吸取中国文学的方式，然而由于它更适合日本人的口味，所以在町人中影响之深广又是原作所不及。森鸥外写的《舞姬》，与其说是受到《杜十娘怒沉百宝箱》的影响，不如说受都贺庭钟的《江口游女愤薄情沉珠玉》的影响更大些。《英草纸》问世之时，京阪一带小说界写实性地描写町人生活的浮世草子，已经进入了“八文字屋本”的末期，充斥于市的除了些夸张性地描绘人物之类型化气质的滑稽之作，就是取材于歌舞伎、净琉璃的剧目，一味追求谐趣的作品。

《英草纸》的出现，提供了一种具有劝善惩恶的内容及所谓“折衷雅俗，混淆和汉”的语言风格的小说新样式，读本由此逐渐发展起来。读本不仅是日本捕捉社会问题的近代小说的先声，而且也是明治初期十年间盛行的政治小说的滥觞，其“折衷雅俗，混淆和汉”文体的影响，长达一个世纪以上，都贺庭钟的首倡之功，早已得到公允的评价[1]。

1. 大阪亦刊有《古今奇谈墙根草》一书，为同类作品。见日本名著全集刊行会编：《日本名著全集》第一期江户文艺之部第十卷《怪談名著集》，第842—917页，东京：日本名著全集刊行会，1927年版。

二、 《蛇性之淫》的创作与《白蛇传》的蜕变

《警世通言》里的《白娘子永镇雷峰塔》是流传至今而保存比较完整的“白蛇传”故事。上田秋成创作的《蛇性之淫》[2]，正是据此翻案出新的，同时它又是上田秋成的苦心构思之作。

2. ［日］中村幸彦等校注：《英草紙　西山物語　雨月物語　春雨物語》，第411—441页，东京：小学馆，1979年版。

《蛇性之淫》的真女儿与白娘子最大的不同，是她身上表现的蛇性——狂热的爱欲和因失爱而燃烧的报复心理。

正如沉积于我们民族意识与心理之中的文化要素，参与了白娘子这一人物形象的创造一样，真女儿也与日本古代神话传说中的某些传统形象有着密切的关系。上田秋成既将白娘子性格中的勇敢、坦诚注入真女儿身上，使她有别于日本古代文学作品中的任何一位蛇女，同时又舍弃了白娘子性格中的宽厚善良，而保留了日本传统蛇妻形象作为邪恶之神的恐怖与无情。这取舍之间，固然出于上田秋成的艺术匠心，与他狷介峭直的个性、对幽幻怪异世界的追求等多种因素有关；但追根溯源，这个不同于白娘子的形象能够创造出来，并为当时的町人读者认同，必然与日本独特的文化背景与审美趣味有关。

兽妻传说，即异类为女性的传说，在日本是丰富多彩的，有鹤妻、蛇妻、狐妻、蛤妻等。这一类传说寄托了人民对幸福和美满婚姻的向往，具有明确的爱情意义而又富于悲剧性。它们往往拥有三个环节。

首先，异类为了报恩或者爱慕而变成美女嫁给善良的青年；

接着她们靠着非凡的本领使丈夫富足起来，给他带来幸福；

最后由于她们在生子或劳动时被人偷看，暴露了本相，不得不离开丈夫。

在中国人兽婚故事中，与日本最接近的是“白水素女型”，谢端拾螺，螺女为其守舍炊烹；当螺女灶下燃火之时，由于谢端窃窥，螺女现形，“不宜复留”，临行留壳“以贮米谷，常可不乏”。螺女使得谢端“居常饶足”，却不能不现形离去，几乎完整地演完了典型的人兽婚三部曲。

中日兽妻故事惊人相似，归根结蒂，证实了两国民族心理、审美趣味上存在的某种切近点。《白蛇传》正是兽妻与人间青年的悲欢离合。蟒蛇变人之说根源于原始人万物有灵的观念，而

经千年修炼成为精怪，则是阴阳五行和神仙方术盛行后的新说。后者对一般日本人来说是陌生的，因而被上田秋成舍弃，而兽妻钟情于美男，后兽妻现形、婚姻失败的悲剧，因与日本兽婚故事的模式相近而获得移植的契机。

原始时代的中国人对洪患深怀恐惧，因而对水陆皆适的蛇崇拜而敬畏。东汉武梁祠石室画像中，有伏羲、女娲的人首蛇身的交尾像。王延寿《鲁灵光殿赋》云：“伏羲鳞身，女娲蛇躯”[1]，华夏民族的始祖女娲原来便是半人半蛇的神。我们的祖先把蛇当作有威力的神灵，并不一定将它与邪恶、丑恶联系在一起。

1.（唐）欧阳询撰：《艺文类聚》，第1123页，上海：上海古籍出版社，1999年版。

在《白蛇传》中，且不说白娘子呼风唤雨、驱遣雷电、盗物还物、潜水逃生，凝聚着我们民族对身边形形色色的蛇的长期的观察，就是许仙的生活始终不离“药铺”这一点，恐怕也是出于人们对毒蛇药用价值的认识而产生的想象。志怪小说中早已抓住蛇形态上的特点以及蛇的习水性、神秘性、蛇毒的两重性（既可伤人，又可治病），构成奇异的情节因素。

在志怪小说中，蛇妇的出现多隐伏着危险，受她蛊惑的少年，难免致死；但是，我们也可以读到许多水族化为妇人向少年求爱，并不加害于人的美丽故事。她们往往自乘小船，飘然而至，与旅人欢宴共宿，毫无恐怖可言，即令被人察觉，也只入水而去，和白娘子的出场相似。

不过，《白蛇传》的蛇女形象仍具有转折性的意义。白娘子对许仙的喜爱毫无功利的企图，她一再不顾这种爱给自己带来的麻烦和危险，执拗地追求，她的不幸只在于无视人兽不可同处的戒律！由于这样的转折，近现代中国老百姓在她身上倾注了偏爱之情，不再将它与现实生活中的蛇食禽啮人的恶性联系起来，创造了一个美丽善良而又刚强痴情的蛇女形象。

那么，《蛇性之淫》中的真女儿是怎样的呢？麻酒人是这样向丰雄揭穿真女儿的真相的：

此邪神乃经年大蛇，她是性淫之物，与牛交则生麟，与马交则生龙马，此魅迷住你，是因你貌美而起了情欲。此情如此执拗，如若不慎，恐怕性命难保。[2]

2.〔日〕中村幸彦、高田衡、中村博保校注：《英草紙　西山物語　雨月物語　春雨物語》，第432页，东京：小学馆，1979年。

“蛇淫”一说，出自《五杂俎》卷九的“龙淫说”，龙蛇界限并不严格。然而，这一段话的实质，可以说与日本有关蛇性的传说关系更为密切。

《日本灵异记》、《今昔物语集》等书中的有些故事，蛇扮演着“淫棍”的角色。例如《今昔物语集》卷二十九第四十则故事，写一僧人梦与一美女合，醒来发现身边躺着一条张嘴死去的蛇[3]。自古以来，蛇在日本便是大地的灵魂，是水神，是力的象征，它是邪神之一。在传说中，

3.〔日〕森正人校注：《今昔物語集》五，第387—388页，东京：岩波书店，1996年版。

当它化为蛇郎时，被人间的女性战胜，化险为夷，以喜剧告终；当它化为蛇妻时，则表现出强烈的性欲和怨魂的报复，结果往往是两败俱伤，以悲剧告终。总之，蛇郎与蛇妻都是与人的幸福相对立的。

在《日本灵异记》、《今昔物语集》的传说中，蛇被抛弃后便将挚爱转化为不惜代价的报复行为，甚至致对方于死地才罢休。这在有名的道成寺安珍清姬传说中更为突出。《今昔物语集》卷十四中第三则故事《纪伊州道成寺僧写法华经救蛇的故事》，其中的寡妇得不到心爱的僧人，便化为蛇，以尾缠住僧人藏身其中的大钟，致使僧人被其毒气烧化，尸骨不存，唯余残灰。《蛇性之淫》中捉蛇僧人被烧焦而死，蛇为道成寺的法海和尚所收而又埋在道成寺，这都明确点明了作品与道成寺传说的联系，显然是要唤起读者对传说中邪神的联想。

《白娘子永镇雷峰塔》的作者对蛇妻寄托着深切的同情，尽管白娘子身上还带着妖气，但她对许仙的谅解宽容，对捉蛇者戏弄、恐吓却终未加害，都颇有人情味，很难用蛇性来解释。所以，比较而言，白娘子是一个更适于注入理想的人物，她和中国其他白话小说中的市井妇女的形象有着许多共同点。

但是，在上田秋成那里，蛇终究是蛇，邪神终究是邪神。对真女儿来说，对丰雄的爱就是一切，为维护这种爱，便可以施毒气烧死捉蛇者，并断送富子的性命。在她身上，有着《源氏物语 · 夕颜》中描写的骄矜成性、托身梦魔致使与源氏同寝的夕颜痛苦死去的六条妃子的影子。《蛇性之淫》写真女儿“身子是富子的，音声是真女儿的”，其构思可能从《喻世明言》中《杨思温燕山逢故人》“身是刘氏，语音是郑夫人声气”的情节得到启发，但人物情感却可以说是日本王朝贵族女子式的。六条妃子、真女儿都是企图用杀死另一位女子的手段，来满足生前失掉宠爱激起的报复心理，对背叛爱情的男子倒是宽厚有余。

上田秋成将秀丽的西子湖畔流传的白蛇故事，移植到山高溪深、飞湍瀑流的日本纪州、吉野的自然环境中，神秘恐怖的气息随之而增，而道成寺传说的嫁接，古代和歌的引用，江户时代民俗的穿插，町人社会家庭关系背景的映衬，更使作品呈露出日本封建时代町人文化的特色与王朝贵族文学的格调。诚然，可以说真女儿是白娘子形象的变异，但她的出现丰富了道成寺传说的内容，也使《白蛇传》演变得更为多姿多彩，在文学交流史上留下一道异彩。

三、 《忠臣水浒传》——中国《水浒传》融入日本前近代型小说创作的尝试

山东京传（1761—1816）编著的读本《忠臣水浒传》[1]，以净琉璃《忠臣藏》为蓝本，取材于元禄年间赤穗47名义士为主人浅野长矩复仇，而后全部切腹自杀之事。此书将《水浒传》的情节大量地糅入赤穗义士的传说中，结构、语言等多方面模仿《水浒传》的痕迹随处可见。它在读本发展中，可以说是一个里程碑。

山东京传对全书整体结构的设想，基本上是仿照《水浒传》而缩小了规模。《水浒传》的楔子有总领全书的作用，《忠臣水浒传》第一回为“梦窗国师祈禳天灾，高阶师直误走妖魔”，其构思显然出于《水浒传》的楔子。此书中最后一回“大星琵琶湖大聚义，兼好国见山梦降石”，又以众星归天收束全书。纵观全书结构，颇像《水浒传》的模型。另外，从回目看，也大体可以看出其蹈袭的内容：

《忠臣水浒传》		《水浒传》	
第二回	妍娘娘羞迷袞衣篇 盐廷尉误走白虎厅	第六回	花和尚倒拔垂杨柳 豹子头误入白虎堂
第五回	贞九郎剪径得蒙汗药 贺古川监押送金银担	第十五回	杨志押送金银担 吴用智取生辰纲
第六回	韩平寓山崎售肉包 千崎过西冈杀野猪	第二十二回	横海郡柴进留宾 景阳冈武松打虎
第八回	重大郎月夜会竹森 户难濑雪天斗士兵	第六十三回	呼延灼月夜赚关胜 宋公明雪天擒索超
第十回	岛寺袖眷恋义士 天川屋拳打屠儿	第二回	史大郎夜走华阴县 鲁提辖拳打镇关西

《忠臣水浒传》之前的“水浒物”（即据《水浒传》翻案的读物），多是根据《水浒传》的人物性格，来寻找日本某一时代与之有共同点的人来编造情节，而《忠臣藏》本身已有一个完整的故事，人物关系也是既定的。为此，山东京传力图使原有人物带有《水浒传》人物的某些特征，时时将他们相提并论。如第二回“话说师直为人最为奸诈，贪得无厌……仿佛那宋朝

1.［日］山东京传著：《忠臣水許傅》，鹤屋喜卫门刊前编1799年刊，后编1801年刊，中译本见李树果译：《日本读本小说名著选》，第172—256页，天津：天津人民出版社，2005年版。

太尉高俅，彼为高太尉，此则高执事，姓又一般，人无不畏其恶毒”；第四回写大星由良智谋超群，“人谓诸葛之再生，乃浑名叫惯赛孔明，此乃似唐王伯当者叫赛伯当一类”；第八回写户难濑“人皆说她是梁山泊女将一丈青扈三娘之再生”。诸如此类的对照，实质上体现了作者的类型化的人物观，即认为社会中的人物可以分为若干类型，而《水浒传》中的人物便是标准化的类型模特儿。

山东京传

与这种类型化的人物形象相联系，当时的读本作者还把情节的奇、巧、险、怪作为艺术追求的重心。《水浒传》评点者誉为奇绝、险绝、妙绝的风云突变的事件，便成为山东京传吸取的对象。例如第十回写宗村在酒楼饮酒时得知屠儿要强娶卖艺女子袖儿，便打抱不平，在屠儿迎娶时自扮新娘，被抬进屠夫家，将屠夫打死。下面是他拳打屠儿的一段：

> *那屠儿站起，打开轿子门，去拉新娘的手，要扶她出来。这时那新娘一把抓下结婚戴的丝绵帽子甩了，从轿子里跳出来，腾地飞起一脚踢倒屠儿，提起铁石一样的拳头，呀的一声，打在屠儿鼻子上，打得鲜血迸流，鼻子歪在半边，却便似开了个酱油铺，咸的、酸的、辣的一发都滚出来，又就眼眶际眉梢连打两拳，可怜这屠者，眼棱缝裂，乌珠迸出，死了。*[1]

1. 此为笔者所译，另可参阅李树果译《日本读本小说名著选》，第 246 页，天津：天津人民出版社 2005 年版。

拳打屠儿的故事，显然是以鲁达搭救金翠莲父女的情节演变出来，连屠儿被打得鼻青脸肿时所采用的酱油铺的比喻，也出自鲁达拳打镇关西一节。山东京传或用《水浒传》的人物情节作铺垫，帮助揭示人物行为的心理依据；或用《水浒传》的人物情节作比喻，来评论《忠臣藏》的人与事；或以《水浒传》人物情节作衬托，突出赤穗义士的忠义；或以《水浒传》人物情节提味增色，添加情趣。这类情节的翻案，固然不同于独立创作，但对于提高读本可读性却是不可缺少的。

《忠臣水浒传》叙事写人，全都模仿中国白话小说中的套语，如以“话说”、“不在话下，且说”、“放下一头，却说”、“不提，休絮繁”等来表明叙事的开端或转折；用“毕竟……如何，且听下回分解”来表明章回的结束；用“后人有诗一首为证”，“古人有诗说得好”等来引出诗句；用“如此如此，这般这般，有枝有叶地细说了”、“一五一十地说了”来省略对话的内容。这些都是日本固有的物语小说中所没有的。这种模仿影响很大，直到明治时代的政治小说仍有一部分袭用这种套语。读本作者们学习这种叙述语言是很认真的，就像平安时代学写汉诗的人掌握律诗平仄和用字规律一样，是当作基本技能来对待的。这些套语，是一种处理时空关系和结构关系的特殊粘合剂。

山东京传多拈出《水浒传》的民间口语入句，这里略举数例：

[寒粟子]

《水浒传》第一回：“看身上时，寒粟子比餶饳儿大小。”

《忠臣水浒传》第八回：“不觉寒风刮进襟袖，混身寒粟子难以忍耐。”

[腌臜泼才]

《水浒传》第三回：“这腌臜泼才投托着俺小种经略相公门下做个肉销户，却原来这等欺负人。”

《忠臣水浒传》第十回：“那腌臜泼才还想娶亲，好个不自量的奴才，我这拳打掉那厮的头来！”

在缺乏完备的口语辞典的条件下，山东京传只能根据字面和上下文来推断口语的意义，这样做难免不出差错。上面所举“寒粟子”、“腌臜泼才”大体是运用正确的，而把“没脚蟹”理解为没有脚的螃蟹（第十回），把“干隔涝”理解为被埋没的人、见不得人的人（第十一回），便未必精确了。

《忠臣水浒传》对于读不通汉文的町人来说，提供了间接欣赏《水浒传》的机会。据《自序》

讲，前编问世之后，“虽未足俾楮价贵，在书铺则颇获其赢”，书铺催促作者再写后编。书中载董堂敬义题词更说，“曾知才思先生好，重见今番纸贵争”，虽是过誉之辞，也可看出当时受欢迎的盛况。

四、《椿说弓张月》——中国长篇白话小说艺术构思启示下的新尝试

后期读本在结构和描写方面受到明清长篇白话小说的影响，又吸收了佛教说话系统中因果谈、轮回谈的手法，艺术技巧更为成熟。这些读本，反映了武士的征战生活和特殊性格，将日本人熟悉和喜爱的军谈故事敷演得更为壮烈动人，曲折多姿，其结构之严密、场面之阔大、情节之多变，都是以往日本小说中所不曾见到的。在借鉴明清长篇白话小说安排结构、设置矛盾、刻画人物的技巧的同时，作者们又多融合日本市民喜爱的和歌、净琉璃、歌舞伎的趣味。正因为如此，这些读本能够在那个时代风行一时，并对近代日本小说产生显著的影响。

曲亭马琴

从读本发展系统看，曲亭马琴（1767—1848）的第一部长篇作品《椿说弓张月》[1]，可以说是日本近代第一部正式的长篇小说。《椿说弓张月》全名是《镇西八郎为朝外传椿说弓张月》，“椿说”是珍说、奇说、巧说的意思，主人公源为朝以强弓手著称于世，弓张月就是张弓如月。名曰“椿说”、“外传”，即指该书如中国的《汉武外传》《飞燕外传》等，都是以正史以外的遗闻轶事为题材的作品。《椿说弓张月》描写弓术高超的源为朝征服九州后又被迫羁旅琉球，在那里辅善除恶，最后夫妇升天的故事。

1.［日］後藤丹治校注：《椿説弓張月》，东京：岩波书店，1978 年版。

曲亭马琴虚构的源为朝征服琉球的事迹，反映了新兴商人阶级向海外殖民的欲望，这一构思，很有可能受到陈忱《水浒后传》的启发。陈忱写混江龙李俊等人渡海至暹罗平定内乱而建国登基，实际上是抒发其怀念故国之思。曲亭马琴将渡海称王的情节用到自己的作品里来，他让源为朝仿效李俊的平乱建国而征服琉球，为朝之子舜天凡登基为王，其间寄托的是对历史上失败的源氏的同情。

《椿说弓张月》不仅后半部的整体构思依据《水浒后传》，就是书中的尚宁王、毛国鼎、朦云国师等，在《水浒后传》中都有对应的人物，以《水浒传》的情节为基础改写的更是不少。第十八回写为朝一行到琉球后，遇到当地居民的威吓，“从者面面相觑，不寒而栗，面色发青，如同海水”，书中接着写道：

然则为朝不动声色，一瞥从者，便将所持弓矢，挟在腋下，问道：“你等熙熙攘攘，立于此处，肢体硬似耸立水边之岩石么？”

岛人大笑道：“此无须问；吾侪身躯，似裹血皮囊，盛食之器，虽说有三十枚牙齿，十二根肋条，何能硬似岩石！”

言未既，只见为朝取来弓箭，敏捷地对准那高一丈有余霸王也似的岩石正中，张弓而射。那岩石，乃李广认作老虎之物，只见那嗖嗖之箭落处，岩石自中心分崩飞散，狺碚嘻訾，忽地硝砰落入水中，如疾风骤起，鲸波汹涌，潮水拍岸，浸漫陆地，大地跟着震动。

岛人见此情势，顿时失色，只顾发呆，不知所措，以额触碰沙滩，说道：“吾侪有眼不识强弓壮士，侍奉不周，几至丧命，纵悔无益。倘能赦免所犯罪科，则恭候吩咐，无所逃避。大人拉弓之力，好不惊人！”

只顾惊叹，感慨歔欷……[1]

1．［日］後藤丹治校注：《椿説弓張月》，第266—269页，东京：岩波书店，1978年版。

作者通过箭穿岩石的夸张描写，极力渲染为朝的勇武和射艺。为朝的语言和行动，正是受到了《水浒传》中鲁智深形象的启发而设计的。《水浒传》第九回有这样的描写：

（两个公人）接了银子，却待分手。鲁智深看着两个公人道：“你两个撮鸟的头，硬似这松树么？”

二人答道：“小人头是父母皮肉包着些骨头。”

智深抡起禅杖，把松树只一下，打得树有二寸深痕，齐齐折了。喝一声道："你两个撮鸟，但有歹心，教你头也与这树一般。"摆着手，拖着禅杖，叫声"兄弟保重！"自回去了。

董超、薛霸都吐出舌头来，半晌缩不入去。[1]

1. 施耐庵、罗贯中著：《水浒传》上，第 121 页，北京：人民文学出版社，1985 年版。

从这个例子中，我们看到的不仅是具体情节的模仿，而且也可以看到《水浒传》渲染和夸张人物本质特征或英雄行为的浪漫主义精神的影响。类似鲁智深以禅杖打折松树的情节，正是这种浪漫主义精神的产物。

《椿说弓张月》在采用同样的写法时，作者还发挥了丰富的想象，并结合岛国地理环境和平安时代的历史特点，使情节有了新的发展，这就使箭穿岩石的描写显得颇有新意。

《椿说弓张月》继续采用白话词语加上日语训读的方式来吸收汉语新词。以第一回为例，便有"呵呵"、"推辞"、"近曾"、"扑地"等。这一回写新即位的天皇向信西讯问本国古强弓手的情况，信西巧言欺君，此时"为朝听了半晌，不觉失口，呵呵冷笑起来"。这里的描写同《水浒传》第二回写王进见史进使棒，"王进看了半晌，不觉失口"，用语相似，"呵呵"这个象声词也是我国白话小说中常见的词。这些白话新词，通过读本等途径，有些甚至进入了日语口语的领域。

翻案是一种仿拟。仿拟既可正仿，也可反仿，还可转仿、杂仿等。翻案又是一种混搭，两种或多种文化元素混融交错，时而露出异国情调，时而又回归本土面目，既不失新鲜感，而不致陷入陌生有余。曲亭马琴深谙"翻案"之妙。他的《开卷惊奇侠传》主要框架源于《女仙外史》、《好逑传》同时又多从《平妖传》、《快心编传奇》、《拍案惊奇》、《水浒传》等明清白话小说群中杂取情节元素[2]。可谓有主仿、兼仿之分，又有杂仿、合仿之态。他的《近世美少年录》由塑

2. [日] 横山邦治、大高洋司校注：《開巻驚奇俠客伝》，第 774 页，东京：岩波书店，1998 年版。

造了恶少魏忠贤的《梼杌闲评》受到启发，反而写出一个貌美而性恶的形象，为"恶汉小说"找到一位美男主角，书中又穿插了《绿牡丹》、《初刻拍案惊奇》等小说情节的"翻案"之笔。[3]曲亭马琴的《曲亭传奇玉钗儿》更将"翻案"推向极致。这本李渔《玉搔头传奇》的翻案之作中的生、旦、净、丑等用语与蓝本，出自《唐士奇谈》、《俗语解》等书中的戏曲用语。《玉搔头》念白为白话，曲词则长短参差、用典频繁。曲亭马琴在翻案时，翻译、改写、自作交替。在该书最后一篇题为《评论》的跋文中，曲亭为自己这种混搭辩解说，如果全用汉字来写，就不如

3. [日] 德田武校注：《近世美少年録》7，第 494 页，东京：小学館，1999 年版。

直接去读“华人小说”，如果全像日本之戏文，那依然不过是“我戏文之糟粕”，“何以发新研乎？”也就无创新之途。本书本无合本，如文章不用“国字”则“稚浆难通”，若不杂以生、旦等俗语，则难明“彼我杂剧不异”[1]。曲亭马琴将仿拟与创新、翻译与写作看作一回事，让中日滋味杂陈，为的是达到一种“稚”能通的社会效果。可以说，正是由于江户时代特殊的文化氛围，造就了翻案文学中日混搭异彩纷呈的面貌。

1.［日］德田武、德山邦治校注：《繁野話 曲亭伝奇花釵児 催馬樂奇談 鳥辺山調綫》，第129页，东京：岩波书店，1998年版。

五、 盛名之后的假托

在日本江户时代，《论语》是一部名声很高的书。著名的儒学者伊藤仁斋甚至说它是“天下第一书”。于是，就有人希望日本也能有一部与其媲美的书，日制《论语》或者说是《论语》的日本版，也就应运而生了。1669年刊行的《倭论语》就是一部这样的书。据该书序言说，大学者清原良业接受天皇的圣旨，用日文将所谓“神喻天启”、天皇的“金言”、公卿武士的“忠言”、女性的“至言”、僧侣的“芳言”，全部记录下来，天皇看了以后，说这正是“本朝”（即指日本）的《论语》，因此也就把它叫做《倭（和）论语》。尽管从内容上看和中国的《论语》与孔门之教没什么直接关系，不过打出《论语》的名字作广告，读它的人也很不少。

《倭论语》在书里塞进了日本神道教的内容，所谓“神喻天启”之类，正是所谓“国学”（即日本学问）为了抵制削弱外来的儒佛影响而必须挥舞的剑器。对此，佛教也不甘沉默，好在《论语》的牌子你能借，我也能借，于是一个叫释智洞的人，就搜罗作法事等聚众时候说教的言论编为一书，取名叫《劝化论语》，告诉人按照佛教该如何活法。

《倭论语》和《劝化论语》都重在教人做人，也算是和孔子的教育家情怀多少沾边。但是，像1820年刊行的何丸所作的《俳论语》这样的书，专门举出俳句，加以批评，实际上是研究松尾芭蕉俳谐的专家写的俳句入门书[1]，也冠以《俳论语》之名，就说明《论语》的招牌，不光挂在道德教化的总店门上，也能挂在各种教育的专门店门上。

1.［日］菅原佳子撰：《江户时代の『論語』》［二］，收入加地伸行经编：《論語の世界》，第243—253页，东京：中央公论社，1992年版。

江户时代以《论语》为名的书不胜枚举，不少与孔子之教并不搭界。除了有些含有教育内容外，大都不过是以《论语》之名作吸引人眼球用。《论语》变成了一层包装纸，让人借以兜售别样货色。圣人名声越大，冒牌的《论语》越多。好在圣人的子孙都在大海西边，不用担心他们跑过来提一番抗议。

其实，不仅孔子和《论语》遭受过这样的不测，像《水浒传》、《三国演义》等中国名著，都曾在日本遇见假李逵。这些假李逵，和借用其名而写作的模仿之作还有些不同。那些模仿之作，往往被称为“翻案”，或者模仿原著的部分情节，或者将原著的故事变成日本故事，总之还是和原著有些亲戚关系。它们在文学交流中，时有引进新技法、新构思的功用。而这些假李逵，却徒有原著其名，与原著毫不相干，对于扩大原著影响并没有什么积极作用，有时反而会造成对原著印象的误解。

江户时代，以《水浒传》为名的书，最少不下十多种。这些书，其实与《水浒传》的关系，大不相同。有些是掩其名求其实者，即不以《水浒传》为名，却大量吸收了《水浒传》的技法，如《湘中八雄传》、《南总里见八犬传》、《高尾船字文》、《伊吕波醉故传》等，它们是创造《水浒传》声誉的“无名英雄”。有些则是既借其名又取其实者，如《女水浒传》、《本朝水浒传》、《日本水浒传》、《倾城水浒传》、《水浒太平记》、《忠臣水浒传》、《新编女水浒传》、《俊杰神稻水浒传》等都是模仿《水浒传》来编日本故事[1]。它们是“无名英雄”创造果实的享受者，也是扩大《水浒传》声誉的“群体功臣”。继之出现的才是我们所说的以《水浒传》之名作包装纸，卖毫不相干货色的。这时，《水浒传》已经“功成名就”，最容易让人盗名窃誉。这样的盗名书之多，可以编成“报菜名”那样的相声来演：《天明水浒传》、《天保水浒传》、《天满水浒传》、《嘉永水浒传》、《海南水浒传》、《庆应水浒传》、《美勇水浒传》、《筑波水浒传》等等。这些书吸收《水浒传》技法并不明显，有些作者是否好好读过《水浒传》都值得怀疑。

中国另一部名著《西游记》的日本版，也能找到名不副实的作品。在有了《通俗西游记》、《绘本西游记》这些译本之后，引起了一般文人对《西游记》的兴趣，“戏作文学”也开始瞄准《西游记》的名声。1791年成书的《四谷西游记》写的是游客三人游江户新宿的故事，内容与《西游记》无关，只不过借用《西游记》的熟名字以广其传。不过，根据《西游记》部分内容改编的偶人剧《五天竺》从江户时代到明治时代，直到20世纪20年代都多次上演，可以说名不同而实有同。

1.［日］高岛俊男著：《水浒伝と日本人——江户から昭和まで》，第136—164页，东京：大修舘书店，1991年版。

第三节 读本作者对明清小说理论的接受与研究

与作品结为一体并与读者息息相通，这是小说评点获得生命力的重要因素。中国从 16 世纪后半叶以来，这种批评形式便随着作品的流传而赢得了众多的读者。金圣叹等令前辈黯然失色的评点者相继出现，评点者开始时时与读者分享阅读的感受而又引导读者更深切地理解作品。其结果，对所有重要小说的评论成为一种流行的风尚，读者在阅读的过程中也就习惯了评点者对自己阅读的参与，这样，评点便具有了普及与提高两种功能。

戴维特 · 罗依说："不难想象，在阅读这些小说时，读者会受到评论者的影响。这种大量的评点，不仅仅影响到对现存小说的认识和评价，而且影响到新作品的创作。"[1] 这正是从作品——评点——读者——作品的链条来看待评点作用的观点。

1.［美］戴维特 · 罗依：《张竹坡对〈金瓶梅〉的评论》，王汝梅、张晓洋译，载《古代文学理论研究》第 6 辑，第 263 页，上海：上海古籍出版社。

从 17 世纪末到 20 世纪 20 年代，评点成为大多数流行的通俗小说不可缺少的一部分，得到作者、读者、书商的认可甚至欢迎。从某种意义上说，评点变成了作品随身携带的广告与说明书，在市民中它取得了比连篇累牍的评论著述有力得多的传播形式。也正因为如此，当明清小说在日本读者手中辗转传阅、捧读玩赏的时候，李贽、冯梦龙、金圣叹、毛宗岗等人写的序跋和评点，也就随之远播东瀛。这些序跋和评点，不仅曾经帮助日本人阅读和鉴赏中国白话小说，而且当一些作者以中国白话小说为"粉本"来写作读本的时候，它也起到过一定的理论指导作用。

读本是日本江户后期的一种娱乐性读物，与画本相区别而得名。日本最初介绍中国白话小说，常按照当时的习尚，编绘成文图并茂、以图为主的画本。当学习中国小说写法的读物仅凭借引人入胜的情节和传神动人的描写便足以吸引町人时，插图便退居客位，新的小说样式——读本便流行起来。读本的情节设置、结构安排、语言表达较它以前的各种小说形式都达到了新的水平，文字更富有艺术魅力，因而也就更加具有小说的性质，成为日本近代小说的前身。

读本的发展可分前后两期。前期读本以中短篇奇谈和长中篇传奇为主，作者主要有都贺庭钟、上田秋成、建部绫足等；后期读本则是结构雄伟、情节复杂的长篇巨制，曲亭马琴是最有代表性的作者。前后期读本作者都曾受到明清小说批评的熏染和启迪。

那么，明清小说批评究竟在哪些方面给了读本作者积极的影响呢？在读本发展的各个阶段，作者们从中国小说理论中吸取了哪些观点呢？这些观点使他们的见解和作品发生了怎样的变化呢？

首先是江户时代读本作者的作品，研究这些问题可用的材料，将其与先前作者的作品、与中国白话小说加以对照，便可揣摩他们在创作思想和写作技巧方面的变化。

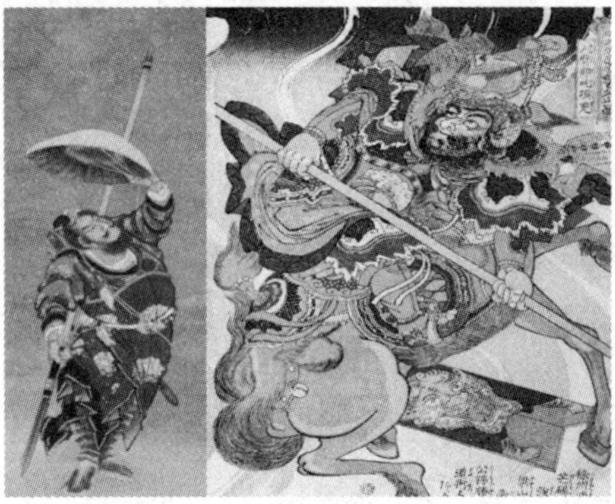

江户时代画家笔下的《三国演义》、《水浒传》人物

其次，正如明清小说批评家一样，他们的小说观念，他们对小说艺术实践的理论概括，多集中在作者或与作者、作品关系密切的人写成的序跋和评点之中。由于受明清轻视小说戏曲的观念影响颇深，小说家往往站在维护小说的立场，借序跋来为小说的价值申辩，因而，这些序跋又是他们阐明自己艺术思想的论坛。

另外，江户读本作者的笔记、书信、诗文也常涉及对中国古代小说理论的看法，表达他们对中国某些小说家的敬慕之情或评骘之意[1]。这些都是导引我们追溯明清小说批评与读本作者关系的路标。

1. 如曲亭马琴著：《曲亭評答集》，东京：八木书店，1973 年版。

一、 “小说者，史之裂也”

中国小说理论较多地引起日本文士的注目，大约是在 17 世纪后半叶。元禄二年（1689 年，清康熙二十八年），全套 51 册的大部头的《通俗三国志》在日本出版，揭开了中国历史演义小说流行的序幕。时间不长，便形成了“自二十一史及《通鉴纲目》，以逮夫历代演义之属，无不家诵户讲焉”（《通俗皇明英烈传序》）的局面。而后，日本文士参照中国史籍和历史演义小说，译述编缀，即为军谈。例如，据《通俗列国志自序》，便知作者编撰的经过：“得明邵氏之传，今因之以述其义，间又参考《左》、《史》、《战》等译之。”就是说作者得到题“后学畏斋余邵鱼编集”的《列国志传》，据此译编的。[1]这类军谈刊行之际，大多要自撰（有时伪托他人）或请人撰写序跋，这便自然会接触到中国演义小说的作者及其周围文人的小说观。

中国的演义小说，常在序言中强调两点，一是传播普及历史知识，二是要达到“劝惩警惧”“合天理、正彝伦”的目的。明代庸愚子在《三国志通俗演义序》中提出，这一类作品，“文不甚深，言不甚俗，事纪其实，亦庶几乎史，盖欲读诵者人人得而知之，若诗所谓里巷歌谣之义也”，将历史演义小说视为通俗文艺之一种而又不忘依附正史、补充正史。日本的历史演义译者与军谈作者大都是汉学者，在译写时多注重搜集史料，依史事而设置人物情节，在他们撰写的序言中表达了相近的看法。如前面谈到的林义端《通俗皇明英烈传序》说：

> *余向锲《皇明通纪》一书行于世，犹恨村夫俗辈不能通晓焉……向锲《通纪》有功于缙绅，今广此传，亦能达于俗辈。二书共述皇明之事迹，实续元史之后，岂不（按：当用“非”）历代之遗编、雅俗之巨览耶？异日与二十一史及《通鉴纲目》并列邺架，并挍[2]天录，无所复让云而。*

这里把《通俗皇明英烈传》与《皇明通纪》并提，并认为有益于各自的阅读对象，前者可将史实“达于俗辈”，因而“可与二十一史及《通鉴纲目》并列邺架”。这在实质上是把小说看作正史的支流，主张用通俗的文字来演述正史、宣传正史，同序《三国演义》的张尚得、序《隋唐演义》的林翰等人持相近的观点。又如李下散人著《通俗列国十二朝军谈》（1712年出刊，14卷），中西兵序之曰：

> *夫书记人物之善恶，国家之成败，所以使观者兴起志发气者也。然汉语之简确也，列国之交纷也，编之以次第，作之以和语，则至于晚读之士，童蒙之辈，必有立志，此亦教导之一术也。*[3]

中西兵将撰写军谈作为“教导之一术”，也是要达到“善善恶恶”的功效，把简劲的汉语译成日语，让“晚读之士，童蒙之辈”接受教诲，这和明清演义小说的创作思想是一致的。《续后三国志序》说：

> *夫史非独纪历代之事，盖欲昭往昔之盛衰，鉴君臣之善恶，载政事之得失，观人才之吉凶，知邦家之休戚也。*[4]

1. 此书全称《新刊京本春秋五霸七雄全像列国志传》，今有明万历丙午三台馆余象斗重刻本。

2. 挍，同“校”，明人避朱由校（熹宗）讳，省作挍，此处字从明人。

3. ［日］早稻田大学出版部编：《物語支那史大系》第6卷，东京：早稻田大学出版部，1930年版。

4. ［日］早稻田大学出版部编：《通俗二十一史》，东京：早稻田大学出版部，1912年版。

这种将历史小说的倾向性、观念性推向很高地位的要求，和中国史学传统是一脉相承的。既然作者要把小说看成“正史之补”、“史之裂”，也同样要求军谈提供给后世以治国安邦的镜子，而不能仅仅成为“历代之事”的流水帐，这正是张尚得等人的观点。

明代人对讲史小说还存在另一种意见，可称为“讲史——小说”派。他们强调讲史有别于正史，把它看成一个独立的艺术部类，主张“传奇者贵幻”，持这种看法的代表是袁于今。在日本元禄年间也已出现提法相近的人。元禄十六年（1703 年）三月撰成的《通俗续三国志》（一说为中村昂然所撰），已表明将日本军谈视为小说的意识。序文中说：

夫小说者，乃坊间通俗之说，固非国史正纲，不过长夜消遣永昼，或解闷于烦剧忧愁，以豁一时之情怀。今世所刻通俗列史等书，皆不过快一时之耳目。[1]

1.［日］早稻田大学出版部编：《通俗二十一史》，东京：早稻田大学出版部，1912 年版。

序文作者突出强调通俗军谈不是史书，而是与中国的讲史小说同类。享保十四年（1729 年）出版的《宋史军谈》序言中，更明确指出通俗军谈和中国演义小说同类：

原夫太史公有《史记》，作前后《汉书》；有前后《汉书》，作《三国志》，是一代之肇兴，必有一代之史，而信史、杂史杂然了，其通俗演义起。异邦有罗氏贯中者，作《三国志》《水浒传》 《西游记》三部之书，始为通俗谕人。本邦《通俗三国志》（流）行以来。异邦历代帝王创业，并篡逆卖国、乱臣俗子及孝妇节妇、淫妇妒妇，俱无不载（于）通俗之书。[2]

2.［日］早稻田大学出版部编：《通俗二十一史》，东京：早稻田大学出版部，1912 年版。

冈白驹（1692—1767，字千里）是冈岛冠山晚年的学生，是《小说精言》《小说奇言》《小说粹言》的作者。探讨一下他从事小说编译活动的思想背景，不难看出中国小说理论的启迪作用。

江村北海的《日本诗史》卷三将白驹学术道路的选择，看作“急于名，又好胜”的思想性格在起作用。说他至京师弃医从儒，“是时京师已有悦传奇小说者，千里兼倡其说，都下群然传之，其名噪一时”[3]，把他提倡传奇小说说成一种追新逐异的时髦之举。江村北海对白驹的评价充满了偏见。

3.［日］池田四次郎编：《日本詩話叢書》（一）、第 247—248 页，东京：凤文书馆，1997 年版。

现代学者户田浩晓不赞成江村直接把白驹对俗文学的热衷，简单地归之为追逐时世或求名行为，说这些“不免略有失之草率之嫌”，认为在对荻生徂徕来说都不必操唐话的时代条件下，冈白驹染指俗文学，尽管不能全部否定时世对他的影响，但毕竟还是他对俗语文学清晰的思考在起作用。冈白驹的这一思考是学习《文心雕龙》有关论述所获得的。[4]一个重要的证据是他在《小

4.［日］户田浩晓著，曹旭译：《文心雕龙研究》，第 18 页，上海古籍出版社，1992 年版。

说精言》序言中对《文心雕龙》的引述：

> *小说者，史之裂也。马贵与列诸子家，盖以其为一家已……夫小事不足以动听，即衍而广之，引而伟之，机杼缘饰，遂成一场奇闻矣。或快人情所欲，或泄众心所愤，无聊之极思，其间彰善瘅恶，劝戒与夺，树之风声，实良史之遗意也。蚕蟹鄙谚，取乎礼典，狸首淫哇，或可箴戒，托谈见志，因事道治，列诸子家，诚亦非妄置矣。*[1]

1.［日］冈白驹、泽田一斋施训：《小説三言》，第9页，东京：ゆまに书房，1976年版。

其中“蚕蟹鄙谚，取乎礼典，狸首淫哇，或可箴戒”，正出自《文心雕龙·谐讔》[2]。我们知道刘勰的文学观念虽受到班固的深刻影响，但对前人的理论却并非无所突破，而他的新见解恰恰体现在《谐讔》篇中。冈白驹引用的语句正是刘勰论证“谐辞讔言，亦无弃矣”的论据之一，这和文中对谐讔这一文体“意在微讽，有足观者”的意义和作用的阐述相互呼应。

2. 按《文心雕龙注》，此句为“蚕蟹鄙谚，狸首淫哇。苟可箴戒，载于礼典。”范文澜注：《文心雕龙注》，上，第270页，北京：人民文学出版社，1978年版。

刘勰所论之谐讔与小说特点一脉相通。他告诉人们不可轻视和废弃谐讔这种文体，他把重要文体比作丝麻，而把谐讔比作菅蒯，“虽有丝麻，无弃菅蒯”。冈白驹于1727年撰成《水浒全传译解》廿四卷（写本三册），1731年校订《文心雕龙》，1743年完成《小说精言》，前面提到的序言也是这一年撰写的。从这个时间表虽不能断言冈白驹对小说的兴趣完全出自《谐讔》的启迪，但至少也可以推想，刘勰从多方面表现出的重视谐讔的意图，冈白驹是有所领悟的。

二、从“通言儆俗”到“鄙言儆俗”

在对小说的社会作用和小说通俗化的看法上，都贺庭钟明显地受到分别署名为“绿天馆主人”、“无碍居士”、“可一居士”的“三言”序言的影响。

可一居士《醒世恒言·序》[3]认为，小说的社会作用就在于它可以使人通晓、惊醒和警觉起来，而要使这种劝戒、教化作用付诸实现，必须做到明（导愚）、通（适俗）、恒（习之而不厌，传之而可久），而这三者又是统一的。要使愚钝者得到引导，作者就必须注重通俗化，以适应群众的审美需要和文化水平，才能使作品为人喜闻乐见，久读不厌。在“三言”问世之后，强调小说要达到劝善惩恶的内容和雅俗共赏、尽人可观的形式的统一，成为小说序跋的重要内容之一。

3.（明）冯梦龙纂辑：《醒世恒言》下，第863页，北京：人民大学出版社，1979年版。

《英草纸》一篇署名为“十千阁主人”的序言，当是都贺庭钟自己写的。其主要内容，便是论述小说的社会作用和通俗化的特点。

都贺庭钟首先指出，佛、道两家都注意用怪诞的、易于吸引群众的故事来宣传主张，施行教化，接着以紫式部的长篇小说《源氏物语》、兼好法师的随笔《徒然草》为例，说明这些优秀文学作品都是通过世间人情的描写，使人在轻松愉快的鉴赏活动中认识社会，受到其高尚志趣的陶冶：

> *彼释子之所说，庄子之所言，皆怪诞而终归于教，紫物语（按：即紫式部《源氏物语》）设言见志，曲尽人情，兼好草纸（按：即兼好法师《徒然草》）虽似唯书于闲寂之际，然归着于遁世高雅之趣。*[1]

1.［日］中村幸彦、高田卫、中村博保校注、翻译：《英草紙 西山物語 雨月物語 春雨物語》，第 73 页，东京：小学館，1979 年版。笔者译。

接着都贺庭钟笔锋一转，谈到现时，感慨没有人重视以通俗的、广大群众乐于接受的方式来进行教化：

> *今世彰明大道者乏，韬光者亦缺，而有志于明教者，亦以其怀璧之不圆满为瑕疵，而于此不顾。即或受教，亦琢磨之意浅薄，昏昏欲睡，此所谓金玉之言不悦耳耶？*[2]

2.［日］中村幸彦、高田卫、中村博保校注、翻译：《英草紙 西山物語 雨月物語 春雨物語》，第 73—74 页，东京：小学館，1979 年版。

都贺庭钟从教与学两方面来说明问题的严重。以从事教化的先生方面来讲，不仅人才缺乏，而且往往不屑于从事普及性的工作；以接受教化的学生来讲，则时常以其说教的枯燥乏味而难以入耳，以至于昏然入睡。

都贺庭钟最后说，“鄙言却可儆俗”，近路行者、千里浪子的《英草纸》既不同于当时流行的充满类型化人物描写的、滑稽的世俗小说，又不同于那些风流高雅，只有少数人能够欣赏的贵族时代的故事小说（即物语）与和歌。作者自信自己是“草泽之人”、“一亩之民”，为文“去俗不远”，因而能够写出为多数百姓接受的崭新的作品来。显然，这和冯梦龙等人提出的“天下之文心少而里耳多”，小说要适合民间的、市井的、老百姓的审美要求的观点，在精神上是完全一致的。

据笔者初考，《英草纸·序》是都贺庭钟模仿谐野道人为酌元亭主人编次的《照世杯》所作之序言而写成的。

在写法上，都贺庭钟学习了《照世杯·序》设置对话、客难主辩的形式。《照世杯·序》借“余”回答客人提出的“胡为而不著藏名山待后世之书，乃为此游戏神道也”的责难，引出“余”关于小说教化作用的阐述。《英草纸·序》开头写邻家方正先生读到《英草纸》目录，便劝导“余”：“足下虽倦于学问之道，犹有青云之志，窃以为于此类游戏之书宜置之不览”，接着“余”正面说明自己的主张。《照世杯·序》中，“余”从先生长者和受教育者两方面来说明通俗化的“喻言”的作用：

东方朔善诙谐，庄子所言皆怪诞，夫托物见志也。余尝见先生长者，正襟敛容而谈，往往有目之为学，究病其迂腐，相率而去者矣；即或受教，亦不终日听之，且听之而欲卧，所谓正言不足悦耳，喻言之可也。今冬过西子湖头，与紫阳道人借三寸管，为大千世界说法。昔有人听妇姑夜语，遂归而悟弈。岂通言儆俗，不足当午夜之钟、高僧之棒、屋漏之电光耶！[1]

1.［日］德田武解说、清田儋叟施训：《照世盃》，第9—10页，东京：ゆまに書房，1966年版。

《英草纸·序》与这篇序文文脉相通，在用语上亦多袭用。“鄙言儆俗”之说，正是《照世杯·序》中“通言儆俗”之变。《照世杯》一书，孙楷第《中国通俗小说书目》著录有日本明和年间（1764—1772）刻本。另外，安永癸巳年，即1773年，京都书林刊有清田儋叟译解的《照世杯》。而《英草纸·序》写于日本宽延己巳年，即1749年。由此可以推测，都贺庭钟可能是根据中国版本或手抄本撰写的。

都贺庭钟之后的另一位读本作者山东京传(1761—1816)，也曾宣称自己写作读本是为了“摹出忠荩奸黠光景，私寓劝惩，警诲蒙稚”[2]。他曾将日本傀儡戏中演出的《忠臣藏》故事与《水浒传》糅合在一起，写成《忠臣水浒传》，将原剧中霸人娇妻、贪色害命的高阶师直当作高俅，而把失妻遇害、身死国崩的盐冶高贞当作林冲来描写。他不只一次引用清人编撰的先贤语录《听松堂语镜》中所载孙维海的话：“市井愚夫愚妇看杂剧戏本、遇忠臣孝子、义夫义妇，触动良心，至有悲伤涕泣不自禁而敦行为善者”，在《昔话稻妻表纸》的附言中，京传宣称他是想让读者看到“忠臣之薄命，孝子之若率、节夫节妇之道理”而受到感动，让稗史成为“导善除恶之一助”。[3]

2.李树果译：《日本读本小说名著选》下编，第223页，天津：天津人民出版社2005年版。

3.［日］水野稔校注：《米饅頭始 仕懸文庫 昔話稲妻表紙》，第154页，东京：岩波书店，1990年版。

在《忠臣水浒传》自序中，山东京传表白说，自己的书，“固是寓言傅会，然示劝善惩恶于儿女，故施国字，陈俚言，令儿女易读易解也，使所谓市井之愚夫愚妇敦行为善耳”[4]。就是说用文化不高的妇女、儿童熟悉的假名文字，采用口语俗语来写作，使他们爱读易读。他的创作，上承都贺庭钟前期读本的余绪，下开曲亭马琴中长篇读本的先河。据说他临死前六小时还在挥毫写作。

4.李树果译：《日本读本小说名著选》上编，第172页，天津：天津人民出版社，2005年版。

在当时“八文字屋本”陷入陈旧浮浅的类型化描写的困境情况下，“鄙言儆俗”、“寓言存诲”的创作思想，有助于提高作品的思想性，满足町人阅读的需求；同时，这也是作者用以抬高小说地位的一面旗帜。一直到明治年间，政治小说的理论家仍然承袭这样的观点，把稗史小说当作向不觉悟的民众展开宣传的工具。坂崎紫澜在《自由灯》（1884 年 8 月 9 日）上发表的文章中，便提出过“从俗致俗”的口号，在他的理论中，可以看到从冯梦龙、李渔到都贺庭钟等前人一贯思想的光照。

三、 泄愤著书与“解闷吐愤”

明代文学家谢肇淛（1567—1624）所著的笔记《五杂俎》，多记掌故风物。据 1939 年 10 月出版的《新民周刊》上刊载的《澄心堂藏日本关系书目》（朱华），录《五杂俎》有日本宽永元年辛丑即 1661 年复明刻本，这距谢肇淛去世不足 40 年。此书传入日本之后，颇受读本作者重视，其被推崇的程度，竟超过了国内。[1]

1. 除这里谈到的上田秋成以外，曲亭马琴也多以《五杂俎》中的材料写入读本。此书卷九的一则弥猴故事，叙事简略，曲亭马琴将其敷演，写成了《椿说弓张月》的第四回“老猴登塔辱主，病鹤出笳答恩”。《松浦佐用媛石魂录》、《四天王剿匪异录》也化用过《五杂俎》的材料。

读本作者上田秋成在《雨月物语》中的《白峰》、《吉备津之釜》、《蛇性之淫》、《青头巾》、《贫福记》等篇中，一再引用《五杂俎》中的典故和议论，有时甚至大段地摘译。在创作理论方面，上田秋成也受到谢肇淛的启发。

在同时代人中，谢肇淛是较早论及艺术虚构在小说中的作用这一问题的文学家之一，他关于小说须是“虚实相半”的见解，给了读本作者深刻的印象。

《五杂俎》卷十五有一段著名的论述，明确指出，那些虚构的看似“幻妄无当”的小说野俚诸书，却存在着“至理”，而那些仅仅作为忠实记录的作品，反而因太实近腐而“不足为士君子道”。他认为，小说不必实有其事，而应“虚实相半”。处理虚实的着眼点，是艺术形象的完美。

> *凡为小说及杂剧戏文，须是虚实相半，方为游戏三昧之笔，亦要情景造极而止，不必问其有无也。古今小说如《西京杂记》、《飞燕外传》、《天宝遗事》诸书，《虬髯》、《红线》、《隐娘》、《飞猿》诸传……岂必真有其事哉？*[2]

2. （明）谢肇淛著：《五杂俎》，北京：中华书局，1959 年版。

谢肇淛强调，小说、戏剧的虚构，正体现了作为文学样式而与史传在性质上的根本不同之点。如果“必事事考之正史”，那么“则看史传足矣，何名为戏”！

谢肇淛的这些论述，以及明清小说序跋中关于小说价值的种种夸张性的申辩，对于江户晚期的读本作者来说，廓清了新兴的文学样式和拥有强大影响的封建史学的区别，明确了作为文学的小说、戏剧不仅允许虚构，而且必须虚构的道理，丰富了传统的故事小说理论关于虚构的论述。

上田秋成的《雨月物语》中的主要作品，都是在中国文言和白话小说以及日本怪谈故事的基础上写成的，谈鬼说怪而有所寓意。如以《范巨卿鸡黍死生交》（《喻世明言》）为原本的《菊花之约》，以鬼魂赴约，为友复仇的奇幻情节，赞美武士的信义；以《爱卿传》（《剪灯新话》）为原本的《荒宅》，以人亡魂在，苦待征夫的故事，歌颂忠贞的爱情；以《白娘子永镇雷峰塔》（《警世通言》）为原本的《蛇性之淫》，和日本的道成寺传说融为一体，写家族利益与情欲的冲突。这些作品由于吸取了中国小说的技法，较之日本古代的鬼怪故事更为动人。它们既有惊心动魄的鬼魂故事，又有人间生活的描绘，有虚有实，实在虚中，正是“情景造极而止”。

上田秋成为《雨月物语》写的序言中，也可看到谢肇淛观点的影响。上田秋成说：

> *罗子撰《水浒》，而三世生哑儿；紫媛著《源语》，而一旦堕恶趣（按：趣即趋，恶趋指地狱）者，盖为业所逼耳。然而观其文，各各奋奇态，哢哢逼真，低昂宛转，令读者心气洞越也，可见鉴事实于千古焉。余适有鼓腹之闲话，冲口吐出，雉雊龙战，自以为杜撰，则摘读之者，固当不谓信也。岂可求丑唇平鼻之报哉！*[1]

1.［日］中村幸彦、高田卫、中村博保校注、翻译：《英草紙 西山物語 雨月物語 春雨物語》，第 330 页，东京：小学馆，1979 年版。

田汝成在《西湖游览志余》中，曾咒骂罗贯中“编撰《水浒传》叙宋江等事，奸盗脱骗机械甚详，然变诈百端，坏人心术，其子孙三代皆哑”。在《水浒传》之名在读本作者之中不胫而走的同时，对《水浒传》作者的谩骂诅咒也流传开来。

五井兰洲（1697—1762）著《茗话》说：“《委巷丛谈》云钱塘罗贯中，编撰小说数十种，《水浒传》叙宋江等事，奸盗脱骗甚详，然变诈百端，坏人心术，其子孙三代皆哑”，一字不漏地转述起对《水浒传》作者的不公正裁决。更有甚者，又翻出中世说话《宝物语》、《今物语》等书中有关紫式部堕入地狱的说法配在一起，作为小说作者不得好下场的证据。

上田秋成欲扬故抑，引述这些说法之后，转而肯定《水浒传》、《源氏物语》文辞生动，令“读者心气洞越”，“可见鉴事实于千古”，实际上对污蔑其作者的谬论进行了驳斥。以“雉雊龙战”

来证实小说一类著述的价值，则是得益于《剪灯新话 · 序一》。此序文中对于称小说“涉于语怪，近于诲淫”的责难进行了有力的辩护：“《诗》、《书》、《易》、《春秋》，皆圣笔之所述作，以为万世大经大法者也；然而《易》言龙战于野，《书》载雉雊于鼎，《国风》取淫奔之诗，《春秋》记乱贼之事，是又不可执一论也”[1]，为小说在经书中也寻得一席之地求得根据。上田秋成这一篇短短的序文，使我们看到明代有关小说价值的论争在异域的投影。

1.（明）瞿佑等著，周楞伽校注：《剪灯新话》，第 3 页，上海：上海古籍出版社，1981 年版。

这篇序言是用汉文写成的。上田秋成一方面赞扬《水浒传》和《源氏物语》以奇妙的构思、逼真的情景、错落有致的文笔，引起读者强烈的共鸣；一方面又说明自己的作品与它们有所不同：《水浒传》和《源氏物语》的作者忠实于事实，其作“可见鉴事实于千古”，而自己的作品则是“鼓腹之闲话”。《水浒传》和《源氏物语》实多虚少，反而使人以虚为实，因而招致“变诈百端，坏人心术”的罪名而使作者身后蒙难；而自己则公然宣布，自己的作品纯属虚构，这种虚构，同《易》言龙战于野，《书》载雉雊于鼎一样，也会给人教益。作者对《水浒传》和《源氏物语》虚实的评估并不符实，但他对自己作品的认识，却是以肯定艺术虚构为基础的。

这篇序言后面盖有“子虚后人”和“游戏三昧”两个印章[2]。这两个印章是对序言内容有力的补充和说明。不言而喻，“游戏三昧”取的正是谢肇淛所说“凡为小说及杂剧戏文，须是虚实相半，方是游戏三昧之笔”的意思。

2.［日］中村幸彦、高田卫、中村博保校注：《英草紙 西山物語 雨月物語 春雨物語》，第 330 页，东京：小学馆，1979 年版。

当然，谢肇淛也好，上田秋成也好，终究没有摆脱小说是一种游戏笔墨的观念。上田秋成把作品说成是自己的“鼓腹之闲话”（饭食饱足之后的闲聊），同都贺庭钟说的“同社之茶话”（学友饮茶时的谈资）一样，并不完全出于自谦，实是当时一种通行的小说观。

上田秋成还提出过“解闷吐愤”说。这也与明清小说批评有关。

在中国，从司马迁用“发愤”来论述文人的创作动机后。桓谭《新论 · 求辅》、钟嵘《诗品》、韩愈《荆潭唱和诗序》、欧阳修《梅圣俞诗集序》等都有所发挥，从不同方面说明作家的艰难身世和深广忧愤，促使作品获得成功。瞿佑《剪灯新话序》、刘敬《剪灯余话序四》说的“哀穷悼屈”、“特以泄其暂尔之愤懑”，将发愤说引入小说理论，开明清小说理论中情感悲愤说的先河。其后李贽作《忠义水浒传序》，称其为“发愤之所作”，强调“不愤不作”：“不愤不作，譬如不寒而颤，不病而呻吟也，虽作何观乎？”他认为作家有无真情实感，对作品的成败有举足轻重的作用。他进而提出作品“泄愤说”，即《水浒传》不仅写出作者对社会弊病和腐败现实的义愤，而且通过写出正义得到伸张、奸邪遭到惩处的结局，使现实生活中不能实现的愿望在作品中变为事实，因而愤怒的情感得到宣泄。

金圣叹讲“怨毒著书”，说施耐庵“发愤作书之故，其号耐庵不虚也”。陈忱《水浒后传论略》也把《水浒传》看成是愤书，而把《水浒后传》看作“泄愤之书”，在水浒英雄悲剧命运之后，重新安排体现作者心愿的归宿，一吐压抑心头的郁郁不平之气。

上田秋成不只一次将著书、写读本称之为“解闷发愤”或“解闷吐愤”。在《藤篓册子 · 序》中，他将：“前人慷慨之言”均视为“解闷发愤”而已：

古人云，文章穷而后工，非穷之能工也。穷则门庭冷落，无车尘马足之嬲（扰）；事务简约，无簿书酬应之繁；亲友断绝，无征逐游宴之忙；生计羞涩，无求田问舍之劳；终日闭门兀坐，与书为仇，欲其不工不可得已。不独此也，贪文胜富，贱文胜贵，冷曹之文胜于要津；失路之文胜于登弟，不过以本领省而心计间（闲）耳。到（至于）圣人拘囚演《易》，穷厄作经，常变如一，乐天安土，又不当一例论也。适有此语，聊足以畅闲情焉。顷一夜梦，垢面短须之老翁来之：兄也，薄命不遇，去乡土，离六亲，无居无产，自恣为狂荡，而乘闲作文，然句句皆寒酸夏（忧）愁，世途之人，谁不以蔽目哉。夫前人慷慨之言，各爱才舞文，解闷发愤者矣。……[1]

1.［日］上田秋成著、塚本哲三编：《上田秋成集》（全），第417页，东京：有朋堂书店，1926年版。

在《雨月物语 · 贫福论》还借黄金精灵与武士冈左内的交谈，谈到对“解闷发愤”的看法。

上田秋成是一个只知其母不知其父的妓女的私生子，肉体的创伤（两指残疾，故自称剪枝畸人。枝，同肢）和心灵的创伤，人世的辛酸和艰难的生活经历，使他形成了孤独峭直的个性，于是把写作当成自己寄语世人、托寓深情、倾吐冤屈、寻觅欢趣的人生乐事。《吉备津之釜》中，上田秋成写抛弃妻子的负心郎，即使求助阴阳师也逃不脱妻子鬼魂的严惩，终于情妇惨死而自己也死不见尸。在其他各篇中，害人者也都无计逃避受害者的复仇，弱小的受害者死后变得强大百倍，这些都是秋成的“吐愤”之笔。愤，既是由生活压迫激起的忧愤情感，又是一种不可遏止的创作冲动。

上田秋成所说的“吐愤”，确与李贽、陈忱的发愤泄愤说有共通之处，然而，他们的“愤”又具有不同的内涵。李贽、陈忱之愤，是民族之愤、家国之愤，泄愤就是寄希望于文学的社会作用，“夺他人之酒杯，浇自己之块垒”。这样深刻的社会内容，是维护天皇专制、对封建武士阶级一往情深的上田秋成的作品不可能具有的。

四、 两种小说观的汇通和碰撞

明清小说批评中的许多命题，明显地反映出传统诗教和史传文学理论的投影。与此相似的是，日本也是一个重诗、重史的国度。可以说，明清小说理论能够为一些日本作者所接受，一个重要的原因，便是日本小说在发展总趋势上也具有与之相似的某些特点。

然而，正如汉诗与和歌各异其趣一样，日本小说也有自己独特的艺术发展道路和审美传统。因而，在小说理论领域内，传来的明清小说批评和日本传统小说理论出现了既有汇通，又有对抗；既相吸引，又相碰撞的现象。这种汇通和撞击，推动了理论与创作的发展。

首先，在对小说主旨的看法上，与汉学者着力强调“劝善惩恶”相对，日本学者更强调小说的娱乐作用，小说应当承担描摹人情的任务。

早在 11 世纪初，紫式部在《源氏物语》中，便借书中人物阅读古代故事小说的感受，写出了自己的创作论和鉴赏论。这些看法，分散在《蝴蝶》、《早蕨》、《萤》、《习字》等各卷中，而以《萤》卷源君对玉鬘的谈话一节表述得最为集中：

啊呀，真讨厌啊！你们这些女人，不惮烦劳，都是专为受人欺骗而生的。这许多故事之中，真实的少得很。你们明知是假，却真心钻研，甘愿受骗。当此梅雨时节，头发乱了也不顾，只管埋头作画。[1]

1.〔日〕紫式部著、丰子恺译：《源氏物语》（中），526 页，北京：人民文学出版社，1980 年版。

这里首先强调的是虚构乃是虚构性小说的特征。不过，源君对农村长大的玉鬘姑娘说的一番戏言，只是小说特征的一个方面，于是他随即改变语气，又认真地指出它的另一面：虚构性小说的虚构，又并非全属虚假，大者如反映世事推移的《日本纪》。就记载着许多世间的重大事情，而且详细具体。他接着如是说：

原来故事小说，虽然并非如实记载某一人的事迹，但不论善恶，都是世间真人真事。观之不足，听之不足。但觉此种情节不能笼闭在一人心中，必须传告后世之人于是执笔写作。因此欲写一善人时，则专选其人之善事，而突出善的一方，在写恶的一方时，则又专选稀世少见的恶事，使两者互相对比。这些都是真情实事，并非世外之谈。[2]

2.〔日〕紫式部著、丰子恺译：《源氏物语》（中），526—527 页，北京：人民文学出版社，1980 年版。

因而，源君的结论便是“若一概指斥为空言，则亦不符事实”。作者在这里正暗示出自己写作小说的意向。在创作论上，紫式部一是强调小说要抒写作者的生活感受，“观之不足，听之不足，但觉此种情节不能笼闭在一人心中，必须传告后世之人”；二是强调善恶的描写要有生活依据，作者所描写的，并非如实地记载某一人的事迹，而是集中善事、恶事于各一身，使两者互相对比，更为典型，更加强烈。在鉴赏论方面，紫式部推重故事小说消愁解闷、慰藉寂寥、以情动人的作用。紫式部的这些看法，涉及到艺术真实与生活真实以及如何看待小说的社会作用等方面的理论问题，它出现于公元1006年前后，大约是北宋真宗景德年间，尽管多为散见各卷的只言片语，仍可以说是见识卓异而又独具特色的。

但是，江户前期在朱子学文艺观的影响下，一些学者不仅没有阐扬这些论述，连《源氏物语》也视之为“淫佚之书”。《武教小学》说：“近世之俗，教女子之学，皆以《源氏》、《伊势物语》等俗书，甚可叹息乎。此等之书，以淫佚之事为乐、以悠艳之事为专，或书女子之通别夫，或记人情之所及，笔力甚柔，尤为女子之书。”[1]喝止人们：此类书“必不可玩味之”。

1.［日］井上哲次郎、蟹江义丸共编：《日本伦理汇编》卷之4，第685页，东京：育成会，1901年版。

与此同时，也有的学者视《源氏物语》为劝善惩恶之书。据北村季吟（1624—1705）《湖月抄》引《明月抄》对《源氏物语》的评论，说该书学习了《左传》和孔子的春秋笔法，记善为劝人从善，载恶是为惩戒后生，说这是作者的本意。甚至说书中所载好色淫逸之事，都是为了惩戒淫风。这两种观点，看似对立，本质上都是脱离《源氏物语》内容和艺术特点，企图把故事小说作为“存天理，灭人欲”的教化工具。

18世纪末至19世纪初，中国白话小说对广泛社会生活的描写，是远非“劝善惩恶”四字所能包容的，这一事实发人深思。日本学者本居宣长（1730—1801）通过《紫文要领》、《源氏物语玉小栉》两部著述，对《源氏物语》的主旨提出了新的看法。

本居宣长出于“故事小说与和歌本质上是一样的”的认识，发挥了《源氏物语》中“日本小说与中国小说不同”的看法。他阐释说，中国人的趣旨、写作方法，与《源氏物语》的趣旨和方法不同，甚至可以说大相径庭。中国人的书，是一味危言庄论人的善恶是非，剖析事理，张皇幽眇，人人争谓自己贤明（按：这是一种出于拒斥中国文化的心理的以偏概全的结论，尤其不能准确地概括中国小说的特点）；而日本故事小说的写法，则是将人情世故原样写出，因而大体上事件是无常的、杂乱的，而不是雄健、严整、庄重的。这正如汉诗与和歌有庄重与哀婉之别一样。[1]

1.［日］中村幸彦校注：《近世文学論集》，第 91—130 页，东京：岩波书店，1978 年版。

本居宣长从《源氏物语》中特别拈出“物之哀”一词，来概括这部作品的风格，概括平安时代文学以及产生这种文学的贵族生活中的审美趣味。“物”即对象（客观），“哀”即情感（主观），两者相互作用，孕育出一种协调的情趣世界。它是优美、纤细、沉静的观念，和中国古代文论中所说的物动心摇、因物兴感、缘物寄情、物我交融，在精神上有相通之处。“物之哀”的提出，旨在强调故事小说展现人的细腻、微弱的内心深层的震颤，并把微妙的情感传达给读者。

《源氏物语》中零散的有关小说创作和鉴赏的言论，经本居宣长的爬梳阐释而重放光彩。本居宣长提出的“物哀说”，哺育了清田儋叟、富士谷成章、上田秋成乃至曲亭马琴等江户晚期小说家的文学观，对近代文学思想也有深远的影响。坪内逍遥之所以能够提出“小说主脑在于人情”的观点[1]，对劝善惩恶小说观痛加清算，是与本居宣长的影响分不开的。与中国传统的小说理论相比，日本小说理论更偏重于个人内心深层的开掘。从这个意义上说，不了解本宣居长的“物之哀说”，便不能深入理解日本的远离社会、超脱政治的自我小说（即“私小说”）。

1.［日］坪内逍遥著：《小説神髄》第一册，第 19 页、松月堂版，东京：ほるぬ出版，1983 年重印版。

其次，在小说语言方面，有些日本学者对频频混杂汉语和日本语俗语的文体渐生反感，主张模拟《万叶集》、《古事记》等古典名著的文风进行写作，一种所谓“雅文体”的读本便是这种复古风潮的产物。

雅文体读本的出现，是对“翻案”小说、对中国语翻译文体的一种反弹。作者为了让读者学会古语古句，采用《古事记》、《日本书纪》、《源氏物语》等古籍中的词语，连缀成篇，以至于不能不句句加注以明其所出。建部绫足（1719—1774）是雅文体读本的代表作者，他自称“悲流俗固陋”，一心要“继千古坠绪”，“唱国风（即日本风格）复古之学”，在诗坛大树“片歌”（即短歌）复兴之旗。署名为“金龙敬雄老杜多”的《西山物语序》是对建部绫足用意的阐发：

> *今同古者，人情也；古异今者，语言也。语言何以异也？盖世有污隆，人分雅俗也。是以学者通古语也，戛戛乎难哉！虽称能通者，大率如隔靴爬痒，岂愉快哉！倘能以古御今，即俗为雅者，业之成也。*
>
> *东都绫太理（按：即建部绫足）博古知今，即俗为雅，尝唱国风复古之学，专以片歌树赤帜于词坛。夫片歌之于国风也，犹如唐诗有绝句，但裁其句，具体而微耳。*

其调则高，其辞则雅，而其出古书，不一而足。其名尤彰明者，安部安凡（按：安万侣）奉清御原天王敕所撰《古事记》也。挽近乃影响其字法（按：指用字方法），写俚言卑辞，杜撰呫哔，以为俳谐者，陋矣！虽然下里巴人，属而和者多，可叹哉！

绫太理尝悲流俗固陋，能继千古坠绪，欲播片歌于天下后世，忘躬为道，孳孳不休；然叹其落落难合。余谓曰：勉乎哉！有志者事竟成也。客岁游于平安，下帷讲授，户外屦满。于是欲俾从学士，晓以古御今、即俗为雅之术。乃记时事以为三卷，题曰《西山物语》。苟志国风及片歌者，能朝习夕积之，则置身于庄岳间之术矣。余有古雅之癖，且方外之谊，今受其请，故为之序。[1]

1.［日］中村幸彦、高田卫、中村博保校注、翻译：《英草纸 西山物語 雨月物語 春雨物語》，第 253 页，东京：小学館，1979 年版。

建部绫足堆砌古代和歌惯用语，写出了《西山物语》、《本朝水浒传》等雅文读本。在这些作品中，看不到一般读本中屡见不鲜的“如此如此这般这般”、“闲话休题”、“不在话下”这类的中国小说套语，连日常生活中较常使用的汉语词汇也减少到最低限度。由于作者的“古雅之癖”，也造成了行文晦涩、不堪卒读的弊病。

建部绫足等人用雅言来抗拒中国语翻译文体的流行，尽管并不成功，但他们的尝试在一定程度上推动了日本古典文学的研究，也为读本这一小说样式增添了一个民族特色较为浓郁的品种。其中《西山物语》语言优艳的特色还很鲜明。

再次，在题材处理上，有的日本学者出于对历史演义写作模式的逆反心理，萌生出超越正史与“寓言”的界限、扬弃借古写今的传统手法的意识，而采用不明古今的朦胧的背景。

被看作“正史之余”的中国小说，多托言于前朝，寄意于古人，而且总是把故事发生的朝代、期间、地域言之凿凿，以表明其人其事均非子虚乌有。日本的故事小说与此不同：《竹取物语》、《今昔物语集》以“今日言之，乃古昔之事”开头；《伊势物语》以“往昔，有一男子”交待时间人物；《源氏物语》以“话说某一朝天皇时代”开头；《大镜》用一个“先前”便带过了时代背景。这些开头方式，有时是作者有意创造一个暧昧朦胧的氛围，把读者带入梦幻的艺术世界。

在中国小说的影响下，江户读本多抛弃这种与现实造成距离感的开头方式，也把故事安排在日本历史上某一明确的时期，其人物也多是名见经传的。例如，都贺庭钟《英草纸》便好用《太平记》中的历史人物来与中国白话小说的人物相对换。上田秋成在假托古代事迹以批判现实这种意义上，也曾不只一次地说过：“唐土之演义小说，则我国之故事小说也”，认为故事小说也是借古写今的。但在他晚年写作《春雨物语》时，却有意摆脱这种盛行一时的写法。《樊哙》一篇，开头便一反常例，以“不知是古是今”将时代说得更为含混。在他的另一部著述中，还用过“既不是古昔，也并非今日”来开头。这些都表示是作者摆脱了史实，在对生活观察和理解的基础上自己虚构的故事。这显然是意在与中国小说及其翻案作品相区别，其结果便比起日本传统的故事小说更加富有幻晕色彩。

江户时代中后期，外来世界观与土著世界观的冲撞，在思想上表现为国学与汉学之争，在文学艺术上则有所谓国风与汉风之争。正如诗坛上有和歌与汉诗并峙一样，小说方面也有雅言派与汉文调的竞争。然而不论是哪一边，在与对立面宣示独特性的貌似强悍的言辞背后，都不能忽视与抗拒汉风的强势渗透，也无法脱离两者融合交叉的主流。即使像建部绫是所著《本朝水浒传》[1]，力图与汉味十足的流行读本相区别，书前书后没有汉文序跋，也不以汉文为回目，

1.［日］高田衢、田中善信、木越治校注：《本朝水滸伝 紀行 三野日記 折々草》，第3—303页，东京：岩波书店，1998年版。

而以第若干条加日文短语的形式来代替回目，然而，他采用的既是脱胎于明清章回小说的读本体，在情节设置、高潮处理、叙述节奏调整等方面就不能不模仿章回小说，既使是回目中的日语短句，也多采用的是两个语法结构相同的短语，可以看成是汉语对句的日本化。

中村幸彦（1911—1998）在论述中国白话小说及其理论对日本小说发展的影响时，曾从七个方面加以剖析：

一、情节构成之妙。特别是长篇构成之妙，日本从来的作品中，是完全不能媲美的。

二、赋予作品中人物以明确的性格，并使这种性格很好地参加到构成中。教会日本人作品的“性格”这一概念的，是金圣叹的《水浒传》评点。

三、不只以情节的巧妙获取一时之乐，而且有触动读者心灵的人情味。

四、它们的描写、表现，由于采用俗语而精细入微，保持着人的体息和生活的真实。

五、中国人使用劝善惩恶及寓意于中的词语，有着赋予作品以思想内涵的作用，作者将自己的思想感情寄寓于作品之中。而在日本白话小说的序中也常讲“导愚”、“儆俗”等等。

六、文章可称白话，但有值得知识分子阅读的价值。

七、金圣叹、毛声山等人的批评，既教给人小说的阅读方法，也教人写法。[2]

2.［日］中村幸彦著：《読本発生に関する諸問題》，收于《近世小説史の研究》。第八卷，东京：中央公论社，1982年版。

从江户读本的发展来看，中村幸彦的分析是有说服力的。我们所要补充的，是在对中国小说理论的吸取和对抗中，日本传统的故事小说理论因此受到重视，在创作实践和理论探讨中也

获得了发展。处于幕府闭关锁国专制统治下的江户作者，为自己找到了文学横向比较的对象，这是他们较之当时的中国小说家幸运的地方。

中国小说通过汉学者的翻译、读本作家的翻案与点评，从文士层面传播到町人中间，是通过江户时代发达的出版业来实现的。承担写作的读本作家、汉学者与批评者各有自己的空间。汉学者看重的是经史诗文，读本作家为书贾撰稿，而批评家则对它们展开评论，他们各有自己的价值体系，却都需要书贾的运营才能与町人读者见面。曲亭马琴曾经谈到：“余不贵虚文，所好及经藉、史传、日记、实录而已矣而每岁所著，莫非稗史小说。何以然者？书贾揣利以求于余，余欲著之书，书贾不願刻，既已著无益恁地书也。三十有八年于兹。润笔以购有用之书，则用之与无用，不可得而分别也。”[1]他所喜爱的学术研究，因不能让书贾获利而不能多做，而“稗史小说”便成为他利用“润笔”即稿酬来购买“有用之书”的经济来源。他还说过，他所著小说“皆是寓言以劝惩，意匠类似唐山小说。寓言小说，君子所不取也。譬之春华骊日。观花观日，实无盖也，然可医郁遣闷焉”。对于他的书；“君子以此破独坐睡魔，蒙昧以此为迷津一筏，则胜于不见之欤？”[2]在这些有关稗史小说价值的辩辞中，不难看出读者好恶、书贾获利考虑在读本写作中的导引作用。像曲亭马琴这样身兼学者、作家、批评家的作者，刊印的读本成为展现全部才华的主要平台，因而他往往在里面大量插入有关小说批点的内容，甚至过分嵌入史传考证等学术内容。这样的著述，也就成为了当时中日文学交流最集中的“蓄水池”。

1. [日] 曲亭马琴著、李树果译：《南总里见八大传》（二），第 113 页，天津，南开大学出版社，1992 年版。

2. [日] 德田武校注、译：《近世美少年録》1，第 23 页，东京：岩波书店，1999 年版。

第四节　曲亭马琴与明清小说批评

在创作中，最注意研究明清小说批评的，是江户末年著名的读本作家曲亭马琴。

曲亭马琴（1767—1848），本姓泷泽，名兴邦。曲亭马琴才华横溢，一生著述等身。据其墓志铭说，他的著作“杂书国字小说大小二百八十余部”，包括黄表纸、合卷、净琉璃、随笔、纪行等。其中最引人瞩目的，是他的读本。这些读本按其内容可分为复仇、巷谈、传奇、史传四类，而以历史英雄外传为内容的史传类，代表了他艺术上的最高成就。

在马琴的代表作中，儒家的仁义思想和佛教的因果报应思想盘结在一起，对武士世界的留恋流露于字里行间。他自幼喜爱文学，少年时代曾广泛阅读日本、中国的小说等文学作品。在创作中，他曾认真地研究明清小说作家的艺术见解和写作经验。在他写的序跋和评论中，明显地可以看到冯梦龙、金圣叹、毛宗岗、李渔等人的影响。在表现手法上，他的读本也多有借鉴和摹仿《三国志演义》《水浒传》的地方。[1]

1. 崔秀兰著：《馬琴読本と中国古代小説》，广岛市：溪水社，2005 年版。

马琴在世时，其作品便深受江户町人的欢迎。在他去世之后，一直到明治维新之后 20 余年，他的作品仍然是畅销书。在政治小说流行时，一些政治家和新闻记者在写作时，也自觉不自觉地模仿他的笔法。因而，研究日本人的中国文学观，便不能不追溯一下曲亭马琴接受明清小说理论的选择倾向，以及他的创作思想和艺术成就是怎样影响后世作家的。

一、　曲亭马琴和中国小说批评家“心的交流”

古代日本作家接受中国思想文化，曾经通过多种途径：随使留学、入华游历、拜师问道、结社习艺等等，然而时间最久、影响最深、运用最多的方式，恐怕还是阅读来自中国及日本翻刻的中国书籍。由于中日文化交流拥有悠久的历史，中国思想和文化渗透到日本的传统文化之中，因而，在他们学习本民族的古典作品时，也会接触到某些已被日本化的中国思想文化的“种子”。书籍在中日文学关系中的特殊作用，犹如跨越东海的桥梁，使得日本作家能够与地距万里、时隔千载的中国古代作家进行“心的交流”。

曲亭马琴可算是一位学者型作家。据他自己说，从小便好读书，“和汉历史，诸子百家之书，至小说、传奇、歌书、草纸、物语，无所不读。孱圣教贤诲，自不待言；医学、佛经、卜筮、方位，也略窥其一隅”[2]。这样博览群书，兼收并蓄，使他对于“和汉之治乱，君臣之得失，士民之所务，工商之巧拙奸直，货殖清贫之所乐，猎渔牧樵之所在，名胜古迹，禽兽草木之名，才与不才，人情之厚笃浮薄，得识其大概”。为了写作的需要，他每每省衣缩食以“购求和汉必用书籍”达 50 余年，藏书五六千卷，达 60 余柜。

2. ［日］曲亭马琴著、李树果译：《南总里见八犬传》四，第 619 页，天津：天津人民出版社，1992 年版。

明清时代许多白话小说，曲亭马琴都十分熟悉，特别推崇《三国志演义》、《水浒传》和《西游记》等长篇小说。他满怀热情地赞扬“《水浒》、《西游》之奇且巧，其文绝妙，句句锦绣，实是稗史之大笔，和文之师表”。[1]

1.［日］曲亭马琴著、李树果译：《南总里见八犬传》（四），第 195 页，天津：南开大学出版社，1992 年版。

对于罗贯中、李贽、李渔、毛宗岗等中国小说家和批评家，曲亭马琴是充满崇敬之情的，并多次以罗贯中、李渔自况。在《南总里见八犬传》第九辑下帙下套之中后序中，将人分为贤才睿智、奸民盗儿、下愚等类型之后，单列出一种人来，说这种人有良好的品德，博学而有奇才，却因为命途多舛而才能不得施展，但他们不趋炎附势，不艳羡富贵，而是“以古圣贤为师为友”，自古寂寞，隐居放言，将智慧包蕴在他们的著述中，“元罗贯中、清笠翁庶几如斯乎？”[2]

2.［日］曲亭马琴著、李树果译：《南总里见八犬传》（四），第 355 页，天津：南开大学出版社，1992 年版。

曲亭马琴的这一番话，是寄寓着自己深沉感慨的。他从自己切身体验中更加理解罗贯中、李渔献身小说创作的精神。面对学人中歧视小说观念的强大势力，曲亭马琴更感到自己与这些小说家心心相通。

依田学海《谭海》记述，曲亭马琴 24 岁住在当时著名的读本作家山东京传家里，“京传爱其才，待之甚厚。马琴慨然曰：‘吾不能为官、为医，又不能为儒，宁作稗史小说，著名后世，亦一快事矣。’”[3]《谭海》所言，未知所据，然与马琴在序跋中表现的对小说的喜爱之情是一致的。

3. 王三庆、庄雅州、陈庆浩、内山知也主编：《日本汉文小说丛刊》第一辑第二册，第 98 页，台北：学生书局，2003 年版。

他以作小说为“快事”，对于同道者金圣叹、李笠翁等人，不但认为他们有才学、有见识，而且赞美他们品德高洁脱俗，这实际上是对歧视小说家的偏见的抗争。斋藤拙堂认为尊金、李为泰山北斗是“可悯笑”的，或即指马琴等人而言。

曲亭马琴在晚年几乎失去视力的情况下，仍在勤奋写作，以毛声山失明而继续评注《琵琶记》的精神来激励自己。《南总里见八犬传》第九辑《回外剩笔》中说：“昔清人毛声山，好小说传奇，尝评注《三国志演义》……然他不幸老后失明，难弃所好，及评注《琵琶记》，口授于一二子弟，令其代写以终稿。昔吾读《琵琶记》，知此。他与我同好，且眼患亦相似，其评注之精妙，如亲自把笔。”[4] 他痛惜自己晚年因眼疾不能写出更多的作品，又将自己的命运与死后受到诋

4.［日］曲亭马琴著、李树果译：《南总里见八犬传》（四），第 618 页，天津：南开大学出版社，1992 年版。译文稍异。

毁的罗贯中、紫式部联系起来，感到伤感。但他终究以罗贯中、紫式部的事迹自宽、自励，抱着纵遭恶报也不反悔的态度，一直写作到不能把笔之时。

曲亭马琴自视甚高，决意要写出与中国四大奇书相媲美的宏篇巨制来。《南总里见八犬传》是曲亭马琴最后一部巨著。1814 年，即日本文化十一年冬，第一辑十回五卷，由山青堂发行，第二年又出了五卷，读者、论者与日俱增，随后陆续写成出版，其中第五辑至第九辑分别由涌泉堂、文溪堂发行。可以说，当时很少有其他书能够如此流行。据《回外剩笔》说：“不惟江

户京摄，县邑乡间、渔浦樵山，约莫足迹之至处、舟车之通处、交税纳粮之所、征收房租之所、鸡鸣犬吠之处、洪钟震响之处，知国字四十七言（指日本假名文字）、田翁野媪、山妻牧童，约莫有血气者，见此书无不爱玩，云云。风声不暇于耳，年年无日不闻之。”[1] 曲亭马琴这里借传闻来写其书流传之广，字里行间，颇有几分得意，简直有以小说艺苑中的“白居易”自诩之嫌了。

1.［日］曲亭马琴著、李树果译：《南总里见八犬传》（四），第 613 页，天津：南开大学出版社，1992 年版。译文稍异。

白居易对于自己作品的广泛流传是颇为自豪的。在《与元九书》中，他写道：“自长安抵江西，三四千里，凡乡校、佛寺、逆旅、行舟之中往往有题仆诗者；士庶、僧徒、孀妇、处女之口，每每有咏仆诗者。”[2] 元稹《白氏长庆集序》还补充说：“二十年间，禁省、观寺、邮候、墙壁之上无不书，王公、妾妇、马走之口无不道。至于缮写模勒衒卖于市井，或持之以交酒茗者，处处皆是。”曲亭马琴对自己作品流传情况的自得，对于那些歧视小说的观念带有一种挑战的意味。

2. 郭绍虞主编，王文生副主编：《中国历代文论选》二，第 99 页，上海：上海古籍出版社，1979 年版。

该书 9 辑 53 卷，至 1841 年出齐，前后历经 28 个春秋。曲亭马琴起笔撰书时，耳聪目明，精力旺盛，尚在不惑之年；终篇搁笔时已经双目失明，听力衰退，精力枯竭，已为七旬老翁。他曾深有感触地说：“知吾者，其唯《八犬传》欤？不知吾者，其唯《八犬传》欤？”[3] 可见《南总里见八犬传》是认知曲亭马琴政治、人生、艺术思想的重要作品，而这部作品的“隐微”之意并不是轻易可以看清的。马琴预料，在他去世之后，未必有很多人能够真正通过《八犬传》正确地认识他。

3.［日］曲亭马琴著、李树果译：《南总里见八犬传》（四），第 357 页，天津：南开大学出版社，1992 年版。

当曲亭马琴申述对于稗史不应歧视的思想时，当他阐述自己对艺术的追求和艺术见解时，常把谢肇淛、金圣叹、毛宗岗、李渔等人当作权威的理论家，同时，也通过评述他们某些观点来表明自己见解的深刻与独特。

李渔是曲亭马琴敬慕的作家和批评家。现存马琴藏书中，有《李笠翁十种曲》。在《青砥藤纲模棱案跋》中，马琴曾赞叹：“清李笠翁，博才多艺者也。”在《俊宽僧都岛物语》卷尾又说：“大约曲亭先生作稗史，虽取事凡近而无不义发劝惩。”“取事凡近，义发劝惩”正是李渔在《玉搔头序》中提出的口号。李渔在戏剧小说方面鼓吹劝善惩恶和通俗化的主张。他一方面要求作品对于欣赏者发挥“劝使为善，诫使勿恶”的作用，以作为封建社会的“寿世之方”、“弭灾之具”，另一方面又要求这些作品能够为“愚夫愚妇”所接受，强调戏曲“贵浅不贵深”，竭力推崇通俗小说的教化作用。

劝善惩恶是曲亭马琴的创作纲领，也是读本最显著的特点。马琴《松染情史秋七草》说："其间劝善戒恶，叙人情，托风教"，这里说的劝善戒恶，显然就是李渔所说的"劝使为善，诫使勿恶"的简缩。《赖豪阿阇梨怪鼠传》又说："此卷殊述忠臣节妇、义士孝子之事，竭尽人情。"马琴所说的善与恶，是以封建统治阶级的利益和封建道德为标准的，同时也体现了作品要表露作者的政治观点、表达作者对社会现实的看法和鲜明的爱憎这样的小说观。

在李渔和曲亭马琴看来，"义发劝惩"与"取事凡近"是紧密联系的，前者是目的，后者是必要的手段。曲亭马琴的第一部长篇读本《椿说弓张月》，就回避艰涩古雅的表现手法，而力图以明白晓畅的语言来叙述故事。在该书序言中，他也强调，历史小说叙述事件要有历史感，行文却不能忽略通俗性。

比《椿说弓张月》稍后问世的《南柯后记》绪言说："虽云文杂雅俗，然不好古雅之言。此妇人小儿不易解之故也"，认为如果文字太古雅就会造成"读者不明文字，随读而心烦"。这些说法，显然与李渔所说的作品要能使"不读书人及小儿同看"，在精神上是完全一致的。

二、　"折衷雅俗，混淆和汉"

曲亭马琴还写过一篇《读〈本朝水浒传〉并批评》。这篇文章写于 1833 年春，是日本最早的小说批评论文[1]。它最重要的价值，在于集中论述了小说的语言问题。他主张创造一种"折衷雅俗，混淆和汉"的小说文体。在论述自己的主张时，中国白话文学的繁荣，被作为有力的论据加以引用。

1.［日］曲亭马琴著：《曲亭遗稿》，第 318—333 页，东京：国书刊行会，1911 年版。

此文批判的锋芒，直指"雅言"读本。所谓雅言，就是古雅之言，文言。自国学者（即日本学学者）建部绫足的雅言读本《西山物语》、《本朝水浒传》问世以后，模仿者继起。如六树（石川雅望）园的《飞弹匠物语》[2]，选材于《笠翁六种曲》，语言却学 13 世纪初成书的《宇治拾遗物语》。另一位作者真颜的《月宵鄙物》，从《奇异杂谈录》及其他中国、日本小说中选材，也是以雅语缀篇。这些书由于文字艰涩古雅，流传很少。

2.［日］塚本哲三编：《石川雅望集》，第 147—294 页，东京：有朋堂书店，1926 年版。

以建部绫足为代表的国学者，将吸收中国小说的故事作为振兴日本雅文小说的途径，他们的口号是“以古御今，即俗为雅”，复兴《万叶集》时代的语言风格。显然，他们痛心疾首于俗语侵入文学而有志于复古。“醉翁之意不在酒”，他们的兴趣点不在于小说的创作，更多则在于从《古事记》《万叶集》中挖掘那些早已在生活中消失的古雅语汇。而当描写时如找不到这样的语汇，便以后世相近的说法去凑，结果形成一种非古非今、非雅非俗的腔调，令读者望而却步。

《读〈本朝水浒传〉并批评》分为两部分，前一部分对建部绫足用古语雅言写作稗史小说的作法提出了尖锐的批评，后一部分则对《本朝水浒传》的情节结构，依据原作的顺序，作了考证和分析。

在第一部分中，曲亭马琴以尖锐的词句，讥刺建部绫足以古言编著《西山物语》[1]、《本朝水浒传》[2]，语言古腔古调，而描写的不少段落却是今人今事。特别是像《本朝水浒传》这样一部“以唐国稗史为父母”的小说，用雅言来写作，错误自然比比皆是。曲亭马琴断言，“稗史野乘之写人情，全不凭俗语，则难以成立”。为说明这个道理，他引证了中国白话小说的经验：

1.［日］建部绫足著：《西山物语》收于中村幸彦等校注《英草紙 西山物語 雨月物語 春雨物語》，第255—324页，东京：小学館，1979年版。

2.［日］建部绫足著：《本朝水浒伝》，收于高田卫等校注：《本朝水滸伝 紀行　三野日記　折々草》，第3—303页，东京：岩波书店，1998年版。

唐土以《水浒传》、《西游记》为首，宋末元明之作者，皆以俗语缀篇。在以此编缀以人情为趣旨之草纸物语中，古言自不待言，若言以正文来编缀，罗贯（中）、高东嘉当亦无之。紫式部纵言生于今世，令其以古言编缀物语，必投笔矣。[3]

3.［日］曲亭马琴著：《曲亭遺稿》，第319页，东京：国书刊行会，1911年版。

“正文”即指一种庄重板滞的文体。紫式部的《源氏物语》也是用当时的俗语写的。只是当时的俗语，到后来懂得的人少了，领悟又不同，也便成了雅言。这个道理，曲亭也是用中国白话小说语言的发展来论证的：

譬如唐国之俗语小说，宋元作者之文，与明季及今清人之写法，有云壤之别。是以唐山俗语，自元及明初不易读，且难解者多矣。和汉时势如此，其理必一致。[4]

4.［日］曲亭马琴著：《曲亭遺稿》，第318—334页，东京：国书刊行会，1911年版。

曲亭马琴反对纯用雅言来写读本，进而提出了“记要之文以达要为佳”的观点。他不是主张一概地摒弃古雅之言，而明确反对的是“专以古雅为文”，认为“不悟此理者，欲无刻舟求剑、杀鸡而用牛刀之憾，不可得也”。

《读〈本朝水浒传〉并批评》是未刊稿，而在《南总里见八犬传》中他也曾概括地谈到他对读本语言的看法。他列举了一系列的俗语文籍，来说明轻视当代语言的荒谬：

唐山以俗语编缀之书，既有正文又有方言，不然则不敷用。又儒书、方书、佛经，

虽用正文书写，但其中亦有用俗语者，如《二程全书》、《朱子语类》等。以俗语编缀者，尚有《奇功新事》、《伤寒条辨》、《虚堂录》、《光明藏》之类。先贤已辨之。唐山之华章，不借助俗语写时尚，则难以得心应手，更何况我大皇国之文章，有和汉、雅俗、古今之别。今之戏笔墨者孰能融会贯通？岂非难上加难乎？[1]

1.［日］曲亭马琴著、李树果译：《南总里见八犬传》（三）、第431页，天津：南开大学出版社，1992年版。译文稍异。

由中国俗语文章发展的事实，曲亭马琴转而发现日本历史上许多文学作品实际上也是“雅俗兼备”之作：

忆昔日之草子物语，有《竹取》、《宇津保》、《源氏物语》等，作者亦并非极力穿凿词汇而编缀成文，必实录当时诸士大夫之雅语方言。然而古语向来雅而不俗，同时宫嫔之词，虽雅俗间杂（见海人藻芥和真渊之《草结》等便可想而知），但因才子、才女人品高洁，且又能文，便成为后世和文之泰斗，是以窃以为古之草子物语，亦为雅俗兼备之作。[2]

2.［日］曲亭马琴著、李树果译，《南总里见八犬传》（三），第430—431页，天津：南开大学出版社，1992年版。译文稍异。

曲亭马琴认为，日中两国语言文字虽然不同，但要描摹情态，写尽其趣，均不能排斥俗语，同时他又认为，不应该把现在的俚言原样用在文章之中，因为它们“转讹侏俪太甚”，而应当使用那些经过选择提炼的语言。

在创作实践中，曲亭马琴一直在进行着小说语言的探索。在《南总里见八犬传》写作之初，考虑的是“以通俗为本”，因而“不敢以奇字缀文”，主要是以假名来叙事写情；至第六、七辑便采用以假名注明词意的方式，大量引入“唐山之俗语”，其中一个目的，是使那些“孤陋寡学之士，欲读唐山之稗史小说，庶几则可得其筌蹄”，即以《八犬传》架设通往阅读“唐山之稗史小说”的桥梁。马琴规定自己的读者对象是“不识文字之妇孺”，因而，便既不能在语言上“师从崇尚风流之草子物语”，又不能一味模仿“唐山之稗史小说”，更不欲步那些流行于世的乏味的“军谈”、“复仇记”之类的后尘，这就得对日本的俚言俗语加以锤炼，同时又积极地在假名文字中随意夹杂一些“唐山俗语”，造成不雅不俗、不和不汉的驳杂文体。他为这种驳杂文体辩解说：“余为文驳杂，乃为摆脱侏俪庸俗之故也。”[3]

3.［日］曲亭马琴著、李树果译：《南总里见八犬传》（三）、第431页，天津：南开大学出版社，1992年版。译文稍异。

马琴虽然料到这种驳杂文风会受到来自国学家与汉学家两方面的讥笑，但相信它的出现有着必然性。他追根溯源，说日本自远古以来就信仰语言的灵异（即所谓“言灵”）与神力，并无文字制度，而中国却是“文化古国”，“虽俗语亦有出处，悉符字意，与雅言之所以不同，乃因用途各异”。由于这种不同，日本对汉字的吸收必然带来语言和文章的变化。汉字传入以后，在相当长的历史时期，不仅众庶平时用语，而且连《源氏物语》这样的小说，也曾有过音训混用的情况，即有时假借汉字之音，有时借用汉字之义。这表明曲亭马琴深知汉字是音形义统一的，即使记录俗语，也常形意相符；但用汉字来对口语表义或表音的时候，有时就不能不使其音、义分离，“音训混用”正是在音、义不可能完全移入日语的情况下的一种选择。到了后来，出现《太平记》那种和汉驳杂的文章也就势在必然。

马琴把自己使用的独特文体看作文章演进的又一个新阶段，甚至相信，要让那些不爱读本的妇孺能够读得下去，便绝不能运用建部绫足的《西山物语》、《本朝水浒传》及村田的《筑志船物语》那样古语杂俗语的文体（说那犹如树干嫁接竹枝），而必须以自己这种看似驳杂的文体写作。建部、村田之作因无人读懂，流传不广，甚至不得终篇，成为虎头蛇尾的半部之作，而《八犬传》却深受欢迎一续再续，曲亭马琴把这也看作“折衷雅俗，混淆和汉”文体的胜利。

从这里正可看出，建部、村田等人力图将明清小说嫁接到日本最古老的文学传统上，希望把中国小说的意趣作为古雅文学语言的再生剂，很像是用中国上古文言去改写西方现代小说。这种尝试虽然没有成功，但从某种意义来说，它也为曲亭马琴选择以当代日语为主、同时吸取明清俗语的文体提供了参照。

三、　语言学者、批评家、作家三位一体的中国白话小说观

曲亭马琴和他之前的冈岛冠山等人不同，不再仅把《水浒传》等中国小说看作现代中国语的教材，注意其语汇的读法与意义，孤立地看待各部分的内容，而是在探讨那些作品成书过程时，也注目于其他可供参考的书籍，从整体上把握作品的主题与作者的匠心。

作为一位学者型的小说家，曲亭马琴对《水浒传》的理解与看法，主要反映在《新编水浒传》卷首的《译水浒辩》、随笔《玄同放言》卷三的《诘金圣叹》[1]，和《南总里见八犬传》中的自评上“赘言”等之中。在这些文章中，他援引了明代郎瑛《七修类稿》、清初周亮工《因树屋书影》等有关《水浒传》的材料。这些资料今天仍不失为研究《水浒传》必读的内容，而在江户时代的日本，曲亭马琴便已给予了充分的注意，这表明他具有鲜明的研究意识。他还撰有《金

1.［日］曲亭马琴著：《玄同放言 · 诘金聖歎》，收于日本筆大成编辑部编：《日本随筆大成》第一期 5，第 251—262 页，东京：吉川弘文館，1993 年版。

瓶梅五集》《〈水浒后传〉国字评追考》《〈三遂平妖传〉国字评》[1]等对中国白话小说的评论，是江户时代对中国小说研读最为深入的作家。

1.［日］天理大学图书舘善本丛书和书之部编辑委员会编：《馬琴評答集》，东京：八木书店，1973年版。

这些文章反映了他对《水浒传》等小说逐步深化的认识过程：从青年时代便热衷于搞懂中国白话小说的字义。以后越读越感到不明作品写作的好坏在哪里，意识到从小说整体构思、情节发展等技巧方面加以研究的重要性。这表明在中国白话小说面前，他始终不是一位只想寻求读书之乐的普通读者，他是抱着语言学者——批评家——作家的态度去接受中国白话小说的，这就形成了他独特的视角。

在日本，百二十回本《水浒传》是很受欢迎的，而在中国，从17世纪中叶金圣叹的七十回本出现以后的200年中，百二十回本就较少见到了。因而，尽管日本对百二十回本需求量很大，但能购进的却不多。应日本读者的需要，中国商人便四处去寻购，尽管这样，仍是不敷所需。在《玄同放言》中，曲亭马琴曾说30年前曾听说一位缙绅收藏中国版本的《水浒传》十七八种。根据马琴对《水浒传》的理解可以推断，他手边可能有数种《水浒传》的版本，他正是以此为据来开始对《水浒传》的探索历程的。

他作为一位语言学者，可依据的辞书不多，主要靠对小说中的用法的揣摩去领会白话的原义。在《南总里见八犬传》第九辑下帙中卷十九简短赘言中，他谈到中国“俗语亦有出处，悉符字意，与雅言之所以不同，乃因用途各异”，而后举例说：

> *譬如雅言曰：“惭愧”，乃羞愧之意，而俗语却可作为“忝”用，有受之有愧而感谢之意。还有“工夫”二字乃思索考虑之意，而俗语则可有空虚闲暇之意。“工”乃“空”之简字，“夫”为助词，故王夫即空也。然而俗语之和训，与此却有所不同。如不究其源而见此间所抄录之俗语，拈来便用，有时则大谬其意。顺便再举一二例。于《水浒》、《西游》等书中，“在”如“于”，“像”若“如”或“似”，“则”如“唯”，但其文自有规则，不得乱用。“似”当如“如”，只限于“似飞”；将“则”当做“唯”；只限于“不则一日”；“像”虽可当做“如”，但不得用于“如之”。更何况“教”可转做“叫”（教乃令也）；“尿”可转做“马”（于骂人时用）；“底”可转做“的”等等，实非一朝所能尽述*[2]。

2.［日］曲亭马琴著、李树果译：《南总里见八犬传》（三），第429—430页，天津：南天大学出版社，1992年版。

他这里所举的例子，并非每一个都理解准确无误，但由此我们可以看出，曲亭马琴主张对俗语深究其源，反对凭着世面上流传的俗语抄录随意乱用。他不仅注意到常用俗语的意义，而且认真体会其约定俗成的使用习惯，这表明他对俗语的学习具有明确的目的性，即不仅要搞懂原义以读通原作，而且要在自己的作品中适度吸取。

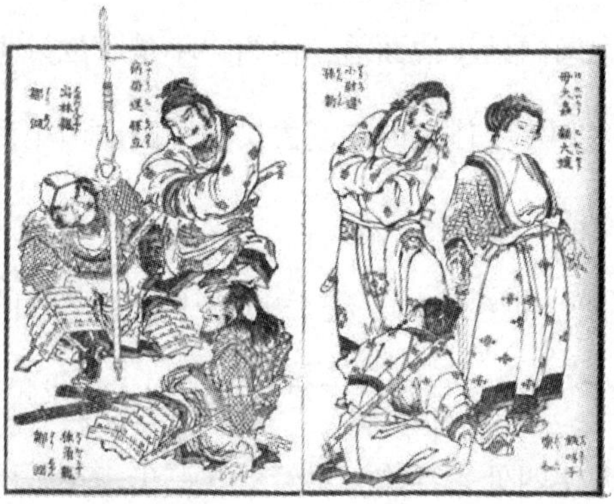

浮世绘画家葛饰北斋为《忠义水浒传》所绘插图

作为一位批评家，曲亭马琴又是用挑剔的眼光去读中国的白话小说，认为小说光有趣还不行，还必须对读者进行“劝善惩恶”的道德教化（马琴略作“劝惩”），因而他认为《水浒传》一点儿也没有达到这个目标。这种态度，与他作为一般读者的身份来看待作品时的情感常常自相矛盾。

作为一般读者，他屡屡流露对其书的嗜爱与对金圣叹的钦慕，而作为批评家又不时冷语相讥。他既说过“予尝读《水浒传》，忘食不厌，秉烛不倦”，夸《水浒》是“大手笔”（《译水浒辩》）；又说过“其笔力如尽人情，实小说之巨擘也，后世无以加之，但劝惩甚远”（《诘金圣叹》）。他说：“大约小说不以劝惩为宗则不足弄，《水浒传》，小说之巨擘，今古无敌手；今议论多者，远劝惩也。”（同上）[1]

1.［日］曲亭马琴著：《玄同放言》，收于日本随笔大成编辑部编：《日本随筆大成》第一期 5，第 260 页，东京：吉川弘文館，1993 年版。

在另外一些文章中，他又屡屡责怪金圣叹等中国小说批评家不悟作者深意，没有参透作者劝惩的苦心，也就是说《水浒传》作者之苦心毋宁说是“劝惩”二字，而糟就糟在无人领会：

大凡学经典辞章，和汉之先哲细心注疏，指导学者，而世人皆厌其教，喜欢无用之空谈，或好奇心盛，愿闻他人之好坏。是以达者之戏墨，取凡近之事，寓意劝惩，以虚构之事而醒尘俗之惑者，有《水浒》、《西游》、《三国演义》、《平山冷燕》、《两交婚传》之五大奇书。文章精巧绝妙，按其深意乃以《齐谐》为鼻祖，却不悖三

教之旨，谓其与释迦之所谓善巧方便、五百罗汉与二十五菩萨之功德为仲伯，是不为过。然而如《水浒》，虽彼土之有识者亦未能悟其深意。[1]

1.《南总里见八犬传》第九辑下帙下之中后序。笔者译，下同。

曲亭马琴最不满的，是金圣叹腰斩《水浒》。因为《水浒传》至二次讨伐，一百零八名好汉多数阵亡，最后连宋江、李逵等都服毒而死，马琴认为这样的结尾，“看官虽感遗憾，然而此乃有关劝惩，此等悲惨结局乃作者之用心”[2]。

2.《南总里见八犬传》第九辑卷三十六“卷首附言”。

他还一再说：

譬如《水浒传》七十回后有招安之事与京师之故事，是以一百零八个妖魔，皆变成宋之忠义之士。倘无此等事，七十回便结尾。那一百零八个人则只是聚集在梁山泊之强人，何以示劝惩乎？由是观之。《水浒》一百二十回无疑出自罗贯中一人之笔。然而那金人瑞却将七十回以下诬之为《续水浒传》而大肆诽谤。如彼者乃只知《水浒》之皮肉而不知其骨髓也。[3]

3.《南总里见八犬传》第九辑卷二十九“卷首赘言”。

稗史小说之巧致，在于善写情态，异闻奇谈，出人意表。至于军旅攻伐之谈，只是取悦里巷小儿，为士君子之所不足道。譬如《水浒传》自七十回以下有招安事，至宋江、卢俊义等及其同党一百零八人，为宋朝伐辽征方腊，笔致则远不如七十回以前新奇精巧。是以金人瑞认为前七十回乃施耐庵之作，七十回以下至一百二十回为罗贯中之作，并诬之为“续水浒传”。如毛鹤山者虽善阅小说，却采纳金人瑞之诬言，亦将七十回以后称之为“续水浒传”。以余之见，《水浒传》一百二十回乃罗贯中一笔写成，其证据很多。然而评论那部小说之李贽、金人瑞等自不待言，其他明清之文人墨客评《水浒》者虽多，然而无一人领悟该作者之无量隐微。[4]

4.《南总里见八犬传》第九辑卷三十六“卷首附言”。

曲亭马琴一再强调，那些大手笔所著的“求隐述怪之虚构之野史小说”，必有“作者之隐微”，即不明言的深藏不露的意图与思想，而批评者的首要任务，便是揭示这种“隐微”。而金人瑞等人的错误，恰恰在于背离了作者的意图，作者要用一百零八人的悲惨结局揭示反叛者的下场，以《水浒传》作为忠臣义士忠于皇帝的教材，金人瑞腰斩的结果，使该书只变成了妖魔传、强人传，断送了一部“宋之忠义之士”传。曲亭马琴以武士道德来评价《水浒传》的思想倾向，在他的意识中早已把故事的背景移到了天皇制度下的日本。

作为批评家的曲亭马琴，体会到从事稗史小说批评绝非易事，痛感深悟此道者甚少，认为关键在于他们不能领悟作品之“隐微”。为此，曲亭马琴提出“评达者之戏墨”的“五禁”。这五禁是：

（一）把稗史小说当历史来评价的批评（以假当真，求全责备者）；

（二）以教条割裂作品的批评（评者只凭道理引其所好者）；

（三） 见木忘林、吹毛求疵的批评（不究作者之深意，只想发现其与年代之不符，即俗称之为找茬儿之类者）；

（四）性急浮躁、不解悬念之妙的批评（迫不及待催促前曾有伏笔、预示而久未出现者）；

（五）不明作者以怪谈为趣旨之本意者（神异妖怪有始无终出没无常，乃不可思议之事，然而欲详其出处来历，并希望将其消灭以求安者，此只能增加迷惑，而并非作者之本意）。

这些是曲亭马琴听到各种关于自己作品的议论后有感而发的，也是在中国小说评点与自己对中国小说理解之间发现距离后对批评禁忌的思考。他期待有懂得这些道理而能切中肯綮地评价自己“戏墨”的知音出现；然而，这样的知音在当时并没有出现。这便迫使他多次采用“自评”——有时他也称“幕后信口独语”的形式，即在情节进行当中，作者在自叙、“赘言”或“附言”中自己跳出来讲明本意、情节安排、人物命运等。这种“自评”，既是自注，又带有自作广告的味道。我们不妨把它视为对中国小说评点的一种特殊形式的模仿。

这在他晚年撰写的《八犬传》中最为多见。他说：“吾自撰写小说，于兹已有五十余年。虽实为无用之术，但已老练至今，可谓精益求精，无不达到十二分之程度；然而看官只用心用力三四分，二三知音之评亦不过六七分，阅读之粗细有所不同，是以评论亦各异。”[1] 读者从不同角度来评价作品，本是必然之事，何况马琴的读者多为“妇孺”而非饱学悟道的学究，那么他为什么还希望得到“十二分程度”的理解并不厌其烦地自评呢？这里不正有中国小说评点作用于阅读鉴赏效果的启示吗？

在《〈续西游记〉国字评》一文中，马琴还对中国小说评点的缺陷有所议论。他肯定悟一子之评多有笃论，亦有不少有趣之处，然而“唐国之评者不作稗史，只言巧者”。他抓住《西游真诠》第九回“陈光蕊江流和尚”故事的问题，指出在故事发展上有矛盾，所以明刊本删掉了，可见悟一子的批评有不当之处。悟一子认为《西游记》作者的本意在于“悟道”，便以此来评

1. ［日］曲亭马琴著、李树果译：《南总里见八犬传》（四），第 111 页，天津：南开大学出版社，1992 年版。

点作品，马琴认为他的批评没有涉及“作品之巧拙”，而“作品之巧拙”正应交读者评说[1]。

1.［日］矶部彰著：《『西遊記』受容史の研究》，第279—282页，东京：多贺出版，1995年版。

马琴认为，中肯的批评要求批评者不仅要有学问，而且要有“稗史之才”，有写作稗史的体验。在批评内容上不仅要“为售品饰之以花”，讲好话，而且要“恶者亦不能不说”。

马琴对于中国小说评点的这种指责，后来为明治时代的青年批评家高田半峰所继承与发挥。高田半峰在他的文章中，抨击中国人的“赞美主义”，“不仅往往流为谄谀，而且毫不能显示批评的实效。其略者，常罗列艳辞丽句赞扬著作；其详者，也只停留在说透人不易理解的妙处，揭示人不易看出的要点。所谓评注，只不过是一种注释”[2]。不难看出，高田半峰与曲亭马琴的观点是一脉相承的。

2.［日］高田半峰著：《當世書生氣質の批評》，载西周编：《明治藝術 文学論集》，第126页，东京：筑摩书房，1975年版。

曲亭马琴并不要求所有的读者都从作品中获得同样的感受。他把读者划分为“君子”与“妇幼”两个层次，对前者来说，要求他们“寻文外隐微，而解悟奖导之深意”；对后者来说，野史的功用只是“代一日之观场，而不觉春日秋夜之长云”（《八犬传》第九辑“自叙”）。他一再抱怨李贽、金人瑞以及中国那些才子文人不懂得《水浒传》里那许多隐微之意，不满于金圣叹之评《水浒传》“未能尽为妙”，而那些日本“好奇之士”的稗史批评，也不过是徒然搜索其瑕疵，批之以理义，圆器方盖，鲜有不损作者面目。

从这些议论来看，马琴不仅要在稗史写作上超轶“和汉才子”，而且要在稗史批评上独树一帜。这种雄心，或许正是他写出那些自叙、赘言、附言之类的自评文字的动力。显然他希望这些文字随着作品流传后世，流播中日两国。

曲亭马琴在不断的对比、思索之中，刻意从中国白话小说中学习技巧，领略各种写法的得失。作为作家，他动手写作《八犬传》这一行为的本身，便是出于对稗史小说难登大雅之堂的忧虑，而求有所作为：

> *举其不足者，则《源氏物语》太耽于淫恋而不谙劝惩；《水浒传》则劝惩过于隐晦，至今无善悟之者。徒观其表不过是强人之侠义，甚为可惜。大抵知与不知，熟读与未熟读者，均谓其书不过舞文弄墨耳。如余之曲学者流东施效颦，舐糟拈垢者，和汉古今又有几人？大凡有其才而能脱胎换骨，写出杰作者，颇为罕见；既不脱胎亦不换骨，囫囵吞枣似是而非者，反接踵而继，至今不衰。盖因其笔之远祖，世代相传，稗史小说乃难登大雅之堂欤！*[3]

3.［日］曲亭马琴著、李树果译：《南总里见八犬传》（四），第195页，天津：南开大学出版社，1992年版。

在模仿中国白话小说的潮流中，马琴志在以自己的写作填补《源氏物语》、《水浒传》等日中名著的缺憾，并提高稗史小说的品位。他一再宣布将一反《水浒传》劝惩过于隐晦的写法，更加突出封建道德观念。在《叠翠君八犬传第九辑中帙总评并作者答评》中，他重申自己作品不在于趣意的新奇与文字的工致，而是要“瘅恶”、“彰善”，通过描写忠臣贞女、孝子贤孙，描写古昔贤良君子的薄命或暴虐奸雄的得势，“效孔圣春秋心诛之笔意，以快人心之不平，唯显劝惩之一端”。这表明马琴的写作有着极鲜明的指导思想。

在某些情节的处理上，即使对《水浒传》等书有较多的模仿，他也没有放弃批判选择的立场。例如《八犬传》对牛楼故事，时人谓此脱胎于《水浒传》鸳鸯楼故事，马琴严肃指出，《水浒传》鸳鸯楼故事中连无辜的奴婢也杀了五十多人，十分冷酷，不是“豪杰之趣意”，而是“盗人之根性”，而《八犬传》中的武士对敌人也是宽容文明的。

作家曲亭马琴深谙写作的甘苦。作稗史小说是“集虚假之词而缀虚假之文，事之与文，素所无之”，那么，小说的构思又是哪里来的呢？曲亭的回答是：“胸中有物，则求之于内；胸中无物，则求之于外。内外撮合，然后许多脚色出焉。”（《八犬传》第九辑自序）他又以航海得宝喻写作的欢悦：

> *稗官新奇之谈，尝含蓄作者胸臆。初考索种种因果，无一获焉，则茫乎不知心之所适，譬如泛扁舟以济苍海。既而得意，则栩栩然独自乐，视人之所未见，识人之所未知，而治乱得失，莫不敢载焉，世态情致莫不敢写焉。排纂稍久，卒成册，犹彼舶人漂泊数千里，至一海岛，邂逅不死之人，学仙得货归来告之于人间也。然而乘槎桃源故事，众人不信之，当时以为浪说，唯好事者喜之，不敢问其虚实。传殆数百年，则文人诗客风咏之，后人亦复吟哦不疑。*[1]

1.［日］曲亭马琴著、李树果译：《南总里见八犬传》（一），第 95 页，天津：南开大学出版社，1992 年版。

只有亲自品尝到写作完成之后自我欣赏时的甜蜜的人，才会达到“栩栩然独自乐”的心境。从内心自我满足的角度出发，马琴又提出过“自游说”和“泄智说”，把写作稗史小说看作一种自娱与自我表现。他把自己醉心于写作，与楚狂接舆游于歌咏，庄周游于寓言，左思、司马相如游于文场，杜甫、李白游于诗词，贯中、笠翁游于传奇小说相提并论[2]，奉罗贯中、李笠翁为楷模，“隐居妄言，不觉春日秋夜之长，常著书撰文以泄其智”。这样，他的作品也就变成了自我学问才智的归宿、自我陶醉的玩物。

2.［日］曲亭马琴著、李树果译：《南总里见八犬传》（一），第 399 页，天津：南开大学出版社，1992 年版。

因而，他总是在宣称自己作品有“推因说果，以警醒妇孺”的功效之时，又说它们是“以狂言绮语,或间有俗语俚谚,谐而缀之,以玩物视之可也”,甚至又说过写作就是“为了生活”(《新编水浒画传序》），换取微薄的稿酬以养家糊口。作为江户时代最早不靠行医或教授生徒等业，而靠“润笔”为生的作家，马琴不得不夜以继日地伏案疾书，写出足可等身的通俗畅销书，这自然也是影响他的中国小说观的重要因素之一。曲亭马琴的商业化写作，使他常常在书贾的催促下完稿,很难有精心撰著的时间，这一点也与李渔颇为相近。黄鹤山农《玉搔头》序曾谈到，李渔家道中落，不得不“挟策走吴越间，卖赋以糊其口”，李渔在《闲情偶寄》中也说：“予终岁饥驱，杜门日少，每有所作，率多草草成篇，章名急就，非不欲删，无可删可改之时也。”马琴的生活比李渔安定得多，但他也不能不经常感慨想写的东西不能刊行，书贾的要求不能不考虑。

在一系列创作问题上，马琴参酌了中国小说的经验。例如长篇小说主要人物的设定，这直接关系到骨干情节的发展与整体结构的均衡，也牵动着细节的连锁与内部经脉的流通。在《八犬传》第九辑中帙附言中马琴谈到人物数目的设定问题。在他看来，《水浒传》一百零八条好汉，人数太多，所以史进、鲁智深、杨志、武松等全传开头那几位好汉，待进了梁山泊之后，势头便不如开始。除共同临阵交战外，虽有如无；更何况未列入一百单八将者，实乃有始无终，多半如俗语所云，中途便自消自灭。再有《西游记》三藏师徒，仅四人而已，其人太少，是以其事相似且多重复。《水浒传》也有重复。

马琴自负地宣称：写长篇小说易有重复之疵，而自己多年写作却“未曾堕此苦海之中”，原因在于自一开篇便精心结撰，有斟酌、限度。拿《八犬传》来说，全书写了19人，既不多也不少。其忠臣义士自不待言，就是一般平庸之辈也都有始有终。这种要求作品贯通一气，具有完整结构的思想，应该说是受到许多中国白话小说与小说评点的启发之后形成的，不过《八犬传》的整体结构却并非出于开始动笔时的精心构思，作者应书商之请一再自作续书，全书实际上是一种承续性结构。

中日的小说艺术都有自己的审美理想，有各自起支配作用的思想和文化传统，也有各自的理论批评体系。从总体上讲，一部分作家对明清小说批评的摄取，虽然丰富了日本的小说理论，但是并没有从根本上动摇与改变日本小说最基本的特性。不论是对日本的小说理论，还是对中国的小说理论，今天都有重新探讨与研究的必要，而对中日小说交流史的回顾，正是这种研究不可或缺的组成部分。

第八章　蒙书传授与町人文学

风雅任他三百首，

华词可观一千文。

——藤原宗之《题续千字文》

中国像《千字文》、《蒙求》、《孝子传》这样以识字教育和书法教育为目的，以幼儿妇女为对象的著述，也要在美辞丽句与道德教养的结合上下功夫，它既产生于重文重德的文化传统之中，又成为延续这种传统的链条。它对修辞的讲究长时间受到教育者的肯定，也受到被教育者的欢迎。

《千字文》等在朝鲜半岛与日本的流传，自然离不开汉字在这些国家和地区文化中扮演的角色。历史上《千字文》在汉字教育和文学素养教育中的作用是有共同点的，今天在汉字教育萎缩甚至消亡的情况下，历代书法家写的《千字文》作为书法教育的材料，仍在发挥作用。

幼学童蒙的书，竟然给日本文学留下这么多的投影，正表明当时的汉字写作遣词造句从模仿拼凑蹒跚起笔的状态。正同佛教这顿饭中国消化了几百年相像，汉字文化这顿饭日本也消化了几百年。我们追寻《千字文》在日本流传的足迹，也正是窥探汉字文化在另一种文化中植入的历程。

第一节 《千字文》与文学教育

近代以前的学童，识字学书大都始于《百家姓》和《千字文》等。郭尧臣著《捧腹集诗抄》中有《蒙诗叹》七律十四首，第九首就写学塾书声，颇为传神：

一阵乌鸦噪晚风，诸徒齐逞好喉咙。

赵钱孙李周吴郑，天地玄黄宇宙洪。

《千字文》完翻《鉴略》，《百家姓》毕理《神童》。

公然有个超群者，一目十行读“大中”。[1]

1. 周作人著，刘应争编选：《知堂小品》，第420页，西安：太白文艺出版社，1999年版。

这首打油诗让我们看见了旧时私塾中摇头晃脑、扯开喉咙齐诵《百家姓》、《千字文》、《神童诗》等的景象。《千字文》是很多人最早接触的书之一。它既是对开蒙学子进行习字教育的教材，也是道德教育的教材，在某种意义上还是文学教育的教材。中国封建时代教育的很多方面，都可以在其中找到体现。

日本平安时代以来有四种书三种注之说。四种书其说不一，大体是指《千字文》，白居易《新乐府》，李峤《百咏》、《蒙求》，也有的还把日本人编写的《和汉朗咏集》算上；三种注则指《千字文注》、《蒙求注》和《胡曾诗注》。可以看出，《千字文》和《千字文注》是占有重要地位的。日本学者尾形裕康就写过一本《我国〈千字文〉教育史研究》[1]，专门探讨日本历史上是怎样用《千字文》来进行识字和文化教育的。

1.［日］尾形裕康：《我国における千字文の教育史的研究》，东京：校仓书房，1966 年版。

一、 《千字文》的诗性特征

可以设想，在漫长的识字教育中诞生的幼学书是难以全存于世的，《千字文》常为人用，必有原因。一个重要的因素，是它的诗化特征。相传南朝梁武帝指令给事郎周兴嗣用一千个不同的字编成的《千字文》，四字一句，对偶押韵，便于记诵，曾被用为儿童启蒙课本。《千字文》，特别是王羲之书写的《千字文》作为书法范本曾长期广泛流传。唐韦绚（801—866）所著《刘宾客嘉话录》还记载了一段轶事，说梁武帝教诸王书，令殷铁石于大王（王羲之）书中撮一千字不重者，每字一片，杂碎无叙。武帝招来周兴嗣，对他说："卿有才思，为我韵之"[2]，所谓"韵之"，就是编成韵语，也就是诗化。据说兴嗣一夕编次进上，鬓发皆白，而赏赐甚厚。这虽然有言过其实之嫌，但也说明这样一件工作，也确实需要"一夜捻断数根须"似的苦吟苦求。

2.（唐）韦绚：《刘宾客嘉话录》，《唐五代笔记小说大观》上，上海：上海古籍出版社，2000 年版。

不论是在中国还是日本，自古以来流传极广的，还有智永所书的《千字文》。《刘宾客嘉话录》中还说，右军孙智永禅师自临八百本，散与人外，江南诸寺各留一本。永公住永欣寺，积年学书，后有笔头十瓮，每瓮皆数万。人来觅书兼请题头者如市，几乎踏破住所的门限，于是只好用铁皮将门限裹起来，人谓之铁门限。后来他将笔头埋葬，号为"退笔冢"，自制铭志。日本大阪天满宫等地，至今尚有笔冢，其源盖出于此。

用韵是诗化的重要特征，但《千字文》的诗性还不只表现在用韵成文上[3]。它从起笔，就显示出诗人观察把握世界的方法。从天地开辟、历史推移、季节变换、天生万物，叙及文明发生、自然与社会的运动，寥寥数语，便使人感到置身万事万物不息的运动之中，感受到宏阔的气势和深重的历史感。那俯瞰宇宙、纵观自然、把握人生的眼光，凸显出编写者的诗人气质。文中触及史实，偶涉哲理，不忘劝戒，甚至还有对自然景物生机盎然、富于动感的描绘：

3. 津阪孝绰《夜航诗话》卷六说："李瀚《蒙求》，协此韵语，以便课诵，盖效周兴嗣《千字文》，故《全唐诗》收为诗类。近世往往有续貂者，徒效其体裁；而不知押韵，殊可笑也。"见池田四郎次郎编：《日本詩話叢書》，第二卷，第 334 页，东京：龙吟社，1997 年版。

渠荷的历，园莽抽条。

枇杷晚翠，梧桐早凋。

陈根委翳，落叶飘摇。

《千字文》又多用名诗名句，对其或原样编入，易于引发连锁性的想象，或略加改动，仍能让人想起原诗原句，引用《诗经》的句子尤多。由于《诗经》本身多四字句，这些诗句穿插在文中，可谓水乳交融。与《诗经》有关的如：

临深履薄，夙兴温凊。

似兰斯馨，如松之盛。

俶载南亩，我艺黍稷。

贻厥嘉猷，勉其祗植。

存以甘棠，去而益咏。

孔怀兄弟，同气连枝。

肆筵设席，鼓瑟吹笙。

当然，难的并不是镶嵌上这些佳句，难在千字的规模上几乎字不重复。编者很可能是先选择一些名句，然后精心作避免重复的操作。清人褚人获称此书“如舞霓裳于寸木，抽长绪于乱丝”，正是言其于不易中求精彩。在这个过程中，周兴嗣还考虑在做人方面，也给习字者有益的劝诫和忠告，于是“知过必改，得能莫忘。罔谈彼短，靡恃己长。信使可覆，器欲难量”、“尺璧非宝，寸阴是竞”这样的警句，便成了教育者欢迎且便于借此训导学生的依据了。[1] 这就难怪明代王世贞会称它为绝妙文章。

1. 周兴嗣撰，周艺校点：《千字文》，长沙：岳麓书社，2002 年版。

在《千字文》当中，有很多关乎我们民族文化的“根”的内容，包括最古老的神话传说、春秋战国的历史等等，而属于根本远离我们精神世界的东西，例如“女慕贞洁，男效才良”、“资父事君，曰严曰敬。孝当竭力，忠则尽命”这样的说教，在全文中的比例并不是那么大。《千字文》在我国和周边各国长期受到教育者的欢迎，其中确有耐人寻味的经验值得探讨。

二、　日本史书中的《千字文》

《千字文》传入日本之早，甚至出现了在它问世之前就已经奉于皇前的记述。较早的注释本之一的《千字文李暹注》，在中国却早已散逸，仅在敦煌保留着《千字文李暹注》的部分内容。而在日本，《千字文李暹注》尚存完本，而且在正仓院中还有抄写其字句的木简，这说明奈良时代的贵族已经用它来识字及学习语言文学知识。

枚方市传王仁墓

日本学者东野治之曾经通过《千字文》、《论语》等分析了《万叶集》歌人的教养。他指出，奈良时代《千字文》曾在官人中广泛流传，《万叶集》卷十三长歌（3288）里的"玄黄之神祇二衣吾乞"正是根据《千字文》的"天地玄黄"用"玄黄"二字表示"天地"之意的。就是卷五 863 的吉田宜的书状中的"年矢不停"，也是由《千字文》中的"年矢每催"一句演化来的。以上两点实际上江户时代学者契冲在《万叶代匠记》里早已指出[1]。

1.［日］东野治之：《遣唐使と正倉院》，东京：岩波书店，2002 年版。

根据《古事记》、《日本书纪》、《古语拾遗》等日本最古老的一批文献记载，《千字文》是随《论语》一起，由百济博士王仁献给日本朝廷的。皇子莬道秩郎子还曾跟王仁学习它。关于这些记述，后世多有疑问。《古事记》中卷虽然言之凿凿，说百济和迩（亦写王仁）来朝，献上《论语》十卷，《千字文》一卷，并十一卷，《日本书纪》卷十则说是应神天皇十六年即公元 285 年（西晋武帝太康六年）的事。这个年头，比周兴嗣去世的年份早了 260 多年。这显然难以让人相信。

所以，江户时代以来便有学者试圆其说。一有尾形裕康的"古千字文说"，认为梁武帝之前，已有《千字文》的原型存在，尾形裕康将它们称作"古千字文"，那么王仁献的当是这样的《千字文》了。

另外一说，则是“记述提早说”，也就是认为错出在《古事记》、《日本书纪》这些官修史书的作者头上。那时真正传入日本的，当是中国的同类字书《急就篇》或者《仓颉篇》，而《千字文》传入日本则是大为靠后的时代。神田喜一郎曾经指出，日本古史的纪年，有意拉到初期天皇统治的时代，结果就造成了年代大谬。对《千字文》素有研究的小川环树，便有“提早说”[1]。

1.［日］小川环树、本田章义校注：《注解千字文》，东京：岩波书店，1984 年版。

这些记述是否确实另当别论，《千字文》在最早一批试图掌握汉字的日本皇族与贵族心目中的地位，由这个传说反映了出来。曾有人说，开始学习一种民族语言，就意味着向一种文化脱帽致礼，如果这种说法也适用于文学的话，那不妨说，日本人最早借以向中国文化脱帽致礼的对象，也包括《千字文》这样的启蒙教材。

这两种说法，都有一定的依据。中国字书，包括《急就篇》等很早就通过大陆到日本的所谓“归化人”，以及从朝鲜半岛到达日本的百济人传入日本，有着充分的可能性。

现存最古老的文书，似乎在证实上述传说具有真实性的一面。保存在正仓院里的断简中，有最早书写的出自《千字文》的字，说明奈良时代的人已经在利用《千字文》学字习字。这些断简包括“散虑逍遥”等文句，书写时间大概 8 世纪初。在正仓院里除了这些断简之外，文书中还保留一些随意写画的字迹，与《千字文》有关的多达 7 例。虽然都只是断句残文，但是也可以看出前后的内容，其中意义最明显的是收进《大日本古文书续集别集四十八》里面的下面文句：

千字文敕员外散骑侍郎周兴嗣次韵

天地玄黄宇宙洪荒日月盈但辰宿列张

下面的一行，正是《千字文》开头“天地玄黄，宇宙洪荒。日月盈昃，辰宿列张”。黄，指天地的颜色，玄为天色，地为黄色。洪荒，蒙昧的状态，借此指远古时代。太阳偏西为昃，断简中的“但”字正是“昃”字之误。这片木简抄写的正是《千字文》开头的几句[2]。

2.［日］东野治之：《正倉院文書と木簡の研究》，东京：塙书房，1998 年版。

正如小岛宪之所指出的那样，时代稍后的平城宫木简当中，也有出自《千字文》的内容：

杷晚翠梧桐早陈根委翳落叶飘摇

这是抄写“枇杷晚翠，梧桐早凋。陈根委翳，落叶飘摇”一节，“枇”、“凋”二字被磨灭了[3]。

3.［日］小岛宪之：《上代日本文学と中国文学》，第 919 页，东京：塙书房，1986 年版。

据推测，这些木简都是下层官员书写的。这说明，从7世纪末到8世纪初，《千字文》对于当时的知识普及具有极大的作用。

《千字文》对于奈良知识分子来说，不仅仅是识文习字的教材，而且也是他们理解中国文化的课本。天平十年（公元738年）成书的《大宝令》的注释书《古记》中，《令集解》赋役令贡献物条有这样的注文：

金银，金黄也，谓金生丽水也。珠玉，自生曰珠，作成曰玉。所谓“玉出昆冈”。

这一则注文，出自《千字文》“金生丽水，玉出昆冈”，是不需再说明的。

到了平安时代，《千字文》可能已经成为贵族子弟学习的重要教材。源为宪（？—1011）编著的《世俗谚文》（有1007年自序），对当时流行的俗语指明出处，其中就有一句“文屋一带的麻雀啼叫的也是《千字文》里的‘秋收冬藏’这句话”，文屋是当时的国立教育机关，那里的学子们每天朗读《千字文》，连麻雀也学会了。虎关师炼《元亨释书》载释净藏“四岁读《千字文》，闻一知二。”[1]可以想见，《千字文》在汉文教育中起的作用是相当大的。

1.［日］黑板胜美编：《增補新訂国史大系》31卷《日本高僧傳要文鈔·元亨釋書》，第157页，东京：吉川弘文館，1965年版。

三、 奈良文献中的《注千字文》

几乎是在《千字文》传入日本的同时，《注千字文》也已经出现在奈良知识分子的书桌之上，东野治之等学者从下面的文献中找到了证据[2]。

2.［日］东野治之：《李暹〈注千字文〉について》，第219—234页，《万葉集研究》，13集，1985年版。

善珠所著《大乘法苑义林章》的注释《法苑义镜》第三（收入《大正新修大藏经》《日本大藏经》）有如下记述：

尽卞和之璧者，《史记》曰：楚国井里人卞和，于荆山昆仑之谷得玉璞，献厉王。王曰：“石也。和欺寡人”刖右足。厉王死，其子武王立，和复献之。武王曰：“石也。”即刖左足。不胜其狂，抱玉璞哭于荆山之下，泪尽继之以血，荆山为崩颓。武王死，其子成王立，和复献之。成王使工人取之，果得夜光之璧。故谢惠连诗曰：“莳兰莫当门，怀玉莫向楚。楚无别玉人，门非莳兰所。”此卞和事，异说非一，广如《琴楼诗》及《韩记》并《史记》、《注千字文》等说。[3]

3.［日］东野治之著：《正倉院文書と木簡の研究》，第743页、东京：塙书房，1998年版。

这段文字所引卞和事与谢惠连诗，和今传上野本《注千字文》大致相同，只有几处有异。如“不胜其狂”，上野本作“不胜其枉”，看来当从上野本，“不胜其枉”，就是痛感冤枉。“成王使工人取之”，上野本作“成王使工人改之”，似乎两者皆可能有误，或许当作“成王使工人攻之”。“荆山为崩颓”，上野本作“荆山为之崩颓也”。[1]虽然有这样的不同，但《法苑义镜》是取上野之说则是大体可以断定的。这一段话出自上野本《注千字文》“玉出昆冈”一句的注文，引文略有删节。上野本引谢惠连诗有误。《南史·袁淑传》有袁淑所赋诗：“种兰忌当门，怀璧莫向楚，楚无别玉人，门非植兰所。”上野本作谢惠连诗，或许是因为谢惠连诗有咏卞和的诗句“南荆璧，万金赀，卞和不斫与石离”（《鞠歌行》，载《乐府诗集》卷三十三，相和歌辞八[2]）。上野本将两者相混了，《法苑义镜》也蹈袭了它的错误。

1.［日］黑田彰、後藤昭雄、東野治之、三木雅博著：《上野本注千字文注解》，第10页，大阪：和泉书院，1989年版。

2.（宋）郭茂倩：《乐府诗集》二，第494页，北京：中华书局，1979年版。

枚方市千字文纪念碑

正因为《千字文》具有语言诗化的特征，可以寓文学鉴赏于习字教育之中，字与句同时深入记忆，所以奈良贵族知识分子在诵读摹写之余，也很容易记住它们，甚至在写作中当做成句使用。笔者从日本最早的和歌总集《万叶集》中发现了这样的例子。卷五863吉田宜书状中“耽读讽咏，戚谢欢怡”一句，训释众说纷纭，笔者认为，“怡”乃“招”之讹，后句正出自《千字文》中的“欣奏累遣，戚谢欢招”[3]。同卷山上忆良《沉痾自哀文》中的“老病相催”，则是对《千字文注》中的“年矢相催”的创造性套用。

3.王晓平：《敦煌文学文献与万叶集汉文考证》，《中国文化研究》，冬之卷，第119—123页，2004年版。

按照一般流行的文学观念，《千字文》既不算诗歌，又不算散文，更与戏剧小说不沾边，究竟算不算文学，能不能纳入比较文学研究的范围，也总让人踌躇似的。然而，假如我们不是从固有的概念出发，而是从中国文学发展的特性出发来思考中国比较文学的道路的话，那便会是另一种态度。

日本18世纪初有位学者叫富永仲基（1715—1746），在他的著书《出定后语》中谈到“国有俗”的时候，特别提到印度人之幻（神秘性癖）、中国人之文（修辞性癖）和日本人之纹（闭缩性癖）。这种说法是否得当另当别论，中国人对文的崇尚，常常表现在对修辞的执着和偏爱上，却可以举出众多的例证来，可以说用到语言文字的地方都可以是修辞技巧的用武之地。字、号、谥是对人名的修辞；选用好字，避用令人不快的字是对地名的修辞；牌匾、对联、斋号是对居所的修辞，倒贴“福”字之类等“讨口彩”是对习俗的修辞，乃至今天对外来语的译音用字的精心推敲、政治口号演说文章中的趋美倾向，很多都是中国文化中特有或者特别注重之点。这种注重修辞的倾向，对域外汉文学也影响颇大。

四、 三善为康的《续千字文》[1]

1. ［日］塙保已一编：《群書類従》第九辑，第315—318页，东京：平文社，1992年版。

模仿《千字文》，或者使用这一千字以外的别的字，或者用一千字表现某种特定的内容，这样产生的新的《千字文》，尾形裕康命名为“异系千字文”，相对来说，他把周兴嗣《千字文》就称为“周系千字文”。这里我们不妨也借用这样的说法来叙述。

在我国，仿照《千字文》编写的“异系千字文”，可以分为三种，一种是在《千字文》的基础上，给它作续篇，像以“乾坤怙冒，山泽氤氲”开头的《续千字文》，也就是《千字文》中有过的字就不再出现，还是从宇宙观自然观起始。《续千字文》之后，又有以“循蜚邃谧，淡泊希夷”开头的《再续千字文》。续而再续，字越生僻，编写难度也就越来越大，改由传说直接切入人生观开头。

另一种是与《千字文》平行的《别本千字文》，以“天覆地载，曦照月临”开头，与《千字文》重复的字很多。

第三种则是不顾及《千字文》是否有过，而将千字集中于某一特定方面。如宋人胡寅撰、黄灏注的《叙古千字文》，从开天辟地，叙至宋代，言史及人，兼议思想伦理，像这样锁定内容的《千字文》，要在千字中推出许多专门知识，难度越大，饱学之士越感到有挑战性，所以也就乐于尝试。像不载名氏的《篆书千字文》一卷、《演千字文》五卷、《草书千字文》一卷、明人卓珂月作《千字文大人颂》等，可谓花样翻新。

根据尾形裕康的统计，在我国仿照周兴嗣《千字文》编写而在日本以写本或者刻本流传过的“异系千字文”，便有14种29部之多。其中包括江户时代刊行的《宗门千字文》（梵仙著）、《性理千字文》（夏迪著）、《梵语千字文》等。还有由关雪江书写的《粤考千字文》、《易千字文》等（收入《雪江诗抄》卷之一的《千字文集》）。

令人吃惊的是唐代以后，《千字文》的形式就跨越了国界，域外编写的“异系千字文”竟然也多得出人意料。它们出自操不同语言的学者之手。在朝鲜半岛，有奇一著、李昌植述的《牖蒙千字》（1903），高裕相著《图形千字文》（1922）等。不仅如此，还有西人编著的《千字文》。一些不同时代、不同民族的作者均对编写《千字文》乐此不疲，但从兴趣之浓、成篇之富、题材之广而言，首屈一指的还是日本作者。说到日本的《千字文》，仅尾形裕康家藏的本子，便有214部，全部是日本人编写的。在这些书中，有52种139部是千字且由四字句构成，占51.5%，也就是采用周系《千字文》的形式，并非千字而由四字句构成的有26种41部，占25.7%；千字而非四字句构成的有8种11部，占7.9%。剩下的则是既非千字又非四字句的，仅有15种23部，占14.9%。至于内容则是多种多样，包括天地人事的各个方面。与中国的《千字文》相比，大都比较平易，少用或不用典故是最大的不同。

日本最早的“异系千字文”，当数三善为康（1049—1139）的《续千字文》。

周兴嗣《千字文》传人日本后，便成为奈良贵族习字学文的重要范本。平安时代贞观十七年（875）以后，朝廷的读书活动开始多采用《千字文》，贵族家庭教育、大学寮、地方的国学教育，也把它当作重要的教材之一。但是，周兴嗣《千字文》仅有千字仍不能满足学习的需要，12世纪初年，年过八旬的算学博士三善为康仿周兴嗣之作作了《续千字文》。

《续千字文》现收入《群书类从》第9辑，首240字缺，剩余的部分也有个别字迹磨灭[1]。三善为康依然沿用周兴嗣的做法，不是采用文字规类的方法，而是力图赋予各句丰富的意义，而这样做最有效果的便是充分利用典故。如勉学成材的内容，便用“强材折桂，柔翰杀竹。博翻缣缃，淹淫案牍。嗜帙刺股，孕篇晒腹。选句记绅，披卷升屋”[2]，其中便糅进了诸如悬梁刺股、曝书晒腹、登屋顶就月光苦读等有名的苦学成才的典故。其中某些名家，明显受到《蒙求》的影响，如“袁宏播恩，刘宽宥羞”[3]，前一句说晋人袁宏为政有道，多有恩德；后一句说后汉刘宽宽宏大量（《后汉书》卷二十五）[4]。《蒙求》中分别有“袁宏泊渚”[5]、“刘宽蒲鞭”[6]。

1.《群书类从》第9辑，为康尚著有《拾遗往生传》，《后拾遗往生传》等，编有公文范文集《朝野群载》和汉诗韵书《童蒙颂韵》等。

2. 披，原文作拨，依意改。出《南史·江泌传》。江泌小时候家里很穷，白天做鞋为生晚上读书追随月光。月光倾斜了，就拿着书登上屋顶去看，困极了掉在地上就再登上去。

3. 袁宏播恩事见《世说新语·政事第三》。袁公间曰：“贤家君在太丘，远近称之，何所履行？”元方曰：“老父在太丘，强者绥之以德，弱者抚之以仁，恣其所安，久而益敬。”

4. 刘宽宥羞事见《后汉书》卷二十五。

5. 袁宏泊渚事，见《晋书》。谓袁宏有逸才，文章绝美。谢尚时镇牛渚，秋夜乘月与袁宏会于船中，谈论一夜不寐。

6. 刘宽蒲鞭，指刘宽于桓帝时迁南阳太守，典历三郎，温行多恕。吏人有过，但用蒲鞭罚之，示辱而已。

前者说袁宏有逸才，文章绝美；后者说刘宽对有过的吏人，但用蒲鞭罚之，示辱而已。又如《续千字文》中的“范冉甑底，扫氤氲埃”，出自《后汉书 · 独行列传》中的“甑中生尘范史云”一说，而《蒙求》中也有“范冉生尘”一句。《续千字文》中大量融入“鹬蚌之争”、“谄衔滥竽”等寓言和古人正反两方面的事迹，如揽凫侯圯（张良事）、管马识逵（管仲事）、煮豆燃萁（曹植事）、蒋栩径畔（西汉蒋栩事）等，可谓以千字述蒙求，以蒙求成千字，编者之意，显然是在为教育者与受教育者两方面着想，让教育者将有趣的故事穿插于枯燥的识字教育，使孩童有机会回味古代贤人志士的高德嘉行。

寓言典故具有某种形象性、故事性，而富有哲理的锦言妙句在《千字文》中更不可缺少。三善为康与周兴嗣不同的地方是竭力用佛教的无常观来总领全篇。《续千字文》最后部分，佛教色彩最浓：“聊乏商价，曷贩货财？奔驷遄铁，迅电讵留？须臾申臂，刹那纡眸。蜡炷灯消，虬箭漏休。希望暗绝，残涯爰遒。梦欤幻矣，寿又夭兮。”归结为人生如梦、万念皆空的人生观。在《续千字文》中儒家治国安邦的贤士名医如血肉，佛教无常的世界观、人生观如筋骨，两者共存一体，各不相扰。平安中后期贵族知识分子精神世界的构造，正是如此奇特。现实已不允许他们将在政治舞台上叱咤风云的梦想付诸行动，异国贤士名医的德行作为早已不具有模仿意义，他们却仍可以作为精神的营养液而存在。贵族文士生活平静而缺乏跌宕，因而中国贤士生存与崭露才华的乱世险境，反而成为令人憧憬的海市蜃楼。

三善为康编写的《续千字文》在平安贵族上层获得了一部文学杰作的评价。当时的文学博士、大学头（相当于国立大学校长）、吏部侍郎敦光赋诗称扬：“理趣幽深犹郁郁，周兴嗣后世称君”，友人们也纷纷赋诗唱和，无一例外地赞颂《续千字文》的文学成就，“词中莹出骊珠彩，机外织成凤锦文”（藤原宗兼）、“风雅任他三百篇，华词可观一千文”（藤原宗支）。而三善为康自己，也表明自己是用作四言诗的态度从事编写的。他写的奉和诗中有两句“四篇更仿李家韵，千字重推周氏文”，“四篇”正指四言成篇。诗中所言“李家韵”，诗人自注：“李翰《蒙求》之类、李峤《百咏》之诗，皆四韵成篇，故云。”[1]

1. [日] 塙保己一：《群書類従》第九辑，第 317 页，东京：平文社，1992 年版。

五、 “异系千字文”中的民族主义思想

日本进入中世纪以后，日本贵族、武家、上层庶民家庭，也还在广泛使用《千字文》作为教材。特别值得一提的是，它在寺院的世俗教育中也发挥了作用。周作人曾经谈起日本寺院做的教育工作。他说：“中古以来寺院差不多与基督教会相像，兼办户籍与学校事务，其地位自较庄严，与民间的关系亦自密切，一切维系到了现在。”[1] 如果看看今天佛教界对日本政治生活和文化生活的影响力，并在与中国比较意义上来看这个问题，那就会感到这种说法是有些道理的。在寺院的世俗教育中，《千字文》常常被用作课本。到了近世重视教育蔚然成风，《千字文》便出现了很多刊本。各地的藩校、乡校、私塾，以及专收庶民子弟的“寺子屋”，最主要的教材，一是所谓“往来物”即书信写法，再就是《千字文》了。对其加以日语解释或者研究的《千字文国字解》（1765 年刊）、《千字文考证》（1790 年刊）也出现在这个时期。

1. 周作人著：《知堂书话》，第 245 页，长沙：岳麓书社，1986 年版。

日本除了前面提到的三善为康编的《续千字文》（1132 年）以外，还有惟宗时俊编的《医家千字文》（1293 年写，江户时代出版）。种类数江户时代最多，有关社会生活方面的有《世话千字文》（1717 年刊），日本史方面的有《本朝千字文》（1775 年刊），医学方面的还有《医经千字文》（1829 年第一版）。品类之多，几乎不逊于明清时代的中国。

《千字文》这种形式，好懂易记，可以寓思想灌输于识字习字之中，因而，便有以《千字文》为道德人伦、文化知识乃至民族主义教育手段来使用。

寓道德人伦教育的，如日本江户时代以来的《幼学千字文》、《女千字文》等。

寓历史文化教育的，如江户时代儒者贝原益轩《本朝千字文》开头是日本的开国神话：“日本开辟，谓国常立。诺冉二神，夫妇之根”，又叙述奈良时代的史实：“舍撰《书纪》，桔辑《万叶》，帝建分寺，后造浴室。吉备归唐，化乃假名。”结尾说：“邦域繁昌，余光无疆。历史提要，劝惩捷径。诫乎童儿，勤哉习读。”据尾形裕康介绍，日本从江户时代以来与日本史有关的“异系千字文”就有 16 种。

历史文化与民族感情不可分离，日本和朝鲜的《千字文》往往被用作民族主义教育的教材。如朝鲜半岛的《史考千字文》：“亚洲东幅，曰我朝鲜。维国创始，檀木降仙。”而在日本，明治初期的“异系千字文”，多宣扬皇国思想，这一类《千字文》无不以赞美“皇国”为主调。

六、 用于家庭教育的《自叙千字文》

不论中外，《千字文》编写者首先着眼于它的教育功能。上述各类，也无不以用于教育机关为目的，因而注重内容的普遍意义。不过，也偶有为家庭教育而编写的，明治时期著名学者中村敬宇（1832—1891）作《自叙千字文》[1]就是一例。这是一篇用《千字文》形式写成的诗自传。

1.［日］中村敬宇著、柳泽信大书：《自叙千字文》，日本国立国会图书館藏本。

明治初年的青年，许多人都读过中村敬宇翻译的《西国立志编》，受到极大的激励。中村敬宇，字正直，从小接受儒学教育，又曾钻研兰学，还曾赴英留学，归国后从事新式教育。留学前主张“东洋道德，西洋艺术”，归国后则倾向于基督教。《自叙千字文》写于1883年53岁时。

《自叙千字文》诗中叙述自己幼年受到的教育：

父母鞠养，哺乳谆诲。猫犬李梅，忠孝仁义。

如斯等字，次第认记。非是夙慧，濡染所致。

髫龀挟策，论孟学庸。登树捕蝉，披草求蛩。[2]

2.［日］揖斐高、宫崎修多、杉下元明、入谷仙介、山本芳明校注：《漢詩文集》，第195页，东京：岩波书店，2004年版。

这里写到他小时候由于耳濡目染学会了很多字，读的是《论语》《孟子》《大学》《中庸》，而他的父母“灯火针凿，霰雪夜严。谈话故事，内寓良箴。鼓舞诱掖，赖兹妙法”，从不呵斥打骂，总是循循善诱，叙述中深含感激之情。

又写进入汉学塾后，“惑溺小说，《水浒》成癖”，着迷于中国的白话小说，特别是《水浒传》，同时还跟兰学学者学习兰学。他一生酷爱读书，“书压栋楹，春诵夏弦”。写到他喜欢的作家，则是“旁嗜文章，苏潮韩海。兴意相会，拍案呼快。庐陵欧九，爱其情至。纡徐曲折，磅礴浩气。亦喜震川，简古醇厚。尤重余姚，具三不朽。”。[2]明人杨慎撰《丹铅总录》卷十八曾载李耆卿评论古文家的话，说“韩如海，柳如泉，欧如澜，苏如潮”。中村敬宇喜欢苏轼韩愈文章的雄浑豪迈，波澜壮阔，读到精彩之处，常常不禁拍案称快。他喜欢卢陵人欧阳修的文章，情至深而又纡徐曲折，充满浩然之气，也喜欢明人归有光文章的简古醇厚，而特别敬重余姚人王阳明，享有“立德、立功、立言”这三不朽。中村正直还“好吟杜诗，愈于丝竹”。这看来只是写自己的文学爱好，实际上反映的是幕府末年明治初年知识分子的救世情怀和时代精神。面临着激烈动荡的国际局势，深受中国文学刚健精神熏陶的知识分子切实感受到民族的危机，因而与杜诗产生共鸣，并格外景仰既能驰骋战场又有宏文传世的王阳明，站在这样的文化巨人面前，

2.［日］揖斐高、宫崎修多、杉下元明、入谷仙介、山本芳明校注：《漢詩文集》，第197—198页。

甚至焦躁起来：“眼高手低，藐矣鹄的；欲从末由，瞻望愤激。”[1]

1.［日］揖斐高、宫崎修多、杉下元明、入谷仙介、山本芳明校注：《漢詩文集》，第 198 页。

《自叙千字文》写自己在人生路上的种种坎坷：“回顾既往，领异揽奇。惊涛鼍浪，屡犯险危。”文末写对后辈的教诲和希望：

嗟尔儿辈，谨听训言；勇猛进修，勿惮艰难。

宽弘诚敬，恭谦粹温。惩忿窒欲，止妒克悭。

沉湎淫佚，贪乐瞬间；招殃惹咎，贻悔穷年。

咀嚼华葩，烂熟典坟。莫沿支流，宜溯渊源。

持志须坚，攻业要专。博综广采，禁党戒偏。

缥缃万卷，心血存焉。百家纵横，经史纷纶，

愿与汝曹，勤读终身。[2]

2.［日］揖斐高、宫崎修多、杉下元明、入谷仙介、大谷雅夫，山本芳明校注：《漢詩文集》，第 194—210 页，东京：岩波书店，2004 年版。

中村正直期待他的子孙能“勤读终身”，他这里所说的“百家纵横，经史纷纶”，当然包括中国的文史典籍，但又不仅指中国的文史典籍，实际上已扩展代指世界文化精华。

域外“异系千字文”随汉字教育之兴衰而兴衰。在日本，明治维新后小学中学将《千字文》用作习字课本的逐渐减少，在随着资格考试制度、国家教育制度建立而形成的学校教育中，《千字文》逐渐销声匿迹了。20 世纪 60 年代日本政府颁布《当用汉字》，日常使用的汉字数量大受限制，汉字教育日益萎缩，这类“异系千字文”遂成绝响，而作为书法范围的“周系千字文”却依然影响很大，特别是智永等著名书法家所书，仍在不断刊行[3]。作为文学教本的《千字文》，则由于其有过于偏重记忆、高估背诵效果的倾向，远离现代教育。汉字问题既是东亚各国面临的共同历史文化课题，更是现实的文化问题。我们不能不从民族文化与地域文化共同性的高度来加以切实研究，而任何割断文化交流历史的主张，都是有害的。

3. 近来石渡明撰有《平成千字文》，见于网络，以“宇宙广远，银河永久。日月运行，不乱无休。地球公转，季节变移。黄道星座，太阳年周”开头，以“田畑菜园，牛羊牧里。余生幸安，幼时梦想。外浜干潮，游泳拾贝。森央细径，虫取竞走”收尾，加入了许多现代生活的内容。

第二节 《蒙求》——文学群像的渊薮

唐人李翰（亦作李瀚）所著《蒙求》，题名盖取自《易经·蒙卦》“匪我求童蒙，童蒙求我”

之意，以四字韵语，述上古至南北朝时代著名人物言行，好懂易记，中唐至于宋代，作为幼儿教科书十分流行。

公元746年（唐天宝五年），李良曾有《荐蒙求表》（陆善经代作），李华曾为其作序。编者为安平时人，虽为唐之宗族，官则止于司马仓参军。《唐国史补》卷上说他文虽宏畅，而思甚苦涩。晚年住在阳翟，常常找担任邑令的皇甫曾求取音乐，“思枯则奏乐，神全则缀文”，留下一段以音乐催文思的佳话。

一、 《蒙求》在日本的接受史

虽然《蒙求》在我国久已散逸，但从9世纪后期就传到日本，时正当平安时代汉文学鼎盛时期。从文献上看，阳成天皇元庆二年（公元878年）皇弟贞保亲王听讲《蒙求》是有关学习《蒙求》的最早记载。

《扶桑集》卷第七怀旧部所载都良香（834—879）《始受蒙求诗一首》，是平安时代的诗人都良香在宫廷专为第四皇子开始学习《蒙求》而举行的诗酒之宴上所作的诗。皇子的《蒙求》教师由吏部侍郎桔广相来担任，朝廷对《蒙求》教育的重视可见一斑：

八月廿五日，第四皇子于披香舍从吏部郎桔侍郎广相始受《蒙求》，便引文人命宴赋诗并序

都良香

《礼》记入学之岁，过之者非进道之勤；义有从师之方，违之者非渐训之故。研乎其志，所以披沙炼金也；砺乎其心，所以琢玉成器也。学之为益，不其然乎？

皇子聪明，在怀日远之对不敏；岐嶷居质，月初之谈非奇。然犹以老成之量，致童蒙之求。谁其击之者？桔广相是也。保此元吉，故读李参军之书；就彼明贤，故禀桔侍郎之诲。譬冰之解，碧水之心顿清；若雾之开，青天之颜可视。于是宴命绿觞，思唤墨客。韵赐御管，歌吹惊于仙眼；舍在禁宫，讲诵近于天耳。既发迹于今日，当传事于后人。不有诗章者乎，何为不作焉？不有笔砚者乎，何为不记焉？其辞曰：

天生俊哲号天人，自就贤师问道真；

今日童蒙皆击尽，心台一镜遂无尘。[1]

1.［日］田坂顺子编：《扶桑集——校本と索引》，第81—83页，福冈：櫂歌书房，1985年版。

在那时，《蒙求》曾一度作为幼学启蒙和文化教养的教材广泛使用，开始是在贵族中被广泛习诵，《宝物集》所说“劝学院的麻雀啭着《蒙求》”[2]，正说明了诵读《蒙求》的盛况。清少纳言的《枕草子》和紫式部的《源氏物语》对这种情况也都有所反映。以后，不仅贵绅子弟，而且僧侣、武士等也把它作为教材。从这种情况出发，有日本学者就说它在向日本“归化”，给日本文化教育很大影响。

2.［日］小泉弘、山田昭全、小岛孝之、木下资一校注：《宝物集 閑居友 比良山古人霊託》，第54页，东京：岩波书店，1993年版。

作为日本王朝汉文学的余波，川口久雄对源光行的文学活动首先给予关注。

源光行（1163—1244）以作《源氏物语》河内本校勘而闻名，他作的《蒙求和歌》、《百咏和歌》、《乐府和歌》，被川口久雄称为“罕见的和汉三部作”。

《蒙求和歌》今存初稿本（藏内阁文库）、精撰本（藏上野图书馆）两个系统，同时还有写本传世，可以想见当时相当流行。从序言中，可以清楚看出其与《蒙求》的源流关系：

蒙求和歌序

夫《蒙求》者，李翰之所撰也，述数百家之事迹以教人；和歌者，柿本（指奈良时代著名和歌作者柿本人麻吕）之遗流也，联卅一字之篇什以传世。如予者素秉愚鲁之性，虽疏和汉之才，少日爱训说，壮年求简要，是以试和皇汉之囊行，聊呈我朝之风俗，假男女于此文之中，访言行于他书之外，寄其词于花月，歌咏二百五十，分其题于春秋，卷成一十有四，偏为幼童之易觉，不顾耆老之所嘲而已。于时元久甲子之岁，初秋壬申之日，朝议大夫源光行，闲居暇，慨然记之云尔。[3]

3.［日］太田藤四郎发行：《續群書類從》卷第405，第74页，东京：续群书类从完成会，1933年版。

据此《蒙求和歌》原为十四卷，收和歌250首，成书于1202年。这时日本已经进入镰仓时代。这十四卷分为春、夏、秋、冬、恋、祝、旅、闲居、怀旧、述怀、哀伤、管弦、酒、杂。诚如川口久雄所指出的，从分类来看，它具有和歌集和汉诗集两种要素。序中所谓“偏为幼童之易觉”，意思是专门考虑要让幼童记得住。

《蒙求和歌》在每首和歌之前，还将《蒙求》故事翻译了出来。[4]

4.［日］池田利夫著：《日中比較文学の基礎研究——翻訳説話とその典拠》补订版，第157—256页，东京：笠间书院，1988年版。

川口久雄在《平安朝日本汉文学史的研究》（下）曾以其中的“袁盎却坐”为例，说明源光行翻译时候往往添加了一些原来注文中没有的内容，或者是解说的文字，或者就是补充的原文不见的传说故事，看出这是作者力图编写有趣的通俗故事的意识在起着作用。“袁盎却坐”

一事见于《汉书·列传十九》，由于袁盎曾对孝文帝说过“您难道没有听说过‘人彘’的事情吗？”用吕后迫害戚夫人之事警告文帝顾及后果，源光行在这一段中，很大部分是关于吕后怨戚夫人，遂断戚夫人手足，去眼辉，饮瘖药，使居厕中，命曰“人彘”的记述，其中还有些是作者解释的话。写到吕后毒杀赵王的时候，对“鸩酒”一词加以解释，说鸩酒就是毒酒，鸩是鸟，吃蛇，将其毛放入酒中是为鸩酒，一说酒中放入鸩羽云云。在这些对一般日本人感到新奇的地方插入注释，可以看出作者是希望心目中设定的读者不仅从中了解历史，而且要读来感到有趣。

如果说这些还是本于史书的话，那么接下来的一段便难寻原据了。文中说“人彘”之灵，抓住吕后，把她杀掉了。这显然是日本自平安时代以来屡见不鲜的“怨灵复仇”故事的翻版。又说这以后父亲吕公还看见过昔日的吕后，说她虽为幸贵之身，却有“千夫之相”，说吕后死去埋进了坟墓，就像帐床屏风装饰之时一样。第二天，有猎人千余人，架着鹰牵着犬，天黑遇雨，于是破坟而入，聚于其中，见内有美人，默默无言，抚摸其身，体肤尚暖，气味堪怀，于是一两人靠近她，其他的人都羡慕起来你争我抢，九百九十九人都和她接触过，于是她便消失了。猎人们都不知道她是谁，后来才知道那就是吕后，加上高祖，“千夫之相”不虚。

平安时代的愿文作者，常常引用《蒙求》的典故。作为愿文佳句辞典的《言泉集》就引用了王褒柏惨的典故。《蒙求》云：“王褒字元伟，父丧，庐墓侧泣涕沾松柏，松柏为之色惨。”像这样的孝心感动天地鬼神的故事，用在愿文中是为了表达施主对父母去世的哀悼。

不仅如此，《蒙求》的典故还用在其他方面。《江都督纳言愿文集》卷第三《左大臣家平野建立堂愿文》开头：

> *弟子某地着五轮，花结十指，前白佛言：种智还年之藏，嫌丹龟于松乔；六度济川，褊锦缆于李郭。三宝海会，谁能思量？*[1]

1.［日］六地藏寺编：《江都督纳言愿文集》，第 153 页，东京：汲古书院，1984 年版。

《江都督纳言愿文集》最好的本子是田中教忠所藏的本子，这个本子在本文之外，还有稠密的训点、栏外注释和标记，以及不同本子文字异同的说明。就是在上面这一篇的“褊锦缆于李郭”一句，旁注：“人名也”，“李郭仙舟”栏眉注里面，还抄录了《蒙求》中的“李郭仙舟”的故事，可见加注者推想，大江匡房用了《蒙求》中的这个典故。

后汉郭泰，字林宗，太原界休人，家世贫贱，博通坟籍，善谈论，美音制。游洛阳，始见河南尹李膺，膺大奇之，遂相友善，名震京师。后归乡里，诸儒送至河上，车数千辆。林宗唯与膺同舟而济，宾客望之，以为神仙焉。匡房所说的“六度济川，褊锦缆于李郭”，就是说以六度来渡过人生之河，胜过了李膺和郭泰的同舟而济。

顺便说来，“褊”这个词有狭、小、急等意。由狭、小的意思引申出用于小看、胜过的意思，常与“嫌”、“嘲”、“似”等词对举。这个解释不见于中国的《辞海》、《词源》和日本的《大汉和语辞典》，但在匡房的愿文中十分常见，如：

褊殷网之一面，不如断网纲；

嫌金轮之四州，奈何离苦轮。[1]

1. ［日］六地藏寺编：《江都督納言願文集》，第30页，东京：汲古书院，1984年版。

升崇班，受景福，嘲荀公于九十日之犹迟；

刊死籍，除福源，褊葛氏于百一方之有限。[2]

2. ［日］六地藏寺编：《江都督納言願文集》，第80页，东京：汲古书院，1984年版。

重门高阁之甚幽，嘲燕昭之筑台矣；

山川水上之信美，褊王粲之登楼焉。[3]

3. ［日］六地藏寺编：《江都督納言願文集》，第100页，东京：汲古书院，1984年版。

夫以佛道南司之一乘，嘲列子于旬日之风；

法水东渐于千帆，褊范蠡于江湖之浪。[4]

4. ［日］六地藏寺编：《江都督納言願文集》，第117页，东京：汲古书院，1984年版。

这样的用法很可能来自中国愿文或唐宋辞赋中的用法。两国汉文学的比较研究，或许会有益于古代汉语的研究，可以说，这又提供了一个例证。

《今昔物语集》中有同一话题的作品，《唐物语》记述的27则故事中竟有11则与《蒙求》有关[5]。由于李瀚《蒙求》的名声大，以“蒙求”命名的童蒙用书扩展到各个领域。在日本，为教授和歌而编写的童蒙书，谓之《蒙求和歌》，《保元物语》、《源平盛衰记》、《十训抄》、《太平记》等也都可以找到与其有关的内容。

5.［日］小林保治译注：《唐物語》，东京：讲谈社，2003年版。

镰仓时代《蒙求》被广泛阅读，其影响也开始渗透到武家中间，而到了室町时代，又作为成人教养用书，编写出了解说的著述，那就是清原宣贤等人的《童蒙抄》之类的书。谣曲中还有不少与其相关的剧目。江户时代《蒙求》多被用作寺子屋、学塾的道德伦理教科书。贝原益轩（1630—1714）在所撰有关儿童教育方法的著述《和俗童子训》中特别要求学童：“每日知一善事，积小必至大。行日月之功不可缺。初每日宜记日记故事、《蒙求》故事等嘉言善事。又，每日宜记有数目之事二三条。一日记一条，一年则三百六十条。”[6]可见益轩对《蒙求》的格外重视。随着活版印刷术传来，不仅刊行了各种用作教材的本子，而且有的还加上了注释，

6.［日］贝原益轩著，石川谦校订：《養生訓 和俗童子訓》，第248页，东京：岩波书店，1991年版。

有的翻译成了日语。举其要者，便有如下数种：

1.《蒙求详说》，16 卷，宇都宫遁庵（由）著，就《蒙求》各句详加注释，有延宝 8 年（1680）末书，1683 年刊。

2.《新刻蒙求启》，服部惟恭著，1789 年刊。

3.《笺注蒙求》，冈白驹著，1767 年刊。

4.《蒙求国字解》，土岐钦尹著，1777 年刊。

5.《新刻蒙求国字辨》，宇野东山著，1777 年刊。

6.《补注蒙求国字解》，田兴甫著，1778 年。

与此同时，还出现了有插图本的《蒙求》，那就是下河边拾水画、吉备祥显校的《蒙求图绘》。与元明清时代出现经学、医学、名物等类蒙求书相类似，这时日本也有了菅仲彻（1658—1702）著的《本朝蒙求》（1686 年刊）[1]、伊东见龙著的《医学蒙求》（1743 年刊）、桂广保著的《蒙求拾遗》（1752 年刊）、千秋馆大虎著的《和汉蒙求》（1780 年刊）。[2] 这些都可以说是《蒙求》的日本续书，主要是借用蒙求的形式来传播日本本土文化。江户时代有《桑华蒙求》一书，将扶桑、中华史实故事同类相配。从江户诗人奥野纯所作《读桑华蒙求》一诗可知，此书旨在纠正读书人熟知中华掌故而疏于本朝故实的倾向。其诗曰：“东西人虽异，淑慝事或类。就中采采抽色丝，一针合缝何绮丽。开卷诸尊配娲皇，探海补天俱荒唐。东鹣西鲽悉奇对，欲使李瀚走且僵。书生能通彼邦事，邦典懵懵却不记。彼喜野骛忘家鸡，此弊我侪胡不愧？丰侯所忧盖在焉，费尽藻思著此编。桃红李白一亩种，熊掌鱼肉一时餐。君不见乃祖丰公志豪逸，欲取禹域与我合。将星忽落功不成，貔貅十万空归楫。岂意裔孙笔如椽，捏合和汉为一丸。”[3] 诗中为丰臣秀吉未

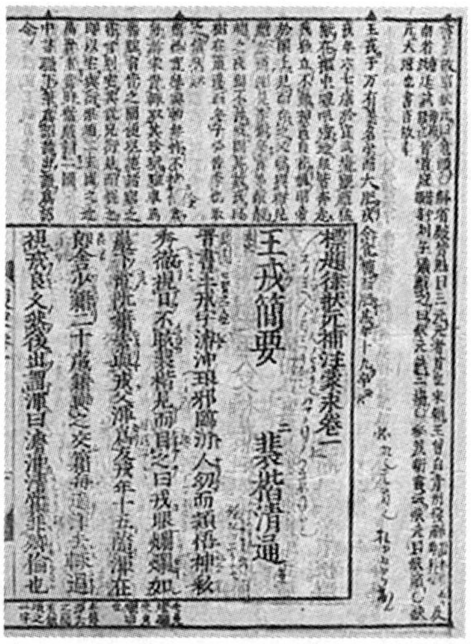
王戎簡要
裴楷清通

1654 年宇都宫遯庵《头书蒙求》

1.［日］本间洋一编著：《本朝蒙求の基础的研究》，第 48—215 页，大阪：和泉书院，2006 年版。

2.［日］早川光三郎著：《蒙求》上，第 80—82 页，东京：明治书院，1979 年版。

3.（清）俞樾编：《东瀛诗选》卷第二十八，第 383 页，东京：汲古书院，1981 年版。

能吞并中华反而落败而归抱憾，赞许此书能“捏合和汉为一丸”。与各种日制《千字文》一样，这一类日制《蒙求》也多具较强的民族主义色彩。

随着各类蒙求书的普及，江户文艺家也常将《蒙求》故事写进自己的作品。假名草子《可笑记》，以及著名小说家井原西鹤、戏剧家近松门左卫门的作品中都可以找出《蒙求》的影响，而有“以汉诗作俳句”之称的俳人与谢芜村，也根据《蒙求》中的“漂母进食”咏出过这样的俳句：

玉霰漂母が鍋をみだれうつ[1]

玉一般霰花

漂母把她的锅子

胡乱地敲打

甚至在川柳当中，也有取材于《蒙求》故事的句子[2]。在和歌方面，加纳诸平（1806—1857）曾咏《蒙求》256 题，编成《蒙求之歌》（《柿园咏草拾遗》所收），很具代表性。

日本流行的《蒙求》，奈良平安时代是只有标题的或者是古注本，而室町时代以后则是南宋徐子光的补注本。古注本为平安时代以来的文学家提供了故事源。12 世纪后期问世的《唐物语》所收 27 篇中国故事中，与《蒙求》所载人物故事相关的多达 11 篇[3]。当然《唐物语》并非《蒙求》故事的单纯译编，故事内容与主题都有些变化。如第五篇《卓文君嫁相如、相如出世话》是将《蒙求》中的“文君当垆”、“相如题柱”拼合而成的，第二十一篇《平元（原）君宠姬嘲笑足躄赐死话》，对平原君重士而杀宠姬的行为既有微辞，又表示了某种理解。《蒙求》古注堪称日本说话文学的渊薮。

二、 丑女之幸——日本传《蒙求》古注本

《蒙求》有多种古抄本。根据池田利夫《蒙求古注集成序》的介绍，日本现存最古《蒙求》的本子，是平安中期书写，现藏文化厅的所谓长承本[4]。这是无注本，标题也保存最早的形态，总体上加上了字音标记，被日本学界公认为重要的日语资料。另一种形态，就是最早的注本写本，是平安末期书写，现藏台湾故宫博物院的小规家旧藏上卷零本。现藏真福寺宝生院的下卷

1.［日］晖峻康隆、川岛つゆ校注：《蕪村集 一茶集》，第 182 页，东京：岩波书店，1959 年版。

2.［日］若林力：《江户川柳で愉しむ中国の故事》，第 243—244 页，东京：大修館书店，2005 年。

3.［日］小林保治全译注：《唐物語》，第 376 页，东京：讲谈社，2003 年版。

4.［日］池田利夫编：《蒙求古註集成》上卷，第 1—3 页，东京：汲古书院，1988 年版。

残缺本，为镰仓后期书写，可以认为也是与它同系统的本子。不过，两者合在一起，还缺全部的五分之一，我们还是不能窥得平安时代或者镰仓时代初期阅读并给日本文化以影响的《蒙求》注本的全豹。

池田利夫认为，江户时代的19世纪初年，日本汉学者们在补注全盛的时代，刻意追求旧注本的成果，遗存至今的日本南北朝刊行的朝鲜本系五山版，室町时代流行的混合形态的古注本群，不仅弥补了这一缺憾，而且成为搞清楚镰仓室町时代接受《蒙求》的种种情况的重要资料。应该说，对于研究敦煌本《蒙求》乃至《蒙求》注本，它们也是颇值得注意的资料。

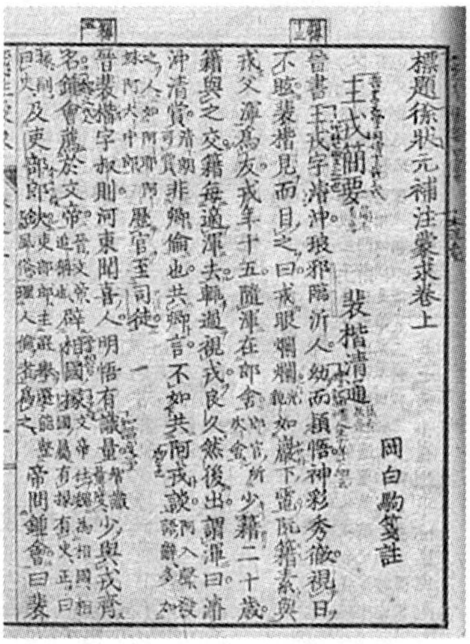
標題徐狀元補注蒙求卷上
岡白駒箋註

1830年冈白驹《笺注蒙求》刻本

《蒙求古注本集成》影印了以下几种本子：

1. 台湾故宫博物院藏下卷古抄本；

2. 宫内厅书陵部藏上卷影抄本；

3. 真福寺宝生院藏下卷古抄本；

4. 东洋文库藏传教家笔标题本；

5. 应安年间（1368—1375）刊五山版（尊经阁文库藏本）；（以上上卷）

6. 国会图书馆藏大永五年（1525）书写本；

7. 龟田鹏斋校《旧注蒙求》刊本；（以上中卷）

8. 细合方明校《韩本蒙求》刊本（池田利夫架藏本）；

9. 林述斋校《古本蒙求》刊本（内阁文库藏本）；（以上下卷）

10. 文禄五年（1596）刊《徐状元补注蒙求》（东洋文库藏本）。（以上别卷）

这里还不包括江户时代中后期刊印的多种《蒙求》注本。

笔者从旧书市购得冈白驹笺注的《笺注蒙求校本》就是一个很不错的本子[1]。

1.［日］西播冈白驹先生笺注，长门佐佐木向阳标疏：《笺注蒙求校本》，美浓书肆，文会堂发兑。

敦煌地区流传的《蒙求》，一般认为是李翰撰注本，可惜只有残卷。《学津》本保存有徐子光补注，中华版有标点不确而注文无法通读之处。日本所藏各种《蒙求》古抄本与刻本，可资参校。

“宿瘤采桑”一则，台湾故宫博物院藏平安时代古写本的注释是：

《列女传》：宿瘤者，齐东郭采桑之女也。齐闵王后，项有大瘤，名曰宿瘤。闵王出游，至东郭，百姓尽观，宿瘤采桑如故。闵王召问之。曰：“寡人出游，少长皆观，唯汝曾不来观，何如也？”对曰：“妾受父母教采桑，不教观大王。”王曰：“此奇女也。悟（疑当作吾）惜哉！宿瘤！”曰：“中心何如，宿瘤何伤！”王大悦，令命后车载之。女曰：“父母在堂而遁，亦随大王去，是为奔女也。”王大惭，遣使奉黄金百镒以聘之。父母惊惶，遂沐浴，加以新服。女曰：“如是见大王，更服即不识也。”于是如故见使者。王遂立为后。期月之间，诸侯朝之。女死，燕遂屠齐，乃图齐。

鲁漆室之女者，过时未适人，倚柱而萧。邻妇曰：“何萧之悲乎？子欲嫁耶？”女曰：“非也。余忧鲁君老，太子幼。”邻妇曰：“及大夫之忧也。”女曰：“不然，昔客舍我家，系马园中，马佚，践余葵。闻河润九里，堑汝三百步。今鲁国有患，君臣父子被其辱，妇人而蜀（疑当为独）安所避？”[2]

2.［日］池田利夫编：《蒙求古註集成》上卷，第70—71页，东京：明治书院，1979年版。

这个本子抄写时脱字错字很多，不过毕竟较多保存了原貌。

关于丑女的故事，敦煌出土有《丑女缘起》和《金刚丑女变文》。其中特别值得注意的是上述宿瘤采桑女故事，在日本文学中，也有类似的作品。那就是川口久雄在他的《敦煌丑女与日本文学》中所提到的圣德天子膳姬故事。越中国砺波郡中村家所传关于《太子绘解》八轴的绘解话本，及其《太子内因曼陀罗》都记述了圣德太子与一位农家女的故事。

故事大意是说太子27岁时，从三轮山到冈本的途中，在石原田桥边人们争相拜见，只有一个采芹女子不来，照样采芹不止。太子派人前去询问她为什么和别人不同。那女子对车中的太子回答说：“我既无父母，又无亲戚，更何况兄弟。我被遗弃在古仓桥山，是膳村一位老婆婆把我拣来养大。今天我为养母采芹，想早早回家，交给养母。”太子掀起帘子，和她交谈，听说她十六七岁，便要娶她为妻。跟她说这夜就要到她家里去，而后太子回到了冈本的宫中。

采芹女回家后告诉母亲，今夜太子就来行幸，于是准备迎接。太子与采芹女在老妇人的小屋中呆了三天，而后一同回到冈本的南宫。

那一时代的婚俗，与中国的秦汉时代完全不同。所谓“访婚制”或称“走婚”，与我国云南摩梭族很相似。男子夜到女家，天明即归。这个故事与日本文化传统最大的抵触，是天皇不可能与一位农家女成亲。因而这个故事的结尾，虽然说采芹女为太子生儿育女，最受宠爱，名为膳后，人称“芹摘妃”（即摘芹妃），但接着就不得不补充说，她就是势至菩萨再生。

本来“宿瘤”是丑女，因为她心灵美好，幸运地遇到了闵王，故事是为丑女而存在的。但是在《太子传》中，写采芹女“心洁肤如玉”，心好貌美，只是有过自幼遭到遗弃的不幸命运。日本文学常常不因制度思想等差异而放弃引入外国文学因素的尝试，而在细节上却又充分考虑彼此的审美标准的区别，对“宿瘤”丑女故事的接受也证明了这一点。

三、 福禄的预言——《枕草子》与于公高门

《枕草子》卷一第6段《大进生昌的家》，开头写了这样一件事：公元999年，一条天皇的中宫定子临幸大进生昌的家的时候，东边的门被改造成了四足之门（于门坊之外，左右各添两柱），从这里就可以让人乘舆进去。清少纳言等女官的牛车则从北边的门进去，由于门太窄，车子卡住进不去，只好下车铺席作路走了进去，结果许多人都看到女官，而这恰是女官们讨厌的事情。后来女官们和中宫定子谈起这件事的时候，恰好生昌也来了。便有人责怪起生昌来，问他：“为什么你的住宅，把门做的那么小呢？”生昌笑着说道：“什么，这也只是适应了一家和一身之需而建造的罢了。”有人又问道：“但是，也听说有人单把门造得很高的哩。”生昌听人这么说，就惊讶起来，他说：“啊呀，可怕呀！那是于定国的故事吧。要不是老进士的话，恐怕就不会懂得这个意思。因为偶然于此道稍有涉猎，所以还能约略懂得呢。”[1]

1.〔日〕清少纳言著，周作人译：《枕草子》，第8—11页，北京：中国对外翻译出版公司，2001年版。

这里生昌提到的“于定国的故事”，是指西汉时期东海郯人于定国，字曼倩，他的父亲于公，是负责审判罪人的官吏，审案判罪十分公道，那些触犯法律的人，一经他的判决，就对他不再怨恨。郡里专门为他修建了祠堂。当初祠堂前面的大门坏了，父老乡亲都正要张罗修理，于公对他们说：“你们把那门造得高大些，让那高车大马都能通过。我审案判罪，多积阴德，

没有冤枉过好人，所以子孙当中一定有做大官的。”果然，于定国在汉宣帝的时候就做了丞相，封为西平侯，他的儿子于永也做了御使大夫，封侯传世。

这是一个已经注入了因果报应思想的故事，出自《汉书》。生昌听女官说起有人故意把门造得很高，便马上想到这是于定国父亲的事情，惊讶于女官对古典的熟悉，说要不是自己也稍稍对此有所涉猎，恐怕也不会听出其中的弦外之音。

《汉书》内容庞大，多达 120 卷。平安时代虽然朝廷也在讲读《汉书》，写作《日本书纪》这样的史书也大量参照了《汉书》的写法，但是深处后宫的女子们却未必有通读《汉书》的实力。那么，她们是从哪里知道于定国夫父子的故事呢？当然很可能就是《蒙求》所说的“于公高门，曹参趣装”中的“于公高门”了。

《枕草子》卷八第 148 段“露应别泪”其二“未至三十期”，讲的是宰相藤原齐信和源宣方的事情。[1]996 年，藤原齐信还是头中将，常常到清凉殿，可是从 4 月以后由于升为宰相了，清凉殿便很少能见到他的面了。齐信特善吟诗，吟诵到源英明的诗句“颜回周贤者，未至三十期”的后半句，尤其与众不同。后来，清少纳言向源宣方称赞起齐信吟诵“未至三十期”那地方独特的魔力，结果宣方还特意找齐信来请教过。

1.［日］清少纳言著、周作人译：《枕草子》，第 263—264 页，北京：中国对外翻译出版公司，2001 年版。

和刻本《蒙求集注》

后来有一天，源宣方差人给清少纳言送来一封信，信里还问起：“未至三十期，怎么样了？”于是，清少纳言便回信说：“你的这个期怕已经过了吧。现在大概是离朱买臣教训妻子的年龄不远了。”一条天皇听源宣方说起这件事情，笑着跟中宫定子说：“清少纳言怎么会知道这种故事的呢？”宣方说，朱买臣的确是到了四十六岁的时候，教训过妻子。

朱买臣是汉代人，他和他妻子的故事载于《汉书》列传。朱买臣家里原来很穷，但是他很爱读书，不治产业，以打柴卖柴过日子，而且是自得其乐，担着柴担还在念书。他的妻子也担柴相随，多次劝他不要在路上歌吟，买臣反而唱得更欢，妻子不好意思，就要离他而去，朱买臣就笑着对她说："我到五十岁的时候就该富贵了，现在已经四十多了。你一直过的是苦日子，等我富贵了，就会报答你的功劳。"

这就是清少纳言提到朱买臣教训妻子的故事，而买臣正是四十多岁了。但是，买臣的妻子实际并没有听从他的教训，反对他说："像你这样的人，到头来就得饿死在沟里，还能富贵？"买臣终于没有留住她。后来的结局，是买臣终于做了大官，衣锦还乡之时对前妻夫妇礼遇周到，结果妻子羞愧不已，上吊而死。《蒙求》把这个故事概括成了"买妻耻醮"，就是朱买臣的妻子为再嫁而羞愧的意思。当然，这后面的结局其实跟清少纳言所说的意思没有什么关系了。

清少纳言在《枕草子》中记述这件事，是在为自己的博学多才而感到自豪。在平安时代末期成书的翻译故事集《唐物语》第十九段，说"衣锦还乡之谓者，此人也"，写朱买臣赴任途中，与已经再婚的妻子相会，其时夫妇俩正在修路，于是朱买臣让他们坐在车后，一直把他们拉到官舍，盛情款待，前妻羞愧不已，自尽而亡，而买臣把钱给她丈夫予以安葬，又对其他关照过自己的人厚礼相报。[1] 探其故事来源，仍然是《蒙求》中的"买妻耻醮"。

1.〔日〕小林保治译注：《唐物語》，第 266—267 页，东京：讲谈社，2003 年版。

奈良朝和平安朝前期的日本，大体可以称得上是一个"学习型"社会，建立律令制尝试，营造出了一个允许以苦学改变个人命运的幻想存在的环境，虽然是幻想，但也的确对那些渴望变革生存现状的人充满诱惑。买臣以及高凤的故事就格外使得他们中意。

四、 窃香的证据——江户小说中的偷情郎

《蒙求》中的"韩寿窃香"是一个很有名的故事。刘禹锡《泰娘歌》："秦嘉镜有前时结，韩寿香销故箧衣"中的"韩寿"，用这个典故写一段风流韵事。故事本出于《世说新语 · 惑溺》[2]。

2. 姚宝元、刘福琪译著：《〈世说新语〉文白对照全书》，第 626—627 页，天津：天津人民出版社，1997 年版。

韩寿姿容俊美，贾充招他作了属官。每次贾充聚会，他的女儿便从窗外偷看，心生爱慕，吟诗传情，韩寿逾墙密会。后来贾充从韩寿身上闻出有外国所贡奇香的气味，而这种奇香武帝只赐予过自家和陈骞，于是终于揭穿了韩寿与自己女儿的私情。

《世说新语》叙述这段故事，文字不长，却写得颇有情致，将贾女见过韩寿后的痴情，贾

充从女儿“盛自拂拭，说畅有异于常”的情绪变化中察觉出女儿的秘密等等都写得委曲有致。而贾女情动于中便“发于吟咏”，则颇与日本平安时代的贵族男女和歌传情的做法相近。贾充对女儿和韩寿行为的宽容，自不是后来的家长都能做得到的。尽管历史学家和注重家法的文人对这个故事的真实性提出质疑，但文学家却由此将它发展为一连串的故事。

在这个文学意味颇强的故事中，那从外国进贡来的香无疑是最重要的道具，开始是爱的赠与，后来则是偷情的证据。奇就奇在那香“一著人，则历月不歇”，所以贾充才能闻出韩寿身上的“奇香之气”。而这种香气恰好就成为显露无形的私情最好的外物。作为情人的赠物，它让人联想到情义的美好绵长；而作为偷情的证据，它又具有防不胜防无意中泄露的特点，所以不仅中国小说中以盗玉偷香为偷情之喻，而且日本小说也多受其启发，编出一幕幕情场风波来。

延广真治的《迷香录》列举了很多江户小说中的类似情节[1]。

1.［日］延广真治著：《香に迷う》，载今鹰真著：《蒙求》，第 397—408 页，东京：角川书店，1989 年版。

首先是描写以香为偷情证据的。如 1838 年刊行的合卷《怪谈春雏鸟》（林屋正藏作），男主人公叫仁木弹正，他与一个叫歌门的舞妓在瑞岩寺定情，分手时焚香祷祝。后来弹正之妻得知香气乃足利家传来的名香所独有，结果不仅让弹正供认了与歌门的私情，而且还杀掉了歌门。江户前期和中期，以香顺藤摸瓜残杀女子通奸者的悲剧，还见于随笔《新著闻集》（1749 年刊行）中的《不破万作恋情》等。

其次就是描写以香为定情物的，则有 1732 年正月东京上演的歌舞伎《倾城妻恋樱》，1814 年刊行的栗杖亭鬼卵的读本《北野灵验二叶之梅》等。描写赠送香盒的，则可视为赠香的变形，这也有 1666 年刊行的浅井了意的假名草子《伽婢子》第四卷中的《船田左近梦中情》[2]等为例。

2.［日］松田修、渡边守邦、花田富二夫校注：《伽婢子》，第 106—111 页，东京：岩波书店，2001 年版。

作品甚多，不遑枚举。还有将香盒之赠发展为更为复杂的情节的，锦闻流所作的浮世草子《本朝诸士百家记》前集卷八的《武藏国花房李之丞短虑之事》，所写由于主人公花房李之丞的“短虑”（考虑不周）而错杀爱妻的故事，其起因竟然是一番关于香盒的戏言，有些像“三言二拍”中的戏言招祸的故事，这里不妨略述如下。

花房李之丞的爱妻阿雅斯（音）多病，为了散心，六月的一天到隅田川乘舟游玩。听从奶妈劝告，在船上弹起琴来，周围船上的人全都侧耳倾听。年轻武士们叫喊着：“再奏一曲！”阿雅斯放下琴，想起自己的丈夫，就点起广太守赠送的名香。那香的名字就叫做“雪下水”。武士们又都喊起来：“再点一支！”一个个都要到阿雅斯的船上来，结果引起一片混乱，随从的老臣们如临大敌。阿雅斯说："我想把香送给你们吧，你们人太多；别怪我小气，我把它扔到河里，你们去捞吧！"于是她就把香盒甩到河中，上了这条船的人也都回到原来的船上了，好一阵热闹，直到灯灭火熄，人们才陆续散去。

再说李之丞在江户城当班，夜里下起雨来。当班的武士们互相谈起有趣的事情来解闷。李之丞惦记着多病的妻子，也就无心搭话。能说善道的箕岛富右卫门，为给他提神，就说起了自己的事情。他说：六月十四那天，正好不当班，我便一个人出去上船玩。有一条船停在河上，一位小娘子在船上弹琴。我给她送酒，就搭上了钩，上了她的船，同衾共枕，她还把香盒送给我了。是很名贵的香啊，雪下水，喏，就在这儿。"在场的人无不羡慕，说他得了好报。李之丞对富右卫门说："明天我想燃香招待客人，你把那香盒子借给我一下。"李之丞回到家里，第二天早上，富右卫门果然把香匣子送来了。李之丞叫来阿雅斯，对她说："你把这封信送给那家伙的父亲奥右卫门！"奥右卫门一读来信，见那信上说阿雅斯私通，就立即把阿雅斯杀掉了，又把头包好送还给李之丞。

李之丞用衣服把阿雅斯的头包好，放在箱子里，送给富右卫门说："这就是你的宝贝！"说着就拔剑杀掉了富右卫门，自己也剖腹自尽。

离开了江户时代的伦理观念，便很难理解这部作品。在江户前期和中期，丈夫有权杀死被认为犯了私通罪的妻子，富右卫门的吹牛才引发出一场残杀。读这篇作品时，自然还需要知道，李之丞当班守卫的江户城，并不是如同中国或者欧洲那样保卫国家或者城市的护城河上的城墙，而是作为诸侯居住办公地方的高大建筑，今天的大阪城、姬路城还保留着那时城池的面影，中日城池功能的不同，是中日文化差异的一个缩影。

由这个故事，引出了一系列作品，延广真治把它们称为"香箱虚伪谭"，它的构思影响到落语、假名草子、歌舞伎、读本等多种町人文艺的体裁。不过，正如延广所指出的那样，窃香一旦与不义私通沾上边，就和"韩寿窃香"不同，全是悲剧。这不能用中日文学本质上的不同来说明，原因在于产生韩寿窃香故事的那个时代。江户前期的法律，丈夫发现妻子与人私通，便有权杀死妻子。虽然这条法律事实上是被废止的状态，但在文学上还是将私通作为重罪来表现。这便是"窃香"必然演为悲剧的原因。

五、 樊哙“东渡”的奇遇

日本平安时代纪传道中读过《史记》的学者都会熟知樊哙的故事。《经国集》卷第十四载有仲雄王的《杂言彘肩一首》由眼前的彘肩想到“汉家一壮士”樊哙在鸿门宴上的豪爽。《史记·项羽本纪》通过樊哙接受项王赏酒赏肉后的行动，写出了一位无畏壮士的独特个性：“项王曰：‘壮士，赐之卮酒！’则与斗卮酒，哙拜谢，起立而饮之。项王曰：‘赐之彘肩上！’则与一生彘肩。樊哙覆其盾于地，加彘肩上，拔剑切而啗之。”《史记》中传神的描写，激发了仲雄王诗的想象：

彘肩肉赤凝脂白，登俎更待庖丁手。

銮刀磨石刃如霜，坐客看之相嚼久。

盐梅初和人争吃，口饱情闲何欲有？

君不见汉家一壮士，拔剑宁辞一杯酒。[1]

1.［日］国民图书株式会社编：《日本文學大糸》第二十四卷，第 340 页，东京：国民图书株式会社，1928 年版。

日本江户时期，出现了一些日中两国历史人物同台的作品，像 1715 年首演的歌舞伎《国姓爷合战》（合战，即交战，作战的意思），演郑成功故事，就是当时有名至今仍在上演的剧目。据《歌舞伎年表》第一卷的记载，1691 年江户的森田座，就有石山源太（团十郎）演出了一出名叫《日本今樊哙》的剧目。团十郎是江户歌舞伎“荒事艺”的开创者，所谓“荒事艺”，登场人物或者是怪力勇猛的武士，或者是超人不凡的鬼神，表演夸张，粗犷热闹。今天我们已经无由知道这个剧目的剧情和演出情景，但可以想象，由这样一位演员来表演樊哙故事，倒不会是偶然的。

提起樊哙，首先使人想起来的应该是他在“鸿门宴”上的壮举。在项庄拔剑舞，欲击刘邦，项伯几次挡住的万分紧急的情势下“樊哙闻事，持盾直入，怒甚”，当时项羽赏识他的勇壮，赐给他酒肉，樊哙拔剑切肉吃起来，还说：“臣死且不辞，岂特卮酒乎？”这恰好为刘邦脱险赢得了时间，结果刘邦借“如厕”逃出险境。这固然是一次破门直入的壮举，其实《汉书》中出现“排闼”之语的则是另外一次，那就是后来在高祖病中不许任何人进门打搅，连周勃、灌婴等重臣都有十几天不敢入门的时候，“哙乃排闼直入（闼，宫中小门）”，当面指责高祖不该不见群臣，而有事只与宦官商量，提醒他不要忘了赵高的故事，说得高祖“笑而起”。这两次破门而入，皆为救主。门里门外，一步之遥，却是需要非凡的勇气才能跨越的。排闼直入之举，使樊哙的无畏忠诚凸显出来。

《蒙求》中的“樊哙排闼”，既活现了樊哙的个性，也带出了鸿门宴的生动故事。《蒙求》对历史人物事迹的四字短语的概括往往突出了人物一生的最亮点，这也是它好读易记的长处之一。

1695 年江户刊出的《通俗汉楚军谈》（梦梅轩章峰，称好轩徽庵著），使得张良和黄石公、“鸿门宴”上起了关键作用的樊哙等人物，成了当时町人的“熟人”，1765 年，甚至少儿读物中也出现了《韩（汉）楚军谈》（五册）这样的书。那《蒙求》中的“樊哙排闼”故事，又获得了新的传播的契机。

1749 年刊出的黑本《日本蓬艾始》，是由山本重春画的，共两册，是一部以樊哙、坂田金平为主人公的罕见作品。里面描画了一个漂洋过海的樊哙形象。

与樊哙有关的故事是这样的，燕国国王的妹妹京考珠（音）姿容秀美，为许多贵人所倾倒，但她潜心诗赋，心无旁骛。有一天梦见黑龙入腹，因而怀孕。

那婴儿出生的时候，已经是五六岁的孩子了，这就是樊哙。

燕国大将乌归权（音）极其强暴，夺走了京考珠，而樊哙凭靠惊人的勇气和力量撞破黑铁门，救出了京考珠。由于用于过猛，肩膀僵硬动弹不得，试着用黑铁锤敲打，仍然不见好转。

张良看了在土桥上从黄石公那里获赠的《虎卷》，知道用日本伊吹山的艾做艾灸，可以治好樊哙的病。于是，樊哙便到了日本，和日本四天王之一的坂田金平会了面。

黑云翻滚，电闪雷鸣，伊吹山上来了一个大蜈蚣。当地的人要把少女阿飞萨（音）做祭品供奉蜈蚣，樊哙救出了阿飞萨。

樊哙把阿飞萨交给了她的父母，便制艾治病，结果心清气爽，膂力大增。金平也作了艾灸。

书名《日本蓬艾始》，正是源于伊吹山的艾。画本说樊哙能在日本名声大振，正是艾的功德。不难看出，这个故事就是将各种中国文学中出现而留给过日本读者深刻印象的情节糅合在一起编造出来的。其中起码包括这样两个情节因素：

1. “神异诞生故事”中的“奇梦怀胎”类型。“神异诞生”故事有很多类型，都是以英雄的不平凡出生来张扬其神勇来历非凡。“奇梦怀胎”就是其中一种。

2. “活人祭兽”故事，西门豹治邺中的河伯娶妻，《搜神记》中的李寄斩蛇，都是说英雄以生擒怪兽的壮举，揭穿少女祭祀免灾避祸的谎言，这可以说是东方型的英雄美女故事。日本平安时代的《今昔物语集》中就有这方面的故事。

3. 铁力崇拜。樊哙乃黑铁龙之子，而又力撞黑铁之门。在《孝子传》中的眉间尺故事中，楚王夫人是因为怀抱铁柱而怀胎，生下铁球，后铸为利剑。这是农耕社会中铁的发明推动生产变革和战争演进的记忆赠给文学的礼物。

但是，江户文学中，关于“樊哙”的作品，最有名的还是上田秋成《春雨物语》中的《樊哙》[1]。虽然在这篇小说中，樊哙只不过是一个人物的绰号，故事情节与樊哙本人的历史风马牛不相及，但是，“樊哙”已经成为有某种性格的人物的通名，这本身便说明，一经《史记》几笔写出、再经《蒙求》高度概括，一个他人想做而不敢做的“排闼”之举，便使得这个人物跨越国界、超越时空而芳名不朽。

然而，《日本蓬艾始》中的樊哙，又决不是那跟随刘邦打天下的樊哙，在他身上，有了神影佛光。他出生便是五六岁的童儿，恰像《义经记》写辨庆一落地，就有了常人两三岁的样子，长发盖肩，牙全齿大；写鬼若五岁时已经看来像常人十二三岁模样，等等，这种超常发育的描写，仍然是渲染英雄形貌的非凡。作品写樊哙有阿修罗王八分以上的力气，艾灸的时候又是准照《法华经》的大要灸了 69380 回，这些地方都清楚凸显出佛教对江户文艺渗透的深度。

江户时代有《日本蒙求》、《蒙求续貂》、《蒙求拾遗》、《艺林蒙求》、《和汉孝子蒙求》、《本朝修身蒙求》、《皇朝蒙求》、《释书蒙求》、《扶桑蒙求》、《桑华蒙求》、《本朝蒙求》、《瑞穗蒙求》、《自蒙求》等。明治时代还有《日本蒙求续编》、《东西蒙求》、《世界蒙求》、《万国蒙求》等新编《蒙求》[2]。菅仲徹（1658—1702）所编《本朝蒙求》是其中的代表作。该书序言明确表示仿拟《蒙求》撰著此书的目的，在于讲文习艺，诱导后生，教授幼冲：“夫惟扶桑古今之间，事之可爱，言之可嘉者，不为鲜矣。且生手其地，而已束于其事，恐有面情之讥。”[3]强调不可忽略对后生的历史观教育。小池正胤撰写的《〈蒙求〉与戏作文学——川柳、黄表纸、洒落本、黑本的场合》列举了众多江户时代的作品，这里不详述。

1.［日］中村幸彦、高田卫、中村博保校注、译：《英草紙 西山物語 雨月物語 春雨物語》，第 571—615 页，东京：小学馆，1979 年版。

2.［日］柳町达也著：《蒙求》，第 286 页，东京：明德出版社，1993 年版。

3.［日］本间洋一编著：《本朝蒙求の基礎的研究》，第 48 页，大阪：和泉书院，2006 年版。

第三节 孝子和不孝子故事

日本接受了“孝道”的概念，于是也就产生了自己的孝子故事。平安时代后期编撰的《古今著闻集》卷第八《孝行恩爱第十》把这些孝子故事编在了一起。在这些故事之前，有一段点明主旨的汉文，题作“孝乃天之正道事”：“孝者，天之经也，地之谊（同‘义’）也，人之行也。故有天地人民以来，斯道著矣。盖乃立身揚名之本，五常百行之先也。父虽不父，子不可以不子。孝之至深，尤可贵也。”[1]其中第一个讲的是著名汉学者大江匡衡的儿子举周母子情深的故事。举周病重的时候，他的母亲到住吉神社，请求住吉大神用她自己的性命去换回儿子的性命。由于她的虔诚，举周果然就病愈了。举周知道了事情的经过，十分感动，也到神社去祈求保佑母亲平安，结果他的母亲也平安无事。[2]不难看出，虽然都是孝子故事，日本的故事已经注入了一些新的内容。

1.［日］永积安明、岛田勇雄校注：《古今著聞集》，第 243—244 页，东京：岩波书店，1966 年版。

2.［日］永积安明、岛田勇雄校注：《古今著聞集》，第 243 页，东京：岩波书店，1966 年版。

元人郭居敬所撰《全相二十四孝诗选》，曾是一部有很大影响的书。里面的二十四则故事，占有突出地位的是那些以孝子自我牺牲而履行孝道的行为，有些属于道德自我矛盾的行为居然被颂扬和神化。鲁迅在《二十四孝图》一文中曾嘲讽地说：“看了郭巨埋儿的故事，我已经不但自己不敢再想做孝子，并且怕我父亲去做孝子了……倘使我的父亲学了郭巨，那么，该埋的不正是我么？”[3]

3. 高长春著：《鲁迅散文 · 杂文》，第 64 页，长春：吉林文史出版社，2006 年版。

今天我们在读这部书的时候，虽然谁也不会去效仿其中的某个人物的孝行，但也有必要记起鲁迅的这些话，不要在提倡孝道的时候，忘记建立和谐的两代人关系，不仅要讲孝道，也要摒弃尊长绝对优越的陋见，讲两代人的相互尊重，讲不断沟通和理解，讲不同辈分之间的相互学习和补充。那些故事里，有些是讲对长辈的话要绝对服从，像丁兰邻居来借东西也要看木像的脸色，这不是赞扬盲从和奴隶主义吗？现代人恐怕谁都不会赞同。

从思想上讲，亲子关系是自家庭产生以来就不能回避的问题，其反映到文学上是必然的。世界上不少文学作品反映了两代人的冲突和协调。从这种意义上讲，孝道里面有古代中国人处理这一问题的探索和智慧，孝道文学中记录着古代中国人对两代人关系的思考和想象。

特别应该看到的是，今天我们看到的那些孝子故事，很多产生于志怪小说盛行的时代，用超自然超常识的方式来神化思想观念的力量，是那时叙事文学的一般形式。可以说是无怪不成书，无奇不像“话”，这里的“话”就是故事。只要看到《晋书》以来的历史书中以某种极端的行为感天动地、山水呈奇、鸟兽现异的记述比比皆是，就会明白那时人们混同想象与现实的思维方式具有多大的威力。刘殷痛恨自己不能在冬天给曾祖母提供鲜嫩芹菜的哭声，就使大雪天地上长出芹菜来，像这样的故事也载于正史《晋书》当中，可见孝行感天动地的行为，受到当时占统治地位思想的推崇。

儒家把孝行视为发自天性、与生俱来的行为，是“德之本也”，是最高级的道德，既然如此，小说家们就把这种道德推及到了甚至可以凌驾于法律以及一切社会规范的最高点上，丁兰杀人也受到宽恕，仅仅因为他出于孝心，要保护灵验的木像。

当然，说孝行连鬼神异类都能感动，不过是将人间的推崇膨胀而已。它只是以幻想的形式，来确认孝道为最高品位道德这一理念的一种文学手段。汉代以来，统治者标榜“以孝治天下”，佛教的因果报应思想又渗透到提倡孝道的文学中，“孝为善行，为善必得善报”，反之，不孝使得恶报，这就不仅使孝子故事中充满离奇的善报恶报的幻想，而且连佛经中漫无边际的想象模式，也为孝子故事所吸收。像郭巨埋儿时，从地里挖出来的锅里，有随取随有的金子，这样的构思就是搬来了佛经中常见的“宝锅”，印度民间故事中也常见这样的情节。

汇集了这类孝子故事的《全相二十四孝诗选》，由日本五山禅僧传至日本。川濑一马藏有《二十四孝诗选》室町中期古写本，1586年清家本现存松井文库。1444年编成的《下学集》卷上（人名门）有闵子骞事。《禅林五凤集》卷五十八孝纯部所收诗四十八首，作者为仁如、策彦、月舟等八人。中世纪的小说中，《唐系草纸》、《壶坂物语》、《养老之缘起》、《七草草子》均为孝子故事，而代表作则是御伽草子《二十四孝》，它对江户时代鼓吹孝道也起过重要作用[1]。此外，各种绘画、绘卷物（插图读物）、纸窗绘、屏风绘都有取材孝子故事的。祇园的祭祀活动中，山车里有孟宗车、郭巨车，说明二十四孝故事曾经广泛深入民众。总的说来，日本人还是把它们当作一种精神象征来接受，当作可惊可喜的有趣故事来读的。

1.［日］大岛建彦校注、翻译：《御伽草子集》，第298—327页，东京：小学馆，1976年版。

一、 御伽草子《二十四孝》

室町中期以后，二十四孝的故事开始被御伽草子所吸收，获得更广泛传播的机缘。

所谓御伽草子，狭义是指享保年间（1716—1736）大阪的书肆涩川清右门刊行的《文正草子》等二十三篇作品；广义则是指以室町时代为中心刊行的同类短篇小说的总称。作者多不详，是指具有幻想性、教训性、童话性的作品群，作品充分反映着时代思想和世相。这些特性具体表现在作品的主人公大都有着异常的来历，从事着异常的事业，而又获得了异常的幸福。

御伽草子《二十四孝》是以《全相二十四孝诗选》为基础编写的。故事顺序有所调整，以人名为题名，录郭居敬原诗，而后将原作汉文故事改写为通俗易懂的日文。

御伽草子大体是按照郭居敬的原文编写的，但是也有些地方和原作不尽相同。这里包括两种情况，一是编写者的无意改动，即出于本身的误解或疏忽进行的改动，二是编写者的有意改动，即面对与原作读者不同的读者而作的改动。前者如董永事原诗为：

葬父贷孔兄，仙姬陌上逢；

织缣偿债主，孝感动苍穹。[1]

1. 谢宝耿编著：《中国孝道精华》，第487页，上海：上海社会科学院出版社，2000年版。

御伽草子《二十四孝》作：

葬父贷方香，天姬陌上迎；

织绢偿债主，孝感尽知名。[2]

2.［日］大岛建彦校注、翻译：《御伽草子集》，第311页，东京：小学馆，1976年版。

原作诗中的“孔兄”乃“孔方兄”之省，即钱的意思，“方香”或为“方兄”之讹，作“方香”则不可解。又如《唐夫人》一则，原作诗中首句“孝敬崔家妇”，叙事文中交代过，是讲唐代崔山南家里的事，而御伽草子《二十四孝》省略了这一交代的文字，便使诗句显得突兀。

再说编写者的有意改动。他对于日本人不熟悉而又不妨碍对孝行理解的地方，就一笔带过。如朱寿昌与生母五十年不得相见的原因，郭居敬原文说：“朱寿昌，年七岁，生母刘氏，为嫡母所妒，出嫁，母子不相见五十年。”这里涉及中国一夫多妻家庭的嫡庶关系的家庭悲剧，对于朱寿昌来说，对生母的敬重，不惜丢弃官职历尽艰辛寻找她，意味着对世俗观念的某种抗拒。或许是编写者认为这对于江户时期的市民来说并不重要，故仅说：“朱寿昌，七岁时父亲与母亲分手，不知其母，虽然想念却不得相见，长达五十年之久。”[3]

3.［日］大岛建彦校注、翻译：《御伽草子集》，第316页，东京：小学馆，1976年版。

另一方面，编写者有时也有意增添一些宗教意味浓厚的细节，突出“天道”灵异，突出诚心祈祷“天道”的效力。如孟宗故事。冬日孟宗之母思食竹笋，无计可得，孟宗抱竹而泣，孝感天地，须臾，地裂，出笋数茎。编写者略作扩写，说孟宗对天祈祷，说：“我一心祈求，天道哀怜，赐我竹笋！”内心极其悲伤，正靠在竹子上，突然间大地开裂长出笋来云云。朱寿昌故事，也在他弃官寻母的记述后，增添了他祈求“天道”：“让我与母亲相见”，还说他用自己身上的血书写经书，因其志诚心专而终于找到母亲。[1]

1.［日］大岛建彦校注、翻译：《御伽草子集》，第302—303页，东京：小学馆，1976年版。

这种宗教意图最明显的改动，是对杨香故事的增补。杨香父亲为虎曳去，时香手无寸铁，唯知有父而不知有己。郭居敬写他“踊跃向前，扼持虎颈，虎亦靡然而逝，父才得免于害”。而御伽草子写遇虎后，杨香恐怕老虎夺去父亲生命，想赶走老虎而办不到，便求天道怜爱，说：“求求上天，把我的性命给老虎，救救我的父亲。”他诚心祈祷，到底天可怜见，适才还气势汹汹要夺命取食的老虎，突然夹起尾巴逃跑了。另外，在大舜、丁兰、孟宗、闵子骞、曾参等则故事中，编写者都加上了赞美孝心的议论。御伽草子用奇行异事对妇女儿童进行教化的特点，正体现在这些神化孝道的地方。

御伽草子《二十四孝》除了按照郭居敬原作改写外，对“王裒”故事还有所补充。开头部分写王裒是营阴人，父亲王义因为意外的事件而为帝王所杀，王裒含恨一生不朝那个方向坐，到父亲坟墓前跪拜，靠柏树悲泣，柏树为之干枯。这乃是根据《晋书·孝友·王裒传》写成的。只是营阴乃营陵之误，王义乃王仪之误，或许是编写者从《蒙求》中的“王裒柏惨”辗转引用所致。

二、《本朝孝子传》与《本朝二十不孝》

江户时代德川幕府提倡儒教。加藤周一在谈到这种儒教的作用时说：“德川时代整个武士社会都贯穿上下关系的身份制”[2]，强调忠诚的儒教观念体系——对中国儒教进行了必要的修正

2.［日］加藤周一著、叶渭渠等译：《日本文化论》，第124页，北京：光明日报出版社，2000年版。

后的产物——支撑着这种实际上的社会结构。儒教所以在德川时代意义重大，是因为它与武士道的精华（这种精华最多表现在为泄私愤的报复上）和全国登记制的佛教（后被米谷账本取而代之）不同，它符合实际社会中的上下关系，而幕府采用所谓朱子学做正式教学内容尚在其次。这真是一言中的。中国孝子故事在德川时代大有市场，也不能离开这样的背景。

《二十四孝》刊本渐多，仅笔者见到的就有以下几种刊本：

1.《二十四孝》，庆长年间（1596—1615）嵯峨角仓氏刊本。译者不详，有图，诗附以训点，传的文字则用假名。

2.《二十四孝小解》，宽永年间（1624—1644）刊本，熊泽番山撰。

3.《二十四孝》，1632 年 9 月刊本，中野市郎兵卫刊。

4.《新版二十四孝》，1656 年刊本，松会市郎兵卫刊。

5.《二十四章孝子录抄》，1665 年刊本，妇屋仁兵卫刊。

6.《二十四孝谚解》，1686 年刊本。

7.《二十四孝俗解》，洛下隐子员阿撰。

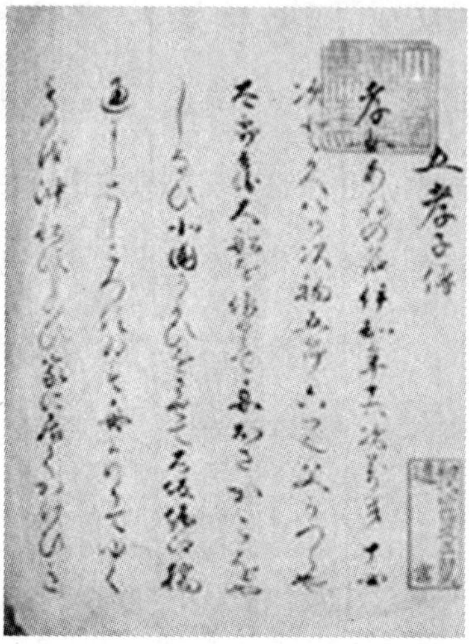

江户时代写本《五孝子传》

至于拟似本，即模仿《二十四孝》的书，还有《释氏二十四孝》《皇氏二十四孝》之类。

由这些书影响到日本文学，就出现了面向妇女儿童，用假名写作的孝子故事，它们多取材于日本历史人物，或者以日本为背景重新创作，往往图文并茂。笔者看到的有收进奈良绘本绘卷集，中野幸一编的《本朝孝子传》（早稻田大学出版部，1988 年），收进《近世文学资料类从》，近世文学书志研究会编的《大倭二十四孝》（勉诚社，1973 年），还有收进《近世文艺丛书》的月寻堂所著《今样二十四孝》（1709 年刊本）。其中《大倭二十四孝》还收在《古典文库》中，是浅井了意（？—1691）创作的假名草子。浅井了意是京都本性寺的住持，精通内典外典，有名的《御伽婢子》就是他吸收了《剪灯新话》的构思而创作的。《今样二十四孝》的“今样”就是“当今样式”的意思。当时的町人即市民，比起乡村的读者更好追求新奇，连古老的孝子故事也都披上流行的外衣。

中国历代朝廷在提倡孝道上不惮花样翻新。唐代政府强化孝道的具体措施之一，就是读《孝经》，这还不算，对于不识字的民众，也有旌表门闾以表激励的做法，意在使孝行蔚然成风。这些做法，到了日本，虽然改变了规模和样式，毕竟都有照葫芦画瓢的动作。德川幕府教化政策的根本在于奖励忠孝，特别是西鹤当时的十五代将军德川纲吉，尤为热心。据《德川实记》，公元1682年5月，幕府颁布了所谓“忠孝扎”，这可以说是旌表门闾做法的微缩版，主要精神就是激励忠孝，对不忠不孝者视为重罪予以严罚。《孝子传》和《孝经》、《实语教》、《童子训》等书都是寺子屋这样的儿童教育场所使用的教材，中国的孝子故事家喻户晓也就可以想见。

孝子故事还是重要的作画题材，爱看画的人从插图读物（所谓“绘卷物”）、房间里屏风乃至窗纸等上面都常常可以看到熟悉的孝子故事。所谓“绘解”即以画为主配以简要文字说明的通俗读物里，就有《二十四孝绘抄》这样的书，而有名的画工歌川国芳也画出了《唐土二十四孝》。[1]

1.［日］町田市立国际版画美术馆编：《唐山廿四孝 歌川国芳》，町田市：町田市国际版画美术馆，刊行年月不详。

这种情况甚至延续到明治年间。1956年谷崎润一郎发表在《中央公论》上的《不孝顺的回忆》就写到自己上小学的时候，一上修身课，就常常听老师讲中国和日本古老的孝子故事，说：“我听文天祥、楠正成这些忠臣的故事也没有那么感动过。”

谷崎说的已经是时代大为靠后的事情了，江户时代的《孝子传》的普及远远超过明治大正时代。在这样的气氛下，翻译为日语的中国二十四孝，一再重刊，《孝子物语》《亲子物语》《日本二十四孝》等假名草纸，也都接连问世。

中国的孝子故事也激发日本人来编写日本孝子故事。1636年刊行的《可笑记》卷四“浪人之孝行”写作者遇见一位浪人背着老婆婆过桥，他给老婆婆脱了鞋，揣在自己怀里，过桥后又给她穿上。如儡子记述完这件事，接着就感慨，孝子不仅中国有，在日本也有很多，只是没有上书，被人遗忘了。[2]1664年前后，京都的书商就刊出了儒者藤井懒斋（1618—1709年）编写

2.［日］如儡子原著、渡边守邦译：《可笑記》，第198—199页，东京：教育社，1979年版。

的汉文体的《本朝孝子传》，颇得好评。该书从仁德天皇起，到武家贫女，共写了七十一个日本孝子的故事，连平安时代的美女小野小町也列于其间，而时代最近的则是宽文年间的“锻匠孙次郎”。[3]这本书曾在1684、1685、1686三年间三次印行，1687年还出了日文的《假名本本朝孝子传》，即用日语假名撰写的日本孝子故事。

3.［日］佐竹昭广著：《絵入本朝二十不孝》，第209—328页，东京：岩波书店，1990年版。

大阪的书商也不甘示弱，井原西鹤的《本朝二十不孝》刊行自然容易得到书商的支持。该书共五卷，每卷共四篇，共计二十篇，每篇写一个不孝之子。日本学者晖峻康隆把它叫做“不孝者列传”。

井原西鹤(1642—1693)，江户前期浮世草子作家、俳人。早年入俳人西山宗因之门，学习谈林风，曾经创下一昼夜写出俳句两万三千五百句的记录。西山宗因去世之后，井原西鹤开始创作浮世草子。他善于折中雅言俗语，其作品打破了物语的传统，生动展示了为性欲与物欲所支配的人性。最能体现他的特色的是三类作品。一类是特别描写元禄前后享乐风潮的“好色物”，以《好色一代男》、《好色一代女》等为代表；另一类是描写恪守义理的武士气质的“武家物”，以《武道传来记》等为代表；再一类就是描写市民（即所谓町人）经济生活的“町人物”。

井原西鹤在为《本朝二十不孝》写的序言，说明了自己的写作意图。他说：雪中之笋，菜铺里有卖的；鲤鱼，在鱼铺子的活鱼盆里也有卖的。世上天性之外，即使不去求神拜佛，人各做各的营生，挣钱调配万物来尽孝心，正是常情。但是，这种常人少，而恶人多。人活世上，不懂得尽孝心，就要受到上天惩罚。各地都能听到见到这样的事情。不孝的人，眼前就会遭到报应。出版这个故事，就是要帮助并劝人尽孝心。[1]

岩波书店版《本朝二十不孝》

序言中提到孟宗的孝心感动上苍，雪地里长出笋来；王祥的孝心感动上苍，冰里跃出鲤鱼来，而今天的人们，用不着寄希望于天降奇迹，只要舍得用自己挣来的钱，到菜铺鱼铺给父母买，就可以尽孝心了，这是市民现实的孝道。

1.〔日〕宗政五十绪、松田修、晖峻康隆校注、翻译：《井原西鹤集》二，第186页，东京：小学馆，1973年版。

江户时代商业的发展，特别是大阪地区商业的发展，已经使市民随时可以买到自己需要的商品。这种经济状况，也决定了市民的意识。他们对于那些靠天意尽孝心的故事，自然会不太以为然。

井原西鹤的目光始终关注的是商人和商业活动的动向。从序言中可以清楚看出，他是要用不孝遭受报应的反面教材来做教化工作，而教化的对象，不是像王祥、姜诗那样的面朝地背朝天从事耕作的农民，而是整日与金钱打交道的商人和市民。他所说的常人少而恶人多，正是因为金钱已在很大程度上左右着很多人为人处事的态度。

在卷一第一篇里就出现了一个京都游乐行业里串换银钱的叫传九郎的人。写到他的时候，井原西鹤说，人说做买卖的就得一半说谎，而这个传九郎从正月初一到大年三十就没有说过一句真话。[1] 人们的善恶观念在金钱的冲击下发生着裂变，从旧的道德观念来看世情民风，那就不难看到满街走的尽是恶人。而这恶的根源，很多情况下正是金钱。

1. ［日］富士昭雄、井上敏幸、佐竹昭广校注：《好色二代男　西鹤　諸国ばなし　本朝二十不孝》，第 393 页，东京：岩波书店，1995 年版。

《本朝二十不孝》上卷第一个故事，写京都有个纨绔子弟叫世六，嫌手里的钱不够挥霍，想找一个放债的地方，能够借出一千父亲死后即能返回两千的地方，即所谓“死一倍”的高利贷。钱庄的人怕他父亲不会早死，不肯与他成交，他就说：“父亲一直患有眩晕病，又一天天胖起来，是中风的根子，说长也不过三五年的命。如果不那样，用别的法子也能把他收拾了。”缠磨着直到对方点了头，好歹把钱放了出去。

从此以后，他就天天愁老爹没事，跑到近江多贺大明神社去，祈祷父亲短命，而大明神是长寿之神，越祈祷就越长寿。他心怀怨恨，到处求神拜佛，诅咒老爹快死。这一下看来灵验，一天老爹突然觉得天旋地转，昏倒在地。一家人慌作一团，而世六却暗自窃喜，拿出早已准备好的毒药，让人去取开水，好给老爹强制灌药。

谁知他想把药咬碎再灌的时候，不知不觉毒药进了喉咙，当下竟断了气。人们想方设法让他把毒药吐出来都无济于事。恶报即现，顿时眼鼓毛缩，身子肿得五倍大。人人都惊怪不已。后来老爹缓过气来，不知道儿子是想杀害自己而得了报应，反而为儿子死在自己前面而悲痛。

金钱不仅引发不孝之子谋财杀父的悲剧，也酿成了兄弟猜疑骨肉残杀的惨剧。卷二第四篇《父子五人遗言如上》，写静冈一户人家，父亲叫虎屋善左卫门，家里有四个儿子。父亲临终时把四个儿子叫到身边，对他们说：“外面风传咱家趁五万两，说实话只有两千两。这要是露了馅儿，就会有损买卖。至少得有现款八千两才行。所以我给你们写的遗书，是每人各分两千两。”然而，父亲死了还没出七，二儿子善助就起了疑心：“这一定是哥哥诳了老爹，莫不是就像遗书说的，每人就该拿两千两？”兄弟们一起追问大哥善右卫门，逼他交出钱来。结果善右卫门进退维谷，自杀于亡父墓前。他的妻子得知内情，杀掉了在库房里翻找钱两的三个弟弟，然后也自杀了。

18 世纪德国文学家曾谓模仿不特有正仿，并且有反仿。钱钟书先生把正仿反仿的概念，用中国式的表述说：“盖如法炮制，依样葫芦，学邯郸之步，效西施之颦，夫人知为模仿也。反其道以行，以鲁男子之不可仿柳下惠之可，亦模仿而较巧黠焉。”[1] 在《谈艺录》中，他还举例说：“易风吹火为河泻水，变发泄之意为涤荡之意，所谓反仿也。”又说：“《古诗十九首》‘胡马依北风，越鸟巢南枝’，而范云《赠沈兵卫》‘越鸟憎北树，胡马畏南风’，此诗家‘反仿’古例之尤佳者。”[2] 日本作家在利用中国古典文学做自己的文章的时候，虽然不免千变万化，举其大要，总不外正仿、反仿二途，并且往往是仿中有创。

如果说《本朝孝子传》算得上是对《二十四孝》的正仿的话，那么《本朝二十不孝》便可算是对它的反仿，而在整体的反仿之中，局部上也有正仿。

卷一的第二篇《大年三十内袖之雨》中的文太左卫门，身强力壮，家境贫寒却好吃懒做，让父亲干活自己睡懒觉，“连牵牛花开花都没看见过”。十六岁那年夏天，让妹妹用团扇为他扇风，他嫌没风，就把妹妹扔到院子里摔死了。他与人家的媳妇鬼混，母亲训诫他，他反而把母亲踢得直不起腰来。他还偷出因走投无路而卖掉小妹妹得来的二十两金子，恣意在妓院挥霍。父母彻底绝望，在野外双双自杀。这里扇风的情节是对《二十四孝》黄香事母至孝，夏则扇枕，寒则以身温枕席事之反仿。最后文太左卫门在父母自杀的地方被狼吃掉了。[3]

尽管《本朝二十不孝》多有反仿，但井原西鹤对弥漫于商业社会的享乐主义和拜金主义的洞察，使他给孝道文学找到了全新的视角。加藤周一指出：“在一切扩散层中，町人阶层代表着并强有力地体现了德川时代的‘人情’”，正像西鹤经常刻画的那样，町人的价值体系为这种人情添加了一种感觉上的享乐主义要素。赚钱和挥霍是西鹤笔下的町人们的两大乐趣。归根到底，挥霍是为了追求感觉上的欢乐。“对于町人社会来说，儒教道德不过是武士社会的借用物。即使佛教未完全徒有其名，至少也非束缚现世人际关系的规范。只要不威胁到对于共同体的所属感，则不妨去追求快乐。并且，由于共同体本身将享乐定为制度，唯一的妨碍也迎刃而解了。”[4]

1. 钱钟书著：《管锥编》，第 746 页，北京：中华书局，1979 年版。

2. 钱钟书著：《谈艺录》，第 400 页，北京：中华书局，1984 年版。论及王安石《竹里诗》：“‘东风开门’，‘西风掩门’，相映成对，岂所谓‘反仿’欤。”同书 561 页：“模仿有正反两种。效西施之颦，学邯郸之行，此正仿也。若东则北，若水则火，犹《酉阳杂俎》载浑子之‘违父语’，此反仿也。”

3.［日］宗政五十绪等校注翻译：《井原西鹤集》二，第 195—201 页，东京：小学馆，1973 年版。

4.［日］加藤周一著、叶渭渠等译：《日本文化论》，第 125 页，北京：光明日报出版社，2000 年版。

加藤周一的这些论述，对儒佛两家在江户社会生活中的地位，概括得是相当准确的。

三、 落语中的假孝子

我国明代的笑话书《笑赞》中，已有用二十四孝故事为由头讽刺假孝子的笑话。下面是日本落语演出的节目中的《二十四孝》：

“没人像你这样总给爹娘吃粗食的。孝为百行之本。不少人因为孝顺父母得到褒奖留名后世。在我国就有养老瀑的故事，说知道父母想喝酒，一心相通，瀑布的水就变成了酒了。唐有二十四孝。晋人王祥继母想吃鲤鱼，就脱光身子扒在池塘的厚冰上，用体温化了冰，从那里就跳出一条大鲤鱼来。孟宗老娘天冷想吃笋，就到竹林去找，找不到竹笋，满足不了老娘的心愿，就伤心落泪，于是雪地就窜出笋来。还有吴猛是个穷人，夏天有蚊子却买不起蚊帐，就把酒喷在身上，蚊子都来咬自己，好让老爹睡个好觉，上天感应，结果蚊子就一只也不出来。从今以后，你好好孝顺爹娘吧！”

掌柜的听人这么一说，回到家里：“从今以后开始孝顺爹娘了。怎么样。老娘，吃鲤鱼吗？”

“我正不喜欢河鱼。”

“那，笋怎么样？”

“总要塞牙缝。硬笋吃不了。”

“让吃什么，爹娘都不吃，那我去买两瓶酒吧。我把酒喷在我身上，老娘就不挨蚊子咬了。”

“啊，好香啊。往身上喷，走了味，一定是喝了孝顺爹娘更有效，喝了这些酒，脱了衣服，蚊子都到我身上，老娘就能睡好觉了，正是孝顺爹娘了。”于是就喝了酒，一身舒服，睡得好香。第二天一早起来，就说：

“孝顺爹娘可真不错。我喝酒睡觉，蚊子一只也没来。”

“你说的什么话？这个不孝的儿子，我给你扇了一宿！”[1]

1. ［日］武藤祯夫著：《落語三百題上——落語の户籍调べ》，第67—70页，东京：东京堂出版，1969年版。

夸张是落语最大的武器。通过夸张，讽刺假孝子的矫揉造作，是落语孝子故事的特点。

江户年间流传着很多这样的故事，如让母亲吃鲤鱼吃笋，母亲听了高兴，就说：“别了，就给我一杯酒喝吧。”结果假孝子说：“得，二十四孝里哪有说老娘喝酒的！”喜久亭寿晓的《滑稽集》就记录着类似的笑话。通过落语演出，使假孝子的故事广泛流传，在江户时代的通俗文学中有不少这样的故事。像式亭三马（1776—1822）《浮世床》初编上写一个人说王祥把肚子贴在冰上化冰取鱼是多么孝顺，另外一人就说那坏了肚子怎么办，冰化了掉下去怎么办，那化冰的地方没有鱼怎么办。[1]这些显然都是从落语演出中生发出来的。

1.［日］大桥新太郎编：《校訂三馬傑作集》全，第244—245页，东京：博文馆，1893年版。

从笑话分类来说，假孝子故事讲的是蠢人的模仿，故有时被分在“照猫画虎”一类。笑料则是用近代商人现实主义的眼睛来看儒家理想主义幻想形成的滑稽与荒诞。

四、　净瑠璃《本朝二十四孝》

歌舞伎《本朝二十四孝》

日本的文学，很善于利用既有名作的知名度来吸引读者，而日本的戏剧在这方面更是手法高超。中国的二十四孝故事享有的知名度，使得明治时代的偶人剧“净瑠璃”和歌舞伎也把它作为创作素材。人形就是木偶，但日本的这种有歌唱念白和伴奏的木偶戏，使用的木偶要比中国木偶大，演员用黑布把自己蒙起来操作偶人，以免分散观众的注意力。

偶人剧净瑠璃《本朝二十四孝》，近松半二编剧，1766年1月14日大阪竹本座首演，明治初年的1870年3月又由竹本座上演，以后又多次由不同的剧团上演，直到

20 世纪 70 年代，还有演出这个剧目的记载。这个剧目还曾改编为歌舞伎，1766 年 5 月首演。它的第四段“十种香”“狐火”，第三段“勘助住家”至今仍常上演。在歌舞伎中，原剧中的八重垣姬戏份大增，变成了主要人物。[1]

1.［日］国立剧场上演资料集（71）：《本朝廿四孝》，第 44—52 页，东京：国立剧场调查养成部艺能调查室，1971 年版。

剧本取材于日本战国时代的武将武田信玄（1521—1573）和上杉谦信（1530—1578）的战争，描写了武田之子胜赖和上杉的女儿八重垣姬的情事，两家忠臣山本勘助、直江山城兄弟与老母的故事，并由此展开复杂的情节。它之所以以《本朝二十四孝》为名，只不过是因为核心内容的第三段是二十四孝中的郭巨、孟宗故事的脱胎换骨。里面有对《二十四孝》中汉文帝母病则不交睫解衣，汤药非口所尝不进一事的反仿，至于剧中的其他情节则与孝子没有多少关系。

第三段共分桔梗原和勘助家两场。前一场情节是这样的：由于武田信玄与上杉谦信因争夺地盘而发生纠纷，引起了高坂弹正的妻子唐织和越名弹正的妻子入江之间的争执（弹正，职官名）。筑摩里的慈悲藏为了奉养老母而丢弃了自己的孩子，高坂和越名看到写有“山本勘助”的弃儿的条子，都要捡回这个孩子，结果两人的妻子决定看孩子吃谁的奶就把孩子给谁，孩子最后就归了高坂夫妇。

后一场，原来山本勘助的两个后人，哥哥横藏是个无赖，弟弟慈悲藏则是富于孝心。弟弟慈悲藏丢弃了自己的孩子，养活哥哥的孩子次郎吉，而次郎吉实际上却是将军的孩子松寿君。

仅仅上面这些内容，还算与《二十四孝》挂得上一点边，作品却以《二十四孝》为名，正可谓名不副实。不过，日本古代在吸收中国文学的时候，这种名实不副的现象又非绝无仅有。

美国学者厄尔·迈纳在他的《比较诗学》中说：“除了早期有少数（但很重要）的几个例外，儒家学说，或者更准确地说是新儒家学说，直到大约公元 1600 年，才因德川幕府把它采纳为官方意识形态而获得发展的动力。但即使是到了这时，作家们大都还是持抵制态度。”[2] 厄尔·迈纳恐怕没有把《本朝孝子传》这样的作品纳入自己研究的视野，但从结论上讲，他大体没有说错。江户作家对儒家学说除了抵制之外，还写出了像这样几乎徒有“孝子”之名，或者名目大而实际内容不沾边的东西，我们就决不能据此便断言儒家思想在江户文艺中浸润到底有多深。

2.［美］厄尔·迈纳著，王宇根、宋伟杰等译：《比较诗学》，第 37 页，中央编译出版社，2004 年版。

五、 汉诗文中的孝子孝妇

江户时期汉诗汉文依然十分流行，这种风气一直持续到明治初年。佃清太郎编辑的《皇朝大家文章典范》收入了木原正直撰写的《孝子与翁碑》，这是为元禄（1688—1704）初年一位农夫与翁撰写的碑文，以显彰他“事其父母，笃孝纯至”。根据这篇碑文的记述，当时的政府曾“赐米”以示奖励。[1]

1. ［日］佃清太郎著：《皇朝大家文章典範》，汉文之部，第 86 页，广岛：秀美堂，1894 年版。

片山猷的《竹原孝女颂并序》是写艺之竹原的一位女子，二十八年如一日照料残疾养母的事迹，当时有名的学者宇野明霞（1697—1745）还曾为这位普通的女子作传。同书还载有赖春风（1752—1825）的《牛田孝妇歌》，赞扬牛田村的一位农家妇女以孱弱的肩膀承担着家庭的重负。这位女子的境遇十分凄惨：“牛田农户十余口，一家性命系一妇。家有祖姑齿甚高，舅兮姑兮亦皓首。妇产丑女皆尤弱，夫患肺痈脓血呕。”面临着沉重的压力，这位女子靠着自己的勤苦耕作，不仅照料着自己的家人，而且“纳税未尝在人后”。作者在赞扬之余，想到都市中的“富人妻”，谴责“躬缠锦绣心却丑”[2]。

2. ［日］佃清太郎著：《皇朝大家文章典籍》，汉文之部，第 13 页，广岛：秀美堂，1894 年版。

如加藤周一所说：“在享乐的制度化上，德川时代的町人社会发挥了前所未有的独创性。花街柳巷，剧场发达，三弦乐、浮世绘版画、木偶剧、歌舞伎和几乎所有的俳句都是直接诞生于町人社会的艺术。”[3] 在这些艺术中，享乐是最重要的旋律。那因为饥馑而埋儿的故事，对町人来说是遥远的神话，他们可以当娱乐节目中的插话来听，却不会因此而感动。

3. ［日］加藤周一著、叶渭渠等译：《日本文化论》，第 125 页，北京：光明日报出版社，2000 年版。

井原西鹤说，挖出金锅这样的事，现在是没有了，富贵也有苦，贫贱也有乐，一切人等，期盼非分的富贵而召祸灭身者，古老不知有多少。这很像《孝经》中所说的“用天之道，因地之利，谨身节用，以养父母，此庶人之孝也”。但是，井原西鹤的这番感慨，归根结底是从对町人社会的观察得来的。不仅德川政府，就是后来的明治政府，一看到社会风气的败坏，便喊该读儒家经典，它们的收效实在微乎其微。

第九章　明清文学与江户文学的庶民性

海内文章落布衣，

偶然七字是珠玑。

——赖山阳《论诗绝句》

我国宋代以后，程朱理学逐渐在朝鲜、日本流行起来。从13世纪中期到15世纪末，日本从中国吸收了宋学，并使之日本化，成为日本占统治地位的哲学思想，汉文化因此而在日本成为独立的学术。16世纪后期，藤原惺窝（1561–1619）开始逐步将中国的宋学与日本的神道结合起来，中国宋学由儒佛分家之后采用了“儒学神道”这一新的表现形式，以适应日本封建统治阶级的需要。儒学这一外来的思想，取得了民族的形式，便赢得了更加稳固的地位，在江户时代，涌现了不少的儒学家，在他们中间，亦不乏擅长汉诗文的文学家。

第一节　走向巅峰的江户汉诗

江户时代的汉诗文，可以享保（1716—1735）年为界，划为前后两期。前期承袭五山文学的余绪，深受朱子学的影响，还没有形成自己的特点，后期在摆脱五山禅林诗风的束缚之后，学派林立，儒者辈出，明朝复古主义诗风的影响十分明显，汉诗文的繁盛一直延续到明治时代。

一、　五山遗响

前期诗文，首先必须提到的是藤原惺窝，惺窝原先便是五山僧人，是安土桃山时代——江户前期的汉学者，藤原定家的十二世孙。从青年时代起，他便继承五山学风，致力于儒学研究，以博学多识而蜚声五山。30岁起，专攻朱子学，36岁时已自成一家。他原准备赴明寻求良师深造，但从萨摩国出发后，遇到暴风，漂流到了鬼界岛，这才死了心。回到京城后，认定“圣人无常师，求于六经足矣”，于是脱离了佛教，“还俗专讲儒学”，结果名声大震。他曾被幕府招去，向德川家康讲授《贞观政要》。在文学理论方而，除《文镜秘府论》之外，他常引用的便是南宋胡仔所撰《苕溪渔隐丛话》。

他的文学观大致同于宋代理学家的“载道说”，主张“道外无文，文外无道”（《惺窝先生文集》卷十一：《与林道春书》），将文学作为阐发义理的工具，否认文学作为独立的艺术的存在价值。《惺窝文集》中的汉诗，尚有可读之作，但总的来说，大多缺乏真情实感，以理入诗，不少模仿宋代周弼所编《唐贤三体诗家法》。因为惺窝文名大，弟子多，所以对于江户前期的诗坛大有影响。

五山诗风影响之深，就连被朝鲜使节称为“日东李杜”的石川丈山，也是“三十六峰彼占缘，却向五山乞残烟”。石川丈山（1583—1672），又名凹，宁丈山，号六六山人，出身武门，年轻时在大阪战役中立过军功，因违反军令而不得赏赐，遂弃武而投于藤原惺窝之门研习汉学，诗书都享有盛誉，一度受聘于浅野侯，后在睿山脚下的一乘寺营诗仙堂，布量起六朝至唐宋诗人的画像，以示倾慕之情。睿山有 36 峰，“三十六峰彼占缘”即指此。石川丈山的诗文，曾受到荻生徂徕的赞赏，著述有《新编覆酱集》、《诗仙诗》、《本朝诗仙注》、《诗法正义》等多种。其诗如：

仙客来游云外巅，神龙栖老洞中渊。

雪如纨素烟如柄，白扇倒悬东海天。

《富士山》[1]

1．［日］山岸德平校注：《五山文學集　江户漢詩集》，第 177 页，东京：岩波书店，1978 年版。

要写出富士山的雄伟姿态，是至难之事，因而以富士山为题的汉诗，杰作屈指可数。这首诗先以仙客、神龙的形象，写其神秘幽玄，后用一明喻，写其远望时雪光辉映的全景。白雪晶莹，洁如纨素，烟直如柄，直冲云空。覆雪的山峰，犹如展开的白扇，倒悬在碧海蓝天之间。白扇，这里指的是日本的折扇，中国古代只有羽扇和团扇，折扇晚起，宋代以后才从日本传到中国。这首诗用日本人熟悉的白扇来形容富士山，是独特的想像，化巨峰为玲珑，以掌中物拟天外景，是一首有名的汉诗。

二、　古学派到折衷派

在文学史上，打着复古旗号，以扫除当时弥漫文坛的某一思潮或某一流派的例子，并不少见。江户中期，当朱子学风靡儒林、禅林诗坛失去生气的时候，企图在一定程度上摆脱“载道派”影响的汉学家们也鼓吹复古。时近正德年间（1711—1716），随着注重现实的“经世济物”之论在儒者之间风生水起，空谈理性的风气也渐呈衰势，汉文学便逐渐摆脱五山的藩篱。伊藤仁斋创立的古学派和荻生徂徕创立的古文辞学派的诗风，先后劲吹于诗坛。肥后地方创设的时习馆成为各地藩学的榜样，汉诗文学弥漫到全国，进一步显示出深入民间的趋势，出现梁田蜕岩所说的“海内文章落布衣”的景象。

古学派的特点，是由追溯孔孟古义入手来研究儒学。它的创立者伊藤仁斋（1627—1705），是元禄时期的思想家，年轻时笃信朱子学，中年后对其产生了怀疑，转而致力于《论语》、《孟子》的研究，在京都堀川塾教授古学，号称弟子三千，其弟子来自日本三分之二的地区。伊藤仁斋讲解明晰，吸引了包括上自诸卿，下至目不识丁的平民在内的众多崇信者。其主要著作如《论语古义》、《孟子古义》、《语孟字义》、《童子问》等，以古义阐明儒学概念。伊藤仁斋画像其长子伊藤东涯秉承家学，精通博物、经济、故实、制度、经义。其第五子伊藤兰隅，也博学能文，著《周易本旨》、《诗古言》等。古学派的文学观念，挣脱了朱子学劝善惩恶观点的羁绊，而认为文学是人的情感的流露，具有真情实感的作品方是优秀的作品，这对于冲破侈谈理性的“载道派”诗说的统治，有积极的意义。古学派在艺术风格方面，扬俗而抑雅，以古朴为上。

伊藤仁斋画像

伊藤仁斋《学问须从今日始》一诗，推崇六经而贬抑理学的意思便十分明显，无意雕饰，纯求自然：

学问须从今日始，算前顾后莫悠悠。

寸苗遂作苍苍树，原水还为滮流。

知识开时八荒阔，工夫熟处一毛　。

六经元自侬家物，何必区区向外求。[1]

1．［日］山岸德平校注：《五山文學集　江户漢詩集》，第192页，东京：岩波书店，1978年版。

古文辞派由古语的研究，又推进了一步，迈向了古典研究。他们追随明代前后七子复古主义的文学主张，倡言“文必秦汉，诗必盛唐”，后七子的代表李攀龙、王世贞的影响尤深。创立古文辞派的荻生徂徕（1666—1728），25 岁时曾在芝增上寺门前开塾讲授程朱子学，后被幕府重臣柳泽吉保所招，受到重用，40 岁后接触明代前后七子的诗文，并以其主张建立起古文辞学派。李、王剽窃模拟唐宋诗人，而古文辞派又模拟李、王。

然而，江户以来在理学道德压抑下的汉诗文，在徂徕及其门下诗人手中也获得了某种解放，变得道学气大减而渐可鉴赏。对此，徂徕本人颇为自负，曾说“大东文章，俟我以兴”。这是因为其作品虽然是一种拟古文学，文必秦汉以上，诗则模仿中唐用语和风俗，但他博学多闻，又通诸子，对经济学、军事学、政治学皆有研究，著述很富，写出的作品，算得上一种“高超的模仿”。较之干瘪枯燥的理学诗，自然更能赢得读者。在他的门下聚集了许多才学之士，他又曾被吉宗将军召请，这都扩大了古文辞学派诗风的影响。他的作品如：

门巷随江曲，田家篱落稀。

岸低洗耕具，雨霁晒渔衣。

小犊负薪饮，扁舟刈麦归。

儿童沙上戏，鸥狎不高飞。

《江上田家》[1]

1. ［日］山岸德平校注：《五山文學集　江户漢詩集》，第 202 页，东京：岩波书店，1978 年版。

江东昨夜子规飞，五月堪悲人未归。

回首赤间云万里，空看夏树照斜晖。

《故人在长门今年未归》[2]

2. ［日］山岸德平校注：《五山文學集　江户漢詩集》，第 203 页，东京：岩波书店，1978 年版。

前一首写田园春光，淡雅平易，后一首写怀友之情，融情于景，颇有几分唐诗风味。赤间，指赤间关，地名。长门、赤间，均为周防地名，即友人所在地。然模仿之作，终是感染力不足，前人早有评论，说他的诗初看尚似唐诗，巧致可观，细读则“如见图绘之女动心”。徂徕的门生高野兰亭、平野金华、山梁周南、服部南郭等皆擅诗，其作品收于《萱园录稿》[3]。服部南郭尚有诗话传世。

3. ［日］日野龙夫、揖斐高、水田纪久校注：《蘐園録稿　梅墩詩鈔　如亭山人遺藁》，第 3—70 页，东京：岩波书店，1999 年版。

从江户汉文学发展的情况来看，可以把前期当作汉诗繁兴的前奏和准备阶段，后期则是前期发展的结果。到了江户中后期，诗派林立，诗社纷起[4]，名家不可胜数，朱子学派、古文辞学派、

4. 以元禄末至享保为例，大阪有混沌社（主持人片山北海），京都的赐杖社（主持人江村北海）和幽兰社（主持人龙草庐）、长啸社（主持人服部苏门），江户的芙蕖社（主持人服部南郭），市隐社（主持人安清河）及长崎的芙蓉社（主持人高阶阳谷）等。

水户学派等都产生了君临诗坛的大家，这里只能勾勒一下各家概貌。

朱子学派里，江湖诗社的盟主市川宽斋（即市河宽斋）（1749—1820）博学宏才，是昌平坂学问所儒臣。长于诗，作诗“前学香山后剑南”，从中唐的白居易转向南宋的陆游，使江户诗风一变。大窪诗佛和菊池五山均出其门而称双壁。市川宽斋所著《日本诗纪》和《全唐诗选》，在诗歌研究上都有一定的学术价值。另一位在日本汉文学研究上有所建树的诗人江村北海（1713—1788），则以《日本诗史》、《日本诗选》为建立汉诗理论作了贡献。江村北海善诗文，与大坂的片山北海、江户的入江北海并称为“三都三海”。他仕于丹波的青山侯，致仕后，在京都开赐杖社，专门教授汉诗。片山北海则在大阪开混沌社，开宗晚唐及宋诗之风。

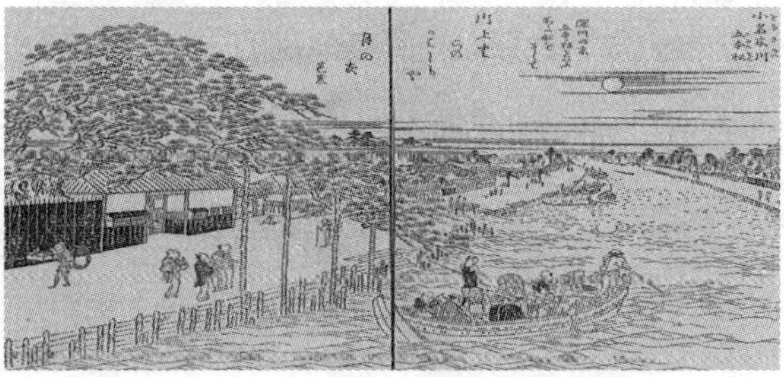

江户名所图会

在朱子学派中，菅茶山（1748—1827）和赖山阳（1780—1832）都是精通日本国学和和歌的汉学者。菅茶山诗风蕴籍，格调高逸，善为律诗，著《诗论入门》、《诗律法门》、《黄叶夕阳村舍诗》[1]，其诗如：

1.〔日〕水田纪夫、赖惟勤、直井文子校注：《菅茶山 頼山陽詩集》，第 1—145 页，东京：岩波书店，1996 年版。

闾巷人奔走，言吏检田来。

连日里正宅，珍馐满厨堆。

《备中途上记路人话》

荒墟坏道草萋萋，将第侯家处处迷。

行忆旧闻寻遗址，山茶花落古僧栖。

《镰仓》[2]

2.〔日〕山岸德平校注：《五山文學集　江户漢詩集》，第 286 页，东京：岩波书店，1978 年版。

前一首写官吏检田，闾巷慌乱而里正珍馐满厨以百般奉迎的情景，农民的恐惧心理和里正的宴饮奢华形成鲜明对比。后一首是作者途经仓时的怀古之作，当年的“将第侯家”已成为“荒墟坏道”，将昔日的繁华与今日的萧条对照。若与前期朱子学派诗人的作品比较，可以看出他们的诗风也已发生了很大的变化。

赖山阳曾作过菅茶山的塾监，精于史学，治程朱之学而不偏执，诗、书、画皆有所长，亦研究军谈，讲平家“琵琶”，著述很多，除《日本外史》、《日本政纪》外，又有《唐绝新选》、《宋诗抄》、《东坡诗抄》、《韩昌黎诗》等，其诗不尚虚饰，古诗尤佳，长于咏史。最为人传诵的诗，如：

鞭声萧萧夜过河，晓见千兵拥大牙。

遗恨十年磨一剑，流星光底逸长蛇。

《题不识庵击机山图》[1]

1．［日］赖成一、伊藤吉川译注：《賴山陽詩鈔》，第 219 页，东京：岩波书店，1997 年版。

折衷学派是主张对朱子学、古学、阳明学诸派取舍选择以立稳妥之说的一派，在文学上提倡袁宏道的性灵说，批评古文辞学派。折衷学派的广濑淡窗（1782—1856），有“海西诗圣”之称，梁川星岩（1786—1858）则被人誉为“日本的李白”。星岩曾就学于折衷学派的大家古贺精里、山本北山，加入过大窪诗佛的诗社，漫游各国二十年，在江户开玉池吟社，后移京都。星岩是个学者，其诗古雅清奇，描写巧致，风骨雄健，富有激情。其妻张红兰，和同时的原采蘋、江马细香等，同是知名的女汉诗人。星岩的诗如：

千山围野矗，二水夹墟通。

云是河中岛，当年角两雄。

滩声晴亦雨，木末暮多风。

不见兵戈集，西天月一弓。

《河中岛是甲（甲州）后（越后）争战处》

今来古往事茫茫，石马无声　土荒，

春入樱花满山白，南胡天子御魂香。

《吉野怀古》[2]

2．［日］山岸德平校注：《五山文學集　江户漢詩集》，第 305 页，东京：岩波书店，1978 年版。

江户时代后中期，不仅儒学者作汉诗，僧侣中仍有些能写出不错诗作的汉诗爱好者。后期歌人良宽（1758—1831）曾作《孔子赞》：“异哉瞻之在前，忽然在后。其学也切磋琢磨，其容也温良谦让。上无古人下无继人，所以达巷才叹无名，子路徒闭口。孔夫子会孔夫子，大无端。唯有愚鲁者，仿佛窥其室。”[1]良宽酷爱寒山诗，曾以诗描绘自己在五合庵十数年的生活：

1．［日］大島花東、原田勘平译注：《良寛詩集》，第201页，东京：岩波书店，1977年版。

索索五合庵，室如悬磬然；

户外杉千株，壁上偈数篇。

釜中时有尘，灶里更无烟；

唯有东村叟，时敲月下门。[2]

2．［日］大島花東、原田勘平译注：《良寛詩集》，第103页，岩波书店，1977年版。

宋明禅籍中多使用当时口语，日本禅僧在研读这些禅籍时，也将其中的诗语、成语俗语等汇集起来，作为禅语学习，编成《句双纸》[3]一类的小册子。良宽喜将这样的俗语写入诗中。如“似欲割狗肉，当阳挂羊头。借问逐臭者，优优卒休休。”（《余挂到新泻逢有老人说法白石舍，因有偈二首》其一），将俗语“挂羊头，卖狗肉”写入诗中。又如：“大道从来无巴鼻，不知何处问程次。情量尽时总无迹，是非遗处却是非。多多和和许谁识，腾腾兀兀步步之。纵有一法胜涅槃，冷眼看来复是疵。”[4]嵌入了“无巴鼻”等俗语。《毬子》一首更把数字嵌入诗中：“袖里绣球直千金，谓言好手无等还。个中意旨若相问，一二三四五六七。”[5]

3．［日］山田俊雄、入矢义高、早苗宪生校注：《庭訓往来　句双紙》，东京，岩波书店，1996年版。

4．［日］大島花東、原田勘平译注：《良寛詩集》，第244—245页。

5．［日］大島花東、原田勘平译注：《良寛詩集》，第258页。

三、 汉词

最后，我们来回顾一下江户词林的风貌。

日本填词自小令始，不少文人喜爱模仿张志和的《渔歌子》和白居易的《忆江南》。到江户时代，仍有不少这样的作品。如村濑栲亭的六首调寄《渔歌子》，接近民歌，“樵兄去尽独归迟，一曲村腔信口吹。犬迓径，翁呼儿，村外孤灯被点时”。（《樵夫词》）“原田一亩倚层波，租税虽轻劳力多。畦无水，奈秧何，踏踏翻车卷白波”。赖山阳作《渔歌子》“钓罢秋风鸣岸芦，蓼花影外夕阳余。儿暖酒，妇烹鱼，系舟之处是吾庐”。但从填词的发展来说，江户初年词人的作品已发展到长调。如德川光圀的《鹊桥仙·七夕》：

累累瓜果，芳芳香粉，乞巧棚明星酒。年年不负佳期也，永矢天长地久。

隔河牛女，填桥乌鹊，何比人间合偶。只忧耕织失其时，天帝责惰慵妇。

江户初期的填词者，由于不识格调声腔，填词往往不叶词律。随着文人们艺术造诣的加深，词的学术水平也在提高。在江户汉文学前期，祇园南海词的影响最大。由边碧堂《论画绝句》说："诗人余技著鞭先，巧拙休沦祇叟前。貌取西窗数竿竹，更追海狱役云烟。"祇叟，即指南海，诗道出了他书、画、词的风格和意趣。南海的词如《长相思 · 咏梅》：

香一枝，影一枝，昨夜东风消息迟，前村深雪时 竹傍篱，人傍篱，春来清瘦知为谁，江南空所思。[1]

1.［日］神田喜一郎著：《日本における中国文学 I》，第 97 页，东京：二玄社，1965 年版。

江户汉文学的后期，词的发展迅速。在安永（1772—1781）和天明（1781—1789）之交，一般知识界填词已相当普遍，或学易安体，或学姜夔、吴文英，或咏史，或咏物，至江户末年到明治初年，填词由成熟进而繁盛，出现了许多名家。词作也表现出鲜明的个人风格。

朱子学派的市川宽斋词构思奇巧，富于想像，如其《梦江南 · 冬至叹二毛》：

明镜里，点点素梅香。正是东君将试政，缝作青女嫁衣裳。不奈鬓边霜。[2]

2.［日］神田喜一郎著：《日本における中国文学 I》，第 114 页，东京：二玄社，1965 年版。

江户城

古注学派里以诗著名者有村濑栲亭、龙草庐、田能村竹田、大槻磐溪等，而村濑栲亭和田能村竹田都有词传世。田能村竹田（1777—1835），名孝宪，字君彝，丰后竹田人，曾到江户向文晁学画，长于经学、诗文，与赖山阳等人交。他以清高淡雅的画趣表现出独特的风格，画论也有创见。他填词 69 首，不仅数量空前，而且小令、中调、长调均备。菅茶山称其词："可荡人魄，可消人魂。一种文字，东国开辟以来，未曾见此类者。"他的《秋声馆集》和《清丽集》是日本最早的词作专集。我国清代旅日学人江芸读《清丽集》后，赞道："意如蚕丛，心如春絜，脉胳肤理，允为细致。度此音节，想见十年苦心多半赴于声律也。”他曾依据万树《词律》编成《填词图谱》一书，是日本最早的词语著述。竹田词风格凄丽，纤细谐婉，如《西江月·春恨》：

柳叶栏前绿雨，桃花帘外红云。分明知有个愁人，欲扣窗棂且忍。难得比肩把手，时时暗瞧偷颦。镜花水月是前因，只有两心相印。[1]

1. ［日］神田喜一郎著：《日本における中国文学Ⅰ》，第114页，东京：二玄社，1965年版。

宽政（1789—1801）年间，有所谓“宽政三博士”，他们是尾藤二洲，古贺精里，柴野栗山。词人野村篁园（1775—1843）便出古贺精里一门。篁园名直温，字君玉，有词集《秋蓬笛谱》两卷，词150首。写江乡风味，笔调自然畅达，富于生活气息。咏四季花卉、柑、笋、蚕豆、银鱼、蟹等，生趣盎然。咏花之作如《被花恼·水仙》：

碧湘波冷洗铅华，谁似绝尘丰度。一笑嫣然立瑶圃。铢衣剪雪，银　缀露，好入黄初赋。梅未折，菊先凋，檀心独向冰心吐。环佩碎珊珊，暗麝穿帘细于缕。低鬟易乱，弱骨难支，月洁风清处。怕仙鬼直趋楚云归，把瓶玉寒泉养妍嫭。爱淡影，闲伴芸窗灯半炷。[2]

2. 夏承焘选校，张珍怀、胡树森注释：《域外词选》，第20页，北京：书目文献出版社，1981年版。

在野村篁园周围的词人中，日下部梦香和友野霞舟成就较突出。日下部梦香在天保十年（1839）自行刊印《梦香词》，野村篁园作序，认为他的词“轶周凌柳”，“揖姜、张于一堂”，并“自有独得”，设乐翠岩则说他的词“旨要空灵，音删靡曼。含商咽徵，都能谐沈约四声；瀹雪调水，未必逊张先三影”。梦香善咏物。在词中也常常写到自己濯却尘缨，扫去魏阙名心的生活态度，写到自己苦吟的乐趣：“灯火小于豆，寻句捻霜髭”（《水调歌头·秋感》），“看卷雪归帆，剪烟柔艣，惬此诗情”（《扬州慢·初冬鹿滨杂兴》），“尚赢好词雄句，沈吟际、旋伤神”（《紫萸香慢·重阳》）。[3]

3. 夏承焘选校，张珍怀、胡树森注释：《域外词选》，第1—4页，北京：书目文献出版社，1981年版。

第二节　汉文与汉文理论

所谓日本汉语散文，是指日本人用汉字按照汉语文法与中国古文写作规范撰写的散文，在日本称为“汉文”。汉文理论研究则是对与此密切相关的中国古文与日本汉文进行的研究。

古代日本的汉语散文除追随中国古文特别是唐宋文而具有实用性、暗示性、装饰性、等级性、多样性等特点外，随着作者身份与汉文地位的变迁，且受到日本人思维方式与语言习惯的制约与影响，逐步形成了许多有别于中国古文的特点。同时，散文理论研究也不仅以中国古文为对象，而且包括了对日本汉文历史经验的总结、概括与评价。

汉文与汉文理论无疑也为日语散文即所谓和文提供了丰富的营养与可操作的参照。江户时代一些不擅汉文的作家，不仅学习汉文，而且尝试用和文模仿唐宋八大家的名篇，上田秋成《藤篓册子》中就收有他所作的日语文章《拟李太白春夜宴桃李序》和《故乡》，后一篇副题是“拟韩退之送李愿归盘谷序”。[1]

1．［日］塚本哲三编：《上田秋成集》，东京：有朋堂，1926 年版。

远在奈良时代，日本即有文章博士之设，时在神龟五年（728 年，即唐开元十六年），平安时代的承和元年（834 年，即唐大和八年）又增至二人。原来文章博士的官位相当于正七位下，弘仁十二年（公元 821 年，即长庆元年）升为五位下，尔后渐次重之，遂居诸道之首，乃有升居大纳言以上或大臣之显职者。以文风言，大抵奈良及平安两朝，多追随六朝初唐之风，骈四俪六，颇重辞赋，亦有受唐代古文运动影响，以散行单句撰写杂记文章者。《经国集》，名仿《唐文粹》的《本朝文粹》、《本朝续文粹》，还有《朝野群载》等总集，荟萃了那一时代的实绩，也是研究平安时代贵族汉文家散文观的主要资料。其时论文者多称经国不朽，而所作不一定直涉国事，所论所作，时有令人生油水不融之感的情结。以堆积类书词语为文者，多排比美辞丽句，不嫌叠床架屋。僧空海、都良香、菅原道真等有可读之文传世。

平安末期，贵族式微，丧乱相寻，遂至武家当道的仓室町时代。攻伐为事，何遑为文？寻坠绪之茫茫，幸有禅僧徒，出宋入元，传播学术，文运稍整，文体一变。足利时代有义堂周信、绝海中津等，堪称翘楚。禅僧之外，殆无可观之文。禅僧之文学观，大抵以道为饭，以文为羹，百家技能，为菜为馔。虎关师炼大声疾呼弃四六而习韩柳，身体力行，多有仿作，然而毕竟形单影只，罕闻从者，终究未成气候。

至德川时代，武家持权柄而崇儒术。林道春父子博学高才，文章风靡一时，渐脱四六余习，于是学韩柳古文渐开风气，文体又变，只是“和习”（即“日本味儿”）尚重，朱子学是为“官学”，故载道之论盛行，难出藩篱。而荻生徂徕出，欲将此弊一洗而空，追随李攀龙、王世贞，立“文必秦汉”之帜，无不翕然相从，日研月习，“和习”消褪，而其从者一味以模拟为务，陷于诡僻，多有膺古之讥。宽政年间（1789—1800）柴野栗山、古贺精里、尾藤二洲辈力矫弊风，复以唐宋八家为榘矱，文体大整。江户一代，文集如林，不遑枚举。《拙堂文话》、《渔村文话》之作，实应学士学文之需，对中日两国古文的鉴赏批评，多有笃论，委实不可多得。

就日本汉语散文的思想倾向而言，尊孔、远孟、亲庄、敬佛是较多学者的倾向。尊孔出于平安、江户两大汉文学兴盛时代统治阶级的提倡，然而江户后期已有学者摒弃儒学万能论；非孟则是出于大义名分与尊王论的延伸。在尊儒的大势下，作为它的对立面，也有倡崇孟论的学者。汉文作者多排斥老庄独善而取儒教兼济，但平安时代已有老庄学者，仓室町时代战乱不息，易生人生无常之想，老庄多为学生爱读之书。在江户儒士中，林罗山、龟田鹏斋（1782—1826）等都有赞庄之辞。纵观日本汉语散文史，韩柳影响最巨，至于因研习纪传、亲炙左史而受中国史传散文润泽者也可谓不乏其人。在平安时代，向神佛表达愿望的文章——愿文等宗教文体十分盛行，镰仓时代位居汉文学中心的五山文学是由禅僧创作的，古文倡导者虎关师炼撰写的《原慢》等文章当属佛教文学。而且平安时代编写《文镜秘府论》的空海、江户时代最早接受公安派文学思想的元政都是僧人。佛教思想在汉文发展中的影响是相当广泛的。

日本散文理论的重要观点正是在这样的文学体系中形成和发展的。

一、 汉文在日本文章学中的地位

一部日本古代文化史，从一开篇便离不开汉字汉文的参介。流传至今最古老的文字是汉字，最古的文章写的是“汉语”。

熊本县玉名市江田町船山古坟发掘的大刀铭文，从随葬品等方面来考虑，大致是反正天皇时代所作。反正天皇在位四年（406—409），铭文中有这样的句子：“服此刀者长寿，子孙注注得其思也，不失其所位”，还署名作刀者伊太加，书名张安，里面混杂着日语词汇和语法，此刀很可能是一位日本人锻打的，铭文则由来自大陆的入籍者撰写。伊豫国道谷的碑文与圣德太子宪法相传为厩户皇子所撰，行文比较流畅。

《宋书·蛮夷传》所载倭王武（即雄略天皇）致刘宋顺帝的表，多引《诗经》、《尚书》、

《左传》等中国作品，文风骈俪，富六朝风格。今人允米邦武博士怀疑此文或许经过沈约等人的修饰，而冈田正之博士相信它是从日本发出的，并说："虽于立言体，误名分，损国体。不无可议之处，然至其行文，洵不失出色之文章，措辞之风颇肖《日本书纪》之文。若此文在《书纪》中，世人或谓《书纪》编者之拟笔乎！幸以在《宋书》中明言雄略朝之遗文，给当时之汉文学之发展一大证明。"[1]

1．〔日〕冈正田之著：《日本漢文學史》增订版，第 20 页，东京：吉川弘文館，1996 年版。

大量文物表明，远在奈良朝时代，文学为贵族独占，用汉字书写，在汉字传入日本之后的几百年中，日本人撰写的汉语散文十分稚拙，多存瑕疵，随着与中国往来的扩大，入籍的中国人增多，文章渐通畅。这一时代诞生的《风土记》、《古事记》、《日本书纪》等汉文叙事作品，在行文中常借用《汉书》、《后汉书》、《三国志》、《艺文类聚》等书中的华辞丽句来润饰史实或传说，文风中也多受六朝影响，又摆脱不了日语句法，多少属于日本化了的汉语体。《万叶集》有些和歌的序文也可看到王羲之、王勃等人文章的影响。

平安初期，这种文体继续盛行。嵯峨淳和朝，巨匠辈出，日臻成熟，诣于妙境。僧空海、都良香、菅原道真等皆有文集，总集则有《经国集》，流传至今。此后至延喜之时，稍呈退步之状，势不如前。然平安后期藤原明衡所编《本朝文粹》，以赋、杂诗、诏、敕书、敕答、位记、敕符、官符、意见封事、策问、对策、论奏、丧、奏状、书状、序、词、行、文、赞、论、铭、记、传、牒、祝、起请、奉行、禁制、怠状、落书、祭文、咒愿、表白、发愿、知识、愿文、讽诵文等 39 部录诗文，所录诗文以大江匡衡、大江朝纲、菅原为时等为最多。

从《本朝文粹》所收文类可以看出，其中不仅有来自中国大体无变化的文体，也有日本发展的有特色的文体，贵族生活的方方面面无不有"文"相随。这里的文，不同于今天般的文学概念，反映的是汉文在社会生活中的一切作用。贵族文士以文为政（政务）、以文为教（命教与教化）、以文为礼（公私交往）、以文为戏（游戏）。有些看似不起眼的"小文字"，如禁制（禁令）、落书（涂鸭），也因文字畅达有味道而被收录进来。如落书中收入了樱岛忠信的一首诗，便是一篇"有故事"的作品。在任免官史时，樱岛忠信以此落书表达对"内臣贪欲世间叹，外吏沉沦天下愁"的怨气，惊动上听，由此任命他为大隅守。落书是文士表达诉求的一种形式，吐槽告状，揭露腐败，文字虽短，却产生了社会影响，在宫中有一点"小文办大事"的效果，收录集中，也为了显彰皇族的开明。

《本朝文粹》之后又有藤原季纲编《本朝续文粹》，录 11 世纪初至 12 世纪中叶约 120 年的诗文 244 篇。三善为康编选的《朝野群载》，有永久四年即公元 1116 年自序："予曾无拾芥之智，唯有守株之愚，多集反故之体，以为知新之师，部类成三十卷，号曰朝野群载；可谓不升青云，高见紫宫之月，不出一室，遥知万邦之风"云云，所谓"反故"，即"返故"，回归故有，"多集反故之体，以为知新之师"，有汇集旧作、温故知新之意。《朝野群载》原有三十卷，其九卷散佚，分诗文、诏敕、宣命、对策、牒书、公文、吏牒数类，收录了平安时代的作品。[1] 以上三书所录散文反映了汉语散文兴盛的轨迹。

1. [日] 近藤瓶城编：《改定史籍集覽》第十八册，第 339—475 页，京都：临川书店，1984 年版。

汉语叙事散文为后来假名物语、说话的发展提供了素材，丰富了作者的知识，积累了写作的经验。川口久雄曾说：

> *在汉文古典的语言、文学形式日本化而形成日本汉文的过程中，同时不能不给日语及日本文学的形式以影响，也就是说，使日语更加洗炼，更加丰富，并为日本文学吹入艺术的生命，使其以后的发展成为可能。从《古今和歌集》的汉文序产生出日文序散文，从宽平期的散文形式，产生出延喜、天历期的散文，这一切，恰如从拉丁系的诸形式中，产生出欧洲的变形文学的情形一样。连《源氏物语》、《枕草子》的文体，也可以看到是受过这种汉文系统的形式和内容的影响的。*[2]

2. [日] 川口久雄校注：《菅家文草 菅家後集》，第 81 页，东京：岩波书店，1978 年版。

平安时代许多汉文作品承袭六朝遗风，讲求排偶、辞藻、音律和典故，中唐韩愈、柳宗元古文运动成功，文风、文体和文学语言发生变化，在日本也出现了一些散行单句、自由活泼的汉文叙事散文，再加上《白氏文集》传入，诗坛上流行平易流畅、情意深长的风格，这对日本贵族文人产生了一种精神的影响，即造句谋篇都要服从于自如地表情达意。都良香《富士山记》、庆滋保胤《池亭记》、菅原道真《书斋记》等，都可以看出唐人杂记体文章的影响。

公元 847 年，净土教由从唐朝归来的圆仁带回日本，不到百年时间便风靡全国。随着佛教的兴盛，说话文学兴起，作者往往用杂有片假名的变体汉文，或是杂有汉字的片假名的文体，将口头传说记录下来。其语言风格，不同于汉文学系统。平安后期的所谓"和汉混淆文"，便是一种混用日文、汉文系统的文言文并且掺杂着当时口语的文言体文章，它将日文的优美和汉文的劲健有机地结合起来，吸收各自的长处，加以融汇锤炼，以更加纵横自如地表情达意。

汉文学的繁荣也推动了诗文写作的传授与研究，于是便有了《作文大体》、《王泽不渴抄》

等传授写法纲要的书籍问世。《作文大体》为藤原宗忠所撰，成书于嘉承三年（1108）。今《群书类从》卷一百三七所收《作文大体》的序文说：“夫学问之道，作文为先。若只诵经书，不习诗赋，则所谓‘书厨子’，而如无益矣。辨四声，详其义，嘲风月，味其理，莫不起自此焉。备绝句，联平声，总廿八韵，号曰‘倭注切韵’。”[1]川口久雄《汉文学研究》中第四七七页又说此书为大江朝纲述，成书于天庆年间（938—947）。这本书名曰《作文大体》，但涉及散文不多，书中谈到按题、五言诗、七言诗、句名、诗病、字对等问题，但中心是诗韵和字对。这说明当时学者是以吟诗作赋为“作文”。书中有《杂笔大体》部分，将杂序、愿文、奏状、解状、敕诏、效答、表白纳入杂笔的范畴。显然此书作者使用“文”、“笔”的概念，是与六朝人把无韵的文章称为笔，把有韵的作品称作文的说法完全一致的。不过，《杂笔大体》主要还是汇总有关发句、壮句、紧句等遣词造句的套路。

1. ［日］塙保己一编：《群書類従》第九辑，第 352 页，东京：平文社，1992 年版。

空海《文镜秘府论》采录了陆机《文赋》等，但全书来看诗赋无疑位处中心，散文理论没有引起足够重视。《经国集》收入赋十七首，诗九百十七首，但仅收序文五十一首、对策三十八首，足可看出偏重诗赋的倾向，而收文的实用性也一目了然。都良香（834—879）是注意到散文理论的一人，他的《策文章生菅野惟肖文二条》之二是《辩论文章》，向菅野惟肖提出了写作的“天分”与“人习”的问题，在评定菅野对策时，也谈到了散文的结构要求：

凡作文之体，自有定准。其开发端绪，陈置大纲，必须豫论物理，暗合题意。起文于此，合理于彼。取上事以证下事，议后义以足前义、若失比例，体势差爽。[2]

2. ［日］中村璋八、大塚雅司著：《都氏文集全釋》，第 206 页，东京：汲古书院，1988 年版。

《江谈抄》、《中外抄》、《富家语》等都是用变体汉文撰写的类似中国笔记札记类的著述。大江匡房（1011—1111）撰写的说话集《江谈抄》大约成书于长治——嘉承年间，其中卷四至卷六主要记载文人推敲诗赋字句或有关佳句名篇的轶事。卷六长句有数则涉及到当时文人对《文选》诗赋的研究及有关《汉书》的传说。[3]匡房沿袭了摘句举篇的形式，从诗赋、祭文、愿文、序跋等多种文体中摘取秀句加以品评，但他最热衷的还是对巧妙对句的考证、赏与辨析，是以秀句为中心的文字批评。《江谈抄》第四至第六卷可以说是日本诗话、文话的雏型。

3. ［日］後藤昭雄、池上洵一、山根对助校注：《江談抄　中外抄　富家語》，东京：岩波书店，1997 年版。

中古时代深受武士喜爱的以战争生活为中心的军记物语，许多是由所谓“和汉混淆文”写成的。江户时代的曲亭马琴读本作家把“雅俗折衷、和汉混淆”的文体视为理想的小说体。这表明中国散文的语言、文风渗透到日本文学中的漫长历程。六朝的文笔之辨传入日本，《异制庭训往来》表述了“有韵为文，非韵为笔”的看法，认为中国的文体，有诏、诰、敕、令、表、奏、册、记、书誓、符、檄之品、吊祭悲哀之作，篇、辞、引、序、碑、碣、志、状等，而日本的汉语散文，另有院旨、御碟、朝状、申状、讽诵、愿文等。[1]

1．［日］塙保己一编：《群書類從》第九辑，第486页，东京：平文社，1992年版。

特别值得一提的是，从平安时代以来，不论公私著述，日本人阐发某种主张的议论文几乎都是用汉文写作的，日语中没有纯粹说理的文体。江户时代连国学者荷田春满建议创设“国学”即日本学的学校而撰写的《创学校启》也是用骈文写的，国学者本居宣长（1720—1801）撰写的论道的文章，并非条分缕析，层层推理，而是把抒发情感摆在前面。这两个例子恰从两个方面说明了汉语散文在日本文章学中的地位。也正因为如此，从中国学研究的角度来看，日本汉语散文（包括变体汉文）中汇聚了有关中国思想、文化在日本传播与接受的丰富资料，在解明中日文化渊源方面具有重要价值。这些汉文不仅记述了当时中国文献的流布情况，也记载了历代学人对它们的解读与再利用。将它们与当时的日语散文进行对照研究，也才能真正认清日本每一时代散文发展的全貌，并给中国学研究以有益的启示。

二、　虎关师炼的中国散文论

日本中古时代战乱频仍，而禅僧之徒赴宋入元，传学文章，文运又振，文体遂变，而禅僧之外，无有能撰汉文者。室町时代五山文学中也出现过一些善文的僧侣，虎关师炼是其中杰出的代表。

虎关师炼（1278—1346），学识渊博，儒佛兼采，为文以韩愈为典范，文胜于诗。他曾热心提倡复兴古文。他认为“经史者诗文之盐酱也。”他力图将载道说与贯道说统一起来：“唐李汉序韩文云文者贯道之器也，后来朱晦庵云文者载道之器也，非贯道也。于谓贯亦载也。唯因物而异也耳矣。索之于钱也，贯犹载也。李氏之言奥乎哉！朱子之思不至于此乎？”[2]奈良平安时代以来，日本汉文涌现出都、纪、菅、江等众多名家，表奏书论、序记赞铭，众体兼备，然而一直承袭六朝、初唐遗风，专事排排偶，特工于四六体而也。虎关师炼曾经希望通过关白藤原内经影响当时的最高统治者在日本扫除骈俪余风而大兴古文，这集中反映在《答藤丞相》一文中，文中说：

2．虎关师炼著：《济北集》卷二十、《通衢》五，中野是谁板，1650年版。

夫文者有散语焉，有韵语焉，有俪语焉。散语者经史等文也，韵语者诗赋等文也，

二语共见虞夏商周以来诸书焉。俪语者表启等文也，出于汉魏之衰也矣。刘子曰：文章与时高下。因此而言，俪语卑矣。汉末以降，三国两晋用偶语，至南北朝尤盛焉。唐兴而改南北之弊，故斥杨、王、卢、骆之俪语，复韩柳之古文。古文者，雅言也；雅言者，散语也。唐亡而为五代，又用偶语焉、宋兴而救五代之弊，故又斥西昆之俪语，复欧苏之古。故有韵有偶，韵语有散有偶，俪语阙焉，崇古文扼四六者是也。

本朝之文用四六者，盖我遣唐使入太学同诸生受业，此时唐文未复古文，杨、王之后，韩柳之先也，国家淳质不察所由，以始习之俗或后传之风耳。

伏惟阁下辅政化，贵典坟，振颓纲，极冗迹，况兹文，弊在其所好乎？因从容谕明王，使天下学古文、斥四六，跨汉唐，阶商周，宁非文明之化兴于当代乎！[1]

1. ［日］虎关师炼著：《济北集》卷二十，《通衡》五，中野是谁板，1650年版。

虎关师炼曾编撰《禅仪外文集》，以倡导古文的格法体裁。他推崇天然浑成的风格，曾向其弟子说："夫文章妙处，天然浑成万世一律耳。人或诚心覃思而自合也。若未至天浑之处，虽工有可改之字，虽奇有可换之言；若已至于天浑，自然文从字顺，格调韵雅，权衡齐等，不可移动，所谓醇乎醇者也。"[2]

2. ［日］荫木英雄著：《五山詩史の研究》，第143页，东京：笠间书院，1977年版。

在唐宋八大家中，虎关师炼最尊尚的是韩愈，曾极口赞扬韩愈的志气、操行、文章："纵有志气，岂有操行邪？纵有操行，岂有成文之语邪？纵有成文，又岂有门人之系其文而不靳言邪？"他以韩愈为诗文双绝的俊才，曾效仿韩愈《原道》、《原性》、《原人》、《原恩》、《原毁》，而作《原嗔》、《原宽》、《原慢》。对宋代散文家苏轼，承认其"道德文章为赵宋师表"，又对其鼓吹庄周齐死生、一毁誉、安贫贱的看法有尖锐的批评；对司马光，虎关师炼曾讥刺他对佛教蒙昧无知。[3]

3. 参阅久须本文雄《虎关师炼的中国文学观》（《禅文化研究所纪要》一二）、《虎关师炼的儒道观》（《禅文化研究所纪要》一一）。

《济北集》十九《通衡》之四言及《春秋》用字精妙：

文之严也，莫尚于《春秋》矣。不熟《春秋》而曰文者非也。书殒者曰石五，书飞者曰六鸡　，下字之妙常人难及焉。夫飞者不辨何物，而其数先见焉。熟视知质，故六在上，殒者不啻不辨何物，其数亦不委几许，至地而后数定，故五在石下。故左氏习之曰：庭实族百。乌乎！圣人于文也，何其精到此乎？然《诗》、《书》者此等之文寡矣。《易》、《春秋》者甚多，学者不可苟读矣。[4]

4. ［日］《古事類苑》文学部，第340页，东京：吉川弘文館，1983年版。

这里所说的"五石六鷁"句见《春秋·僖公十六年》："十有六年春王正月戊申朔陨石于

宋五，是月六鷁退飞过来都。”《公羊传》的训解使我们清晰地察验到当时的情景：“陨石于宋五，六鷁退飞过宋都。曷为先言‘陨’而后言‘石’？”这是因为听觉对陨石的反应在先，而后才有“视之则石，察之则五”，“曷为先言‘六’而后言‘鷁’？六鷁退飞，记见也。视之则六，察之则鷁，徐而察之，则退飞。”《公羊传》的解释，得到了谷梁赤、刘勰、孔颖达、刘知已等人的认同。这种解释揭示了用语言来摹拟自然的一种新的表达方式，即闻见组接形式。

18世纪的德国文艺理论家莱辛在1766年发表的《拉奥孔》中指出，诗（指语言艺术）用来摹仿自然的媒介符号，是“在时间中发出的声言”，而符号与符号所代表的事物应该互相协调，所以“在时间中先后承续的符号也就只宜表现那些全体或部分也是在时间中先后承续的事物”，要求选择体现事物运动的词来描绘动作。这种理论可以用来证明“五石六鷁”句组接形式何以具有许多优点。[1]

1．参阅程亚林著《“五石六鷁”句探微》，载《古代文学理论研究》丛刊，第六辑，上海古籍出版社。

虎关师炼的文章，由于当时尚未完全摆脱平安时代的遗习，不免带有骈俪修饰的痕迹，然而与其它作者的汉文文章相比，却如隋珠之在美石，孤鹤之立鸡群。虎关本人的理想，似以古文家自居，所作《原慢》、《原民》，颇近于韩愈《原道》。

《元亨释书》[2]是虎关师炼最重要的汉文著述，这是一部从佛教传入日本至镰仓时代的高僧传，也包括印度、中国与朝鲜半岛高僧大德的传记，同时又是一部杰出的佛教史，对寺院、宗教制度与佛教传说多有记载。在该书序言一开头，虎关师炼便提到司马迁撰《史记》与欧阳修修《唐书》的业绩，表示自己要遵循盛世修史的传统编撰一部佛学全史[3]。《元亨释书》有传，有表，有编年体史要，史传笔法与志怪手法并存，堪称中世佛教文学的白眉。

2．［日］黑板胜美编：《增補新訂国史大系》31《日本高僧傳要文抄·元亨釋書》，第1—454页，东京：吉川弘文館，1965年版。

3．［日］黑板胜美编：《增補新訂国史大系》31《日本高僧傳要文抄·元亨釋書》，第23—25页，东京：吉川弘文館，1965年版。

室町时代的古文家虽如凤毛麟角，但并非无可诵之文。义堂周信（1326—1389）《深耕说》以农夫“地耕而浅者，所种之物必早熟而不茂，耕而深者所种之者必晚成而肥硕”[4]为喻，告诫那些“耕道不深而患名之晚者”，以农耕之理喻为学之理，斋藤拙堂评论该文“文字非无痛疵，然说理核实，意有笔先，今世文章家能无愧乎？”[5]《深耕说》不足二百字，写法颇类柳宗元《种树郭橐驼传》“问养树，得养人术”传事以为官戒。五山英衲学仿韩柳古文，《深耕说》可窥一斑。

4．［日］猪口笃志著：《日本漢文学史》，第208页，东京：角川书店，1984年版。

5．［日］池田四郎次郎编：《日本藝林叢書》二，第5页，东京：凤出版，1972年版。

三、 伊藤仁斋与荻生徂徕的文章论

江户初年，汉文仍不免“和习”（日本习气），后来的古义学者伊藤仁斋将习作文章看得十分紧要，一再强调诗可以不作，不作亦无害，而文必不可不作。早年他崇信程朱，分文章为儒者之文，文人之文，前者指孟荀董刘韩李欧曾之文，后者指那些“轻漂浮华，不足以登樽组之间”的文艺性强的文章，服从朱熹重体制理义而以“动循绳墨，无一字之散缓”为标尺的评文准则。同时也看不上那些不重视文章而自称雅好理学的人。伊藤仁斋主张“文章欲简，不欲冗而理暗”，又说：“文章以理为主，以气为辅；而饰之以词，其要在于平正稳当”，他评价中国各代之文：“汉之文质实，宋之文平正，明之文谲”，强调“文章以意深义高、平正通达为上，以词多理少、组织粉泽为劣”。[1]在反对繁冗与过度修饰的同时，很少论及文采的重要性，开后来太宰春台黜文崇质文章观之先声。

1．［日］植谷元、水田纪夫、日野龙夫校注：《仁齋日札 たはれ草 不盡言 無可有郷》，第451页，东京：岩波书店，2000年版。

伊藤仁斋在唐宋八大家中推崇韩柳欧三家，认为“韓柳各自出一家机轴，在汉之下宋之上，而论本色当行，则班、马之后，当归于欧阳公”[2]。伊藤仁斋曾诠次韩柳以后近儒者之文三十四篇，编为《文式》一书，在序言中感叹道：“呜呼，非言无以达其意，非文无以述其言。读书而不能为文，奚以异乎有其口而不能言者也”，因而有鉴于“吾邦（指日本）学者，大抵无能为文”，[3]便有意为学文者导引门径。为提倡以少总多、精读名篇的学习方法，他的《文式》便想借鉴昔人读《伯夷传》一年便大悟作文之法的经验，不贪多而求少而熟，欲使学者先晓其分数，而后广及乎守御之具。

2．［日］植谷元、水田纪夫、日野龙夫校注：《仁齋日札 たはれ草 不盡言 無可有郷》，第451页，东京：岩波书店，2000年版。

3．［日］吉川幸次郎、清水茂校注：《伊藤仁斋 伊藤东涯》，第266页，东京：岩波书店，1971年版。

伊藤仁斋又曾著《文诀》等书欲资初学晚进。他有感于日本学士习华语以属缀，常“拘于方言，或不能无颠倒错置之失”，欲矫之，“尝译古文以课诸生，俾谙字法”（伊藤长胤：《刊用字格序》）。多年写作《辨同》、《训草》二书，可惜未完而殁，晚年著《操觚字诀》，亦未成书。他去世后，其子伊藤长胤继承了他的古文教育工作，其孙伊藤善韶为其整理遗著刊印并撰序阐扬，《操觚字诀》得以传世。

《自娱集》四卷的《劝作文论》不隐晦提倡作文的出发点是要把日本变成无事不超轶中华的国家，作者贝原益轩（1630—1714）自负日本“风土和顺，其俗仁而寿，胜于中华，且其人有义有勇，廉洁守节，超越乎诸夷”，而唯一不足的是“国俗翅娴乎武事，而拙乎文艺”。[4]

4．［日］《古事類苑》文学部，第352页，东京：吉川弘文館，1983年版。

益轩把日本读书人作不好文章的原因归结为以下几点：

首先是读书而不学作文之法，故作为文字，上下颠倒，处置粗谬，连字不法，古文制词，好用俗语，故所作多文理不通。

其次是好华饰而益晦，求奇巧而语益拙，其作诗也浮靡，其设意也浅俗，虽古昔名家，其所作亦多艳丽妩媚之词而有妇人之风，既非纯正雅健，又无丈夫之气骨。

第三，读书方法亦有问题："盖国俗之读书也，常杂音训，加国字，随倭语之读法，而上下颉颃而通意。"[1]这种颠倒读法，本是自古以来的习惯，结果造成了文理不连贯，助字不连读，

1.［日］《古事類苑》文学部，第352页，东京，吉川弘文館，1983年版。

不像中国人读书自上而下语句不断、助字不遗，所以日本的读书人虽然自幼读书，但仍"不谙助语所在，不晓处字法，且平生不曾用心于文法"，因而"择而不精，习而不察"。

貝原益轩又认为，学术有邪正，文章有工拙。学术正者，文章不必工；文章工者，学术不必正。故学术当以学术论之，文章当以文章论之。二者小大美恶不相掩，然后其论平正，各得其当。[2]

2.［日］荒木见悟、井上忠校注：《貝原益軒　室鳩巣》，第422—424页，东京：岩波书店，1970年版。

他主张将学术、文章分开来评价，各用各的标准。在《答堀正修第三书》等书简中，着重阐述了自己对唐宋散文的看法。

学者们对日本人读书习文方法的探讨，实是日本汉语散文发展所急需，江户早中期的古文家为了扫除"和习"，主张废除颠倒读法，直接掌握中国文法的议论，自荻生徂徕以来，不绝于耳。《修辞通》主张学习者在初步掌握了训读的基本方法之后便要进入作文训练阶段。这种训练要避开训读，即所谓和诂，而从直接读通中国原文入手。文中说：

> *初学受句读既通，略能解其义，辄当学属文。欲学属文，宜先读西刻无和诂书。言语位置，各国殊别。和诂旁注，虽古人发蒙之巧也，读者多注神和诂倒飞之际，语脉位置，一无所解，临文茫然不能措手。西刻书颠倒诠释，必须自为始通，积习之久，皆了然目下，然后举用之，虽委曲难措语者，必皆随手而集，故作文与读西刻书互相助发，以俟文章成就。数年之后，广取书史读之，必有破竹之势。诸子百家之说，可不待师而明。*[3]

3.［日］《古事類苑》文学部，第294页，东京：吉川弘文館，1967年版。

《修辞通》所主张的和我们今天学习古文的道理不无相通之处。要真正学通古文，在具备一定基础之后，就要多读"白文"，而不能满足于或过多依赖于标点本、注释本与白话译本。必皆随手而集，故作文之与读西刻书，互相助发，以俟文章成就，数年之后，广取书史读之，

必有破竹之势，诸子百年之说，可不待师而明。

如何学写汉文这种外国古文，江户时代的汉学者们用心良苦。由于不可能像中国人那样仅靠“读书之熟，作文之多”自然得法，有的便主张着眼于助语虚辞，有的强调用心于字注、句法、章法、篇法。中心的问题是如何避免“和习”。《作文率》提出作文需三多，即多作、多读、多思。江村北海《授业编》六《作文》的第七则提出在细读《用字格》、《助语考证》、《译文筌蹄》以及《史记左传助字法》、《文语解》这些中日两国的语言研究著述之后，熟读古书名家之作。这些方法都是为了写出纯正的汉语古文而提出的。学作汉文的途径也就构成了汉学者古文论的内容之一。

享保年间，荻生徂徕创古文辞派，唱李王之业，表彰模拟，剿赝剽窃之诗文，举世仿之，以断前缺后佶屈艰然之文与万口一辙浮靡虚夸之诗为善；及山本北山兴，左袒袁石公，以平散明畅之文、清新流丽之诗，排击修辞之业。山中天水等人亦以攻驳时习为己任，古文辞家为之渐衰。

1822 年（文政五年）仁科白谷（1791—1845）撰《鹏斋先生文钞序》批评明前后七子“聱牙戟口，立辞艰涩，诘屈其体，怪僻其字，钩章棘句，句雕章刻，剽掠相矜，摹拟相高，以谓升左氏司马之堂奥，而不自知为妄庸巨子”，进而论及徂徕为李王所眩，使后来耳食徒，竞逐其弊。谈到当时有些学者，已悟其非，攻击排揣，痛加针贬，然而并没能矫正其弊，仁科白谷认为是因为他们力量不够：

> *如今世操觚家，愈卑愈陋，其才与学亦愈劣。或窃取庄列绪余，造语至不可解为绝妙。或经传史子，下逮小说，无问类不类，剿剽近似，而杂举之，或轻微其情状，谐谑其口舌，如俳优立此应彼然。此无他，于学无所闻，于德无所蓄也。*[1]

1.［日］《古事類苑》文学部，第 337 页，东京：吉川弘文館，1983 年版。

这是古文辞派渐衰之后，群雄无首、各仿其主景象的写照，也展现了各种通俗文学的发展影响对传统汉文学所造成的冲击。小说之类语汇的滥用，带来了传统汉文解体的危险，轻偎谐谑，使古奥典雅之风荡然无存。仁科白谷主言之有用有实，“盖言之无用，譬诸玉卮无当，言之无实，譬诸画饼羽飾、无益饥寒”，他反对的是“修劘为体，浅易为质”，主雄豪浑诘，有排戛之力，而达到这种风格的途径，据他说，是要“先入韩欧之门，而后臻西汉先秦之境”。[2]

2.［日］《古事類苑》文学部，第 337 页，东京：吉川弘文館，1983 年版。

日本人读汉文，要将汉文译为日文，写汉文则要将日文译为汉文，各有一功，皆非易事。

阳明学者佐藤一斋（1772—1859）以唐宋八家为法，尤贵韩欧，于明则学阳明。他“每欲”作一文，必先或坐或卧，以养精神，蓄气力，豫立其趣向，波澜顿挫，首尾照应，设诸胸中，犹画者立意，匠工者“定绳罣，而后始起笔，于是千言立成，虽然字字句句取法于古文，极其精密，改而又改，殆经十日而后脱稿”。日本汉文许多佳作都是古代学人心血的结晶，是日本文学史中不宜遗漏的一页。

四、 赖山阳论周秦文与太宰春台的《文论》

在江户时代汉学者撰写的随笔杂记中，也散见一些论文章写作的见解。室鸠巢（1658—1734）《骏台杂话》五《寸铁杀人》讲的是为写作而读书的方法。虽然每日读书，但要为文章而重新去读，有所领会。一般人都以多读为善，但读过千卷万卷，没有仔细理会也是无益的，所谓寸铁杀人就是这个意思。寸铁精锻，即可致命；钝兵虽长，不堪其用。著者引用苏轼、虞邵庵的经验与作法，强调读书要把注意集中在文章的主线上。[1]

1 ［日］室鸠巢著，森铣三校订：《駿台雜話》，第255—256页，东京：岩波书店，1996年版。

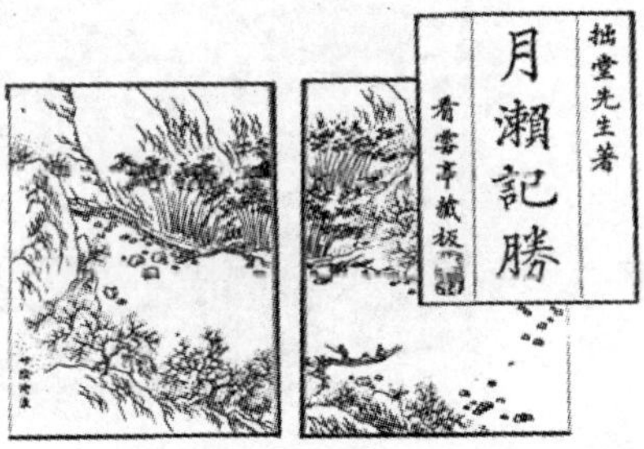

斋藤拙堂著《月濑记胜》

为此，著者还提出“四法”。一曰字例。文字一字有一字之能，甚至焉矣乎哉等助字，亦有同异。虽然简单，却有细微之别，有似是而非之处，当广泛考虑古人用例，搞通它们的意义。这里强调的是对字意用法的融汇贯通。二曰语类。字重而为成语，其类不一。有关于政治的，有关于兵战的，有关于人之性行的，有关于事情处理的，有古训之语，有比喻之语，其外不可枚举。一定要多记古代成语，由此转化而出，自然雅而不俗，直而不迂。其三曰铺，即铺叙语。言为章段，有所群分类聚，有所交互错综，设意之广，布言之赡，当观其方式。其四体裁由铺叙构成首尾也。有起端，有承接，有转折，有收结，当观文势之抑扬顿挫，条贯不滞。以此四法，加之日月之功，下笔作文，用字不卑，铺叙备，体裁正，即为立言论道之助。[2] 这里所谈到的

2. ［日］室鸠巢著：《駿台雜話》，第256页，东京：岩波书店，1996年版。

是汉学者学作汉文的基本途径，如果体会一下当时学汉文的艰辛，也可知其间是有良苦用心的。

淡海竺常(1719—1801)编《初学文轨》,在序言中便说“初学于文，第一在以华变倭。以华变倭，甚不容易，苟非沉浸华言之间一回浑化则弗能也。譬诸楚人学齐语，置身庄岳之间，左之右之，莫非齐人，然又择其宜乎惯习者，朝夕亲狎，自然与之化矣”。[1]因而，汉学者必须强调精读汉籍，从对比用例搞通用字造句规律入手来切近原文。

1. 〔日〕《古事類苑》文学部，第 294 页，东京：吉川弘文館，1983 年版。

赖山阳在古文批评与写作方面都有可称道之处。首先看他的学文主张，《二大家文则 · 山阳先生答村濑子琴质问》中的“问作文之法”，赖山阳答道：

> *文宗先秦，犹诗宗盛唐，唯盛唐是守，而不博观中晚宋矣，吾知其不能不为李、杜奴隶也。文亦然，先秦古书，屈指可尽读，充其腹以培其根本，旁视韩、苏知其体裁，下笔自入格矣。韩、柳、欧、苏选者非一，不必抉择。要在博览。逢可喜者，抄出为一本，置之坐右，朝朗夕诵，取其会心，不必暗诵，暗诵则愈妙。如是者久，文思自然涌出，如元、明、清诸家说及随笔，卧而读之，助其才思亦可也。*[2]

2. 〔日〕《古事類苑》文学部，第 294 页，东京：吉川弘文館，1967 年版。

《拙堂文话》著者斋藤拙堂的藏书印

暗诵，就是背诵。赖山阳主张博览而后精读。值得注意的是，他不但主张博览韩柳欧苏，而且连元明清诸家说及随笔，也相信能助己才思，在复古启新两大文潮中，山阳可称是新古折衷、雅俗兼容的一位。

27 岁时，山阳曾编选《古文典刑》（1806），专选周秦两汉文，这是针对当时选文者专取韩柳以后而时有及于古的作法，更是针对“八家之文，人文视之；周秦之文，人经视之，而史子视之”的现象，想让学者们把周秦两汉之文也“文视之”，“以得其法”，[1]这无非是要人们更重视周秦两汉之

1. ［日］《古事類苑》文学部，第 341 页，东京：弘文館，1983 年版。

文的文学性。他在为《拙堂文话》撰写的序言中，对江户文士剽袭明清间俗流之文造成的鄙俚文风又深表忧虑，非难他们“不详其源流与体裁，骤喜于新艳，择而取其每下者”[2]。这样看来，

2. ［日］山木积善著：《拙堂文話評》，载池田四郎次郎编：《日本藝林叢書》第二卷，第 1 页，东京：六合館，1928 年版。

准确地说，山阳是主雅正而不弃博取，主张藏俗于雅而不是背雅返俗。

太宰春台(1680—1747)撰写的《文论》（收入《春台先生紫芝园后稿》卷七）是江户时代论述散文的重要著述，可谓《拙堂文话》、《渔村文话》的滥觞。《文论》首先结合中国散文的历史，强调文章的社会功用，提倡“志于道，据于德，依于仁，游于艺”，反对“唯文艺是执，务丽其辞，不修其行，所希则左氏司马，所要则名誉，日弄文墨，孳孳汲汲，唯恐技之不售，名之不闻”。接着专论“文之文理”，认为“文之有理，犹人身之有血脉也”，讽刺当时的古文辞派“文理不属，意义不通”，根源在于“要誉与贪多”，又论修辞之道，反对不择其辞而用套语。

在谈到文章写法时，太宰春台提出“四法”（一曰篇法，二曰章法，三曰句法，四曰字法），三要（一曰体，二曰法，三曰辞），又专门批评了当时的古文辞者“必以左氏司马为口实”的谬误。最后论及诗文关系，提出“文辞之累，赋居其一”。他认为文章理应达到的效果是“叙事则令后之读者，如亲见之；持论则令后之读者，如亲闻之；状物则如画；语喜则令人展眉拊髀，语怒则令人切齿攘臂，语哀则令人觑欷于邑，语乐则令人欢欣抃舞，此文辞之妙也。自先古文以至韩柳二家，其孰不然？”[3]

3. ［日］关仪一郎编：《日本儒林叢書》第十二卷，第 11 页，东京：凤出版，1978 年版。

《文论》论左氏司马之异，除言其用字、用句、简繁之异外，又言各有其法：“左氏之文自一法，前无古人，司马之文亦自一法，其纪汉兴以来，乃其自撰，其纪五 · 帝以降，至秦楚之际，则采书经传及诸家遗文，以为《本纪》、《世家》、《列传》之言。虽采摭经传及诸家遗文，然于其中颇隐括原文，行之以其家法，此子长所以能成一家也。夫子长之所以能成一家而高于百世者，以其能成一家而高于百世者，以其能变化也。后子长而能变化者，千载唯有一韩退之而已。”[4]

4. ［日］关仪一郎编：《日本儒林叢書》第十二卷，第 14 页，东京：凤出版，1978 年版。

《文论》论各家文章，可见其好恶：“夫六经尚矣！自《檀工》、《考工记》、《礼运》、《乐记》诸篇，左氏、公羊之释经叙事，孟轲、荀卿、庄周、列御寇之论道立言，屈平、相如

之骚赋，《战国》诸策，《吕氏》、《淮南》之搜罗宇宙，司马迁、班固之纪传”，它们虽然“体与法各殊”，但都是古文的典范，“譬之如数十匹锦，文采各殊，而要皆出于机抒者也”。[1]

1.［日］关仪一郎编：《日本儒林叢書》第十二卷，第 7 页，东京：凤出版，1978 年版。

五、 皆川淇园论苏欧文与古贺侗庵论宋明文

皆川淇园（1734—1807）对唐宋古文的研究也有值得注意之处。淇园名愿，字伯恭，淇园为号，此外还有裴斋、筇斋、吞海子等号。他对《周易》有独到的见解，提倡“开物学”，诗书画皆通，著有《诗经绎解》、《论语绎解》等。

淇园《东坡文抄序》对比了苏欧两家散文：“大抵欧辞多婉曲，皆尚隽永，而苏乃辞气宕逸，旨喜痛到，此二家之异也。然要之苏天资俊迈十倍于欧，想其平生英气射人，才锋颖锐，常令人不得不叹伏，是以每一言出人皆传诵，海内宗之也。”序文提到朱晦庵讥笑苏文用字多疏漏，表示赞同，进而以“行文之法”衡量，认为苏东坡奏议书疏之类条达明畅无可议者，“如其余辞体效古文者，其措辞先后相承之间以其神理之不属者强作缀辑者甚多。盖虽读惯古文而其解旨疏略之过也。此不唯苏而欧亦不免有之。盖以古今言语繁简异势，虽其所合理自然不同而读者不知其解，则读之所可得粗略为其旨已尽故也耳”。以此来强调“精古文者，理经之一要也”。序文最后再次重申“苏乃绝代之奇材”，“世之一切学作文者以苏为准亦可以足矣”。

古贺侗庵（1788—1874），名煜，字季晔，自幼从其父贺精里苦学曾仿刘禹锡《陋室铭》作《书室铭》：“衡门之下，一亩之宫。甕牖采椽，不雕不礱。上足蔽日，旁足防风。吾身可安，吾膝可容。黄卷缥帙，牛汗栋充。下自晚近，以溯牺熊。傫然一身，兀坐其中。左右渔猎，如脉望虫。萤雪钻研，不止三冬。书中有富，仁熟义丰；书中有贵，天爵之隆。不羡文绣，令闻在躬；不愿太牢，道腴积胸。谁谓室陋，其乐无穷。广厦千间，瑶台九重，将以易此，之死不从。聊书坐隅，诏后之侗。”[2]极写坐拥书城、出秦入汉之乐。他作文始学唐宋八家，流畅爽朗，晚年雄健阔大，间杂险峭之句，平生尝语人曰：“吾十分精力，八分耗之于文。”侗庵论文之说颇多，现略述之。

2.［日］佃清太郎编：《皇朝大家文章典範》，第 85 页，广島：秀美堂，1894 年版。

侗庵认为，“嬴刘而后，文章之盛，莫过于中晚，韩柳尚矣”（《侗庵文集》二集卷十四

上·《读黄石牧痞堂集》）。他最推崇韩文，在论及韩愈的复古与欧苏复古的差异时说："盖古文至魏晋而中圮，韩子崛起，回溯直上继汉氏。五季衰颓，而欧苏振之，竟不如韩之卓卓。韩子之复古，犹之程朱之唱明圣学，克承孔孟正脉；欧苏之夏古，犹之许衡、薛指之上继程朱，才足羽翼圣道耳，乃又一洗旧习，刻意于修辞，欲以追古之作者。"[1]

1.［日］松下忠著：《古賀侗庵の中国散文論》，载《日本中国学会報》第二十九集，东京：日本中国学会刊，1977年版。

在宋代散文中，侗庵独酷爱老泉，评论老泉"其学未敢谓出于正，其才未为卓靡伦比，其见未全协于圣贤之旨。要之识虑坚定，气力有余饶"，"或仅仅数十字中，自含无穷之变，或千万言滔滔漭漭，无一句之缓慢，辉光映射，风骨峥嵘，如华岳耸而海波震荡然。在宋文中，亦可谓迈群拔萃也已"，并在与欧苏（轼）的对比中阐述老泉的特点："欧主妥帖而乏气焰，专务密塞周尽，无夏余味，颇陷于俗；坡胸无定见，心浮而气粗，间杂以谐谑，殊无庄重之态，较流于轻。斯其愆不止于小疵。而老泉未尝然。即是一事，固已度越二子。矧其深诣独得，更自有卓焉者乎。"（以上见六集卷三《苏老泉集后序》）

侗庵又以为宋代惟王荆公、曾南丰可与老泉并驱："予谓王荆公之峻洁奇峭，曾南丰之遒丽雅健，胥溯古文之舆与欧坡二子之漫淫于今文者绝殊。求宋一代足与老泉并驱者，其惟王曾二子乎？"（同上）而对老泉最叹服的一点，则在于他的"洞见物情时弊"（《刘子》卷二十九，《苏老泉文抄》）。

古贺侗庵在《唐荆川集后序》中直谓"予不甚喜明文"（《侗庵文集》六集卷一），又责明人才饶而不善自用："予善（注：疑当为尝）论唐以降才子之盛多，未有如明者。惜其饶于才而不善自用，文之所以大不振也。"明三百年文章，侗庵以王伯安（守仁）为第一，方正学（孝孺）又次之，张太岳（居正）次之，而后方及唐王辈（二集卷七《读张太岳集》），对唐顺之则认为"荆川亦宗宋文者，非有中立倚之见，顾其文俊迈条畅，转折无穷……因天才不凡，又稍善用己之才，以克进于兹。较诸震川鹿门文，张主唐宋而读之，恐卧者画有上下床之辨矣"，但又认为唐学曾（巩）而未能溯其富丽遒美之妙境，其足冠绝时代，正见明文之卑。

古贺侗庵在《读黄石牧痞堂集》（《侗庵文集》二集卷十四）中论清文风："清文人其才更下于明，又潜心经史，以文为余事，不能如明人之呕吐肝肺，又鉴二李伪体之失……一意贵平平，以致一代文风。"其间较有好评者，只侯朝宗、魏叔子、恽子居三人，以为"其精妙动人，实有超大家之表者，无他故，其用力苦，而不甚事模仿也”，“侯、魏二子之文，遒逸俊伟，气雄而思远，在清代卓尔文宗。”

侗庵又曾给予黄石牧较高评价：“在清代真喧啾群中孤凤凰也。予故尝论清文人当尊石牧为第一，以别无作手而然，非以石牧之文为至也。”侗庵评方望溪，语多微辞，言“其排为一大文宗者，独望溪方氏。方氏固八家之遗，而衰竭为甚。使之生于明，决不能与茅、归对垒；生于宋，则才斗量车载中一人耳。乃清人尸祝尊奉，迄今如一日，可以见其文之不古若矣”（《读黄石牧痞堂集》）。

古贺侗庵对中日散文的看法深受其父精里的影响。《拙堂文话》曾记述精里对拙堂的一段谈话。精里说：“大抵世儒不能自立脚跟，常依傍西人（注：指中国人）之新样而画葫芦，其取舍毁誉皆出雷同，初不由己。向也物茂卿辈以嘉隆七子为标的，诗则青云白雪，文则汉上套语，陈陈相因，固可厌恶，然犹有气格休制之近似，欲精其业者，非多读书则不能也。近岁尽变其窠臼，变而为宋元、为袁徐、为钟谭、为李渔、袁枚之徒。钟谭之寡陋僻谬，在当时既为儒林嗤，今取其每下者，奉以为大宗师。发其余簸者，犹将承之，则张打油、胡钉铰之所耻而弗为，浅浴鄙亵之极，文雅扫地矣，特以其主张神情天籁，不师古人，故世之空疏者便之，随而和者如水就下。不才如某，仅未至沦胥而溺耳。”[1]

1. ［日］齊藤出堂：《拙堂文話》，收入池田四郎次郎、浜野知三郎、三村清三郎编：《日本藝林叢書》第四卷，第 9 页， 京：凤出版发 1972 年版。

拙堂认为精里这些看法，“可尽今世之弊也”，[2] 拙堂所著《拙堂文话》正是力图摆脱取舍毁誉“依傍西人”的局面，以日本汉文学独特的视点来观察两国散文的历史，所谓“西土文章日衰论”正是这样提出来的。

2. ［日］池田四郎次郎等编：《日本藝林叢書》第四卷，第 9 页，东京：凤出版，1972 年版。

古贺侗庵对唐宋明清散文的总体估价基本不出精里所论，特别是在明代复古与启新两大潮流之中，毫不犹豫地左袒前者，对于袁徐、钟谭、李渔、袁枚试图尚今尚俗、高扬个性自由的努力，或者藏俗于雅、兼容雅俗的尝试，都抱不屑一顾的态度。精里、拙堂、侗庵在雅俗思潮的沉浮中，显然属于雅正的一派。

六、 19 世纪中后期的文论家

自 19 世纪中叶，除去偏见、兼收众美成为不少汉学者的共识，幕末遂成风气；明治初年的学者仍以兼容并蓄为必要途径。重野成斋（1827—1910）在为《文章金针》撰写的序言中，批评了那种语偶及其文疵瑕使怫然不悦的讳疾忌医的态度，他举例说，杨廷秀博识多文，尝从下吏之言改文中一字，称吏为一字之师；侯方域以文章睥睨一世，则未经徐恭士之点正则不存其稿，其《非于谦论》，终夜往复，门者大苦，这都说明了文辞之美，虽由于学殖有素，才分裕如，仍未尝不借师友切劘之功的道理。

明治初年，幕末遗老尚庄，文章之士会，聚东京，创立文会，藤野海南倡导的旧雨社，重野成斋主盟的丽泽社等，尚多文友。然而时代风气毕竟已变，四书五经无人问津，川田甕江等也不能不感叹“文章衰颓，无甚于今日。”《金陵巡稿序》述其原因是“一则化安小成，衒才求售；二则小说流行，言涉鄙猥；三则六籍道废，学无根据；四则宿儒凋谢，法不师承”。

川田甕江（1830—1896）曾选历代古文若干首，字栉句梳，细加批评，名曰《文海指针》，其中清文一卷，先于明治九年脱稿，讨之剞劂，一时流传。后山梨县有泉生著《文章指归》，首举清文，而明而元而宋，陟远自迩，不划年代，而又每篇附以诸儒评论。甕江为之作序，序中说：

> *元禄中，宣园诸子倡李王古文词，开口辄曰秦汉秦汉，而吾未见其能秦汉也；及宽政三博士出，更崇尚韩欧，驱一世纳之唐宋八家范围之中，而吾未见其能唐宋八家也。何者？五帝不同德，三王不相袭礼。文章之道，与时变化，不必是古非今，又不必爱新厌旧，是故我写吾意，斐然成章，谓之能文。彼曰秦汉、曰唐宋，未下笔时，共挟已亡国号于胸中，断断乎坚持门户者过矣。方今词坛无盟主，后进子弟喜讲清文，气运所赴，势不得不然。唯是一代大家，朴如亭林，炼如尧峰，正如望溪，高古如竹坨，雄伟奔放如雪苑、勺庭，异曲同工，皆足以相师法，乃置而不问，顾学李渔、张潮小说家者流，自诧曰新奇。夫果僻于所好，秦汉唐宋，且不能无流弊，况挽近作者，詹詹绮语，其何可取之有？*[1]

1.〔日〕猪口笃志著：《日本漢文学史》，第559—560页，东京：角川书店，1984年版。

甕江看来，是古非今与爱新厌旧都算不上明智态度，强分唐宋、固守门户更于作好文章无益，能把心里的话漂漂亮亮写出来就算是会作文章了。当时文坛的形势是“词坛无盟主”，因而造成了后进子弟喜谈清文的现象。甕江并不笼统地反对学清文，而是说学就学亭林尧峰、望溪、竹坨、雪苑、勺庭这些大家，相反，若是追随李渔、张潮这些小说家流，那就必然会形成流弊。

古贺精里、侗庵、斋藤拙堂、赖山阳等人都曾一再警告：如果热衷模仿李渔、张潮（也包括金圣叹等）文体，必然会文将不文。当时中国白话小说流行渐广，有些人开始学习当时的现代语——白话，或者在文章中夹杂些白话词汇，或者学写起白话文来，这确使古文文体文风产生因趋新而面目全非的危险，因而便招来了饔江等人的一再疾呼。

安井息轩（1799—1867）所著《管子纂诂》，清人应宝时曾为之作序，其学不墨守程朱，用力于汉唐注疏，考据精核，其作文也取法唐宋，上溯秦汉，古色苍然，据说“天下岿然仰望，目为泰山北斗”。猪口笃志《日本汉文学史》将他与古贺侗庵同归入“官学派”。[1]

1.［日］猪口笃志著：《日本漢文学史》，第 404 页，东京：角川书店，1984 年版。

便立德、立功、立言曾是中国封建时代很多仁人志士的社会贡献观与人生观。这种观念的特点，是既重物资财富的积累，也重精神产品的传承。安井曾撰《文论》阐述三者的关系强调奉道为先，道为文本批评炫耀技巧的习气：

自立言列三不朽。操觚之士，呶呶乎多言矣哉！然或数百年而堙，或数十年而堙，或身未死而世无复知有是言者。其卓然立于千载者，盖无几耳。安在其为不朽哉！夫德至矣，虽则隐处，天下传称之。百世之下，可以激顽兴懦，固非事业施于一世者之所能及也；况于其能被诸当世者乎？功则次焉，然亦能拨乱反诸正，转衰为盛，生民以萌，国家以安，其为不朽固宜矣，而世乃欲以空言与二者争光于千载，顾不难乎？盖言有本有末，气如烈焰，势如浩河，波澜以拓之，抑扬以激之，伏应有度，接开有趣，金声而玉振之，是求于末者也。仁以贯之，忠以翼之，参之情义，以折其衷，伍之时势，以通其变。其寓于物，发于不得已，而止于不可行，而孝友慈祥之意，每行于其中，是求于本者也。夫德得于身，而功施于事，其宣于口，则谓之言。三者虽异。一原于道，故道言之本也，言与道离，犹无载之车，其转虽利，其谁行之？是故善立言者，必先求道；道既通矣，融化而出之。以言于制度文物，彰著而核；以言于治民济众，慈良而怛；以言于料敌御侮，明辨而晳。微摘其蕴，大批其窾，事势民情，烛照而数计之，以至乎山之耸于上，水之湛于下，禽兽虫鱼之扰扰于两间，刻镂雕琢，无复遁形，而一与世相关，感慨系此，使读者感愤激昂，以兴起于百世之下，大可以治世安民，小可以尚志修行，然后言可得而立也。然言之不文，不足以行远，故本既得矣，又必求之末，其字必炼，其句必洁，其章必劲，

而其篇必贯。权以衡之，以视其平；磨而切之，以察其句。若荆璞出于山，琢而成之，则存乎其人矣。若失专求之末，必驰于机变之功，浸淫于邪径，虽绚烂可观，久之则其味索然竭矣，是谓之技。与侏儒俳优何择，又安望其能与夫二者并立于天地之间乎哉！[1]

1.［日］猪口笃志著：《日本漢文学史》，第407—408页，东京：角川书店，1984年版。

曾有学者将中国的文论家按文学观念划为两派，如董仲舒、扬雄、王通等属于重政治的一派，而陆机、苏轼等就属于重艺术的一派，还有一些文论家对政治艺术两者都很强调，当他们讲明道、教化时文学就是工具，当他们讲艺术时文学又不是单纯的工具了。[2]实际上，政治与艺术在这三类人的头脑中只不过是比重不同，因为在中国很难找到真正意义上的艺术至上主义理论，而纯将文学作为政治工具的人，也不一定能说根本上就缺乏探讨艺术的精神。然而我们依然不妨姑且借用这种分类来对文论家的政治——艺术观作大致的划分。安井息轩这篇文论既极言文原于道，又主张对文字精益求精，但在总体上仍可划入前一类。

2. 漆绪邦著：《自然之道与“以自然之为美”——道家思想与中国古代文学理论探讨之一》，《古代文学理论研究》第九辑，第1页。

对日本汉语散文与散文理论的研究，其意义超过了日本汉文学领域本身，这是因为对中国各类文体的模拟，不仅产生了相应的汉语散文文体，而且连锁式地蕴育了相类的和文即日文散文文体。江户时代不仅有和文体的辞赋、记传、奏表、论说、序跋等，而且有和文撰写的赞颂铭诔碑箴祭文等。日本文士模仿韩愈《毛颖传》，用和文写出了《竹夫人传》、《瓦器传》、《筑然传》、《箒传》[3]等。这一类文字在朝鲜李朝时曾格外盛行，被称为“假传体小说”。将中、日、韩三国用不同语言撰写的这一类为物作传、借物写人的散文放在一起，就不难看出韩愈《毛颖传》的深远影响。

3.［日］冢本哲三编：《風俗文選　和漢文操　鶉衣》，第523—534页，东京：有朋堂书店，1932年版。

第三节　和歌、俳谐与川柳中的中国诗歌意象

松尾芭蕉（1644—1694）的名字，是和日本俳谐文学紧密联系在一起的。他使俳句从俳谐连歌中分离出来而成为独立的诗体，使连句的创作走向成熟。他对俳文、俳论也都有独特的贡献。他的作品借景抒情，文笔清淡，独具一格，后世称其风格为“蕉风”。在蕉风开创和形成过程中，

松尾芭蕉对中国语言和文学的吸收和借鉴，经历了一个从语句到精神、从生硬到圆熟的过程。

江户时代末年汉诗人梁川星岩有《芭蕉翁像赞为默池生》诗咏芭蕉：

仅十七字宛天工，能写人情近《国风》；

持示村婆皆解了，香山后世是蕉翁。[1]

1.［日］梁川星岩著：《星巖詩集·地（下卷）》，第 70 页，东京：金刺源次刊，1894 年版。

星岩赞许松尾芭蕉仅十七字的俳句浑然天成，抒写人情，风格近于《诗经》中的《国风》，语俗易解，拿给村妇老妪也能明白，是白居易的后继者。星岩以汉学者的眼光评价芭蕉，道出了俳谐俗语俗情的特点。

俳谐一词，出自《史记》"滑稽如俳谐"。所谓俳谐，原意是指戏谑取笑、滑稽诙谐的言辞。古代中国诗歌有以机智、滑稽为特点而被称为诙谐体的。《世说新语》有《排调篇》多收士人嘲戏调笑之词，《文心雕龙》中的《谐篇》专论笑话和迷语。隐喻、讥嘲、调谑或噱头的杂文，则称为俳谐文。俳亦作诽。《隋书·经籍志》著录有南朝宋袁淑《诽谐文》十卷，今存者有《鸡九锡》、《驴山公九锡文》等五篇。宋叶梦得《避暑录话》说："韩退之作《毛颖传》，此本南朝俳谐文《驴九锡》《鸡九锡》之类而小变之耳。俳谐文虽出于戏，实以讥切当世封爵之滥。"[2]

2.（宋）叶梦得撰，田松青、徐时仪校点：《石林燕语 避暑录话》，上海：上海古籍出版社，2012 年版。

总之，俳谐体诗、俳谐文都是中国文学园地中的一个品种。

在中国，与正统诗文相比，以戏谑取笑，滑稽诙谐为特点的俳谐文学，只不过是涓涓细流，而在日本它却成为源远流长的滔滔江河。在平安时代问世的《古今和歌集》中，最先仿中国诗歌的诙谐体而设置了"俳谐歌"的部类。在中世，则将那些并非庄正高雅的和歌、连歌之作均以俳谐相称。由二人以上分别轮流咏和歌上下句的俳谐连歌，特别受到人们广泛的爱好，以至于被看作一种另外的、独立的诗体，而俳谐这一名词，又逐渐变成了以俳谐连歌为基础而产生的发句、连句、俳文等所谓俳文学的总称。

在俳谐的发展历史上，逐渐形成了自己鲜明的特点，那就是用五、七、五乃至七、七这样最短小的诗型，灵活运用日常浅近的俗语，曲折、跳跃、多层次地表现短歌、连歌等传统诗体尚未触及到的、俗而不文的世界。初期的俳谐，追求的是外部言辞的俏皮，趣味低俗，逗人发笑。随着流通经济的发展，城市中新兴商人阶层开始兴起，要求更加自由地反映他们的现实生活。大阪町人出身的井原西鹤开创的谈林俳谐，适应了这种需要，一反贞门俳谐的固守法式和因袭传统，即兴而咏，以轻妙的口语和滑稽的构想，表现出放纵不羁、崭新奇拔的特性。

延宝末年（1673—1681），江户俳坛上出现了池西言水、惟本才麻吕等俳人，他们试图摒弃谈林的戏笑之风，冲破五、七、五定型的束缚，开始采用杂有“破调”的汉诗文调，其作品孕育着俳谐的新风。他们多用超过规定字数的歌句，在素材、用语、节奏等各个方面，都打破自古相传的格套，自然地借用汉诗、汉文训读的节奏，来代替原来比较稳定的节奏。汉文调的使用，带来了俳谐节奏的新变化，因而被看作打破旧俳谐千篇一律的状况的一种有效手段；汉语、汉诗风物成为吟咏的材料，更为俳句的创作开拓了一片新天地。

一、 中国文学在松尾芭蕉俳谐创作中的意义

天和年间（1681—1683），连续的饥馑，以及被称为“天和之治”的纲吉初世的高压政策，加速了以新兴町人为基础的都市俳坛的崩溃，给艰难跋涉的谈林俳谐打上了休止符。经过汉诗文调的尝试，俳谐的面貌开始发生了划时代的巨变。由唯求一笑的滑稽诗，变成了追求内容上富有幽默感的新诗。正是在俳坛这种变革风气中，著名俳人松尾芭蕉成为蜚声俳坛的最有影响的作者。

松尾芭蕉铜像（今三重县伊贺市）

松尾芭蕉既学习了传统的贞门俳谐，又接触过谈林派，这为他的独创奠定了厚实的基础。1679—1680年间的作品中，开始看到芭蕉对老庄思想的关注，看到他谈及杜甫、苏轼、黄庭坚等中国唐宋诗人，表现出对闲寂、幽玄的艺术境界的追求。与此同时，池西言水、惟本才麻吕等开创新风的俳人中间，也和芭蕉、宝井其角一样，其作品出现一种来源于汉诗文的晦涩、奇矫的句风。

延宝八年（1680）冬天，芭蕉离开市井杂踏之地，移居深川六间堀一处看守鱼塘的小屋，命名为泊船堂。第二年春天，门人李下赠给他一株芭蕉，芭蕉的门人们遂将此处称为芭蕉庵，又取芭蕉庵之翁的意思，尊其师为芭蕉翁。靠近芭蕉庵有临济宗妙心寺派的名叫临川庵的投宿所，鹿岛根本寺的住持佛顶常前来此地，因而芭蕉得以随佛顶参禅。佛教的浸染，使芭蕉的作品又展现了一个恬静、安谧、怡然自得的境界。

有两句著名的发句，描写了他隐居深川草庵后的生活，其中一首《茅舍之感》，写于一个风雨交加的夜晚：

老杜有风破茅舍之歌，坡翁复感于此句之闲寂而作屋漏之句。其夜，余由独寐之草门，于芭蕉叶音之中，听其夜之雨。

芭蕉野分して盥に雨を聞く夜哉[1]

芭蕉朔风紧

夜闻雨滴盥盆声

在原作中，上句的字数超过了一般俳句上句的字数，呈现一种急迫的调子，是天和时期的代表作。时朔风大起，摇曳着屋外的芭蕉，点点的雨珠，敲打着承接漏雨的盥盆，风声、雨珠声扣击着作者的耳鼓，使他想起了杜甫《茅屋为秋风所破歌》所描写的“床头屋漏无干处”的情景，想起了苏轼《连雨涨江二首》中的第一首中据此句写出的“床床避漏幽人屋”。芭蕉从这些描写中，体会到的是一种幽寂之情。杜甫在那首诗中，从个人的不幸联想到天下“寒士”无处躲避风雨的境况，对于贫寒士人命运的关切，胜过了对自己痛苦的关切，苏轼其作表达的是对于雨中浸泡的灾民的同情。在风雨之中，两位诗人的心中激荡着一种为普天下的不幸人忧虑的崇高感情。而芭蕉从杜诗中体味到的却是风凄雨冷，人寂情清的情绪。

另一首则描写作者冬夜的感受。据《梦三年》一书，发句前，还有《寒夜辞》。

寒夜辞

深川三叉之畔，草庵闲寂，远望士峰雪，近浮万里船。昧爽行船劈波，后翻白浪之中，芦荻枯叶之梦与吹拂之风，少时日暮消残之际，怨空樽对月，作倚枕薄褥单衾之愁叹。

櫓の声波 ヲ打つて腸氷 ル夜や涙[2]

1.〔日〕今荣藏校注：《芭蕉句集》，第 54 页，东京：小学館，1983 年版。

2.〔日〕今荣藏校注：《芭蕉句集》，第 47 页，东京：新潮社，1982 年版。

橹声响 打波肠冰夜泪淌在

原作中，“橹声”一词，直接借自汉语。“万里船”，源于杜甫《绝句四首》：“窗含西岭千秋雪，门泊东吴万里船。”而“空樽对月”，则显然源于李白《将进酒》“人生得意须尽欢，莫使金樽空对月”。芭蕉在寒夜中侧耳倾听船桨拍打着波涛的声响，孤愁寂寞，泪水潸然而下。关于这两句诗，芭蕉还曾说：

窗含西岭千秋雪，门泊东海万里船，我职其句不见其心[1]*，度其寂不知其乐。唯胜老杜者，独多病耳，隐于闲素茅屋之芭蕉中，自呼曰乞食翁。*[2]

1. 开头两句出杜甫《绝句四首》之一，原诗对句为“门泊东吴万里船”。东海，原作东吴。原文“我职其句不见其心”。“职”疑为识之误。

2. ［日］广田二郎：《芭蕉と杜甫——影響の展開と体系》，第 14 页，东京：有精堂，1990 年版。

作者久卧病榻，每日从窗口望见的唯有雪峰舟楫，眼前的景物单调而又孤寂，肠内也像积满终日长不消融的冰雪一样冰凉。杜诗启发了作者的灵感，却催生出情感完全不同的诗作。

芭蕉及池西言水、惟本才麻吕等革新俳风的作者认真地学习李白、杜甫、苏轼等人的诗篇，并吸取有用的因素充实自己。芭蕉在为《武藏曲》和《虚栗》两书写的跋中，谈到了他要继承杜甫、白居易和西行诗歌艺术真髓的意愿。他四十岁时写了这样一首著名的发句：

髭風 ヲ吹いて暮秋嘆ズルハ誰ガ子ゾ[3]

3. ［日］今荣藏校注：《芭蕉句集》，第 57 页，东京：新潮社，1982 年版。

髭风吹 夕暮叹秋者谁子

这是一首吟暮秋闲寂的发句。髭须被秋风吹拂着，是谁在那里哀叹暮秋的来临呢？“夕暮叹秋者谁子”，显然套用了杜甫《白帝城最高楼》“杖藜叹世者谁子”，而“髭风吹”（意为“风吹髭”）的倒装句法，也是试图打破原有的格套，追求新的诗味，使作品表现出一种“汉诗调”。杜甫的律诗对仗工稳，音调铿锵，语言开阖变化，施无不宜，常巧妙地运用倒装句法，著名的《秋兴诗八首》之八，“香稻啄余鹦鹉粒，碧梧栖老凤凰枝”为突出强调香稻、碧梧之美，而一反“鹦鹉啄余香稻粒，凤凰栖老碧梧枝”的惯用句法。芭蕉学习了这种写法，为强调髭的感觉，而将“风吹髭”倒装为“髭风吹”。这首发句，是延宝末年天和时期芭蕉的代表作。

贞享元年（1684）秋天，芭蕉经伊势回故乡伊贺，从大和往近江、美浓、尾张、甲斐等地，第二年回到江户。从这一阶段直到 1694 年芭蕉去世，是为俳谐的正风时代。芭蕉的“闲寂、余情、纤细”的发句的美学概念，正是在这个时期确立的。他是使发句获得独立价值的作家。他把俳谐本来的滑稽性极度地纯化，使连句成为表达各阶层的真实生活和情感变化的诗体，俳文、俳论也取得了很大的成就。在汉诗文的表现方法被吸收的初期，由于不消化而产生的某种佶屈晦涩感，在他俳风圆熟期的作品中，已经逐渐淡化乃至消失，汉诗文的影响由于作者艺术造诣的提高而渐渐沉入底流，我们从他的作品中，看到了浑然天成、不留痕迹的独特诗境。

贞享元年，芭蕉写过这样一首发句：

蝶よ蝶よ唐土の俳諧問はん

唐土の俳諧問はん飛ぶ胡蝶[1]

唐俳谐何如吾欲问小蝶

《蕉翁句集》

1.［日］今荣藏校注：《芭蕉句集》，第63页，东京：新潮社，1982年版。

庄周梦蝶的故事，见于《庄子 · 齐物论》。这首发句的大意是：飞舞的小蝴蝶，你曾经化为梦中的庄周；我要问一问，唐土俳谐是什么样呢？芭蕉面对翩飞的蝴蝶询问中国俳谐的生动想像，反映了他对俳谐与庄周的思想和艺术风格之间的关系的认识。在他看来，庄子那种放荡不羁的思想性格和寓庄于谐的表现手法，恰恰体现了中国俳谐的精神实质。以俳谐为寓言，在《庄子》中寻求其依据，这曾是谈林俳谐的基本观点。庄子“以天下为沈浊，不可与庄语。以卮言为曼衍，以重言为真，以寓言为广。独与天地精神往来，而不敖倪于万物”。俳谐诗人和庄子在思想上的出发点并不完全一致，但庄子那种旷达放浪、不拘礼法的生活态度和《庄子》诙谐讽刺的笔法，却往往被俳谐诗人视为先导；庄子散文光怪陆离、不可捉摸的浪漫主义境界在芭蕉看来，也是与俳谐创作精神彼此相通的。贞享时代，芭蕉为俳谐涂上的“风狂”精神的色彩，多来源于老庄思想。

庄周梦蝶，在芭蕉笔下显得格外活跃：

起きよ起きよ我が友にせん寝る胡蝶[2]

起乎哉 睡蝶与我为友来

《泊船集》

2.［日］今荣藏校注：《芭蕉句集》，第62页，东京：新潮社，1982年版。

庄周梦蝶的故事，不仅反映了庄子的虚无主义的人生哲学，而且创造了一种迷离仿佛，不可言状的艺术境界。这正和芭蕉对于人生的迷茫和对于迷离的境界的追求十分合拍。元禄三年(1690)，芭蕉写给好友北向云竹的一首吟秋的发句前的序文中，便暗用了《庄子·齐物论》注“方其梦也，不知其梦也。梦之中又占其梦焉”的说解，说：“君六十余，予既近五十，同在梦中，现梦之形。”将自己的一生，看作梦中之梦。梦与蝶，竟成了芭蕉反复吟唱的对象。

以生为梦，以蝶为友，正反映了芭蕉的生活态度。庄子所创造的大而无用的五石之匏，也是芭蕉有着特别感情的形象。元禄三年（1690），珍硕（洒堂）曾将他编集的芭蕉等人从这年春天到四月的俳谐，以匏为题。《庄子·逍遥游》写惠子讽刺庄子的学说大而无用，如大瓠之种，而庄子却辩驳说："今子有五石之瓠，何不虑以为大樽而浮乎江湖"。从越人的序文中可以看出，珍硕以匏为名，正是在暗示无用之用的同时，还含有扩大艺术境界以形成别一乾坤的寓意。

贞享三年（1686），芭蕉写出的以瓢为题的发句，则是对自己缺吃少穿的解嘲。

瓢

非颜公垣根所生之遗物，亦非惠子传来之种子，而以一瓢遗我。欲托工匠，以作为养花之器，大而不中规矩，欲作小筒以盛酒浆，又无所见形。或曰："草庵之大事乃可储粮之物。"此诚有蓬之心哉！乃用之以请隐士素翁。或由此而可得名。其辞如下所记。其句皆有山而相赠，故呼作四山瓢。中有饭颗山，乃老杜所居之地，李白戏谑赠句。素翁代李白揶揄我贫，且空虚之时，惟成积尘之器；得米之时，则一壶千金，黛（泰）山为轻。

ものひとつ我が世は軽き瓢哉

ものひとつ瓢は軽き我が世かな[1]

1.［日］杉浦正一郎、宫本三郎、荻野清校注：《芭蕉文集》，第 146 页，东京：岩波书店，1979 年版。

一瓢轻　中空无米度光阴

芭蕉借用了五石之匏的形象。素堂的《四山瓢铭》说："一瓢重黛山（泰山），自笑称箕山，莫惯首阳山，这中饭颗山。"芭蕉表达了渴求衣食的希望。这是在庄子奇特而夸张的想像的基础上，结合自己的生活体验，又联想到颜渊箪食瓢饮的生活，自然而然地产生的新鲜的幻想。

在先秦诸子中，庄子是最富有想像力的。一个普通的事物，在庄子的笔下出现，往往含有一种特殊的意义。凭借着奇妙的想像力，他创造和虚构出具有浪漫主义精神的艺术形象，并使它带有明显的哲理性。芭蕉常常借用这些形象，来描绘眼前的景物。

五月雨

五月雨に鶴の足短くなれり[2]

2.［日］今荣藏校注：《芭蕉句集》，第 52 页，东京：新潮社，1982 年版。

五月雨鹤胫一时短几许

《东日记》

竹内、一枝軒にて

世に匂へ梅花一枝のみそさざい[1]

梅于竹内一枝轩

世香飘梅花一枝巢鷦鷯

《住吉物语》

1. ［日］今荣藏校注：《芭蕉句集》，第 87 页，东京：新潮社，1982 年版。

三重县俳圣殿

前一首描写五月雨季江湖涨水，仙鹤立于水中，长长的鹤胫也显得短了。《庄子 · 骈拇篇》："长者不为有余，短者不为不足，是故凫胫虽短续之则忧，鹤胫虽长断之则悲。"作者由江湖涨水，联想到水中的鹤胫。松尾芭蕉在这里借用《庄子》的形象，与中国诗人的用典不同，他不是着眼于字面外的弦外之音，以引起读者的联想，品味典故的寓意，而是以这个形象来描绘眼前的事物。后一首则不同。一枝轩，是竹内村的医生明石玄随的轩号，取《庄子 · 逍遥游》"鷦鷯巢于深林，不过一枝"的意思。作者以鷦鷯作比，赞美明石玄随知足安分的生活，颂扬玄随的高风，犹如梅花浓郁的芳香，飘于人间。引用庄子"鷦鷯巢于深林，不过一枝"的思想，显然使作品更加含蓄深沉，耐人寻味。

中国的律诗，有着格律和容量的严格限制，在极其有限的文字中，要容纳下丰富的思想内容和生活内容，所谓"纳须弥于芥子"，这就要求作者有高度的概括力。律诗句法的调配和活用，不仅是为了突出形象的需要，而且也是声律的需要。俳句精小的形式及节奏声音的要求，也需要作者能够掌握概括生活和熔铸语言的技巧。从这一点说，芭蕉采用杜诗的倒装法，正反映了他扩大俳句表现力的艺术追求。芭蕉写俳句，同样有着"语不惊人死不休"的精神。据蕉门十哲之一的向井去来在《去来抄》中说，芭蕉告诉他的弟子，作俳句时，要"句不合调舌千转"[2]，可以想见其苦吟之况。从他修改前后的句作也可以看出他严格推敲的情况。

2. ［日］木藤才藏、井本农一校注：《連歌論集　俳論集》，第 305—377 页，东京：岩波书店，1963 年版。

宋代的苏轼是描摹自然的巨匠，他写景笔意爽健，将缜密的观察和细致的表现结合在一起。《饮湖上初晴后雨》其一便是一首脍炙人口的名作，它抓住了杭州西湖由晴转雨的风云变幻，似乎不大经意地点染成新鲜的形象：

水光潋滟晴方好，山色空濛雨亦奇。

欲把西湖比西子，淡妆浓抹总相宜。

芭蕉对这首诗十分赞赏。元禄二年（1689）六月十七日早晨，秋田县西南海岸的象潟湾下了雨，黄昏雨停了，芭蕉乘舟沿着海湾，放眼四望，雨后初晴，水面上波光荡漾，山麓红花带雨，不禁吟道：

合欢花

象潟や雨に西施が合歓の花[1]

1.［日］今荣藏校注：《芭蕉句集》，第 193 页，东京：新潮社，1982 年版。

像瀉雨西施正眠花如洗

《奥州小道》

松尾芭蕉句碑

雨中的象潟湾，恰如西施微闭双眼，倚枕安睡，合欢花在雨中开放，叶闭而下垂。发句采用了苏轼将山水比作美女的写法。第二年，当他来到琵琶湖边，面对湖上变幻无穷的绮丽风光，又吟道：

明月

名月や海に向へば七小町[2]

2.［日］今荣藏校注：《芭蕉句集》，第 231 页，东京：新潮社，1982 年版 。

月浮水小町七变姿容美

《初蝉》

小野小町是古代日本人心目中最美的女子，汉文物语说话、谣曲中，都有过描写她由如花似玉时的恋爱到衰老各阶段生活的作品。芭蕉以美女小野小町姿容七变而娇颜不改，来比喻湖上明月夜景之美。他的弟子支考在《和汉文操·见月赋》（支考假托芭蕉的伪作）中说："'月浮水，小町七变姿容美'，我朝紫式部，石山以写源氏之风采，唐国之苏居士，西湖以喻越女之装束，岂不留风雅之名而浮于今日之幻影哉，似实抑为和汉之名蹤也……"又进一步注释说："按：此发句含东坡西湖诗情，寄于源氏供养之风情，以形容明月之艳色，'浮'字堪称锁词绝妙。"[1]

1.〔日〕藤井紫影、武笠三诸校订：《風俗文選 和漢文操 鶉衣》，第 239 页，东京：有朋堂书店，1932 年版。

松尾芭蕉纪念館

如苏轼《前赤壁赋》"白露横江，水光接天"，《后赤壁赋》"孤鹤横江"一词中的"横"字，活画出了白露笼罩江面和孤鹤横空渡江的画面。芭蕉借用这个词来形容鸟啼的响彻江面：

郭公声横たふや水の上[2]

不如归啼声横江水上飞

《藤实》

2.〔日〕今荣藏校注：《芭蕉句集》，第 276 页，东京：新潮社，1982 年版。

芭蕉对俳谐发展的重要贡献，正在于他使俳谐成为生活中的艺术，使生活和俳谐的关系变成这样密不可分，在这方面，中国诗人无疑启迪了他的才思。

经过艰苦的艺术实践，芭蕉经历了从模仿借用到融汇自然观照和表现技巧的创作阶段。在俳谐艺术圆熟之后，我们有时便很难从字面上确指哪一句、哪一个词来自中国诗人的作品。他逐渐采用中国诗人的某些观察和表现方法，而按照日本传统的艺术需要，来描画过去的日本歌人从未描绘过的世界，自然也是有别于中国诗人所描画的世界。正因为他一方面继承了西行、宗祇、利休、雪舟等日本文学家的艺术传统，一方面又大胆地借鉴中国唐宋诗人的成果，所以他能够在艺术上开拓新的境界。在芭蕉生前，他的弟子们已写出了许多脍炙人口的作品，他去世后，他们仍在不倦地探索，终于使蕉门成为俳谐史上有着特殊影响的一派。

二、 “以假名作诗”的俳人与谢芜村

天和（1681—1683）、贞享（1684—1687）年间，松尾芭蕉追求的汉诗格调，是克服谈林低俗性的手段，享保时的与谢芜村面临着相同的革新课题，而又倾倒于芭蕉《虚粟》、《冬日》的高迈，也就必然同样把汉诗格调引为蹊径。不过，和芭蕉不同的是，他始终保持着这种格调，而不是像芭蕉那样，一旦接近了目的，便将汉诗格调丢开，回归到平明的境界。上田秋成称与谢芜村是“写假名的诗人”，适用于芜村一生的俳谐活动。[1]

1. 郑民钦著：《日本民族诗歌史》，第 289—307 页，北京：燕山出版社，2004 年版。

画家兼俳人与谢芜村（1719—1783），本姓谷口，名长庚，字春星，别号宰鸟、夜半翁等。29 岁时，用“芜村”名，取陶渊明《归去来兮辞》：“田园将芜胡不归”之意。

芜村在《春泥句集序》一文中谈到自己艺术主张，认为俳谐以用俗语而离俗为好，离俗而用俗，离俗法最高。[2] 所谓离俗，就好似远离名利，在《点印论》中说“知俳谐之大道无他，啸月赏花，使游心于尘寰之外，常友蕉翁、其岚之流亚，专以脱俗气为最。”他认为，“舍风雅而得风雅”，“得句贵在自然”，这些见解本身就很富有老庄色彩。

2. [日] 晖峻康隆、川岛つゆ校注：《蕪村集 一茶集》，第 290 页，东京：岩波书店，1959 年版。

芜村用假名作诗，主要表现在用汉词、插汉典、纳汉句、出汉意和诗歌混搭这样五种形式。

首先是用汉词。芜村喜欢直接将汉语词汇写入句中。如《暮春》：

ゆく春や逡巡として遅ざくら [3]

3. [日] 晖峻康隆、川岛つゆ校注．《蕪村集 一茶集》，第 47 页，东京：岩波书店，1959 年版。

彭恩华译作“绰约樱花晚，徘徊暮春时”[4]。原句中直接使用了“逡巡”一词，将春拟人化，樱花开放得晚，使诗人想到那是因为春天的脚步犹疑不决，姗姗来迟。

4. 彭恩华著：《日本俳句史》，第 151 页，上海：学林出版社，1983 年版。

玉人の座右にひらくつばき哉 [5]

5. [日] 晖峻康隆、川岛つゆ校注：《蕪村集 一茶集》，第 75 页，东京：岩波书店，1959 年版。

彭恩华译作：“山茶在吐艳，玉人坐右开。”“玉人”是汉词，诗人以之喻盛开的茶花。

其次是插汉典，就是在俳谐中插入中国传说、故事和历史事件。诗人面对平凡的日常事物，联想到汉唐盛世的风景，让司空见惯的岛国风物也有了纵深的背景。

秋風や酒肆に詩うたふ漁者樵者

彭恩华译作“秋风瑟瑟过酒肆，渔父哲人共唱酬”。所引原文为“秋風や酒肆にうたう漁者哲者”，与笔者所见诸本不同。上句引自晖俊康隆、川岛つゆ校注《芜村集 一茶集》。此句仅有三个假名，其余皆是汉字。而渔夫樵夫唱和之意，正得之于中国诗歌中的渔樵之喻。秋风

酒肆的背景，使人想起“水村山郭酒旗风”的意境，而渔者、樵者在中国诗歌中都是隐逸者的形象。俳句表达了一种对青山绿水间自得其乐的情趣的向往，暗含着对追名逐利者的鄙夷之情。

再次是纳汉句，也就是将汉语成语、诗句转化为俳句。

帛を裂琵琶の流や秋の聲

彭恩华译作：“琵琶如裂帛，秋声乃尔流。”白居易《琵琶行》以裂帛形容琵琶声：“曲终收拨当心画，四弦一声如裂帛。”芜村以裂帛似的琵琶声形容秋日的流水声，语言极富跳跃性。

行行てここに行行夏野かな[1]

1.［日］晖峻康隆、川岛つゆ校注：《蕪村集 一茶集》，第 95 页，东京：岩波书店，1959 年版。

彭恩华译作“行行复行行，行行复行行；此处步夏日，原野无穷尽。”并说明道：“原文叠用四个‘行行’，形容长路烈日，行人无可奈何的心情，译作无法传神。又此句可能受到中国古诗‘行行重行行’句的影响，但是更加夸张了些，其所欲表达的意境则与苏轼‘日长人困蹇驴嘶’同趣。”[2]

2. 彭恩华著：《日本俳句史》，第 41 页，上海：学林出版社，1983 年版。

川狩や帰去来といふ聲す也[3]

3.［日］晖峻康隆、川岛つゆ校注：《蕪村集 一茶集》，第 107 页，东京：岩波书店，1959 年版。

彭恩华译作：“捕鱼河川上，声如归去来。”芜村以声写景，从看似平静的打渔归来的画面中听出“归去来”的呼唤。

所谓“汉意”，就是从风月气象中发现诗情。芜村常常不是单纯写出景物的特点，而是将对远离尘寰的幻想注入到画面中。

与几董自浪华归

霜百里舟中に我月を領す[4]

4.［日］晖峻康隆、川島つゆ校注：《蕪村集 一茶集》，第 184 页，东京：岩波书店，1959 年版。

彭恩华译作：“身在舟中月属我，两岸清霜百里溥。”[5]

5. 彭恩华：《日本俳句史》，第 157 页，上海：学林出版社，1983 年版。

俳句是一种生活感十足的诗体，写的无非是凡人小事、细碎物体、瞬间心动，时间、空间容量极小，很难注入更多意念性、思想性的元素，而芜村却通过中国诗歌表达方式将俳句扩容升级，完成由俗及雅、雅俗一体的语言魔术。他的联想有时是奇特的。在拨动火桶（类似火盆的火具）中的“埋火”的时候，他想到了《二十四孝》中的郭巨挖出“黄金一釜”；仰望九月十三日的明月，他想起元稹咏菊的诗句：“不是花中偏爱菊，此花开后更无花”，便吟道：“唐人哟，此花开后尚有月”意为九月九日重阳节后，日本还可以赏月为乐；看到原野上的霞光，他联想到草原上行进的征伐匈奴的军队，自问道：“那是将指南车引向胡地的霞光吧？”这样的俳句，虽有古意，却并不生涩，仍有滑稽、轻松的特点。

汉诗和歌混搭是芜村将平安时代以来的句题和歌的汉诗和歌混搭形式转用于俳谐的尝试，以期达到两相对照、相得益彰之效。《春风马堤曲》前有小序：“余一日问耆老于故园，渡淀水，过马堤，偶逢女归省乡者。先后行数里，相顾语。容姿婵娟，痴情可怜。因制歌曲十八首，代女述意。题曰春风马堤曲。”下引开头部分：

やぶ入や浪花を出て長柄川

春風や堤長うして家遠し

堤下摘芳草，荆与棘塞路；

荆棘何妒情，裂裙且伤股。

溪流石点点，踏石撮香芹；

多谢水上石，教侬不沾裙。[1]

1.［日］晖峻康隆、川岛つゆ校注：《蕪村集 一茶集》，第261—262页，东京：岩波书店，1959年版。

对上面的俳句彭恩华译作“路远家难到，长堤步春风”。

芜村的《淀河歌三首》，采用的是汉诗和歌混搭的形式。

春水浮梅花，南流菟合淀；

锦缆君勿解，急濑舟如电。

菟水合淀水，交流如一身；

舟中愿同寝，长为浪花人。

君は水上の梅のごとし花水に浮て去こと急カ也

妾は江頭の柳のごとし影水に沈でしたがふことあたはず[2]

2.［日］晖峻康隆、川岛つゆ校注：《蕪村集 一茶集》，第266—267页，东京：岩波书店，1959年版。

芜村的第一首句意出孟浩然《鹦鹉洲送王九之江左》诗“舟人牵锦缆，浣女结罗裳”[3]。他的两首和歌则可以译作：

3.《全唐诗》上，第372页，上海：上海古籍出版社，1995年版。

君似水上梅

梅花匆匆顺水流

独去不回头

妾似江头柳

影子沉在水里头

不能随君后

和歌的意境使我们想到《玉台新咏》所载曹植的诗："君若清路尘，妾若浊水泥；浮沉各异势，会合何时谐？"[1]《乐府诗集》所收郭元振《子夜春歌》："陌头杨柳枝，已被春风吹；妾心正断绝，君怀那得知？"[2]

1. 徐陵编、吴兆宜注：《玉台新咏》，第 35 页，成都：成都古籍书店，影印年不详。

2.（宋）郭茂倩：《乐府诗集》第二册，第 652 页，北京：中华书局，1979 年版。

与谢芜村绘
《山水图屏风》

三、　小林一茶的《诗经》俳译

俳谐是日本俳句（发句）和连句的总称。俳句是一种定型的短诗，以音数为五、七、五这样十七个音，以及使用季语（表现季节感的语汇）和切字（为使一句意思上完结而在修辞上起断句作用的语汇）为形式上的特点。

在日本俳句史上，江户时代后期的小林一茶（1763—1827）是一位以《诗经》为原本作俳句的大师。关于小林一茶，栗山理一[3]、丸山一彦[4]、高津才次郎[5]、金子兜太[6]等撰写的论文，探讨了小林一茶对《诗经》的俳译。

3.［日］栗山理一：《小林一茶》，第 23—27 页，东京：筑摩书房，1971 年版。

4.［日］丸山一彦：《一茶》，第 51—63 页，东京：花神社，1982 年版，《一茶と詩經》，载《連歌俳諧研究》，1956 年 3 月。

5.［日］高津才次郎：《一茶の讀書学問》，载《一茶綜合研究》，第 94—101 页，长野：信浓每日新闻社，1987 年版。

6.［日］高津才次郎：《一茶の讀書学問》，载《一茶綜合研究》，第 94—101 页，长野：信浓每日新闻社，1987 年版。

小林一茶，本名小林信之，通称弥太郎，别号亚堂、菊明坊、二六庵、俳谐寺、苏生坊等。他出生于信州一个贫苦农民的家里，3 岁时母亲去世，8 岁起就在继母的虐待之下长大，形成了他怨尤孤独的性格。嗟叹索寞成为他后来俳句的重要内容，不能不说与他童年的遭遇深为相关。“到我这来吧／没爹没娘的雀儿／咱俩来玩耍”这首俳句就是他对童年孤苦辛酸的回忆。

14 岁的时候，他由熟人带到江户，25 岁入二六庵竹阿之门，开始钻研俳谐。在先师去世不久，1792 年，一茶出家，以后一直以一茶为号。1802 年父亲去世，他含泪写下了《父亲终焉日记》寄托痛切的怀念之情，继续在各地云游。1814 年回到故乡，直到 1823 年告别人世。由于幼年的孤苦生活和冷酷环境，他的俳句常常浸透着深深的孤寂之情，交织着对强者的反抗和对弱者的同情。“瘦瘦的青蛙／你别认输别害怕／这里有一茶”写自己愿为弱者伴，象征着弱者相互声援的精神，成为他广为传颂的名句。他编著有《享和句贴》《宽政句贴》《八番日记》《三韩人》《一茶发句集》等。

小林一茶雕像

在一茶那个时代，今天所说的俳句就叫发句。俳句继承了连歌发句的形式，每首使用季语和切字是基本要求。明治中期，正冈子规发起俳谐革新运动以来，将这种诗体都称为俳句，俳句一词也指江户时代以前的俳谐的发句。俳句和短歌是日本短诗型文学的两个潮流。在文化（1804—1817）、文政（1818—1829）年间，俳谐处于低潮时期，小林一茶俳句的强烈个性，十分醒目。[1]

1.［日］小西甚一：《俳句の世界——発生から現代まで》，东京：讲谈社，1985 年版。

小林一茶以《诗经》作俳句，始于他到江户之后。据作于 1804 年的俳句日记《享和句帖》记载，这一年的 4 月 20 日到江户当天，就有“出席《诗经》讲译（释）”的字样，7 月 6 日又有“出席”二字，显然也是指出席《诗经》讲座。

这一天还有根据“鱼网之设，鸿则离之，燕婉之求”诗句作的两首俳句。7月28日以后便不断出现根据《诗经》与《易经》作的俳句。

在当时的江户，有一些市人能够容易参加的讲授《诗经》、《庄子》之类的讲释（或称“讲筵”，类似今天所说的讲座），这是很值得玩味的事情，江户时代汉学的普及也由此可见一斑。这一年，一茶41岁。

从一茶所录《诗经》诗句多有讹误来看（如将“溱洧”写成了“凑泊”之类），他对《诗经》的兴趣并不集中在训诂或所谓微言大义之上，倒不如说一心在其中寻找与自己精神能够产生共鸣的那些东西。

从8月8日起，一茶根据《诗经》作的俳句越来越多，在《享和句帖》中还有用日语假名给《清俗记（纪）闻》当中的汉语日常用语标音的内容，似乎他曾一度想学习汉语会话，显示出这位孤独的俳人当时对中国文化怀有的特殊兴趣。《清国纪闻》是中川忠英根据到长崎的中国商人的讲述所写的描绘清代江南风俗的书，一茶的笔记是了解当时中日通过贸易展开文化交流的重要资料。[1]

1.［日］中川忠英著，孙伯醇、村松一弥编：《清俗紀聞》，东京：平凡社，1973年版

如果从8月8日算起，直到12月2日，实际上4个多月的时间，一茶一直在一边研读《诗经》，一边尝试着以它的诗境诗句作俳句。被用作句题的，从《周南·葛覃》，到《小雅》的《黄鸟》，计123篇之多，占了《诗经》篇目的小一半，其中除少数只有题名而无俳句的以外，大体是《诗经》一篇或一句，后附一首或几首俳句。这样统计下来，他根据《诗经》作的俳句多达130余句。[2]

2. 以下一茶作品原文均见小林一茶：《一茶全集》第二卷，第91页，长野：信浓每日新闻社，1977年版。又参照丸山一彦校注：《新訂一茶俳句集》，东京：岩波书店，1991——2001年版。

一茶何以对《诗经》产生兴趣，并要作将它俳译的工作？对这个问题，栗山理一的解释是：

发句作为诗形是朴素的，它的节律也不免单调，它的表现技法也无非依靠直叙和比喻。一茶喜欢运用的叠语和同一想法的反复，也和《国风》有相通之处。特别是作为庶民之声的牧歌式的、带有田野气息的朴素咏叹和讽刺，有唤起一茶共鸣的地方。[3]

3.［日］栗山理一：《小林一茶》，东京：筑摩书店，1971年版。

丸山一彦认为，一茶对《诗经》抱有特别亲切的感情，这是毫无疑义的。这一点对于认识他的俳谐的性质，也给我们意味深长的启示：

这种田园性、民谣性、庶民性、讽刺性等要素，被认为是一茶俳谐具有的重要特色。一般认为这主要多得益于他的特殊出身与生活环境。但是，如果看到这些在一个

方面又确实可以说正是《诗经》的特点的话，那么一茶把这些要素和自身素质确实融合在一起了。即使是这样，在它们通过他的俳谐具体化的过程中，也仍然不能忽视上述《诗经》的手法、发想的中介及其影响。

同时，他在他进修时代的一个时期，面对这部难懂的古典作品，一句一句呕心沥血持续不断地努力，这样一个事实也是不容忽视的。我们对于他以后令人惊异的多产的、堪称自然天成的作品，常常误认为他作俳句的态度是即兴的轻易的，而他还有这样一个刻苦进修精进的时期，这个事实就必须重新来认识了。[1]

1. ［日］丸山一彦著：《一茶》，第 50 页。东京：花社，1982 年版。

长野县一茶纪念馆新馆

丸山一彦这里不仅指出了《诗经》具有的田园性、民谣性、庶民性与讽刺性与一茶本身素质吻合的一面，而且也充分肯定在一茶将《诗经》改写为俳句过程中《诗经》的“手法、发想的中介及其影响”。

中介和影响，是《诗经》对一茶的两个作用，而它们又包括“手法”和“发想”这两个方面。发想一词，我们还不太说，它的意思还不完全等同于构思，它既指想法，思路，也指想法的表达。也就是说，丸山一彦正确地指出了《诗经》的手法、想法和表达方式等，对于学习时期的一茶起过中介和影响作用，而且指出，这种影响还持续到他后来的俳谐生涯当中。

显然，从一茶接受的主要内容来说，只是《诗经》中的《国风》和部分《小雅》。丸山一彦分析的《诗经》特性，也并非指适用于全部《诗经》，主要是就《国风》而言的。

有的日本学者将一茶本于《诗经》而作俳句，称为《诗经》俳译。[2] 从叙述方便来说，这自然未尝不可。不过，严格来说，一茶并不是在作一般意义上的翻译。因为他并不是立足于传

2. ［日］丸山一彦著：《一茶》，第 62 页，东京：花神社，1982 年版。

达诗篇或者诗句的全部信息，而只是选择那些能够用俳句来表现的部分。他只不过是运用从《诗经》中吸取的点点滴滴来写俳句，用比喻来说，他是让《诗经》中的某些诗句脱胎转世，表达自己的情思。

在这些作品中，最多的是对故乡的怀念。樱花是美丽的，但在一茶心中，最美的还是故乡山里的樱花。由《小雅 · 黄鸟》，一茶写下了：

見かぎりし古郷の山の桜哉[1]

再也看不见／故乡的崇山峻岭／盛开的樱花

显然将诗中"言旋言归，复我邦族"的呼声转化成了鲜明的视觉形象。

一茶在读《国风》的时候，常常由诗句勾起对父母的怀念。

《魏风 · 陟岵》诗序："孝子行役，思念父母也。国迫而数侵削，役乎大国，父母兄弟离散而作是诗也。"诗的第一章写远行的儿子回忆起临行时父亲对自己深情的叮嘱："陟彼岵兮，瞻望父兮。父曰：'嗟予子行役夙夜无已，上慎旃哉，犹来无止。'"一茶在父亲去世后，写下了《父亲终焉日记》，在里面记述自己出江户的时候，父亲把他送到很远，叮嘱他有毒的东西不要吃，要对人心怀善意，要快些健康地回来等等。这与《陟岵》描述的情景十分相似。有学者推测，或许正是读了《陟岵》，才促使一茶写下了《父亲终焉日记》，才有了上面的描述。

《诗经》中那些对友情的讴歌，也使孤独的一茶感到十分亲切，他结合日本人的风俗习惯，设法用新的手法来表现《诗经》的情感。

《小雅 · 白驹》诗序说是"大夫刺宣王也"，首章开头"皎皎白驹，食我场苗，絷之维之，以永今朝"，说是宣王末年不能用贤，贤人有乘白驹而去者。郑康成进一步解释说是愿此去者乘白驹而来，使食我场中之苗，我则绊之系之，以永今朝，爱之欲留之。一茶从此篇喂马拴马留客的发想中得到启示，写下两首俳句。其中一首写喂马留客：

駒つなぐ門の杭にわか葉哉

门前的木桩／拴住客人的小马／我的叶子呀

另一首是：

客の沓かくるゝ程の花も哉[2]

就像恨不得／把客人鞋子藏起／花儿也依依

1.〔日〕丸山一彦校注：《新訂一茶俳句集》，第60页，东京：岩波书店，2001年版。

2.〔日〕丸山一彦校注：《新訂一茶俳句集》，第60页，东京：岩波书店，2001年版。

意思是说，满地落花像是有意把客人的鞋子盖住，为的是替主人留住客人。日本自古以来就是脱鞋进屋，那叫做“玄关”的地方，将屋里屋外界限分得一清二楚。直到平安时代仍遗留的“访妻制”，颇近乎我国云南摩梭族的走婚，夜里才潜入情人房间的情郎，也是要把鞋子脱下才能“登堂入室”的，所以便有藏鞋留人之说。一茶写藏鞋，意思是说，花儿像明白主人的苦心，如果客人找不到鞋，那就自然会留下来吧。对客人的善意不言而喻。

说来一种诗体，本身便在某种程度上决定了一种阅读期待和阅读态度。读诗与读词心境便不尽相同。和讲究起承转合与韵律的中国诗歌相比，日本古代诗歌皆可以说是“有句无篇”。其中最短小的俳句甚至可以说藏半句露半句句亦不句，然而那些作俳句者（所谓俳人），正是将在这只言片语之间展现自己的艺术才华奉为终生之事。

平安时代末期歌人（作和歌者）藤原清辅在谈到俳谐歌的意义时所说的谈笑、和解（由滑稽将对立、纷乱引向和解）、俐巧、讽谏（靠机智而巧妙的说法、婉曲的措辞进行讽喻道破事象本质）、狂（打破固定格式的精神）、即兴这几点，一直为后代所继承。也就是说，慷慨陈词，以歌当哭，或者绷起面孔的，拉开架式的，都不属于俳句，俳句是轻松的、通俗的、浅近的。

俳谐的这些特点，在很大程度上决定了一茶关注《诗经》的目光和对诗句的再创作。对比一下他投以热眼的那些诗句，再读一读他写下的俳句，不难发现艺术趣味实际上发生的变化[1]。

1.［日］丸山一彦校注：《一茶俳句集》，第43—61页，东京：岩波书店，2001年版。

这些变化，可以归纳为以下几个方面：

崇高的俗化。《诗经》中那些对道德精神的讴歌、对英雄业绩的赞美、对恶政恶行的谴责、对美好生活的向往，都唤起我们崇高美的艺术体验。这些却是俳句一般回避的趣味。在日本传统诗歌中，这些内容毋宁是留给汉诗（按照中国古典诗歌规范写的汉文诗）的专利，和歌、俳句等更侧重表现的是日常的情态和人性中孱弱的一面。

理道的缺席。俳句，以及其他日本传统诗歌中，都没有思想诗、哲理诗的插足之地。排斥说理是它们共同的特点。

意象的蹈袭。俳句如此短小，十七个音的意思往往用一字一音的汉字几个字就能表达。在这样狭小的艺术空间，俳人何以能表达独自的情感？最大限度地运用自古以来采用的语汇所具有的联想和唤起感情的价值，是必不可少的手法。稍稍注意就不难发现，在以上列举的一茶那些表达寂寞情感的俳句中，多出现“秋天的黄昏”、“秋风”等意象。这是因为在日本诗歌中，这些意象早已与孤独、寂寥、伤感联系到了一起，唤起一种虚无的情绪和无限空间的悲凉感。

激情的褪色。与崇尚淡雅清幽的日本趣味相比，中国诗歌的抒情常常显得浓烈激奋。而《诗经》时代，更有将激情以两极的形式来凸现的特点。“不见复关，泣涕涟涟”，是悲之极；而“既见复关，载笑载言”则是喜之极了。“一日不见，如三秋兮”是思之极；而“取彼谮人，投畀豺虎。豺虎不食，投畀有北。有北不受，投畀有昊”又是恨之极了。当然其中也不乏含蓄蕴藉的情感，但这种极化的情感毕竟在《诗经》中是多见的。回过头来看一茶的俳句，写得最多的是淡淡的寂寞。[1]

1. 参见吉川发辉著：《漢诗と芭蕉、蕪村、一茶、子規》，东京：兴英文化社，1985 年版。黄色瑞华著：《人生の悲哀　小林一茶》，新典社，1983 年版。

夸饰的失落。对于中国诗歌来说，夸饰是理所当然的表达情感的艺术手段。《文心雕龙·夸饰》里所说：“神道难摹，精言不能追其极；形器易写，壮辞可得喻其真”，把夸饰的必要性讲得很清楚。而且毫不含糊地说：“故自天地以降，豫人声貌，文辞所被，夸饰恒存。”其中特别以《诗经》为例，说明夸饰的艺术作用：“是以言峻则嵩高极天，论狭则河不容舠，言多则子孙千亿，称少则民靡孑遗”，认为这样的夸饰“辞虽已甚，其义无害也”。然而，在俳句中，这种夸饰几乎找不到。一茶在读《诗经》时，似乎完全漠视那些夸饰的精彩。

一茶对《诗经》的俳译，对后代文学的直接影响，就是金子兜太的《诗经·国风》的诞生。[2]金子兜太由研究一茶而开始研读《国风》，又由此进一步学习《国风》的语言描写日本的风俗，借以改变现代俳句语言干枯的现状。一茶和兜太的尝试，扩展了自身的眼界，丰富了俳句的表现力。同时对中国文学来说，也为《诗经》接受史增添了一片异色。

2. ［日］金子兜太著：《詩經　国風》，花神社，1985 年；金子兜太著：《金子兜太》，花神社，1995 年版，参看拙文《诗经的异文化变奏》，载《河北师范大学学报》，2001 年第 1 期。

日本文学家对于外来优秀文化总是抱着双重态度，既如饥似渴地积极汲取，而又时时不忘保持距离。一茶和兜太对《诗经》的态度，就是一个证明。风雅与俳谐的结合，是两种文化、两种诗歌传统的结合，其过程固然与本土的接受（特别是《毛传》、《郑笺》和《毛诗正义》的阐释）分不开，但更起作用的还是《诗经》本身的情感和意象。而最终成果，即那些所谓《诗经》俳译，更由于日本定型诗审美意识与诗人个人因素的介入，而呈现出与《诗经》不同的风貌。

小林一茶在日本俳句史上有独特的贡献，在他活着的时候，便有人将他与有“俳圣”之称的松尾芭蕉并称，后来也有学者认为他可以与松尾芭蕉、与谢芜村一同鼎立于日本俳谐史上的顶峰。正如小西甚一指出，即使尚不能给予这样的评价，在文化（1804—1817）、文政（1818—1829）年间，俳谐处于低潮的时期，小林一茶俳句的强烈个性，也是十分醒目的。[3]

3. ［日］小西甚一著：《俳句の世界——発生から現代まで》，东京：讲谈社，1985 年版。

日本学界对小林一茶俳句的评价，随着时代变化，赋予他不同的桂冠。在文学教科书上，他曾被称为“国家礼赞者”，也曾被叫做“自然主义诗人”，还有人把他称为“礼赞国土乡土的农民诗人”，或者“博爱主义者”。[1]不管怎么说，俳句本来是一种啸风吟月的诗体，以此来感叹生活的不幸，如实述说生活的情感，在俳句史上，不能不说当数一茶为嚆矢。

1.［日］渡边弘著：《小林一茶——教育の視点から》，第270—320页，东京：东洋馆出版，1992年版。

四、 江户川柳中赏玩的中国故事

川柳是日本的讽刺诗，是一种小诗。也称为风狂句，是一种杂俳样式，表现的是江户町人的日常生活。它和普通俳句一样，都只有十七个音，只是不像普通俳句那样必有季语、切字。周作人说日本的诗歌在普遍的意义上可以统称作小诗，但是在和歌、俳句、连句等诸多日本诗歌样式中，俳句是小中有小，小得不能再小，它就只有十七个音。就诗意而言，不论是拿西方诗歌的尺子来量，还是拿中国诗歌尺子来量，那它都算不上诗，顶多可以说是“句”，是名副其实的“有句无篇”。至于俳句的近亲川柳，既小又俗，就更难上文学史的排场，所以翻遍各种名家撰写的日本文学史，舍得提它一提的，终究是少数。然而或许正是它的俗和小，使得谁都不会产生大雅之堂前的畏缩。家庭主妇、退休工薪族、甚至小学生，都可随口来上一句。

滑稽、道破、轻妙被视为川柳的三大要素。道破，就是要点到微妙处，要说透细微的人情。滑稽、轻妙就是微温而不火的黑色幽默。其中不论是以历史政治为内容的“高番句”，捕捉生活小事的“中番句”，还是专写情色的“下番句”，无不以想法和表达的新奇为务。川柳对于人，拒不正视，反而袖手旁观，嘲弄玩笑，逮住弱点，夸大讽刺，旁敲侧击，不予放过。也正因为如此，有时反而能折射出生活的多面性，具有些微缓解冲突、慰藉人心的阅读效果。

若林力《江户川柳中赏玩的中国故事》指出，有一种咏唱传说、历史事件、人物的川柳，即所谓“咏史川柳”，它们生动地写出古典中登场的昔日贵人、英雄，由此产生出滑稽和讽刺的效果。[2]江户时代的人们，并没有将中国古典和日本古典截然区分的意识，中国古典知识渗透到日常生活之中，所以，在他们的川柳中，许由、孔子、杨贵妃、唐玄宗等人物也都不时出场，给人们带来轻松和笑容。

2.［日］若林力著：《江戸川柳で愉しむ中国の故事》，第4—6页，东京：大修館书店，2005年版。

德川幕府尊拜儒术，喜欢儒教的将军听讲经书，每年都要在汤岛圣堂举行名曰“释奠”的祭孔活动，这种崇儒之风也一直刮到市民当中，刮进町人的家庭生活。有一句川柳写：

姉は弾き弟は論語巻の壱

阿姊三味线，阿弟《论语》第一卷，琴声书声伴。[1]

1. ［日］若林力著：《江戸川柳で愉しむ中国の故事》，第 63 页，东京：大修館书店，2005 年版。

写姐弟两人，一个在练习弹奏着三味线这种乐器，一个在念《论语》，它的作者很可能就是一个在一旁得意地监督他们的父亲。虽然这位父亲可能也有望子成龙之心，但在当时注重血统而不搞科举的日本，儒教毕竟不过是武士社会的装饰，他的儿子《论语》念得再好，也不会有金榜题名的好运。从这句俳句来看，《论语》不仅成人在读，而且被用作童蒙的教材，普及率是很可观的。

那些熟读过《论语》的人，看到周围形形色色的事情，就难免联想起一些《论语》中的话。《论语》中的很多话，有高度概括力，虽然产生于千百年前的异国，但江户时代的读者却记得住，用得上，并常用他们来描写自己的生活。《论语・子路》中说：“子曰：鲁卫之政，兄弟也。”说鲁国和卫国施政，就像兄弟一样不可分离。江户川柳有一句：

魯と衛は梅とさんさんさくらせ

鲁卫两相亲，就像粲粲双花树，冬梅与春樱。

将从中国传来的梅花和日本的樱花，和鲁卫相比。梅花和樱花并不同时开放，川柳作者也不是从它们争奇斗艳的角度才相提并论的，而是着眼于它们同样美丽。

其实，这样的句子，看来很美，在川柳中却颇属少数，因为多数川柳更偏爱表现那些滑稽可笑、充满矛盾的事物。

一面在那里祭孔讲经，一面又有读书人借川柳拿圣人和孔子老先生找乐开涮，这才是江户时代接受《论语》的全景图。或许正是因为那些讲经的书，全是按照一个“超凡入圣”的模式去描绘孔子的形象，平民文学川柳才另辟蹊径，在《论语》中去找孔子本来具有的凡俗的一面，特别是抓住那些读《论语》的人本来具有的凡俗的一面。

《论语》中孔子关于安贫乐道的一句话，常常被人引用，劝告人们不要过于把眼光放在物质享受上。孔子说：“饭蔬食饮水，曲肱而枕之，乐亦在其中矣。不义而富且贵，于我如浮云。”[2]

2. 杨伯峻译注：《论语译注》，第 70—71 页，北京：中华书局，1980 年版。

但是，江户时代商人社会通行的生活哲学，则是人生浮世，有乐就享；孔子的话，也就不入耳了。结果反而有俳句说，谁要过那种“饭蔬食饮水”的日子，说不定就是为了攒钱呢：

粗食を食らい水を飲み金をため[1]

1.［日］若林力著：《江戸川柳で愉しむ中国の故事》，第58页，东京：大修館书店，2005年版。

吃粗食，喝凉水，弯着胳膊当枕头，为把钱攒够。

蔬食を喰らひ水を飲む二日酔

蔬食加饮水，容我畅饮不停口，喝它两日醉。

对于江户时代那些享乐主义者来说，即便把《论语》倒背如流，也不会喜欢蔬食饮水而无酒的日子。细想孔子反对的，就是不义而富且贵，而川柳作者们全不在意富贵有“义”与“不义”之分，想到的只是赚钱再赚钱。面对富贵的诱惑，孔子宁愿守住自己清贫的生活，而江户时代的商人们最难忍受的便是这样的日子，于是，《论语》高尚的教诲和俗人真实物质欲望的矛盾，便成了川柳的讽刺内容。

《论语》是圣人之书，花街柳巷是俗中之俗，川柳将圣与俗并举，就显出滑稽本色。《论语》中说“子不语乱力怪神”，是说孔子不谈论作乱、暴力、怪诞、神鬼之事，而江户花街柳巷里的帮闲，却专门拿这些话题来留住嫖客，于是就有俳句：

怪力乱神を語る牽頭持ち[2]

2.［日］若林力著：《江戸川柳で愉しむ中国の故事》，第59页，东京：大修館书店，2005年版。

乱力与怪神，夫子不讲帮闲讲，留客烟花巷。

“牽頭持ち”，亦称为帮闲，是在妓院以取悦嫖客、陪酒助兴为业的人，是在社会上被看不起的小人。乱力怪神是圣人不屑谈论的话题，却成了青楼娱乐嫖客的手段。圣洁的讲坛，污浊的尘世，场合的错位和价值观的对立，使川柳作者不禁感到可笑。德川幕府提倡读孔子之书，而色情业还是火爆，小小的川柳就这样折射出江户文化的五光十色。

抛开政治以及许多时机性因素来说，关于孔子“超凡入圣”之说，能够被千数百年无数中国人外国人所接受，也是因为人们对凡俗的不甘心，期望精神中有一片清爽洁净的天地。然而，江户川柳凡俗眼光的视觉范围，是不可能看得如此宽阔的，所以浮世享乐的情绪，就不只将《论语》凡俗化，而且甚至庸俗化。

库切在一篇以艾略特《何为经典》为批评对象的同题讲演中说：“历经最糟糕的野蛮攻击而得以劫后余生的作品——那就是经典。”“拷问质疑经典，无论以一种多么敌对的态度，那就是经典历史的一部分，是不可避免的，甚至是很受欢迎的一部分……在此意义上，批评也许是历史的狡黠手段之一。”《论语》这部经典的接受史，响着跪拜、礼赞、祭奠的喧声，也留着被焚烧、鞭挞、拷问、揶揄的痕迹。在今天，我们尊重它，咀嚼它，体味它，但鞭挞和跪拜的极端态度都不是最好的选择。读过它在中外被褒贬、被揉搓的历史，就不难发现，鞭挞或跪拜看似极端对立，而采用的方法却有些相同，那就是各自只摘取其中一部分话，你摘这一段，他摘那一段，如果我们把各自摘出来的放在一起，就好像两个孔子在打架。其结果，便是左右摇摆，极端交替出现。

所以，真正热爱《论语》的人，还是读读全书为好，再有兴趣的话，了解一下《论语》在中外遭遇青眼和白眼的故事，对孔子的“圣人”一面和“凡俗”一面多看几眼，或许会对《论语》情感更真，对孔子也更亲近。还有一点也不可忘记，那就是不管“他者”用怎样的眼球看我们的经典，也不该左右我们自己对它的选择。

第十章　明清旅日商儒和文人的诗文之交

贾舶浪携行卷在，

始知海外有奇才。

——（清）林寿椿《题〈半斋诗稿〉》

唐代诗人笔尖下的“印象日本”，还不过是远在鲸波之后的神秘缥渺的岛影，而宋明诗人便已通过“日本产”来感知看得见摸得着的日本文化了。欧阳修的《日本刀》[1]与朱元璋的《倭扇行》[2]皆属此类，而《倭扇行》中“沧溟之中有奇甸，人风俗礼奇尚扇”“褶袴龙诚难验，君臣跣足语蛙鸣”等诗句，在诡异感的背后，也吐露出来自东方绝域的文化信息渐多的现状。其中元代诗人萨都剌（字天锡，1272—1365）的《天满宫》诗：“无常说法现神通，千里飞梅一夜松。万事梦醒云吐月，观音寺里一声钟。”[3]咏唱菅原道真传说及日本人的天满宫信仰，这位对他文化异常敏感的诗人为我们留下了道真传说西传的重要信息。明代诗人宋濂身居高位，博学广闻，也有可能更多获得异国文化信息，他的《赋日东曲》十首[4]，十分关注哪些中华文化远播异域，哪些又在那里遭到拒绝，内容包括多项“文化传闻”，虽有误传误解之处，却也足以看出他对他文化的浓厚兴趣。上面这些诗作多出文坛盟主，数目不多，却是一时代中国人日本文化观的“权威话语”。

明末清初的儒者尤侗（1618—1704），明季已有文名，康熙十八年举博学鸿辞科，与修《明史》。所编《昭代丛书》第四帙载其作《外国竹枝词》，其中关于日本的诗歌有两首，其一：

日出天皇号至尊，五畿七道附庸臣。

空传历代《吾妻镜》，大阁终归木下人。

（自注：隋时致书自称日出处天子国，中称天皇以尊为号，有五畿七道三岛，附庸国百余。《吾妻镜》纪本国君臣事迹。吾妻，岛名也。木下人为平秀吉，万历中篡夺倭国，自号大阁王。）

这里特别提到《吾妻镜》，很可能与朱彝尊对《吾妻镜》的评述有关。清初儒者朱彝尊曾购得日本国史《吾妻镜》五十二卷，十分喜爱，欣然作跋，载于《曝书亭集》卷四十四。其友蔡澄亦得观之，引以为罕。蔡澄还曾涉猎《日本书纪》，笔录其中各种异书。尤侗所作另一首是：

吹螺挥扇舞刀都，《圣鬘》罗华知有无；

乞得中原音韵去，也来弄笔咏西湖。

王子七岁讲《圣鬘经》，天雨曼陀罗华。使臣答里麻有《咏西湖》诗，云：“一株杨柳一枝花，原是唐朝卖酒家；惟有吾邦风土异，春深无处不桑麻。”颇寓嘲笑之意。[5]

1.［日］近藤瓶城编：《改定史籍集覽》第廿册（新加通記類一三），第96页，京都：临川书店，1997年版。

2.［日］近藤瓶城编：《改定史籍要覽》第廿册（新加通記類一三），253页，京都：临川书店，1997年版。

3.［日］近藤瓶城编：《改定史籍集覽》第廿册（新加通記類一三），第143页，京都：临川书店，1997年版。

4.［日］近藤瓶城编：《改定史籍集覽》第廿册（新加通記類一三），第253—257页，京都：临川书店，1997年版。

5.（清）张潮、张渐辑：《昭代丛书》第4帙，吴江沈氏世楷堂，清道光（1821—1850）刻本。

《昭代丛书》中还载有八闽沙起云所作《日本杂咏》，诗前有小序：“日本为海外诸国之胜，舟楫辐凑，其中山水奇绝，景况佳妙，不能尽善，偶占绝句十六首，聊记岁序民风之意云。”所作十六首为：

束草为帘当户悬，插松投扇贺新年；（正月初一门前遍插松枝，投扇为帖，各书其上。）

携将儿女寻春去，脚踏绵（席也）铺曲水边。

樱桃如玉海棠妍，游女题诗结树前；

何物儿童偏狡狯，故将污浊泥婵娟。（有白樱桃）

当日谁开竞渡风，相缘亦学唤拔龙；（方言爬龙为拔龙）

双槌击鼓声高下，咿呀江干骤远空。

相传胜会看牛王（六月十三位牛王神胜会），挈馔携觞赁草堂；

男女周遭争顾盼，各将骨董送八郎。（盈街排列玩具，男女争买送人，以为吉兆。）

一年佳节是中元，老幼挑灯立墓墩；（其俗亦以七月为中元，家家斋戒，墓上然灯彻夜。）

火炬灿空星斗动，家家列坐不关门。

年年迎送大明神（土神各每年重九日迎会），设想争奇故事新；

打跌惯称天下一（画一圈中写天下），采茶歌唱学唐人。（小人妆作唐人击鼓唱采茶歌。）

王历初颁着冷衣（必经颁示，方着棉衣），棉[1]褸重叠不嫌肥（衣名为褸[2]）。

袖藏软帽头堆雪（以科头为大礼），道是人家叫礼归。

1. 棉：疑为“襦”字之讹。襦为短袄。

2. 科头：谓不戴冠帽，裸露头髻。

柴鼎烹肴五味调（请客以柴鼎为敬意），方炉添炭御寒宵。
重棉大被衣样（寝衣长一身有半），上品伽楠彻底烧。（多以奇楠熏被。）

男女虔诚一片心，时时十八礼观音（俗以是日礼大士）。
不知默祝缘何事，抛撒铜钱满地金。（凡拜佛先以铜钱抛地）。

叫礼沿门礼数周，每逢朔望剃新头；（叫礼日皆剃头）
许多朋友相围坐，数碟咸蔬酒一修（以壶为修）。

最好垂髫美少年（俗尚男宠），共为割臂记良缘；
争端惊杀无情汉，剖肚临头只当眼（是事往往见之）。

御家管束最心焦（妻名为御家），夜半偷空看细腰；
怆卒归来无抵塞，设言唐客故相招。

花街夜静月明时，处处三弦动所思；
拍手门前轻细问（狎客过从，每以拍手为呼唤），
可堪践我昨宵期。

袖开齿白未当时（幼时袖开半截，白齿不染黑）。
拜母随行学母仪（妓女少时必求一名妓当母，学其礼数。）
等待他年梳拢后，果能依式不差池。

绾发涂牙已嫁郎，瑁梳横掠坐蘭房；
争将拨水称相贺（贺人新娶，以拨水为戏，名为油亚呵[1]）
索取金钱买酒浆。

1. 油亚呵：或为“湯上”（ゆあか）

锦带缠腰举步庄（带阔一尺，长七尺有余，名为腰卑）。[1]

白衣红袴衬娇妆；楼前斜倚招行客，巧语声声故学唐。（中国为唐客）

1. 或指“襷（たすき）”，日本人在劳作时为了挂起和服的长袖，斜系在两肩上而在背后交叉的带子。国立历史民俗博物馆藏《倭名类聚抄》卷四：“襷裨（タスキ）”续文曰（当为“齐”字之讹）谐记云：织成襷。”

尤侗之诗，一首咏史，一首咏文，史终于《吾妻镜》与丰臣秀吉，文止于歌舞汉诗，一般文人的日本文化知识，可见一斑。相比之下，沙起云《日本杂咏》对日本的节令活动、市井礼仪、庶民衣食、言语称谓皆有所咏，似不全出于典籍与传闻。沙起云生卒不详，小序中亦未明言是否到过日本，诗亦不过猎奇游戏之笔，然以异域之眼观日本岁序民风，偶有传神之句，以稀为贵，仍值得珍视。

日本江户时代的随笔中，偶有明人诗画传入日本的记述。《柳桥诗话》载明人李春亭《送五郎太归日本》诗云：“敬将玉帛觐天颜，回首扶桑杳渺间。船泊古鄞三佛地，杯传新酒四明山，梅黄细雨江头别，帆引清风海上还。明到贤王应有问，八方职贡隘朝班。”（原本云：诗送居士五郎太归日本，大明正德癸酉，夏六月朔。四明李春亭）[2]

2.［日］池田四郎次郎编：《日本詩話叢書》第六卷，第 384 页，东京：龙吟社，1997 年版。

又述：“梁星岩语予曰：‘五郎太，又号祥瑞，陶瓷制巧，藉藉传世。盖伊势人，其裔今在，南游之日，尝访其居。李春亭诗幅，今为丛林之藏物，亦现存目击焉。凡书幅之可宝重者，第此幅与彦九郎耳，并谓双璧可矣。’（顷者又闻沼津大夫土方氏，购获李春亭书幅，然则神物遂无胫而走也。）”[3]

3.［日］池田四郎次郎编：《日本詩話叢書》第六卷，第 385 页，东京：龙吟社，1997 年版。

鄞，即今浙江省鄞县，鄞为春秋时古称，故此以“古鄞”相唤。

《柳桥诗话》又谓：“唐伯虎送彦九郎还日本诗幅，拓本传世，其真迹旧在都下富豪，辗转久之，今为本藩河合氏之物。初富豪获之。又闻李春亭书幅在伊势，遣人重价募之。盖有一箭射双雕之意云。居少之，富豪赃罪发觉，自裁以终。官以名家之裔，其嗣仍袭街市总辖之职焉。因书画散落，无复存者。此事距今三十年，予所亲睹。然当今之世也，富豪之嗜书画者，亦不易得矣。”[4]当时一般日本人能够见到的明人诗文字画，毕竟是凤毛麟角，故一旦到手便奉为至宝。

4.［日］池田四郎次郎编：《日本詩話叢書》第六卷，第 384—386 页，东京：龙吟社，1997 年版。

前翰林院清书庶吉士郑任铜的序言载于新井白石的《白石先生余稿》（1735 年刊）前，清代商人张敬修的序和钱德的跋，载于大田南畝的《杏园诗集》（1820 年刊），吴人钱泳《读离屋集初编，即题其上并序》，载于日本“国学者”铃木腺的汉文集《离屋集》初编（有 1834 年题记）。明治维新之后请人为日本文集撰写序跋渐多，成为两国文人直接交流的见证。[5]

5.［日］王宝平编著：《日本典籍清人序跋集》，上海：上海辞书出版社，2010 年版。

第一节　朱舜水与陈元

一、　关于朱舜水的文学评价

浙江余姚县人朱舜水（1600—1682），曾几次到日本，及至明朝灭亡，乃仿照鲁仲连义不帝秦的先例，于1659年抵达日本。筑后柳川儒臣安东省庵尊他为师。1665年，德川光圀（1628—1701）将舜水请去做宾师，大兴水户学派，开创修史之风，并建筑圣堂以垂范。日本学、史学、神道为基础的国家意识和儒学思想相结合，是其学风的主要特点，其雏型便是德川光圀编著的《大日本史》。接受舜水教化的学者有木下顺庵（1621—1699）、林凤冈（1645—1732）等众多学人，其影响远及日本各地。[1]

1. 徐兴庆著：《近代中日思想交流史の研究》，第27—73页，京都：朋友书店，2004年版。

友野《锦天山房诗话》述舜水赴日后的经历，说舜水初到日本，穷困不能支，柳川安东省庵师事之，赠禄一半，久之，水户义公（即德川光圀）聘为宾师，宠待甚渥，然节俭自奉，遂储三千余金。临终尽纳之水户库内。新井白石认为，舜水缩节积余，并不是苟且之举，其意在于充当举义兵以图恢复之用。[2]

2.［日］池田四郎次郎编：《日本詩話叢書》第六卷，第407—408页，东京：龙吟社，1997年版。

据青山延寿《拙斋小集·后序》：“我西山公（即德川光圀）夙好学，有志于斯文，以明朝遗老朱舜水为师，招四方髦彦，拟纪传之体，为一家之言。”既是“拟纪传之体”，则朱舜水不仅曾经为德川光圀等人讲读经史，而且在指导他们汉文写作方面也功不可没。

原善《先哲丛谈》注意到，舜水不好作诗，在《与奥村庸礼书》谈道：“吟诗作赋，非学也，而弃日费时，必不可者也。‘空梁落燕泥’，工则工矣，曾何益于治理？‘僧推月下门’，核则核矣，曾何补于民事？‘鸡声茅店月，人迹板桥霜’，新则新矣，曾何当于事机？而且撚髭呕心，倘或不能工致，徒供人指摘，又何益诗名？”然而，原善注意到，舜水评论李杜说：“李不如杜，李秀而杜老，李奇险而杜平淡。李用成仙等语，更不经炼丹等，殊不雅，不若杜家常茶饮有味也。然不奇奥之极造，不得平淡；有意学平淡，便水平煎豆腐汤矣。”[3]

3.［日］池田四郎次郎编：《日本詩話叢書》第六卷，第409页，东京：龙吟社，1997年版。

安积（觉）子先《泊湖亭涉笔》载录：“宽文巳酉之秋，义公张宴环景楼，泛舟浅草川，野传唱联句，文恭续之，曰：‘山钦螺黛远，高阁彻晴空。’山指筑波山，阁指大悲阁。觉时童行侍侧，平生所见止此二句。”[1]朱舜水去世后，谥文恭。上文载录了流传不多的朱舜水的诗作。朱舜水不以诗名，然而当时的汉诗人对他诗作却是相当关注的。

1.［日］池田四郎次郎编：《日本詩話叢書》第八卷，第408页，东京：龙吟社，1997年版。

谈到唐、五代、两宋词在日本的传播及19世纪日本词学的复兴，不能不提到两个中国人的名字。崇祯年间，巨鹿人魏之琰携乐器、乐谱浮海抵长崎定居。他精研乐律，累世家传，至四世孙魏皓造诣尤深。魏皓曾到西京讲学，有日本门生百余人。清初，杭州僧心越东渡，居于水户岱宗山天德寺。魏皓所著《魏氏乐谱》，心越所著《琴谱》和《东皐琴谱》皆于明和年间刊行于世。

二、《元元唱和集》和袁宏道诗东传

《先哲丛谈》卷二说“元政诗文慕袁中郎，此邦奉袁中郎，盖以元政为首”，并认为元政始知《袁中郎集》，是得益于陈元赟的介绍，引述元政致陈元赟的信件中的话为证：“数日之前，探市得《袁中郎集》，乐府妙绝，不可复言。广庄诸篇，识地绝高。《瓶史》风流，可想见其人。又尺牍之中言佛法者，其见最正。余颇爱之。因足下言，知有此书，今得之读之，实足下之赐也。”[2]

2.［日］元政著：《草山集》卷二《與元赟書》，亦见《古事類苑》文学部五，第488页，东京：吉川弘文館，1969年版。

陈元赟（1587—1671）于明万历三十二年（1604）应试进士不第，于1613年入少林寺山门，时27岁，翌年下山，后在余杭县一带度日，据其作《升庵诗话》称：“自云落第之后，委身商客而来。”又曾自述：“余自万历己未秋，渡瀛海，涉鲸波，入扶桑之故墟。”所谓“扶桑之故墟”，是指在日的与颍川陈氏有关系的族人。他于1621年抵达京都，在那里逗留三个月，同年六月进入防长境内。在此期间，与儒者学士林罗山、石川丈山、松永尺五过从。1621至1623年在毛利藩，1625年移居饭仓草庵，1636年曾到江户谒见德川义直。1638年前后为尾张藩正式招聘。比起其在京都、防长、江户的漂泊生活，不论是精神还是生活，都大为改善。

元政（1623—1668）隐栖于京都深草，称深草上人。陈元赟与元政邂逅，是他在尾张生活的时代。时陈元赟73岁，元政37岁。元政曾赋诗表达其时两人一见如故、相见恨晚的惊奇之情：

一仰高标惬素闻，不才尤愧共论文；
从来四海皆兄弟，何必今朝初见君。[3]

3.［日］诗集日本汉诗编辑委员会编：《草山集 元元唱和集 錦里文集》，第11页，东京：汲古书院，1988年版。

1662年，陈元赟撰《元元唱和尘外埙篪集草山元政上人诗序》说：

余自宽文壬寅仲春末旬入洛，与草山元政上人，登山临水，啸月哦风，良辰美景，静室幽轩，吾两人未尝不聚，聚未尝不吟，吟未尝不和。唱和至九月末旬，长短各得百余篇。盖不啻伯仲之埙篪焉。虽公出梵门，灵铎空际云璈，似非浊界之渔歌牧篴，可得齐声而膍响也。然其为发舒性灵，畅适雅兴，则草而已矣。窃尝玩绎政公之诗，其致幽奇清逸，爽朗透脱，入方之内，游方之外，自成一家。盖人如其诗，诗如其人，求之日畿骚释，不可多得。噫！此宁第日畿乎哉！

余尝读唐孟贞曜诗："短松鹤不巢，高岩云始栖；今君潇湘去，意与云鹤齐。……身披薜荔衣，山陟莓苔梯；一卷冰雪文，避俗长自逐。"[1]此得政公出幽奇者也。又读贾浪仙诗云："闲居少邻并，草径入荒园；鸟宿池边树，僧敲月下门。过桥分野色，移石动云根。暂去还来此，幽期不负言。"[2]此得政公清逸者也。及读政公《竹叶庵十绝》，则又爽朗透脱，闲适过之。要之，总为高缁雅衲之妙致也。迺予思之，诗之为，宁言寺也。僧之为诗，寺言也。政公在寺，言寺则固释家之风雅，诗家之正宗也。兹特汇成一帙，授之剞劂氏，而授诸梓，以见吾两人之为尘外埙篪云。[3]

元政《元元唱和集尘外埙篪集既白山人陈元赟诗叙》：

诗者，心之声，而志之色也，触乎事，感乎物而为之声，为之色。而心之所至，志之所之，人皆不同，则诗亦非一矣。是以有禅者之诗，儒者之诗，幽人之诗，骚人之诗。读其诗而知其人，人焉廋哉！然余视元赟老人之诗，或赋，或比，或兴，应物为态，始无定迹，非禅焉，非儒焉，非幽人焉，非骚人焉，而似禅也，似儒也，似幽人也，似骚人也。种种色色，千变万态，如水中之月，不可托焉；如空中之花，不可摘焉。欲读其诗而知其人，何繇得乎？呜呼！老人其诗家犹龙耶。

余与老人赠答之篇多，老人聚焉授剞劂氏，题曰"元元唱和尘外埙篪集"。

余怪之，谓物之相契也，以其类也。如所谓元承刘白，则唱和亦可也。惟老人中华鸿儒，地异人异，而才高调高，年又最高者。吾何以契之乎？然盐梅虽殊，有所以和焉，竹肉不齐者，所以异焉。吾之与老人所契，盖亦如是而已矣。又奚怪邪？客曰：缁素唱和，古亦有诸。余曰：灵一律，何于刘长之契焉？岂禅师于物，公济是也，岂

1. 此为孟郊《送豆卢策归别墅》诗。末句末字今本作"携"。

2. 此为贾岛《题李凝幽居》诗。

3. ［日］诗集日本汉诗编辑委员会编：《草山集 元元唱和集 錦里文集》，第368页，东京：汲古书院，1988年版。

特有此游唱和集。老人此举，不为无据矣。[1]

1.［日］诗集日本汉诗编辑委员会编：《草山集 元元唱和集 錦里文集》，第379—380页，东京：汲古书院，1988年版。

陈元赟与元政能够成为异国忘年交，首要原因是两人可以用日语自由交谈，而不是仅靠笔谈。元政《谢元赟来访》一诗所谓“客惯方言谭每谐”便清楚表明，两人之间不存在语言障碍。当时日本文士一般将日语称作方言，以与华言相对，同时方言也指日本的地方话。陈元赟赴日之时早过中年，远离学习外语的最佳年龄，掌握日常会话固非易事，进一步作诗学相关的深谈，做到“谭必谐”则更需艰苦努力。元政《谢元赟来访》写陈元赟前来访问的情景：

京北京南天一涯，路分深草入三叉；

人无世事交常淡，客惯方言谭每谐。

元亮命篮扶脚疾，子瞻放笔吐襟怀；

烧猪沽酒非吾志，为设香山如满斋。[2]

2.［日］诗集日本汉诗编辑委员会编：《草山集 元元唱和集 錦里文集》，第375页，东京：汲古书院，1988年版。

可见陈元赟来访要走很远的路，一路上草深多叉路，而陈元赟还有脚疾。诗中元政将陈元赟比作陶潜（字元亮）。《宋书·隐逸传·陶潜》：“潜有脚疾，使一门生二儿舉篮舆。”元政深为元赟老人远道来访的诚挚所感动。元政《送元赟老人之尾阳诗并引》之八表达了对两人之间超越文化差异、年龄差异与个性差异的友情所怀抱的珍惜之情：

公本大唐宾，七十六老人；

吾少公卅六，才调况非伦。

不知何夙世，合如车双轮；

不忍暂时别，作诗泪沾巾。[3]

3.［日］诗集日本汉诗编辑委员会编：《草山集 元元唱和集 錦里文集》，第378页，东京：汲古书院，1988年版。

从陈元赟《宽文壬寅五月十九日与元政上人会心亭共阅古籍》来看，一起阅读古籍（主要指中国典籍）是共同的快乐时光，这种阅读缩短了僧俗（缁素）的距离，找到了更多的共同语言：

万帙缥缃邺架余，上穷鸟迹下龙鱼；

伽黎缝掖忘缁素，贝典艺编对猎渔。

三昧个中心各会，联趺席上意同舒；

大开四眼罗千古，尔我今为两脚厨。[4]

4.［日］诗集日本汉诗编辑委员会编：《草山集 元元唱和集 錦里文集》，第389页，东京：汲古书院，1988年版。

共阅古籍之外，便是切磋诗艺。陈元赟对袁宏道性灵诗说的介绍与推崇，激起了元政的共鸣。两人分手时，元政仿袁宏道《别陶石篑》十首之韵作诗赠行，其中一首写到：“吾视师何如，师吾方外友。万里为同调，唱和成奇偶。我吟寄师心，师吟出我口。于喁总无籁，形骸复何有。”元政在努力实践袁宏道的诗歌主张，而从文化传播的角度看，陈元赟则已完成了一次明代诗学域外传播的有效实践。

三、　陈元赟其人其诗的评价

友野《锦天山房诗话》上册：“原（善）公道曰：元赟能娴此邦语，故常不用唐语。元政诗：‘人无世事交常谈，客惯方言谭每谐。’又：‘君能言和语，乡音舌尚在；久狎十知九，旁人犹未解’句。元赟善拳法，当时世未有此技，元赟创传之，故此邦拳法以元赟为开宗矣。正保中于江户城南西久保国正寺教徒，福野某、三浦某、磯贝某皆穷其奥云。”[1]

1.［日］池田四郎次郎：《日本詩話叢書》第八卷，第96—97页，东京：龙吟社，1997年版。

袁宏道性灵说主张真与变主导诗歌创作，强调“文章新奇，无定格式，只要发人所不能发，句法、字法、调法，一一从自己胸中流出，此真新奇也”（《袁中郎全集》二十四，《答李元善》），反对随波逐流，亦步亦趋。这种主张，正适合元赟身在域外的文化需求，有利于打破句法、字法、调法的束缚，表现异域文化的“临场感”。他所作的《次元政上人韵》是对前引元政《谢元赟来访》的和诗：“山城、伏见不分涯，深草、中岐界两叉。公是道安能说法，我非曼倩好恢谐。瑞光寺里寻诗窑，霞岳岩前豁赋怀。何闵周夷心久冷，伊蒲正喜馔清斋。”诗中出现山域等四个地名及瑞光寺、霞岳岩等特色景物，这在当时日本汉诗中也不常见，令元政倍感亲切。

陈元赟还创制极为雅致而富有安南风趣的元赟瓷，并向浪人三浦与次右卫门、矶贝次郎左卫门等人传授拳法，这在日本制陶史和柔道史上都留下了浓墨重彩的一笔。梁容若谈到陈元赟说：“陈元赟代表中华民族特立独行的猎奇性开拓性，体力智力的优越性适应性。以他的多才多艺，能文能武，在国内也不少发展的机会和途径。他单人孤征，远渡重洋，打开了长久闭关的日本，深入扶桑内地，接触各方面各阶层人物，到处表现了他的才华技艺，受异国多数人的尊敬。”[2]

2. 梁容若著：《中日文化交流史论》，第245页，北京：商务印书　，1985年版。

第二节 长崎港口的中国风

明清两代，日本长崎是中日贸易的窗口，也是中日文化交流的窗口。赖山阳《长崎杂诗》描绘了当时那里独特的街景与中国文化元素的活跃：“藁街浮水碧，莎馆靠峰青。山约人烟密，市笼潮气湿。儿童谙汉语，舟楫杂吴舲。谁信嚣尘境，弧吟倒酒瓶。”[1] 中国书籍通过南方商船源源不断输入到日本长崎港，并进而进入各地。幕府特在长崎奉行之下设置鉴别中国书籍的“书物目利”进行审查。由长崎输入的中国书籍一部分收藏在枫山文库中，称为天皇文库御用，不久便翻刻成官版。翻刻的官版书从周朝到清朝的著述多达 193 部。此外，有的流入爱好学问的大名手中，由各藩翻刻。天保十三年（1842），幕府还曾下令给封地十万石以上的大名，奖励他们翻刻流传。[2]

1.［日］入矢义高著：《日本文人詩選》，第 224—225 页，东京：中央公论社，1983 年版。

2.［日］木宫泰彦著，胡锡年译：《日中文化交流史》，第 677—678 页。北京：商务印书馆，1980 年版。

何如璋《使东杂咏》中咏长崎：“八闽两粤三江客，鼓棹相迎谊独亲；笑问东游各情况，大家都是过来人。”自注：“华商寓此者分三帮，约七八百人，亦间有前朝遗臣后裔，居此已十数世者。”那些来自福建、广东、浙江等地的商人与僧侣中，偶有能诗善赋者。江村北海《日本诗史》列举到长崎的清人善诗者有林道荣、刘宣义、僧玄光、僧独立、僧道本、僧玄海等，有诗见诸选。其中特别提到僧道本，本清人，随缘到长崎，所著有《萧鸣草》。这些草根诗人，或是生意场外的文化使者，或是托钵诵经的诗歌播种者。遗憾的是他们的文化交流活动很少记载。

一、 日本诗文集的明清文人序跋

黄遵宪在《日本国志·学术志一》谈到江户时代的汉学者“往往负气不相下，各著书说，昌言排击，即共居一门，亦有同室操戈，兄弟阋墙，以相狎侮者，甚则师弟之间，反颜相向，或隙末而削籍，或师死而背去，又比比然也。既各持其说，无以相胜，则曲托贾竖，邮呈诗文于中国士大夫，得其一语褒奖，乃夸示同人，荣于华衮。而朝鲜信使偶一来聘，又东西奔走，一接謦欬，以证其所学之精。其骛声气、好排挤，日本之习汉学，其弊有如此者”[3]。黄遵宪一针见血地指出，江户汉学者中一些人把中国士大夫的赞语当作圈内争地位的资本，乃是汉学圈

3.（清）黄遵宪著《日本国志》，第 335 页，上海：上海古籍出版社，2001 年版。

内斗的怪现象，这可能是那些提供赞语的中国士大夫不曾留意的。这一番话，不仅改变了当时中国知识界对日本汉学界的“零印象”，也刷新了部分人的“刻板印象”。

宋明以来，便有中国士大夫应邀为一日本僧侣的文集撰写序跋的。江户时代的锁国，也就锁住了外来文化澎湃涌入的大潮，人员交往的匮乏，是出现汉诗人中挟中国士大夫之赞语以自重现象的主要原因。中国士大夫乐得见汉风远播外夷，颇有荣焉之感，加之体谅外国人用非母语赋诗填词的不易，评判多有鼓励之意，多言其长，寡语其短，亦是常情。黄遵宪曾为一些日本人撰写过一些序跋或许对这一点也深有体会。当然，不论是文集作者，还是撰写序跋的中国士大夫，情况可谓复杂，又不可一概而论。

长崎孔子庙举行盛大祭孔仪式表演。

江户时代的汉诗人，为锁国所困，几乎不可能获得汝霖那样的殊荣，他们可能见到的中国人，也只是往来于大陆与长崎之间的商贾。田能村竹田《竹田庄诗话》说：“长崎镇华夷通交转货处，故士民富饶，治平日久，渐响文教。加之清商内崇尚风雅。善诗若书画者往往舶来，沈燮庵、李用云、沈铨、伊孚九辈，不遑搂指，故余习之所浸染，诗书画并有别致。”[1]在赴日的商人中，也有雅好诗赋的人。

1.［日］池田四郎次郎编：《日本詩話叢書》第五卷，第575页，东京：龙吟社，1997年版。

《竹田庄诗话》中谈到的“清人王云巢”，看到东溪松浦写的《雪水煎茶歌》，十分喜欢，回中国的时候，便“请书之，装潢携去”。这位王云巢，乃是江苏官商王日桂之子，“别号理庵，杭州人，性恬淡好禅，不殖货利，不近脂粉，终日楼居，案头所贮，唯佛经两三函耳”[2]，曾为江户昌平黉的官员胜田半斋的诗集题诗。

2.［日］池田四郎次郎编：《日本詩話叢書》第五卷，第578页，东京：龙吟社，1997年版。

乘舟赴日的商家中，亦有滞留于日域者，获得幕府之准，乃侨居于长崎市内。其中通晓汉日两种语言者，受幕府之命，担任唐通事、唐年行事，参与对清贸易事务，子孙则世袭其职。在这些所谓"住宅唐人"中，也有人曾对中日文学交流贡献良多。在日本贞享、元禄年间享有盛名的彭城宣义（字耀哲，号东阁），乃是万治年间任小通事的刘一水的后裔，方言土语，无不通晓，想学唐音汉语的学人，多到长崎来请教。他们往往以《水浒传》、《金瓶梅》、《红楼梦》等小说中的语汇为俗语教材，从而扩大了这些小说的影响。荻生徂徕曾向当时最著名的汉语学家冈岛冠山学习唐音。

商船来往于中日两国之间，有些喜欢比附夸示的日本诗人便把自己的诗作托付给他们，让他们回国后找中国名士撰写题评后再带回来。东岳原田温《诗学新论》以小说家笔法，描述了一个叫做高彝的日本学究，少以诗名于闾阎，欲与华通，便找到从福建来的商船，将自己的诗作交付给他们，重金相托，一片婆心，郑重苦谕，要他们请礼部尚书沈德潜题评。他所托付的商人找到沈德潜，谎称高彝是日本国臣，不料却遭到拒绝。商人便随便找人，假冒沈德潜、王鸣盛、钱大昕、赵文哲等名士，题诗溢美。后高彝获此题诗，再三跪拜，不觉手舞足蹈，辄谓："吾才知于姬国，旷古无有焉。"[1]《诗学新论》罗列其题诗，加藤良白《柳桥诗话》复举其事，说那些题诗"大抵七古之作也。细读之，虚誉溢美，靳侮可憎，然高彝不悟，奉为拱璧，燕石之诮，人口藉藉"[2]。高彝为求中国名士一口赞词，不惜重金，唯求称许，不辨真伪，固然贻笑大方，而加藤良白由此发挥到："近时清商所赍来诸货，何物非赝？不独诗已。"这自是以偏概全之说，但其中也包含对作假商家的愤怒。

1.［日］池田四郎次郎编：《日本詩話叢書》第三卷，第66—75页。东京：龙吟社，1997年版。

2.［日］池田四郎次郎编：《日本詩話叢書》第六卷，第424—425页。东京：龙吟社，1997年版。

在锁国时代，喜欢诗文的日本学人与造诣精深的中国儒者交游的机会可谓百年难遇。求名者希望能够找到这样的人为自己撰写序跋，以提高声誉，上进者也想获得指点，为诗文增色。然而能够到达列岛的华人，除了商人，便是渔民。津阪孝绰（字东阳）撰《夜航诗话》，其卷二中说，宽政七年（1795）冬，苏州渔舟漂抵仙台海滨，舍其人于府下，禀官取进止，留百余日。于是往观者多携纸求书，或投诗请和。然彼皆渔夫，但愧谢而已。府学博志村东藏，管领其事，因为写诗句，令习以塞人之需；又教作诗。彼游手涉日，无闲可消，唯诗书是攻。及其赴长崎，道中所作绝句，尽有可观者。津阪孝绰不由感慨："西人学诗书于我而归，亦可谓奇事也矣。"[3]

3.［日］池田四郎次郎编：《日本詩話叢書》第二卷，第269—270页，东京：龙吟社，1997年版。

日本好汉诗文者不仅寻找来日的华人请教，而且对来自朝鲜半岛的使节，也不放过唱酬的机会。《夜航诗话》还记述，正德辛卯（1711），韩使来聘，江户学士就其馆中唱和相竞，如高玄岱三百九十韵，室鸠巢二百二十韵，豪吟钜构，可谓盛况空前。不过，其中并没有什么佳作，连津阪绰孝也认为是无益长语，徒费纸墨。[1]

1.［日］池田四郎次郎编：《日本詩話叢書》第二卷，第529页，东京：龙吟社，1997年版。

田能村竹田撰《竹田庄诗话》，叙明和中，肥前国长崎镇有妓樱路者，声色俱妍。清人龚允让，相得甚洽。教词令，一授了了，艳楚动听。让惊诧曰："吾杭州妓称善歌者不及也。"临别凄婉，扇头书二绝赠云。琴山翁游镇闻其事，特邀见，因征歌，初不肯，既而唱毕，悲悼欲绝，把诗扇出示，纸墨新鲜尚如故。诗云："浮云流水两情联，曾许贞心待十年。早识欢情难再卜，有缘不若竟无缘。斑管新诗志别愁，多情敢信属青楼。侬心若体萧郎意，珍重花枝莫浪投。"允让，字兴让，恪中子，克贤弟也。父兄俱通商长崎港，颇善书，涉文词，让性喜华奢，衣帽鲜丽，时必更换，日以为常。[2]

2.［日］池田四郎次郎编：《日本詩話叢書》第五卷，第274—275页，东京：龙吟社，1997年版。

长崎的文人能与来自大陆的善歌诗者亲密接触，这是其余地区的人难以享受到的幸运。远在京都的皆川淇园在《清槎唱和序》一文中说："长崎居西海之阨要，诸夏及狄蛮贡若贾萃臻焉。诸夏能歌诗者，亦往往来。然而，以其地逖远也，吾中州及关以东之士，往而会者甚罕，独其象胥氏好藻者，与相对交酬赓而已矣。"淇园感叹，中部日本与关东地区的文士，很少能与善歌诗的华人相会，顶多是与对华事务相关的官员或译员唱酬，增加些接触汉语言文化的机会。道路悠远，长崎的汉语风终究未能吹遍日本列岛。

二、 何倩、林珍、顾长卿等人的题跋

长崎因与中国大陆及荷兰的贸易文化往来而格外繁荣，梁川星岩《长崎》诗描写的"落日锣声亚兰馆，回风旗影浰江船。时清不见窥窬者，夷往蛮来二百年"[3]正是当日写照。清代福建人何倩、林珍等人在长崎的文化活动见于当时文献，也正得益于当地特有的文化相对多元的世风。江户昌平黉教官友野《锦天山房诗话》上册说："何倩，闽中人，延宝乙卯偕林珍来，寓崎阳。大高清介就正其诗文，二人极口揄扬。其诗数首，附载《芝山会稿》中。"又说："《扶桑名胜诗集》载二人诗，作何倩甫、林上珍，意其字欤？或所传异也。其评芝山诗文过誉，固亡论已，及其自运，猥琐委茶，而芝山喜其谀言，终信而不疑，亦可怪也。"[4]

3.（清）俞樾编：《東瀛詩選》，第212页，东京：汲古书院，1971年版。

4.［日］池田四郎次郎编：《日本詩話叢書》第八卷，第411页，东京：龙吟社，1997年版。

云合陈家麟著《东槎闻见记》注意到何、林二人，是从《华夷变态》和大高集明的《芝山会稿》

上读到相关的文字。陈家麟称此二人“里居未详，皆明遗老。延宝三年同来长崎，后遂留于此，所著载《华夷变态》中。又日人大高季明《芝山会稿》有赠何、林二老书各一篇”。

谈到何、林、顾三人，不能不谈大高坂季明。据友野《锦天山房诗话》，大高坂季明，字清介，号芝山等。土佐人，家世臣土佐，父宜重，致仕而归田，后至关东。季明幼好读书，年十八，出土佐入京，到江户，苦学自勉，弱冠宦岩城侯。又游事稻叶，师事谷一斋。广才博览，最究性理，旁善诗文，当时推为硕儒，而气豪宕，自视甚高，好排斥时辈。时明何倩、顾长卿来在长崎，季明每致诗文，乞是正。彼各极口褒赏。[1]

1.［日］池田四郎次郎编：《日本詩話叢書》第八卷，第 428 页，东京：龙吟社，1997 年版。

大高坂芝山《改正芝山会稿》[2]，第一项总评有“明遗臣顾氏长卿”、“明何氏倩”、“明林氏评”、“我林荣”（“林道荣”）、“朝鲜洪沧浪”、“林祭酒整宇”、“野鹤山”（人见竹洞）等，两卷多有何倩、林珍之评，多见“明儒评曰”之语。

2.［日］大高坂芝山撰：《改正芝山会稿》10 卷 11 册，元禄十年（1697）江户和泉屋市兵卫刊。

林珍其人，所自不明。延宝四年 (1677) 十一月晦日林珍在《芝山诗序》（《余花稿》）中说：“予自居停花国，江山是主，羁旅如归，数年之间”，由此看来，林珍滞留长崎多年。同年十二月朔日何倩所撰《芝山王序》说：“予自乙卯岁，客游日东之崎阳”，还提到顾长卿，说：“皇明遗臣顾长卿，膀大人之书室，曰黄裳阁”，并曾自称为 6 世纪文人何逊之后裔。[3]

3.［日］德田武著：《近世日中文人交流史の研究》，第 104 页，东京：研文出版，2004 年版。

大高坂芝山《赠何、林二老书》谈到自己为何要请何、林二人评点诗文时说：

> *以我邦言语不通，诗及文，咸未当中州之调度。虽诗于文章，固若一尘，然诗赋有节奏，有音律，散文无其拘，而止取于达意，是故诗赋又难成整于散文矣。*[4]

4.。［日］德田武著：《近世日本文人交流史の研究》，第 107 页，东京：研文出版，2004 年版。

大高坂芝山《谢何、林二老书》中，谈到他与陈元赟、朱舜水的相会：

> *抑汉倭言语不同，重译倩毫渐通，凡布字遣辞，不审协中州音节与否，格律体制，一切未应的知，是以欲匡诸上邦之俊杰既久矣。浮屠氏外，向有陈、朱二氏寓于我国，共佥皇明之遗民也。陈在洛而曩相会，朱在此而迩面晤。潜察厥言行学术，疑弗端诚纯粹矣，多猥俚之态，乏彦士之姿，词赋亦似未英懿，故不欲就而正焉。*[5]

5.［日］德田武著：《近世日中文人交流史の研究》，第 107 页，东京：研文出版，2004 年版。

何、林、顾三人之评，虽多过誉之辞，但也并非不分青红皂白一味吹捧，评中时出中的之语，对其瑕玼，也并非一味回护：

> *明遗民顾长卿评曰：我来扶桑国，视数家文章，虽各有所长，然窃疑未谙章句之法，唯大高季明之所作，有章法句法，克入规矩而已。*[6]

6.［日］德田武著：《近世日中文人交流史の研究》，第 109 页，东京：研文出版，2004 年版。

又曰：季明文章，勉学昌黎、南丰，而不敢拟他之作文，语路气象，自然相似，得文章名家之术也。

又曰：季明文章，大抵平易条畅，自有好处，诗则不及文章远矣。

明何氏倩评曰……．季明所著文章赋，天地万物，历代圣贤，纂述其间，意深语简，稽古所获，则韩、柳、欧、苏，无过比也。

然而，江村北海《日本诗史》却视何、林、顾三人之评为误人之言，甚至将大高坂芝山诗之病皆归咎于听信三人诗评之害：

高季明，本姓大高坂氏，自修为高……，有所作，则必致之长崎，请正于林、何、顾三人。三人极口褒赏。……孟浪谀言，固不足论，而季明信之，妄自夸毗，遂欠精细工夫。《芝山会稿》十二卷，篇章不为不多，而可采者无几，余酷爱季明慷慨有气节，因深惜为三人所误也。[1]

1．［日］池田四郎次郎编：《日本詩話叢書》第一卷，第 222—223 页，东京：龙吟社，1997 年版。

原念斋《先哲丛谈》谓此“非过论”。德田武摘引《芝山会稿》首卷“总评”中何、林二人的评点，认为他们早已指出芝山诗作中的晦涩与粗疏：

何、林二子同评曰：作文非有意为怪怪，非有意求奇奇。唯有英思慧想，则自然怪怪奇奇，语亦不难涩，其妙不可测也。明公文语简意深，恐或艰深涩滞，此处亦致思焉。又作诗率不用心，故多疎漏不明尽矣。如题“雪夜饮茶”，“饮”字为腐字；“雪屑琼瑶散，茶煨榾柮烹。”此句虽新奇，而突出题旨，更无含蓄。其余《贺顾翁禄仕》诗云：“丹宫攀桂欲遐之”，按谓人死言遐升，言登遐，乃“遐之”为不祥语，当改为“丹宫有桂汝攀之”。《秋夜》诗云：“夜静砧声响月辉”，“响月辉”，语甚涩，当改作“夜静砧声听渐微”。《雪朝》诗云：“晓上小楼惊四瞻”，“晓上小楼”，字韵复不顺，当改“趣晓登楼”。[2]

2．［日］德田武著：《近世日中文人交流史の研究》，第 109 页，东京：研文出版，2004 年版。

大高坂登山认为：“如此评订，乃非我邦文人所逮也。”

出身肥前松浦的诗人大潮，数次往来于长崎，曾与驻在长崎的清人唱酬。他的诗文集《西溟余稿》中载有一首《寄清人朱医生》，是写给随商船来日的医生朱来章的：

中原才子忽离群，东指扶桑日月分；

万里洪涛乘汉使，千年大药属徐君。

翰花晓映瑶台雾，玉树秋悬仙峤云。

爱尔长生传秘诀，一时还向此邦闻。[1]

1．［日］德田武著：《近世日中文人交流史の研究》，第 114 页，东京：研文出版，2004 年版。

大潮在长崎听说清人沈燮庵善诗，“大是风流人物”，久住长崎，便写信求教，托译者转交。《西溟余稿》录其《寄清人沈燮儒宗二首》：

其一

观国风流兴壮哉，仙帆杳渺向东开；

扶桑夜霄红轮涌，渤澥涛高白雪来。

彩笔终应淹汉使，黄金且为筑燕台；

李公不傲龙门险，肯接匡庐结社才。

其二

遥怜孤客纵词豪，归思秋生鸣大刀；

不似张骞曾到汉，还同枚叔夜观涛。

凤萧浏亮蓬壶近，龙剑苍茫星斗高；

莫讶俚言堪写赠，此心且欲拟绨袍。[2]

2．［日］德田武著：《近世日中文人交流史の研究》，第 111—126 页，东京：研文出版，2004 年版。

《西溟余稿》还收有大潮所作《寄清人孙辅斋二首》，诗以“俉言天地浑如客，何日相逢一解颐”为结，希望能见面欢谈。

三、《半斋摘稿》周围的中国文人

1828 年冬至 1829 年春，日本译官西村某将幕府官员、昌平黉学者胜田半斋（1780—1831）的诗集《半斋摘稿》被带到中国，而后又把他交还半斋手中。这一回在诗集上增添了四位中国诗人的序跋和题诗。《半斋摘稿》四卷乾坤二册，现藏于日本国立公文书馆内阁文库。

为《半斋摘稿》撰写序跋和题诗的是卢奕春、卜葆鈖、林寿椿、杨邦楷四人。他们都是杭州附近文学史上名不见经传的乡土诗人。大分县日田市广濑资料馆藏广濑淡窗诗集亲笔稿本《旭窗诗草 · 卢揖桥评 · 完》有卢奕春咏其读后感的七绝二首，末尾署名“大清道光十又弍年六月平湖卢奕春题于九峰山房并加墨”，其笔迹与《半斋摘稿》、《视听草》十集之九《胜田半斋诗稿清人序跋》所收卢奕春的笔迹相同，可以推断两者为一人，且为浙江省嘉兴府平湖县人。乍浦沈筠编选的《乍浦集咏》卷首也有“卢奕春揖桥平湖”字样。因而，德田武推定卢氏是隐居于从平湖县到海港乍浦一带的文人，显然是有根据的。[1]同样，从《乍浦集咏》的署名也可以知道，卜葆鈖，字达庵；林寿椿，字雪岩，他们都是平湖人。杨邦楷，不见于《乍浦集咏》，不过从《半斋摘稿》在不长的时间得到以上四人的题诗来看，应当也是住在相距不甚远的地方。他们在写本上清楚地写明了自己阅读的日期，表明他们是在1829年11月27日这一天读完并加批的。

1．［日］德田武著：《近世日中文人交流史の研究》，第336页，东京：研文出版，2004年版。

卢奕春七言古诗最长，其中评价半斋淡泊名利，诗情豪壮：“半斋居士真诗豪，弍官淡泊拘闲曹；年年长咏意慷慨，海波浩荡天风高。”卜葆鈖有七律三首，称赞半斋诗声名大震，堪比乐天：“闻说鸡林升价高，拈毫惭愧乐天诗。”林寿椿七绝二首，其一赞许其诗源流可追溯到白居易、苏轼：“源流洵自白苏来，冰雪聪明不染埃。”杨邦楷七律三首，其三也称许半斋官位不高而才华出众：“头衔旧是晁司马，吐属今之白乐天。”其二则特别提到日本使臣答里麻咏唱西湖的诗句。钟步崧七绝四首，也将半斋与答里麻相比：“绝似当年答里麻，曾传韵语入中华。”

经过四位中国诗人题诗的《半斋摘稿》回到半斋手中之后，半斋反复展玩，再一次把《半斋续稿》交给中国商船，同样获得了数位中国诗人撰写的序跋和评说，但是，半斋没有来得及看到它，便离开了人世。为之题诗和撰写序跋的有：

苏州　施湮　君珊

长洲　云箫女史　陈筠湘

吴江　龙石

蘧琳

吴江　金原

王宇安

古杭　王光祖　字子承　号梅庵

许士俊　蓝坨

杭人　　王怀玉　竹里

其中王宇安，乃江苏盐商王日桂之子，字云巢，田能村竹田所撰《竹田庄诗话》曾提到他“恬淡好禅”云云。他的题诗是：

一卷新词海上来，盛唐风度又重开；

六鳌气壮英雄色，五凤名高著作才。

华省常教留翰墨，仙郎端合住蓬莱；

何当破浪寻诗侣，宝拙园中共举杯。[1]

1．［日］德田武著：《近世日中文人交流史の研究》，第 368—369 页，东京：研文出版，2004 年版。

1996 年，江户诗人斋藤拙堂的后人斋藤正和将其所著《斋藤拙堂传》与《江户后期中日诗唱酬》寄赠给笔者，后者收录了钱唐人王元珍与斋藤拙堂等日本诗人隔海唱酬的诗作。1838 年仲冬，钱唐人王元珍将赴长崎，已出发遇飓风而返。在临行前，在诗社举办的饯行会上他曾赋律诗四首。由于未能成行，他便托前往长崎的商人将四首律诗转交给正在伊势的斋藤拙堂，索和日本友人。其第一首曰：“讵能投笔羡封侯，且作乘风汗漫游。放眼沧溟窥巨镜，只身天地寄扁舟。月明璚岛招玄鹤，星灿银河戏玉虬。料得卢教应识我，独吹铁篴度瀛洲。”根据此诗自注，可知王元珍号梅庵，从祖云轩先生曾赴日本，其时长崎的木下逸云曾在花月楼邀集诸名士宴饮，以诗画相赠。王元珍的友人也曾从册使赴琉球。斋藤拙堂读到王元珍的诗以后，命笔相和。其第一首：“何羡人间万户侯，飘然适意海东游。文章且放凌云笔，书画相随買月舟。晓行兰桨惊宿鹤，夜吹铁笛舞潜虬。眼穿杳渺扶桑外，潮路分明大八洲。（自注：大八洲，本邦古名）”斋藤出堂的门人伊势鹰羽龙年、伊势东聚、伊势龙维孝、周防僧月性、浪华篠崎弼皆作诗相和。斋藤拙堂等人的诗作是否送达王元珍手中，今已无从考证。这些诗作为中日商贸史上文学交流的缩影依然值得珍视。

四、　《乍浦集咏》与《吾爱吾庐诗》

浙江平湖县乍浦，是对日贸易的“宁波船”的出海港口，是清代对日贸易的基地。1840 年鸦片战争中被英军攻陷，乍浦水师副都统长喜和署乍浦海防同知韦逢甲等守军战死，英军烧杀抢掠，73 名妇女遇害投水。在此四年后，当地文人沈筠所编本地诗人的诗歌选集《乍浦集咏》

收入了反映这场浩劫的诗篇。其中收录了一位名叫山田梅村的日本人的诗作[1]。

1. ［日］大庭修著：《漂着船物語——江户时代の日中交流》，第 221—226 页，东京：岩波书店，2001 年版。

山田梅村（1815—1881），本为高松藩儒，名亥吉，字乙生，称胜次，19 岁子承父业就任藩儒。他在 1843 年、1847 年、1857 年、1863 年，也就是在分别在 29、33、43、49 岁时到过长崎。在他第一次到长崎的时候，从唐通事周蔼亭那里听到了英军入侵的情况，其中一位姓刘的女子不甘受辱投井的事迹，特别令他难忘。为此，他详细记述了这位女子的事迹，并写下了这样的诗篇：

自甘一死节弥坚，肯触腥膻污祖先；

吴地惊骚遇今日，窦家义烈忆当年。

兰心纵被风霜虐，玉质宁同瓦石全；

万里流芳东海外，悲酸谁复不潸然。[2]

2. ［日］德田武著：《近世日中文人交流史の研究》，第 378—379 页，东京：研文出版，2004 年版。

诗中所谓“窦家义烈”，是指明代瑞州（今江西）通判姜荣的妾窦妙善，《明史·列女传》说她在华林贼袭瑞州时，将府印投入荷花池中，身著盛装，令贼军误认作夫人而将她带走，她暗中让仆人盛豹告知姜荣府印下落，而后投井自尽。山田梅村将这首诗收入自己的诗集《吾爱吾庐诗》中，诗集中还载录了清人沈浪仙这样的评语：

此诗已刊入刘心葭之所辑《阐幽录》中，而亦录入拙选《乍浦集咏》中。盖以重维持名教之作也。[3]

3. ［日］德田武著：《近世日中文人交流史の研究》，第 379 页，东京：研文出版，2004 年版。

刘氏女本是周蔼亭妹夫刘东藩之女。山田梅村的诗通过周蔼亭等，传回乍浦，收入沈筠编选的《乍浦集咏》之中。心葭，就是刘东藩的字。

山田梅村作《刘烈女诗》后第四年，沈筠编选乍浦人的诗歌《乍浦集咏》16 卷四册，1846 年 4 月刊行，而后由商船带 24 部到长崎，辗转呈献给御文库、昌平坂学问所和各大名。第七年，即日本嘉永二年，诗人小野湖山在其《壬寅洋夷扰乱记》（小野湖山《乍浦集咏钞本序》）摘录有关部分，用游焉吟社藏版刊行。

《乍浦集咏抄》卷三末载录山田梅村《刘烈女诗》，在刊行时有几处修改。原诗第二句的“触腥膻”，改作“堕夷人”；第三句“吴”字改为“乍”字，第七句“万里流芳”，改为“遗事远传”，第八句“悲酸”改为“此心”。

与山田梅村之诗一起，尚有唐通事刘吉甫（字穆堂）的一首。

沈筠当初读到山田梅村所作《刘烈女诗》，曾赋诗一首，对诗表示赞赏：

锦轴遥传自大东，七千里外姓名通；

照情两地悬天镜，飞梦双桥驾彩虹。

仙蠹化来书脱障，渴龙跃起笔摩空；

怜君钟得扶桑秀，秋实春华冠国风。[1]

1．［日］德田武著：《近世日中文人交流史の研究》，第382—383页，东京：研文出版，2004年版。

沈筠之诗远渡沧波，送到山田梅村手中，山田梅村自然联想到赴宋僧奝然与赴唐的晁衡即阿倍仲麻吕对两国文化交流的贡献，赋诗《酬沈浪仙见寄》：

天涯万里隔西东，诗信乍从辽海通；

千颗骊珠出寒水，一支彩笔扫秋虹。

奝师传籍事虽邈，晁监摛词名岂空；

望眼难穿神且往，奈何鲸浪涌长风。[2]

2．［日］德田武著：《近世日中文人交流史の研究》，第383—384页，东京：研文出版，2004年版。

《吾爱吾庐诗》卷四第二稿载《沈浪仙辑诗图，赋应其嘱》：

君是博雅士，奇书富缥缃；

文墨交四海，风骚叠千章。

一编《乍浦集》，新著传四方；

洛纸顿添价，万里姓名芳。

品评权量适，笔削心手忙；

剖蛙珠落掌，凿石玉盈囊。

采择收葑菲，搜索及扶桑；

幸在同文国，遥仰奎芒长。[3]

3．［日］德田武著：《近世日中文人交流史の研究》，第385—386页，东京：研文出版，2004年版。

第十三、四句有自注：“《乍浦集咏》载我邦人诗，又有《沧海珠编》、《大东诗录》、《海上丛谈》等之著。”这是对诗中“一编《乍浦集》，新著传四方”所作的注解。山田梅村对自己的诗篇载于《乍浦集咏》而又传回日本不胜欣喜，对沈筠的感激之情寓于对其编选诗集过程的描绘之中。

平湖人盛垌曾为山田梅村的诗集《吾爱吾庐诗》题词：

吾庐自爱海天涯，东国词坛一作家；

较胜嵯峨隐君子，觞黄花更咏梅香。[1]

1．［日］德田武著：《近世日中文人交流史の研究》，第 388 页，东京：研文出版，2004 年版。

盛埛诗中提到的“嵯峨隐君子”，出自平安时代大江匡房所撰《江谈抄》。元稹咏菊花诗中有“不是花中偏爱菊，此花开后更无花”。《江谈抄》中说：“隐君子鼓琴时，元稹灵托人称曰：‘件诗开尽也。后字不可然。或谓嵯峨隐君子吟此诗弹琴，从天如丝者下来云：‘我自爱此句之贵。’其灵依有灵执，闻琴不堪其盛。”[2] 盛埛用此典故，推许山田梅村之诗比元稹诗毫不逊色。

2．［日］后藤昭雄校注：《江談抄 中外抄 富家語》，东京：岩波书店，1997 年版。

嘉兴人朱秋田也曾赋诗咏唱读到《吾爱吾庐诗》的感受，诗题作《戊申五月，雨窗兀坐，喜沈浪仙以吾庐诗集见示，读竟卒题，即请郢政》：

梅雨浃旬不肯晴，旅怀暗淡云冥冥；

残编日与古人筹，颇慵滑滑泥途行。

沈君笠屐示诗册，撰云东国之耆英；

思深语炼备众妙，岭梅篱菊工言情。

扶桑疑作柴桑境，赋归又见陶渊明；

读去饮酒足高趣，鸢飞鱼跃真性灵。

随风咳唾一万里，大珠小珠明眼惊；

灯窗珍赏不觉晓，日轮涌出天鸡鸣。[3]

3．［日］德田武著：《近世日中文人交流史の研究》，第 389 页，东京：研文出版，2004 年版。

在赴日的清代文人中，江芸阁是继陈元赟之后与日本文人交往最深的一人。他擅诗文与南画，与当时有名的文人市河宽斋、野村篁园、赖山阳、大田南亩、梁川星岩、野田笛浦、大槻磐溪、江马细香等人皆有文墨之交。德田武撰《江芸阁与日本文人交流年表》[4]、蔡毅撰《长崎清客与江户汉诗——新发现的江芸阁、沈萍香书简初探》[5] 等有深入描述。

4．［日］德田武著：《近世日中文人交流史の研究》，第 262—325 页，东京：研文出版，2004 年版。

5．蔡毅著：《日本汉诗论稿》，第 232—254 页，北京：中华书局，2007 年版。

五、　王未絃评点野村篁园诗

野村篁园（1775—1843）是江户后期德川幕府的学校昌平黉的儒者，有诗文集《篁园全集》十九卷（国立公文馆内阁文库藏），其中第五卷《采花集》，有 1819 年秋本人跋语，为其 45 岁时的作品，收入集唐诗 137 首（五言律诗）。篁园曾托长崎奉行高桥重贤将《采花集》转交在长崎的中国文人江芸阁和朱柳桥评点。

江芸阁为之撰写序，称其“题旬恰当，辞意相洽，宛出己手，了无采撷之痕”，“非学问兼优，文情绵丽者，不能以排。在吾土已不可多得，而况遇诸此地耶。天地之大，无所不具。”朱柳桥则谓：“夫吟咏一道，作固不易，而集古为尤难。盖非读破万卷，弃粕取精，兼取众长，再加以剪裁者不能。”

《篁园全集》卷一之四《静宜惭稿》收诗518首，中村幸彦所藏写本《静宜惭稿》可能是篁园的亲笔本，所收172首多有浙杭王未綋评点。其卷首有如下题记：

无体不备，无美不臻，卓然大家，允堪传世。

浙杭王未綋拜读。

柬来者匆匆，不及读竟，所注谬妄之处，先呈削政。[1]

1．［日］德田武著：《近世日中文人交流史の研究》，第257页，东京：研文出版，2004年版。

这是王未綋在长崎时给篁园评点的呢，还是《静宜惭稿》被商船运到浙杭，王未綋在大海这边为其评点的呢，写本中没有留下评点地点的线索，德田武推测后者的可能性更大。总之，《静宜惭稿》在工未綋手中停留时间短暂，让他来不及细细品味。特别是捎到大陆的诗集，还要随着商船上的来人带回去，就不可能在王未綋手上放很长时间，或许野村篁园还等待着评点以便尽快刊印。

王未綋在卷首的总评，尽管是一片赞词，但里面对篁园的诗作，却有一些对技法批评切中要害。如德田武举出的下面一首《初秋，游泷川金刚精舍》：

香园好可涤烦襟，试问溪云影里寻；

乱嶂千堆擎佛髻，澄潭一片照禅心。

老松嘘昼销炎色，细竹敲秋送爽音；

不是远公能爱客，那知诗景属双林。[2]

2．［日］德田武著：《近世日中文人交流史の研究》，第258页，东京：研文出版，2004年版。

王未綋圈点尾联，谓“用反举最有曲致，杜句‘不有小舟能荡桨，百壶那送酒如泉’，此与之同一收法。”杜甫《城西陂泛舟》尾联：“不有小舟能荡桨，百壶那送酒如泉。”

王未綋将篁园七律《己卯中秋月蚀》尾联：“妖蟇齧尽银宫桂，免照潘郎两鬓斑”圈点，指出与杜诗“斫却月中桂，清光应更多”是“同一幻想”。

上面提到的那些为日本汉诗人评点的清人，均是中国诗坛名不见经传的“小人物”，他们的活动也很少受到史家关注。江户时代学写汉诗的风气颇盛，学习汉诗的途径除了从师求教之外，便是阅读诗话之类的著述了。诚如加藤周一所指出的，“日本的艺术论大部分是谈艺录”[1]。学者们撰写的诗话，讲述什么是好诗、怎样作诗的内容占很大比重，带有普及汉诗作法的性质，从根本上说是一种“公众诗学”，而不是“天才诗学”。汉语与诗话的流行，造成一种风气，即只要学了训读，多加练习，谁都可以作诗。对于官儒、儒等以汉学为业的人来说，有唐诗风、宋诗风与折衷诗风之分，而对于一般学诗者来说，掌握基本学诗技巧是当务之急。对于这些人来说，那些来自汉诗故乡人的评点便显得格外珍贵了。王未絃、陈曼寿等人虽然不能起到提升汉诗整体水平的作用，但对于汉诗深入民间却是有功可陈的。在与海外文学家或文学爱好者的交往活动中，需要给对方作品以评价的情况时有发生。一味竖大拇哥或可悦人，却未必能服人。有时一针见血的片言胜过成堆的赞语，真知灼见本身即是打开沟通之门的钥匙，交流者首先要把这把钥匙攥在手里，方能扩大平等对话的可能性。王未絃、陈曼寿等人的往事至今还在提醒与鞭策我们，不断提高交流的实在本领，发挥民间文化交往的活力。

1. ［日］加藤周一著，叶渭渠等译：《日本文化论》，第213页，北京：光明日报出版社，2000年版。

六、 商儒的图书贸易

明清商人连年往来于长崎与大陆之间，多船载中国书籍东去，归来之时，则将所搜求的日本此类书籍船载而来，在江浙各地销售，画工伊海（字孚九）与汪鹏为其中之名家。由于两人饱学精鉴，与日本学人广为交游，多得秘本善籍。如《群书治要》、皇侃《论语义疏》、《古文孝经孔氏传》等中国散佚的书籍，皆仅存于日本。由于他们在日购得日本版本（即所谓“和刻本”）而有幸重归故土，使清儒中好古者喜出望外。山井鼎、物观共著的校勘学名著《七经孟子考文补遗》传回中土之后，大得卢文弨等鸿儒赞赏。嘉庆二年（1797）经阮元翻刻，流布渐广。《论语义疏》、《古文孝经孔氏传》皆被收进《四库全书》，《论语义疏》旋为浙江布政使王亶望重刻，列入《知不足斋丛书》。乾隆五十二年（1787）又经武英殿翻刻，而《古文孝经》亦入刻于《知不足斋丛书》中。

日本书籍在中土受到欢迎，令日人大受鼓舞，冈田挺之遂将《群书治要》并《孝经》郑注合为一书付梓，终于传入中土。市河宽斋编刻《全唐诗逸》，托来日清商带回中土，遂为学人激赏。林述斋更将《佚存丛书》18种60卷，用活版印刷，传入中土，为许宗彦所得，抽出其中的《五行大义》予以翻刻，阮元也从该丛书中选出珍本十种，一一撰写提要，列入他所编纂的《四库全书未收书》中。荻生徂徕所著《论语征》，早传入中国。其对于嘉庆年间吴英之《经句说》、道光间狄子奇《论语质疑》、刘宗楠《论语正义》的撰述皆有所裨益。

享保年间，将军德川吉宗下令收罗日汉散佚典籍，其中有《唐律疏义》（“义”，一作“议”）一书，为中国久佚而日本亦罕见，吉宗遂令荻生北溪校订全书。此事引出一位来自中国的儒者前来参与，那就是前面提到的沈燮庵。沈燮庵，名炳（亦作丙），字些庵，浙西人（据《长崎实录大成》，作杭州府人），日本享保十二年十二月九日达到长崎，十六年（1731）归国。成书于文政年间的《长崎名胜图绘》，收入沈燮庵诗25首，几乎所有长崎名胜，均有沈氏所咏诗篇。同书尚有荁亭道本、田边桑汉和他唱酬的诗篇。该书有关长崎孔子庙部分，还收入沈氏所撰《长崎孔夫子庙记》，描述了长崎孔子庙祭奠孔子的“释采”仪式的情况。唐通事卢骥撰《长崎先民传》，历叙居住或到过长崎的学者、文人的事迹，沈氏为之撰写序言，也收在《长崎名物图绘》之中，同时收入的还有沈氏归国后寄给唐骥的书信。

享保二十一年，即1736年，沈燮庵再次来到长崎。这回带来了清朝刑部尚书励廷仪为《唐律疏义》撰写的序言。据《有德院实纪附录》，沈燮庵将《唐律疏义》呈励廷仪，励廷仪称其为稀代之书，亲自作序，赏玩不已。后燮庵返回长崎，将序奉上。这篇序也就载入《唐律疏义》一书，原文现存宫内厅书陵部[1]。现根据大庭脩《日中交流史话——读江户时代日中关系》上刊载的影印，释录如下：

1．［日］大庭修著：《日中交流史話——江戸时代の日中関係を読む》，第139—160页，大阪：燃烧社，2003年版。

昔皋陶为士师，五刑有服，五服三就，五流有宅，五宅三居。其法为后世法律之章程矣。余职司听棘，究心刑名之学有年，忽得是书，见所未见，珍如拱璧，不忍释手。爰欣然握管而为之序。雍正乙卯仲夏经筵

尚书励廷仪撰[2]

2．［日］大庭修著：《日中交流史話——江戸时代の日中関係を読む》，第139—160页，大阪：燃烧社，2003年版。

今观《唐律疏义》之书，其上有“沈炳释文订正”字样，是沈燮庵参与其书校订之实证。沈氏之事，远传江户，上达将军，在江户时代并不多见。当地学人交游以与其交游唱和为乐，各多获益，其人其文，载于典籍，亦属幸运。

1836年，钱泳（字梅溪，1759—1844）所编《海外新书》上梓，该书收有《古文孝经和歌》、林凤冈跋《古文孝经》、荻生徂徕所著《辨道》与《辨名》等日人著述，并收钱泳所撰《日本国徂徕先生小传》。该书于1840年传入日本，徂徕之后学藤泽东畡惊喜交加，特撰文供于徂徕灵前，并设宴畅饮。东畡又撰《清板二辨记》，文中有“抑自晁备诸公，而耀文于异域尚矣，然犹我求于彼，先生则至使彼求于我，是实皇邦荣观”，将徂徕之学西传，视为日本的荣耀。东畡同时致书钱泳，称钱泳在《海外新书》的序文中对徂徕之学所谓“以经证经，折衷孔子”的评价，“仅仅八字，断尽六万余言，确乎不可拔，自非心契相符者，必不至此矣”[1]。面对海路邮来的《海外新书》，藤泽东畡不由得自得地宣称，徂徕之学的西传与晁（晁衡，即阿倍仲麻吕）与备（吉备真备）在中国的影响不可同日而语；晁备之学，是日本求取于中国，而徂徕之学则是中国求取于日本。藤泽东畡的议论，是中日之间“文化逆输入”在日本学人中最早的反响之一。

1．［日］水田纪夫著：《近世日本漢文学史論考》第443—466页，东京：汲古书院，1987年版。

第三节　文化使节的文学活动

从19世纪70年代中日遣使以后，一直到19世纪90年代，中国派驻日本的外交官员以文人学者为多，其中不乏工诗擅文精于书法者。他们一方面和日本的汉学者和汉诗人广泛接触，通过笔谈、唱酬、评点等活动，参与日本汉文学的创作和评论；一方面搜集流传到日本的汉文文献，在一定程度上吸收了日本的新思想、新观念，充分发挥了文化使节的作用。其中黄遵宪、沈文荧等尤为活跃。黄遵宪《日本国志》、《日本杂事诗》，杨守敬《日本访书志》等，均是这种交流的结晶。

何如璋、黎庶昌等人在日积极展开“翰墨外交”。每逢佳节，多招名士宴使署之西楼。森槐南描绘当时的情景：“主宾款给，尽醉极欢，不减庾楼风致。诸贤皆有诗。”在1883年重阳节的诗宴上，清使馆随员黄吟梅的填词《满江红》，其时为甲申中法战争前一年，清廷已发兵拒法于安南，故吟梅之词多慷慨之语，其后半阙：“犬吠尧，堪嗟咄。虎猖獗，何时灭。问若个男儿，轰轰烈烈。玉斗直教亚父碎，铜盘忍听仙人泣。且敲诗、说礼集敦槃，休弹铗。”森槐南体味到“黄君词似别有寄托者”，也依调填一阙。其后半阙为：“谈时事，书空咄。笑轻薄，身名灭。算传人一代，无非奇烈。仰屋漫传穷士著，过河徒作枯鱼泣。悔半生，弹尽马卿琴、冯谖铗。”[1]立意不同。森槐南在与黄吟梅等人的倚声酬唱中，自然受到晚清词派的影响，成为日本明治时期首屈一指的词家。

1.［日］森槐南、高野竹隐、森川竹著、张怀珍笺注：《日本三家词笺注》，第 11 页，合肥：黄山书社，2009 年版。

关于中国使节与日本文人的唱和评点，中日学者多有研究，其中王晓秋《近代中日启示录》、《近代中日关系史研究》、《近代中日文化交流史》等著述所述尤详，此不赘述。这里仅就这些文人使官的作品，管窥一下其中反映的文学观。

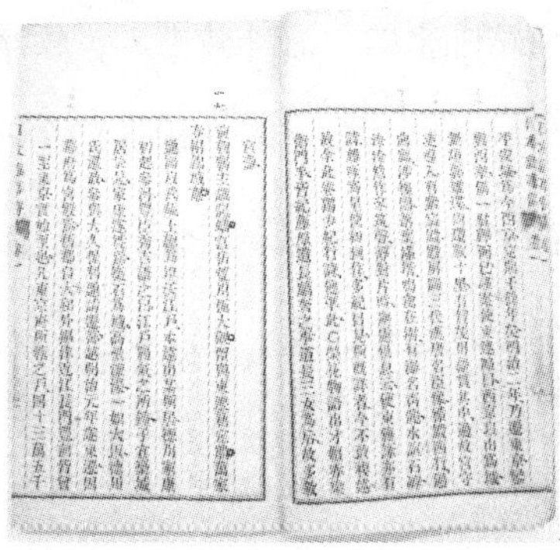

1879 年刊本《日本杂事诗》

一、 黄遵宪的海外文字缘

黄遵宪在定本《日本杂事诗》的《自序》中曾谈到自己在日期间交往的多为旧派学者，对世相讽刺叹息之声盈耳。这是黄遵宪在离开日本以后对日本明治维新有了新的认识以后反观自己在日本的经历，进而清理自己的思想时的看法。他所提到的旧派学者，其中不少是与修史馆有关的人，像青山延光（1820—1906）、重野安绎（1827—1910）、冈千仞（1833—1914）、宫岛诚一郎（1838—1914）等都是这样的人。[2]这些人有较高的汉文修养，无心追逐当时激进的西化潮头，面对汉文化的日益边缘化，反而对昔日汉文化的繁荣心怀眷念，各自思想也不尽相同，

2.［日］木下周南著：《明治詩話》，东京：文中堂，1943 年版。

但这里所说的“旧派”，并不都意味着反对变革和顽固守旧。从黄遵宪的话语中，似乎流露出这样的遗憾，就是当时未能与更多的站在时代前列的改革者交往，因而未能更早地看清明治维新的深远意义。这并不能说明，当时黄遵宪无心或很少接触新人物、新事物。联系到他到日本之前的语言能力和对日本的了解，恰恰应该说，他正是通过那些对汉文化很有感情的人，触摸到日本变动的脉搏的。

这些汉学者之所以乐于和来日官员接触和交往，很重要的原因是自身从事的是与汉文化相关的事情。他们的前辈尽管向往得到和中国人直接切磋的机会，但由于两国的阻隔，很难实现这种愿望，因此他们很乐意与黄遵宪等人相识。在明治十一年（光绪四年，1878 年），儒者芳野金陵（1803—1878）在其占春园宴请来日清国使臣，诗人各有赋诗，同年夏天，何、张两使臣于隅田川的千岁楼招待都下诸文士。席间，有 88 岁的老诗人跳起了古代中国乐舞《兰陵王》。儒者亀谷省轩赋七古，题作：《千秋楼集赠何节使子峨》：

二千来年无此游，星轺始临梦香洲；

琼辞瑰句惊四席，淋漓醉墨盈高楼。

楼临长江鸭头碧，即是蛟龙所窟宅。

赤日行天人不知，水烟漠漠须眉白。

君不见，露（俄罗斯—笔者注）兵十万临土疆，烽火焦天剑摧鋩。

何以邻交若唇齿，泉石之间飞羽觞。[1]

1．［日］亀谷省轩著：《省軒詩稿》1，第 10—11 页，东京：榊原文盛堂，1903 年版。

在诗中，亀谷省轩盛赞两国诗人相会是两千年来从未有过的盛举。诗中提到的“露兵十万临土疆，烽火焦天剑摧鋩”，是指当时俄罗斯军队正入侵中国新疆一带，挑起战火，相比之下，希望中日两国能够唇齿相依。黄遵宪评此诗：“善于题外着意，于题中取神，画家烘云托月法也。”又曰：“骨劲气遒，一起既占胜场，入后意尤高妙也。一再读之，俯首不已。”[2]

2．［日］亀谷省轩著：《省軒詩稿》1，第 10—11 页，东京：榊原文盛堂，1903 年版。

当时日本儒士对于维新的不满，也会集中到汉学的衰颓上来。在这一点上，他们以为，很可以在来自中国的人群中找到共鸣。尽管当时汉学还保持着江户时代的余温，但种种否定汉字、汉学的议论已不时各处“冒泡儿”。重野成斋（1827—1910）在《明治字典序》中这样说：

议者或欲废汉字，或欲限字以便事。夫字者，滋也。滋益而生，至于无穷。故有一物则有一字，字各有其义，以理群类。欧米（即欧美，笔者注）缀字与汉字何异，

字岂可限乎？且我用汉字二千年矣。音训并行，以为语言，今而欲废之，是老聃复结绳之说耳，可言而不可行。不若修其旧而益大之，使天下之言文参互配对，而莫所不通焉。则于国家外交之事，庶乎亦有裨益欤！[1]

1. ［日］重野成斋著：《成斋文集》初集一，第43—44页，东京，富山房，1911年版。

黄遵宪和中村正直（1832—1891）的交往特别值得注意。在近代日本文化史上，中村正直是一个不能不提到的人物，他于1870年编译出版的《西国立志编》，以当时人们熟悉的带有汉文调的文章鼓吹新思想，主持了私塾同人社，创办了社刊《文学杂志》以发现和培养新人，1875年11月始任东京女子师范学校校长（今御茶水女子大学），是一位奠定了女子高等教育基础的文学家和教育家。

中村正直曾邀请何如璋、张斯桂、黄遵宪到女子师范访问。对女子师范，黄遵宪在《日本杂事诗》中有诗咏唱，在《日本国志》中也专门提及。《文学杂志》虽以发表日语文章为主，但由于当时汉文还具有相当大的影响，再加上中村正直本人对汉文情有独钟，所以也经常发表汉诗文。驻日使臣的诗文，不少刊登在这份杂志上，其中尤以黄遵宪的文章为多。他在日期间撰写的主要散文，几乎都是在《文学杂志》上刊登的。

当时的东京，汉诗人结社十分普遍。诗社的诗人，经常前往中国使馆，和黄遵宪等人笔谈，也邀请他们到诗社饮宴唱酬，登临赏花，切磋诗艺。黄遵宪时有出席，吟诗唱和。在和日本文人的笔谈中，黄遵宪也把中国文学的情况介绍给他们。《大河内文书》中记载了黄遵宪和日本人谈到《红楼梦》的情况。《大河内文书》大部分内容是一位名叫王桼园的中国文士与其雇主日本贵族大河内辉声的书信往来。大河内辉声（1848—1882）明治以前是高崎藩藩主，食禄八万二千石，明治维新废藩置县，高崎藩并入群马县，大河内辉声便写诗撰文以自娱。实藤惠秀整理翻译了书信中有关笔谈部分，编为《大河内文书》一书[2]，又与郑子瑜共同编校了《黄遵宪与日本友人笔谈遗稿》，由早稻田大学东洋文学研究会出版。这些资料，皆为平林寺收藏之笔谈存稿。琦玉县平林寺为大河内家世代埋骨处，笔谈纸片（裱订成书）收藏于此。黄遵宪的"杂事诗诗碑"也在此。黄遵宪题《日本杂事诗》最初稿冢碑文诗曰："一卷诗兮一抔土，诗与土兮共千古；乞神物兮护持之，葬诗魂兮墨江浒。"墨江，即隅田川，是大河内辉声所居处。

2. ［日］实藤惠秀编译：《大河内文書——明治日中文化人の交遊》，东京：平凡社，1994年版。

为日本文人的诗文撰写评点和序跋，是这种交流活动的重要内容。黄遵宪与宫岛诚一郎交往颇深。宫岛之子大八曾随使馆人员学习汉语，后到中国留学，归国后创办善邻学院，是日本汉语教育的开拓者。使馆人员曾参与宫岛诗集《养浩堂诗集》的编纂，黄遵宪以及应邀到日本访问的王韬等人，从其一千二百余首诗篇中精选近四百篇，加以评点，黄遵宪评点最多。石川鸿斋对日本古今汉文加以精选，编为《日本文章轨范》一书，请黄遵宪、沈文荧点评，黄遵宪的评语直率而中肯。

《养浩堂诗集》、《日本文章轨范》、《大河内文书》以及《文学杂志》上发表的文章，和收入《人境庐诗草》中的咏日诗篇一样，都是研究黄遵宪文学思想的重要材料。

在和日本学人的交往中，黄遵宪没有忘记自己作为一个中国使臣的责任，在咏花赏月的诗情中，心系家国的情怀溢于言表。明治十一年（1878），元老院议官宫本在自己巢鸭的别墅长华园宴请何如璋、张斯桂两位使节和黄遵宪。儒者重野安斋、中村正直等赋诗唱和，黄遵宪亦有诗作：

绕榭山花红欲然，林中结屋屋如船；

人来蓬岛无宾主，境比桃源别洞天。

近事披图谈斗虎（自注：谓英、俄二国因突厥事），旧游濡笔纪飞鸾（自注：曾使高丽）；

登楼北望方多事，未许偷闲作散仙。[1]

1．李天纲编：《冯桂芬 郑观应 黄遵宪卷》，第273页，上海：上海文艺出版社，2010年版。

当时英、俄正在为争夺阿富汗而点燃战火，黄遵宪以虎斗为喻，诗人心系北部边疆的安宁，在诗酒之宴上，心头涌起王粲《登楼赋》中抒发的登楼北望挂念乡国的忧思。

在《日本国志叙》中，黄遵宪曾说：“窃伏自念今之参赞官，即古之小行人、外史氏之职也。使者捧龙节、乘驷马，驰驱鞅掌，王事靡盬，盖有所不暇于文字之末；若为之寮属者，又不从事于采风问俗，何以副朝廷谘诹询谋之意。”[2]可见，他是把采风问俗当做自己刻不容缓的职责的。

2．（清）黄遵宪著，吴振涛、徐勇、王家祥点校整理：《日本国志》上卷，第3页，天津：天津人民出版社，2005年版。

平时对日本历史文化的学习和处处留意，使他在和日本学者交往中，获得了很多知识。两年后，四月的一天，黄遵宪、重野成斋、岩谷一六、蒲生褧亭、冈鹿门同游小石川后乐园，各有诗作，黄遵宪赋诗：

泓峥萧瑟不可言，周遭水木围亭轩；

夏初若有新秋意，褰裳来游后乐园。

主人者谁源黄门，脱弃簪绂甘丘藩；

夷齐西山不可得（自注：园有夷齐庙），欲以此地为桃源。

左挈舜水右淡泊，想见往往倾空尊；

呜呼源平霸者起，太阿倒持归将军。

黄门懿亲敢异议，聊借蕨薇怀天恩。

一编帝纪光日月，开馆彰考非为文；

高山九郎好痛哭，相继呼天叩帝阍。

布衣文学二三子，协力卒使天皇尊；

即今宾客纷裙屐，一堂笑语言温温。

岂识当时图后乐，酒觞未举泪有痕；

丰碑伟烈颓祠倒，夕阳归鸦噪黄昏。

顾起朱子使执笔，重记竹帛贻子孙。[1]

1. 李天纲编：《冯桂芬 郑观应 黄遵宪卷》，第 275 页，上海：上海文艺出版社，2010 年版。

后乐园和小石川植物园是中日文人喜欢游玩的地方。中村正直诗有“堂堂大国宾，晴日驻车轰。园林增光辉，酬酢极观好”之句。后乐园之名，乃出于范仲淹《岳阳楼记》“先天下之忧而忧，后天下之乐而乐”之意，黄遵宪之诗，全篇以此为主旨，从日本历史上的风云人物，联想到维新志士的悲壮的奋斗历程。这时他对明治维新已经有了新的认识。后来他在《日本国志》和咏唱明治维新的诗篇中表达的思想，实际上已萌芽于此。

东京小石川后乐园

黄遵宪离开日本，调往美国旧金山赴任前夕，在墨水酒楼设宴招待平生交游的友人，作《奉命为美国三富兰西士果总领事，留别日本诸君子》，诗中有“海外偏留文字缘，新诗脱口每争传”

之句。实际上他的诗不仅当时在诗友中相传，就是在多年之后，仍是日本诗坛的佳话。木下周南撰《明治诗话》，认为何如璋、张斯桂虽然皆能诗，然终究较之黄遵宪略逊一筹，书中多处引用黄遵宪的诗作，其中就大段引用了他在这次宴会上的作品：

海水南旋连粤峤，斗星北望指京华；

但烦青鸟常通讯，贪住蓬莱忘忆家。

一日得闲便山水，十分难别是樱花；

白银宫阙吾曾至，归与乡人信口夸。

沧溟此去浩无垠，回首江城意更亲；

昔日同舟多敌国，而今四海总比邻。

更行二万三千里，等是东西南北人；

独有兴亚一腔血，为君户户染红轮。[1]

1．李天纲编：《冯桂芬 郑观应 黄遵宪卷》，第 288 页，上海：上海文艺出版社，2010 年版。

当时，宫岛诚一郎与长冈护美、曾根俊虎、柳原前光、中村正直等人共创兴亚会，黄遵宪在诗中对他们的热忱表示赞许。

二、　日本英杰三歌

从 1877 年到 1882 年，黄遵宪都是在日本生活的。他和当时的名士交往，范围广泛。他的《赤穗四十七义士歌》、《西乡星歌》、《近世爱国志士歌》这三首叙事诗，是中国近代诗歌史上最早以外国英雄为主人公的佳作。

首先，我们来读《赤穗四十七义士歌》。

这首诗的前面，有长达一千三百字的序文，介绍了赤穗四十七义士的故事。日本有歌舞伎《忠臣藏》、读本《忠臣水浒传》等歌颂四十七义士的文艺作品。但据笔者考证，黄遵宪的素材来源，可能就是江户时代汉学者室鸠巢用汉文写的《赤穗义士录》。

赤穗义士是在 1703 年 3 月被掩埋的，而这一年的 10 月，也就是 7 个月后，室鸠巢（1658—

2．［日］石井紫郎校注：《近世武家思想》，第 343—359 页，东京：岩波书店，1974 年版。

1734）就写出了《赤穗义士录》。[2]原文约一万五千字，黄遵宪的序文或许就是根据它改写的，不过情节大为简缩，篇幅约为原文的十分之一。《赤穗四十七义士歌》的结构也受到室鸠巢《赤穗义士录》的启发。后来许多关于赤穗义士的记述，包括青山延光撰写的史传，都出自室鸠巢的这一篇，江户后期便有人把室鸠巢称为“赤穗之史迁”，将其与司马迁写《史记》相提并论。

室鸠巢是有名的汉学者。《赤穗义士录》里，长篇引用了义士复仇后的祭文。这可以看出有中国史传写法的影响。室鸠巢是不是真的看到了当时的祭文，不得而知，但是这种写法却是直接表达义士赴死心境的最好形式。祭文详细回顾了复仇的起因、决心和经过。黄遵宪的《赤穗四十七义士歌》原原本本引用大部分的祭文，诗的大约百分之七十也是以祭文的形式表现的：

四十七士人同仇，四十七士心同谋：

一盘中供仇人头，哀哀燕雀鸣啁啾，

泥首泣诉围松楸。

四十七义士来到已故主公——内匠公的墓前，跪坐在墓的周围，向内匠公之灵报告复仇的经过。这里明显看出《赤穗义士录》的影响。

不过，将《赤穗四十七义士歌》与《赤穗义士录》相对照，有些地方很不一样。首先，是它对团队英雄的强调。从诗题开始，就突出了四十七这个数字。这首诗一共只有五百一十六个字，四十七这个数字就出现了八次。四十七义士一条心，同仇敌忾，弃妻抛子，远离亲人，终于杀死了仇敌，然后一同剖腹自杀。这样的一致性，一定让黄遵宪震惊。中国历史上涌现过无数英雄豪杰，但是这样多的人的团队复仇自杀事件却闻所未闻。

其次是对四十七义士生死观的强调。黄遵宪《日本杂事诗》中对武士的耀武扬威是不抱好感的，但这里却对四十七义士复仇献身之举大为同情：

臣等事毕无所求，愿从先君地下游。

国家明刑有皋繇，定知四十七士同作槛车囚，

不愿四十七士戴头如赘疣，唯愿四十七士骈死同首丘。

室鸠巢原文当中只有一句简单的话：“他日徒然抱耻而死，以何面目见公？”这一点一定感动了黄遵宪，因而他着力表现了义士们赴死前的泰然自若。

再次是突出了义士复仇的正义性。在《赤穗义士录》中，义士复仇的动机是和武士道的绝对忠诚分不开的，也就是祭文中所说的“臣已食君之禄，当为君死”。黄遵宪的诗中，则表现了主人之死，原因在于幕府官员偏袒仇人，因而，四十七义士的复仇，与其说是出于与主人的主从关系，不如说是为了伸张正义，惩恶扬善。一般来说，中国人的主从观念比日本人要薄弱，很少有“主从三代”这样的意识。与此对照，他们更加敬服尊重那些为民除害的英雄。因而，黄遵宪竭力铺陈四十七义士受到一般民众的怀念和爱戴。《赤穗义士录》里写到义士死后：“部下闻之，往吊祭者，日日成群，以至数月不已，唏嘘流涕，久之及去。”

然而，《赤穗四十七义士歌》在这一部分则大为扩充了：

四十七士性命同日休，一时惊叹争歌讴。观者、拜者、吊者、贺者，万花绕冢，每日香烟浮；一裙、一屐、一甲、一胄、一刀、一矛、一杖、一歌、一画，手泽珍宝如天球。自从天孙开国首重天琼鉾，和魂一传千千秋；况复五百年来武门尚武国多贲育俦。到今赤穗义士某某某某四十七人一一名字留。内足光辉大八洲，外亦声明五大洲。[1]

1．李天纲编：《冯桂芬 郑观应 黄遵宪卷》，第281—283页，上海：上海文艺出版社，2010年版。

黄遵宪认为赤穗四十七义士虽然死去，但是他们身上表现的“和魂”，即日本精神，不仅将千秋万代永远流传，照耀日本列岛，而且他们的美名还要传遍世界五大洲。

与室鸠巢所撰汉文《赤穗义士录》原作对照，长诗突出强调了武士集体献身的精神、捐躯复仇的壮举，而淡化了原作中臣食君禄、当为君死的主仆观念，赋予义士为民除害的正义性。

那么，赤穗义士真是为民除害而牺牲的英雄群体吗？正如加藤周一明确指出的那样，故事的起源是四十七武士的主人浅野内匠头在府中用刀伤人的事件，实在是很无聊的事，完全不过是性急而轻率的老爷个人的过失，是一件与天下国家、人民大众、学问艺术毫无干系的事情。[2]然而，当时多数人的意见却是“四十七勇士乃武士之鉴”，不问他们的目的是什么，而赞赏他们的忠心和行动能力。“单纯的目的、卓越的付诸实行的能力、内部的均质性、对外部的封闭性，以这些为特征的理想集团的形象，这才是使《忠臣宝鉴》（笔者注：即《忠臣藏》）200年来成为日本大众的古典的东西。”[3]

2．［日］加藤周一著，叶渭渠译：《日本文化论》，第66页，北京：光明日报出版社，2000年版。

3．［日］加藤周一著，叶渭渠译：《日本文化论》，第68页，北京：光明日报出版社，2000年版。

赤穗事件惊动了武士社会。汉诗人坂井虎山（1798—1850）一首《泉岳寺》写出了儒者受到的震撼：“山岳可崩海可翻，不消四十七臣魂；坟前满地草苔湿，尽是后人流涕痕。”[4]义士为给“先君”复仇而不惜一死，固然将武士的忠诚无限放大，但这一类过激的群体行为过滥，则会激化武士集团之间的矛盾。坂井虎山另一首名诗已看出“臣节”与“王法”不同标准在评

4．［日］镰田正、米山寅太郎著：《漢詩名句辞典》，第616页，东京：大修館书店，1997年版。

价这一事件中呈现的矛盾:“若使无兹事,臣节何由立?若常有此事,终将无王法。王法不可废,臣节不可已。茫茫天地古今间,兹事独许赤诚士。”[1]而读完黄遵宪的诗,四十七义士很容易被看成是侠肝义胆的理想化的英雄群体,而不去追究他们为什么去死,这样死值不值。

1.(清)俞樾:《東瀛詩選》,第372页,东京:汲古书院,1981年版。

1979年日本政府派遣的歌舞伎访华使节团在北京演出了歌舞伎传统剧目《忠臣藏》,夏衍撰写了《从〈忠臣藏〉想起黄遵宪》,从黄遵宪的《赤穗四十七义士歌》谈起,希望外交工作者写出《日本杂事诗》那样的诗篇,写出《日本国志》那样的史书,“为促进中国和世界各国人民的相互了解,为共同反霸和保卫世界和平作出各自的贡献”。夏衍提到《忠臣藏》的内容,也说描写的是“日本元禄时代四十七壮士不畏强暴、勇于抗争,失败后全体剖腹的悲壮故事”。[2]如果说黄遵宪对赤穗义士的误读或重解是出于“思变”的要求的话,那么夏衍的误读或重解,则是出于“友好”的要求。

2.夏衍撰:《从〈忠臣藏〉想起黄遵宪》,载北京市中日文化交流史研究会编《中日文化交流史论文集》,第218页,北京:人民出版社,1982年版。

我们再来看黄遵宪《西乡星歌》是什么样的作品。明治十年末,也就是1877年,黄遵宪到日本的时候,西南战争已经结束,他很可能听到些有关西乡隆盛的传说。民间广泛流传的西乡星传说,或许就是其中的一个。读一读当时的报纸就不难想象传说的大体内容。这一年8月8号的《读卖新闻》有一段这样的报道:

> “*《大阪日报》报道,这些天每天晚上东南方都会出现一颗又红又亮的星星,用望远镜一看,就看见那是西乡隆盛身穿着陆军大将的官服,有人在阳台上一直看到天亮。*”

根据当时的传说,大军压境,西乡在鹿儿岛迎战强敌,战败自杀,他的魂魄升天,变成了一颗星星,谁要是拜它,就定交好运。西乡是个什么样的人,人们对他的敬意为什么这样深,这个传说一定给文学家黄遵宪留下了深刻的印象。

西乡隆盛是“征韩论”最积极的倡导者。在他死后,一方面被以封建、反动、侵略主义等话语来谈论,一方面又有人把他当作真正的“文明”家来缅怀。诚如芳贺彻所说,为这样一个人物画像是极为困难的,在西乡“南海巨人”的风貌中,有诸多矛盾的性格共存一体,这也是后来出现形形色色传说的一个原因。[3]黄遵宪的《西乡星歌》并不着眼于对西乡的历史评价,它的显著特色,是把西乡作为神话人物来咏唱。开头就写天意让西乡星出现,也就是说,西乡自杀是受人迫害的结果,上天对西乡充分理解,所以要让他的英名长留人间。

3.[日]芳贺彻著:《明治維新と日本人》,第317页,东京:讲谈社,2000年版。

明治维新以前，西乡隆盛被幕府追捕，逃到萨摩，曾和僧月照一起投海，结果月照溺死，而西乡却奇迹般活了下来。黄遵宪就把西乡当作神龙来描绘，诗中是这样写的：

神龙本自西海来，踏海不死招魂回。[1]

1．钱仲联笺注：《人境庐诗草笺注》上，第 202 页，上海：上海古籍出版社，2007 年版。

为什么黄遵宪要把西乡比作神龙呢？首先，中国古代神话里的神龙是会升天的。西乡投海还能平安生还，就是因为他有神龙那样不可思议的神通。而且，中国古代神话里神龙还是皇权的象征。西乡尊皇攘夷，在明治维新当中起了很大作用。对于西乡在明治维新中的活动，黄遵宪赞赏有加，所以他把西乡比作神龙。

西乡发动了西南战争，却被打败，自杀了。《西乡星歌》把西乡的自杀，描写得就像中国古代英雄项羽之死一样悲壮。项羽起兵反秦，秦国灭亡后，又与刘邦争霸，败于垓下，自刎而死，那时，敌军争夺项羽的尸体，最后是五个人各自抢夺到一部分。清乾隆年间武英殿书签官、诗人黄仲则《东阿项羽墓》用“将军之身分五体，将军之头走千里”来描写当时的情景。黄遵宪把西乡看作日本的项羽。诗中直接用写项羽的诗句来写西乡：

十二万军同日死，呜呼大星遂陨地；

将军之头走千里，将军之身分五体，

聚骨成山血成川，噫气为风泪如雨。[2]

2．钱仲联笺注：《人境庐诗草》上，第 162 页，北京：中国青年出版社，2000 年版。

诗的结尾黄遵宪赞扬西乡是当世无双的英雄：

长星劝汝酒一杯，一世之雄旷世才。[3]

3．钱仲联笺注：《人境庐诗草》上，第 162 页，北京：中国青年出版社，2000 年版。

不用说，西乡自杀，并没有像项羽那样尸体落于敌手，那么，黄遵宪为什么会袭用写项羽的诗句来写他呢？黄遵宪是有寓意的。作者把西乡视为项羽式的英雄，就意味着西乡犯的罪是可以饶恕的，借用中西进的话来说，这是“作为引喻的典故”。[4]

4．［日］中西进著：《万葉の海彼》，第 9—31 页，东京：角川书店，1990 年版。

黄遵宪曾经说过，明治维新以后日本的进步是前所未有的，认为中国应该学习日本的明治维新。按照他的想法，西乡是做了坏事，但仍不失为明治维新的英雄。他没能逃脱世上的惩罚，但是上天却对他是宽容的。这不是说黄遵宪迷信天意，而是因为他相信西乡的改革精神对中国是有用的。黄遵宪的评价是对是错另当别论，但他的确把看好明治维新的态度写进了西乡故事。从《西乡星歌》的倾向来看，他是把重点放在通过西乡故事来表达对明治维新成功和日本社会进步的肯定上，在内心深处，自然希望中国也能发生类似的变革。1909 年 1 月 11 日，黄兴自神户抵鹿儿岛，扫西乡隆盛墓，作《西乡隆盛墓》诗：“八千弟子甘同塚，世事唯争一局棋。悔铸当年九州错，勤王师不扑王师。”[1] 在对西乡隆盛及追跟他的弟子深表敬意的同时，也指出他决策失误、自铸大错在于对天皇的愚忠，导致不去抵抗前来剿杀的天皇军队，可以看出身为革命家的黄兴，对西乡事件的反思。

1. 湖南社会科学院编：《黄兴集》，第 1 页，北京：中华书局，2011 年版。

同时，日本维新志士的风采也展现在中国诗境当中。黄遵宪的《近世爱国志士歌》[2] 中，咏唱了十三位江户时代的日本人，他们是：

2. 钱仲联笺注：《人境庐诗草》上，第 210—221 页，北京：中国青年出版社，2000 年版。

山县昌贞（柳庄，1725—1768），敬义学者。

高山正之（彦九郎，1747—1792），勤王家，宽政三奇人之一。

蒲生君平（秀实，1768—1813），江户时代的先觉者。

林子平（1738—1793），幕末海防论者，经世家。

梁川星岩（1789—1858），诗人。

渡边华山（1793—1841），南画家。

佐久间象山（1811—1864），幕末学者，开国论者。

吉田松阴（1830—1859），幕末志士，教育家。

月照（1813—1858）京都清水寺成就院住持。

浮田一惠（1795—1859），江户中期的画家、志士。

黑川登几（1806—1890），江户末期女歌人。

佐仓宗五郎（1605—1653），“义民”，民间人士。

也就是说，不仅有幕末的勤王者、经世家、先觉者、开国论者，而且有僧侣、画家、汉诗人、歌人等等。其中黑川登几和佐仓宗五郎两位民间英雄特别值得一提。黑川登几（1806—1890）为今茨城县境内的妇人，擅长俳谐与和歌，曾亲赴江户以和歌呼吁为冤狱平反，因而得罪于幕府，有《子孙咏草》传世。黄遵宪将其作与《招魂》相比：“鸡鸣晓渡关，乌栖夜系狱；长歌招和魂，一歌一声哭。”佐仓宗（一作总）五郎是幕府末年“义民”的杰出代表，黄遵宪赞颂他为民请命的献身精神：“宗五汝宗五，呼天诉民苦；恨不漆头颅，留看民歌舞。”黄遵宪一定认为，没有这么多的维新志士，日本的维新是不可能成功的。他作这些诗的目的，就是为了唤起中国人改革的志向和勇气。

三、黄遵宪题评日人汉籍

黄遵宪在日本期间，为不少日本人的汉籍撰写过序跋和题评，对于这些题评，已有专书整理[1]。书中对其《日本文章轨范》涉及不多，这里着重予以评介。

1．郭真义、郑海麟编著《黄遵宪题评日人汉籍》，北京：中华书局，2009 年版。

《再刻日本文章轨范》署石川鸿斋批撰、沈文荧、黄遵宪合评。[2]对安井息轩的文章，黄遵宪给予很高评价，他说："近世文章最以息轩氏为巨擘，其论事之文，皆切中肯綮，而深入奥窍，无儒生迂腐之谭，无策士纵横词，真若可坐而言起而行者，理足故也。"[3]并成为其未能施展才干而深感惋惜，说："安井息轩议论，长于文章。此经世之才，可大用，惜夫！"[4]

2．［日］石川鸿斋编：《再刻日本文章軌範》，东京：稻田佐吉出版，1882 年再刻版。

3．［日］石川鸿斋编：《再刻日本文章軌範》三，第 16 页，东京：稻田佐吉出版，1882 年再刻版。

4．［日］石川鸿斋编：《再刻日本文章軌範》二，第 23 页，东京：稻田佐吉出版，1882 年再刻版。

赖山阳《拙堂文话序》，黄遵宪评："文体分别，起于唐，而成于宋。茅鹿门、储同人辈，余颇厌之。山阳亦为所惑。此文亦似明人集中明鬯者。"对赖山阳《高山彦九郎传》又评价道："规摹得宜，笔势无滞碍，赖氏亦一代作者。"[5]

5．［日］石川鸿斋编：《再刻日本文章軌範》二，第 3 页，东京：稻田佐吉出版，1882 年再刻版。

文中有一段文字，言"拙堂喜作文，年力方壮。叙事论事，皆能行其胸臆，而合于古格法。吾尝评之，谓清雄奔放，作我辈语者。近寄所著，曰'文话'者，示我序之。有客见而问曰"。栏上有批："黄遵宪曰：'此数行太弱'。"并将文中的"之谓"、"作我辈语者"、"所著曰文话者"中的"曰"和"者"、"有客见而问曰"的"有"皆用框框出，以示可删。

对安积艮斋《洲崎八景卷序》，黄遵宪评曰："八景极可笑，本庸俗吠声。安积能不铺叙，落落大方，极有识力。"对其《耐轩诗草序》，黄遵宪评曰："薄弱似尺牍。盖染明末人习气。结处志高气雄四语，精炼赅括可爱。"又评："作文以章句法度，则失之套；照应工巧，则失之纤。必有至理名言，行乎其所不得不行，止乎其所不得不止，而后可以不朽。"[6]

6．［日］石川鸿斋编：《再刻日本文章軌範》二，卷二第 9 页，东京：稻田佐吉出版，1882 年再刻版。

处在社会政治边缘的汉学者，毕竟生活在文化西化的潮流之中，他们的民族主义情绪也往往表现在对历史人物的评价中，或者说他们有意无意地通过对历史人物的评述，表达他们对现实中世界趋势的态度。其中最明显的，就是夸大北条氏抵御元军的功绩，以及张扬丰臣秀吉入侵朝鲜半岛的影响。在这些议论的背后，自然流露出对大陆力量的低估，而本质上是同明治期间日本向大陆扩展的欲望相通的。黄遵宪对这样的议论，予以了正面批评，言虽不多，态度却是明朗的，尽管黄遵宪与这些文章的作者本人正有交往，他的批评态度也是不加掩饰的。大致说来，黄遵宪对于当时的作者，比起对于江户时期的作者，赞许要多得多，而在这个问题上，他却不再含糊。在对青山延光写的推崇丰臣秀吉的文章《丰臣大阁论》中的评语中，黄遵宪说："丰太阁之征韩，北条相模之却元，皆为世所称。虽然，不度德量力，欲以狂妄学其刚果，不至于焦头烂额不止也。"认为这篇文章"识议轻浮"[1]，实际上在警告那些想要步其后辙的人

1．［日］石川鸿斋编：《再刻日本文章軌範》三，卷六第 13 页，东京：稻田佐吉出版，1882 年再刻版。

没有好下场。大桥讷庵《元寇纪略序》，希望读《元寇纪略》的人，能够"慨然激昂，歆慕北条氏伟烈，冥神交于千载之上，宣文扬武，以播华夏之光于蛮貊"。黄遵宪评："元之兵力，威加西北，而败于日本者，盖或亡或存，此其中有天焉。是役之胜，盖亦有天幸。作者张大其事，固儒生习气。"[2]

2．［日］石川鸿斋编：《再刻日本文章軌範》二，卷二第 14 页，东京：稻田佐吉出版，1882 年再刻版。

黄遵宪不止一处表明他与日本那些汉学者在对这两大历史事件认识上的分歧。冈千仞在《论丰臣氏征韩》（收于《藏名山房集》）一文中认为，丰臣秀吉征韩攻朱明王朝，是效忽必烈覆赵宋之举，不必师出有名，丰臣氏之所以最后未能成功，错在过分杀戮，身边又无能臣辅助，说："若楚材总军务，如伯颜握军权，专以宣布恩政权揽民心为事，则明社之屋不待重亲觉罗氏也"，似乎丰臣秀吉有了能臣辅助，实施一套儒家主张，就可以代替清人而早得明朝天下。对此。黄遵宪有眉批曰："谭（谈）何容易！"文章又大夸其口，说丰臣氏虽未能竟其功，但使日本虽"独立东海"却"四邻震慑"，"坐致二百年无事者，实由此役耀威海外也"。黄遵宪眉批："作者竟谓我朝西拓万里而不用兵于日本，由此丰臣氏一役耳。此为隔靴搔痒矣。向见青山延寿有《丰太阁论》亦作此语，而其言更夸诞。书生之见，每每如是。"在文章最后，黄遵宪再加一笔，批道："丰臣氏征韩，将驱立功诸将死于锋镝耳。此文所论未中肯綮。"[3]

3．郭真义、郑海麟编著：《黄遵宪题批日人汉籍》，第 183 页，北京：中华书局，2009 年版。

对介绍西方的，藤森弘庵撰《重译美利哥总记序》，黄遵宪评曰："识见绝高，议论绝大，文亦简洁卓荦有奇气。"又就文章内容议论道："西人以通商传教勤远略，一旦国势稍衰，则海外属地，皆仇敌也。美即前车之鉴。"[4]

4．［日］石川鸿斋编：《再刻日本文章軌範》二，卷二第 16 页，东京：稻田佐吉出版，1882 年再刻版。

评盐谷宕阴《宋安井仲平东游序》："真至。盐谷学力天质皆胜，用工既深，故所言语语剀切。"又评盐谷宕阴《函洲遗稿序》："函洲诗文，无可发挥，故并传其人，叙述颇有风骨。"[5]

5．［日］石川鸿斋编：《再刻日本文章軌範》、二，卷二第 19 页，东京：稻田佐吉出版社，1882 年再刻版。

评斋藤拙堂《小竹斋诗集序》："意未尝不佳，而用笔欠洗练。病在陪衬语太多。"

特别称赞安井息轩为"经世之才"称许其《送田子家序》："借水喻学，妙在得之实历。有倜傥气，而无冗漫，如此方称老手。"[6]

6．［日］石川鸿斋编：《再刻日本文章軌範》，二，卷二第 24 页，东京：稻田佐吉出版社，1882 年再刻版。

江户时代学者长野孟确（1783—1838）《松荫快谈》说："大概西土人，性通达宽厚，喜

同恶异之弊少，故互美其长而弃其短；本土人性苛塞狭隘，动辄异同相轧，务护己短，好毁人长，一切莫不皆然。猜忌妒媚，虽出于沉溺名利之深，然亦资性然也。”[1] 这种结论恐怕不只来源于书本，也可能还来源于长野孟确与中国文人接触的体验或传闻。这固然是一种基于文化自省的看法，也与崇拜中国文化的心理相关，但当时从中国随商船到日本的文人，人数虽然不多，但他们的文化交流活动颇为日本文人所关注，起着民间文化对话的作用，扩大了中国文化在日本各地的影响，历史功绩也是不能忘却的。黄遵宪是其中最杰出的也是最后的代表。

1. ［日］池田四郎次郎编：《日本詩話叢書》第四卷，第364页，东京：龙吟社，1997年版。

四、 何如璋《使东杂咏》和张斯桂《使东诗录》

古代中国的读书人从小就受到作诗的训练。所以，那些到日本来的文人，碰到新鲜事、有趣的事，就免不了把自己对日本、日本人的观察，把自己的感触化为诗句，其中有些就反映了过去中国人和日本人接触的独特心理。诗人们具有和平常的日本人完全不同的文化背景，在细看日本人的生活场景的时候，脑海里自然浮现的是本国的情景，所以那些日本人司空见惯、平淡无奇的东西，一经中国诗人的眼光，就变成了诗意浓郁的画图。

何如璋亦有《使东杂咏》之作，以下据日本国际日本文化研究中心所藏油印本摘引数首：

相如传檄开荒去，博望乘槎凿空回；

何似手赍天子诏，排云直指海东来。

丁丑七月奉到国书，如璋谨齎以行，航海凡十数日，皆无大风，行人安稳，知海若亦奉天子威灵也。

童男女渡三千，镜台流传遂万年；

沧海漫漫新乐府，诗人犹自笑求仙。

距长崎百余里，有熊趾山，山有徐福墓。纪伊国亦有徐福祠。日本传国重器三：曰剑、曰镜、曰玺，皆秦制，其立教首重敬神，亦方士法门。

使舶遥经安艺国，能文却忆赖山阳；

此中近日刊遗稿，可有流风被一方。

赖襄子成，安艺人，能诗文，日本近刊其草，曰《山阳遗稿》。余见其所著《日本政记》及《外史》，文尤雅健。

天满神宫祀道真，瓣香长爇此方民；

姝姝暖暖争崇奉，尚似安南解大神。

大阪有天满宫，极华丽，祀菅原道真，日本先世名臣，世管学政者也。祠宇遍其国中。《安南行纪》称士人祀解缙，亦其类欤？

三代名臣暨汉唐，殿屏图列古冠裳；

维新孰建东迁策，顿改官家旧日装。

其殿壁画古名臣，有傅说、姜子牙及汉唐诸臣像，皆中人也。西京为其旧国王旧宫，自今王迁都东京，收复政权，明治来所布令申曰维新，服色亦易矣。

峨峨伊势敞神宫，碑记维新一大功；

不作佉卢蟹行迹，周秦文字本同风。

近横滨有伊势山，新建神宫，祀其所谓天照大神者，刻石其旁，纪维新之事颇详，字用篆隶体。

《使东杂咏》亦写及造纸、邮局等维新以后的新事物。

1877 年，张斯桂来到日本。他写了四十首《使东诗录》[1]，其中栩栩如生地描绘了东京市民的日常生活。有一首《东京男子》，极其幽默。男子剃掉“月代”（tsukishiro，剃成月牙形的前额），编上“丁髷”（tyonmage，发髻，髷读 qu），脚上穿着木屐，手里拿着小烟管，拍手以叫来小孩或佣人，会客时深深弯腰鞠躬。中古以来，日本男子前额把头发剃成半月形，称为“月代”，然后把留下的头发编成各种发髻，称为“丁髷”。现在还把以明治维新以前为背景的小说、戏剧、电影叫做“丁髷物”，就是因为这种习俗几百年没有变化，因而成为了一大段历史的标志。直到明治维新，“丁髷”的历史才告终结。1871 年（明治 4 年），明治政府颁布了《散发令》，强制男子将发髻散开。即便是张斯桂来到日本的 1877 年（明治 10 年），

1. 引自日本国际日本文化研究中心所藏清末王锡祺跋铅印本。

东京编着发髻，还没有“散发”的男子似乎还有不少，张斯桂的这首诗，正可看出他对日本古老的风俗更感兴趣。

《东京男子》还写到了日本人讲究风雅，喜好风流，说“男子化妆头如蓬”，男子为了显示自己的高雅，很注重外表，修饰打扮，用油脂和香水来涂抹化妆。“男客低头弯如弓”，形象地写出了鞠躬持续之长和身体弯曲之深。在中国诗歌中，“摧眉折腰”是屈从谄媚的形象，张斯桂或许也这样想吧，怪不得他看到日本人初次见面时相互致礼或者分手时久久鞠躬的样子，会感到惊讶不已。他用这样的诗句，描写了日本人是如何讲究礼仪的。

明治初年是新发型、旧发型“大混战”的时代。原来江户时代是看发髻，即“丁髷”识身份。不同发型标志着人们的不同身份等级，一看对方的“丁髷”，就可以判断出是不是武士，是什么等级的武士，因而看的人心里也就明白，自己该对他采取何种礼仪，是让路、施礼还是无视。那“丁髷”就是顶在脑袋上的通行证、工作服和身份证。明治维新废除了武士制度，东京的人们就像惟恐赶不上开化的末班车似的，争相散发，“丁髷”越来越少见了。明治画家五姓田芳柳在他画的《散发屋》里，描绘了一个刚刚散发的武士。这位武士面对着大镜子，惊异地端详着自己的脑袋。张斯桂的《发剪处》写的恰是同样的场面：

照镜须眉喜气添，到门休笑发鬑鬑；

手持燕尾并州剪，剪取乌丝寸寸纤。

诗开头就说，来到散发屋的时候，还梳着武士头呢。看着这长长的头发，你可不要见笑。当时俗谚说，“拍拍半发头（散了发，还有新发长了一半的），是因循姑息之声；拍拍总发头（还编着“丁髷”的），是王政复古之声；拍拍小分头，是文明开化之声”。散发屋的师傅，手里拿着像燕尾似的快剪子（并州是中国以生产剪子闻名的地方），把像乌黑的丝线一样的长发剪掉了。这里很有些依依不舍之意。好，剪完了，看看镜子里面的自己，几分惊奇，几分喜悦，这回就不怕人取笑了。张斯桂不光写的是理发馆里的一景，也写出了当时人们置身于文明开化的浪潮中弃旧迎新的心情，他的诗和五姓田芳柳的画可谓异曲同工。中国文人对于西方生活文化的反应是比较晚的，这里也可以看出他们也是满怀好奇心的。

五、 杨守敬《清客笔话》

明治以来，中日两国人员往来渐增，书籍也由单向传播逐渐趋向双向流动。包括明清小说在内的各种书籍舶载东去，多种在日本翻刻。1882 年至 1888 年，东京凤文馆成为中日学者聚会的中心，也变成了汉籍刊刻的重镇。据内田鲁庵《银座繁昌记》所言："当时凤文馆楼上对一切翰墨名士开放，黎公使（黎庶昌）、姚书记官（姚文栋）、陶译官等很多清国来宾多次到此，诗酒逐日不足，皆有羞于未作凤文馆宾客之风。"凤文馆主前田圆多次前往上海等地，大量购回书籍。凤文馆不仅刊刻了《资治通鉴》、《佩文韵府》、《纲鉴易知录》等浩瀚古籍，而且推出数目可观的包括汉文小说在内的日本汉籍，并预计刊刻《儒林外史》等中国小说。后终因西风大盛、汉籍滞销、经营困难而不得不闭馆休业，计划流产。[1]

1．［日］中野三敏监修：《江戸の出版》，第 174—232 页，东京：ぺりかん 社，2005 年版。

石川鸿斋描写当时的日本人"着露（俄罗斯）服，戴仏（法兰西）帽，穿米（美利坚）履、为英语者，道路逢之，不知为何国之人，视其不碧眼赭髯，始识为国人耳"，而写出的文章也是"乏于质而欲富于文，裁为一篇靡烂之文，有碎片驳杂殆不可状者"。汉籍零落，打捆贱卖，司空见惯。然而却有嗜书惜字的清国来客在日渐废弃的汉籍中，发现些中国早已散佚的珍籍，以废墟淘宝的热情，迈出了域外访书的第一步。

杨守敬（1839—1915）曾为驻日公使黎庶昌的随员。《清客笔话》为杨守敬访问森立之购书时两人的笔谈。两人各将自己要说的话写在纸片上，《清客笔话》原为松云堂主人野田文之助所藏，由其抄写呈诸桥止轩博士。原件字迹较草，有些字不易辨认，原田种成整理刊载于《长泽先生古稀纪念图书学论集》。[2]以下是两人涉及到中国文学的几次笔谈，括号内的校勘注释文字为笔者所加。

2．［日］长泽先生古稀记念图书学论集刊行会编：《長澤先生古稀記念圖書論集》，第 45—80 页，东京：三省堂，1973 年版。

翌日三月廿八日来访

杨：去四点点（疑衍）钟来。顷购得《经籍访古录》，知先生为狩谷高足，敬于（守敬自称）贵邦最服膺狩谷氏棭（狩谷棭斋），以为第一流。观先生所著《访古录》，知于古书源流、真伪，辨别精审。弟近日欲刻此书，但此书中抄写颇有讹字，不敢臆定，愿先生校而后刻之。先生辛勤著录，弟为先生刻此书，想不以为妄否？

又狩谷书，弟仅见《古京遗文》，亦改刻之。又贵邦古书，为我国所佚者，如《姓

解》、《史略》、《玉篇残本》、《玉烛宝典》，皆欲刻之，尤烦先生为校刊，可乎？

森：《访古志》上木之事，仆之宿志也。只奈家贫而不能，且助其资者亦无有，荏苒至于今日也。若刻成则再三校正，则仆之所愿也。[1]

1. ［日］长泽先生古稀记念图书学论集刊行会编：《長澤先生古稀記念圖書論集》，第50页，东京：三省堂，1973年版。

在这一天的交涉中，谈到《三国志》，杨守敬放低姿态，力争购得森立之所藏珍本，而森立之始终不肯出手。笔谈中所言“折”，即刻本之意。

森：拙著有数种，净书成则痛请正误尔。

杨：守敬学浅才疏，何敢正先生之书？唯愿从此以后，常来往求教先生耳。

森：《三国志》珍书，明折（折，即折本，即刻本）中有元刻，时有宋刊。

杨：此书祈让我。

森：宋、元、明三版共有，元刊明嘉靖中所折，有嘉靖补刊。

森：《三国志》只此一部，故不沽却（卖掉），他有一部则可鬻去。

杨：汲古阁、扫叶山房，皆贱而易得。

森：此《三国志》天下无二之本，与清板交易则不可。[2]

2. ［日］长泽先生古稀记念图书学论集刊行会编：《長澤先生古稀記念圖書論集》，第51—52页，东京：三省堂，1973年版。

在笔谈中，两人自然涉及到两国学术出版的现状。当杨守敬谈到森立之的医学在中国不难大得名利时，森立之表达了赴清一游的愿望：

森：一身尤健，若得闲，则往于贵邦，周旋是祈。

杨，可叹。我见贵邦近人作诗文者不少，然能如公多读书者，或未有。彼诗文亦非西洋，何以贵邦犹重之？如公之学反不重之，何耶？

森：是乃时世之不得已者，不可不然而自然者。在位之人，洋之非而汉之是，无不知之者，然治寒（家）之法，皆使洋人主之；工匠之学，皆使洋人主之；开矿之学、医学、算学，诸学然。故不得已而为之也。似非心淫于西洋学矣。

杨：我言非此之谓也。贵邦诗文，校（较）之我国，似不及；而医道则过之，而贵邦今日攻诗文者尚不少，而医如公者反无闻焉，所以深怪之也。

森：吾今非医，然日日以讲医书为业，只疗医者而不疗病人，不肯犯国法，故如此，实可叹也。[3]

3. ［日］长泽先生古稀记念图书学论集刊行会编：《長澤先生古稀記念圖書論集》，第58页，东京：三省堂，1973年版。

森立之对珍本执意不肯出售，杨守敬遂以刻书名传不朽之理，试图说动对方，却收效甚微：

杨：弟好书成癖，颇以公诸世为藏书，此《谷梁传》本，向山（笔者注：指向山黄村）珍秘物，彼闻我欲刻之，即欣然相让。盖刻之，非徒弟附以不朽，即向山亦不朽也。先生藏古书，宜刻者甚多，弟望以向山为怀。且先生老矣，此书若刻，先生名亦不朽。且弟非为利也，如《谷梁传》刻之，明知无还本之之（疑衍“一”之字）日，盖好之少也。

森：日本小岛，且在今日则学者扫地无一人，只汲汲为浮云之贵者皆是。虽然，同好者流，亦唯有四五辈耳。噫！在贵邦则如《谷梁传》，读之者不知几千人，我邦无一人读《谷梁》者，况其善本与否，谁分泾渭是为耶？

杨：我邦读《谷梁传》者，万人中不一人，三传束高阁，古今同概，唯《左传》颇有习之者。[1]

1. ［日］长泽先生古稀记念图书学论集刊行会编：《長澤先生古稀記念圖書論集》，第 61 页。

面对杨守敬的执著求书，森立之时而顾左右而言他，对书价与付款时间，也摆出寸步不让的架式，似乎在考验杨守敬的耐心和韧劲。下面是 11 月 14 日的笔谈：

杨：仆勤勤恳恳求先生售书，而先生又不诺，何耶？

森：非不诺也。可诺者，是诺；不能者，是不诺也。先生缓缓谋之。

杨：此《三国志》，即如尊约十五圆，仆可携去否？

森：十五圆今日被报否？不今日则不可[2]，已有事数往之例，再三催之，今日犹未送来，故在后日亦然，约定一失，则不可。

2. 大意是问杨守敬今天是否带来了十五圆钱，否则便不能将书带走。

杨：今日所携得五圆。

森：《三国志》君有意则后日携金而来，今日勿携去！

杨：《三国志》欲仍前约，愿公谅之。

森：不十五圆，则不出架中。至今日则珍书日亡，爱玩十倍于前日矣。

杨：《三国志》必欲十五圆，仆不敢违，但携归一校，若果佳，则十五圆不辞也。

森：果不佳之书也，故吾爱之，得而读之，书而无误字者，吾不爱之。《三国志》十五圆之外，则先以不卖为决着也。

森：《三国志》公似误，此皆同。明三十卷本为正，六十五卷本则为俗本，交易不可当。

杨：非交易也，当补金。

森：六十五卷本者，略删却颇多，不足据也。虽补金断然辞之。

杨：公误矣。此六十五卷，据北宋本也，其注无删略，此金陵据汲古板式，又兼板各善本而刻者。

森：不论宋元板，传中无传，以是为不可据也。

杨：仆此本且留于公所，缓缓以二本对之，若果是俗本，则不换可。

森：过日来访不在，失敬。汲古本最佳，宜交易，然不十五圆则不可，仆非以欲心言之，以不卖为可也。不忍先生之渴望，而不得已出此语也，先生夫察之。

杨：非不十五圆也。今日只得十圆耳。他日再补五圆，何如？

森：岁月渐迫，他日五圆何日入手，请问？

杨：只廿五日以后，必可渡。

森：云廿五日已后，则不确然也。若然，则宜携一帙去。后收五圆之后，可为全帙，如何？仆非言不理，今日之制度如此，故如此耳。

杨：公过小心矣。仆言廿六日必渡，必不食言也。然今如携二帙去一校为快。[1]

1．［日］长泽先生古稀记念图书学论集刊行会编：《長澤先生古稀記念圖書論集》，第76—77页，东京：三省堂，1983年版。

此篇《清客笔话》，足以见杨守敬搜求古籍的甘苦。在日本期间，他见佳本则以所携汉魏六朝碑版易之。他按森立之《经籍访古志》诸目，不惜重价索之，竟十得八九，复有目所未载者一百余种。由他担当刊印的《古逸丛书》，凡200卷，26种，为之跋者9种，详溯源流，辨别正误，一些在中国久已散佚的文学典籍也因而重见天日。所著《日本访书志》及《日本访书志补》实为近代中日文学文献交流之一里程碑。[2]

2.（清）杨守敬著、张雷校点：《日本访书志》，沈阳：辽宁教育出版社，2003年版。

第十一章　19 世纪日本知识分子的汉文学修养

水栅天明警柝鸣，渭城歌罢又倾觥；

烟波浩荡心胸豁，好放扁舟万里行。

——森鸥外《无题》，出《森鸥外汉诗》

日本在吸取中国前资本主义文化方面取得了极大的成功，自奈良、平安时代以来，这个岛国便“跟感了电的一样”[1]，跨越式地飞速发展了封建文化。在近代吸收西方先进资本主义文化过程中，它又充分利用了吸取中国文化的历史性心理体验和丰硕成果，推进维新事业。

1. 参见郭沫若《日本民族发展概观》，载《沫若文集》第12卷，152页，北京：人民文学出版社，1959年版。

中国古典文学对于幕府末年文学的影响，并不只是表现在文学语言和表现手法上。许多优秀历史文学著述中表现的忧国忧民情怀，捍卫民族尊严的情感和对社会现实矛盾的思考，必然感染处于相类似历史条件的阅读者。江户末年的许多维新志士都是汉学者，他们的著述大都用汉文写成并在知识分子中传播，成为意识形态领域中一股不小的冲击力。这些汉诗文，不仅展示着本人的汉文学修养，而且显露出了与中国思想文化的深刻渊源。

第一节　日本维新志士和中国文学

18世纪以来，日本的封建领主制日趋腐朽，生产停滞，民不聊生，幕藩统治者力图压制和扼杀商品货币经济的发展，社会处于动荡不安之中。在这种情况下，赖山阳、大盐中斋（1793—1837）等汉学者挺身而出，成为危机的先觉者。他们用汉文写的历史、哲学著作，在思想界引起强烈反响。赖山阳在《日本外史》[2]、《日本政记》、《日本乐府》[3]等著述中，借古讽今，以杞忧狂人自命，敲起了“盛极萌衰”的警钟，警告当时骄奢的统治者，制止奢侈之风，避免天下倾覆、政权易主的厄运。在《日本政记》的《正亲町天皇》的论赞中，他肯定了政权交替的合理性。[4]

2.［日］赖山阳著，赖成一、赖惟勤译：《日本外史》，东京：岩波书店，1982年版。

3.［日］幸田露伴监修：《日本政記 日本樂府》，东京：至诚堂，1929年版。

4.［日］幸田露伴监修：《日本政記 日本樂府》，第671—700页，东京：至诚堂，1929年版。

这些著述，虽然是为了维护封建统治的“泰山之安”而写作的，但它们对于统治阶级“酣醉淋漓，奢侈成风”的揭露，唤起了知识分子对现实弊病的关注和改良意识。

在幕府末年的动乱中，王阳明哲学思想的传播也是一个值得注意的现象。大盐中斋《洗心洞札记》阐述“归太虚”“致良知”的观点，强调在平常至安之时，不忘“危险之念”，主张发扬刚毅的品性，而对乡愿之徒颇为憎恶。赖山阳和大盐中斋还特别赞扬明末清初殉节的王学之徒。被尊为维新志士师表的吉田松阴，便曾从中吸取精神力量。

时至18世纪中叶以前，幕府一直竭力维持着锁国的局面。当俄国率先叩关，英美接踵而至的时候，知识分子的民族自卫意识日益强烈，鸦片战争也使他们大为震动。他们开始研究魏源等人的著作，并积极地寻求抵御外侮的谋略。日本民族有吸收汉文化的历史传统和长期经验，更因为其“旧物很少，执著也就不深，时势一移，蜕变极易”[1]，很快走完对西方文化“始而漠视、继而仇视、终而师视”[2]的全过程，把“师夷之长技以制夷”转化为卓有成效的行动。

1. 鲁迅著：《〈出了象牙之塔〉后记》（1952年12月3日），《鲁迅译文集》第3卷，283—284页。

2. 郭沫若著：《日本文化发展概观》，载《沫若文集》第12卷，155页，北京：人民文学出版社，1959年版。

在这一时期，日本的维新志士中滋生出批判中国思想文化的倾向，但对中国人民在统一战争、民族战争中涌现的英雄人物如诸葛亮、文天祥、史可法、郑成功等表现出敬佩的心情，并在自己的诗文中讴歌赞颂，这正是在内忧外患条件下一种超越国界的民族自卫情感的共鸣。

一、　寺门静轩和《江户繁昌记》

1831年，36岁的浪人儒者寺门静轩用汉文撰写了《江户繁昌记》，讽刺时世，嘲讪俗儒，因而为有司放逐。该书的出现，却引起了一连串的续作、仿作。40年后，又被上海出版的《瀛寰琐记》转载，成为近代较早传到中国的日本汉语散文作品之一。

寺门静轩（1795—1868），通称五郎佐卫门，曾是山本绿荫的食客。山本绿荫是折衷学派有名的学者山本北山的后代。寺门静轩也曾寄希望于藩侯的擢用贤才，因而不只一次上书请用，却归于徒劳。他曾集徒教授，由于讲的不是朱子学，又遭世人冷落。这样的人生经历，使他很容易对老庄思想产生共鸣。

《江户繁昌记》以“无用之人”——即被世俗蔑视、没有社会地位的“穷巷拥痾浪人”的身份，揭露了所谓“有用之人”——跻身于统治阶级行列“倨傲凌人”、“议国家之事”的官僚们的伪善和虚妄；标举相扑、演剧一类“无用之事”的价值，而嘲笑那些“屈头屈腰”、聘于诸侯的文人们的无聊和无行。书中“蔑视王侯，非毁神佛”，以寓言的方式和轻松戏谑的笔调，曲折地反映当时尖锐的社会阶级矛盾，这一切都和《庄子》追求绝对自由的思想，讽儒墨、嘲周孔的批判精神，“以天下为沉浊，不可与庄语”的讽刺文学的主张，有着某种相通之处。

《庄子》对俗儒的嘲弄是辛辣的，杂篇《外物》中“儒以诗礼发冢”的寓言，对于那些凭借知识和口才以谋取利禄、满足贪欲的奸巧之徒，竭尽笑骂之能事；《胠箧》说盗也有圣、勇、义、知、仁，“掊击圣人，纵舍盗贼，而天下始治矣！”《盗跖》中更是让孔圣人出尽了丑。在意趣横生的描述中，我们看到《庄子》卓越的讽刺技巧。

《江户繁昌记》对俗儒同样采取了痛加讥刺的态度，而在讽刺方法上又与《庄子》不尽相同。它不是在虚构的故事中来写出俗儒侈谈仁义以粉饰卑劣行径的典型行为方式，而是插入对市井生活的描写来借题发挥，旁敲侧击。例如，在《篦头铺》一章中，先写篦铺有几种类型，或铺内迎客，或入户营业，接着笔锋一转，说这“与儒者往教，异经而同旨，同旨而异功”相同，引出儒者之教，进而笔带讥刺，由“同”联想到“异”，抨击起儒经的无益来：

一本剃刀，一把密篦，剔垢生光，能新人头发，非如那一部《大学》，一本《中庸》，不能以教人诚明率性，涤其旧污者也。[1]

1.［日］日野龙夫校注：《江戸繁昌記 柳橋新誌》，第460页，东京：岩波书店，1996年版。

作者嘲笑朱子学派奉为经典的书，不能使人净化心灵，反不如理发匠的剃头刀可以“新人头发”；在写理发铺时，出其不意地向朱子学横刺一枪。又如，作者嘲笑俗儒为争夺名利而相互争斗，不择手段，犹如相扑双方相搏。在《相扑》一章中，他先生动地描绘了相扑场上两方相斗的场面，接着以相扑作比，感叹当世儒者之中“卖名射利之手不止四十、八十”，说他们“假虎威，张空力；舞狸术，收虚名，鹰隼攫物，狻猊哮世，唯出死力以求世间喝采之声”，明争暗斗，相互倾轧，无所不用其极。至于更不象话的，则是“别出书画会之手段，奔走使脚，左搏右抢，屈腰握沙，叩头流血，依四方君子之多力，才救土豚缘之窘，是谓之荷禈儒云乎！”[2]

2.［日］日野龙夫校注：《江戸繁昌記 柳橋新誌》，第428页，东京：岩波书店，1996年版。

《庄子》中有庄子妻死“箕踞鼓盆而歌”的场面。这个寓言的哲学意义在于表现庄子“一死生”的观点，这种死生如一、以死为乐的思想又使人产生死而复生的构思。《警世通言》二、《古今小说》二十有《庄子鼓盆成大道》。据大田南亩《金曾木》载，有个自称为“自堕落先生”的儒者，年四十，佯死入棺，当住持为其诵经下葬之时，破棺而出，和友人载歌载舞，演出了一场令人啼笑皆非的滑稽剧。在《江户繁昌记》第五篇的末尾，有《静轩居士卒》一章，也虚构出在厄运中挣扎的静轩被米商、书贾、薪商、古衣贾、莱根商等债主催逼穷死于陋巷的情节，用示现的手法，将其死后的情景写得煞有介事：

遂歌曰：“此生昔至自何来，此死今归何所回，不生不死兮我何乐，不至不归兮我曷哀！”妻便拊盆，儿便鼓碗，弟子皆舞，呜呼，乐哉！以天保七年（按：即1836年）某月某日卒。[3]

3.［日］日野龙夫校注：《江戸繁昌記 柳橋新誌》，第533页，东京：岩波书店，1996年版庄子妻死，对惠子讲过一番死生的道理，说人在当初本来便没有性命，没有形骸，没有“气”，只是混杂在恍惚之间，后来变化而有了气，气变而有了形骸，形变而有了生命。而今又死去，这种变化只不过如四季的运行变化一样，是自然而然地进行的。而寺门静轩则说：“此生昔至自何来，此死今归何所回，不生不死兮我何乐，不至不归兮我曷哀”，没有讲气——形——生的变化，但也是说生死是自然的变化，无须为之悲伤。

静轩本没有死，却写出死后妻儿弟子欢舞的场景，这当然是一种“谬悠之说，荒唐之言，无端涯之辞”，但正是在这荒诞的情景描写中，吐露了一点江户末年下层知识分子穷困潦倒生活的信息。

天保年间（1530—1543）歌川广重描绘的江户浅草金龙山

尽管寺门静轩为自己的著述披上荒诞的外衣，声明写的是“无用之事”，幕府当局却认为是有害之书。日本《维新百杰传》说因为《江户繁昌记》第六篇“托释迦地狱之说，以写文恭公家斋之奢侈、阁老水野越前守聚敛附益之状，因此获罪”。1835年，《江户繁昌记》被当权者施以禁止发行出售的处分。当时的御用学者大学头林述斋认为这是一本“败俗之书”，“流行开来会伤风败俗，助长浮薄轻佻之弊”，主张仿效清朝的禁书之制，对这类“犯圣之书”严加禁止。1841年当局又颁布出版取缔令，给《江户繁昌记》加上“极其鄙淫猥杂”、“迎合世上轻佻浮薄之人”、“玷污圣贤之道”等罪名，再次给作者带来不幸。从此，寺门静轩开始了一段漂泊流离的生活。

我国最早的文学专业刊物《瀛寰琐记》，是1872年11月在上海创刊的，申报馆刊行。这是一本以刊载诗词、散文为主，兼及小说、笔记、政论的文学刊物。在这个刊物上，节录了《江户繁昌记》，在文章前面，编者还加了一个小按语，称赞这本书“叙述江户风景极尽形容，可惊可喜”。

寺门静轩用汉语叙事写人，运用骈散相间的句式，确能给人以历历如绘之感。《相扑》一篇，描写相扑双方、行司人及观众三方面的动作、气势和情绪变化，很有层次，没有看过这种场面的人，也会由此产生丰富的想象。先写力士相斗之状：

> *力士取对上场，东西各自其方，皆长身大腹，筋骨如铁，真是二王屹立，努目张臂，中分土豚，各占一半蹲焉。蓄气久之，精已定矣。一喝起身，铁臂石拳，手手相搏，破云电掣，碎风花飘，卖虚夺气，抢隙取胜。钟馗捉鬼之怒，清正搏虎之势。狻猊咆哮，鹰隼攫鸷，二虎争肉，双龙弄玉，四臂扭结，奋为一块投系捻捉，不啻斗力，斗知斗术，四十之手，八十之伎，莫不穷极焉。*[1]

1.［日］日野龙夫校注：《江戸繁昌記 柳橋新誌》，第428页，东京：岩波书店，1996年版。

接写相扑行司人与观者：

> *行司人秉军扇，左周右旋，判赢输，而观者之情，悦西爱东，胜负未分之间，赑屃为愤，徒张虚势，发冲头上手巾，手捏两把热汗，扼腕切齿，狂颠不自觉焉。扇扬矣，一齐喝采之声，江海翻覆，各抛物为缠头，自家衣着，净净投尽。甚矣哉，至于褫旁人短袿。*[2]

2.［日］日野龙夫校注：《江戸繁昌記 柳橋新誌》，第428页，东京：岩波书店，1996年版。

在这些描写中，我们可以看到，他把辞赋的写法和白话小说的写法，都用到古文中，这和一般明清时代的古文不同。在第四、五编中，寺门静轩注意吸收中国的俗语。如《深川》一章，写“一娼妓张张跪来，手忙推户，慌忙上前，对郎问道”，前面我们所举的描写冥界遇封侯、宰臣的一段，俗语迭出，“闯进”、“吓得”、“不迭”、“面善”等，都来自白话小说。

一部《江户繁昌记》，开创了一种市井风俗讽刺散文的新文体。它使寺门静轩一举成名，静轩开办“克己塾”，慕名而至的书生陡增。在幕府末年及明治初年，这种文体显得十分时兴。模拟《江户繁昌记》的作品，有中岛棕隐的《都繁昌记》、服部抚松的《东京新繁昌记》、萩原乙彦的《东京开化繁昌志》、菊池三溪的《西京传信录》、松本万年的《田舍繁昌记》等．它们从一个侧面，反映了那个世风多变的时代。

静轩的著述尚有《太平志》、《静轩一家言》、《静轩诗抄》等，总的倾向是反对朱子学，反对伊藤仁斋的古学和荻生徂徕的古文辞家派，反对考据学的，但这些著作，批判现实的锋芒较之《江户繁昌记》大大地锐减了。

二、 藤田东湖与苏轼

幕府末年，日本皇室虚弱，诸侯割据，西方资本主义列强虎视眈眈，处于这样的时代背景下，有一位学者对生活于积贫积弱的北宋时代的文学家苏轼，产生了特殊的感情，将他的“道理贯心肝，忠义填骨髓”作为座右铭，投身于维新事业。他，就是朱子学者藤田东湖。

藤田东湖（1806—1855），名彪，字斌卿，幼名武次郎，后改为虎之介，东湖是他的号。父亲藤田幽谷是水户藩彰考馆总裁，相传是平安时代著名的汉学家小野篁的后代。《近世百杰传》记载：“东湖幼英异，稍长嗜武艺，甚喜读书。年逾弱冠，慨然自奋曰：‘绛灌不文，随陆不武[1]。古人所笑，丈夫奈何弗学’，遂刻苦读书。”[2] 东湖承家学，父死则袭父职，颇得重用。入则参预机密，出则应接四方，其为文顷刻成章，辞理畅达，在当时水户藩的谋士中，“气魄之大，智虑之明，遇盘错不挫，处纷扰不乱，则推东湖为全才”。

1. 绛灌为汉绛侯周勃与颍阴侯灌婴的并称。均佐汉高祖定天下，建功封侯。二人起自布衣，鄙朴无文。《晋书 · 刘元海载记》：“吾每观书传，常鄙随（随何）陆（陆贾）无武，绛灌无文，道由人弘，一物之不知者，固君子人所耻也。”

2. ［日］干河岸贯一编：《近世百傑伝》，第157页，东京：博文堂，1900年版。

1844年，东湖以言论忤当局，获罪屏居墨江东梅别墅，再攻家学，阅览群书，出狱后还江户，远近乞教者盈门。1853年7月，美国东印度舰队司令官佩理率领舰队驶抵江户湾（今东京湾）的浦贺港，强迫日本开国。由于舰队船身漆黑，因此被称为黑船。日本朝野嚣然，水户藩主受幕府命，召东湖筹议海防。当时藩臣多庸劣不足为，东湖虽欲有所为，终于难以施展。“东湖愤外人之骄傲，计划颇力，然持其论者，或时牴牾”，他曾慨然赋诗：“宝刀难染洋夷血，却忆南阳旧草庐”，以诸葛武侯自况。他和当时一班志士，以“名分论”、“辨夷夏之防”的统一攘外精神相号召，以抵御欧洲列强的侵略。1855年12月，藤田东湖死于江户大地震。[3]

3. ［日］但野正弘著：《藤田東湖の生涯》，第13—16页，东京：锦正社，1997年版。

茨城县祭祀藤田东湖的东湖神社

在狱中，藤田东湖曾作《回天诗史》（本题作《述怀》），“每得一句，追怀往事”，遂成八韵十四句，又以诗句为纲，叙所咏之事。“或触类长之，或托物发之”，叹怀“邦家隆替”，感慨“人生得失”，遣闷泄郁，辞多微意。诗的前四句，写自己传奇式的蹉跎往事，“三决死矣而不死，二十五回渡刀水。五乞闲地不得闲，三十九年七处徙”，接写狱中生活，自己的感慨和志向：

三决死矣而不死，二十五回渡刀水。

五乞闲地不得闲，三十九年七处徙。

邦家陵替非偶然，人生得失岂徒尔。

自惊尘垢盈皮肤，犹余忠义填骨髓。

嫖姚定远不可期，丘明马迁空自企。

苟明大义正人心，皇道奚患不兴起。

斯心奋发誓神明，古人云毙而后已。[1]

1.［日］藤田彪著：《回天詩史》上，第1—3页，青藍舍，1892年版。

这里的“自惊尘垢盈皮肤，犹余忠义填骨髓”，前一句出自柳元对贬谪生活的描绘“一搔皮肤，尘垢盈爪”，后一句出自苏轼《与李公择》：“道理贯心肝，忠义填骨髓，直须谈笑于死生之间。”苏轼的这一句话，牢牢地铭刻在藤田东湖的心上。东湖不止一次在诗文中提到。

藤田东湖是日本第一批睁眼看世界的先觉者，他从鸦片战争中中国惨败的镜鉴中痛感日本民族危机的紧迫性，但他并不消沉，坚信只要振奋正气，就能走出困境。《无题四首》其一：“环海千万国，吞噬互作君。谁图尧舜域，忽为犬羊群。警戒须及时，天未丧斯文。苟使正气奋，匹夫敌万军。”[2]在狱中，东湖曾效文天祥，作《和文天祥正气歌》：

2.［日］高须芳次郎偏著：《新釋藤田東湖全集》第三卷第121页，东京：研文书院，1943年版。

天地正大气，粹然钟神州。

秀为不二岳，巍巍耸千秋。

注为大瀛水，洋洋环八洲。

发为万朵樱，众芳难与俦。

……………　……………

生当雪君冤，复见张四维。

死为忠义鬼，极天护皇基。[3]

3.［日］高须芳次郎编著：《新釋藤田东湖全集》第三卷，第3—7页，东京：研文书院，1943年版。

诗的中心内容在“忠义”二字，而忠义的对象则是“亘古不变”的天皇制。诗的核心是：“神州孰君临？万古仰天皇。皇风洽六合，明德侔太阳。世不无隆污，正气时放光。”他将最高的赞语献给了天皇，所谓正气，就是对尊皇攘夷事业的忠义之气。

藤田东湖对“忠义”的理解，认为它是与孟子所说的“浩然之气”相一致的。据他弟子回忆，他经常对弟子说：“苏轼有言‘道理贯心肝，忠义填骨髓，直须笑谈于死生之间’，余深服斯语。”他又说过：“苏轼斯语，可以注孟子浩然之气也。”他认为所谓浩然之气，“非胸中别有一个盛大之物也。后世黄吻耳学之徒，或以豪放磊落、跌荡不羁者为浩然之气大非孟子之本意”，“苟欠独慎内省之工夫，则不能无行不慊于心者，小不慊，则斯气歉然于中，安在于其为浩然哉！必道義贯心肝，忠义填骨髓，然后正气充实于其中，及其至则可塞于天地之间。”[1]

1. ［日］松村操著：《近世先哲叢談》续编卷上，第30—31页，东京：岩岩堂，1892年版。

东湖又作《惟有苏斋记》，说苏轼兄弟穷且益坚的精神支柱，便是“道理“与“忠义”，学习他们最根本的，也就是要学这一点，而那些只学他们书画翰墨的人，则是取皮肤而舍骨髓：

> *苏氏兄弟奉其家学，确乎不变，群小侧目，谮毁百端，屡贬窜于瘴疠魑魅之乡，而节操愈坚，穷愁颠倒，无所往而不乐者，超然徜徉于万物之表，其所谓道理贯心肝，忠义填骨髓，直须谈笑于生死之间者，岂夸论哉！*[2]

2. ［日］藤田东湖著：《東湖全集》，东京：博文院，1909年版。

苏轼在政治上表现儒家入世的精神，生活上较多采取老庄旷达的态度，一生屡遭贬谪，处之泰然，孜孜不倦地进行文学创作。苏辙说他谪居海南时“日啗藷芋，而华堂玉食之念不存于胸中”，这种精神不仅引起一些中国失意文人的敬佩，对于藤田东湖这样的日本政治家、文学家，也是一种激励力量。藤田东湖将苏轼的无往不乐的超然的生活态度，归结于苏轼的以“道理”和“忠义”为内涵的人生观的指导，正是他看到了在幕府末年特殊的政治条件下自己应当怀抱的人生哲学。

三、斋藤拙堂《拙堂文话》

幕府末年斋藤拙堂写作的《拙堂文话》，是从散文方面来总结日本汉文学发展的著作。这本书对于唐宋古文运动的产生、发展，以及明清两代的散文复古流派作了探讨和介绍，同时，也论述了日本汉语散文发展中各大家的艺术成就。《拙堂文话》在日本汉文学发展史上是一部富有独创性的论著。

斋藤拙堂（1797—1865），名正谦，字有终，号拙堂，又号铁研道人，通称德藏，致仕后称拙翁。拙堂本姓增村，因出嗣斋藤氏，故改称斋藤。早期曾肄业于江户最高学府“昌平书院”，从古贺精里研习朱子学。曾在津地（今津市）藩校“有造馆”任教职，后历任侍读郎、郡宰、督学等职。[1]

1.［日］斋藤正和著：《齋藤拙堂傳》，三重县：三重县良书出版会，1992年版。

斋藤拙堂校订《资治通鉴》四十五卷

拙堂嗜酒好客，客至则欣然对酌，赋诗论文，终夕不厌，四方文士来访者，殆无虚日。索书者亦踵门相接，风流文雅，极一时之盛。拙堂治经不墨守，时参以诸说，淹贯诸史，于汉史尤多发明；夙抱经世之志，于田赋法律，本朝典故，必钻研而穷究之。中国鸦片战争的情况，使他的学术研究又有了新的发展。他除了在自己的著作中记载了鸦片战争的始末外，而且有感于“不明地理，不能通海外事情”，“域内五洲之事，宜博考之”，便博涉地理书，时有所著，《海外导传》、《俄罗斯外纪》等有关国际论著，便是在这种指导思想下写成的。当时日本对西方的研究还很薄弱，人罕言地理之学，斋藤拙堂是为嚆矢。

斋藤拙堂汉诗写得清新自然，如描写岚山观樱的诗情画意的情景：“休问京城春若何，名花先数此山阿。树低游屐穿云去，风起轻槎载雪过。岩壑水明岚影断，笙歌人散瀑声多。吟行要渡长桥月，立待金光涌碧波。”[2]（《岚山樱花》）用语平易，不见雕饰，而又传达了雅致的情味。拙堂为文学庄、马及唐宋八大家，其游记散文尤为著名。

2.（清）俞樾撰、佐野正巳编：《東瀛詩選》，第366页，东京：汲古书院，1981年版。

拙堂在古文批评上也有所建树。他看到中国和日本论诗有诗话，论词有词话，论赋有赋话，论四六有四六话，唯独论文（指古文）没有文话。他认为这是一个缺欠。于是，便将多年积累的材料，编成《拙堂文话》[3]，来评论古文家的作品、流派，记载他们的议论行事。

3.［日］斋藤拙堂著：《拙堂文話》，收于池田四郎次郎等编《日本藝林叢書》，第二卷，第29页，东京：凤出版，1972年版。又，王水照、吴鸿春编，吴鸿春译、高克勤校点《日本学者中国文章学论著选》收有《拙堂文话》、《拙堂续文话》，上海：上海古籍出版社，1994年版。

拙堂论学文，以为“文当以唐宋为门阶，秦汉为阃奥。不以唐宋为门阶，则陷于闔涩矣；

不以秦汉为阃奥，则流为平弱矣”。而唐宋文中，最推服的是韩愈，认为韩愈的业、德、文皆堪为楷模。以文讲，学识继往开来自不必说；以德讲，致身君国；以业讲，“政议军谋，赫奕当世”：

> *韩子之文，前无古人，后无继者，从唐至汉千有余年，惟有太史公为之耦而已矣。柳子厚曰：“退之所敬者司马迁、扬雄。迁于退之固相上下，若雄者，如《太玄》、《法言》及《四愁赋》，退之独未作耳。使作之，加恢奇，至他文过扬雄远甚。雄之遣言措意，颇短局滞涩，不若退之猖狂恣睢肆意有所作。”真韩子知己也。*
>
> *韩公道德，孟子之亚也。程明道曰：“韩愈亦近世豪杰之士也！如《原道》中言语虽有病，然自孟子而后，能将许大见识寻求者，才见此人。”真西山曰：“自汉至唐而有韩子，其斯道之中兴乎！”薛敬轩曰：“当韩子之时，异端显作，百家并倡，孰知尧、舜、汤、文、武、周公、孔子、孟轲为相传之正统？又孰知孟轲氏没而不得其传？又孰知仁义道德合而言之？又孰知人性有五而情有七，又孰知尊孟子之功不在禹下？又孰敢排斥释氏，濒于死而不顾？若此之类，大纲大节，皆韩子得之遗经，发之身心，见诸事业，而伊洛真儒之所称许而推重者也。”大儒评隲韩子如此。*
>
> *韩公道德学识既高，而事业亦不卑，为守令则务除民害；为执法则极论政弊；为公卿则侃侃直言，不恤贬谪；论兵事则揣敌情如蓍卜；奉使命则折服叛将以壮朝威；独未为宰相耳。若使为宰相，则其功烈未必不在裴晋公、李卫公伯仲间也。*[1]

1.［日］斋藤拙堂著：《拙堂文话》，收于池田四郎次郎等编《日本藝林叢書》第二卷，第 31—32 页，东京：凤出版，1972 年版。

拙堂把韩愈作为封建知识分子的最高典范加以推崇，对其德、业、文章三方面的评价都已达到“最高级”，而只把文章看成其为人和成就的一部分。虽然他以为韩愈的文章“盖非荀扬比”，“上继往圣，下开来学，其功大矣”，但是对于世人将韩愈“以文士目之”愤然不平。韩愈之书以集行，不如荀扬之在诸子之列，拙堂有感于此，自选其“醇粹有关系者”，编次为六卷，名曰《韩子新篇》，“盖推置诸子之上，欲以附孔孟之籍”，想把韩愈推上如同孔圣、亚圣一样显赫的地位。

唐代古文运动的另一位主将柳宗元，由于曾经参加过王叔文革新集团，对其“德”、“业”的评价成为后世一些人攻讦的口实。斋藤拙堂为其辩护说，柳宗元与王叔文亲近，是想有所作为，同时参与永贞革新的吕温、韩泰、刘禹锡，“皆一时才俊”，当时柳宗元的遭遇便很不幸，因为“宦者恶其不便己，指以为党，谗之天子，贬窜四出”，而后世不察“以为子厚等与不义以罹刑法，攻者不绝”，致使柳宗元长期蒙受冤屈。拙堂引范文正、严有翼之说，辨柳柳州之冤。阮元《通儒扬州焦君循传》中说：“焦循善属文，最爱柳宗元，习之不倦，谓唐宋以来，一人而已，后人多斥柳州为王叔文党，君为雪之。”当拙堂谈到这段文字时，觉得又增加了一个知己，“恨不得其说而观之”。看到昌黎等人都有年谱，而独柳宗元没有，拙堂便据其全集和新旧《唐书》，略次其年月，以备考察。

拙堂对于其他古代散文作家，也不就文论文，而是联系其一生的德业，看重其气节操行。他视南宋末年的文天祥为“奇才”，更赞扬他“真精忠义烈冠于古今”，评论明末后被元逼迫出仕而绝食死的谢选山，“盖谢之树立，固不及文，然从容而死，以全其节则同矣，况其文章亦发于忠义，比信国无愧也”，对于明末志士顾亭林、黄梨洲等，也都倍加赞许。

拙堂尊奉唐宋，进而便不满于明，不满于清，发展为“文章日衰论”，以为“西土（按：指中国）文章日衰，宋不及唐，明不及宋，清不及明”[1]。以明代而言，他的看法是，弇州固非

1.［日］斋藤拙堂著：《拙堂文話》，收于池田四郎次郎等编《日本藝林叢書》第二卷，第 6 页，东京：凤出版，1972 年版。

识见醇正，而矫正其弊的公安派，又戏谑嘲笑，间杂俚语；竟陵派矫公安派之弊则“学不甚富，其识解多僻，大为通人所讥”。

明末的唐宋派被拙堂视为“正路”，但其中那些“厌常而喜新，弃正而趋邪”的人又令拙堂不能容忍。拙堂还大段引用古贺精里的话，将徂徕一派与日本那些尊奉宋元、袁徐、钟谭、李渔、袁枚之辈的人相比较，大有后者不及前者的感慨：前者虽然陈陈相因，但气格、体制与唐宋还相似，不多读书不能梢其业，后者则“张打油、胡钉饺之所耻而弗为，浅俗鄙亵之极，文雅扫他矣”。究其原因，是因为他们“主张神情天籁不师古人”，所以“世之空疎者便之”！[2]

2.［日］斋藤拙堂著：《拙堂文話》，收于池田四郎次郎等编《日本藝林叢書》第二卷，第 9 页，东京：凤出版，1972 年版。

与对中国文言散文发展趋势所持的“文章极衰论”相反，对于日本汉语散文的发展，拙堂持的是“文章日盛论”。对于日本汉语散文，他追根溯源，从奈良时代的宪法十七条，一直论到当时的状况，总的看法是这正与中国文章唐代后一代不如一代形成对比，日本文章一代强似一代。“元禄（1688—1703）胜元和（1615—1623），享保（1716—1735）胜元禄，天明（1781—1788）、宽政（1788—1800）胜享保。此后更进，东海出韩昌黎、欧阳庐陵，未可知也！”[3]

3.［日］斋藤拙堂著：《拙堂文話》，收于池田四郎次郎等编《日本藝林叢書》第二卷，第 10 页，东京：凤出版，1972 年版。

拙堂衡量散文盛衰的标准，是与唐宋大家作品近似的程度。

元明清的古文家和日本的古文家虽然都是以古代汉语来作文章，但这种语言的变迁对各自

的文章影响却有不同。中国社会生活和语言的发展，使口语与文言的距离越来越大，口语不断地侵入文言文章，是文章发展的总趋势。日本的古文家一代一代潜心学唐宋，刻苦钻研，沤心沥血，他们的汉语文言散文不能说没有新出现的日语汉字的渗透，但其作用力是微弱的。因而，他们相信可以越学越逼近于唐宋，以致于有望产生日本的韩昌黎、欧阳庐陵。拙堂以似唐宋为盛，不似唐宋为衰，尺度是拟古主义，又以此衡量在不同条件下发展的两种文学，其结论便不免有偏。

1835 年，拙堂所作《续文话》，秋天在京都、江户、大阪同时发行。书中对明清各家都有所评论。江户末期海保渔村 (1798—1866) 亦著有《渔村文话》与《渔村文话续》，其中多吸取清人考据学成果。《拙堂文话》与《渔村文话》堪称江户文话的双璧。[1]

1.［日］斋藤拙堂著：《續文話》，京都：出云寺文次郎等刊，1835 年版，笔者藏。参阅王晓平著：《古代日本的汉语散文与散文理论》，载严绍璗等著《比较文化：中国与日本》，第 122—147 页，长春：吉林大学出版社，1996 年版。

在中国，最早评论斋藤拙堂作品的是俞樾《东瀛诗纪》。俞樾论及拙堂诗：

拙堂诗才横逸，咏古之作颇权奇自喜，然读其郡署抵怀诗曰：“民病难医多债负，岁半亦苦有亡逃。”又曰：“弊除郡务全盘错，讹后民风难廓清。”可知其治郡时必有政绩，非徒以诗人传矣。[2]

2.（清）俞樾著：《春在堂丛书》第 119 页。刊行地不详，1898 年版。

注意到拙堂诗中关心百姓疾苦的作品。黄遵宪《日本杂事诗》在谈到日本汉语古文三百年的发展时，在荻生徂徕、赖山阳之下，特别提出四人，称他们为“实卓然能成一家言”的人，这里便包括斋藤拙堂。《拙堂文话》正是拙堂“一家言”的代表作。

四、 吉田松阴和中国文化

“丈夫四方志，胡乃死槛车。倘遂七生愿，祝君生支那”[3]，黄遵宪这首赞美吉田松阴的诗，唱出了我国资产阶级维新派人士对这位日本维新之士的景仰之情。吉田松阴不以文学名世，在他留下的汉诗和文章中，仍反映出中国的思想家、文学家对他的深刻影响。

3. 钱仲联笺注：《人境庐诗草》，第 210—221 页，北京：中国青年出版社，2000 年版。

吉田松阴（1830—1859），通称寅次郎，初称大次郎，姓藤原，名矩方，字义卿，别字松阴。他出身于长州一个藩士的家庭，后过继给吉田家。松阴幼年便继承吉田家学，学习军事。1853 年 1 月，他开始了游学生活。这一年 7 月，美国“黑船”驶抵江户湾浦贺港。在这支小舰队的威胁下，江户城内一片混乱，幕府张惶失措，而松阴却立即赴浦贺港，亲眼察看了这些舰只，随后便向藩主提出建议，阐明举国一致对抗外来压迫的策略。松阴痛感学习西洋军事技术的重要性，在佐久间象山的鼓励下，开始研究对抗西方侵略的战略战术。为了了解“夷情”，他准备不顾幕府严酷的法令而随船出海。先是欲投俄国舰队不得成功，接着又请求登上第二次来到日本的柏利舰队，遭到拒绝，并因此而被投入狱中。

此时，吉田松阴只有25岁。在狱中，他以囚徒为对象讲授《孟子》，出狱后继续向人讲授，遂将这些讲义编为《讲孟札记》，后又改名为《讲孟余话》，借以宣传他的“一君万民”的政治主张。[1]1858年，“条约批准问题”和幕府将军继承人问题纠缠在一起，政治斗争十分尖锐。松阴因策划反对幕府，愤欲狙击幕府官间部诠胜而在“安政大狱”中被斩死的时候才30岁。

1.〔日〕吉田松阴著、广濑丰校订：《講孟余話》，东京：岩波书店，2006年版。

吉田松阴自赞画像

《讲孟余话》是吉田松阴的主要著作。在书中作者明确说明，他讲孟子，不是精其训诂，也不是喜其文字，而是要将自己一忧一乐，尽寓之于《孟子》。孟子是主张民本主义的，主张“民为贵，社稷次之，君为轻”（《尽心》下），而吉田松阴却完全相反，借否定“天下者，天下人之天下也”的儒家的君臣关系，而以“天下者，一人之天下也”的命题为基础，提出“一君万民”的理论。

《孟子·梁惠王下》载，齐宣王问汤武放伐的事，怀疑臣不可以弑君。孟子则直告以“贼仁者，谓之贼；贼义者，谓之残。残贼之人，谓之一夫。闻诛一夫纣矣，未闻弑君也”。而吉田松阴却认为，孟子这些主张，不适于日本。在日本，普天率土之民，皆以天下为己任，不分贵贱尊卑，都要尽死以仕奉天子。[2]“一君万民”的主张，是要在理论上掀倒幕府统治的合法性，松阴死后，他的弟子久坂玄瑞、

2.〔日〕吉田松陰著、广濑丰校订：《講孟余話》，第35页，东京：岩波书店，2006年版。

高杉晋作等继续鼓吹，从事倒幕活动。这种理论又是针对“草莽老士”的，是为建立天皇的专制统治服务的。

在吉田松阴短短的一生中，汉诗是他抒发情志的主要形式，汉语散文则用于记事、交往和阐明观点。从他留下的作品中，不难看出中国的思想文化是怎样进入这位青年改革家躁动的灵魂的。

首先，是魏源思想的影响。1840 年的鸦片战争在日本引起巨大的震动。英法联军攻入北京以后，有位日本医生铃木春山慷慨言道：“盗窥其家而先震其邻者，我今日之谓也，鼾睡床缛者，吾憾将觉之”，于是弃医而研究西方兵学，要“根治国家偷安之宿疴”。铃木春山的事迹反映了日本先进知识分子普遍高涨的爱国热情。魏源所编的《海国图志》1851 年传入日本，又适应了他们了解西方、寻求对付西方列强策略的需要，因而立刻翻刻，至 1856 年各种翻刻本竟达 22 种，有的翻刻本不仅训点、注释、校正刊误，而且标注了“洋音”。魏源的《圣武记》在日本也流传颇广。[1]

1. 增田涉著：《西学東漸と中国事情》，第 5 则《松陰と魏源》，第 38—45 页，东京：岩波书店，1979 年版。

吉田松阴是在游学途中读到魏源的著述的。在这以前，他还是个生活于“陋室黄卷”的狭小天地的读书人。17 岁时，曾写过一首诗，描写自己的生活“四邻人定夜不哗，东峰月出上窗纱。读书偏忧睡魔逼，立汲石泉煎苦茶。此中幽情亦非俗，不是世外淡生涯”，诗中充满超凡脱俗的文人情趣。如果不是幕末的动荡和世变，他也可能至死过着“黄卷时时披且读，自欣至乐在斯中”，再加上骑马击剑的生活。

当他看到西方列强入侵的危险，思想便发生了巨变。他先是从魏源《圣武记》中，了解了明清军事学的概况，又从盐谷宏阴所著《阿芙蓉汇闻》中读到了鸦片战争的始末，接着又通过《近时海国必读书》接触到近代欧洲军事科学发展的动向。松阴曾向山田亦介问学，山田亦介对他说：“西夷日强，骎骎东来，吞印度，噬满清，饕餮未餍，朵颐琉球，闯然伺崎嶴，其垂涎神州，已非一日矣。今天下人士，啧啧以防御是务，益不知西夷东侵，必恃有杰士”，强调造就人才对抵御侵略的重要性。这几方面的影响，使他迫切感到“方今急务，在游海外，知彼情”，促成了他不顾性命出海求学的举动。因而劝说藩主吸取教训，在可能到来的反侵略战争中重视和依靠人民群众，这和林则徐“民心可用”的思想是一致的。

其次，吉田松阴也曾从中国抗御外族入侵的历史中吸取教益，他仰慕那些舍身抗敌，为国家兴亡鞠躬尽瘁、死而后已的民族英雄，而鄙夷那些与外敌狼狈为奸，以及苟且偷安、不问国事的经生。

1853年“黑船”抵浦贺港，江户城“人人皆回顾弘安之役而不暇，喧喧扰扰，浮说百出，人心纷乱，恰如鼎沸”。在黑船事件的影响下，吉田松阴等人怀着“唯恐灭亡的恐惧”，注意研究屡遭外患的中国历史。《送日下实甫东行序》便是吉田松阴借宋元之际及明清之际知识分子的表现对学生进行教育的一篇文章。

吾幼读震旦史，而其宋亡而胡元，胡灭为满清，独自有感焉。

彼震旦者，三代汉唐，俨然以中夏自居，间虽有猃狁、匈奴者，无以胜而上之；胜而上之，拓跋、契丹为然，然未曾包举区夏也。唯胡元、满清则能包举之矣，是固震旦之大变革也。而及其时也，有如家铉翁、胡身之，徐昭法、魏叔子诸人矣；有如许衡、陆陇其诸人矣；其他因循依违，与狼狈顾望者之流不可胜计也。而许、陆之伦，世或仰为正学醇儒，而至家、胡、徐、魏诸人，不过为亡国一清节士，然则世俗之论，何足与为轻重乎？

抑震旦之为国，废兴相仍，固无足道者，而明季之事，独颇可观矣。盖有死于燕土者，有死于金陵者，有死于台湾者，至如吴三桂、史可法、耿尚忠者，满清称为“三叛”，犹殷之顽民也。呜呼！此四者，固与家、胡、徐、魏同其志，而决非许、陆之比也。

今吾神州宴安无事二百余年，一旦墨夷（按：指美国）驰一介，入征夷府，将举国而听焉。天下之事，于是可知也。而吾人处此间，宜何所适从？家、胡、徐、魏盖有志矣，而无所成而死；许之与陆，虽称正学醇儒，吾万不能从焉；燕土、金陵、台湾与所谓三叛者，其必一有所宜也。若乃刘文叔之再造汉室，朱元璋之扫荡胡尘，在彼方可谓无憾者矣。

实甫往矣。士生此间，不择所适志气与才，将何所用，生不如死之久矣。[1]

1.［日］山口县教育会编：《吉田松陰全集》第四卷，第22页，东京：岩波书店，1936年版。

第三，吉田松阴“狂愚”的精神，追求真理，反对苟且因循，不屈从于世俗庸夫的战斗风格，其形成曾经受到王阳明“致良知”哲学思想和李贽叛逆精神的激励。[2]

2.［日］河上徹太郎著：《吉田松陰——武と儒による人間像》，第234—247页，东京：中央公论社，1984年版。

吉田松阴在江户期间曾两次细读王阳明的《传习录》并作了摘录，后来又接触到李贽的《焚书》，研究了日本阳明学派大盐中斋的《洗心洞札记》。他说：

吾尝读王阳明《传习录》，颇觉有味，顷得李氏《焚书》，向借日孜以《洗心洞札记》，大盐亦阳明派。取观为可，然吾非专修阳明学，但其学真，往往与吾真会耳。

大盐中斋哲学的核心是“归太虚”，其来源是张载的《正蒙》和王守仁的“致良知”说。他把阳明的良知之教与民族自卫意思联系起来，论定明末节义之士，能够“上不怨天，下不尤人”，尽忠殚节，数年间防御征战，宁愿战死、自缢、投江也不投降是“良知之教”维持人心的结果。李贽的思想则有极大的叛逆性。松阴曾手书李贽《别刘肖川书》赠给自己的弟子，并告诫他：

吾曾观其真能特立者，宠辱不惊，毁誉不动，何更辨说屈人为哉！奸吏乐奸，俗子安俗，于我何有！

吉田松阴坚持“我独行吾志”的精神。他曾撰《庸书檄》一文，开头便说：“鄙人性兼狂愚，行违忠孝。生无以益，死无以名。进退维谷，左右皆非。羡介推于寒食，哭屈原于端午。”[1]

1.［日］吉田库三编：《松陰先生遺著》第一卷，东京：民友社，1909 年版。

自比介子推与屈原。他赞扬李贽“有奇识，视人如虫，其言语使吾惊服，诚得如李卓吾而师之，一世高人物矣”。可见其对李卓吾钦敬之深。吉田松阴自己的作为，也曾使懦夫庸人骇愕，然而他毫不在乎，想的是“区区之身不足惜焉，抑将如国家何？”[2]。他倡导为真理不惜一切的“狂愚”精神，而憎恶不负责任的乡愿之徒认为“乡愿之害今犹如古，其人口唱孔孟程朱，身饰忠信廉洁，其视吾辈如鬼蜮、如蛇蝎，恶尊国体、忧夷变、励臣节、育人材之说如异端曲说、外道邪魔”[3]。

2.《送清狂师归乡序》。［日］山口县教育会编：《吉田松陰全集》第四卷，第 26 页，东京：岩波书店，1936 年版。

3.［日］吉田松阴著，广濑丰校订：《講孟余話》，第 275 页，东京：岩波书店，2006 年版。

李贽的思想和封建保守势力和正统思想格格不入，被人视为“狂禅”，为“左道”，吉田松阴也口称狂夫，自命狂愚，以向世人表示反抗世俗的勇气。他曾写诗赞狂愚而斥世人眼中的才良：

狂愚诚可爱，才良诚可虞。

狂常锐进取，愚常疎避趋。

才多机变士，良多乡愿徒。

流俗多颠倒，目人古今殊。

才良非人良，狂愚岂狂愚。

就是在临刑之时，他也不准备放弃这种狂愚精神。当其时他高歌弗绝，曾自赞其肖像，并作了序：

已未五月，吾执拘送关左马角瓶乳，归期未定，诸友谋使浦无穷肖吾像，吾自赞之。愿无穷知我者，岂独写吾貌而已哉，况吾之自赞乎！呜呼！吾去矣，诸友对之，宜为隔世想。吾即磔市，此幅乃打生色也。赞曰：

三顾出庐兮，诸葛已矣夫。一身入洛兮，贾彪安在哉！心师贯高兮，而无素立名；志仰鲁连兮，遂乏释难才。读书无功兮，朴学三十年：灭贼无计兮，猛气廿一回。人讥狂顽兮，乡党众不容；身许家国兮，死生吾久齐。至诚不动兮，自古未之有。古人难及兮，圣贤敢追陪。[1]

1.［日］佃清太郎编：《皇朝大家文章典範》，第116页，广岛：秀美堂，1894年版。

诗中鲜明地表示，自己一生所敬仰的是“三顾频烦天下计，两朝开济老臣心”的诸葛亮，东汉时评论朝政、褒贬人物的贾彪以及为人排难解纷、功成无所取的鲁仲连。

戊戌维新之后，康有为、梁启超对吉田松阴大加褒扬。康有为《读日本松阴先生幽室文稿题其上》推其为维新“元功”：“元功在谁手？慨慷松阴君”。自言“我今读遗书，正气照千春。一读生惭悚，再读起轮困。诸夏愧无士，东国存斯文”。梁启超在《自由书》中也大摘松阴言论，1906年又节抄《松阴文抄》，由广智书局出版。其时，在与革命派的论争中，资产阶级改良主义已节节败退，梁启超已被从“舆论界之骄子”的宝座上拉将下来，出于自己的政治需要，他特别强调这几方面：

一、吉田松阴的“原动力作用”，宣称日本维新之首功，不是西乡、木户之辈，也不是伊藤、大隈之辈，而是吉田松阴。“吉田诸先辈造其因，而明治诸元勋收其果。”

二、吉田松阴是先天下自取败者，正因为松阴“为天下先者’，所以屡遭失败，但其败于今而成于后，败于己而成于人，功迹不可磨灭。

三、吉田松阴是“善变之豪杰”。松阴当初主张“公武合体”，以后又主张“尊王讨幕”，其方法虽变，爱国不变，是大丈夫行事磊磊落落的表现。

梁启超自言“生平好读松阴文”，字里行间流露出以中国的吉田松阴自况的意思。当时，他的改良主义老调已越来越不得人心，而其言论又多前后抵牾、自相矛盾之说，不断处于“今日之我与昨日之我战”的境况中。梁启超对吉田松阴形象的描绘，既是希图借亡灵英雄以自励，又是一种自我辩护。

梁启超竭力颂扬的吉田松阴的爱国主义，是不是反映了松阴思想的全部真实面貌呢？不是的。

吉田松阴的爱国主义伴随着封建武士的侵略扩张思想。早在 1823 年，日本有个叫佐藤信渊的人，便在自己写的《宇内混同秘策》中，肯定日本是个神国，有能力征服全世界，先从满洲进入大陆，并吞中国，随即可使世界各国沦为日本属下的郡县。吉田松阴完全继承了佐藤信渊的衣钵，在《讲孟余话》中，他说自己幽闭于一室，“日夜谋并吞五大洲”，为日本设计，是“蓄养国力，割取易取的朝鲜和中国东北”，“收琉球”，“取台湾”的道路，把由于不平等条约而“失之于美俄者”，“取偿于朝鲜和中国”。[1]

1.［日］吉田松阴著，广濑丰校订：《講孟余話》，东京：岩波书店，2006 年版。

显然，吉田松阴的“爱国”“强国”，是与蹂躏中国人民的侵略野心联系在一起的。然而，梁启超在向青年们为吉田松阴的爱国主义高唱颂歌的时候，在他不断地鼓吹日本的武士道精神的时候，对于吉田松阴等维新志士的侵略扩张思想常常一字不提，这实际上为吉田松阴抹上了一层圣洁的灵光。

吉田松阴的弟子高杉晋作（1839—1867）曾于 1862 年抵上海，他眼中的上海俨然已经变成了各帝国主义的附属国，一方面是洋人的傲慢横行，一方面是华人的贫困肮脏。上海“此支那第一津港，欧罗巴诸邦之商船、军舰数千艘停泊，樯花帆森，埋没津口，陆上则诸邦商馆粉壁千尺，殆如城阁，其广大严烈，以纸笔不可尽也”。[2] 那些关于太平天国、洋务运动、传教士的传闻，给他很大冲击。上海两个月的经历，决定了他归国后投身攘夷运动的大方向。他曾在狱中赋诗言志，《囚中作》诗：“君不见死为忠鬼菅相公，灵魂尚在天拜峰；又不见怀石投流楚屈平，至今人悲汨罗江。自古谗间害忠节，忠臣思君不怀躬。我亦贬谪幽囚士，忆起二公泪沾胸。休恨空为谗间死，自有后世议论公。”[3] 屈原等中国诗人身上体现的社会责任、历史担当、牺牲精神，衣被万世的身后影响，以及其作品的家国文学观，都为高杉晋作等志士的生活与诗文注入了骨力。

2.［日］高杉晋作著：《東行先生遺文》，第 72—124 页，东京：民友社，1916 年。

3.［日］伊藤松雄著：《漢詩を探る：随筆》，第 195 页，东京：桑文社，1935 年版。

第二节 明治汉诗和中国文学

明治初年，中日开始互派使节，黄遵宪等中国诗人在日本的活动，促进了中日两国的文学交流。一些日本文学家怀着访古会文的心情来到中国，与中国文人也有交往。然而，这个时候中国文学对日本文学的影响，和以往也有不同，它不再表现为某一文学运动、文学流派和文学巨匠对日本新的文学运动的推动，而主要表现为日本文学家的中国古典文学素养对创造日本新文学的影响，表现出一种影响的累积性、综合性和多样性。中国文化巨大的再生能力在这个时期有突出的表现。

汉诗、汉文的写作在明治后一二十年间显出兴盛的势头。1877 年，王韬给日本诗人小野侗翁征君的《湖山诗集》作序，序中说："征君于诗，用心甚深而致力甚专，自壮至老，无一日不吟，而其境遇之崎岖，遭逢之因顿，畏谗惧谤，遘乱罹忧，益极诗人之穷，宜其诗之工也。"[1]

1. 王宝平编著：《日本典籍清人序跋集》，第 316 页，上海：上海辞书出版社，2010 年版。

这一段话，用来说明明治初年的汉诗人创作与生活的关系，是颇为恰当的。许多维新运动的领导人和学界人士，在江户末年已经培养出比较深的汉文学基础，又经历了幕末及明治初年的动荡和变革，他们能够运用汉诗来反映社会的变化。从来没有任何时代的汉诗，与日本的社会生活发生过这样密切的关系。不论是从作品的数量还是质量上说，这一时期都是日本汉文学史上一个辉煌的时期。幸田露伴在《明治初期》一文中指出，抛开这一时代的汉文杂著来论及明治初期的文学欠佳，那就是拒绝这一时代的一个特征而欲置而不顾。[2] 可以说，抛开这些汉文著述，

2.［日］幸田文编：《露伴随筆》第四册，第 129 页，东京：岩波书店，1983 年版。

就无法看清那一时期文化转型的真相与轨迹。

中国古典文学传入日本以后，经过日本汉学者的改造，不仅融入了日本语言的成分，而且带上了浅俗、自由、轻松的特色。在游戏化、戏谑化这一倾向发展的基础上，又形成了一种变体的汉诗文，日本人称之为游戏汉诗文。在明治初年新旧交替的复杂的社会环境中，它竟然也形成了一时的繁荣。这一类作品，除了少量反映了社会现实的某些侧面外，大部分流于嘲戏，没有什么艺术价值。

一、　明治初年汉诗的兴盛

明治维新之后，西方的思想像决堤的洪水，以不可阻挡之势，冲击着社会生活的各个角落。在文学上，却出现了一个看似奇怪的现象，那就是一般人猜想会因为过时而衰败的汉诗文，却出现了前所未有的兴盛。正冈子规（1867—1902）在他的随笔中曾经指出：

今日之文坛，若就歌（按：和歌）、俳（按：俳句）、诗（按：汉诗）三者，比较其进步程度，则诗为第一，俳为第二，歌为第三。

正冈子规把这叫做“和歌下落，汉诗腾贵”。仅明治初年，出版的汉诗选本便为数可观，举其代表者有：

《明治三十八家绝句》1871 年

《东京才人绝句》1875 年

《旧雨诗钞》1877 年

《明治十家绝句》1878 年

《今世名家诗钞》1879 年

《明治名家诗选》1880 年

《明治百二十家绝句》1882 年[1]

1.［日］木下周南著：《明治詩話》，第 164—165 页，东京：文中堂，1943 年版。

在这些选本中，入选的作者包括学者、文人、书法家、画家、官员等等，不论是以文为业还是业余爱好，他们都在诗坛上享有盛名。

这种汉诗兴盛的趋势甚至持续到明治二十年之后。汉诗人大町桂月（1869—1925）便曾把 1877 至 1897 这二十年称为“汉诗全盛时代”。在《明治文坛之奇现象》这篇文章中，他说，进入明治时代，虽然西洋文学、思想骤然进入日本，但是这不足为奇；小说勃然而兴，这也不足为奇；新体诗勃然而兴，这也不足为奇；然而，一般人认为已经处于衰亡期的汉诗却兴盛起来，而且越来越出色，这不能不使人感到惊讶。

那么，这种现象是否反常？为什么会出现这样一种现象呢？

当时的文学家提出过各种解释。正冈子规将汉诗人和歌人、汉诗和和歌作了比较，提出了“诗人识见说”和“汉诗语多句变说”。

正冈子规认为，和歌下落是因为歌人“无识见”，较之歌人，诗家（汉诗人）的“识见”要高明得多。这里所说的识见，或许是指作者对社会生活的态度。中国的诗歌理论强调创作与生活、创作与时代政治的密切关系，“兴、观、群、怨”；强调创作与世情时序的联系，“文变染乎世情，兴废系于时序”。特别是社会大变动的时候，诗人们关心国家命运和民生疾苦，并运用诗歌来表达忧国伤时的情怀。产生了屈原、杜甫、陆游等大诗人，并在长期的创作实践中，形成了丰富多彩的反映现实的形式，如咏史、咏怀、咏物等等。明治维新期间，汉诗人面对着国家多变的政治局势、脱亚入欧的思想潮流，他们站在不同的角度，用诗歌来表达自己或赞成、或反对、或惶惑、或眼花缭乱而不知所从等种种复杂的情感。

相反，和歌所表现的历来是季节推移的敏锐感觉，花鸟风月的纤微意趣，山光水色前的兴之所致，爱情生活中的细腻情感，反映现实巨变的速度迟缓，题材狭窄。这样的艺术传统，使歌人从来不把咏唱自己在政治风涛中的沉浮和治国之策作为和歌的职能。在那个变动时代中，那种复杂的、躁动的情感和多变的生活节律，在新体诗诞生之前，当然只能由汉诗来表现。

正冈子规又认为，汉诗“言语多，句法变化”，最短小的绝句的容量，也要大于最常见的和歌的容量。而俳句和歌“言语区域狭小”，字数太少。日语是拼音文字，每首和歌限定三十一个音，俳句限定十七音，在这样一个狭小的范围内，求其变化谈何容易。和歌与汉诗在容量上的差距是显而易见的。

正冈子规是明治二十年代颇有权威的文学批评家，善作汉诗，又善咏和歌和俳句，而且在《万叶集》研究方面很有建树。他提出的“诗人识见说”和“汉诗语多句变说”是他写作汉诗与和歌的经验之谈。这是一种横向比较作出的论断。这两种说法，还不足以说明明治汉诗兴盛的原因，大町桂月又从纵向比较——汉诗与和歌各自发展的阶段出发，提出了“技巧成熟说”。

大町桂月认为，自从汉籍进入日本，作汉诗的技巧从来也没有像明治时代那样成熟。奈良、平安时代虽说通晓汉诗的人很多，但他们写的诗很幼稚。“无一似诗人之诗人，亦无一篇可诵之诗，如后世推崇为文学之神的菅公（按：指菅原道真），亦不过白乐天之浅薄模拟者，其余则可想而知。”以后，很长一段时间，汉学、汉文、汉诗的发展被中断。足利时代，来往于中日之间的僧侣多了，日本又有了诗——大町桂月把这叫做“像诗的诗”，但写得好的并不多。江户以前，像绝海中津这样的诗人也是寥寥无几的。江户时代的菅茶山、梁川星岩这些诗人，写得就比较好了。这样长期积累的结果，到明治初年，许多人便能写出很不错的诗篇来了。

汉诗的发展的确经历了一个漫长的过程。日本人用一种外语来作诗，而这种诗在音、义、情绪方面都有着不易达到的要求，学会作出跟中国人写的一样的诗，一直是许多汉诗人梦寐以求的。中国的诗也在不断发展，从四言、五言到七言，从古体到近体。日本的汉诗很长一段时间是处在摹拟的阶段，学汉魏，学唐，学宋，写出日本人生活情感的作品并不多见。江户时代重儒学，汉诗在五山诗的基础上又有了很大进步，到明治初年，这种积累结出了果实。当时，从西方输入文学的工作还没有取得震惊世人的效果，人们一提到诗，便自然想到的是汉诗。芳野金陵、岛田篁村、中村敬宇、重野成斋、川田瓮江、信夫恕轩等许多汉学大家，还是文学的权威，受到世人的尊敬。那些提倡新学的后生晚辈，也毕竟是受过日本化的中国古典文学的教育的，这一时期汉诗仍然作为日本知识分子的重要抒情文体，也就不足为怪了。

还有一种解释，见于山路爱山（1865—1917）的《明治文学史》，可以概括为“急走大歇说”。

明治初年，闭关锁国体制下的日本，一变而为开放的日本，禁锢一般知识分子的“和汉学问”，在各种新思想的冲击下，昨日还固如金石，今日已解如泥土。人们开始如饥似渴地追求新知识、新思想。爱山把这个时代称作“极大胆、极放恣、极活泼现象之时代”。新思想、新知识其势如河水破堤，无可阻止，如千里马挣脱羁绊，铁蹄奋飞。爱山用李白的“飞流直下三千尺，疑是银河落九天”来形容从悠闲的幕府文学史时代进入明治文学史时代令人目眩心悸的状况。然而，不久，奔者既已疲倦，遂进入所谓“回顾时代”。人们又抛开洋学先生，重访汉学塾，恭听古学先生的教诲。爱山说，这莫非是跑得过快，需要作大休息的缘故吗？

黄遵宪读到明治维新以来日本贤士大夫的诗文，“多卓然成家，远轶前世”，也提出了一种自己的解释，可以称之为“文网疏脱说”。

这种说法，是1880年在他为《明治名家诗选》所作的序言中提出来的。他在探讨维新后诗文“远轶前世”的原因时说：

> *余尝求其故，则以德川氏中叶以后，禁网繁密，学士大夫每以文字贾祸，故嗫嚅趦趄，几不敢持笔为文。维新以来，文网疏脱，捐弃忌讳，于是人人始得奋其意以为诗。余读我友城井氏之所选，类多名作。其雍容揄扬，和其声以鸣国家之盛者，固不待言。偶有伤时感世之作，而缠绵悱恻，其意悉本乎忠厚，当路者亦未尝禁而斥之，是可以*

觇国运矣。[1]

1. 王宝平编著：《日本典籍清人序跋集》，第 108 页—109 页，上海：上海辞书出版社，2010 年版。

黄遵宪的见解中，虽然还有着“诗可觇国运”之类的陈词，但他从一个森严壁垒、沉闷经岁的大帝国走来，也看到了一个事实：明治维新之后，日本的统治者感到汉诗人发发牢骚对自己并不构成威胁，不大过问。日本汉诗人与清代知识分子那种“避席畏闻文字狱，著书都为稻粱谋”的处境是不相同的。

如何翻译和介绍西方文字，是明治文学家面临的崭新的课题，汉诗人的汉文学修养，使他们将采用中国诗歌的语汇和表现手法作为自然选择。以下是中村敬宇所译英国诗人朗费罗（1807—1882）《打铁匠歌》中的一节，采用了对仗句法：

朝有打铁声，

钉铛天下白；

夕有打铁声，

迟速应节拍。

译诗结尾，有“卒章显其志”的遗风：

呜呼！人生之打铁场，

福运只须以力获；

心思言行火焰里，

砧上锻炼成模式。[2]

2. 入谷仙介等注：《漢詩文集》，第 159—161 页，东京：岩波书店，2004 年版。

在中国引进西方文学的历史上，朗费罗比同样用英语写诗的莎士比亚远远领先[3]。朗费罗也是最早一批被介绍到日本的西方诗人之一，同样也采用的是中国古诗的格调。汉诗人尝试用中国瓶子装西洋酒，既用汉诗译西方诗歌，也用汉诗描绘游历西方的见闻[4]，这无疑也给汉诗带来了新的语汇和新的气象，装点了汉诗的繁荣。

3. 钱钟书著：《汉译第一首英语诗〈人生颂〉及有关二三事》，载《钱钟书散文》，第 332—365 页，杭州：浙江文艺出版社，1997 年版。

4. 川口久雄编：《幕末、明治海外体験詩集——海舟・敬宇より鴎外・漱石にいたる》，东京：大东文化大学东洋研究所，1984 年。

一种文学形式的繁荣是由多种因素促成的，由于观察者站的角度不同，难免会提出不同的解释。综合这几种不同的说法，我们对汉诗发展的各种因素可以获得更全面的认识。另外，幕府末年和明治初年，日本人填词也逐渐进入黄金时代，出现了野村篁园、森槐南、高野竹隐等词人，这在我国已有专门研究，这里便不再赘述了。

二、　明治汉诗反映社会生活的特点

明治汉诗内容广泛，反映了当时各个阶级的变动和沉浮，勾勒了丰富多彩的社会生活画面。那昨日还被幕府捕吏视为盗人，今日恃仗倒幕功勋而骤然显赫的萨长武士，那托新政府官员的门路，靠着私情而得到官职的僧侣和医生，那失去了立马持枪的威风而沦为车夫乞丐的各藩士族……都赖汉诗人之笔而在文学史上留下了他们的形象。汉诗所表现的各个阶层的心理变化，特别是知识分子的惶惑、狂热、颓丧等各种情绪，更是其它文学形式所未曾表现的。

中国诗歌有反映生活、针砭时事的传统，明治时代的日本汉诗人运用日本化的汉语古典诗的形式，记写当时重大的政治变动和各阶层（主要是知识分子）的精神面貌。大江卓写过一首《戊辰正月四日奉敕赴高野山》，描写自己在戊辰战争期间奉命出使，变装扮医执行任务的经过，在这首三十四句的七言叙事诗后，又用以《临发高野山赠诸友》为题的一首四句七言诗概括长诗的内容："单身提剑辟榛荆，报国原知一死轻。须向花城早诛贼，莫教竖子漫成名"，这既像楚辞中的乱，又像日本长歌后面的短歌。诗中叙议结合，写出了当时讨幕将士的斗志，森槐南甚至称之为史笔。

直抒胸臆，以诗议论，在当时日本的文学体裁中，只有汉诗能够胜任。

幕府末年到明治初年，发生了一系列重大的历史事件。知识分子个人的不同态度也在汉诗中留下投影。通览全部汉诗，便不难得到一幅清晰的知识分子心态图。下面两首诗是勤王家的作品，用唐代平定淮西之乱作比，赞扬明治政府镇压藩主的叛乱而又对反叛的藩主实行宽大处理：

唐室中兴韩子笔，淮西勋业号无双；
我皇宸断真神武，剿贼功成不杀降。
小野湖山《恭读十二月七日诏书》

何物顽童抗六师，槛车千里命如丝；
罪臻大辟犹宽宥，不仿唐家征蔡时。[1]
菊池溪琴《东北平定歌》

1. ［日］岸上操纂：《明治二百五十家絕句》，东京：博文舘，1902 年版。

经历了幕府末年的社会变动，儒学者，对于世态多怀忧虑。诗人广濑村外的一首五言诗，便有很重的怀旧心理。看到书生们热衷于洋学，不再把孔孟放在眼里，他难以忍受；他赞成“师夷之长技以制夷”的主张，又害怕走入歧途，便希望有人仿效唐朝韩愈，独立特行，挺而捍卫孔孟的道统：

今日学风变，书生半化胡。

人伦讥孔孟，兵制笑孙吴。

不妨采长技，却忧迷异途。

慨然读《原道》，敦复继前模。[1]

1.［日］木下周南著：《明治詩話》，第41页，东京：文中堂，1943年版。

这一类受儒教思想影响很深的文士，对明治后的现实不能满意，自不待言，就是那些曾经投身于维新运动之中的汉学者，看到维新后官场的乌烟瘴气，社会风气的败坏，西方资本主义文化的泛滥，也都感到郁闷和痛苦。于是，各种不同政治态度、不同经历的汉学家，不约而同地向老庄、向陶渊明等隐逸诗人顶礼膜拜。明治四十来年的时间中，这一类的咏唱不绝于耳。

大阪汉学家藤泽南岳，曾效苏东坡作《和陶饮酒诗》二十首。下面是其第五首和第八首：

哑哑又啁啁，鸟雀任其喧。

厌喧求静处，无乃执心偏。

阔可如东海，高可如富山。

海潮任来去，山云付往还。

此心谁会得，苍天又何言。[2]

2.［日］藤泽南岳著：《和陶飲酒詩》，第3—4页。

夙抱图南志，自夸六翮姿。

拟择三珠树，托栖最高枝。

忽骇罼弋警，勇退计亦奇。

为报干禄士，遑遑又何为。

三百人赤芾，无地容负羁。[3]

3.［日］藤泽南岳著：《和陶飲酒詩》，第5页，大阪：横山顺发行，1902年版。

陶渊明生活在政治昏暗的晋末宋初，为人能做到“贞志不休，安道苦节”，“不以躬耕为耻，不以无财为病”。苏东坡很喜欢他的作品，既想学陶渊明不与世沉浮的思想来保持晚节，又用陶诗来消遣解愁，欣赏他的避世思想。藤泽南岳说他“与坡老同其量”，又“与陶老同其适”，正是在失意时用饮酒与陶诗来安慰自己。诗中对于社会上的邪不容正满腔愤慨：春秋时的曹国虽小，却滥封官爵，大夫竟有三百人之多，而像僖负羁这样的贤人却无地容身。藤泽南岳以古喻今，影射日本社会现实，其诗虽为“和陶”，但与陶渊明《饮酒诗》的风格并不尽同。

明治诗人常常借用中国古典诗歌名篇的形式或韵律来写日本当时的人与事。如大沼枕山《车夫篇》采用白居易《秦中吟》的《伤友》的写法，通过一个幕臣在维新后沦为车夫的命运，反映时代的变迁；小笠原午桥模仿杜甫的《石壕吏》的笔调，写出《乱后作》。在诗中引用中国史实与经典之辞更是俯拾皆是，但大都不求含蓄工巧，这是明治汉诗反映社会生活的特点。

明治维新以后，日本一步步走上侵略扩张的邪路。1874 年日本发动侵略台湾的战争，时隔不到一年，又武装侵略朝鲜，1879 年废琉球藩，改为冲绳县。这些战争为汉诗人带来了新的主题。有些平时貌似爱中国、爱中国文化的人以笔为枪，用他们的诗为侵略战争呐喊。服部抚松（1841—1908）作长篇汉诗《本朝史歌》，不仅美化日本对朝鲜的侵略，而且对日本在中国的暴行大加赞赏：“清国暴戾破邻好，强使韩国爱羁縻。牙山黄海彼挑战，是膺是惩良在兹。炮攻威海水漂尸，于水于陆战胜。似驱貔貅击老羸。我岂好战唯仁义，国威揚揚如朝曦。”[1] 这样的汉诗只不过是将当时报纸上的战争宣传变成韵语，毫无艺术性可言。“仁义”的金字竟变成了虎豹身上的花纹。

1.［日］山敷和男《服部撫松の長篇漢詩〈本朝史歌〉について》，载于《中国古典研究》，第 25 号，第 65—73 页。

中野逍遥（1868—1894）是明治汉诗史上一颗闪亮的流星。在他短暂的生命旅途中做过多种尝试。他曾自比司马相如的多才多病，赞美其与卓文君的情缘而作《好色行》，追求自由恋爱也曾试将《南总里见八犬传》中滨路向信乃倾吐情愫的片断为素材创作汉诗，寄托对爱情的向往和坦露情怀的欲望。他的短诗：“思君我心悄，思君我肠裂；昨夜涕泪流，今朝尽成血，”以及《春怨十绝》、《哭花录》[2] 等，与李贺的风格有相似之处。

2.［日］笹川临风、金筑松桂编：《逍遥遺稿》，第 204 页，东京：岩波书店，1939 年版。

明治文人的好诗之风一直延续到大正年间。东京湖海诗社于 1927 年编有《大正五百家绝句》，这是继江户时代以来的《天保三十六家绝句》、《嘉永二十五家绝句》、《安政三十二家绝句》、《文久二十六家绝句》等之后又一部日本绝句选集，选五百家一千六百八十八首。[3]

3.［日］国分高胤、岩溪晋编：《大正五百家絕句》，东京：湖海吟社，1926 年版。

甲午战争之后，日本国内极端民族主义、军国主义思想泛滥，在一些人手中，汉诗成为侵略英雄的赞美诗。高桥贞根据战史、战报，写下的《征清诗史》，称清兵为“辫奴”，极赞日军勇武，梦想“奉天南部地，一朝在我版图中”，希图让自己这些诗“传之家庭，使我子孙日夕讽诵，如置身于苦战间而存爱国之念。自亦养本之意也。其词务取与通常言语同一者，使幼童读解，不辞浅近粗俗之嘲”。连84岁的汉诗人小野湖山也为这部粗陋的诗集题辞：“天兵奏凯，诗史宣光。”[1]《征清诗史》之后，在日本发动的历史侵华战争中，都涌现出成批的“爱国”诗。汉诗铿锵的声调，被用去呼兵唤武；汉语优美的词藻，被用去宣泄厌华、贱华、仇华的心绪。虽然这一类汉诗今多被遗忘，但它们曾有的存在与兴旺，却足以发人深省。

1. 高桥贞著、高桥作卫校：《征清詩史》，金兰社藏版，1887年版。

三、 狂诗

金末元初的元好问在《论诗三十首》中写道：“曲学虚荒小说欺，俳谐怒骂岂诗宜”，认为诗歌不宜于俳谐怒骂，而小说对此却并不排斥，不少作品还有比较强的俳谐特色。在中国，古人历来提倡“诗庄”，像寒山写的那一类俗语白话诗，不那么庄重，也就顶多视为“打油诗”而难邀传统文学批评家的青睐。如寒山诗：

猪吃死人肉，人吃死猪肠。

猪不嫌人臭，人返道猪香。

猪死抛水内，人死掘土藏。

彼此莫相啖，莲花生沸汤。[2]

2. 钱学烈校评：《寒山拾得詩校评》，第183页，天津：天津古籍出版社，1998年版。

与此不同的是，这一类作品在日本却得到很大发展。从江户时代起，日本便流行一种狂诗，到明治初年，竟然风靡一时。这是中日比较文学史上一种值得注意的现象。

所谓狂诗，可以说是汉诗的一个变种，是以玩笑式的态度，描写、咏唱滑稽诙谐内容的游戏性文字。狂诗之“狂”，或有冲破正统诗文严格的内容、形式方面的束缚，抒发卑俗狂放情感的意思。如果追溯一下狂诗的起源的话，还需从一休和尚的《狂云集》说起。一休的诗如《恋》：“日夜思君长不忘，夜深恋慕卧空床，梦中携手欲相语，被骇晓钟又断肠”[3]，造语明显不合汉诗习惯。又如他的《题蚤》：“垢耶尘耶是何物，元来见来更无骨，虽是食人十分肥，瘦僧一捻没生涯”[4]，颇似插科打诨。随着明清白话小说传入日本，小说的滑稽俳谐得到文人们的喜爱，促进了狂诗的形成，以后逐渐出现了一些写狂诗的名家，狂诗遂自成一体。

3. ［日］山岸德平校注：《五山文學集　江戸漢詩集》，第372页，东京：岩波书店，1978年版。

4. ［日］山岸德平校注：《五山文學集　江戸漢詩集》，第371—372页，东京：岩波书店，1978年版。

狂诗之作，大抵不重格律而重谐趣，语言不求古雅而喜俚俗。一般汉诗，是以中国诗人的佳作为范本的，作得越像某位名家，越能得到赞誉。狂诗则不然。有些诗虽然用的是汉字，也是五言或七言的形式，但实际上是日语汉字写成的，语意及语法结构都是日本式的。邹可潭《太平三曲》中有一首《大风雨中偶作》：

吹取屋根雨频漏，屈身急藏押入隅。

子供低声问亲父，挂取今宵又来乎？[1]

1.［日］山岸德平校注：《五山文學集　江戸漢詩集》，第380页，东京：岩波书店，1978年版。

写孩子看到屋里漏雨父亲躲到屋角时的慌乱，联想到他躲债时的惊恐，这是以滑稽的笔调来写严肃的主题，以喜剧的手法表现悲剧的内容。屋根、押入、子供、挂取都是日语词汇。全诗既不押韵，也不讲平仄，只保持了七言四句的形式。这种狂诗带有文人自娱的性质。

幕府末年到明治之初，兵马倥偬，时局动荡，闲吟狂诗的人很少。1874年经成岛柳北在《朝野新闻》上一提倡，渐渐引起世人的兴趣。随后许多报纸、杂志都辟有狂诗栏。其时有成岛柳北、南桥散史（石井洸治）、源无水（原退藏）这狂诗三大家之说，以致形成空前未有的盛况。

狂诗是汉诗园地里的"漫画"，写的都是滑稽可笑的事。诗中常用讽刺性的绰号、隐语。例如，当时的官员都留着胡须，胡须便成了身份的象征，遂又以长须的鱼作比，"奏任"以上的官吏称作"鲶"（细长胡子的人），奏任以下的官吏称作"鰌"（胡须稀少的人）。据说三味线要用猫皮制作，进而又把弹三味线的艺妓称作猫，猫便成了艺妓的异称。官员们耽于女色，便叫做"鰌不离猫"。

狂诗中把免职叫做"地震"。为非作歹的官员，坏事作绝了，政府不得不把他们免职，以平息民愤。一"地震"，"鲶"、"鰌"以及他们身边的"猫"便一片恐慌。人民群众对那些只知寻欢作乐的官僚是鄙视和厌恶的，汉学者们便用狂诗来讥刺嘲笑。如菊池溪琴《东京近事》："阴洞妖猫秘迹深，梦迷冥府杳难寻。云窗雾阁朦胧影，多是俨然袍笏人"，写那些掌握国家大权的人，官场上一本正经，暗地里寻花问柳，纸迷金醉。

化庄为谑，化雅为俗，是狂诗最常用的手法。小室屈山写过一首《放猫行》，写"地震"之后，"鲶"、"鰌"不得不离开绕前抱后的"猫"们，用的是杜甫《哀江头》的韵：

大厦将倾何须哭，休日亦是弄弦曲。

壁悬参议两行书，庭植新柳十分绿。

忆昨三时退厅门，马蹄蹴尘得意色。

人家几许娇笑人，争拂髯尘侍我侧。

倚榻坐睡亦奉公，月日顶戴十百禄。

一夜花街往聘猫，权位登庸学比翼。

岂测震灾起官途，电线切断系不得。

仆婢放逐人车卖，百事万端多叹息。

还故乡耶将留京，离别爱猫情何极。

等外之志尚虽存，目前考案迷南北。[1]

1.［日］木下彪著：《明治詩話》，第 241 页，东京：文中堂，1943 年版。

“鲶”、“鳍”得势之时，墙上挂着参议的墨迹，又大兴土木营建庭园，驱车归府之时，黄尘飞扬，进入邸宅，妻妾相迎，倚榻坐睡，即算办公，花街柳巷，彻夜寻欢，“震灾”发生只得遣散奴仆，离别“爱猫”。作者由官僚得势“宠猫”到失势“别猫”联想到玄宗与贵妃的故事，用杜甫咏此事的《哀江头》的韵，但作者的态度和情感与《哀江头》的沉痛、悲愤、忧虑，是完全不同的。

不避浅露，不弃拙劣，不为汉诗传统的题材所束缚，追求滑稽逗趣的效果，是这些狂诗的风格。一些作品，描写了当时的世态风俗，如 1873 年发表的《讽时势狂诗》，揭露新政之下，表面上撤消等级，万民平等，实际上派系滋生，竞进之徒争先攀附高官，侥幸得势，使“直出茅屋移绣堂”，“冷饭草履忽变靴”；乡下武士升官后，黑脸的乡下来的正妻与白脸的妾天天在家争宠吵闹。

这些事情都是传统的汉诗不用来入诗的，从传统的诗歌批评标准看来，它们对生活缺乏艺术概括，写得琐细芜杂。吟诗者不过是生活的旁观者，带着嘲讽的笑意，冷眼观察着社会闹剧。这与浅俗但每每“卒意显其志”的白居易的新乐府也是不同的。

根据斋田作乐《狂诗书目》，从江户至明治时代的狂诗集多达 139 种，[2] 其中明治时代刊行的有 49 种。狂诗的一些作品，对于藩阀政治的黑暗和混乱，以及当时社会生活中每个阶级的变化都有所描写，然而大部分作品不过流于对现实的嘲戏，有些作者是站在维持旧的统治秩序和封建道德的立场上，来对明治新政表示不满的。在艺术上也很粗劣。

2. 严明著：《狂诗论》，《域外汉籍研究集刊》第五辑，第 300—304 页，北京：中华书局，2009 年版。

郭沫若在《日本现代文章讲座》中曾经指出：“日本文坛的毒害表现在：比如极狭隘、极狭隘的个人生活的描写；极渺小、极渺小的抒情文学的游戏……这些病毒，便是日本文坛里不出伟大作品的重要原因”[1]。狂诗便是一种游戏的抒情文学。作为一种文学现象，狂诗的繁盛已经“逝者如斯”，但是它的兴起和存在，也可以看出中日两国对诗歌这一体裁艺术要求的某些不同。

1.《沫若文集》，北京：人民文学出版社，1959 年版。

四、　森鸥外与夏目漱石的汉诗

日本汉诗人把习诗作为一种雅好，给创作活动也披上一层娱乐、竞赛、同好兴会的色彩。明治大正时候各地吟社，每月定期聚会切磋诗艺，黄遵宪《日本杂事诗》说：“文酒之会，援毫长吟，高唱往往逼唐、宋”，正是指文人的诗会。报纸杂志上也定期或不定期地辟有汉诗栏，由著名诗人担任编选者。吟社一般都自己发行吟社杂志，这都与俳句的编选情况相似。

为饮宴之便，吟社例会多以饭馆为会场。首先先生们来讲诗，例如随鸥吟社第九十六次例会在上野三宜亭举行，由三岛中洲讲《诗经》，讲的是《魏风》中《葛屦》等六篇作品。讲完之后，便摆上酒肴，同就宴席，司会出示诗题，如《对花有感》、《咏菊》之类，然后众人依题作诗。也有“分韵”与“分字”、“次韵’等作法。

檀栾诗社 1905 年 2 月第二十一次雅集，便是以“咏梅次陆游西郊寻梅韵”作诗，4 月 16 日举行的第三十次雅集则是以《墨水行》为题，要求用温飞卿《东郊行》的韵。一到限定的时候，各自写好诗笺交上，聆听先生批评。席间也可进行柏梁体联句。这样作诗、品评，直到兴尽散会。另外，还有以大会形式赛诗的。就是出题目征稿，截止后全部交给先生，由其裁判优劣。分天、地、人三等选出佳作数首。权衡的阶段是密封的，过一会儿便当场公布入选姓名，赠予书画等奖品。会员在自己的住宅也可邀集雅友，举行观枫或赏菊之类的诗会。

明治初年，汉诗坛上活跃的有些是幕府末年便享有盛名的汉学家，如大沼枕山、小野湖山、村上佛山三人有“三山”之称。森春涛、冈本黄石、向山黄村、成岛柳北、田边莲舟等都是诗社的领袖。这些诗人各自建立诗社，出版诗集。主要的诗社、盟主及建立时间，举例如下：

旧雨社　藤野海南　1872 年

回澜社　川田瓮江　1874 年

茉莉诗社　森春涛　1874 年

下谷吟社 大沼枕山

七曲吟社 鲈松塘

晚翠吟社 向山黄村

麴坊吟社 冈本黄石

丽泽社 重野成斋 1879 年[1]

1.［日］木下彪著：《明治詩話》，第 162—163 页，东京：文中堂，1943 年版。

此外，著名的还有小野湖山的优游吟社、成岛柳北的白鸥吟社、江木衷的檀栾社等。明治中期，日本汉诗分为两派，以副岛苍海为中心，周围有小野湖山、龟谷省轩、依田百川、长尾雨山、国分青厓、本田种竹、桂湖村等人，是尊奉明代李沧溟、王弇洲的格调派，另一派以森槐南为中心，周围有永坂石埭、野口宁斋、大久保湘南、宫崎晴澜等人，是推崇清代吴梅村、王海洋的性灵派。1890 年 9 月，由国分青厓，本田种竹等提议，两派举行聚会，联合成立了“星社”，推举森槐南（1862—1911）为盟主。星社在一段时间里曾团结了不少青年汉诗人，可与当时小说界的砚友社相比。四年后，即 1894 年，由于内部纠纷，星社宣告解散。这以后，诗人们各自或以杂志、报纸为据点，从事汉诗写作，诗坛上呈现群雄割据的状况。

受过中国诗歌熏陶的明治文学家，许多都能写汉诗，有的还写得不算坏。明治维新打开了锁国的大门，自幼受过些汉诗文训练的知识分子作为官员、学者与旅游奔向欧亚各地，将他们游览名胜、怀古伤今的所见所闻所感习惯似地咏为汉诗。这使明治汉诗多了些欧言美语、洋腔洋调，也具有了前所未有的文化多样性。龙动（伦敦）、伯林（柏林）、那破仑、奈翁（拿破仑）、华得流（滑铁庐）等新词频频见于诗中。那些受了西方文学影响而又以研究中国文化为务的学者，也终于能够梦想成真，开始踏访大江南北、长城内外的旅程。他们凭吊古迹，拜访名士，睹物技痒，诗情屡动，一路有吟，诗囊不空，留下了数目可观的游华诗篇。森槐南、南条文雄（1849—1927）等均赋诗有记。早期中国戏剧研究者西村天囚（1866—1934）在戊戌变法失败后，曾作《时事有感，赋古风一篇，示沪中诸同人》：“悲风自北至，天日忽晦冥。我以游览客，而亦泣涕零。闻道圣明主，忧虞在生灵。欲济时艰急，岂可守常经”云云，对时局格外关注。游华诗多以绝句写走马观花之得，诗人常将亲眼目睹的印象与唐宋诗赋的名句相对照，形成虚实相背的文化落差。

明治时代徘句革新的主将正冈子规（1867—1902），从小曾从外祖父藩儒大原观山学汉学，从伯父佐伯半弥学书法，为日后奠定了汉学基础。《子规全集》中收录了他所作的汉诗多首[1]，卷四载他十二岁时所作汉诗《闻子规》：

一声孤月下，啼血不堪闻。

半夜空欹枕，故乡万里云。

自注云：“此为余作汉诗之始”，以后每日作汉诗。在松山中学学习期间与友人竹村链卿组成“同亲吟会”，其诗作请汉学家河东静溪评改。后来他潜心研究俳句，在明治俳句史上占有重要地位。

夏目漱石（1867—1916）是正冈子规在一桥大学预科的同学，也是从小接触汉学的作家。在 1907 年出版的《文学论》中，他回忆说：“我少年时代便好学汉籍，尽管学习它的时间短，但朦胧之中已由《左传》、《战国策》、《史记》、《汉书》懂得了：文学就是这样的。”[2]他正是通过中国的书籍培养起对文学的爱好，从而为他后来选择文学道路积蓄了心理与修养的条件。1889 年在他攻读英文学时，受到正冈子规编《木草集》的影响，也开始自编纪行汉诗文集《木屑录》，共收录他的五言绝句、七言绝句、七言律诗共一百六十三首。出于他从小受到汉学者岛崎醉山的启蒙教育，后来又接受了汉诗人长尾雨山的批点，诗的艺术性提高很快。

熊本的夏目漱石铜像

青年时代的夏目漱石，目睹世间那些贪图利禄爵位而失去节操的所谓名士，颇感厌恶，仿刘基《卖柑者言》，写了《观菊花偶记》，文中说：“今夫所尚于士者，节义气操耳，然方利禄在前，爵位在后，辄改其所操持不速之恐，滔滔天下皆是。吁嗟！此辈虽金晃而绣服，而其神则亡矣！”[3]“不速之恐”意为“恐之不速”唯恐不速的意思。在《木屑录》后有一首《自嘲

1.〔日〕正冈子规著：《子规全集》第 8 卷《少年时代创作篇》，第 1—72 页，东京：アルス，1925 年版。

2.〔日〕夏目漱石著：《漱石全集》第九卷，第 9 页，东京：岩波书店，1966 年版。

3.〔日〕夏目漱石著：《漱石全集》第十二卷，第 288 页，东京：岩波书店，1967 年版。

书木屑录后》："白眼甘期与世疎，狂愚亦懒买嘉誉。为讥时辈背时势，欲骂古人读古书。才似老骀驽且，识如秋蜕薄兼虚。唯赢一片烟霞癖，品水评山卧草庐。"[1] 表达了对独立人格与脱俗生活的精神向往。下面这首《山路观枫》也是他这一时期的作品：

1.［日］夏目漱石著：《漱石全集》第十二卷，第 452 页，东京：岩波书店，1967 年版。

石苔沐雨滑难攀，渡水穿林往又还。

处处鹿声寻不得，白云红叶满千山。[2]

2.［日］夏目漱石著：《漱石全集》第十二卷、第 395 页、东京：岩波书店，1967 年版。

夏目漱石下面一首七绝《题自画》作于 1910 年：

山上有山路不通，柳阴多柳水西东。

扁舟尽日孤村岸，几度鹅群访钓翁。[3]

3.［日］夏目漱石著：《漱石全集》第十二卷、第 415 页，东京：岩波书店，1967 年版。

夏目漱石以小说家著称，同时也为后世留下了二百首汉诗。在他晚年写的七律中，佛道思想的投影和"则天去私"的思想融汇在一起。

自笑壶中大梦人，云寰缥缈忽忘神。

三竿旭日红桃峡。一丈珊瑚碧海春。

鹤上晴空仙翮静，风吹灵草药根新。

长生未向蓬莱去，不老只当养一真。

大愚难到志难成，五十春秋瞬息程。

观道无言只入静，拈诗有句独求清。

迢迢天外去云影，簌簌风中落叶声。

忽见闲窗虚白上，东山月出半江明。

真踪寂寞杳难寻，欲抱虚怀步古今。

碧水碧山何有我，盖天盖地是无心。

依稀暮色月离草，错落秋声风在林。

眼耳双忘身亦失，空中独唱白云吟。[4]

4.［日］夏目漱石著：《漱石全集》第十二卷、第 443—444 页，东京：岩波书店，1967 年版。

这些诗，力图用色彩鲜明的形象来刻画作者回首往事、憧憬淡泊生涯的心境，模仿义山诗的痕迹很明显。

夏目漱石晚年所作汉诗，更历来为汉文学者称道。不过，应当注意的是，他是以接受了西方文化洗礼的现代小说家的眼光来看待中国古典诗歌的价值的。在资本主义迅速发展的日本近代社会，人们痛感金钱在生活中起着越来越大的作用，生活节奏加快，精神压力剧增，便希图在文学中寻找一块安闲的绿地，获得片刻的休憩。

夏目漱石曾借雪莱的《云雀诗》，议论起西洋诗来，“西洋诗的根本在人事，即便所谓纯诗歌，也不知道从尘世解放出来。因此到处都是同情啦、爱啦、正义啦、自由啦……永远在尘世中兜圈子，结果最有诗意的诗，也不免在地面奔忙，忘不掉为金钱打算。”因而，他把眼光转向能够“陶冶性情，解脱俗念”的中国诗。他在《旅宿》中说：

> *且喜东洋的诗歌中有解脱尘世的作品。采菊东篱下，悠然见南山。只在这两句中，就出现浑忘浊世的光景。这既不是为了邻女在隔壁窥探，也不是为了有亲友在南山供职。这是超然的、出世的、涤荡利害得失的一种心境。独坐幽篁里，弹琴复长啸。林深长不知，明月来相照。只此二十字中，卓越地建立了另一个天地。这天地的功德，不是《不如归》或《金色夜叉》的功德，是在轮船、火车、权力、义务、道德、礼义上筋疲力尽之后忘却一切，浑然入睡似的一种功德。*[1]

1.［日］夏目漱石著、丰子恺译：《旅宿》，《夏目漱石选集》第二卷，第 118 页，北京：人民文学出版社，1958 年版。

《不如归》与《金色夜叉》是明治初年两部畅销小说，它们都写到金钱对社会生活与人们精神的巨大影响力。漱石提醒人们，在物质文明发达的工业化时代，不要因心灵为权力、义务等“超载”而忘记了给自然、给美、给闲静的心境预留一份空间。夏目漱石说他愿在“大自然里直接吸收渊明和王维的诗境，而逍遥于‘非人情’的天地之中，享受暂时的醉兴”。然而，他更知道，他所求的这种超乎俗世人情的境界，只能给他片刻“醉兴”的享受，却不能给他永住其中的特许。于是，接着幽默地说，“当然，我是人间的一分子，尽管喜欢‘非人情’的世界，却绝没法子持久。渊明也不可能终年望着南山，王维也不可能在竹林中不挂蚊帐睡觉。我想，那些多余的菊花一定卖给花店，而长出来的竹笋也售到菜市去了。我也不例外。不管多么喜欢云雀和花菜，终不至于‘非人情’到野宿山中的地步。”夏目漱石这里强调的是，一份“超然的、出世的、涤荡利害的一种心境”在现代社会依然是有益的，它与现实物质追求也并非是绝对对立、永不相容的关系，他希望的仅是它们能各得其时、各有所用。

森鸥外（1862—1922）少年时代曾在藩校养老馆学过三年汉籍。在他去欧洲经过四十天船中苦闷的生活初到法国马赛港时，不禁挥笔写下了自己喜悦的心情：

回首故山云路遥，四旬舟里叹无聊。

今宵马赛港头雨，洗尽征人愁绪饶。[1]

1. 陈生保著：《森鷗外の漢詩》上，第215页，东京：明治书院，1993年版。

森鸥外一生作诗224首，1585行，诗体多样，题材丰富，包括纪行纪事、人物品评、咏物怀古、怀旧悼亡、赠答应制、书画题记，或议论，或讽喻，或独吟。尽管鸥外曾把创作汉诗说成是雕虫小技，但汉诗作为他文学活动重要的方面，记录了他一生体验的心路历程。

森鸥外

鸥外为他的《鲁拜集》日译本题诗，认为中国诗人中唯有苏轼与他同调：

〔一八七〕

题译本波斯诗 作者偶与苏轼同时故及

宠辱何关讽世诗，此心方许蛰龙知；

倘从禹域求同调，除却坡仙更有谁。[2]

2. 陈生保著：《森鷗外の漢詩》下，第460页，东京：明治书院，1993年。

森鸥外青年时代的作品，艺术上尚未成熟，试图迅速反映东西方文化交融时代的追求却十分鲜明。他鄙弃那些一味指责求新倾向而固守旧域的观念，主张大胆地吸取西方文化，在留学时代写的汉诗，积极引入社会流行的新语入诗，反映出新的思维方式。如他咏唱意大利民族英雄加里波第(Gitgepe Garibaldi，1807—1882)的一首，诗中的"米洲"，是"和风汉语"，即美洲：

〔九二〕*无题*

赫赫兵威及米洲，平生战斗舍私仇，

自由一语坚如铁，未必英雄多诡谋。[3]

3. 陈生保著：《森鷗外の漢詩》上，第207页，东京：明治书院，1993年。

1859年对奥战争期间，加里波第重新投入民族解放运动，1860 年组织“红衫军”解放西西里和那不勒斯，随后萨伏依王朝妥协，将解放土地合并于撒丁王国。1862 年和 1867 年又两度组织武装部队进攻教皇统治下的罗马，但均遭失败。鸥外从加里波第的战斗生涯中似乎看到了一种西方英雄主义精神，赞扬他高举自由的旗帜，始终不渝地为民族解放而战，而与某些玩弄权谋、择主而从的封建时代的忠臣良将大相径庭。鸥外诗中的“米洲”（即美洲）、“自由”等语固然是“新词语”，而且诗中表现的观念也是与旧汉诗不相容的。

同时，我们还应看到另一方面：鸥外对于当时喧嚣一时的浅薄的“文明开化”风潮又是颇为反感的。鸥外在留洋归来后自称是“出洋归来的保守主义者”，他主张合理吸收西方文化，反对盲目吸取，在西方人面前总是一再强调日本文化、东方文化的独特性，在汉诗中也总是积极利用传统的形式去表现前人未曾表现的内容。如他咏唱曼德海峡（Babel Mandeb）的一首：

〔一二四〕无题

负笈三年叹钝根，还东何以报天恩；

关心不独秋风恨，一夜归舟过泪门。[1]

1. 陈生保著：《森鷗外の漢詩》上，第 269 页，东京：明治书院，1993 年。

诗中将曼德海峡译为“泪门”，铸为诗语，一种伤感之情淡然流出，采用的是唐诗重视地名用字色彩的手法。诚如钱钟书先生所说，“唐人诗中用地理者多气象”，“唐人作诗尚有用意，非徒点缀”。[2]

2. 钱钟书著：《谈艺录》八九《诗中用人地名》，第 292 页，北京：中华书局，1993 年版。

第八五首无题“扁舟解去多遗恨，辜负清光月国秋”用的同一手法，诗作因而收到情景交融、语含双关、耐人寻味的效果。晚年鸥外技巧日渐纯熟，他以汉诗写时装模特、歌妓舞女等资本主义社会特有的风情，也仍具有风俗诗的风格。

鸥外汉诗又多以新语入诗，这为语释带来困难。如下面这首无题诗出现“骨喜”一词，前人便少有谈及：

〔七二〕无题

舟中不似在家忙，眠足窗前认曙光；

鸣铎数声催我起，荐来骨喜一杯香。[3]

3. 陈生保著：《森鷗外の漢詩》上，第 178 页，东京：明治书院，1993 年。

骨喜，即咖啡。明治时代 coffee 音译有可喜、膏喜、茄菲、加啡、骨非、滑比、滑否等不下三四十种。森鸥外也是言之有据的，据荒川忽兵卫著《外来语辞典》，“骨喜”一词最早当见于1816年出版的小森玄良所著《兰方枢机》。[1]

1. [日] 荒川惣兵卫著:《外来語辞典》,第413页,东京:角川书店,1969年版。

鸥外途经印度写的一首诗,含蓄地吐露出为东西方文化交流远渡重洋的心声:

〔八五〕无题

风物何边似个幽,红花绿叶四时稠;

扁舟解去多遗恨,辜负清光月国秋。[2]

2. 陈生保著:《森鷗外の漢詩》上,第197页,东京:明治书院,1993年版。

诗人自注:“月国,盖印度者。月国之义,说出《西域记》。”鸥外特别提到《大唐西域记》,绝非偶然。玄奘不仅对中印文化交流作出了不可磨灭的贡献,他的译经与著述还对日本平安时代的佛教与佛教文学(主要是说话文学)影响颇深。旅欧途中,鸥外想到他,为不能在月国久留而深感遗憾,流露出对文化交流先驱者的敬意。要知道,在当时或稍后较长一段时间,出国远游仍被某些日本人视为畏途。

试读鸥外中年的一首:

〔一四三〕送友人之德国

万里乘长风,胸怀何阔大。

世间耳食徒,妄说风土害。

不见田丰豪快言,死人岂独岭海外。[3]

3. 陈生保著:《森鷗外の漢詩》下,第359页,东京:明治书院,1993年版。

当时日本人对出国的疑惧心理,由此可见一斑,害怕到域外会染地方病而客死他乡,因而逡巡洲浦、裹足舟外者似大有人在,鸥外对此短见之说加以驳斥,勉励友人乘长风,破万里浪,走向阔大的世界。这首诗里的“田丰”,可能为“田横”之误。“丰”、“横”日语音读相近,这是汉诗特有的因音而字讹现象。

《史记》载韩信破齐,横自立为齐王,率领从属五百人逃往海岛[4]。刘邦称帝,遣使者往招降。横与客二人往洛阳,未至三十里,羞为汉臣,自杀。原居留岛中之徒众,闻横死,亦皆自杀。司马迁称颂田横的高节,又赞叹“宾客慕义而从横死,岂非至贤”。而鸥外对这一段史实作了新的解释。田横临死虽口吐豪言,说得痛快,但最后的结局是五百人困死海岛;眼下那些固守一隅的人们尽管振振有辞,但他们不知道,不仅走出海岛会有不虞之难,就是困在岛中也有死亡之灾![5]

4. [汉] 司马迁著:《史记》第八册,第2648页,北京:中华书局,1975年版。

5. [日] 神田喜一郎著:《鷗外と漢文學——その周辺について》,载神田喜一郎《墨林閒話》,第116—127页,东京:岩波书店,1977年版。

第三节 明治翻译文学和晚清文学翻译

日本明治初年，适应“文明开化”的需要，西欧文学的介绍和翻译，在不长的时间里由细流汇成大川，以致于有的文学家将明治头十年称为“翻译文学时代”。这个时候的翻译者，多是政治家、新闻工作者和汉学家。他们把翻译当作业余爱好，向读者揭开了西方帷幕的一角。这些翻译过来的作品，宣扬了资产阶级的民主、自由和个性解放，普及了科学文化知识，对于那些渴求新知、向往西方而又看不懂“洋文”或看厌了“戏作”的青年们来说，无疑是解渴的。

江户时代直至明治初年，一般知识分子的文学修养，大体是靠以汉学为基础的教育培养出来的。他们的文学底子，主要是四书、《唐诗选》、《十八史略》、《古文真宝》以及传入日本的中国白话小说，而对日本语文学反而较为生疏。这就使得明治初年的翻译文学带有浓厚的汉文调。当时的风气，翻译者多甩开原文，大删大减和小添小补同时并举，与其说是翻译，不如说是改写。在对原作加工的时候，不少译作，不仅将原作浅俗化、梗概化、理性化，而且将原作的“洋气”漂洗一番，染上中国文学的色调，也可以说一定程度地中国文学化了。这种汉文调，要到 1888 年二叶亭四迷等人的翻译作品问世，才算中止。

阿英《晚清小说史》在谈到晚清小说翻译多于创作的情况之后，曾经指出，“就各方面统计，翻译书的数量，总有全数量的三分之二，虽然其间真优秀的并不多，而中国的创作，也就在这汹涌的输入情况之下，受到了很大的影响。”[1] 在这汹涌的输入中，有不小的一部分是从日文转译的西欧文学作品。之所以产生这种情况，一个重要的原因，便是晚清的翻译者在日译本中发现了自己——自己的逻辑、自己的想法、自己欣赏的表达方式以及自己的语言。

1. 阿英著：《晚清小说史》，南京：江苏文艺出版社，2009 年版。

一、 豪杰译与政治化

19 世纪 70 年代以前，中国和日本都曾零零星星地介绍过一些西方文学作品，这里，一种情况是，由到各自国家的西方传教士翻译而各具特色。例如，古希腊伊索的寓言，在日本早在 1593 年（文禄二年）就出版了由耶稣会士翻译的天草版的《伊曾保物语》[2]。在中国，耶稣会

2. 京都刊行，后多次重印，直到天保年间（1830—1844）。

士利马窦的《畸人十篇》（1608）和庞迪克的《七克》（1614）等著作中，也已经提到和翻译过伊索寓言。1625年（明天启五年），又出了由西方金尼阁口授、南国张赓笔传的《况义》，1840年广东出版了新译本《意拾蒙引》，意拾即伊索的另一音译，仿粤音。试将《伊曾保物语》和《况义》的同一则故事略作比较。下面是《伊曾保物语》中卷第十三则《犬脔》，译文稚拙却有韵味，难称流畅也还好懂：

一犬衔脔渡河，至河中，见脔影映于水中甚大，以为彼大于所衔之肉，欲舍此取彼，故二肉皆失。如此利欲熏心之辈，羡艳他人之宝，遇机贪求，辄蒙天罚。亦有失所持之宝者。

《况义》中同一故事如下：

一犬噬肉而跑，缘木梁渡河，下顾水中肉影，又复云肉也，急贪属啖，口不能噤，而噤者倏坠。河上群儿为之拍掌大笑。

义曰：其欲逐逐，丧所怀来，龙也可使忘影哉！

另一种情况是，中国的译本传入日本，影响日本的译者。这可以《天路历程》为例。17世纪后期英国清教徒班扬（John Bunyan，1628—1688）在狱中写成的宗教小说《Pilgrims Progrese》，1869（清同治八年）上海华草书馆出版，书名译作《天路历程》。1876—1878年（明治九年到十一年），神户出版的基督教报纸《七一杂报》上连载了村上俊吉的译文，书名照搬了中文译名，该书后来又出了单行本。

据芥川龙之介在《骨董羹》中说，书里数页铜版画的插图都是中国人画的，以中国风格描绘文中的人物风景，例如，一幅描绘一处壮丽宫殿的插图，画的是中国人在殿前踱步，而其文章则是“以汉叙洋”。特别是其中的英诗翻译，更是“汉味”十足。例如有一首《生命水之川》：

路旁生命水清流，天路行人喜暂留；

百果奇花共悦乐，吾侪幸得此浦游。[1]

明治维新使学习西方成为时代的浪潮，翻译文学盛极一时。1871年中村正直（敬宇）的《西国立志编》（斯迈尔《Self Help》）[2]，1871年斋藤了庵《鲁敏孙全传》（《鲁滨逊飘流记》），1873年渡边温《通俗伊苏普物语》（《伊索寓言》）等书的出版揭开序幕，随即英、法、俄、德等各国的作品都呈现在渴望呼吸到新鲜空气的读者面前。[3]

1. 高慧勤、魏大海主编：《芥川龙之介全集》第3卷，第205页，济南：山东文艺出版社，2005年版。

2. ［日］中村正直译：《西國立志編》，东京：修文堂，1902年版。1871年后曾多次重印。

3. ［日］柳田泉著：《明治初期の翻譯文學》，东京：松柏馆书店，1935年版。

当时，翻译队伍的基本构成是政治家、报刊编辑记者和汉学者，对原本选择的标准及处理原本的主导倾向，是有助于解决国内的政治问题。西南战争之后，国内阶级矛盾和政治斗争尖锐起来，不论是在民间，还是统治阶级内部，都有反对藩阀专制统治、要求改良政治的呼声。不少人希望看看两方的资产阶级是怎样推翻专制、掌握政权的，是怎样享受民主自由、获得富裕安乐的。

一般认为，近代日本的西方文学翻译始于丹羽纯一郎（1851—1919）翻译英国李顿（B.Lytto，谢六逸《日本文学》作栗董）的作品。原是一部“政治加爱情”的历史小说，译名为《欧洲奇事花柳春话》。译者丹羽纯一郎是一位立志成为职业政治家的青年，滞留英国时得此原作，在回日本的船上阅读消遣，着手译书。在该书序言中，说明其翻译的目的，是藉此介绍“英国近世之风俗人情、政治家之内秘、党派之密情、贵贱之别、贫富之差”。李顿是英国的政治家，担任过殖民大臣，又是小说家，他的作品也就特别受到翻译者的青睐，其日译本之多，竟在莎士比亚、司各特、雨果、大仲马之上。

雨果、大仲马作品中反专制统治、反宗教压迫的内容由于适应日本当时的政治需要也为译者所推重。后来成为自由民权运动领袖之一的板垣退助，在旅欧期间曾致力于雨果小说的翻译，回国后他把带回来的雨果作品推荐给同好翻译。森田思轩以介绍雨果而蜚声文坛，其所译一系列作品，多着眼于书中的资产阶级革命历史的内容。当时，大仲马也作为“革命文学的泰斗”而倍受推崇。

矢野龙溪（1851—1931）把大仲马写到攻破巴士底狱事件的作品，改译成《自由凯歌》，坪内逍遥（1859—1935）把莎士比亚的《凯撒》，译作《该撒奇谈自由太刀余波锐锋》，书名中赫然标明“自由”二字，都是顺应当时的“欧化万能”及自由民主两股思潮[1]，以洋书、洋史、洋人亡灵来展示日本资产阶级政治革命前景的译作。

在“文明开化”的时风众势之下，许多人希望用西方知识来充实头脑，于是，又促成了翻译文学中另一支新军的崛起，那就是科学幻想小说的时兴。1878 年川岛忠之助翻译的凡尔纳《八十日间世界一周》，1880 年井上勤翻译凡尔纳的《九十七时二十七分月世界旅行》等等，激起人们对科学的兴趣。这些作品，以酷爱科学、探求新知的情感，大胆而又富于哲理的幻想，为只熟悉中国志怪传奇、日本怪谈的神鬼狐妖艺术世界的人们，打开了一片新的天地。

1. 坪内逍遥尚译有《春风情话》（W.Scott:The Bride of Lam mermour. 1819）、《春窗绮话》（W.Scott:The Lady of the Lake, 1810）、《开花悲愤 · 慨世士传》（L. Lytton: Rienzi. 1835）等，并译有《莎士比亚全集》四十卷。

明治初年的翻译者不甘于只完成“将一种语言的文学转换成另一种语言的文学”的职责，他们要做生活的评判家、读者的引路人、原作的改造者，因而，他们的社会观、政治观和文学观总是在译作中顽强地表现出来。尽管当时翻译是在无组织、无系统、无总体上精心选择的状况下进行的，但翻译的内容，仍明显地反映出译者对社会需要的理解，而且在书名的拟定、对原作的删节、增补和改写上，都毫无掩饰地展示出译者的小说观和艺术趣味。

正是在这些方面，我们清楚地看到中国文学的影响。

先说书名。欧洲近代戏剧小说在典型人物的塑造上已经达到了很高的水平。许多长篇小说，是以书中具有鲜明个性的人物命名的（当然也有一些作品是用地名或事件发生的时间等命名的）。日本古代小说多以“物语”相称，或者如同中国，标之以“谈”、“记”、“编”之类的字眼，以表明其为叙事文学的一种，大抵是以事件来命名者居多。中国明清小说传入日本，江户时代的读本，接受了他们的影响又在书名中冠以“谈”、“话”之类的字眼。明治的翻译作品大多沿袭以上几种方式，给“他乡之客”披上熟人的衣衫，倒也给人以“似曾相识燕归来”的感觉。

用与史传挂钩的字眼来题名的，如：

《鲁敏逊全传》（即《鲁滨逊飘流记》，斋藤了庵译，1872年出版）

《鲁（按：俄）帝弑逆记》（大久保常吉）

《西国列女传》（田岛象二编）

《虚无党实传记鬼啾啾》（即《地下的俄罗斯》，宫崎梦柳译，1884年出版）

《开卷悲愤慨世士传》（李顿著，坪内逍遥译，1885年）

用的最多的是“谈”、“话”、“通俗”、“说”：

《通俗伊苏普物语》（即《伊索寓言》，渡边温译，1873年出版，自家版）

《西洋孝子流别奇谈》（法国小说，小林谦吉译，1874年出版）

《开卷惊奇暴夜物语》（即《天方夜谭》，永峰秀树译，1875年出版，奎章阁）

《父子奇遇白浪艳话》（李顿作，小川渔史译）

《欧洲情话群芳绮话》（即薄伽丘《十日谈》，十久保勘三郎）

《西洋珍说人肉质入裁判》（即莎士比亚《威尼斯商人》，井上勤译）

《露（按：俄）国奇闻花心蝶思录》（即普希金《上尉的女儿》，高须治助译）.

《良政府谈》（托马斯·曼著，井上勤译）

《该撒奇谈自由太刀余波锐锋》（即沙士比亚《恺撒》，坪内逍遥译）

《欧洲奇事花柳春话》（李顿《庞培的最后一日》，丹羽纯一郎译，板上半七发行，1878 年）

《新说八十日世界一周》（儒勒·凡尔纳著，川岛忠之助译，1878 年，凡善出版）

《春风情话》（司各特著，坪内逍遥译，1880 年，中岛精一发行）

《绝世奇谈鲁敏孙漂流记》（笛福著，井上勤译，1883 年，博文社）

《泰西活剧春窗绮话》（即司各特《湖上美人》，题服部诚一译，实为坪内逍遥、高田半峰、天野译，坂上半七发行）

《欧洲奇史寄想春史》（李顿著，织田纯一郎译，1879 年）

中国的林纾，也是好为原书改名的一个。据统计，在林译 178 种外国作品的中国式书名中，用“记”（或“纪”）字的，约 36 种，用“录”字的约 20 种，用“传”字的约 20 种，直接用“史”字的，约五、六种，其他还用过“述”、“志”、“略”、“遗事”等名目。

明治初年的翻译者，还常改变原作的主题、结构、人物。严格说来，只能称作改写或缩写。这种翻译的方式，被称作“豪杰译”，或许有译者自命豪杰，挥动大笔，对原作宰割挥斥之意。这种“豪杰译”在晚清也颇多见。一部《基度山恩仇记》，被译者金为鹤（笙甫）改编成薄薄的一本《炼才炉》，目的在于说明救国需要千锤百炼的人才，在序中抨击所谓志士平时指天划地，轩眉扼腕，临事则摇手裹足，动色相戒，并题诗“前途我为神州祝，薪胆无忘在莒时”[1]，原作法国风土人情的描写、人物心理的刻划都被删除殆尽，译作与原作的距离，已不可以道里计。

1. 金为鹤（笙甫）撰：《炼才炉》，载《说部丛书》第 48 编，有光绪三十二年（1906）四月序，商务印馆印行。

1885 年，《拍案惊奇地底旅行》发行，三木爱花（1861—1933）为之作序。序中说，他为自己青少年时着迷于日本戏作和中国四大奇书感到难为情，认为中国小说荒诞无稽，有益于世道人心者少，而西洋小说则必与学术、宗教、政治相关，有益于世道人心者甚大。同样的价值观，也表现在服部抚松（1841—1908）的见解里：

泰西人善作小说，亦善读小说，贵重之无异正史，其说曰，由人情世态能诱风化于开明、能导思想于政治者，莫如小说。由小说施诱导，则入易感深。此说诚是哉！

（《劝惩绣像奇谈》）

这些议论，把政治这个新概念引进到原有的小说理论体系中，含有要求小说为政治服务的新意识，以及要把小说历来屈居于正史之下的地位变一变的新要求。

三木爱花、服部抚松所说，代表了当时一般翻译者的小说观念。许多翻译作品是在学者中流行的一种功利主义文学观覆盖下的引进成果，而这又同整个学术界重实用的风气相一致。政治家、新闻记者及汉学者们选择处理原作，可以说带有政治化的倾向，在他们进行这种对原作的改造工作时，其思想深处显然存在着一种文学应当直接服务于政治、可以直接服务于政治的观念。这种观念，从继承传统的角度来讲，与其说是日本式的，毋宁说是中国式的。传统的中国诗论及小说戏曲理论就实质上说，在文学与政治的关系上，多强调文学政治道德教育的功能，而明清小说戏曲论著中，运用通俗的形式对群众施行教化的议论影响尤深。与中国文学相比，日本固有文学传统则表现出一种超脱政治的倾向。或许可以说，正是头脑中那些“劝善惩恶”的中国古典小说和日本读本，使日本当时的小说家更容易把泰西小说想象成“以平易谈话，论破政治得失，辨晰风俗美恶”[1]的东西。

1.［日］藤田鸣鹤：《經国美談跋》，见矢野文雄著：《經國美談》，第1页，东京：长島文昌堂，1901年版。

二、 明治翻译文学的汉文调

一部译作的风貌，很大程度取决于作者的文学修养。在江户后期成长的青年知识分子，是由汉学、日本学、荷兰学的乳汁养育成人的，吸收营养各有不同，但汉学总是起着启蒙奠基的作用。这些青年知识分子在学习了欧洲语言之后，一方面对西方文学的理解，要受中国文学“模子”的影响，另一方面，他们在介绍西方文学的时候，不能不考虑到他们的读者熟悉中国文学的情趣，而对西方文学却难免“认生”。

这些翻译作品的汉语词汇密集。例如，《花柳春话》是这样开头的：

爱说距市井凡四里许，有一荒原，绿草繁茂，怪石突兀，满眼荒凉，四顾杳无人声，恰如行于沙漠之中。唯闻悲风飕飕，草芜而战。

在译文中竟然出现了这样的句子：“仆若得幸一尝卿之朱唇，唯能就安眠”，将吻说成是“尝朱唇”，说明译者的汉文水平实在欠高明。

相比之下，宫崎梦柳（1855—1889）的《法兰西革命自由之凯歌》（以下略作《自由凯歌》）

显得好多了。它是这样开头的：

> *锦绣楼阁出花高耸入云，珠玉宫殿隔柳近连于霞。有雾鬓风鬟之美人辗车，有鞭丝帽影之公子驱马。东西南北到处肩摩毂击，无比繁华之法兰西毕加尔契州著名之比拉阔德莱街，亦物换星移，至一千七百八十九年，只留下颓垣断础。*

《自由凯歌》采用章回体。它的叙述方式，与中国的话本、拟话本或长篇评书相似，用P·韩南的话来说，就用的是向听众作演讲的小说家那种虚拟的口气。叙述者提起笔来，便如同已直接面对听众，他可以随时离开叙述的事物，提醒听众注意某些事情，或记取某些教训，随时在和听众交流着看法和情感。他与听众直接对话的内容，也包括着让听众注意条理层次和结构。《自由凯歌》每一回的开头，有“接头回”、“再说”之类的词语，在一回的结尾，有“且听下回分解”之类的句子，而在每回叙述中间，由叙述一件事转入另一件事的时候，则用“话休烦絮”、“话头一转”、“闲话休”、“且说”、“话头复初”等来作为时间、空间的过渡。如第二回最后一部分：

> *话头一转，那个他叫做毕托的，其名安吉，生在此阿蒙多村，不久其父便柒疾医治无效，无常之风相邀，朝露顿消。自此慈母腻爱，矫惯任性，素不知读书，时而入深林捕乌，时而临浅水打鱼。游戏三昧，蹉跎日月；光阴如水，去而不留，毕托已一十二岁。其身上忽生一不幸之事，说来话长，且听下回分解。*

《自由凯歌》的人物描写，也多采用中国小说的类型化方法。书上的男主人，显“发髯黝黑，面色青白，眉秀唇朱，目光炯炯，远射于人，其风采可知乃有威无猛，一世英豪”（第四十二回），其女主人公是“鬓影低掩其肩，宛如春柳之丝；面目清秀，有疑秋水涵明月，雁望之惊落，鱼见之沉隐，年方二八，如花似玉”云云（第六回），“玉貌雪肤”、“沉鱼落雁”是章回小说的窠臼。《自由凯歌》这些地方，都带有中国小说诗情化的外貌描写的特征。

中国古典小说中，不仅大量穿插着诗、词、歌、赋、铭、联、诔等韵文，而且在意境的创造及语言的锤炼上，都表现出一种浓郁的诗情。在叙事中，不时用语调铿锵、节奏鲜明的对句、排句、喻句制造一种强烈的抒情气氛。日本文学作品中也有类似对句的表现手法，但是出现的频率以及音意的考究上，都与一字一音一调的中国文学不同。《自由凯歌》虽然没有篇章完整的诗词歌赋的穿插，然而诗化的对句却颇多，往往对中有喻，对中有典，如：

残花风急，失宿零蝶忽迷春；折苇霜严，求栖断雁时悲秋。（第六回）

青灯无伴，梦里化作望夫石；红泪有痕，身何竟为薄命花！（第三回）

栖鸦惊远林，风露梦里悲洒；孤猿叫幽谷，直令羁客襟寒。（第十回）

治乱忽换地，盛衰已异处。（第二十回）

花散空雨晴，春去夏木深。（第十九回）

上面这些例句，有的用两个较长的上下合成的复句互为对仗，如前三例；有的则用较短的单句互为对仗，如后两例。有的表示互为平行的内容，形成铺陈的语气而显示韵味的阔大，如第一例；有的则表示下联对上联的对照转折关系，形成排奡之语，从而显示音节由低沉到高亢，如第二例。

从语汇来讲，《自由凯歌》多用成语式的四字联语，也表现出汉文学独有的韵味。一位日本学者曾说："这种四个字构成的汉字成语，是明治初期的一个特征。即使成立了新政府，汉字的教养仍然在支配层里受到尊重，作为这种风潮的反映，连当时的俗语中也有多用汉字的倾向。"

在中国的文学作品中，平仄相间、字句整齐、结构均衡的四字联语穿插于散句中，往往使整个句子更富有节奏美、音调美，而且这种结构本身，便使我们感到更"中国化"。《贵妃醉酒》译成《一个妃子的苦恼》便像一出外国戏，相反，《滑铁卢大桥》译成《魂断兰桥》倒更像一个中国故事。《自由凯歌》和当时的日本小说一样，不乏日本人自己创造的四字联语，如：

鲸浪鳄波　　龙战虎争　　放游恶戏

萤窗雪案　　隙驹一奔　　天险地利

减炭剥衣　　落花微尘　　破竹倒澜

这些在结构、人物描写及语言技巧上对中国文学的借用，使译作构成了一种中国情调。而那些描写法国人独异的心理特点、异地风光、特殊事物的部分，却被译者轻轻抹去，难怪这种译作叫西方人看了会觉得素不相识，而让中国人看了却可能感到是旧友重逢。

1888年，二叶亭四迷（1864—1909）以流畅的日语译出了屠格涅夫《猎人笔记》的一部分，定名为《幽会》，此后，森鸥外对于德国文学作了很多介绍工作，内田鲁庵在俄语学者二叶亭四迷的帮助下，翻译了陀斯妥耶夫斯基的《罪与罚》，这些译作逐渐摆脱了"豪杰译"与中国情调。日本的翻译文学进入了新的阶段。

当然，中国文学的影响并不是在翻译文学中荡然无存了。1893 年，谪天情仙对《罪与罚》的评论（于载森鸥外任主笔的《栅草纸》第四十七号），便是将古人论诗绝句的方式用到小说批评上的尝试，他写了七言绝句《读〈罪与罚〉上篇》，芥川龙之介认为“题泰西小说之诗，嚆矢恐在此数首”。下录一首：

考虑闪来如电光，茫然飞入老婆房；

自谈罪迹真耶假，警吏暗杀狂不狂。

（第十三回）

日本翻译和介绍西方文学在不长的时间内便取得了很大的成绩。如何看待这些成绩和这种借鉴，看法却并不一致。1896 年，即明治二十九年，明治维新的成就已举世震惊，这一年出版的小泉八云写的《心》一书，谈到日本文化的特质，在赞扬了日本的医药学、外科医术、化学和战争、政策方面的成绩后，认为这些都是“日本民族向来有着特殊的能力的方面得到的好结果”，接下去笔锋一转，谈道：“可是，在不适合于日本民族性的方面，都做不出什么显著的事迹来，譬如说，在西洋音乐、西洋美术、西洋文学等的研究，时间好像是白白地浪费了的样子”。对这个结论，他又接着作了这样的说明：

在有限制的意味上，西洋的艺术是影响及日本的文学和戏剧了，但是这个影响的性质却证明了我所述的民族底差异。欧洲的戏曲要适合于日本舞台而被修改，欧洲小说因要适合日本读者而被改作了，但详细的翻译却很少试过，因为原作的事实、思想和感情，在普通的读者和观客是很难理解的。情节的被采取，但情感和事实完全被改变了。The New Magdalenn（按：《新玛格达琳》）变成一个和异族结了婚的日本姑娘，Victor Hugo 的（Les Miserables 按：维克多 · 雨果的《悲惨世界》）变成一篇日本内战的故事，而 Enjolras 便变成一位日本学生，但例外的也有几种，例如洋译得到显著的成功的《少年维特的烦恼》。[1]

1.［日］小泉八云著、胡山源译：《日本与日本人》，上海：上海商务印书馆，1930 年版。

西方文学进入日本初期之所以发生某种“变异”，除了小泉八云所说的“民族底差异”之外，恐怕还有一个“适应期”的问题。晚清翻译文学的情况，与之极为相近。日本文学和中国文学对于西方文学来说都是长期独立发展的，有着各自独特的审美习惯。正如早期话剧出现时，“当时的观众不欢迎纯粹外国剧本”的情形一样，沉浸于固有审美传统的日本和中国的读者，对于纯粹的西方文学，对于那个陌生的审美传统必然有一个适应过程。当时的译者译书，决非为了“藏之名山”，因而，采取其情节而改变其情感和事实正是一种向东方引进西方文学的有效形式。尽管随着读者对西方艺术鉴赏能力的提高，这种形式或许结束了使命，但它的桥梁作用却是不宜抹杀的。

三、 晚清通过日文转译的外国文学作品

中国近代最早翻译过来的西方文学作品，是在鸦片战争后刊登在外国传教士创办的报刊上的带有文学色彩的圣经故事，以及很少的篇幅短小的寓言。在日本的翻译文学时代到来之时，清朝的文士还几乎没有人想到在文学上向西方吸取什么。黄遵宪和日本人谈话时说：“形而上，孔孟之论至矣；形而下，欧米之学尽矣”，承认自然科学是“泰西”的好，中国有可学之处，同时深信文学、伦理我们的已是尽善尽美，不必由西方进口。他看到日本“近世文人，变而购美人诗稿，译英士文集矣”，也只是一笔带过，像王韬在《普法战纪》卷一中收入本人所译法、德诗歌两篇，实在是凤毛麟角。董恂以相当于外交部当家副部长的身份翻译朗费罗的《人生颂》，写在扇子上送给朗费罗，方浚师说这“用心”是要“同文远被”，引诱和鼓励外国人来学中国语文，接受中国文化。后来，有些人看到西方有一部分社会科学值得学，仍然没有想到费时日、花气力翻译西洋小说有什么用处。

在中国，形成相当于日本翻译文学时代的热潮，是在20世纪的头几年，这比起日本，已经晚了二十多年。甲午战败，痛定思痛，学外文、啃洋书的人多了起来，又出了个肯拿下古文家的尊严动手翻译欧洲小说的举人林纾，看出了欧美日本小说有“可师、可法者”。在这期间，大批留日学生配合国内运动，组织社团，译书办报。他们看到的情况，较明治初年又有很大不同。日本翻译文学不论是数量还是水平，都有长足的进步。他们了解了日本的新文学，也通过这个窗口了解西方文学。

增田涉《鲁迅与日本》曾谈到鲁迅“通过学会日语和德语，接触了世界文学”。说他“爱读森鸥外和二叶亭的翻译与里克拉姆文库”，“对鸥外（二叶亭也是）是通过他的翻译而吸取

外国文学"。在留日学生中，出现了戢翼翚、苏曼殊、马君武、周氏兄弟等翻译家，这同日本翻译文学的繁荣和乐于吸取西方文学为己所用的精神产生的无形的影响，不能说没有关系。

在晚清翻译作品的大军中，通过日文转译的西方和俄国文学算得上一支劲旅。俄罗斯文学的第一个中译本、作新社出版戢翼翚翻译的《俄国情史》，原是高须治助根据普希金《上尉的女儿》译出的，日文译名为《露国奇闻花心蝶思录》。高尔基作品最早的中译本、1907 年出版的《忧患余生》，是吴梼用白话文从二叶亭四迷的译本转译的，原作即《该隐和阿尔乔姆》，二叶亭四迷译作《犹太人之浮生》。在日本翻译小说兴盛的时代，儒勒 · 凡尔纳的许多作品都被译成日文。鲁迅留学期间，在《月界旅行 · 辨言》中说："我国说部，若言情、谈故、刺时、志怪者，架栋汗牛，而独于科学小说，乃如麟角，智识荒隘，此实一端。故苟欲弥今日译界之缺点，导中国人群以进行，必自科学小说始。"[1] 因而致力于科学小说的翻译。他译的《月界旅行》和《地底旅行》，都是据日译本译出的。

1. 鲁迅著：《鲁迅全集》，第 164 页，北京：人民文学出版社，2005 年版。

日本翻译的俄国和欧美的作品，影响到维新派的新小说写作，罗普的《东欧女豪杰》便是一个例证。

日本政治小说流行期间，一些译者将反映法国资产阶级革命和俄国民粹主义者斗争的作品，经过翻译改写，突出其争取民主、反抗专制的内容，流行于世。如 1884 年坂崎紫澜便将雨果的《九三年》，译写为《法国革命激战》（原文为《法国革命修罗の衢》）。关于俄国虚无党的译作更相继有多种问世。主要包括：

1882 年 4 月杣田策太郎摘译的《俄国奇闻烈女之疑狱》（原文为《鲁国奇闻烈女の疑狱》），由己社刊。9 月至 10 月宫崎梦柳编译的《俄罗斯虚无党冤枉的鞭笞》（原文为《鲁西亚虚无党冤枉の鞭笞》），连载于《绘入自由新闻》。9 月川岛忠之助译写的《虚无党覆亡奇谈》（原文为《虚无党退治奇谈》），由庆应义塾出版部刊行。

1883 年 12 月至翌年 4 月坂崎紫澜《惊灭动地俄国安娜传》（原文为《惊天动地露国安那物语》）连载于《山阳新闻》。

1884 年 10 月井上勤译的《白俄革命外传自由之征矢》）（原文为《白露革命外伝自由の征矢》）由绘入自由出版社刊行。从 12 月至翌年 4 月宫崎梦柳翻译的《虚无党实传记鬼啾啾》连载于《自由灯》。

另外，屠格涅夫刻画贵族自由主义者同平民知识分子之间冲突的长篇小说《父与子》，其主人公巴扎洛夫思想上是一个虚无主义者，二叶亭四迷在 1886 年曾将该作的一部分翻译出来，准备以《通俗虚无党气质》（原文为《通俗虚無党形気》）的书名出版，虽未公开发行，但广告登了出来。其时的“虚无党”热，也可略窥一斑。

在问世的有关虚无党的译作中，影响最大的是宫崎梦柳的《虚无党实传记鬼啾啾》。这是根据斯特普尼雅科《地下的俄罗斯》编译的。作品以悲怆的情调描绘了俄国民粹党人的地下活动。1882 至 1887 年间，随着自由党向左转，各种矛盾在激化，此书一出，反响强烈，作者也因此在 1886 年招致笔祸，不得不离开东京跑到大阪。

戊戌政变前便已东渡入早稻田大学的罗普，算得上改良主义者里面的翻译家。他曾参与《佳人奇遇》和《十五小豪杰》的翻译。又根据上面提到的有关虚无党的作品，写出了《东欧女豪杰》，刊于梁启超办的《新小说》杂志。这是我国最早介绍俄国民粹派苏菲亚等人革命活动的小说，书中那个舍弃了贵族生活深入民间的女革命家的献身精神，在留学生及流亡者中间颇有影响。不仅梁启超一派大力宣扬，就是《民报》也发表了《苏菲亚传》，苏菲亚遂成为反抗专制、爱国革命的女英雄的代称。诗人们歌唱她，呼唤着中国诞生苏菲亚：

飞扬古国非无日，巾帼中原大有人。

马君武：《和羽衣女士〈东欧女豪杰〉中作》

钩爪锯牙专制虎，翠鬟红袖慧心人。

高旭：《和羽衣女士所著〈东欧女豪杰〉中作》

晚清不少由日本转译的作品，实际上是一种“二次豪杰译”，甚至“多次豪杰译”，也就是日本人把欧美小说中的人名、习俗、文物、起居一切改为日本化，中国人再把这日本化的部分来一次中国化。有些译本到了中国译者手里，再动一次手术。如包天笑翻译的日记体的《馨儿就学记》，改用夏历，有数节全是自己的创作，写到了他家里的事，这算得上“二次豪杰译”。《十五小豪杰》一书，英国人由法文译成英文时，是“用英人体裁，译意不译词，惟自信于原文无毫釐之误”，森田思轩由英文译成日文，又自序说：“易以日本格调，然丝毫不失原意”，而梁启超、罗普译成中文又“以中国说部体段代之”。[1] 都说不失原意，而其实各有其意，这

1. 梁启超著：《饮冰室全集》第十九集，上海中华书局。

可算得上“三次豪杰译”了。豪杰们都在译作中驰骋文才，也就各有各的“小豪杰”了。这都反映了那个时代的风气。

当时译者忠于原著的观念是很薄弱的，而为读者阅读之便却想到了。译述之外，又有衍义一举。菊池幽芳《电术奇谈》经方庆周用文言译出，再经我佛山人衍义，把原译的六回扩写成了二十回。评者说“既经翻译，又经衍义，失真之处在所不免”，这他们并不介意，倒喜欢用这种节外生枝的插入来抨击现实，其认识是：译书是为了“输入文明”，而“输入文明”，就“必使阅者能够被其影响而后可”，一切为此服务，其余如人名、地名都是无关紧要的。这一系列作法，实际上是传统美学观念在翻译中的重现。该书附记中有一条：

> *书中间有议论谐谑等，均为行义者插入，为原译所无，衍义者拟借此以助阅者之兴味，勿讥为蛇足也。*[1]

1.〔日〕菊池幽芳著、东莞方庆周译述、我佛山人衍义、知新主人评点：《电术奇谈》，横滨：新小说社译印。

这是古典戏曲小说中俳谐手法和情节在译作中的运用。《电术奇谈》里的钝三，颇似《卖油郎独占花魁》里的卖油郎，衍义者写他被害之后的憨态痴态，逗人发笑，而又写他知趣、疼人。第二回插入一段中国庸医叶天士的故事，评者说：“士马（注：作品主人公）英伦人，何以忽解得中国掌故，自是衍义者故涉趣笔，不必引以为病，此等文字，自不得以刻舟求剑之眼读之”。

由于国风民情、文学传统等的不同，中日翻译文学兴起时，译者对原作的选择处理表现出诸多不同之处。简单说来，晚清一些影响较大的译作大都具有抗争、劝喻和论辩的特点。晚清的中国面临着瓜分惨祸，觉悟的知识分子痛感“春非我春，秋非我秋”（《复报》发刊词）。斯陀夫人《黑奴吁天录》、拜伦的诗特别受到欢迎，正是因为这些作品喊出了被压迫者的不屈的心声。鲁迅《〈奔流〉编校后记》一文中在谈到当年介绍波兰诗人密茨凯维支（1798—1855）的作品时说密茨凯维支是波兰在异族压迫之下的时代的诗人，所鼓吹的是复仇，所希求的是解放，在二三十年前，是很足以招致中国青年的共鸣的。林纾说他译述小说的目的是：“冀以救吾种人之衰惫，而自厉于勇敢而已”，“纾年已老，报国无日，故曰为叫旦之鸡，冀吾同胞警醒，恒于小说序中抒其胸臆，非敢妄吠，尚祈鉴我血诚”。与劝喻的特点相关联，一些译者又往往利用译作阐述自己对政治、军事、经济、道德等问题的看法，译作中多有论辨之辞。这在日本翻译文学时代并不是普遍的现象。

在日本，西方文学理论的翻译介绍几乎是与文学作品的翻译同时进行的，并且熟悉西方文学理论的青年批评家十分活跃而在晚清却看不到这种现象。这是文学交流史上一个饶有兴味的问题。

第四节　发轫时期的日本近代文学对中国文学的取舍

竹内实在谈到中国文学给日本近代文学的影响时说："明治以来，日本人的智慧的关心，智慧的审美的价值基准，从以前的倾向于中国，发生了急剧的转换，但是，所谓'汉学'却是牢固地存在于近代文学草创者的教养根基之中的。"近代文学的开拓者，由于自幼接受过一种日本化的中国古典的教育，由于接受了道德上的儒教伦理的熏陶和文学上的作汉文汉诗方法的训练，他们的头脑中，都保存着对中国历史人物事件及风土人情的想象和观照，在他们受到新生活和新思想的刺激时，这些想像和观点便可能活跃起来，加入到新文学的创造中。不过，它们的作用在明治前后期并不完全相同。在明治前半期，中国文学是以其修辞和文体与日本文学发生联系，到后半期则逐渐出现了潜藏于修辞和文体深处的思想联系。

一、　新文学草创者们的汉文学素养

从幕府末年起，传授"洋学"的学校如雨后春笋似地建立起来，而培养儒者的学塾依然林立。当时的风气是学生通过学校修"洋学"同时也在学塾里学汉学。学塾中培养出不少能阅读汉文、对中国文学有一定了解的知识分子。这些人的汉学根底，主要是由四书、《唐诗选》、《十八史略》、《古文真宝》以及传入日本的明清白话小说培养起来的，而对日本语文反而较为生疏。

明白了这一点，便不难理解，为什么许多维新运动的领导人和学界人士，主要采用汉诗汉文来表达"盛极萌衰"的忧虑，抒发抵御西方列强的民族主义情感；为什么早期的西方小说翻译，往往染上中国文学的色调；为什么政治小说主要采用历史演义的模式和才子佳人小说的模式，其间不乏日本化的诗赋和中国史传故事的翻案，为什么在新文学的语言表达中夹杂着那么多汉

语的四字成语和表现出较强烈的对仗意识。

岛田篁村的双桂精舍，冈鹿门的绥猷堂，三岛中洲的二松学舍，小永井小舟的濠西精舍，山井清溪的清溪学舍等，都是东京很有名的汉学私塾。以冈鹿门开办的绥猷堂来说，当时也被人称作“冈塾”，从1870年创办至1885年关闭，前后入塾就学的人，寄宿和走读过的达四千人之多。这些学校都培养了不少能够阅读汉文、对中国文学有一定了解的知识分子。

明治时代的文学家，有不少是经过这种私塾培养的，在青少年时代便接受中国古代思想文化的熏陶，接触过一定数量的古典文学作品。在他们身上，也常常表现出一种中国文人的情趣。给自己起号，便是这种情趣的体现。号，亦称别号，这是古人除名与字之外的一种特殊称谓。古代中上层人物，尤其是文人雅士，喜欢为自己起号。起号的风气传到日本，读书人也给自己起号了。曲亭有著作堂、斋等号外，“翻国史旧录、奇文诸杂书时号雕窝；阅儒书、经书、诸子百家之书时号玄同；自序于稗史小说时称马琴；耽戏墨时号曲亭；编儿戏小册子时称马琴”[1]。簑笠渔隐、大荣山人、著作堂主人也都是他的号。在何种著述上署何种名号，往往顾忌社会通行的文学价值观与本人的志趣。曲亭马琴说；“吾所著之小说，俱是无稽之谈，乃不登大雅之伎俩，所以作者故意不将本稽不写作之别号甚多，其中马琴、曲亭之二称，是余始作戏墨所用之贱号。看官试推余之用意，于名号尚如此用心，于地名焉能忽诸？余所编之《去同放言》与其他认真之随笔，都必见姓名，便写作江门。”[2]其时小说被视为游戏笔墨，故署贱名，随笔被视为正经著述，故署雅号。明治时代世气渐变，但这种观念还颇有影响。

1.［日］曲亭马琴著，李树果译：《南总里见八犬传》（二），第239页，天津：南开大学出版社，1992年版。

2.［日］曲亭马琴著、李树果译：《南总里见八犬传》四，第199页，天津：南开大学出版社，1992年版。

文人起号的风气，一直延续到明治时代。砚友社作家尾崎红叶（1867—1903）别号便有缘山戏作堂、半可通人、爱黛道士、花瘦、源恶太郎、芋太郎、十千万堂、闲鼠等等。文人起的号，往往表现文人的志趣，其中也可以看出他们对中国某个古代作家或作品的崇敬心情、对某种艺术风格的向往。有的作家以雅号署名，其本名倒不如雅号叫得响了。

森鸥外，本名林太郎，鸥外是其雅号之一。今人多称其雅号。他还有观潮楼主人、鸥外渔史、千朵山房主人、隐流、牵牛生、双林生等别号。

夏目漱石，本名金之助，他在上学期间受正冈子规作汉诗《木草集》的影响，也自编纪行汉诗文集《木屑录》，开始用“漱石”为号。[3]漱石一词，出自《世说新语·排调》，说子荆（孙楚）年少时，欲隐，语王武子“当枕石漱流”，误曰“漱石枕流”。王曰：“流可枕，石可漱

3.［日］夏目漱石著：《漱石全集》第十二卷，第445页，东京：岩波书店，1967年版。

乎？”孙曰；“所以枕流，欲洗其耳；所以漱石，欲砺其齿。”漱石枕流，又见《晋书、孙楚传》。旧以漱石枕流或枕流漱石指士大夫的所谓隐居生活。

明治时代文人起号，和中国文人的情形差不多，或以住地为号，或以室名、斋名为号，或用号来表示志趣，抒发性灵，或暗寓深意，示人不测。如永井荷风号断肠亭主人，其不少作品也确写得幽怨艳丽。

以室名、斋名为号的，如俳人歌人正冈子规，有个别号叫獭祭书屋主人。《礼记》中有“獭祭鱼”之说，言獭捕到鱼陈列水边，犹如祭祀，后因称罗列典故，堆砌成文为獭祭鱼。据说唐李商隐为文，多检阅书史，鳞次堆积左右，时谓为獭祭鱼。正冈子规将书斋起名为獭祭书屋，又以此为号。

明治作家的字号，也有不少出自诗书。1884 年有个日本学者访华行程万里，其作《观光纪游》记载交往的中国文人竟达二百多人。[1] 此人姓冈，名千仞，字振衣，号鹿门。《文选》中晋代左太冲（思）《咏史》诗中有一首说自己鄙视峨峨高门之内的王侯，而甘愿追随许由，不慕荣利，退隐遁耕，诗中有句：“被褐出阊阖，高步追许由。振衣千仞冈，濯足万里流。”冈千仞，其姓、名、字皆在“振衣千仞冈”一句中，而其号鹿门，即鹿门山之谓，也与此意有关。鹿门山原指湖北襄阳县境内的苏岭山。汉末庞德公携妻子登鹿门山采药未返，唐孟浩然也隐居于此。冈千仞以鹿门为号，自然是将所居目为隐居之地，且自命为隐士。

1.［日］竹内实著：《日本人にとっての中国像》，第 249—264 页，东京：春秋社，1966 年版。

除了以号来表隐逸之志的之外，还有一些人以号表示对老庄的倾倒。如明治时代的汉学家栗本锄云，是个赞成维新，讲求西法的人，其名鲲，字化鹏，号（左夸右包）庵，名、字、号均出《庄子·逍遥游》。傅云龙《游历日本余记》中提到一位汉学家名叫元田永孚，官由侍讲而居顾问，乐天，乐四时，乐读圣贤书，乐闻古今事，乐老少，因以五乐名园，其作亦有《五乐园诗钞》，大体是效欧阳修自号六一居士（一万卷书、一千卷古金石文、一张琴、一局棋、一壶酒，再加上他本人一个老翁）的故伎。

南宋画家郑思肖在南宋亡后自号“木穴国人”，木穴合写为“宋”，表示自己不忘故国。这种起号的方式，在日本也有人模仿。明治初年的启蒙思想家福泽谕吉写书通俗易懂，流行广泛，有些人却嫌其内容过于急功近利，俗而不文，修辞疏阔，因而颇看不上眼。谕吉作诗，落款便将“世俗”二字拆开，写成“三十一谷人”。他还由“谕吉（ゆきち）”二字的读音，用两个同音字“雪池”来为号。不论是拆字还是谐音，那是一种文人情趣的表现。

在明治文学家的回忆录中，不少人不无眷恋地述说过汉文学在幼年时的文学启蒙作用。森鸥外在《伊达·赛古思阿利思》这篇作品中，描绘了幼年时代学塾中学习汉学的情景，说读了《剪灯新话》、《情史类略》、《燕山外史》等中国才子佳人小说之后，十分向往，对“这些书里写的青年男女 naively（天真的，纯真的——笔者注）的恋爱，羡慕极了，嫉妒极了”。

迟冢氏回忆自己的同学幸田露伴在菊池塾“为了满足其旺盛的求知欲，不管是经史，还是诸子的书，都滥读、多读、精读”，碰到好书，幸田露伴还要动手抄写。读书的范围，还扩展到《水浒传》、《西游记》一类小说戏曲。幸田露伴本人在《少年时代》一文中回忆，学校里有好友叫清川，在家爱读读本，两人经常在课间谈论九纹龙史进、豹子头林冲什么的。[1] 他们所读的，当是《水浒传》、《西游记》、《三国演义》等的各种训译或翻案本。

1.［日］幸田文编：《露伴随笔》第一册，382 页，东京：岩波书店，1983 年版。

夏目漱石在《文学论》中曾说是中国文学培养了自己对文学的酷爱：“我少时学习汉籍，尽管学习不长，但漠然冥冥中，由《左传》、《国语》、《史记》、《汉书》里悟到了‘文学便是这样的’的定义。”[2]

2.［日］夏目漱石著：《漱石全集》第九卷，第 9 页，东京：岩波书店，1966 年版。

奥野信太郎在《鸥外与中国文学》一文中，对这些现象有概括的叙述：

明治到大正年间活动的日本文学者们或多或少在时代的影响下，具备着汉文学的素养。通观全貌，这可以说是共同的特点，也就是逍遥、露伴，二叶亭、红叶、镜花、漱石等自不待言，上田敏的散文及译诗等等，也大致可以看出其修辞的巧致，决非学过汉文课程就可以轻易达到的。

首先，即使只就作为学校课程的汉文来看，因为明治时代程度之高与今天不可同日而语，授课时间又多，就是没有特别专门攻读，也可以说达到了今天花费专门时间也达不到的境界。何况是不仅满足于学校教育的时代，每个人都注意汉文学的深造，学校课程之外还要学习。

例如，试看明治文学中一般认为与这个方面没有关系的“文学社”这一文学社团，户川秋骨，就学于朱子学者内田运湖门下，接触到宋学之一端，岛崎藤村读破莎士比亚全集的同时，另一方面喜欢诵读《杜子美集》，他从《画鹘行》一篇中选出“秋骨”一语，来作为户川明三的雅号，从今天看来，唯此便完全算得上在这个方面造诣很深

的人了吧，而在当时不过是极普通的事罢了。[1]

1.［日］奥野信太郎著：《奥野信太郎全集》第四卷，第221—234页，东京：福武书店，1984年版。

奥野特别提到了明治文学家的文人趣味。从江户时代起，不仅是明清白话小说，就是其它有关画谱、法帖、乐谱、文房用具的书籍，甚至像投壶这样的游戏书，种种传达中国文人趣味的书传入日本，文人趣味在当时有知识的人中间扩散、漫延，直到明治时代依然余风不歇。受过中国诗熏陶的明治文学家森鸥外、夏目漱石等许多人都能写汉诗，有的还写得不算坏。

大正、昭和时代的作家和明治时代的新文学草创者不同，他们在青少年时代没有接受过日本化的中国古典的熏陶，他们对中国文学的理解和兴趣与森鸥外、幸田露伴等不尽相同。不过，也有一些作家由于学校或家庭环境的关系，自动接触中国的语言文学，芥川龙之介便是其中的一位。他在中学时代，便爱读清代诗人孙原湘（子潇）的诗，1920年，在一篇为《爱读书的印象》的短文中，他便谈到过自己从小热爱《西游记》、《水浒传》的情况：

做小孩子那会儿爱读的书，《西游记》是第一，它在今天也是我爱读的书。我认为，作为“比喻谈”，像这样的杰作，在西洋一部也没有。即使班扬赫赫有名的《天路历程》，也毕竟不能和这部《西游记》相提并论。其次，《水浒传》也是爱读的书之一。这部书今天也爱读。有段时间曾经连《水浒传》里的一百零八个豪杰的名字全都背得下来。在那个时候，比起押川春浪的冒险小说什么的，这《水浒传》、《西游记》对于我来说，是有趣得多了。[2]

2.［日］芥川龙之介：《愛読書の印象》，《文章倶楽部》第5年第8号，1920年8月1日。高慧勤、魏大海主编：《芥川龙之介全集》第4卷，第683页，济南：山东文艺出版社，2005年版。

日本现代文学评论家三好行雄曾谈到：“明治作家，和成长于明治时期的大正作家，在接受中国文学方面是存在差异的。”他认为，对于前者，中国文学“近乎活的实质”，而对于后者，则“不过是衣裳”。但是，他把芥川龙之介当作一个例外。中国的诗歌，不是他的文学的衣裳，而是“自己构筑的文学世界的相反一极，是与扭曲地领略西洋的那种近代相对峙的、极其自觉的艺术”。这就是说，中国文学，中国诗歌对于芥川来说，绝不仅仅是装饰和点缀，而是构成他的艺术世界的重要组成部分之一，占有足以与日本文学、西方文学鼎足而立的地位。

二、 中国古代文学的异质新生命

那么，中国古代文学是怎样进入近代文学家开创的新文学世界之中的呢？或者说，这些文学家赋予了中国古代文学怎样的新生命呢？

首先，儒、道、佛等传统思想还在不同程度上影响着这时某些作家的生活和创作态度。西方文化浪潮带来的新的价值体系对传统的社会道德观和文学观形成了巨大的冲击，许多人力图挣脱传统的束缚，以新的眼光来观察社会。然而他们并没有能把传统像身上的尘垢那样掸掉；正如一位明治文学家所说："有一度也曾想逃出传统之外，但半途而知其不可能。"结果，也正如他所说，"指导我生活及思想之方向的，是中国人跟西洋人的思想"。事实也正是这样，"中国人的思想"或儒家思想在他的生活中占有相当重要的地位。他说："我的眼里已经有着不可动摇的定见。这个定见就是传统的道德观及审美观。"又说："日常的道德，在不知不觉间，常受儒家思想的指导。"

儒学伦理不仅渗透在明治初年活跃的中村正直、德富苏峰（1863—1957）、山路爱山以及末广铁肠（1849—1896）、东海散士这些热衷于政治的文学家的思想深处，而且那些曾经飘洋过海，受过西方教育的一代青年知识分子，其人格的基础，都有日本儒学的道义观及其实践的强烈意向。

坪内逍遥晚年的重要心愿之一，是将《论语》译成日语，森鸥外始终追求的封建武士的美学理想，可以说与日本儒学传统有着千丝万缕的联系；人们对夏目漱石晚年提出的"则天去私"的解释各执己见，但都看到了他躲进儒家自省自悟的幻景中寻求解救的欲望。

近代深受老庄影响的代表，应首推幸田露伴。从青少年时代起，幸田露伴便博闻强记，而最爱读的书便是《老子》、《庄子》、《抱朴子》，只要看他写的文章，如《读〈列子〉》、《道教思想》、《论仙》、《神祇论》、《在支那的灵的现象》、《关于道教》、《苏东坡与海南岛》，以及《五重塔》、《新浦岛》等作品，[1]便不难看出，道家思想对于幸田露伴的人生哲学、社会理想不是没有影响的。日本近代文学界的浪漫主义，例如对北村透谷（1868—1894）探求虚无的"悠悠人生"变化的静观主义，对于白桦派的东洋自然主义，也都从老庄思想中有所吸取。

其次，明治文学家从语言、题材、思想诸方面，都明显地展示出自己汉文学的修养。他们

1.［日］蜗牛会主编：《露伴全集》，东京：岩波书店，1988年版。

在作品中自如地引用中国古代名作的警句名言、成语典故和故事传说，与新鲜的西方术语、流行的日语新词构成不甚和谐的混合体。中江正直《三醉人经纶问答》[1]以洋学绅士、汉学先生、豪杰君三位客人与主人南海先生辩论的形式展开对日本未来道路的思考，其构思是对空海《三教指归》的模仿，更是对汉赋以来客主问答程式的模仿。森鸥外晚年集中精力为名不见经传的历史人物编写年谱史传，《涩江抽斋》[2]等传记体作品将考据作为创作的一部分，可谓将中国史传文学的方法用于新文体的创造。

1. ［日］桑原武夫、島田虔次译、校注：《三醉人経綸問答》，东京：岩波书店，1973年版。

2. ［日］森鸥外著：《澁江抽斎》，东京：岩波书店，1999年版。

日本最早的新体诗集《海潮音》，其得名出自《妙法莲华经观世音菩萨普门品》的偈颂“妙音观世音，梵音海潮音，胜彼世间音”，取辑录海外诗歌新声之意。有些作家受过较严格的汉文学训练，始终把写作汉诗汉文作为自己的业余爱好。

夏目濑石的《木屑录》开头便说：“余儿时诵唐宋数千言，喜作为文章，或极意雕琢，经旬而始成，或咄嗟冲口而发，自觉淡然有朴气。窃谓古作者岂难臻哉？遂有意于以文立身。自是游览登临，必有记焉。”[3]《木屑录》全文约五千言，是他游历房总等地山水所作，文笔致密，语句畅达，文中还生动地描述了沿途精心构思游记时的情景：

3. ［日］夏目漱石著：《漱石全集》第十二卷，第445页，东京：岩波书店，1967年版。

同游之士，合余五人，无解风流韵事者。或被酒大呼，或健啖惊侍食者。浴后辄围棋斗牌以消闲。余独冥思遐搜，时或呻吟，为甚苦之状。人皆非笑，以为奇癖，余不顾也。邵青门方构思时，类有大苦者，既成则大喜，牵衣绕床狂呼。余之呻吟有类焉，而旁人不识也。[4]

4. ［日］夏目漱石著：《漱石全集》第十二卷，第446—447页，东京：岩波书店，1967年版。

不难看出，中国古代文学经典是夏目漱石走上文学之路的指南针。他从《左》、《史》等典籍中朦胧地懂得了什么是文学，儿时所诵唐宋数千言，培养了对诗人的兴趣，进而树立起“以文立身”的志向，当他避开旅伴独自冥思遐搜、觅句铸诗的时候，体会到了邵长蘅（号青门山人，1637—1704）所言“得句忽狂呼，快若爪爬疥”[5]（《将之登州留别院亭、愚山两先生冰修、耦长诸子》）忽获妙句、不呼不快的无比快感，实实在在视写作为人生乐事，这为这位文学青年准备了今后成为文学巨匠的一个重要条件——坚定的志趣。

5.《邵青门全集·青门旅稿》卷第一，第784页，上海：上海书店，1996年版。

大正、昭和时期的作家，在语言修辞上追随中国古代作家的情况已不普遍，但移植中国文学作品的情节，或者借用中国古代历史的舞台，创作“故事新编”似的作品，仍是许多日本作家喜爱的手法。这些情节或素材，往往注入了新的观念。像谷崎润一郎的《麒麟》、长与善郎的《项羽与刘邦》、武者小路实笃的《在桃源》、菊池宽的《玄宗的心情》等，都与中国同时代同题材的作品表现着不同的主题，西方文学思想与表现手法的影响更为强烈。

第三，从接受史的角度来看，日本近代的作家对中国古典文学的取舍，既沿袭了近世注重雅致、通俗、隐逸、闲适的传统，又带有要在与西方文学的对峙中寻求其价值的主观倾向，褒贬之间，往往离不开资本主义崛起时代自由知识分子复杂困惑疲累脆弱的心态。

在中国近现代，香奁诗是难得有人问津的，而永井荷风（1879—1959）却对写香奁诗的妙手明末诗人王彦泓（字次回，1593—1642）格外青睐。[1] 在他的文章中，对王次回引用或推许竟有二十多次。在《初砚》一文中，他甚至将王次回比作中国的波德莱尔（1821—1967）：

1.［日］清水茂著：《永井荷風と漢文学》，載清水茂著：《語りの文学》，第 240—245 页，东京：筑摩书店，1988 年版。

我文坛之好西洋艺术者，恒谓中国之诗，如非衔清寂枯淡之气，即强作豪壮磊落之概，一无道出人类胸中之奥秘弱点者，此或得之。然试翻王次回《疑雨集》，全集四卷，此皆情痴、悔恨、追忆、憔悴、忧伤之文学。其形式之端丽，辞句之幽婉，又其感情之病态，往往可与蒲特雷（今译波德莱尔）之诗相匹敌。在中国诗集中，吾不知尚有如《疑雨集》之富于肉体美者。蒲特雷《恶之华》集中横溢之倦怠颓唐之美，盖可直移之为《疑雨集》之特征也。[2]

2.［日］永井荷風、野口富士男著：《荷風随筆集》，东京：岩波书店，1986 年版。

王次回之诗，袁枚有过只言片语的赞誉，谓之可“入人心脾”，而沈德潜直斥为“最足害人心术”，永井荷风偏推崇备至。他激赏的不仅是王次回描写肉体美的浓艳华丽之作，也有那些吐露友生之爱、漂泊之感、身世之叹的。永井荷风曾引用下面这首《感旧》诗，说“此诗诚能代我道出病中独居之生涯者”：

收拾残书剩几篇？轻狂踪迹廿年前。
笑倾犀首花间盏，醉掉蛾眉月下船。
黄祖怒时偏自喜，红儿痴处绝堪怜。
如今兴味销磨尽，剩爱铜炉一炷烟。[3]

3.（明）王彦泓著：《疑雨集》，有清早期刻本。

犀首蛾眉，残书炉烟，写出了昔日浪迹的明丽，今日索漠的暗淡，而永井荷风欣赏的便是这种慵懒、倦怠的情味，颓靡、凄冷的风调。

在永井荷风 1917 年 9 月开始执笔的《断肠亭日乘》里，第一天便有这样的记述：

九月十六日，秋雨连日，犹如梅雨。夜，换了上的条幅：

碧树如烟覆晚波，清秋无尽客重过；

故园今即如烟时，鸿雁不来风雨多。

姜逢元

等闲世事任沉浮，万古沧桑眼底收；

偶□心期归图画，□□芦荻一群鸥。

王一亭

先考所藏条幅中，一亭王震之《芦雁图》，乃余之所爱，留之未换。[1]

1.［日］永井荷風著：《断腸亭日乘》第一卷，第1页，东京：岩波书店，1980年版。

正如竹盛天雄所指出的，文中流露出一种书画相彰的文人趣味，这可以说是荷风从父亲禾原那里接受的最大遗产。这种文人意识不仅没有随着年龄而渐弱，反而越发增广。从永井禾原到永井荷风父子的文学传承中，我们看到了古典型中日文学交流的终结与再生。

第十二章　古典型文学交流时代的终结

宠辱何关讽世诗，此心方许蛰龙知；

倘从禹域求同调，除却坡仙更有谁。

——森鸥外：《题译本波斯诗，作者偶与苏轼同时，故及》

近代以前，日本热忱地、认真地选择和摄取中国的前资本主义文化。从文学上说，源远流长的汉诗文固然是一种日本化的古汉语文学，而前近代的小说、戏剧乃至笑话，也都可以看到宋元明清通俗文学的刺激。近代日本在吸收西方资本主义文明的过程中，也运用了历史上接受中国前资本主义文化的经验和成果。

幕府末年的维新志士，主要是采用汉文汉诗的形式，来表达对“盛极萌衰”的忧虑，抒发抵御西方列强的民族主义情感的。明治时代的民权派则借用了中国古典小说的模式，创造了政治小说这一种文学样式，促进了以正统汉诗文为代表的“上头的文学”和以“戏作”为代表的“下头的文学”的接近和融合。随着明治政府“文明开化”政策的推进，日本文学家的目光转向西方，对中国文学的摄取转入低潮，但是中国文学语言的影响、接受中国文化的历史传统的影响并没有消失。

第一节 日本19世纪汉小说的戏仿与假托

日本明治初年，西方文学风潮尚未强劲，中国明清小说流布还维持着相当的地盘。根据石崎又造《近世日本的支那俗语文学史》[1]一书的统计，从明治二年至明治十六年（1869—1889）年，再版或新版的中国小说有数十种，其中包括：

1.［日］石崎又造著：《近世日本に於ける支那俗語文學史》，东京：清水弘文堂书房，1967年版。

奚疑主人译：《小说粹言》（系再版）

服部诚一评点：《近代奇观》（《五色石》卷一《二桥春》译本）

永井德邻和解：《通俗演义三国志》

田岛象二训点：《秦淮艳品》

藤原良骏训点：《上海繁昌记》

大桥穆训点：《燕山外史》

假名垣鲁文训点：《白门新柳记》

田中正彝摘编：《情史抄》（《情史类略》选本）

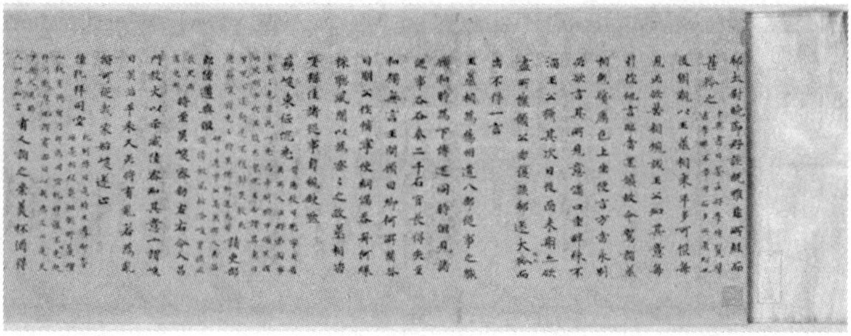

被列为日本国宝的唐抄本
《世说新书》卷第六残卷

土岐政孝编：《明清名家奇文粹编》

河原英吉辑：《杜骗新书译解》

高田义甫训点：《儒林外史》

求古堂松崎铜板豆本：《入蜀记》

鹿又常编：《艳情笑史》（《情史类略》选本）

松村操译：《原本译解金瓶梅》

田中参讲义：《西厢记俗解》

服部抚松纂评：《劝惩绣像奇谈》第一编（《今古奇观》选本）

成岛柳北阅：《第五才子书水浒传》

服部诚一评点：《评点五色石》

加藤铁太郎译：《妖怪府》（《牡丹灯记》译解）

九如亭编：《剪灯新话》

此外，在这期间，《肉蒲团》、《唐土名妓传》、《虞初新志》等均有重新编译本。[1]

1.［日］石崎又造著：《近世日本に於ける支那俗語文學史》，东京：清水弘文堂书房，1967 年版。

日本汉学者大量阅读中国小说，由惊叹而羡悦，由羡悦而模仿，遂有了日本古典文学作品的汉译。

菊池三溪（1819—1891）《译准绮语》从《源氏物语》、《椿说弓张月》、《东海道中膝栗毛》中选择了九个精彩的片断译成了汉语，据作者自序，他的目的是想使“西人”即中国人，了解“本邦小说之一端”。译文与原作相差颇远。译者丢掉许多生动的富有情味的描写，只用汉语叙述大意，这显然是作者汉语文言功力欠深所致。在运用文言来翻译日本文学作品的同时，也有人尝试用汉语白话来进行这项工作。渐渐他们对将日本作品翻译成汉文也不太满足，就有了用汉文来写日本故事的尝试。不论是前者还是后者，都是一种对中国小说的戏仿。

一、 戏仿《世说新语》

《世说》大约于7世纪初由遣唐使带入日本，9世纪末成书的《日本国见在书目录》小说家部分载录：“《世说》十，宋临川刘义庆撰，刘孝标注”，又有“《世说问答》二，《世说问录》十”。空海曾作《相府文亭始读〈世说新语〉诗》呈于首辅，其著《三教指归》一书多引《世说》。江户时代，王世贞编《世说新语补》亦传入日本，研究《世说》之书渐多。服部南郭（1683—1759）著《大东世语》，仿《世说新语》文体文风，共收平安、镰仓轶事354条，宣扬古学派的“气质不变化论”，抵制朱熹理学对人性的改造与束缚。[1]

1. 钱南秀著：《〈大东世语〉与日本〈世说〉仿作》，载《域外汉籍研究丛刊》第一辑，第251—266页，北京：中华书局，2005年版。

从江户时代到明治时期，《世说新语》的戏仿之作，有如下数种：[2]

2. 参阅钱南秀著：《角田简之〈世说〉仿作初探》，载张伯伟编：《风起云扬——首届南京大学域外汉籍研究国际学术研讨会论文集》，第437—456页，北京：中华书局，2009年版。

1. 《大东世语》，服部南郭（1683—1759）著，五卷，江户：嵩山房，1750年刊。收入《日本汉文小说丛刊》第一编笔记丛谈类三。[3]

3. 王三庆、庄雅州、陈庆浩、内山知也主编：《日本汉文小说丛刊》第一辑第三册，第349—488页，台北：学生书局，2003年版。

2. 《假名世说》，太田南亩（1749—1823）著，二卷，署杏花园蜀山编，文宾堂散木补。序署1824年，东都书肆，1825年刊。

3. 《假名世说后编》，太田南亩著。

4. 《世说新语茶》，太田南亩著，署名山の手の马鹿人，约编于1770年，洒落本。

5. 《近世丛语》，角田简（1784—1855）著，八卷，角田简序署1816年；东京：书林，1828年刊。

6. 《续近世丛语》，角田简著，八卷，东京：书林，1845年刊。

7. 《新世语》，太田才次郎（1892年前后去世）著，东京：书林，1892年刊。

服部南郭以《世说新语》所展现的崇尚自然、率真任性的魏晋风度重写大东（指平安仓时代）精神的《大东世语》问世后，为文士所喜爱。清田绚（君锦）著《艺苑谱》曾说：“《大东世语》多取用《史舘茗话》。采色之美，在于《世语》；古色蔚然，一时之情状，在于《茗话》，俱为奇珍。”[4]《史馆茗话》是林梅洞“摭本朝中古以来王公卿士跂步诗坛、游艺文苑之遗书若干条，加以料案”[5]而用汉文写成的笔记，目的在于恢复平安朝以来的汉文学传统，希读者“执文章为吾家旧物，以励复古功业”，而不要为“禅林风月之徒”的文风所误。这一点也恰恰体现在《大东世语》对平安故事的改写中。

4. ［日］清田绚：《藝苑譜》，载池田四郎次郎编：《日本詩話叢書》第六卷，第16页，东京：龙吟社，1997年版。

5. ［日］本间洋一：《史舘茗話》，第7页，东京：新典社，1997年版。

二、 戏仿笑话

笑话是中国古代的小小说，由于其短小轻便有趣，在市井流传更为方便。明清笑话在江户町人中的流传情况，可以从式亭三马《浮世理发馆》中腐儒孔粪与鬓五郎的一段对话中看得十分清楚：

孔粪：“嗷，笑话嘛，笑话是中国的有趣。《山中一夕话》，也叫做《开卷一笑》，特别好，是笑笑道人所作的。还有游戏主人的《笑林广记》，日本有冈白驹翻译的《开口新语》，或者《笑府》什么的。啊，中国的简直就不一样，真想把这些趣味都告诉他们才好哩。”虽是这么说，却不知道日本所翻译或者是改作的笑话原是中国的东西，这正是“村学究”的本色。

鬓五郎：“唐山也有落语吗？”

孔粪：“有，当然有的，却和日本的不同，甚是巧妙的。”[1]

1.〔日〕式亭三马著，周作人译：《浮世理发馆》，第13—14页，北京：中国对外翻译出版公司，2001年版，引文对标点和个别词语有改动。

《浮世理发馆》原作刊行于1811年，可见当时中国的笑话《开卷一笑》、《笑林广记》和《笑府》已经广泛流传。冈白驹著《开口新语》，系摘译中国笑话，多取《笑府》中故事或加以翻案改作。冯梦龙编纂的《笑府》在日本也有选本，相传为风来山人平贺源内（1729—1779）选编。孔粪不知道日本那些笑话都是从中国改编的，对日中笑话优劣的比较就被式亭三马讥笑为“村学究”。

根据松枝茂夫的说法，把中国笑话最早翻译成日语的是一个叫做松忠敬的人，书名是《鸡窗解颐》，1752年在大阪刊行，内容是从《笑海丛珠》中选出27则，又从《笑苑千金》中选出20则，加上其他三则，一共50则。特点是沿用训读的办法，但是在汉字的左侧随处添加上片假名的口语译文。十几年以后，出现了三种《笑府》的摘译本，也都是沿用训读而辅之以片假名的形式。它们是：

1.《笑府》，清墨憨斋编，1768年9月，京都刊行，摘译176则，译者佚名。

2.《笑府》，墨憨斋主人编，1768年10月，江户刊行，摘译80则，在训读的原文之后，附以假名译文。

3.《删笑府》，清墨憨斋主人编，日本风来山人删译，有1789年序，刊行处不详。从原书摘译 70 则。

与此同时，根据这些笑话改写的被称为“小咄”的日本笑话也逐渐多了起来。[1]

1.（明）冯梦龙撰、［日］松枝茂夫译：《笑府——中国笑話集》下，第 258—260 页，东京：岩波书店，1983 年版。

《日本汉文小说丛刊》第一辑收入以下几种汉笑话：

1.《译准开口新语》，冈白驹撰，刻本，一册，有播磨清绚（清田儋绚）1751 年序，天理大学图书馆藏。

2.《奇谈一笑》，西田维则遗著，冈白驹辑，刻本，一册，有 1768 年奚疑翁主人跋，天理大学图书馆藏。

3.《困谭》，木一贯孟恕著，刻本，一册，1825 年上梓，天理大学图书馆藏。

4.《如是我闻》，观益道人著，刻本，一册，天保年间（1930—1843）著，天理大学图书馆藏。

5.《奇谈新编》，淡山子著，刻本，一册，有 1842 年题跋，天理大学图书馆藏。

6.《寒灯夜话》，广田直三郎著，排印本，一册，有 1915 年自序，天理大学图书馆藏。

这些笑话有些来自民间，颇有谐趣。汉笑话本身是两种语言文化的混合，作者本身对于不同文化的相遇和碰撞有兴趣，所以也常在书中记述一些对异国文化的不解和误解而产生的趣事。如《奇谈一笑》载《犬尿举足》：

僧空海至于中华，见路旁曝麦，以东土未有麦种，持归可以利国也，钞（同抄，拿——笔者注）而袖之。中华犬，虽偷锱铢者，嗅辄必觉。于是群犬环吠，邑人以为贼，捕之。空海已以神通，掷麦东土，搜索无所有。邑人怒犬谬吠平人，将欲悉折其一足。空海知犬实为冤，苦劝免之。犬得赖以全其足焉。自此之后，犬之尿也，必举一足。盖欲不污空海之赐也。[2]

2. 王三庆、庄雅洲、陈庆浩、内山知也编：《日本汉文小说丛刊》第一辑，第 398 页，台北：学生书局，2003 年版。

在这个说空海在中国为日本偷麦种的笑话里，空海靠自己的神通一下子将偷来的麦种甩到日本（东土，指日本），逃脱了麦种主人的追查。这与至今流传的空海一抛将三钴从大陆抛到日本高野山决定了回国后建立密教基地的地点的传说同出一辙，都含有利国、神秘、魔力（超能力）的元素。

汉学者写的笑话，也记叙他们学习中的趣事。如《如是我闻》中的《华语》：

书生相醵饮于青楼，其师平日善华语，弟子学焉。至是酒阑，一人歌，一人舞。歌者哂舞者，不觉华语曰：“足下伎舞，平仄不粘。”[3]

3. 王三庆、庄雅洲、陈庆浩、内山知也编：《日本汉文小说丛刊》第一辑第五册，第 451 页，台北：学生书局，2003 年版。

《奇谈新编》载儒先生和士人的郢书燕说:

有儒先生讲《春秋左氏传》曰:"左氏之说,自古未有明解,或以为左丘明之所作,大非也。按:传每在经之左,故人呼谓之左氏。《大学》曰:'右传第几章',传在于右也,可以证焉。"满坐绝倒。[1]

1. 王三庆、庄雅洲、陈庆浩、内山知也编:《日本汉文小说丛刊》第一辑第五册,第 496 页,台北:学生书局,2003 年版。

一缝腋讲《论语》,诸生满堂,一士人亦与闻焉。至"女子与小人难养"之章,先生未全说毕,士人大叹曰:"有是哉!吾今而后,知圣人之言可益信,可益仰矣。我有一男一女,养男儿唯衣食之费耳;如女儿,则腻粉簪钗,妆具赠奁,其费比男儿不啻十倍,女子实难养。呜呼!圣人之言至夫!"满坐哄堂。[2]

2. 王三庆、庄雅洲、陈庆浩、内山知也编:《日本汉文小说丛刊》第一辑第五册,第 499 页,台北:学生书局,2003 年版。

《寒灯夜话》中的《儒师戒盗》写了一位读过《论语》的盗贼:

有盗欲入儒师之家,深夜窃穿壁,以手将脱其管钥。弟子知之,直缚其手,欲拔刀斩之,内外喧噪。师闻之,大愕,咎其不仁,戒以陈实遗盗之言,与若干钱于掌中,曰:"勿再来。"盗大喜,谢再生之恩,辞而将去,直见掌中叹曰:"噫!鲜矣仁。"[3]

3 王三庆、庄雅洲、陈庆浩、内山知也编:《日本汉文小说丛刊》第一辑第五册,第 544 页,台北:学生书局,2003 年版。。

日本学者矶部祐子将日本的汉文笑话分为创作笑话、日本笑话的汉文体化(包括民间故事、传说)、中国笑话的改编三类。它们大部分出现于江户中期以后,属于明治以后的有《文明笑话》(1878)、《明治笑府》(1880)、《抱腹奇谈》(1881)、《珍珍文钞》(1881)、《明治开口笑话》(1881)、《笑文选》(1881)、《解颐资谈》(1880)等。[4]这些笑话,除了沿袭江户文笑话引用古典名句、运用典故调侃儒先生与各种社会现象外,很多拿文明开化中的西化乱象开涮。

4.〔日〕矶部祐子著:《〈从译准开口新语〉看日本汉文体笑话的特征》,载《中国古代小说研究》第四辑,第 243 页,北京、人民文学出版社,2011 年版。

三、戏仿《虞初新志》、《聊斋志异》

小说以"虞初"命名,始见于班固《汉书·艺文志》所载《虞初周说》,张衡《西京赋》称"小说九百,本自虞初"。虞初,旧时人名,他是汉武帝时一个方士,后人将他当成"小说家"的始祖,虞初同时也成为了"小说"的代名词。

《虞初新志》有 1823 年浪华(大阪)所刊荒井廉平训点本,其序称:

《虞初新志》舶来已久，其事悉奇，其文皆隽，览者莫不拍案一惊，为小说家珍珠船以购之，是以其书日乏，而价亦跃，人颇窘焉。浪华书肆某等胥谋翻刻之，且欲国字旁译，以便读者也。来乞诸予，。其书有前后二训，以康熙癸亥张潮所刻为初出。乾隆庚辰张绎所校巾箱中则系重镌，但重镌增五篇而阙二篇，增者为《徐霞客传》、为《柳夫人传》，为书郑仰田事，为纪因侍御事，为《板桥杂记》，阙者为孙文正、黄石斋两逸事，为象记。今用初出原本翻刻之，要追补重镌内四篇，独《板桥杂记》，东都书肆既刊之，故除。[1]

1. 关于本书训点，参照王晓平著：《近代中日文学交流史稿》，第 43—47 页，长沙：湖南文艺出版社，1987 年版。

近藤元弘编有《日本虞初新志》[2]。菊池三溪撰有《奇文观止本朝虞初新志》[3]。菊池三溪，名纯，字子显，号三溪，又称纯太郎，自号晴雪楼主人、三溪居士等。依田学海为其《本朝虞初新志》撰序说：

2. 王三庆、庄雅洲、陈庆浩、内山知也主编：《日本汉文小说丛刊》第一辑第一册，第 139—229 页，台北：学生书局，2003 年版。

3. 王三庆、庄雅洲、陈庆浩、内山知也主编：《日本汉文小说丛刊》第一辑第一册，第 233—275 页，台北：学生书局，2003 年版。

（菊池三溪）顷读张山来《虞初新志》，意有所感，乃偏涉群书，博纂异闻，体仿前人，文出自己。厘为若干卷，示余曰："子好读《史记》及历世小说，此书非子谁可评者？"余受而阅之，笔力劲健，纵横变化，何其似《史记》也！写伟人杰士，则电掣雷激；写娇女艳妇，则花笑鸟啼；写妖怪鬼神，则枭啸鸱号。极力刻画，活动如生，可谓化工肖物之手矣。或疑其纪事与史传有异同，又夸张甚过，不得其实。呜呼！是固然，且不见《史记》鸿门会乎？数百卫士，不敌一哙；斗酒彘肩，殆同戏剧。又不见《张良传》乎？赤松黄石，巧成对偶；圯上授书，事涉神怪。是史公胸中之《史记》，特借舞阳、留侯以成其奇者也。学者能知《史记》，是知《本朝虞初新志》矣，遂评而序之。[4]

4. 王三庆、庄雅洲、陈庆浩、内山知也主编：《日本汉文小说丛刊》第一辑第一册，第 269 页，台北：学生书局，2003 年版。

神田喜一郎在《鸥外与汉文学——关于其周边》一文中谈到，中国的《虞初新志》从幕府末年到明治初年是汉学书生们热心爱读的书，当时在我国也被翻刻，其中魏叔子（禧）的《大铁椎传》、侯雪苑（朝宗）的《李香后传》等文字，我想鸥外是背诵了。模仿此书的菊池的《本朝虞初新志》，当然鸥外也很喜欢吧。[5]鸥外本人在《涩江抽斋》中曾谈到："我曾在历史教科书上，看上面写着近松、竹田的脚本，马琴、京传的小说一出，导致风俗颓败。"[6]而他自己却为中国小说所倾倒，对书中描写的人物充满憧憬，从《虞初新志》、《本朝虞初新志》等中国小说中获得的知识与阅读体验，成为他汉学素养的组成部分。

5. [日] 神田喜一郎著：《墨林閒話》，第 118 页，东京：岩波书店，1977 年版。

6. [日] 森鸥外著《澁江抽齋》，第 69 页，东京：岩波书店，1999 年版。

依田学海（1833—1888），幼名幸造，及长，名朝宗，其师藤森天山为之取号百川、学海，又有百川、赘庵、柳荫等号，旧称七郎，又右卫门二郎，佐仓人（今东京千叶县）。著有《谭海》（亦作《谈海》），今存明治甲申十七年刊本，四卷，分装为四册。

据甕江川田刚撰写之序文中谈道：《四库全书总目》分小说家类为杂事、异闻、琐语三派，凡三百一十九部，诚未能遍读尽识。即近世所传《聊斋志异》、《夜谈随录》、《如是我闻》、《子不语》诸书，率多鄙猥荒诞，徒乱耳目。只有依田百川著《谈海》，颇不同于上述诸书。盖彼架空，此据实；彼外名教，此寓劝戒；彼主谐谑，此广见闻；因此对于畸人寒士才女名妓的言行技能，备加珍视。[1] 这些说法，固然是为了突显《谭海》有别于中国小说的独特性，却也从一个侧面道出了《聊斋志异》等小说在当时被视作超越目标的情况。[2]

1.［日］池泽一郎、宫崎修多、德田武、ロバ丨トキャンバル校注：《漢文小說集》，第 551 页，东京：岩波书店，2005 年版。

2. 王三庆、庄雅洲、陈庆浩、内山知也主编：《日本汉文小说丛刊》第一辑第二册，第 44—296 页，台北：学生书局，2003 年版。

《谭海》是日本明治时代小说家依田学海的一部小说集。[3] 从内容上看，小说表现对象的重心下移，体现了明治时期新的时代精神与价值观念；从艺术上看，作为一部汉语文言小说，它体现了汉魏小说观念的回归与清代《四库全书》编纂者所倡导的小说观念和纪昀《阅微草堂笔记》相近。

3. 王三庆、庄雅洲、陈庆浩、内山知也主编：《日本汉文小说丛刊》第一辑第二册，第 44—296 页，台北：学生书局，2003 年版。

石川鸿斋（1832—1918）曾在壮年后来到中国，任过儒学教官。1877 年与何如璋、黄遵宪、黎庶昌、楊守敬等往来密切，在东京凤文馆等时有诗酒酬唱。他受《聊斋志异》谈思说的影响，以古文手法改写日本传说鬼谈，以为学童学习汉文、理解汉语之用、撰文遣词造句之助。蒲松龄多在篇后以“异史氏曰”评议世态人情，石川鸿斋所撰《夜窗鬼谈》仿此以“宠仙子曰”点明劝善惩恶之意。《祈得金》一篇，直接引述《聊斋志异》类似的拜神求富故事以说明“金钱者，本人造之物，非神仙所有”，因而求神无盖的道理。《哭鬼》一篇，有“宠仙子曰：藉鬼述自己感慨，言本漆园，文学昌黎，雄丽奇姿，所谓空中造楼阁手段”[4]，明显带有模仿明清小说评点的痕迹。

4. 王三庆、庄雅洲、陈庆浩、内山知也主编：《日本汉文小说丛刊》第一辑第二册，第 333 页，台北：学生书局，2003 年版。

四、《板桥杂记》的戏仿

明朝遗老、清初文学家福建莆田人余怀（1616—？）寓居南京，所著《板桥杂记》记叙南京旧日狎游琐事，于其序言中自称“郁志未伸，俄逢丧乱；静思陈事，追念无因；聊记见闻，用编汗简。效东京梦华之录，标崖公蚬斗[1]之名，岂徒狎邪之是述、艳冶之是传也哉”[2]。作者力图表明自己写那些狎游之事，乃醉翁之意不在酒，而是别有寄托。

1.（宋）王谠《唐语林·政事上》：“散乐呼天子位崖公，以欢为蚬斗。”

2.（清）余怀撰《板桥杂记》，第1页，上海：扫叶山房，1926年版。

幕府末年，寺门静轩仿照余怀《板桥杂记》，著《江户繁昌记》，戏仿的不仅是记叙狎游琐事的文体，而且也将自己对世事的忧愤注入其中。明治初年，又有一位作家，戏仿《江户繁昌记》，他就是汉诗人、新闻记者、随笔作家成岛柳北（1837–1884）。柳北本为幕府儒臣成岛稼堂之子，8岁即作和歌，曾为侍讲。1859至1860年完成《柳桥新志》。1862年因讽刺时势而触犯幕府忌讳，受到闭门的惩罚。在闭居期间，静轩钻研英文和英国学术，又作《伊都满庭草》，著自传，称“真天地间无用之人，故不为世间有用之事”。柳北游欧洲，著《航西日乘》。后著《柳桥新志》二编、三编。曾任朝野新闻社社长，也曾因笔祸入狱。

柳北之作多短文，《柳桥新志》第一编戏仿寺门静轩《江户繁昌记》，描写柳桥花街柳巷风俗，颇获当时好评。《柳桥新志二编》则借狎游写世变。作者写娼妓勉励学习数岁，歌舞之技大长，而能养活自身，笔锋一转，横刺一枪，矛头指向执政官僚：

> *今夫执国大政者，赐高爵，食大禄，赫赫有权，炎炎有威，而礼教未立于国，德泽未流于民者，何也？非其人庸劣，不胜其职也。因人人乐升平之泽，偷一日之安，急于举贤使能，而却取阿谀之臣、失节之士矣。是无他，非不勤于为治，而放掷为风之故耶。当德川氏之失，亦在放掷二字也。夫古今为治者，未有不成于力行，而坏于放掷者矣。放乎？掷乎？在位君子其戒诸！余亦放其心，掷其业，漠然不顾者，早晚将乞食于道路，余有大惭于贱女子也哉！*[3]

3.［日］日野龙夫校注：《江戸繁昌記 柳橋新誌》，第553—569页，东京：岩波书店，1996年版。

在《柳桥新志二编》最后，成岛柳北不禁感叹：

> *且不闻乎泰西诸国所刻新闻纸，多是诽谤骂詈之言，而君主不罪，官吏不咎，君子不怒，小人不怨，争而读之，以博闻见，以知警戒焉。若吾书而亦新闻纸而无用者耳。*[4]

4.［日］日野龙夫校注：《江戸繁昌記 柳橋新誌》，第568页，东京：岩波书店，1996年版。

成岛柳北借西方的言论自由、新闻自由，暗含对日本政治批评之意，这已不是烟花柳巷的话题，作者之用意不尽在说狎邪道艳冶，心中有话，又不敢尽情说出，只能说些无用的话，是柳北的心境，这一点也正与余怀有相通之处。

第二节 日本政治小说和中国文学

日本江户时代，“文学”这一概念范畴相当广泛，涉及哲学、历史、思想等人文科学的各个领域，也包括汉诗文、和歌、日语义章等。一直到明治初年，一提到文学，还是指汉学、国语、和歌、汉诗、历史、思想之类的著作，它几乎是传统学问的同义语。[1]粗分一下，可以把它分为两大类：一是以作为官学的朱子学为中心的儒学，这是统治阶级所尊奉的；二是戏作小说、俳谐、川柳、狂歌、净琉璃、歌舞伎等町人中流行的俗文学，这是正统文人不当学问看待的。明治文学研究的开拓者柳田泉把前一类称为“上头的文学”，把后者称为“下头的文学”，并认为，这两种文学的接近、交流的过程，形成了明治文学“上头的文学”具有经世济民的思想性而欠虚构性（小说性），“下头的文学”具有虚构性而欠思想性。这两者最初接近、统一、渗透的尝试，便是自由民权运动期间兴起的政治小说。

1. 明治初年的启蒙思想家福泽谕吉《劝学篇》把识难字、读难解的古文、欣赏和歌、作诗（指汉诗）等等，都划在“无实之文学”的范围内，并且认为这些“文学”，虽颇宜于怡悦人心，但并非如自古以来世上儒音、和学者（日本学学者）所讲的是值得尊崇珍贵的东西。《劝学篇》有群力汉译本，商务印书馆，1958 年版。

明治时代的鹿鸣馆是欧化的象征

从政治小说的渊源来看，它的产生是与中国的思想文化的影响积累分不开的。

指导政治小说创作的理论的基本精神，是把小说看成以通俗的方式，宣传政治纲领，揭示政治斗争的内幕，以向群众进行启蒙教育的器具。[2]1892 年 2 月发表在《女学杂志》上、署名为流芳浪人的文章，提出了以“经国感念”、“经国诚心”来指导小说创作的主张，赞扬了《佳人奇遇》“插以勃勃爱国志情和自家经纶大策”，要求作品发挥“尽使一国人心随其手腕意志之行进”的作用。这实际上是把曹丕以文章为经国大业的看法运用到小说中来。在政治小说时期流行的理论文章，不少都打着冯氏（梦龙）将稗史当作儆俗导愚工具的传统观点的印记。

2. ［日］浅井清等编：《研究資料現代日本文学》第一卷小说、戏曲 1，第 12—13 页，东京：明治书院，1980 年版。

政治小说的基本创作方法，是运用明清小说常用的两种模式而注入自由民主、反抗专制、扩张国权的内容。这两种模式，一是才子佳人小说模式，此以《佳人奇遇》与《雪中梅》为代表；一是历史演义小说模式，此以《经国美谈》为代表；这三部作品在日本政治小说中影响最大。同中日文学交流中常见的那种“你中有我不是我，我中有你不是你”的现象一样，日本政治小说宣扬的复杂思想和体现的小说价值观，是在中国的旧文学中找不到的。

一、 自由民权运动与政治小说

1874 年 1 月，日本爱国公党提出《民选议院建议书》，要求把“各藩推选议员的制度加以完善”，改变藩长藩阀垄断官职的局面，扩大各藩实力派的参政权。自此以后，思想界的中心问题，便是所谓自由民权问题。

明治维新以后，日本的资本原始积累主要来自对农民的盘剥，不甘忍受残酷压榨的农民群众以空前大规模的猛烈暴动，来反抗维护特权大资产阶级利益的明治政府。《民选议院建议书》虽然没有跳出改良主义的局限，并且还隐藏着企图恢复封建制的士族的愿望，但它提出的“开展天下之公论，制定人民之参政权利”的思想，客观上反映了呻吟在天皇制压迫下的劳动人民，以及一般中小地主、工商业者的呼声。通过与官方学者的激烈论战，民主思潮迅速扩大到知识分子中间，并且利用各种形式渗透到群众中，形成了一种追逐时尚的潮流。如《自由党史》所说：“浴池有自由澡塘、自由温泉，点心有自由糖，药店有自由丸，饭店有自由亭，其他自由评书、自由跳舞、自由帽子”等等。[1] 这在文学中不可能没有反映。最早出现的政治小说，是 1880 年出版的户田钦堂写的《民权演义情海波澜》，书中穿插着围绕艺妓争风吃醋的情节，情海不过是政海的外衣，书中的人物如魁屋阿权，和国屋民次，国府正文，连名字都表明是以确立民权，开设国会为宗旨的，这完全是曲亭马琴《八犬传》的故伎。

1. ［日］柳田泉著：《政治小説研究》，东京：春秋社，1968 年版。

领导这场运动的士族知识分子和思想家、理论家，是抱着对群众的蔑视心理来从事宣传和启蒙工作的。他们嫌恶群众的愚昧，但又有把自由民权思想普及到“大人”及民众乃至妇女中去的愿望。自由党左派植木枝盛在 1879 年出版的启蒙书《民权自由论》中，便阐述了“人民必须关心国事”的道理，用训导的口吻，告诫人民，不问国事，只是苟安于卑屈的奴隶状态而自感满足的人民“并不是国家的良民，实际上是国家的死民”。为了把“自由之权”的观念灌输到日本平民中，就必须借用通俗的、易于普及的方式。为此，他们利用当时下层群众的娱乐手段——演剧、歌谣、戏作等等来作为政论的普及版。如：

在天愿作自由鬼，在地愿为自由人。

自由！自由！自由！汝与我在其中，乃天地自然之规约！

小室重弘：《自由之歌》[1]

1. 王长新著：《日本文学史》，第 149 页，北京：外语教学与研究出版社，1984 年版。

自由之人之体躯，头足齐备，心之灵妙超万物，公与身俱，便堪称一个天地。自身一人当一人屹立！……君不见，笼中鸟，徒打羽翼难飞举；人纵有才亦有力，若无自由权力时，无用长物终无益；故而此生称为人，自由生存方快意，没有自由只同死。君不见，盐之谓盐在味咸，如盐不咸即沙砾；糖之谓糖在甘饴，如糖不甜即土粒；人之为人要自由，人无自由即玩偶！

植木技盛：《民权乡村歌》[2]

2. 王长新著：《日本文学史》，第 149 页，北京：外语教学与研究出版社，1984 年版。

这些歌谣采用的是通俗的日常比喻，说明一种抽象空洞的自由人权的道理。在这种宣传运动中，随着歌谣一类的轻武器推出，政治小说也作为重武器被推入战场。

民权运动的高涨，引起明治政府的恐慌。明治政府抛出种种条例，逐个剥夺民权党借以宣传主张、动员群众的言论武器。他们迫使刊物停刊，在诏敕中威胁民权论者：“如有故意急躁，煽动事变，危害国家治安音，就应处以国法。”[3]这种情势促使在野的政治家寻找足以代替政论的宣传手段。披上戏作外衣的政治小说，得以免除制裁之灾，便被作为“播植自由种子之一手段”和在言论、出版两自由皆不具备的情况下的一种变通之策，而被民权派的思想家提倡。这同中国的改良主义者在维新失败之后，把一部分注意力转向弹词说部，纷纷操觚，似有某些相同处。

3. 1882 年，明治政府通过修正和颁布集会条例、报刊条例和请愿条例，加紧了对言论、出版的钳制。报刊条例发布后一个月的时间内，仅东京一处禁止发行的报刊，便有《中立政党谈》、《政海志丛》、《嘤鸣杂志》、《独立报》等十三种。报刊记者、主笔、编辑者，或处徒刑，或科罚金者。《新泻日日新闻》《庄内新闻》连印刷机器部都被没收了。参见植原悦二郎《日本民权发达史》，黄文中译述，商务印书馆，1926 年版。

西方文学的翻译介绍，对于政治小说的兴起曾经起过一定的示范推动作用。翻译文学的兴起，本来首先便是那些对政治的热情远远超出对文学的热情的青年们的业迹。他们对原作的选择和处理，便带着宣扬资产阶级民主思想的色彩。这些西洋小说，向年青的政治家们提供了政治小说的模式，刺激了他们的创作欲望。当时，一般的文人还把小说看成下等人的娱乐，士君子不屑一顾，而他们却看到，西方的绅士淑女不仅不以读之为耻，反而还以著之为荣，像李顿那样的政府要员、堂堂政治家还在那里摇动笔杆，大写特写，他们何不能显一显身手？

从第一部政治小说问世，到 20 世纪初年政治小说无人问津，这一小说样式流行了二十年之久，而最盛行的时候，还是 1880—1890 这十年中间。考查一下这一时期政治小说的作者，多是些士族出身的政治活动家。由于从小受到汉文学的熏陶，由此培养出来的对汉诗的嗜好，对日本的历史物语、军谈物语的嗜好，对稗史小说的嗜好，使他们不仅能够写出带有理想主义色彩的政论，而且可以挥笔作汉诗和写出带些文学色彩的叙事文字来。他们创办报纸，撰写社论，也利用报刊阵地刊登自己的戏作。像自由党系统的报纸《自由新闻》的记者樱田百卫、《绘入自由新闻》的宫崎梦柳、《自由灯》的小室案外堂、改进党系统的报纸《邮便报知新闻》的矢野龙溪、《改进新闻》的须藤南翠，等等，都是这样一些汉文学修养较深的政治活动家。

日本政治小说中最有名的三部作品，一是矢野龙溪的《经国美谈》，一是东海散士的《佳人奇遇》，一是末广铁肠的《雪中梅》，它们都曾由晚清资产阶级唯新派人士译成中文。

二、　《经国美谈》四人评与明清小说评点

《经国美谈》的作者矢野龙溪出身于一个藩士家庭，是个立宪政治家，曾担任过驻华公使。《经国美谈》前后编分别出版于 1883 年 3 月和 1884 年 2 月，作品写齐武名士威波能、巴比陀、玛留等历尽磨难，推翻专制统治，确立民主政治，并讲而在盟邦阿善（雅典）酌援助下，打败宿敌斯波多（斯巴达），称霸全希腊。这部作品曾经鼓舞当时的青年知识分子争取政治自由和国家独立的热情，但它也鼓吹了富国强兵以称霸天下的侵略扩张主义。[1] 纵观全书，作者是运用历史演义的模式，根据希腊历史著作编写润饰成书的。在自序中，矢野龙溪谈到创作经过，已对此加以说明：

且史家记齐武之事，惟铺叙其大体，而欲求详记其当时之颠末者，竟落落如晨星之可数，坐令一代伟事，终归湮没，宁非大可惜哉！余于是乃戏补其脱落，构思著笔，学小说家之体裁，然予意原在于记述正史，不欲如寻常小说之妄加损益，变更事实，颠倒替恶，但于实事中略知润色而已。[2]

将自己的作品说成是依傍正史、略加润饰之作，似在声明自己所取正是历史演义的模式。为

1.［日］矢野龙溪著：《經國美談》，长岛文昌堂，1901 年版。《经国美谈》中译本，封面题作《经国美谭》，译述者湘乡周逵，扪蝨谈虎客批评，扪蝨谈虎客即韩孔，广智书局 1902 年印行。

2. 原文见［日］山田有策、前田爱注释：《日本近代文学大系》第 2 卷《明治政治小説集》，第 163 页，东京：角川书店，1974 年版

了证明所叙多为史实，矢野龙溪在文中常常引出所据材料的来源，最后还补上一个用汉文写的《正史摘节》，以备考索。这和曲亭马琴《椿说弓张月》标榜作品“据实指陈”的用意如出一辙。

依田学海、成岛柳北、栗本锄云、藤田鸣鹤四位当时有名的汉学者，曾以汉文为《经国美谈》作了评点。栗本锄云、藤田鸣鹤还分别为之写了序和跋。在评论作品时，锄云、柳北多评所叙之事，而鸣鹤、学海则侧重于写法。不难看出，他们的评论依据，很大一部分来自金圣叹、毛宗岗等人的理论。

（一）　“变幻百出，笔力纵横”

情节的曲折性、多变性、传奇性是中国小说评点中十分强调的内容。明清时代的许多批评家认为，唯有如此，才能引起读者极大的兴趣。情节曲折多变，跌宕生姿，读者的心理随着情节的发展也经历一个曲折的变化过程，从而带来精神享受。所谓“文章之妙，无过曲折，诚得百曲、千曲、万曲，百折、千折、万折之文，我纵心寻其起尽以自容与其间，斯真天下之至乐也”[1]。惊险性、传奇性的情节，则会紧紧扣住读者的心弦，使他们为人物的命运担忧、惊骇、惶恐。《水浒传》三十六回写宋江在浔阳江遇险，金圣叹赞扬施耐庵写得“节节生奇，层层追险。节节生奇，奇不尽不止；层层追险，险不绝必追”，在这一回的夹批中说：“上文险极，此句快极。不险则不快，险极则快极也。”[2]

1.《第六才子书》三之三，王实甫著，金圣叹点批，张建一校注：《第六才子书西厢记》，台北：三民书局，1999年版。

2. 叶朗著：《中国小说美学》，第97页，北京：北京大学出版社，1982年版。

栗本锄云、藤田鸣鹤都谈到《经国美谈》情节多变。鸣鹤甚至说此书“变化百出，笔力纵横”，多次谈到“变化之幻”。锄云评第五回巴比陀江上遇险：“此回擒纵自在，开阖如意，使人忽危、忽安、忽恐、忽喜。”[3]柳北评第七回奸党派出刺客刺杀名士，谓“乍热乍冷”，也是着眼于情节的曲折性，多变性的。

3.［日］矢野龙溪、东海散士，末广铁肠，須藤南翠著：《政治小説》，第28页，东京：讲谈社，1980年版。

奇为险，也是评点者们对情节的要求。柳北评第五回巴比陀江中遇救，恰逢自己赒济过的渔夫，说“事固奇，文亦奇，使人魂飞神跃”，评第十回“喜中生忧，忧中生喜，变幻百出，一回奇于一回。求之文那史乘匹俦极罕矣”。评第十六回：“冒危中之危，行险中之险，使人冷汗淋漓。”[4]

4.［日］矢野龙溪、东海散士，末广铁肠，須藤南翠著：《政治小説》，第69页，东京：讲谈社，1980年版。

对于多变奇险的情节，作者还必须善于驾驭，使之成为一个完整的艺术整体。锄云说：“通篇文章，擒纵自在，颇得孔明征服南蛮王孟获之法。”（第二十回）第十八回写归国的十二志士在留在国内的比留利的策划和帮助下，乔装成十二美人，在奸党酒酣之时突然出现，将其一网打尽。在起事前一夜，有一组志士尚未到达，十二名志士隐藏在加伦家中，主人加伦又突然被巡逻的士兵抓走，对此，柳北评道：“积年苦辛，几处艰险，恍然一梦，俄见此快绝活剧，使人喜极而泣。”鸣鹤评“擒纵自在”之言更详：

宴席掩袭一段，是本书之荆门。前段几回群山万壑悉赴此。然若论结撰之巧，志士潜匿加伦宅，期死形容最见其妙。自第十五回至这回，障碍百出，使人惴惴须臾不能安其意，是作者得意处。至大事粗定，志士袭令温知宅，巴（按：名士巴比陀）、令（按：奸党令温知）死斗于小廊一节，尚使读者不能绝危悸。擒纵自在。[1]

1.［日］矢野龙溪、东海散士，末广铁腸，須藤南翠著：《政治小説》，第 76—77 页，东京：讲谈社，1980 年版。

鸣鹤认为全书有群山万壑赴荆门之势，将曲折多变、惊险奇幻的情节有机地交织在一起，能够使读者在“惴惴须臾不能安其意”的状态中，获得艺术享受。

（二） “三人有三样性格”

《经国美谈》的人物描写，有明显的类型化理想化的痕迹。栗本锄云在前言中说，书中描写的名士，生于“天荆地棘”的社会动乱的时代，将“可泣、可笑、可惊、可愤者，尽钟一身”，他们既不同于一般“智力足可为者”的“巧趋善避”或“奋励激昂”（即不采取依附邪恶势力或逃避现实的态度），也不鲁莽蛮干，偏激急躁，他们具有孟子所提倡的舍生取义的精神和诸葛亮所具有的鞠躬尽瘁的品质。[2] 不仅如此，在事业成功之后，还像鲁仲连那样，功成身退，

2.［日］矢野龙溪、东海散士，末广铁腸，須藤南翠著：《政治小説》，第 5 页，东京：讲谈社，1980 年版。

不以显荣为追求的目标。不言而喻，不论是栗本锄云评价人物的标准，还是作品中的描写，都基本上没有超出中国封建社会理想的政治家的范围。

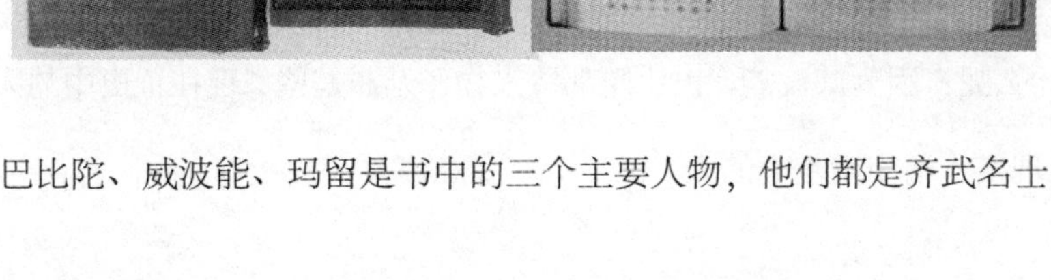

政治小说《经国美谈》

巴比陀、威波能、玛留是书中的三个主要人物，他们都是齐武名士，作者曾力图将其性格

加以区别。从第一回开始，便试图给他们以独特的面目。这一回写老教师讲述阿善贤君义士爱国殉难的事迹，儿童们受到感动，各言志向。[1] 巴比陀率尔而对，威波能则深思后言，玛留则言少思索，其写法颇似《论语》中的《子路、曾皙、冉有、公西华侍坐章》，又颇似《三国志演义》的桃园三结义。鸣鹤评道：

1.［日］矢野龙溪、东海散士，末广铁腸，須藤南翠著：《政治小說》，第 9–12 页，东京：讲谈社，1980 年版。

> *三个童儿，是卷中骨髓，其感激之语，发露三人有三样性格，而语气自然为后年三士立功之伏线。*[2]

2.［日］矢野龙溪、东海散士、末广铁腸，須藤南翠著：《政治小說》，第 12 页，东京：讲谈社，1980 年版。

鸣鹤认为这一回的人物语言描写，写出了不同的性格。

金圣叹、毛宗岗等都对人物性格问题作过多次说明。他们强调要写出人物的个性、独特性。金圣叹认为，《水浒传》所以吸引人“无非为他把一百八性格都写出来”，“《水浒传》一百八个人性格，真是一百八样”。[3] 毛宗岗赞赏《三国志演义》中的人物“一人有一个性格，各各不同，写来真是好看”。[4] 这些论述，在江户时代便已启发读本作家克服简单的职业气质的描写，把人物写得更加生动活泼、丰富多样。

3.《读第五才子书法》，参阅叶朗著：《中国小说美学》，第 69 页。北京：北京大学出版社，1982 年版。

4.《第三十五回回首总评》，参阅叶朗著：《中国小说美学》，第 134 页。北京：北京大学出版社，1982 年版。

然而，藤田鸣鹤对人物性格的认识又是初步的，仍然停留在类型化的阶段。试看第二十回他所作的人物分析：

> *作者以智力、良心、情欲三者，组成是书。巴氏则是智力，威氏是良心，玛留是情欲。假三人之举动，写出三者相赖相制之状。玛留常服从巴氏，是情欲为智力所制者。第五回、第十二回，玛留与巴氏相离，则是情欲独专其力者，故或困于政论，或被縲绁。又其人时有奇言奇行，是情欲之发而时隐见者也。又第十一回，巴氏单身决死，是智力时晦惑者也。又第十五回，威氏送书谏巴氏，是良心制智力者也。其他三人之举动，莫非表三者。是通篇之大主眼，读者玩素之。*[5]

5.［日］矢野龙溪、东海散士，末广铁腸，須藤南翠著：《政治小說》，第 83 页，东京：讲谈社，1980 年版。

鸣鹤认为，巴比陀、威波能分别是智力、良心、情感的化身。这和《南总里见八犬传》把八犬士作为仁、义、礼、智、忠、义、信、孝、悌等八行一样，把人物作为概念的赋形体。坪内逍遥《小说神髓》，特别批判了这种脱离生活、脱离现实的典型论，他说，最近有博识者评矢野文雄大人纂译的《经国美谈》一书，将智、德性、情绪拟作三俊杰，此事果真如此，则我并不认为太有趣。[6] 为什么呢？因为威波能、巴比陀那些人物，无非是些“现在正史中的人物、虚假的人物”，而不是现实生活中活生生的人。

6.［日］坪内逍遥著：《小说神髓》第九册，第 44 页，东京：ほるぷ株式会社，1983 年版。

（三）　“荆棘丛中，忽着一朵芙蓉”

金圣叹和毛宗岗都曾分析过中国古典小说和结构布局上注意调节转换的特点。《水浒传》写武松的威武，又接写花荣的“文秀”，将两种不同性格特点的人物传连接起来。三打祝家庄的重头繁杂的故事后面，又以轻便简净之笔，叙吴用设计取李应上山的故事，在节奏、疏密上加以变化。毛宗岗说“《三国》一书，有笙箫夹鼓、琴瑟间钟之妙”，如第七回叙述袁绍和公孙瓒、孙坚和刘表之间的混战，接下去第八回却转而叙述貂蝉的故事。毛宗岗批道：

前卷方叙龙争虎斗，此卷忽写燕语莺声，温柔旖旎，真如铙吹之后，忽听玉箫，疾雷之余，忽观好月。[1]

1.《第八回回首总评》，参阅叶朗著：《中国小说美学》，第 148 页。北京：北京大学出版社，1982 年版。

《经国美谈》第九回写在奸党把持朝政，实行恐怖统治的时候，巴比陀被迫逃到阿善，遇到种种危难艰辛，多次遇险，后改换姓名，在历经追兵紧逼、乞援失败等险情穷境之后，又“说及风流情事”，描写令南对巴比陀的倾心爱恋，锄云评道：

荆棘丛中，忽着一朵芙蓉。[2]

2.［日］矢野龙溪、东海散士，末广铁腸，須藤南翠著：《政治小説》，第 44 页，东京：讲谈社，1980 年版。

正当两位情人欲各诉衷情时，今南从侍女处得知齐武派人准备在当夜刺杀巴比陀，鸣鹤评道，这又是“变莺花三月之佳景，忽地为断猿枯木之悲秋”[3]。

3.［日］矢野龙溪、东海散士，末广铁腸，須藤南翠著：《政治小説》，第 44 页，东京：讲谈社，1980 年版。

四人评对《经国美谈》的照应、伏笔、省笔等结构法也多有评论，大抵不出曲亭马琴所谓元明才子稗史法则。批评者对小说艺术效果多有夸大，但他们对小说作者的用心还是言之有据的。因而，这些评点仍然是了解矢野龙溪美学思想及所受中国文学影响的有用资料，其本身也与明清文学理论批评有十分密切的关系。

三、　《佳人奇遇》的辞赋化倾向

东海散士《佳人奇遇》是日本另一部影响很大的政治小说，曾被译为中文连载于《清议报》[4]。

4.［日］斎藤希史著：《漢文脈の近代》，第 122—159 页，名古屋：名古屋大学出版会，2005 年版。

《佳人奇遇》的雏型是作者发表于 1876 年 11 月 24 日《东京每日新闻》上的《东洋美人叹》。

东海散士（1852—1922），政治家，小说家，本名柴四朗，出身于会津藩士族家庭。东海散士将对会津藩的忠诚转变为对日本天皇的忠诚，这种忠诚表现在他对国际关系的看法上，便是对欧洲诸国的防卫和对亚洲各国的侵略扩张。不论是《东洋美人叹》，还是《佳人奇遇》，都体现了东海散士这种基本立场。

明治维新以后，日本大张旗鼓地学习西方文物和制度，推动文明开化；同时，相信西洋化就是现代化的思潮，也意味着对传统文化的全盘否定，旧的一切全无价值，新的一切必要接受的观点风行社会。一个应日本邀请参与了东京大学医学院的创办工作的德国医师贝尔兹，曾向几个日本人询问日本的历史问题。当时竟有一个人回答说：“日本实在野蛮透顶”，另一个人则红着脸喊道：“我们没有历史，我们的历史从现在开始。”这种对本国文化的虚无主义态度，连外国人都感到诧异。随着资本主义的发展，追求享乐的风气也日盛一日。对这些现象，东海散士表现出深重的忧虑，于是，撰写了一篇寓言体的汉文小说《东洋美人叹》。

《佳人之奇遇》的作者东海散士

一个名叫蜻和的东方美女，被一西方贵公子威逼利诱，投入了贵公子的怀抱，贵公子以高堂大厦、美味珍馐相勾引，蜻和越陷越深，终于染上梅毒。乳母好言相劝，反遭蜻和怒斥。蜻和每日仍旧敷粉巧饰，求媚于贵公子，濒于危亡之境而不自知。写到这里，作者突然跑出来，为之流泪悲痛，并说这原是“南柯之梦”。这就是《东洋美人叹》的基本内容。

《东洋美人叹》共写了三个人物：蜻和、西方少年和乳母。小说的寓意是明显的。蜻和，就是蜻蛉大和，不言而喻，是指日本。[1] 西方游冶少年，则指西方各国。乳母则是作者的化身，作者借她之口，揭露西方列强对日本的欺骗和剥削，指出日本的危险处境。明治维新以后，与欧洲各国签定的不平等条约还未修改，东海散士主张警惕欧美的野心，

1. 蜻蛉，即蜻蜓。蜻蛉洲为大和国即日本之别称。

保持民族独立；同时又把文明开化推动日本进步的成效一概抹杀，显示出一个封建士族对于资本主义发展的忧心忡忡。

作品的构思，是将自己的政治见解寓于美女的遭遇之中。如果追溯一下这种构思的影响，主要应当注意的有曹植的《七哀诗》、《美女篇》，白居易的《上阳白发人》，以及日本的《玉造小町壮衰书》，纪长谷雄的《贫女吟》。

如果说《经国美谈》采用的是历史演义模式的话，那么《佳人奇遇》采用的便是才子佳人小说模式。

《佳人奇遇》从留美日本世家子弟东海散士在独立阁与爱尔兰的红莲、西班牙的幽兰这两位贵族女子邂逅起笔，展开对各自争取独立和政治改良斗争的描写，穿插着他们之间的爱情、友谊和悲欢离合。东海散士充分运用他在欧美逗留五年的见闻和历史知识，把从北美独立战争、法国资产阶级革命直至朝鲜东学党起义以及中日甲午战争的一百多年的历史事件收于笔下，各国独立运动的名人相继登场。全书共十六卷，从 1885 年 10 月开始出版，直到 1897 年才出齐。[1]

1.《佳人奇遇》收入上海中华书局印行的《饮水室合集》专集第十九册，题作《政治小说佳人奇遇》，文末注："任公先生戊戌出亡，东渡日本，舟中译此自遣，不署名氏，亦久已绝版，近从冷摊中得之补入集。任公诗纪事廿四首之一：'曩译《佳人奇遇》成，每生游想涉空冥；从今不羡紫东海，枉被多情惹薄情。'"

东海散士对爱尔兰民族解放运动、埃及反抗英国侵略的战争，以及其它弱小民族反对殖民主义、争取民族独立的斗争，都表示了一定程度的同情，然而他又认为美日民族是优等的种族，另一些民族则是"泥虚理、不务实业、轻佻锐进"的下等民族，只能忍受奴役。其哲学基础是社会达尔文主义。他宣扬落后国家应当实行政治改革，争取民族独立，但反对各国人民起来革命，说革命一旦发生，就会"政党相斗，国政迭乱，内外混淆，官民失职，陷于朝令暮改之弊政"。书中歌颂的"佳人"都是主张立宪公议，为维护封建王朝统治不惜赴汤蹈火的独往独来的英雄。在《佳人奇遇》问世的时候，自由民权运动已进入后期，日本政府正在积极备战，蓄谋挑起大规模的侵朝、侵华战争。东海散士在书中提出："方今燃眉之急，与其内伸十尺之自由，毋宁外张一尺之国权"，又借幽兰之口，吹嘘日本"当执牛耳以为亚细亚之盟主，解亚东生民倒悬之艰"[2]，其政治用心是昭彰的。

2.［日］东海散士著：《明治政治小說集（二）》，第 3—110 页，东京：筑摩书房，1980 年版。

据说，《佳人奇遇》曾经汉文家高桥太华润色。书中多叙东海散士与二佳人弹琴赋诗，咏怀言志之事，不时摘引大段历史事件和各国地理的介绍。对于中国古典文学作品，既有大段的引用，又有大量的套用。特别是前半部分，表现出很强的辞赋化小说的特点。

大量用典、大量插入诗词歌赋、大量运用诗化的描写，是作品辞赋化倾向的三个特征。从全书构思及语言来看，一部《佳人奇遇》，可以说是 1967 世纪末叶日本的《游仙窟》。

用典。半峰居士（高田半峰）对《佳人奇遇》中的人物语言批评的重点，是浓厚的中国化。他说，《佳人奇遇》的人物虽然有西班牙人、爱尔兰人、中国人，然而他们都不过是东海散士这个“负笈游学兹土者”的“分身变态”。卷一写幽兰、红莲同登美国独立阁羡慕美国人的功业，相互交谈道：

宜哉！美国人能挽回颓势，凯歌振旅，归马华山之阳，放牛桃林之野。[1]

1.［日］东海散士著：《明治政治小説集（二）》，第 4-----13 页，东京：筑摩书房，1967 年版。

诗词歌赋。《佳人奇遇》前半部引用诗词歌赋之多，较之唐传奇、宋元话本拟话本都有过之而无不及，篇幅不嫌其长，数量不嫌其多，多为汉魏体古诗，以《文选》为范本的仿作占大部分，也有直接引用的，如王韬所译《法国国歌》便全文收录。

东海散士为书中人物仿作的汉诗，不少都是像这样采用历来为日本文学家熟悉和喜爱的形式和语言。《四愁诗》在《佳人奇遇》中竟两次套用，东海散士还评论它们“妙不可言，壮如屠长鲸，险似排峥嵘，高攀天根，深照牛渚，抒其妙意则可通鬼神，绘其佳景则可夺江山”云云。这样的诗赋又颇得当时的青年学子青睐。德富卢花在《黑眼睛，茶色眼睛》一书中描绘了学子们朗诵《佳人奇遇》中的汉诗的情景：“协专社很爱读《佳人奇遇》华美的文字，大抵能够背诵书中很多优美的汉诗。与敬二一个年级号称功课与吟诗全校首屈指的尾形，吟次郎，长着浅浅的雀斑，在秋月当空的夜晚，快要就寝的时候，在寮与寮之间的土路上，用金石撞击的铿锵声调，朗诵着：‘月横大空千里明，风摇金波远有声；夜苍苍兮望茫茫，船头何堪今夜情。’这时，每座寮里射出来的灯光，仿佛也陶醉了，就像那正在预习默读聚精会神的三百个青年，颤颤微微地听出了神。”[2]

2.［日］东海散士著：《明治政治小説集（二）》，第 39 页，东京：筑摩书房，1980 年版。

东海散士引用中国古代的诗词歌赋，有时为了服务于书中人物抒情的需要，就采用删节或改动的方法，变动作品的重心和主题。第九回为了抒发东海散士怀念乡国与恋人的心情，大段插入了《文选》卷十三祢衡所作《鹦鹉赋》。[3]据范晔《后汉书》说，《鹦鹉赋》是黄祖长子

3.［日］东海散士著：《明治政治小説集（二）》，第 93 页，东京：筑摩书房，1967 年版。

大会宾客时，有人献鹦鹉，祢衡受命揽笔而作的。祢衡借鹦鹉自喻，刘熙载说：“祢正平赋鹦鹉于黄祖长子座上，蹙蹙焉有怜依人之态，于生平志气，得无未称！”东海散士引用时，删除了一些内容，突出了有家不能归的忧怨，作为东海散士思念鹦鹉主人幽兰红莲的歌赋。

诗化的描写。《佳人之奇遇》中的叙述语言、对话，以至于人物的外貌、服饰，无不具有

中国风格。例如卷二东海散士与二佳人第二次相见，下面是东诲散人眼中的西班牙佳人幽兰：

散士举头，则已有一妃待于门外，远望之，仿佛如轻云之蔽新月，近视之，皓洁若白鹤之立仙阶，年齿二十许，盛妆浓饰，冷艳欺霜，眉画远山之翠，鬓堆螺顶之云，秋波凝情，炯炯射人，暗备威仪，红颊含笑，皓齿微露，纤腰曳轻绮之长裾，莲步践彩绣之轻履，余香袭人，徐步来迎，几疑姮娥降尘，洛神出世，于是散士心动胸悸，为之一揖。[1]

1.［日］东海散士等著：《明治政治小説集（二）》，第7页，东京：筑摩书房，1980年版。

这哪里像日本人眼中的西班牙女士，分明是曹植眼里的洛神，张文成眼里的十娘五嫂！苏联汉文学家认为中国古典长篇小说的女性描写更接近于诗歌，其实，不仅限于长篇小说，唐传奇和以后的白话小说也是如此。或许可以说，这些小说的女性描写只是袭用了旧有的诗赋的语言。

另一部被译成汉语的政治小说的作者末广铁肠（1849—1896）的思想基础，是早已成为武士乃至士族阶级教养的日本化的儒教思想以及阴明学的实践主义。铁肠这一名号，出自晚唐皮日休《桃花赋序》："余尝慕宋广平之为相，贞姿劲质刚态毅状，颖其铁肠石心，不能吐婉媚辞，然睹其文，而有《梅花赋》。"（《皮子文薮》）。宋广平，即宋璟（663—737）乃玄宗时名相，博学能文，硬骨刚直铁肠一生景仰与效仿宋广平。《雪中梅》宣扬西方议会政治，采用的则是中国章回小说模式，回目特意以纯汉文书写，小说中也有大段汉诗插入，然而作者的文学楷模既非中国的司马迁，也不再是日本的曲亭马琴，而是英国政治家、历史学家托马斯·麦考利与文学家莎士比亚。该书有作者题诗："琴书无恙又过年，故纸成堆欲没肩。雪锁莺儿犹在谷，风緘柳眼未含烟。奇文谁得马翁诀，稗史难钩沙氏玄。别有回春化工笔，瓶梅香底写新篇。"自注："马哥丽，英国文人。沙士比阿，小说家。余方著《雪中梅》，结故及。"[2] 马哥丽，

2.［日］小林智贺平校注：《雪中梅》，第180页，东京：岩波书店，1992年版。

即英中人托马斯·麦考利（Thomas Babington Macaulay，1800—1859）的《英国史》在明治中期颇流行。末广铁肠选择了以中国章回小说来装西方议会政治之酒，很难说这是避免西方文体进入日本后的"水土不服"而作的明智选择，倒可以看作是消化西方小说模式之前的应时之举，是作者与读者共同的文人趣味的惯性使然。

第三节 明治汉学家的中国文学观

19 世纪 60 年代以来，对中国文化的评价素来极低，在低谷之中又有小起小落。当“脱亚入欧”之风猛烈时，中国文化遭粪土观；当近代化的弊病初露时，又有少数人想起孔孟。至明治末年，社会生产有了迅速发展，物质文明日新月异，然而拜金主义横流，贿赂公行，道德沦丧，社会腐败，人心倦怠。在这种情况下，对中国文学遗产的回顾，虽不能说是对欧风物质文明之弊的抗争与匡救，但却是对社会环境压抑个人的心理暴力的排解与冲荡。

一、“世界之人”

试读下列这段文字，引自《支那文学大纲》五位作者之一的田冈岭云撰写的随笔《伟人出兮》：

田冈岭云

自明治维新，一度采西欧之风，于兹 30 年，物质文明之弊，至今日极矣！所谓物质文明者，华耀于外、黑暗于内者也。虽电灯灿烂，光夺目辉，照耀满都盛装如花之士，然道义溷浊，相胥趋于兽畜，举世弄智巧，骛实利，渴仰黄金，弃人道，弄智巧，重权诈，不忌侵轧，轻佻为风，浮靡为俗，廷臣淫于色，朋党卖节，请谒昼听，贿赂公行，人无利不动，为获利相欺而不怪。今之世无真挚、无热诚、唯有黄金，唯有权诈、浮薄、淫靡、权诈、伪善、巧利，今之社会有一切恶德，今之人行一

切恶德，社会之风纪如此而不已，奈我邦家何！[1]

田冈岭云对近代化旗帜下掩盖的种种丑行，满腔激愤，物质的增长与精神的贫困，价值观向金钱与实利无限度地倾斜，使这位觉醒者痛苦。

1.［日］田冈岭云著：《嶺雲搖曳》，收于日本现代文学全集《幸德秋水 大杉荣 堺枯川 荒畑寒村 田岡嶺雲 河上肇集》，第236—237页，东京：筑摩书房，1972年版。

田冈岭云（1870—1021），本名佐代治，别号小湘庵主人，栩栩生。生于土佐郡井口，早年受自由民权运动的影响，在大阪官立中学上学时因反对实行强制性的学制改革，受罚禁止外出，因而患了很重的胃病。过了四年疗养生活，他进了东京的水产讲学所。当年夏天，在千叶县白浜海岸，接受教师内村鉴三解剖鱼类的指导。当时，内村告诫他：“不要当伪君子！”[2]这句话，岭云终生难忘。

2.［日］田冈岭云著，西田胜编：《田岡嶺雲全集》第五卷，第550页，东京：法政大学出版局，1969年版。

1892年，田冈岭云升入东京大学汉文科选科，在上学期间，便在《亚细亚》、《日本人》等报刊上发表了一组批判山路爱山“平民文学论”的文章。他写的《海涅》是日本海涅论的嚆矢。这一期间发表的一系列文章得到评论界认可，毕业后，他便成为杂志《青年文》的主笔，主张文学工作者正视作家的个性，正视社会的丑恶与被压迫人民的生活。在他寄予希望的樋口一叶去世后，对文坛现状感到绝望，愤而离开东京，先是做了中学教师，后来又当了记者。

田冈岭云曾作为随军记者到过中国，看到帝国主义的侵略战争给无辜的普通人带来深重灾难，他写的《战袍余尘》描绘了兵燹中的天津百姓流离失所、横尸荒野的惨状。文中也有些为日军侵华罪行遮遮掩掩甚至美化的辞句，而所揭露侵略军杀人放火的事实也是触目惊心的，这在当时无疑是需要勇气的：

映在我眼中的，是那村里搭盖的屋子门前人们烧得焦黑扑倒在地上的情景。房子全烧光了，在烟熏火燎的短垣残壁上，一个小小的木箱，玻璃盖被打得粉碎，里面装着红的、白的、各种颜色的合股线之类，那箱子还是原样，线的颜色也还鲜艳，被甩了出来。直到这里的人死，这家门前还是铺子，该是做买卖的。可怜他们明知道那一天会死掉，仍在为糊口所逼，有要养的双亲，有妻儿老小。我毋宁要从根本上非难战争。[3]

3.［日］田冈岭云著、西田胜编：《田岡嶺雲全集》第五卷，第70页，东京：法政大学出版局，1969年版。

他委婉地指出帝国主义战争的本质是借所谓“北清事变”“一举解决支那问题”，实现各自蓄谋已久的殖民野心，他们宣言战争是为了促使“清国”“自强”“革新”，这只不过是谎言而已。田冈岭云说，他当初也曾相信“促进一国之前进之运，莫如革命；促进世界前进之运，莫如国与国之间的战争”，当他目睹战争的苦与惨，看到“不可不以血来购买战争之利”，便不能不变为非战论者了。作为一位正直的记者，面对日本国内的战争喧嚣，他讲出了真话。

1898 年到 1900 年，他曾到上海担任日语教师，1905 年至 1907 年，又曾在苏州师范学堂作过教员。他在自传《数奇传》中谈到自己在上海教授日语的经历，说那一年自己的思想发生了变化。自己从来都被一种褊狭的国粹主义所感染，本来是一个在明治二十年代欧化主义反动思想盛行一时的风气中成长的人，专业又是汉学，还是一个很容易就陷入顽固浅陋旧习的人，凡事只看到本国的长处，抱有本国是世界上独一无二国家的偏见，然而到了上海，看到上海就像是一个世界的缩影，是一个世界之民聚集的“一个小共和国”，是一个“人类的共进会”、“风俗博览会”。他回顾自己在上海的经历时说：“我从上海不仅看到了中国，朦胧中也看到了世界。我开始走出溪谷，接触到豁然开朗的宏大景观。实实在在的东西告诉我，自己从来的想法竟然不过是井底之蛙的陋见。我懂得了世界之大、世界之广。”他还说，是上海的经历让他懂得了人“除了身为国民之外，还必须成为为世界人类、为天下之人道而竭尽全力的人”。[1] 在中国文学研究方面，他编译过《老子 · 庄子》、《荀子》、《墨子 · 列子》，也写过《庄子》、《苏东坡》、《屈原》、《高青邱》、《王渔洋》等评传。由于疾病，他像他敬慕的诗人海涅那样过早谢世，但作为一位具有世界眼光的中国文学研究者，他实践了他在千叶的鱼类解剖教师内村鉴三对他的“不当伪君子”的告诫。[2] 他是一位值得中国学者回顾的中国文学学者。

1. [日] 田冈岭云著、西田胜编：《田岡嶺雲全集》第五卷，第 607—608 页，东京：法政大学出版局，1969 年版。

2. [日] 竹内实著：《日本人にとっての中国像》，第 223 页，东京：春秋社，1966 年版。

二、 走出“文学上崇拜西欧之残梦”

中国文学总体研究之兴，对田冈岭云来说，还是对文学上一味崇拜西洋风气的抵抗。这也正是每一部文学史的序言都热情地肯定中国文学对于世界文学的贡献的原因所在。田冈岭云曾写过一篇《文学上崇拜西欧之残梦》，这篇随笔收在 1900 年出版的《第二岭云摇曳》中：

吾人非敢谓《圣经》、浮士德、但丁、莎士比亚非大书卷大人物，非谓不必体味其思想、同化其知识以为吾国文学者之修养，然既言《圣经》，则婆罗门《奥义书》之妙言以世界性知识之修养，亦不可不资，则释尊所说《般若》、《法华》等之窈冥，亦不可不有。以《圣经》为世界唯一之经典，此非西欧基督教国民之一迷执欤？既言

莎士比亚、但丁，言歌德，而东洋诗人果无一人可与比肩欤？诗三百篇之简远，楚辞之悲惋，若长卿词赋之瑰丽，若李白之飘逸，杜甫之沉痛，若《西厢》之灵笔，《琵琶》之数奇，一笔抹杀，谓到底不足追逐此等西洋之四人乎？国异则好尚自异，彼此则趣味不同则有之，而以趣味之异以此得谓不能胜于彼，可乎？

呜呼！非为某氏耽于西欧之学，日常所目睹在于西欧之文，不知不识，偏于其习，一种崇拜西欧的观念印于脑底牢不可拔邪！更进一步论之，所谓彼之世界之知识修养者，固为何要之邪？既非为扩大吾国民之眼界、使吾国民中亦出所谓大文学者乎？既然，彼之有世界的文学修养乃化之为我思想之一分营养，非以彼化我者也；既非以彼化我而在于以我化彼，既我为主彼为客也，我则为本、彼则为末也，主客本来历然自别，颠倒冠覆以客为主，以末为本，则如何？而言今之世界的文学修养、言“世界的”，实以西欧文学化我者也。夫欲自我化彼，则为我者必有一个主张本领辄可得。[1]

1.［日］田冈岭云著：《第二嶺雲揺曳》收于日本现代文学全集，《幸德秋水 大杉栄 堺枯川 荒畑寒村 田岡嶺雲 河上肇集》第264—265页，东京：筑摩书房，1972年版。

田冈岭云认为汉学与日本国民思想的关系，恰同拉丁、希腊与西欧各国思想文学的关系，强调汉学消亡即日本国民思想文物之河源干涸，“若要培养其根干、繁茂其枝叶，吾国国民则不可不将修汉学置于第一位”[2]。他从地理上、世界文化界之大势上，阐明复兴汉学的必要性，推导出的结论是，研究代表东洋思想的汉学“岂非具东西两洋思想浑成之先驱者天职之日本国民之大任哉”！[3]

2.《幸德秋水 大杉栄 堺枯川 荒畑寒村 田岡嶺雲 河上肇集》第267页，东京：筑摩书房，1972年版。

3.［日］三浦叶著：《明治の漢学》，第165—179页，东京：汲古书院，1998年版。

作为早期社会主义者，田冈岭云倡导“复兴支那古学”，而且他所说的“古学”，“非唯文学也，非唯哲学也”，而是包括科学技术在内的中国文明之学。在文学思想方面，历数中国对世界的贡献：“支那乃文字之国固不待言，其文华之灿烂岂须赘言。在文学则有秦汉之简远、六朝之曲丽、唐代之逸岩；在哲学则有周末诸子百家、老庄之虚无、孔孟之仁义，其他自扬墨韩申等之诸说，至于程朱之理气、阳明良知之说等，蔚然盛哉！”[4] 进而又驳斥了“支那唯有形而上学，而实验之科学不发达”因而轻视中国文明的论调。由此可见，田冈岭云是视中国文学研究为中国文明研究之一部的，并希望以此冲散弥漫一时的“崇拜西欧之残梦”，为荡涤竞进贪婪的溷浊的时代氛围而营造精神家园。

4.《幸德秋水 大杉栄 堺枯川 荒畑寒村 田岡嶺雲 河上肇集》第267页，东京：筑摩书房，1972年版。

天皇制下强烈的正统意识是官方汉学的支柱，尊儒读经是主要的内容。与此不同的是，田冈岭云等人对中国文学史的研究却是出于对现实地把握中国的要求。在当时京都大学冲破官方汉学束缚的新型中国文学研究已在悄然兴起。学生们希望研究戏曲，却遭到教授一脸不高兴的责问："是怎么搞的？你不读经书，却冷不丁翻什么金圣叹？"[1] 后来在小说戏曲方面颇有建树的盐谷温回忆当时的情景："先生朗诵（日本）外史之文，吟咏山阳之诗，常忠义之气愤发，声泪俱下，闻者亦感动流涕。"在先生以赖山阳《日本外史》为教材垂涕对学生进行忠于皇国教育的时候，年轻的研究者们却孜孜不倦地研读被正统儒学鄙弃的戏曲小说，力图清理中国文学的历史，这无疑是对禁锢思想的天皇制意识形态的一种反叛。日本中国文学近代研究在形成之初，便树立了对旧汉学批判的学风。

三、不遇与抗俗

田冈岭云是一位评论家，他写的文学随笔与评论大都收在《岭云摇曳》与《第二岭云摇曳》之中。1900 年出版的《岭云摇曳》收进了他青年时代撰写的评论，他为该书撰写的序言，使一位愤世嫉俗的学子的个性呼之欲出：

> *岭云子命数奇，龄三十而未成功，志四方而未成家。半世苦学，虽赖蠹鱼之蚀书；一代经纶，徒吐海蜃之气。志大才疏，鼓瑟空立齐王之门；眼高手低，怀珠犹哭昆山之下。懒放不耐俗，狷急多违世。所处每凶险，所遇常不平。其满肚牢骚与郁勃，洒之于墨，驱之于笔，下而为字，抒而为文。其言也危，其辞也愤。触境触物，激则发之；原唯遣一时之感，何谓乎千载待知。而言言沥血，语语吐肺腑。不敢欲载之名山，亦不忍覆酱瓿，乃哀当焚未焚之稿，灾及梨枣，望世俗必读之。读毕，与其埋之于人间尘埃，不如于急风迅雷晦冥之乡，将之仰掷大空，付霹雳天文尽为焚烧。*[2]

在写这篇序文时，岭云的脑海之中，或许浮现过捧珠的隋侯、怀璧的和氏、远放的屈平、述怀的阮籍、焚书的李贽等等。文士怀才不遇与抗俗不羁流露于字里行间。他是把自己的文稿当作《焚书》来看待的。岭云的不平，当然不是什么文章不能卖给"帝王家"，更不是科场失意、官场蹉跎。除了对明治维新以后的腐败深恶痛绝之外，文化上一味崇拜西方，鄙视东方特别是中国文化的重压，使他感到纵有再高造诣，也休想得到社会承认与公正评价。

甲午战争以后，中国成为最受蔑视的国家，相当长的时间，谁要说学中国文学，便可能被

1. 盐谷温先生纪念会编：《鹽谷温先生纪念會誌》，东京：盐谷温先生纪念会刊，1939 年版。

2. ［日］田冈岭云著：《嶺雲搖曳》，收于日本现代文学全集《幸德秋水 大杉栄 堺枯川 荒畑寒村 田岡嶺雲 河上肇集》，第 235 页，东京：筑摩书房，1972 年版。

当作怪人，怀疑他脑瓜儿有问题，大学的中文科本来就少，有些可以不用考试就入学，汉籍多卖了废纸。这种情况下，岭云的“半世苦学”，还指望什么？知识分子成就感的满足，离不开文化环境。一个研究中国，而且是中国古代文化的知识分子，不甘心随波逐流，又不可能独守寂寞，内心的冲突便会无止无休。在晚年撰写的回忆录《数奇传》中他反思自己，谈到自己的思想，很容易流向与一时之大势相反的方向。在欧化主义盛行的时候，他是保持国粹主义的信徒，在世界主义盛行的时候，他宁可作国家主义的信徒。面对物质主义，他却相信神秘主义；面对个人主义，他却相信无我主义。面对文明之华丽，他却提倡回归自然的非文明论。在文坛写实主义鼎盛的时候，他提倡倾向主义；面对自然主义，他却讴歌浪漫主义。他思想的历程或许存在矛盾，而在反抗当时的强盛者这一点上，却是始终一贯的。[1] 田冈岭云把这种一贯的反叛归结为土佐的乡土性，东西方文化冲突在这位具有叛逆性格的文士身上表现得格外激烈。

1.［日］田冈岭云著，西田胜编：《田岡嶺雲全集》第五卷，第713页，东京：法政大学出版局，1969年版。

岭云对明治维新以来崇拜西欧的风气日益升温表现出的愤懑，极为深切。他一再揭露这种风气造成的炫耀虚夸之风的弊害。文坛“骛新驰奇，以沉静徐徐温古为迂愚”，他们直以西欧文学为世界文学，写出来的文章，“非以西人之论为凭据因之立论者，则不过是剪裁拔萃其章句文学敷衍之演绎之者也”，他们对西欧一味顶礼膜拜，“有说希腊古哲学喋喋口角飞沫，却不问支那周代哲学价值如何者；有因英译查找罗马希腊之只言片语，面带矜色塞进文章者，却不知手边支那古圣贤之语；有详知歌德、席勒之出生年月，却不知苏轼、苏辙之别者；有醉心于西欧音乐口琴之旋律喧闹，却不知支那宫徵为何物者；有解希腊美术常谈复兴期之技艺，却不知支那书画自南北之别而生何点之异者”。[2]

2.［日］《幸德秋水 大杉栄 堺枯川 荒畑寒村 田岡嶺雲 河上肇集》，第264—267页，东京：筑摩书房，1972年版。

当然，岭云并不是抱残守缺、拒西欧文化于门外的守旧派，他主张的是以东方文化为基础去吸收西方文化，即“以我化彼”而不是我为彼所化。“非以我欧化，唯曰以彼亚化”。即他所说的“圣书也可，浮士德也可；但丁、莎士比亚皆可也。《奥文书》、佛典、《诗经》、《楚辞》、李杜之诗、长卿之赋、《西厢》、《琵琶》之记，亦更可也”[3]。主张既读西方书，又读东方书，参酌回互，探长补短。在题为《日本文学中的新光彩》的评论中，他强调日本国民自古以来具有巨大的胃口，在日本固有文学中同化了支那、印度的思想，而且正要同化西欧文学的味觉，“将东亚思想与西欧思想锻冶融浑，开创文学之一新生面，岂非吾邦文学者之大任哉？”将“同化东西文明”视为日本文学者之“大任”，并为此展开一系列的活动。[4] 在当时日本文坛全面倒

3.［日］三浦叶著：《明治の漢学》，第165—179页，东京：汲古书院，1998年版。

4.［日］《幸德秋水 大杉栄 堺枯川 荒畑寒村 田岡嶺雲 河上肇集》，第266页，东京：筑摩书房，1972年版。

向西方的大趋势下，田冈岭云发出的声音无疑是微弱的，然而他的见解至今读来仍觉意义深远。

四、《驳废除汉字说》

田冈自明治维新以来，不只一次发生废留汉字的争论。主张废除汉字的人，主要理由是汉字笔画繁复，字数太多，不易学，应当全部使用拼音文字。田冈岭云曾针对这些论点撰写过一篇《驳废除汉字说》，文章开门见山便指出，废除汉字纯属一种乌托邦幻想，美好是美好，却压根儿行不通。因为在日语中有很多用汉字表示的汉语，它们已与日语融为一体，具有了日语的性质，“今日使用汉语，如同欧洲各国语言中使用国语化了的希腊、拉丁语，已化为国语性质，废除使用其化为国语者，则不可能”[1]，因而主张废除汉字便是不了解历史与日语现实的主张。

1.［日］《幸德秋水 大杉栄 堺枯川 荒畑寒村 田岡嶺雲 河上肇集》，第 270 页，东京：筑摩书房，1972 年版。

岭云还进一步分析了象形文字汉字与表音文字假名的不同特点，指出前者诉诸于目具有一看就解其音的长处，后者诉诸于耳，口耳相传，初可解意，两者各有所长，废除汉字会造成音的复杂化，将使学习与使用更为困难，“废除汉语之后，方可言废除汉字”。岭云特别指出：

> *今日之废除汉字论者，乃昔日欧化主义迷梦未全醒者，惑于西欧诸邦文字之音韵，主张以我模彼者，乃忘记历史与境遇之皮相见解也。*[2]

2.［日］《幸德秋水 大杉栄 堺枯川 荒畑寒村 田岡嶺雲 河上肇集》，第 269—270 页，东京：筑摩书房，1972 年版。

最后，岭云针对那些非难多用汉字的文章的人，理直气壮地告诉他们：“用字当为作者之权利。作者以己识与学用字，平易者、倔屈者、流畅者、聱牙者，毕竟由作者意愿而定，决不需读者批准，作者岂为论者主意而屈己乎？”[3]

3.［日］《幸德秋水 大杉栄 堺枯川 荒畑寒村 田岡嶺雲 河上肇集》，第 270 页，东京：筑摩书房，1972 年版。

岭云的反对废除汉字的主张，有许多值得重视的看法；然而汉字废留之争并没有结束。第二次世界大战之后，在美军占领时期，全面废除汉字的提案再一次推上政坛，只是由于调查的结果证明，汉字废止后学习将更为麻烦，才使这一主张搁置起来。进而采用了限制汉字的折衷方法。一个世纪以来，汉籍训读的方法对日本人来说越来越陌生，日语中来自欧美的用平假名表示的外来语大量充斥，尽管学校与教育管理部门采用了汉字检定等措施，但日本人的汉字能力下降的趋势并未得到扼止，许多来自中国古典的成语，懂得的人越来越少。田冈岭云及其同时代作家作品，由于多用汉字，现在的青年已很少有人读得懂。有识者尽管呼吁解决青年汉字能力低下的问题，但面对着美国文化强劲不减的攻势，他们的声音也像岭云当时那样，如同风雨中的莺啼。

五、 “风土三分说”

由藤田剑峰（丰八）、田冈佐代治（岭云）、白河次郎（鲤洋）、大町芳卫（桂月）、笹川种郎（临风）五人合撰的《支那文学大纲》十六卷，序言中一开头就说：

> *中国系东洋文化之源泉也。其思想沉郁而磅礴，其词华灿烂而焕发。北方之沉郁朴成，南方之横逸幽艳，汇合而成雄浑壮大之中国文学。*[1]

1.［日］藤田剑峰、笹川临风、白河鲤洋、田冈岭云、大町桂月合著：《支那文學大綱》卷之八，第1—2页，东京：大日本图书株式会社，1897年版。

古城描绘的中国，“全国长江大河、高山峻岭起伏，多贯通于阖域者”，展望的是一个浩莽浑然的整体中国，而这篇序言从文化源流的角度，分中国文化为风格迥异的南北两方。同样，笹川临风的《支那文学史》把轻侮小说戏曲思想，归为“倾倒于北方思想之故”，并进一步解释说“北方思想不外乎醇醇之儒教之势力”，突出强调儒教思想的地域特性。

由中国诗文建立起来的风土——文学观，必定带有虚幻的理想主义色彩，这在受过中国文化熏染的江户、明治文士之中普遍存在。然而，对于笹川临风、田冈岭云来说，上面的说法并不仅仅意味着把旧底片投入显影液，洗出一张老照片。田冈岭云多次对中国风土——文学观作过阐述。例如集中谈到这个问题的，有收于1900年出版的《岭云摇曳》中的《操觚界地理之分色》：

> *地分南北，风气不同；风气不同，气质故而相异；气质相异，文章不能不情调有别。就支那观之，春秋战国时，其文学既以邹鲁、荆楚不同其致。六朝以来，自经义文章，至于书画末技，皆截然南北相分。唐一统天下，学术上一度试图调和，却依然地异而风殊，此亦不得已矣……*
>
> *要之，南方多风土温和，山水秀丽，北方则风物萧杀，故人心则北方沉重，南方轻快。轻快故易流于浮薄，沉重故易失于迂远。北方守经而不知权，南方处变而逸于正；南方多变通，而北方为守株，故北方倾于保守，南方趋于进取，南方易化而北方不渝。南方宁敏于利，北方则重于义。北方适于守成，南方适于创业。孔子既言南方之强、北方之强。北方之强则在刚毅持重，南方之强则如疾风迅雷。南方富于情，北方强于意。遭唾而以他面向此者，北方之人也；勃然作色，则南方之人也。南方喜华，*

北方尚实。北方朴，南方文。一掷千金，夸富斗奢，快意一时者，南方之华也、文也；买美田、藏书籍，为子孙计，北方之实也，朴也。南北之风气相反如此，文章亦不能不然。娴雅雅驯者，南方也，峭拔峥嵘者北方也。北方法度森严，南方诡奇变幻。南方流丽，北方简劲，此实不可免之数欤？[1]

1.［日］田冈岭云著：《嶺雲揺曳》，收于日本现代文学全集《幸德秋水 大杉栄 堺枯川 荒畑寒村 田岡嶺雲 河上肇集》，第245—246页，东京：筑摩书房，1972年版。

这篇文章的重点是对日本文化界南北风格的不同发议论，中国文化南北异趣只不过用作旁证。南北之异，不仅在于山川风物之殊，这里所说的南北，已不仅是地理上的概念，而是两个有着独立发展历史的思想文化系统。

1898年出版的《苏东坡》是田冈岭云作为新进文学批评家登上文坛的论著，这使他引起文坛瞩目，文章也收在《支那文学史大纲》卷四。他提出的中国文化“三分法”即中国的文学、思想实有三大源流的观点，用以说明苏东坡文学的鲜明特色：

夫支那之地气自分为南北西三大部分，在于西蜀……盖北方则黄河一带之地，寒沙赭山，旷野茫漠，无花鸟之胜，无烟霞之奇。南方则长江浩浩，两岸烟景，莺花千里，春浦绿而远山多。至西方蜀地，则危岑乱峰，攒头叠翠，江流出于其间，涧溪之间，势尚其伸，触崖激岩，成湍成滩。三地三样之地气，地气异则风气回。三样地气、三样风气、三样人文，自古隐然，殊其趋向。北方之人致力于实际，道德之观念最发达，荆楚之人为道家。西方之人则注目于经世，经纶之议最为发达，为泰之法家。法家所说峻峭，以山；道家所说汪洋，似水；儒家所说平易，似野。岂可谓与地气不同哉！[2]

2.［日］竹内实著：《日本人にとっての中国像》，第371—372页，东京：春秋社，1966年版。

他又具体谈到地理人文环境对东坡的作用：

东坡实蜀人。夫支那山水之秀锺于蜀。生于此间俯仰此山水，岂能不感应此山水之灵异？传曰：东坡生时，眉山草木一夕尽枯，东坡乃锺彼蜀地江山秀气一身者欤？[3]

3.［日］竹内实著：《日本人にとっての中国像》，第372页，东京：春秋社，1966年版。

谈到东坡之人格，特论“东坡之气象”：“东坡之气象，一言以蔽之，以意辅情欤？若谓人之气象，乃由智、情、意三者配合其量而成，东坡情最胜，意次之，智殆不能。”于此特探寻地理环境对东坡气象的影响：

吾人谓东坡以智而于情与意有所偏，此亦非无出于地方感化之影响者。夫南方，情也；北方，意也；东坡兼之，兼之者即非西方之气象乎？巴蜀之地，山险而峭，峻

竦之气象由此而成欤？水急而，激越之气象为此而化。而其激越，南人的也；辣直，北人的也，西人即兼之者也。[1]

1.［日］竹内实著：《日本人にとっての中国像》，第372—373页，东京：春秋社，1966年版。

正如竹内实所指出的那样，田冈岭云论述苏东坡的气质，是在某种程度上“自由地”接近中国文学。[2]他的风土论是在意识到官方汉学而展开的，具有论争的意义，因为当时的官方御用汉学作为天皇制意识形态的一个组成部分，崇儒为本，读经为要，而田冈岭云却以真正认识现实的中国作为目标，为此而选择了由“风土”入手来解释中国文学特性的途径。

2.［日］竹内实著：《日本人にとっての中国像》，第223页，东京：春秋社，1966年版。

《岭云摇曳》、《第二岭云摇曳》有不少犀利畅快的文字，他的行文多受汉文对偶排比句式的影响，有些还有骈俪痕迹。田冈岭云不论是作为作家、批评家，还是中国文学研究者，都是出色的。在他的随笔中，谁都能感到一种激愤。激愤来自企盼与现实的距离。那么，这位有诗人气质的作家与学者，企盼的是什么呢？他说：

19世纪黄色人种为白色人种所压，共雌伏于其下，而未来之20世纪则何如？依然是白色人种胜乎？将来黄色人种胜乎？大势默移潜运，虽今日不可予知，而黄色人种崛起之机，吾征清之举确可证之。虽不幸中道其事沮之，吾辈想有光辉希望之吾日本帝国之前途，确信来世纪世界之霸权当归于吾黄色人种之手。吾人于吾学界，亦当翘然从懵懵之崇拜西欧之残梦中觉醒、崛起，八弦光辉吾东洋文物之新光彩，并握学界之霸权。[3]

3.［日］《幸德秋水 大杉栄 堺枯川 荒畑寒村 田岡嶺雲 河上肇集》，第267页，东京：筑摩书房，1972年版。

田冈岭云反对汉学寻章摘句、皓首穷经，主张运用西欧科学的方法，参酌西欧思想以发展新学术，相信汉学中蕴含许多真理，呼吁将汉学引为日本思想之营养与调和东西思想的材料，故而复兴汉学。然而，他又将这些与日本成为东亚盟主的目标紧密联系在一起。这位激烈地抨击思想文化领域崇拜西方迷梦的知识分子，最终没有挣脱军国主义迷梦。他不仅没有否定“征清之举”这场帝国主义战争，而且幻想由日本帝国来执掌新世纪的霸权，同时，也把学界的霸权握在手中。甲午战争后，日本没有达到全部目的，朝野内外大呼“卧薪尝胆”，岭云的上述文字，不能离开这样的背景来读。

第四节 我国近代的日本文学介绍和研究

近代以前，我国对除日本汉文学以外的文学的介绍，有明代李言恭、郝杰编撰的《日本考》中翻译的和歌，清初《太平乐词》中的《日本灯词》等，从介绍的规模和质量来说，都不能和近代相比。晚清翻译的日本文学作品（包括通过日文转译的西方和俄国的作品）不仅数量是可观的，而且出现了一些影响较大的作品。林纾、魏易合译的《不如归》尽管是从英文转译的，由于书中对甲午战争的描述引起人们的反思其及反封建的内容，在青年中颇受欢迎，“国耻痴情两凄绝，伤心怕读《不如归》”，正道出了他们读到此书的复杂心情。在近代，也出现了像罗朝斌这样用日文写俳句的中国诗人，尽管他的这类作品国内少有人知，但其对中日文学交流的贡献却是不应忘记的。[1]

1. 参见周一良：《八十年前中国的俳句诗人》，载《日语学习与研究》（1980 年第 4 期），及郑民钦《中国俳人苏山人》（《中日文化与交流》第 2 辑）。

黄遵宪在《日本杂事诗》中曾经感慨：“日本与我仅隔衣带水，彼述我事，积屋充栋，而我所记载彼，第以供一噱”，具体到文学上，这种现象也是明显的。近代中国文学家注意日本文学，主要是通过它去了解西方文学，这个目的可以说部分地达到了。晚清以日本言文一致运动、政治小说理论、戏剧革新运动的成绩来论证我国文学革新的必要性，也取得了相当的效果。从另一方面说，由于当时国内正酝酿革命，而当时日本的自然主义、唯美主义、白桦派等文学思潮都具有某种回避现实、脱离政治的倾向，不能适应我国人民的需要，因而，日本近代文学的许多作品直到“五四”以后才介绍到中国来。

一、 近代以前的日本文学介绍与研究

流传至今最古老的日本人写的汉文，是《宋书·蛮夷传》所载倭王武即雄略天皇致刘宋顺帝的表文，全篇文字典雅，间有骈俪，直接引用《诗经》、《尚书》、《论语》、《左传》等中国典籍的语句多处。这说明中国文学当时便在日本有了一定范围的流传。如果从那个时候算起，中国文学介绍到日本并影响于日本文学，当有一千五百多年之久了。

然而，在近代以前，从史籍上看中日两国文学交流却长期处于一种单向流动的状况。在明

代以前，几乎极少看到日本文学的介绍、翻译和评论。唐诗中有晁衡等日本留学生的作品，但其技法和感情都完全是中国式的。明代中叶以后，倭寇侵扰日甚，出于防倭、抗倭、了解倭情的需要，渐开研究日本的风气，日本的语言和文学才见诸于中国人的著作。

成书于嘉靖年间的《日本国考略》，是较早载录日本汉诗的著述。[1] 薛俊在自序中，指斥日本"叛服不常，巧于用诡"，而认为如果"语音不寄，则向背罔知；事机不诣，则情伪莫测；计御不密，则边陲失守，是盖不可不加之意也"。因而，著《考略》一书，"以便御边将士之忠于谋国者究览"，供当政者作御寇的决策运筹用。难得作者在这本实用性很强的国防用书中设"文词略"一栏，录日本人写的汉文两篇（即《东大者大朝法济大事奇然启》和《戒严王师行成表》），汉诗十一首。这十一首汉诗皆不标作者，不明年月，诗后加按语说：

1.（明）薛俊辑：《日本国考略》，丛书集成 98，台北：新文丰出版公司印行。

> *文以载道，诗以理性情，如典谟训诰，国风雅颂与足多者。彼倭夷诗文，肤鄙纤巧，而于道义风化，邈无所关，其不足为士君子齿录明甚矣。兹姑述一二，盖彰我国家同文之盛，且以圣人之道之宏，覃被四夷，而海隅日出，沾渍为尤深也。*[2]

2.（明）薛俊辑：《日本国考略》，丛书集成 98，台北新文丰出版公司印行。

薛俊以中国自《毛诗序》以来要求诗歌直接为封建统治阶级服务的标准，以文以载道、诗以理性情的戒律来衡量日本的汉诗，认为它们连采录的价值也没有；只是为了显彰中国"同文之盛"及圣人之道"覃被四夷"的丰功伟迹，才宽容地"姑述一二"。

薛俊的观点在封建士大夫中很有代表性。长期以来，中国文人不注意日本文学，不仅仅是因为两国语言不通而文学又存在较大差异，而且因为头脑中的民族自大心理作怪。日本有记载的文学历史最早要上溯到公元8世纪，到我国明代时，已经有了多种多样的文学形式，产生过《源氏物语》这样的杰作，这在当时世界文学的百花园中，也堪称奇葩。由于人们一直仅仅把日本看成中国政治上、文化上的附庸，只看到日本文学接受中国文学深刻影响的一面，对其独特的文学传统便缺乏深入的探究。在两国关系出现不友好状况时，这种心理又悄然地潜入强烈的爱国情感之中，一方面客观需要使得一些文人留意平时不屑一顾的日本文化，一方面这种民族自大心理又使他们浅尝辄止。历史上中国到日本的多为商人、僧侣、渔民等等，而属于传统作家队伍的文士则很少前往，明末清初赴日的朱舜水等人，也更多地是以中国文化的传播者的身份出现在那里的。诸多因素，使人们对日本文学的了解在相当长的时期内停留在只知一二的地步。

最早介绍到中国的日本语文学是歌谣及和歌，这要归功于明代万历年间李言恭、郝杰两位高级将领的喜好诗歌。据汪向荣和渡边三男的研究，他们所著《日本考》与侯继高的《日本风土记》其实是同一本书，即一书二刻。《日本考》卷三《歌谣》、卷五《诗赋》中的《山歌》，可能是迄今所见译述日本语文学的最早尝试。[1]

1.(明)李言恭、郝杰编撰，汪向荣、严大中校注：《日本考》，第100—139页，第234—236页，北京：中华书局，1983年版。

第三卷《歌谣》每首原文以日文平假名为主，旁注汉字音，后又有呼音、读法、释音、切意四栏。切意一栏是汉语意译，翻译者还是力求将原作译成七言二句、五言四句或四言四句、长短句这样大体整齐的诗句，切意后偶尔略加评语。如《日月同天》一首，切意为“日月同天，想他那里，我思念人，有人思我”，自注“其意清切”。据考释原文大意当是：日月照耀着我，也照耀着他，当我想念他的时候，他也正思念着我。《诗经 · 陟岵》采用的正是这种思念对方，因想对方也思念自己的写法，韩愈《与孟东野书》“以吾心之思足下，知足下悬悬于吾也”亦为此意。中国诗人表达这种情感的诗句颇多，如：“以我今朝意，想君此夜心。”（白居易：《初与元九别、后忽梦见之，及寤而书忽至》）“谁料江边怀我夜，正当池畔思君时。”（白居易：《江楼月》）“想到玉人情，也合思量我。”（孙光宪：《生查子》）《歌谣》所录与这样诗句可谓机杼相同，波澜无二，同样是据实构虚，以想象与追忆融合而造诗境。相比之下，译语便显得稚拙而缺乏诗情，甚至有点语意不明。

卷五的山歌，以汉字记音并切意，有的还附有对译语的说明。如第一首《日春清水寺》：

和虚发而密也哥气摇密辞铁落外密辞南挨路路尼乃路革兮谷多拟

释音（略）

切意此日春京清水寺，水流滴响似琴声。

此乃日春京有此一景，故有此景也。[2]

2.(明)李言恭、郝杰编撰，汪向荣、严大中校注：《日本考》，第236页，北京：中华书局，1983年版。

切意后一句，说明这首山歌的来历。“故有此景”“景”当为“歌”之误。

这里所录十二首大都清丽可读，译语也基本符合原意，但著者可能不通日语，是通过熟悉日语的人解释之后写下大意的，因而译语也有不甚准确达意之处。如《杂唱小曲》之三，切意为“料想波与浪，打不过松山岭，你与我千年同到老”，将“索所赖乃密”（即さざらなみ，细浪）译成波与浪，显然与原作有距离。李言恭、郝杰均为武将，但《明史》卷一二六李文忠传后李言恭的附传说他“好学能诗”，或许正是由于对诗的爱好，才对日本的歌谣、山歌产生兴趣，因而在这本为武事而著的书中有所采录。

有清乾、嘉、道之际，日本闭关锁国，只有少数中国商人到过长崎。日本与中国“只一衣带水，便隔十重雾”。我国史书对日本的记载历来粗略多误。恰是在这种条件下，有一“穷乡朴学之士”，靠着穷搜博采，写成了一部介绍研究日本的著述《吾妻镜补》，该书中的《艺文志》是迄今所知最早集中汇集的日本汉文学的重要文献。该书的作者翁广平便是一个在学术研究中不肯固守旧域的文人。

翁广平（1760—1843），字海琛，号海村，吴江平望人。自幼家境贫困，科场失意，直到四十六岁才考取一个秀才。但他安贫力学，博综，精识，性好异书，工诗文。分隶宗汉碑，山水师南唐北苑与北宋释巨然，所交多知名之士。多年来他致力于日本文献的搜集研究。平望是江浙要冲，颇便于搜集由日本载归的书籍。经过七个寒暑，五易其稿，终于在1814年完成了《吾妻镜补》一书。[1]

1.（清）翁广平撰：《吾妻鏡补》，北京：全国图书舘文献复制中心，2005年版。

《吾妻镜补》本日本的《吾妻镜》、《海东诸国记》、《年号笺》、《年代览要》诸书而成，一名《日本国志》。全书分为世系表、地理表、风土志、食货志、通商条规、职官志、艺文志、国书、国语解、兵事、附属国志、杂记等部分。书中旁征博引，引用中、日、朝刻书达近二百种之多。

该书自卷十八至二十五共七卷为艺文志，是翁广平惨淡经营之作。其中卷十八、十九、二十所收表、序、跋，多为中国佚失而存于日本的古籍的序跋，与日本文学有关的是卷二十一、二十二和二十三这三卷。

卷二十一载朝衡、郁檀、老拾遗、释寂照、普福、源常熙、释等辉、释清播、绝海和尚、中心叟、石鼎、周良珠、宣用琳、无名氏、释天祥、释机先、释克全、释全俊、释左省的诗。附新罗的金德贞、金地藏、金立之的诗于朝衡之后。以上各诗系由《全唐诗》、《全唐诗逸》、《戏鸿堂法帖》、《明诗综》、《金山县志》、《北窗琐语》、《西墅杂记》、《尧山堂外纪》、《外域书纪》等书采录。这些作品都是日本文人诗僧与中国儒林翰墨之缘的结晶。

卷二十二（艺文志之五）收载小野东溪《镜秀亭草稿》内的诗与见于熊阪盘谷《南游稛载录》、《戌亥游囊》的诸名家诗。此三书均日本版本。

《镜秀亭草稿》载有清人任兆麟的跋。小野东溪曾任清馆监十余年，与清人多结翰墨交。本卷所举诗七首内《赠大清客五子诗》为赠程赤城、王兰谷、陈晴山、姚仲一、费晴湖者。由《南游稛载录》与《戌亥游囊》所采，多为熊阪台州与其子盘古之诗。台州名邦，字子彦，台州其号，录诗六首，其子盘谷之诗六首，次载马白屿、井上四明、关松窗、藤世肃、赤崎海门、菊池元习之诗。

卷二十三（艺文志六）载古贺精里、大田南亩、关惠圃（松窗之子）、铃木椿亭、佐佐木琴堂、野村东皋、西川国华、宫金峰、谷蓝水、释海云、馆枢卿等人的诗，并附诸家小传。关于西川国华（名瑚，字子琏）所著《蓬莱诗集》，又略举滕忠成、古岳子高的序，饭田忠哲的跋。

以上三卷是《吾妻镜补》最有价值的部分。历举了上自阿倍仲麻吕，下至西川国华等日本诸诗人的诗，时间从8世纪到18世纪中叶，以示日本艺文概观。特别值得注意的是，在《吾妻镜补》中收入了小野东谿《镜秀亭草稿》，熊阪台州、磐谷父子的《南游稛载录》、《戌亥游囊》、西川国华的《蓬莱诗集》，馆柳湾的《柳湾渔唱》，使中国学界第一次了解到较近的日本汉诗。

翁广平未至日本，所见资料毕竟十分有限，所收汉诗自然难以反映日本汉文学发展的全貌，许多重要的诗人没有提及，而不少收录者影响较小、水平一般，这是因为作者全凭汇集手头搜罗到的资料，无选择余地所致。至于日本除汉文学以外的作品，他只能在卷二十四（艺文志七）中录《万叶集》书名，这更不能深责于这位生活艰难，家境贫寒的“穷乡朴学之士”了。

《吾妻镜补 · 艺文志》是俞樾《东瀛诗选》的前驱。俞樾《右仙馆笔记》卷十二曾撮翁广平所作《观海市记》大略采录之。由于《吾妻镜补》未能付梓刻印，只有少量抄本，鲜为人知，俞樾恐未见到此书。然而，翁广平在学术领域中作的这一有意义的工作，是不应湮没的。

二、 陈曼寿、俞樾与日本汉文学

第一位编选日本汉诗集的，是旅居日本三年的陈曼寿。

陈曼寿（1825—1884），名鸿诰，字曼寿，号味梅华馆，又郝亨翁，秀水（今浙江嘉兴）人。1880年，曼寿赴日，寓居日本近三年，出版了《味梅华馆是抄》二卷（1880年8月，大阪刊行），编选了《日本同人诗选》，并题签题词、品诗论文、撰序作跋、授业解惑。其所编选《日本同人诗选》，卷首有藤泽恒序、土物弘跋，共收作者62人，诗599首。《日本同人诗选》虽然只是一部同人诗集，却是中国人编选的第一部日本汉诗集。[1]

1. 蔡毅著：《陈曼寿与〈日本同人诗选〉——第一部中国人编辑的日本汉诗集》，载蔡毅著：《域外汉籍论稿》第255—272页，北京：中华书局，2007年版。

俞樾是我国近代对日本汉文学有过接触和研究的为数不多的学者之一，他所编选的《东瀛诗选》在日本出版之后，曾经是享有权威地位的一部汉诗选本。

俞樾（1821—1907），字荫甫，号曲园，道光二十年进士，曾任翰林院编修，官至河南学政，后罢官退居苏州，主讲于紫阳书院，又主讲于杭州西湖之滨的诂经精舍，前后达三十一年之久。国学大师章太炎曾随其学习“稽古之学”。章太炎从事革命活动遭到俞樾的训斥，章太炎作《谢本师》，表达自己坚持革命的决心。后章太炎撰《俞樾传》，说他的老师“既博览典籍，下至稗官歌谣及笔札，泛爱之，其文辞瑕适并见，杂流亦时至门下，此其所短也”，对老师喜好稗官歌谣、结交杂流有不同看法。不过，可能正是由于俞樾的这一点，才使他在介绍和研究日本汉文学方面作了有益的工作。

俞樾是从顾炎武、戴震、王念孙，王引之等一脉相承下来的朴学大师，尝受学长洲陈奂，治学方法比较谨严，撰有《群经平议》、《诸子平议》、《古书疑义举例》诸书，校正群经、句读诸子，审定文义，并分析其特殊方法与修辞。俞樾的著述传至日本，特别是《群经平议》、《诸子平议》，流行颇广。

对于中日文学交流，俞樾作了三件事。

首先，编选《东瀛诗选》，摘编《东瀛诗纪》。

1882年，岸田国华（字吟香）蒐辑本国诗集一百七十家，寄于吴中。求俞樾选定，当时俞樾适卧病，原本有“停止作文二年”之愿。得到这些诗集，俞樾未遑披览，先赋一诗：

平生浪窃是虚名，老去声华久不争，

隐几坐方学南郭，寓书来又自东瀛。

吴中病榻鸡皮叟，海外骚坛牛耳盟，

百七十家诗集在，摩挲倦眼看难明。[2]

2.（清）俞樾撰：《春在堂诗编》十（壬甲编）。

后来提及此事，俞樾自述：“初意欲以衰疾辞，既而思之，海内外习俗虽异，文字则同，余谬以虚名，流播海外，遂得假椠之事，与东瀛诸君子结文字因缘，未始非暮年之一乐也，因受而不辞。”遂于1882年秋至1883年春五个月选得诗五千余首，厘为四十卷，又补遗四卷，

3.（清）俞樾撰、佐野正巳编：《東瀛诗選》，东京：汲古书院，1981年版。

编为《东瀛诗选》。[3] 日本汉诗向无总集，《东瀛诗选》选定自元和（1615—1624）宽永（1624—

1644）年间起三百年五百余位诗人的作品，“实其国总集之大者”。

俞樾十分注意日本妇女的汉诗之作，《东瀛诗选》第四十卷皆闺秀诗，编成之后，特属刻工先印十余本，寄给好友，并赋诗记之，诗中有“偶编海外香奁集，欲为东瀛谱二南”之句。

《东瀛诗选》在日本刊行后，颇受欢迎。陈家麟著《东槎闻见录》，说该书“殚心搜采，蔚为巨观，近已纸贵瀛东，共相传播”。陈家麟在日本住过三年，所说是可信的。

在编选《东瀛诗选》的过程中，俞樾每读一集，略记其出处、大概学问源流，附于姓名之下，而凡佳句之未入选者，亦或摘录。《东瀛诗选》由日本自行刊本，其杂记则写为二卷，刻于其所著《春在堂全书》中，题为《东瀛诗纪》，书中所记一百五十人。[1]

1.（清）俞樾著：《春在堂全书》一一一九，凤凰出版社 2010 年影印本。

《东瀛诗纪》记出处，标源流，录诗话，也有俞樾对诗的简评。

标源流。《东瀛诗纪》记每位诗人师从渊源。通观全书，可对三百年汉诗发展获得初步的了解。俞樾评诗本着知人论世的精神，用发展的眼光和宽容的态度，留意风气的转变，肯定和发现作品的价值，而没有单纯用评论中国诗人作品的标准对日本诗人诗作求全责备。林罗山开始治朱子学，其词不工，俞樾赞扬其筚路蓝缕以启山林之功，认为“大辂始于椎轮，岂当较其工拙哉！”对林罗山诗选不多，却也肯定了“其古诗善押险韵，气力雄厚，已足使举鼎膑绝者望而却步矣”。日本人治汉学始自伊藤仁斋，俞樾注意到“其著《论孟古义》等书，在宽文之初，在我朝则康熙初也。顾亭林、毛西河诸先生之书未出，中华讲古学者犹鲜，而东国已开此风，亦非偶然也”。[2]

2.（清）俞樾撰：《春在堂丛书》，刊出地不详，1898 年版。

录诗话。如在源君美（字在中，号白石）条中，录《先哲丛谈》一则佚事：

> *白石尝过某许，书“容奇”二字，索诗辄援笔立就云：“曾下琼锋初试雪，纷纷五节舞容闲。一痕明月茅亭里，几片落花滋贺山。提剑膳臣寻虎迹，卷帘清氏对龙颜。盆梅翦尽能留客，济得隆冬无限艰。”*[3]

3.（清）俞樾撰：《春在堂丛书》，刊出地不详，1898 年版。

俞樾注：“容奇者，彼国谓雪也。故所用皆彼国故事。”“容奇”是日语“雪”（ゆき）的汉字标音，属万叶假名一类，这是新井白石题写的诗题。俞樾不知所用典故所自，不能详注。如“卷帘清氏对龙颜”一句，即出自《枕草子》，说有一次大雪之后，藤原氏询问左右侍从“‘香炉峰雪’如何？”清少纳言随即卷起帘子，请中宫凭栏远眺。左右都盛赞清少纳言博学敏睿，藤原氏也深为感动。原来白居易七言诗《香炉峰下新卜山居草堂初成偶题东壁之三》有句曰：“遗爱寺钟欹枕听，香炉峰雪拨帘看。”“卷帘清氏对龙颜”一句即用此典。

其二，载录日本笔记小说。

笔记小说是俞樾有关文学著作中的重要部分。他的《小浮梅闲话》、《右台仙馆笔记》和《茶香室杂钞》等，于小说多有所考证。俞樾《茶香室丛钞》录《先哲丛谈》数则。《先哲丛谈》是一本记录江户时代的儒者、文人的经历、品性行事的书，共八卷，原善撰，问世于1816年。例如有《记日本国人语》：

日本人原善著《先哲丛谈》云：“梁田蜕岩谒后藤松轩讲《论语》。松轩曰：‘《论语》犹麒麟，《孟子》犹师（按：即狮子）’。”吾子所说佳则佳矣，但说为麒麟、为师子，失圣人温良之意，此喻殊为精切。又载秋山仪之言，曰：“余与古伯彝同嗜酒，伯彝为柳下惠，余则伯夷，伯彝不问善否，而余则非醇不饮也。”此说亦隽，可入今《世说》。[1]

1.（清）俞樾撰：《春在堂丛书·茶香室丛钞》卷九。

后藤松轩以仁兽麒麟喻《论语》，以猛兽狮子喻《孟子》，意在说明二书的不同风格，前者朴实简练，含意深永；后者感情充沛，气势磅礴。从所载录的孔子、孟子的言论中，反映出两位思想家、教育家个性的差异。可以看出后藤松轩的诙谐善喻，俞樾赞其精切，又不满于松轩以兽喻圣“失圣人温良之意”。俞樾所录，又有《鵺学问》一条：

日本《先哲丛谈》云：“三宅正名号石庵，世呼石庵为鵺学问，谓其首朱子，尾阳明也。”按《山海经》：单张山有鸟，似雉，文首，白翼，黄足，名曰鵺。当取此义为戏也。[2]

2.（清）俞樾撰：《春在堂丛书·茶香室丛钞》卷九。

诚如俞樾所考，鵺字出自《山海经》，但日本所说的“鵺”与《山海经》所说似雉，文首、白翼、黄足的鸟不尽相同，是相传古时源赖政从紫宸殿上射下来的猿头、狸身、蛇尾、手足如虎，鸣声如画眉的怪物，多用于比喻某种四不像似的事物。这里是说石庵学了朱子学，又学了阳明学，都没有学到家。

俞樾曾有诗云：“旧闻都向毫端写，异事兼从海外求”，特别提到自己从域内搜求神鬼狐妖的奇闻异事。[3]其作《右台仙馆笔记》卷十二，有《食鳗》、《猫语》、《河豚》、《平野巫者》、

3.（清）俞樾撰：《春在堂诗编》十（壬甲编）。

《鬼浴》、《灵浴》、《灵牌》、《蛇父》、《佛会》、《嫠妇》、《某氏妇》、《狐魅》、《不知火》诸条，皆日本人吉堂所录。吉堂，姓东海，名复。在日本曾读俞樾的书，到中国后，

知俞樾有《右台仙馆笔记》之作，录以上十数事托俞樾门下士王梦微转达于俞樾，于是俞樾又粗加润色存录。如《某氏妇》：

日本某氏妇因病而死，半夜忽蹶然而起，步向后房，众大惊，疑其复生，或曰："是尸变也"，皆从其后以观其异。妇至后房抱一箧而倒，抚之其体如冰，候其口鼻了无出入之气，未尝生也。发其箧亦初无珍异之物，惟有书一函，读之，乃知女生前曾与一人有私，此书即所欢者诏之，妇虽死而一灵不昧，尚念此书在箧中，必为人见，欲自毁之，而力已不能适以自发其覆，可哀亦可笑矣。[1]

1.（清）俞樾撰：《春在堂丛书 · 右台仙舘笔记》卷十二。

写妇人临死害怕私情泄露而又无力补救的特殊心理。又如《狐魅》一则：

日本有一处松树成林，广袤可二里许，吟风啸雨，不见天日，旷无人居，亦无稻田蔬圃，遂为狐魅所聚处。

曾有人过其处，见一狐出自草间，采野花插头上，拾落叶化为衣，被之而行，宛然一好女子也，其人从之行，见此女入市出钱买物，因从后呼曰："此非人，乃狐也，勿为所惑！"俄有人击背，甚痛，女子即不见。市人视其钱，乃树叶耳。

又有农夫入市买鱼肉诸食物，盛以竹筐携之而归，过此一松林，见两人龂龂争论。问之，曰："吾两人拾得银券，分之不可，故相争耳。"

农夫曰："何不易钱而分之？"

两人曰："吾侪未尝入市，未知何处可以易钱，请君携此券入市易钱而归，当分为三，吾两人与君各得其一。"

农夫大喜，乃置筐于地曰："我入市易钱，君等为我守此，此地多狐魅，勿为所窃也。"

两人曰："诺。"

农夫入市以券示人，则一枯叶也。大惊，即走，还原所，筐中之物已空，两人者俱不见，张皇四顾，杳无人迹。[2]

2.（清）俞樾撰：《春在堂丛书 · 右台仙舘笔记》卷十二。

在日本的怪谈中，狐魅幻化的故事颇多，这一篇借狐以枯叶为银券，讽喻贪图不义之财者，是俞樾所录中较有意义的一篇。

其三，俞樾又曾交接文士，接纳生徒，为日本学人的著作撰写序文，增进了两国文学之士的了解。

俞樾在学术上的造诣使他赢得了一些日本学者的尊敬。“日本国人有来游中土者，或适庐见访，或寓书问讯，甚或愿受业于门下。”（俞樾：《傅懋元日本图经序》）俞樾晚年诗中有“海外流传青镂管”之句（自注，日本国人来乞书者甚多）。在他的诗作中，有赠日本僧心泉、日本僧无适之作。[1]1884 年，日本东京大藏省官学生井上陈政（字子德）游学中国，愿受业于俞樾门下，辞之不可，俞樾与之相约“经史疑义相与商榷，或吟风弄月，抒写性灵”，后来读到井上陈政写的《西行日记》，见其作对所往之地“山川之向背，都邑之沿革，风俗之得失，物产之盈虚，皆具载焉”，便感到“子德之才必有大过人者。吾惧曩者之所约，不足限于德也”。《春在堂随笔》中记录了俞樾为井上陈德解答《诗经》等典籍疑难的情况。俞樾对井上的评价是“颇好学，能为古文”，并曾赋诗相赠：

不信天涯若比邻，乘桴远至太无因。

怜君雅意殊非浅，愧我虚名本不真。

喜有湖楼堪下塌，敢云学海略知津。

自惭未及萧夫子，竟受东倭请业人。[2]

在《自述诗》中又有诗记此事。

俞樾从日本汉诗文中读到很多赞美樱花的作品，“读而慕焉，求之未得”。1885 年，井上陈德寄赠四株，俞樾喜而赋诗四首，诗中多引他从日本汉诗人作品中了解到的日本典故。

俞樾编选《东瀛诗选》及与日本文士交往的情况，在日本也传为佳话。日本汉诗人谷铁臣（1822—1905）曾写过两首绝句，遥寄钦慕之情。第一首写俞樾编选《东瀛诗选》：“卅卷东瀛诗手编，遥遥载送采风船。先生一夜吟窗诗，或到扶桑红日边。”第二首写对俞樾的向往：“沧海万里思悠悠，夜夜丰容入梦来，安得我身代樱树，春风吹到小蓬莱”，后一联或许与俞樾的爱樱吟樱有关。

竹添光鸿（1842—1917）也曾与俞樾有学术上的交往。竹添光鸿的父亲是广濑淡窗门下十八学士之一，曾为细川侯的儒官。从俞樾在《春在堂随笔七》（《春在堂丛书》七十六）中记录的两人笔谈可知，竹添光鸿在会见俞樾时，对于倒台的幕府还颇留恋，他哀惋地怀念着儒学兴盛的江户时代，对执行新政的明治政府还抱着不合作的态度。他对儒学的忠诚和“退而授

1. 僧蒙，字心泉，号小雨，加川金泽人。俞樾曾在《东瀛诗选》中选入其诗。据《东瀛诗纪》，僧心泉游西湖归，曾剪指爪埋之孤山林处士墓畔，赋诗有云：“我骨愿埋林墓畔，先将指爪葬孤山。”俞樾赠僧无适诗见《春在堂诗编》十一，诗中有“郊寒岛瘦苦吟身”之句。

2. 俞樾注：唐刘太真《送萧颖士序》云：“东倭之人踰海来宾，举其国俗愿师于夫子，夫子辞以疾而不之从也”。见《春在堂诗编》十（壬甲编）。

读田间，以避西风之逼人”的态度，得到俞樾的同情和好感，认为“盖亦彼国有志之士矣”。

在国内，竹添光鸿便闻俞樾之名，携带眷属到中国后，曾到杭州诂经精舍，当时俞樾已回苏州，他又追到苏州春在草堂，在赠给俞樾的诗中，有“神仙若使玉堂老，辜负湖山晴雨奇”之句，俞樾则次韵酬之：

东瀛仙客驻幨帷，游历浑忘归计迟。

万里云山都在眼，一门风雅自相师。

青衫旧恨关时局，黄绢新词斗色丝。

愧我迂疎章句士，承君欣赏奈无奇。

俞樾称赞竹添光鸿“学识颇有过人者”，并欣然为其《栈云峡雨日记》作序，在序文中对竹添光鸿“以东国儒官来游中土，又非生长于斯者”，竟能行程九千余里，写下这样考订古今，穷极原委的著述表示赞叹，说该书“山水则究其脉络，风俗则言其得失，政治则考其利弊，物产则究其盈虚，此虽生长于斯者，犹难言之，而君航海远来，乃能于饮风衣日之际，纸劳墨瘁之余，历历指陈，如示诸掌，此足以观君之学识矣”。俞樾还曾应竹添光鸿之请，为冈松盈《常山氏纪谈》作序。

《栈云峡雨日记》及诗抄是竹添光鸿游历中国大江南北的作品。[1] 王韬《扶桑游记》叙其与竹添光鸿在日本相见，“笔谈良久，甚相契合”，书中提到《栈云峡雨日记》及诗抄传诵一时。其诗作在日本汉诗界颇有影响。

1.［日］诗集日本汉诗编委会：《栈雲峡雨日記並诗草》，1879 年版影印。

竹添光鸿回国后，俞樾还很怀念。在赠给日本僧心泉的诗中，还特意请代为转达自己的问候：“更烦问讯竹添子，何日吴门再过从”，盼望能在苏州重见竹添光鸿。

三、 王韬、黄遵宪、姚文栋与日本文学

1877 年何如璋一行抵达日本，虽然其时“日人崇尚西学，仿效西法”，“鄙夷汉学，倡废汉学之风说日炽”，但同中国使臣交游的日本汉学者仍然“户外屦满，肩趾相接”，中国学者也在同他们的笔谈中，对于日本文学有了某些了解。

王韬（1828—1897）正是在这种背景下应邀访问日本的。在欧洲生活两年多使他成为一个希望“西国之学术大兴于中土”的忧国之士。《日本杂事诗》通过他创办的《循环日报》和编著的《普法战纪》，日本汉学家熟悉了他的名字。《普法战纪》传至日本，士人争读，陆军文库遂翻刻发行。冈千仞说该书“以卓识伟论，鼓舞一世风痹”，栗本锄云钦慕王韬“学博而材伟，足迹殆遍海外”，平安而尾则“喜其叙事之明畅，行文之爽快”，均以“当世伟人”来看待。在他们的共同邀请下，王韬到日本并撰《扶桑游记》，记述了当时受到的热烈欢迎和款待。

王韬对日本学者文人的评论皆切中肯綮，而与锄云、鹿门等人声气应求，肝胆相照。《扶桑游记》中记叙了观看市川团十郎演出的情景，并据剧情写叙事诗一首。但王韬在日本时日短暂，不少时间在宴乐之中消磨掉了，人们也就很难从中获得更多的有关日本文学的新认识。[1]

1.（清）王韬著：《扶桑游记》，长沙：湖南人民出版社，1982 年版。

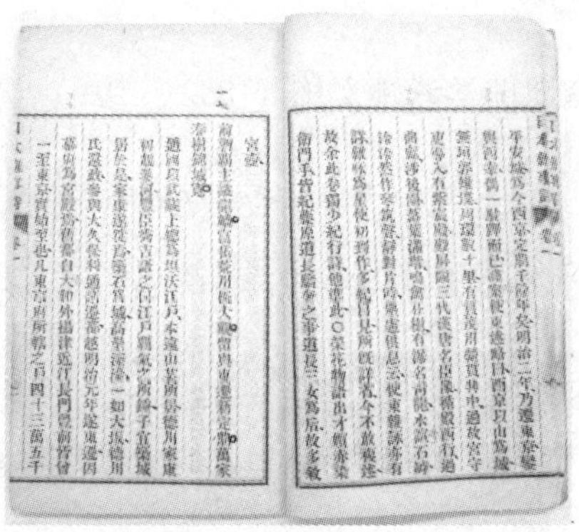

《日本杂事诗》

和王韬的走马观花不同，黄遵宪在日本时间较长，他对于前来求见者，“于所呈诗文，率悉其疵谬所在”，不仅与日本汉诗人讨论诗风，为多人的汉文著作及汉诗集作序，而且注意收集资料，对日本的政治、经济、军事、地理、物产等进行全面研究。在《日本杂事诗》和后来写成的《日本国志》中，除了对日本的汉文汉诗有所介绍外，也涉及到一些日语文学。《日本杂事诗》有诗提及平安时代的《荣花（华）物语》：

翠华驰道草萧萧，深苑无人锁寂寥，

多少荣花留物语，白头宫女说先朝。[2]

2.（清）黄遵宪著：《日本新事诗》，东京：早乙女要作刊，1880 年版。

《荣花（华）物语》是日本最早的历史物语，用假名以编年体的形式写成，因描写藤原道长的荣华而得名。[3]黄遵宪特别提到这部作品，可能是由于他注意到日本历史和中国历史的不同，而不是对其艺术价值的肯定。《日本国志 · 学术志》还提到《源氏物语》和《伊势物语》，说“日

3. 关于《荣花物语》的成书年代和作者都有不同看法，一般认为成书于平安时代最繁荣时期结束的时候，前编从头至卷三《鹤林》出于赤染卫门之手。全书写了十五代天皇二百年的历史事件。

本小说家充溢于世”，但当时他还没有摆脱封建士大夫对小说家的偏见，又不懂日语，对这些书也就难以深论。《日本杂事诗》和《日本国志》对和歌有所记述，看到了和歌“声哀以怨，使人辄唤奈何”的特色，有诗咏道：

弦弦掩抑奈人何，假字哀吟伊吕波，

三十一声都怆绝，莫披《万叶》读和歌。[1]

1.（清）黄遵宪著：《日本国事诗》，东京：早乙女要作刊，1880年版。

在黄遵宪以前写日本的诗，如宋濂集中的《日东曲》十首，收于《昭代丛书》里的沙起云的《日本杂咏》十六首，尤西堂《外国竹枝词》里的两首咏日本的诗，都是以一种猎奇心理来描写日本的风土人情的，大都是浮光掠影、漫不经心之作。黄遵宪的《日本杂事诗》不论在思想性还是艺术性方面，都远轶前人。他那些以日本题材的古体诗，由于引入了新的内容，句式更加散文化。

继黄遵宪以后，与日本汉文学者交游的中国文人有地理学者姚文栋（1852—1929）。1881年至1887年，姚文栋是清政府驻日使馆随员。据片上潜《上姚君书》（其一）说，姚文栋使日期间，“暇则与我（指日本）巨公名流文酒会合，笔阵纵横于樽俎之间，是故我邦文学之士，苟被阁下容接者，咸有登龙门之称”[2]。日本友人致姚文栋的信函题跋后编为《海外同人集》。

2. 关于姚文栋与日本共产党创始人片山潜的师生之谊与姚文栋的生平，参见吕万和《片山潜与姚文栋》，载《学林漫录》第九集，中华书局1984年版。

姚文栋曾有心对日本汉文学进行系统介绍。鉴于汉诗已有《东瀛诗选》，他便想专辑汉文。汉文的发展，奈良、平安初多受六朝文风影响，语多骈俪，后来在唐代古文运动的刺激下，出现了菅原道真等人，写作散行单句的文章。姚文栋准备从《经国集》、《本朝文粹》、《续本朝文粹》及菅原道真、都良香等人的作品中选其精粹，编纂成《日本文源》。

江户时代儒学兴盛，人才济济，朱子学派、古学派、古文辞派、折衷派都出现过一些出色的文章家，姚文栋拟将这一时期的散文，辑为《日本文录》，日本明治维新之后，汉文的表现力更加增强，并且作者与中国学者有了直接交流，姚文栋打算精选佳作，编作《海外文传》。为此，他曾作《东海征文启》，希望日本各界人士协助收集资料。姚文栋的计划因种种原因后来没有实现，但他的想法还是很有意义的。

附录：中日文学交流大事记

公历	中国	日本	中日文学交流大事记
4世纪至6世纪中叶	晋至梁代	应神天皇至钦明天皇	有文物可证，日本已有从百济传入的汉字。奈良县天理市石上神宫今藏七支刀表里共计61字铭文为其中之一。
404	东晋元兴三年	应神十五年	“王仁传入说”是汉籍传入日本诸说中最早的记录，王仁可能是生活在朝鲜半岛的汉族移民或移民后裔。百济王先派遣阿直岐赴日，后日本天皇又根据阿直岐举荐招来王仁：“十五年秋八月壬戌朔丁卯，百济王遣阿直岐，贡良马两匹。……阿直岐亦能读经典，即太子菟道稚郎子师焉。于是天皇问阿直岐曰，如胜汝博士亦有耶。对曰，有王仁者。是秀也。时遣上毛野君祖荒田别巫别于百济，仍征王仁也。”（《日本书纪》） 按：王仁是否确有其人，此说史家其说不一。

续表

公历	中国	日本	中日文学交流大事记
405	义熙元年	应神 十六年	“十六年春二月，王仁来之。则太子菟道稚郎子师之，习诸典籍于王仁，莫不通达。”（《日本书纪》卷十） 王仁赴日之际，携来《论语》、《千字文》。（《古事记》） 按：周兴嗣《千字文》成书在后，故于此说，史家有“时期提前说”与“所传乃别种《千字文》”两说。 太子菟道稚郎子跟随阿直岐、王仁学习儒家典籍，学业大进，高丽上表文曾有“高丽王教日本”字样，太子怒其无理，谴责使者。父亲驾崩后，太子重“义”，欲让王位于皇兄，皇兄坚辞不受，太子最后自杀以明志。通常认为，太子的举动显然受到《论语·泰伯》第八中“泰伯，其可谓至德也已矣。三以天下让，民无得而称焉”的感化。此外，《左传》“僖公五年”及《史记·周本纪》对此事件也有记载。太子让位之举，可视为《论语》、《左传》、《史记》等中国典籍综合影响的结果。
478	宋 升明二年	雄略 二十三年	倭王武（雄略天皇）向刘宋顺帝上表，这是现存最早的日本汉文，撰写者可能是从乐浪、带方来到日本的汉人。（《宋书·蛮夷传》）
485	永明三年	显宗元年	3月上巳，幸后苑曲水宴。（《日本书纪》） 按：史家有疑此乃《日本书纪》作者插入者。以下486年、487年皆有曲水宴的记载。

续表

公历	中国	日本	中日文学交流大事记
513	梁 天监 十二年	继体七年	百济向日本贡献五经博士段杨尔，并于继体十年要求以五经博士汉高安茂替换段杨尔。自此，继体、钦明年间五经博士交替赴日。可以推知，《尚书》、《周易》、《诗经》、《春秋》、《礼记》等典籍也随之传入日本。
593	隋 开皇 十三年	推古元年	厩户皇太子向博士觉哥学习儒教。（《日本书纪》）
596	开皇 十八年	推古四年	伊予国汤冈碑文中发现有类似《文选》张平子的《西京赋》（卷二）和《四愁诗》（卷二十九）的语句。
600	开皇 二十年	推古八年	日本第一次派遣遣隋使。（《隋书》）
604	仁寿四年	推古 十二年	圣德太子颁布《宪法十七条》，作为立国的政治准则和官僚的行为规范。《宪法十七条》多参照中国儒佛道及法家思想，文献措辞亦多借鉴于《诗经》、《尚书》、《论语》、《孟子》、《孝经》、《左传》、《礼记》、《管子》、《墨子》、《荀子》、《韩非子》、《史记》、《文选》及佛教书籍。（《日本书纪》）

续表

公历	中国	日本	中日文学交流大事记
607	大业三年	推古十五年	《世说新语》东传日本。
626	唐 武德九年	推古 三十四年	建立弘文館，在国子监树立孔子碑。
630	贞观四年	舒明二年	日本开始向中国派遣遣唐使，遣唐使对将中国文化远播日本起到了重要的桥梁作用。遣唐使共计 19 次（实际成行 15 次），截止到宇多天皇宽平六年（894 年），前后历时长达 264 年。遣唐使中包括很多学者和僧侣，如万叶歌人山上忆良 702 年随第 8 次遣唐使团入唐，担任少录；学者吉备真备和阿倍仲麻吕 717 年随第 9 次遣唐使团入唐，吉备真备后来又成为以藤原清河为大使的第 11 次遣唐使团的副使；汉诗人小野篁担任 838 年第 18 次遣唐使团的副使。僧侣学者道慈、空海、最澄、圆仁、圆载等均曾随使团前往中国大陆。
644	贞观 十八年	甲辰三年	中大兄皇子、中臣镰子开始学习周公孔子之教。
672	咸亨三年	弘文元年	大友皇子（648—672）殁。所作《侍宴》诗“皇明光日月，帝德载天地。三才并泰昌，万国表臣义”，其中的“载天地”出典或为《庄子 · 天道》“覆载天地，雕刻众形，而不为巧”。此外，671 年所作《述怀》诗“道德承天训，盐梅寄真宰。羞无监抚术，安能临四海”，其中的“道德”、“天训”、“真宰”，皆为老庄用语。（《怀风藻》）

续表

公历	中国	日本	中日文学交流大事记
678	仪凤三年	弘文八年	将《老子》列于上经，要求贡举之人研读。
701	长安元年	大宝元年	根据大宝律令建立大学国学，以《孝经》、《论语》为必修课，《易》、《书》、三礼、《诗》、《左传》为选修。（《续日本纪》、《令义解》）
712	先天元年	和铜五年	太安万侣《古事记》成书，汉文记述日本神话传说，其序称："今或一句之中，交用音训，或一事之内，全以训录，即辞理叵见以注明，意况易解更非注。"
713	开元元年	和铜六年	下令撰献《风土记》，现存各地《风土记》载各地传说，有与中国民间故事相类者。
718	开元六年	养老二年	《养老律》和《养老令》颁布，这是百年来封建新政的法典化著作。《养老令》把儒家经典分为正经和旁经，规定大学课程分为"大经"、"中经"、"小经"三类，大经为《礼记》和《春秋左氏传》，中经为《毛诗》、《周礼》和《仪礼》，小经为《周易》和《尚书》。此外，学者兼习得《孝经》"孔安国郑玄注"和《论语》"郑玄何晏注"。

续表

公历	中国	日本	中日文学交流大事记
720	开元八年	养老四年	《日本书纪》（二十卷）完成，全部以汉文书写，且大量引用中国文献典籍。该书卷一首先表达天地形成的观念："古天地未剖，阴阳不分，混沌如鸡子，溟涬而含牙。及其清阳者，薄靡而为天；重浊者，淹滞而为地。精妙之合抟易，重浊之凝竭难。故天先成而地后定，然后神圣生其中焉。"这一段直接从《淮南子·天文训》推演而来。《史记》是日本编修国史《日本书纪》的重要推动因素，《日本书纪》常能看到源于《史记》、《汉书》等史书的措辞及典故。
730	开元十八年	天平二年	抄本杂用账中，发现有《三礼仪宗》三帙、《方言》五卷、《白虎通》一帙十五卷、《离骚》三帙十六卷、《论语》二十卷、《新仪》一帙十卷等书名，以及关于《汉书》、《晋书》使用纸张的记载。（正仓院）
733	开元二十一年	天平五年	推断《游仙窟》在733年之前已传入日本。《万叶集》中，山上忆良在74岁时所作的《沉痾自哀文》有"《游仙窟》曰，九泉下人，一钱不值"的字句。山上忆良（660年－约733年）在大宝二年（702年）至庆云元年（704）或庆云四年（707年）期间作为遣唐使随员来华。

续表

公历	中国	日本	中日文学交流大事记
731	开元十九年	天平三年	皇后宫职抄本中有《晋书》以及《汉书》、《文选》(上下)、《文选音义》七卷抄写纸张的记载。(正仓院) 万叶歌人大伴旅人(665—731)没。生前作《梅花歌并序》。序文在篇章布局、遣词造句等方面均受到王羲之《兰亭集序》的影响。
735	开元二十三年	天平七年	入唐学生下道真备向大学学生400人传授五经、三史、明法、算术、音韵、籀篆等六道。(《本朝文粹》) 唐朝袁晋卿跟随遣唐使来到日本,他精通《文选》、《尔雅》之音,被封为"大学音博士",后封为"大学头"。(《续日本记》)
744	天宝三年	天平十六年	出现《文选》抄本的记录。(正仓院)
745	天宝四年	天平十七年	经师等调度冲账中有《文选音义》的书名。(正仓院)
748	天宝七年	天平二十年	天平年中,读诵考试姓名簿中有"丹比真人气都读《毛诗》上帙、《论语》十卷,诵《毛诗》三卷、《孝经》、《骆宾王集》一卷"的记载。(正仓院)

续表

公历	中国	日本	中日文学交流大事记
749	天宝八年	天平胜宝元年	在对749年至757年间的秋田城遗迹的发掘中，发现习字用木简上有“而察之灼若夫（芙）蕖出绿（渌）波襛”的文字，学者指出其文类似《文选》卷十九曹植的《洛神赋》。
750	天宝九年	天平胜宝二年	造东大寺司碟案纸背有《文选》中“崔子玉座右铭”一部的消遣文字。（正仓院）
751	天宝十年	天平胜宝三年	日本最古老的汉诗集《怀风藻》问世，其序文受到《文选》的〈文选序〉以及李善注《文选》中李善上表文的影响。诗风与六朝初唐相近，多君臣唱和之作。 约752年，日本东大寺僧人圆觉入唐时，将淡海三船撰《大乘起信论注》赠与越州龙兴寺僧人。（《金刚寺本龙论抄》） 此外，772年成立的歌学书《歌经标式》以及平安时代的三大敕撰集《凌云集》、《文华秀丽集》、《经国集》，其序文都受到上述〈文选序〉及李善上表文的重要启示。 8世纪中叶以后，圣德太子著《法华经义疏》与《胜鬘经义疏》、石上宅嗣著《三藏赞颂》、淡海三船著《大乘起信论注》、最澄著《显戒论》，由遣唐使和入唐僧携入中土。

续表

公历	中国	日本	中日文学交流大事记
756	至德元年	天平胜宝八年	向东大寺进献《杂集》（圣武天皇御书）、《孝经》（元正天皇御书）、《头陀寺碑文》、《杜家立成》、《乐毅论》（皆为皇太后御书）、王羲之书法等。（正仓院）
759	乾元二年	天平宝字三年	《万叶集》编辑完成，编者通常认为是大伴家持（717？–785），收集有从仁德天皇时代（5世纪前叶）到奈良时代淳仁天皇时代759年的和歌4500余首。《万叶集》广泛摄取汉唐文学。
768	大历三年	神护景云二年	模仿唐朝，改孔宣父号为文宣王。（《续日本纪》）
769	大历四年	神护景云三年	赐太宰府《史记》、《汉书》、《后汉书》、《三国志》、《晋书》各一部。（《续日本纪》）
775	大历十一年	宝龟六年	吉备真备（695—775）殁。作为遣唐使两度入唐，精通经史诸艺，曾为孝谦天皇讲《礼记》和《汉书》，整备释奠的器物和仪容。（《续日本纪》） 吉备真备在中国多处搜集文献，返回日本时携带有《唐礼》一百三十卷、《大衍历经》一卷、《大衍历立成》十二卷等，并编撰完成日本汉籍目录学史上最早的著作《将来目录》（意即“携来书目”）。

续表

公历	中国	日本	中日文学交流大事记
778	大历 十三年	宝龟九年	赐姓袁晋卿为清村。袁晋卿天平七年来日本，通《文选》、《尔雅》之音，曾担任大学音博士。
784	兴元元年	延历三年	直讲博士初次讲授《公羊》、《谷梁》二传。（《令集解》）
797	贞元 十三年	延历十六年	空海在《三教指归》，虚构三人物，争辩儒道佛之高下，归结为佛教最优，大量引用《世说新语》等书的语汇和典故。
798	贞元 十四年	延历十七年	所有读书人都使用汉音，16 岁以下有志于明经的大学生要学习《毛诗》之音，有志于史学的要学习《尔雅》、《文选》之音。（《史记抄》） 在学科中加入《公羊》、《谷梁》二传。（《令集解》）
804	贞元 二十年	延历二十三年	804 年至 806 年间，空海（774—835）作为遣唐使一员在唐求法，并作有四首汉诗，即七言《过金心（山）寺》、七言《留别青龙寺义操阿闍梨》、七言《在唐观昶法和尚小山》、五言《在唐日示剑南惟上离合诗》。

续表

公历	中国	日本	中日文学交流大事记
809	元和四年	大同四年	空海在御赐屏风上书写并进献《世说新语》。（《性灵集》）
811	元和六年	弘仁二年	空海抄写《刘希夷集》四卷，与《王昌龄诗格》、《贞观英杰六言诗》、《飞白书》一同进献天皇。（《性灵集》） 空海献上《刘庭芝集》四卷等。（《性灵集》）
812	元和七年	弘仁三年	空海献上《急就章》一卷、《王昌龄集》一卷等诸书籍。（《性灵集》）
813	元和八年	弘仁四年	藤原诸成担任文章生（背诵《文选》上帙，被时人称为三杰之一）。（《文德实录》）
814	元和九年	弘仁五年	小野岑守等撰汉诗文集《凌云集》。
816	元和十一年	弘仁七年	勇山文继侍读《史记》。（《类聚国史》） 藤原卫成为文章生，时人将其才华比喻为汉代贾谊。（《文华秀丽集》）

续表

公历	中国	日本	中日文学交流大事记
818	元和十三年	弘仁九年	藤原冬嗣等撰《文华秀丽集》。
819	元和十四年	弘仁十年	菅原清公成为文章生，侍读《文选》。（《公卿补任》）
823	长庆三年	弘仁十四年	嵯峨天皇作成《和张志和渔歌子》五首，在写作手法、韵律、命意上都受到张志和《渔歌子》的深刻启示，成为日本词学的开端。 空海《文镜秘府论》约成书于此后。 景戒《日本灵异记》或成书于弘仁末年，所载日本佛教故事多受到《冥报记》、《般若验记》等中国典籍影响。
827	宝历二年	天长四年	最澄《显戒论》传入中国。（《天台霞标》初篇卷之一）
835	太和九年	承和二年	菅原清公试讲《后汉书》。（《续日本后纪》）
838	开成三年	承和五年	释奠，讲解《尚书》。（《续日本后纪》） 藤原岳守检验唐传货物时得到《白氏文集》，以有“元白诗笔”之名上奏天皇，仁明天皇大悦，授予藤原岳守从五位上的官阶。这是《白氏文集》传入日本最早的正史记载。（《文德宝录》卷三）

续表

公历	中国	日本	中日文学交流大事记
840	开成五年	承和七年	编年体汉文史书《日本后纪》成书。
841	会昌二年	承和八年	释奠，讲解《孝经》。（《续日本后纪》）
842	会昌二年	承和九年	天皇命令相模、武藏、常陆等国抄写《史记》、《汉书》、《后汉书》等。（《续日本后纪》） 嵯峨天皇（786—842）没。嵯峨天皇酷爱并珍藏《白氏文集》，在行幸河阳宫时，向小野篁吟诵诗句“闭阁唯闻朝暮鼓，登楼遥望往来船”。小野篁上奏道，将“遥”改为“空”字更妙，天皇大惊，赞赏小野篁的诗情犹如白乐天。上述诗句改动自白居易《春江》中的“闭阁只听朝暮鼓，上楼空望往来船”。另外，嵯峨天皇行幸西山离宫时，也曾命小野篁作诗吟咏仲春之景。小野篁赋诗曰：“紫尘嫩厥人拳手，碧玉寒芦锥脱囊。”而这句诗也脱胎于白居易的诗句“蕨嫩人拳手，芦寒锥脱囊”。上述诗文应答表明，当时宫廷及贵族朝臣中已经流传着白居易的诗文。（《江谈抄》）
844	会昌四年	承和十一年	文章博士春澄善绳等引用《左传》、《尚书》，就“物怪”、筮上表。（《续日本后纪》）

续表

公历	中国	日本	中日文学交流大事记
847	大中元年	承和十四年	清凉殿庄子竟宴，左右近臣赋“《庄子》一篇”。（《续日本后纪》） 春澄善绳试讲《汉书》。（《续日本后纪》） 遣唐请益僧圆仁及其弟子回到日本，圆仁所著《入唐求法巡礼记》记载了在唐十年间的经历，并带回《翻梵语》、《碎金》、《加五百字千字文》、《王建集》、《诗赋格》、《白家诗集》等。（《续日本后纪》） 日本学问僧惠萼在苏州南禅院手抄《白氏文集》三十三卷，并于847年携带回国。（《入唐求法巡礼行记》、《头陀亲王入唐略记》）
851	大中五年	仁寿元年	春澄善绳侍讲《文选》。（《文华秀丽集》）
856	大中十年	齐横三年	春澄善绳侍讲《晋书》。（《文华秀丽集》）
857	大中十一年	天安二年	菅原是善初次讲解《汉书》。（《公卿补任》）
858	大中十二年	天安二年	滋野安成为天皇讲解《老子》、《庄子》。（《文华秀丽集》）
860	咸通元年	贞观二年	释奠，苅田安雄讲《毛诗》。 大学博士大春日雄继侍讲《孝经》。 释奠，助教布瑠清野侍讲《尚书》。

续表

公历	中国	日本	中日文学交流大事记
861	咸通二年	贞观三年	释奠，讲《周易》。 大春日雄继侍讲《论语》。
862	咸通三年	贞观四年	释奠，讲《左传》。
864	咸通五年	贞观六年	释奠，大春日雄继讲《毛诗》。 释奠，助教菅野佐世自《尚书》出题，文人赋诗。 菅原是善向门人讲授《后汉书》。
865	咸通六年	贞观七年	释奠，讲《论语》。
866	咸通七年	贞观八年	释奠，苅田安雄讲《周易》。 释奠，讲《左氏传》。
867	咸通八年	贞观九年	释奠，讲《孝经》，诗题“资事父事君”。
868	咸通九年	贞观十年	释奠，讲《毛诗》，诗题“发言为诗”。
869	咸通十年	贞观十一年	释奠，讲《周易》，诗题“鹤鸣在阴”。
875	乾符二年	贞观十七年	皇太子初读《千字文》。 大江音人侍讲《史记》。
876	乾符三年	贞观十八年	初学《周易》，都良香等人陪席记事。（《本朝文粹》） 大藏善行的《颜氏家训》讲义结束。

续表

公历	中国	日本	中日文学交流大事记
877	乾符四年	元庆元年	释奠，讲解《论语》，试题“听《论语》赋有如明珠”。（《三代实录》、《扶桑集》）
879	乾符六年	元庆三年	释奠，讲读《孝经》。（《三代实录》、《菅家文草》） 大春日雄继侍讲《论语》。（《三代实录》）
880	广明元年	元庆四年	释奠，讲解《礼记》。 释奠，讲解《毛诗》。 侍讲《孝经》。（《三代实录》）
882	中和三年	元庆六年	释奠，讲解《古文尚书》。（《三代实录》） 文章博士巨势文雄开始侍讲《后汉书》。（《本朝文粹》）
883	中和三年	元庆七年	释奠，讲解《周易》。（《三代实录》） 文德天皇东宫之时，侍讲李峤《百廿咏》、《孝经》。（《日本纪略》） 释奠，讲解《左氏春秋》。（《三代实录》）

续表

公历	中国	日本	中日文学交流大事记
884	中和四年	元庆八年	释奠，直道守永讲解《御注孝经》。 天皇初读《文选》，侍读橘广相、塾长惟良高尚。 释奠，讲解《礼记》。（《三代实录》） 劝学院竟宴《汉书》，藤原基经书斋竟宴《孝经》。（《菅家文草》）
885	光启元年	仁和元年	菅原道真讲解《世说新语》。（《菅家文草》） 释奠，山边善直讲解《古文尚书》。（《三代实录》）
886	光启二年	仁和二年	释奠，太正大臣入朝拜文宣王像，明经博士讲《周易》。（《三代实录》）
887	光启三年	仁和三年	释奠，助教净野宫雄自《春秋》出题，文章生赋诗。（《三代实录》、《菅家文草》）
888	文德元年	仁和四年	大学博士善渊爱成侍讲《周易》。（《日本纪略》）
890	大顺元年	宽平二年	释奠，讲解《论语》，诗题“为政以德”。（《田氏家集》）

续表

公历	中国	日本	中日文学交流大事记
891	大顺二年	宽平三年	文章博士纪长谷雄侍讲《汉书》。 藤原佐世的《日本国见在书目录》记载："搜神记三十卷，干宝撰；搜神后记十卷，陶潜撰。"可见，《搜神记》远在此年之前已东传日本。
893	景福四年	宽平五年	释奠，讲解《古文孝经》，诗题"以孝事君则忠"。(《菅家文草》)
895	乾宁二年	宽平七年	释奠，讲《论语》，诗题"为政以德"。(《菅家文草》)
896	乾宁三年	宽平九年	文章博士纪长谷雄讲《文选》，旁听学生 380 人。(《日本纪略》)
897	乾宁四年	宽平九年	藤原佐世（？—897）殁。曾奉命编撰《本朝见在书目录》，编撰约始于 876 年或 889 年，终于 898 年。是日本现存最古老的官方收藏汉籍目录，后人改称《日本国见在书目录》。该目录详细记录了 9 世纪后半期日本的大学寮、图书寮、弘文院、校书殿等国家公务机构以及天皇私人藏书处如御书所、冷然院等的藏书状况，收录汉籍共 1568 种，合计 16725 卷，具有重要的文献学价值。

续表

公历	中国	日本	中日文学交流大事记
898	光化元年	昌泰元年	《本朝见在书目录》编纂完成（后人改称《日本国见在书目录》）。《日本国见在书目录》记录有《诗经》的14部相关著作，如郑玄的《毛诗谱》、唐代孔颖达的《毛诗正义》、晋陆玑的《毛诗草木虫鱼疏》等。 “文选三十昭明太子撰、文选六十卷李善注、钞六十九公孙罗撰、钞三十、音义十李善撰、音决十公孙罗撰、音义十释道淹撰、音义十三曹宪撰、抄韵一、小文选九。”（《日本国见在书目录·总集家》）
899	光化二年	昌泰二年	文章博士藤原菅根侍讲《史记》。（《类聚符宣抄》）
900	光化三年	昌泰三年	三善清行侍讲《史记》。（《日本纪略》、《类聚符宣抄》）
901	天复元年	延喜元年	北堂竟宴《史记》，咏史赋诗。（《日本纪略》）
903	天复三年	延喜三年	藤原诸阴开始讲解《汉书》。（《西宫记》） 菅原道真去世。有《菅家文草》、《菅家后集》等传世。死后为历代文士所尊奉。

续表

公历	中国	日本	中日文学交流大事记
905	天佑二年	延喜六年	《古今和歌集》奉敕完成献上，有真名（汉文）假名两篇序言，为日本古代和歌理论重要文献。汉文序受到《诗大序》与魏晋南北朝诗论影响更为明显。
906	天佑三年	延喜六年	藤原菅根侍讲《史记》。（《日本纪略》）
910	后梁 开平四年	延喜十年	藏人所竟宴《汉书》，探题《咏史》。（《西宫记》）
911	乾化元年	延喜十一年	大学寮竟宴《晋书》。（《日本纪略》）
913	乾化三年	延喜十三年	大学寮竟宴《晋书》。（《日本纪略》）
916	贞明二年	延喜十六年	博士八多贞纪在大学讲《春秋谷梁传》。（《日本纪略》）
917	贞明五年	延喜十九年	大藏善行在东宫侍讲《汉书》。（《政事要略》）
919	贞明五年	延喜十九年	文章博士菅原淳茂开始侍讲《汉书》。（《扶桑略记·扶桑》）
921	龙德元年	延喜二十一年	皇孙庆赖诞生。天皇赐《孝经》、《论语》及绢绵等。（《西宫记》）
922	龙德二年	延喜二十二年	文章博士菅原淳茂侍讲《汉书》结束。（《本朝文粹》）

续表

公历	中国	日本	中日文学交流大事记
923	后唐 同光元年	延长元年	大学寮北堂竟宴《汉书》。（《纪略·扶桑·文粹》） 皇子宽明亲王诞生，藤原元方、大江千古伺候于御汤殿，诵读《千字文》、《汉书》、《古文孝经》、《论语》、《易》、《尚书》、《史记》、《毛诗》、《左传》等。（《伏见江御记录》）
925	同光三年	延长三年	大学北堂讲《史记》。（《日本纪略》）
926	天成元年	延长四年	日本僧人宽建入华，携带四家诗集（菅原道真《菅家后集》三卷、纪长谷雄《纪家集》三卷、橘广相《橘广相家集》二卷、都良香《都氏文集》一卷）。（《扶桑略记》二十四卷）
930	长兴元年	延长八年	东宫开始读《御注孝经》。（《日本纪略》、《兵范记》） 醍醐天皇（在位897—930）殁。平安时代最著名的"三笔"之一，曾作诗描述当时文坛状况，并在诗末自注云："平生所爱，《白氏文集》七十卷是也。"（《菅家后草》卷十三）
932	长兴三年	承平二年	成明亲王开始读《御注孝经》。（《贞信公记抄》）

续表

公历	中国	日本	中日文学交流大事记
935	清泰二年	承平五年	文章博士大江维时在大学北堂开始读《文选》。（《日本纪略》、《本朝文粹》） 成明亲王竟宴《御注孝经》，文人赋诗。（《日本纪略》）
939	后晋 天福四年	天庆二年	《孝经》竟宴，殿上人献诗。（《本朝世纪》） 文章博士大江维时讲解《文选》完毕。（《日本纪略》、《本朝文粹》） 朱雀天皇初读《史记》。（《日本纪略》）
941	天福六年	天庆四年	大学北堂竟宴《文选》。（《日本纪略》、《本朝文粹》） 成明亲王承香殿竟宴《文选》。（《本朝世纪》）
942	天福七年	天庆五年	释奠，讲解《古文尚书》。（《北山抄》、《江家次第》）
948	后汉 乾佑元年	天历二年	藤原良佐训点《汉书·扬雄传》。 藤原高光在御前背诵《文选·三都赋》序。（《九历》）
949	乾佑二年	天历三年	藏人所竟宴《尚书》。（《西宫记》） 文章博士纪在昌开始侍讲《史记》。（《日本纪略》）

续表

公历	中国	日本	中日文学交流大事记
950	乾佑三年	天历四年	皇子（冷泉天皇）诞生，儒者纪在昌侍读《孝经·天子》章、文章博士三统元夏侍读《古文孝经》、大学头橘敏通侍读《史记·黄帝本纪》、明经博士十市良佐侍读《礼记·文王世子》篇和《尚书·尧典》。（《北山抄》）
956	后周 显德三年	天历十年	东宫开始读《御注孝经》。（《西宫记》、《兵范记》） 大江朝纲、菅原文时遵照敕令推荐《白氏文集》最佳诗作，两人均举出《送萧处子游黔南》和《问江南景物》。（《江家次第》）
960	北宋 建隆元年	天德四年	为平亲王开始读《御注孝经》。（《日本纪略》） 东宫（冷泉天皇）读《后汉书》。（《兵范记（久寿2）》）
963	乾德元年	应和三年	中纳言大江维时没。博闻强识，曾为醍醐、朱雀、村上三代天皇侍讲《白氏文集》、《老子》、《游仙窟》、《洛中集》等。（《日本纪略》）

续表

公历	中国	日本	中日文学交流大事记
966	乾德四年	康保三年	右近卫权中将源延光邀请文章博士讲解《论语》。（《本朝文粹》）
977	太平兴国元年	贞元二年	东宫开始阅读《御注孝经》。（《日本纪略》）
983	太平兴国八年	永观元年	居贞（三条天皇）为尊两亲王，读《御注孝经》。（《日本纪略》） 日本僧人奝然入宋，携带《职员令》、《年代纪》各一卷。（《宋史·日本传》）
987—989	北宋雍熙四年——北宋端拱二年	永延元—三年	日本僧人源信将自撰《往生要集》以及先师良源的《观音赞》、庆滋保胤的《十六想观诗》和《日本往生传》、源为宪的《法华经赋》，托朱仁聪和齐隐带往宋朝。（《源信僧都传》）
991	淳化二年	正历二年	具平亲王著《弘决俗典抄》（外典抄）（其中列举有《周易》、《文选》等经史子集等外典书目）。（《弘决俗典抄》）

续表

公历	中国	日本	中日文学交流大事记
1000	咸平三年	长保二年	文章博士大江匡衡命进献《文选》注。（《权记》） 约于此年成立的随笔《枕草子》记载："书即为文集、文选、新赋、史记……"（《枕草子》）
1001	咸平四年	长保三年	藤原行成向具平亲王归还《庄子》、《唐历》、《软障诗》。（《权记》）
1002	咸平五年	长保四年	藤原行成向藤原为忠传授《毛诗》二卷三章。（《权记》）
1004	景德元年	宽宏元年	藤原行成书写《乐府》上下卷赠予道长。（《御堂关白记》） 源承方赠藤原道长《集注文选》、《元白集》。（《御堂关白记》）

续表

公历	中国	日本	中日文学交流大事记
1005	景德二年	宽宏二年	敦康亲王读《御注孝经》。(《小右记》) 紫式部在此年或宽弘三年入宫，担任一条天皇中宫彰子的女官，一直持续到约宽弘八年。紫式部根据宫中生活的体验创作有长篇物语《源氏物语》。《源氏物语》广泛摄取中国典籍，创造了多种形式的意象组合。被引用的中国文献包括《诗经》、《论语》、《仪礼》、《韩非子》、陶渊明诗、《昭明文选》、刘梦得诗、白居易诗文、《战国策》、《孝经》、《汉书》、《列子》、《史记》、《古诗十九首》、《晋书》、《述异志》、权德舆诗、元稹诗、《游仙窟》、《长恨歌传》、《李娃传》、《任氏传》、《章台新柳》、《周秦行纪》等。
1006	景德三年	宽弘三年	藤原行成赠藤原道长《新乐府》一卷。(《权记》) 藤原道长拜托藤原行成《白氏六帖》手筥之铭。(《权记》) 唐人赠藤原道长《五臣注文选》、《文集》等。(《御堂关白记》)
1007	景德四年	宽弘四年	大博士清原广澄讲《孝经》。(《权记》) 藤原行成自抄《汉书》献上，当日天皇赐予行成《淮南子》。(《权记》)

续表

公历	中国	日本	中日文学交流大事记
1008	大中祥符元年	宽弘五年	大江匡衡以《周易》占卜中宫生产为吉。《续本朝通鉴》第二皇子（后一条天皇）诞生，浴殿儒者藤原广业等人诵读《毛诗》第十六大明章、《史记·鲁世家》、《礼记·文王世子》篇、《汉书·文帝纪》、《周易》第一乾卦、《后汉书·明帝纪》等。（《御堂关白记·产部》）
1009	大中祥符二年	宽弘六年	第三皇子（后朱雀天皇）诞生，浴殿儒者藤原广业等人诵读《孝经·天子》章、《礼记·文王世子》篇、《尚书·尧典》、《毛诗·大明》诗、《论语·泰伯》篇、《左传·庄公三十一年》、《史记·五帝本纪》的“皇帝篇”和“帝尧篇”、《汉书》的“文帝纪”、“昭帝纪”、“成帝纪”、《后汉书》的“章帝纪”、“明帝纪”、《千字文》等。（《御堂关白记》）
1010	大中祥符三年	宽弘七年	藤原行成抄写《乐府》、《坤元诗录》等献上。（《权记》） 释奠，讲《周易》，诗题“圣人养贤”。（《日本纪略》） 藤原道长架藏三史、八代史、《文选》、《文集》、《御览》、《日本记》等书籍二千余卷。（《御堂关白记》）

续表

公历	中国	日本	中日文学交流大事记
1011	大中祥符五年	宽弘八年	藤原行成返还宣阳殿御本《千字文》、《乐毅论》、《黄庭经》等。（《权记》）
1012	大中祥符六年	长和元年	大江匡衡没。曾为一条皇帝侍读《尚书》、《毛诗》、《文选》、《礼记》、《白氏文集》、《老子》等。（《地下家传》）
1014	大中祥符七年	长和三年	东宫开始阅读《御注孝经》。（《小右记》）
1018	天禧二年	宽仁二年	藤原长家读《史记》一卷，并招文人赋诗。（《御堂关白记》）
1041	庆历元年	长久二年	藤原正家为《白氏文集》加点完毕。（书陵部藏元亨四年本《新乐府》识语）
1043	庆历三年	长久四年	文章生大江佐国等奉敕命召集学生进行才学和薪酬的考试。前者题目为“礼义为器”，要求七言十韵，且每句都要有前汉儒士的名字；后者题目为“善以为宝”，要求七言十韵，且每句都要有《礼记》的篇名。（《江家次第》）
1054	至和元年	天喜二年	藤原师实跟随藤原实纲读《五帝本纪》。（《江家次第》）

续表

公历	中国	日本	中日文学交流大事记
1064	治平元年	康平七年	《本朝文粹》成书于康平年间。
1066	治平三年	治历二年	源俊房读《汉书》。（《水左记》）
1072	熙宁五年	延久四年	日本源隆国编纂《安养集》十卷，由成寻携入宋朝。 成寻携带圆仁的《金刚顶经书》七卷和《苏悉地经书》七卷、圆真的《普贤十愿释》三卷、《大般若经开题》一卷等入宋。
1073	熙宁六年	延久五年	大江家国抄写《史记·吕后本纪》完毕。（《毛利家藏〈史记·吕后本纪〉识语》） 大江家国抄写《史记·孝文本纪》完毕。（《东北大学藏〈史记·孝文本纪〉识语》） 大江家国抄写《史记·孝景本纪》。（《大东急纪念文库藏〈史记·孝景本纪〉识语》） 清原定康加点《春秋经传集解》。（《书陵部藏 金泽文库本春秋经传集解识语》）
1076	熙宁九年	承保三年	释奠，讲《礼记》，试题“比德于玉”。（《水左记》） 释奠，试题出自《毛诗》“四方来贺”序。（《水左记》）
1078	元丰元年	乘历二年	东宫开始阅读《御注孝经》。

续表

公历	中国	日本	中日文学交流大事记
1079	元丰二年	承历三年	善仁亲王御汤殿，文章博士藤原正家、大学头（大学寮的长官）藤原有纲读《史记·五帝本纪》，助教中原定俊读《孝经》。（《水左记》）
1080	元丰三年	承历四年	释奠，赋诗，诗题出自《尚书》“德洽民心”序。（《水左记》）
1083	元丰六年	永保三年	白河天皇命左大臣源俊房加点《白氏文集》。(《水左记》)
1084	元丰七年	应德元年	源俊房加点《白氏文集》进献天皇。(《水左记》)
1085	元丰八年	应德二年	藤原师通开始读《左传》。(《御二条师通记》) 师通开始读《礼记》。（《御二条师通记》） 藤原定家加点《后汉书》。（书陵部藏 大永二年点《后汉帝纪九》识语） 师通读完《文选》。（《御二条师通记》） 师通开始读《论语》。（《御二条师通记》）
1087	元佑二年	宽治元年	释奠，讲《尚书》，诗题“野无遗贤”。（《本朝世纪》） 天皇始读《御注孝经》。（《中右记》）

续表

公历	中国	日本	中日文学交流大事记
1089	元佑四年	宽治三年	清原定康侍读《古文孝经》。（书陵部藏天德二年点《古文孝经》识语） 朝觐行幸之际，天皇获赠《毛诗》。（《玉叶》安元元年一月五日条）
1090	元佑五年	宽治四年	师通向匡房学习《汉书》。（《御二条师通记》） 大江匡房侍读《汉书·孝文本纪》。（《为房卿记》） 师通向匡房学习《后汉书》。（《御二条师通记》）
1091	元佑六年	宽治五年	藤原师实借阅《抱朴子》七卷、《词林》十卷。（《御二条师通记》） 藤原师通学习《毛诗》第十六卷。（《御二条师通记》）
1092	元佑七年	宽治六年	释奠，诗题出自《周易》“天地养万物”。（《中右记》） 师通向匡房学习《后汉书》。（《御二条师通记》） 师通向藤原友实借阅《世说新语》第三。（《御二条师通记》）

续表

公历	中国	日本	中日文学交流大事记
1093	元佑八年	宽治七年	大江匡房侍读《汉书·孝文本纪》。(《中右记》) 藤原师通读《文选》。(《御二条师通记》) 释奠,讲《孝经》。(《中右记》) 藤原明衡赠送师通《后汉书》。(《御二条师通记》) 藤原师通向惟宗孝言及匡房学习《后汉书》。(《御二条师通记》)
1094	绍圣元年	嘉保元年	释奠,讲《尚书》。(《中右记》) 藤原宗忠向藤原通俊质疑《史记》的错简。(《中右记》)
1095	绍圣二年	嘉保二年	大江匡房侍讲《左传》。(《中右记》) 释奠,讲《周易》。(《中右记》)
1096	绍圣三年	永长元年	释奠,诗题出自《左传》"宾有礼"。(《中右记》) 藤原师通与大江匡房谈论《礼记》、《三国志》。师通读《史记》本纪。师通命藤原公房为《后汉书》加注假名。师通向源俊房借阅《史记·本纪》第十卷。(《御二条师通记》)

续表

公历	中国	日本	中日文学交流大事记
1098	元符元年	承德二年	释奠，诗题“平秩东作”，出自《尚书》。（《中右记》） 释奠，诗题“以道事君”，出自《论语》。（《中右记》）
1101	建中靖国元年	康和三年	藤原家行用《史记》秘本，将家藏本与吕后本纪、孝文本纪、孝景本纪进行对照。（《毛利家 东北大学 大东急纪念文库收藏该书之识语》） 忠实赠藤原师忠《白氏文集》。（《殿历》）
1103	崇宁二年	康和五年	宗仁亲王诞生，御汤殿儒者讲《史记·五帝本纪》、《孝经·天子章》、《礼记·中庸篇》。（《为房卿记》）
1104	崇宁二年	长治元年	释奠，将《礼记》。（《中右记》） 大江通国自《白氏文集》新乐府中挑选 20 句诗句作为歌题，作新乐府廿句和歌题并序。（《朝野群载》）
1106	崇宁五年	嘉承元年	藤原忠通通过《史记》一卷。开始读书习字。

续表

公历	中国	日本	中日文学交流大事记
1107	大观元年	嘉承二年	释奠，讲《孝经》。（《中右记》） 藤原茂名书写《白氏文集》。（神田喜一郎氏藏该书识语） 大江匡房《江谈抄》在此前后成书，用变体汉文写成，多载有关诗赋文章的问答。
1109	大观三年	天仁二年	藤原敦宗侍读《史记·五帝本纪》。（《江家次第》）
1110	大观四年	天永元年	寮考，考察 13 名学生阅读《五帝本纪》。（《永昌》）
1111	政和元年	天永二年	释奠，讲《毛诗》。（《中右记》） 鸟羽天皇开始阅读《御注孝经》。（《中右记》）
1112	政和二年	天永三年	释奠，讲《论语》。
1113	政和三年	永久元年	藤原茂名加点《白氏文集》。（《神田喜一郎氏藏书文集批注》）
1116	政和六年	永久四年	加注《古文孝经》。
1120	宣和二年	保安元年	释奠，讲《周易》，诗题“仁以行之”。（《中右记》） 释奠，讲《左传》，诗题“养民如子者”。（《中右记》）

续表

公历	中国	日本	中日文学交流大事记
1124	宣和六年	天治元年	第二皇子通仁御汤殿始，读书官诵读《古文孝经》、《后汉书·明帝纪》、《毛诗·大明》、《孝经》、《史记·五帝本纪·黄帝纪》、《后汉书·孝文皇帝纪》。（《永昌记》）
1126	靖康元年	大治元年	释奠，讲《尚书》，诗题“政在养民”。（《永昌记》）
1127	建炎元年	大治二年	惟宗康俊抄写加点《史记·孝景本纪》。（山岸德平收藏该书识语） 崇德天皇开始阅读《御注孝经》。（《中右记》）
1129	建炎三年	大治四年	释奠，讲《尚书》。（《中右记》）
1130	建炎四年	大治五年	释奠，讲《周易》，诗题“照明德”。（《中右记》）
1132	绍兴二年	长承元年	中原师元援引《礼记》等经书之例，表达对天下疫病的见解。（《朝野群载》）
1133	绍兴三年	长承二年	释奠，讲《尚书》，题“五典克从”。（《中右记》） 释奠，讲《论语》，诗题“远者来”。（《中右记》）

续表

公历	中国	日本	中日文学交流大事记
1134	绍兴四年	长三年	释奠，讲《周易》，诗题“上下应之”。（《中右记》） 释奠，讲《左传》。（《中右记》）
1136	绍兴六年	保延二年	藤原赖长读完《蒙求》三卷。（《台记》）
1137	绍兴七年	保延三年	藤原宗忠在日记中记载前几年曾烧毁文书八百余卷，包括《史记》、《文选》、《毛诗》等。（《中右记》 藤原赖长开始阅读《论语》、《史记》、《燕子丹》等。（《台记》）
1138	绍兴八年	保延四年	藤原敦光作祭白居易文。（《续本朝文粹》）
1139	绍兴九年	保延五年	清源赖业接受并训点《春秋经传集解》。（东洋文库收藏该书识语) 藤原赖长读完《古文孝经》、《西京杂记》、《立身诚》、《洞冥记》、《荆楚岁时记》、《金谷园记》、《列仙传》、《帝范》、《臣轨》、《六军镜》、《续齐谐记》。（《台记》）

续表

公历	中国	日本	中日文学交流大事记
1140	绍兴十年	保延六年	藤原赖长读完《尚书》、《毛诗》、《御注孝经》、《老子》、《庄子》、《后汉书》、《李善注文选》、《新乐府》、《鬼谷子》、《高才不过传》、《汉武故事》、《王子年拾遗记》、《颜氏 太公家教》、《素书》、《注千字文》、《咏百咏》、《贞观政要》、《孔子家语》、《居易别传》，这些书籍几乎全部抄写。（《台记》） 《本朝续文粹》成书于此后。
1141	绍兴十一年	永治元年	藤原赖长读完《尚书正义》第一卷、《尚书音释》、《周礼》、《仪礼》、《礼记》、《左传》、《公羊传》、《谷梁传》、《三国志·帝纪》、《晋书·帝纪》、《晋书·载记》、《南史·帝纪》、《北史·帝纪》、《新唐书·帝纪》、《尔雅》、《兼明书》、《孟子》等，抄写部分书籍。（《台记》）
1142	绍兴十二年	康治元年	藤原赖长对比阅读《左传》与《公羊抄》。（《台记》） 藤原赖长读完《孝经述义》、《孝经去惑》、《尚书正义》、《论语皇侃疏》、《五行大义》。（《台记》）

续表

公历	中国	日本	中日文学交流大事记
1143	绍兴 十三年	康治二年	藤原赖长读《春秋经传》、《左氏释文》、《毛诗正义》、《春秋左氏正义》、《孝经》、《文选》、《礼记》、《谷梁传》等。（《台记》） 鸟羽法皇、崇德上皇参拜熊野，那智山的僧人用唐音为之诵读《论语》、《孝经》。（《台记》） 藤原赖长邀请文人束带拜谒先圣先师的肖像，藤原成佐讲《左传》第一卷，并与源实长、藤原孝能展开讨论，之后为诗宴。此后，这一活动成为文宣王生辰日庚子的惯例，众人按照“三传”、“三礼”、《诗》、《书》、《易》、《论语》、《孝经》的顺序依次讲书。（《台记》）
1144	绍兴 十四年	天养元年	藤原赖长释奠，讲《周礼》。年内先后讲解《仪礼》、《毛诗》、《尚书》、《周易》、《论语》。（《台记》）
1145	绍兴 十五年	久安元年	藤原赖长招学生悬挂老子像，讲授《老子经》。（《台记》） 藤原赖长读完《三注老子》。（《台记》）

续表

公历	中国	日本	中日文学交流大事记
1147	绍兴 十七年	久安三年	藤原赖长在宅邸讲《仪礼》，七日间朝夕参拜孔子像，仪式结束后文人赋诗，题“礼仪有序”。(《台记》)
1148	绍兴 十八年	久安四年	藤原赖长与学生共撰《老子论义》。 赖长释奠，先后讲《毛诗》、《尚书》、《周易》、《论语》、《孝经》、《左传》。 藤原赖长按照儒者的建议，根据《玉篇》、《说文》、《尚书》、《诗序》，给女儿取名“多子”。(《台记》)
1150	绍兴 二十年	久安六年	藤原俊经为近卫天皇讲解《蒙求》。(《台记》) 藤原赖长官邸释奠，讲《谷梁传》。此后，先后讲解《礼记》、《周礼》、《仪礼》、《毛诗》。(《台记》) 藤原赖长将所需书目寄给宋朝商人刘文冲，托其购买书籍。(《宇槐记抄》)
1152	绍兴 二十二年	仁平二年	释奠，讲《左传》、《孝经》。(《本朝世纪》)
1153	绍兴 二十三年	仁平三年	释奠，讲《礼记》，诗题“必得其寿”。(《本朝世纪》) 藤原赖长释奠，讲《老子》。(《台记》)

续表

公历	中国	日本	中日文学交流大事记
1154	绍兴二十四年	久寿元年	藤原赖长释奠，讲《老子》。（《台记》） 清源赖业校订家藏《春秋经传集解》完毕。（书陵部藏该书识语） 平信义参加寮试，初读《汉书》中的《高祖本纪》、《萧相国世家》、《张仪传》。（《兵范记》） 赖长释奠，先后讲《仪礼》、《毛诗》、《尚书》、《周易》、《论语》。（《台记》）
1155	绍兴二十五年	久寿二年	藤原赖长释奠，讲《左传》，年内先后又讲解《公羊传》、《谷梁传》、《礼记》。（《台记》） 东宫开始阅读《御注孝经》。（《兵范记》）
1159	绍兴二十九年	平治三年	释奠，讲《孝经》。（《地下家传》） 藤原通宪殁。曾编著《通宪入道藏书目录》，为本人藏书目录，出儒学经典核实数外，还收藏有《游仙窟》两部，以及诗集《寒山诗》、《罗隐诗》、《杜荀鹤诗》等，但没有发现唐代李白与杜甫的诗集。
1164	隆兴八年	长宽二年	藤原永范侍讲《帝范》、《臣轨》。（成实堂文库藏该书识语）

续表

公历	中国	日本	中日文学交流大事记
1168	乾道四年	仁安三年	释奠，讲《尚书》。（《地下家传》《兵范记》） 招侍读藤原永范读《后汉书·明帝纪》。（《兵范记》）
1169	乾道五年	嘉应元年	高仓天皇阅读《史记·五帝本纪》。（《兵范记》） 清源赖业校订《春秋左氏传》。（《续鉴》）
1171	乾道七年	承安元年	藤原永范侍讲《帝范》、《臣轨》。（成篑堂文库藏宽文八年版该书识语）
1174	淳熙元年	承安四年	释奠，讲《毛诗》，诗题“受天之佑”。（《吉记》）
1175	淳熙二年	安元元年	释奠，讲《尚书》，诗题“庶尹允谐”。（《玉叶》） 释奠，讲《论语》，诗题“之人者静”。（《玉叶》）
1176	淳熙三年	安元二年	清源赖业向良业传授《古文孝经》。（松冈忠良氏藏该书识语） 约 1165 至 1176 年间藤原成范撰《唐物语》，收入取材于中国的故事二十七篇。

续表

公历	中国	日本	中日文学交流大事记
1179	淳熙六年	治承三年	释奠，讲《论语》，诗题“以学文”。（《玉叶》） 良通开始阅读《史记 · 五帝本纪》。（《玉叶》）
1180	淳熙七年	治承四年	释奠，诗题“孝经听讲”。（《山槐记》） 高仓天皇（在位 1167—1180）退位，翌年离世。高仓天皇喜爱枫树，命藤原信成守护。仕丁却燃烧枫树枝叶暖酒，藤原信成抓起仕丁打算定罪，天皇闻听此事却不拟追究，因为他联想起白居易《送王十八归山寄题仙游寺》中的诗句：“林间暖酒烧红叶，石上题诗扫青苔。”
1182	淳熙九年	寿永元年	藤原以业抄写《文选》。（东山御文库藏九条家义选识语） 释奠，讲《论语》，诗题“信以成”。（《吉记》）
1184	淳熙十一年	元历元年	释奠，讲《礼记》，题“子庶民”。（《山槐记》）
1185	淳熙十二年	文治元年	释奠，讲《尚书》。（《玉叶》）
1186	淳熙十三年	文治二年	释奠，讲《论语》，诗题“泰而不骄”。 后鸟羽天皇初读《御注孝经》。（《玉叶》）
1187	淳熙十四年	文治三年	释奠，讲《左传》，诗题“政如农功”。 后鸟羽天皇初读《汉书 · 孝文本纪》。（《玉叶》）

续表

公历	中国	日本	中日文学交流大事记
1188	淳熙十五年	文治四年	藤原良经学习《论语》。(《玉叶》) 释奠，诗题“千禄百福”，出典《毛诗》。(《吉记》)
1190	绍熙元年	建久元年	释奠，讲《周易》。(《地下家传》)
1192	绍熙三年	建久三年	菅原以业讲授《文选》。(东山御文库藏九条家本《文选》第十五识语)
1195	庆元元年	建久六年	释奠，讲《毛诗》，诗题“有德”。(《三长记》)
1200	庆元六年	正治二年	释奠，诗题“博学而笃志”。(《玉叶》、《猪隈关白记》)
1201	嘉泰元年	建仁元年	释奠，讲《孝经》。(《猪隈关白记》)
1202	嘉泰二年	建仁二年	释奠，讲《礼记》。(《猪隈关白记》) 释奠，讲《毛诗》，诗题“德音是茂”。(《猪隈关白记》)
1203	嘉泰三年	建仁三年	东宫初读《御注孝经》。(《东进记》)
1204	嘉泰四年	元久元年	源实朝初读《孝经》。(《吾妻镜》) 藤原长兼加点《周易》。(《三长记》)

续表

公历	中国	日本	中日文学交流大事记
1212	嘉定五年	建历二年	释奠，讲《礼记》，诗题“大德必得其名”。（《玉蘂》）
1215	嘉定八年	建历三年	释奠，诗题“忠以成之”。（《建保三年记》） 释奠，讲《孝经》，诗题“保其爵禄”。（《建保三年记》）
1218	嘉定十一年	建历六年	皇宫内讨论《白氏文集》。（《百炼抄》）
1225	宝庆元年	嘉禄元年	藤原定家抄写《北史》、《齐书》、《周书》、《隋书》的宗室传。（《明月记》）
1227	宝庆三年	安贞元年	释奠，讲《尚书》。（《民经记》） 资授经光《文选》一卷李善表。（《民经记》）
1229	绍定二年	宽喜元年	藤原定家讲《史记·留侯世家》。（《明月记》） 藤原定家讲授《文选·西京赋》、《文选·月赋》等。（《明月记》）
1231	绍定四年	宽喜三年	丰原奉重抄写《白氏文集》。（久原柏木氏藏该书识语）
1238	嘉熙二年	历仁元年	菅原为长侍讲《史记·孝文本纪》。（《菅儒侍读年谱》）

续表

公历	中国	日本	中日文学交流大事记
1241	淳祐元年	仁治二年	日本禅宗著名诗人辩圆圆尔（圣一国师）从中国返日之际，带回中国经籍数千卷，收藏于京都东福寺的普门院。其中的重要典籍有《周易》、《尚书》、《毛诗》、《礼记》、《春秋》、《周礼》、《孟子》、《论语精义》、《庄子疏》、《东坡词》、《东坡长短句》、《说文》、《白氏文集》、《老子经》、《庄子》、《太平御览》、《大学》、《玉篇》等。（1353年编集《普门院经论章疏语录儒书等目录》）
1242	淳祐二年	仁治三年	中原师弘传授《古文尚书》秘说。（书陵部藏该书识语） 菅原为长侍讲《史记·五帝本纪》以及《贞观政要》。（《菅儒侍读年谱》）
1244	淳祐四年	宽元二年	菅原淳高侍读《后汉书》，藤原经范侍读《史记》。（《妙槐记》）
1246	淳祐六年	宽元四年	藤原经范侍读《汉书》。（《叶黄记》）
1247	淳祐七年	宝治元年	藤原兼经宅邸举行作文会，讲读《史记》。9月13日悬挂白乐天像，讲《夏本纪》，作咏史诗、咏月诗。（《叶黄记》）
1253	宝祐元年	建长五年	清原直隆校对《论语》考证本。（正和本《论语》题记）

续表

公历	中国	日本	中日文学交流大事记
1256	宝祐四年	康元元年	清原教隆校订《古文尚书》。（神宫征古馆该书识语）
1263	景定四年	弘长三年	藤原茂范等侍讲《帝范》。（《吾妻镜》） 北条业时等侍讲《臣轨》。（《吾妻镜》）
1265	咸淳元年	文永二年	释奠，讲《礼记》。（《深心院关白记》）
1266	咸淳二年	文永三年	释奠。后嵯峨天皇读《尚书》、《古文孝经》。宫内定期开讲《论语》。宫内讲读《尚书正义》。（《外记日记》） 藤原信国侍讲《后汉书·皇后纪》。（宫内厅书陵部藏元版后汉书识语）
1267	咸淳三年	文永四年	清原良季等侍讲《尚书正义》。（《外记日记》） 宫内讲《论语》。（《吉续记》）
1271	至元八年	文永八年	释奠，赋《孝经》。（《吉续记》）
1273	至元十年	文永十年	清原良季侍讲《毛诗》。（《吉续记》）
1282	至元十九年	弘安五年	藤原相房校订抄写《文选》。（东山御文库藏九条家本该书识语）
1286	至元二十三年	弘安九年	藤原兼仲侍讲《史记》。藤原兼忠宅邸阅读《尚书》。（《勘仲记》）

续表

公历	中国	日本	中日文学交流大事记
1287	至元二十四年	弘安十年	菅原在嗣侍讲《史记》。菅原在兼侍讲《后汉书》。（《伏见》）
1289	至元二十六年	正应二年	释奠，讲《古文孝经》。（《勘仲记》）
1300	大德四年	正安二年	释奠。（《帝王编年纪》）
1311	至大四年	应长元年	释奠，讲《毛诗》，诗题“福禄绥之”。（《园太历》） 菅原在辅侍读《五帝本纪》。天皇召菅原在辅侍读《后汉书》。藤原种范侍读《臣轨》。（《花园院御记》）
1317	延祐四年	文保元年	清原宗尚侍讲《尚书》第五十二《盘庚》，清原教光侍读《尚书》序。藤原公时侍讲《史记·孔子世家》。（《花园院御记》）
1318	延祐五年	文保二年	菅原在兼侍读《史记·五帝本纪》。菅原在辅侍讲《后汉书·明帝纪》。（《菅儒侍读年谱》）
1321	至治元年	元亨元年	花园上皇读《荀子》。（《花园院御记》）
1322	至治二年	元亨二年	花园上皇以《正义》读《尚书》。 花园上皇读《毛诗》。（《花园院御记》）

续表

公历	中国	日本	中日文学交流大事记
1323	至治三年	元亨三年	玄惠法印讲解《韩昌黎文集》。花园上皇读《礼记》、《文选》。（《花园院御记》）
1324	泰定元年	正中元年	花园上皇读《鬼谷子》、《礼记》、《毛诗》。（《花园院御记》） 大江闲时抄写菅原为长考证本《白氏文集》。（书陵部藏南北朝时代写本白氏文集识语） 花园上皇年内阅读的书目包括《左传》、《礼记》、《汉书》、《鬼谷子》、《淮南子》、《毛诗》、《尚书》、《孝经》、《论语》、《孟子》、《后汉书》、《老子》、《庄子》、《荀子》、《帝范》、《臣轨》、《贞观政要》、《文选》等。（《花园院御记》）
1325	泰定二年	正中二年	菅原家高为花园上皇讲解《三国志》。（《花园院御记》） 花园上皇年内阅读书目包括《汉书》、《三国志》、《晋书》、《公羊传》、《谷梁传》等。（《花园院御记》）
1331	至顺二年	（南）元弘元年 （北）元德三年	菅原公时侍读《史记·五帝本纪》。（《菅儒侍读年谱》）
1336	至元二年	（北）建武三年 （南）延元元年	明州人明极楚俊圆寂，享年75岁，1329年赴日，有《明极语录》（亦名《明极楚俊遗稿》）。

续表

公历	中国	日本	中日文学交流大事记
1342	至正二年	康永元年	一条兼通讲《论语》。（《玉英记抄》）
1344	至正四年	康永三年	释奠，讲《尚书》。师守等人讨论《大学》、《尚书》。（《师守记》） 花园上皇宫殿内讨论《礼记》、《中庸》，光严上皇警戒勿掺入佛教。（《园太历》）
1345	至正五年	贞和元年	甘露寺藤长侍讲《论语》。（《中院一品记》） 中原家供奉孔子像。（《师守记》）
1346	至正六年	贞和二年	虎关师炼（亦作师链）圆寂，享年69岁，有《元亨释书》三十卷，《济北集》二十卷，曾上书主张改变骈俪文风。 入元僧雪村友梅圆寂，享年57岁，自号幻空，有《岷峨集》二卷。
1349	至正九年	康永五年	释奠，讲《礼记》。（《园太历》）
1353	至正十三年	文和二年	加贺能美郡在大日寺抄写《游仙窟》。（宝生院图书目录）
1355	至正十五年	文和四年	东坊城长纲侍讲《史记》。（《菅儒侍读年谱》）
1356	至正十六年	延文元年	东坊城长纲侍讲《后汉书·明帝纪》。（《菅儒侍读年谱》）

续表

公历	中国	日本	中日文学交流大事记
1358	至正十八年	延文三年	东坊城长纲侍讲《史记·孝文本纪》。（《菅儒侍读年谱》）
1359	至正十九年	延文四年	近卫道嗣让禅僧讲解《韩愈文集》。（《愚管记》）
1360	至正二十年	康永五年	在近卫道嗣宅邸曾先后讨论《韩愈文集》、《庄子》、《左传》。（《愚管记》）
1361	至正二十一年	康安元年	文章博士菅原亲朝解读《后汉书·明帝纪》。（《愚管记》） 二条良基讲解《毛诗》、《玉屑》。（《进献记录抄纂》）
1363	至正二十三年	贞治二年	东坊城长纲侍读《史记·孝文本纪》。（《菅儒侍读年谱》）
1364	至正二十四年	贞治三年	东坊城长纲侍讲《史记·孝景本纪》。（《菅儒侍读年谱》） 别源圆旨圆寂，享年71岁，入元11年，1330年返日，长于偈颂，有《南游集》、《东归集》。
1368	明洪武元年	应安元年	在近卫道嗣宅邸，某禅僧讲解《东坡诗集》。（《愚管记》）

续表

公历	中国	日本	中日文学交流大事记
1369	洪武二年	应安二年	祖应讲解《孟子》，民众倾听者众多。（《空华日用工夫略集》）
1371	洪武四年	应安四年	后圆融天皇开始阅读《汉书·明帝纪》。（《菅儒侍读年谱》）
1375	洪武八年	（北）永和元年 （南）天授元年	中岩圆月圆寂，享年76岁，有《东海一沤集》三卷。
1376	洪武九年	永和二年	和刻本《集千家注分类杜工部诗》二十五卷七册（宋徐居仁编、黄鹤注）刊行。
1378	洪武十一年	养老二年	“凡进士试时务策二条帖，所读文选上袟七帖，尔雅三帖。”（养老二年令）
1379	洪武十二年	康历元年	年始御讲，高辻长嗣奉授《文选》第一。（《迎阳记》）
1380	洪武十三年	康历二年	义堂周信讲《中庸》。义堂周信劝说义满阅读《孟子》。（《空华日用工夫略集》）
1381	洪武十四年	永德元年	文章博士东坊城秀长侍讲《后汉书》。（《菅儒侍读年谱》） 足利义满向义堂周信咨询关于《孟子》的疑问。（《空华月用工夫略集》）

续表

公历	中国	日本	中日文学交流大事记
1382	洪武 十五年	永德二年	义堂周信向足利义满讲解《论语》。（《空华日用工夫略集》）
1388	洪武 二十一年	(北) 嘉庆二年 (南) 元中五年	义堂周信圆寂，享年64岁，自幼喜翰墨，有《空华集》二十卷。《空华日工集》四卷传世。
1392	洪武 二十五年	明德三年	细川赖之殁。生前熟读《杜少陵集》。（《高野山过去帐》《明德记》）
1399	建文元年	应永六年	菅原秀长奉上《文选》表卷。（《菅儒侍读年谱》） 东坊城秀长赠足利义满《庄子口义》。释奠。（《迎阳记》）
1401	建文三年	应永八年	菅原秀长讲解《后汉书》。（《菅儒侍读年谱》）
1403	永乐元年	应永十年	僧人岐阳自明朝回日本，带来《诗经》、《四书集注》。（《皇年代略记》）
1404	永乐二年	应永十一年	菅原秀长讲解《后汉书》。（《菅儒侍读年谱》）
1405	永乐三年	应永十二年	入明僧绝海中津圆寂，享年70岁，有《蕉坚稿》，明人道衍作序。
1406	永乐四年	应永十三年	菅原秀长讲解《史记》。（《菅儒侍读年谱》）

续表

公历	中国	日本	中日文学交流大事记
1417	永乐十五年	应永二十四年	释奠，诗题“天地交泰”，出自《周易》（《康富记》） 清原良贤讲解《论语》、《尚书》、《大学》。（《康富记》）
1418	永乐十六年	应永二十五年	清原良贤讲解《论语》、《礼记》。（《康富记》）
1423	永乐二十一年	应永三十年	清原良贤讲解《庄子》。（《康富记》）
1433	宣德八年	永享五年	中原康富讲《孝经》、《论语》。（《看闻御记》）
1434	宣德九年	永享六年	清原业忠侍讲《孟子》。（《看闻御记》）
1438	正统三年	永享十年	中原康富为后花园天皇讲解《大学》、《中庸》。中原康富在伏见宫家开始讲释《孟子》。(《看闻御记》)
1439	正统四年	永享十一年	清原业忠侍讲《礼记》。（《建内记》）
1442	正统七年	嘉吉二年	足利义胜向清原业忠学习《孝经》。（《建内记》） 贞成亲王命中原康富为《论语》加点。(《康富记》)
1443	正统八年	嘉吉三年	文章博士东坊城益长侍读《史记·五帝本纪》。（《菅儒侍读年谱》） 中原康富组织讨论《论语》。中原康富为贞长亲王讲解《尚书》和《毛诗》。（《康富记》）

续表

公历	中国	日本	中日文学交流大事记
1444	正统九年	文安元年	中原康富讲解《大学》、《中庸》、《孟子》、《尚书》、《左传》等。中原康富为《孝经》加点完毕。(《康富记》) 世阿弥去世，著有能乐论《风姿花传》以及众多剧目，其中《泰山府君》、《昭君》等取材于中国故事。
1446	正统十一年	文安三年	业忠为足利义政讲解《论语》。(《康富记》)
1447	正统十二年	文安四年	中原康富讲释《孝经》、《孟子》。(《康富记》)
1448	正统十三年	文安五年	中原康富讲解《左传》、《孟子》、《孝经》等。清原业忠讲解《毛诗》。清原业忠讲解《庄子》。(《康富记》)
1449	正统十四年	宝德元年	清原业忠为后花园上皇讲解《毛诗》、《尚书》。中原康富讲解《论语》、《孝经》、《孟子》、《尚书》等。(《康富记》)
1450	景泰元年	宝德二年	清原业忠为足利义政讲解《论语》。中原康富讲解《孝经》、《论语》。(《康富记》)
1451	景泰二年	宝德三年	中原康富讲完《孟子》。(《康富记》) 瑞溪周凤讲解《杜诗》完毕。(《卧云日件录》)

续表

公历	中国	日本	中日文学交流大事记
1454	景泰五年	亨德三年	中原康富讲《孟子》、《论语》。（《康富记》）
1455	景泰六年	康正元年	中原康富讲《尚书》、《左传》、《礼记》、《史记》。（《康富记》）
1459	天顺三年	长禄三年	清原业忠开讲筵讲解《论语》、《尚书》、《左传》，清家学问由此振兴。（《碧山日录》）
1465	成化元年	宽正六年	足利义视命清原业忠讲解《大学》。（《蜷川亲元日记》） 东坊城益长为天皇讲解《史记·五帝本纪》。（《菅儒侍读年谱》）
1468	成化四年	应仁二年	平等院讲《尚书》。（《后法兴院政家记》）
1475	成化十一年	文明七年	三条西实隆为胜仁亲王讲解《论语》。（《实隆公记》） 清原宗贤侍读《孝经》。（《仁和寺本孝经》） 清原宗贤为胜仁亲王讲解《中庸》。（《实隆公记》）
1477	成化十三年	文明九年	三条西实隆为胜仁亲王讲解《孟子》、《论语》、《大学》。 三条西实隆抄写并献上《长恨歌》、《琵琶行》。（《实隆公记》）

续表

公历	中国	日本	中日文学交流大事记
1481	成化十七年	文明十三年	横川景三为足利义尚抄写并讲授《论语》。(《缕水集》) 一休宗纯圆寂，享年88岁，有《狂云集》、《续狂云诗集》传世。
1482	成化十八年	文明十四年	《剪灯新话》在1482年之前已传入日本。京都禅僧周麟所著《翰林葫芦集》卷三，收录有一首题为《读鉴湖夜泛记》的七言律师："银河刺上鉴湖舟，月落天孙御夜游。又恐虚名满人口，牛郎今有辟阳侯。"诗中的《鉴湖夜泛记》指的是《剪灯新话》卷四的《鉴湖夜泛记》。周麟创作此时的年代据估计为1482年，说明在此之前《剪灯新话》已经传入日本。
1484	成化二十年	文明十六年	三条西实隆抄写《东坡诗》绝句。(《实隆公记》)
1485	成化二十一年	文明十七年	三条西实隆在德大寺邸举行《东坡诗》讲释。(《实隆公记》) 将军足利义尚命将《东坡文集》、《方兴胜览》、《韵会》、《李白诗》、《玉篇》五书放入东求堂书院。(《阴凉轩日录》)
1487	成化二十三年	长享元年	三条西实隆复读《论语》、《大学》、《中庸》、《孟子》。(《实隆公记》)

续表

公历	中国	日本	中日文学交流大事记
1488	弘治元年	长享二年	三条西实隆为河野季纲讲解《东坡诗》。（《实隆公记》） 足利义尚在讨伐六角高赖时，命人从京城取来《史记》、《汉书》。（《阴凉轩日录》） 足利义尚在阵地命人讲解《左传》。（《阴凉轩日录》）
1489	弘治二年	延德元年	中原师富建议三条西实隆阅读《史记》、《汉书》。（《实隆公记》） 胜仁亲王赐三条西实隆正平板《论语》三册。（《实隆公记》） 三条西实隆为正平板《论语集解》加点。（《论语集解》题记》）
1490	弘治三年	延德二年	皇宫内讲释《蒙求》。二条西实隆开始抄写《蒙求》。（《实隆公记》） 僧人一勤讲解《论语》完毕。（《后法兴院政家记》）
1491	弘治四年	延德三年	三条西实隆训点《千字文》。僧人一勤在皇宫讲解《中庸》。（《实隆公记》） 僧人一勤在近卫官邸讲解《大学》。（《后法兴院政家记》） 僧人一勤在姊小路官邸讲解《孝经》。（《实隆公记》）

续表

公历	中国	日本	中日文学交流大事记
1493	弘治六年	明应二年	三条西实隆抄写《孝经》疏本。(《实隆公记》)
1494	弘治七年	明应三年	三条西实隆开始讲释《论语》，并与中原师富一起校对《论语》。(《实隆公记》)
1495	弘治八年	明应四年	僧人一勤在皇宫讲解《尚书》。(《御汤殿上日记》《实隆公记》) 实隆将《论语》加点本借与一勤。(《实隆公记》) 实隆抄写《孟子疏》赠与胜仁亲王。(《实隆公记》)
1497	弘治十年	明应六年	僧人一勤在皇宫讲解《大学》。(《实隆公记》)
1498	弘治十一年	明应七年	三条西实隆读《汉书》。(《实隆公记》) 僧人一勤在皇宫讲解《左传》。(《实隆公记》)
1499	弘治十二年	明应八年	景徐周麟为《东坡大全》加点，读《老子经》等。(《鹿苑日录》) 胜仁亲王赐三条西实隆《杜子美集》(批点唐本十一册)。(《实隆公记》) 实隆向东福寺欢西堂借阅《毛诗大全》三册。(《鹿苑日录》)
1502	弘治十五年	文龟二年	中原师富向实隆借阅《大学》、《中庸》。(《实隆公记》) 高辻章长讲解《毛诗》。(《后法兴院政家记》)

续表

公历	中国	日本	中日文学交流大事记
1503	弘治十六年	文龟三年	三条西实隆讲解《孟子》。（《实隆公记》）
1504	弘治十七年	永正元年	三条西实隆之子桂阳向东福寺借阅《杜子美集》、《四书辑释》。实隆购入《左传》、《资治通鉴》。实隆自东福寺购入《白氏文集》、《白氏六帖》、《文选》。（《实隆公记》）
1505	弘治十八年	永正二年	实隆从《白氏文集》中抄写五言句，从中选择和歌题目。实隆熟读《蒙求》并校点完毕。（《实隆公记》）
1506	正德元年	永正三年	三条西宅邸释奠，诗题出自《礼记》"耕干东郊"。就山永崇讲解《东坡诗》。（《实隆公记》）
1507	正德二年	永正四年	二条西宅邸释奠，诗题出自《尚书》"政贵有恒"。省佐在宫中开始讲解《文选》。实隆得到三册《世说新语》，并开始抄写《汉书》，后开始朱批《文选》。（《实隆公记》）
1508	正德三年	永正五年	三条西宅邸释奠，诗题出自《周易》"枯杨生华"。（《实隆公记》） 三条西实隆获赠《老子》、《唐才子传》、《黄粱梦记》等。

续表

公历	中国	日本	中日文学交流大事记
1509	正德四年	永正六年	三条西宅邸释奠，诗题“花迎文翰宾”。三条西实隆借阅《毛诗》大全本、《杜子美集》批点本。（《实隆公记》）
1510	正德五年	永正七年	三条西宅邸释奠，诗题“杏坛迎春”。实隆向大有和尚借阅《史记》十二本纪。实隆借阅《游仙窟》。（《实隆公记》）
1511	正德六年	永正八年	实隆借阅并抄写《庄子》。（《实隆公记》）
1512	正德七年	永正九年	三条西公条在神光院讲解《论语》。（《实隆公记》）
1513	正德八年	永正十一年	清原宣贤抄加点唐本《毛诗郑笺》。（《静嘉堂文库藏该书识语》）
1514	正德九年	永正九年	清原宣贤抄加点唐本《古文尚书》。（《京都大学图书馆藏该书识语》）
1516	正德十一年	永正十三年	清原宣贤侍讲《古文尚书》。（《梅仙禅师自笔古文尚书》）
1517	正德十二年	永正十四年	清原宣贤为知仁亲王讲解《孟子》。（《清原宣贤自笔自点孟子》）

续表

公历	中国	日本	中日文学交流大事记
1518	正德十三年	永正十五年	佚名著《闲吟集》成书，仿《诗经》收入歌谣311首，有汉文序。
1519	正德十四年	永正十六年	清原宣贤为知仁亲王讲解《左传》。（《春秋经传集解清原宣贤纪录》） 清原宣贤侍讲《论语》。（《二水记》）
1521	正德十六年	大永元年	清原宣贤侍讲《左传》。（《二水记》）
1523	嘉靖二年	大永三年	三条西公条阅读《礼记》。（《实隆公记》） 薛俊撰《日本考略》。嘉靖年间尚有郑若曾《日本图纂》、郑若曾《筹海图编》。
1524	嘉靖三年	大永四年	清原宣贤为足利义晴讲解《论语》。（《实隆公记》）
1527	嘉靖六年	大永七年	三条西公条开始讲解《蒙求》，借阅《杜诗》千家点本。（《实隆公记》）
1528	嘉靖七年	享禄元年	三条西公条侍讲《汉书》。（《御汤殿上日记》）
1529	嘉靖八年	享禄二年	三条西实隆借阅岩栖院本《杜诗》。（《实隆公记》）
1530	嘉靖九年	享禄三年	三条西公条侍讲《蒙求》。（《二水记》）

续表

公历	中国	日本	中日文学交流大事记
1532 -1555	嘉靖 十一年 — 嘉靖 三十四年	天文元年 — 弘治元年	此间，《奇异杂谈集》问世，其中三篇文章编译自《剪灯新话》。
1541	嘉靖 二十年	天文十年	清原宣贤侍讲《论语》。（《惟房公记》）
1545	嘉靖 二十四年	天文十四年	清原宣贤侍讲《中庸》。（《御汤殿上日记》）
1546	嘉靖 二十五年	天文十五年	清原宣贤讲解《中庸》、《孟子》。（《镰仓室町时代之儒教》）
1559	嘉靖 三十八年	永禄二年	三条西公条在宫中讲解《帝范》。（《往年记》）
1560	嘉靖 三十九年	永禄三年	侍读高辻长雅讲解《史记·五帝本纪》。（《菅儒侍读年谱》） 北条氏康父子向足立学校捐赠金泽文库本宋版《文选》。（《该书识语》）
1582	万历十年	天正十年	水成濑兼成讲解《长恨歌》。（《晴丰公记》） 万历年间，李言恭、郝杰撰《日本考》、郑舜功撰《日本一鉴》、侯继高《日本风土记》。据考，《日本考》、《日本风土记》为一书。《日本考》卷三为字书、以路法四十八字样、歌谣。

续表

公历	中国	日本	中日文学交流大事记
1583	万历十一年	天正十一年	舟桥枝贤在宫中讲解《大学》。舟桥枝贤在近卫宅邸讲解《孟子》。康雅为近卫信基讲解《毛诗》。（《兼见卿记》）
1584	万历十二年	天正十二年	舟桥枝贤阅览《周易》。（《兼见卿记》）
1586	万历十四年	天正十四年	舟桥枝贤在宅邸讲解《孝经》。（《兼见卿记》）
1599	万历二十七年	庆长四年	德川家康听《毛诗》讲义。（《言继卿记》）
1600	万历二十八年	庆长五年	藤原惺窝为德川家康讲解《十七史详说》、《汉书》。（《行状》）
1602	万历三十年	庆长七年	舟桥秀贤讲解《大学》。（《庆长日件录》）
1603	万历三十一年	庆长八年	舟桥秀贤借阅《文选》表注。（《庆长日件录》） 后阳成天皇选定《白氏文集》中的《上阳人》、《陵园妾》、《李夫人》，《王昭君》诗四、五首，《长恨歌》，编为《五妃曲》，命人以“一字版”（活字排印版）刊刻百部，此《五妃曲》在日本版刻史上属于“庆长敕版”。（《庆长日件录》）

续表

公历	中国	日本	中日文学交流大事记
1604	万历三十二年	庆长九年	政仁亲王初读《孝经》。(《庆长日件录》) 汉学家林罗山的《林罗山先生集》的附录年谱中，有庆长九年阅读《剪灯新话》、《剪灯余话》、《三国志演义》的记录。 内阁文库现收藏的《三国志演义》版本包括：万历十九年刊本（旧枫山文库）、万历三十三年刊本（旧枫山文库）、万历三十八年刊本（旧林家），还保存有明刊李卓吾批评本（旧天海藏）、明刊本（骏河御让本）等。
1605	万历三十三年	庆长十年	舟桥秀贤为丰臣秀赖讲解《吴子》、《大学》。(《庆长日件录》)
1606	万历三十四年	庆长十一年	舟桥秀贤侍讲《论语》、《孝经》。(《庆长日件录》)
1607	万历三十五年	庆长十二年	舟桥秀贤侍讲《孝经》、《大学》、《汉书》、《论语》、《孟子》等。(《庆长日件录》) 铜板活字版《六臣注文选》问世，1625 年重刊。
1609	万历三十七年	庆长十四年	舟桥秀贤撰写《论语》序说一卷。(《论语年谱》)
1611	万历三十九年	庆长十六年	舟桥秀贤为天皇讲解《尚书》。(《骏府记》)
1612	万历四十年	庆长十七年	舟桥秀贤侍讲《大学》。(《言绪卿记》)

续表

公历	中国	日本	中日文学交流大事记
1614	万历四十二年	庆长十九年	德川家康召林罗山讲解《论语·为政篇》。(《德川实记》) 德川家康赠秀忠《周礼》、《战国策》、《楚辞》、《淮南子》、《晋书》、《李白集》、《二程全书》、《朱子大全》、《朱子语录》、《理学编》等古书三十部。(《德川实记》) 稜严寺文英赠鹿苑日路笔者新刊《三国志》八册。(《鹿苑日录》) 年内刊行和刻本《毛诗》、《大学章句》、《孟了》、《史记》、《论语集解》、《长恨歌》、《琵琶行》。
1618	万历四十六年	元和四年	白居易诗文的日本刊刻本问世，即“元和活字本”，共计七十五卷，由江户初期著名汉学家藤原惺窝的四大弟子之一那波道圆刊刻完成。
1624	天启四年	宽永元年	林罗山为德川家光讲解《论语》、《贞观政要》。(《德川实记》)
1627	天启七年	宽永四年	《长恨歌传》和刻本刊行。
1628	崇祯元年	宽永五年	《孝经大义》、《汉书》和刻本刊行。

续表

公历	中国	日本	中日文学交流大事记
1632	崇祯五年	宽永九年	林罗山命人绘制伏羲、神农、皇帝、帝尧、帝舜、大禹、成汤、文王、武王、周公、孔子、颜子、曾子、子思子、孟子、周子、张子、程伯子、程叔子、邵子、朱子等21幅画像。（《罗山年谱》）
1633	崇祯五年	宽永十年	林罗山初次在忍冈圣庙释奠。（《德川实记》） 《寒山诗》和刻本刊行。
1635	崇祯八年	宽永十二年	释奠，林罗山讲《论语》首章。（《昌平志》）
1636	崇祯九年	宽永十三年	京都的八尾助左卫门刊刻《史记评林》（明代凌稚隆编、李光缙补），之后不断修订重刻。
1639	崇祯十二年	宽永十六年	红叶山文库的《御文库目录》中，记载有《水浒全传》。此目录现藏内阁文库。
1643	崇祯十六年	宽永二十年	式部大辅长维等为天皇讲解《史记·五帝本纪》、《汉书·明帝纪》、《汉书·高帝纪》、《文选》等。（《续史愚抄》） 明代邵傅的注释书《杜律集解》的和刻本刊行。
1644	清 顺治元年	正保元年	中江藤树读《阳明全书》。（《藤树年谱》）
1647	顺治四年	正保四年	《东坡先生诗集》刊行。

续表

公历	中国	日本	中日文学交流大事记
1648	顺治五年	庆安元年	《剪灯新话句解》刊行。后浅井了意据此或朝鲜李朝金时习《金鳌新话》翻案改写《伽婢子》，成为日本近世怪异小说之源。
1651	顺治八年	庆安四年	《楚辞集注》、《杜工部七言律诗分类集注》、《杜句五言赵注句解》刊行。 训读本《注解楚辞全集》刊行。 《杜工部集》大约在镰仓时代末期传入日本，虎关师链的《济北集》曾提到其诗句。 明代薛益的《杜工部七言详诗分类集注》和刻本刊行。 元代赵汸撰《杜律五言赵注律解》和刻本刊行。
1652	顺治九年	承应元年	承应元年和刻本《六臣注文选》、《游仙窟》刊行。
1653	顺治十年	承应二年	《孝经本义》、《性理大全学的》、《古列女传》、《新续列女传》、《老子翼·庄子翼》、《大唐西域记》、《陆放翁诗集》刊行。
1656	顺治十三年	明历二年	德川家康召林罗山讲解《大学》。（《德川实记》） 山鹿素行完成《四书句读大全》。（《先哲年表》） 和刻本《东坡先生诗集》、《杜少陵先生诗分类集注》刊行。
1657	顺治十四年	明历三年	和刻本《二程先生类语》刊行。

续表

公历	中国	日本	中日文学交流大事记
1658	顺治十四年	万治元年	和刻本《白氏长庆集》刊行。
1659	顺治十六年	万治二年	朱舜水至长崎，遂流寓不归，时年六十，计留日本凡二十三年。1715 年于京都刊行《舜水集》，另有《明征君集》八卷。1912 年东京文会堂所刊《朱舜水全集》，为其著作最完备者。
1660	顺治十七年	万治三年	《四书大全》、《唐韩昌黎集》和刻本刊行。
1661	顺治十八年	宽文元年	和刻本《五杂俎》刊行。
1663	康熙二年	宽文三年	和刻本《易经集注》、《礼记集注》刊行。 元政、陈元赟合著《元元唱和集》刊行。
1664	康熙三年	宽文四年	和刻本《四书集注》、《唐柳河东集》刊行。 元政《扶桑隐逸传》刊行。 镰仓时代史籍《吾妻镜》入藏明代进士高承埏的稽古堂。
1666	康熙五年	宽文六年	和刻本《朱子年谱》刊行。 浅井了意的假名草子《御伽婢子》问世，全书六十七篇故事中十七篇取材于《剪灯新话》，二篇取材于《剪灯余话》。 井原西鹤《本朝二十不孝》刊行。

续表

公历	中国	日本	中日文学交流大事记
1667	康熙六年	宽文七年	和刻本《公羊传》刊行。 日本画家雪舟赴明两年，诗人詹僖曾为其富士山图题诗："巨嶂棱层镇海涯，扶桑堪作上天梯。严寒大月常留昼，势似青莲直逼氐。名刹云连清建古，虚堂尘远老禅西。乘风吾欲东游去，特到松原窃羽衣。"
1668	康熙七年	宽文八年	宽文八年和刻本《谷梁传》、《朱子语类》、《帝范》、《性理群书句解》刊行。 元代虞集著《杜工部集》和刻本刊行。
1669	康熙八年	宽文九年	德川家纲命人向宫中讲献《四书五经大全》、《二十一史》、《二程全书》、《朱子语类》、《太平御览》等。（《德川实记》）
1670	康熙九年	宽文十年	和刻本《三国志》刊行。
1671	康熙十年	宽文十一年	德川幕府于孔庙释奠。（《昌平志》） 和刻本《周易》刊行。

续表

公历	中国	日本	中日文学交流大事记
1673	康熙十二年	延保元年	1673年至1681年间，《二刻英雄谱》（《水浒传》和《三国志演义》的合订本）传入日本。今铃木虎雄文库收藏的《二刻英雄谱》是最早传入日本的本子，据铃木虎雄考订，此本为清初刊本，青木正儿则认为，此本属于明刊本，因其版式与《燕居笔记》万历刊本相同。
1675	康熙十四年	延保三年	德川幕府释奠。（《昌平志》）
1677	康熙十六年	延保五年	中原师直点校藤原敦周家本六臣注《文选》。（《书陵部藏应永29年点本识语》）
1679	康熙十八年	延保七年	长崎人山行八右卫门从一个中国商人手中得到110回本《水浒传》，是日本现存古本之一，后由铃木虎雄珍藏。
1680	康熙十九年	延保八年	林凤冈为德川纲吉讲解《大学》。(《德川实记》)
1681	康熙二十年	天和元年	德川幕府释奠。（《昌平志》）
1685	康熙二十四年	贞享二年	林凤冈为德川纲吉讲解《诗经》。(《德川实记》)
1688	康熙二十七年	元禄元年	幕府释奠。（《昌平志》） 天皇召大藏卿讲解《大学》。（《续史愚抄》）

续表

公历	中国	日本	中日文学交流大事记
1689	康熙 二十八年	元禄二年	湖南文山翻译《通俗三国志》，共五十卷（根据罗贯中的《三国演义》,又参考了陈寿的《三国志》)，是这部小说最早的通俗翻译作品，引起日本读者的强烈兴趣。
1690	康熙 二十九年	元禄三年	德川纲吉讲解《大学》，诸老臣倾听，以后每月一次成惯例。（《德川实记》） 林凤冈讲解《论语》。（《德川实记》）
1692	康熙 三十一年	元禄五年	浅井了意怪异小说《狗张子》刊行。
1693	康熙 三十二年	元禄六年	德川纲吉先后讲解《中庸》、《周易》、《论语》等。（《德川实记》） 清代顾宸《杜诗注解》和刻本刊行。
1694	康熙 三十三年	元禄七年	德川纲吉先后讲解《论语》、《孟子》、《中庸》等。（《德川实记》） 松尾芭蕉去世，享年 78 岁。芭蕉有“俳圣”之称，对俳谐发展贡献巨大，多从庄子、李白、杜甫、杜牧、苏轼等作品中吸取养料。
1697	康熙 三十六年	元禄十年	《四书集解》刊行。

续表

公历	中国	日本	中日文学交流大事记
1699	康熙三十八年	元禄十二年	德川纲吉讲解《大学》、《中庸》，命臣下讲解《孟子》、《孔子家语》等。（《德川实记》） 和刻本《搜神记》、《抱朴子》、《文选白文》刊行。
1700	康熙三十九年	元禄十三年	德川纲吉讲解《论语》述而篇。（《德川实记》）
1701	康熙四十年	元禄十四年	德川纲吉讲解《中庸》。（《德川实记》）
1703	康熙四十二年	元禄十六年	荻生徂徕等人讲解《诗经》，或以唐音讲解《大学》。 清地以立据《春秋列国志》译编的《列国志前编》刊行。江户时代至昭和年间刊行的中国历史演义译编之作还有《列国志后编》、《汉楚军谈》、《西汉纪事》、《东汉纪事》、《三国志》（上下）、《续三国志》、《续后三国志》、《南北朝军谈》（前编、后编）、《唐太宗军鉴》、《唐玄宗军谈》、《五代军谈》、《宋史军谈》、《两国志》、《宋元军谈》、《元明军谈》、《明清军谈》、《近世治乱志》等。今皆收入 1929 年早稻田大学出版部编《物语支那史大系》。
1704	康熙四十三年	宝永元年	和刻本《庄子》刊行。

续表

公历	中国	日本	中日文学交流大事记
1705	康熙 四十四年	宝永二年	德川纲吉讲解《论语》宪问篇、泰伯篇、阳货篇。（《德川实记》） 荻生徂徕赠送中野谦《西厢》、《明月》、《水浒传》，作为学习汉语的教材。
1706	康熙 四十五年	宝永三年	德川纲吉讲解《孟子》。（《德川实记》）
1707	康熙 四十六年	宝永四年	《三国志》一部两套传入日本。（大庭修《江户时代唐船携来书研究》）
1709	康熙 四十八年	宝永六年	书商青木鹭水在怪谈小说集《新玉栉笥》序言中写道："水浒西游之怪诞，著闻十训之艳丽。"
1710	康熙 四十九年	宝永七年	林凤冈侍讲《论语》；确轩侍讲《孟子》。（《右文故事》）
1711	康熙 五十年	正德元年	船桥半右卫门侍讲《诗经》；林榴冈侍讲《中庸》。 确轩侍讲《孟子》。（《右文故事》） 荻生徂徕与同仁共设译社，研究汉语，《译社约》谓"凡会之译，其要在以夏变夷也，不许以俗乱雅也。"徂徕又作《训译示蒙》与《译文筌蹄》，主张直接学习汉语，匡正训读带来的对汉文典籍的误读。

续表

公历	中国	日本	中日文学交流大事记
1712	康熙五十一年	正德二年	林凤冈侍讲《论语》。(《右文故事》) 伊藤仁斋的《论语古义》刊行。 李下散人据《开辟演义》译编的《十二朝军谈》刊行。
1713	康熙五十二年	正德三年	文章博士为天皇讲授《史记·五帝本纪》、《后汉书·明帝纪》。(《续史愚抄》) 《金瓶梅》、《女仙外史》、《水浒传》经商船载入日本。(《商舶载来书目》)
1714	康熙五十三年	正德三年	度会末茂的《杜律评丛》刊行。
1715	康熙五十四年	正德四年	幕府释奠。(《昌平志》) 德川吉宗命人撰写《论语抄》、《孟子抄》。(《德川实记》) 《明诗选》、《朱舜水先生文集》、《千字文注》刊行。
1717	康熙五十六年	享保二年	和刻本《韩非子》刊行。 须字号船载《水浒传》一部两套到日本。(《商舶载来书目》)

续表

公历	中国	日本	中日文学交流大事记
1719	康熙五十八年	享保四年	1719年到1760年的四十年间，仅长崎一地就从中国进口了七种版本的白居易诗集，如《白乐天集》五种十套、《白乐天诗集》一种两套、《白香山诗集》一部七本等。（《长崎官府贸易外来船只登记文书》）
1721	康熙六十年	享保六年	第五才子书《水浒传》一部两套载入日本。（《商船载来书目》）
1722	康熙六十一年	享保七年	室鸠巢侍讲《尚书》。（《右文故事》）
1724	雍正二年	享保九年	根据《三国志演义》的情节，义太夫净琉璃《诸葛孔明鼎军谈》编成并上演。 至迟在1724年，《西游真诠》一部两套，由明贸易船携入日本。（大庭修《江户时代唐船携来书研究》）
1725	雍正三年	享保十年	《三国志》五部各两套二十本传入日本。（大庭修《江户时代唐船携来书研究》） 《西游记》一部两套传入日本。（宫内厅书陵部藏《舶载书目》）

续表

公历	中国	日本	中日文学交流大事记
1726	雍正四年	享保十一年	德川吉宗命室鸠巢讲解《大学》三纲领。（《右文故事》） 《西游真诠》四部各两套二十册传入日本。（宫内厅书陵部藏《舶载书目》）
1727	雍正五年	享保十二年	日本国立国会图书馆藏《商舶载来书目》中，有“享保十二丁未年……《三国志演义》一部两套”的记录。 浙西人沈燮庵先后赴日，《长崎名胜图绘》收入其诗作 25 首。荻生北溪校本《唐律疏议》，转请尚书励廷仪作序，燮庵参与校订。
1728	雍正六年	享保十三年	京都人林九兵卫翻刻了李贽评点的百回本《忠义水浒传》。冈岛冠山为该书加上日本假名标注读法。 日本国立国会图书馆藏《商舶载来书目》中，有“享保十三戊申年……《第一才子书三国志》一部二十四本”的记录。 儒学者荻生徂徕（1666—1728）殁。他重视明代古文辞派，高度评价《唐诗选》，从而使其大为流行，弟子服部南郭注释的《唐诗选国字解》颇负盛名。

续表

公历	中国	日本	中日文学交流大事记
1731	雍正九年	享保十六年	和刻本《文心雕龙》刊行。 《西游证道奇书》一部二十六本由明传带入日本。（宫内厅书陵部藏《舶载书目》）
1732	雍正十年	享保十七年	将军举办曲水之宴，命群臣献诗歌。（《右文故事》） 和刻本《孝经》、《老子道德经》刊行。 德川幕府将山井鼎撰写的《七经孟子考文》送往中国。
1733	雍正十一年	享保十八年	伊藤东涯讲解《论语》。（《长忠》） 幕府释奠。（《昌平志》） 和刻本《王昌龄诗集》刊行。
1736	乾隆元年	元文元年	中御门上皇命清原宣通讲解《大学》、《论语》、《孟子》、《中庸》。（《续史愚抄》）
1739	乾隆四年	元文四年	和刻本《孟浩然诗集》、《诗品》刊行。

续表

公历	中国	日本	中日文学交流大事记
1741	乾隆六年	宽保元年	和刻本《战国策》刊行。 “第五才子书《水浒传》一部二套二十本，序雍正甲寅上伏日勾曲外史书”；“《忠义水浒全书》一部二套二十，小引，楚人凤里杨定见”；“《水浒传》一部二套二十本”；“《水浒传》二部四套”；“五才子《水浒传》一部二套二十四本”。（《舶载书目》）
1743	乾隆八年	宽保三年	冈白驹选编刊行《小说精言》四卷。其中，卷一《十五贯戏言成巧祸》源自《醒世恒言》卷三十三，卷二《乔太守乱点鸳鸯谱》源自《醒世恒言》卷八，卷三《张淑儿戏智脱杨生》源自《醒世恒言》卷二十一，卷四《陈多寿生死夫妻》源自《醒世恒言》卷九。
1745	乾隆十年	延享二年	和刻本《荀子》刊行。
1749	乾隆十四年	宽延二年	和刻本《楚辞补注》刊行。 大阪儒医都贺庭钟创作了《古今奇谈英草纸》，由九个短篇组成的小说集，其中的八篇都与中国明清小说关系密切。

续表

公历	中国	日本	中日文学交流大事记
1751	乾隆十六年	宝历元年	衹园南海（1676—1751）殁。生前非常推崇李白的诗文，曾感叹道：“君不见青莲骑鲸天随仙，六如之外先生耳。”（《赠乌石处士》）论诗力主雅俗之辩：“因论观古诗犹医处方：诗格卑者，须观岑李诗；语俗者，须读李白、孟浩然；病于寒瘦者，须观王维、昌龄；病于饾饤者，须观高适、张谓。”（《湘云瓒语》卷上） 宝历年间（1751—1763），有一部六本《绣像真诠西游记》，二十本《西游真诠》，二十本《西游记》和十本天花才子评点的《后西游记》传入日本。（宫内厅书陵部藏《舶载书目》） 日本现存《西游记》最古老的版本，是明万历壬辰二十年（1592）金陵世德堂刊本，分别收藏于日光慈眼堂、天理大学图书馆。
1753	乾隆十八年	宝历三年	冈白驹选编刊行《小说奇言》五卷。其中，卷一《唐解元玩世出奇》源自《警世通言》卷二十六，卷二《刘小官雌雄兄弟》源自《醒世恒言》卷十，卷三《滕大尹鬼断家私》源自《喻世明言》卷十，卷四《钱秀才错占凤凰俦》源自《醒世恒言》卷七，卷五《梅岭恨迹》源自《西湖佳话》卷十四。

续表

公历	中国	日本	中日文学交流大事记
1755	乾隆 二十年	宝历五年	一斋选编刊行《小说粹言》五回。其中，第一回《王安石三难苏学士》源自《警世通言》卷三，第二回《转运汉巧遇洞庭红》源自《拍案惊奇》卷一，第三回《吕大郎还金完骨肉》源自《警世通言》卷五，第四回《包龙图智赚合同文》源自《拍案惊奇》卷三十二，第五回《怀私怨狠仆告主翁》源自《拍案惊奇》卷十一。
1757	乾隆 二十二年	宝历七年	和刻本《墨子》刊行。 冈岛玉成等译《通俗忠义水浒传》上编 1 至 9 刊行，以后各编陆续由平安书肆刊行。
1758	乾隆 二十三年	宝历八年	木口山人（真名西田维则）翻译刊行《通俗西游记》初编。之后三易译者，总共刊行至五编三十一卷。《通俗西游记》属于意译，使《西游记》的影响扩展到民间。由初编至最后五编陆续刊行，共计历时 73 年。
1759	乾隆 二十四年	宝历九年	天华藏主人述、碧玉江散人译《通俗醉菩提全传》由平安（京都）青云馆刊行。
1760	乾隆 二十五年	宝历十年	明齐东野人编、近江赘世子译《通俗隋炀帝外史》由平安书林刊行，有烟水散人序。

续表

公历	中国	日本	中日文学交流大事记
1761	乾隆二十六年	宝历十一年	明冯梦龙编、近江赘世子译《通俗赤绳奇缘》由平安书林刊行，由无怀散人序。
1763	乾隆二十八年	宝历十三年	祇园南海《诗学逢源》刊行。主张“影写之法”。 清青心才人编述、西田维则译《通俗金翘传》由摄江刊行。
1765	乾隆三十年	明和二年	入江忠圃（南溟）（1678—1765）殁。译著《唐诗句解》（七册）本自李攀龙《唐诗选》。 清田儋叟训译的李渔《照世杯》由皇都书肆刊出。
1766	乾隆三十一年	明和三年	清原宣条为皇储讲授《古文孝经》。（《续史愚抄》） 都贺庭钟刊行读本小说集《繁野话》，由九个短篇组成。其中，第三篇《纪之关守灵弓一旦化白鸟》，源于唐传奇《任氏传》；第五篇《白菊方猿挂岸射白骨》，源于《喻世明言》之《陈从善梅岭失浑家》；第八篇《江口妓女恨薄情沉珠玉》，源于《警世通言》、《今古奇观》之《杜十娘怒沉百宝箱》。

续表

公历	中国	日本	中日文学交流大事记
1768	乾隆 三十三年	明和五年	江村北海《日本诗史》、清田儋叟《艺苑谈》刊行。 清田儋叟《孔雀楼笔记》刊行。 明无名氏撰、纪泷渊译《通俗孝肃传》，秋于京都刊行，有朴庵高硕序。
1773	乾隆 三十八年	安永二年	建部绫足雅文小说《本朝水浒传》前编在京都刊行，将《水浒传》故事改写为发生在日本奈良时代的故事，开仿《水浒传》小说之先河。 清田儋叟《中世二传奇》由京都书林刊行，作者序称："《琵琶》、《芦担》二传，不知何人所作，其书似译《柳毅》、《王清》二传者，而立趣寓意大不同。可以说儿女，而亦可以铭座右，而又绝无鬼怪之习。"
1775	乾隆 四十年	安永四年	恋川春町画作的黄表纸《金金先生荣花梦》于江户刊行，是继谣曲《邯郸》之后，又一部借用卢生邯郸黄粱梦故事的作品，描写町人的财富梦想。
1776	乾隆 四十一年	安永五年	上田秋成（1734—1809）的怪异读本小说集《雨月物语》问世，素材多取自《古今小说》、《警世通言》、《醒世恒言》、《剪灯新话》。

续表

公历	中国	日本	中日文学交流大事记
1777	乾隆四十二年	安永六年	仇鼎山人创作《日本水浒传》十卷。
1783	乾隆四十八年	天明三年	伊丹椿园创作《女水浒传》四卷。 山本北山《作诗志彀》刊行，反对荻生徂徕等人模拟唐诗，提倡宋诗。 有“用汉诗作俳句”之称的与谢芜村去世，享年67岁。多从庄子、《蒙求》、唐诗等吸取语汇和素材。
1784	乾隆四十九年	天明四年	大阪书林为方便读者阅读明清小说，编辑中国俗语辞书《小说字汇》。其中收录了流传于世的以白话小说为主的通俗文学约159种。主要小说包括《水浒传》、《金瓶梅》、《西游记》、《后西游记》、《三国志演义》等。
1786	乾隆五十一年	天明六年	洒落本《通人三国志》刊行。
1788	乾隆五十四年	天明八年	插图读本《画本三国志》刊行。
1789	乾隆五十四年	宽政元年	清吕雄著、沧浪居主人译《通俗大明女仙传》由京都刊行，有1780年沧浪居主人序。
1790	乾隆五十五年	宽政二年	明可一居士（冯梦龙）编、东都逆旅主人（石川雅望）译《通俗醒世恒言》于江户刊行，有1789年石川雅望跋。

续表

公历	中国	日本	中日文学交流大事记
1793	乾隆五十八年	宽政五年	《红楼梦》（九部十八套）从浙江乍浦到达日本长崎。 振鹭亭创作《伊吕波水浒传》。
1797	嘉庆二年	宽政九年	本城维芳翻译完成《通俗平妖传》，友人皆川淇园为该书作序，序言中描述了明清小说在日本的流行情况，其中涉及百回本《水浒传》、《西游记》、《金瓶梅》、《女仙外史》等书。
1799	嘉庆四年	宽政十一年	山东京传创作《忠臣水浒传》前编刊行，后编刊行于享和年间。 本居宣长《源氏物语玉小栉》刊行，提出“物之哀”说。
1802	嘉庆七年	享和二年	罗贯中编、张无咎校、本城维芳译《通俗平妖传》由汲古堂刊。有皆川愿1797年《书通俗平妖传首》。
1803	嘉庆八年	享和三年	“亥七号船”载《绣像红楼梦》（袖珍）二部各四套到日本。
1804	嘉庆九年	文化元年	田岛咏舟译《西厢记》再版，线装本二册。

续表

公历	中国	日本	中日文学交流大事记
1805	嘉庆十年	文化二年	《三国志》袖珍三部各二十四本传入日本。（大庭修《江户时代唐船携来书研究》） 清墨浪子著、十时赐译《通俗西湖佳话》于大阪刊行。有汉文序。
1806	嘉庆十一年	文化三年	加入插图并融入假名文字的《绘本西游全传》四编四十卷刊行。
1809	嘉庆十四年	文化六年	荻生徂徕《论语征》传入中国，多被学者参考。
1814	嘉庆十九年	文化十一年	清人翁广平撰成《吾妻镜补》三十卷，一名《日本国志》，是中国最早的日本研究集大成之作。其中所引日本书目包括：《辨名》、《古语拾遗》、《论语古义》、《续日本纪》、《宏仁式》、《论语征》、《日本风土记》等。 1814年到1879年间，岳亭定冈、知足馆松旭、友鸣吉兵卫三人先后创作完成《俊杰稻神水浒传》一百四十卷。 明抱甕主人著。淡斋主人译《通俗今古奇观》由尾陌书房刊行。有棣园主人汉文序。 曲亭马琴《南总里见八犬传》开始刊出。
1816	嘉庆二十一年	文化十三年	芝屋芝叟刊行的《卖油郎》五卷，改编自《醒世恒言》卷三《卖油郎独占花魁》。

续表

公历	中国	日本	中日文学交流大事记
1817	嘉庆二十二年	文化四年	和刻本《臣轨》刊行。
1823	道光三年	文政六年	市河宽斋（1749—1820）编纂的《全唐诗逸》，被收入鲍廷博之子鲍志祖编《知不足斋丛书》第三十集，正式与中国读者见面，翁广平为之作跋。《全唐诗逸》是康熙年间《全唐诗》问世后的第一部补遗之作，早在天明七年（1787）便已编集完成，在经历种种周折后，于文化元年（1804）在京都刊行。市河宽斋之子三亥拜托唐通事颖川仁十郎设法将该书带入中国，颖川将此书托付给中国客商张秋琴，张秋琴回国后如约将其交给中国诗人学士。《全唐诗逸》最终为鲍廷博所有，中间曾经过翁广平之手，翁广平在《吾妻镜补》中征引或言及《全唐诗逸》多达 11 处，在所引 41 种典籍中位居第五。《知不足斋丛书》版本的《全唐诗逸》又东传回日本后，三亥据此于文政十一年（1828）在江户予以重新翻刻后刊行。（蔡毅《日本汉诗论稿》）
1824	道光四年	文政七年	1824 年至 1831 年刊行的曲亭马琴的合卷《金毘罗船利生缆》，是日本最著名的《西游记》模仿作品。

续表

公历	中国	日本	中日文学交流大事记
1825	道光五年	文政八年	《十七史蒙求》、《唐人选唐诗》刊行。 1825年至1840年，曲亭马琴创作《倾城水浒传》二十五卷。 1825年刊行的十返舍一九的《英草纸通俗卖油郎》，改编自《醒世恒言》卷三《卖油郎独占花魁》。
1826	道光六年	文政九年	和刻本《说文解字》、《续齐谐志》刊行。
1827	道光七年	文政十年	赖山阳《日本外史》成书。 小林一茶去世。享年64岁。多从《诗经》等中国诗文中吸取灵感。
1830	道光十年	天保元年	天保元年至六年，合卷《三国志画传》刊行。 岳亭丘山创作《水浒太平记》。 斋藤拙堂《拙堂文话》正编八卷刊行。
1832	道光十二年	天保三年	清人钱泳为赖山阳《日本乐府》题诗："文教敷东国，洋洋播大风，传来新乐府，实比李尤工（自注：谓李宾之、尤西堂也）。稽古联珠璧，斟今考异同。天朝未曾有，换拟质群公。诗才真妇幼，史笔表吾妻。日月无私照，风云渐向西。雄文标玉管，彩笔敌金闺。闻说扶桑近，高攀未可跻。"（《日本乐府》1878年改版增补版）

续表

公历	中国	日本	中日文学交流大事记
1834	道光十四年	天保五年	田能村竹田的画论《山中人饶舌》刊行。
1835	道光十五年	天保六年	津阪东阳的《杜律详解》刊行。
1836	道光十六年	天保七年	平假名书写且附有插图的《绘本通俗三国志》问世，进一步扩大了该小说在日本的影响。 寺门静轩仿余怀《板桥杂记》著《江户繁昌记》刊行。 斋藤拙堂《续文话》刊行。
1837	道光十七年	天保八年	瓢瓢舍千成创作《天魔水浒传》。
1840	道光二十年	天保十一年	《陶渊明文集》刊行。
1842	道光二十二年	天保十三年	曲亭马琴（1767—1848）的长篇历史读本《南总里见八犬传》（1814—1842）最终完成。《南总里见八犬传》广泛汲取了《水浒传》、《三国志演义》等明清小说的情节。此外，马琴的《椿说弓张月》受到《水浒后传》的影响；《三七全传南柯梦》受到《搜神记》、《南柯记》、《琵琶记》的影响；《新编金瓶梅》是《金瓶梅》翻译和改写；《朝夷巡岛记》受到《快心编》的启示。 寺门静轩因《江户繁昌记》而被逐出江户。该书仿余怀《板桥杂记》文体，描写江户世情民风。

续表

公历	中国	日本	中日文学交流大事记
1846	道光 二十六年	弘化三年	《周易述义》、《中庸大全》刊行。
1847	道光 二十七年	弘化四年	天皇赐书学习院，包括《四书正文》、《四书朱注》、《论孟古义》等。（《十二朝纪闻》） 大泽雅五郎在学习院讲解《论语》。（《言成》）
1849	道光 二十九年	嘉永二年	学习院讲解《论语》卫灵公篇。（《实丽》） 《资治通鉴》和刻本刊行。
1850	道光 三十年	嘉永三年	泽雅五郎在学习院讲解《论语·学而》篇。（《菅家万叶》）
1854	咸丰四年	安政元年	清原宣谕奉敕命抄写进献《大学章句》、《中庸章句》。（《书陵部藏该书识语》）
1869	同治八年	明治二年	御读书，大学头东坊城任长等侍读《论语》。（《宫内厅记录》）

续表

公历	中国	日本	中日文学交流大事记
1870	同治九年	明治三年	御读书，中沼了三侍读《汉书》。（《宫内厅记录》）
1873	同治十二年	明治六年	御读书，元田永孚侍读《大学》。（《宫内厅记录》） 曾根俊虎撰《清国漫游志》出版。
1784	同治十三年	明治七年	成岛柳北仿余怀《板桥杂记》、寺门静轩《江户繁昌记》所著《柳桥杂记》一编刊行。 俞樾《春在堂全集》刊行，内收有《东瀛诗纪》等。
1876	光绪二年	明治九年	御读书，元田永孚侍读《论语·为政》一章。（《宫内厅记录》） 11月24日《东京每日新闻》发表东海散士（柴四朗）所作长诗《东海美人叹》，以美人蜻和隐喻日本，为政治小说《佳人之奇遇》之先声，作品构思受屈原《离骚》、陶渊明《桃花源记》、司各特《湖上美人》等影响。 叶炜，先后两次赴日，寓居大阪、京都，著有《扶桑骊唱集》。

续表

公历	中国	日本	中日文学交流大事记
1877	光绪三年	明治十年	御读书，元田永孚侍读《大学·新民》传。(《宫内厅记录》) 11月何如璋任钦差全权公使大臣赴日，著有《使东述略》、《使东杂咏》等。张斯桂任副使大臣，著有《使东诗录》、《游艺斋杂著》。黄遵宪任参赞，著有《日本杂事诗》、《日本国志》、《人境庐诗草》。沈文荧任随员，译有《日本神字考》，著有《春萍馆诗草》等。 画家、书法家王藩清赴日，在日出版《三崎新道碑》、《翰墨遗余香》等。 王治本，号桼园，为寓日时间最久的晚清文人，协助善邻译书馆校订出版《战法学》、《日本警察新法》等书，著有《新泻新繁昌记》等，遗有《桼园笔话》(十七卷)、《王治本在金泽笔谈记录》(十一册)。
1878	光绪四年	明治十一年	御读书，元田永孚侍读《论语·道千乘国章》。(《宫内厅记录》) 东京大学建校，其文学部包括史学哲学及政治学科、汉文学科两大学科。

续表

公历	中国	日本	中日文学交流大事记
1879	光绪五年	明治十二年	元田永孚侍读《论语·颜渊篇》。(《宫内厅记录》) 竹添光鸿作《栈云霞雨日记并诗草》刊行，李鸿章、俞樾、伊藤博文等曾为之作序。 钱怿赴横滨、东京，1881 年前后去世，曾为光绪年间上海刊印的赖山阳《日本外史》作评。 王韬应邀访日，著有《扶桑游记》等。
1880	光绪六年	明治十三年	元田永孚侍读《诗经 · 国风篇 · 关雎》，西村茂树侍读《易经 · 泰卦》。 (《宫内厅记录》) 高田义甫训点《儒林外史》刊行。 黎庶昌 1881 年与 1887 年两度出任驻日正使。著有《拙尊园丛稿》等。 学者家兼书法家杨守敬赴日，至 1884 年归国。他传扬六朝金石书法，日下部鸣鹤、岩谷一六、松田雪柯等深受其影响。著有《日本金石志》、《日本访书志》，编有《古逸丛书》。

续表

公历	中国	日本	中日文学交流大事记
1881	光绪七年	明治十四年	御读书，元田永孚侍读《书经·舜典辟四门》之一节。（《宫内厅记录》） 姚文栋1881年至1887年任黎庶昌、徐承祖使团随员，留心时务，研究舆地学，著有《琉球地理志》、《日本地理兵用》、《东槎杂著》等。 黄超曾，字吟梅，曾任使团随员，著有《东瀛游草》、《同文集》。
1882	光绪八年	明治十五年	陈曼寿于1880年至1882年旅居日本编辑完成《日本同人诗选》，并于次年即1883年在大阪正式刊出。先于俞樾《东瀛诗选》，为中国人编纂的最早的日本汉诗集，也是海外人士游历日本并编集的第一本日本诗集。 御读书，元田永孚侍读《书经·大禹谟》篇“人心惟危道心惟微”之章；西村茂树侍读《礼记·坊记》篇“子云有国家者”之二节；西尾为忠侍读《礼记·曲礼》篇首三节。（《宫内厅记录》） 末松谦澄著《支那古文学略史》由文学社出版。

续表

公历	中国	日本	中日文学交流大事记
1883	光绪九年	明治十六年	晚清学者俞樾（1821—1907）编辑完成《东瀛诗选》（正编四十卷，补遗四卷），共收录日本汉诗人 548 人，诗作 5297 篇。参考书籍包括从日本友人处获赠的青山延于的《皇朝史略》、赖山阳的《日本外史》、江村北海的《日本诗选》、北方心泉的《净土真宗》等。 御读书，元田永孚侍读《论语 · 为政篇》。（《宫内厅记录》） 《劝惩绣像奇谈》面世，服部抚松纂评，九春社刊行。四篇小说均出自《古今奇观》，分别为《三孝廉让产立高名》、《杜十娘怒沉百宝箱》、《李汧公穷邸遇侠客》、《玉娇鸾百年长恨》。 广濑淡窗《淡窗诗话》出版。川田甕江序称淡窗“一代宿儒，隐居不仕，高尚其志，爱君忧国，托词风月，与古诗人心心相印”。 菊池三溪汉文小说《本朝虞初新志》出版，其凡例云：“此编效蒲留仙《聊斋志异》之体，然彼多说鬼狐，此则据实结撰，要寓劝惩于笔墨，以为读者炯戒而已。” 矢野龙溪《经国美谈》刊行。

续表

公历	中国	日本	中日文学交流大事记
1884	光绪十年	明治十七年	御读书，元田永孚侍读《中庸》首句；儿玉源之丞讲解《论语·子路》篇“子夏为莒父宰”章。(《宫内厅记录》) 刘庆汾时任翻译，兼任过副领事、参赞，译有《日本维新政治汇编》、《日本海陆兵志》、《日本国事集览》。 黎庶昌收集日本所存汉籍200卷的《古逸丛书》刊行。 矢野文雄著《经国美谈》刊行，依田学海撰写的后编序称：“汉土除四大奇书外，概千篇一律，不过盗贼仙佛，淫猥之谈；吾邦如《源语》姑置焉，其他略类此而趣益下，至院本戏曲，不曰窃盗宝剑，则曰杀子替主，不曰情死则曰义盗救人，要皆委巷常谈，未尝有振起义气，鼓动真勇如此书者也。” 依田学海汉文小说《谭海》出版。 三木爱花汉文小说《情天比翼缘》出版，书中多用《西厢记》语汇。清人关桂林撰序。 坪内逍遥《小说神髓》陆续刊行，清理劝善惩恶小说观，多处论及中国白话小说对日本的影响。

续表

公历	中国	日本	中日文学交流大事记
1885	光绪十一年	明治十八年	御读书，元田永孚侍读《书经 · 益稷》。（《宫内厅记录》） 菊池三溪《译准绮语自序》称：“抑禹域之以小说彰者，亡论《水浒》、《西游》、《金瓶梅》、《演义三国志》，流传我邦，译而解之，脍炙人口，而至于我邦草纸、物语、《源语》、《势语》、《竹取》诸书，命意虽或奇，行文虽或妙，以其文系于国字，令西人读之，爰居钟鼓，弗能领解其意”，有感于此，“抄近古院本小说、稗史野乘尤翘翘者，译以汉文，欲令西人食指染鼎，吃其一脔焉耳”。
1886	光绪十二年	明治十九年	御读书，根本通明侍读《周易 · 泰卦》。（《宫内厅记录》）

续表

公历	中国	日本	中日文学交流大事记
1887	光绪 十三年	明治二十年	黄遵宪 1877 年担任驻日本参赞后，经过九年的深入研习，于 1887 年完成五十余万字的史书《日本国志》。 钱培德任驻日使团参赞兼文案随员，著有《重游东瀛阅操记》等。孙典任随员驻日，善诗词，著有《历下志游》、《嘤鸣馆春风叠唱集》等。 傅云龙赴日并往美加等国。著有《日本游历图经》等。同行者尚有颜厚焜，著有《日本新政考》。 御读书，元田永孚侍读《周易 · 乾卦》。（《宫内厅记录》） 神田民卫翻译《聊斋志异》，以《艳情异史》为名由东京进明堂刊行。
1888	光绪 十四年	明治二十一年	御读书，元田永孚侍读《中庸 · 天下达道》一节。（《宫内厅记录》） 东京凤文馆闭馆，自创立五年间，出版了数目可观的汉籍，包括《资治通鉴》、《佩文韵府》等。 张文成，近代中国培养的第一批日语翻译，1888 年至 1889 年曾师从中村敬宇。

续表

公历	中国	日本	中日文学交流大事记
1889	光绪十五年	明治二十二年	俞樾在《春在堂随笔》中，记录曾阅读过盐谷世宏的《宕荫存稿》、安井息轩的《管子纂诂》、林春信的《梅洞集》等书籍。 御读书，元田永孚侍读《大学》。(《宫内厅记录》) 石川鸿斋汉文小说《夜窗鬼谈》出版。
1890	光绪十六年	明治二十三年	御读书，元田永孚侍读《周易·泰卦》。（《宫内厅记录》） 宫崎处子（1864—1922）刊行《归省》，第一至第七章收录有陶渊明的诗，包括《归田园》（第一、二首）、《归去来辞》（部分）、《杂诗》（第一首）、《桃花源诗》（部分）。 田冈岭云撰《战袍余尘》，收入1900年刊行的《侠文章》。

续表

公历	中国	日本	中日文学交流大事记
1892	光绪十八年	明治二十五年	御读书，川田刚侍读《诗经·周颂》“清庙之杖”章。（《宫内厅记录》） 四月，《红楼梦》最早的节译本问世，即《城南评论》第二期《红楼梦序词》，署名“槐梦南柯”（森槐南）。翻译从《红楼梦》第一回“甄士隐梦幻识通灵，贾雨村风尘怀闺秀”中的“此开卷第一回也”开始，到“满纸荒唐言，一把辛酸泪！都云作者痴，谁解其中味”结束。 六月，岛崎藤村在《女学生杂志》321 号发表根据《红楼梦》第十二回节译的《〈红楼梦〉之一节—风月宝鉴辞》。 冈千仞《观光纪游》刊行，记述其 1884 年游历中国之事。 安东不二雄《支那漫游实记》出版。
1893	光绪十九年	明治二十六年	安东不二雄《支那漫游实记》出版。1893 光绪十九年明治二十六年御读书，川田刚侍读《礼记·礼运》篇。（《宫内厅记录》） 北村透谷发表小说《宿魂镜》，人物构思受到《红楼梦》中贾瑞与王熙凤的启示。 冈仓天心著《支那游记》，收入《理想之再建》。

续表

公历	中国	日本	中日文学交流大事记
1894	光绪二十年	明治二十七年	御读书，川田刚侍读《周易 · 辞》下传。（《宫内厅记录》）
1895	光绪二十一年	明治二十八年	青年汉诗人中野逍遥遗作《逍遥遗稿》刊行。
1896	光绪二十二年	明治二十九年	康有为编成《日本变政记》。
1897	光绪二十三年	明治三十年	康有为刊印《日本书目志》，其中的小说类收录有日本小说 1058 种，其中包括很多重要的政治小说。 甲午战争后，高桥贞作《征清诗史》，鼓吹侵华日军的“巍巍高德”，叫嚣“须记奉天南部地，一朝在我版图中”。为向青少年灌输仇华思想，“其词务取与通常谚语同一者，便幼童读解，不辞浅近粗俗之嘲”。 古城贞吉著《支那文学史》由日本经济出版社出版。 1897—1904 年间藤田丰八等人所著《支那文学大纲》由日本图书株式会社出版。 藤田丰八《先秦文学》（单行本）出版。以后作者先后发表《两汉文学》、《魏晋文学之源流》等论文，从汉民族的民族性探讨中国文学的特点，认为其“排他之念旺，则令其文学纯粹，抵挡他国文学之侵入；崇古之心盛则令其实用性文学多而理想性文学乏”。

续表

公历	中国	日本	中日文学交流大事记
1898	光绪二十四年	明治三十一年	二月，康有为将《日本明治变政考》进献给光绪皇帝，谏其效法日本进行变法。 八月，梁启超因戊戌变法失败流亡日本，在东渡船上读完了当时流行的政治小说《佳人奇遇》并大为赞赏，后将其翻译为中文发表在自己主办的《清议报》，并写有《译印政治小说序》。 笹川临风著《支那文学史》由博文馆出版。 土井晚翠取材于诸葛亮“出师未捷身先死”遭遇的长诗《星落秋风五丈原》发表于《帝国文学》第十一号。
1899	光绪二十五年	明治三十二年	御读书，三岛中洲侍读《周易·泰卦》。（《宫内厅记录》）。 为纪念孔夫子 2450 年诞辰，仙台举行孔子祭。（《斯文》）
1900	光绪二十六年	明治三十三年	御读书，三岛中洲侍读《大学·絜矩章》二节。（《宫内厅记录》） 内藤湖南《燕山楚水》出版。 中根淑著《支那文学史要》由金港堂出版。

参考文献

中文版

《白居易与日本古代文学》，隽雪艳、［日］高松寿父主编，北京：北京大学出版社，2012。

《法苑珠林校注》，（唐）释道世撰，周叔迦、苏晋人校注，2003。

《佛典·志怪·物语》，王晓平著，南昌：江西人民出版社，1990。

《梁山泊——〈水浒传〉一〇八名豪杰》，佐竹靖彦著，韩玉萍译，王鑑审译，北京：中华书局，2005。

《梅红樱粉——日本作家与中国文化》，王晓平著，银川：宁夏人民出版社，2002。

《南总里见八犬传》，［日］曲亭马琴著，李树果译，天津：南开大学出版社。

《黄遵宪题批日人汉籍》，郭真义、郑海麟编著，北京：中华书局，2009。

《金子兜太俳句选译》，金子兜太著，李芒选译，南京：译林出版社，1995。

《近代中日文学交流史稿》，王晓平著，长沙：湖南文艺出版社，1987；香港：香港中华书局，1987。

《近代中日关系史研究》，王晓秋著，北京：中国社会科学院出版社，1997。

《近代中日文化交流史》，王晓秋著，北京：中华书局，2000。

《近代中日启示录》，王晓秋著，北京：北京出版社，1987。

《今昔物语集》，金伟、吴彦译，万卷出版公司，2006。

《空海与文镜秘府论》，卢盛江著，银川：宁夏人民出版社，2005。

《日本读本小说与明清小说——中日文化交流史的透视》，李树果著，天津：天津人民出版社，1998。

《日本诗歌传统——七与五的诗学》，川本皓嗣著，王晓平、隽雪艳、赵怡译，南京：译林出版社，2004。

《日本汉诗选评》，程千帆、孙望选评，南京：江苏古籍出版社，1988。

《日本汉诗发展史》，肖瑞峰著，长春：吉林大学出版社，1992。

《日本汉学史》，李庆著，上海：上海外语教育出版社，2002。

《日本古典俳句选》，林林译，长沙：湖南人民出版社，1983。

《日本俳句史》，彭恩华著，南京：学林出版社，1983。

《日本俳句史》，郑民钦著，北京：京华出版社，2000。

《日本汉诗撷英》，王福祥、汪玉林、吴汉樱编，北京：外语教学与研究出版社，1995。

《日本汉诗与中国历史人物典故》，王福祥著，1997。

《日本古代汉文学与中国文学》，後藤昭雄著，高兵兵译，北京：中华书局，2006。

《日本中国学史》，严绍璗著，南昌：江西人民出版社，1991。

《日本读本小说与明清小说——中日文化交流史的透视》，李树果著，天津：天津人民出版社，1998。

《日本考》，（明）李言恭，郝杰编撰，汪向荣、严大中校注，北京：中华书局，1983。

《日本文化论》，［日］加藤周一著，叶渭渠、唐月梅译，北京：光明日报出版社，2002。

《日中文化交流史》，［日］木宫泰彦著，胡锡年译，北京：商务印书馆，1980。

《日本汉文小说丛刊》第一辑共五册，王三庆、庄亚洲、陈庆浩、内山之也主编，台湾：学生書局，2003。

《日本学者中国文章学论著选》，王水照、吴鸿春编，吴鸿春译，高克勤校点，上海：上海古籍出版社，1994。

《三国志在日本》，邱玲、吴芳龄著，银川：宁夏人民出版社，2005。

《诗歌三国志》，松浦友久著，加藤阿幸、金中译，西安：西安交通大学出版社，2005。

《水边的婚恋——万叶集与中国文学》，中西进，成都：四川人民出版社，1995。

《唐诗语汇意象论》，松浦友久著，陈植锷、王晓平译，北京：中华书局，1992。

《唐土的种粒——敦煌传衍的佛教故事》，王晓平著，银川：宁夏人民出版社，2005。

《〈西游记〉的秘密（外二种）》，中野美代子著，王秀文等译，北京：中华书局，2002。

《亚洲汉文学》，王晓平著，天津：天津人民出版社，2001。

《迎接新世纪中日短诗集》，今田述、林岫编，葛饰吟社，2001。

《远传的衣钵——日本传衍的敦煌佛教文学》，王晓平，银川：宁夏人民出版社，2005。

《源氏物语与白乐天》，中西进著，马兴国、孙浩译，北京：中央编译出版社，2001。

《郁曼陀陈碧岑诗抄》，郁风编，上海：学林出版社，1983。

《中国近世戏剧史》（上），青木正儿著，王古鲁译，上海：上海商务印书馆，1930。

《中国人留学日本史》，實藤惠秀著，谭汝谦、林启彦译，北京：生活、读书、新知三联书店，1983。

《中国文学概说》，青木正儿著，郭虚中译，上海：上海商务印书馆，1936。

《中国与21世纪》，加藤周一著，彭佳红译，北京：中华书局，2007。

《中华名物考》，青木正儿著，范建明译，北京：中华书局，2005。

日文版

『藍川三体詩』、高橋藍川、黒潮吟詩、1979。

『宇治拾遺物語 古本說話集』、三木紀人、淺見河岩、中存義雄、小内一明校注、東京：岩波書店、1990。

『易占と日本文学』、山本唯一著、東京：清水弘文堂、1976。

『江戸文学と出版メディア——近世前期小说を中心に』、富士昭雄编、東京：笠間書院、2001。

『江戸川柳で愉しむ中国の故事』、若林力著、東京：大修館書店、2005。

『江戸の出版』、中野三敏監修、東京：ぺりかん社、2005。

『江戸文学と支那文学——近世文学の支那的原拠と読本の研究』、麻生磯次著、東京：三省堂、1946。

『絵巻の歴史』、武者小路穣著、東京：吉川弘文館、1990。

『怨霊と修験の説話』、南里みち子著、東京：ぺりかん社、1997。

『奥野信太郎全集』、奥野信太郎著、東京：福武書店、1984。

『大河内文書——明治日中文化人の交遊』、実藤恵秀編訳、東京：平凡社、1994。

『王朝漢文学論考』、大曾根章介著、東京：岩波書店、1994。

『王朝漢文学表現論考』、本間洋一著、大阪：和泉書院、2002。

『大江匡房』、川口久雄著、東京：吉川弘文館、1995。

『怪奇鳥獸図巻』、伊藤靖司解說、成城大學圖書館藏、東京：工作舍、2001。

『怪談牡丹灯籠』、三遊亭円朝著、東京：筑摩書房、1985。

『加藤周一、中村真一郎、福永武彦集』、加藤周一等著、東京：筑摩書房、1971。

『貝原益軒 室鳩巣』、荒木見悟、井上忠校注、東京：岩波書店、1970。

『懐風藻——漢字文化圏の中の日本古代漢詩』、辰巳正明著、東京：笠間書院、2000。

『漢詩——美の在りか』、松浦友久著、東京：岩波書店、2002。

『漢诗と日本人』、村上哲見著、東京：講談社、1994。

『漢詩漫録』、秦泉寺茜雲著、京都：竹林館、2002。

『漢詩の鑑賞と吟咏』、志賀一郎著、東京：大修館書店、2001。

『漢字百話』、白川靜著、東京：中央公論社、2002。

『漢籍輸入の文化史——聖徳太子から吉宗へ』、大庭脩著、東京：研文出版、2006。

『漢文小説集』、池沢一郎、宮崎修多、德田武、ロバート・キヤンベル校注、東京：岩波書店、2005。

『漢文脈の近代 清末 = 明治の文学圏』、斎藤希史著、名古屋：名古屋大学出版会、2005。

『観世流百番集』、観世左近著、京都：檜書店、1957。

『観音のきた道』、鎌田茂雄著、東京：講談社、1997。

『宮廷詩人菅原道真——〈菅家文草〉、〈菅家後集〉の世界』、波戸岡旭著、東京：笠間書院、2005。

『狂雲集 夢閨のうた』、柳田聖山著、東京：講談社、1982。

『狂言集』、北川忠彦、安田章校注、東京：小學館、1972。

『近世後期儒家集』、中村幸彦、岡田武彦校注、東京：岩波書店、1972。

『近世日中文人交流史の研究』、徳田武著、東京：研文社、2004。

『近世日本漢文学論考』、水田紀久著、東京：汲古書院、1987。

『近世文学と漢文学』、和漢比較文学叢書第七巻、和漢比較文学会編、東京：汲古書院、1986。

『近世日本に於る支那俗語文学史』、石崎又造著、清水弘文堂書房、1967。

『近代日本と漢学』、村山吉広著、東京：大修館書店、1999。

『近代中日思想交流史の研究』、徐興慶著、京都：朋友書房、2004。

『近代の詩人・別巻・訳詩集』、加藤周一編、東京：潮出版社、1996。

『近代文学における中国と日本』、伊藤虎凡、祖父江早昭二、凡山昇編、東京：汲古書院、1986。

『源氏物語 歴史と虚構』、田中隆昭著、東京：勉誠出版、1993。

『黄泉の国の考古学』、辰巳和弘著、東京：講談社、1996。

『江談抄・中外抄・富家語』、後藤昭雄、池上洵一、山根對助校注、東京：岩波書店、1997。

『空海と靈界めぐり伝说』、上垣外憲一著、東京：角川書店、2004。

『遣唐使と正倉院』、東野治之著、東京：岩波書店、2002。

『源氏物語と白楽天』、中西進著、東京：岩波書店、1998。

『孔子』、和辻哲郎著、東京：岩波書店、1994。

『孔子を語る』、山下龍二著、東京：NHK 出版、1994。

『孝思想の受容と古代中世文学』、田中徳定著、東京：新典社、2007。

『校訂本中山詩文集』、上田賢一編、福岡：九州大学出版会、1998。

『講孟余話』、吉田松陰著、広瀬豊校訂、東京：岩波書店、2006。

『五山詩史の研究』、蔭木英雄著、東京：笠間書院、1977。

『江南春』、青木正児著、東京：弘文堂書房、1941。

『古代文化の展開と道教』、野口鉄郎、中村璋八編、東京：雄山閣、1997。

『今昔物語集』、馬淵和夫、國東文麻呂、今野達校注、東京：小學館、1999—2002。

『今昔物語集』、小峰和明校注、東京：岩波書店、1999。

『西游记受容史の研究』、矶部彰著、多賀出版、1995。

『西遊記——トリックワールド探訪』、中野美代子著、東京：岩波書店、2000。

『西遊記』（1—10）、中野美代子譯、東京：岩波書店、2005。

『斉藤拙堂伝』、斉藤正和著、三重県：三重県良書出版会、1993。

『三教指歸 性靈集』、渡边昭宏、宮坂宥勝校注、東京：岩波書店、1976。

『三訂平安朝日本漢文学史の研究（上）王朝漢文学の形態』、川口久雄著、東京：明治書院、1968。

『三訂平安朝日本漢文学史の研究　王朝漢文学の斜陽』、川口久雄著、東京：明治書院、1969。

『三国志の英傑』、竹田晃著、東京：講談社、1990。

『三国志』、吉川英治著、東京：講談社、1991。

『三国志演义』、井波律子著、東京：岩波書店、1994。

『三国志享受史論考』、田中尚子著、東京：汲古書院、2007。

『三国志と日本人』、雑喉潤著、東京：講談社、2002。

『三十三年の夢』、宮崎滔天著、宮崎龍介、衛藤瀋吉校注、東京：平凡社、1985。

『菅家文草 菅家後集』、川口久雄校注、東京：岩波書店、1978。

『菅原道真事典』、神社と神道の会編、東京：勉誠社、2005。

『詩の起原』、辰巳正明著、東京：笠間書店、2000。

『儒教とは何か』、加地伸行著、東京：中央公論社、1990、2003。

『小説三言』、岡田駒、沢田一斎嗣施訓、尾形解説、ゆまに書房、1976。

『小説神髄』、坪内逍遥著、松月堂版、ほるぷ出版、1983。

『蕉堅稿全注』、蔭木英雄著、大阪：清文堂、1998。

『正倉院』、東野治之著、東京：岩波書店、1988。

『正倉院文書と木簡の研究』、東野治之著、東京：塙書店、1998。

『上代文学と漢文学』、比較文学叢書第二卷，和漢比較文学会編、東京：汲古書院、

1986。

『逍遥遺稿』、笹川臨風、金築松桂訳、東京：岩波書店、1939。

『駿台雑話』、室鳩巣著、森铣三校訂、東京：岩波書店、1996。

『随筆三国志』、花田清輝著、東京：筑摩書房、1970。

『神仙思想』、下出積興著、東京：吉川弘文館、1995。

『新訂一茶俳句集』、丸山一彦校注、東京：岩波書店、1991、2001。

『日本古典文学大系』、东京：岩波書店、1989—2005。

『水滸伝と日本人——江户から昭和まで』、高島俊男著、東京：大修館書店、1991。

『水滸伝——曙光の章』、北方謙三、東京：集英社、2000。

『西学東漸と中国事情』、増田涉著、東京：岩波書店、1979。

『西域の虎——平安朝比較文学論集』、川口久雄著、東京：吉川弘文館、1970。

『世界に廣がる俳句』、内田園生著、東京：角川書店、2005。

『世界文学と比較文学』、渡辺格司著、東京：第三書房、1972。

『清俗紀聞』、中川忠実著、孙伯醇、村松一弥編、東京：平凡社、1974。

『禅と文学』、柳田聖山编集、解說、東京：ぺりかん社、1997。

『漱石全集』第九巻、夏目漱石著、東京：岩波書店、1966。

『漱石全集』第十二巻、夏目漱石著、東京：岩波書店、1967

『曹操——三国志の奸雄』、竹田晃著、東京：講談社、1996。

『徂徠学派』、頼惟勤校注、東京：岩波書店、1972。

『泰山——中国人の信仰』、シャヴァンヌ著、菊地章太訳、東京：勉誠出版、2001。

『大正新修大藏經』第二十四巻律部三、大正新修大藏經刊行會、東京：大藏出版、1989。

『対の思想——中国文学と日本文学』、駒田信二著、東京：岩波書店、1992。

『田岡嶺雲全集』、第五集、田岡嶺雲著、東京：法政大学出版社、1969。

『武田泰淳エッセンス』、石井恭二編、河出書房、1998。

『中華名物考』、青木正児著、東京：平凡社、1988。

『中古文学と漢文学』(1)、和漢比較文学叢書第三巻、和漢比較文学会編、東京: 汲古書院、1986。

『中古文学と漢文学» (2)、和漢比較文学叢書第三巻、和漢比較文学会編、東京: 汲古書院、1986。

『中国往還』、加藤周一著、三陽社、1972。

『中国学の歩み——二十世纪のシノロジ』、山田利明著、東京：大修館書店、1999。

『中国古典文学の享受——傳説と新意』、龍沢精一郎著、吉本書店、1981。

『中国幻想物語』、井波律子著、東京：大修館書店、2000。

『中国思想を考える——未来を開く伝統』、金谷治著、東京：中央公論社、1993。

『中国人の機智——「世説新語」を中心として』、井波律子著、東京：中央公論社、1983。

『中国人の倫理学——諸子百家から毛沢東まで』、加地伸行著、東京：中央公論社、1977。

『中国古典の人間学』、守屋洋著、東京：新潮社、1988。

『中国の道教』、小林正義著、東京：創文社、1998。

『中国の大快楽主義』、井波律子著、作品社、1998。

『中国人の宗教意識』、吉川忠夫著、東京：創文社、1998。

『中国人の美意識——詩、ことば、演劇』、岩城秀夫著、東京：創文社、1992。

『中国の民间信仰』、沢田端穗著、工作社、1982。

『中国文学の底に流れるもの』、林田慎之助著、東京：創文社、1992。

『唐詩選』、目加田誠著、東京：明治書院、1991。

『唐詩唱和』、白雲山人安藤孝行著、東京：明治書院、1972。

『東洋学の系譜』、江上波夫編、東京：大修館書店、1992、1993。

『東洋学の系譜』（第 2 集）、江上波夫編、東京：大修館書店、1994。

『道教と日本思想』、福永光司著、徳間書店、1985。

『道教と日本人』、下出積興著、東京：講談社、1975。

『奈良・平安朝の日中文化交流——フックロードの視点から』、王勇、久保木秀編、農文協、2001。

『奈良万葉と中国文学》，胡志昂著，東京：笠間書店、1998。

『日中比較文学の基礎研究——翻訳説話とその典拠』補訂版、東京：東京：笠間書店、1988。

『日本歌学と中国詩学』、太田青丘著、東京：清水弘文堂、1968。

『日本漢詩』、猪口篤志著、東京：明治書院、1987。

『日本漢詩古代篇』、本間洋一編、大阪：和泉書院、1998。

『日本漢文學史』増訂版、岡田正一著、東京：吉川弘文館、1996。

『日本漢文小説の世界——紹介と研究》，日本漢文小说研究会編、東京：白帝社、2005。

『日本近世小説と中国小説』、德田武著，青裳書店、1987。

『日本古典文学大系』、東京：岩波書店、1957—1967。

『日本詩紀』、市河寛斎編、後藤昭雄解説、東京：吉川弘文館、2000。

『日本詩紀拾遺』、後藤昭雄編、東京：吉川弘文館、2000。

『日本詩史五山堂詩話』、清水茂、揖斐高、大谷雅夫校注、東京：岩波書店、1991。

『日本儒教史』（一、上代篇）、市川本大郎、東京：汲古書院、1991。

『日本儒教史』（二、中古篇）、市川本大郎著、東京：汲古書院、1991。

『日本儒教史』（三、中世篇）、市川本大郎著、東京：汲古書院、1992。

『日本儒教史』（四、近世篇上）、市川本大郎著、東京：汲古書院、1994。

『日本儒教史』（五、近世篇下）、市川本大郎著、東京：汲古書院、1994。

『日本人の中国観』、安藤彦太郎著、勁草書房、1971。

『日本藝林叢書』、池田四郎次郎編、東京：六合館、1928。

『日本にわける老荘思想の受容』、王迪著、東京：国書刊行会、2001。

『日本中世禅林文学論考』、中川徳之助著、1991。

『日本の近世と老荘思想——林羅山の思想をめぐって』、大野出著、東京：べりかん社、

1997。

『日本の近代と翻訳』、硅晶俊介著、東京：中央公論社，1994。

『日本文化史——日本の心と形』、石田一良著、東京：東海大学出版会、1989。

『日本文学史序说』（上下）、加藤周一著、東京：筑摩書房、1980。

『日本文学と老莊神仙思想研究』、大星光史著、東京：桜楓社、1990。

『日本文人詩選』、入矢義高著、東京：中央公論社、1983。

『白氏长庆集諺解』、森孝太郎、尾崎知光編、大阪：和泉書院、1987。

『人間詩話』、吉川幸次郎、東京：岩波書店、1957。

『馬琴評答集』、天理図書館善本叢書和書之部編集委員会編集、東京：八木書店、1973。

『馬琴読本と中国古代小説』、崔香蘭著、広島：渓水社、2005。

『芭蕉と杜甫——影響の展開と体係』、広田二郎著、有精堂、1990。

『花の宴——日本比較文学論集』、川口久雄著、東京：吉川弘文館、1970。

『東アジア往還——漢诗と外交』、村井章介著、東京：朝日新闻社、1995。

『比較文学の理論』、講座比較文学第8卷、芳賀徹等編、東京：東京大学出版会、1976。

『比較文明』、伊東俊太郎著、東京：東京大学出版社、1989。

『平安時代文学と白氏文集——句題和歌、千載佳句研究篇』、金子彦二郎著、鎌倉：芸林舎、1977。

『平安初期における日本漢詩の比較研究』、菅野禮行著、東京：大修館書店、1988。

『平安朝漢文學論考』、後藤昭雄著、東京：勉誠社、2005。

『平安朝文学と漢詩文』、新間一美著、大阪：和泉書院、2003。

『平安朝文学と漢文世界』、渡辺秀夫、東京：勉誠社。

『仏教における誓願』、日本仏教学会編、京都：平楽寺書店、1995。

『仏教文學概説』、黑田彰、黑田彰子著、大阪：和泉書院、2004。

『本朝文粋抄』、後藤昭雄著、東京：勉誠出版、2006。

『本と中国と日本人』、高島俊男著、東京：筑摩書房、2004。

『万葉集と中国文学』、辰巳正明著、東京：笠間書店、1992。

『万葉と海彼』、中西進著、東京：角川書店、1990。

『「万葉集」という名の双関語——日中詩学ノート》，松浦友久著，東京：大修館書店、1995。

『万葉集の誕生と大陸文化——シルクロードから大和へ』、山口博著、東京：角川書店、1996。

『万葉集における中国文学の受容』、芳賀紀雄、東京：塙書房、2003。

『明治詩話』、木下彪著、東京：文中堂、1943。

『明治の漢学』、三浦叶著、東京：汲古書院、1998。

『頼山陽詩抄』、頼成一、伊藤古三訳注、東京：岩波書店、1997。

『頼山陽日本外史』、安藤英男著、東京：近藤出版社、1982。

『頼山陽文集』、安藤英男著、東京：近藤出版社、1981。

『リズムの美学——日中詩歌論』、松浦友久著、東京：明治書院、1991。

『論語の世界』、加地伸行編、東京：中央公論社、1992。

『論語の新しい読み方』、宮崎市定著、砺波護編、東京：岩波書店、1996。

『靖献遺言講義』、近藤啟吾著、東京：図書刊行会、1987。

『柳橋新誌二編』、成島柳北著、ほるぶ社、1980。

『読切り三国志』、井波律子著、東京：筑摩書房、1987。

『わが幻の国』、川西政明著、東京：講談社、1996。

『和漢比較文学研究の諸問題』、和漢比較文学叢書第八巻、和漢比較文学会編、東京：汲古書院、1986。

『和漢比較文学論考』、仁平道明著、東京：武藏野書院、2000。

后记

我想说几个小事，都是跟“交流史”的交流有点关系的。

1988 年冬，在广州召开的日本文学研讨会上，北京外国语学院的王军老师找到我，说正在北外日本研究中心任教的中西进先生从与会名单上看到我的名字，想和我聊一聊。记得中西进先生见我的第一句话，就问我是不是王晓秋先生的弟弟，想不到在我翻破《广辞苑》去读中西先生的《万叶集比较文学研究》的时候，中西进先生在北京读到了我的《近代中日文学交流史稿》，还把我当成了研究近代中日文化交流史的北大教授王晓秋先生的弟弟。更想不到的是，这一段由书缘结成的文缘，一直延续了二十多年。中西进先生现为日本文化功劳者称号获得者、万叶文化馆馆长。我们在学术交流中不断加深的相互了解和友谊，是从我们相互阅读对方的著述开始的。书让我们认识了对方，也认识了自身。人与人面对面的交往和人与书的对话，两者都是文学交流不可缺少的，对文学交流的格外关注，是这个时代给我们的共同礼物。

第二年，我作为访问学者刚到日本福冈大学不久，文学部的甲斐胜二先生热情邀请我到他家做客。进门不久，他就把我引到他的书架前面，从上边抽出一本红皮精装书来递给我，我一看，这不是我写的《近代中日文学交流史》吗？怎么变成红皮精装本了？出版单位也变成了“中华书局、湖南文艺出版社”。甲斐告诉我，书是他在香港买的。其实这本书由湖南文艺出版社出版才一年多，我还没有看到过精装本。同行的福冈中国书店的店长听说我还没有这个本子，马上爽快地说：“我们书店也进了这本书，好，明天我给你寄一本，送给你了。”果然，过了两天，我就在自己家里收到了他寄来的精装本《近代中日文学交流史稿》。这对刚走出国门没几天的我，是个很大的激励，那时好多事情自己拿日本话还说不太清楚呢。“文学交流”、“教育国际化”这些词儿还是蛮新鲜的。快点儿多长点交流的本事吧，决心就这么下了。福冈的中国书店一直是在惨淡经营，坚持出版和贩卖与中国有关的书籍，所以至今我对店长赠送的这本书还格外珍视。

1995 年，时在北京大学的刘建辉先生转给我一个包，说是帝冢山大学下定雅弘先生让他转交给我的，说下定先生正在北京进修。当时我从没有见过下定先生，也没有任何联系，莫不是他送给我的书？我打开包一看，是几本书，有斋藤正和所著《斋藤拙堂传》、两本斋藤拙堂所著《拙堂文话续》，还有王水照、吴鸿春编的《日本学者中国文章学论著选》，里面夹着斋藤正和先生给我的信，还有他和妻子在埃及等地旅行的照片。原来斋藤正和是一位退休人员，是江户时代后期的汉学者斋藤拙堂的后人。当一个偶然的机会，他知道我的《近代中日文学交流史稿》中对拙堂所著《拙堂文话》做过评述，就千方百计要和我取得联系。下定先生把要来中国的消息告诉他以后，他就嘱托他要想法子找我。结果，书就这样转了个弯到了我的手里。世界是这样小，几年以后我和下定先生成了帝冢山学院大学的同事，我问他，斋藤正和住在三重县，你在大阪工作，怎么他会找你转交？他说，正和先生曾经在三重县跟他学过中文。

这些关于书缘和文缘的小事，使我感到自己就处在文学交流的旋流之中。不断和异国学者的切磋琢磨，研究变得具体而话题常新。如果不是当初乐黛云先生邀请我写《近代中日文学交流史》，我后来的知识结构可能是另一个样子。

悠久的文化交流为东亚古代文学的比较文学留下了可观的学术资源，鉴于这些资源本身有不少未曾涉猎的著述，而又不断有新的资料出土或被发现，旧有的有些资料也有重读价值，我的研究常常利用传统的考据等方法。像我们面对的日本藏唐抄本，很多是重抄本，文字互讹的现象很严重，这就需要首先进行校勘工作。这或许会打破人们对常见比较文学论文的印象，但同时不也可能带来异色的新鲜吗？因为我们毕竟要弄清文本的真面目，才能揭开后面隐藏的文学奥秘。

1990 年，严绍璗先生和我合著的《中国文学在日本》收入了乐黛云、钱林森两位先生主编花城出版社出版的《中国文学在国外》丛书，20 世纪开始，钱林森先生又邀我参与《外国作家与中国文化》丛书的写作，使《梅红樱粉——日本作家与中国文化》得以问世。钱林森先生对事业的执着与忘我，胸怀若谷的长者风度，对朋友的热忱与宽容，常常让我感到不敢懈怠和马虎。由于这些年往返于中日之间，经常是不甚安定的状态，书样未能反复校订，因而想起来就自感愧疚，很想有一个机会纠正其中的错字，补充一些新的想法。承蒙钱林森先生厚爱，再次邀请我参加《中外文学交流史》课题研究，本应该精益求精，做得好些。近年来有越来越多的学者关注中日文学交流研究，取得的成果令人振奋，我也愿借这个机会向这些朋友深表谢意，如果没有他们，本书的写作就不会享受到如此多的乐趣。

祝丽和山东教育出版社的同事们为了满足学界对本丛书的期待，几年来精心策划，过细准备，反复与作者沟通，为推出学术精品而踏实工作。诚愿本丛书的出版，成为该社发展新起点的信号。

王晓平

编后记

随师兄去府上拜访钱林森教授，满怀激动与期望，已是九年前的事了。那天讨论的出版项目，占去此后我编辑生涯的主要时光，筹划项目、联系作者、一次又一次的编写会，断断续续地收稿、改稿，九年就这样在焦急的等待、繁忙的工作中过去了，而九年，是一位寿者生命时光的十分之一，是我编辑生涯中最美好的日子……每每想到这里，心中总难免暗惊。人一生有多长，能做多少事，什么是值得投入一生最好时光的事业？付诸漫长时光与巨大努力的工作，一旦完成，最好的报偿是什么呢？这些问题困扰着我，只是到了最后这段日子，我才平静下来。或许这些困惑都是矫情，尽心尽力、无怨无悔地做完一件事，就足够了。不求有功，但求告慰自己。

《中外文学交流史》17 卷终于完成，钱老师、周老师和各卷作者们付出了巨大的努力，我心怀感激。在这九年里，有的作者不幸故去，有的作者中途退出，但更多的朋友加入进来。吕同六先生原来负责主持意大利卷，工作开始不久不幸去世。我们深深地怀念吕同六先生，他的故去不仅是中国学术界的巨大损失，也是我们这套丛书的损失。张西平先生慷慨地接替了吕先生的工作，意大利卷终于圆满完成。朝韩卷也颇多波折，起初是北大韩振乾先生承担此卷的著述，后来韩先生不幸故去，刘顺利先生加入我们。刘顺利先生按自己的学术思路，一切从头开始，多年的积累使他举重若轻，如期完成这本皇皇巨著。还有北欧卷，我们请来了瑞典的陈迈平（万之）先生，后来陈先生因为心脏手术等原因而无力承担此卷撰著。叶隽先生知难而上。期间种种，像叶隽所说，“使我们更加坚信道义的力量、人的情感和高山流水的声音”。李明滨、赵振江、郅溥浩、郁龙余、王晓平、梁丽芳、朱徽先生都是学养深厚的前辈，他们加入这个团队并完成自己的著作，为这套丛书奠定了坚实的学术基础，也提高了丛书的品位。卫茂平、丁超、宋炳辉、姚风、查晓燕、葛桂录、马佳、郭惠芬、贺昌盛先生正值盛年，且身当要职，还在百忙之中坚持写作，使这套丛书在研究的问题与方法上具备了最前沿的学术品质。齐宏伟、杜心源、周云龙都是风头正健的学界新秀，在他们的著述中，我们看到了中外文学关系史研究的美好前景。

这套书是个集体项目，具有一般集体项目的优势与劣势，成就固然令人欣喜，缺憾也引人羞愧。当然，最让人感到骄傲与欣慰的是，这套书自始至终得到比较文学界前辈的关心与指导，乐黛云教授、严绍璗教授、饶芃子教授在丛书启动时便致信编委会，提出中肯的指导意见，以后仍不断关心丛书的进展。2005 年丛书启动即被列入"十一五"国家重点图书出版规划项目，2012 年，本套丛书获得国家出版基金资助，这既为丛书的出版提供了保障，我们更认为这是对我们这个项目出版价值的高度肯定，是一种极高的荣誉，因此我们由衷地喜悦，并充满感激。

丛书是一个浩大的学术工程，也得到了我们历任领导的高度重视和大力支持。2005 年策划启动时，还没有现今各种文化资助的政策，出版这套丛书需要胆识和气魄。社领导参与了我们的数次编写会，他们的睿智敬业以及作为山东人的豪爽诚挚给我们的作者留下了深刻的印象。丛书编校任务繁琐而沉重，周红心、钱锋、于增强、孙金栋、王金洲、杜聪、刘丛、尹攀登、左娜诸位编辑同仁投入了巨大热情和精力，承担了部分卷次的编校工作，周红心协助我做了许多细致的工作，保证了丛书项目如期完成。

感谢书籍装帧设计师王承利老师，将他的书籍装帧理念倾注到这套丛书上。王老师精心打磨每一个细节，从封面到版式，从工艺到纸张，认真研究反复比较，最终将传统与现代、中国与世界、文学与学术和书籍之美完美地融合在一起。丛书设计独具匠心而又恰如其分。

《中外文学交流史》17 卷在历经艰辛与坎坷之后，终得圆满，为此钱老师、周老师付出了巨大的努力。钱老师作为项目的发起人、主持人，自然功德无量，仅他为此项目给各位老师作者发的电子邮件，连缀起来，就快成一本书了。2007 年在济南会议上，钱老师邀请周老师与他联袂主编，从此周老师分担了许多审稿、统稿的事务性工作。师兄葛桂录教授的贡献是独特而不可替代的，没有他的牵线，便没有我们与钱老师、周老师的合作，这套丛书便无缘发生。

大家都是有缘人，聚在一起做一件事，缘起而聚、缘尽而散，聚散之间，留下这套书，作为事业与友情的纪念，亦算作人生一大幸事。在中国比较文学学术史上，在中国出版史上，这套书可能无足轻重，但在我自己的职业生涯中，它至关重要。它寄托着我的职业理想，甚至让我怀念起 20 多年前我在山东大学的学业，那时候我对比较文学的憧憬仍是纯粹而美好的，甚至有些敬畏。能够从事自己志业的人是幸福的，我虽然没有从事比较文学研究，但有幸从事比较文学著作的出版，也算是自己的志业。此刻，我庆幸自己是个有福的人！

祝 丽

图书在版编目（CIP）数据

中外文学交流史．中国 - 日本卷 / 王晓平著．-- 济南：山东教育出版社，2014（2026.1重印）

ISBN 978-7-5328-8487-2

Ⅰ．①中… Ⅱ．①王… Ⅲ．①文学—文化交流—文化史—中国、日本 Ⅳ．①I109

中国版本图书馆 CIP 数据核字 (2014) 第 152840 号

中外文学交流史　中国 - 日本卷

钱林森　周　宁　主编

王晓平　著

总 策 划：祝　丽

责任编辑：祝　丽　周红心

装帧设计：王承利

主　管：山东出版传媒股份有限公司

出版者：山东教育出版社

（济南市市中区二环南路2066号4区1号　邮编：250003）

电　话：（0531）82092660　传真：（0531）82092601

网　址：http://www.sjs.com.cn

发行者：山东教育出版社

印　刷：山东华立印务有限公司

版　次：2015年12月第1版

印　次：2026年1月第2次印刷

规　格：787mm×1092mm　16开本

印　张：47印张

字　数：846千字

书　号：ISBN　978-7-5328-8487-2

定　价：368.00元